Knaur

Über den Autor:

Michael Stuhr, geboren 1950 in Ostwestfalen, hat lange Zeit in der Werbebranche gearbeitet. Ausgedehnte berufliche und private Reisen gaben ihm Gelegenheit, hinter vielerlei Kulissen zu schauen. Fantastische Romane stellen für ihn eine hervorragende Möglichkeit dar, die Welt hinter der Welt zu entdecken und auszuloten.

Michael Stuhr

Die Stadt der fliegenden Schiffe

Roman

Knaur

Besuchen Sie uns im Internet:
www.droemer-weltbild.de

Vollständige Taschenbuchausgabe 2001
Droemersche Verlagsanstalt Th. Knaur Nachf., München

Umschlaggestaltung: ZERO Werbeagentur, München
Umschlagabbildung: © Carl Lundgren, via Agentur Schlück, Garbsen
Satz: Ventura Publisher im Verlag
Druck und Bindung: Nørhaven A/S
Printed in Denmark
ISBN 3-426-61896-6

2 4 5 3 1

Für Rosi, Ursel und Adi

Erstes Buch

1

Kind der Zukunft

Realitäten verändern sich ständig;
manche Träume nie!

Als Teri im Schneckenhafen ankam, war es fast schon zu spät.

Am frühen Nachmittag hatte sie sich auf ihr Bett gelegt, um ein wenig die Vorfreude auf das Fest zu genießen. Darüber war sie einfach eingeschlafen. Da ihre Eltern noch einen Besuch machen wollten, bevor das Fest begann, und Teri keine Geschwister hatte, hatte auch niemand sie geweckt.

Voller Entsetzen hatte sie beim Erwachen festgestellt, dass es um sie herum totenstill war. Der ganze Wohnfelsen schien von allen Menschen verlassen. In fliegender Hast, ohne sich auch nur die Schuhe überzustreifen, stürzte sie auf den düsteren Gang hinaus und rannte in vollem Lauf die steilen Treppen im Felsinneren hinab, sodass die Flammen der Öllampen im Luftzug erzitterten.

Geblendet vom grellen Tageslicht war Teri durch die engen, gewundenen Straßenschluchten gehetzt, bis ihr fast der Atem verging. Unsäglich war ihre Erleichterung gewesen, als sie am Schneckenhafen durch das große, turmbewehrte Schutztor kam und feststellte, dass sie nichts Wesentliches versäumt hatte.

Über dreitausend Bürger Thedras drängten sich auf dem einzigen Versammlungsplatz der Stadt. Schulter an Schulter standen sie dort und schauten erwartungsvoll auf das steinerne Podest am Ende des Platzes. Die kleinen Marschtrommeln der Verkünder klangen hell über die Köpfe der Menschen hinweg.

Teri beeilte sich. Gleich würden die Fanfaren erschallen, dann musste sie in der ersten Reihe stehen!

In letzter Sekunde verzögerte sie ihren Lauf und drängte sich zwischen die eng zusammenstehenden Menschen. Langsam, viel zu langsam, kam sie vorwärts – wie eine Fliege im Honigtopf. Irgendwann würden ihre Kräfte erlahmen und die zähe Masse um sie herum würde sie zum Stillstand bringen. Mit der ganzen verzweifelten Kraft ihres siebenjährigen Körpers schob sie sich zwischen den Leibern der Erwachsenen hindurch.

Erste Beschimpfungen wurden laut. Knapp nur entging sie einem halbherzig geführten Schlag. So kam sie nicht weiter! Kurz entschlossen ließ Teri sich zwischen zwei fetten, bleichen Kaufleuten zu Boden gleiten. Hier hatte sie viel mehr Bewegungsfreiheit. – Dass sie auch nicht gleich auf diese Idee gekommen war! Auf allen vieren raste sie förmlich zwischen den Beinen der Herumstehenden hindurch.

Einige Männer fluchten laut, andere waren amüsiert, einige Frauen schrien erschreckt auf, aber alle nahmen doch die Füße brav aus dem Weg, wenn Teri gegen ihre Waden prallte.

Nach kurzer Zeit sah Teri die letzte Reihe Beine vor sich, direkt dahinter die Mauer des Podests. Eilig arbeitete sie sich dorthin durch. Dann richtete sie sich vorsichtig auf, um die Umstehenden nicht zu verärgern.

Nie sah man ein freundlicheres Kind aus einer Menschenmenge auftauchen. Niemand wäre je auf den Gedanken gekommen, dass dieses zarte, blonde, lächelnde Geschöpf eben noch verbissen um jede Elle Raum gekämpft und dabei in Waden gekniffen und mit der blanken Faust auf nackte Zehen geschlagen hatte! So rückten die Leute bereitwillig noch ein wenig enger aneinander und Teri konnte sich direkt vor der Tribüne vollends aufrichten. Freundlich strahlte sie zu ihren Gönnern, einem Scharmann und seiner fein herausgeputzten Frau, hinauf und wandte sich dann dem Geschehen vor ihr zu.

Teri war an die äußerste rechte Seite der Tribüne geraten. Besser hätte sie es gar nicht treffen können. So hatte sie die gesamten Vorgänge unter Kontrolle und musste nicht befürchten, etwas, das außerhalb ihres Blickfeldes geschah, zu versäumen.

Direkt vor Teri, kaum eine Elle entfernt, stand einer der Verkünder. Die Marschtrommel, von dem Mann in rasendem Takt geschlagen, hing genau über ihrem Kopf.

Mit einem furiosen Trommelwirbel beendete der Mann sein Spiel und griff zu der kupfernen Fanfare, die an einem breiten Seidenband von seiner Schulter hing. Teri hielt die Luft an und schaute schnell zu den etwa dreißig Halbwüchsigen hin, die mit erwartungsvollen Gesichtern auf dem hinteren Teil der Tribüne standen. Wer von ihnen würde wohl unter den Auserwählten sein?

Wilder Neid erfasste Teri. Heute wurden die neuen Scharleute gewählt. Die Scharleute, die auf den fliegenden Schiffen fahren und Waffen tragen durften! Die Scharleute, die alle nur denkbaren Privilegien genießen und in die entferntesten Länder reisen würden! Unwillkürlich schloss Teri ihre Hände zu Fäusten. Wenn sie nur alt genug gewesen wäre, dann würde sie selbst jetzt dort oben stehen – und ganz sicher würde sie ausgewählt werden!

In diesem Augenblick hoben alle sechs Verkünder ihre glänzenden Instrumente an die Lippen und schon der erste, durchdringende Ton brachte das Gemurmel und Getuschel auf dem Versammlungsplatz zum Verstummen.

Teri betrachtete die Gruppe der Bewerber, die sich im Alter

von zwölf Jahren in die Rolle der Scharanwärter einschreiben konnten. Teri traute sich zu, jeden Einzelnen von ihnen in jeder denkbaren Disziplin zu schlagen. Ihr Blick blieb an den Augen von Aeta hängen. Noch im vergangenen Sommer hatten Teri und Aeta am Strand zusammen gespielt. Dort war Aeta eine der Ehrgeizigsten und Schnellsten gewesen. Nun gut, das mochte für einen Mannschaftsgrad genügend sein, aber Teri fand, dass es nicht ausreichte, stark und schnell zu sein, um ein Schwalbenschiff zu leiten. Aeta würde es nie zum Kapitän bringen. In Teris Augen war sie einfach zu dumm!

Oder Raag mit seinem massigen Körper. Sicher, er war kräftig wie kein anderer seines Alters, aber welcher Kapitän würde ihn schon haben wollen? Raag bewarb sich nun schon im dritten und somit letzten Jahr um einen Platz in der Sturmflottenschar. Er war viel zu schwer. Der Kapitän, der ihn auswählte, könnte sich ja gleich einen Felsbrocken in den Mast hängen, befand Teri. »Soll der Kerl doch Schneckenschiff fahren!«, zischte sie mit halb geschlossenen Lippen. Fünf Jahre fehlten ihr, um sich bewerben zu können, lächerliche fünf Jahre. Es war einfach ungerecht!

Plötzlich verstummten die Fanfaren. Erwartungsvolle Stille lag über dem Platz. Mehr als dreitausend Menschen warteten auf die Entscheidung, welchen Familien in diesem Jahr die Ehre zuteil wurde, ein Mitglied der Sturmflottenschar hervorgebracht zu haben.

»Der Obmann der Kapitäne der Schwalbenschiffe!«, rief der Erste Verkünder überflüssigerweise über die Köpfe der Menschen hinweg, denn jeder Bürger Thedras kannte Athan, den Ersten Kapitän der Flotte der fliegenden Schiffe.

Der Mann neben Teri setzte sich in Bewegung und stieg die Stufen zur Tribüne hinauf. Teri konnte es kaum fassen – der Obmann hatte direkt neben ihr gestanden, sie hatte ihm direkt ins Gesicht gesehen und sie hatte es in ihrer Aufregung nicht bemerkt!

Athan ließ sich Zeit mit seinem Auftritt. Klein und drahtig, wie alle Scharleute, wirkte er in seinem Anzug aus gelber, geölter Seide wie eine Quelle reiner Energie. Geschmeidig bewegte er sich auf die Mitte des Podiums zu.

Ruhe gebietend hob Athan die Hand, als einzelne Hochrufe laut wurden. Aus der Tasche, die um seine Schultern hing, nahm er eine flache Holzschachtel, von der er mit geübten Handgriffen den Deckel entfernte. Zum Vorschein kam ein Rahmen aus Leisten, der mit gelbem Ton ausgefüllt war. Mit beiden Händen hielt Athan die Tafel über den Kopf. »Die Versammlung der Kapitäne hat gewählt!«, gab er bekannt. »Diese Tafel trägt die Namen der Matrosen, die wir in diesem Jahr in Dienst nehmen werden!«

Teri versuchte angestrengt, einen der Namen zu entziffern oder wenigstens die Anzahl der Kandidaten festzustellen, konnte aber nichts erkennen.

»Ich werde die Namen nun verlesen!«, fuhr Athan fort und nahm die Tafel wieder herunter. »Erwählt ist Rean, Tochter der Kaufleute Deril und Ewron!« Athan ließ die Tafel sinken, während Rean mit hochrotem Gesicht nach vorn gestolpert kam und sich neben ihn stellte.

»Erwählt ist Sigo, Sohn der Former Ohbit und Aslan!« Wieder kam ein linkisches Geschöpf aus der Gruppe der Wartenden und stellte sich, verlegen grinsend, neben Athan.

Teri sah dem würdelosen Schauspiel verächtlich zu. Die armen Kapitäne! Was hatten die sich da bloß ausgesucht!

Weiter verlas der Obmann die Namen der Erwählten. Immer größer wurde die Schar stolzer und verlegener Halbwüchsiger neben Athan. Auch Aeta war dabei – natürlich.

Schließlich ließ der Obmann die Tafel endgültig sinken. Sechzehn Auserwählte standen nun neben ihm.

Athan trat zwei Schritte vor, wandte sich um und richtete das Wort an sie: »Junge Scharleute«, sprach er, »ihr seid von der Kapitänsversammlung der Schwalbenschiffe in den Mannschaftsstand gewählt worden! Wer von euch Zweifel hat den Anforderungen gewachsen zu sein, der trete jetzt vor, und ich werde seinen Namen von dieser Tafel löschen!«

Keiner der jungen Scharleute regte sich auch nur um einen Fingerbreit.

»So sprecht mir denn nach!«, fuhr der Obmann in dem von alters her vorgegebenen Text fort und begann mit getragener Stimme den Eid der Scharleute zu sprechen: »Wir sind der Sturmflottenschar auf ewig ergeben. Wir werden ihre Geheimnisse hüten und für unser Schiff eintreten mit der Kraft unseres Geistes, des Körpers und unseres Lebens!«

Eine heiße Welle der Sehnsucht riss Teri mit sich fort. Halblaut hatte sie den Text des Eides mitgesprochen. Einen Moment lang war sie versucht einfach auf die Bühne zu klettern und sich in die Gruppe der Erwählten einzureihen – aber das war natürlich Unfug!

»Ein jeder von euch ist nun für alle Zeiten Mitglied der Sturmflottenschar!«, erhob Athan nun wieder die Stimme, als die nachgesprochene Eidesformel verklungen war. »Nichts als der Tod wird euch von dieser Pflicht entbinden. Geht nun in den Schwalbenhafen und lernt euer Handwerk gut! Im nächsten Frühjahr werdet ihr mit den Schiffen fliegen!«

Wie auf ein geheimes Kommando hoben die Verkünder nun ihre Fanfaren, um das Schweigegebot aufzuheben, aber noch vor dem ersten Ton löste sich die Anspannung der Menge in tosendem Jubel. Jeder versuchte den Eltern eines neuen Scharmitglieds die Hand zu reichen. Nur das kleine Häuflein der abgelehnten Bewerber stahl sich beschämt von der Bühne.

Teris Blick hing wie gebannt an der Gestalt Athans, der

nun zu jedem einzelnen der jungen Leute trat, um sie zu ihrer Wahl zu beglückwünschen. Dann händigte er die frische Tontafel dem Obmann der Brenner aus, der sie mit sich nahm, um sie im Feuer zu härten.

Plötzlich drehte Athan sich um und schaute Teri voll in die Augen. Mit zwei schnellen Schritten war er am Rand der Tribüne und beugte sich zu Teri hinab, die erschreckt einen Schritt zurückwich. »Welcher Kerl soll mit den Schneckenschiffen fahren?«, fragte er freundlich.

Schlagartig wurde Teri klar, dass er ihre halblaut ausgesprochene Bemerkung von vorhin trotz der Fanfaren sehr wohl gehört hatte. »Der – der dicke Raag!«, brachte sie zaghaft hervor. Tatsächlich war Raag auch in seinem dritten Jahr von keinem Kapitän gewählt worden. Er würde nie zur Schar gehören, Teri hatte es gewusst.

»So, der dicke Raag also!«, stellte der Obmann fest. »Ja, du hast Recht! Raag wird auf einem Schneckenschiff anheuern müssen, wenn er zur See fahren will!« Nachdenklich nickte der Mann zu seinen Worten. »Und du?«, wollte er wissen. »Ich habe dich beobachtet! Du willst Scharfrau werden!«

Auf einmal fiel alle Befangenheit von Teri ab. »Ja!« Trotzig schaute sie dem hoch über sie aufragenden Mann auf der Bühne in das Gesicht. »Ja, ich will Scharfrau werden! Und nicht nur einfache Scharfrau! Kapitän will ich werden! Kapitän des Flaggschiffs der Königlichen Flotte! Kapitän der *Diamant!*«

Athan lachte laut auf. »So, Kapitän der *Diamant* willst du sein! Nun, das ist zurzeit zwar mein Schiff, aber wenn du so weit bist, können wir uns ja über meine Ablösung unterhalten!«

Teri spürte, wie ihr das Blut in die Wangen schoss. Sie hatte das Gefühl, etwas unglaublich Dummes gesagt zu haben.

»Sag mir deinen Namen!«, forderte Athan.

Die Stimme drang wie aus weiter Ferne an Teris Ohr. Leise gab sie Antwort. Sie schämte sich entsetzlich für ihre vorlaute Bemerkung. »Teri.«

Der Obmann richtete sich zu voller Größe auf und sprach nun lauter. »Deinen Namen werde ich mir merken!« Fest schaute er das Mädchen an. »Erwarte nur die Zeit! Du wirst mit den Schiffen fliegen!«

Teri war es, als versänke die Welt. Unsicher tastete sie nach der Brüstung vor sich. Sie würde mit den Schiffen fliegen! Der Obmann hatte es gesagt! Der Obmann hatte es versprochen! Ein ungeheures Glücksgefühl durchströmte ihren Körper. Sie hörte kaum noch, wie die Musikanten auf einer kleinen Nebenbühne begannen eine schwungvolle, fröhliche Melodie zu spielen. Erst als die Paare anfingen die Bühne zu stürmen und wirbelnd zu tanzen, merkte sie, dass Athan schon lange fort war. – Sie würde mit den Schiffen fliegen! Athan hatte es gesagt! Das war mehr als ein Versprechen – das war eine Verheißung!

Teri schaute sich um. Die ernste, erwartungsvolle Stimmung der Menge entlud sich nun in nahezu hektischer Heiterkeit.

Jedes Jahr, wenn die Schwalbenschiffe aus den Ländern der ganzen Welt in den Heimathafen zurückgekehrt waren und die ersten Eisschollen vor dem Hafen auftauchten, wählten die Scharleute ihre neuen Mannschaften, gefolgt von den hohen Ständen der Schwalbenschiffbaumeister und der Kupferschmiede. Aber der Höhepunkt war und blieb das Fest der Scharleute, das Fest der fliegenden Schiffe!

Jedes Jahr wurde der Hafenplatz mit den Bildern der Magier und Waffenmacher aller Generationen geschmückt und schon Tage vorher wurden die alten Geschichten von Aganez, dem ersten und größten Magier Thedras, von den Vorlesern auf dem Marktplatz erzählt. Jedes Kind kannte die Geschichte, wie er mittels seiner Kenntnisse die unbedeutende kleine Verbanntenkolonie zu einer uneinnehmbaren Festung hatte ausbauen lassen. Et selbst war es gewesen, der die fliegenden Schiffe entwickelt hatte, und wenn das alles auch schon Jahrhunderte her war, so war sein Name doch auch heute noch in aller Munde. Ihm und seinen fliegenden Schiffen zu Ehren wurde das größte Fest des thedranischen Jahres gefeiert.

Laut klangen die Schellen und Trommeln der Musikanten über den Platz; eine junge Frau stand vorne auf dem kleinen Podium und sang mit heller Stimme ein Tanzlied. Schneller und schneller drehten die Tänzer sich im Kreis.

Nun begann auch die Menge auf dem Platz zu wogen. Einige Paare tanzten auch dort unten auf dem unebenen Pflaster.

Händler hielten ihre Buden geöffnet und boten Speisen und Getränke an. »Heute alles auf Kosten der Schar!«, schrien sie wieder und wieder. Kinder hielten Modelle fliegender Schiffe an langen Stangen über ihre Köpfe und bahnten sich johlend einen Weg, jedes auf einem anderen Kurs. Niemand außer den Scharleuten hatte je ein fliegendes Schiff aus der Nähe gesehen und so trieb die Fantasie der kleinen Modellbaumeister die wildesten Blüten. Schmale seidene Bänder hingen von den Rümpfen herab und flatterten lebhaft hin und her. Viele der Schiffchen waren an den Seiten des Rumpfes mit einem Paar Möwenschwingen besetzt, die die Kinder durch seidene Schnüre bewegten.

Mit offenen Augen träumend sah Teri eines der Schiffchen auf sich zukommen. »Du wirst fliegen!«, hatte der Obmann gesagt. Matrose Teri, Windmeister Teri – oder nein, besser noch Kapitän Teri. Wie gut sich das anhörte: Kapitän Teri, Scharfrau von Thedra, unterwegs in das Land der weißen Küsten, zum Volk der Rauchtrinker, Seide gegen Gold zu tauschen.

»He, pass doch auf!« Das Schiffsmodell über Teri geriet plötzlich in harten Wind und drohte von seiner Stange zu kippen. Sein Kommandant, ein etwa achtjähriger, in feinste Stoffe gekleideter Junge, war gegen die träumende Teri gestoßen und dabei gestolpert. »Hau ab, Straßenköter!«, fuhr der Knabe Teri an. »Den Weg frei für Kapitän Garsa und seine *Achat!*«

Hastig brachte die so jäh entthronte Teri ihre nackten Zehen vor den schweren Holzschuhen des Rüpels in Sicherheit. Verächtlich sah sie ihm nach, wie er sich rempelnd und stoßend einen Weg durch die Masse bahnte. Eines Tages würde sie wirklich Kapitän sein, eine der ersten Damen des Staates, gleichgestellt einer Fürstin! Dann würde es kein Mensch mehr wagen, so mit ihr zu reden. Sie würde die unverschämte Brut in Ketten legen und auspeitschen lassen! Gierig sah sie ihrem Widersacher nach. – Schade, dass es noch nicht so weit war!

»Hier, Kleine, nimm ein Stück!« Ein Händler hielt Teri an einem langen Kupferspieß ein Stück gebratenen Fleisches entgegen. Aber Teri hatte keinen Hunger, sie wollte sich lieber noch ein wenig umschauen.

Mittlerweile war die Dämmerung herangekommen und die ersten Fackeln wurden entzündet. Die Sängerin hatte zu einer getragenen Melodie ein zartes Liebeslied angestimmt. Obwohl sie nicht sonderlich laut sang, hing ihre helle Stimme wie eine alles umschließende Glocke über dem Platz. Nur ganz wenige, zumeist Angetrunkene, konnten sich dem Zauber dieses Klangs entziehen. Die Paare auf der Tanzfläche rückten näher zusammen und auch auf dem Festplatz wurde eine Atmosphäre der Sehnsucht und der Zusammengehörigkeit spürbar, wie man sie nur ganz selten findet.

Dann war das Lied zu Ende, und ohne auch nur einen Moment innezuhalten, fielen Sängerin und Musikanten in den wilden Rhythmus eines wüsten Saufliedes, dessen zahlreiche versteckte Anspielungen Teri nicht ganz verstand.

Teri ließ sich durch die Masse treiben, langsam wurde auch sie von der allgemeinen guten Laune angesteckt.

Einige Händler hatten ganze Hände voll seltener Gewürze und Samenkörner in kleinen Feuerbecken entzündet. Gierig sog Teri das Aroma ein, das sich über den ganzen Platz ausbreitete.

Weiter sank die Dunkelheit herab. Der kleine Ausschnitt des Himmels zwischen den hohen Felsen der Stadt war schon fast schwarz. Wie glosende Feuerbälle hingen die Fackeln in ihren Halterungen. Überdeutlich hörte Teri das Knacken des brennenden Holzes durch all den Lärm hindurch. Das Licht der Öllampen schimmerte warm aus den Tavernen rund um den Platz.

Heiter und unbeschwert begann Teri sich im Takt der Musik zu wiegen. Plötzlich fühlte sie sich bei der Hand genommen und im Kreis gedreht. Ein etwa zehnjähriger Junge hatte sie einfach ergriffen und tanzte in wildem Wirbel mit ihr über den Platz. Lächelnd legte Teri den Kopf in den Nacken und ließ die Haare fliegen; der Tanz gefiel ihr gut.

Plötzlich ließ der Junge Teris Hände los, aber schon wurde sie vom nächsten Tänzer aufgefangen und wie von einem starken Wind über den Platz geweht. Weiter ging der Tanz. Die Musik war nur noch ein aufpeitschender, fordernder Rhythmus, die fliegenden Schiffe über Teris Kopf wurden zu einer auf bunten Seidenbändern dahinrauschenden Flotte. Teri jauchzte laut auf. Immer schneller wechselten ihre Tanzpartner sich ab. Knaben und Mädchen, Männer und Frauen wirbelten ihren Körper in immer wilderen Kreisen herum, bis sie sich schließlich, ganz außer Atem, mit wund getanzten Fußsohlen, in den Winkel zwischen der Musikantentribüne und einer Taverne retten konnte.

Angestrengt keuchend und vor Erschöpfung zitternd, kauerte sie sich in dem Mauerwinkel zusammen. Gerne hätte sie noch weitergetanzt, aber ihre Füße machten einfach nicht mehr mit!

Mit einem Mal brach die Musik ab. Hoch über der Stadt lag ein Leuchten in der Luft. »Aganez' Feuer!«, ging ein Raunen durch die Menge. »Aganez' Feuer!«

Auch Teri blickte zum Gipfel der Königsklippe hinauf. Selbstverständlich kannte sie die Geschichte von Aganez' Feuer. Der greise Urvater der thedranischen Magier hatte einst in stürmischer Nacht die Flotte der fliegenden Schiffe damit vor dem sicheren Untergang gerettet. Die Vorführung des magischen Feuers war in jedem Jahr Höhepunkt und Schlussakkord des Festes.

Vergessen waren Erschöpfung und wunde Füße. Aufgeregt sah Teri zu, wie das magische Leuchten immer stärker wurde. Die Musik hatte wieder eingesetzt. Mit klarer Stimme trug die Sängerin das Lied der Sturmflottenschar vor, besang die weiten Reisen, die fremden Häfen und die sternklaren Nächte auf See. Gerade war sie bei der letzten Strophe angelangt, die die Heimkehr mit reicher Fracht besang, als das Licht vom Gipfel der Zinne schon den ganzen Himmel ausfüllte und zu pulsieren begann.

Taghell war es nun in den Schluchten von Thedra. Ein ehrfürchtiges Raunen ging durch die Menge. Immer schneller pulsierte das Licht, bis kaum noch ein Wechsel wahrzunehmen war. Einzelne Hochrufe wurden laut, andere Menschen auf dem Platz fielen ein. Die Sängerin beendete ihr Lied. Die Luft war von einem Schwirren durchzogen, als flögen Millionen von Schwalben über die Stadt hinweg – und dann explodierte der Himmel über Thedra in lautlosem, vielfarbigem, kaltem Feuer.

Der Winter des Jahres dreiundzwanzig der Herrschaft Reos, König von Thedra und Estador, verlief für Teri in gewohnter Gleichförmigkeit.

Wenn in den Monaten um die Wintersonnenwende die eiskalten Nordstürme durch die Straßen von Thedra heulten, wurden sämtliche Öffnungen der einzelnen Wohnfelsen mit schweren Holztoren hermetisch verschlossen. Lediglich schmale Türen führten dann noch ins Freie und nur kleine Abzugslöcher in den schweren Toren sorgten für den nötigen Luftaustausch.

Damit sich die Thedraner aber nicht zu sehr in ihren Wohnfelsen verbarrikadierten und aus Lichtmangel krank wurden, hatte Aganez, der Urvater aller thedranischen Magier, vorzeiten bestimmt, dass jeder Bewohner der Stadt im Winter täglich einen Spaziergang um die Königsklippe zu machen habe. Die meisten Thedraner murrten wegen dieser »sinnlosen« Bestimmung, aber Teri machten die täglichen Spaziergänge nichts aus. Meistens tollte sie mit den anderen Kindern übermütig herum und rutschte auf ihren strohgefütterten Holzschuhen die steilen Passagen des Weges hinab. Sie freute sich über das Knirschen des Schnees unter ihren Sohlen und versuchte mit großen Schritten in den Spuren der Erwachsenen zu laufen. Schnee, wie herrlich! Man konnte darauf herumschlittern, Stöcke davon aufheben und daran lecken oder ihn zu leichten, Sternchen sprühenden Geschossen formen, die im Ziel zu einer weißen Fontäne zerstoben.

Mindestens ebenso interessant fand Teri die Winterschule. Jedes Jahr im Winter wurden die Kinder des Formerfelsens drei Monate lang von einem Schulmeister streng unterrichtet. Teri mochte den Schulmeister. Geduldig lauschte sie seinen Ausführungen, stellte ihre Fragen und nahm sein Wissen in sich auf. Sie konnte nicht genug davon kriegen. Ungeduldig wurde sie nur, wenn ihre Mitschüler nicht ganz so schnell begriffen wie sie und der Stoff immer aufs Neue wiederholt werden musste.

Nach der Schule half Teri regelmäßig ihren Eltern in der Formerwerkstatt. Sie liebte die Arbeit mit dem kalten, glitschigen Ton nicht sonderlich, aber Teris Mutter Ael hatte herausgefunden, dass sie ihrer Tochter die Arbeit versüßen konnte, wenn sie dabei Geschichten erzählte, die sie zu Hause von ihrem Vater gehört hatte.

Aels Vater war Scharmann gewesen und jahrzehntelang als Windmeister auf einem Schwalbenschiff gefahren. Zu Teris Bedauern war das auch schon alles, was ihre Mutter über den Beruf des Großvaters zu berichten wusste. Ausnahmslos alle Scharleute wurden schon als Anwärter von den Magiern der Stadt hypnotisch beeinflusst, sodass es ihnen unmöglich war, Außenstehenden etwas über die Ausübung ihres Berufes zu erzählen. Aber selbst das wusste Ael nicht. Sie konnte nur berichten, dass ihr Vater sehr verschlossen gewesen war, was Fragen nach seiner wirklichen Aufgabe an Bord anging. Wovon er aber erzählt hatte, das war von den fremden Hafenstädten, den seltsamen Gebäuden und Pflanzen anderer Länder, den Menschen mit den absonderlichsten Hautfarben, den gefährlichsten Tieren der Welt und den abscheulichsten Riten der Eingeborenen in den fremden, fernen Ländern.

Aels Erinnerungsvermögen war unerschöpflich, was die alten Erzählungen von Teris Großvater anging, und wenn die Erinnerung versagte – wer würde es einer Mutter nicht verzeihen, wenn sie auch ab und an die eigene Fantasie bemüht, um ihr siebenjähriges Töchterchen bei Laune zu halten?

So erfuhr Teri von dem Volk, wo bei allen Menschen die Zunge oben am Gaumen angewachsen war. Teri konnte von der Geschichte nicht genug kriegen und wollte jedes Mal sterben vor Lachen, wenn die Mutter vormachte, wie diese Leute sprachen.

Auch lernte Teri, dass die Drachen, die auf den Inseln hinter den Nordinseln wohnten, ganz dick und erstaunlich leicht waren, sodass sie bei starkem Wind davongeweht werden konnten, wenn sie sich nicht ordentlich festhielten. Im Übrigen spien diese Drachen das Feuer nicht in einem flammenden Strahl aus, wie viele Leute glaubten, sondern schleuderten einen klebrigen Rotz aus ihrem Maul, der sich erst an der Luft entzündete!

Aels Vater hatte selbst erlebt, wie einmal ein Drache von einem Felssturz erschreckt wurde und watend einen großen Felsbrocken anspie. Der Block hatte einen halben Tag lang gebrannt und war geschmolzen wie ein Stock Fett im Topf! Als Beweis hatte Aels Vater seiner Tochter damals einen verkohlten Zweig von einem Baum, der in der Nähe gestanden hatte, mitgebracht – und damit war die Geschichte doch wohl unwiderlegbar!

Wenn Teris Mutter des Erzählens müde war, sang der Vater oftmals leise eines der vielen Formerlieder, während er seine Drehscheibe im Takt antrieb, und auch Teri trug zur Unterhaltung bei, indem sie ab und an ein Kinderliedchen trällerte oder sich haarsträubende Lügengeschichten ausdachte.

So verging der dunkle Winter schnell, und kaum hatte die Sonne die ersten Grashälmchen aus den Felsspalten gelockt, begrüßte eine quietschvergnügte, mittlerweile achtjährige Teri den jungen Frühling und machte die Stadt unsicher.

Neben den üblichen Spielen, die die Kinder Thedras zu allen Zeiten gespielt hatten, hatte Teri in diesem Jahr eine besondere Leidenschaft entwickelt: Ganz besonders liebte sie es, sich im winzigen Vorhof des Schwalbenhafens aufzuhalten, wo fast ausschließlich die in gelbe Seide gekleideten Scharleute und die in dunkles Leinen gewandeten Schiffbauer verkehrten.

Seit Athan ihr verheißen hatte, sie werde mit den Schiffen fliegen, hatte sich ihr Leben verändert. Die Euphorie der ersten Tage war einer ständig wachsenden Sorge gewichen: Was, wenn Athan sein Versprechen vergaß? Was, wenn er auf See verletzt oder getötet wurde? Wenn er krank wurde und starb? Was würde dann aus seinem Versprechen werden?

So trieb sie eine tiefe, uneigennützige Sorge immer wieder in den Vorhof des Schwalbenhafens, und sooft Athan das Hafengelände betrat oder verließ, stand abseits seines Weges ein kleines, blondes Mädchen und prüfte mit besorgten Blicken die Gesundheit des Obmanns.

Lästig bei dieser so wichtigen Kontrollarbeit waren einzig die Wachen, die es einfach nicht einsehen wollten, dass Teri unbedingt ständig hier herumlungern musste.

Schließlich hatte Teri hoch oben in der Klippe, die den Schwalbenhafen von der Stadt trennte, eine ideale Beobachtungsplattform gefunden: Ein Spalt im Felsen, gerade breit genug, ihren schmalen Körper aufzunehmen, wurde nun zu ihrem Stammplatz. Dort verharrte sie oft halbe Tage lang, acht Mannshöhen über dem Felsboden des kleinen Platzes, und schaute auf den Vorhof des Hafens hinab.

Die Wachen hatten nicht viel gegen Teris Kletterpartien einzuwenden. Trotzdem wurde es von Mal zu Mal schwieriger, ihnen zu entkommen. Jedes Mal, wenn einer der Aufseher Teri erblickte, machten sich alle einen Spaß daraus, Jagd auf das Mädchen zu machen. Bislang war es Teri noch jedes Mal gelungen, den Wachen zu entwischen. Sie kletterte sehr gut und die Vorsprünge und Schrunden im Fels, in denen ihre Finger und Zehen gerade noch Halt fanden, hätten die Männer niemals getragen.

So sauste sie dann regelmäßig die senkrecht in die Höhe ragende Felswand empor, um schnell aus der Reichweite der Aufseher zu kommen. Natürlich war ihr klar, dass die Wachen sich mit der Jagd auf sie nur die Langeweile vertreiben wollten und dass die Männer ihr den Spottnamen »Eichhörnchen« gegeben hatten – sie schrien ihn ja laut genug! Selbstverständlich wusste sie, dass alles nur ein Spiel war. Aber erwischen ließ sie sich trotzdem nicht!

Nicht, dass es dort unten besonders viel zu sehen gegeben hätte. Außer den Wachen und Scharleuten kamen nur noch die Schiffbauer hier vorbei. Manchmal wurde das große Tor geöffnet, um Karren voller Handelsware durchzulassen. Dann wusste Teri, dass gerade wieder eines der fliegenden Schiffe in den Hafen gekommen war oder beladen wurde, um auf große Fahrt zu gehen.

Anders als im Schneckenhafen war hier nicht ein einziges fremdsprachiges Wort zu hören. Nur Leute aus der Stadt durften das Tor zum Schwalbenhafen passieren und auch von denen nur ein sehr kleiner, ausgesuchter Kreis. Wenn Teri Hafenatmosphäre gesucht hätte, wäre sie im anderen Hafen der Stadt besser aufgehoben gewesen.

Teri spürte die Nähe der Schwalbenschiffe. Von dem Treiben unter ihr nahm sie kaum etwas wahr.

Sie. würde mit den Schiffen fliegen.

Teri saß da und schaute sehnsüchtig zu dem großen Tor hinüber.

Teri sah durch das Tor hindurch.

»He, Mädchen, komm herunter!« Laut rief der Kapitän ihren Namen. Aber Teri wollte nicht hinunterklettern. Hoch über dem Deck der *Diamant* hangelte sie sich im Tauwerk der Masten immer weiter empor.

»Teri!« Die Stimme unter ihr nahm einen befehlenden Ton an.

Teri blickte hinab. Athan stand dort. Winzig klein sah er aus, wie er dort unten auf dem Deck die Hand nach ihr ausstreckte. Athan war ihr böse. Warum, das wusste Teri nicht ganz genau. Es hing wahrscheinlich damit zusammen, dass sie Kapitän werden wollte. – Egal! Hier oben konnte er ihr nichts anhaben.

»Komm herunter!«

Teri kletterte noch höher, jetzt hatte sie die Mastspitze erreicht. Triumphierend schaute sie hinab, doch zu ihrem Entsetzen war Athan in der Zwischenzeit um ein Vielfaches gewachsen. Immer näher kam das wutverzerrte Gesicht des Kapitäns und seine Hand hatte fast schon ihre Knöchel erreicht. »Nein!«, stöhnte Teri verzweifelt auf. Gleich würde Athan sie ergreifen. Wild schlug sie um sich, um ihn abzuwehren.

»Pass auf! Halt dich fest!« Das Bild Athans begann zu verblassen. »Sei vorsichtig!«

Teri spürte Felsgestein unter ihren Händen und schlug ihre Augen auf. Erschreckt zuckte sie zurück. Sie war bei ihren verzweifelten Versuchen, Athan abzuwehren, halb aus ihrem sicheren Hochsitz in der Klippe herausgerutscht.

»Teri, komm herunter!«

Irritiert sah Teri nach unten. Dort stand einer der Verkünder und schaute zu ihr hoch. »Du bist doch Teri, oder?«, wollte der Mann von ihr wissen.

Teri nickte.

»Dann komm herunter, der Obmann will dich sprechen! Aber sei vorsichtig!«

Schnell schüttelte Teri die letzten Reste des Traums ab, schob ihren Körper vollends aus dem schmalen Spalt und kletterte eilig die Felswand hinab. Der Obmann wollte sie sprechen? Jetzt schon? Was konnte das zu bedeuten haben? »Was will Athan denn von mir?«, fragte sie atemlos, als sie auf sicherem Boden vor dem Verkünder stand.

»Athan?« Der Verkünder schüttelte den Kopf. »Nicht Athan – Tees, der Obmann der Former, ist es, zu dem ich dich bringen soll.«

Mit ernstem Gesicht ging der Verkünder voraus.

Teri überlegte angestrengt. Was konnte Tees von ihr wollen? Hatte sich etwa jemand über sie beschwert? Oder sollte sie vielleicht sogar belohnt werden, für irgendetwas, wovon sie gar nichts wusste?

Im Formerfelsen angekommen, gingen die beiden direkt in die Werkstatt des Obmanns, der sie schon erwartete. Teri bemerkte sofort die bedrückte Stimmung, in der sich die Anwesenden befanden. Mehrere Kollegen ihrer Eltern hatten sich hier versammelt.

Bei Teris Eintreten verstummte das leise Gespräch der Männer und Frauen endgültig. Alle standen schweigend in dem düsteren Raum und blickten zu Boden. Plötzlich aufwallende Angst überkam Teri. Was ging hier vor? Warum waren alle so ernst?

Tees räusperte sich. Mit fahrigen Bewegungen nahm er einen Holzstab von seiner Werkbank und betrachtete ihn kurz mit abwesendem Blick. Dann richtete er das Wort an Teri.

»Ich – ich muss dir leider eine traurige Botschaft übermitteln.« Unsicher sah er das Mädchen an. »Du weißt, dass deine Eltern im Auftrag der Zunft unterwegs sind, um seltene Tonerden aus der Provinz Astrad einzukaufen.«

Teri nickte stumm. Diese ersten Sätze Tees' trafen sie wie ein Schlag in die Magengrube. Es ging um ihre Eltern. Ihren Eltern war etwas zugestoßen! – Sie wollte nicht weiterhören, nicht erfahren, was geschehen war. Am liebsten wäre sie fortgelaufen, aber das würde ja doch nichts helfen! Mit einem kleinen Rest von Hoffnung sah sie zu Tees auf.

»Wir haben Nachricht aus Astrad erhalten«, fuhr Tees fort. »Deine Eltern haben vor fünf Tagen die Grenze bei Darun überschritten, sind aber nicht bei den Tongruben angekommen!«

Teri sah das Bild ihrer Eltern vor sich, wie sie sich von ihr verabschiedet hatten. Ihr Vater war schon immer als Vertrauensmann der Zunft zu den Tongruben gegangen, um dort das nötige Material einzukaufen. Auch seine Frau hatte sich im Lauf der Jahre eine hohe Sachkenntnis erworben, was die Qualität des Tons anging. So waren die beiden einmal jährlich, jeweils im Frühling, gemeinsam aufgebrochen, um die Einkäufe für die Zunft zu tätigen.

In den Gruben von Astrad ließen sie von den dortigen Meistern Depots anlegen, die dann im Sommer nach und nach von Arbeitern nach Thedra gebracht wurden. Auch in diesem Jahr war Teri für die Dauer der Reise bei ihrer verwitweten Großmutter einquartiert worden.

»Die Schachtmeister der Gruben haben sich mit ihren Leuten auf die Suche gemacht.« Tees sprach jetzt ganz leise. »Im Feuchtland haben sie den Zunftkarren und …«

Teri war es, als sei sie betäubt. Stumm stand sie da und schaute auf den Obmann der Former, der verzweifelt nach Worten suchte.

»… Teri, deine Eltern leben nicht mehr!«.

Teris Verstand weigerte sich einfach, die Worte des Zunftmeisters zur Kenntnis zu nehmen. Das musste alles ein böser Traum sein.

»Wir haben deiner Großmutter bereits die Nachricht überbracht.« Tees wusste nicht, wohin mit seinen Händen. Krampfhaft umklammerte er das Holzstück in seiner Hand. »Sie hat sich sehr darüber aufgeregt!« Tees ging jetzt in die Hocke und sah Teri gerade ins Gesicht. »Teri, deiner Großmutter geht es sehr schlecht! – Geron ist bei ihr und versucht ihr zu helfen. – Du kannst im Moment nicht bei ihr wohnen. Sie braucht sehr viel Ruhe! – Teri, wir haben soeben beschlossen, dass du bis auf weiteres Kind der Zunft sein wirst. Deine Schlafstatt soll bei Tana, eurer Nachbarin, sein. Ich hoffe, du bist mit dieser Lösung einverstanden.«

Tana trat aus der Reihe der Umstehenden und legte eine Hand auf Teris Schulter. Sie war schon bei Teris Geburt dabei gewesen, bei der Teris Mutter fast gestorben wäre, hätte der Magier Geron nicht seine ganze Kunst aufgeboten. Sie kannte Teri vom ersten Moment ihres Lebens an und mochte sie sehr. »Hiermit nehme ich sie auf, bis sie ihr Leben zu meistern vermag!«, sprach Tana die alte Formel aus.

Damit waren alle Bande, die Teri auf dieser Welt gehabt hatte, zerrissen. Jetzt war sie eine Bettlerin – ein nutzloses Kind, das von der Gnade der Zunft lebte. Ausgeliefert auf Gedeih und Verderb. Nicht das Brot wert, das sie aß!

Tana rüttelte sachte an Teris Schulter. »Teri, komm jetzt, wir sollten jetzt gehen! Willst du mit mir kommen?«

Stumm nickte Teri. Stumm ließ sie sich in Tanas Höhle fahren und stumm weinte sie in den Nächten in ihr Kissen.

Wenige Tage später erhielt Teri die Nachricht vom Tode ihrer Großmutter. Jetzt war sie wirklich allein.

2

Die Große Geliebte

Ein Kaufmann ohne Geld
ist wie ein Bauer ohne Land!

Tief drang das Vorschiff der *Großen Geliebten* in die Dünung ein und bohrte sich krachend in die heranrollende Welle. Knirschend spannten sich die Taue, mit denen die Ladung auf Deck verzurrt war – und wieder stürzte ein Schwall salzigen Wassers über die großen Ballen hinweg.

Llauk hatte sich mit einem Tauende an der Reling festgebunden und schaute in stummer Verzweiflung zu, wie die Gewalt der Wellen an seiner Fracht riss. In den ersten Stunden der Fahrt hatte er noch seinen Zorn in den Wind hinausgeschrien und gelobt, dass er diesen Kapitän töten würde, der sein Schiff so erbärmlich überladen hatte; aber die *Große Geliebte* hatte ihn alsbald mit ihren wilden Bewegungen zum Schweigen gebracht.

Llauk war am Ende! Die Seekrankheit hatte ihn, den Binnenländer, mit ihrer ganzen Kraft gepackt und hielt ihn in ihren Klauen. Seine guten Stoffe waren von Salzwasser durchtränkt und verdorben; seine gesamte Habe hatte er für die Passage zu den Westlichen Inseln versetzt.

Achtzig Bronzestücke verlangte der Kapitän für Fracht und Überfahrt, ein Vermögen! Dafür hatte er Llauk eine problemlose, gemütliche Reise versprochen. Gerne hätte Llauk dieses dramilische Großmaul von Kapitän mit bloßen Händen erwürgt, aber erstens wäre das nicht klug gewesen, solange man noch auf See war, und zweitens war Llauk auch nicht der Mann, diesem Baumstamm von Kerl offen entgegenzutreten.

Dabei hatte alles so viel versprechend angefangen!

Llauk, Stoffmacher aus der Provinz Idur, hatte schon lange den Plan gefasst, die seiner Meinung nach horrenden Handelsspannen der thedranischen Kaufleute zu umgehen. Brachten seine Zunftgenossen jedes Jahr vor Frühlingsbeginn alle ihre Stoffballen zur Hauptstadt, um sie dort, wie er fand, viel zu billig zu verkaufen, so hatte Llauk in den vergangenen Jahren jeweils einen großen Teil der Ware zurückgehalten, um für eigene – bessere – Geschäfte gerüstet zu sein.

Sein Plan stand fest: Wenn er erst genügend Stoffe gehortet hätte, würde er sich selbst auf ein Schiff wagen, um die Ware im Ausland teuer zu verkaufen. Selbstverständlich würde die Kaufmannschaft von Thedra ihm deshalb Schwierigkeiten machen, das war klar! Llauk verbrachte daher ein gut Teil seiner Zeit damit, sich immer neue, wirkungsvolle Streitreden auszudenken, die er halten wollte, falls ihm Steine in den Weg gelegt würden.

So hatte er dann eines Tages seine Werkstatt um einen Spottpreis verkauft und war streitlustig in Thedra angekommen. Zu seiner Enttäuschung hatte im Schneckenhafen, wo er seine Stoffe einlagerte, überhaupt kein Mensch Notiz von ihm und seinen Plänen genommen. Dafür stellte sich ihm ein anderes Problem: Die Kapitäne der thedranischen Schneckenschiffe hatten zwar alle nichts gegen die Fracht eines Stoffmachers aus Idur einzuwenden – aber die Frachtraten, die sie forderten, waren allesamt so unglaublich hoch, dass Llauks Geld noch nicht einmal für eine Überfahrt nach Cebor, der nächstgelegenen Hafenstadt, gleich östlich des Großen Gebirges, gereicht hätte.

Natürlich hatten sich die Kapitäne mit den Kaufleuten gegen ihn verbündet, redete Llauk sich ein. Man wollte einfach nicht, dass er mit seiner Ware den Hafen verließ! Man fürchtete, dass er, Llauk, den Beweis anträte, dass auf diese Weise bessere Profite zu machen seien.

Aber sein ganzes Wissen nützte ihm nichts. War schon ein gut Teil seines Geldes für den Transport der Stoffe nach Thedra verbraucht worden, so drohten nun die Lagerkosten langsam den Rest zu verschlingen. Dreiundachtzig Bronzestücke hatte er noch in den Taschen und mehr als einhundert kostete schon die billigste Passage nach Cebor.

Llauk hatte gerade seine Stoffballen aus dem Lagerhaus bringen lassen, um sie schweren Herzens doch den hiesigen Händlern vorzuführen, da war als Retter in der Not dieser Dramile aufgetaucht. Llauk hatte ihn zuerst für einen Finderkapitän gehalten. Die schweren Schmuckstücke aus edlen Metallen, die der Mann überreichlich trug, deuteten darauf hin.

Finder hatten einen schlechten Ruf im Hafen von Thedra, wenn auch jeder Kaufmann wegen der günstigen Preise, die sie festsetzten, gerne Geschäfte mit ihnen machte. Gefundene Ware, das war es, was die Finder anzubieten hatten, gefunden in den Weiten des Meeres auf verlassenen Schiffen. Immer wieder kam es, nach Aussage der Finder, vor, dass eine Mannschaft in einem Anfall von Wahnsinn oder aus sonstigen Gründen ihr völlig intaktes Schiff aufgab und es voll beladen seinem Schicksal überließ. Zumeist bestand dieses Schicksal darin, dass ein Finderkapitän daherkam und zumindest den wertvolleren Teil der herrenlosen Ladung sicherte. Es war ein offenes Geheimnis in allen Häfen des Kontinents, dass die Finder mit ihren schnellen Schiffen und den vielköpfigen, gut bewaffneten Mannschaften oft genug selbst dafür sorgten, dass es immer eine ausreichende Anzahl verlassener Schiffe zu finden gab; aber da die beraubten Seeleute und Passagiere allesamt für immer verschwunden blieben, musste man wohl oder übel glauben, dass es in den Weiten der Meere von verlassenen Schiffen nur so wimmelte. Nie war es gelungen, einen Finderkapitän vor ein Gericht zu bringen, und so blühte der Handel mit herrenlosem, »gefundenem« Gut seit Generationen.

Es hatte Llauk gar nicht gefallen, wie der Mann seine Stoffballen umschlichen hatte. »Was willst du? Für Finder ist hier nichts zu holen!«, hatte er ihn angerufen, wobei er die Hand schon vorsorglich auf den Griff seines in der Kleidung verborgenen Dolches gelegt hatte.

Der Mann hatte nur aufgelacht und war näher gekommen. »Ich bin kein Finder, Herr! Wie ich höre, sucht Ihr eine Passage für Eure Ware!«, hatte er mit unüberhörbar dramilischem Akzent erklärt. »Wir sollten darüber reden!«

»Ganz recht, ich suche eine Überfahrt!«, hatte Llauk bestätigt. »Allerdings für meine Ware und für mich! – Wohin geht Eure Reise, Dramile?«

»Nach Hause, auf die Westlichen Inseln! Ich werde morgen auslaufen und suche noch Beifracht!«

Die Westlichen Inseln! Genau die waren Llauks eigentliches Ziel gewesen! Die Westlichen Inseln, von denen sein ehemaliger Sklave, ein Dramile, ihm so viel erzählt hatte. Nach dessen Berichten verstand man sich in Dramil nicht auf die Herstellung feiner Stoffe und war bereit für gute Ware jeden Preis zu zahlen.

Geschickt hatte Llauks Sklave seinem Herrn den Mund wässrig gemacht, mit Berichten von den Schatztruhen der Herrschenden, die nur darauf warteten, von einem beherzten Mann wie Llauk geleert zu werden. Mit Geschichten schöner Frauen, die unglücklich in kratzigen Gewändern einhergehen mussten und bereit waren für ein paar Ellen weich fließenden Gewandstoffs alles, aber auch wirklich alles hinzugeben.

Immer gieriger war Llauk bei diesen Erzählungen geworden. Bedenken, man könne ihn in Dramilien vielleicht berauben oder übervorteilen, hatte sein Sklave mit wenigen Sätzen zerstreut: »Mein Volk lebt unter einem strengen Regiment«, hatte er erklärt, während er das Schiffchen durch den Webstuhl flitzen ließ, »die Leute sind das Gehorchen gewohnt! – Das siebst du ja an mir! Bin ich nicht dein bester Sklave, Herr?«

Das stimmte. Trotz der vielen Arbeit, des harten Nachtlagers, der kümmerlichen Verpflegung und Llauks ständig schlechter Laune war Tos immer willig und folgsam gewesen.

»Siehst du, Herr?«, hatte er weiter erklärt. »Tritt auf wie ein Edelmann! Dann werden alle Türen sich dir öffnen!«

Das hatte Llauk gefallen: Auftreten wie ein Edelmann, herrisch und selbstsicher, so ließ sich gut Handel treiben! Er würde den Dramilen – und vor allem ihren Frauen – schon beweisen, dass ein estadorianischer Stoffmacher besser zu handeln verstand als einer dieser schmierigen Kaufleute, die jeden Kunden stundenlang mit Wein freihielten! Jedes Jahr würde er Schiffe voller Stoffballen zu den Westlichen Inseln begleiten.

Tos hatte ganz Recht, man musste nur wissen, wie man mit diesen Leuten umzugehen hatte!

So hatte Llauk es vor allem seinem Sklaven Tos eb Far zu verdanken, wenn er nun in seinen Untergang stolperte.

Ein Dramile also! Llauk schaute den fremden Kapitän scharf an. Hier bot sich nun eine Gelegenheit, Tos eb Fars Ratschläge auszuprobieren. »So, Beifracht suchst du? Und wie kommst du darauf, dass ein Stoffmacher aus Idur seine wertvolle Fracht einem dramilischen Kapitän anvertrauen will?«

»Ich bin billig, Herr!«

Diese schlichten Worte des hünenhaften Dramilen trafen Llauk mitten ins Herz. Bemüht, sich seine Erregung nicht anmerken zu lassen, spielte er seine Rolle weiter.

»Billig bist du? Billig kann nur sein, wer ein schlechtes Schiff hat!« Diese Weisheit hatte Llauk in den letzten Tagen oft genug von thedranischen Kapitänen gehört.

»Die *Große Geliebte* ist ein gutes Schiff!«, erklärte der Dramile ungerührt. »Ihr werdet zufrieden sein, Herr!«

Llauk hatte die *Große Geliebte* schon im Hafen bemerkt. Sie war erst gestern, tief im Wasser liegend, von See gekommen, als Llauk bereits alle Hoffnung aufgegeben hatte.

»Wann läufst du aus?« Llauk schaute den Kapitän unsicher an. »Und was forderst du als Frachtrate?«

»Morgen mit der Abendflut, Herr! Wir nehmen nur frischen Proviant auf. Wenn Ihr dann bereit seid, kostet Euch die Passage nach Sordos achtzig Bronzestücke!«

Sordos, die Hauptstadt der Westlichen Inseln und Sitz des dramilischen Königshauses! Llauk konnte sein Glück kaum fassen.

»Fünfzig Bronzestücke!«, erklärte er mit Bestimmtheit und unterstrich seine Worte mit einer abschließenden Geste.

Der Kapitän drehte sich wortlos um und ging davon.

»Wartet!«, versuchte Llauk ihn aufzuhalten, aber der Mann schien ihn nicht zu hören. Llauk lief los. »Sechzig! Sechzig Bronzestücke!«

Der Kapitän ging weiter.

»Na gut, siebzig!«

Der Mann ignorierte ihn vollständig.

»Achtzig!«, schrie Llauk in höchster Not heraus. »Achtzig Bronzestücke für die Passage nach Sordos.«

Endlich blieb der Mann stehen. Wortlos streckte er die Hand aus.

Zögernd löste Llauk den schmal gewordenen Geldbeutel

von seinem Gürtel, entnahm ihm die überschüssigen drei Münzen und händigte ihn dem Kapitän aus.

»Bringt Eure Ware auf das Schiff!«, bestimmte der Kapitän. »Morgen Abend muss alles bereit sein, Herr!« Ohne ein weiteres Wort war er davongegangen.

Llauk ahnte nicht, dass sein erster Weg den Dramilen in das Fremdenhaus, Llauks Quartier, führte, wo er dem Quartiermeister großzügig drei Bronzestücke von Llauks Geld in die Hand drückte. – Schließlich war es schon eine Belohnung wert, wenn man solch einen Narren vermittelt bekam! – Es gab Llauk auch nicht zu denken, dass der Dramile genau gewusst hatte, wie viel Geld sein Passagier noch hatte. Llauk dachte nicht mehr! Keuchend schleppte er eigenhändig Elle für Elle seine gesamte Ware quer durch den Hafen, hin zur *Großen Geliebten* – einer wundervollen Zukunft entgegen! Wieder und wieder beglückwünschte er sich zu seinem Entschluss, die ererbte Stoffmacherei verkauft zu haben, denn jetzt würde für ihn das gute Leben beginnen.

Eiskalt prasselte die Gischt auf Llauk hernieder. Trotz des festen Tauendes, das er um sich selbst und die Reling geschlungen hatte, klammerte er sich krampfhaft fest. Wohl tausendmal schon hatten ihm die Wogen die Füße unter dem Körper weggerissen. Bitteres, salziges Wasser hatte er im Übermaß geschluckt. Die Qual schien kein Ende zu nehmen. Schneidend kalter Wind zerrte an Llauks Gewand, das ihm wie ein nasser Sack am Leib klebte. Seit zwei Tagen schon hatte er nicht mehr geschlafen. Sein Magen fühlte sich an, als hinge er direkt unter seinem Kehlkopf, bereit, sich bei der geringsten Bewegung auszuschütten.

Immer wieder krampften sich Llauks Gedärme zusammen und er versuchte würgend sich zu übergeben. Zu Beginn seiner Seekrankheit hatte er noch darauf geachtet, den Kopf über Bord hängen zu lassen. Später war es ihm egal gewesen, wohin er sich erbrach. Er hatte nur noch dagesessen und seine Kleidung würgend mit den Säften seines Magens beschmutzt, bis die nächste Welle ihn wieder durchschüttelte und abwusch.

Jetzt, nach zwei Tagen, gab Llauks Inneres nichts mehr her. Bis auf gelegentliches, krampfhaftes Stöhnen und seine schwächlichen Versuche sich festzuklammern gab er kein Lebenszeichen mehr von sich. Man hätte Llauk für tot halten können. Und tatsächlich wollte er sterben. Schon seit dem Morgengrauen spielte er mit dem Gedanken, seinen Dolch zu ziehen und diese unsägliche Folter mit einem Stich in sein Herz zu beenden. Mehr als einmal hatte seine Rechte den Griff der kleinen Waffe umklammert, aber letztendlich hatte es ihm doch an Mut gefehlt.

Am dritten Tag nach der Abfahrt von Thedra hatte der Sturm sich gelegt und Llauks Zustand sich zusehends gebessert. Die entsetzliche Übelkeit ließ langsam nach und Llauk war endlich wieder in der Lage einigermaßen normal zu atmen.

Langsam und vorsichtig löste er die Knoten des Tauendes und brachte notdürftig seine Kleidung in Ordnung. Dann wankte er zu der Mannschaft hinüber, die sich nach diesen zwei anstrengenden Tagen die erste Pause gönnen durfte. »Den Göttern sei Dank, dass dieser Sturm vorüber ist!«, sprach er die Männer mit schwacher Stimme an.

Keiner der Matrosen antwortete ihm. Mit mürrischen, blassen Gesichtern hockten sie auf den Planken und beschäftigten sich eingehend mit dem Inhalt einer großen Proviantkiste in ihrer Mitte.

Llauk spürte plötzlich zu seinem Erstaunen, dass er gewaltigen Hunger hatte. Während der Zeit seiner Seekrankheit hatte er geglaubt nie wieder etwas essen zu können. Jetzt aber spürte er, wie die Lebensgeister wieder in seinen Körper zurückkehrten – und sie wollten Brot und Fleisch und Wein! Mit zwei unsicheren Schritten war er bei dem Kasten und griff nach einem Stück weißen Brotes.

Der Schlag traf ihn so unvorbereitet, dass er ihn überhaupt nicht kommen sah. Einer der Männer war aufgesprungen und hatte seine Faust wie einen Rammbock in den ohnehin arg geschundenen Magen des Stoffmachers geschlagen.

Rückwärts taumelte Llauk über das leicht schief liegende Deck und landete zusammengekrümmt auf seinem alten Platz an der Reling. Ein Gefühl, als seien ihm die Eingeweide zerrissen worden, durchraste seinen Körper. Sein Brustkorb hatte sich zusammengekrampft. Hilflos lag Llauk auf dem Rücken und rang um den ersten Atemzug.

»Nun, wie gefällt Euch die Überfahrt, Stoffmacher?« Auf seinen weichen Seestiefeln hatte der dramilische Kapitän sich geräuschlos genähert und stand nun breitbeinig über Llauk.

Hilflos bewegte Llauk die Lippen.

»Ach, Ihr wollt essen?« Der Kapitän tat so, als habe er ihn verstanden. »Nun, das ist einzusehen! Aber warum esst Ihr nicht Eure eigenen Vorräte, Herr?«

Langsam wich der Krampf aus Llauks Körper. Aber mit dem Sprechen wollte es wieder nicht gelingen.

»Ach, Ihr habt nichts mitgenommen, was man essen kann? Das war nicht klug von Euch!«, höhnte der Kapitän. »Aber Ihr dürft doch deshalb meine Mannschaft nicht berauben! Wenn Ihr essen wollt, dann müsst Ihr auch bezahlen! Ihr habt doch Geld – oder? – Na also!« Mit einem verächtlichen Blick auf den immer noch zusammengekrümmten Llauk wandte er sich ab, ging zu seinen Leuten und nahm sich selbst ein großes Stück Brot und reichlich Fleisch und Wein.

Mühsam hangelte Llauk sich an der Reling hoch. Das Stehen fiel ihm schwer. »Ich habe bezahlt!«, keuchte er mühsam, während er wieder auf die Männer zustolperte. Die *Große Geliebte* lag nun gut am Wind und bewegte sich kaum noch. »Ich habe die Passage für mich und meine Ware bezahlt und ich verlange mein Essen!«

Einer der Männer lachte auf. »Bei uns ist es üblich, dass jeder Passagier sich selbst verpflegt oder sein Essen von der Mannschaft kauft! Wenn Euch das nicht gefällt, dann esst doch Eure Ware, für die habt Ihr ja bezahlt!«

Einen besseren Witz schienen diese Männer noch nie gehört zu haben. Jedenfalls wollten sich alle ausschütten vor Lachen, während Llauk gedemütigt und geschlagen vor ihnen stand.

Als sie sich wieder beruhigt hatten, drehte sich der Kapitän versöhnlich zwinkernd zu ihm um. »Nehmt es nicht übel, Herr!«, bat er Llauk. »Meine Mannschaft liebt grobe Späße! Natürlich braucht Ihr nicht in Eure Stoffballen zu beißen …«

Llauk atmete innerlich auf. Er hatte ja gewusst, dass alles nur ein übler Scherz gewesen war!

»… greift Euch doch einfach einen Fisch, Herr!«, fahr der Dramile in untertänigem Tonfall fort. »Das Meer ist voll davon!«

Brüllendes Gelächter begleitete Llauk, als er mit hängenden Schultern davonwankte. Auf dem Vorschiff betastete er die triefend nassen Stoffballen, die ihm das große Glück hatten bringen sollen. Plötzlich konnte er sich nicht mehr beherrschen. Sein Gesicht verzerrte sich zu einer Grimasse des Jammers. Tausende von Ellen modernden Tuchs und ganze drei Bronzestücke nannte er noch sein Eigen! Große Tränen lösten sich aus seinen Augenwinkeln. Hilflos sank er über seiner verdorbenen Ware zusammen und schluchzte leise vor sich hin, bis er endlich, frierend und mit leerem Magen, auf seinem durchgeweichten Vermögen einschlief.

Am nächsten Tag opferte Llauk ein Drittel seines Geldes, um sich einmal richtig satt essen zu dürfen. Ein Bronzestück hatte die Mannschaft verlangt, eine Summe, für die Llauk in Thedra einen ganzen Tag lang hätte speisen können.

Nun hieß es aber richtig zuzugreifen! Llauk hatte nicht die Absicht, jeden Tag ein Bronzestück zu opfern. Wenigstens zwei Tage sollte die Mahlzeit schon vorhalten. So stopfte er wahllos alles in sich hinein, was die Proviantkiste hergab.

Die Mannschaft ließ ihn feixend gewähren und dennoch konnte Llauk sich nicht lange an den Köstlichkeiten erfreuen. Er hatte kaum einen besonders großen Bissen Fleisch hinuntergewürgt, als sein Magen schon wieder heftig rebellierte. Gerade noch schaffte er den Weg zur Reling. Als er zurückkam, war die Proviantkiste schon wieder geschlossen und die Mannschaft stand grinsend darum herum.

Geschlagen hatte Llauk sich abgewandt und war an diesem Abend wieder hungrig eingeschlafen.

Zwei Tage später hatte er es nicht mehr ausgehalten. Er musste einfach etwas essen! Demütig war er zur Mannschaft gegangen und hatte das zweite Bronzestück zwischen die Männer gelegt. Vorsichtig hatte er einige kleine Häppchen gegessen und ein wenig Wein getrunken. Er war erleichtert – diesmal schien sein Körper die Speise bei sich behalten zu wollen.

Schnell, viel zu schnell für Llauk, hatten die Matrosen ihr Mahl beendet und die Kiste wieder verschlossen. Aber wenigstens war das schlimmste Hungergefühl aus seinem Magen verschwunden.

Weitere vier Tage hielt Llauk standhaft durch, während das Schiff ruhig seine Bahn durch die offene See zog. Die Seekrankheit schien endgültig von ihm gewichen. Sein ohnehin schlanker Körper hatte sich gestrafft und er hatte auch das letzte Quäntchen überflüssigen Fetts verloren. Wäre da nicht seine ungewisse Zukunft gewesen, hätte er sich beinah wohl fühlen können.

Llauks Verstand hatte sich in den letzten Tagen geklärt. Er wusste jetzt, dass er dem dramilischen Kapitän wie ein dummes Erdhörnchen in die Falle gegangen war. Der Mann würde sich nicht erweichen lassen, das war klar! Aber bevor er sein letztes Geldstück opferte, musste Llauk mit ihm sprechen – unbedingt!

»Was willst du, Stoffmacher?« Der Kapitän hatte es sich in einem aus Korb geflochtenen Sessel auf dem Achterdeck bequem gemacht, das zu betreten Llauk eigentlich verboten war.

»Ich – ich habe kein Geld mehr!« Llauk stand mit hängenden Schultern da und verschränkte nervös die Hände vor seinem Leib.

»Das ist ein Problem!«, bestätigte der Kapitän freundlich. »Du wirst essen müssen, Herr, die Fahrt dauert noch lang!«

»Lasst mich an den Mahlzeiten teilnehmen und ich beteilige Euch an dem Gewinn aus meinen Geschäften!«

»Oho!« Der Kapitän richtete sich in seinem Sitz auf. »Dein Vorschlag ehrt dich, Herr, aber ich habe keinen Bedarf an verdorbenen Stoffen! Schlag dir diese Idee aus dem Kopf! – Daraus wird nichts!«

Das hatte Llauk befürchtet. »Ich könnte mir mein Essen verdienen!«, versuchte er es wieder.

»Wie soll das denn gehen, Herr?« Der Kapitän schüttelte betrübt den Kopf. »Was verstehst du schon von Schiffen? Und außerdem ist meine Mannschaft komplett!«

Mutlos wollte Llauk sich abwenden, bereit, seine letzte Münze für eine einzige Mahlzeit zu opfern, als ihn die Stimme des Kapitäns zurückhielt.

»Tja, Herr, jetzt hast du mich auf eine Idee gebracht! Dass ich nicht früher darauf gekommen bin! Du hast einen so schönen, schlanken Körper, Herr. – Mein Bootsmann machte mich darauf aufmerksam! – Ich bin sicher, dass du ihm einiges helfen kannst, bei einer Arbeit, die man nur zu zweit tun kann. Dann wirst du etwas zu essen bekommen! Glaub mir, ich selbst habe sehr großes Interesse daran, dass dein schöner, weicher Mund nicht leer bleibt!«

Llauk verstand. Er konnte sein letztes Geldstück opfern oder behalten, es blieb sich gleich. Über kurz oder lang würde er doch auf die Vorschläge des Kapitäns eingehen müssen.

»Überleg nicht zu lange, Stoffmacherlein!« Der Kapitän schaute mit kalten Augen zu Llauk auf. »Gelegenheiten kommen und gehen, und ich denke, jetzt ist die Gelegenheit, mir für meinen großzügigen Vorschlag zu danken!«

Totenstill war es an Bord. Nur ab und zu war ein Knarren im Tauwerk zu hören. Alle Männer des Schiffs hatten den Blick auf das Achterdeck gerichtet, wo Llauk vor dem Kapitän niederkniete, den Kopf neigte und seine Dankbarkeit erwies.

»Es wird Sturm aufkommen!« Sorgenvoll betrachtete der Kapitän der *Großen Geliebten* den Himmel. »Es wird ein schwerer Sturm werden, wir müssen uns vorbereiten.«

»Ungewöhnlich für diese Jahreszeit, aber du hast Recht, Herr!«, bestätigte der Bootsmann.

Seit Llauk für das persönliche Wohlergehen der beiden Männer verantwortlich war, durfte er sich den ganzen Tag lang auf dem Achterdeck aufhalten. Dank seines ehemaligen Sklaven Tos eb Far konnte er den Sinn der auf Dramilisch geführten Unterhaltung verstehen. »So ein schlimmer Sturm wie bei unserer Abfahrt?«, wagte er zu fragen.

»Das war kein Sturm!« Der Bootsmann hatte seit ein paar Tagen eine gewisse Schwäche für Llauk. Wenn sich an Bord jemand bereit fand den Passagier zu beachten, dann meistens dieser stämmige, auffällig dunkelhäutige Dramile. »Das war ein starker Wind!«

Llauk fand, dass der Bootsmann stark untertrieb. Schlimmer als in den ersten Tagen konnte es doch gar nicht mehr kommen!

»Lass Segel und Taue überprüfen und die Luken fest verkeilen!«, wies der Kapitän den Bootsmann weiter an. »Ab der Tagteilung ist mit stark aufkommendem Wind zu rechnen! Ich möchte nicht so kurz vor der Heimat noch absaufen!«

Llauk wunderte sich, dass die Mannschaft die Anweisungen ihres Vorgesetzten so ernst nahm. Vielleicht war ja doch etwas Wahres an der Voraussage des Kapitäns. Jedenfalls stürmten die Leute förmlich in die Masten und Llauk konnte beobachten, wie jedes Segel, jeder Knoten, ja jede Handbreit Tau genauestens untersucht wurden. Ab und zu fand einer der Männer eine schadhafte Stelle; dann wurde diese entsprechend verstärkt oder das Material wurde komplett ersetzt.

Als Segel und Tauwerk gerichtet waren, gingen die Männer daran, die Luken des Laderaums wasserdicht zu verkeilen und Haltetaue quer über das Deck zu spannen.

Llauk betrachtete den Himmel. Nur eine breite Front hell leuchtender Wolkenfetzen war am Horizont zu erkennen. Deshalb die ganze Aufregung? Wenn sich eine dunkle Wolkenwand drohend über das Schiff geschoben hätte, ja dann … Aber so kam ihm die ganze Übung eher lächerlich vor.

Da niemand ihn zu brauchen schien und um nicht völlig untätig zu sein, kletterte er vorsichtig über die Haltetaue, hin zu seiner Ware. Das Laufen bereitete ihm einige Schwierigkeiten. Bei seiner täglichen Arbeit für den Bootsmann hatte er sich eine kleine Verletzung zugezogen, die ihn ein wenig behinderte.

Bei seinem Stapel Ware angekommen, legte er prüfend die Hand darauf. Die Ballen waren fast trocken! Vielleicht war doch nicht alles verloren. Vielleicht ließ sich die Ware ja doch noch zu einem guten Preis verkaufen …

»Achtung!«, brüllte der Steuermann plötzlich los.

Llauk schaute sich um. Es war nichts zu sehen! Was der Mann wohl hatte?

Traumversunken zupfte Llauk gerade an der Verspannung der Stoffballen herum, als die erste Böe das überladene Schiff traf. Ein leichtes Kräuseln des Wassers hatte dem Steuermann im letzten Moment verraten, was auf die *Große Geliebte* zukam, er hatte es aber nicht mehr geschafft, das Schiff aus dem Wind zu nehmen.

Krachend schlug der Windstoß in die Segel des Zweimasters, der, viel zu tief im Wasser liegend, stark zur Seite krängte.

Llauk verlor den Boden unter den Füßen. Das Deck war plötzlich zu einer schiefen Ebene geworden, auf der seine Füße keinen Halt mehr fanden. Hilflos hing er an der Verzurrung seiner Stoffballen und sah entsetzt, wie das Wasser auf dem schräg stehenden Deck unter ihm immer höher stieg.

Stärker und immer stärker wurde der gewaltige Druck des Windes. Die starken Holzmasten vibrierten in ihren Verkeilungen und bogen sich fast bis auf das Wasser hinab.

Llauk schrie ununterbrochen. Krampfhaft hielt er sich an dem rettenden Tau fest, während das Deck sich annähernd rechtwinklig zur Wasserfläche neigte und die reißende See ihn bis zum Brustkorb erfasste. Undeutlich sah er, wie sich die Männer der Besatzung ebenfalls festklammerten, wo immer sie sich gerade aufgehalten hatten.

»In die Masten!«, brüllte von irgendwoher der Kapitän. »Wenn die Segel voll Wasser schlagen, sind wir verloren!«

Llauk traute seinen Augen nicht. Tatsächlich setzten sich einige der Männer in Bewegung und hangelten sich Hand über Hand in die Takelage empor. Bevor sie jedoch auch nur ein einziges Segel hatten reffen können, ließ der Druck der Böe ein wenig nach. Langsam, unendlich langsam, richtete die *Große Geliebte* sich wieder auf.

Mit zitternden Gliedern ließ Llauk sich auf das Deck gleiten. Mit einem kleinen Schrei rutschte er sofort auf die Reling zu, die mit ihrem unteren Teil noch unter Wasser lag.

Nun hatten die Männer in den Masten die ersten Segel eingeholt. Immer mehr Segel ließ der Kapitän reffen, bis das Schiff vollständig ruhig und gerade im Wasser lag.

Der Wind, der vor der Böe gleichmäßig und beständig gewesen war, ließ nach und schlief dann ein. Mit hochgezogenen Segeln dümpelte die *Große Geliebte* auf der Stelle und am Horizont war ein schwarzer Streifen erschienen, der höher und höher stieg. Bald schon waren die ersten Blitze zu erkennen, die daraus hervor in die See zuckten.

Der Kapitän rief die Männer vor dem Achterdeck zusammen. »In weniger als zwölf Sonnenhöhen wird ein Sturm uns ergreifen, wie ihn wohl noch keiner von uns je erlebt hat. Öffnet jetzt eine neue Proviantkiste und nehmt euch das beste daraus, aber trinkt nicht zu viel Wein. Wir brauchen jede Hand und all unsere Kraft!«

Schweigend gingen die Leute ans Werk, doch den meisten mochte das beste Fleisch und der köstlichste Käse nicht so recht munden. Alle Männer auf dem wie tot daliegenden Schiff schauten immer wieder besorgt auf die herannahende Wetterfront.

Unter der schwarzen Wolkendecke zeigte sich nun, neu und beängstigend, eine weiße Linie, die sich mit gleicher Geschwindigkeit vorwärts schob. »Die See kocht!«, bemerkte einer der Männer halblaut.

»Schließt jetzt die Kiste und verstaut sie gut!«, bestimmte der Bootsmann. Mancher der Männer nahm schnell noch einen letzten Schluck Wein, dann wurde die Kiste fest verkeilt und obendrein noch mit Tauen gesichert.

»Geht auf eure Posten!«

Schaudernd sah Llauk, wie einige der Männer in die Masten kletterten und sich dort, an ihren Einsatzorten, mit starken Leinen sicherten. Andere nahmen ihre Position auf Deck ein und banden sich ebenfalls an das Schiff. Kapitän und Bootsmann hatten ihre Sicherungsleinen, genau wie der Steuermann, an dem schweren Ruderbalken befestigt.

Mit jähem Entsetzen bemerkte Llauk, dass er die einzige ungesicherte Person auf dem ganzen Schiff war. Hastig suchte er sich ein freies Tauende am Hauptmast und band es sich um die Körpermitte.

Es wurde zusehends dunkler, obwohl die Tagteilung, der Höchststand der Sonne, gerade erst vorüber war. Glatt wie Öl lag die See unter dem Schiff.

Plötzlich wurden auf breiter Front kleine, spitze Wellen aus der glatten Wasserfläche emporgerissen. Llauk atmete scharf ein, als er bemerkte, wie die Böe auf das Schiff zujagte. Der Bootsmann stieß einen lang gezogenen Warnruf aus und wenige Augenblicke später war die *Große Geliebte* von der Wetterfront überrollt worden wie ein Grashalm von einer steinernen Walze.

Nach kurzer Zeit schon war es völlig belanglos, wie viele Männer auf dem Schiff waren, wo sie ihre Posten hatten und ob sie etwas von ihrem Handwerk verstanden. Es war sogar belanglos, dass sich überhaupt jemand auf Deck befand. Die tosenden Elemente nahmen das Schiff vollständig unter ihren Zwang! Luft und Wasser waren eins geworden! Der Sturm und die brechenden Wellen zerrten an den nackten Masten. Die *Große Geliebte* wurde vom Meer eingesogen und wieder ausgespien. Sie durchbrach gischtende Wogen, wurde hinaufgehoben in schwindelnde Höhe und ihre Verplankung krachte, wenn sie hart auf den Wasserspiegel traf. Gigantische Wogen schützten sie fast zärtlich vor dem Sturm und sie drehte sich in wirbelndem Tanz, wenn die Böen sie erfassten.

Llauk hatte schon lange die Übersicht verloren. Halb ohnmächtig hing er an dem bebenden Hauptmast und hatte endgültig mit dem Leben abgeschlossen.

Plötzlich sah er eine Bewegung aus den Augenwinkeln, die weder von Wasser noch von Wind herrührte. Mit zusammengekniffenen Augen versuchte er der fliegenden Gischt zu trotzen und zu erkennen, wer sich da auf das Vorschiff zuarbeitete.

Schließlich konnte Llauk den Bootsmann erkennen, der, eine kurze Axt aus Bronze in seinem Gürtel, verzweifelt versuchte den Halt nicht zu verlieren. »Das Vorschiff ist zu schwer!«, brüllte er Llauk überflüssigerweise zu. »Die nassen Ballen ziehen uns runter! Ich muss die Ladung kappen!«

»Nein!«, stöhnte Llauk auf. »Nicht die Stoffe!« Plötzlich erwachten die Kräfte eines Wahnsinnigen in ihm. In wildem Zorn schoss er von seinem Platz auf den Bootsmann zu, aber der war schon außerhalb seiner Reichweite. Mit fliegenden Fingern versuchte Llauk den Knoten seiner Sicherungsleine zu lösen. Nur ein einziger Gedanke beherrschte ihn: Der Bootsmann durfte seine Stoffballen nicht erreichen! Lieber sollte das ganze Schiff zugrunde gehen, als dass die Verzurrung gekappt wurde.

Frei und ungeschützt saß Llauk auf dem Deck und hatte den Knoten fast gelöst, als ein schwerer Brecher über Bord kam und ihn mit aller Gewalt gegen den Mast schleuderte.

Als Llauk wieder zu sich kam, hatte der Bootsmann die Ballen fast erreicht. Benommen sah der Stoffmacher zu, wie der muskulöse Mann alle Vorsicht fahren ließ und die Axt mit beiden Händen über den Kopf schwang.

»Nein!«, brüllte Llauk aus tiefster Seele. »Nein!«

Voller Entsetzen verfolgte Llauk die halbkreisförmige Bahn

der Axt – wie sie das Tau direkt über der Reling durchschlug und sich tief in das nasse Holz grub, wie der Stapel Tuchballen – *sein* Stapel Tuchballen – ins Rutschen kam und immer schneller werdend ins Meer glitt. »Nein!« Krampfhaft streckte er beide Hände nach seinen Schätzen aus und er wäre wohl dumm genug gewesen, sich daran zu klammern, wenn er sie hätte erreichen können. Dann verlor er die Besinnung.

Llauk erwachte noch zweimal während des Sturms und wunderte sich jedes Mal, dass er noch lebte. Er spürte keine Todesangst mehr, nur eine alles verschlingende Bitterkeit. Nun war alles verloren! Gehetzt irrlichterten seine Augen hin und her, immer wieder die tosenden Wellen nach seiner Ware absuchend.

Wie hatte der Bootsmann es wagen können? Er, Llauk, würde diesen Kerl töten! Er würde ihm den Dolch in den Bauch jagen, ihn kastrieren, seine Augen ausstechen, seine Zunge herausreißen – und ihm dann ganz, ganz langsam die Kehle durchschneiden!

Als Llauk zum dritten Mal aus seiner Ohnmacht erwachte, hatte sich das Wetter schon wesentlich gebessert. Kurz darauf ließ der Kapitän die Segel setzen und die *Große Geliebte* lag wieder hart am Wind.

Ein Zählappell brachte zutage, dass bis auf den Bootsmann, der bei dem heldenhaften Kappen der Ladung von einer Woge fortgerissen worden war, keine Verluste zu beklagen waren. Sogar das teure Beil steckte noch dort im Holz, wo es das Tau durchschlagen hatte, wie der Kapitän wohlgefällig zur Kenntnis nahm.

Wenig später kam Land in Sicht. Die Westlichen Inseln!

»Bitte, Herr, bitte!« Völlig aufgelöst lief Llauk neben dem Kapitän her, der mit großen Schritten das Hafengelände von Sordos durchmaß. »Ihr könnt mich doch nicht allein hier zurücklassen! War ich nicht treu? War ich nicht nützlich? War ich nicht dankbar? – Bitte, Herr, lasst mich nicht hier zurück! Was soll ich essen? Wo soll ich schlafen? Ich habe alles verloren, was ich hatte auf der Welt! – Lasst mich Euer Knecht sein, Euer Sklave, aber lasst mich nicht zurück!«

Sed eb Rea blieb unvermittelt stehen und drehte sich langsam zu Llauk um, der ängstlich einen Schritt zurückwich. »So, Sklave wollt Ihr sein, Herr?«

»Ja!«, stieß Llauk eilig hervor. »Euer Knecht, Euer Sklave, Euer Ge-«

»Genug!«, unterbrach Sed eb Rea ihn ärgerlich. »Wenn Ihr Sklave sein wollt, dann wendet Euch an Adiv eb Aser. Ihr findet ihn in dem großen Haus mit dem Kupferportal an der Nördlichen Straße. Er hat manchmal Verwendung für Leute wie Euch, Herr!«

»Danke!«, stieß Llauk hervor und fiel vor Erleichterung auf die Knie. »Danke, Herr, danke!« Erst als Sed eb Rea schon lange im Gewirr der Hafengassen verschwunden war, vermochte er aufzustehen, um die belustigten Passanten nach dem Weg zur Nördlichen Straße zu fragen.

Die Räume Adiv eb Asers übertrafen an Prachtentfaltung alles, was Llauk bis dahin je gesehen hatte. Nie hätte er geglaubt, dass ein einziger Mensch über solche Reichtümer verfügen könne wie dieser Dramile. Llauks Entschluss stand fest; er würde diesem Mann ein guter Sklave sein, was immer er auch von ihm fordern mochte. Dies erschien ihm immer noch besser, als sich in einem fremden Land allein durchs Leben schlagen zu müssen. »Was kann ich für Euch tun, Herr?«, fragte er den Dramilen mit aller Demut, deren er fähig war.

»Sed eb Rea«, begann Adiv eb Aser, »Geheimer Kurier des

Hofes von Sordos, Großkapitän der Flotte Dramils, Fürst der Provinz Thonar, meint, dass Euer unwürdiges Leben den Interessen des Hofes von Sordos nützlich sein könnte.«

Llauks Gesichtsausdruck wurde, wenn möglich, noch geistloser. Kurier? Großkapitän? Fürst? – Er verstand überhaupt nichts mehr.

»Ferner meint der Kapitän, dass Ihr, mein lieber Stoffmacher, eine der kriecherischsten Krämerseelen seid, die er je sah, und dass Euer Stolz dem eines kopulierenden Hundes gleicht, Herr! – Hat er damit Recht?«

Llauk wollte protestieren. »Das ist eine …«

»Überlegt Euch Eure Antwort gut, Herr!«, unterbrach ihn der Fremde. »Eure Zukunft hängt davon ab! Oder wollt Ihr zurück auf die Straße?«

»Nein! Nur das nicht!« Llauks Stimme wurde vor Angst ganz schrill.

»Seid Ihr nun ein widerlicher Kriecher oder nicht?«

»Doch!«, keuchte Llauk eilig. »Gewiss!«

»Eure Philosophie ist also die des vollen Napfes?«

Llauk nickte stumm.

»Und Ihr leckt willig die Hand, die Euch füttert?«

Wieder bestätigte Llauk, Tränen der Demütigung in den Augen.

»Dann will ich Euch für Eure Ehrlichkeit belohnen, denn ich glaube, dass Ihr für eine besondere Aufgabe geeignet seid, die es in nächster Zeit zu erfüllen gilt. – Ihr seid also wirklich bereit jeden Verrat zu begehen, nur damit es Euch wohl ergeht?«

Erst jetzt wurde Llauk klar, wie tief er bereits gesunken war. Aber die Angst, als Bettler zu enden, war stärker als das Aufbegehren seines Geistes gegen die Beleidigungen des Dramilen. Hier und jetzt entschied sich Llauk jedes noch so üble Spiel mitzumachen, nur damit er nicht hungern müsste. »Fordert, Herr.« Llauk sah seinem Gegenüber gerade in die Augen. »Ich werde gehorchen!«

»Ich werde es kurz machen«, erwiderte der Dramile, »denn meine Zeit ist begrenzt. Ich will das Herz Eures Heimatlandes! Die Hauptstadt von Estador: Ich will Thedra!«

Der Hader zwischen den Hauptstädten Estadors und Dramils war beinahe so alt wie die Stadt Thedra selbst.

Bevor der damalige Kaiser auf die unselige Idee verfallen war, auf den öden Felsklippen des Nordgestades eine Verbanntenkolonie einzurichten, war Sordos unangefochten die Beherrscherin der Meere gewesen. Jahrhundertelang hatten die Dramilen ihre Vorherrschaft weiter und weiter ausbauen können. Dramilische Frachter bereisten die Küsten des ganzen Kontinents und dramilische Kriegsschiffe hatten einen Großteil der Kaiserlichen Flotte gestellt. »Kein Fass Wein und kein Sack Getreide, kein Karren Erz und kein Ballen Seide geht auf das Wasser, ohne dass die Dramilen daran verdienen!«, hatte man sich in allen Ländern der Welt erzählt; und so war es auch gewesen. Wohl waren noch andere Schiffe auf den Meeren unterwegs gewesen, doch alle hatten den Dramilen Tribut zahlen müssen. Kapitäne, die sich weigerten, waren von den starken dramilischen Schiffen aufgebracht und ihrer Waren beraubt worden. Damals hatte man zum ersten Mal von »Findern« sprechen hören.

Ursprünglich waren das schnelle dramilische Dreimaster gewesen, die das Meer nach unbotmäßigen Kapitänen und ihrer Fracht absuchten. Hatten sie ein Schiff gefunden, das kein gültiges dramilisches Zolldokument an Bord hatte, konnten die Finder mit Fracht, Schiff und Besatzung nach Belieben verfahren.

Leider neigten schon damals einige der Finder dazu, die Bestimmungen des kaiserlichen Rechts allzu frei auszulegen.

Mehr als einmal waren Frachten, für die ohne jeden Zweifel alle Abgaben bezahlt worden waren, als »Finderware« wieder aufgetaucht.

Auch den Thedranern war es zu Anfang nicht besser ergangen.

Schon kurz nachdem die Verbannten in kühnem Handstreich drei kaiserliche Schiffe erbeutet hatten, verloren sie eines davon gleich wieder an die Finder. Der Verlust der Fracht traf die junge Kolonie damals so hart, dass deren Bewohner den Findern ewige Rache geschworen hatten. So waren denn die Thedraner darangegangen, Schiffe zu bauen, die so schnell und unangreifbar waren, dass niemand sie ernsthaft bedrohen konnte.

War Thedra ehedem ein Ort gewesen, an dem die Verbannten des ganzen Kontinents in Trostlosigkeit und Kälte lebten und einer des anderen Sprache nicht verstand, so wurde es nun zu einem Schmelztiegel des Wissens aller Völker.

Schiffsbauer aus Ago, Seidensegelmacher aus Numis, Kupferschmiede aus Eraji und Löwenbootfahrer von der Südlichen Küste, sie alle gaben ihr Wissen und ihr ganzes Können; und innerhalb von Jahresfrist verließ die *Turmalin,* das erste aller fliegenden Schiffe, den Hafen von Thedra.

Heimlich war sie in einem abgelegenen Hafenbecken, dem heutigen Schwalbenhafen, gebaut worden und heimlich fuhr sie ihren ersten Einsatz. Die *Turmalin* hatte eine Besonderheit. Etwas, das, wie die fliegenden Schiffe selbst, den Machtanspruch der Dramilen brechen sollte: Auf dem Vorderdeck war ein Bogen aus blinkendem Stahl montiert und in einer stabilen, ausgepolsterten Kiste warteten gläserne Hohlpfeile darauf, auf vorwitzige Angreifer verschossen zu werden. Gefüllt waren diese Pfeile mit einem unscheinbaren, grauen Pulver, mit der furchtbarsten Waffe des Zeitalters – mit Aganez' Feuer!

Hatte Aganez, der verbannte Magier, sich bis dahin standhaft geweigert die Schiffe der Thedraner mit Stahlfeuerbögen auszurüsten, so hatte er dieses leichte, schnelle Langboot persönlich damit ausgestattet. Mehr noch! Aganez selbst stand an Deck vor dem Mastbaum, um notfalls den ersten Schuss auf ein Finderschiff zu tun.

Die *Turmalin* war das schnellste Schiff gewesen, das je ein Meer befahren hatte. Schon mäßiger Wind griff derart stark in das riesige Segel, dass sich der Bootskörper nahezu zur Gänze aus dem Wasser hob. Es erforderte die volle Konzentration und die ganze Kraft der kleinen Mannschaft, das dahinrasende Schiff nicht aus dem Wind fallen und kentern zu lassen.

Ganze drei Tage hatte die erste Fahrt in den einsamen Gewässern des Nordmeeres gedauert. An Bord war an Schlaf nicht zu denken gewesen, aber das Boot hatte sich als seefest und unglaublich schnell erwiesen.

Unmittelbar nach diesem Erfolg waren die Handwerker darangegangen, weitere Schiffe dieser Klasse zu bauen. So kam es, dass im nächsten Frühjahr fünf fliegende Schiffe den Hafen von Thedra verließen – jedes von ihnen mit einem Stahlfeuerbogen ausgerüstet.

Schon von Anfang an hatte Aganez sein gesamtes Wissen aufgeboten, um die Mannschaften mit einem Schweigegebot zu belegen und sie durch Hypnose entsprechend zu beeinflussen. Zu groß, zu wertvoll war der Vorsprung des Wissens und des Könnens, den die Thedraner sich erarbeitet hatten, um durch unbedachte Äußerungen in Hafenkneipen gefährdet zu werden. Keinem Mitglied der Mannschaft wäre es möglich gewesen, auch nur das Geringste über Konstruktion oder Bewaffnung des Schiffes zu verraten, ohne schon vor dem ersten verräterischen Wort – selbst unter Folter! – an Atemstillstand zu sterben. Dafür hatte Aganez gesorgt.

Ebenso klar waren die Anweisungen an die Kapitäne gewesen: Kein Schiff und kein Mensch durften näher als zweihundert Mannslängen an die Schiffe heran. Wer innerhalb dieser Sperrzone angetroffen wurde, dessen Leben war verwirkt; er konnte getötet oder als Sklave nach Thedra gebracht werden, ganz wie es dem Kapitän beliebte.

Durch diese harten Bestimmungen war es gelungen, die Geheimnisse der fliegenden Schiffe bis zum heutigen Tage zu bewahren.

Sehr zum Leidwesen der Dramilen!

Seit jenem denkwürdigen Jahr, in dem die ersten fünf Schiffe der Edelsteinklasse den Schwalbenhafen von Thedra verlassen hatten, war es mit der Vorherrschaft der Dramilen ständig bergab gegangen.

Selbstverständlich hatten die Leute aus Sordos, und hier speziell die Finder, alles darangesetzt, eines dieser Wunderschiffe habhaft zu werden, aber alle Versuche waren fehlgeschlagen. Traf ein Dramilenschiff auf hoher See eines der Schwalbenschiffe aus Thedra, setzte dieses den Spottwimpel in den Mast und fuhr einfach davon. Hatten drei oder fünf Dramilenschiffe ein fliegendes Schiff endlich einmal umzingelt, konnte man sicher sein, dass es kurz darauf drei oder fünf Dramilenschiffe weniger gab. – Es war zum Verzweifeln!

Aber auch vor dem letzten Mittel schreckten die Scharleute auf den fliegenden Schiffen nicht zurück. Denkwürdig war jener Tag, an dem die *Lapis* im Hafen von Itirfah in Bedrängnis geriet und von der eigenen Mannschaft in Brand gesetzt wurde. Die Scharleute hatten ohne zu zögern die gläsernen Pfeile auf dem Deck zerbrochen und so ein unlöschbares Feuer entfacht, in dessen Hitze sogar der Stahlbogen geschmolzen war. Unerschütterlich und schweigend hatte die Mannschaft auf dem flammenden Schiff ausgeharrt und war vor den Augen Tausender mit ihm zu Asche verbrannt.

Es war unglaublich gewesen! Die Dramilen konnten machen, was sie wollten, der Siegeszug der Schwalbenschiffe war nicht aufzuhalten! Immer häufiger zogen die gewaltigen Seidensegel mit unglaublicher Geschwindigkeit am Horizont dahin und gaben den Dramilen das Nachsehen. Verdächtig viele Finder kamen nie mehr von See zurück – und verdächtig viele verkohlte Trümmer dramilischer Schiffe wurden an den Ufern aller Küsten angeschwemmt.

Auch die Hafenstädte richteten sich nach und nach auf die neuen Verhältnisse ein. Es galt als Ehre, von den thedranischen Schiffen der Edelsteinklasse angelaufen zu werden, und wo immer es möglich war, bauten die Hafenstädte abseits des Hauptfahrwassers schmale Dämme, die so genannten Schwalbenstangen, die weit in das Meer hinausreichten, um den Kapitänen einen ungestörten Liegeplatz bieten zu können.

Sicher, die Masse der Güter wurde weiterhin von normalen Segelschiffen befördert. Ein Schwalbenschiff hatte aufgrund seiner leichten Bauweise kaum Ladekapazität. Höchstens zwei große Karrenladungen konnte ein Kapitän als Fracht annehmen, aber was waren das für herrliche Waren, die er transportierte! Neidlos konnten die Schwalbenschiffkapitäne den Dramilen die schweren, unrentablen Frachten gönnen. Mochten sie nur Getreide, Hölzer und Tonnen voller Pech transportieren, wenn sie ihnen nur Seide, Edelsteine, Gewürze und gesinterte Erze überließen!

Die Kaufleute, die leichte und teure Waren verschifften, hatten sich schnell überzeugen lassen. Der sichere, zügige Transport von Hafen zu Hafen war ihnen so manches schöne Bronzestück wert. So flogen denn die thedranischen Schwalbenschiffe mit den edelsten und teuersten Frachten dahin, während die dramilischen Schoner, den Bauch voller Roherz oder Holzkohle, förmlich auf der Stelle dümpelten.

Während die thedranischen Schiffe immer schneller und die Frachten immer lohnender wurden, entwickelte sich noch etwas anderes: die sprichwörtliche thedranische Arroganz. Immer neue Verordnungen und Erlasse wurden erfunden, um Fremde, die die Stadt besuchten, unter Kontrolle zu halten, zunächst aus Angst vor Spionage und Verrat, später schon aus Prinzip. »Jeder Fremde kann ein Feind sein!«, hieß es in Thedra und entsprechend wurden die Gäste der Stadt auch behandelt.

Ausgangssperren, verbotene Zonen und das Fremdenhaus waren die Mittel, die den Fremden schnell klarmachten, dass sie nur als Handelspartner erwünscht waren. Dutzende von Wachen durchstreiften Tag und Nacht die Stadt und sorgten für die Einhaltung der Vorschriften.

»Ein Hund am Kaiserhof wird weniger getreten als der Gast in Thedra!« So erzählten sich die Kaufleute des Kontinents untereinander. Aber wer gute Geschäfte machen wollte, kam auf Dauer nicht darum herum, sich diesen Demütigungen auszusetzen. Trotz aller Schikanen war das Fremdenhaus in fast jeder Nacht überfüllt und Händler aus den entlegensten Winkeln des Kontinents suchten ihr Glück zwischen den grauen Felstürmen der Stadt.

Sogar die Finder hatten sich mit den Thedranern arrangiert. Schließlich ging es um Geld und die hier ansässigen Handwerker und Kaufleute waren immer an billiger Finderware interessiert. Die Handwerker hatten sich im Laufe der Zeit sogar darauf spezialisiert, die edleren Frachten, deren die Finder noch habhaft werden konnten, zu verarbeiten. So wurde thedranisches Kunsthandwerk auf dem gesamten Kontinent ein heiß begehrtes Gut.

Die Thedraner fanden es beinah bedauerlich, dass ihre

Schwalbenschiffe nicht selbst auf Finderfahrt gehen konnten. Aber das war nicht möglich, denn es musste immer bei der Vernichtung des fremden Schiffes bleiben. Ein offener Kampf war von vornherein ausgeschlossen.

In jenen Tagen fuhr jede Gruppe auf den Meeren ihrer eigenen Wege. Die Schwalbenschiffe flogen dahin, die Finder suchten leichte Opfer und die normalen Frachtschiffe wurden auf ihren Routen immer wieder attackiert. So war es zwischen Thedra und Sordos zu einem jahrzehntelangen, trügerischen Burgfrieden gekommen. – Bis zum heutigen Tag!

»Ich will Thedra, Stoffmacher! Und Ihr werdet mir dazu verhelfen!«

Llauk war wie betäubt. Thedra war uneinnehmbar! Was wollte dieser größenwahnsinnige Dramile von ihm? – Thedra? Die am besten bewachte Hafenstadt des ganzen Kontinents? Ausgerechnet von ihm, dem Stoffmacher aus der Provinz Idur, der selbst noch nicht einmal ein Wohnrecht in der Stadt hatte? Llauk sah sich schon wieder als Bettler durch die Straßen von Sordos wanken.

»Hört, Stoffmacher, Ihr seid mit guter Ware nach Sordos gekommen. Euer Tuch gefällt meinen Kaufleuten!«

»Aber …« Llauk dachte an den bitteren Moment, in dem der Bootsmann die Vertäuung gekappt hatte.

»Schweig, du Narr!«, fahr Adiv eb Aser ihn an. »Ich habe Eure Handelsinteressen wahrgenommen. Ich hoffe, dass Euch das recht war!«

»Na-natürlich, Herr!« Wo sollte das bloß hinführen? Wovon sprach dieser Mann?

»Ich will mich nicht loben, Herr«, der Dramile blickte Llauk scharf an, »… aber ich glaube, dass ich einen sehr guten Preis für Eure Stoffe erzielt habe! – Lieber Stoffmacher, es liegen zwölftausend Bronzestücke für Euch bereit!«

»Zwölftausend …!«, entfuhr es Llauk.

»Allerdings«, fuhr Adiv eb Aser fort, »werde ich Euch das Geld über einige Jahre verteilt zukommen lassen. Aber wie dem auch sei, Ihr werdet als reicher Mann nach Thedra zurückkehren!«

Llauk begann zu begreifen. Dieser Edelmann meinte es ernst! Llauk sollte als Spion für die Dramilen arbeiten und er sollte großzügig dafür belohnt werden. Er würde reich sein! Endlich reich! Adiv eb Aser hatte Llauk gewonnen und die Aussicht auf diese enorme Summe ließ dessen Herz höher schlagen. »Welche Dienste erwartet Ihr dafür, Herr?«

»Zunächst werde ich Euch eintausend Bronzestücke aushändigen. Nehmt Euch eine Wohnung im Händlerfelsen und erwartet dort meinen Kurier! Er wird Euch weitere Weisungen geben. Zunächst aber erholt Ihr Euch ein wenig von der Reise! Ich habe Euch ein Haus am Stadtrand von Sordos herrichten lassen. Auch für eine kleine Dienerschaft ist gesorgt! Es wird Euch dort gefallen! Ihr werdet neu eingekleidet und nach einiger Zeit erhaltet Ihr das Geld und fahrt als erfolgreicher Kaufmann nach Thedra.«

»Ja, Herr! Natürlich, Herr!« Llauk sprudelte förmlich über vor Glück. Jetzt würden seine kühnsten Träume doch noch in Erfüllung gehen! Er hatte es doch gewusst! Er würde sein Glück machen auf dieser Fahrt! Heute Morgen noch ein Bettler, war er nun als dramilischer Spion angeworben und Besitzer eines unglaublichen Vermögens! – Wie schön die Welt doch war!

3

Das Fremdenhaus

Selbstgerechtigkeit ist die Gerechtigkeit der Reichen!

Das Jahr siebenundzwanzig der Amtszeit Reos, in dem Teri Thedra verließ, war das schlechteste Jahr, das die Zunft der Former je erlebt hatte.

Seit es den Formerfelsen gab, hatte die solide thedranische Gebrauchskeramik mit ihren Zopf- und Rankenmustern überall auf dem Kontinent ihre Abnehmer gefunden. Erst in den letzten Jahren war der Verkauf stark zurückgegangen. Schuld daran waren die Erzeugnisse aus Tigan, der Formerstadt südlich der Südlichen Wüste, am entgegengesetzten Ende des Kontinents.

Waren die Former aus Tigan auch nicht annähernd so kunstfertig wie ihre thedranischen Konkurrenten, so drängten sie sich mit ihren Produkten doch mehr und mehr in die Märkte. Einziger Grund für die Beliebtheit dieser Keramiken war eine geheimnisvolle Technik, die die Bewohner Tigans entwickelt hatten: Jedes Teil, das ihre Werkstätten verließ, war mit einem neuartigen, metallisch glänzenden Überzug versehen, der in allen Farben des Regenbogens schillerte und den Schüsseln, Töpfen und Kannen ein besonders edles Aussehen gab.

So nahm es nicht wunder, dass alle Hausfrauen des Kontinents nur noch, und unbedingt, tiganische Keramik kaufen wollten und sich für die einfach glasierte Ware aus Thedra kaum noch Abnehmer finden ließen.

Tees, Obmann der Former von Thedra, und Raban, der Obmann der Brenner, saßen wieder einmal im Brennerfelsen zusammen, um dem Geheimnis dieser mehrfarbigen Glasur auf die Spur zu kommen. Die Tiganer scheuten sich nicht, ihre Ware sogar auf dem thedranischen Markt anzubieten, sodass es an Musterstücken nicht fehlte.

Entmutigt sah Tees zu der langen Reihe dunkel schimmernder tiganischer Gefäße hinüber, die die Zünfte zu Versuchszwecken gekauft hatten. »So kommen wir nicht weiter, Raban«, sprach er den Obmann der Brenner an. »Wir verderben nur gutes Material und haben keine Erfolge.«

»Die anderen Zünfte lachen schon über uns, weil wir uns den Rang ablaufen lassen!«, stimmte Raban in das Klagelied ein. »Wir müssen einfach einen Weg finden, wie auch wir mehrfarbig schillernde Teile herstellen können!«

»Das Geheimnis liegt im Brand!«, behauptete Tees. »Der besondere Brand macht die Teile so hart und glatt, dass sie schimmern.«

»Dummes Zeug!«, fuhr Raban auf. »Die Former behandeln die Teile vor dem Brennen mit besonderen Mitteln! *Ihr* müsst herausfinden, was für Mittel das sind!«

Tees seufzte tief. Schon seit Monaten schwelte dieser Streit zwischen den beiden Männern. Sämtliche Versuche, die Tees unternommen hatte, waren jämmerlich fehlgeschlagen. Was hatte er nicht alles versucht seinen Stücken diese Farben und diesen Glanz zu verleihen: Mit Wein hatte er sie bestrichen und mit Milch, den Ton mit Asche vermengt und mit Honig. Jedes nur denkbare Mittel hatte er ausprobiert, nichts unversucht gelassen – einschließlich wilder Stoßgebete an die zuständigen Götter und ihre Verwandten. Nichts hatte geholfen. Die Werkstücke waren schon auf der Drehscheibe zusammengesunken oder beim Brand förmlich explodiert, sie waren unansehnlich geworden oder sofort gesprungen, wenn sie belastet wurden. Es hatte alles nichts geholfen. Das Geheimnis *musste* im Brand liegen!

Raban, dem Brenner, war es nicht besser ergangen: Er hatte die Versuchsstücke dem Rauch der verschiedensten Hölzer ausgesetzt, hatte teure Gewürze in das Feuer geworfen und manche Teile tagelang im Ofen gelassen. Bei dem Versuch, allergrößte Hitze zu erzeugen, hatte er sogar einen der Öfen so ausgeglüht, dass der massive Fels sich mit einem berstenden Geräusch gespalten hatte. Da hatte Raban es aufgegeben und sich aufs Jammern verlegt und Tees war dabei, es ihm gleichzutun.

Immer mehr gewürzter Wein floss durch die Kehlen der beiden Männer, bis Tees wieder einmal das erlösende Wort sprach: »Die Schachtmeister sind schuld!«

»Genau!«, pflichtete Raban ihm bei. »Die Schachtmeister! Wenn die uns besseren Ton liefern würden …« Er nahm einen großen Schluck und bekam einen heftigen Hustenanfall.

»Genau!«, nahm Tees den Faden wieder auf. »Dann könnten wir auch ordentlich arbeiten!«

»Genau!« Raban hatte seinen Husten unter Kontrolle bekommen und keuchte nur noch.

Wer nicht da ist, der hat Unrecht! So waren die beiden Obleute bald der einhelligen Meinung, dass die Schuld einzig und allein bei den Schachtmeistern läge, die nicht in der Lage seien anständiges Material herbeizuschaffen. Dass sie auf diese Weisheit schon an etlichen Abenden zuvor gekommen waren und dass ihre Gespräche in den immer gleichen Bahnen verliefen, fiel ihnen überhaupt nicht auf.

Als die beiden sich müde geredet hatten und erschöpft und schläfrig auf ihren Bänken saßen, bemerkte Tees eine Bewegung im Eingang. »Tana?«, fragte er erstaunt, als er die junge Frau erkannte, die zögernd eintrat. »Was tust du hier im Brennerfelsen? Warum bist du nicht bei der Arbeit?«

»Wir – wir wollen mit euch reden!« Tana trat unsicher in den Lichtschein. Nun war hinter ihr eine weitere Gestalt zu erkennen. »Gerit!«, stellte Raban mit schwerer Zunge fest.

Gerit, ein unscheinbarer Mann aus der Zunft der Brenner, trat neben Tana und grüßte höflich.

»Dürfen wir uns zu euch setzen?« Die Besucher waren an den Tisch getreten.

»Setzt euch nur!«, forderte Raban, der Hausherr, die beiden leutselig auf. »Nehmt euch Wein!«

»Wir wollten euch einen Vorschlag machen!« Tana und Gerit nahmen sich Becher und gossen sich etwas ein. »Es geht um die neuen Techniken der Tiganer!« Tana zeigte mit der freien Hand auf die Musterstücke, die im Feuerschein des Brennofens vielfarbig glänzten.

»Ach!« Tees winkte ab. »Was wollt ihr da bereden? Wir haben alles versucht und nichts erreicht. Es liegt am Material!«

»Genau!«, brummelte Raban. »Die Tiganer haben besseren Ton!«

»Genau!« Tees nickte trübsinnig. »Besseren Ton haben sie!« Dann verfielen beide Zunftmeister wieder in dumpfes Schweigen.

»Jetzt hört uns doch wenigstens an!« Tana war es offensichtlich leid, sich das wehleidige Gestammel der beiden Betrunkenen anzuhören. »Mit Vermutungen ist uns doch nicht geholfen. Wir haben vielleicht eine bessere Lösung für unser Problem. Gerit und ich haben nämlich einen Plan, wie wir den Geheimnissen der Tiganer auf die Spur kommen können!«

Da keiner der Obleute darauf einging, fuhr Tana in ihren Ausführungen fort: »Gerit und ich haben die Absicht, nach Tigan zu reisen und dort zu versuchen die Arbeitsweise der Tiganer auszuforschen. Man wird uns in die Stadt lassen, so viel haben wir bereits erfahren können. Wir werden uns als Kaufmannsfamilie ausgeben, die auf der Durchreise ist. Einen Kapitän, der unser Spiel mitspielt, hat Gerit auch schon gefunden. Es ist ein Löwenbootmann, der schon oft in Tigan vor Anker lag. Er wird dort etwa zehn Tage lang im Hafen bleiben. In dieser Zeit können wir uns in aller Ruhe umsehen! In siebzig Tagen sollen wir ihn in der Kaiserstadt treffen.« Erschöpft hielt Tana inne und sah ihren Gefährten Hilfe suchend an.

Gerit schwieg verlegen. Es war ihm deutlich anzumerken, dass ihm die Sache doch nicht ganz geheuer war. Lieber nahm er noch einen großen Schluck aus seinem Becher.

»Und was haben wir damit zu tun?« Raban wirkte verärgert. »Meint ihr, wir hätten nicht selbst schon lange …«

»Euch gehört das Geheimnis der farbigen Glasuren! Bezahlt uns die Passage und wir werden versuchen …«

»Aha!« Raban richtete sich auf. »Geld wollt ihr! Das habe ich mir doch gleich gedacht! Und was ist, wenn ihr mit leeren Händen zurückkehrt?«

»Genau! Pläne machen ist billig – bezahlen ist teuer!«, flocht Tees schnell ein thedranisches Sprichwort ein.

»Nein! Daraus wird nichts! Für solch unsichere Pläne geben die Zünfte kein Geld! Die Tiganer werden euch erkennen und gefangen nehmen und es wird so enden, dass sie *euch* die *thedranischen* Geheimnisse abpressen. Geht jetzt wieder an eure Arbeit und mischt euch nicht in unsere Belange!«

»Genau«, brabbelte Tees, wobei er den Kopf leicht anhob, der vor seiner Brust baumelte.

Tana war aufgestanden. »Wir werden fahren«, sprach sie mit fester Stimme. »Wir werden auf eigene Kosten reisen! Gerit und ich werden das Rätsel um die bunten Glasuren lösen! Haltet eure Kassen gefüllt, Zunftmeister – denn bei unserer Rückkehr gibt es unser Wissen nicht umsonst!«

Wieder hob Tees seinen Kopf an und schielte von unten in Tanas Richtung. »Ihr seid den Zünften verantwortlich, ihr könnt nicht nach Belieben reisen!«

Raban stand mühsam auf. »Genau!«

»Ihr habt es nicht anders gewollt! – Ich sage mich los von Zunft und Stadt!«, sprach Tana die Formel und war ab sofort nicht mehr an die Weisungen ihres Obmanns gebunden.

»Ich sage mich los von Zunft und Stadt!«, wiederholte Gerit. Auch er war nun frei in all seinen Entscheidungen.

»In zwei Tagen werden wir mit der Abendflut zur Kaiserstadt aufbrechen«, gab Tana bekannt. »Mögen die Götter euch beschützen! – Und Weisheit verleihen!«, konnte sie sich eine kleine Ergänzung nicht verkneifen.

Erstaunt sahen die Obleute den beiden nach, wie sie ohne weiteren Gruß in den Gang hinaustraten.

»Feiner Kerl, dieser Gerit!«, stellte Tees fest. »Guter Plan!«

»Genau!« Raban war völlig seiner Meinung. »Mutig! Sehr mutig! Aber diese Frau – unmöglich!«

»Genau!«, bekräftigte Tees und goss die Becher noch einmal voll.

Seit Tagen schon saß Teri neben ihrem gepackten Bündel und wartete darauf, dass es endlich losging. Von Anfang an hatte ihre Stiefmutter sie in alle ihre Pläne eingeweiht und es war selbstverständlich, dass die zehnjährige Teri sie und Gerit auf der Reise begleiten würde.

Wütend kam Tana in die Höhle gestürmt und setzte sich steif auf ihr Lager. »Die Zunftmeister sind ein Haufen trunkener Narren! Kein Geld für unsere Reise! Und keine Genehmigung! Das ist un-glaub-lich!«

Gerit war im Eingang stehen geblieben und machte beruhigende Zeichen zu Teri hinüber, die bei den ersten Worten Tanas erschrocken aufgesprungen war.

Tana bezog seine Gesten auf sich. »Du warst mir auch keine große Hilfe!«, ging sie auf ihren Gefährten los. »Einfach dasitzen und kein Wort sagen. Haben wir dafür nächtelang an unserem Plan gearbeitet, nur damit du dich von zwei Trunkenbolden mundtot machen lässt?«

»Wir werden fahren!«, sagte Gerit mit fester Stimme, ging zu Tana und legte ihr begütigend eine Hand auf die Schulter.

»Ach, lass mich doch in Ruhe!«, forderte Tana ihn leise auf, wobei sie ihn neben sich auf ihre Liege zog. Ein paar Augenblicke lang saßen die beiden dort stumm nebeneinander, dann fing Tana leise an zu lachen. »Hast du gesehen? Tees wäre fast vom Stuhl gekippt!«

Jetzt musste auch Gerit lächeln. »Und Raban konnte kaum noch stehen!«

»Ge-nau!«, bestätigte Tana und plötzlich entlud sich ihre ganze Anspannung in brüllendem Gelächter.

Teri saß auf ihrem Bett und sah dem Treiben verständnislos zu. Erst stritten sich die Erwachsenen und dann lachten sie zusammen! Wussten sie eigentlich, was sie taten?

»Wir werden fahren!«, hatte Gerit gesagt. Teri konnte nur hoffen, dass das auch stimmte. Höflich wartete sie ab, bis die Erwachsenen sich ausgealbert hatten, dann fragte sie Tana: »Wir fahren doch wirklich nach Tigan, oder?«

»Ja, Teri!« Tana konnte sich kaum beruhigen. Aber dann nahm sie sich zusammen. »Ja, Teri, wir werden auf die Reise gehen! Auf eine große Reise! Ganz auf die andere Seite des Kontinents!«

Gerit saß neben Tana und nickte ernst. »Wir werden bis zur Abreise in das Fremdenhaus ziehen müssen!«, stellte er fest. »Eine Lossagung von Zunft und Stadt ist kein Scherz. Wir sind jetzt Fremde in Thedra! Also packt eure Sachen zusammen und kommt!«

»Fremdenhaus«. Tief war das Wort in den Torbalken der Höhle am Schneckenhafen eingestanzt. Dies war der Ort, wo jeder Besucher Thedras die Nacht zu verbringen hatte.

Zu festgelegter Zeit ließen die Verkünder in Abständen dreimal ihre Fanfaren erschallen. Beim dritten Signal wurden die Tore der Herberge und das große Schutztor am Hafen für die Nacht geschlossen. Besucher von außerhalb, die dann noch auf der Straße angetroffen wurden, bekamen das, was man, milde ausgedrückt, als Schwierigkeiten bezeichnen könnte.

Jeder Fremde, der nach dem dritten Hornsignal von der Wache aufgegriffen wurde, musste unverzüglich ins Gefängnis gebracht werden. Das war kein Spaß. Besonders nicht im Winter, denn alle Habe wurde beschlagnahmt und der große Gitterkasten aus Holz, der am Strand aufgestellt war, bot keinen Schutz vor dem rauen Klima.

Das Fremdenrecht war hart in jener Zeit in Thedra.

Gerit ging als Erster durch das Tor des Fremdenhauses, aus dem der kleinen Gruppe ein Geruch von feuchtem Stroh entgegenschlug.

»Unsere Reise fängt ja gut an!«, bemerkte Tana mit einem Blick auf den verschmutzten Steinboden.

»Wieso?« Gerit fand den Zustand der Höhle offenbar ganz normal.

Teri schaute sich interessiert um. Schon immer hatte sie es sich gewünscht, einmal hier schlafen zu dürfen. Aber das kam für Thedraner natürlich überhaupt nicht infrage.

Noch stand die Sonne ein gutes Stück über dem Horizont und von den derzeitigen Bewohnern war nichts zu sehen. Nur eine alte, dunkelhäutige Kraanfrau kochte auf einem kleinen Feuer in der Mitte des Raumes ein seltsam riechendes Mahl. Um sie herum lagen einige herrenlose Bündel, deren Besitzer wohl in der Stadt waren.

Die Kraan waren auf dem ganzen Kontinent als Artisten und Spaßmacher bekannt und Teri war bei all ihren Vorstellungen gewesen, aber die Frau am Feuer hatte sie noch nie gesehen.

Gerit grüßte die Alte und Tana suchte im Dämmerschein der Höhle die am wenigsten verschmutzte Ecke aus, um ihre Decken auszubreiten. Teri ging zu der Kraan hinüber und spähte neugierig in den großen Topf. Irgendwelches Grünzeug war mit einigen wenigen Fleisch- und Fischfetzen zu einem würzig duftenden Brei verrührt, der beim Kochen blubbernde Geräusche von sich gab.

Freundlich schaute die Frau Teri an und sagte einige Worte in einer fremden Sprache.

Teri machte mit der Hand ein paar wedelnde Bewegungen zu ihrer Nase hin. »Riecht gut«, sagte sie und ging lieber schnell weg. Die Alte gab einige glucksende Töne von sich, was wohl Lachen sein sollte. Teri drehte sich im Gehen um und grinste verlegen.

»Pass doch auf, wo du hinläufst!« Tana war nicht gerade bester Laune, und dass Teri gerade eben mit ihren Holzschuhen in das frisch eingerichtete »Schlafzimmer« getrampelt war, hob ihre Stimmung auch nicht sonderlich.

Schnell hopste Teri von der ausgebreiteten Decke und schaute Tana entschuldigend an. Das Lachen der Kraan wurde lauter.

»Sei vorsichtig!«, warnte Gerit. »Die Kraan können zaubern! Wenn du die Frau böse machst, hoppelst du vielleicht als Erdhörnchen hier heraus, und für einen Käfig haben wir keinen Platz auf dem Schiff!«

»Och, die tut mir nichts!«, meinte Teri leichthin. »Die mag mich!«

Ein schwaches Husten ließ Teri aufmerksam werden. Das Geräusch war aus einer dunklen Ecke gekommen. Auch Gerit hatte es gehört. Er machte einige Schritte in die Richtung, als die Stimme der Alten am Feuer ihn aufhielt.

»Nicht gehe dahin!«, rief sie Gerit an. »Mann krank! Ziegemann von Kaji ganz krank! Bald tot! Wenn du gehe zu Mann, du auch krank, du auch tot! Komme zu Feuer, mit Frau!« Aufgeregt winkte die Alte sie mit ausholenden Handbewegungen heran und folgsam scharten die drei Neuankömmlinge sich um das Kochfeuer. Dort machte die dunkelhäutige Frau ihnen in ihrer seltsamen Sprache klar, dass auch die Kraan den Mann schon in der dunklen Ecke vorgefunden hatten. Er gehörte zu einer Gruppe von drei Ziegenhirten aus Kaji, einer Stadt, von der noch keiner der drei jemals etwas gehört hatte, und war mit dem Schiff vor etwa dreißig Tagen hier angekommen.

Nachdem die Männer ihre Herde verkauft hatten, waren die ersten Anzeichen der Fenko-Krankheit bei dem Hirten aufgetreten und der Kapitän ihres Schiffes hatte sich geweigert ihn an Bord gehen zu lassen. Vor etwa zehn Tagen hatte das Schiff dann abgelegt und mit ihm waren auch die Gefährten des Mannes verschwunden. Noch nicht einmal Zehrgeld hatten sie ihm dagelassen. Bis die Kraan-Leute ankamen, hatte er schon tagelang nichts mehr gegessen und getrunken.

Die Kraan, weit gereist, wie sie waren, hatten seine Krankheit erkannt und ihn mit dem Nötigsten versorgt.

Einer der Kraan hatte als Kind ebendiese Krankheit selbst gehabt und überlebt, wenn auch nur knapp. Dieser Mann konnte dem Kranken Essen und Wasser bringen, ohne selbst angesteckt zu werden. Aber trotzdem hatte sich dessen Zustand seitdem eher verschlechtert. In zwei Tagen nun würden die Kraan mit der Abendflut zur Kaiserstadt aufbrechen, dann würde der Mann wohl bald sterben!

»Du nie schlafe unter Fenko-Baum mit Federblätter!«, hatte die Alte ihren Bericht abgeschlossen. »Sonst du auch krank!« Dabei hatte sie Teri so ernst und mahnend angesehen, dass sie sich sofort vorgenommen hatte niemals unter einem Fenko-Baum zu schlafen, wo immer diese Dinger auch stehen mochten.

»Ihr lauft mit der Abendflut zur Kaiserstadt aus?« Gerit übte sich schon mal ein wenig in der Seemannssprache. »Wie heißt euer Schiff?«

»*Kao-lad* – ›Seidenprinzessin‹!«, antwortete die Frau.

»Dann werden wir zusammen reisen!«, stellte Gerit erfreut fest. Tana und er hatten ebenfalls mit dem Kapitän der *Kao-lad* eine Passage vereinbart.

Inzwischen war es draußen dunkel geworden und am Eingang wurden Stimmen laut. Herein kamen einige schwarzhäutige Menschen. Männer und Frauen grüßten freundlich in einer fremden Sprache und setzten sich ans Feuer.

»Ich muss uns ja auch noch etwas kochen!«, stellte Tana fest und wollte sich erheben.

»Du esse hier!« Mit einer Handbewegung gebot die Alte Tana sitzen zu bleiben. »Alle esse hier! Nur hole Löffel!«

Brav folgte Teri der Anweisung, die die Alte ihr gegeben hatte, ging zum Gepäck und kam mit drei Holzlöffeln zum Feuer zurück. Dabei sah sie sich die Gruppe, die in der Mitte des großen Raumes hockte, genauer an.

Anführer der Kraan war ein kräftiger junger Mann in einem weiten Umhang. Sein Name war Bgobo, wie Teri wusste. Schon bei den Darbietungen im Schneckenschiffhafen hatte er den anderen Artisten Anweisungen gegeben und auch hier war *er* es, der am häufigsten von den anderen angesprochen wurde. Passend zu seinem Mantel trug er eine aus mehreren verschiedenfarbigen Stoffen zusammengenähte Mütze, die sein Haar vollständig aufnahm, während sich seine Gefährten mit erheblich kleineren Kappen begnügten. Direkt hinter ihm lagen ein teilweise mit Kupferblech beschlagener, großer Holzreif und ein Seil.

Auch die anderen Mitglieder der Gruppe hatten ihre Handwerkszeuge hinter sich gelegt. Teri sah all die kurzen Leitern und kleinen Podeste, die langen und kurzen Holzstäbe, eine lange Peitsche mit kurzem Griff und noch vieles mehr, was die Kraan bei ihren Vorführungen benutzt hatten.

Besonders angetan hatten es Teri die seltsam geformten Krummhölzer in den Gürteln der Frauen, die bei der Darbietung immer wieder in weitem Bogen zu ihren Werferinnen zurückgekehrt waren.

Schweigend setzte Teri sich wieder zwischen Tana und Gerit an das Feuer und reichte ihnen die hölzernen Löffel.

Der Anführer lächelte den Fremden freundlich zu, legte die Hände an die Stirn und sprach mit getragener Stimme so etwas wie einen Segen. Da alle Kraan es ihm gleichtaten, hoben auch Tana, Gerit und Teri zögernd ihre Hände.

Einer der Kraan hatte sich vom Feuer entfernt und war mit einem kleinen Gefäß voller Speise zu dem Hirten in seiner dunklen Ecke gegangen. Das war also der Mann, der als Kind so krank gewesen war! »Hast du auch unter dem Fenko-Baum geschlafen?«, wollte Teri von ihm wissen. Aber der Mann schaute sie nur verständnislos an.

»Dich nicht versteht!«, erklärte die Mutter des Anführers. »War noch Kind! Weiß nicht, ob schlafe unter Fenko-Baum mit Federblätter. Vielleicht nur Holz von Fenko in Nähe!«

»Ich habe von meiner Mutter gehört, dass wir zusammen reisen werden«, sprach Bgobo Tana, Gerit und Teri in einwandfreiem Thedranisch an. »Ich freue mich, dass wir für den ersten Teil unserer Reise so nette Gefährten gefunden haben.«

Pünktlich mit dem dritten Hornsignal der Verkünder erschien der Quartiermeister und verschloss das schwere Tor des Fremdenhauses. Nun waren die Bewohner für die Nacht hier gefangen, anders konnte man es nicht nennen. – Das Fehlen jeglicher Möbel, der unebene, mit feuchtem Stroh bedeckte Felsboden, der einzige kleine Eimer für die Notdurft, der in einem Winkel stand, all das erinnerte doch mehr an einen Kerker als an eine Herberge. Aber so sollte es auch sein. »Gib einem Fremden einen Stuhl und er will ein Bett – Gib ihm ein Bett und er will ein Haus!«, hieß ein thedranisches Sprichwort. Also bekamen die Fremden überhaupt nichts. Jedermann in Thedra fand diese Lösung gut und richtig. Nur Tana und Gerit, die durch ihre Lossagung plötzlich selbst zu Fremden geworden waren, behagte das Verfahren nicht mehr so ganz.

Unruhig wälzte sich Tana auf ihrer Decke von einer Seite auf die andere. »Hier stinkt es!«, stellte sie schließlich fest.

»Wir werden morgen meine Mutter besuchen. Bestimmt dürfen wir uns bei ihr waschen!«, versuchte Gerit sie zu trösten.

Teri fand die mangelnde Sauberkeit halb so schlimm. Viel mehr Sorgen machte ihr der Kranke in seiner Ecke. Was, wenn er mitten in der Nacht aufstand und mit schwachen Schritten zu Teris Lager kam und sich über sie beugte? Wenn er sie berührte? Teri wurde es bei dem bloßen Gedanken schon übel vor Angst. Sie wollte nicht krank werden, nicht zum Sterben zurückgelassen werden wie dieser Unglückliche, dessen Gesicht sie nicht einmal gesehen hatte.

Teri hielt es nicht mehr aus. »Tana?«

»Ja?« Tana streckte die Hand aus und berührte Teris Arm.

»Wenn einer von uns unterwegs krank wird …«

»Ja, was dann?«

»Müssen wir ihn dann auch zurücklassen?«

»Nein, Teri! Wir lassen ganz bestimmt niemanden zurück! Ganz bestimmt nicht!«

»Und wenn der Kranke kommt und uns ansteckt?«

»Der kommt schon nicht!« Tana wurde langsam ungeduldig.

»Gerit?«

»Was ist?«, brummte Gerits Stimme erstaunlich nahe an Tanas Kopf.

»Stimmt das? Wir würden doch nie jemanden zurücklassen, oder?«

»Dummes Zeug!«, knurrte Gerit unwillig. »Wir gehören zusammen! Für jetzt und immer!«

»Für jetzt und immer!«, wiederholte Tana und drückte Teri sanft die Schulter.

»Für jetzt und immer!«, flüsterte auch Teri und rollte sich zufrieden zum Schlafen zusammen.

Auch als es neben ihr ein wenig unruhig wurde, ließ Teri sich nicht vom Einschlafen abhalten. Gerit war oft genug in Tanas Höhle gewesen, da sie in Gerits Gemeinschaftsunterkunft nicht ungestört sein konnten. Teri kannte die Spiele der Erwachsenen. Jedenfalls soweit die Bewegungen der Decke es erahnen ließen. Teri fand derlei Dinge nur mäßig interessant und schloss endgültig die Augen, nachdem sie die beiden unter halb geschlossenen Lidern hervor ein wenig beobachtet hatte.

Der Kranke kam in dieser Nacht natürlich doch an Teris Lager! Teri lag auf dem Rücken und konnte sich nicht bewegen, als es begann. Zuerst hörte sie ein Schaben, wie Stoff auf Stein, das aus der finsteren Ecke drang. Teri versuchte den Kopf zu drehen, aber es wollte einfach nicht gelingen!

Angst kam sachte aus der Dunkelheit geweht und legte sich wie ein schwarzes Tuch über Teri. Jetzt hörte sie ein Keuchen. Rasselnder Atem näherte sich, brach ab, setzte näher und gieriger wieder ein, als schleiche sich ein Raubtier heran. Teri wollte schreien vor Angst. Das Herz krampfte sich ihr zusammen. Sie konnte sich nicht bewegen! Sie war krank! Die anderen würden sie zurücklassen! – Der Fenko-Baum! Gab es hier irgendwo Holz vom Fenko-Baum?

Jetzt ein schlurfendes Tappen. Der Kranke kam!

Viel zu viele schabende, unsichere Schritte waren zu hören. So groß war der Raum doch überhaupt nicht! Jeden Moment musste der Mann in Teris Gesichtsfeld erscheinen. Krampfhaft versuchte sie die Augen zu schließen, um das Entsetzliche nicht sehen zu müssen, aber nicht einmal das gelang!

Ein dunkler Schatten schob sich vor die Höhlendecke, die von der Restglut des Kochfeuers rot angestrahlt wurde. Jetzt beugte der Schatten sich zu Teri herab. Ein blasses Oval wurde sichtbar. Ein Gesicht, an dem das Fleisch in langen Fetzen herunterhing. Ein Gesicht, das keine Augen mehr hatte. Ein Gesicht, das grausam auf Teri herablächelte!

Teri schrie wie nie zuvor in ihrem Leben. Ihr ganzer Körper bebte und wand sich. – Doch kein Laut drang über ihre Lippen. Die Angst hatte ihr den Mund mit Leichenhänden verschlossen.

»Hab doch keine Angst!«, sagte das Ding mit leiser, zischender Stimme. »Ich habe auch ein Geschenk für dich!« Plötzlich zog es so etwas wie einen großen Fächer hinter seinem Rücken hervor und hielt ihn über Teri.

Ein Zweig des Fenko-Baums! Genau konnte Teri die gefiederten Blätter erkennen. In stummem Entsetzen lag sie da und sah zu, wie der Zweig sich langsam auf ihre Brust senkte. Größer und immer größer wurden die Blätter vor ihren Augen und fingen an sich zu bewegen. – Aber das waren ja überhaupt keine Blätter! Hände waren es! Kleine, knochige, dornige Skeletthände, die nach Teris Körper und Gesicht griffen. Schon hatten sich die ersten Klauen in ihre Kleidung gekrallt, da begann das Bild langsam zu verblassen. »Es geht mir jetzt besser!«, sagte das Ding wie von weit her mit seiner dünnen, zischelnden Stimme. Teri wälzte sich wimmernd auf ihrem Lager und fuhr plötzlich auf.

Verstört starrte sie in den düsteren Raum. Es war nur ein

Traum! Alle schliefen! Teri war froh, dass sie nicht geschrien hatte, es wäre ihr peinlich gewesen, die anderen zu stören. Sie zwang sich, sich wieder ruhig auf den Rücken zu legen, und lauschte ihrem heftig pochenden Herzen. Da fiel ihr etwas auf. Eine Stelle der Höhlendecke schien dunkler zu sein, so als wenn … Abwehrbereit riss Teri die Arme vor den Körper.

Der dunkle Fleck bewegte sich, beugte sich zu Teri herab. Ein bleiches Oval wurde erkennbar … »Es geht mir jetzt besser!«, sagte das formlose Ding mit dünner, zischender Stimme.

Teri blieb der Verstand stehen. Sie fühlte, wie ihre Blase sich krampfartig entleerte, dann sah sie, dass das Ding eine Hand nach ihr ausstreckte.

Plötzlich verschwand die Lähmung aus Teris Körper. Blitzartig warf sie sich zur Seite, nur fort von diesem Entsetzen, sprang auf und rannte laut schreiend über die Schlafenden hinweg. Wie ein gejagtes Tier rannte sie im Dämmerschein der heruntergebrannten Glut zum Ausgang und prallte dort gegen das massive Tor. Fieberhaft suchte sie die schweren Balken nach einem Durchschlupf ab. Nur fort hier! Aber es war hoffnungslos! Schluchzend sackte Teri am Tor in sich zusammen.

Teri schämte sich furchtbar. Nicht nur, dass sie sich benommen hatte wie ein dummes, furchtsames Erdhörnchen – nein, sie hatte auch Tana und Gerit in höchster Gefahr allein gelassen! Zum Glück schien das den beiden Erwachsenen nicht weiter aufgefallen zu sein. Sie hatten nur das erschreckte Kind gesehen, das zitternd und beschmutzt vor dem Eingangstor kauerte und dringend getröstet werden musste.

Mittlerweile verstand Teri selbst nicht mehr, wie Frill sie so sehr hatte erschrecken können. Frill, der zurückgelassene Hirte, hatte mitten in der Nacht bemerkt, wie das Fieber seinen Körper verlassen hatte. »Es war, als sei ich ein Weinschlauch«, berichtete er, »und das Fieber ränne durch ein Loch am Boden aus mir heraus!«

Frill hatte noch einige Zeit ruhig dagelegen und Kraft gesammelt, denn er war sehr schwach. Dann hatte er sich aufgerappelt und war schlurfend zu irgendeinem Nachtlager gewankt. »Es tut mir Leid, dass ich dich erschreckt habe«, entschuldigte Frill sich mit seiner seltsam schrillen Stimme bei Teri. »Aber ich habe mich doch so gefreut, dass ich wieder gesund bin!«

»Schon gut«, gab Teri mürrisch zurück. Zum Glück hatte außer Tana niemand bemerkt, was ihr in ihrer Not passiert war, aber der Gedanke daran war nicht dazu angetan, die Laune eines zehnjährigen Mädchens zu heben.

Teri staunte, wie jung Frill noch war, er konnte kaum älter als zwölf Jahre sein, schätzte sie. Jetzt saß er am Feuer, das die alte Kraan-Frau wieder geschürt hatte, und wärmte sich wohlig an den rotgelben Flammen. Klein sah er aus! Viel kleiner als das halb verweste, riesige Monster, das Teri aus dem Schlaf gerissen hatte – und viel hübscher! Teri beschloss ihn zu mögen.

Nach und nach gingen alle, die durch Teris Geschrei aus dem Schlaf gerissen worden waren, wieder zu Bett. Nur Frill, der vorsichtig von den Vorräten der Kraan-Leute aß, und die Mutter Bgobos blieben am Feuer zurück.

Nach einiger Zeit, als alles ruhig geworden war, begann die Kraan-Frau leise in ihrer Heimatsprache zu singen. Teri verstand zwar die Worte nicht, wohl aber den Sinn des Liedes: Von sonnendurchglühten Steppen sang die alte Frau, von einsamen Dörfern im steinigen Vorgebirge, von Herden auf der Suche nach Wasser und Gras, von der Hochzeit eines Königspaares und von einem großen Fest zu Ehren der Götter. Es war ein ruhiges, ein beruhigendes Lied. Teris Fantasie fügte den Bildern, die es besang, ein weiteres hinzu: ein Erdhörnchen, das friedlich in seinem Bau schläft. Langsam trug die fremdartige Melodie sie wieder in den Schlaf und so bemerkte sie nicht den erstaunten Blick der Alten, die, mit den Lauten ihrer Sprache Traumbilder malend, weitersang, wobei ihre Augen zu lächeln begannen. – Diese Teri war ein besonderes Mädchen! Sie würde sich auf der Reise sehr um sie kümmern, nahm sich die Alte vor.

Am nächsten Morgen war Frill wieder einigermaßen bei Kräften. Blass zwar und sehr dünn, aber immerhin fest auf den Beinen. Erfreut gratulierten die Kraan ihm zu seiner Genesung und er bedankte sich immer wieder für die gute Pflege.

»Was wirst du jetzt anfangen?«, wollte Teri von ihm wissen, als er beim Frühstück neben ihr saß. Tana hatte sofort, als das Tor wieder geöffnet wurde, ein großes Brot besorgt und auf eine Decke neben die Feuerstelle gelegt. Ohne zu zögern griffen die Kraan erfreut zu. Auch Frill kaute genießerisch auf einer Brotkruste herum, bis ihm Teris Frage den Appetit zu verderben schien.

»Ich, ich weiß nicht«, gab er zögernd zu. »Meine Gefährten haben mich hier als Todgeweihten zurückgelassen. Das dürft ihr ihnen nicht übel nehmen!« Auch Tana und Gerit hörten interessiert zu. »Das ist bei unserem Volk so Sitte. Wir wandern sehr viel im Land umher. Wenn jemand stirbt, dann darf er die Gruppe nicht aufhalten. Sein Besitz wird verteilt und seine Familienbande erlöschen. Er selbst wird an geeigneter Stelle zurückgelassen.«

»Was ist eine geeignete Stelle?« Gerit beugte sich vor.

»Ein Dach! Ein Dach gegen Regen und Sonne und Wind! Ein Dach aus Zweigen, aus Holz oder aus Stein. Das ist alles, was ein Sterbender braucht«, erklärte Frill bereitwillig.

»Und wenn jemand nicht stirbt, so wie du?«

Frill lachte kurz auf, aber es klang ein Unterton von Bitterkeit mit. »Ihr kennt mein Land nicht! Die Steppen hinter Kaji sind kein Ort, wo ein Verlassener überlebt. Nie ist ein Todgeweihter aus den endlosen Weiten zurückgekehrt. Nur die Stimmen der Geister schweben in sternklaren Nächten über der Steppe!«

Teri spürte, wie ihr ein Schauer über den Rücken lief. Nicht nur des grausamen Rituals wegen, das Frill gerade beschrieben hatte, sondern auch wegen der Art, wie er es tat. In seiner Nachdenklichkeit hatte er der nüchternen thedranischen Sprache eine Kraft und Bildhaftigkeit verliehen, wie Teri sie noch nie erlebt hatte.

Auch Tana zeigte sich beeindruckt. »Wo hast du unsere Sprache so gut gelernt?«

»Es gibt thedranische Kaufleute in Kaji«, antwortete Frill. »Ich war Gehilfe dort.«

»Dann kannst du doch zurückkehren!«, stellte Gerit fest. »Bestimmt geben dir die Thedraner deinen alten Posten zurück!«

»Ihr irrt Euch, Herr Gerit!« Frill wurde, wenn möglich, noch blasser, als er ohnehin schon war. »›Kein Toter kehrt zurück!‹, heißt es bei meinem Volk. Mein Besitz ist verteilt, mein Zelt verbrannt, meine Frau einem anderen versprochen …«

»Deine Frau?« Tana schaute den Jungen ungläubig an.

»Ja«, bestätigte der schlicht. »Alles, was ich besaß, ist nicht mehr mein. Kein Toter kehrt je zurück, das ist das Gesetz. Würde ich es wagen, dieses Gesetz brechen zu wollen, meine eigenen Brüder würden dafür sorgen, dass ich es doch nicht könnte!«

»Du meinst – sie würden …«

»Sie würden mich an der Stadtgrenze erschlagen und verscharren«, bestätigte Frill Tanas Verdacht.

Teris Frage war immer noch nicht beantwortet worden. »Was willst du denn jetzt machen?«

»Ich weiß es noch nicht. Die Kraan haben schon durchblicken lassen, dass sie keine Verwendung für mich haben. Sie haben selbst nicht genug Geld und werden einen Teil der Passage abarbeiten müssen. Ich denke, ich werde versuchen mich im Hafen nützlich zu machen. Vielleicht kann ich mir mein Essen verdienen, bis ein Kapitän eines Tages einen Matrosen sucht und ich ihm gefalle. Wenigstens um ein Obdach brauche ich mir keine Sorgen zu machen, solange es das Fremdenhaus gibt.«

Frill hatte Recht. – Das war aber auch das einzig Erfreuliche an Thedras Fremdenhaus; die Übernachtungen waren umsonst!

4

Die Kao-lad

Auch wenn der Weg nicht das Ziel ist,
so ist er doch der Weg!

Klobig wie ein altersgrauer Holzschuh lag die *Kao-lad* am Kai des Schneckenhafens. »Ein Schneckenschiff, das seinen Namen sicher verdient!«, meinte Gerit, als sie mit ihren Bündeln bepackt den Liegeplatz erreichten.

Insgeheim gab Teri ihm Recht. Als Kind einer Hafenstadt hatte sie schon tausende von Schiffen aller Art gesehen. Dieser kleine alte Frachter mit seinen kurzen Masten würde starken Wind brauchen, um überhaupt von der Stelle zu kommen! Betrübt schaute sie zu dem hohen Felsenriff hinüber, das den Schwalbenhafen und die Werft der fliegenden Schiffe vollständig von der Stadt abtrennte. Wie schön wäre es gewesen, hätten sie mit einem Schiff der Edelsteinklasse reisen können. Aber das war natürlich völlig unmöglich. Die Geheimhaltung der Schwalbenschifftechnik schloss es völlig aus, dass sich außer den Schiffsbauern und Mannschaften jemand diesen leichtesten und schnellsten Schiffen näherte, die je die Meere befahren hatten. Teri spürte, wie Ärger in ihr aufkam. Sechzig Tage würde die *Kao-lad* mindestens brauchen, bis sie die Kaiserstadt erreichte – das Zehnfache der Zeit, die ein Schwalbenschiff benötigte! Eigentlich hatte Teri sich auf die Reise gefreut, aber jetzt schlich sie mürrisch und lustlos an Bord.

»Was ist mit dir? Hast du jetzt schon Heimweh?«

Teri beantwortete Gerits Frage nur mit einem unbestimmten Laut, der alles und nichts bedeuten konnte.

Tana hatte mit dem Kapitän vereinbart, dass für die Familie auf dem Vorschiff ein kleines Rechteck aus geöltem Tuch gebaut würde. Teri fand diesen Schutz reichlich überflüssig. Wind und Regen hatten ihr noch nie viel ausgemacht. Achtlos warf sie ihr Bündel in das winzige, mit Stroh ausgepolsterte Zelt und überließ Tana das Einrichten.

Gerit war inzwischen auf das Achterdeck gegangen und unterhielt sich mit dem Kapitän. Teri sah, wie er dem Mann etliche Münzen übergab. Unwillkürlich tastete sie nach dem flachen Lederbeutel, den sie unter ihrer Kleidung auf der Hüfte trug. Acht Bronzestücke waren darin und nochmals der Wert von zwei Bronzestücken in Kupfer- und Zinnmünzen. Das war ein Vermögen!

Oft schon war Teri auf Schiffen gewesen, die im Hafen lagen. Die grauen Planken, das ordentlich zusammengelegte Tauwerk, die wettergebleichten Segel aus grobem Tuch, das alles war ihr ein vertrauter Anblick. Auch die Matrosen aus allen Ländern des Kontinents waren nichts Besonderes für sie. Trotzdem war diesmal etwas anders: Noch nie war ihr ein Schiff so fremdartig und beängstigend vorgekommen wie die *Kao-lad*. Die Matrosen sahen so groß und roh aus. Selbst das Hafenwasser, Freund und Spielgefährte aller thedranischen Kinder, wirkte dunkel und bedrohlich. Die Kaimauer, die jetzt bei Ebbe hoch über das Deck der »Seidenprinzessin« aufragte, kam ihr seltsam vertraut und verlockend vor und die Hafenausfahrt, dieser Felsdurchbruch am anderen Ende des Hafenbeckens, erschien ihr wie das Tor in eine fremde, feindselige Welt.

Teri erschauerte. Sie würde den Hafen verlassen. Sie würde Thedra an Bord dieses grauen, alten Frachters verlassen und jahrelang nicht zurückkommen. Sie hatte ihr Zuhause bereits verloren und war nun gerade dabei, auch noch den Rest aufzugeben.

Teri hatte Angst! Es war ungerecht von den Erwachsenen, sie in diese Sache mit hineinzuziehen! Was konnte sie denn dafür, dass ihre Stiefmutter sich von Zunft und Stadt losgesagt hatte? Einmal noch – nur einmal noch an Land gehen, die alten Freunde sehen, die bekannten Spiele spielen. Teri hatte Angst, die Sicherheit Thedras zu verlassen. Angst vor der Fremde. Angst vor der ganzen Welt! Unwillig gestand Teri sich eine unangenehme Tatsache ein: Möglich, dass Gerit Recht hatte mit seiner Vermutung. Möglich, dass sie Heimweh hatte, schon hier, bevor es überhaupt losgegangen war!

Die Ankunft der Kraan an Bord war ein Ereignis für das ganze Hafenviertel.

Die Artisten nutzten den Abschied von Thedra für eine letzte glanzvolle Darbietung ihrer Künste. Hoch flogen die Holzstäbe der Jongleure, während die Wurfhölzer der Frauen in atemberaubendem Tempo wirbelnd die Masten der Schiffe umkreisten und immer wieder zu den Werferinnen zurückkehrten.

Durch die Beschläge eines großen Holzreifens waren zwei feste Stäbe gesteckt worden, die sich in der Mitte kreuzten. Dieses Gerüst, getragen von drei Männern, diente als wandelnde Plattform für die Künstler. Begleitet wurde das Spektakel von aufpeitschenden Rhythmen der Trommeln und Ratschen der Kraan, sodass für kurze Zeit alle Blicke im Hafen auf die Gaukler gerichtet waren und die Arbeit ruhte.

Bgobo, der Anführer der Truppe, nutzte die augenblickliche Aufmerksamkeit, sprang mit einem großen Satz auf das tragbare Podest und sprach den »Schlechten Dank«.

»Leute von Thedra«, rief er, »ihr werdet traurig sein und ihr werdet verzweifeln, denn die Kraan verlassen jetzt eure Stadt! Bgobo, Sohn eines hohen Fürstengeschlechts aus Wajir in der Steppe hinter der Wüste hinter dem Meer, und seine göttinnengleiche Mutter Aska haben sich herabgelassen eurer kalten grauen Stadt einen Besuch abzustatten. Ihr habt uns empfangen, wie es eurem Ruf entspricht, und dafür danken wir euch!

Thedraner, ihr seid ein hartes Gewächs, in Fels verwurzelt, und eure Herzen sind genauso steinern wie die Türme eurer Stadt! Steinern ist sogar eure Währung, wie mir scheint, denn bei unseren Darbietungen regneten mehr Kiesel als Kupferstücke auf unsere Decken.

Thedraner! Eure Großzügigkeit ist die von Krämern und eure Gastfreundschaft die von Kerkermeistern! Eure Fürsorge ist die Fürsorge der Wachen und das Bett, das ihr den Fremden bietet, taugt nicht einmal für eine sterbende Ziege! Darum werden Prinz Bgobo und seine königliche Mutter jetzt eure Festung des Geizes und der Habgier an Bord der ›Seidenprinzessin‹ verlassen.

Ja, heult und zetert nur, werft euch zu Boden und weint! Zu spät! Zu spät kommt alle Reue! Ich und mein Gefolge fahren nun zum Berg der ewigen Jugend, und erst wenn ihr alle gestorben seid, kehren wir wieder und werden sehen, ob die Härte eurer Herzen auch auf eure Kinder übergegangen ist.

Lebt wohl, Thedraner, und fallt nur nicht ins Wasser. – Die Steine in eurer Brust würden euch sofort hinabziehen!«

Mit diesen Worten sprang Bgobo von der Plattform herab, während die Zuhörer in donnernden Applaus ausbrachen und ihm zujubelten. So schön hatte schon lange kein Artist mehr den »Schlechten Dank« gesprochen.

Schnell breiteten zwei der Frauen eine große Felldecke auf dem Hafenpflaster aus und von allen Seiten setzte ein wahrer Regen kleiner Gegenstände ein. Leider hatte Bgobo aber nur allzu Recht gehabt. Nach wenigen Augenblicken war die Decke förmlich mit kleinen Kieseln übersät, während nur da und dort der metallische Glanz eines kleinen Kupferstücks zu erkennen war.

»Selten ist mir der ›Schlechte Dank‹ leichter über die Lippen gekommen!«, raunte Bgobo Gerit vertraulich zu, als er zurückwinkend das Schiff betrat. »Du wirst dich wundern, Thedraner, wie andere Völker ihre Gäste behandeln!«

Neue Passagiere waren angekommen. Seltsame Männer in langen schwarzen Gewändern, deren Anführer jetzt gemessenen Schrittes über das Deck der *Kao-lad* ging und immer wieder ein seltsames Wort aussprach: »Hom!«

»Pilger des Harmuged!«, erklärte der Kapitän, der Gerits fragenden Blick bemerkt hatte. »Habt ihr noch nie von ihnen gehört?«

Gerit verneinte und auch Teri schüttelte den Kopf. Sie hoffte, der Mann möge mehr über diese unheimlichen Pilger berichten.

»Es sind Wanderprediger. Ihr Gott heißt Harmuged. Ursprünglich kommen sie aus Hestron, der Steinwüstenstadt.«

»Aus Hestron, der Magierfestung?« Gerits Stimme war die Erregung anzuhören. Von Magiern hatte er eine hohe Meinung.

»Ja«, bestätigte der Kapitän. »Allerdings haben sie mit den Magiern dort nichts zu tun. Mehr noch: Man sagt, sie leben mit ihnen in ständiger Fehde! Die Jünger des Harmuged halten nichts von den Dingen dieser Welt. Ihr ganzes Wirken ist auf ein Leben nach dem Tode ausgerichtet. Sie suchen seit Menschengedenken nach dem Tisch der Macht, der die Welt zeigt und an dem die wahre Kaiserin des Kontinents darauf wartet, die Menschen von sich selbst zu erlösen. – Hoffentlich ist der Kerl bald damit fertig, seine Segnungen über das Schiff zu sprechen. So etwas macht meine Mannschaft immer ganz nervös!«

Gerit schüttelte verwirrt den Kopf und auch Teri kam die Geschichte reichlich absonderlich vor.

»Für einen, der sein wahres Leben erst nach dem Tode beginnen will, gibt dieser Mann sich aber viel Mühe das Schiff zu verzaubern!«

Der Kapitän zog viel sagend die Schultern hoch. »Auch Bronzestücke haben sie erstaunlich gerne!«, raunte er Gerit zu. »Nie sah man einen von ihnen irgendetwas arbeiten! Aber Bronze haben die Burschen! Sie ziehen nur über Land und versprechen den Leuten einen Platz auf einer traumhaft schönen Insel, wenn sie nur fleißig opfern. Das heißt, opfern müssen sie schon hier, auf die Insel kommen sie aber erst als Tote!«

Teri drehte sich weg und ging zu Tana. Das Gespräch der beiden Männer wurde ihr zu schwierig. Einen Tisch suchen, der die Welt zeigte und die Menschen erlöste, war das etwas, womit Erwachsene sich beschäftigen konnten?

»Hom!« Der Pilger war mit seinen Segnungen jetzt beim Ruderbalken angekommen und kehrte zu seinem demütig wartenden Gefolge zurück.

Mit diesen Leuten auf einem Schiff reisen zu müssen schlug Teri aufs Gemüt. Sehnsüchtig schaute sie auf den Kai.

Plötzlich war die Angst wieder da. Der Augenblick der Abfahrt war nahe und rückte immer näher. Teri war versucht vom Schiff zu fliehen, sich einfach auf die Laufplanke zu stürzen, über den Hafenplatz zu laufen und sich in einem ihrer vielen Verstecke zu verbergen.

»He, Teri!« Aska, die älteste der Kraan-Frauen, winkte ihr zu. »Du nicht Angst vor Weggehen! Du Welt sehe! Das gut!«

Teri lächelte schwach und zuckte hilflos die Schultern.

»Du komme und sitze auf Decke! Ich singe Lied von Welt!«

Widerstrebend ließ Teri sich auf der Decke der Alten nieder. Aus den Augenwinkeln sah sie, wie sich die Matrosen an den Leinen der *Kao-lad* zu schaffen machten. Panik breitete sich in ihr aus. Gleich würde es zu spät sein. Das Schiff legte schon ab. Wann würde sie Thedra wieder sehen? Es war ihr, als verlöre sie ihre Eltern ein zweites Mal. Mit tränenverschleiertem Blick saß sie da und spürte die Hand der Fremden auf ihrem Arm. Aska begann leise, ganz leise zu singen.

Schon nach wenigen Takten der gewundenen Melodie spürte Teri, wie die Angst, die sie fast überwältigt hatte, einer sanften Traurigkeit wich. Aber in der Melancholie des Abschieds schwang noch etwas anderes mit: Erwartung!

Schneller wurde die Melodie und fröhlicher. Teris Geist verließ voller Ungeduld den Hafen Thedras und flog weit auf das Meer hinaus. Eilig strebte er den fernen, unbekannten Ländern zu, die so voller Wunder waren. Und dann sah Teri. – Sah, wie die Erzählungen des Großvaters Gestalt annahmen. Sah die federleichten, dicken Drachen, die sich an Felsbrocken klammerten und wütend feurigen Rotz ausspien. Sah die Menschen, bei denen die Zunge oben angewachsen war. Sah die Türme aus Kristall, die die Einfahrt zur Kaiserstadt flankierten. Sah alle Wunder, von denen sie je gehört hatte, und konnte nicht genug davon bekommen. Jauchzend vor Glück überflog Teri die Welt. Tauchte tief in den Dschungel von Ceon und die Schluchten des Westlichen Gebirges. Schwang sich hoch über die Felsbarriere, die Estador vom restlichen Kontinent trennte, und kehrte langsam, schwebend, wieder in den Hafen von Thedra zurück. Dann war Askas Lied zu Ende.

Teri war vor überschäumender Freude kaum noch zu bändigen. Mit strahlendem Gesicht schnellte sie hoch und schaute sich um. Noch immer war die *Kao-lad* mit einem letzten Tau am Kai festgemacht. Ein Ruderboot lag parat das große Schiff aus dem windgeschützten Hafen herauszuschleppen; die Matrosen in den Rahen waren bereit beim geringsten Windhauch die Segel zu setzen.

Teri war glücklich. Endlich war es so weit. Sie würde die Welt sehen. Die Kaiserstadt, Tigan, Gebirge und Wüsten und vieles andere mehr! Konnten die Matrosen sich nicht beeilen? Konnten die Ruderer nicht schneller rudern? Konnte der Wind nicht schon hier im Hafen wehen? Teri hatte es eilig!

Das letzte Tau schlug polternd auf die Planken der *Kao-lad*.

»Es geht los! Endlich geht es los!« Teri hüpfte ausgelassen auf Tana und Gerit zu, die eng umschlungen in dem kleinen Zelt auf dem Vorschiff saßen. Die ernsten, traurigen Gesichter der beiden Erwachsenen fielen ihr gar nicht auf. Sie hätte auch kein Verständnis dafür gehabt. Die Welt wartete! Wie konnte man da Heimweh haben?

Am dritten Tag nach der Abfahrt kam in der Morgendämmerung das Finderschiff.

Zunächst war in dem Frühdunst über dem Wasser nicht genau zu erkennen gewesen, wer sich der *Kao-lad* in der Nacht genähert hatte. Der Matrose, der hoch oben im Mast in einem Segeltuchsitz Wache hielt, hatte ganz normal Meldung gemacht.

Dann, als die Sonne etwa vier Höhen über der Kimm stand, wurde es offensichtlich. Ein dramilischer Dreimaster lief mit voller Fahrt auf die *Kao-lad* zu. Das konnte nichts Gutes bedeuten! Vorsichtshalber gab der Kapitän die notwendigen Kommandos für einen Kurswechsel.

Sofort reagierte der Kapitän des fremden Schiffes und änderte ebenfalls den Kurs. Ein weißer Wimpel mit rotem Totenschädel darauf schnellte in den Mast empor und wieder lag die *Kao-lad* direkt vor dem Bug des Dreimasters. – Die Jagd war eröffnet!

Der Kapitän der *Kao-lad* hielt die Besatzung des Finderschiffes in Atem. Jedes Mal, wenn der Finder sich auf einen Kollisionskurs eingerichtet hatte, wechselte die »Seidenprinzessin« eilig ihren Kurs. Da sie erheblich kleiner war als das Finderschiff, ging das auch recht schnell, sodass die Angriffe ein ums andere Mal ins Leere stießen.

Aufgeregt verfolgten die Passagiere der *Kao-lad* die Bewegungen des feindlichen Schiffes; allen voran Teri, die mit großen Augen an der Reling stand und bewundernd auf den riesigen Dreimaster starrte, der jedes Mal, wenn er in Rufweite vorbeigerauscht war, behäbig wendete und die Verfolgung erneut aufnahm.

Lange konnte dieses Spiel nicht mehr gut gehen. Die *Kao-lad* glich einem verzweifelten Mäuschen, das vor einer gierigen Katze flieht. Schon begann der Finder die Taktik des Frachterkapitäns zu durchschauen und änderte fast gleichzeitig mit ihm den Kurs. Bedrohlich nahe kam das fast doppelt so lange Schiff.

Aufgeregt rief Tana nach Teri, die sich unwillig von der Reling löste. Sie kannte zwar viele der blutrünstigen Geschichten, die die Seeleute einander von Findern erzählten, aber dass es bei dieser Jagd auf hoher See tatsächlich um Leben und Tod ging, hatte sie noch gar nicht begriffen. Das änderte sich auch nicht, als ein vielstimmiger Schrei an Bord ertönte. Von dem Finderschiff aus war ein brennender Pfeil abgeschossen worden, der mehrere Mannslängen von der *Kao-lad* entfernt zischend im Meer versank.

Der Kapitän gab ein paar schnelle Kommandos und träge legte sich das schwere Schiff auf die andere Seite. Wieder blieb der Finder ein gutes Stück zurück.

»Teri, komm jetzt!« Tana war schon seit der Abreise aus Thedra seekrank. Sie hatte sich in der Nähe des Zeltes hinter das niedrige Schanzkleid des Frachters gehockt und streckte jetzt schwach die Hand aus. Teri dachte nicht daran, sich feige zu verstecken, andererseits war es hier auf Deck tatsächlich nicht ganz sicher. Ungeachtet der Rufe Tanas flitzte Teri zum Hauptmast und brachte sich schnell aus Gerits Reichweite, der auf dem Deck umherhüpfte und nach ihren Knöcheln haschte.

Je höher Teri in den Mast stieg, desto wohler fühlte sie sich. Das vielfach stärkere Schwanken des Schiffs, die Kraft des Windes, die bessere Übersicht – das alles gefiel ihr.

»Hau ab, Kleine! Du störst hier!« Das war ein Matrose, der vom Ende einer Rahe mit der Faust drohte. Teri störte sich nicht daran und kletterte noch weiter.

Nachdem sich der Abstand zwischen den beiden Schiffen vergrößert hatte, nahm der Finder nach einer Wende schon wieder Fahrt auf. Seine Absicht war klar: Er wollte längsseits der *Kao-lad* gehen, ihr den Wind aus den Segeln nehmen und sie stoppen. Wie das Manöver auch immer ausging, das Finderschiff würde nahe herankommen dieses Mal. Sehr nahe sogar!

Geschmeidig erhoben sich aus der Gruppe der Kraan zwei der jüngsten Frauen und gingen zur Reling. Gleichzeitig begann Aska, die Mutter Bgobos, mit einem ängstlichen, dünnen Gesang, der schlagartig allen, die an Bord waren, den Mut nahm. Sie waren allein auf hoher See und einem brutalen Angreifer ausgesetzt. Sie waren verloren! Die Matrosen in den Rahen ließen die Hände sinken. Sie konnten nicht fliehen, das wusste plötzlich jeder an Bord. Warum also das Ende hinauszögern? Das Beste war doch, einfach aufzugeben! Selbst der Kapitän auf dem Achterdeck schaute resignierend auf die Planken und ließ dem Schiff seinen Lauf. Früher oder später würde ein Feuerpfeil die Segel der *Kao-lad* in Brand setzen, dann war die Fahrt ohnehin zu Ende!

Das Finderschiff hatte inzwischen stark aufgeholt. Es würde sich etwa dreißig Mannslängen von der »Seidenprinzessin« entfernt vor den Wind legen. Hatte die plumpe *Kao-lad* erst einmal Fahrt verloren, war der Rest ein Kinderspiel. In weniger als vier Sonnenhöhen würde an Bord des Frachters niemand mehr leben und die Finder würden wieder einmal einen guten »Fund« zu feiern haben. Jedermann an Bord der *Kao-lad* hatte in diesem Augenblick mit dem Leben abgeschlossen.

Plötzlich änderte sich das Lied der Alten dramatisch. Lauter werdend, ließ sie Melodie und Rhythmus schneller und härter klingen. Innerhalb weniger Takte war aus dem klagenden Jammergesang einer ängstlichen Seele ein kraftvolles Kampflied geworden.

Die Wirkung war erstaunlich. Wie eine Windböe in einen schlafenden Wald, so fuhr das Lied in Mannschaft und Passagiere der *Kao-lad*. Überall fand das Fünkchen aufflackernden Mutes reichliche Nahrung. Muskeln strafften sich und Hände ballten sich zu Fäusten. Was immer als Waffe dienen konnte, wurde aufgenommen. Sollten die Finder doch kommen! Die Frauen und Männer der *Kao-lad* würden ihnen eine Lektion erteilen, dass ihnen die Lust am Finden für immer verging! Hier an Bord war nun jeder bereit für den anderen mit seinem Leben einzutreten. Wie schwach war doch die Gier nach den Reichtümern der »Seidenprinzessin« gegen die Liebe, die die Menschen hier an Bord füreinander empfanden. Man kämpfte nicht um Fracht und Geld! Tiere galt es abzuwehren! Wilde Tiere! Die Menschen der *Kao-lad* konnten nicht verlieren, denn sie waren in diesem Augenblick wie ein einziger Leib und eine einzige Seele.

In diesem Moment höchster Einigkeit und Zuversicht schob sich das gewaltige Segel des Finderschiffes vor den Wind.

Augenblicklich richtete die *Kao-lad* sich auf und verlor so schnell an Fahrt, dass der Bug sich leicht den Wellen zuneigte.

Genau in diesem Moment beugten sich die beiden Kraan-Frauen an der Reling weit zurück und warfen mit mächtigem Schwung ihre Flughölzer in flachem Bogen über das Wasser.

Atemlos verfolgte Teri hoch oben im Mast die Bahn der wirbelnden Krummhölzer, die sich in genau berechnetem Bogen rasend schnell auf das Finderschiff zubewegten. Es schien ihr, als strahle das Holz einen besonderen Glanz aus, fast wie Metall. Aber das war natürlich unmöglich.

Die Männer des Finderschiffes waren vollständig überrascht von der Attacke. Nahezu bewegungslos standen sie da und beobachteten die Flugbahn der Hölzer. Sogar der Bogenschütze mit dem Brandpfeil vergaß für einen Augenblick seine Absicht.

Sirrend, metallisch glänzend kamen die seltsamen Waffen flach über das Wasser gewirbelt und hoben sich erst kurz vor der Bordwand über die Reling hinweg. Erschreckt zogen die Finder in der Nähe des Hauptmastes ihre Köpfe ein und manche ließen sich sogar auf das Deck fallen, um nicht getroffen zu werden, aber da waren die wirbelnden Krummhölzer schon zwischen ihnen hindurchgeflogen.

Erste Lacher wurden laut über diesen wunderlichen, vergeblichen Angriff, als urplötzlich das Verhängnis über den Dreimaster hereinbrach.

Ein lauter Knall in ihrem Rücken ließ die Finder herumfahren. Jetzt erst sahen sie, was das Ziel der Wurfhölzer gewesen war. Nicht auf die Männer der Besatzung hatten die Werferinnen gezielt, das Schiff selbst hatten sie verwunden wollen. Die Flughölzer hatten die Abspannungen des Hauptmastes auf der Windseite des Finderschiffes glatt durchschlagen. Mit einem Geräusch wie Peitschenknall waren die Wanten hoch in den Himmel gestiegen und hatten auf ihrem Weg eine Schneise der Zerstörung in Rahen und Segel gerissen. – Aber das war nicht das Schlimmste. Da die seitliche Abspannung plötzlich fehlte, konnte der riesige Hauptmast dem enormen Winddruck nicht mehr standhalten. Zwar war er fest im Deck verkeilt und reichte bis zum Kiel hinunter, aber ein voll aufgetakelter Hauptmast kann sich unmöglich aus eigener Kraft vor dem Wind behaupten!

Das erste Krachen reißender Holzfasern wurde zu einem immer lauter werdenden Prasseln. Immer weiter neigte sich der Mast des Finderschiffes der *Kao-lad* zu. Die Männer in den Rahen versuchten schon sich mit verzweifelten Sprüngen in Sicherheit zu bringen und die Matrosen an Deck liefen wild durcheinander. Vergessen war der Angriff auf die *Kao-lad.* Jetzt hieß es nur noch »Rettet das Schiff!«. Mit einem Geräusch wie qualvolles Stöhnen gab das Innerste, die Seele des Mastes, nach. Immer schneller neigte sich das Takelwerk dem Wasser zu und schlug schließlich klatschend auf die Wellen.

In gefährlicher Schräglage trieb das eben noch so bedrohliche Finderschiff hilflos vor dem Wind.

Langsam nahm die *Kao-lad* wieder Fahrt auf. Der Gesang der alten Aska war zu einer ruhigen, friedlichen Weise geworden und die jungen Frauen kehrten von der Reling zurück.

Aska nickte zufrieden. Der eigentliche Text des Liedes handelte von einer Mutter, die mit ihrem Kind in der Steppe unterwegs ist. Die beiden werden von wilden Tieren verfolgt und die Mutter nimmt den Kampf auf. Ihrem Kind zuliebe trotzt sie der tödlichen Gefahr und findet am Ende eine sichere Zuflucht. Das »Lied des einsamen Kampfes« hatte noch nie seine Wirkung verfehlt. Es kehrte die besten und edelsten Seiten der Zuhörer hervor und spornte sie zu enormen Leistungen an. Die jungen Frauen hatten die Taue des feindlichen Schiffs überhaupt nicht verfehlen können.

Stolz kamen die beiden Werferinnen zu der Alten und setzten sich nieder. Erwartung lag in ihren Augen.

Ernst griff Aska in die Vorratstöpfe der Kraan und gab jeder der jüngeren Frauen ein Stück Brot und Trockenfisch. Von einem guten Essen nach überstandener Gefahr hatte sie in dem Lied schließlich auch gesungen, und so etwas macht Appetit!

Teri, hoch oben im Mast der *Kao-lad,* hatte alles genau verfolgt. Jetzt sah sie schadenfroh auf das Finderschiff hinab, das hinter der »Seidenprinzessin« zurückblieb. Es würde Tage dauern, Mast und Segel zu bergen und das Schiff wieder einigermaßen manövrierfähig zu machen.

Die Finder hatten ein Beiboot zu Wasser gebracht, das jetzt in weitem Bogen um das Schiff herumfuhr und sich um die Männer kümmerte, die durch den Bruch des Hauptmastes ins Meer geschleudert worden waren.

Immer kleiner wurde das Finderschiff, immer schneller entfernte sich die *Kao-lad.* Teri sah gerade noch, wie die ersten Finder auf dem schief liegenden Mastbaum entlangbalancierten und sich an Segeltuch und Tauwerk zu schaffen machten, dann war nicht mehr genau zu erkennen, was auf dem schwer beschädigten Schiff vor sich ging.

Wieder ertönte ein Lied auf der *Kao-lad.* Doch nicht die Worte der Kraan-Sprache waren es diesmal, die die Luft durchdrangen; die Mannschaft hatte ein fröhliches Seemannslied angestimmt, in dem lauter fürchterliche Gestalten ein Schiff bedrohten, die allesamt von einem pfiffigen Schiffsjungen auf witzige Art abgewehrt werden konnten. So bekam zum Beispiel ein riesiges Seeungeheuer ein Fässchen scharfer Gewürze zu schmecken und der Feuermann, der auf den Rahen tanzte, wurde mit einem Schwall Wasser aus einem Ledereimer verjagt.

Vergnügt kletterte Teri auf das Deck hinab. Die schlechte Laune der Erwachsenen war bestimmt verflogen. Außerdem hatte sie großen Hunger. Sollten Tana und Gerit wegen ihres Ungehorsams noch böse auf sie sein – die Kraan würden ihr bestimmt etwas zu essen geben.

Tana war nicht böse. Tana war erleichtert, dass der Angriff so unblutig hatte abgewehrt werden können. Zum Schein grummelte sie ein wenig herum, suchte Teri dann aber ein Stück besonders gut duftenden Gewürzbrotes aus der kleinen Vorratskiste der Familie. Tana tat Teri Leid, wie sie so schwach dalag und von den köstlichen Vorräten nicht einmal essen konnte. Voller Mitleid biss Teri in ihr Gewürzbrot und ging fort, als Tana wieder würgende Geräusche von sich gab.

Der Wind wehte einige Wortfetzen vom Achterdeck herüber, wo Acon, der Pilger, lautstark auf den Kapitän einredete. »Wir sollten Harmuged danken! Harmuged hat dieses Schiff auf wunderbare Weise errettet!«, rief er. »Wir müssen ihm ein Opfer bringen!«

Teri schlenderte näher. Genüsslich kaute sie an der harten Brotrinde herum und verfolgte gebannt das hitzige Gespräch der Männer.

Der Kapitän sah belustigt auf Acon herab. »Ganz offensichtlich habt Ihr nicht recht Acht gegeben, Pilger! Wenn Euer Harmuged das Schiff errettet hat, wie Ihr sagt, dann haben die Kraan ihm aber sehr gut dabei geholfen!«

»Harmuged hat die Hände der Kraan geführt, wie er all unser Tun lenkt! Ihr solltet ihm dankbar sein, dass Ihr noch leben dürft!«

»Ich werde Eurem Harmuged meine Dankbarkeit erweisen, indem ich die Menschen und Waren sicher in den Hafen der Kaiserstadt bringe.«

»Harmuged hat geholfen! Harmuged gebührt ein Opfer!«,

beharrte Acon. »Wir Pilger werden die Worte des Dankes zelebrieren und erwarten, dass sich alle an Bord daran beteiligen! Weiterhin erwarten wir, dass Ihr, Kapitän, aus Euren Vorräten ein Opfer für Harmuged hergebt!«

»Na gut«, willigte der Kapitän ein, »werft meinetwegen einen Löffel Grütze ins Meer oder wie auch immer Ihr opfert – aber seid leise dabei!« Dann wandte er sich ab, um seinem Bootsmann Weisungen zu geben.

Acon wurde blass. So sehr hatten die Worte des Kapitäns ihn getroffen, dass er nach Atem ringen musste. »Ihr – Ihr spottet Harmuged! Fürchtet Harmugeds Zorn! Fürchtet die Verbannung auf die Insel der ewigen Kälte, wo der lebendige Geist der Spötter und Narren in eisigen Nächten ohne Schutz und Nahrung umherirrt! Fürchtet das Lachen der Auserwählten, deren Geist auf der Insel der ewigen Wärme in Freuden lebt! Fürchtet die Boten Harmugeds, die Euch verfolgen werden; die die Stunde Eures Todes schon kennen und ihre Krallen in Euren lebendigen Geist schlagen werden! Neigt Euer Haupt zu Boden und tut Buße! Noch ist es Zeit, der ewigen Kälte zu entfliehen!«

»Gut!« Der Kapitän drehte sich wieder Acon zu, der geifernd vor den Stufen des Achterdecks stand und sich fürs Erste verausgabt zu haben schien. »Gut! Das Schiff wurde errettet und ich sehe ein, dass ich dankbar zu sein habe.«

Acon wartete mit steinernem Gesicht ab. Konnte es sein, dass seine Brandrede so schnell zum Erfolg geführt hatte?

»Gerade habe ich angeordnet, dass aus meinen privaten Beständen ein großer Krug des besten Weines geopfert wird. – Möge er den Kraan gut munden!« Damit war das Gespräch für den Kapitän beendet.

Abrupt drehte Acon sich um und ging zu seinen Leuten, die demütig einige Schritte hinter ihm gewartet hatten. Teri schaute zu, wie die Männer zu ihrem Lagerplatz auf dem Deck gingen und sich dort niederließen.

»Worte des Dankes!«, fing Acon unverzüglich an zu rezitieren.

»Worte des Dankes!«, wiederholte die kleine Schar seiner Gefolgsleute.

»Dank sei dir, oh Harmuged, für deine große Güte!«

»Dank sei dir, oh Harmuged, für ...«

Teri wurde es langweilig und sie wandte sich wichtigeren Dingen zu. Gemächlich schob sie sich das letzte Stückchen Brot in den Mund und ging dann zu den Kraan hinüber. Aska hatte versprochen ihr heute das »Lied der Mildtätigkeit« beizubringen.

Langsam begann Teri die verwickelten Zusammenhänge der Kraan-Sprache zu begreifen. Die Kraan waren Meister der Zwischentöne. Je nach Aussprachetempo, Klangfarbe und Betonung konnte ein Wort bis zu neun verschiedene Bedeutungen haben. Halbe Tage hatte Teri schon mit der Alten zusammengesessen und leise singend die Vokabeln der fremden Sprache geübt. Aska war dabei eine sehr strenge, aber auch sehr geduldige Lehrerin gewesen. Ab und an war Teri etwas ungehalten, wenn ihre Zunge ihr wieder mal nicht gehorchen wollte und ihre Lippen ganz andere Töne formten, als sie eigentlich wollte. Da wäre es Aska ein Leichtes gewesen, das nervöse Kind mit ein paar Tönen des »Liedes der Duldsamkeit« zu beruhigen, genauso wie sie alle Vorgänge innerhalb der Reichweite ihrer Stimme bis zu einem gewissen Grad beeinflussen konnte. Trotzdem zog sie es vor, den Dingen ihren natürlichen Lauf zu lassen.

So lernte Teri denn die Gesänge der Kraan, wie jedes andere Kind sie auch gelernt hätte. Immer wieder kam sie an das Lager der Kraan, um von Aska neue Texte zu hören. – Und immer war sie Aska willkommen.

Aska wusste nicht genau, was sie von Teri halten sollte. Einerseits war diese kleine Thedranerin ein zartes, nahezu zerbrechlich wirkendes Geschöpf, das durch seine aufgesetzte Oberflächlichkeit und scheinbare Kühle nicht gerade die Sympathien auf sich zog. Andererseits hatte Aska festgestellt, dass dieses Kind eine große Scheu davor hatte, sich an Menschen zu binden, und nur darum eine so abweisende Art an den Tag legte.

Und dann war da noch etwas mit Teri: Sie sprach auf die Gesänge der Kraan so stark an, wie Aska es nicht für möglich gehalten hätte. Nicht nur, dass sie auf die feinsten Nuancen der Lieder reagierte; dieses kleine, blonde Mädchen war sogar als Kind schon in der Lage Bilder und Stimmungen auf Aska zu übertragen.

Nun war das Einfangen von Stimmungen nichts so Besonderes für die alte Kraan. Ständig war sie von den unterschwelligen Strömungen fremder Gedanken umgeben. Es machte ihr keine Schwierigkeiten, einen Menschen seiner Ausstrahlung nach richtig einzuordnen. Oft schon hatte sie die Artistengruppe vor Schaden bewahren können, indem sie Diebe, betrügerische Herbergswirte oder unfähige Kapitäne frühzeitig entlarvte. Dank Askas Fähigkeit geriet die Gruppe so gut wie nie in Streit mit Außenstehenden, da deren Absichten sofort durchschaut und vereitelt werden konnten.

Hatten diese Empfindungen aber immer nur weich und verwaschen Askas Geist gestreift wie treibender Seetang, der umschlingt, aber nicht verletzt, so schnitten Teris Gedanken geradezu schmerzhaft in das Bewusstsein der Alten. Teri konnte Bilder machen, Gefühle wecken, Angst und Freude vermitteln. Seit Aska im Fremdenhaus von Thedra zum ersten Mal den Geist des Kindes berührt hatte, stand sie in ständiger Verbindung mit ihm.

Es war eine Qual für die alte Frau, die Gedanken des Kindes auch nicht einen Augenblick lang abschütteln zu können. War Teri wach, musste Aska all ihre kleinen Kinderabenteuer miterleben, schlief sie, träumte Aska all ihre Träume. Nur beim Lernen der Lieder schwangen ihre Seelen im gleichen Takt. Voller Hingabe konzentrierte Teri sich auf das Erlernen der alten Gesänge, und dies waren die einzigen Zeiten, in denen Aska vor dem Ansturm von Teris Gedanken einigermaßen sicher war.

Und noch etwas hatte Aska an Teri entdeckt, das sie sehr beunruhigte. Teri verstand die Sprache der Dinge! Die Planken unter Teris Füßen waren nicht tot. Es waren Teile von Stämmen, die einmal in einer schattigen Senke gestanden hatten! Berührte Teri ein Tau oder ein Segel, spürte sie zugleich die Kraft der lebenden Pflanzen, aus denen die einzelnen Fasern stammten. Das Meer, das sie alle in seiner endlosen Weite umgab, war für Teri Liebkosung und Bedrohung zugleich.

Für Aska war es, als habe sich für sie durch Teri eine Tür in eine neue, gänzlich unbekannte Welt geöffnet. Wie erschreckt war sie gewesen, als Teri sich hier an Bord zum ersten Mal auf einer der Felldecken der Kraan niedergelassen hatte. Augenblicklich waren Bilder in ihrem Geist erschienen. Bilder von einer so beängstigenden Eindringlichkeit, dass Aska versucht hatte sich ihnen zu verschließen. Aber es war umsonst gewesen!

Eben noch hatte Aska lächelnd zugesehen, wie Teris Finger spielerisch über das Fell der Decke glitten, da spürte sie auch schon eine dumpfe, satte, träumerische Trägheit, die nur durch das Verlangen nach Wasser ein wenig getrübt wurde.

Weit war die Steppe, die sich im hellen Sonnenlicht vor der Herde ausbreitete. Aska schwebte sacht über die dürftigen Grasbüschel. Sie spürte den Wind, der heiß um ihre Nüstern wehte. Sie würde mit dem Wind zum Wasserloch gehen müssen. Das war nicht gut! Unruhig ließ sie ihre Ohren spielen, aber außer den Geräuschen der wandernden Herde war nichts zu hören.

Jetzt war es nicht mehr weit und sie würde trinken können. Träge schob sie sich in der lastenden Hitze auf das Wasserloch zu.

Plötzlich war sie hellwach. Der Leitbulle hatte warnend geschnaubt und war stehen geblieben. Auch Aska wartete nahe der Buschreihe, die den flachen Tümpel von der Steppe trennte.

Jetzt raschelte es heftig im Gebüsch. Aska warf sich herum und wollte fliehen. Aus den Augenwinkeln sah sie einen dunklen Schatten auf sich zukommen und spürte im selben Augenblick, wie sich etwas in ihre Flanke bohrte. Nach einigen schnellen Sätzen begann sie zu taumeln. Sie empfand keinen Schmerz und kein Entsetzen, als sie zu Boden stürzte, nur eine tiefe Verwunderung darüber, dass ihre Beine sie nicht mehr trugen. Dann war es dunkel geworden in der sonnendurchfluteten Steppe. Das Letzte, was Aska sah, war die fliehende Herde. Sie empfand ein tiefes Bedauern, nicht mit ihr laufen zu können, dann war der Schatten aus dem Busch über sie gekommen.

»Bringst du mir heute das ›Lied des Lachens‹ bei?«

Plötzlich hatte Aska sich auf dem Deck des Schiffes wieder gefunden, vor sich die erwartungsvolle Teri auf der Felldecke. Die Vision konnte nur einen Augenblick lang gedauert haben.

Aska war erschüttert. Eben hatten sie beide den Tod eines Tieres miterlebt, hatten in diesem Tier gelebt, waren mit ihm gestorben – und dieses Kind fragte sie nach dem »Lied des Lachens«!

Erst später kam Aska darauf, dass derartige Erlebnisse für Teri ganz normal waren. Dass sie schon tausend Tode gestorben war, mit Tieren, Bäumen und Gräsern! Was immer sie berührte, die Dinge begannen zu sprechen; erzählten lange und kurze, lustige und traurige Geschichten. Teri nahm die Sprache der Dinge so wahr, wie andere Menschen die Geräusche in der Umgebung registrieren, aber nicht bewusst hören. Sie war einer ständigen Flut von Eindrücken ausgesetzt, die jedem anderen verschlossen bleiben mussten. Aska kannte nur ein einziges Volk auf dem Kontinent, das ähnliche Fähigkeiten besaß. Sie nahm sich vor gelegentlich einen dieser Leute auf Teri aufmerksam zu machen.

Am vierundsechzigsten Tag der Reise ließ der Kapitän die Segel reffen und die *Kao-lad* trieb unter der milden Nachmittagssonne träge im Wind. »Bei günstigem Wind ist es nur noch ein halber Tag bis Isco«, erklärte er den Passagieren, »und ich kann nicht bei Nacht dort einlaufen.«

»Wieso nicht?« Acon war seit der Opferfehde der geschworene Feind des Kapitäns. Jetzt sah er eine Gelegenheit aufzubegehren. »Mit Harmugeds Hilfe werden wir den Hafen auch in der Dunkelheit finden! Wir waren lange genug auf See!«

Beifälliges Gemurmel erhob sich unter den Pilgern.

»Leider kann ich euch den Gefallen nicht tun, obgleich auch ich meine, lange genug auf See gewesen zu sein«, antwortete der Kapitän. »Allerdings wundert es mich doch sehr, dass weit gereiste Leute, die ihr Pilger doch seid, nicht wissen, dass die Einfahrt zum Hafen der Kaiserstadt jede Nacht mit einer bronzenen Kette versperrt wird! Wollt ihr Pilger wirklich, dass ich die *Kao-lad* bei Dunkelheit in diese Sperre treibe, damit alles auf Deck ein leichtes Ziel für die kaiserlichen Bogenschützen wird?«

»Ach!« Unwillig wandte sich der Pilger unter dem Gelächter der Umstehenden ab.

»Kommt!«, wurden Tana, Gerit und Teri von Bgobo eingeladen. »Lasst uns ein letztes Mal zusammen essen!«

Gern folgten die drei der Aufforderung. Die scharf gewürzten Speisen der Kraan hatten ihnen immer hervorragend gemundet.

Auf See hatte Aska an so manchem Tag nichts kochen können, weil Wind und Dünung zu stark gewesen waren. Heute lag das Schiff aber ruhig auf dem glatten Wasser und so brodelte nun wieder ein köstliches Mahl in dem großen Topf über dem Holzkohlebecken.

Seltsam ruhig verlief dieses letzte gemeinsame Essen. Die fröhliche Stimmung, die sonst immer an der Tafel der Artisten geherrscht hatte, war einer stillen Melancholie gewichen, die sich sacht auf alle Anwesenden ausbreitete. Die Reisegesellschaft würde morgen auseinander gehen.

Viele Tage waren sie auf der kleinen *Kao-lad* zusammen gewesen, hatten gemeinsam die Seekrankheit und den Angriff der Finder ausgestanden, hatten sich gegenseitig geholfen, wo immer es ging, aber das würde morgen vorbei sein! Jeder würde seiner Wege gehen: Die Kraan wollten in die Steppe hinter der Wüste, heim nach Wajir ziehen, wo Bgobo wirklich ein Prinz war, wie er oft und gern versicherte.

Teri dagegen würde mit ihrer Familie auf einem Löwenboot weiterfahren, nach Tigan. Mit jedem Tag würde der Abstand zwischen den beiden Gruppen größer werden und es war gewiss, dass man sich nie mehr wieder sah.

Zum Schluss nahm Bgobo Teri beiseite. »Meine Mutter hat mich gebeten dir etwas auszurichten. – Sie ist eine Kraan, sie versteht sich nicht aufs Bitten! – Teri, du hast einige Lieder der Kraan gelernt, und wenn du erst eine wirkliche Frau bist, wirst du sie auch anwenden können. Wenn du alt genug bist, allein zu reisen, komm nach Wajir! Wann immer du dich dazu entschließt, du wirst erwartet! Du bist würdig das ganze Wissen der Kraan zu erwerben. Die weisen Frauen werden dir noch vieles beibringen. Dann wirst du eine mächtige Sängerin sein. Mächtiger als alle Heere des Kontinents! Mächtiger als alle Frauen der Kraan! – Die mächtigste Sängerin des Zeitalters!«

Teri stand wie versteinert da. Zwar hatte sie schon gespürt, dass die Lieder der Kraan Einfluss auf die Seelen der Menschen hatten, aber dass es sich dabei um erlerntes Wissen handelte, war ihr dabei nicht in den Sinn gekommen. Sie hatte eher gedacht, das sei eine Sache des Gefühls gewesen.

Auf einmal fielen ihr alle Begebenheiten wieder ein: Wie Aska mit ihren Liedern immer wieder unmerklich Gefühle und Willen der Zuhörer gelenkt hatte; wie sie Schaden abgewendet und das Gute gefördert hatte; wie sie mit unwiderstehlichen Gesängen die Menschen nach Belieben führte. – Und diese Kunst sollte sie, Teri, erlernen dürfen?

»Ich werde kommen!« Teri sah Bgobo fest in die Augen. Und noch einmal, diesmal zu Aska gewandt: »Ich werde kommen!«

Wenig später machten alle sich für die letzte Nacht auf Deck der *Kao-lad* zurecht. Aska war zufrieden. Zwar hatte sie auf der Fahrt zwei ihrer ungeheuer wertvollen stählernen Klingen, zusammen mit den Wurfhölzern, eingebüßt, aber was hatte sie nicht dafür gewonnen! Wann immer Teri den Weg nach Wajir fand, Aska würde dafür sorgen, dass man sie erwartete!

5

Die Sesiol

Jeder Herr sollte besonders
auf diejenigen seiner Diener achten,
die seinen Namen am lautesten preisen!

»Wir sind gekommen euer Geld zu stehlen und eure Weiber zu verführen! Wir wollen eure Haustiere schlachten und eure Kinder mit uns in die Wüste schleppen!«

Wieder stand Bgobo auf dem tragbaren Podest. Er sprach vor dem Publikum im Hafen von Isco die »Böse Verheißung«. Immer neue Ungeheuerlichkeiten schleuderte er den Stadtbewohnern entgegen, die seinen Dreistigkeiten, je nach Temperament feixend oder vor Vergnügen johlend, zuhörten.

»Seid sicher, dass wir auf euren Märkten stehlen und euer Vieh verderben wollen! In Brand setzen werden wir eure Häuser und die Tore der Stadt dem Feind öffnen! – Wie? Der Feind steht nicht vor den Toren? Dann senden wir eben Verräter aus und holen ihn!«

Die Menge kreischte vor Vergnügen.

»Zuerst aber werden wir euch alle mit dem lähmenden Fieber und dem stinkenden Aussatz überziehen! Und weil ihr dann sowieso nicht mehr sprechen könnt, sagt mir lieber jetzt sofort, ob wir in eurer Stadt willkommen sind!«

Ohrenbetäubender Applaus beendete Bgobos Rede, der geschickt von der Plattform heruntersprang und einem Jongleur Platz machte. Sieben umherwirbelnde Holzstäbe ließen die Umstehenden die Köpfe einziehen und wieder umkreisten die Wurfhölzer der Frauen die Masten der Schiffe. Langsam setzte sich der Zug der Gaukler in Bewegung.

Teri lag leise vor sich hin schluchzend in dem kleinen Zelt auf dem Vorschiff der *Kao-lad.* Tief hatte sie ihr Gesicht in das weiche Fell der Decke gepresst, die die Kraan ihr zum Abschied geschenkt hatten. Warum war Reisen nur mit so viel Abschiednehmen verbunden? Warum fand man Freunde, die man gleich darauf wieder verlor?

»Teri, komm jetzt!« Sachte berührte Tana die Schulter des Mädchens. Die Trommeln und Ratschen der Artisten waren verklungen. Wahrscheinlich zogen die Gaukler nun durch die Gassen der Stadt, um für ihre erste Aufführung zu werben.

Langsam richtete Teri sich auf und rieb ihre verquollenen Augen mit den Handballen.

»Komm, Schatz!« Tana war ungeduldig. »Die *Sesiol* wartet schon! Wir können gleich an Bord!«

»Gehen wir nicht ins Fremdenhaus?« Heimlich hatte Teri darauf gehofft, die Kraan am Abend doch noch einmal wieder zu sehen.

»Wir sind hier in Isco! Hier gibt es kein Fremdenhaus!«, erinnerte Tana.

»Ach ja!«, fiel es Teri wieder ein. Bgobo hatte ja erzählt, wie trefflich es sich bei den Herbergswirten von Isco feiern ließ. Besonders von einer jungen Wirtin hatte er geschwärmt, die er unbedingt wieder hatte besuchen wollen. Teri sprach inzwischen leidlich die Sprache der Kraan, und Bgobo hatte das wohl nicht bedacht. Jedenfalls hatte sie genau gehört, was Bgobo, ihr Bgobo, mit dieser Frau machen wollte.

Teri war das gar nicht recht gewesen. Aus einem Grund, der ihr selbst unerklärlich war, war sie plötzlich aufgesprungen und davongelaufen. Stumm hatte sie an der Reling der *Kao-lad* gestanden und auf die Wellen hinausgestarrt, als Bgobo neben sie getreten war.

Lange hatte er wortlos dagestanden. Dann, nach einer Weile, hatte er seine Hand auf Teris Schulter gelegt und sie ganz sanft gedrückt. Ohne ein Wort zu sagen, war er dann wieder zu seinen Leuten gegangen.

Da hatte Teri gewusst, dass Bgobo sie sehr mochte und dass er es nicht böse gemeint hatte. Mochte er nur zu der Wirtin gehen und mit ihr herumalbern und seine Spiele spielen – das machte nichts aus! Mit ihr, Teri, hatte er auf das Meer geschaut und geschwiegen. Und das war sehr viel mehr!

Tana wartete.

Schnell raffte Teri ihre Sachen zusammen und stopfte sie achtlos in ihr Bündel. Zum Schluss schnürte sie ihre neue Felldecke darauf und folgte Tana an Land, nachdem diese sich bei dem Kapitän der *Kao-lad* für die gute Überfahrt bedankt hatte. Auf der Pier überholten sie Gerit, der sich mit dem Gepäck der Familie abmühte. Zwei große Proviantkisten und sein eigenes Reisebündel musste er bewältigen. Freundlich winkten Tana und Teri ihm zu und hüpften die Laufplanke zur *Sesiol* hinauf.

Die *Sesiol* war ein Löwenboot reinster Prägung. Mit kaum fünfzehn Mannslängen vom Bug bis zum Heck sehr klein und wendig, konnte sie mit ihrem hochgezogenen Dollbord aus kohlschwarzem Hartholz selbst Rammstößen weitaus größerer Schiffe trotzen. Der überlange, weit nach hinten geneigte Mast aus demselben Material trug keinerlei Rahen; nur am Anfang des letzten Drittels waren unter einer winzigen Plattform die Wanten angeschlagen.

Ein alter Mann, so schwarz wie das Holz des Mastes, kam den Niedergang heraufgepoltert. »Ah, das ist gut! – Gut, dass Sie hier sind, gut, dass Sie endlich da sind! Die Stadt ist nicht sicher! Kommen Sie, kommen Sie!« Der Mann ergriff Tanas Hand und zerrte sie über das Deck, hin zum Vorschiff. Dabei sah er sich ständig um und tat so, als seien sie von tausend

Feinden umgeben. Teri runzelte die Stirn. Sie fand dieses nervöse Getue einfach albern!

»Kommen Sie! Da, sehen Sie! Das ist Ihre Kabine!« Aufgeregt wedelte der Mann mit den Händen in Richtung Bug.

Die »Kabine« war nicht mehr als ein Holzdach, das das eigentliche Deck in Höhe der Reling ein Stück weit überzog. So entstand ein dreieckiger, zum Schiff hin offener Raum, ganz ähnlich dem Zelt, das die Familie auf der *Kao-lad* bewohnt hatte.

Tana bückte sich und sah sich in dem Verschlag um, während der Kapitän ununterbrochen auf sie einredete.

»Haben Sie eine gute Überfahrt gehabt? Wir selbst hatten guten Wind bis Cebor, Sie wissen schon! Sie waren nicht in Cebor, nicht wahr? Ja, ja! Neunzehn Harmugeds aus Cebor! Allein aus Cebor, stellen Sie sich vor! Da soll man sich keine Sorgen machen! – Gefällt Ihnen die Kabine? Ich habe sie frisch ausscheuern lassen, müsste eigentlich noch feucht sein! – Ist sie auch? Schön! – Aber ich mache mir Sorgen! Wissen Sie eigentlich, dass der Kaiser selbst sich Sorgen macht? Na ja, egal! Jedenfalls kommen sie von überall! Ü-berall! Kaum zu glauben, was die …«

»Was ist überall los?« Tana war auf Händen und Knien in den triefend nassen Verschlag gekrochen und schaute zornig daraus hervor.

»Ach, es sind schwere Zeiten!«, lamentierte der Kapitän weiter, wobei er sich ununterbrochen umsah. »Schwere Zeiten für Reisende! Seien Sie nur froh, dass Sie hier auf der *Sesiol* wohnen können! – Gefällt Ihnen die Kabine, ja? Frisches Stroh ist auch da! – Haben Sie keine Sorge! Hier kommen diese Leute nicht hin! Sie haben doch nichts mit denen zu tun, oder? Nein, nein! Bestimmt nicht, ich weiß! Aber ich, ich muss sie transportieren! Und alle, alle wollen sie nach Isco!

Das gibt Ärger, sage ich Ihnen! Das gibt Ärger! Das lassen sich die Ofisa nicht bieten, dass die Harmuged hierher kommen! Oh, das gibt Ärger! Aber haben Sie keine Angst! Sie und Ihr Töchterlein sind …«

»Teri! Reich mir mal das Stroh!« Blitzböse schoss Tana aus der Kabine, schob den Kapitän einfach ein Stück zur Seite und zeigte auf den Sack an der Reling, aus dem ein paar gelbe Halme ragten.

»Aber es ist noch ganz nass da drin!«, protestierte Teri.

»Haben Sie gemerkt, wie sauber alles ist?« Der Kapitän schaute sich um. »Hab ich extra für Sie schrubben lassen! Wissen Sie, man weiß heute ja nie …«

Tana stieß einen grollenden Laut aus und nahm Teri bei der Schulter. »Komm, wir sehen mal nach dem restlichen Gepäck!«

So kam Gerit doch noch zu etwas Hilfe bei seinem Transport, was er äußerst dankbar zur Kenntnis nahm.

Tana bückte sich und griff nach einer der Kisten.

»Warte, ich hel…«, begann Gerit. Aber da hatte sie den schweren Kasten auch schon hochgewirbelt, als sei er mit Federn gefüllt. Tana musste wirklich sehr böse sein, stellte Teri fest.

»Wie konntest du nur?«, bekam Gerit zu hören. »Wie konntest du nur unsere Passage bei diesem Trottel buchen? Du hast ihn doch gesehen! Du hast doch mit ihm gesprochen! Was hast du dir dabei gedacht?«

»Wieso?«

»Er redet!« Tana begann unter ihrer Last zu wanken. »Er redet ohne Unterlass! Er redet und sagt gar nichts! Er hat uns nicht in Ruhe gelassen! Die Kabine steht unter Wasser! Er ist ein so fürchterlicher Dummkopf!«

»Ich fand ihn ganz in Ordnung«, meinte Gerit. »Klar, er redet ein bisschen viel, aber er ist billig! Außerdem ist er bereit, in Tigan unser Spiel mitzumachen! – Soll ich dir nicht lieber doch helfen?«

»Ich schaffe das schon!« Trotzig machte Tana einen Schritt, stolperte und knickte um. Ihr Wehlaut ging im Bersten der Kiste unter, die auf dem Hafenpflaster zerschellte.

Teri drehte sich weg und ging zur Kaimauer. Dort setzte sie sich still hin und schämte sich ein wenig. Sie ließ die Beine baumeln und schämte sich für diesen albernen Kapitän – und erst recht für diese beiden Erwachsenen, die hinter ihr auf dem Hafenpflaster herumkrabbelten, ihre Habseligkeiten zusammenkramten und sich dabei ankläfften wie zwei Straßenköter.

Später wurde es dann aber doch noch recht nett an Bord. Der Kapitän hatte sich nach mehreren erfolglosen Versuchen, ein Gespräch mit seinen Passagieren anzuknüpfen, ganz auf Gerit konzentriert, der lässig an der Brüstung des Achterdecks lehnte und willig zuhörte.

Nach und nach bekam Gerit heraus, was dem Mann solche Sorgen bereitete: Von seinen Kapitänskollegen hatte der Löwenbootmann gehört, dass in letzter Zeit auffällig viele Diener des Harmuged nach Isco gereist waren. Mittlerweile musste die Stadt förmlich von Pilgern wimmeln! Nun war Isco aber schon von alters her das Zentrum des Ofisa-Kults; und die Ofisa-Anhänger waren die geschworenen Feinde der Harmuged-Jünger. Allgemein wurde befürchtet, dass die Harmuged-Leute es auf das Ofisa-Heiligtum, den Tempel der sprechenden Höhlen, abgesehen hatten.

In seiner weitschweifigen Art hatte der Kapitän Gerit erklärt, dass ein Aufeinanderprallen der beiden Religionen kaum noch zu verhindern war. Auf der einen Seite standen Ofisas Anhänger, die in Isco sozusagen Hausrecht hatten. Sie kontrollierten weite Teile des öffentlichen Lebens und setzten die für alle verbindlichen Maßstäbe in Sachen Moral und Ethik.

Auf der anderen Seite stand der Wanderorden Harmugeds. Sein Gefolge war über den ganzen Kontinent verbreitet. Wie viele Anhänger diese Gemeinschaft zählte, ließ sich nur erahnen.

Mit anderen Worten: Der Löwenbootmann hatte kaum übertrieben; die Situation war heikel! Ganz davon abgesehen, dass er von Natur aus recht redselig und nervös zu sein schien, machte der Kapitän sich wirklich Sorgen um die Sicherheit seiner Passagiere. Hätte er nicht noch auf den Rest seiner Fracht warten müssen, wäre die *Sesiol* schon lange auf hoher See gewesen!

Nachdem Teri eine Weile zugehört hatte, wie die wütende Tana in der Kabine herumrumorte und dabei zornig Halbsätze wie »… nicht einmal 'ne Plane!« oder »… können alle reingucken!« vor sich hin gezischt hatte, war sie einfach losgegangen und hatte vom Kapitän einen Vorhang gefordert. Und siehe da: Es gab nicht nur ein genau passendes Stück Segeltuch in einer Kiste vor dem Mast, sondern das Dach des Verschlags war obendrein noch mit einer sinnreichen Klemmvorrichtung versehen, in welcher das obere Ende des Vorhangs befestigt werden konnte.

Von da an war es um Tanas Laune wieder besser bestellt. Am Abend saß die ganze Familie unter dem festen Dach hinter der Plane und alle fühlten sich so wohl dabei, dass sie im Sitzen einschliefen.

Am nächsten Vormittag wurde es unruhig in der Stadt. Ein Händler, der auf dem Kai zu tun hatte, berichtete, dass die Harmuged-Leute begannen sich vor dem Ofisa-Heiligtum zu sammeln. Sofort schickte der Kapitän einen seiner Leute an Land, der nach der Restfracht fragen sollte. Er hatte Order, dem Auftraggeber mitzuteilen, die *Sesiol* laufe auf jeden Fall mit der Abendflut aus, ob er nun geliefert habe oder nicht.

Gegen Mittag hörte Teri einen vielstimmigen Schrei von jenseits der Hafenmauern. Immer wieder erbebte die Luft über Isco unter den Rufen einer gewaltigen Menschenmenge.

Wachmannschaften sammelten sich am Hafen und stiegen dann zögernd die Stufen zur Stadt empor. Fliegende Händler räumten eilig ihre Stände ab und verschwanden in den winkligen Gassen. Hafenbewohner verbarrikadierten ihre Hauseingänge und Fenster mit Brettern und Balken.

Teri saß auf dem Dach der Kabine und sah zu, wie sich der Hafenplatz leerte. Ab und zu hastete noch eine Gestalt über das Pflaster. Es schien Teri, als seien die Leute auf der Flucht.

Ganz leise war es im Hafen geworden. Kein Lüftchen regte sich. Wie ausgestorben lag der Hafenvorplatz in der Mittagssonne. Nur das Summen tausender Stimmen lag in der Luft, drang über die Häuser hinweg. Manchmal verstummte es fast; dann wieder klang es wie ein Schwarm weit entfernter Insekten – bis sich die Leidenschaft der Masse wieder in einem tosenden Aufschrei entlud.

Gespenstisch war es, das alles zu hören, aber nichts davon zu sehen. Die Besatzungen der Schiffe standen auf den Decks und schauten besorgt auf den Kai hinaus. Mancher Kapitän wäre jetzt wohl gern ausgelaufen, aber daran war gar nicht zu denken. Es war erst kurz nach der Tagteilung und die auflaufende Flut würde erst gegen Abend ihren Höchststand erreichen. Bis dahin saßen alle größeren Schiffe mit ihrem Kiel im Schlick des Hafengrundes fest!

Plötzlich tönte ein dumpfes Grollen aus einer der tiefer gelegenen Gassen. In vollem Lauf kamen drei Männer mit einem großen Karren aus der Stadt, sahen sich kurz um und lenkten das Gefährt dann zur *Sesiol.*

Sofort begannen zwei von ihnen mehrere kleine Kisten über die Laufplanke auf das Löwenboot zu schleppen, während der dritte dem Kapitän einen Lederbeutel in die Hand drückte. »Dreihundert!«, sagte er hastig. »Wie besprochen! Lauft so schnell aus, wie ihr könnt!«

Der Kapitän grunzte nur unwillig. Offenbar hatte es ihm die Sprache verschlagen.

»Die Harmuged belagern den Tempel der sprechenden Höhlen!«, berichtete der Fremde. »Sie fordern die Ofisa zum Kampf! Der Tempel ist verschlossen! Die Ofisa haben sich dort versammelt! Sie wollen kämpfen bis zum Tod! Wenn sie die Tempeltore öffnen, dann wird Isco brennen! – Ich muss zurück in die Stadt! Ich muss meine Ware retten!«

Mit diesen Worten drehte der Mann sich um und hastete über die Planke davon. Seine Gehilfen hatten die Kisten achtlos auf das Deck gestellt und waren schon eilig zwischen den Häusern der Stadt verschwunden.

Wieder begann das Warten auf die Flut. Ein leises Gluckern zwischen Bordwand und Kaimauer verriet, dass das Wasser in Bewegung war. Aber es würde noch Zeit vergehen, bis die *Sesiol* wieder frei auf dem Wasser des Hafens von Isco schwamm. Viel Zeit!

Am späten Nachmittag endlich verriet ein Knarren im Schiffskörper, dass die *Sesiol* langsam aus dem Schlick gehoben wurde. Trotz der Windstille im Hafen begann der lange Mast ein wenig zu schwanken. Ein gutes Zeichen!

Teri machte sich Gedanken um die Kraan. Traumverloren auf den leeren Kai schauend, kraulte sie geistesabwesend die Felldecke, die ihr Aska geschenkt hatte. Wie mochte es den Artisten wohl ergehen? Der Lärm in der Stadt war zu einem nicht enden wollenden, tausendstimmigen Wutgeheul geworden. Es war, als tobe hinter den Häusern des Hafens ein gigantisches Ungeheuer in maßlosem Zorn.

Angst überkam Teri, wenn sie sich klarmachte, dass ihre

Freundin und Lehrmeisterin irgendwo in dieser brodelnden Masse sein könnte, die auf dem Platz vor dem Tempel tobte und kreischte. Aber die Kraan waren ein kluges Volk! Sicher hatte Aska die drohende Unruhe rechtzeitig erkannt und ihre Gruppe an einen sicheren Ort geführt!

Plötzlich schwoll der Lärm noch mehr an. Teri schrak aus ihren Betrachtungen auf. Undeutlich sah sie Bewegungen in den schmalen Gassen und auf den Treppen, die in die Stadt führten. Schnelle Schritte und einzelne Rufe drangen durch das fanatische Geheul, das immer näher kam. Unwillkürlich sprang Teri auf und wich einen Schritt zurück.

Ungeordnet und in offenbar panischer Flucht stürzte ein gutes Hundert der Wachmannschaften auf den Hafenplatz. Hinter ihnen quoll aus allen Gassen eine unglaubliche Menge dunkel gekleideter Gestalten hervor, die in wilder Hast bemüht waren sich heller gekleideten Angreifern, die ihnen nachsetzten, zu entziehen.

»Ha! Die Ofisa hatten Waffen im Tempel!«, rief der Kapitän. »Hab ich's doch gewusst! Heilig tun sie! Niemand etwas zuleide tun können sie! Aber …«

Jetzt sah auch Teri, dass die Hellgekleideten mit schweren Waffen ausgerüstet waren. Mit Spießen und Keulen, Wurfspeeren und sogar Schwertern stachen und schlugen sie auf ihre Widersacher ein. »Für Ofisa!«, brüllten sie jedes Mal, wenn ein Gegner niedergestreckt wurde, wogegen das »Harmuged! – Harmuged!« der Schwarzgekleideten schon lange den Schreien der Angst und der Not gewichen war.

Zwar blinkten in den Händen der Harmuged-Pilger ebenfalls Waffen. Aber was waren Dolche und bronzeverstärkte Schlaghölzer schon im Vergleich zu dem Arsenal von blanken Langwaffen, das die Ofisa einsetzten!

Teri sah, wie einem Mann ein Spieß durch den Hals getrieben wurde und wie ein anderer einen furchtbaren Schwerthieb in den Rücken erhielt. Eine dunkle Gestalt rannte in kopfloser Flucht genau in die Reihen der Gegner hinein.

Wild aufeinander einschlagend und stechend, wälzte sich die Masse der ineinander verkeilten Leiber auf die Kaimauer zu.

»Zieht die Laufplanke ein! Macht die Leinen los! Stoßt ab!«, kommandierte der Kapitän. Darauf hatten seine Leute nur gewartet. Zu viert rissen sie so stark am Ende der Planke, dass sie krachend auf das Deck flog. Zwei andere waren an Land gesprungen und hoben die schweren Trossen von den Pfählen. Mit großen Sätzen kamen sie mittschiffs wieder an Bord und halfen den anderen Matrosen die *Sesiol* mit langen Stangen von der Kaimauer wegzudrücken. Kaum zehn Ellen weit war das Löwenboot von der Kaimauer entfernt, als seine Bewegung langsamer wurde und schließlich ganz aufhörte. Das Deck neigte sich ein wenig dem Hafenbecken zu. – Die *Sesiol* war im Schlick stecken geblieben.

Teri sah, wie auch die Mannschaften der anderen Schiffe versuchten das freie Wasser des Hafenbeckens zu gewinnen; die meisten hatten aber noch weniger Erfolg. Nur einige sehr kleine Schiffe trieben schon weitab von der Kaimauer in relativer Sicherheit.

Nun griff auch die Stadtwache, die zuerst vor der alles niedertrampelnden Masse hatte fliehen müssen, in den Kampf ein. War sie ohne die Unterstützung der Ofisa den Harmuged-Pilgern zahlenmäßig weit unterlegen gewesen und hatte sich nicht getraut gegen sie vorzugehen, so schlug sie nun umso heftiger drein.

Das war das endgültige Ende des Harmuged-Aufstands von Isco! Selbst die fanatischsten Pilger sahen nun ein, dass die Sache verloren war und es nur noch um das eigene Überleben ging!

Eine Gruppe Schwarzgekleideter nach der anderen versuchte sich heimlich in die Durchgänge zwischen den Häusern zu schieben und vom Kampfplatz zu verschwinden.

Die Zurückgebliebenen sahen sich allein gelassen und setzten nun ihrerseits zu kopfloser Flucht an. Einer der Männer hielt genau auf die *Sesiol* zu. »Legt ab! Legt ab! Um Harmugeds willen, legt ab!«, schrie er schon von weitem. Mit einem mächtigen Satz versuchte er das Deck des Löwenbootes zu erreichen, sprang aber zu kurz. Dumpf prallte sein Körper gegen das Schanzkleid der *Sesiol;* verzweifelt versuchte er sich festzuhalten.

Sofort sprang der Kapitän mit erhobenen Händen auf den Hilflosen zu. Teri sollte nie erfahren, ob er ihn an Bord ziehen oder ins Wasser stoßen wollte, denn im selben Moment zischte vom Ufer ein Pfeil heran und durchbohrte den Unglücklichen, aus dessen Mund bei seinem letzten Schrei ein dünner Blutnebel schoss.

Teri schloss die Augen. War das Gemetzel auf dem Hafenplatz für sie bislang kaum anders gewesen als eine Balgerei der Kinder am Strand von Thedra, so hatte sie hier zum ersten Mal den Tod eines Menschen gesehen. Noch lange verfolgten sie der blutige Schrei und das Aufklatschen des Körpers auf das Wasser in ihren Träumen.

Wieder drückten die Matrosen mit aller Kraft die Holzstangen gegen die Kaimauer, da kam die *Sesiol* plötzlich frei. Mannschaft und Passagiere jubelten laut. Zwar war der Kampf der feindlichen Parteien schon lange entschieden – nur vereinzelt wehrten sich noch kleine Gruppen der Harmuged-Pilger gegen die Ofisa-Übermacht –, aber nun würde bald die Jagd nach den Entkommenen beginnen. Isco war in der folgenden Nacht mit Sicherheit kein guter Ort für harmlose Reisende!

Die größeren Schiffe lagen alle noch unbeweglich an der Kaimauer, doch die *Sesiol* hatte freie Fahrt. Schon in der Hafenmitte ließ der Kapitän die großen Dreieckssegel setzen. Allmählich blieb der Kampfeslärm zurück.

Zehn Tage war die *Sesiol* nun schon auf See und immer noch war der Kapitän es nicht müde geworden, Gerit und jedem anderen, den er erwischen konnte, seine Mutmaßungen über die Vorgänge in Isco zu erläutern.

Gerit schien das nichts auszumachen. Ganz im Gegenteil! Obwohl er weder den Tempel der sprechenden Höhlen noch die Innenstadt von Isco je gesehen hatte, beteiligte er sich fleißig an den Spekulationen über den Verlauf der Schlacht. Ganze Tage lang standen er und der Kapitän auf dem Achterdeck und redeten sich die Köpfe heiß. Tana gegenüber behauptete Gerit steif und fest, dass er das nur tue, um die alte Plaudertasche von ihr fern zu halten; aber jeder, der Augen im Kopf hatte, konnte sehen, welchen Spaß ihm seine Opfergänge machten.

Tana und Teri verbrachten die meiste Zeit in der Nähe ihrer Kabine. Zu Tanas Erstaunen hatte es bei ihr keine neuerlichen Anzeichen von Seekrankheit gegeben; ihr Körper hatte sich hervorragend an das schaukelnde Stampfen gewöhnt! Immer wieder sang Teri ihrer Stiefmutter die Lieder der Kraan vor, die sie auf dem ersten Teil der Reise gelernt hatte; und wenn die seltsam hypnotische Wirkung der Melodien auch vollständig ausblieb, so waren sie doch schön.

Teri fand es ein wenig bedauerlich, dass die *Sesiol* nicht so viele Klettermöglichkeiten bot wie die *Kao-lad*. Trotzdem stieg sie manchmal die Wanten hinauf, hoch zu der kleinen Plattform am Mast. Es machte Teri Spaß, hinabzuschauen und direkt unter sich die Wellen dahinjagen zu sehen.

Tana liebte diese Ausflüge ihrer Stieftochter nicht sonderlich, aber sie ließ sie gewähren. Teri war gewandt und kräftig. Außerdem träumte sie schon seit Jahren davon, Scharfrau auf einem der Schwalbenschiffe zu werden. Warum sollte sie sich nicht jetzt schon einen kleinen Vorgeschmack auf ihr zukünftiges Leben holen?

Trotzdem ließ Tana das Kind keinen Augenblick lang aus den Augen und war erst wieder beruhigt, wenn Teri sicher auf das Deck der *Sesiol* zurückgekehrt war.

Oft saß Teri auch in der Runde der Matrosen und hörte sich Geschichten aus aller Welt an. Die Männer wetteiferten darum, dem Kind mit immer neuen, abenteuerlichen Erzählungen zu imponieren: Seeungeheuer tauchten natürlich darin auf und der Feuermann, der auf den Rahen tanzte. Auch Fische, die so groß waren, dass kein Schiff sie an Bord nehmen konnte, sodass man sie im Wasser zerteilen musste. Riesenhafte Tiere sollte es im Lande Ceon geben, deren Nase so lang war, dass sie damit die Früchte von den Bäumen pflücken konnten. Auch sei in Ceon ewiger Sommer – man stelle sich vor!

Teri glaubte natürlich kein Wort von diesem Gefasel. Sie wusste sehr gut, dass die Matrosen sich nur einen Spaß mit ihr machen wollten. Aber die Männer erzählten gut und spannend, sodass die Zeit schneller herumging.

Seit mehr als zwei Monaten war das Löwenboot nun schon unterwegs. Die *Sesiol* hielt sich immer in der Nähe der Küste und lief nahezu jeden Hafen an. Als Stückgutfrachter war sie in mehrere Laderäume unterteilt, von denen abwechselnd mal dieser und mal jener be- oder entladen wurde. Da nach jeder Änderung in der Beladung die Trimmung durch Umverteilen großer Frachtmengen in andere Laderäume korrigiert werden musste, lag der kleine Frachter oftmals zehn Tage und mehr an den Kais der Häfen.

Teri durchstreifte tagelang die Gassen von Osange, wo die Leute aus Furcht vor Erdbeben nur ganz flache Häuser mit leichten Dächern zu bauen wagten. Teri fand das etwas übertrieben, wann würde denn wohl je die Erde beben? Die Erklärung eines der Matrosen, dass das hier sehr oft geschähe, nahm sie nicht ernst.

So war sie denn auch furchtbar erschrocken gewesen, als eines Tages plötzlich ein dumpfes Grollen aus der Erde drang und die Kaimauer, auf der sie gesessen hatte, zu zittern begann. Entsetzt, unfähig auch nur aufzuspringen, hatte sie dagesessen und versucht ihre Fingernägel in das steinerne Pflaster des Hafenplatzes zu krallen. Nach wenigen Augenblicken war der Spak vorbei gewesen und nur noch die wild schwankenden Masten der Schiffe hatten von dem Geschehen gekündet. Nach diesem Erlebnis war Teri in Osange nur noch widerwillig an Land gegangen.

Die nächste Station war Kaji gewesen, die Stadt der Ziegenhirten und des Leders, die Heimat Frills, des verlassenen Kranken aus dem Fremdenhaus.

Frill hatte erzählt, dass es thedranische Kaufleute in der Stadt gäbe, und so beschloss die Familie sich auf die Suche nach ihnen zu machen.

Zunächst war die Familie aber über den Markt geschlendert. Teri hatte auf der Reise nun schon Gelegenheit gehabt sich Märkte in verschiedenen Hafenstädten anzusehen, aber der Markt von Kaji war schon etwas Besonderes.

Eigentlich handelte es sich gar nicht um einen Markt, sondern um einen gewaltigen Ziegenpferch, dem eine Schlachterei und eine Ledermacherei angegliedert waren. Zum Glück wehte ein frischer Wind von See her über die Stadt, sonst wäre der Geruch wohl nicht auszuhalten gewesen.

Ziegen hatten Kaji berühmt gemacht! Ziegen waren der Reichtum des Landes! Ziegen waren einfach überall!

Warteten in den großen Gattern ganze Herden darauf, verschifft oder geschlachtet zu werden, so liefen außerhalb der Umzäunung die etwas glücklicheren Exemplare herum, denen noch ein wenig Zeit blieb. Ziegen grasten zwischen den Häusern und suchten in deren Eingängen Schutz vor der Sonne. Ziegen schauten aus Fenstern und kletterten in die Kronen flacher Bäume, um das Laub von den Zweigen zu fressen. In den Straßen wurden Ziegen gemolken und an langen Leinen war zwischen den Häusern Ziegenfleisch zum Trocknen aufgehängt.

Weiter ging es, den Strand entlang. Nie zuvor hatte Teri so weißen Sand gesehen. Einheimische Fischer hockten in der Mittagssonne bei ihren Booten und verbrachten die heißeste Zeit des Tages unter ihren gewaltigen, geflochtenen Hüten. Jedermann in Kaji schien solch einen Hut zu besitzen. Teri erinnerte sich, dass auch Frill mit so einer riesigen, äußerst unpraktischen Kopfbedeckung in das stürmische Thedra gekommen war. Hier schien ihr jetzt die Sonne so sehr auf Kopf und Schultern, dass sie sich wünschte auch so einen großartigen Schattenspender zu besitzen. Aber die Reisekasse der Familie war knapp bemessen. Teri fragte lieber nicht!

Die Thedraner, zwei Kaufmannsfamilien, waren eine herbe Enttäuschung! Zwar wurden die Gäste in dem großen Haus freundlich empfangen. Aber nachdem sie weidlich ausgefragt und die mitgebrachten Vorräte von allen gemeinsam verzehrt worden waren, hatten die Gastgeber es plötzlich sehr eilig gehabt, ihre Landsleute wieder loszuwerden. Allerlei wichtige Geschäfte vortäuschend, hatte einer nach dem anderen das Haus verlassen, bis die Familie allein mit einer uralten Frau zurückgeblieben war, die alsbald mitten in der Unterhaltung einschlief.

Nicht gerade begeistert von der Gastfreundschaft ihrer Landsleute waren die drei an Bord des Schiffes zurückgekehrt. Nach thedranischen Maßstäben war der ganze Besuch zwar ein voller Erfolg für beide Seiten gewesen, aber Tana, Gerit und auch Teri hatten sich auf der Reise doch schon sehr an die Offenheit und Gastfreundschaft anderer Völker gewöhnt.

Besonders beschämend hatten die drei gefunden, dass niemand auch nur das Geringste von Frill hatte hören wollen. Für die Kaufleute war er nur ein Ziegenhirte gewesen, den sie auf einer Reise eingebüßt hatten.

Einige Tage später war Teri mit einem feuchten Gefühl an einer gewissen Stelle ihres Körpers erwacht. Sie war nicht sonderlich schockiert, nachdem sie nachgesehen hatte, schließlich wusste sie, dass so etwas irgendwann jeder Frau passiert. Trotzdem sagte sie Tana lieber Bescheid.

»Ach!« Auch Tana war nicht sonderlich überrascht. »Dann ist es jetzt bald so weit, dass man dich nicht mehr Kind nennen darf!«

»Wieso?« Teri wusste wohl vieles, aber nicht alles. »Wie meinst du das?«

»Ich meine – das bedeutet, dass du jetzt reif genug bist für die Liebe!«

»Hä?«

Tana musste kurz auflachen. »Na, vielleicht doch nicht!«, meinte sie dann. »Aber dein Körper ist jetzt so weit, dass du Kinder bekommen kannst! Du wirst zur Frau!«

Teri war zwar der Meinung, schon lange eine Frau zu sein, aber Kinder bekommen, das war neu und interessant!

»Wenn man ein Kind bekommen will ...« Sie sah Tana fragend an.

»Ja?«

»Dann muss man doch das machen, was du manchmal mit Gerit tust, nicht?«

»Ja, Schatz!« Wieder lachte Tana auf. »Genau das!«

»Aha!«

»Und jetzt willst du bestimmt wissen, warum ich noch nicht schwanger bin?«, kam Tana Teris nächster Frage zuvor.

»Ja! Warum nicht?«

»Tja, ich weiß es auch nicht! Vielleicht sind die Götter nicht einverstanden! Wir würden schon gern ein Kind haben wollen! Wie ist es mit dir? Würdest du dich auch über ein Geschwisterchen freuen?«

Teri überlegte kurz. Dann nickte sie gönnerhaft. »Ja! Nicht schlecht! Aber eine Tochter würde mir natürlich auch gefallen!« Mit diesen Worten ließ sie die leicht entgeisterte Tana stehen und schlenderte über das Deck davon, um mal wieder in die Wanten zu klettern.

Teri genoss den Ausblick von der Plattform des Mastes. Der Matrose, der hier Dienst tat, hatte ihr höflich Platz gemacht und trank jetzt unten auf Deck einige Schlucke Wasser. Dem Kapitän war das recht. Einen besseren Ausguck als Teri konnte er sich kaum wünschen, das wusste er.

Teri behielt die Wasserfläche vor der *Sesiol* scharf im Auge. Nichts regte sich auf dem Meer. Der ganze Horizont lag in vollständigem Gleichmaß da, nur an Backbord war in weiter Ferne ein dunklerer Streifen zu erkennen: die Küste von Bru, dem Goldland, wie der Kapitän erzählt hatte.

Dem Schiff drohte keine Gefahr. Teri konnte es sich leisten, ein wenig zu träumen. – Ein Kind bekommen, was für ein Gedanke! Ihr Blick fiel auf das Deck, auf dem die Männer sich mit allen möglichen Arbeiten beschäftigten.

Da war auch Gerit! Gerit war so ein feiner Kerl! Kein Wunder, dass Tana ihn mochte! Prüfend sah Teri Gerit an, der aus lauter Langeweile den Matrosen bei der Arbeit half. Dann entschied sie sich: Nein! Sie war sich ziemlich sicher, dass sie *kein* Kind von ihm wollte!

Es war nicht zu leugnen, dass mit Teris Körper etwas vorging! Phasen der Appetitlosigkeit wechselten sich mit Anfällen ungeheurer Esslust ab. Teri merkte an ihren Kleidern, dass sie nicht nur wuchs, sondern auch zunahm. Oft legte sie prüfend

Daumen und Zeigefinger beider Hände um einen Oberschenkel und musste feststellen, dass die Fingerspitzen sich nur noch mit Mühe zusammenbringen ließen.

»Oh, ihr Götter, bin ich fett!«, stöhnte sie bei solchen Gelegenheiten manchmal auf und versuchte dann bei der nächsten Mahlzeit ihren Appetit ein wenig zu zügeln. Wenn sie nämlich weiter alles in sich hineinschlang, würde sie bei ihrer Rückkehr nach Thedra fett sein wie eine Schnecke – und aus wäre es mit dem Traum vom Leben als Scharfrau!

Auch zeigte sich nun ein leichter Haarflaum an ihrem Körper, wo vorher keiner gewesen war. Nun gut! Damit konnte man leben! Aber ihre Brüste machten ihr Sorgen!

Vor einigen Monaten schon hatte sie ein unangenehmes Ziehen unter ihrer Haut gespürt und das Gewebe über den Rippen war äußerst druckempfindlich geworden. Seitdem wuchsen dort zwei kleine, spitze Hügel, die sich aber zusehends gerundet und an Umfang zugenommen hatten. Schon jetzt waren sie kaum noch zu übersehen, wie ihr die Blicke der jüngeren Matrosen verrieten.

Teri hatte versucht sich mit ihren Brüsten anzufreunden, hatte stumme Zwiesprache mit ihnen gehalten, hatte sie überzeugen wollen, dass es sinnlos sei, so groß zu werden, aber es war umsonst. Noch ehe die *Sesiol* in Tigan anlegte, bot Teri das Erscheinungsbild einer jungen, ungemein gut aussehenden, wenn auch noch sehr kindlichen Frau!

6

Llauks Läuterung

Würden die Menschen aus Fehlern lernen,
wie wollten sie je in Not geraten?

Zwanzig Tage nach seiner Ankunft in der dramilischen Hauptstadt nahm Llauk voller Wehmut Abschied von dem Haus am Rande von Sordos. Hier hatte er die schönste Zeit seines bisherigen Lebens zugebracht.

Sein Gastgeber hatte Wort gehalten. War es auch nicht gerade ein fürstlicher Palast, so hatte das Haus Llauk doch ausgezeichnet gefallen. Endlich hatte er so leben können, wie er es sich schon als Kind gewünscht hatte. Frei von allen Widrigkeiten des Alltags und nur dem Genuss verpflichtet!

Selten nur war Adiv eb Aser in das Haus gekommen und hatte Llauk Weisungen für sein Verhalten in Thedra gegeben.

Und dann war da noch etwas gewesen, oder besser, noch *jemand!* – Sajai is Laza, eine der Dienerinnen!

Sajai hatte es Llauk besonders angetan. Schon am ersten Abend hatte er sie ohne Umschweife zu sich befohlen. Und Sajai schien ihn tatsächlich zu mögen. Sie hatte ihn reichlich für alles erlittene Leid entschädigt! Willig war sie all seinen Wünschen entgegengekommen, und als ihm nichts mehr einfiel, hatte sie sein Begehren aus eigenem Antrieb wieder angestachelt. Llauk hatte den Himmel auf Erden erlebt.

Sajai war die erste Frau in seinem Leben. Die Mädchen seiner Heimat hatten nicht viel von dem kleinen Stoffmacher mit den viel zu großen Plänen gehalten und in Thedra war er zu geizig gewesen, sich in einer der Schenken ein Abenteuer zu suchen. Sajai wurde seine Geliebte, seine Königin, seine Göttin! Er konnte nicht mehr ohne sie sein! Brauchte sie beim Einschlafen und beim Erwachen! Tat alles, um sie zu erfreuen! War der Knecht, der Vasall, der Sklave seiner Dienerin, wenn sie nur bei ihm blieb! Immer musste sie in seiner Nähe sein, weil es ihn immer wieder nach ihr verlangte.

Auf diese Art hatte er es der Armen wirklich schwer gemacht, ihre Berichte über ihn pünktlich abzuliefern.

Nun war der Augenblick des Abschieds gekommen. Traurig stand Llauk in seinen schönen, neuen Kaufmannskleidern in der Tür.

Adiv eb Aser wartete geduldig, bis Llauk sich von Sajai verabschiedet hatte, dann gingen die beiden Männer, begleitet von einer Eskorte, zum Hafen hinunter.

»Seid nicht betrübt, Stoffmacher!«, versuchte der Dramile Llauk zu trösten. »Wenn Ihr erst Gouverneur von Thedra seid, könnt Ihr Eure Geliebte ja nachkommen lassen!«

Llauks Kopf ruckte herum. Plötzlich war aller Abschiedsschmerz vergessen. Gouverneur sollte er werden? So hoch hatte er in seinen kühnsten Machtträumen nicht zu greifen gewagt. »Llauk, Gouverneur von Thedra und Estador«, wie gut das klang! Vielleicht würden die Dramilen es dulden, dass er sich so ganz nebenbei auch noch Vizekönig nannte, oder auch nur König? Llauk ging wie auf Wolken. Schon sah er sich an einem Ziel, das seine wildesten Fantasien bei weitem übertraf. Doch vor den Titel hatten die Dramilen die Überfahrt nach Thedra gesetzt …

Stolz in Gang und Gebärde, jeder Fingerbreit ein erfolgreicher Kaufmann, betrat Llauk den Kai von Sordos und schaute wohlgefällig auf die Menge, die ihn bewundernd musterte, wie ihm schien. Ob die Leute wohl schon von seiner Ernennung wussten?

Plötzlich verhielt Llauk den Schritt. Er hatte an der Kaimauer etwas erkannt, das seinen Herzschlag ins Stocken geraten ließ. Dieses Schiff, dieser kleine Zweimaster, das war doch nicht etwa …?

»Was zögert Ihr, Stoffmacher?«, wollte Adiv eb Aser von ihm wissen. »Hat Euch die *Große Geliebte* nicht gut und sicher nach Sordos getragen?«

Llauks Knie drohten nachzugeben. Diese massige Gestalt dort an Deck, dieser hünenhafte Mann …

»Kommt!«, drängte sein Begleiter. »Kapitän Sed eb Rea wartet nicht gern. Wir wollen ihn nicht erzürnen!«

Das also war die Teufelei, die Llauk insgeheim die ganze Zeit befürchtet hatte. Mehr als fünfzig Tage lang sollte er diesem Unmenschen ausgeliefert sein, der Llauk zutiefst verachtete und schon auf der Herfahrt kein Erbarmen mit ihm gekannt hatte!

Erschrocken blieb Llauk stehen, machte sogar einen Schritt rückwärts, aber die Männer seiner Eskorte waren darauf vorbereitet und hielten ihn schon gepackt. Erstes Gelächter drang aus der Menge.

»Nun, Gouverneur, geht Ihr freiwillig? Oder müssen wir Euch die Laufplanke hinaufpeitschen?«, raunte Adiv eb Aser ihm zu. »Das würde Euren schönen Kleidern sicher nicht bekommen!«

Llauk gab auf. Willenlos trottete er über das Hafenpflaster zur *Großen Geliebten* hinüber. Beängstigend groß und gefährlich kam der Kapitän ihm vor, wie er so unbeweglich wartend auf dem Deck stand.

Sed eb Rea schaute geringschätzig auf das Häufchen Elend herab, das sich ängstlich und widerstrebend die Laufplanke heraufwand. »Kommt nur, Stoffmacherlein!«, lud er Llauk mit grollender Stimme ein. »Wir werden eine lustige Überfahrt haben!«

Llauk hätte auf der schmalen Planke fast das Gleichgewicht verloren. Gequält stöhnte er auf. Lustige Überfahrt? – Er hatte da so seine Zweifel!

Als die *Große Geliebte* in sanftem Bogen Kurs auf die Einfahrt des Hafens von Thedra nahm, war noch derselbe Llauk an Bord, der hier vor kaum vier Monaten eine Passage für sich und seine Stoffballen gesucht hatte. Llauk war durch die Hölle der größten Demütigungen gegangen. Aber er hatte nichts dazugelernt!

Wie Llauk schon vermutet hatte, war Sed eb Rea es nicht müde geworden, sich immer neue Schikanen für den verachteten Thedraner auszudenken. Aber wenigstens bekam er auf dieser Fahrt von Anfang an regelmäßige Mahlzeiten – für die entsprechenden Gegenleistungen natürlich. Doch wenn er auch Tag für Tag von Kapitän und Mannschaft an Leib und Seele missbraucht und gedemütigt wurde: War er nicht auf dem Weg nach Thedra? Würde er dort nicht ein reicher Kaufmann sein? Hatte Adiv eb Aser ihm nicht den Gouverneursposten zugesagt?

Über alles gesehen, fand Llauk, lief die Sache gar nicht so schlecht.

Endlich war die Reise überstanden! Kurz vor der Hafeneinfahrt von Thedra hatte man Llauk erlaubt seine feinen Kaufmannskleider wieder anzulegen. Sogleich fühlte er sich wie ein neuer Mensch!

Trotzdem drückte eine neue Sorge sein Gemüt. Die Befehle, die er in Sordos empfangen hatte, sahen vor, dass er sich eine Wohnung im Händlerfelsen von Thedra nahm. Aber wie sollte das möglich sein?

Die einzelnen Felsen waren den verschiedenen Zünften zugeteilt und die Höhlen darin an die einzelnen Familien vergeben. Es gab keinen Platz in Thedra! Keine Familie würde ihre Wohnstatt freiwillig aufgeben!

Llauk machte sich wirklich große Sorgen. Was würde aus ihm werden, wenn er schon dieses erste Versprechen nicht einlösen konnte? Sollte er nach Sordos zurückkehren? Mit der *Großen Geliebten* etwa? Undenkbar! Was aber dann?

Sed eb Rea würde Llauk die Bronzestücke, die er in einer schweren Kiste auf dem Achterdeck aufbewahrte, nicht herausgeben, wenn die Bestimmungen nicht buchstabengetreu erfüllt wurden, das war gewiss. Aber Llauk brauchte das Geld! Sollte er sich etwa als Bettler durchschlagen, wenn er den Dramilen erst einmal entronnen war? Vielleicht ergab sich ja eine Möglichkeit, das Geld zu stehlen! Estador war groß, und wenn Llauk die Hauptstadt erst einmal verlassen hatte, würde kein Dramile ihn mehr finden können!

Llauk zitterte am ganzen Körper. Es gab keinen anderen Ausweg! Er musste fliehen! Aber er wollte auch das Geld haben! Wie viele Bronzestücke wohl in der Truhe sein mochten? Tausend? Zweitausend? Vielleicht sogar die Hälfte der versprochenen Summe, sechstausend?

Llauk spürte, wie die altbekannte unbändige Gier von ihm Besitz ergriff. Verstohlen sah er sich um. Die albernen Dramilen hatten bei ihrem »genialen« Plan natürlich nicht bedacht, dass er überhaupt nicht funktionieren konnte! Eine Wohnung in Thedra! Lächerlich! Llauk würde sich wie üblich selber helfen müssen, wenn er jemals in den Genuss des Geldes kommen wollte. Er hatte zwar noch keinen festen Plan, aber bestimmt würde sich noch irgendetwas ergeben!

»Was bringst du, Dramile?« Der Offizier der Hafenwache war mürrisch und kurz angebunden. Das Boot, das ihn an Bord gebracht hatte, war leck gewesen, und so stampfte er nun mit vollständig durchweichten Seestiefeln über das Deck der *Großen Geliebten.*

»Nur einen Passagier, Herr!« Sed eb Rea ging wieder ganz in seiner Rolle als unterwürfiger Handelskapitän auf. »Einen Kaufmann aus Eurer schönen Stadt, der bei uns in Sordos sein Glück gemacht hat. Stellt Euch vor, Herr, was …«

»Schon gut!« Unwillig winkte der Offizier ab. Kurz streifte sein Blick Llauk, der mit stolzer Miene und erhobenem Haupt auf dem Achterdeck stand. »He, bist du nicht der Hungerleider, der sich vor einiger Zeit im Hafen herumgetrieben hat?«

Llauks Maske der Selbstsicherheit zerrann wie eine Sandmalerei am Strand unter der ersten Welle. Mit einem ausgesprochen dümmlichen Schafsgesicht stand er da und wusste kein Wort zu sagen.

»Herr, wie sprecht Ihr mit Llauk, dem König der Händler?«, entrüstete sich Sed eb Rea. »Ganz Sordos, ja ganz Dramil kleidet sich in die feinen Stoffe, die dieser …«

»Schon gut!« Der Offizier besah sich ärgerlich seine nassen Stiefel. »Was hast du sonst noch geladen?«

»Weißholz und Leder für Cebor, Salzblöcke für Oskan und Wolle für die Spinnereien von Col. Erlaubt, Herr, dass ich einige Tage in Eurem Hafen verweile! Ich suche noch Fracht!«

»Hundert!« Der Offizier streckte die Hand aus.

»Gestattet, Herr, dass ich Euch einhundertundfünfzig aushändige!« Sed eb Rea nestelte an seinem Gürtel herum und gab dem Mann einen Beutel. »Es mag sein, dass ich noch ein wenig länger bleiben muss. Dann braucht Ihr Euch nicht extra zu bemühen!«

»Bleib, so lange du willst!« Der Offizier setzte sich auf die Reling und begann seine Stiefel auszuziehen.

»Soll ich jetzt die Ladeluken öffnen lassen?« Der Kapitän verbeugte sich tief. Sein schief gelegter Kopf gab ihm dabei den Anschein besonderer Demut.

»Nicht mehr nötig!« Der Hafenbeamte ließ einen Schwall Wasser aus seinem Stiefel auf das Deck plätschern. »Ich werde dem Hafenmeister ausrichten, dass du seine Familie grüßen lässt.« Er schlug mit der flachen Hand auf den Geldbeutel.

»Danke, Herr, danke!« Der Kapitän zog sich zurück, um das Anlegemanöver vorzubereiten.

Llauk hatte die Unterhaltung der beiden Männer mit Spannung verfolgt. So lief das also! Die ganzen Geschichten von der unbestechlichen thedranischen Hafenwache waren nichts als Schwindel! Llauk beschloss sich das Gesicht dieses Offiziers gut einzuprägen. Ein Kerl, der sich so schamlos kaufen ließ, konnte irgendwann einmal sehr nützlich sein! Schließlich würde auch er bald Geld haben. Sehr viel Geld!

Mittlerweile war die *Große Geliebte* immer weiter auf die Hafeneinfahrt zugeglitten und befand sich jetzt schon in Höhe des Schwalbenhafens zwischen den hohen Felsen.

Hoch oben auf der Klippe, die die Aussicht auf Hafen und Werft der fliegenden Schiffe versperrte, nahm Llauk eine Bewegung wahr. Nun erkannte er, dass auch dieser Felsen weit über dem Wasserspiegel von Höhlen und Gängen durchzogen war. In schwindelnder Höhe, unerreichbar für Pfeil und Speer, schoben Soldaten hinter hüfthohen Brüstungen Wache.

Da hatten die Dramilen sich ja eine Menge vorgenommen, fand Llauk. Ein paar gut gezielte Felsbrocken und ein paar brennende Pfeile aus dieser Höhe, und die Hafeneinfahrt wäre von sinkenden Schiffen blockiert! Es war ihm schleierhafter denn je, wie die Dramilen diese natürliche Festung bezwingen wollten.

Auf beiden Seiten glitten langsam die schwimmenden Sperrwerke vorbei, die des Nachts den Schneckenhafen schützten. Welche Fallen und Teufeleien der Schwalbenhafen bereithielt, hatte Llauk nicht erkennen können. Er vermutete aber so manches.

Doch warum sollte er sich anderer Leute Kopf zerbrechen? Was ging ihn das alles noch an? Er würde auf eine günstige Gelegenheit warten, das Geld stehlen und sich dann aus dem Staub machen.

Mochten die Dramilen ihn suchen! Mochten die Stadtwachen ihn suchen! Llauks wirkliche Pläne kannte nur er allein! Tos eb Far musste er finden! Den alten Tos, seinen Sklaven, der ihm diesen unseligen Plan eingeredet hatte! Er würde ihn suchen und von seinem Besitzer zurückkaufen! – Und dann würde er ihn sterben lassen! Verhungern sollte der Kerl! Verhungern im Angesicht Llauks voller Schüsseln und Teller! Hunger und Durst sollten den Verräter, der seinem Herrn so viel von der Demut der Dramilen erzählt hatte, langsam und qualvoll umbringen! Sein Wehgeschrei und sein Klagen sollten die Musik sein, bei der Llauk einschlief und erwachte!

Llauk sollte seine Chance bekommen. Endlich war das Schicksal einmal auf seiner Seite!

Schon am Nachmittag, die *Große Geliebte* lag sicher vertäut an der Kaimauer, war die Gelegenheit zur Flucht günstig wie noch nie.

Der Kapitän hatte den Großteil der Mannschaft an Land gehen lassen. Sicher saßen die Männer schon in den Schenken der Stadt und vergnügten sich nach Kräften. Es war ganz ruhig an Bord. Nur zwei Matrosen waren noch da, die sich an einer der Ladeluken zu schaffen machten.

»He, was treibt ihr da?« Sed eb Rea fühlte sich in seiner nachmittäglichen Ruhe gestört. Wütend war er aus seinem Korbsessel hochgeschnellt und stand jetzt drohend auf dem Achterdeck. »Wollt ihr mich bestehlen?«

Llauk grinste. Er hatte schon immer grinsen müssen, wenn andere Schwierigkeiten bekamen.

»Nein, Herr!« Einer der Matrosen sah auf. »Aber es riecht hier so stark nach Wein!«

Das fand Llauk hochinteressant. Wein hatte der Kapitän bei der Deklaration der Waren überhaupt nicht erwähnt!

»Was?« Sed eb Rea stampfte die Stufen hinunter und ging zu seinen Leuten. Behäbig beugte er sich zu der verschlossenen Luke hinab und sog tief die Luft ein. »Aufmachen!«, entschied er dann.

Aufmerksam beobachtete Llauk die Männer, wie sie die Verkeilung lösten, den schweren Lukendeckel anhoben und mit einem Kantholz abstützten. Einer der Männer sprang in den Laderaum hinunter, während der andere Matrose und der Kapitän tief gebückt in den dunklen Schiffsleib hinabspähten.

»Die Fässer haben sich gelöst!«, hörte Llauk den Mann im Laderaum rufen. »Komm, hilf mir mal!«

Sofort stieg der zweite Matrose hinab in die Finsternis. Nun war nur noch Sed eb Rea an Deck. Er schien Llauk vollständig vergessen zu haben.

Llauk hörte die Männer unter Deck rumoren.

»He, Vorsicht! Wartet!« Sed eb Rea schickte sich an ebenfalls in den Laderaum hinabzusteigen, als auf einmal ein rutschendes, berstendes Krachen unter Deck die Planken der *Großen Geliebten* erzittern ließ.

»Ihr verdammten Hunde! Hab ich euch nicht gesagt, dass ihr warten sollt?« Vor Wut brüllend eilte der Kapitän seinen Männern zu Hilfe.

Llauk sprang auf. Das war seine große Chance! Kein Mensch außer ihm an Deck und die Geldtruhe völlig unbewacht!

Schnell und leise schlich er sich zu dem offenen Laderaum, aus dem polternde Geräusche und wildes Fluchen zu ihm heraufdrangen. Ein schneller Tritt, und das Kantholz flog in das Dunkel hinab. Krachend schlug der schwere Lukendeckel zu.

In fliegender Hast robbte Llauk um die Luke herum und steckte die Keile in die dafür vorgesehenen Löcher. – Aber wo war der Hammer? Wo, bei allen Göttern, war der große Holzhammer, mit dem die Keile unverrückbar fest in die Löcher getrieben werden konnten? Llauk erinnerte sich, dass der zweite Matrose das schwere Werkzeug mit nach unten genommen hatte. Hastig trat er mit seinen feinen Kaufmannsschuhen gegen die Keile. Das musste reichen! Dumpf drang das Wutgeheul der gefangenen Männer durch das schwere Holz.

Llauk wirbelte herum. Mit ein paar raschen Schritten war er bei der Geldkiste. Nur ein dünner Bronzedorn sicherte den Deckel. Llauk riss ihn heraus. Nervös sah er sich um. Auf dem Kai war alles ruhig.

Llauk riss sich seinen teuren Kaufmannsmantel von den Schultern und breitete ihn auf den Planken aus. Dann fasste er unter den Rand des Truhendeckels und hob ihn an.

Die Männer unter Deck tobten und schrien. Llauk hörte schwere Schläge. Der Mann mit dem Holzhammer versuchte wohl den Lukendeckel zu zertrümmern.

Der Truhendeckel war erstaunlich schwer. Llauk keuchte. Dann war es geschafft. Sauber aufgereiht lagen die Geldbeutel in der Truhe vor ihm. Jetzt schnell so viel davon auf den Mantel werfen, wie er tragen konnte, das Bündel zusammenraffen und verschwinden. Wenn er erst einmal die Stadtgrenze erreicht hatte, war er in Sicherheit!

Der Deckel der Truhe ließ sich nicht überklappen, ein starkes Seil, das unter den Geldbeuteln verschwand, verhinderte das. Aber ein dünnes Kantholz lag in einem Seitenfach bereit. Llauk griff danach, um den Deckel abzusichern.

Kaum hatte er das Holz, das sehr fest in seiner Halterung steckte, bewegt, da ertönte unter der Truhe ein Geräusch, als wenn ein schwerer Stein über Holz rutscht. Weit vornübergebeugt, den rechten Arm tief in der Truhe, stand Llauk da, als sich plötzlich das Seil, das aus dem Truhenboden kam, straffte und den Deckel mit Urgewalt nach unten riss. Mit dumpfem Knall prallte das schwere Holz auf den Truhenrand – und auf Llauks Arm!

Llauk war von dieser Entwicklung der Dinge so verstört, dass er sogar zu schreien vergaß. Mit offenem Mund stand er da und starrte auf den lächerlich schmalen Spalt, in dem sein rechter Arm steckte. Noch spürte er keinen Schmerz.

Zaghaft versuchte er mit der anderen Hand, den Deckel wieder anzuheben. Nichts rührte sich! Er verstärkte den Druck, bis er all seine Kraft einsetzte. Umsonst!

Langsam kehrte das Gefühl in seinen Arm zurück. Es war zuerst, als würden seine Fingerspitzen in kochendem Wasser stecken. Nach wenigen Augenblicken war es schon die ganze Hand, die auf einem glühenden Holzscheit lag. Dann loderte eine ungeheuere Schmerzwelle bis in seine Schulter hoch.

Llauk ging keuchend vor der Truhe in die Knie, peinlich bemüht seinen eingeklemmten Arm nicht zu bewegen. Hinter ihm polterte es. Voller Panik sah er, dass schon drei der vier Keile neben der Ladeluke auf den Planken lagen, da flog auch der letzte Keil heraus und der Deckel hob sich.

Llauk konnte es nicht ändern. Sein Körper machte ohne seinen Willen kleine sinnlose Fluchtbewegungen. Er fühlte sich wie ein Tier in der Falle – ein sehr kleines, verletztes Tier.

Augenblicke später stand Sed eb Rea schweigend vor ihm. Er sah fast traurig aus, wie er so dastand. »Stoffmacherlein«, sagte er mit ruhiger Stimme, »wäret Ihr ein schlechter Mensch, ich könnte Euch achten! Aber Ihr seid nicht schlecht! Noch nicht einmal das! – Ihr seid nur dumm! Ich frage mich langsam wirklich, ob Ihr für meine Pläne brauchbar seid!«

»Helft mir, Herr!«, verlangte Llauk flüsternd. »Bitte!«

»Warum?« Sed eb Rea reckte sich gründlich und setzte sich dann gemütlich in seinen Korbsessel.

»Bitte!«, wiederholte Llauk nur, weil ihm auch kein Grund einfiel.

»Helft diesem Wurm!«, befahl der Kapitän den beiden Matrosen, die sich inzwischen ebenfalls aus dem Laderaum herausgearbeitet hatten.

»Sollen wir den Deckel anheben oder einfach seinen Arm abhacken?«, wollte einer der Männer wissen.

Sed eb Rea schien den Vorschlag ernsthaft zu überdenken.

Llauk spürte, dass er kurz davor stand, ohnmächtig zu werden.

»Hebt den Deckel an!«, entschied der Kapitän schließlich. »Der Kerl hat mich zu viel gekostet, er muss noch arbeiten!«

Murrend mühten die beiden Matrosen sich mit dem Deckel ab; die andere Lösung wäre ihnen offensichtlich lieber gewesen. Doch sosehr sie sich auch anstrengten, der Spalt vergrößerte sich höchstens um einen Fingerbreit. Llauk bekam seinen Arm nicht frei. Erst als Sed eb Rea aufstand und mit anfasste, gelang es endlich, den Deckel so weit hochzudrücken, dass der schwere Stein, der an dem Seil hing, wieder an seinen Platz rutschte. Sed eb Rea drückte mit einer Hand das Kantholz wieder in den Auslöser der Diebesfalle – und Llauk stürzte ohnmächtig auf die Planken der *Großen Geliebten*.

»Ah, seid willkommen!« Der Tuchhändler sprang auf und eilte den Ankömmlingen entgegen. »Kommt herein und nehmt Platz! Meine Frau wird Tee bringen und Wein! Hattet Ihr eine gute Fahrt? Euer Bote war schon vor elf Tagen hier! Ich kann noch gar nicht begreifen, dass es jetzt schon so weit ist! Ja, Tuche aus Estador sind die besten! Setzt Euch, setzt Euch! – Irna, bring den Tee! – Hattet Ihr eine gute Reise? Wie war das Wetter?« Der Mann plapperte aufgeregt weiter, während seine Frau nervös lächelnd den Tee servierte.

Llauk sah Sed eb Rea bedeutungsvoll an, als er sich vorsichtig setzte. Sein angebrochener Unterarm tat bei jeder Erschütterung fürchterlich weh.

Der Kapitän achtete nicht auf Llauks Blick. Ganz auf den Gastgeber konzentriert, zeigte er sein liebenswürdigstes Lächeln. »Wir freuen uns, dass wir einen so guten Geschäftspartner gefunden haben, Herr!«, unterbrach er den Redefluss. »Doch lasst mich zuerst den Mann vorstellen, in dessen Haus Ihr in Sordos wohnen werdet! – Llauk! Stoffmacher und Kaufmann aus Idur, in Eurem schönen Estador!«

»Schön, Euch kennen zu lernen!« Erfreut sprang der Mann auf, ergriff über den Tisch hinweg Llauks rechte Hand und schüttelte sie heftig.

Llauk jaulte auf wie ein getretener Hund.

»Was habt Ihr denn?« Irritiert ließ der Mann los.

»Herr Llauk hat leider einen kleinen Unfall im Hafen gehabt«, behauptete der Kapitän. »Ein Karren ist über seinen Arm gerollt!«

»Schlimm, schlimm!«, stellte der Mann fest. »Aber wie kann so etwas denn passieren?«

»Hingefallen!«, presste Llauk mit zusammengebissenen Zähnen hervor.

Der Kaufmann schüttelte verständnislos den Kopf. Dann kam er auf die Frage, die ihn schon seit etlichen Tagen beschäftigte. »Ihr seid also wirklich bereit meinen ganzen Warenbestand aufzukaufen und mir Euer Haus in Sordos zu überlassen, nur damit Ihr hier in meiner Wohnung Eure Geschäfte betreiben könnt?«

Llauk nickte stumm und betrachtete, noch Tränen des Schmerzes in den Augen, seine misshandelte Hand.

»So ist es, Herr!«, bestätigte Sed eb Rea. »Ihr betreibt in Sordos die Handelsniederlassung des Herrn Llauk, der Euch dafür Euren gesamten Bestand an Tuchen gegen blankes Geld abkauft. Weiterhin setzt Herr Llauk Euch ein Gehalt in Höhe von zehn Bronzestücken täglich aus, damit Ihr seine Stoffe in Sordos an den Mann bringt und ihm Eure Wohnung im Tausch überlasst.«

»Und meine Wohnung hier in Thedra bleibt mir erhalten?«

»Der Vertrag gilt für fünfhundert Tage. Wann immer Ihr danach zurückkehren wollt, könnt Ihr es tun, Herr!«

Der Kaufmann verständigte sich durch einen kurzen Blick mit seiner Frau. Offenbar war sie einverstanden, denn er begann bedächtig mit dem Kopf zu nicken. »Wenn Ihr bereit seid, können wir zum Obmann des Felsens gehen und den Pakt besiegeln. Eine thedranische Handelsniederlassung in Sordos! Unter meiner Leitung! Ich habe schon mit dem Obmann darüber gesprochen. Die Idee gefällt ihm gut!«

»Dann lasst uns keine Zeit verlieren, Herr!« Der Kapitän stand auf. »Gehen wir zum Obmann und dann könnt Ihr anfangen zu packen. Viel ist es ja nicht, was Ihr braucht. Das Haus des Herrn Llauk ist mit allem ausgestattet!«

»Tja, äh …« Der Kaufmann druckste herum und wusste nicht, wie er beginnen sollte. »Das Geld, ich meine, für die Ware, äh …«

»Wie viel müsst Ihr haben für Euren Warenbestand, Herr?«, half Sed eb Rea.

»Eintausendfünfhundert, äh …« Das schlechte Gewissen war dem Mann förmlich anzusehen.

»Seid Ihr damit einverstanden, Herr?«, wollte der Kapitän von Llauk wissen.

Der schaute sich in der Höhle um. Die Tuche, die er sah, waren bestenfalls neunhundert wert. Aber schließlich suchten sie ja einen Dummen und dieses eine Mal wollte er seine Sache gut machen. »Kein Problem!«, meinte er mit gönnerhaftem Gesicht und wollte seine Worte mit einer lässigen Handbewegung unterstreichen, ließ es dann aber mit einem unterdrückten Wehlaut doch ganz schnell sein.

Auch bei dem Obmann verlief das Gespräch ganz nach Wunsch. Sed eb Rea sprach und Llauk nickte ab und an bestätigend. Jedenfalls war der Vertrag jetzt unter Dach und Fach. Sed eb Rea setzte den Abfahrtstermin auf übermorgen früh fest und der Händler ging heim, um seine Sachen zu packen.

Wie zwei Freunde kehrten Llauk und der Kapitän auf das Schiff zurück.

Llauk war zufrieden. Jetzt konnte es losgehen mit dem guten Leben in Thedra! Zwei Nächte noch auf dem Schiff, dann würde er endlich seine Wohnung beziehen. Er protestierte auch nur mäßig, als Sed eb Rea ihn unter Deck in den hinteren Laderaum führte und ihn über Nacht an den Fuß des Besanmastes band. Er konnte dem Kapitän sein Misstrauen nicht verübeln, wenn der auch die Fesseln grausam fest anzog.

Am nächsten Morgen wurden die ersten Stoffballen aus dem Lager des Kaufmanns angeliefert.

Wenig später kam Llauks Handelspartner an Bord, um sich schon einmal sein Geld anzusehen. Entzückt starrte er in die Truhe, die Sed eb Rea bereitwillig geöffnet hatte. Dutzende von Beuteln, gefüllt mit gutem Geld, lagen darin. Sed eb Rea hatte einige von ihnen vor den Augen des Kaufmanns geöffnet und die Bronzestücke genüsslich in seine Hand fließen lassen.

Bewundernd hatte der Mann dann zu Llauk herübergeschaut, der krampfhaft bemüht war die Spuren der nächtlichen Fesselung unter seinem weiten Gewand zu verbergen. »Ihr seid sehr reich, Llauk!«, hatte er festgestellt.

»Verkauft Ihr nur die Ware, die ich Euch sende, dann werdet Ihr auch bald so reich sein!«, erklärte Llauk steif.

»Wenn es gute Ware ist«, bekräftigte der Kaufmann stolz, »werde ich auch gute Preise erzielen!«

»Richtet Euch nur in allem, was Ihr tut, nach dem Rat meines Freundes Adiv eb Aser!«, empfahl Llauk säuerlich. »Er ist ein mächtiger Mann in Sordos!« Täuschte Llauk sich oder hatte er den Kapitän bei diesen Worten lächeln sehen?

Schließlich war der Kaufmann wieder von Bord gegangen, wobei er vor Llauk eine tiefe Verbeugung gemacht hatte.

»Ihr habt übrigens Recht, Herr!«, vertraute Sed eb Rea Llauk an, als der Kaufmann fort war. »Adiv eb Aser ist wirklich ein großer Mann in Sordos! Er ist Marschall des Hofes von Thonar! – Mein erster Diener!«

Der Kaufmann konnte es gar nicht erwarten.

Früh am nächsten Morgen, gleich nachdem das große Hafentor geöffnet worden war, kam er mit zwanzig Trägern an Bord der *Großen Geliebten,* um die Ware zu verstauen. Diesmal wurden die Stoffballen nicht auf dem Vorderdeck verzurrt, wie es bei Llauks Überfahrt der Fall gewesen war, sondern ordentlich in einen trockenen Laderaum gestapelt.

Wenig später kamen auch die Frau und die Kinder des Kaufmanns auf das Schiff.

Es gab also noch mehr Narren auf der Welt. Verstohlen grinsend sah Llauk der Kaufmannsfamilie zu, wie sie sich an Bord einrichtete. Einer der größeren Jungen ging bereits auf Entdeckungsreise.

Sed eb Rea stand auf dem Achterdeck. Sein Kopf bewegte sich nicht und sein Gesicht verriet keine Regung. Aber Llauk wusste genau, dass er den Jungen aus seinen schmalen Augenschlitzen heraus beobachtete. Ihn schauderte plötzlich. Noch vor der Tagteilung sollte das Schiff in See stechen. Wie würden dieser Familie wohl die Sitten auf der *Großen Geliebten* bekommen?

»Fünftausendfünfhundert, sechstausend, sechstausendfünfhundert!« Laut zählte der Kapitän dem Kaufmann sein Vermögen vor. Bei jedem Wort legte er einen weiteren Beutel mit fünfhundert Bronzestücken auf den Tisch, der extra für diesen Zweck auf dem Achterdeck aufgebaut worden war. Llauk wurde es übel vor Aufregung. Dreizehn Beutel lagen nun auf der Tischplatte. Dreizehn Beutel, die eigentlich Llauk gehörten! Sicherlich, rein rechnerisch stimmte alles. Drei Beutel für die Ware des Mannes und je zehn Bronzestücke für insgesamt fünfhundert Tage Sordos. Aber Llauk hatte doch niemals damit gerechnet, dass dieser Gimpel das Geld auch tatsächlich erhalten sollte! Ihm, Llauk, blieben jetzt nur noch fünftausendfünfhundert Bronzestücke von den versprochenen zwölftausend! Wie sollte er davon bloß ein einigermaßen standesgemäßes Leben führen? Was dachte dieser idiotische dramilische Landedelmann sich eigentlich dabei, das gute Geld so zu verschleudern?

Doch es sollte noch schlimmer kommen.

»Ihr gestattet doch, dass ich das Geld für Euch in Verwahrung nehme, Herr?« Freundlich lächelnd begann der Kapitän die Beutel wieder in die Truhe zu packen.

»Äh, ja, natürlich!«, stotterte der Kaufmann irritiert. »Äh, in deiner, äh, Eurer Obhut ist es bestimmt sicherer! Nicht?«

»Gewiss, Herr!«, bestätigte der Kapitän. »Lasst Euch nur von Herrn Llauk bestätigen, wie sicher meine Truhe ist!«

»Sehr sicher!«, knurrte Llauk. Im Moment sah er aus wie eine sterbende Ratte und fühlte sich auch so. Sechstausendfünfhundert seiner schönen Bronzestücke waren aus der Truhe auf den Tisch und dann wieder in die Truhe zurückgelegt worden. Natürlich war es Llauk klar, was das zu bedeuten hatte: Er würde das Geld *nicht* erhalten und der Kaufmann würde das Geld *auch* nicht bekommen! Es war alles nur ein dramilischer Scherz gewesen! Der Einzige, der von dem Geschäft profitierte, würde Sed eb Rea sein, der einen ganzen Laderaum der *Großen Geliebten* umsonst mit fremden Stoffballen gefüllt hatte.

»Kommt, Herr!« Der Kapitän war bester Laune. Er lächelte Llauk strahlend an. »Lasst uns an Land gehen, damit Ihr Euch in Eurer Wohnung einrichten könnt! Dann kann ich Euch auch gleich Euer Vermögen aushändigen!« Schwungvoll nahm er eine kleine Schatulle aus der Truhe, die Llauk bei seiner missglückten Aktion ganz übersehen hatte. »Gold!«, erklärte er dem neugierigen Kaufmann mit einem Augenzwinkern.

Der schaute erstaunt drein. Gold! Ein so rares und wertvolles Zahlungsmittel! Dieser Llauk musste wirklich sein Glück gemacht haben in Sordos!

Auch Llauk war plötzlich wieder interessiert. Gold! Eine Schatulle voller Gold für ihn? Misstrauisch stand er auf und folgte dem Kapitän an Land.

Gemeinsam gingen sie am Kai entlang, als sich ihnen ein dritter Mann in dunkler Kleidung anschloss. »Darf ich Euch Szin eb Szin vorstellen, Herr?« Sed eb Rea lächelte verbindlich und der Neuling neigte im Gehen leicht den Kopf. »Szin ist Großmeister der Klinge und des Schmerzes. Mit anderen Worten: ein ausgebildeter Meuchelmörder! Wäre Euer Geschäftspartner nicht freiwillig auf unsere Vorschläge eingegangen, Szin hätte ihm und seiner ganzen Familie ohne Frage die Kehle durchgeschnitten. – Schließlich brauchtet Ihr eine Wohnung, Herr!«

Llauk musste plötzlich schlucken. »Gut, wenn man entschlossene Freunde hat!«, presste er dann hervor.

Der Kapitän lachte auf. »Nun, ob Szin Euer Freund ist, das

wird sich noch herausstellen! In erster Linie ist er dazu eingesetzt, Euch zu überwachen, Herr! Ihr habt uns eine schöne Stange Geld gekostet und ich wünsche nicht, dass Ihr plötzlich und heimlich über Nacht von hier verschwindet!«

Llauk wollte protestieren, aber Sed eb Rea schnitt ihm sofort das Wort ab. »Ich weiß, dass Ihr Euch mit Fluchtgedanken tragt, Herr. Darum lasst Euch sagen, dass Szin schon viele Flüchtlinge in allen Ländern des Kontinents verfolgt hat. Und nicht einer ist ihm entkommen! Ihre Köpfe stehen in seinem Haus in Sordos in einem großen Regal. Er hat immer ein wenig Salz zur Konservierung dabei! Sorgt Ihr nur dafür, dass er es nicht benutzen muss!«

Llauk brachte kein Wort mehr heraus und so verlief der Rest des Weges in Schweigen.

In der Wohnung angekommen, stellte Sed eb Rea die Schatulle auf den einzigen Tisch im Raum und klappte sie auf. Zu Llauks maßloser Enttäuschung enthielt sie nicht ein einziges Stückchen Gold, sondern nur fünfhundert Bronzemünzen.

»Die zweite Funktion Szins ist die, Euch Euer Geld zuzuteilen, Herr«, begann der Kapitän wieder. »Ihr seid mir ein wenig zu gierig, Stoffmacherlein! Darum ist es besser, wenn Szin Euch täglich nur zwei Bronzestücke gibt! Kann sein, dass er, wenn Ihr ihn bittet, ab und an auch drei Geldstücke gewährt, aber nicht zu oft! Wenn Ihr Stoffe einkaufen wollt, müsst Ihr ihn um Geld bitten. Legt Euch unbedingt ein kleines Lager an, schließlich müsst Ihr den Schein wahren! Und wagt es nicht, mich betrügen zu wollen! Szin wird die Ware prüfen und zählen! Da er nicht sprechen kann, wird er sich nicht mit Euch streiten. Aber wenn etwas nicht stimmt, wird er Euch sein Missfallen schon spüren lassen! Er versteht sich übrigens nicht nur aufs Morden, er weiß auch Schmerzen zu bereiten, die man niemals im Leben vergisst!«

Szin saß am Ende des Tisches und nickte mit ausdruckslosem Gesicht. Llauk spürte, wie sich ein Schauder von seinem Rückgrat aus über seine Haut zog. – Würden diese Bosheiten der Dramilen denn niemals enden?

»In etwa einhundert Tagen bin ich wieder hier. Dann werdet Ihr Eure Weisungen erhalten! Achtet auf Eure Gesundheit, Herr!«

Sed eb Rea war fertig. Schweigend schob er die Schatulle über den Tisch zu Szin hinüber, drehte sich um und ging.

Szin schien das nicht weiter zu beeindrucken. Reglos saß er da und starrte vor sich hin.

Llauk ging nervös in der Höhle auf und ab. Jetzt, wo das Warenlager geräumt war, sah es hier furchtbar öde aus, fast wie in einem Kerker.

Schließlich hielt er es nicht mehr aus. Mit ein paar schnellen Schritten war er beim Tisch. »Gib mir Geld!«, forderte er Szin auf.

Szin griff träge in die offene Schatulle und schnipste zwei der kleinen Geldstücke auf den Tisch.

Jämmerlich sahen die Bronzestückchen aus, wie sie da so auf der großen Tischplatte lagen. »Noch eins!«, forderte Llauk.

Szin schien ihn nicht gehört zu haben. Er rührte sich nicht.

»Noch eins!«, wiederholte Llauk.

Da endlich kam Leben in die dunkel gekleidete Gestalt. Langsam griff Szin unter den Tisch und zog zu Llauks namenlosem Entsetzen einen fast ellenlangen, aber nur etwa fingerdicken Dolch aus reinstem Stahl aus seinem Stiefelschaft.

Es war schwer zu sagen, was Llauk mehr erschütterte: die Drohung, die im Ziehen dieser nadelfeinen Waffe lag, oder der schier unermessliche Wert dieses Dolches. Welche Kunstfertigkeit war nötig, um solch eine Waffe zu schmieden!

Llauk machte ein Gesicht, als seien ihm sämtliche Götter Thedras gleichzeitig erschienen. Schauer der Ehrfurcht und der Angst wechselten sich auf seinem Rücken ab, aber zugleich stieg auch ein Gefühl der Bitterkeit in seiner Kehle hoch. Da spielte dieser Mörder mit dem Gegenwert eines ganzen Palastes herum, um ein lächerliches drittes Geldstück zu verteidigen!

Vorsichtig nahm Llauk sein Almosen von der Tischplatte auf und ging zur Tür. Als er sich nochmals umdrehte, saß Szin schon wieder unbeweglich auf seinem Platz. Der wunderbare, fürchterliche Dolch war verschwunden.

Wie ein Kind zum Markt, seine beiden Geldstücke fest in der gesunden Hand haltend, ging Llauk zum Hafen hinunter und betrank sich.

Er hatte gerade den ersten Becher Wein geleert, als die *Große Geliebte* im ruhigen Wasser des Hafenbeckens vorbeizog.

Als er später in seine Wohnung zurückkehrte, war der Platz, an dem Szin gesessen hatte, leer. Llauk nahm an, dass er zum Hafen hinuntergegangen war, um auf einem dramilischen Schiff zu übernachten. Auch die Schatulle war natürlich verschwunden.

Llauk warf sich zornig auf das schlechte Bett in der Ecke des Raumes, und hätte sein Arm nicht so sehr geschmerzt, hätte er wohl mit beiden Fäusten darauf eingetrommelt.

Die folgende Zeit war für Llauk voller quälender Ungewissheit. Er machte sich Sorgen darum, ob es seinem Geschäftspartner in Sordos wohl wirklich so schlecht ging, wie er vermutete. War es vielleicht möglich, dass die Dramilen in ihrer Bosheit die Familie in Sordos in Freuden und Wohlstand leben ließen, während er, Llauk, mit einem lächerlichen Almosen in Thedra darben musste?

Wäre doch wenigstens Sajai hier, die Dienerin mit den unsagbar zärtlichen Händen, dann würde er die endlosen Tage im Kaufmannsfelsen zumindest ein wenig besser ertragen. Aber der Gedanke an Sajai machte alles nur noch schlimmer. Was würde der Kaufmann mit ihr anstellen, wenn seine Frau auf dem Markt war? Sajai war leicht zu entflammen, das wusste Llauk.

Halb wahnsinnig vor Wut und Eifersucht rannte Llauk durch die Straßen von Thedra. Meistens war er auf der Suche nach Szin. Der Kerl machte sich einen Spaß daraus, sich vor Llauk zu verbergen. Manchmal war es schon weit nach der Tagteilung, bis Llauk seine täglichen Bronzestücke endlich erhielt.

So hatte er sich sein Leben als feiner Herr nicht vorgestellt. Kaum traute er sich seine täglichen Geldstücke auszugeben, aus Angst, Szin könne irgendwann die Zahlungen gänzlich einstellen. Aber der Mensch muss essen und Llauk war jung und hatte eigentlich immer Appetit. Sosehr er sich auch bemühte, nie gelang es ihm, ein paar Geldstücke für seine Flucht zusammenzusparen.

Er »nagte an seinem Leben wie der Hund an der Steckrübe«, wie man in Thedra sagte – widerwillig, übellaunig, aber doch nicht bereit, das bisschen, was er hatte, fahren zu lassen.

Natürlich versuchte Llauk doch zu fliehen!

Etliche Wochen nach Sed eb Reas Abreise hatte Llauk durch geschickte Einkäufe wirklich einen ansehnlichen Warenbestand in seiner Höhle eingelagert.

Nun ergab es sich aber, dass einer seiner Nachbarn sein ganzes Lager an einen reisenden Händler aus Oskan hatte verkaufen können und Llauk nun in den Ohren lag, dass er dringend neue Stoffe brauche.

Llauks Entschluss war schnell gefasst. Er verkaufte dem Mann spätabends, als Szin schon im Fremdenhaus oder auf seinem Schiff sein musste, seine sämtlichen Stoffballen mit einem schönen Gewinn, packte eilig sein Bündel und verschwand aus Thedra.

Nachdenklich ging er den Felssteig entlang, den einzigen Weg, der ins Landesinnere nach Estador führte.

Bestimmt war das die beste Lösung. Einfach weggehen! Die Geschäfte mit den Dramilen hatten ihm kein Glück gebracht, das sah er allmählich selbst ein. Zwar tat es ihm ein wenig Leid um den schönen Gouverneursposten, aber wer wollte sagen, ob die Dramilen auch ihr Wort halten würden?

Vierhundert Bronzestücke hatte Llauk in der Tasche. Davon konnte er recht lange auskömmlich leben und einem pfiffigen Kerl wie ihm würde schon wieder ein gutes Geschäft begegnen – da war er sich sicher!

Freundlich grüßte Llauk die Wache an der Stadtgrenze und die Männer ließen ihn anstandslos passieren. Jetzt war er wirklich frei! Fröhlich pfeifend ging er über den Platz, an dem die Waren aus den Provinzen Estadors von Karren auf Träger umgeladen werden mussten.

Frei! Endlich wieder frei! Fast zweihundert Tage hatte er unter der Knechtschaft der Dramilen gelitten! Mehr als genug! Mochte dieser Szin ihn nur suchen! Llauk war gewitzt! Er würde seine Spuren so gründlich verwischen, dass niemand ihn mehr finden konnte!

Llauk schritt weit aus. Je mehr Strecke er vor dem Morgengrauen zwischen sich und diesen verfluchten Mörder bringen konnte, umso besser! Eilig bog er in den Hohlweg, den am Tage die Karren von Estador herunterkamen. Noch dreitausend Schritte bis zum Scheideweg. Nein! Er würde nicht nach Idur zurückkehren. Die Sache mit Tos eb Far konnte warten! Er würde … Ja, was würde er tun? Llauk wurde langsamer. Wo konnte er hingehen?

Plötzlich erschien Llauk die Freiheit gar nicht mehr so

verlockend. Aber dass er nicht zurückwollte, nicht zurückkonnte, war ihm klar. – Also weiter!

Llauks Hochgefühl war schon lange dahin, als es seitlich im Gebüsch raschelte. Llauks Hand fuhr zum Gürtel, wo er früher immer seinen kleinen Dolch getragen hatte. Aber den hatte man ihm in Sordos vorsorglich abgenommen und so griff seine Hand ins Leere.

Obwohl Llauk durch das Geräusch gewarnt gewesen war, kam der Anprall des Dunkelgekleideten völlig überraschend. Etwas Hartes schlug so heftig in seine Magengrube, dass ihm der Atem stehen blieb. Blitzschnell tastete eine Hand nach seinem Nacken und griff brutal zu.

Llauk fühlte sich, als sei sein Körper in kochendes Metall gehüllt. Er stürzte zu Boden, wollte schreien, brachte aber keinen Ton heraus. Gelähmt und hilflos lag er auf dem Rücken und sah, wie die dunkle Gestalt sich über ihn beugte. Stahl blitzte kurz im Mondlicht auf. Llauk spürte tastende Finger, kaltes Metall – und dann versank die Welt um ihn in einem flammenden Nebel des Schmerzes.

Wenig später in der Nacht machte sich ein an Leib und Seele gebrochener Llauk wieder auf den Rückweg nach Thedra. Er hatte die Botschaft seines Herrn verstanden. Langsam und bedächtig setzte Llauk Fuß vor Fuß. Er konnte nur hoffen, dass den Stadtwachen am Passweg sein seltsamer Gang und sein durchblutetes Gewand nicht weiter auffielen.

Das war das letzte Mal gewesen, dass Llauk eine Chance gehabt hatte, sich seinen Herren zu widersetzen. Llauk stöhnte bei jedem Schritt. – Der durchstochene Hoden tat entsetzlich weh!

7

Spione

Als Erste im Ziel:
»Abschied«, »Verlust« und »Trauer«! –
»Glück«, wie üblich, weit abgeschlagen hinterher!

Tigan war der Endpunkt der Reise gewesen, das Ziel, das Tana und Gerit gehabt hatten. Hier hatten sie die Geheimnisse der farbigen Glasuren erkunden wollen.

Tigan war der Ort, an dem Teri ihre Stiefeltern zum letzten Mal sah!

»Bleibt an Bord! Geht nicht in die Stadt! Die Tiganer lieben Fremde nicht mehr!« Der Kapitän der *Sesiol* war ganz aufgeregt. Wie üblich flatterte er um Tana und Gerit herum wie ein magerer schwarzer Vogel. »Oh, die Tiganer, sie sind grausam! Sie wittern überall Spione! Geht nicht in die Stadt! – Ins Große Erf! Ins Große Erf werden sie euch schicken, wenn sie euch ergreifen! Sie erkennen euch! Ausgerechnet Thedraner! – Ausgerechnet! Vierzehn Spione sind schon im Erf! Tausend Tagesmärsche kalter Steine! – Sie sind alle tot! Bleibt an Bord!«

Was Tana und Gerit sich aus den Halbsätzen des Kapitäns zusammenreimten, war, dass die Tiganer in letzter Zeit vierzehn Spione aufgegriffen und ins Große Erf geschickt hatten. Das Große Erf, auch als Südliche Wüste bekannt, bot keine Überlebenschance, sodass mit Sicherheit alle umgekommen waren. Der Kapitän machte sich also Sorgen, dass seine Passagiere als Thedraner erkannt und gleichfalls der Spionage bezichtigt würden.

Tana war wütend. »Ausgemachter Unsinn! Sind wir vielleicht fast ein Jahr lang gereist, um jetzt aufzugeben?«

»Nein!«, bestätigte Gerit. »Das haben wir getan, um das Große Erf kennen zu lernen!«

»Du! Du, mit deiner gelassenen Art! Du bringst mich zum Wahnsinn!« Tana stand breitbeinig vor Gerit und stemmte die Hände in die Hüften. »Wenn es nach dir ginge, würden wir jetzt einfach nach Thedra zurückfahren und uns blamieren!«

»Genau!« Gerit nickte.

»Oh, ihr Götter! Wen habe ich mir da bloß als Partner ausgesucht?«

Teri saß still auf dem Dach der Kabine und hörte nur mit halbem Ohr hin. Sie hatte sich bei der Einfahrt in den Hafen an einem vorstehenden Stück Planke den kleinen Zeh gebrochen. Größere Ausflüge kamen für sie sowieso nicht in Frage.

»Was du machen wirst, ist mir egal!« Wenn Tana diesen Gesichtsausdruck hatte, war mit ihr nicht mehr zu reden. »Ich jedenfalls denke nicht daran, jetzt aufzugeben!« Wütend zerrte sie an ihrem Bündel herum. »Wenn du mitkommen willst, dann beeil dich!«

Gerit stand mit hängenden Schultern neben ihr. Tana hatte ja Recht! Jetzt, so kurz vor dem Ziel, aufzugeben, dafür hatten sie nicht die Ersparnisse langer Arbeitsjahre geopfert! Und für Tana ging es um noch viel mehr. *Sie* war es gewesen, die sich gegen die Meinung der Zunftmeister aufgelehnt hatte. *Sie* hatte sich als Erste von Stadt und Zunft losgesagt! Wenn sie jetzt mit leeren Händen zurückkehrte, würde sie den Spott des ganzen Formerfelsens zu fürchten haben!

»Kommst du jetzt? Ich will zuerst zum Markt! Die Tiganer werden schon nichts dagegen haben, wenn wir uns mal gründlich umsehen!« Tana ging entschlossen auf die Laufplanke zu.

»Bleib auf dem Schiff!«, wies Gerit Teri an. »Richtig laufen kannst du sowieso nicht, also hoppele auch nicht unnütz auf dem Kai herum! Wenn es Schwierigkeiten geben sollte, versteck dich! Der Kapitän wird dir helfen! Er hat es mir versprochen! – Ach ja, nimm dir besser den Geldgürtel aus meinem Bündel und trage ihn am Körper! Bis später, Kleines!«

Teri grunzte unwillig. Nichts als Vorschriften bekam sie zu hören – und zum Schluss wurde sie auch noch »Kleines« genannt! Tana hatte völlig Recht! Dieser Gerit war ja wohl wirklich kaum zu ertragen!

Gerits letzte Anweisung hatte sie bereits vergessen, als ihre Stiefeltern noch nicht ganz im Gewühl des Hafenplatzes verschwunden waren. Vorsichtig stand sie auf, humpelte zur Reling und winkte ihnen nach. Nein, laufen ging wirklich nicht! Darum setzte sie sich lieber wieder auf das Dach der Kabine und betrachtete mitleidig ihren gebrochenen Zeh.

Darüber war sie eingeschlafen, und als sie gegen Abend erwachte, waren Tana und Gerit noch nicht zurückgekehrt. Teri fand das nicht weiter bedenklich, denn wenn Tana sagte, sie wolle sich gründlich umsehen, dann *würde* sie sich auch gründlich umsehen! Nur Gerit tat Teri ein wenig Leid, weil er wahrscheinlich die ganze Zeit treu hinter Tana herlaufen musste, wie er es schon auf der ganzen Reise getan hatte.

Der Kapitän sah die Sache ganz anders. Die ganze Zeit über war er nervös über die Planken des Decks gelaufen und hatte wirres Zeug vor sich hin gebrabbelt.

Jetzt, als er sah, dass Teri erwacht war, kam er zum Bug des Schiffes. »Ach, du musst dir keine Sorgen machen! Es ist ja noch nicht spät! Bestimmt sind sie nicht gefangen! So schlimm ist es bestimmt nicht …«

Plötzlich war Teri hellwach. Der Kapitän stand vor ihr und machte sie mit seinem nervösen Geschwätz immer misstrauischer, wobei er seinen Kopf hin- und herdrehte und Teri nicht in die Augen sah. Der alte Mann war ein jämmerlicher Lügner.

»Auch wenn es gleich Sperrzeit ist … – So ein neues, dummes Gesetz! – Ach, die Tiganer sind freundliche Leute! Zu Gast, ja zu Gast werden sie sein! Nicht im Sperrgebiet! Und dann kommen sie zurück, du wirst sehen!«

»Sperrzeit? Wieso Sperrzeit?« Teri richtete sich auf und sah den Kapitän fragend an.

»Ach ja, die Sperrzeit! Sind bestimmt zu Gast, über Nacht! Ist nicht so schlimm! Kommen …«

»Wieso Sperrzeit? – Wieso Sperrgebiet?« Teri sprang auf das Deck. Das leichte Pochen in dem gebrochenen Zeh wurde schlagartig zu einem stechenden, wütenden Schmerz. Teri achtete nicht darauf.

Der Kapitän warf in einer hilflosen Geste die Arme in die Höhe. »Kein Fremder darf Tigan im Dunkeln sehen! Das ist ja jetzt Gesetz! Wie in Thedra! Und kein Fremder, na ja, das Sperrgebiet …«

»Wird man sonst verhaftet?« Teri humpelte zur Reling und suchte im schwindenden Tageslicht den Kai nach ihren Leuten ab. Sie musste daran denken, wie übel es manchen Besuchern Thedras ergangen war, die nicht rechtzeitig ins Fremdenhaus gefunden hatten.

»Ach, das ist nicht so schlimm! Nein, sie werden zu Gast sein! Ja, so wird es sein! Mach dir keine …«

»Wird man sonst verhaftet?« Teri war herumgewirbelt und blitzte den schwatzhaften Kerl böse an. Ihr gebrochener Zeh protestierte wütend gegen die neuerliche Misshandlung und eine dumpfe Schmerzwelle stieg Teri bis in die Hüfte empor.

Endlich war es ihr gelungen, den Redefluss des Kapitäns zu stoppen. »Ja!«, bestätigte er mit gesenktem Kopf.

»Dann, dann müssen wir sie suchen! Wir müssen Tana und Gerit suchen, ehe es zu spät ist!« Voll aufkommender Panik schaute Teri auf die Sonne, deren unterer Rand fast schon den fernen Horizont berührte. In weniger als zwei Sonnenhöhen würde es dunkel sein!

Teri hätte den Kapitän schlagen mögen, so wütend war sie! Warum hatte dieser Narr sie nicht schon früher geweckt? Mühsam humpelte sie auf die Laufplanke zu. Sie musste Tana und Gerit finden! Sie zurückbringen auf die *Sesiol!* Sie in Sicherheit bringen!

»Warte!« Wie immer, wenn wirklich Not am Mann war, legte der Kapitän sein geschwätziges Gehabe vollständig ab. »Meine Mannschaft ist schon seit über fünfzig Sonnenhöhen auf der Suche. Die Männer kennen die Stadt! Wenn sie deine Eltern finden, bringen sie sie sofort hierher!«

Teri schaute sich um. Erst jetzt sah sie, dass sie mit dem Kapitän ganz allein auf dem Schiff war. Und noch etwas fiel ihr auf: dass die Haltetaue der *Sesiol* auffällig locker auf den Pfählen hingen. Auch waren die Segel nicht verschnürt, wie es sonst im Hafen üblich war. – Es war also ernst! Sehr ernst sogar!

Hilflos schaute Teri den alten Mann an, der versuchte seiner Stimme einen beruhigenden Klang zu geben. »In wenigen Augenblicken müssen meine Männer zurück sein! Geh jetzt nicht an Land! Du bringst dich nur selbst in Gefahr!«

Schweigend stand Teri an der Reling und starrte in der heraufziehenden Dunkelheit auf die Häuser des Hafens. Wie der Kapitän gesagt hatte, kamen in kurzen Abständen die Männer der Besatzung aus der Stadt zurück. Doch keiner von ihnen brachte Tana oder Gerit mit an Bord und keiner hatte sie gesehen.

Als Letzter kam der Bootsmann. Er endlich brachte die Nachricht, die alle befürchtet hatten: Kurz nach der Tagteilung waren auf der Straße der Brennöfen, also mitten im Sperrgebiet, zwei Spione, ein Mann und eine Frau, verhaftet worden! Das hatte der Bootsmann von einem flüchtigen Bekannten, einem Offizier der Tiganer Stadtwache, gehört.

»Nach der Verhaftung sind sie zum Verhör in das Stadtgefängnis gebracht worden«, berichtete der Mann mit einem Seitenblick auf Teri. »Sie waren beide verletzt! Der Mann von der Stadtwache vermutet, dass sie direkt nach der Vernehmung ins Erf gebracht wurden! – So ist es jedenfalls bislang immer geschehen!«

Teri stand da und wartete darauf, dass die Männer endlich etwas unternahmen. Sie mussten sich bewaffnen! An Bord gab es doch genug Werkzeuge aus Metall! Losstürmen sollten sie! Die Stadtwache niederrennen! Durch die Stadt hindurch! In dieses verfluchte Erf hinein! Tana und Gerit waren verletzt! Sie mussten doch gerettet werden!

Teris Gedanken begannen sich zu verwirren. War da einerseits der Wunsch in ihr, an der Spitze dieser Männer in die Stadt zu stürmen und ihre Stiefeltern auf das Schiff zu holen, war da andererseits das sehr nüchterne Wissen, dass das so nicht funktionieren würde.

Sie brauchte nur im letzten Dämmerlicht des Tages auf den Kai hinauszusehen, um zu wissen, dass ein Versuch, die Stadt zu stürmen, schon nach wenigen Schritten im Pfeilhagel der Wachen enden musste.

Auffällig viele Bogenschützen hatten an der Häuserzeile Aufstellung genommen und alle starrten sie zu der *Sesiol* herüber. Das Bewusstsein der Gefahr ließ Teri erschaudern. Sie spürte, wie sich zuerst die Haut zwischen ihren Schulterblättern zusammenzog, bis sich auch die feinen Härchen in ihrem Nacken aufrichteten. Die Wachen wussten, woher die Spione gekommen waren! Sie behielten die *Sesiol* im Auge!

»Spione«! Zum ersten Mal ging Teri die Bedeutung dieses Wortes auf. Tana und Gerit waren nach Tigan gereist, um den hiesigen Handwerkern ihre Geheimnisse zu stehlen! Sie hatten zwar während der ganzen Fahrt oftmals darüber gesprochen, aber es war Teri eher wie ein Spiel erschienen. Nie hatte sie damit gerechnet, dass Tana und Gerit *wirklich* auf geheimen Wegen an die Formerhütten und Brennöfen heranwollten!

Tigan war ihr wie eine Stadt in den Wolken vorgekommen. Ein Name, nicht mehr! Ein fernes Ziel, das niemals erreicht werden konnte. Und wenn doch? Na und? – Tana und Gerit waren unverwundbar gewesen. Hohn lachend konnten sie jeder Wache entwischen und allen Gefahren trotzen. Sie waren Spione gewesen! Die unschlagbaren Spione des Formerfelsens von Thedra!

Die Wirklichkeit sah anders aus! Tigan war eine Stadt aus hartem Stein und die Pfeile der Wachen waren nadelscharf! Tana und Gerit waren Menschen, ganz normale Menschen, erschreckend verwundbar! Sie waren auf Wachen gestoßen, die sich auf ihr Geschäft verstanden. Vielleicht hatten sie fliehen wollen, aber es war umsonst gewesen! Ein Speer oder ein Schwert konnte sie getroffen haben, vielleicht auch ein Pfeil, und aus war es gewesen mit den unschlagbaren Spionen aus Teris Träumen. Ihr Blut war auf die Felder von Tigan getropft und ihr Atem würde in der Südlichen Wüste versiegen.

Nein, die Männer der *Sesiol* konnten nichts unternehmen. Ein Schritt auf den Kai war ein Schritt vor die Pfeilspitzen der Wachen. Tigan war Wirklichkeit geworden. – Und sie war härter als Stahl!

Teri begann zu zittern. Mit der ganzen Kraft ihrer Hände krallte sie sich an der Reling fest, aber es wurde nicht besser. Ihre Beine gaben nach. Sie wollte sich nicht zusammenkauern, aber ihr Körper krümmte sich wie in einem Krampf zusammen. Sie wollte nicht weinen, aber die Tränen ließen sich nicht zurückhalten.

Schweigend schaute die Mannschaft auf Teri, die zusammengekauert auf dem Deck kniete und mit weit geöffneten Augen weinend in die dunkle Stadt schaute. Bei jeder Bewegung in den finsteren Gassen ging ein Ruck durch ihren Körper, als würde sie noch immer darauf warten, dass ihre Stiefeltern, ihre Freunde, dass die liebsten Menschen, die sie auf der Welt hatte, doch noch auftauchten. – Dass sich alles als Missverständnis, als ein grausamer Irrtum erweisen würde.

Die Wachen auf dem Hafenplatz verhielten sich ruhig. Sie hielten die *Sesiol* nur unter Beobachtung. Es sah nicht so aus, als solle heute noch etwas unternommen werden. Da nahm der Kapitän die sich schwach sträubende Teri in seine Arme und trug sie vor die Kajüte im Bug des Schiffes. Dort saß er den ganzen Abend über mit ihr und strich nur ab und zu sacht über ihr Haar.

Später in der Nacht bewachte er ihren von leisen Schluchzern unterbrochenen Schlaf. Und die ganze Zeit lang sprach er kein einziges Wort.

Quälend langsam stieg das graue Licht des Morgens über den Horizont. Obwohl der Kapitän seinen Umhang um Teri gelegt hatte und sie fest an sich gedrückt hielt, zitterte sie erbärmlich.

Langsam belebte sich das Schiff. Die Mannschaft, die am Abend schweigend und bedrückt schlafen gegangen war, erwachte nach und nach. Der Küchenjunge fachte das Feuer in dem Holzkohlebecken an und bereitete den Tee.

Teri, die die Geräusche mit halbem Ohr hörte, presste sich fest in den Arm des Kapitäns. Sie wollte nicht erwachen! Sie wollte weiterschlafen! Weiterschlafen für alle Zeiten! Jeder Alptraum, jeder Tod war besser als der kalte, graue Morgen in dieser feindlichen Stadt! Leben zu müssen, atmen zu müssen, denken zu müssen – das schienen ihr die schlimmsten

Strafen zu sein. Leben zu müssen, da die Freunde tot waren, die größte Qual!

Sacht bewegte der Kapitän seinen Arm, sodass Teris Kopf von seiner Schulter rollte. »Komm, trink etwas Heißes!«

Teri schlug die Augen auf. Warm und verlockend stieg ihr der Duft des starken Honigtees in die Nase. Mit unsicheren, schlaftrunkenen Bewegungen griff sie nach dem Becher, den der Küchenjunge ihr scheu lächelnd reichte. »Danke!« Vorsichtig schlürfte Teri ein wenig von dem heißen Getränk. Es schmeckte gut!

Später am Morgen, Teri ging es schon ein wenig besser, kam der Hafenmeister an Bord. Es war ein kurzer Besuch.

Der Hafenmeister brachte den Befehl zur sofortigen Abreise für die *Sesiol* und alle, die sich auf ihr befanden. Des weiteren erteilte er Schiff und Kapitän für jetzt und alle Zukunft Hafenverbot. Zuletzt beschlagnahmte er das Gepäck der Spione.

Um ihr Bündel behalten zu dürfen, musste Teri es aufschnüren und vor dem Mann ausbreiten. Als ihr dabei ihre in Leder eingenähten Geldstücke in die Hände gerieten, erinnerte sie sich daran, dass sie Gerits letzte Anweisung nicht befolgt hatte. Sie hatte sich seinen Geldgürtel *nicht* genommen. Die Münzen im Wert von zehn Bronzestücken waren alles, was sie besaß!

Sie bat den Kapitän, von dem Hafenmeister das Geld ihrer Eltern zu fordern.

Der Mann lachte nur, als der Kapitän Teris Wunsch übersetzt hatte, ließ einen Gehilfen die Bündel aufnehmen und ging über die Laufplanke davon.

Teri wollte protestieren, doch der Kapitän hielt sie zurück. »Wer mit dem Wolf um die Beute streiten will, der muss lange Zähne haben!«, zitierte er ein Sprichwort der Ver. Dabei zeigte er unauffällig auf den Hafenplatz hinaus, wo an die fünfzig

Bogenschützen in kleinen Gruppen zusammenstanden und sich leise unterhielten.

Teri begriff, dass auf ein winziges Zeichen des Hafenmeisters hin die Luft im Hafen von den vorschnellenden Sehnen und Pfeilen sirren und rauschen würde. Wenn der Hafenmeister es wollte, würde in wenigen Augenblicken niemand an Bord der *Sesiol* mehr leben!

»Mach dir keine Sorgen!« Der Kapitän fuchtelte nervös mit den Händen vor Teri herum. »Deine Eltern haben die Passage bis Thedra für dich bezahlt. Wir bringen jetzt noch Fracht nach Mittelwelt, in meine Heimat, und dann geht es zurück nach Isco. Mach dir keine Sorgen! Alles ist bereits bezahlt!«

Der Kapitän war, wie gesagt, ein sehr schlechter, ja geradezu ein erbärmlicher Lügner.

Teri sah Mittelwelt und sah es doch nicht.

Die *Sesiol* fuhr auf ihrem nordöstlichen Kurs über die offene See bis Kap Mocam und arbeitete sich dann in die Große Bucht hinauf, bis nach Ago im Lande Ceon, der Heimat des Kapitäns. Hier begegnete Teri auch einigen dieser Tiere, von denen sie nicht geglaubt hatte, dass es sie gäbe.

Gewaltige graue Kolosse, mit Nasen so lang wie Teris ganzer Körper, waren dazu abgerichtet, schwere Arbeiten für die Menschen zu verrichten. Teri sah mit eigenen Augen, wie diese Ungetüme ganze Baumstämme nur mit der Kraft ihrer Nasen schleppten. Auch fiel es Teri langsam auf, dass es nun schon seit über einem Jahr nicht mehr Winter geworden war.

Hätten sie solche Wunder und Erkenntnisse noch vor wenigen Monaten in helle Aufregung versetzt, so hatte sich ihrer nun ein Gleichmut bemächtigt, der sie zwar alles in sich aufnehmen ließ, sie aber zugleich um die ursprüngliche Freude des Erlebens betrog.

Seit Tigan war aus Teri eine ernste junge Frau geworden,

die nur selten lachte. Zu tief war die Trauer um Tana und Gerit, zu ungewiss das Schicksal der beiden.

Wie konnte Teri sich an Sonne, Luft und Licht, wie sich an Pflanzen und Tieren freuen, wenn sich täglich solch trübe Gedanken über ihr Gemüt legten?

So verbrachte sie ihre Zeit in Ago bei der Familie des Kapitäns in stiller Melancholie, die allen Aufheiterungsversuchen widerstand. Man brachte ihr die Grundbegriffe der Ago- oder Löwensprache bei und willig half sie der Frau des Kapitäns bei ihren täglichen Verrichtungen. Damit waren ihre Tage in Ago ausgefüllt.

Endlich war es wieder so weit. Die *Sesiol* war im Hafen überholt worden und wieder bereit auf große Fahrt zu gehen. Länger als ein Jahr würde die Reise dauern und entsprechend ausdauernd musste der Abschied gefeiert werden.

Die Angehörigen der ganzen Mannschaft trafen sich im Haus des Kapitäns und feierten drei Tage lang. Jede Familie hatte die ihr eigene Spezialität an ess- und trinkbaren Köstlichkeiten mitgebracht und Teri musste von allem probieren.

Schließlich kamen noch alle Nachbarn dazu und am dritten Tag war das ganze Stadtviertel auf den Beinen, um der *Sesiol* den Abschiedsgruß nachzurufen. In einem wahren Triumphzug wurde die Mannschaft zum Hafen geleitet, wo ein Umarmen ohne Ende einsetzte. Auch Teri wurde von über hundert Leuten, vorwiegend jungen Männern, derartig in die Arme geschlossen, dass es ihr glatt den Atem nahm.

Schließlich stach die *Sesiol* unter den Hochrufen der Menge in See und bald schon bestimmte das ewige Gleichmaß des Meeres wieder den Ablauf der Tage.

Je näher die *Sesiol* nun wieder Kap Tigan kam, umso unruhiger wurde Teri, und als sie schließlich die Landspitze umrundeten, von der aus die Konturen der Stadt an Steuerbord in weiter Ferne schwach zu erkennen waren, lief sie nervös auf dem Schiff umher und war für nichts mehr zu gebrauchen.

Fast ein Jahr war vergangen, seit sie Tana und Gerit zum letzten Mal gesehen hatte, und doch kletterte Teri, als die *Sesiol* der rotbraunen Küste näher kam, in den Mast hinauf, um Ausschau zu halten. Aber nicht die Klippen und Riffe auf dem Kurs des Schiffes wollte sie erkunden. Stundenlang stand sie neben dem Matrosen auf der winzigen Plattform und schaute weit in das Große Erf hinein.

Mehrere Tage zog die *Sesiol* ruhig ihre Bahn entlang der Südlichen Wüste. Mehr als einmal glaubte Teri, weit im Inneren des unendlichen Steinmeeres Bewegungen wahrzunehmen, aber nie konnten die Matrosen, die gerade Dienst als Ausguck hatten, ihre Beobachtungen bestätigen. Und als vierzig Tage nach dem Passieren von Kap Tigan die Küste wieder grün und das Land wieder fruchtbar wurde, gab Teri es auf.

Nun war auch die letzte Hoffnung in ihr erloschen, Tana und Gerit je wieder zu sehen, es sei denn …

Ärgerlich drängte sie die Gedanken, die ihr die Möglichkeit einer Rettung vorgaukeln wollten, beiseite. Sie hatte sich damit abzufinden, dass sie allein auf der Welt war. Sie würde ihr Leben bald selbst in die Hand nehmen müssen. Ein vager Gedanke an Thedra, an die fliegenden Schiffe, keimte in ihr auf. Aber selbst die Aussicht, eventuell ein Leben als Scharfrau zu führen, erschien ihr seltsam farblos. – Bis die *Amethyst* kam.

Oft schon hatte Teri auf ihrer Reise fliegende Schiffe an den »Schwalbenstangen« der Häfen liegen sehen. Lang und flach, mit dem weit nach hinten geneigten einzigen Mast, hatten sie das immer gleiche, typische Erscheinungsbild geboten, das jeder Seemann des Kontinents kannte.

Näher als zweihundert Schritte war sie jedoch – wie jedermann – nie an die Schiffe herangekommen.

Zweimal hatte es auch Begegnungen auf hoher See gegeben, obwohl das Wort »Begegnung« eigentlich etwas zu hoch gegriffen war. Selbst weit vor der Küste hielten die Schwalbenschiffkapitäne normalerweise großen Abstand von allen Schiffen anderer Bauart und so hatte Teri nur aufgeregt verfolgen können, wie die gewaltigen Einzelsegel mit irrwitziger Geschwindigkeit vor der Kimm dahinglitten. Wie sehr hatte sie sich danach gesehnt, einmal an Bord eines solchen Schiffes zu sein!

Seltsam verblasst waren diese Hoffnungen und Wünsche seit der Nacht von Tigan – bis es, zwei Tage vor Osange, zu einer wirklichen Begegnung mit einem fliegenden Schiff kam.

»Leopard backbord voraus!« Die Stimme des Ausgucks überschlug sich förmlich.

Teri fuhr aus dem Schlaf auf. Hatte da nicht jemand »Leopard« gerufen? Leopard, das war doch die Bezeichnung, die die Löwenbootleute in ihrer Sprache für die stolzesten Einzelgänger unter den Schiffen hatten.

Ein Schwalbenschiff!

Blitzartig schob Teri den Vorhang ihrer Kabine beiseite und stolperte schlaftrunken auf das Deck. Die Sonne, von der erst ein winziger Bruchteil über den Horizont schaute, blendete sie. Suchend schaute sie sich mit zusammengekniffenen Augenlidern um.

Und wirklich, da sah sie es! Kaum tausend Mannslängen entfernt kam ein gewaltiges, pralles, violett eingefärbtes Dreieckssegel aus den letzten Schatten der Nacht. Teri wusste sofort, um welches Schiff es sich handelte. Reines Violett war die Farbe der *Amethyst* unter Kapitän Erol, das wusste in Thedra jedes Kind!

Teri spürte, wie sich ihr Herzschlag vor Aufregung beschleunigte. Schnell rieb sie sich den Schlaf aus den Augen, um besser sehen zu können.

Hoch spritzte die Gischt unter dem Rumpf des Schwalbenschiffes empor, Kommandos in der Scharsprache drangen über das Wasser. Teri konnte die Augen nicht von diesem prachtvollen Bild lösen.

Die *Sesiol* fuhr genau in den Kurs des fliegenden Schiffes, das in voller Fahrt herangerauscht kam, hinein.

Immer lauter wurden die Rufe der Scharleute. Teri hörte bereits das Aufklatschen der Dünung unter den Rumpf des Schwalbenschiffes. Sie sah, wie die Mannschaft im Mast eilig die Segelgeometrie veränderte; sah, wie sich drei Scharleute mit aller Kraft gegen den Steuerbalken stemmten; sah die Griffe ihrer Dolche in der Sonne blinken!

Teri stand am Bug, die Hände auf das Dach der Kabine gelegt, und sie sah alles! – Sah den flachen Rumpf, an dem nicht eine Muschel klebte, über dem Wasser schweben. Sah, dass der Leib der *Amethyst* förmlich an dem Mast *hing!* Sah, *wie* das riesige Segel den Wind so einfangen konnte, dass es das Schiff aus dem Wasser hob.

Unfähig sich zu bewegen oder den Blick abzuwenden, verfolgte sie, wie die Scharleute den Kurs der dahinrasenden *Amethyst* um einige wenige Grad veränderten und wie das gewaltige Schiff, kaum zehn Mannslängen entfernt, turmhoch aus dem Wasser ragend, mit rasender Geschwindigkeit vor dem Bug der *Sesiol* vorbeizog.

War die *Amethyst* noch vor wenigen Augenblicken ein Schemen im Zwielicht gewesen, der auf das Löwenboot zujagte, so war ihre Silhouette jetzt schon fast vor dem Hintergrund der aufgehenden Sonne vergangen.

Lange noch schaute Teri in die Richtung, in die das Schwalbenschiff entschwunden war. Ein Satz fiel ihr wieder ein, den sie schon beinah vergessen hatte: »Du wirst mit den Schiffen fliegen!« Das war ein Versprechen gewesen! – Nicht irgendjemandes Versprechen, sondern die Zusage von Athan, dem Obmann der Schwalbenschiffkapitäne!

»Du wirst mit den Schiffen fliegen!« Dieser Satz befreite Teris Gemüt von allem Trübsinn, brannte sich in ihr Denken ein, machte sie unruhig, zog sie nach Thedra, gab ihrem Leben wieder Sinn!

Am Abend dieses Tages stand Teris Entschluss fest. Sie würde mit den Schiffen fliegen! Sie würde den Obmann an sein Versprechen erinnern! Er musste sie in die Schar aufnehmen! Er hatte es schließlich gesagt!

Bevor sie sich in dieser Nacht zur Ruhe legte, erkundigte sie sich bei dem Kapitän, wie lange es wohl noch dauern würde, bis sie nach Thedra kämen.

»Keine hundert Tage mehr!«, gab der Mann bereitwillig Auskunft.

Das war gut! Wenn es wirklich so schnell gehen sollte, dann hatte Teri gute Chancen, sich noch in diesem Jahr in die Rolle der Bewerber für den Schardienst einzuschreiben.

Sie würde mit den Schiffen fliegen!

In der Hafeneinfahrt von Isco hatte die *Sesiol* eine Havarie mit einem Erzfrachter aus Cebor. Tief bohrte sich der starke Rumpf des Löwenboots in die Flanke des gedrungenen Schiffes, das mit der Ebbeströmung quer aus dem Hafen getrieben kam.

Die Kapitäne fluchten und schrien in allen Sprachen des Kontinents durcheinander und gaben sich gegenseitig die Schuld, aber das zersplitterte Holz der gebrochenen Planken und Spanten ließ sich davon nicht beeindrucken. Die *Sesiol* musste repariert werden.

Teri kam der Zwangsaufenthalt äußerst ungelegen. Jetzt war es schon Herbst und die Fahrt nach Thedra würde mindestens noch achtzig Tage dauern, denn je mehr die Jahreszeit vorrückte, desto eher war mit den stürmischen Nordwinden zu rechnen, die die Schiffe wohl mit Leichtigkeit von Thedra fortaber nicht gern dorthin trugen. Je länger die *Sesiol* hier im Hafen verweilte, umso häufiger würde sie später gegen den Wind kreuzen müssen. – Für Teri wurde die Zeit immer knapper.

Bei aller inneren Unruhe war Teri jetzt doch wieder in der Lage ihr Leben zu genießen. Zwar drängte sich noch manchmal die Erinnerung an die Unglückstage in Tigan in ihre Gedanken, doch es war mittlerweile schon über ein Jahr vergangen, eine lange Zeit in einem jungen Leben!

Teri war wieder neugierig auf das Leben, auf die Welt, auf alles!

Nachdem sich herausgestellt hatte, dass die Reparatur der *Sesiol* mindestens fünfzehn Tage in Anspruch nehmen würde, nahm sie sich vor endlich die Stadt zu besichtigen, die sich bei ihrem ersten Aufenthalt von einer so schlechten, ja grausamen Seite gezeigt hatte.

Isco war der Ort, an dem Teri den Tod gesehen hatte. Der blutige Schrei des sterbenden Pilgers war wie ein böses Omen gewesen, das Teri auf der ganzen weiteren Reise begleitet hatte. Vielleicht würde Isco ihr in einem freundlicheren Licht erscheinen, wenn sie es sich einmal genauer ansah!

Nachdenklich ging Teri über den Hafenplatz der Kaiserstadt und dachte an ihren ersten Aufenthalt zurück. Fast meinte sie durch all die Geräusche der geschäftigen Handwerker und Händler noch jenes bedrohliche Summen in der Luft zu hören, das die Menge der Pilger auf dem Tempelvorplatz damals verursacht hatte.

Hier, bei dem Gasthaus, war damals ein Mann von einem Speer durchbohrt worden! Dort, bei den sieben Stufen, hatte ein Harmuged-Pilger einen Schwertstreich quer über den Rücken erhalten. Unwillkürlich suchten Teris Augen das grobe Hafenpflaster nach Spuren jenes schrecklichen Kampfes ab, aber natürlich war nichts zu sehen.

Teri entdeckte in einem Winkel einen kleinen roten Fleck, eine winzige Blume, die, zwischen zwei Steinen, geschützt in der Sonne stand. Sie beugte sich herab und legte ihre Hand an den kleinen leuchtend farbigen Kelch, der einsam aus dem grauen Pflaster emporspross. Sofort spürte sie die sanfte Unruhe, die allen Pflanzen zu eigen ist. Dieses Wachsenwollen, Sich-ausbreiten-Müssen. Teri empfand die Berührung als angenehm, ja tröstlich!

Genau an dieser Stelle war vor fast zwei Jahren der Pilger mit der Schwertwunde gestürzt. Vielleicht war es sein Blut gewesen, das das winzige Samenkorn in der Pflasterfuge zum Leben erweckt hatte. Vielleicht hatten die Götter nur ein Leben gegen ein anderes ausgetauscht. Vielleicht lebte noch etwas von dem Mann in dieser Blume fort.

Teri fühlte sich beobachtet. Sie richtete sich auf und schaute sich um.

Einige Schritte entfernt stand eine skurrile Gestalt, die sie mit schief gelegtem Kopf beäugte. So jemanden hatte Teri noch nie gesehen: Kurze stämmige Beine trugen einen fassförmigen, gedrungenen Leib, von dem die kurzen Arme fast seitlich abstanden. Der viel zu große Kopf saß nicht eigentlich auf, sondern vielmehr vor dem Körper, als wüchse er direkt aus der Brust. Die ganze Gestalt war knapp eine halbe Mannshöhe groß und das Gesicht war so schmutzig und ungepflegt, dass Teri unwillkürlich einen Schritt zurückwich.

»Kannst du das auch?« Der Fremde schien sich an Teris Abscheu nicht zu stören. »Kannst du?«

»Was – meinst du?«

»Kannst du die Blumen verstehen?« Der Fremde kam mit schweren, unbeholfenen Schritten näher. »Die Bäume und Sträucher? Die Tiere und Steine? Die Dinge, die man tot nennt? – Kannst du die Blumen verstehen?«

Teri wusste sehr wohl, dass sie eine besondere Gabe hatte,

die Stimmen der Dinge zu hören. Sie war recht erstaunt gewesen, als sie bemerkt hatte, dass nicht alle Menschen das konnten.

»Ja, ein wenig.«

»Ein *wenig* also!« Der Fremde lachte auf und schob sich mit seinem seltsamen Watschelgang noch näher heran. »Deine Hand glüht ja noch! – Ein *wenig* also!«

Teri schaute auf die Hand, mit der sie die Blume berührt hatte, konnte aber nichts Außergewöhnliches entdecken.

»Komm mit! Weg vom Wasser!« Der Fremde ging langsam voraus, eine stufige Gasse hinauf. »Wir werden gleich sehen, wie *wenig* du von dem verstehst, was die Dinge erzählen! – Komm mit!«

Schweigend ging Teri hinter der seltsamen Gestalt her, die sich mit schweren, tapsenden Schritten den Hügel hinankämpfte. Dieser kleine Fremde interessierte sie und eigentlich war es doch egal, ob sie ihm folgte oder allein durch die Gassen der Stadt ging.

»Wie heißt du?« Teri hatte aufgeschlossen und ging nun langsam neben dem Mann her, der ihr kaum bis zur Schulter reichte.

»Stoß mich nicht an! Ich heiße Dessen Vater Ging! Wir heißen alle so ähnlich! Nenn mich nur Ging! Stoß mich nicht an!«

Auch Teri nannte höflich ihren Namen und nahm etwas Abstand von Ging. »Was willst du von mir?«

»Ich werde dich prüfen! Ich habe in dieser Stadt etwas gefunden. Ich werde es dir zeigen! Wir sind bald da! – Ich werde dich prüfen!«

Eine seltsame Art zu sprechen hatte dieser Mann, fand Teri. Diese ständigen Wiederholungen – absonderlich.

Einige Zeit später blieb Ging auf dem Gipfel des Hügels stehen. Hier gab es einen kleinen Platz, auf dem ein großer Steinblock lag.

»Hier ist es! – Früher war hier ein sehr großer freier Platz!«, erklärte Ging mit einer Handbewegung, die weit ausholend wirken sollte, wegen seiner kurzen Arme aber etwas dürftig ausfiel. »Und dieser Stein ist ein besonderer Stein! Fass ihn an! Das soll deine Prüfung sein! – Hier ist es!«

Zögernd trat Teri vor. Die Stelle war ihr nicht geheuer. Der Stein, der eine Mannslänge im Quadrat maß und etwa eine Viertelmannslänge hoch war, lag im hellen Sonnenlicht wie eine Drohung vor ihr. Was konnte es sein, das dieser Stein an sich hatte? Was sollte sie ertasten, was dem Fels abringen? Oder würde es gar nicht anstrengend sein? Es gab Dinge, die schrien ihre Geschichten geradezu heraus!

Widerstrebend streckte Teri ihre Hand aus. Was würde der Stein ihr erzählen? War er eine Richtstätte aus alter Zeit, die getränkt mit Blut und Qualen, mit schrillem Kreischen noch von Pein und Not der Getöteten kündete? War es ein Opferstein, der von den letzten Zuckungen herausgerissener Herzen zu berichten wusste?

Teri wusste nicht, was sie von diesem unheimlichen Fremden halten sollte, der von ihr verlangte sich selbst zu quälen. Dieser Stein gefiel ihr ganz und gar nicht! – Aber ihre Neugier war stärker! Entschlossen legte sie die Hand fest auf seine raue, verwitterte Oberfläche.

Der Schock blieb aus. Teri spürte ein vages Wohlgefühl, hatte einen kurzen Eindruck fröhlicher Musik, spürte ein Verlangen – das Verlangen einer Frau –, hörte Lachen, hatte das Gefühl, sich im Tanz zu drehen …

Teri zog die Hand zurück. »Du hast mir Angst gemacht!«, sagte sie zu Ging gewandt. »Aber es ist ein guter Stein! Feste sind hier gefeiert worden! Fröhliche Feste!« Wieder berührte sie den Stein und lauschte und plötzlich traf sie die Erleuchtung: »Hochzeiten! Auf diesem Stein haben die Brautpaare gestanden!«

»Jaaa!«, brüllte Ging los, wobei er ein paar unbeholfene Hopser machte und sich dabei um sich selbst drehte. »Jaaa! Du kannst es! Du kannst es! Jaaaa! Ich habe eine Schwester! – Jaaa!«

Schwester? Teri fiel es schwer, in diesem kleinen Kerl, der in grotesken, plumpen Sprüngen vor ihr umherhüpfte, so etwas wie einen Bruder zu sehen.

»Eine Schwester!« Ging war ganz außer sich. »Wir Wanderer können es auch! Alle Wanderer können es! Nie sah ich eine Frau, die die Sprache der Dinge verstand! – Eine Schwester!«

Teri zog ihre Hand zurück und setzte sich auf den Stein. »Ihr Wanderer, sagst du? Seid ihr ein Volk? Wo liegt euer Land?«

»Wären wir Wanderer, wenn wir irgendein Land hätten? – Wären wir?« Ging blieb stehen und sah Teri missbilligend an.

»Also nicht!« Teri hatte nicht die Absicht, sich von diesem Wanderer, was immer das sein mochte, abkanzeln zu lassen. »Ihr seid also Wanderer, habt kein Land, und eure Frauen können die Sprache der Dinge nicht verstehen. Richtig?«

»Falsch!« Ging schob seinen runden Körper neben Teri. Selbst der flache Stein war als Sitz fast zu hoch für ihn. »Wir sind Wanderer, alle Straßen der Welt sind unser Eigen und Frauen haben wir nicht! Falsch!«

»Wie, ihr habt keine Frauen?«

»Nur Männer!«, bestätigte Ging. »Nur!«

»Aber, aber das geht doch nicht! Ich meine, wie …« Teri fehlten die Worte.

»Wir suchen uns Menschenfrauen! – Wir suchen!«, half Ging ihr weiter.

»Aha!« Teri ahnte Übles.

»Auch meine Zeit ist bald gekommen. Ich habe jetzt das Alter, einen neuen Wanderer zu zeugen! Ja! – Auch meine Zeit!«

»Aha!« Teri rutschte unruhig auf dem Hochzeitsstein hin und her. Schließlich überkreuzte sie die Arme und schlug die Beine übereinander.

»Es ist schwer, eine Frau zu finden, die einen Wanderer gebären will! – Es ist schwer!«, seufzte Dessen Vater Ging und sah Teri traurig an.

»Oh, äh, das tut mir Leid!« Teri spürte, wie ihre Wangen sich röteten. Nie zuvor war sie sich ihres Körpers so bewusst gewesen. Sie war eine Frau und dieser Mann wollte ein Kind zeugen! Jetzt waren es nicht mehr nur ihre Wangen, es war ihr ganzer Kopf, ihr ganzer Körper, der glühte.

Ging sah sie schweigend an.

»Äh, das ist sicher schlimm für dich«, begann Teri wieder. »Aber was kann man da machen?« Oh ihr Götter, was redete sie denn da? Wusste sie denn nicht ganz genau – na ja, ziemlich genau –, was man, was sie da tun konnte? Aber sie wollte doch nicht! Ganz bestimmt nicht! Aber Ging war so ein netter Kerl! Teri wollte ihn nicht verletzen!

»Weißt du, äh, ich kann nicht – äh, kann noch nicht …«

Ging lachte glucksend auf.

Teri sah unsicher zu ihm hinüber. Lachte er wirklich?

Ging lachte nicht nur, er schlug sich sogar vor Vergnügen auf die Schenkel. »Keine Angst!«, krähte er fröhlich. »Ich will nichts von dir. Weißt du, wir Wanderer haben, was Frauen angeht, einen ganz eigenen Geschmack! – Keine Angst!«

»Wie meinst du das?« Teri war nicht direkt empört, aber sie wollte jetzt doch gern wissen, was es an ihrem Körper auszusetzen gab.

»Na ja, sie müssen schon Kinder gehabt haben. Am besten drei oder mehr! Und sie müssen, na ja …«

»Ja?« Teri beugte sich neugierig vor. »Was?«

»Sie müssen dick sein! Sehr dick und sehr geldgierig! – Sie müssen dick sein!«

»Dick? Geldgierig?« Teri war maßlos erleichtert. Keinen dieser Ansprüche konnte sie erfüllen. Und sie hatte schon gedacht …

»Ich habe gesammelt!« Ging sprang von der Mauerkante und schlug seinen Umhang auseinander. Darunter trug er ein langes ledernes Wams, das mit Taschen und Täschchen förmlich übersät war. »Achttausendsechs!« Ging schlug lustig auf eine der größeren Taschen, wobei es einen klirrenden Ton gab. »Achttausendsechs Bronzestücke für die Frau, die mein Kind gebären will! – Ich habe gesammelt! Von Geburt an! Ich habe gefunden, gebettelt und gestohlen! Nur gearbeitet habe ich nie! Ist gegen die Ehre, weißt du? Ich habe gesammelt!«

Achttausend Bronzestücke! – Oh ihr Götter! – Achttausend Bronzestücke trug dieser kleine Wanderer an seinem Körper! Jetzt war es Teri auch klar, wieso sein Leib aussah wie eine Tonne und warum seine Arme so kurz wirkten und so weit vom Körper abstanden. Der arme Kerl konnte vor lauter Geld kaum noch laufen!

Ging schlug den Umhang wieder über das Wams und kam mit schweren Schritten zurückgewatschelt. Mühsam schob er sich auf seinen alten Platz neben Teri.

»Pass bloß auf, dass du nie ins Wasser fällst, mit deinem schweren Wams!«, riet Teri ihrem neuen Freund. »Du würdest verschwinden und nie wieder auftauchen!«

»Keine Sorge!«, lachte Ging. »Wir Wanderer meiden das Wasser, wo immer es geht. Wir trinken nur wenig, und dann lieber Wein! Wir schwimmen nicht! Wir fahren nicht mit Schiffen! Wir gehen nur über Brücken, die sicher sind! Wasser vermischt sich! Es wäscht die Geschichten ab! Wasser kennt keine Geschichten und kennt sie alle! Wasser bringt den Tod und ist selbst tot ob seiner Lebendigkeit! Ich meide das Wasser! – Keine Sorge!«

»Du wäschst dich auch nur selten, nicht wahr?«, vermutete Teri. Ihr war von Anfang an ein Geruch an ihm aufgefallen, der ihr das Atmen ein wenig erschwerte.

»Mich verwaschen? Bewahre! Nie!«, bestätigte Ging ihren Verdacht. »Wasser nimmt die Farbe! Nimmt den Duft! Bringt Kälte und Krankheit und nimmt das Leben! Mich verwaschen? – Bewahre! Nie!«

Teri seufzte. Da hatte sie ja einen tollen Freund gefunden! Aber etwas interessierte sie doch! »Sag mal, Ging, sprechen eigentlich alle Wanderer so wie du?«

»Wie? Wie spreche ich denn? – Wie?«

»Na, du wiederholst zum Schluss immer das Wort vom Anfang!«

»Wirklich? Tue ich das? – Wirklich?« Ging legte seine Stirn in ernste nachdenkliche Falten. »Also nein! Seltsam! Also nein!«

»Schon gut!«, seufzte Teri und wechselte schnell das Thema.

In Gings Gesellschaft vergingen Teris Tage in Isco schnell. Ging hatte jeden Tag Zeit für sie und erwartete sie schon immer frühmorgens auf dem Platz am Hochzeitsstein. Von dort aus zogen die beiden los und Ging zeigte Teri die Kaiserstadt. Er kannte sich so gut aus, als sei er hier geboren, und er kannte viele Geschichten aus dem alten Isco, lange vor der Zeit des jetzigen Kaisers.

»Vor langer Zeit war ich schon mal hier! Vor langer Zeit!«, hatte er auf Teris Frage geantwortet, aber über sein Alter hatte er keine Auskunft geben wollen. Überhaupt hatte Ging so seine Geheimnisse. Sein Geburtsort, sein Alter, wann und was er aß und trank, wo er schlief – nichts von alledem bekam Teri heraus. Er wollte auch keinesfalls berührt werden. Einmal, als Teri gestolpert war und nach ihm griff, um sich zu stützen, war er hastig zurückgewichen. Teri war hingefallen und hatte sich den Handballen dabei bös aufgeschrammt.

»Bitte nicht anfassen!«, hatte Ging entschuldigend gemurmelt, dem Teris wütender Blick nicht entgangen war. »Wir würden uns lesen! Es würde die Freundschaft töten! – Bitte nicht anfassen!«

Teri hatte verstanden. Sie hatten beide die Gabe, Dinge lesen zu können. Ging hatte Angst davor, zu viel über Teri zu erfahren, wenn er sie berührte, und wohl auch davor, dass Teri zu viel über ihn erahnte!

Versöhnt war sie wieder aufgestanden und sie waren weiter durch die Stadt gezogen. Teri hatte sich an der Pracht des Kaiserpalastes erfreut und die hohen Türme des Tempels bewundert, die wie kupferne Nadeln in den Himmel ragten. Sie hatte die Terrassengärten an den Hügelhängen gesehen und sich in den Katakomben unter der Stadt umgeschaut. Am Ende ihres Aufenthalts gab es in ganz Isco keinen Hügel, den die beiden nicht gemeinsam erklommen, und keinen Park, den sie nicht gemeinsam besucht hätten.

Nur vor dem Wasser hatte Ging eine panische Angst. Trotzdem überwand er sich und kam zum Abschied mit an den Hafen.

»Eines verstehe ich nicht.« Teri sah Ging fragend an. »Wenn du doch Wasser so abscheulich findest, warum haben wir uns dann am Hafen kennen gelernt? Wieso warst du dort?«

»Ich habe auf dich gewartet!« Ging schaute verlegen zu Boden. »Aska meinte, dass du vielleicht einen Freund gebrauchen könntest! – Ich habe auf dich gewartet!«

Aska? Die alte Aska, die Mutter von Bgobo, hatte Ging aufgetragen auf sie, auf Teri, zu warten? »Aber ich bin weit über ein Jahr fort gewesen und wusste selbst nicht, ob ich je wieder nach Isco komme!«

»Aska bittet nicht, Teri! – Ich hatte hier auf dich zu warten! Aber …«, Ging schaute ihr lächelnd ins Gesicht, »… ich bin froh, dass ich geblieben bin! Es war eine schöne Zeit mit dir! – Hm, eigentlich schade, dass wir Wanderer nur sehr dicke Frauen mögen!«

Jetzt hatte Ging vor lauter Rührung glatt vergessen, den Satzanfang zu wiederholen, aber er wetzte die Scharte sofort wieder aus: »Ich glaube, ich möchte dich gerne mal besuchen! – Ich glaube, ich möchte!«

»Wann immer du willst!« Teri hätte Ging fast umarmt, aber im letzten Moment fiel ihr noch ein, dass er so etwas überhaupt nicht schätzte. »Wann immer du willst! Du wirst willkommen sein!«

Wenig später war Teri wieder auf hoher See. Der Wind war gut und der Kapitän hielt geraden Kurs auf Thedra.

8

Die Heimkehr

Träume verwirklichen sich nicht! –
Sie werden verwirklicht!

Je näher das Löwenboot Thedra kam, umso unfreundlicher tat der Kapitän, aber Teri spürte, dass er nur ihr und sich den Abschied leichter machen wollte, und nahm ihm seine Grummeligkeit nicht übel.

Auffällig oft hatte der alte Mann auf der Reise betont, dass Teris Passage von Tana und Gerit bereits vor Tigan bezahlt worden sei. Aber Teri glaubte ihm kein Wort! Sie wurde im Gegenteil nie den Verdacht los, dass der Kapitän sein Schiff nur ihretwegen und auf eigene Kosten nach Thedra lenkte. Nur, um sie sicher nach Hause zu bringen.

Mehr noch: Er hatte sie mit nach Ago, in seine Heimat, genommen und sie dort wie ein eigenes Kind in seinem Hause leben lassen. Als sie aus ihren Sachen herausgewachsen war, hatte er ihr neue Kleidung besorgt und immer war ihre Proviantkiste gefüllt gewesen. In Osange hatte sie selbst gehört, wie er es ablehnte, Passagiere an Bord zu nehmen, nur damit sie weiterhin die Kabine für sich allein hatte.

Teris Dankbarkeit, ja, Teris Liebe zu diesem alten Kapitän kannte keine Grenzen! Was immer sie tat, um das zu vergelten, was dieser Mann für sie getan hatte, musste Stückwerk bleiben!

So hatte sie denn in Isco, auf einem ihrer Streifzüge mit Ging, zwei ihrer Bronzestücke geopfert und ein Paar steiflederne Armschienen für den Kapitän besorgt, die ihn bei der täglichen Arbeit an Bord vortrefflich vor Verletzungen schützen würden.

Der alte Mann war von Teris Geschenk vollkommen überrascht gewesen. Er hatte sich sehr darüber gefreut, das wusste sie, auch wenn er etwas von »Verschwendung« gemurmelt hatte. Und trotzdem war es ein Fehler gewesen, ihm das Geschenk schon in Isco zu geben. Teri hatte damit auf den Beginn ihres Abschieds hingedeutet und dieser Gedanke bereitete beiden fortan Unbehagen.

Alles schmeckte, alles roch nach Abschied; alles fühlte sich nach Abschied an. Jedes Essen an Bord war von dem Gedanken an baldige Trennung überschattet, in jedem Lied der Matrosen schwang Melancholie mit und jede Bewegung der *Sesiol* brachte sie dem Verlust der Geborgenheit näher.

Der Kapitän reagierte auf seine Weise: Fluchend, schimpfend und unduldsam ging er über das Deck und niemand konnte ihm etwas recht machen. Seit Isco war nicht mehr mit ihm zu reden. Wie ein gefangenes Tier rannte er gegen die schweren Gitter seiner Liebe zu diesem Kind – denn das war Teri in seinen Augen noch – an, ohne sie jedoch zerbrechen zu können.

Die *Sesiol*, die fast zwei Jahre lang Teris Heimat gewesen war, stampfte schwer in der nördlichen See. Alles hatte sich verändert!

Nachdem Tana und Gerit in Tigan verhaftet worden waren, hatte der Kapitän die Stelle ihrer Eltern eingenommen. Teri war es, als würde sie ihre Eltern zum dritten Mal verlieren! Fröstelnd saß sie vor der Kabine auf dem Strohsack, den Tana noch gestopft hatte. Sie war fest in ihre Felldecke gehüllt, denn an das raue nördliche Klima musste sie sich erst wieder gewöhnen.

Sofort nach der Ankunft in Thedra verließ Teri die *Sesiol*. Nicht nur der Kapitän, sogar die ganze Mannschaft wirkte bedrückt und alle nahmen Teris Abschied und Dank betreten entgegen.

Es war seltsam: Da hatte man nun Jahre zusammen verbracht und Wochen vorher schon unter der Trennung gelitten – und jetzt, wo es so weit war, hatte man sich nichts mehr zu sagen! Das gemeinsame Ziel war erreicht! Es gab nichts mehr zu tun. Das Gefühl der Zusammengehörigkeit war langsam erloschen und ein jeder würde wieder seiner eigenen Wege gehen. Die Fahrt auf der *Sesiol* war ein Abschnitt in Teris Leben gewesen und dieser Abschnitt war nun vorüber. Sobald sie den Boden Thedras betrat, würde sie ein neues Ziel haben!

Doch was hilft das ganze Wissen um die Unabänderlichkeit? Nachdem sich Teri höflich von allen verabschiedet und eine Verbeugung vor dem Kapitän gemacht hatte, fand sie sich doch plötzlich zitternd und schluchzend in den Armen des alten Mannes wieder, der sie trösten musste wie ein Kind und der doch selbst des Trostes bedurfte.

So verließ Teri ihre Freunde denn doch, wie man Freunde verlassen soll: zurückwinkend, mit verheulten Augen und triefender Nase!

Die erste Person, die Teri auf thedranischem Boden traf, war ein Seiler, der mit seinem Karren voller Taue darauf wartete, dass die Kapitäne bei ihm einkauften. Verwundert und belustigt sah er auf das rotäugige Etwas hinab, das klein und schmächtig, mit einem großen Reisebündel und der darauf festgebundenen Felldecke auf den Schultern, vor ihm stand.

»Na, Kleine, hast du dich verlaufen?«

»Wann ist das Fest der fliegenden Schiffe?« Teri war nicht zu Späßen aufgelegt. »Ich komme aus Mittelwelt und will zur Wahl der Scharleute!«

»Wenn du deswegen gekommen bist, dann bist du zu spät dran!« Der Händler hatte wohl gemerkt, dass Teri, die in ihrer

Kleidung aus Ago recht exotisch aussah, kein Kind mehr war. »Das Fest war vor vier Tagen und die Wahl ist lange vorbei.«

Die Wahl war gerade gewesen? Das Fest der fliegenden Schiffe war vorbei? Teri konnte es kaum fassen.

Der Seiler beugte sich vor. »Wo warst du in Mittelwelt?«, wollte er wissen. »Ich war mal in Mocam, kennst du das auch? Mocam ist eine …«

Teri hörte nicht mehr, was der Mann ihr hatte erzählen wollen. Teri war außer sich. Um ganze vier Tage hatte sie das Ziel ihres Lebens verfehlt! Abrupt drehte sie sich um und ließ den verdutzten Seiler einfach stehen.

Das Fest der fliegenden Schiffe war schon gewesen! Das hieß, sie würde bis zur nächsten Wahl ein ganzes Jahr lang warten müssen! – Ein ganzes Jahr lang warten? Unmöglich! Sie wollte Scharfrau werden! Sie war dreizehn und wollte jetzt *endlich* Scharfrau werden! Athan musste helfen! Athan hatte Macht! Er hatte ihr versprochen, dass sie mit den Schiffen fliegen würde!

Teri überlegte. Sie kannte den Obmann der Sturmflottenschar kaum! Sie hatte kein Wohnrecht in Thedra und würde im Fremdenhaus wohnen müssen! Das war eine schlechte Basis für ein Gespräch mit Athan. Sie würde also zuerst Tees, den Obmann der Former, besuchen und ihn bitten ihr das Wohnrecht zu verschaffen. Tees kannte sie! Tees konnte sich nicht weigern! Und wenn sie erst wieder Bürgerin von Thedra war, würde sie Athan aufsuchen und ihn an sein Versprechen erinnern.

Der erste Tag in Thedra entsprach in keiner Weise den Erwartungen, die Teri daran geknüpft hatte. Es sprach sich *nicht* wie ein Lauffeuer herum, dass sie wieder da war. Außer ein paar Matrosen, die dem blonden schlanken Mädchen eindeutige Angebote zuriefen, nahm überhaupt niemand Notiz von ihr.

So war sie mit stolz erhobenem Haupt durch die Straßen von Thedra gegangen, um von Tees, dem Obmann der Former, das Wohnrecht zu fordern.

Jetzt saß sie ihm in seiner Werkstatt gegenüber und hatte ihren Bericht über den unglückseligen Ausgang der Reise beendet. Tees hatte ab und an bedauernd den Kopf gewiegt.

Teri war erleichtert, dass er ihr nicht mit Selbstgerechtigkeit kam, denn tatsächlich hatte er ja vor den Risiken der Fahrt gewarnt. Hätte er auch nur den geringsten Anschein von Zufriedenheit über die Richtigkeit seiner Vorhersage erkennen lassen, wäre Teri ihre Bitte nicht über die Lippen gekommen! So aber fragte sie ihn freiheraus, ob sie wieder im Formerfelsen wohnen könne.

Tees schüttelte bedauernd den Kopf. »Ich habe keine Bleibe für dich. Als Tana sich damals von Stadt und Zunft losgesagt hat, hast auch du dein Wohnrecht hier im Felsen verloren.«

Teri wollte aufbegehren, aber Tees hob beschwichtigend die Hand. »Du bist zwar eine Fremde in dieser Stadt, aber ich werde mich für dich verwenden. Wenn du bereit bist das Formerhandwerk zu erlernen, kann ich den König bitten dir dein Wohnrecht zurückzugeben. Du würdest dir dann hier im Felsen mit mehreren jungen Frauen zusammen eine Wohnung teilen.

Dein Vater war ein guter Former und auch deine Mutter hatte sehr viel Talent! Ich bin sicher, dass eine gute Kannenmacherin aus dir werden kann.«

Die Worte des Obmanns klangen wie Hohn in Teris Ohren. Kannenformerin sollte sie werden! Eine bleiche Höhlenschnecke, die beim Licht einer Öllampe mit kalten Tonbrocken hantiert, bis irgendwann ihr armseliges Lebenslicht erlischt! Was für eine Zumutung!

»Ich will Scharfrau werden!« Nicht trotzig und auch nicht

bittend kamen diese Worte aus Teris Mund. Es war nur die Feststellung einer Tatsache.

Tees lächelte. »Nun, Teri, da hast du ein hohes Ziel! Scharfrau zu werden ist das Ziel vieler Mädchen unserer Stadt und ich wünsche dir viel Glück bei deinem Vorhaben! Bedenke aber, dass du zuerst das Wohnrecht in Thedra erhalten musst, bevor du dich zur Wahl stellen kannst!«

Teri nickte. »Ich werde mich an Obmann Athan wenden. Er hat mir sein Wort gegeben, dass ich mit den Schiffen fliegen werde.«

»Wann war das?«

»In dem Jahr, als meine Eltern ermordet und beraubt wurden!«

»Das ist lange her, Teri! Aber Athan ist ein Mann, der sein Wort hält. Versuch nur, ihn an sein Versprechen zu binden! Aber wenn er sich nicht erinnert …«

»Komme ich zu dir und werde Kannenformerin!« Teri stand auf.

»Gut.« Tees war zufrieden. Er mochte diese junge Frau, die so selbstsicher auftrat und ihre Wünsche so bestimmt vorbrachte. »Ich wünsche dir für dein Vorhaben alles Glück und den Segen der Götter!«

»Danke, Obmann!« Teri verbeugte sich und ging hinaus.

Athan musste helfen! Entschlossen machte sich Teri auf den Weg zur Königsklippe, in deren unterem Teil die Scharleute mit ihren Familien wohnten.

Athan, Obmann der Scharkapitäne, war gleichzeitig der Kommandant des königlichen Schwalbenschiffes *Diamant.* Acht Jahre lang war er für Thedra bereits auf Schiffen der Edelsteinklasse gefahren, bevor er auf diesen Posten berufen worden war. In dieser Zeit hatte er den ganzen Kontinent bereist, ja sogar umrundet!

Im Jahre siebzehn der Herrschaft Reos hatte der König ihn und eine erfahrene Mannschaft als Geleitschutz für eine große Expedition abkommandiert, die den offiziellen Auftrag hatte, die Küsten von Ostwelt neu zu vermessen. Ein weiterer, wesentlicher Zweck der Fahrt war es gewesen, Verbindungen zu den Seidenmanufakturen von Ostwelt herzustellen, um auch hier die uneingeschränkte Handelsvormacht der Dramilen zu brechen.

Athan war damals Kommandant der *Achat* gewesen. Er hatte die Mannschaft verstärkt, sodass die *Achat* notfalls monatelang ohne Unterbrechung fliegen konnte. Ferner hatte er ein Mehrfaches der üblichen Proviantmenge aufgenommen und natürlich auch die Bewaffnung vervollkommnet: Ein zweiter Stahlfeuerbogen war auf das Deck montiert worden und in den gepolsterten Truhen lagen fünfzig Glashohlpfeile bereit.

War die Expedition, die aus drei Schneckenschiffen und der *Achat* bestand, damals im Frühjahr in Richtung Süden aufgebrochen, um das stürmische Kap Tigan im dortigen Frühling zu passieren, so hatte sie im Verlauf des thedranischen Winters die Große Bucht durchquert. Die Große Bucht, das gewaltige Meer, das den Kontinent bis hoch hinauf in den Norden fast zur Gänze durchschnitt, stellte besondere Anforderungen an die Navigationskunst. Hier hatten sich die Schiffe von der Küste entfernen müssen, um nach fünfzig bis sechzig Tagen auf das Kap Mocam, die Südspitze von Mittelwelt, zu stoßen. Aber die Götter waren gnädig gewesen und die sternklaren Nächte hatten es den Kapitänen leicht gemacht, jede Nacht den Kurs neu zu bestimmen.

Zwischen dem Kap Mocam und der Ostinsel Gasca hatten fünf Finderschiffe auf die Expedition gewartet. Die drei Schneckenschiffe schienen ein leichtes Opfer zu sein und aus Beutegier und Konkurrenzneid setzten die dramilischen Finder alles daran, die thedranischen Frachter zu vernichten.

Ganz offensichtlich waren die Expedition und ihr eigentlicher Zweck verraten worden. Lediglich Kapitän Athan und seine *Achat* waren der Preisgabe der thedranischen Pläne entgangen.

So hatten sich die Finder in ihrer eigenen Falle gefangen. Als die *Achat* die ersten beiden Schiffe des kleinen Flottenverbandes in Brand geschossen hatte, waren die Kapitäne der drei anderen Finderschiffe zu der plötzlichen Einsicht gelangt, es sei doch eigentlich ziemlich gleichgültig, dass die Thedraner das Seidenmonopol brechen wollten. In heilloser Flucht hatten sie ihre Schiffe in die Klippenfelder vor der Küste von Mocam getrieben. Dorthin hatte das fliegende Schiff, das nur mit hoher Geschwindigkeit weiträumige Manöver durchführen konnte, sie nicht verfolgen können.

Ganze zwölf Tage hatte Kapitän Athan, ständig kreuzend, vor dem Klippenfeld ausgeharrt, dann hatte ein knapp unter Wasser treibendes Wrackteil das Ruder der *Achat* schwer beschädigt. Zwei der Finder waren in dieser Zeit an den Riffs zerschellt und gesunken. Den letzten hatte man allerdings in der Hoffnung, dass auch er nicht mehr aus den gefährlichen Gewässern herausfinden würde, ungeschoren zurücklassen müssen, denn die *Achat* hatte wegen ihres Schadens nicht mehr präzise navigieren können und im Südhafen von Gasca repariert werden müssen.

Nun hatte es der Kommandant des Finderschiffes aber doch geschafft, sich zwischen den Klippen hindurchzulavieren und zu den Westlichen Inseln zurückzukehren. Mit diesem ersten Schiff, das den thedranischen Scharleuten je entronnen war, waren endlich Berichte über die Kampftechnik der Schwalbenschiffe nach Sordos gedrungen.

Das Schiff, das jene denkwürdige Fahrt überstanden hatte, war die *Große Geliebte* unter Kapitän Sed eb Rea gewesen und seitdem war der bullige Dramile von der Idee besessen, Thedra einzunehmen und die Geheimnisse der fliegenden Schiffe zu ergründen.

Athan konnte seine Mission damals jedenfalls zufrieden stellend beenden. Die drei Schneckenschiffe gelangten unter seinem Schutz unangefochten bis Inchin, der Hauptstadt von Inchinem, dem Seidenland.

Die Inchinem waren freundliche und geschäftstüchtige Leute. Sie waren hocherfreut gewesen, andere Handelspartner als die Dramilen kennen zu lernen, und so waren die Schiffe bald mit Seidenballen beladen weitergesegelt.

Im Triumph war die kleine Expedition nach Thedra zurückgekehrt.

Als wenige Monate darauf der Posten des Kommandanten der *Diamant* neu vergeben wurde, war die Ernennung Athans nur noch reine Formsache gewesen. Als Kapitän des königlichen Großschiffes war er zugleich Oberbefehlshaber der Schwalbenflotte und Obmann der Kapitäne geworden.

Nun wurde aber die *Diamant* vor allen Dingen für Kurierdienste eingesetzt, und da es zwischen König Reo und dem Kaiser zurzeit keinerlei Unstimmigkeiten gab, lag sie die meiste Zeit im Schwalbenhafen von Thedra. Athan war mehr und mehr zu einem Verwaltungsbeamten geworden, der sich im Wesentlichen darauf konzentrierte, die ewigen Streitigkeiten zwischen den Schiffsbauern und den Kapitänen zu schlichten, und fast jeden Abend verdrossen aus dem Schwalbenhafen in seine Wohnung zurückkehrte.

Er hielt dieses Leben eines Seemanns für unwürdig und hatte König Reo schon mehrfach um seine Versetzung gebeten. Da er andererseits seinen Posten aber hervorragend ausfüllte und zum ersten Mal seit langer Zeit die Zänkereien zwischen den Zünften abebbten, konnte Thedra auf seine Dienste vorläufig nicht verzichten.

An diesem Abend kam er wie üblich müde und verärgert

vom Schwalbenhafen zurück, als er, kurz vor der Königsklippe, von einer sehr jungen Frau angesprochen wurde.

»Athan!«

Unwillig schaute Athan sich nach der Sprecherin um. Es war den Bürgern verboten, Scharleute anzusprechen! Zu viele Geheimnisse kannten die Kapitäne und Mannschaften der fliegenden Schiffe. Da ging es nicht an, dass jeder Beliebige sich ihnen mit unwichtigen Dingen näherte und sie in Gespräche verwickelte.

»Willst du bestraft werden?« Athan wollte weitergehen.

»Ich kann nicht bestraft werden, Athan!«

Der Obmann blieb stehen. »Geh nach Hause oder ich lasse dich von der Wache holen!«

»Ich bin Scharfrau!«

Das war nun wirklich eine gewagte Behauptung. Athan kannte selbstverständlich alle Mitglieder seiner Zunft und diese fremdländisch gekleidete junge Frau gehörte eindeutig nicht dazu. Er überlegte kurz, ob er es vielleicht mit einer Irren zu tun hatte.

»Ich bin Scharfrau, weil du es mir versprochen hast!«, fuhr die Fremde fort. »In dem Jahr, als ich meine Eltern verlor!«

Athan runzelte die Stirn. Dunkel erinnerte er sich. Das Fest der fliegenden Schiffe – vor fünf Jahren etwa! Ein kleines, dünnes Mädchen, das sich zwischen den Beinen der Erwachsenen zur Bühne durchgekämpft hatte. Ein verächtlich gezischter Satz, der sich auf einen viel zu dicken Bewerber bezog …

»Du wirst mit den Schiffen fliegen!« Trotzig stieß die Fremde den Satz hervor. »Erinnerst du dich nun an dein Versprechen?«

»Ja, ich erinnere mich. Bewirb dich im nächsten Jahr! Du hast einen straffen Körper und einen kühnen Geist! Ich bleibe dabei! Du wirst mit den Schiffen fliegen!« Athan wandte sich ab und wollte weitergehen.

»Ich bin in Not!« Mehr sagte Teri nicht. Mehr gab es nicht zu sagen!

Der Obmann sah sie nachdenklich an. In seiner Funktion wurde er oft um Rat angegangen. Möglich, dass diese junge Frau wirklich Hilfe brauchte. »Komm mit – in meine Wohnung!« Athan ging voraus – gefolgt von Teri, die sich plötzlich fragte, ob sie nicht vielleicht doch zu kühn gewesen sei.

Teris Bedenken waren umsonst gewesen. Nicht nur, dass der Obmann sich ihr gegenüber außerordentlich freundlich zeigte, auch seine Frau erinnerte sich noch genau an den kleinen Vorfall auf dem Fest der fliegenden Schiffe. Teri wurde von den beiden zum Essen eingeladen und musste ihre Geschichte von Anfang bis Ende erzählen.

Athan und seine Frau waren von dem Mut und der Zähigkeit, die diese junge Frau in ihrem Leben schon bewiesen hatte, beeindruckt, hielten sich in ihren Äußerungen aber zurück.

Teri verschwieg auch nicht, dass sie ihr Wohnrecht in der Stadt verloren hatte und fast ohne Mittel dastand. Lediglich das Angebot von Tees erwähnte sie nicht ausdrücklich. Sollte Athan nur glauben, dass ihr ohne seine Hilfe eine Zukunft am Bettelstab bevorstand!

Als Teri geendet hatte, ertönte das erste Hornsignal der Verkünder. Sie würde bald aufbrechen müssen, um rechtzeitig ins Fremdenhaus zu gelangen.

Athan hatte sich noch nicht geäußert. Teri wurde unruhig. Wenn er sie jetzt einfach so gehen ließ, würde es keinen Sinn haben, ihn je wieder anzusprechen.

»Ich muss gehen.« Teri schämte sich, um einen Posten als Scharfrau gebeten zu haben wie ein Bettler um Brot. Natürlich gab es keinen Weg! Selbst wenn Athan ihr hätte helfen wollen, er würde sich doch an das Gesetz halten müssen. Es gab einfach keinen Weg! Teri hatte ja noch nicht einmal das Recht, sich Bürgerin von Thedra zu nennen.

Teri stand auf. »Danke für eure Gastfreundschaft! Danke, dass ihr mir zugehört habt!« Höflich verbeugte sie sich vor Athan und seiner Frau und wandte sich zum Gehen.

Sie fühlte, wie Mut und Hoffnung sie verließen, und zum zweiten Mal an diesem Tag stiegen ihr Tränen in die Augen. – Es beweint sich eben kein Schicksal so gut wie das eigene.

Teri beschloss, zum Abschied ein Bild des Jammers zu bieten, und machte sich schnell ein paar trübe Gedanken. Jetzt war alles verloren! Sie würde als Kannenmacherin ihr Leben im Formerfelsen fristen. Ihre Haut würde bleich und ihre Augen würden trübe werden! Mit kalten, glitschigen Fingern würde sie Kanne um Kanne formen, bis ein gnädiger Tod sie endlich von ihren Qualen erlöste!

Es wirkte! Auf ihrem Weg zur Tür musste sie plötzlich tief und schluchzend Luft holen. Das Geräusch hing wie eine Anklage an den ungetreuen Obmann im Raum, der durch die Welt ging und kleinen Kindern leere Versprechungen machte!

»Teri!«

Langsam, mit hängenden Schultern, drehte Teri sich um. Jetzt nur nicht übertreiben, was immer der Obmann auch sagen würde!

»Wie viel Geld hast du noch?«

»Acht.« Teri musste sich räuspern. »Acht Bronzestücke.«

»Gut!« Athan schien zufrieden. »Damit kommst du erst einmal aus! Komm übermorgen zur Zeit der Tagteilung zum Tor des Schwalbenhafens. Dort wirst du Bescheid erhalten. – Aber mach dir nicht zu große Hoffnungen! Ich habe da eine bestimmte Idee, aber ich will nichts ohne die anderen Kapitäne entscheiden!«

»Übermorgen!«, wiederholte Teri mit leiser Stimme und einem scheuen Lächeln. »Ich werde dort sein!« Dann ging sie und schloss leise die Tür.

Auf dem Hauptgang des Königsfelsens nahm Teri sich noch zusammen, aber als sie die Wachen am Eingang passiert hatte, konnte sie nicht verhindern, dass ein kleines, freches Lächeln um ihre Lippen spielte. Sie ging schnell, wobei sich ab und zu ein kleiner Hopser in den Takt ihrer Schritte schlich. Als das zweite Hornsignal die Besucher der Stadt zum Fremdenhaus rief, hüpfte und lief sie schließlich ausgelassen durch die Straßen Thedras. – Sie hatte gewonnen! Athan würde mit der Kapitänsversammlung über sie sprechen! Athan würde sich für sie einsetzen! – Sie würde mit den Schiffen fliegen! Ja, sie hatte wirklich gewonnen!

Außer Atem kam Teri im Fremdenhaus an. Mit hochrotem, stolzem Gesicht breitete sie ihr Lager aus. Sie konnte ihre Freude nicht verbergen. Leise summte sie vor sich hin und streichelte liebevoll über ihre Felldecke.

Manche ihrer Mitbewohner im Fremdenhaus sahen sich viel sagend an. Sie vermuteten, die junge Frau habe wohl gerade ein beglückendes, vielleicht sogar ihr erstes Liebesabenteuer gehabt. – Sie hatten gar nicht so Unrecht!

Der folgende Tag brachte Teri eine Reihe neuer Erkenntnisse.

Mangels besserer Beschäftigung schlief sie morgens, bis die Rufe eines Wanderhändlers sie weckten.

Nach einem ausgiebigen Frühstück aus ihren eigenen Beständen gab sie ihr Bündel der Wirtin einer Hafenschenke in Obhut und besuchte die Orte, die sie als Kind so gut gekannt hatte.

Wie grau und eng alles geworden war!

Seit über zwei Jahren hatte Teri sich an die Weite des offenen Meeres und die lichtdurchfluteten, großzügig angelegten

Hafenstädte des Südens gewöhnt. – Erstaunlich zu erkennen, wie Thedra im Vergleich dazu abschnitt!

Der Platz am Schneckenhafen, früher Teris Mittelpunkt der Welt, wo die größten Feste des Kontinents gefeiert wurden, war ein Steingeviert mittlerer Größe, etwa wie ein Vorortmarkt von Osange. Der Hafen selbst war klein! Regelrecht klein!

Der Strand, früher ein endloser Spielplatz voller feinen Sandes, war zu einem kurzen, klippenumstandenen Stück Kies geworden, der unter den Füßen knirschte. – Kein Vergleich mit dem wirklich endlosen, weißen Strand bei Kaji!

Auch waren die Wohntürme längst nicht mehr so hoch, wie sie Teri einst erschienen waren. Einzig die Königsklippe ragte in wirklich beeindruckender Höhe über den Häfen auf.

Teri fühlte sich bestohlen und beschenkt zugleich. Bestohlen um die Illusion, in der Stadt aller Städte, im Land aller Länder zu leben. Beschenkt um die Erkenntnis, dass es freundliche und unfreundliche, kluge und dumme, sanfte und gewalttätige Menschen überall auf der Welt gab. Ob sie sich hier in Thedra oder in Isco, in Osange oder Ago aufhielt, überall gingen die Menschen ihren Geschäften nach, zankten und vertrugen sich und scherten sich nur wenig darum, was Götter und Könige vorschrieben.

Sicher gab es Unterschiede zwischen dem Gastgeber in Kaji, der als geizig galt, wenn er den Gast nicht aufs Feinste bewirtete, und dem Gastgeber aus Thedra, der seinen Gast geizig nannte, wenn der sich sein Essen nicht selbst mitbrachte, das sah auch Teri. Aber hier, im alten Thedra, fühlte sie sich zum ersten Mal so richtig als weit gereiste Weltbürgerin und lebte dieses Gefühl auch in vollen Zügen aus. Und bedauernd stellte sie fest: Thedra war Provinz.

Die Tagteilung ging vorüber.

Etwas wie Wehmut schlich sich in Teris Gedanken. Wie bei einem Kind, das nach und nach erkennt, dass der eigene Vater *nicht* der stärkste Mann der Welt ist, wandelte sich ihr Geist, aber nicht ihr Gefühl. Noch immer war Thedra die Stadt, aus der sie kam, wo sie sich auskannte, die sie liebte! Doch sah sie jetzt, dass auch andere Städte durchaus mit Thedra konkurrieren konnten.

Ärmer an Illusionen, aber reicher an Erfahrung, schlenderte Teri durch Straßen und Gassen. Was blieb, waren die fliegenden Schiffe, Frucht der Erfindungsgabe und des Geistes der Thedraner. Sie waren es, die Thedra einzig machten unter der Sonne! Und mit ein wenig Glück würde Teri schon bald selbst zur Sturmflottenschar zählen und wieder ferne, interessante Länder und Städte bereisen! – Hoffentlich!

Zeitig stand Teri am nächsten Morgen auf. Sie hatte tief geschlafen und fühlte sich erholt.

Nach einem kleinen Frühstück schnürte sie ihr Bündel, klopfte das muffige Stroh des Fremdenhauses davon ab und ging auf den Hafenplatz hinaus.

Obwohl die Herbstsonne auf den schwach belebten Platz schien, fröstelte Teri in der Kühle des Morgens. Ein frischer Wind kräuselte das stille Wasser des Hafenbeckens und zerrte kurz an ihren Kleidern. Ab und zu drang das Knarren von Tauwerk und Holz durch die Stille, für Teri ein Geräusch, so vertraut wie der Schlag des eigenen Herzens.

Es blieb noch viel Zeit bis zur Tagteilung. Teri beschloss sich bis dahin die Zeit mit einem Rundgang durch die Stadt zu vertreiben. Sie war wieder daheim!

Hatte Thedra auch nicht die Weitläufigkeit Osanges zu bieten, so gab es hier doch keine Erdbeben. – Waren die Strände auch nicht so weiß wie die von Kaji, so ließ man doch hier nicht die Sterbenden in Einsamkeit zurück! – Mochte es auch nicht ewiger Frühling sein wie in Ago, so war doch der frische Wind, der in Böen um die Felstürme strich, auch etwas wert!

Teri warf einen kurzen Blick auf die Stelle, an der noch gestern die *Sesiol* gelegen hatte. Ihre Vermutung war richtig gewesen: Der Kapitän hatte keine anderen Geschäfte in Thedra gehabt. Keine Fracht war gelöscht und keine Handelsware an Bord gebracht worden. Nachdem Teri von Bord war, war die *Sesiol* sofort mit der nächsten Flut wieder auf die Reise gegangen. Der einzige Zweck ihres Abstechers nach Thedra war erfüllt gewesen. Teri war wieder zu Hause!

Teri sog tief die frische Luft ein. Zu Hause! Langsam gewannen die grauen, engen Straßen und Gassen ihre alte Bedeutung zurück. Kaum eine Stufe gab es in dieser Stadt, über die sie nicht schon hunderte von Malen gesprungen war! Kaum eine Wohnhöhle, in die sie nicht wenigstens einmal neugierig hineingespäht hatte! Hier hatte sie Großvaters Geschichten aus seiner Scharzeit gelauscht und hier hatte sie ihren Eltern bei der Arbeit geholfen. Hier hatte sie Lachen und Weinen, Freude und Trauer, Zorn und Versöhnung kennen gelernt. Und immer hatte Thedra sie beschützt, so wie es alle beschützte, die zwischen den Wohntürmen ihr Heimatrecht hatten.

Teri begann Thedra zu lieben! Hier kannte sie sich aus! Hier gab es Gesetze, die die Menschen schützten! Hier brauchte man keine Angst vor Finderschiffen zu haben! Hier war man nicht fremden Hafenmeistern ausgeliefert, die Kindern das Geld stahlen und ihre Eltern ermordeten! Hier war das Leben einfach! Man musste sich nur an die Gesetze halten und es würde einem gut gehen! Jetzt erst merkte Teri, wie müde sie war, wie erschöpft davon, sich immer wieder auf Fremdes, Unbekanntes einstellen zu müssen. Ein Wunsch breitete sich in ihr aus: Sie wollte sich am liebsten in eine dieser gemütlichen Wohnhöhlen verkriechen und nie wieder herauskommen. Wieder klein sein, Kind sein, beschützt von den steinernen Türmen der Stätte ihrer Kindheit! Teri liebte Thedra so sehr; wenn sie in diesem Moment jemand gefragt hätte, sie hätte geantwortet, dass sie für immer hier bleiben wolle. Für immer im Schutz dieser starken, freundlichen Stadt, die wie eine Großmutter liebevoll für die Ihren sorgte!

»Bleib stehen, Fremde! – He, bleib stehen!«

Teri fühlte sich nicht angesprochen. Gerade trieb sie in ihrer Wolke aus Wohlbehagen und Heimkehrerglück durch das Gewimmel des engen Marktplatzes, als zwei Männer der Stadtwache hinter ihr herkamen. Als sie auch auf den zweiten Anruf nicht reagierte, versetzte einer der beiden dem Bündel auf ihrer Schulter mit dem stumpfen Ende seiner Pike einen kleinen Stoß.

Teri wirbelte herum. »He, pass doch auf!« Das Bündel geriet ins Rutschen und fiel zu Boden. »Was soll das?«

»Kontrolle!«, erwiderte der jüngere Stadtwächter gleichmütig. »Mach das Bündel auf!«

Teri wurde schlagartig klar, dass die Männer sie wegen ihres Gewandes aus Mittelwelt für eine Fremde hielten. »Ich bin Thedranerin!«, gab sie mit stolz erhobenem Haupt bekannt.

»Wie ist dein Name?«

»Teri! Tochter der Former Ael und Erin!«

»Zu welcher Zunft gehörst du? Wer ist dein Obmann?«

»Ja, äh, ich bin gerade erst angekommen. Ich werde heute …«

»Mach jetzt dein Bündel auf!« Der Mann verlor die Geduld.

»Aber …« Ein kurzer, nicht sehr harter Stupser mit der Pike brachte Teri zum Schweigen. Voller Wut hockte sie sich auf das Pflaster und fetzte die Haltebänder von ihrem Gepäck.

Die Umstehenden waren aufmerksam geworden. Schwatzend schauten sie zu, wie Teri ihr Bündel auseinander rollte:

»Hat die Wache wieder eine erwischt!« – »Schau mal, was die anhat!« – »Sieht fast aus wie eine von uns!« – »Wo die wohl herkommt?« – »Ich hab sie gestern schon herumstreichen sehen! Ich hab ja gleich gesagt …«

Die Felldecke von Aska und Teris Schlafdecke lagen ausgebreitet auf dem Pflaster des Marktplatzes. Darauf ihre thedranischen Kinderkleider, von denen sie sich noch nicht hatte trennen wollen, und ein Kamm, den ihr der Kapitän in Ago geschenkt hatte. Daneben standen ein Beutel aus grobem Tuch, gefüllt mit Trockenfleisch, Brot und Früchten, ebenfalls ein Geschenk des Kapitäns, und ihr Essgeschirr.

Gleichgültig stocherte einer der Stadtwächter mit der Spitze seiner Waffe in den Kleidern herum. »Einpacken und mitkommen!«

Die Kontrolle ihrer Habe war damit abgeschlossen und Teri packte ihre Sachen unter dem Gegaffe der Menge wieder zusammen.

»Beeil dich und komm!« Der Mann, der Teri das Bündel von der Schulter gestoßen hatte, wurde ungeduldig.

Verbissen schweigend knotete Teri ihre Felldecke auf das Bündel und stand auf.

»Komm jetzt!« Flankiert von den zwei Männern wurde Teri wie eine Diebin abgeführt.

Auf dem Weg zur Höhle der Wachen blieben etliche Leute stehen und schauten den beiden Männern nach, die Teri in ihre Mitte genommen hatten. Wieder bekam sie einige Kommentare zu hören: »Schau mal, die Fremde! Was die wohl ausgefressen hat?« – »Wo die wohl herkommt? Bestimmt nicht von hier! Schau mal, die Kleider!« – »Gut, dass die Wachen aufpassen!«

Schließlich kam die kleine Gruppe zur Höhle der Wachen.

»Eine Fremde!« So wurde Teri dem Hauptmann der Stadtwache vorgestellt. »Behauptet, Thedranerin zu sein!«

»Ich bin Thedranerin! Meine Eltern haben ihr Wohnrecht aufgegeben! Ich will …«

»Warum bist du nicht zur Belehrung gekommen?« Der Offizier schaute Teri misstrauisch an.

»Zur Belehrung?« Was sollte das denn sein?

»Jeder Fremde, der nach Thedra kommt, muss belehrt werden! Neues Gesetz!«, erklärte der Hauptmann. »Also, dann fangen wir mal an!«

Was folgte, war eine ellenlange Aufzählung von Vorschriften und Verboten, die alle das Leben in Thedra betrafen. In schier endlosem Monolog leierte der Hauptmann solche Plattheiten wie »Du sollst auf dem Markt nichts stehlen, niemanden verprügeln und auf der Hauptstraße nicht deine Notdurft verrichten!« herunter. Schließlich verbot er Teri ausdrücklich das Betteln im gesamten Stadtgebiet und erklärte, wenn sie sich Männern anbieten wolle, so sei das nur auf dem Hafenplatz statthaft.

Teri hörte sich das alles ungeduldig an. Hoffentlich war dieser schmierige Hauptmann bald fertig! Die Tagteilung war nicht mehr weit, sie musste zum Tor des Schwalbenhafens!

Der Hauptmann machte eine Pause.

»Ich habe es eilig!« Teri versuchte ihrer Stimme so viel Bestimmtheit zu verleihen wie nur möglich. »Obmann Athan erwartet mich!«

»So, Obmann Athan erwartet dich!« Der Hauptmann lachte auf. »Und danach gehst du dann zum König, nicht wahr? Der wartet doch bestimmt auch schon!«

Teri sog scharf die Luft ein und setzte zu einer bissigen Erwiderung an, ließ es dann aber doch lieber.

»Na, dann will ich mal nicht so sein und dich vorzeitig gehen lassen!«, meinte der Hauptmann mit gönnerhafter Miene. »Den König soll man nicht warten lassen! Aber da fällt mir noch etwas ein! Ich habe heute früh auf dem Marktplatz zwei Bronzestücke verloren. Du warst doch dort! Ich könnte mir vorstellen, dass du sie gefunden hast!«

Teri begriff sofort. Sie war vielleicht in manchen Dingen ein wenig naiv, aber nicht *so* naiv. Jetzt war das Maß voll! »Hauptmann«, sagte sie in ruhigem und freundlichem Ton. »Ich bin Thedranerin und war lange Zeit auf Reisen. Gleich werde ich Obmann Athan in einer äußerst wichtigen Angelegenheit aufsuchen und ich möchte ihm nicht berichten, dass ich auf dem ganzen Kontinent besser und höflicher behandelt wurde als in meiner Heimatstadt. – Und was Euer angeblich verlorenes Geld angeht, so sucht es nur selbst! Aber dann wirklich auf dem Markt und nicht in den Taschen der Gäste dieser Stadt! Es könnte nämlich sein, dass Obmann Athan in nächster Zeit ein oder zwei Agenten aussendet, um Euch zu prüfen!«

Mit diesen Worten, die es wert waren, in Ton geritzt und in Bronze gegossen zu werden, stand sie auf, nahm ihr Bündel und ging hinaus. Niemand hielt sie auf.

Erst auf der Straße, etliche Schritte von der Wache entfernt, begann ihr Herz wie wild zu schlagen. Aber nicht plötzliche Angst ob ihrer Kühnheit war es, die ihren Körper mit einer heißen Welle durchzog, sondern die Wut und die Enttäuschung über eine neue Erkenntnis: dass Großmütterchen Thedra lange, schmutzige Krallen hatte – und sich auch nicht scheute, sie zu gebrauchen!

»Hallo, Eichhörnchen, du bist aber gewachsen!« Einer der Wächter des Schwalbenhafens hatte Teri erkannt und sie mit ihrem alten Spitznamen angerufen.

Freundlich lächelnd ging sie auf ihn zu und musterte ihn aufmerksam. »Na, wollen wir es mal wieder versuchen?«

Der Wächter verstand sofort, dass Teri das alte Ritual des

Eichhörnchenspiels meinte. »Nein, lass nur!«, meinte er lachend. »Ich bin zu dick geworden! Wenn ich versuche dich zu fangen, komme ich bestimmt außer Puste!«

»Warum belügst du mich?«, lachte Teri. Für die Bewachung des Schwalbenhafens wurden ausschließlich alte Scharleute eingesetzt, die sich im Dienst vor dem Mast viele Jahre hindurch bewährt hatten. Der Wächter, der hier vor ihr stand, war klein und ungemein muskulös. Trotz seines Alters konnte er es an Kraft, Schnelligkeit und Ausdauer bestimmt noch mit jedem anderen Thedraner aufnehmen.

»Ich lüge, weil ich den Feind täuschen will! Das alte freche Eichhörnchen ist nämlich wieder aufgetaucht! Aber sag, was willst du hier? Du bist doch nicht gekommen, um mit mir Fangen zu spielen!«

»Hast du eine Nachricht für mich?« Trotz des Geflachses mit ihrem alten Freund und Jäger war es Teri übel vor Aufregung.

»Ja! Athan lässt dir ausrichten, dass er dich im nächsten Jahr selbst für seine Mannschaft aussuchen wird!«

Teri wich alle Farbe aus dem Gesicht. Genau das hatte sie befürchtet! Eine wohlmeinende, Hoffnung machende, aber ihrem Traum den Todesstoß gebende Ablehnung! Mit einem kleinen Seufzer ließ sie Kopf und Schultern hängen und wollte sich abwenden. »Danke!«, sagte sie schnell mit leiser Stimme, bevor der Kummer ihr endgültig die Sprache erstickte.

»Warte, es geht noch weiter!« Der Wächter lächelte. »Ich glaube, jetzt kommt der bessere Teil der Nachricht! – Du sollst dich heute Abend bei der Höhle der Armee einfinden. Athan will, dass du bis zur nächsten Wahl das Amt der Hüterin übernimmst. Er braucht den derzeitigen Hüter für den regulären Schardienst.«

Teri schaute auf. Amt der Hüterin? Sie? Eine Tempeldienerin, die nichts weiter zu tun hatte, als einen alten Stein zu polieren? Ein ganzes Jahr lang? Na, großartig! Da hatte sich Athan ja etwas Feines ausgedacht!

»Du bist enttäuscht, ja?« Der Wächter fragte nicht eigentlich, er stellte eher fest.

»Hm.« Teri wusste selbst nicht so genau, ob sie sich nun freuen oder ärgern sollte.

»Wenn du enttäuscht bist, soll ich dir noch etwas ausrichten, was ich nicht verstehe. Aber vielleicht hat es für dich ja eine Bedeutung. Athan meint, dass auch Tees diese Lösung für die beste hält und nicht mehr mit deinem Besuch rechnet.«

Durchschaut! Wie ein Fanfarenstoß schoss das Wort in ihre Gedanken. Athan hatte mit Tees gesprochen und wusste von dessen Angebot, als Formerin zu arbeiten! Sie hatte Athan belogen, da gab es nichts zu beschönigen, und trotzdem hatte er sich für sie eingesetzt!

»Danke!« Teri war vollständig verwirrt. Einerseits schämte sie sich, dass sie bei ihrer Schwindelei ertappt worden war, aber andererseits freute sie sich auch über ihren Erfolg. Ein Jahr war zwar furchtbar lang, aber danach würde sie ja in Athans eigene Mannschaft aufgenommen werden.

»Danke! Ich werde bei der Höhle der Armee warten!« Sie verbeugte sich vor dem Wärter, was dieser verwundert zur Kenntnis nahm, und ging still davon, hin zur Höhle der Armee, in der sie nun ein Jahr lang leben würde.

9

Der Auftrag

Wenn ein hungriger Wolf
eine große, alte Schildkröte findet,
werden beide nicht glücklich!

Llauk war in Thedra für die Dramilen von unschätzbarem Wert.

Seit Szin eb Szin ihn damals am Hohlweg abgefangen und für seinen Fluchtversuch bestraft hatte, war er der treueste Diener, den die Dramilen sich wünschen konnten.

Das hatte nun aber weniger mit seiner Ergebenheit dem Hause Dramil gegenüber zu tun als vielmehr mit seiner nackten Angst vor Schmerzen. Llauk konnte gar nicht anders. Er musste ein treuer Diener sein!

Damals, bei seiner Rückkehr aus dem Hohlweg, hatte er sich geschworen nie, nie wieder Szins Zorn auf sich zu ziehen. Der Schmerz, der bei jedem Schritt in seinem Unterleib aufbrüllte, hatte ihn fast in den Wahnsinn getrieben. Später war ihm der Verdacht gekommen, dass die Klinge des wundervollen Dolches vergiftet gewesen war, denn noch tagelang hatte er sich unter den furchtbarsten Schmerzen und Krämpfen auf seinem Bett gewälzt.

Das war nun aber schon ziemlich lange her und Llauk wäre nicht Llauk gewesen, wenn er nicht trotzdem wieder versucht hätte die Dramilen zu hintergehen. Nachdem er den Lagerbestand aus »seinem« Vermögen wieder aufgebaut hatte, war langsam der Plan in ihm herangereift, doch wieder einige Stoffballen beiseite zu schaffen und heimlich zu verkaufen, um sein kümmerliches Einkommen ein wenig aufzubessern.

Seit er die ersten vagen Pläne in dieser Richtung entwickelt hatte, war ein seltsames Kribbeln in seinem Unterleib aufgetaucht, das sich jedes Mal verstärkte, wenn er an sein Vorhaben dachte. Es hatte sich so angefühlt, als wenn eine große Spinne über die nackte Haut kriecht. Llauk hatte dem keine große Beachtung geschenkt. Er hatte es für ein ganz normales Wundjucken gehalten, wie es eine heilende Verletzung manchmal so mit sich bringt.

Llauk wartete geduldig ab, bis die Gelegenheit günstig erschien. Szins Verhalten kam ihm dabei sehr entgegen. Der stumme Dramile schien von dem Erfolg seiner Strafaktion sehr überzeugt zu sein. Er verbarg sich nicht mehr vor Llauk, um diesen in Ungewissheit zu halten, sondern hatte sich einen festen, überschaubaren Tagesablauf angewöhnt. Täglich verbrachte er geraume Zeit in den hinteren Räumen gewisser Hafenschenken. Er schien gut zu zahlen, denn immer wieder wurde er freundlich, ja demütig empfangen, wenn auch oftmals die Schmerzenslaute der Frauen durch die dünnen Vorhänge bis in die Gaststube drangen.

Eines Tages hatte Llauk abgewartet, bis er sicher sein konnte, dass Szin für einige Zeit beschäftigt war, und war dann zum Stofflager geeilt. – Nur ein Ballen! Einen kleinen Ballen nur hatte er verkaufen wollen! Zehn Bronzestücke würde ihm der bringen! Llauk war vor Gier und Vorfreude ganz aufgeregt gewesen. Endlich würde er wieder Geld haben! Das verstärkte Kribbeln in seiner Lendengegend hatte er nicht beachtet.

Dann, als er den ersten Ballen aus dem Regal nehmen wollte, war es geschehen: Gerade hatte er den Stab umfasst, der aus dem aufgerollten Stoff herausschaute, als er plötzlich zu seinem Entsetzen aus dem Nichts einen heftigen Schlag in den Magen erhalten hatte. Keuchend war er zurückgetaumelt und hatte abwehrend die Arme hochgerissen, als er spürte, wie eine unsichtbare Hand sich auf seinen Nacken legte und mit unglaublicher Härte zugriff. Kein Laut war über Llauks Lippen gekommen, als er mit weit aufgerissenen Augen, unfähig sich zu bewegen, zusammengebrochen war. Wieder hatte er die tastenden Finger unter seiner Kleidung gespürt. Llauk hatte schreien wollen, doch die Stimme versagte ihm. Er hatte fliehen wollen, doch sein Körper gehorchte ihm nicht! Voller Grauen hatte er die Kälte des Stahls auf seiner Haut gespürt – und dann hatte der Unsichtbare zugestochen!

Nach diesem Erlebnis war Llauk in allem, was er tat, sehr vorsichtig geworden. Diesmal war der Schmerz, dieses Meer, dieses Universum des Schmerzes zwar schneller abgeebbt, aber Llauk war es endgültig klar geworden, dass er gegen die Anweisungen der Dramilen überhaupt nicht mehr verstoßen *konnte!* Er hatte, nachdem er aus seiner Ohnmacht erwacht war, keine Verletzung an seinem Körper feststellen können. Der Schmerz war aus ihm selbst gekommen; er war in Llauks Geist verankert und wartete nur darauf, gerufen zu werden!

Szin hatte Llauk verhext, das war klar! Der stumme Dramile hatte es nicht mehr nötig, seine Nächte am Hohlweg über der Stadt zu verbringen, und brauchte auch Llauks Stoffballen nicht mehr zu zählen. Er hatte Llauk zu dessen eigenem Wächter gemacht. Jede Widersetzlichkeit des Stoffmachers hatte zur Folge, dass er Szins nächtlichen Angriff erneut erleben und durchleiden musste! Das also hatte Sed eb Rea gemeint, als er gesagt hatte, Szin verstünde es, Schmerzen zu bereiten, die man nie mehr vergaß!

Llauk hatte Angst! Angst vor seinen eigenen Gedanken! Als er erkannte, was der Dramile mit ihm gemacht hatte, war er vor lauter Wut auf den Gedanken verfallen, Szin umzubringen. Auch das hatte er teuer bezahlen müssen: Sofort war der

»Unsichtbare« wieder über ihn hergefallen und hatte seinen Unterleib »zerfleischt«!

Seitdem hatte Llauk nur noch Angst. Angst vor Szin, vor Sed eb Rea und vor allen Dingen vor seiner eigenen Treulosigkeit. Er verbot sich jeden bösen Gedanken und jede Handlung, die seinen Herren vielleicht nicht hätte gefallen können. Wie ein dressierter Hund, der brav neben Bergen von verbotenem Fleisch hungert, befolgte Llauk die Befehle, die er von Sed eb Rea über Mittelsmänner erhielt.

So hatte er für die Dramilen im Laufe der Zeit die Stärke der Stadtwache und ihre Quartiere ausgeforscht. Hatte herausbekommen, dass das Schutztor, mit dem der Hafenbereich nachts von der Stadt abgeriegelt wurde, von nur zwei Männern bewacht wurde und wo die dienstfreien Wachen schliefen.

Weiterhin hatte er sich auf Sed eb Reas Anordnung hin das Tor zum Schwalbenhafen genau angesehen. Dabei hatte er festgestellt, dass die Balken des Tores nur lächerlich dünn waren und leicht mit einem Rammbock eingedrückt werden konnten.

Llauk hatte ganze Arbeit geleistet und Sed eb Rea konnte stolz auf seinen Spion sein, den er so vorzüglich hatte abrichten lassen.

An einem sonnigen Tag im Herbst war es dann so weit: Als die ersten Eisschollen aus dem Nordmeer an Thedras Hafeneinfahrt vorbeitrieben, kam Sed eb Rea, Großkapitän der dramilischen Flotte, Fürst von Thonar, zu einer letzten Erkundung nach Thedra.

Sed eb Rea war in Llauks Wohnung gekommen. Nun saß er am Tisch und lehnte sich so gemütlich, wie es ging, auf seinem Stuhl zurück. »Nun, Stoffmacherlein, was weißt du zu berichten?«

»Wir haben eine neue Hüterin, Herr!«

Teris Vereidigung war das herausragende Ereignis der letzten Tage gewesen. Llauk war selbst auf dem kleinen Platz am Felssteig gewesen, wo die Höhle der Armee lag, und hatte die Amtseinführung verfolgt.

»Was für eine Hüterin?« Sed eb Rea war nur mäßig interessiert.

»Ach, die Hüterin der Schlafenden Armee, Herr! Ein ganz und gar unwichtiger Posten!«

»Armee?« Sed eb Rea runzelte die Stirn. Soweit er wusste, hatte Thedra überhaupt keine Armee, sondern verließ sich in seiner Verteidigung ganz auf die Scharleute.

»Nein, Herr«, versicherte Llauk eilig, »keine richtige Armee! Die Schlafende Armee, das – das ist mehr so eine Art … wie soll ich sagen? Ein alter Glaube, Herr!«

»Eine Religion?«

»Ja, Herr, so ähnlich!«

Sed eb Rea erhob sich. Llauk sprang eilig auf und auch Szin, der die ganze Zeit starr dagesessen hatte, schob nun seinen Stuhl zurück und folgte den beiden mit geschmeidigen Bewegungen.

»Wenn es eine Religion ist, dann darf man sie nicht unterschätzen. Ich will mir diese Priesterin mal näher ansehen! Kommt!« Sed eb Rea war an der Tür stehen geblieben. Er machte sich Sorgen. Eine neue feindliche Armee passt niemals in die Pläne eines Feldherrn, auch nicht, wenn sie schläft!

Teri hatte sich inzwischen an ihre neue Würde gewöhnt. Zwar fand sie es immer noch lästig, ein volles Jahr in der Höhle der Armee verbringen zu müssen, aber es gab nur wenig Pflichten zu erfüllen, sodass es sich dort doch ganz angenehm leben ließ.

Der Kult um die Schlafende Armee war eine Sache, die in Thedra zwar gepflegt, aber nicht sonderlich wichtig genommen wurde. Der Sage nach hatte einst ein mächtiger Zauberer, noch größer als Aganez, eine gewaltige Armee in Stein gebannt, die der Stadt Thedra zu Hilfe eilen würde, falls diese je in Bedrängnis geriete.

Die Hüterinnen und Hüter wurden in jedem Jahr neu bestimmt und dienten dazu, im Fall der Not dem Weg zu folgen, der auf einem großen Stein eingemeißelt war. Sie waren es, die die Armee zu finden, zu erwecken und herzubringen hatten.

»Tief in Gebirges dunkler Höhlung
Männer und Frauen und Waffen zuhauf
ruhen und warten den Feind zu bezwingen
mit stählerner Macht!«

So stand es eingemeißelt auf dem Opferstein, den Teri jetzt täglich gründlich abzustauben hatte.

Solange man sie aber nicht wirklich brauchte, ließ man die Armee besser weiterschlafen.

»Wage es, Wand'rer, im Scherz sie zu suchen,
ohne Not zu erwecken die eherne Schar,
wird ihre Kraft sich gegen dich wenden
mit stählerner Macht!«

Teri war das alles ziemlich gleichgültig. Sie glaubte nicht daran, dass Thedra jemals von Feinden eingenommen werden könne. Die Stadt lag zwischen der schmalen Hafeneinfahrt mit dem Wachfelsen und dem kaum ellenbreiten Fußsteig auf der Landseite mitten in einer natürlichen Festung.

»Zwei alte Wächter können Thedra gegen jeden Feind verteidigen!«, sagte man in der Stadt und dieses Sprichwort übertrieb kaum.

Der Wachfelsen an der Hafeneinfahrt sorgte dafür, dass kein angreifendes Schiff unbeschadet in den Hafen gelangen konnte, und die Wachen dort verstanden es, mit ihren Stahlfeuerbögen und Katapulten umzugehen. Der Fußsteig, der nach Estador hineinführte, war fast noch leichter zu verteidigen. Hier konnte tatsächlich ein einzelner beherzter Kämpfer mit Schild und Schwert einer ganzen Armee trotzen.

Thedra war uneinnehmbar! Daran glaubte Teri, daran glaubte der König, daran glaubten alle! Die Schlafende Armee war nur eine Legende, geschaffen, um die ewig Ängstlichen und die Zweifler zu beruhigen. Thedra hatte keine Armee und brauchte auch keine.

Trotzdem, oder gerade deshalb, wurde in jedem Jahr das »Fest der Armee« gefeiert. Immer zum Jahrestag des ersten und einzigen kaiserlichen Angriffs auf seine aufsässige Verbanntenkolonie wurde die kleine Höhle am Weg in das Binnenland zum Mittelpunkt der Stadt. Jeder Bewohner, der Lust hatte, stellte dann mitgebrachte Opfergaben für die Armee kurz auf den Altar und aß sie dann zweckmäßigerweise gleich selbst an Ort und Stelle auf. Da das Fest in den meist noch sonnigen Herbst fiel, nutzten regelmäßig viele Handwerker die Gelegenheit, ihren düsteren Werkstätten für einen Tag zu entfliehen und mit ihren Familien einen nahrhaften, glaubensstarken Spaziergang zu unternehmen.

Für den Rest des Jahres war die Höhle der Armee ein ruhiger, für Teris Geschmack ein viel *zu* ruhiger Ort.

Das Amt hatte aber auch seine guten Seiten. Besonders erfreut war Teri über ihre neue Kleidung. Da das Hüteramt im weiteren Sinne zum Schardienst zählte, musste Teri die Tracht der Sturmflottenschar tragen: Über weißseidenem Unterzeug trug sie einen Wollanzug, der hervorragend gegen die Kälte schützte. Darüber wiederum sorgte ein eng anliegender Anzug aus geölter gelber Seide für Schutz gegen Nässe und

Wind. Ein gelbes Halstuch, eine Umhängetasche und Seestiefel mit weichen Sohlen vervollständigten die Ausrüstung.

Besonders stolz war Teri auf ihren bronzenen Dolch. Das kurze, einseitig geschliffene Instrument mit dem plumpen Griff war zwar in erster Linie dafür gedacht, gefrorene Knoten im Takelwerk der fliegenden Schiffe aufzubrechen, aber immerhin war es eine Waffe der Schar und die lederne Scheide war reich verziert.

Noch wichtiger war allerdings, dass sie nun doch schon offiziell in den Schardienst aufgenommen worden war. Vor ihrer Einsetzung als Hüterin hatte Athan ihr den Eid der Scharleute abgenommen.

Danach war sie von Jamik, dem amtierenden Magier, »gehärtet« worden. Die »Härtung« hatte sich im Haus Jamiks abgespielt. Was dabei vor sich gegangen war, wusste Teri nicht genau. Es war so etwas wie ein Schlaf oder eine Ohnmacht gewesen. Jamik hatte ihr nachher versichert, dass sie nun in der Lage sei die Schargeheimnisse zu wahren.

Der einzige Mangel an der Sache war, dass Teri sich überhaupt nicht bewusst war Schargeheimnisse zu kennen, die sie hätte ausplaudern können.

»Du wirst außerdem feststellen, dass du in manchen Dingen anders reagierst als früher«, hatte Jamik weiter erklärt. »Wenn du in Bedrängnis gerätst, wirst du schneller und stärker sein, als man es deinem Körper zutraut. – Aber nur für kurze Zeit! Es wird eine große Erschöpfung folgen! – In der Gefahr werden sich deine Sinne schärfen und es dir leicht machen, dich richtig zu entscheiden. Du wirst dich auch an manches erinnern, was ich dir in den vergangenen Tagen beigebracht habe; an Dinge, die dir sehr hilfreich sein können. – Geh aber vorsichtig mit deinen neuen Gaben um! Du bist jetzt stark! Bedenke immer, dass andere Menschen nicht so stark sind! Geh jetzt!«

Als Teri wieder auf die Straße trat, waren zwei Tage vergangen gewesen. Zwei Tage lang war sie von Jamik »gehärtet« worden. Und sie spürte nichts! Absolut nichts! Etwas enttäuscht hatte Teri ihr Amt als Hüterin angetreten.

Mittlerweile fand Teri Gefallen an ihrer Aufgabe und versuchte ihre wenigen Pflichten ordentlich zu erledigen.

Jeden Tag kam bei Sonnenaufgang ein Wächter aus der Stadt, der ihr einen Beutel und zwei Krüge mit Opfergaben für die Schlafende Armee brachte. Sie stellte immer brav Brot, Wein, Wasser, Fleisch und Früchte auf den kleinen Altar der Armee, damit die Soldaten etwas essen konnten. Da sie das aber nie taten, machte sich Teri dann nach der Tagteilung selbst über die guten Sachen her. Nur den Wein hob sie für den alten Wächter auf, der am Morgen immer gerne ein »Schlückchen« nahm.

Ansonsten hatte sie nur noch den »Stein des Weges« zu studieren, in den der Weg zum Unterschlupf der »Stählernen Macht« eingemeißelt war.

Das war allerdings eine recht schwierige Aufgabe, denn der Stein war so alt wie die Legende und niemand in Thedra wusste mehr, ob jemals wirklich so etwas wie eine Wegbeschreibung darauf gewesen war. Jetzt jedenfalls zeigte die verwitterte Oberfläche nur noch die groben Umrisse Estadors. Einzig das Große Gebirge, das Estador in seiner unüberwindbaren Höhe vom restlichen Kontinent abschnitt, war noch deutlich zu erkennen.

Es gab also wirklich nicht viel zu tun in Teris Amtsbereich. Daher fiel es ihr auch auf, dass drei Männer kurz auf dem Hauptweg vor dem Eingang stehen blieben, leise einige Worte in dramilischer Sprache wechselten und dann wieder in die Stadt zurückgingen. Da sie auch von dort gekommen waren, konnte ihr Ausflug nur der Höhle der Armee gegolten haben.

Einer von ihnen, offensichtlich ein Thedraner, ein schmaler Bursche mit etwas einfältigem Gesichtsausdruck, war sehr nervös gewesen. Direkt unterwürfig hatte er sich verhalten, wie ein Hund, der seinem Herrn gefallen will!

Noch weniger hatten Teri allerdings die beiden anderen Männer zugesagt. War ihr schon der große, bullige Dramile mit dem finsteren Blick recht unheimlich vorgekommen, so hatte der Anblick seines kleineren, drahtigen, dunkel gekleideten Begleiters ihr regelrecht Angst eingeflößt. Der Mann strahlte eine Gefährlichkeit aus, wie sie es bei noch keinem anderen Menschen erlebt hatte.

Es gab in Teris Erfahrungsschatz nur ein Erlebnis, das einen Vergleich zuließ: In Ago hatte sie einmal ein Leopardenfell berührt. Dieses Fell hatte die gleiche kalte, berechnende Mordlust ausgestrahlt wie dieser Mann.

So lernte Teri Szin eb Szin kennen, den Großmeister der Klinge und des Schmerzes, ihren Todfeind und Verfolger.

Auf dem Weg zu Teris Höhle hatte Llauk Sed eb Rea über alles Wissenswerte, was die Schlafende Armee betraf, unterrichtet.

Im Grunde war der Kapitän vollständig Llauks Meinung. Die Schlafende Armee gab es nicht! Sie war eine Schimäre, ein Schreckgespenst, eine Religion für Dumme!

Die Gruppe hatte die Höhle der Armee erreicht und Llauk zeigte auf Teri, die gelangweilt in einer Ecke auf ihrer Felldecke hockte und Strohhalme zu Armreifen flocht. »Schaut, Herr! Ein Straßenköter, der Kränze flicht! Keine Gefahr für Euren großen Plan!«

Sed eb Rea betrachtete Teri. »Ich kannte einen Kämpfer, der am Biss eines Straßenköters starb«, stellte er nachdenklich fest. »Es war nur eine Wunde an der Hand, aber sie heilte nicht. Dann hob sich die Haut in knisternden Blasen vom

Fleisch, bis der ganze Arm eine geschwollene Masse von Fäulnis war! – Man darf den Dingen nicht ihren Lauf lassen!« Sed eb Reas Stimme war leise, aber bestimmt. »Wenn wir die Stadt eingenommen haben und diese Hüterin auszieht, um die Schlafende Armee zu holen, bedeutet das Hoffnung! Aus Hoffnung kann Widerstand erwachsen …«

Szin hatte scheinbar unbeteiligt neben Llauk und seinem Herrn gestanden. Jetzt legte er wie zufällig seine Hand wenige Fingerbreit über den Griff des prachtvollen Dolches, den er verdeckt in seinem rechten Stiefel trug.

»Richtig!«, bestätigte Sed eb Rea. »Du wirst mir ihren Kopf bringen und wir werden ihn auf dem Marktplatz ausstellen! – Ich will ihren Kopf!«

Damit war die Sache vorerst erledigt und die drei kehrten in die Stadt zurück. Sed eb Rea war sich sehr wohl des langen, misstrauischen Blickes bewusst, den diese kleine Priesterin ihnen nachgeworfen hatte. Er war froh, dass er sich persönlich um diese Angelegenheit gekümmert hatte! Diese Hüterin hätte gefährlich werden können!

Nachdenklich schaute der Kapitän über die Türme der Stadt, die schon bald ihm gehören sollte. Der Blick vom Hauptweg aus bot ein mächtiges Panorama. Viertausend Menschen zählte Thedra – und nur zweiundsiebzig Männer die Stadtwache! Ein Kinderspiel, diese Stadt zu besiegen!

Unbekannt war einzig die Stärke der Sturmflottenschar zum Zeitpunkt des Angriffs. Denn alles, was die Schwalbenschiffe betraf, unterlag der strengsten Geheimhaltung. Es war Sed eb Rea noch nicht einmal gelungen, herauszubekommen, über wie viele der fliegenden Schiffe die Thedraner überhaupt verfügten. Erzählungen eines geschwätzigen Hafenbeamten zufolge konnten es allerdings kaum mehr als dreißig sein. Ging man davon aus, dass sich mindestens zwei Drittel davon auf Handelsfahrt befanden, blieben zehn Schiffe mit einer Besatzung von jeweils etwa fünfzehn Leuten, die aber kaum alle im Hafen übernachten würden.

Sed eb Reas Plan war folgender: Er würde mit seiner Streitmacht im Schneckenhafen an Land gehen. Im Bauch der *Großen Geliebten* und eines anderen Dramilenfrachters warteten sechshundert gut ausgerüstete Soldaten auf die Mondgleiche. Genau zur Mondgleiche würden die Männer an Land gehen. Um diese Zeit sollten Szin und Llauk die zwei Wachen am Hafenschutztor töten und das Tor öffnen. Anschließend würde die Streitmacht sich teilen.

Einhundert Mann sollten die Stadtwachen an den verschiedenen Standorten möglichst lautlos überraschen und außer Gefecht setzen. Dreihundert Soldaten würden die Königsklippe stürmen und die dort wohnenden Scharleute im Schlaf überraschen. Gleichzeitig würden zweihundert Männer, mit einem Rammbock versehen, das Tor zum Schwalbenhafen sprengen und Werften und Liegeplätze stürmen.

Die Scharleute würden keine Gelegenheit haben auch nur ein fliegendes Schiff seeklar zu machen, dafür war gesorgt! – Wenn nur auf die Worte dieses Llauk mehr Verlass gewesen wäre! Hoffentlich war das Tor des Schwalbenhafens wirklich so schwach, wie er behauptete! Wenn das Tor besser hielt als angenommen und die Scharleute im Hafen sich erst einmal formieren könnten, würde es erheblich schwieriger werden, sie auszuräuchern. Nur zu gern hätte Sed eb Rea sich selbst einmal im Vorhof des Schwalbenhafens umgesehen, aber ihn als Fremden hätten die Wachen dort sofort verhaftet. Er musste sich schon auf die Berichte seines Spions verlassen.

Wieder zu Hause angekommen, hielt Llauk es nicht mehr aus. »Wann wollen wir losschlagen, Herr? Ist es bald so weit? Werde ich dann Gouverneur, Herr? Euer Diener hat es mir versprochen!«

Angeekelt sah der Kapitän auf den Stoffmacher, der dienernd und kriecherisch um den Tisch scharwenzelte und es nicht erwarten konnte, seine Stadt zu verraten. »An dem Abend, wenn du deinen Dolch zurückerhältst, Stoffmacherlein, an genau *dem* Abend wirst du zum Mörder werden! – Und wenn du zum Mörder geworden bist, dann wird Thedra fallen!«

»Herr, ich ...«

»An jenem Abend wird Szin bei dir bleiben!«, fuhr Sed eb Rea fort. »Zur Zeit der Mondgleiche werdet ihr zum Schutztor gehen. Dort wirst du stürzen und stöhnen und dich krümmen wie ein Wurm. Die Torwache ist noch nie angegriffen worden; die Männer werden leichtsinnig sein! Sie werden deinetwegen keinen Lärm schlagen wollen und die Leiter vom Laufgang herunterlassen. Einer wird herabsteigen und sich um dich kümmern. Den wirst du töten! – Um den Rest brauchst du dich nicht zu kümmern!«

Llauk war enttäuscht und verbittert. Stürzen und stöhnen, sich krümmen wie ein Wurm! War das die Rolle, die das Schicksal ihm auf ewig zugedacht hatte?

»Stoffmacherlein, sei getrost!« Sed eb Rea griff in die Tasche. »Der Augenblick deiner Bewährung ist nicht mehr fern! Morgen früh werde ich dich zum Gouverneur von Thedra ausrufen lassen!« Mit diesen Worten legte er Llauks kleinen Bronzedolch auf den Tisch und stand auf.

»Heute schon?« Llauk war völlig überrascht. Heute Morgen erst war Sed eb Rea in die Stadt gekommen und er hatte die ganze Zeit den Anschein erweckt, es sei noch viel Zeit bis zum Angriff. »Das geht nicht! Das ist zu ...«

Das Kribbeln auf seiner Haut und der plötzliche Krampf in der Magengegend belehrten Llauk sehr schnell eines Besseren. »Schon gut! Aufhören! Ich bin bereit!«, keuchte er mühsam. Der Krampf ließ ein wenig nach.

Das war gerade noch mal gut gegangen! Schwer atmend ließ Llauk sich auf einen Stuhl fallen.

»Denke daran, Stoffmacherlein; du musst seine Kehle treffen! Ein Schrei, und unsere Sache ist verdorben!« Sed eb Rea ging ohne ein weiteres Wort hinaus.

Szin beachtete Llauk nicht weiter. Starr saß er am Kopfende des Tisches und schien in einer anderen Welt zu sein.

Mit zitternder Hand griff Llauk nach der Waffe auf dem Tisch. Schwer wog der kleine Dolch in seiner Hand. Aber es war nicht das beruhigende Gewicht einer soliden Waffe, was Llauk spürte, auch nicht die Last des Abscheus vor der ihm aufgetragenen Tat, die ihn für immer seinem Volk entfremden würde. – Es war das Gewicht der Feigheit! Der Feigheit, die den Geist langsam, das Auge trübe und die Hand unsicher macht! Der Wächter würde sich wehren! Llauk wusste das genau. Der Mann würde merken, was Llauk vorhatte, und Alarm schlagen! Er würde Llauk nachsetzen, würde ihn einholen, würde ihn mit seiner Pike durchbohren! Llauk hatte Angst! Er konnte keinem Menschen, geschweige denn einem bewaffneten, in offenem Kampf gegenübertreten!

Der Angriff des Unsichtbaren kam nicht überraschend. Je mehr Llauk sich in seine Panik hineinsteigerte, umso deutlicher hatte er seine alte Verletzung wieder gespürt. Trotzdem stöhnte er laut auf, als der Schlag aus dem Nichts ihn traf. Dann sank er lautlos zu Boden. Noch nicht einmal seine Augenlider zuckten, als seine aufkreischenden Nervenbahnen in lodernden Flammen standen und er einmal mehr in die Hölle der Ungehorsamen geschleudert wurde.

Hätte Llauk in diesem Moment etwas sehen können, hätte er sich sehr gewundert: Szin schaute nahezu zärtlich auf ihn herab und lächelte sanft!

Teri bereitete sich in der Höhle der Armee auf die Nacht vor; kaum drei Sonnenhöhen waren es noch bis zum Anbruch der Dämmerung.

Ein Wanderlied der Kraan vor sich hin summend, holte sie einen kleinen Holzvorrat aus dem hinteren Teil der Höhle und legte die kurzen Aststücke neben das eben angezündete Feuer. Daneben breitete sie ihre Felldecke aus und nahm ihren Kamm zur Hand.

Gerade hatte sie ihre Haare nach vorn fallen lassen und die ersten Striche getan, da verdunkelte eine undeutliche Gestalt die tief stehende Sonne, die ihre letzten Strahlen in die Höhle schickte.

Teri erschrak heftig. Den ganzen Tag lang war sie den Gedanken an die unheimlichen Fremden nicht losgeworden, die sie in ihrer Höhle beobachtet hatten. Ruckartig riss sie den Kopf hoch, sodass ihr Haar im Sonnenlicht wie eine Fontäne aufsprühte. Mit zusammengekniffenen Augenlidern versuchte sie zu erkennen, wer da im Eingang stand. Es war ein Mann! – Schlank, dunkel gekleidet …

»Ha, hab ich doch geahnt, dass du es bist!« Der Fremde kam näher.

Noch immer konnte Teri im Gegenlicht nicht erkennen, wer es war, der da auf sie zukam. Schnell stand sie auf und wich zurück. Ihre Hand tastete nach dem Dolch. »Bleib stehen!«

»Du bist doch Teri, stimmt's?«, wollte der Fremde wissen.

»Ja!« Die Stimme kam Teri bekannt vor. Die Leute von Kaji sprachen in diesem hellen Tonfall.

»Ich bin es, Frill! – Es scheint mein Schicksal zu sein, dich zu erschrecken! Toll, dass ich dich gefunden habe! Komm, setz dich wieder, ich tue dir nichts!«

Frill! Teri erinnerte sich. Das war doch der junge Ziegenhirte, den seine Leute zum Sterben zurückgelassen hatten.

Der die Fenko-Baum-Krankheit gehabt hatte. Vor dem sie sich so schrecklich gefürchtet hatte, als er nachts plötzlich an ihrem Lager stand!

Sie hatte Frill gemocht, hatte es damals bedauert, so schnell abreisen zu müssen. Hatte sogar oft an ihn gedacht auf ihrer Reise, nicht nur in Kaji! – Und jetzt stand er hier, in ihrer Höhle!

»Komm, setz dich zu mir!« Ein wenig linkisch hockte sich Teri wieder auf ihre Decke und bot Frill den Platz neben sich an. »Wieso bist du hier? Was machst du so? Wieso hast du mich gesucht?«

»Oh, du bist bekannt in Thedra! Ich hörte in der Stadt, dass eine junge Frau – eine sehr schöne junge Frau – das Amt der Hüterin übernommen habe.« Frill ließ sich neben Teri nieder. Die Felldecke war nicht sehr groß und sie berührten sich. Teri störte das nicht.

»Man sagte, es sei eine Reisende; ein Formerkind, das vor zwei oder drei Jahren mit seinen Eltern nach Tigan aufgebrochen sei«, fuhr Frill fort. »Da wusste ich, dass nur du das sein konntest!«

»Arbeitest du in der Stadt?«

»Nein. Nicht in Thedra! Man duldet dort den Händler, den Menschen schätzt man nicht so sehr. Ich habe bei einem Ziegenhirten Arbeit gefunden. Unsere Herde steht gleich hinter dem Hohlweg. Heute war ich in der Stadt und habe mir einen neuen Umhang gekauft. – Schau!«

»Hübsch!« Teri meinte es ehrlich. Der neue Umhang stand Frill wirklich gut, fand sie. »Erzähl mir von dir! Du hast noch viel Zeit, bis die Stadttore geschlossen werden!«

Mit seiner angenehmen Stimme begann Frill zu berichten. Ihr Klang war immer noch sehr hell, fast mädchenhaft, hatte aber mittlerweile jeden schrillen Unterton verloren. Teri hörte ihm gern zu. Frill berichtete, wie er zunächst im Fremdenhaus gelebt hatte. Arbeit hatte er bei einem Holzkohlehändler auf dem Markt gefunden, für den er körbeweise den Brennstoff zu den Kunden getragen hatte. Aber er hatte immer wieder Ärger mit den Wachen gehabt, die es auf ihn und vor allem auf seinen kargen Lohn abgesehen hatten.

Endlich hatte er dann, ebenfalls auf dem Markt, den Ziegenhirten aus dem Hinterland kennen gelernt, für den er jetzt arbeitete. Er war recht zufrieden. Zwar empfand er das estadorianische Wetter immer noch als viel zu kalt, aber mit den Tieren kannte er sich aus und der Besitzer der Ziegen war freundlich zu ihm.

»Und du?« Frill strahlte Teri an. »Wie ist es dir ergangen auf deiner Reise?«

Leise begann Teri von ihren Erlebnissen auf der langen Fahrt zu berichten. Als sie auf den Unglückstag in Tigan zu sprechen kam, konnte sie nicht verhindern, dass ihre Stimme zitterte. Frill nahm sacht ihre Hand.

Teri fand es angenehm, seine Haut auf der ihren zu spüren. Frill war so nett, so einfühlsam! Vorsichtig legte sie ihren Kopf an seine Schulter. Sie spürte die Wärme seines Körpers.

Teri erzählte weiter. Von der Fahrt mit dem Kapitän, dem Haus in Ago und von dem fliegenden Schiff, das sie gesehen hatte. Mittlerweile war es ganz dunkel geworden und das Feuer war heruntergebrannt. Teri bewegte sich nicht. Die Wärme eines menschlichen Wesens, die Wärme Frills, war ihr wichtiger als die vergängliche Hitze der Flammen.

Teri redete sich alles von der Seele, was sie so lange bedrückt hatte. Sie fühlte sich traurig und lustig, unruhig und geborgen zugleich.

Lange Zeit hörte Frill schweigend zu; dann zog er sie sanft an sich und sie gab willig nach. Die Wärme und die Geborgenheit, die sie so lange vermisst hatte, ohne es zu wissen, beruhigten sie. Gleichzeitig genoss sie die Zärtlichkeit der Berührungen. Vorsichtig tasteten ihre Hände sich vor und berührten Frill, fanden sein Gesicht, fanden seinen Körper.

Noch enger zog Frill sie an sich, streichelte ihr Haar, ihren Hals …

Teri wollte mehr! Die ruhige, gelassene Erwartung war zur Begierde geworden. Auch Frill wollte mehr! Auch er wusste sein Verlangen kaum noch zu zügeln. Seine Hände suchten, fanden, spielten …

Teri wollte alles! Jetzt!

Erhitzt sprang sie auf und ergriff Frill bei der Hand. »Komm!« Sie zog ihn hinter den Vorhang in ihre mit Stroh ausgepolsterte Schlafecke.

Voller Erregung genoss sie Frills Zärtlichkeiten und gab sich ganz seinen Händen hin. Sie spürte, dass sie bereit war und dass auch Frill sie begehrte.

Dann sprachen die beiden kein Wort mehr, und erst als das zweite Hornsignal der Verkünder in der Stadt schon lange verklungen war, huschte ein dunkler Schatten über den Hauptweg zum Felssteig. Frill hatte die Stadt für die Nacht zu verlassen.

Llauk lag auf dem Boden seiner Höhle und krümmte sich. Plötzlich zog er seine rechte Hand unter dem Gewand hervor und streckte sie in die Höhe. Metall blitzte im Schein der Öllampe auf. – Llauk übte!

Llauk hatte panische Angst. Er wusste genau, dass er es nicht schaffen würde, den Wächter mit einem einzigen Stich zu erledigen. Er war langsam! – So entsetzlich langsam!

Entgeistert hatte er immer wieder seiner Hand nachgesehen, die unbeholfen den Dolch durch die Luft schob. – Der Wächter würde merken, was Llauk vorhatte, einfach einen Schritt zur Seite gehen und ihn mit seiner Pike erstechen!

Szin kümmerte sich nicht um Llauks Gehampel. Für ihn

war das Töten ein Handwerk, das gelernt sein wollte. Er betrachtete Llauk, wie ein Former sein Kind betrachtet hätte, das mit Tonbrocken hantiert. Der gute Wille musste anerkannt werden, aber etwas Brauchbares würde wohl nicht dabei herauskommen. Szin wusste, dass er auf sich allein gestellt sein würde, aber das war ihm egal. Er war schon mit ganz anderen Situationen fertig geworden.

Immer wieder sprang Llauk im Laufe des Abends vom Tisch auf und stach wild auf nicht vorhandene Gegner ein. Torkelnd und unpräzise forkte der Dolch in der Luft herum.

Szin blieb gelassen. Als die Zeit gekommen war, stand er auf, zog sich die dunkle Kapuze über den Kopf und bedeutete Llauk mitzukommen.

Geschickt Mauernischen und Schatten ausnutzend, huschte Szin durch die Gassen zum Hafentor hinab. Llauk hatte es ihm zunächst gleichtun wollen, aber Szin war zurückgekehrt und hatte ihn mitten auf die Gasse in das Licht gestoßen.

Da war es Llauk auch eingefallen, dass er ja Thedraner war und sich überhaupt nicht zu verstecken brauchte. – Er kam sich richtig dämlich vor!

Viel zu schnell kam das Schutztor des Schneckenhafens in Sicht. Hoch über dem Straßenpflaster lehnten die beiden Wächter an der Brüstung des Laufgangs. Szin war nirgends zu entdecken. Unsicher stolperte Llauk auf den kleinen Vorplatz. Jetzt musste er hinfallen! Aber wie fällt man überzeugend hin? Wie fällt man so überzeugend hin, dass die Torwachen die Leiter herunterlassen und nachsehen kommen?

Da kam Llauk, dieses eine, einzige Mal in seinem Leben, das Schicksal zu Hilfe! Llauk knickte um, verlor das Gleichgewicht und schlug, mit einem leisen Wehlaut, klatschend auf das Pflaster auf.

»He, was ist da los?« Die Wache war aufmerksam geworden.

Llauk stöhnte.

»Wer da?«

Llauk wand sich wie ein Wurm. Wand sich, wie sich noch nie ein Wurm gewunden hatte.

»Der hat sich verletzt!«, kam die Stimme halblaut vom Turm.

Llauk stöhnte und keuchte und wand sich mit aller Kraft.

»Ich sehe mal nach!« Holz schabte auf Holz.

Die Leiter! – Llauk wimmerte und quiekte leise.

Schwere Schritte auf Stein! – Der Wächter! Llauk wimmerte und fasste den Dolch fester.

»Na, Freund, hast du dir was gebrochen?«

Ganz nah war das Gesicht des Wächters! Ganz nahe war das weiße Dreieck unter dem Kinn. – Die Kehle! – Das Ziel seines Dolches!

Llauk konnte seine Hand nicht bewegen. Er hatte Angst! Er würde zu langsam sein! Der Wächter würde dem Angriff ausweichen und ihn töten! Llauk lag da und wand sich und stöhnte.

»Ich glaube, den hat es bös erwischt!«, rief der Wächter halblaut über die Schulter seinem Kameraden auf der Brüstung zu. Doch da war niemand zu sehen. Nur ein leises Poltern klang von dem Laufgang herab.

»Soll ich dir aufhelfen?« Die Stimme des Mannes klang freundlich. Wieder war sein Gesicht ganz nah!

Jetzt! Jetzt musste Llauk ihn töten! Aber seine Hand verweigerte ihm den Dienst. Da erkannte Llauk, dass er versagen würde. Jetzt stöhnte er wirklich vor innerer Qual. Alles war verloren, weil er versagt hatte. Der Plan würde scheitern! Er würde nie Gouverneur werden!

Plötzlich ging ein Ruck durch den Körper des Wächters. Hatte er etwas bemerkt? Llauk riss angstvoll die Augen auf – und sah direkt in das Gesicht von Szin eb Szin.

»Ich, ich wollte gerade … Ich hätte bestimmt noch …«, stammelte Llauk, aber der Dramile war schon wieder verschwunden.

Der Wächter war leblos zur Seite gekippt. Mit zugekniffenen Augen robbte Llauk über das Pflaster, weg von der Leiche!

Szin war schon wieder die Leiter emporgeklettert und hob den schweren Torbalken aus der Verriegelung. Leise glitten die großen Torflügel auseinander. Der Weg für Sed eb Rea war frei.

Sed eb Rea war zufrieden. Zusammen mit zehn seiner besten Elitesoldaten hatte er auf dem Achterdeck der *Großen Geliebten* gestanden und auf diesen Augenblick gewartet.

Sofort als das Tor aufzuschwingen begann, waren die dunkel gekleideten Männer lautlos über die stoffumwickelte Laufplanke auf den Kai gestürmt, um den Einlass in die Stadt abzusichern. Keine Rüstung hatte geklappert und kein Schwert war auf Metall geschlagen. Alle Teile, die verräterische Geräusche hätten machen können, waren mit Stoff umwickelt und abgepolstert worden. Schon waren die Männer am Tor wieder eins mit den Schatten der Nacht.

Lautlos hatten sich derweil auch die Ladeluken der *Großen Geliebten* geöffnet und heraus kam eine gespenstische Prozession schattenhafter Gestalten, die sich ebenfalls in absoluter Stille auf dem Kai formierte.

Das Nachbarschiff, die *Kleine Komplizin,* die ebenfalls heute Morgen gekommen war, bot ein ähnliches Bild.

Wenige Augenblicke nach dem Sichern des Tores strömte die erste Hundertschaft Bogenschützen in die Stadt. Wer immer den Männern begegnete, würde einen schnellen, lautlosen Tod sterben.

Drei weitere Hundertschaften Schwertkämpfer glitten geräuschlos durch das Tor. Sie würden unter Szins Führung die Königsklippe stürmen.

Sed eb Rea ging an Land. Er selbst übernahm die dritte Abteilung: je eine Hundertschaft Schwertkämpfer und Bogenschützen. Mit ihnen würde er auf direktem Wege zum Tor des Schwalbenhafens gehen. Als besondere Ausrüstung führte diese Gruppe einen Rammbock und einige sehr große Schilde mit sich, um sich gegen Beschuss von oben zu schützen.

Schnell, aber nicht hastig, ging der Kapitän an der Spitze seiner Männer durch die Stadt. Noch war kein Kampfeslärm zu hören, das war gut! Nur ab und an kündeten ein paar leblose Gestalten vom Wirken der dramilischen Bogenschützen.

Vorbei ging es an der Königsklippe, vor der nur etwa zehn Dramilen Wache standen. Stimmengewirr und Waffenklirren drangen leise aus dem Eingang. Der Kampf war in vollem Gange!

Da! Das Tor des Schwalbenhafens! Unbewacht! Sed eb Rea konnte es kaum glauben. Keine Wachen auf dem Vorplatz, keine Wachen auf dem Tor! Die Thedraner fühlten sich wohl wirklich unangreifbar.

»Rammt!«

Fünfzig Kämpfer formierten sich um den Rammbock, nahmen Anlauf und – stießen durch das Tor! Krachend und splitternd flogen die ersten Balken beiseite.

»Rammt!«

Das Stoffmacherlein hatte Recht gehabt. Der zweite Rammstoß brachte das ganze Torgebäude zum Wanken.

»Rammt!«

Mit einem prasselnden, berstenden Geräusch brach der Sperrbalken. Holz rutschte schabend über Stein. Die schief in den Angeln hängenden Torflügel schoben sich auf.

»Vorwärts! Rein da! Los!« Ein Kämpfer nach dem anderen drängte sich durch den Spalt.

»Weiter aufdrücken!«

Knirschend bewegten sich die zerschmetterten Flügel des Tores über das Pflaster. Sed eb Rea stürmte vor.

In der Mitte seiner Leute rannte der Kapitän durch die enge, dunkle Schlucht, die durch das Tor abgeriegelt gewesen war. »Schnell! Vorwärts!«, trieb er seine Leute an. Sie mussten im Hafen sein, bevor die Wachen sich gesammelt hatten! Das Krachen des splitternden Holzes war sicherlich weithin zu hören gewesen.

Plötzlich gab es eine Stockung. Flüche schallten auf. Die Kämpfer vor Sed eb Rea wurden langsamer, hielten an. »Kapitän, hier geht es nicht weiter! Hier ist noch ein Tor!«

»Holt den Rammbock!«, rief Sed eb Rea den Nachfolgenden über die Schulter zu. Dann drängte er sich fluchend nach vorn durch.

»Kupferbeschlagen! Vielleicht Bronze!« – »Ganz kalt!« – »Sehr hoch, glaub ich!« Die Männer rätselten im Dunkeln herum, was es wohl sein mochte, das sie hier aufhielt.

»Macht Licht!« Sed eb Rea war am Tor angelangt. Die Männer hatten Recht. Das Tor war wirklich sehr hoch! Weit oben vor dem Nachthimmel konnte er die glatte Oberkante des Bollwerks erkennen. Sed eb Rea ahnte Übles. Hastig zog er seinen Dolch aus der Scheide und schlug mit dem Griff hart gegen das Tor. Es gab einen Klang, wie der Kapitän ihn noch nie in seinem Leben gehört hatte. Metallisch, hell, schwingend, sich in der Luft fortpflanzend.

»Macht endlich Licht!«

Da flammte auch schon eine Fackel auf. Nach wenigen Momenten war sie richtig in Brand geraten und gab gutes Licht.

Ein Raunen ging durch die Mannschaft.

Sed eb Rea legte den Kopf in den Nacken, so weit er konnte. Sein Unterkiefer sank herab und sein Gesicht wurde zu einer Maske reinster Fassungslosigkeit. Lange Augenblicke schaute er an diesem Wunder empor, ohne zu begreifen.

Nein! Das konnte, das durfte nicht wahr sein! Sed eb Rea starrte fassungslos in die Höhe. – Er stand vor einem gewaltigen Tor aus massivem Stahl!

Sed eb Rea fasste sich schnell. Sein in hundert Kämpfen geschulter Instinkt ließ ihn die Falle erkennen. »Licht aus! Zurück!«, brüllte er aus Leibeskräften, dennoch war es zu spät.

Die Fackel war noch nicht gelöscht, als aus der Höhe drei glitzernde Gegenstände geflogen kamen und klirrend auf dem Felsboden zerschellten.

Drei Stichflammen schossen empor. Sed eb Rea riss geblendet die Hände vor das Gesicht. Trotzdem sah er, wie die Männer, die in der Nähe der Aufschlagstellen gestanden hatten, in den Flammen zugrunde gingen.

Schlagartig breitete sich eine Glutwelle in der schmalen Schlucht aus. Der Rückweg war abgeschnitten! In wilder Panik drängten die Männer schreiend und einander niederstoßend auf das Tor, auf Sed eb Rea zu.

Immer heißer wurde das Feuer – immer mehr Soldaten brachen in der Glut zusammen – immer stärker wurde der Druck auf das Tor. Sed eb Rea sah, dass es hier kein Entkommen gab.

Einige Soldaten versuchten über das stählerne Hindernis zu gelangen, indem sie auf die Schultern und Köpfe der eingekeilten Kameraden stiegen, aber noch immer trennten sie mehr als zehn Mannshöhen von der Rettung.

Sed eb Rea erhielt einen Schlag auf den Kopf. – Das war nun das Ende seines Versuches, in den Schwalbenhafen einzudringen. Hier stand er vor dem stählernen Tor von Thedra: Sed eb Rea, Großkapitän der dramilischen Flotte, Fürst von

Thonar – halb bewusstlos und eingekeilt zwischen fast zwei Hundertschaften seiner sterbenden Männer!

»Frill?« Teri richtete sich auf. Sie hatte tief geschlafen, doch ein Geräusch hatte sie geweckt.

»Du musst aus der Stadt! Schnell!«

»Wie, warum …«

»Der Feind ist in der Stadt! Thedra ist gefallen! Du musst die Armee holen!«

»So, so! Die Stadt ist gefallen und ich soll die Schlafende Armee suchen. Das ist doch dummes Zeug!« Teri legte sich wieder hin. »Mach deine Späße woanders!«

»Ich bin der Mann aus dem Gang!«

Der Mann aus dem Gang? Ja! Jetzt fiel es Teri ein: Jamik hatte bei der Härtung davon gesprochen! Wie hatte sie das nur vergessen können? Der Mann aus dem Gang war ein Bote. Er kam durch den Gang von der Königsklippe, der unter der Stadt hindurchführte. Man musste tun, was dieser Mann sagte!

Teri stand auf.

»Beeil dich! Die Stadt ist genommen, sie werden bald hier sein!«

Teri beeilte sich. Schnell raffte sie ihre Sachen zusammen und schnürte ihr Bündel.

»Und nun, Hüterin, erfülle deine Pflicht! Bring uns die stählerne Macht!«

Teri nickte, verließ die Höhle der Armee und machte sich auf den Weg zur Stadtgrenze. Der Mann aus dem Gang blieb hinter ihr in der Dunkelheit zurück.

Der schmale Felssteig war bei Dunkelheit nicht leicht zu begehen. Schlaftrunken stolperte Teri vorwärts.

»Wer da?« Die Wache trat vor.

»Die Hüterin!«

»Dann bleib in deiner Höhle, wie es deine Pflicht ist, Hüterin! Du kannst hier nicht durch!«

»Der Feind ist in der Stadt!«, erklärte Teri und schob die vorgehaltene Pike einfach beiseite.

»Was?« Der Wächter verstand nicht.

Genau in diesem Moment leuchtete ein heller Feuerschein hinter den Klippen des Schwalbenhafens auf.

»He, schau mal!« Der Wächter rief seinen Kameraden und zeigte auf die gespenstische Szenerie.

»Da seht ihr es! Der Feind ist in der Stadt! Thedra ist gefallen! Ihr müsst bald den Felssteig verteidigen! Nehmt lieber die Bogen zur Hand!«, erklärte Teri nochmals, ohne stehen zu bleiben. Sie musste die Schlafende Armee holen! Teri schritt kräftig aus.

Wäre Szin nicht stumm gewesen, er hätte tausend Flüche zwischen den Zähnen hindurchgezischt. Wütend richtete er sich auf und zog die Hand aus Teris Schlafnische.

Das Stroh, in dem diese kleine Hündin geschlafen hatte, war noch warm. Hätte ihn eine Gruppe der Stadtwache am engen Durchgang nicht aufgehalten, würde jetzt schon ihr Schädel andere Wege gehen als ihr Rumpf! Mit einer herrischen Handbewegung forderte Szin die drei Bogenschützen, die ihn begleiteten, auf ihm zu folgen.

Raschen Schrittes ging er auf den Felssteig zu. Diese Hüterin hatte so gut wie keinen Vorsprung!

Unten in der Stadt flammte ein Feuer hinter den Felsen auf. Szin schaute kaum hin. Er hatte ein Ziel! Im Morgengrauen schon sollte der Kopf dieser Priesterin auf dem Marktplatz von Thedra baumeln, und dann … Szin tastete kurz nach dem Beutel mit Salz, den er tatsächlich immer bei sich trug.

Zweites Buch

1

Der Jäger

Die Welt ist voll von Verlierern,
die sich ihrer Sache ganz sicher waren!

Teri ging.

Nachdem sie das Felssims und den Hohlweg hinter sich gelassen hatte, war sie an der Wegkreuzung nach Norden abgebogen, ohne eigentlich zu wissen, warum. Mechanisch setzte sie Fuß vor Fuß, während die Stimme Jamiks in ihrem Kopf immer deutlicher wurde: *»Wenn die Stadt in Not gerät, wirst du zur ersten Nische gehen! Warte dort einen vollen Monat auf Nachricht aus der Stadt! Dann geh auf die Suche und bring uns die stählerne Macht!«*

Die erste Nische, von der Jamik gesprochen hatte, lag vier normale Tagereisen nördlich von Thedra, in den Drachenkopfklippen. Dort, zwischen Steilküste und Hochmoor, war in den Fels ein Ahornblatt eingemeißelt, dessen Spitze auf eine Klippe am Strand zeigte. In dieser Klippe würde Teri die Nische finden.

Teri wusste viel über die Nischen, die über ganz Estador verstreut lagen und den Hütern das Weiterkommen erleichtern sollten: Zunächst war jede Nische in massiven Fels gehauen und von Gebüsch hoch überwuchert. Immer wies ein Ahornblatt den Weg zum Eingang. Die Nischen selbst boten einen guten Wetterschutz und eigneten sich hervorragend als Versteck.

In jeder dieser kleinen Höhlen war ein bestimmter Auftrag zu erledigen, der keinesfalls vergessen werden durfte.

Teri ging.

Die erste Nische war die wichtigste! Hier würde sie auf Nachricht aus Thedra warten und sich nach einem Monat auf den Weg machen, um die Schlafende Armee zu suchen. Auch einige Bronzestücke würden dort vergraben sein, damit sie nicht mittellos durch das Land gehen müsse.

Teri ging.

Langsam gewannen ihre eigenen Gedanken wieder die Oberhand: Thedra war gefallen! Teri hatte bei ihrem Abschied selbst gesehen, wie es beim Schwalbenhafen gebrannt hatte. Ein Gefühl der Bitterkeit überkam sie. – Gerade jetzt, wo die Erfüllung ihres Traumes zum Greifen nahe gewesen war. Wo sie die Weihen der Scharleute schon erhalten hatte. Gerade jetzt musste der Feind, wer immer das auch sein mochte, kommen und die Stadt einnehmen! Das war ungerecht!

Der Mond stand schon recht tief über dem Horizont. Sein Licht schimmerte kalt auf den Tautropfen, die an den Gräsern hingen. Die sanften Hügel des Hinterlandes von Thedra sahen in Teris Augen aus wie ein gefrorenes Meer.

Teri fröstelte ein wenig bei dem Gedanken, dass der Winter nun bevorstand. Jeden Tag konnte es passieren, dass eisiger Wind das Land mit einer dünnen Kruste aus Reif überzog.

Teri spürte keine Müdigkeit. Obwohl sie der Mann aus dem Gang schon nach kurzem Schlaf geweckt hatte, fühlte sie sich frisch und ausgeruht.

Plötzlich fiel ihr Frill ein. – Wie hatte sie ihn nur vergessen können? Teri verlangsamte ihren Schritt. Frill hatte gesagt, das Lager der Ziegenhirten sei am Ende des Hohlwegs. Sie war dort vorbeigegangen, ohne das Geringste von einer Herde zu bemerken. Ohne auch nur an Frill zu denken! Sie war so mit den Anweisungen Jamiks beschäftigt gewesen, dass sie alles um sich herum vergessen hatte.

Teri blieb stehen. Es kam ihr nicht richtig vor, einfach fortzugehen, ohne Frill noch einmal zu sehen. Schließlich war der Feind in der Stadt, sie hätte ihn wenigstens warnen können. Aber sie drehte sich nicht um. Vieles ging ihr durch den Kopf. – Die Erinnerung an die letzte Nacht. Das Gefühl von Nähe, von Wärme und Geborgenheit; das Verlangen, das sie mit ungeahnter Heftigkeit förmlich überfallen hatte; die zärtlichen Berührungen …

Teri wollte Frill sehen! Sie war noch nicht zu weit von dem Hohlweg entfernt. Wenn sie schnell ging, würde sie noch in der Dunkelheit dort ankommen! Entschlossen drehte sie sich um – und blieb stehen!

Teri hatte vorgehabt schnell zum Lager der Hirten zu gehen, Frill zu wecken und zu warnen. Jetzt sah sie, dass es vielleicht schon zu spät dafür war.

Teri war nicht allein auf dem Weg! Etwa tausend Mannslängen hinter ihr bewegte sich ein dunkler Schatten vor dem helleren Hintergrund des Himmels. Der tief stehende Mond schien Teri direkt in die Augen. Um besser sehen zu können, kniff sie die Lider zu Schlitzen zusammen und versuchte zu erkennen, wer da kam.

Es war eine einzelne Gestalt, die mit schnellen Schritten den Weg entlangging. Plötzlich wurde Teri sich bewusst, dass sie in ihrem hellen Scharanzug im vollen Mondlicht stand und weithin zu sehen sein musste. Schnell zog sie sich in ein Gebüsch am Straßenrand zurück.

Die Gestalt schien nichts bemerkt zu haben. Mit gleichmäßiger Geschwindigkeit kam sie näher. Teri presste sich noch tiefer in das welke Blattwerk des Busches. Nun konnte sie schon die Silhouette des Mannes erkennen. Er war von schlanker Gestalt und bewegte sich geschmeidig und gleichmäßig den Weg entlang. In seiner linken Hand trug er einen länglichen Gegenstand, den Teri noch nicht erkennen konnte.

Immer näher kam der Fremde. Vorsichtig, um in dem toten Blattwerk kein unnötiges Geräusch zu verursachen, zog Teri den kurzen Dolch. Kalt fühlte er sich an, und schwer. – *Leicht vorzustellen, wie diese plumpe Waffe einen Harnisch durchschlug, Fleisch zerschnitt, Knochen zerbrach …*

Teri erschrak. Das waren Gedanken, wie sie sie noch nie gedacht hatte. Es waren nicht die Gedanken eines jungen Mädchens, das heute Nacht erst zur Frau geworden war! Es waren die Gedanken einer erfahrenen Kämpferin, deren Hand nicht zittern würde, wenn sie gezwungen war den Dolch zu führen. – War ein Teil von ihr entsetzt bei dem Gedanken, einen Menschen zu verletzen oder gar zu töten, so war der andere Teil mit der berechnenden Kälte einer jagenden Raubkatze bereit das Nötige zu tun.

Fast unmerklich beschleunigte sich Teris Puls. Es war ihr, als rolle eine Welle heißen Blutes durch ihre Adern. Sie fasste die Waffe fester. Der Dolch schien leichter und handlicher geworden zu sein …

Jetzt konnte Teri schon den Atem des Mannes hören, der in eiligem Marsch auf ihr Versteck zukam. Alle vier Schritte sog er die Luft tief ein und nach weiteren vier Schritten stieß er sie wieder aus. Teri erinnerte sich. Sie hatte es auf ihrem Weg hierher genauso gemacht. Sie hatte sich in genau demselben perfekten Rhythmus bewegt wie dieser Fremde, obwohl sie nie zuvor eine längere Strecke marschiert war!

Der Fremde war ein Feind! Ein Soldat, daran gewöhnt, weite Strecken zu Fuß zurückzulegen. Teri konnte die Kleidung erkennen. Die eng anliegende Kappe, den Harnisch, an dem ein kurzer Umhang befestigt war, den Gürtel mit dem kurzen Schwert, der straff über die weite Hose geschnallt war.

Thedranische Stadtwachen sahen anders aus!

Teris Nerven vibrierten vor Erwartung. Ihr Herz trieb in wilden Stößen das Blut durch ihren Körper. Teri spürte eine nie geahnte Kraft in sich wachsen. *»Wenn du in Bedrängnis gerätst, wirst du schneller und stärker sein, als man es deinem Körper zutraut!«* – Hatte Jamik das damit gemeint?

Der Fremde trug einen Bogen mit einem bereits aufgelegten Pfeil! War das Holz der Waffe auch nur als Schattenriss zu erkennen, so schimmerte die gespannte Sehne doch im Mondlicht wie die Schneide eines Messers. Der Bogen selbst war kurz, wohl eher für den Nahkampf gedacht als für weite Schüsse bei Belagerungen.

Jetzt hatte der Fremde Teris Versteck fast erreicht. Sie konnte sein Gesicht schemenhaft erkennen. Er schien jung zu sein, fast so jung wie Teri. Mit gleichgültiger und unbewegter Miene ging der junge Soldat an dem Busch vorüber.

Teri behielt ihn genau im Auge. Sie war nicht darauf aus, diesen Mann zu töten, wusste aber gleichzeitig, dass sie es ohne zu zögern getan hätte.

Der Soldat suchte sie! Plötzlich wusste Teri es mit absoluter Sicherheit. – Welchen Grund sollte es sonst geben, mitten in der Nacht allein im Eilmarsch durch Feindesland zu wandern? Sofort fielen ihr die drei Fremden wieder ein, die am Nachmittag vor ihrer Höhle gestanden hatten. Zwei davon waren Dramilen gewesen und dieser Bogenschütze kam, seiner Tracht und Ausrüstung nach, auch von den Westlichen Inseln.

Man suchte sie! Die Dramilen, die Feinde, suchten sie so dringend, dass sie sich nicht einmal die Zeit genommen hatten einen Trupp zusammenzustellen!

Teris Muskeln waren straff gespannt. Sie war bereit jeden Angriff abzuwehren.

Ohne zu verharren, war der Fremde vorbeigegangen. Schon war er ein halbes Dutzend Schritte entfernt, als er herumwirbelte und blitzartig seinen Bogen spannte.

Gefahr! Teri stieß sich an den Ästen des Busches ab und

schnellte vorwärts auf den Weg. Sie hörte das Sirren der Sehne wie das Herannahen eines gefährlichen Insekts.

Schon während sie sich von den Ästen des Busches abstieß, hatte Teri begriffen. – Sie war jetzt *schnell!* Es war, als liefe die Zeit um sie herum langsamer ab, aber das war nicht so. Jamik hatte es ihr erklärt. *»Wenn du eine Gefahr erkennst, die nur durch Schnelligkeit abgewehrt werden kann, wirst du den Eindruck haben, alles um dich herum sei langsamer geworden. Das gibt dir Zeit das Nötige zu tun! Sei aber vorsichtig mit deiner Gabe, denn dein Körper bleibt derselbe! Er verträgt die vielfach schnelleren Reaktionen, die dein Geist ihm befiehlt, sehr schlecht!«*

Was Jamik mit dieser Warnung wirklich gemeint hatte, sollte Teri nun spüren. Im Moment war sie jedenfalls nicht gewillt mit ihren Kräften hauszuhalten. Dieser Mann hatte sie heimtückisch töten wollen! Sie würde ihm den Dolch in die Hüfte treiben und ihn dann fragen, wie er dazu kam!

Teri hob ihr Messer und holte weit aus. Prasselnd schlug der Pfeil in das Gebüsch, in dem sie sich verborgen hatte. Der Schütze sah Teri kommen, ließ den Bogen fallen und griff nach seinem Schwert.

Jetzt hatte Teris Hand den Dolch weit über die Schulter geführt. Mit aller Kraft riss sie die Waffe nach vorne und ließ sie genau im Moment der größten Beschleunigung los.

Während der Soldat sich mit erst zur Hälfte gezogener Waffe auf die neue Situation einzustellen versuchte, verfolgte Teri aufmerksam die Flugbahn ihres Dolches. Eine Schmerzwelle drang aus ihrem rechten Arm. Teri achtete nicht darauf. Sie berechnete die Bewegung des Schützen – der Dolch würde ihn treffen! – Die Gefahr war vorüber.

Mit dumpfem Aufschlag durchbohrte die Waffe eine der schmalen Lederplatten, die den Unterleib des Soldaten schützen und ihm gleichzeitig Bewegungsfreiheit lassen sollten. Tief grub er sich knapp unter dem Hüftgelenk in den linken

Oberschenkel des Bogenschützen. Der Aufprall der Waffe war so stark, dass der Mann sofort auf die Knie stürzte, das Schwert fallen ließ und stöhnend den Griff des Dolches mit beiden Händen umfasste.

Teri stieß einen Wehlaut aus. Die überanstrengten Sehnen ihres rechten Armes fühlten sich an, als seien sie gerissen, und ihre Finger, die die Schneide des schweren Dolches mit aller Kraft umklammert hatten, sandten kleine, wütende Schmerzwellen in ihr Gehirn. Aufstöhnend setzte sie sich in Bewegung. Sie brauchte ihre Waffe! Mit schnellen Schritten war sie bei dem Verletzten und streckte ihre Hand aus.

Mit einem Angstlaut wich der Mann zurück, verlor dabei das Gleichgewicht und stürzte auf den Rücken. Hastig stieß er einige Worte in dramilischer Sprache aus, die Teri nicht verstand. Aber der Sinn war klar: Der Mann bat Teri sein Leben zu schonen.

Teri nahm mit der Linken den Bogen und das Schwert auf, die der Mann hatte fallen lassen, und forderte den Köcher mit den Pfeilen und den Waffengurt. – Sie hatte beschlossen auf den Schardolch zu verzichten. Warum sollte sie dem Mann unnötige Schmerzen bereiten?

Mit mühsamen Bewegungen streifte der Soldat beides ab und händigte es Teri aus. Dann umklammerte er wieder den Griff des Dolches.

Teri war ganz nah an den Dramilen herangekommen, als sie Köcher und Gurt entgegennahm. Der Mann war jung, kaum älter als vierzehn Jahre, und er hatte große Schmerzen. Auch Angst las Teri in seinem Gesicht, und ungläubiges Entsetzen über seine Niederlage.

Plötzlich hatte Teri Mitleid mit ihm. So wie er jetzt sollte kein Mensch in seinem Blut liegen und Schmerzen erleiden. Leise sprach sie ein paar beruhigende Worte auf Thedranisch, schulterte unter Schmerzen mit zusammengebissenen Zähnen die Waffen und ging weiter nach Norden. Sie wünschte dem Jungen, dass seine Kameraden ihn bald fanden und ihm halfen, auch wenn das ein närrischer Wunsch war, denn je schneller man ihn fand, umso näher würden ihre Verfolger ihr sein.

Teri ging. Der rechte Arm schmerzte furchtbar, jeder Schritt war eine Qual! Teri versuchte, nicht darauf zu achten. Sie musste weiter! Fort von Thedra! Fort von ihren Verfolgern! – Weiter!

Für den Bogenschützen wäre es besser gewesen, Teri hätte ihn mit einem Schwerthieb oder Pfeil getötet, denn zur Zeit der Tagteilung bemerkte Szin eb Szin, der sich mit zwei weiteren Bogenschützen auf die Suche nach seinem vermissten Späher gemacht hatte, eine Blutspur, die, von dem Nordweg fort, in das Hochmoor hineinführte. Schon nach wenigen hundert Mannslängen stand Szin über dem Verwundeten, der versucht hatte sich hier zu verbergen. Die einzige Waffe, die der Mann bei sich trug, war der Schardolch, der immer noch in seiner Hüfte steckte.

Rasend vor Zorn zog Szin seine eigene, nadelfeine Waffe. Ihm war klar, dass der Soldat sein Schwert und seinen Bogen an diese Hüterin verloren hatte. – Das war unbegreiflich!

Szin musste alles darüber erfahren, und obwohl er kein Wort sprach, wusste er schon nach zwei Sonnenhöhen genauestens über die nächtliche Begegnung Bescheid. Er hatte seine ganz eigenen Methoden, die gewünschten Antworten zu erhalten.

Als er mit dem Bogenschützen fertig war, hatte er dafür gesorgt, dass dieser Versager den nächsten Tag nicht mehr erlebte. Mehr noch! Er hatte ihn so zugerichtet, dass er seine Erlösung regelrecht herbeiflehte.

Zufrieden machte Szin sich in Begleitung seiner zwei Bogenschützen auf den Weg nach Norden. Den Sterbenden ließen sie einfach an der Grenze des Moores zurück. – Eigentlich war die Sache ja ganz gut gelaufen! Was machte es schon aus, wenn der Kopf dieser Hüterin einen Tag später auf dem Marktplatz hing, zumal Sed eb Rea ja tot war?

Die Nachricht vom Tode seines Herrn hatte Szin noch an der Wegkreuzung erhalten, wo er bis zum Morgengrauen die Rückkehr seiner Späher abgewartet hatte. Es hatte ihn nicht sonderlich überrascht, dass Sed eb Rea inmitten seiner Kämpfer verbrannt war. Er war eben doch eher ein Krieger und Kämpfer gewesen und kein Mörder wie Szin. Dem stummen Dramilen wäre es nie in den Sinn gekommen, in der Mitte einer Rotte von Soldaten blindwütig in eine enge Schlucht zu stürmen.

Um ein Haar wäre die Eroberung der Königsklippe genauso gescheitert wie die des Schwalbenhafens. Es waren zwar nur etwa vierzig dieser Scharleute im Schlaf überrascht worden, aber sie waren schnell gewesen. Unglaublich schnell! Und sie hatten nicht aufgegeben – keiner von ihnen! Nur der vielfachen Übermacht der Dramilen war es zu verdanken, dass der Plan wenigstens teilweise gelungen war.

Szin fand keinen Gefallen am offenen Kampf. Viel eher lag ihm da schon die Jagd!

Schnell und gleichmäßig marschierte die Gruppe im hellen Tageslicht nach Norden. Bald schon würde die Dämmerung das Land wieder in Zwielicht tauchen.

Hin und wieder zeichneten sich in der weichen Erde des Weges die Abdrücke von Ledersohlen ab. Diese Hüterin war vor ihnen, da gab es keinen Zweifel! Szin konnte es kaum erwarten, ihr zu begegnen! Sie musste es gewesen sein, die die Wachen am Passweg gewarnt hatte! Zwei von ihnen hatten auf dem Felssims gestanden und ungläubig auf die Klippen des Schwalbenhafens gestarrt, die in heller Glut aufleuchteten – ohne einen Laut von sich zu geben, waren sie, von Pfeilen durchbohrt, in die Schlucht gestürzt.

Schwieriger war es mit dem dritten Mann geworden: Der hatte sich, mit einem Langbogen bewaffnet, einfach auf das Sims gestellt und auf alles geschossen, was sich im Dunkeln bewegte. Dann hatte der Kerl sich in die Wachhöhle an der schmalsten Stelle des Weges zurückgezogen und versucht die Angreifer aus seiner Deckung heraus mit einem Spieß von dem Sims zu stoßen.

Das alles hatte zwar nicht sehr viel Zeit gekostet, der kleinen Hündin aber doch einen gehörigen Vorsprung verschafft. Als die Gruppe der Dramilen an der Wegkreuzung hinter dem Hohlweg ankam, war nicht festzustellen gewesen, welchen Weg diese Hüterin gewählt hatte.

So hatte Szin denn seine Leute ausgeschickt, um nach Spuren zu suchen. Und jetzt hatte diese blonde Frau einen seiner Elitesoldaten umgebracht und gleichzeitig ihren lächerlichen Dolch gegen Schwert und Bogen eingetauscht! Die Jagd versprach interessant zu werden!

Es kam Szin eb Szin, Großmeister der Klinge und des Schmerzes, übrigens nicht in den Sinn, dass keineswegs Teri den Soldaten umgebracht hatte. Für Szin war der Mann tot gewesen, als die Klinge des Dolches ihn traf. Er selbst hatte dann nur noch einen Versager bestraft und beseitigt.

Szin war aufmerksam. Die wenigen Büsche am Wegesrand behielt er genau im Auge. Möglich, dass dieser Straßenköter sich versteckte, um der Gruppe aufzulauern. Wer konnte wissen, wie gut diese Hüterin mit dem Bogen umzugehen verstand? Szin gedachte nicht, sein Leben hier auf der Hochebene Estadors auszuhauchen!

Für Teri waren die Waffen im Moment vollständig nutzlos. Die Sehnen ihres rechten Armes waren bei dem Wurf bis weit über die Schmerzgrenze hinaus belastet worden. Der ganze Arm fühlte sich zugleich seltsam taub, aber auch wie zerschmettert an. Es wäre ihr unmöglich gewesen, den Bogen zu spannen oder das Schwert zu führen, die beide, zusammen mit dem pfeilgefüllten Köcher, nutzlos von ihrer linken Schulter hingen.

Das gewichtige Schwert pendelte bei jedem Schritt und schlug immer wieder hart gegen Teris Hüftknochen. Mehr als einmal hatte sie schon überlegt, ob sie es vielleicht lieber fortwerfen solle, um schneller voranzukommen, aber immer wieder hatte sie davon abgesehen. Schließlich hatte sie ja in der letzten Nacht erlebt, wie wichtig eine Waffe sein konnte!

Jeder Schritt, jede Erschütterung bereitete Teri Schmerzen. Sie hatte versucht die Finger beweglich zu halten, aber sofort hatten die misshandelten Muskeln und Sehnen mit kreischendem Schmerz protestiert. Mehr als ein schwaches Zucken der Fingerspitzen brachte sie nicht zustande.

Teri verdammte sich für ihre Unvorsichtigkeit, Jamiks Warnung nicht beachtet zu haben. Immer wieder ließ sie die nächtliche Kampfszene in ihren Gedanken vor sich ablaufen. Sie war *schnell* geworden in dem Moment, als sie die Gefahr erkannte. Welch ungeheure Kraft musste sie eingesetzt haben, um aus dem Gebüsch zu schnellen und den Dolch zu schleudern, während der Pfeil des Angreifers den Busch kaum erreicht hatte! Kein Wunder, dass sie sich wie zerschlagen fühlte! Wie gern hätte sie sich abseits der Straße in ein Gebüsch gelegt und sich ausgeruht, aber das ging nicht!

Teri war sicher, dass sie verfolgt würde. Man würde den Bogenschützen vermissen und einen Suchtrupp ausschicken. Die Soldaten würden die Verfolgung sofort wieder aufnehmen, wenn sie ihren Kameraden versorgt hatten, und Teri war zurzeit nicht in der Lage es mit einer Gruppe gut ausgebildeter Kämpfer aufzunehmen! – Da waren sie wieder, diese fremden Gedanken! *»Zurzeit nicht in der Lage …«!* Teri war *überhaupt nicht* in der Lage! Sie war knapp dreizehn, klein und schlank. Sie hatte in ihrem bisherigen Leben kein Schwert auch nur berührt und auch noch keinen Pfeil ins Ziel gebracht! Und doch sah sie dem möglicherweise bevorstehenden Kampf recht zuversichtlich entgegen! Nur – solange sie den rechten Arm noch nicht benutzen konnte, hielt sie doch lieber Abstand.

Teri ging! Müde und doch unermüdlich. Voller Angst vor den Verfolgern und doch kampfbereit. Von Schmerzen gepeinigt und doch stumpf gegen die Signale ihres Körpers.

Immer wieder musste sie an den Soldaten, den sie verletzt hatte, denken. Wie es ihm wohl gehen mochte? Jung war er gewesen, fast so jung wie sie selbst. Teri sah immer noch den Schrecken in seinen Augen, als er erkannte, dass er verloren hatte. Er musste dasselbe empfunden haben wie Teri damals im Hafen von Tigan. Er war mit Sicherheit ein guter Bogenschütze – jung, schnell und zielsicher. Die plötzliche Erkenntnis der eigenen Verletzlichkeit, das Bewusstsein, *nicht* der Beste zu sein, besiegt und ausgeliefert dazuliegen, hatte ihn schlimmer verletzt als Teris Dolch.

»Ja, Soldat«, sprach Teri leise vor sich hin. »Es sind nicht immer nur die anderen, die verlieren – das wissen wir jetzt beide!«

Teri ging. Ab und zu schaute sie sich um. Von Verfolgern war keine Spur zu sehen, aber Teri wusste, dass es sie gab. Gleichmäßig ging sie den Weg entlang und atmete im Takt ihrer schnellen Schritte. Bis zum Einbruch der Dunkelheit würde sie die Geschwindigkeit wohl halten können, aber irgendwann würden ihre Kräfte erlahmen. Bis dahin musste ihr etwas eingefallen sein! Sie brauchte eine Rast! Sie brauchte Schlaf! Und wenn sie erst einmal schlief, dann würde es der Schlaf der Erschöpfung sein, ein tiefer Schlaf, der sie zu einem leichten Opfer werden ließ. Teri brauchte ein sicheres Versteck, oder wenigstens einen guten Plan – aber ihr wollte einfach nichts einfallen! Unruhig glitt ihr Blick über das Moorland, das sich auf beiden Seiten des Weges bis zum Horizont erstreckte. Dort weiter als bis zur Wassergrenze hineinzugehen war das sichere Todesurteil!

Szin wurde unruhig. Es war nicht die furchtsame Unruhe des Ängstlichen, viel eher die nervöse Wachsamkeit des Raubtieres. Langsam senkte sich die Dämmerung auf das Land und noch immer liefen die Spuren vor ihm unbeirrbar geradeaus. Kein Stolpern und kein Schwanken war im Gang der Hüterin festzustellen, wohingegen seine Bogenschützen schon jetzt mehr taumelten als marschierten.

Wie weit mochte dieser Weg noch geradeaus führen? Wohin führte er überhaupt? Gab es denn keine Menschen, keine Dörfer an dieser Strecke? Die Jagd nahm für Szin etwas Unwirkliches an, so, als gäbe es auf der ganzen Welt nur noch ihn und die Frau, die er verfolgte. Auf seine Bogenschützen zählte er nicht mehr. Irgendwann, bald schon, würden sie zurückbleiben. Dann würde es wirklich nur noch die Spuren der Frau geben, die von den seinen überlagert wurden. Und am Ende dieser Spur würde er sie finden! Finden und bestrafen! Bestrafen für all das, was sie getan hatte – und sie hatte vieles getan, was Szin nicht gefiel!

Szin würde seine Belohnung erhalten, so wie er sich immer seine Belohnung nahm! Nicht der Kopf der Frau interessierte ihn. Der Kopf würde nur eine Erinnerung sein, ein schwaches Abbild der Universen des Schmerzes, die er in ihr aufflammen lassen würde. Er würde sie büßen lassen! Jedes Jahr, jeden Tag, jeden Augenblick ihres Lebens sollte sie bereuen!

Einer der Bogenschützen stolperte, fiel auf die Knie und blieb zurück. Szin achtete nicht darauf. Er würde den Mann töten, wenn er ihn je wieder sah. Aber das war jetzt nicht wichtig! Um solche Dinge konnte er sich kümmern, wenn die Jagd zu Ende war.

Langsam senkte sich die Sonne schräg hinter Szin auf den Horizont hinab. Bei Dunkelheit konnte die Hüterin den Abstand leicht vergrößern, wenn ihre Kräfte nicht erlahmten. Sie konnte sicher sein, dass keine Feinde vor ihr waren, während Szin bei jedem Busch am Straßenrand mit einem Hinterhalt rechnen musste.

Gab es eine Stadt in dieser Gegend? Szin wusste es nicht. Dörfer machten ihm keine Sorge. Dörfer konnte man umgehen. Dörfer konnte man zur Not auch anzünden, dann hatten die Bewohner Besseres zu tun, als eine durchreisende Fremde vor seiner Klinge zu schützen! Schwieriger war es da schon, wenn diese Hündin sich in einer befestigten Stadt verkroch und vielleicht sogar die Stadtwache dazu brachte, ihm entgegenzugehen. Dann würde es ungemütlich werden.

Szin war zwar sehr überzeugt von sich, aber für unverwundbar hatte er sich nie gehalten. Spätestens an dem Tag, an dem man ihm als Achtjährigem auf dem Richtplatz von Sordos die Zunge herausgerissen hatte, waren ihm solche Gedanken vergangen.

Szin eb Szin war, wie der Name schon sagte, sein eigener Vater, was hieß, dass der Mann, der seine Mutter geschwängert hatte, unbekannt war.

Das war nun keineswegs ungewöhnlich im Hafenviertel von Sordos, in dem der Knabe aufwuchs. Sordos war, vom strengen Regiment des Königs Oger einmal abgesehen, eine sehr lebenslustige Stadt und die Kais waren der gewöhnliche Aufenthaltsort der Kinder der Dirnen.

Niemand wusste so recht, wovon diese Kinder eigentlich lebten, außer den Kindern selbst natürlich. Sie vertrieben sich die Zeit im Hafen mit dem Warten auf eine günstige Gelegenheit zu einem kleinen Diebstahl und betätigten sich als Schlepper für ihre Mütter. Manche von ihnen hatten es darauf abgesehen, betrunkenen Matrosen die Taschen auszuräumen, und andere trauten sich sogar, Passanten im Gedränge die Geldkatze vom Gürtel zu schneiden.

Das ging so lange, bis die Jungen alt genug waren, um als Schiffsjungen auf einem Segler anzuheuern, und die Mädchen in das Gewerbe ihrer Mütter eintreten konnten, womit sie unverzüglich dafür sorgten, dass der Nachwuchs an Hafenkindern nicht ausblieb.

Szin hatte zu keiner dieser Gruppen gehört. Nicht, dass er keinen Schneid gehabt hätte – wenn er eine Chance sah, dann holte er sich schon, was das Schicksal ihm anbot. Seine eigentliche Stärke aber war etwas anderes. Er hatte sich schon früh zum Jäger herangebildet!

Es gibt Kinder, die mehr, und welche, die weniger Sympathie erwecken. Szin gehörte zu einer dritten Sorte: Er war schon als Kind in der Lage gewesen reinen Abscheu und puren Widerwillen bei den Menschen auszulösen.

Möglich, dass es daran lag, dass schon seine Mutter unter den Hafendirnen die Verachtetste von allen war; möglich, dass es daran lag, dass alle behaupteten, sie habe sich mit einem Skorpion eingelassen und er stamme aus dieser Verbindung; möglich, dass die Schläge und Tritte, die er täglich erhielt, ihn zu der Überzeugung brachten, niemandes Freund sein zu wollen; auf jeden Fall hatte Szin schon im Alter von vier Jahren beschlossen nur noch zu hassen!

Hassen und heimzahlen, das war seitdem sein Leben gewesen. Zuerst hatte er angefangen mutwillig Dinge zu zerstören, wofür er sich wieder nur Schläge und Tritte einhandelte. Dann war er dazu übergegangen, Tiere zu quälen, was in Sordos niemanden sonderlich aufregte.

Schließlich war er in blindwütigem Hass auch auf seine Altersgenossen losgegangen, die sich, wenn sie nicht gerade selbst betroffen waren, köstlich über die Prügel, die andere einsteckten, amüsieren konnten. Szin hielt sich immer an kleinere Opfer, denen er sich gewachsen fühlte. Szin wurde der böse Geist der Piers von Sordos. Wo immer er auftauchte, gerieten ganze Scharen von Kindern in Bewegung, um sich unauffällig vor seinen Wutausbrüchen in Sicherheit zu bringen.

Als er knapp fünf Jahre alt war, hatte er ein Erlebnis gehabt, das seine Aggressionen in eine bestimmte Richtung lenkte und ihn für immer in die Rolle des Jägers drängte.

Er hatte es sich zur Angewohnheit gemacht, jeden Tag einem bestimmten Mädchen aufzulauern, es in irgendeinen Winkel zu treiben und ihm irgendwie wehzutun. Eines Tages fiel ihm bei einem solchen »Spiel« ein schwerer Stein in die Hand. Ohne zu überlegen, holte er blitzschnell aus und schmetterte dem Mädchen den Stein mit voller Wucht auf den Kopf. Das Kind brach lautlos zusammen.

Gleichgültig war Szin davongegangen. Er fühlte sich betrogen. Er hatte es lieber, wenn seine Opfer schrien und zu entkommen versuchten.

Am nächsten Tag hatte er das Mädchen wieder getroffen. Das Haar des Kindes war noch blutverklebt gewesen. Drohend war er auf das Mädchen zugegangen. – Doch zu seinem Erstaunen war es nicht fortgelaufen. Es hatte ihm mit ängstlichem Gesicht ein Stück Brot entgegengehalten.

Szin hatte begriffen – und Szin war es recht! Der Hunger war in seinem jungen Leben genauso allgegenwärtig wie der Hass. Szin nahm das Brot und ließ das Mädchen in Ruhe – für diesen Tag.

Szin hatte wirklich verstanden! Kaum ein Mensch ist in der Lage nackter Aggression zu begegnen, ohne Zugeständnisse zu machen! Szin wurde zum Jäger! Zum erbarmungslosen Jäger, der seine Opfer planmäßig verfolgte, quälte und erpresste. Dem »Gib Brot!« der ersten Tage folgte schon bald das »Gib Geld!«. Selbst die größeren Kinder im Hafen begannen Szin zu fürchten. An Tücke und Schnelligkeit konnte es keiner mit ihm aufnehmen, und verlor er einmal einen Kampf, war er am nächsten Tag schon wieder da und griff mit doppelter Wut an. Dabei war er klug genug sich immer an Außenseiter zu halten, sodass er nie mit einer Gruppe in Schwierigkeiten geriet, die sich hätte gegen ihn stellen können.

Von da an waren die Tage des Hungers vorbei. Oftmals klimperten sogar ein paar kleine Geldstücke in Szins Tasche. Szin hatte seine Bestimmung gefunden. Er war Jäger und wollte auch nie mehr etwas anderes sein!

Dennoch war er im Alter von acht Jahren an seine Grenzen gestoßen. Mittlerweile war er der ungekrönte König der Hafenkinder. Ein König ohne Gefolge zwar, von seinen Untertanen gehasst und gefürchtet, aber nicht verachtet. Keines der Hafenkinder hätte es mehr gewagt, Szin gegenüber seine Missachtung zum Ausdruck zu bringen. Einem erheblich größeren Jungen hatte er einmal bei einer solchen Gelegenheit mit einem Stein ein Auge ausgeschlagen und alle, die darum herumstanden, hatten gesehen, wie *genau* er gezielt hatte. Nein! – Mit Szin legte man sich nicht ungestraft an!

Dann kam der Tag, an dem Szin den Bogen überspannte: Er hatte in einem Anfall von Jähzorn einen gleichaltrigen Jungen mit einem gestohlenen Marlspieker erstochen. – Am helllichten Tag, auf einem belebten Platz vor einem Lagerschuppen im Hafen. Szin wurde vor Gericht geschleppt.

Der Richter war an jenem Tag guter Laune gewesen und hatte dem Angeklagten sein junges Leben geschenkt, obwohl der Diebstahl des Marlspiekers ja noch erschwerend hinzukam. Er hatte Szin lediglich für unbestimmte Zeit zur Zwangsarbeit verurteilt.

Alles hätte also recht glimpflich ausgehen können, hätte Szin dem Richter nicht in seiner Wut versprochen ihn derselben Behandlung mittels eines Marlspiekers zu unterziehen wie sein Opfer. Das mochte der Richter nicht hören und er sorgte dafür, dass Szin sich nie wieder entsprechend äußern konnte. Unverzüglich ließ er das Kind auf den Richtplatz von Sordos bringen, wo die Henkersknechte in einer außerordentlich langwierigen, blutigen und schmerzhaften Prozedur die Zunge des Knaben entfernt hatten.

Danach war Szin in ein Arbeitslager Sed eb Reas gebracht worden, wo er fast an seinen Verletzungen gestorben wäre. In dieser Zeit hatte er im Fieber immer wieder denselben Traum gehabt: Er hatte geträumt, er könne andere Menschen nur durch Berührungen beliebig beeinflussen und ihnen förmlich seinen Willen aufzwingen.

Zunächst hatte Szin diese Träume als dummes Zeug abgetan und auf den Verlust seines Sprechvermögens zurückgeführt. Aber der Traum war immer wiedergekehrt.

Als er schließlich genesen war, hatte er es dann ausprobiert. Er hatte sich einen besonders griesgrämigen alten Wärter ausgesucht und ihn beim Vorübergehen wie zufällig kurz an der Hand berührt. Nach wenigen Schritten hatte der Mann Szin zurückgerufen, mit abwesendem Gesichtsausdruck in seinen Brotbeutel gegriffen und Szin ein Stück seiner eigenen Verpflegung gegeben. Das war nun genau das, wonach Szin mit seiner Berührung »gefragt« hatte.

Es war ein Triumph gewesen! Szin war von Wärter zu Wärter, von Gefangenem zu Gefangenem geeilt und hatte seine neue Fähigkeit immer wieder ausprobiert. Er hatte festgestellt, dass die Menschen unterschiedlich stark ansprachen. Manche von ihnen reagierten unglaublich heftig, andere dagegen fast überhaupt nicht.

Szin hielt sich natürlich vor allem an die Leute, die leicht zu beeinflussen waren; die Mörder, Räuber und Betrüger, die sich mit ihren Taten noch im Lager großtaten. Er schmeichelte sich mit Berührungen bei ihnen ein, und wann immer er es wollte, wurde er reichlich beschenkt.

Zum ersten Mal in seinem Lehen spürte Szin so etwas wie Freundschaft. Es war die Art von Zuneigung, die ein Jäger seinen Hunden entgegenbringt. Diese Leute waren dumm, aber brauchbar, solange sie taten, was er wollte! Die schwerer zu beeinflussenden Insassen – die »Reuigen« und die »Unschuldigen«, wie er sie insgeheim nannte – interessierten ihn vorläufig nicht. Das Lager gefiel Szin! Vielleicht hätte er einen der Wärter so weit bringen können ihn in einer finsteren Nacht aus der Sträflingskolonie herauszuschmuggeln, aber das wollte er nicht einmal. Noch nie war es ihm so gut gegangen wie hier. Er war schließlich der erklärte Liebling der Schwerverbrecher des ganzen Landes, wurde von ihnen mit Geschenken überhäuft und brauchte nicht das Geringste dafür zu tun.

Doch dünn ist die Kette, die die Götter dem Menschen gaben, seinen Hochmut zu bändigen, und groß ist die Macht der Langeweile. – Lange hatte Szin in Wohlstand gelebt, als ihm auffiel, dass er vieles hatte, jedoch nicht alles!

Szin beschloss, alles zu wollen, und besann sich auf alte Methoden. Hatte er sonst auch, was er sich nur wünschen konnte, so fehlte es ihm doch an Zerstreuung. Da kamen ihm die »Reuigen« und »Unschuldigen« gerade recht. Immer häufiger schikanierte er einzelne Gefangene aus diesen Gruppen, um sie sich gefügig zu machen. Und so kam es, dass man ihn im Alter von siebzehn Jahren, zum zweiten Mal in seinem Leben, über die Leiche eines widerspenstigen Opfers seiner Launen gebeugt fand.

Szin war des Todes!

Nach dramilischem Recht waren die Insassen der Straflager alleiniges Eigentum der jeweiligen Herren. Die Beschädigung eines Gefangenen durch einen anderen zog auf jeden Fall schwerste Strafe nach sich. Unter normalen Bedingungen hätte Szin sein Leben verwirkt gehabt.

Aber Szin hatte Freunde! Mit der Zeit hatte er seine Gabe so weit vervollkommnen können, dass ein gut Teil der Wärter und Gefangenen auf seiner Seite war, was immer er auch tat. Von diesen Leuten, den wirklichen Schwerverbrechern und brutalen Wärtern, wurde er mit der gleichen Inbrunst geliebt und beschützt, wie die Gruppe der Reuigen, Unschuldigen und Gütigen ihn verabscheute.

Bestand die eine Gruppe darauf, dass Szin sofort hingerichtet würde, wie es jedem anderen auch geschehen wäre, verteidigte die andere Gruppe ihn mit der gleichen Heftigkeit. Es drohte eine Revolte im Lager, egal, wie die Entscheidung auch ausfallen würde. Schließlich hatte sich der Oberaufseher dazu entschlossen, Adiv eb Aser, den Hofmarschall und Vertrauten des Fürsten von Thonar, um Rat zu fragen.

Adiv eb Aser hatte großes Interesse an dem Stummen gezeigt, der in der Lage war ein ganzes Gefangenenlager in Aufruhr zu versetzen. Er hatte dem Oberaufseher befohlen Szin zu einem Verhör in den Palast zu bringen.

Kühn war Szin vor den Hofmarschall Sed eb Reas getreten, und obwohl er gefesselt war und nicht ein einziges Wort sprechen konnte, legte er ein so hochmütiges Gebaren an den Tag, dass Adiv des einseitigen Gesprächs schnell überdrüssig wurde. Er gab den Wachen den Befehl, Szin abzuführen und den Wölfen zum Fraß vorzuwerfen.

Doch da erlebte Adiv eb Aser etwas, was er nie für möglich gehalten hätte: Die Wachen, die Szin hielten, raue Burschen, die sonst immer Vergnügen am Leid ihrer Gefangenen gefunden hatten, weigerten sich! Mehr noch! Sie legten die Hände auf die Griffe ihrer Schwerter und nahmen eine drohende

Haltung gegen ihn ein! – Welch ungeheure Macht musste dieser stumme Mörder über andere Menschen haben, dass selbst die Schergen des Fürsten ihr Leben für ihn riskierten!

Interessiert hatte Adiv eb Aser verfolgt, wie Szin eb Szin sich mit ausdruckslosem Gesicht leicht vor ihm verbeugte. Eine der Wachen hatte den Dolch gezogen und die Fesseln des Gefangenen durchtrennt.

Ganz allein war Adiv eb Aser mit diesem unheimlichen Sträfling und den beiden widersetzlichen Wachen in seiner Amtsstube.

Lächelnd nahm Szin dem Mann, der ihn befreit hatte, den schweren, bronzenen Langdolch ab und präsentierte ihn Adiv eb Aser auf seinen ausgestreckten Handflächen.

Der Hofmarschall verstand.

»Du weihst mir deine Waffe?«

Szin nickte leicht.

»Meine Feinde sind auch deine Feinde, meinst du?«

Wieder bestätigte Szin mit einem fast unmerklichen Kopfnicken.

»Dann töte diese Männer!« Adiv eb Aser zeigte auf die Wachen. Schneller, als sein Auge folgen konnte, war Szin herumgewirbelt, hatte den beiden vollständig überraschten Wachen mit einem einzigen Streich die Kehlen durchschnitten und stand schon wieder mit gleichmütigem Gesicht vor ihm.

Der ganzen Situation haftete etwas Gespenstisches an, aber Adiv eb Aser war nicht umsonst Marschall des Hofes von Thonar. Dieser Szin eb Szin schien brauchbar. Jeder Mensch ist brauchbar, wenn man ihn tun lässt, was er gern tut! »Es bereitet dir Freude zu töten!«, stellte er fest.

Szin stand, den blutigen Dolch in der Hand, vor ihm. Ein feines Lächeln überzog sein Gesicht.

»Du weißt, Szin, dass der Hof von Thonar Feinde hat?«

Szin nickte. Er wusste, dass er gewonnen hatte.

»Ich suche einen Geheimagenten, der sich um diese Leute kümmert!«

Da hatte sich Szin zum ersten und einzigen Mal vor einem menschlichen Wesen tief verbeugt.

Es war nun dunkel und auch der letzte Bogenschütze war entkräftet auf dem Weg zurückgeblieben.

Szin eb Szin ging unaufhaltsam weiter. Seine weichen Stiefel verursachten kein Geräusch auf dem Weg und er hielt seine Atemzüge unter Kontrolle, um besser hören zu können.

Nebelfetzen kamen aus dem Moor heraufgekrochen und erschwerten die Sicht. Jeden Moment rechnete Szin damit, das nahe Sirren einer Bogensehne zu hören, aber nichts geschah. Trotzdem wurde er nicht leichtsinnig. Schnell, aber vorsichtig, alle Sinne auf das Äußerste angespannt, bewegte er sich auf dem schmalen Weg nach Norden. – Diese kleine Hüterin verdiente Respekt! Szin würde sehr vorsichtig sein, wenn er sie fand!

2

In Thedra

Natürlich kann man einen Tiger satteln! –
Aber kann man auch gut darauf reiten?

Sed eb Rea war außer sich vor Zorn. Der schlimmste aller Fälle war eingetreten.

Die halbe Nacht hatte er vor dem großen Stahltor unter den Leichen seiner Kämpfer gelegen und sich nicht bewegen können. Die Zeit, bis die ersten Männer seiner Truppe sich durch die noch immer glühend heiße Schlucht bis zum Tor vorgewagt und die wenigen Überlebenden geborgen hatten, war ihm wie eine Ewigkeit erschienen.

Jetzt saß er mit einigen seiner Offiziere im unteren Teil der Königsklippe in seinem vorläufigen Hauptquartier. Die Berichte, die er erhielt, waren niederschmetternd.

Von den sechshundert Elitekämpfern, mit denen er nach Thedra gekommen war, lebte noch knapp die Hälfte. War die erste Gruppe, die die Stadtwachen zu überwältigen hatte, noch ohne organisierte Gegenwehr zum Erfolg gekommen, so hatte es schon hier in der Königsklippe auf Messers Schneide gestanden. Lächerlich wenige Scharleute hatten, obwohl sie im Schlaf überrascht worden waren, den Dramilen furchtbare Kämpfe geliefert und nicht einer von ihnen hatte sich ergeben!

Das größte Fiasko war allerdings Sed eb Reas eigenes Kommando gewesen. Nicht nur, dass er sein Ziel, den Schwalbenhafen, nicht eingenommen hatte. Er hatte dabei sogar fast all seine Kämpfer eingebüßt und wäre beinahe selbst noch ums

Leben gekommen. Nur dem Umstand, dass er von seinen eigenen Männern an das Stahltor gepresst worden war und sie ihn so, unwillentlich, mit ihren Leibern vor der Gluthitze geschützt hatten, verdankte er sein Leben.

Noch bei Tagesanbruch hatten die Felswände eine solche Glut ausgestrahlt, dass die Schlucht unpassierbar war.

Endlich, als die Sonne schon fast den halben Weg bis zur Tagteilung zurückgelegt hatte, hatten die dramilischen Soldaten kommen und ihre schwer verletzten Kameraden bergen können.

Sed eb Rea hatte selbst die Felswände gesehen, die in der Glut der thedranischen Waffen geschmolzen waren und wie glasiert ausgesehen hatten. Mit Schaudern dachte er daran, was geschehen wäre, hätten die Thedraner noch eine dieser furchtbaren Brandwaffen auf den Rettungstrupp geschleudert.

Doch die Situation war auch so schlimm genug! Die Hälfte seiner Männer war tot, der Schwalbenhafen nicht gewonnen, die obere Hälfte der Königsklippe ebenfalls uneinnehmbar und die Verstärkung, die vor Thedra im offenen Wasser kreuzte, würde vergeblich auf das Zeichen von der Wachklippe warten, das den Schiffen freie Einfahrt signalisieren sollte.

Sed eb Rea horchte auf die Geräusche, die seine Männer bei dem Versuch machten, weiter nach oben, in die Palasträume vorzudringen. Immer wieder klirrten die bronzenen Werkzeuge auf die Felsplatte, die den einzigen Durchgang wie eine Falltür verschloss. Es war ein hoffnungsloses Unternehmen! Einen halben Tag arbeiteten die Männer nun schon ununterbrochen und hatten dabei kaum eine Hand voll kleiner Splitter aus der massiven Platte geschlagen.

Und wenn der Durchbruch gelang? Welche Teufelei mochte hinter der Platte auf die Soldaten lauern? Sed eb Rea musste sich eingestehen, dass er die Thedraner unterschätzt hatte. Er hatte Angst! Angst davor, mit dreihundert Soldaten eine Bevölkerung von viertausend Menschen zu kontrollieren. Noch war das Volk zwar ruhig, aber selbst in diesem steinernen Handwerker- und Kaufmannsgehege würden sich ein paar »Helden« finden, die es nicht lassen konnten, so etwas wie eine Partisanenarmee zu organisieren.

Sed eb Rea hatte auch Angst davor, dass hinter dem Stahltor des Schwalbenhafens eine Armee von Scharleuten darauf warten könnte, die Stadt zu stürmen. Und Sed eb Rea hatte Angst, dass heute noch eines der fliegenden Schiffe nach Thedra zurückkehren könnte und die Schiffe, die seine Verstärkung bringen sollten, verjagte. Denn er hatte einen Plan entwickelt, wie er vielleicht Schwalbenhafen und Wachfelsen doch noch in seinen Besitz bringen konnte.

Im Schwalbenhafen bereitete sich derweil die »Streitmacht«, deren Ausfall Sed eb Rea so fürchtete, darauf vor, die beiden fliegenden Schiffe, die dort vor Anker lagen, zu verbrennen. Weiterhin platzierten die Scharleute Glasrohre mit Aganez' Feuer bei den halb fertigen Rümpfen, die auf der Helling lagen, sowie in allen Werkstätten und Geräteschuppen.

Ganze siebzehn, zumeist ältere Scharleute hatten sich zum Zeitpunkt des Angriffs im Schwalbenhafen aufgehalten. Trotz des stählernen Tores waren sich die Verteidiger im Klaren darüber, dass sie den Schwalbenhafen auf Dauer nicht halten konnten. Darum war es besser, auf jede Möglichkeit vorbereitet zu sein. Sollte es den Dramilen gelingen, den Schwalbenhafen einzunehmen, reichten ein paar rasche Schläge auf die dünnwandigen Glasrohre aus und Aganez' Feuer würde die ersehnte Beute zu Asche werden lassen!

Sed eb Rea ließ seine Leute nicht zur Ruhe kommen. Wenn das Volk von Thedra erst einmal erfuhr, dass nur dreihundert Mann die ganze Besatzungsmacht darstellten, konnte es leicht geschehen, dass sie aus ihren Höhlen herauskamen und die Dramilen einfach aus den Straßen ihrer Stadt hinausfegten.

Sed eb Rea schickte dramilische Herolde durch die Stadt, die immer wieder verkündeten, König Reo stehe in Verhandlungen mit den Besatzern und darum sei die Ausgangssperre strikt zu beachten! Alles werde sich zum Guten wenden!

Die Kämpfer mussten sich mit viel Lärm im Eilschritt durch die Straßen Thedras bewegen und sich immer wieder an verschiedenen Stellen zu Gruppen zusammenrotten, um den Eindruck zu erwecken, eine weitaus größere Streitmacht beherrsche die Stadt.

Keine Wohnung und kein Lager durfte an diesem Tage durchsucht oder gar geplündert werden, um keinen Aufruhr in der Stadtbevölkerung auszulösen. Die erstaunten Thedraner sahen nur eine ungeheure Menge feindlicher Soldaten mit viel Getöse durch die Stadt ziehen und hörten von den Friedensverhandlungen, in denen ihr König angeblich stand. Der Feind war in der Stadt, na schön! Solange er sich darauf beschränkte, auf den Stufen Thedras um die Wohntürme zu jagen, würden die Thedraner ihn auch behandeln wie einen starken Sturm. Sie hielten sich an die Ausgangssperre, blieben in ihren Unterkünften und beredeten das Ereignis besorgt auf den Fluren, obwohl niemand genau wusste, was eigentlich geschehen war. Weil so etwas bald langweilig wird, gingen denn auch alle am Abend zeitig zu Bett. Kaum ein Händler und kaum ein Handwerker wachte in dieser Nacht, um seine Familie zu beschützen. Die Dramilen waren anscheinend eine recht rücksichtsvolle Besatzungsmacht.

»Stoffmacherlein! Wie bist denn du davongekommen? Ich habe mir schon Sorgen gemacht! Meine Leute sind manchmal so roh, weißt du?« Sed eb Rea war aufgesprungen und breitete in gespielter Freude die Arme aus.

Llauk stand zwischen zwei Wachen vor dem großen Tisch in dem Raum, in dem die Scharleute normalerweise ihre Versammlungen abhielten und der dem Dramilen jetzt als Hauptquartier diente. Lange hatte er gebraucht, bis er sich wieder hinter dem Flügel des Hafentores hervorgetraut hatte, hinter den er gekrochen war, bevor die ersten Soldaten die Schiffe verließen. Die Dramilen hatten in der vergangenen Nacht alles niedergemacht, was sich auf der Straße sehen ließ. Llauk hatte sich ganz ruhig verhalten, um nicht versehentlich das Opfer seines eigenen Verrats zu werden.

Dann, im Morgengrauen, hatte er sich zur Königsklippe gewagt, wo er Sed eb Rea vermutete. Natürlich war er sofort von einer dramilischen Streife verhaftet worden.

Auf sein Begehren, Sed eb Rea vorgeführt zu werden, hatten die Männer seltsam reagiert, aber der Umstand, dass Llauk Dramilisch sprach und den Namen ihres Oberbefehlshabers kannte, rettete ihm das Leben. Man hatte ihn zu dem Gefängniskäfig am Hafen gebracht und dort ganz einfach vergessen.

Zu seinem maßlosen Entsetzen hatte Llauk dort aus den Gesprächen anderer Soldaten herausgehört, dass Sed eb Rea bei dem Versuch, den Schwalbenhafen zu stürmen, vor einem stählernen Tor verbrannt war. Da war das ganze Elend dieser Welt auf den armen Stoffmacher herabgekommen: sein Gönner tot, ohne Heimat und ohne Geld, Thedra vom Feind besetzt! Das war ja alles schon schlimm! Aber dass er unter den Dramilen nun gar keinen Förderer mehr hatte, ja noch nicht einmal jemanden, der ihn kannte, das war wirklich furchtbar! Wer würde jetzt seine Verdienste um den dramilischen Sieg würdigen? Ja, wer wusste überhaupt davon?

Llauk war verzweifelt! Jetzt war er wirklich am Ende!

Wenn er auch nicht mehr mit dem Amt des Gouverneurs gerechnet hatte, eine kleine Belohnung hätte Sed eb Rea doch bestimmt für ihn übrig gehabt! So saß Llauk denn, in tiefer Trauer um seinen gütigen Herrn, den ganzen Tag lang in dem zugigen Käfig und zitterte vor Kälte und Angst um seine Zukunft. Ab und zu löste sich eine große Träne aus seinen Augenwinkeln und rollte langsam über seine Wange. Hätte Sed eb Rea sehen können, dass Llauk wie ein treuer Hund um ihn trauerte, er hätte sicher laut herausgelacht.

Dann, am späten Nachmittag, erreichte Llauk, genauso zufällig wie die Todesnachricht, die Kunde, Sed eb Rea habe doch überlebt.

Sofort fing Llauk an Krach zu schlagen. Immer wieder forderte er, unverzüglich Sed eb Rea vorgeführt zu werden, und bedrohte seinen Bewacher mit allen Todesarten gleichzeitig, falls der ihn nicht sofort freiließe.

Der Mann zeigte sich so beeindruckt, dass er den Riegel des Käfigs sofort noch ein wenig fester verkeilte. Erst gegen Abend wurde er des ewigen Gezeters müde und schickte einen Boten zur Königsklippe. Zum maßlosen Erstaunen des Wächters war der Bote mit dem Auftrag zurückgekehrt, den Gefangenen vorzuführen.

Jetzt stand Llauk also wieder vor Sed eb Rea, seinem »Freund und Gönner«. Lange schon war ihm klar, dass Sed eb Rea ihn nur benutzt hatte und im Traum nicht daran dachte, seine Versprechen einzulösen. Aber Llauk hatte nichts zu verlieren. Wenn er jetzt nicht versuchte sich wenigstens ein kleines Stück des Versprochenen zu holen, dann würde er sein Leben als Bettler beenden.

»Ich bin sicher, du willst deinen Lohn, Stoffmacherlein!«, stellte Sed eb Rea fest. »Lasst diesen Mann los!«, wies er dann die Wächter an. »Er ist der zukünftige Gouverneur Thedras!«

Gehorsam ließen die Soldaten Llauk los, woraufhin dieser

vor Schreck fast zusammengebrochen wäre. Gouverneur? Hatte Sed eb Rea wirklich »Gouverneur« gesagt? Was bedeutete das auf Dramilisch? Dass man ihn jetzt an den Zehen aufhängen würde, bis ihm das Blut aus den Ohren quoll? Llauk hatte gelernt die Versprechungen der Dramilen nicht mehr allzu wörtlich zu nehmen!

»Schau nicht so erschreckt, mein Freund!« Sed eb Rea kam tatsächlich um den Tisch herum und zog Llauk auf einen freien Stuhl. »Darf ich vorstellen?«, fuhr er dann seinen Offizieren zugewandt fort. »Llauk von Idur, unser Agent in Thedra und ab morgen Gouverneur der dramilischen Krone in der Provinz Estador!«

Llauk schaute sich verwirrt um. Niemand lachte! Was sollte das? Er war hierher gekommen, um von Sed eb Rea ein paar hundert Bronzestücke zu erbitten, um sich schnellstmöglich ins Hinterland absetzen zu können. Wollte der Dramile ihm auch diese kleine Belohnung durch spöttische Reden vergällen?

Der Offizier direkt neben Llauk stand auf.

Llauk wich auf seinem Stuhl ängstlich zurück. Dramilen und Schläge waren für ihn ein und dasselbe. Aber der Mann verbeugte sich nur kurz und setzte sich wieder. Die anderen Offiziere taten es ihm gleich.

Llauk wusste nicht, was er davon zu halten hatte. Wo war der Haken bei der Sache? Er wollte kein Gouverneur mehr sein! Er wollte fünfhundert Bronzestücke und seine Freiheit! Sonst nichts!

»Na, da verschlägt es dir die Sprache, Stoffmacherlein, wie?« Sed eb Rea war bester Laune. »Nur noch eine kleine Anstrengung und wir sind die Herren der Stadt! Dann wirst du hier wie ein König regieren!«

Llauk nickte müde. Gleich würde der Dramile seine Bedingungen nennen.

»Du wirst müde sein!« Sed eb Rea schlug Llauk freundschaftlich auf die Schulter. »Such dir ein Zimmer und ruh dich ordentlich aus! Wir wollen dem staunenden Volk doch morgen einen ausgeschlafenen Gouverneur vorstellen! Wir haben hier noch so vieles zu bereden, strategische Belange, du verstehst? Das wird dich nicht interessieren! Such dir ein Zimmer!«

Wenn das kein sanfter Rausschmiss war! Zögernd stand der vollständig verwirrte Llauk auf und ging, ohne auch nur ein einziges Wort gesagt zu haben, zur Tür. Immer noch wartete er darauf, dass die Männer hinter ihm plötzlich in brüllendes Gelächter ausbrachen. – Aber nichts geschah! Auch als Llauk die Tür leise hinter sich geschlossen hatte, blieb alles ruhig. Nur die kräftige, befehlsgewohnte Stimme Sed eb Reas drang durch das dicke Holz, als er seinen Offizieren weitere Anweisungen gab.

Llauk ging ein paar Schritte den schwach erleuchteten Gang entlang und bog dann in die nächstbeste Wohnhöhle ein. Ein reiches Mitglied der Sturmflottenschar musste hier gewohnt haben! In der Luft hing noch der Duft gut gewürzten Essens.

Llauk suchte sich einen Holzspan und holte von einem der Leuchter auf dem Gang Feuer. Als alle Öllampen in dem recht großen Raum brannten, durchsuchte er die Regale nach etwas Trinkbarem. Seit er hier in Thedra unter dem Regiment von Szin eb Szin hatte leben müssen, nahm er seine Mahlzeiten gern auch in flüssiger Form ein.

Llauk hatte Glück. In einem Regal standen einige irdene Krüge voller Wein. Er suchte sich einen Becher, ein fein gearbeitetes Gefäß aus Zinn, und schenkte sich ein.

Der Wein war gut! Llauk setzte sich nachdenklich auf das große Bett. Konnte es sein, dass das Schicksal es wirklich einmal gut mit ihm meinte? Dass die ganzen Mühen und Opfer, die er auf sich genommen hatte, sich jetzt doch noch auszahlen würden? Rasch verwarf er den Gedanken wieder. Zu oft war er betrogen worden!

Was hatten die Dramilen nur aus dem kleinen Stoffmacher, der er einmal gewesen war, gemacht? Er war ausgezogen, die Welt zu erobern, und sicherlich hatte er dabei Fehler gemacht. Aber gab das diesen Leuten das Recht, ihn nach Belieben an Leib und Seele zu demütigen? Ihn zuletzt sogar zum Feind und Verräter seines eigenen Volkes zu machen?

Mit plötzlicher Klarheit erkannte Llauk, wie sehr er von den Dramilen für ihre Zwecke benutzt worden war. Sed eb Rea hatte ihn ausgesucht, wie ein Schlächter ein Schaf aus dem Pferch wählt. Alles, was hätte gelingen können, hatte der Kapitän planmäßig und mutwillig zerstört und damit Llauks ohnehin nicht sehr große Widerstandskraft zermürbt.

War Llauk, bevor er sich auf der *Großen Geliebten* einschiffte, vielleicht ein unerfahrener, hochmütiger Stoffmacher aus Idur gewesen, so hatte er doch immerhin noch zwischen Gut und Böse unterscheiden können. Sicher – er hatte schon immer einen gewissen Hang zu Tücke und Jähzorn in sich gewusst, aber bis dahin hatte er noch niemanden verletzt oder getötet!

Nach den Erlebnissen in Sordos, der Rückfahrt nach Thedra und besonders, seit er Szin unterstellt war, fühlte er sich nur noch als willfähriges Werkzeug in den Händen der Dramilen.

Erschrocken hielt Llauk inne. Ruckartig schlug er die Hände vor den Unterleib, sodass der Zinnbecher in hohem Bogen durch den Raum flog. Gleich würden die Schmerzen wieder anfangen, so wie sie immer gekommen waren, wenn er solch ketzerische Gedanken hatte!

Aber nichts geschah. Kein Kribbeln auf der Haut! Keine

tastenden Finger! Kein Gefühl kalten Metalls! Keine Schmerzwelle, die seinen Körper durchschoss! – Er war frei!

Llauk konnte sein Glück kaum fassen! Szins Fluch war erloschen! Llauk hatte seine Aufgabe erfüllt und damit hatte der Fluch keine Macht mehr über ihn. Aufgeregt sprang er auf. Er würde Szin töten! – Nichts geschah! – Er würde Sed eb Rea umbringen! – Nichts! – Die *Große Geliebte* in Brand setzten! – Nichts! Die Strafe blieb aus.

Llauk holte den Weinbecher zurück, wischte ihn mit einem sauberen Tuch aus und goss sich mit zitternder Hand neuen Wein ein. Das Gefühl der wiedergewonnenen Freiheit überwältigte ihn fast, doch mengte sich auch ein Tropfen Bitterkeit in den süßen Wein. Llauks Blick fiel auf den Steinboden. Das Blut eines Besiegten klebte dort in großen, eingetrockneten Flecken und mischte sich langsam mit dem verschütteten Wein des Verräters. Hier war gekämpft worden! Hier und in der ganzen Stadt. Wie viele Leben mochten es sein, zu deren Erlöschen Llauk beigetragen hatte? Wie viele mochten es noch werden? War er dazu in die Welt gezogen, um zum Verräter, zum Mörder zu werden?

Llauk fasste einen Entschluss. Egal wie die Sache auch ausgehen mochte, ob Sed eb Rea ihn nun wirklich zum Gouverneur machte oder nicht, Llauk war jedenfalls nicht mehr bereit ihm allzu folgsam in die Hände zu spielen. Wenn er Einfluss bekam, dann würde er ihn auch anzuwenden wissen. Sed eb Rea vertraute ihm bis zu einem gewissen Grade – das konnte ein entscheidender Fehler sein! Denn immerhin hatte er selbst dafür gesorgt, dass Llauk über eine große Erfahrung als Intrigant und Verräter verfügte.

Llauk trank den Becher leer, löschte die Lichter und legte sich auf das Bett. Seine Entscheidung stand fest: Er würde für den Dramilen weiter zum Schein den folgsamen Hund spielen, wenn der es wünschte, aber im entscheidenden Moment würde der Hund seinem Herrn zwischen die Beine springen – und ihn zu Fall bringen! Llauk würde Sed eb Rea stürzen, irgendwann!

Bald schon schlief Llauk mit einem Lächeln auf den Lippen ein und wurde zum ersten Mal, seit er Sed eb Rea kennen gelernt hatte, nicht von Alpträumen geplagt.

In vollständiger Stille glitt die *Große Geliebte* am Rand des Hafenbeckens entlang auf den Wachfelsen zu. Die Riemen des Beiboots, das sie zog, verursachten nicht das geringste Geräusch.

Sed eb Rea stand sinnend auf dem Achterdeck und schaute auf die Felstürme der Stadt. Ganze fünfzig, zumeist verletzte Kämpfer hatte er in Thedra zurückgelassen. Die Stadt schlief.

Der Kapitän wusste, dass das große Hafenschutztor fest in der Hand seiner Leute war, trotzdem machte er sich Sorgen. Die nächtliche Fahrt der *Großen Geliebten* konnte den endgültigen Sieg über Thedra bringen – oder den endgültigen Untergang von Sed eb Reas Streitmacht. Alles hing davon ab, wie viele Scharleute sich im Schwalbenhafen befanden und wie gut sie bewaffnet waren.

Immer größer wurde der Wachfelsen vor dem Bug des Schiffes. Turmhoch ragte er in die dunstige Dunkelheit des wolkenverhangenen Himmels. Schweigend warteten knapp zweihundert Kämpfer auf dem Deck darauf, dass der Kapitän ihnen das Zeichen gab. Nichts war mehr zu bereden. Die Anweisungen der Offiziere waren klar genug gewesen.

Die *Große Geliebte* würde von dem Boot bis zur Rückseite des Wachfelsens geschleppt werden. Dort würden die Kämpfer ohne Harnisch, nur mit Schwert und Bogen bewaffnet, in das eiskalte Hafenwasser steigen und versuchen den Schwalbenhafen, eng am Fels entlangschwimmend, zu erreichen. Dort hieß es dann nur noch: Kampf bis zum Sieg! – »Oder bis zum Untergang!«, mochte mancher der Männer in Gedanken hinzugesetzt haben, denn Sed eb Reas Truppe war nicht in der besten Verfassung. Der Anblick des gewaltigen Tores, mit dem die Thedraner ihre fliegenden Schiffe schützten, der Anblick dieses unglaublichen Wunders der Handwerkskunst und des Reichtums hatte vielen von ihnen den Mut geraubt. Sie sahen sich schon von stählernen Pfeilen durchbohrt, von stählernen Klingen erschlagen und in stählernen Käfigen gefangen.

Die Männer im Boot hörten auf zu rudern. Die *Große Geliebte* hatte ihren Bestimmungsort erreicht. Schweigend gab Sed eb Rea das Zeichen und schweigend legten die Kämpfer ihre Umhänge ab. Einer nach dem anderen glitt lautlos in das Wasser, wobei die Männer die verschiedensten Holzgegenstände als Flöße benutzten, um ihre Waffen zu transportieren.

Als Letzter ließ sich Sed eb Rea in das nachtschwarze Wasser hinab. Schon nach wenigen Schwimmzügen merkte er, wie die Kälte begann seinem Körper die Kraft auszusaugen. Trotzdem hielt er mit der Rechten eisern seinen Dolch umklammert, bereit jeden zu erstechen, der es wagen sollte umzukehren.

Die ersten Dramilen, die aus den nächtlichen Fluten auftauchten, waren von den Scharleuten sofort bemerkt worden. Unverzüglich waren sie zum Strand hinuntergeeilt und die ersten Angreifer hatten die Kühnheit ihres Befehlshabers mit ihrem Leben bezahlt.

Als aber immer mehr Feinde aus dem Wasser hervorkamen, hatten sich die Scharleute zurückziehen müssen. War jeder von ihnen auch schneller und stärker als der beste dramilische Kämpfer, so konnten sie einer mehr als zehnfachen Übermacht doch nicht standhalten. Dennoch gab es jetzt etwas zu tun, das keinen Aufschub duldete!

Gerade setzte der Siegesjubel der Dramilen ein, die glaubten, der Gegner habe sich zur Flucht gewandt, als leises Klirren durch die Nacht zu ihnen herüberdrang. Die Scharleute hatten die Rohre zerschlagen, die Aganez' Feuer enthielten.

Augenblicke später wälzte sich eine lohende Feuersbrunst auf die Angreifer zu, die sich in wilder Flucht und maßlosem Entsetzen wieder an die Wassergrenze zurückzogen. Schweigend stand Sed eb Rea zwischen seinen Kämpfern und spürte zum zweiten Mal die Hitze von Aganez' Feuer auf seiner Haut. Voller Ingrimm musste er hilflos zusehen, wie die Beute, die sein eigentliches Ziel gewesen war, wie die fliegenden Schiffe in der Glut des magischen Feuers zu Asche verbrannten. Die ganze Werft stand in Flammen und nichts als geschmolzener Sand blieb Sed eb Rea, um ihn seinem König zu bringen.

Noch war der Wachfelsen nicht eingenommen. Die letzten überlebenden Scharleute hatten sich dorthin zurückgezogen und begannen nun die Dramilen von den hoch gelegenen Simsen aus zu beschießen. Voller Zorn trieb Sed eb Rea seine Leute auf das brennende Hafengelände.

Nun zeigte sich ein entscheidender Fehler, der beim Bau der Verteidigungsanlage vor vielen Jahren gemacht worden war: Der Hafen selbst war vom Wachfelsen aus nicht einzusehen. Ganz offensichtlich hatte es die Fantasie der Baumeister überfordert, sich vorzustellen, ein Feind könne je hier eindringen. Sie hatten die Verteidigung ganz auf Angreifer abgestimmt, die von See kamen. Dass Schwimmer aus dem eigenen Hafen einst das Bollwerk umgehen könnten, daran hatten sie nicht gedacht.

Eilig durchquerte ein Teil der Angreifer das Hafengelände, wobei sie die Brandstätten ängstlich mieden. Auf den fliegenden Schiffen kam es zu zwei gewaltigen Verpuffungen, als die Kästen, in denen die Glasrohre aufbewahrt wurden, in Flammen aufgingen. Gelbrote Feuersäulen stiegen hoch in den Himmel, vereinigten sich zu einem einzigen, gigantischen Brandherd und immer neue Hitzewellen machten den Angreifern das Atmen schwer. Wind erhob sich, denn die erhitzte, glühheiße Luft jagte wie in einem Kamin in den Nachthimmel empor und die Luft am Boden strömte mit anwachsender Geschwindigkeit auf das Feuer zu. Innerhalb weniger Augenblicke entstand so einer der gefürchteten Feuerstürme, die alles in die Brandherde hineinrissen, was sich in der Nähe befand.

»Öffnet das Tor! Holt den Rammbock! Fünfzig Mann bleiben im Vorhof und sichern die Schlucht!« Sed eb Rea brüllte seine Befehle durch das Chaos, das im Schwalbenhafen herrschte. Höchste Eile war geboten! Wenn die Stadtbewohner erst einmal aufmerksam wurden, war es nur noch eine Frage der Zeit, bis sie bemerkten, dass kaum noch Besatzer in den Gassen von Thedra waren. Und die schmale Schlucht vom Schwalbenhafen zur Stadt war leicht zu verteidigen! Sollten sich wirklich alle viertausend Thedraner entschließen die Stadt von den Dramilen zu befreien, so wäre Sed eb Reas Streitmacht hier im Schwalbenhafen gefangen! Das musste verhindert werden!

Vor allen Dingen musste der Wachfelsen eingenommen werden! Noch immer versperrte der überhängende Fels mit seinen Laufgängen und Schießscharten der so dringend benötigten Verstärkung die Zufahrt. Im Schein der brennenden Anlage besah sich Sed eb Rea das schmale Steintor, das den Hauptgang in den Felsen versperrte. Prüfend schlug er den Griff seines Dolches dagegen. – Ein hohler Klang!

Schon kamen seine Männer mit dem Rammbock zurück, der vor genau einer Tageslänge am ersten Tor des Schneckenhafens liegen geblieben war. Mit ungestümer Wut stürmten sie auf das schmale Tor des Wachfelsens ein.

»Rammt!«

Bereits die ersten Rammstöße zeigten Wirkung. Bald schon durchzogen fingerbreite Risse die schwere Steinplatte.

»Rammt!«

Ein Teil des Tores wurde ein Stück weit nach innen gedrückt.

»Rammt!«

Das war das Ende der Scharleute des Wachfelsens von Thedra. Es waren Fehler gemacht worden und diese Fehler mussten nun teuer bezahlt werden. Als der Rammbock der Dramilen das steinerne Tor endlich zum Wanken brachte, drangen klirrende Geräusche aus dem Fels und feurige Lohe schoss den Belagerern aus der zerbrochenen Platte entgegen.

Am Vormittag des folgenden Tages war Thedra fest in der Hand der Dramilen. Sed eb Reas Rechnung war aufgegangen. Die Thedraner hatten es glatt verschlafen, dass ihre Stadt eine Zeit lang ganz ohne Besatzung gewesen war. Statt die paar verwundeten Söldner, die Sed eb Rea zurückgelassen hatte, zu entwaffnen und einen gut organisierten Widerstand auf die Beine zu stellen, hatten sich die Bürger ganz auf die beruhigenden Worte der Herolde verlassen und sich lieber die Decke über den Kopf gezogen.

So kam es denn, dass im Morgengrauen vier dramilische Finderschiffe mit insgesamt dreihundert Schwertkämpfern und Bogenschützen den ausgeglühten Wachfelsen passierten und in den Hafen von Thedra einliefen. Bis zur Tagteilung war Thedra von einer so starken dramilischen Macht besetzt, dass jede Gegenwehr künftig im Keim erstickt werden konnte. Trotzdem war Sed eb Rea beunruhigt. Was er sich mehr als alles andere gewünscht hätte, war eines der fliegenden Schiffe, am besten mit einer erfahrenen Besatzung. Er hatte fest damit gerechnet, den Schwalbenhafen im Handstreich nehmen zu können und wenigstens eines dieser wunderbaren Schiffe zu erbeuten. Aber diese Frauen und Männer in ihren gelbseidenen Anzügen hatten gekämpft, wie Sed eb Rea es noch nie erlebt hatte. Nicht eine und nicht einer von ihnen hatte sich ergeben! Wie also sollte er den fliegenden Schiffen trotzen, die sicher bald vor der Hafeneinfahrt auftauchen würden? Jetzt saß er hier auf einem Berg von Beute und musste sich schon Sorgen darüber machen, wie er sie nach Hause bringen sollte!

Und noch einen Stachel gab es im Fleisch des Dramilen, den er nur schwer verwinden konnte: Mit den dramilischen Finderschiffen waren gleichzeitig drei große Frachtschiffe des Kaisers eingelaufen, um den »Tribut des Siegers« abzuholen, denn selbstverständlich würde man nun darangehen, die Stadt bis auf die letzte Zinnmünze auszuplündern.

Es war einer von Sed eb Reas schwersten Gängen gewesen, den geplanten Raubzug beim Kaiser in Isco anzumelden. Es widersprach seiner Feldherrenmentalität zutiefst, seine Pläne vor anderen aufzudecken, und doch hatte es keine andere Möglichkeit gegeben. Wären die Dramilen, ohne diese Formalität zu erledigen, über Thedra hergefallen, so hätte der Kaiser die Westlichen Inseln für Gemeingut erklärt und jede seefahrende Nation hätte alles darangesetzt, sich ihren Teil zu holen. – Es wäre das Ende des Hauses Dramil gewesen.

Auf dem Platz am Schneckenhafen herrschte Gedränge.

Schon seit der Tagteilung hatte Sed eb Rea seine Herolde durch die Stadt geschickt, die die Thedraner aufgefordert hatten vor der Abenddämmerung friedlich und ohne Waffen zum Versammlungsplatz zu kommen.

Noch war alles ruhig in der Stadt. Die Kämpfe waren vorüber und die Plünderungen hatten noch nicht begonnen und so waren viele Thedraner der Aufforderung aus reiner Neugier gefolgt. Endlich würde man erfahren, was in den vergangenen beiden Nächten wirklich geschehen war!

Während des Tages hatte der Wind aufgefrischt und die Temperatur war spürbar gefallen. Als die Zeit der Versammlung gekommen war, wehten feine Schleier dünnen Schnees über die Menschen hinweg.

Ungeduldig wartete die Masse auf die angekündigten Neuigkeiten. Es wurde kalt. Dicht drängten sich die Menschen aneinander und so mancher wäre wohl lieber wieder nach Hause gegangen, um sich alles nachher von einem Nachbarn erzählen zu lassen. Aber der Ausgang des Platzes war von dramilischen Wachen besetzt. Konnte man wissen, ob sie bereit waren die Menschen gehen zu lassen?

Schließlich wagte einer aus der Gruppe der Kaufleute einen Versuch. Zusammen mit seiner Frau bahnte er sich einen Weg durch die Menge und ging auf das Hafentor zu, um nach wenigen Schritten wieder umzukehren. Die gespannten Bogen der Wachen auf dem Tor hatten ihn überzeugt, dass eine Erkältung seiner Gesundheit lange nicht so abträglich sei wie der Versuch weiterzugehen.

Erste Unmutsäußerungen wurden laut.

Da kam plötzlich ein dramilischer Offizier an der Spitze einer Eskorte von vier Schwertkämpfern durch das Tor. Die Menge wich auseinander und gab den Weg zur steinernen Tribüne frei. Leichtfüßig sprang der junge Offizier auf die Bühne und wandte sich dem Volk zu, während seine Männer sich rechts und links von ihm aufbauten.

»Thedraner«, sprach der Dramile das Volk in dessen Sprache an, »ich bitte euch um Verzeihung, dass wir euch solche Ungelegenheiten machen müssen, aber es geht um sehr wichtige Dinge! Darum müssen wir euch bitten noch ein wenig Geduld zu haben, denn bald wird Llauk, Gouverneur der

Provinz Estador des Hauses Dramil, Königlicher Statthalter von Thedra, das Wort an euch richten!«

Ein Raunen ging durch die Menge. Kaum einer der Anwesenden hatte mit solch einer Entwicklung gerechnet.

»Wir sind Thedraner! Wir brauchen keinen dramilischen Statthalter!« Eine hohe Stimme stieß diesen Satz wie einen Fluch aus. Zustimmendes Gemurmel erfolgte aus der Menge.

Der dramilische Offizier erhob begütigend die Hand. »In wenigen Augenblicken werdet ihr mehr erfahren! Sobald der Herr Gouverneur angekleidet ist, wird er hierher kommen und zu euch sprechen!«

»Soll er doch nackt kommen! Wenn er uns regieren will, dann kann er auch mit uns frieren!«

Aber der Ruf ging ins Leere. Der Dramile hatte die Tribüne schon wieder verlassen und ging mit seiner Eskorte vom Hafengelände.

Das fahlgraue Licht wurde langsam schwächer. Fackeln wurden entzündet und in die Halterungen an den Felswänden gesteckt. Ein Murmeln und Murren lag über dem Platz. Mutmaßungen wurden angestellt. – Llauk? Etwa dieser Llauk, der angeblich sein Glück in Sordos gemacht hatte? Der den lieben langen Tag in der Stadt herumlungerte und nichts weiter tat, als sich zu betrinken? *Das* sollte der Gouverneur sein?

Die Kälte wurde immer schlimmer und die Laune der Menge immer schlechter. Sed eb Rea hatte die Thedraner richtig eingeschätzt. Je länger sie in der Kälte stehen mussten, umso mehr hassten sie ihren neuen Gouverneur. Hassten ihn mit heißer Inbrunst und kalten Füßen, noch bevor sie ihn überhaupt gesehen hatten!

Sed eb Rea hielt viel von Planung, denn der Hass auf Llauk sollte seine Lebensversicherung sein, wenn er dereinst gezwungen sein sollte Thedra fluchtartig zu verlassen!

Llauks Einzug auf den Platz am Schneckenhafen war so, wie er es sich noch vor wenigen Tagen in seinen kühnsten Träumen nicht vorgestellt hatte. Hoch schwebte er über der zitternden und zähneklappernden Menge in einer Sänfte dahin, die die Dramilen irgendwo aufgetrieben hatten. Der Sitz des Holzgestells war mit edlen Fellen behangen und über seinen Knien lag eine große Decke aus demselben Material. Sein Oberkörper war mit einem dicken, karmesinroten Wollmantel bekleidet, über dem eine schwere Goldkette aus den Beständen Sed eb Reas seine neue Würde verkündete, und sein Kopf wurde von einem breiten Stirnreif aus getriebenem Kupfer geziert.

Llauk fing auf dem Weg durch die Menge so manchen hasserfüllten Blick auf und bekam auch einige halblaut gezischte Verwünschungen zu hören. Vereinzelt sah er bleiche Fäuste, hilflos gegen den Boden gerichtet. Er kam sich vor, als werde er über ein Rudel hungriger Wölfe getragen, das die kleinste falsche Bewegung zum Angriff veranlassen könne, wenn auch der Sänfte fünfzig stämmige Schwertkämpfer folgten.

Die dramilischen Sänftenträger schritten zur Tribüne hinüber, wo sie auf der kurzen Treppe ein lächerliches Brimborium veranstalteten, um den hohen Herrn nicht etwa zu stark zu schaukeln. Trotz der Wut, die sich in der Menge aufgestaut hatte, klangen einige Lacher auf.

Nun stellten die Träger die Sänfte in der Mitte der Bühne ab und traten zur Seite. Sofort sprangen vier junge Bogenschützen, kaum mehr als Knaben, herbei, die ebenso viele mit glühender Holzkohle gefüllte Becken rund um den Sessel des Gouverneurs aufstellten. Die Lacher verstummten und aus der frierenden Menge schlug ein solcher Hass auf die Bühne, dass er Llauk fast den Atem nahm. – So war das, wenn man als Privilegierter auftrat? So sah die andere Seite des Neids aus? Beruhigend für Llauk war einzig, dass die Schwertkämpfer ebenfalls auf der Bühne waren und mit einsatzbereiter Waffe für seine Sicherheit sorgten.

Mit zitternder Hand entrollte Llauk ein Pergament und begann zu lesen:

»Wir, Llauk, Gouverneur der Provinz Estador des Hauses Dramil, Königlicher Statthalter von Thedra, eingesetzt von König Oger von den Westlichen Inseln, tun hiermit kund:

Herrschaft und Erbfolge des Hauses Estador sind erloschen! König Reo und sein Gefolge verstecken sich feige im oberen Teil der Königsklippe und versagen dem Hause Dramil den Kampf! Also fallen an das Haus Dramil: die Stadt Thedra sowie alle Provinzen Estadors und ihre Städte! Weiterhin alle Schiffe und Waren auf dem Meer und im Hafen! Weiterhin alle Güter und Waren in den Lagerhäusern, Depots und Kontoren! …«

Ein tausendstimmiger Schrei der Entrüstung erhob sich aus der Menge, woraufhin die Schwertkämpfer die Griffe ihrer Waffen etwas fester umfassten. Es war nur eine kleine Geste, aber unmissverständlich. Und sie wirkte! Langsam ebbte das Stimmengewirr ab.

»Weiterhin alle Wertsachen und Zahlungsmittel!«, fuhr Llauk fort. »Dieses ist kaiserliches Recht, und Betrug am Hause Dramil ist Betrug am Kaiser!

Haltet euch bereit die Bedingungen zu erfüllen, dann wird euch nichts geschehen. – Dieses sagt euch euer Gouverneur am Tage eins des Jahres eins der Herrschaft Ogers, des Königs der Westlichen Inseln und Estadors! Geht jetzt nach Hause!«

Die Knaben sammelten die Kohlebecken ein und die Träger hoben die Sänfte an. Die Gruppe schickte sich an die Bühne zu verlassen.

Diesmal ging die Hälfte der Schwertkämpfer voraus. Die

Männer mussten die störrische Menge durch Schläge mit der flachen Klinge auseinander treiben.

Llauk war es übel vor Aufregung. Seit er Sed eb Reas Spiel durchschaut hatte, war ihm klar geworden, dass er wieder einmal vorgeschoben werden sollte, um die Prügel einzustecken, die eigentlich anderen gebührten. Trotzdem konnte er dem Dramilen eine gewisse Anerkennung nicht versagen: Viele Thedraner würden in einem Jahr noch nicht den Namen des Feldherrn kennen, der die Stadt erobert hatte. Aber *alle* würden wissen, dass er, Llauk, der Verräter war, dem Thedra seinen Untergang verdankte.

Schweigend schaute der Mann aus dem Gang aus einem Fenster der Königsklippe über die Stadt hinweg. Die Lage in Thedra war hoffnungslos. Jetzt war die Stadt endgültig gefallen!

Gern hätte er der Hüterin die Nachricht gebracht, dass der Angriff abgewehrt und es demzufolge nicht notwendig sei, sich auf die Suche nach der Schlafenden Armee zu machen. Gern hätte er den Zwang seines Befehls von der jungen Frau genommen. Sie würde nicht aufgeben, so viel war sicher! Der Mann aus dem Gang wusste es genau! Schließlich hatte er selbst sie »gehärtet«!

Mit ernstem Gesicht schaute Jamik von der Königsklippe aus auf die Stadt hinunter. Teri würde die Schlafende Armee finden oder sie würde nie mehr nach Thedra zurückkehren!

3

Der Helfer

Beim Zeitvertreib der Mächtigen
dienen Menschen als Spielsteine!

Schweren Herzens stieg Jamik die Stufen zum Verbotenen Haus hinauf. Selten waren ihm die Stufen so steil und der Gang so eng erschienen.

Thedra war gefallen. Die neuen Herren der Stadt hatten ihre Gesetze verkündet.

Es hatte keinen Sinn, sich Illusionen zu machen. Freiwillig würde der Feind nicht abrücken!

Jamik stieg weiter nach oben. Er benutzte die Haupttreppe, den offiziellen Zugang von den Palasträumen zum Verbotenen Haus, das seit Generationen den thedranischen Magiern als Heimstatt und Labor diente. Von dort aus gab es noch eine Geheimtreppe, die durch die ganze Königsklippe bis zu den Gängen im Fels unter der Stadt führte. Auf diesem Weg war Jamik in der Nacht des Angriffs zu Teris Höhle geeilt.

Teri! – Immer wieder musste Jamik an sie denken. Die junge Frau tat ihm Leid! Widerwillig gestand Jamik sich ein, dass er selbst nicht so recht an die Geschichte von der Schlafenden Armee glaubte. Zwar war er Magier und Waffenmacher – aber eine Methode, eine ganze Armee in Schlaf zu versetzen, um sie nach Jahrhunderten bei Bedarf rufen zu können, war ihm vollständig unbekannt.

Andererseits war es Jamik aber auch klar, dass man die Wirkung auf das Volk keinesfalls unterschätzen durfte. Wenn es sich erst einmal herumsprach, dass die Hüterin unterwegs war, um Hilfe herbeizuholen, würden die Dramilen es ein wenig schwerer haben, eine neue Regierung einzusetzen, die von der Bevölkerung akzeptiert wurde. Immer würde den Menschen von Thedra die Möglichkeit eines plötzlichen Befreiungsschlages vor Augen stehen. Und selbst wenn es nur Wunschdenken sein sollte, so würde es doch einen gewissen Einfluss haben!

Jamik hatte die oberste Stufe der Treppe überschritten und befand sich jetzt in dem ersten Arbeitsraum der Magier. Hier wurden die groben Arbeiten verrichtet. Mitten im Raum stand ein großer Block aus härtestem Stahl, der als Amboss benutzt wurde. Rohformen aus Eisen lagen auf einem großen Tisch oder hingen unter der Decke. Hier war die Waffenschmiede, wo die Stahlfeuerbögen und die Schwerter der Magier entstanden. An den Seiten des Raumes befanden sich die großen Öfen, die für die Erz- und Glasschmelze benutzt wurden.

Seit Aganez' Zeiten war es so gewesen, dass es nicht ausreichte, die Schriften der Magier lesen zu können, um als Schüler aufgenommen zu werden. Ebenso wichtig waren handwerkliches Geschick sowie, nicht zuletzt, ein gewisses Maß an Körperkraft. Jamik hatte es selbst oft genug erlebt, dass Geron, sein Meister, dessen Hände so geschickt und feinfühlig bei der Wundversorgung sein konnten, hier am Amboss gestanden hatte und das glühende Eisen mit tausenden wuchtiger Schläge zu federndem Stahl formte oder mit einem langen Stahlrohr die Hohlpfeile aus feurigen Klumpen zähflüssigen Glases blies.

Jamik durchquerte die Werkstatt und betrat den zentralen Raum des Verbotenen Hauses. Hier waren etliche Versuchsanordnungen zu erkennen, an denen Jamik gerade arbeitete. Die Resultate seiner Arbeit hielt er in einem Buch fest, das aufgeschlagen mitten auf dem Tisch lag.

Sehnsüchtig schaute der Magier auf seinen Arbeitsplatz. Doch im Moment gab es Wichtigeres zu tun, als das Wachstum von Pflanzen zu beobachten oder die Wasserbeständigkeit eines Mörtelgemischs zu prüfen. Obwohl die Magier aller Generationen begründete Zweifel an der Existenz der Schlafenden Armee gehabt hatten, so war doch genauestens festgeschrieben, was nun zu tun war: Der Mann vom Berg war vom Fall der Stadt zu unterrichten!

Kein Mensch wusste, wer der Mann vom Berg war, wo er lebte und ob es ihn wirklich gab. Der Sage nach sollte er der Helfer der Hüter der Armee sein. Auf ein Zeichen hin würde er sein Versteck verlassen.

In einer Ecke des Labors stand eine flache Kiste, in die seit Menschengedenken niemand mehr hineingeschaut hatte. Aber Jamik wusste, was er darin vorfinden würde. Er selbst war von Geron bei seiner Weihe zum Adepten der Magie ebenso beeinflusst worden, wie er es seinerseits mit Teri gemacht hatte. Jamik verfügte über einen enormen Schatz an unbewusstem Wissen, das ihm zu Hilfe kam, wenn er es brauchte, seinen Geist aber sonst nicht belastete.

Hatte Teris Härtung nur zwei Tage lang gedauert, so war Jamik damals von Geron einen vollen Monat lang in Trance gehalten worden. Seitdem hatte sich das Leben für den jungen Magier von Grund auf verändert. Er benutzte zwar noch die Bücher der Magie und der Wissenschaften, aber er tat es mehr, um sein Wissen zu überprüfen und zu vertiefen. Zu Zeiten, in denen er konzentriert arbeitete, vergaß er die Bücher vollständig und verrichtete die verschiedensten, auch die kompliziertesten, Arbeiten nur mithilfe seiner Erinnerung. Jamik wusste also, was ihn erwartete, als er den Staub von dem schweren Deckel der uralten Truhe blies und die Öllampe näher rückte.

Ohne den geringsten Laut ließ der Deckel sich anheben. Jamik kniff die Augenlider zu Schlitzen zusammen und sog die Luft tief ein. Er hatte gewusst, dass er Kristalle vorfinden würde – Riesenkristalle von höchster Reinheit und Vollkommenheit. Aber dass sie *so* groß, *so* rein und *so* vollkommen sein würden, das hatte er nicht gedacht!

Vorsichtig, fast ehrfürchtig, berührte er den größten Stein, der auf einer Granitplatte in der Mitte eines Kreises von sieben kleineren Kristallen stand. Er ließ sich erwartungsgemäß nicht verschieben, obwohl keine Befestigung zu erkennen war. Es war, als seien die transparenten Gebilde direkt aus dem Stein gewachsen.

Mit behutsamen Bewegungen nahm Jamik eine kupferne Spange aus einer Halterung im Deckel der Truhe. Der dünne Metallstab war kunstvoll gebogen und an seinem unteren Ende geformt wie die zugreifende Kralle eines Raubvogels. Mit sanftem Druck setzte Jamik das Gerät auf die Spitze des großen Kristalls und bewegte es leicht hin und her. Mit einem deutlichen Knacken rastete das Gebilde ein, wobei nun die Kralle etwas mehr als die obere Hälfte des Kristalls umschloss.

Als Nächstes schob Jamik zwei massive Kupferstäbe mit kugelförmigen Griffen derart durch Bohrungen in der Truhenkante, dass sie direkt auf die Mitte des Kristalls zielten. Ein unangenehmes Gefühl beschlich den Magier. Er berührte diese Stäbe schon jetzt nicht gern.

Das ungute Gefühl verstärkte sich. Die Kupferkugeln am Ende der Stangen fühlten sich an, als seien sie mit einer unbekannten, feindlichen Energie gefüllt, die durch die Handflächen bis in die Brust des Magiers drang.

Mit klopfendem Herzen zog Jamik eine kleine Phiole aus einem Fach im Truhendeckel und wog sie prüfend in der Hand. Nur zu gut kannte er das unscheinbare graue Pulver, das sich darin befand. – Aganez' Feuer! Nach allem, was Jamik wusste, handelte es sich bei der Mischung in dem Röhrchen allerdings um eine abgeschwächte Variante, die nur langsam in Brand geriet. Jamik konnte nur hoffen, dass das auch stimmte.

Äußerst vorsichtig zog er mit leichter Drehung den Glasstöpsel aus der Phiole, wobei er die Hände weit von sich gestreckt hielt. – Nichts geschah! Erleichtert streute Jamik das Pulver eng an der Basis des Kristalls auf die Steinplatte. Erst als er die Hände zurückgezogen hatte, erfolgte die erste Reaktion: Ein dünner, heller Rauchfaden stieg von dem Pulverring auf und ein stechender Geruch breitete sich schlagartig aus. Jamik wich zurück – doch die befürchtete schnelle Verpuffung des Pulvers an der Luft blieb aus.

Langsam und gleichmäßig geriet der Ring um den Kristall in Brand, wobei die Farbe des Feuers von Rot über Gelb bis hin zu Blau wechselte. In dem wasserklaren Stein begann es zu knistern. Je mehr der Kristall sich erhitzte, umso schneller folgten die Geräuschintervalle aufeinander, bis ein helles Singen zu hören war, das immer schriller wurde.

Jamik sah, wie die Spitze des Kupfergebildes zu vibrieren begann. Jetzt war das Feuer unter dem Stein so heiß geworden, dass es ein rein weißes Licht ausstrahlte. Jamik schloss die Augen zu schmalen Schlitzen und hütete sich in die Flamme zu sehen. Gleichzeitig wich er ein wenig vor der Glut zurück.

Das Geräusch aus dem Kristall war inzwischen so hell geworden, dass Jamik es nicht mehr hören konnte, aber es war noch da! Es füllte die Luft bis an die Grenze des Erträglichen. Es durchdrang alles, war überall, war unhörbar und mächtig zugleich. Aus der Waffenschmiede drangen Geräusche wie von schwingendem Stahl.

Jetzt war es so weit: Jetzt mussten die Stäbe an den Kristall herangeführt werden. Jamik packte mit bloßen Händen die kugelförmigen Griffe der Kupferstangen. Das Feuer war nun auf dem Höhepunkt der Weißglut. Mehr noch! Es schien Jamik, als strahle der Kristall nun selbst ein gleißendes Licht aus. Das Klirren aus der Waffenwerkstatt wurde immer lauter.

Jamik hatte Angst! Zwar wusste er nicht genau, was geschehen würde, wenn er die Stäbe mit dem Kristall in Berührung brachte, aber das machte es nicht besser! Er hatte hier eine unbekannte, beängstigende Kraft entfesselt, die er noch nie erfahren hatte. – Und er war dabei, dieser Kraft seinen Körper auszusetzen. Jamik hatte Angst! Sehr große Angst sogar! – Aber sein Auftrag ließ ihm keine Wahl. Er brauchte sich nicht zu überwinden. Sein Körper handelte für ihn!

Fassungslos spürte Jamik, wie seine Hände die kupfernen Kugeln fest ergriffen und die Stangen auf den Kristall zuschoben. Jetzt erst begriff er die volle Tragweite seiner hypnotischen Prägung. Er war nicht mehr sein eigener Herr! Er wollte diese Stangen nicht an den glühenden, tobenden Stein heranführen, der ihm dieses mächtige, unhörbare Geräusch entgegenschleuderte, aber seine Hände gehorchten ihm nicht! Jamik war zum Sklaven geworden. Zum Sklaven seiner Zunft, die diese Handlung von ihm forderte, ob er nun dazu bereit war oder nicht.

Die Spitzen der Stangen waren nur noch etwa zwei Fingerbreit von der Mitte des Steins entfernt, als plötzlich alle Panik von Jamik abfiel. Noch fester umfasste er die Enden der Stäbe und schob sie exakt in das Zentrum des hellsten Lichts.

Jamik hatte gewusst, dass es sein Tod sein konnte! Unfähig auch nur einen Muskel zu bewegen, stand er über die Truhe gebeugt und sah, wie feurige Fäden aus dem glühenden Stein drangen und sich mit rasender Geschwindigkeit, an den Kupferstäben entlang, auf seine Hände zubewegten. Jamik konnte nicht mehr atmen. Sein Herz zog sich in einem wilden Krampf zusammen. Es war Jamik, als werde sein Geist durch seine Arme in den Kristall gesogen. Die haarfeinen Glutfäden auf den Kupferstäben pulsierten, als sie all das aus dem Körper herausrissen, was Jamik ausmachte: Sein Wissen und Fühlen, seine Pläne, Wünsche und Hoffnungen, sein Hass und seine Liebe; alles wurde im Bruchteil eines Augenblicks in den Kristall hineingerissen. – Dann war es vorbei und Jamik sackte, in einem letzten Reflex die verbrannten Handflächen unter dem Körper schützend, kraftlos vor der Truhe in sich zusammen.

Ein vielstimmiger Entsetzensschrei drang im selben Moment aus den Gassen Thedras empor. Einen winzigen Augenblick lang waren alle Gegenstände aus Metall mit einem Gewirr feuriger Fäden bedeckt gewesen. Gleichzeitig wurden die Träger solcher Gegenstände von einer furchtbaren Schockwelle gelähmt. Besonders betroffen waren von dieser Erscheinung die dramilischen Schwertkämpfer, die in den Straßen patrouillierten. Ihre Waffen verwandelten sich urplötzlich in knisternde Felder reiner Energie, die in die Körper der Dramilen fuhr und den Männern das Gefühl gab, das Herz werde ihnen herausgerissen.

Zwar waren auch einige Thedraner von der Erscheinung betroffen, aber da keiner von ihnen etwas so Großes wie ein Schwert bei sich trug, war der Effekt bei weitem nicht so stark wie bei den entsetzten Dramilen. Augenblicke nach dem Ende der Erscheinung hallten die Gassen der Stadt vom Klirren der hastig fortgeworfenen Schwerter wider und nur zögernd und ängstlich nahmen die Soldaten die Waffen wieder auf. – Ein böses Omen für die Besatzer Thedras. Diese Stadt wurde ihnen immer unheimlicher!

Das Hochland Estadors wurde im Osten durch das Große Gebirge vom restlichen Kontinent abgeschnitten. Diese Tatsache hatte das unwirtliche Land vorzeiten zu einem idealen

Verbannungsort gemacht. Wer einmal auf den äußersten nordwestlichen Zipfel des Kontinents gebracht worden war, der heute Estador hieß, mit dem hatten seine Feinde nicht mehr rechnen müssen, denn das Große Gebirge war unüberwindlich und niemals war es einem menschlichen Wesen gelungen, es zu überwinden.

Allerdings funktionierte die Barriere auch vorzüglich zur anderen Seite hin. Nach der Revolution der Ur-Thedraner hatte der damalige Kaiser eine stattliche Strafexpedition ausgesandt, die den Auftrag hatte, das Gebirge zu überschreiten und Thedra von der Landseite aus anzugreifen. Volle drei Jahre hatte die kleine Armee versucht einen gangbaren Weg über die schroffen Felsmassive zu finden, deren ewiger Schnee auf dem ganzen Kontinent sprichwörtliche Bedeutung genoss. Aber alle Versuche waren gescheitert.

Nicht nur, dass die Gipfel der steil aufragenden Berge so hoch waren, dass sie in einer nahezu ewigen Wolkendecke verborgen blieben, es waren auch die Täler so schroff und zerklüftet, dass für den Kommandanten und seine Männer ein Vorankommen so gut wie nicht möglich war.

Immer wieder geschah es auch, dass Gruppen von Spähern nicht von ihren Erkundungsgängen zurückkehrten. Mochten auch Gletscherspalten und Wetterstürze die wahre Ursache gewesen sein – für die Bergstämme, die in den Randregionen der Westlichen Berge wohnten, war klar, dass die Ssirr die Soldaten geholt hatten.

Nach dem Glauben der Bergbewohner wurden die höheren Lagen der Westlichen Berge von menschengroßen, bepelzten Flugwesen beherrscht, die angeblich ihre Opfer in die eisigen Höhen schleppten, um sich dort von dem gefrorenen Fleisch zu ernähren. Begnügten sich die Ssirr normalerweise mit Ziegen und Steinböcken, so waren sie doch auch nicht abgeneigt Jagd auf menschliche Eindringlinge zu machen, die dann aber nicht verzehrt, sondern als Trophäe auf die Heimatgipfel verschleppt wurden. Die Bergdörfer waren voll von Leuten, deren Vater, Großvater oder Onkel angeblich von den Ssirr verschleppt worden war und sich mit knapper Not vom Gipfel dieses oder jenes Berges hatte retten können.

Gleichviel, ob nun die Ssirr die Spähtrupps geholt hatten oder es einfach die Wetterverhältnisse waren, die die Westlichen Berge unüberwindlich machten – unüberwindlich waren sie allemal! Nach drei Jahren ergebnisloser Versuche gab der Kommandeur es auf und kehrte geschlagen in die Kaiserstadt zurück, obwohl seine Truppe nicht einen einzigen Thedraner zu Gesicht bekommen hatte.

Auf der anderen, der estadorianischen Seite des Gebirges sah es kaum anders aus. In einem nur langsam flacher werdenden, die ganze Breite Estadors einnehmenden, gewaltigen Verwerfungssystem zog sich das Große Gebirge weit in das Land hinein. Immer neue Ketten aufgetürmter Gesteinsschollen stellten sich dem Wanderer in den Weg, der von estadorianischer Seite zum Fuß des Großen Gebirges vordringen wollte, und auch hier gab es Legenden von wilden Bestien, die auf den Kämmen des Großen Gebirges lauerten, um verirrte Tiere und Hirten zu entführen und zu verzehren.

Nun stammten einige Verbannte der Urbevölkerung auch aus der Region, die direkt jenseits des Großen Gebirges lag, und so tauchten in ihren Erzählungen natürlich auch die geflügelten Ssirr auf.

Darüber hinaus eignete sich das schroffe, unbewohnbare Grenzland aber auch hervorragend zur Ansiedlung von Geistern und Fabelwesen aller anderer Kulturen des Kontinents. Die Vielfalt der thedranischen Urkultur hatte hier eine ebenso große Vielfalt des Aberglaubens hervorgebracht und so lauerten unter der Dunstdecke der Gipfel nicht nur die Ssirr, sondern auch Riesensprungschlangen aus dem Großen Erf, die aus Felsspalten auf ihre Opfer schnellten, Riesenpanzerkrebse, die sich als Felsplatten tarnten, sowie eine besonders große und pelzige Abart der Waldteufel von Gasca.

Die Frage, wo bei diesem hektischen Durcheinandergelaufe, -gespringe und -gefliege auf den Gipfeln denn wohl ausreichend Nahrung herkommen solle, wurde von den Bewohnern der Bergstadt Stein, der letzten Bastion Estadors im Osten, damit beantwortet, dass die Ungeheuer sich ohne Zweifel gegenseitig niedermachten; und wirklich leuchteten an klaren Tagen, besonders bei Sonnenuntergang, die schroffen Hänge des Großen Gebirges blutrot auf, was darauf schließen ließ, dass wieder einmal eine furchtbare Metzelei im Gange war.

Nein, das Große Gebirge war kein Ort, zu dem man freiwillig ging. Es gab dort nichts hinzubringen und auch nichts zu holen. Der Weg durch die Berge war unpassierbar, und wäre er begehbar gewesen, so blieben doch die Ungeheuer, und hätten die nicht dort gelauert, so wäre der Weg sowieso zu weit gewesen, um für irgendeine Unternehmung lohnend zu sein. Auf estadorianischer Seite war die Welt eine Tagereise hinter der Bergstadt Stein zu Ende. Jenseits dieser Linie wohnte und lebte kein Mensch mehr. *Konnte* kein Mensch mehr existieren. – Mit einer Ausnahme!

Vor hunderten von Jahren war ein alter Mann in das Vorgebirge gezogen und hatte die Bergstadt Stein, die damals ein Dorf aus drei Hütten gewesen war, hinter sich zurückgelassen.

Der Wanderer war aus Thedra, der jungen Kolonie am äußersten nordwestlichen Ende des Landes, gekommen, aber er hatte nicht sein ganzes Leben dort verbracht. Als junger Mann hatte er den ganzen Kontinent bereist, beherrschte die Sprachen der Menschen aller Länder und hatte sich auf seinen Wanderungen immer sehr für die Religionen der Völker interessiert. So hatte der Wanderer die Waldgeister Mocams kennen gelernt, die die Menschen aus den Baumkronen heraus beobachteten und mit unsichtbaren Pfeilen beschossen, wenn sie sich ungehörig verhielten. Auch den Steppengott der Völker von Mittelwelt fand er interessant, der alljährlich gewaltige Opfer verlangte und den Menschen das Wasser nahm, wenn er unzufrieden war. Jedes Volk hatte eine Religion, die genau auf die jeweiligen Bedürfnisse zugeschnitten war, und in allen Kulturen wurden die guten Menschen belohnt, während den Unfolgsamen die Strafe der Götter sicher war.

So war es auch bei den Ofisa- und Harmuged-Kulten. Bei beiden kam aber noch etwas Besonderes hinzu: Die Harmuged wie die Ofisa betrachteten das irdische Leben nur als eine Art Prüfung für das wirkliche Leben nach dem Tode. Das unterschied sie grundlegend von allen anderen Glaubensgemeinschaften, die, bei aller Demut vor den Göttern, immer darauf bedacht waren, das Leben *vor* dem Tode ausgiebig zu genießen.

Ofisa und Harmuged predigten die Nichtigkeit des Seins und den Verzicht auf hiesige Güter, am besten zugunsten der Priesterschaft, um des Gewinns der Seligkeit willen. Hinter diesen Glaubenssätzen hatte der Wanderer aber einen anderen, wesentlich härteren Kern in den Dogmen beider Religionsgemeinschaften ausgemacht, denn da ging es um die Erlösung der Welt von der unreinen Fleischlichkeit, und zwar in einem sehr konkreten Sinne: Die Priester beider Gemeinschaften redeten Feuer und Schwert, Erdbeben und Wasserflut, fliegende Türme und brennende Vögel vom Himmel herab, ja flehten sie förmlich herbei, damit die Menschheit tot und geläutert in das Reich der ewigen Seligkeit eingehe! Und dabei glichen sich die Worte der feindlichen Priester so sehr, dass kaum einer der Gläubigen es bemerkt hätte, wären die Reden vertauscht worden.

Es steckte vielleicht etwas Konkretes hinter der Sache und der Wanderer hatte schon in jungen Jahren beschlossen dem Geheimnis der Weltvernichtungs-Religionen, wie er sie für sich nannte, auf die Spur zu kommen. Aus den Dogmen der beiden Bruderschaften hatte er sich sein ganz eigenes Bild gemacht: Die Glaubensbekenntnisse der Ofisa- und der Harmuged-Leute gingen auf seltsame Weise miteinander auf, obwohl ihre Ursprünge nachweislich auf gänzlich verschiedene Quellen zurückzuführen waren. Es gab mehr Berührungspunkte zwischen den beiden Orden, als es hätte geben dürfen, was die Priester aber nicht wahrhaben wollten. Sie waren, ganz im Gegenteil, sehr darauf bedacht, die Unterschiede der beiden Bekenntnisse krass herauszustellen, um vor dem Volk als die Alleininhaber aller Weisheit zu gelten.

Für den Wanderer war es allerdings gleichgültig gewesen, ob es eine Wand oder ein Tisch war, der die Welt zeigte, ob es fliegende Türme oder brennende Vögel waren, die die Erlösung brachten, und ob der Erlöser Ofisa oder Harmuged hieß. Für ihn war allein wesentlich, dass es einen Ort geben konnte, an dem unbekanntes Wissen und eine unbekannte Macht darauf warteten, entdeckt zu werden. Brachte man nun, wie er es tat, alle Informationen aus beiden Glaubensgemeinschaften vorurteilsfrei zusammen, deuteten verschiedene, versteckte Anzeichen darauf hin, dass das Zentrum dieser Macht im Zentralmassiv des Großen Gebirges lag.

So war der Wanderer denn als alter Mann aufgebrochen, um das letzte und tiefste Geheimnis zu ergründen, das der Kontinent für ihn bereithielt. Es musste eine Gewalt, eine Macht, eine Energie in den Bergen geben, deren furchtbare Kraft ausreichte, um alle Menschen für immer von der Erde zu tilgen, und er wollte diese Macht ergründen!

Zum Gepäck des Wanderers hatten, neben acht Kristallen unterschiedlicher Größe, auch ein schöner Vorrat an Bronzemünzen und einiges Werkzeug aus Stahl gehört. Er gedachte eine Spur zu legen, die der seinen folgen sollte: unauffindbar für den ungebetenen Sucher, aber nicht zu verfehlen für den Hüter der Schlafenden Armee.

Auf die Wanderschaft des alten Mannes war die thedranische Überlieferung der Schlafenden Armee zurückzuführen, denn der Wanderer hatte Spuren hinterlassen in seiner Stadt. Spuren und Anweisungen, die sich von Generation zu Generation weitervererbten. Er hatte Zeit im Überfluss. Der Tag würde kommen, da man sich seiner Befehle erinnerte, da war er sich sicher! Und mochten die Flüsse in Jahrhunderten oder Jahrtausenden ihren Lauf ändern, mochten die Menschen das Land besiedeln und Städte entstehen und vergehen – sein Vermächtnis würde die Generationen überdauern, so wie er selbst. Er würde das Geheimnis der Weltvernichtungs-Religionen lüften! Er würde die Macht an sich reißen! Und wenn Thedra dereinst in Not geriet, würde man ihn rufen! *Er* würde die Schlafende Armee sein! Er würde als Retter in der Not erscheinen! Er allein!

Die Geschichte mit den Hütern der Armee war nichts weiter als ein Ablenkungsmanöver. Eine weitere Religion für Dumme, wie Sed eb Rea ganz richtig vermutet hatte. Aber sie würde dafür sorgen, dass die Schlafende Armee nicht in Vergessenheit geriet – und dass das Notwendige getan wurde, wenn es so weit war. Und das war sehr wichtig! Denn der Wanderer war gestorben. – Aber er hatte keineswegs die Absicht, tot zu bleiben!

Tief im Vorgebirge, wohl zwölf Tagereisen hinter der Bergstadt Stein, teilte sich ein gewaltiger Fluss ohne Namen und umschloss mit seinen tosenden Wassern ein Hochplateau aus massivem Basalt.

In dieser menschenfeindlichen Gegend, die nur aus Wasser, Luft und Stein bestand, hatte der Fluss sich durch eine Tuffsteinplatte gefressen, die vor langer Zeit einen Bogen aus Granit gestützt hatte. An dieser Stelle war unter einem kleinen Überhang ein Ahornblatt in den Fels geschnitzt, das auf den Tafelberg in der Mitte des Stromes wies, der sich wuchtig über den Fluten erhob. Klein und unauffällig war dieses Zeichen. Leicht zu übersehen für den, der hier unbefangenen Sinnes vorüberging, aber an dieser Stelle hatte zum letzten Mal vor hunderten von Jahren ein Mensch gestanden.

Der Tafelberg selbst war von dunkler, fast schwarzer Farbe, mit senkrechten, vom Wasser glatt polierten Wänden. Es gab hier nichts, was einen Menschen hätte veranlassen können, über den Felsbogen zu gehen – außer, er hätte das Zeichen des Ahornblatts verstanden.

Folgte man dem Lauf der Brücke, gelangte man über die verwitterte, jedoch glatte Oberfläche des Tafelberges zu einem etwa eine Mannslänge breiten Spalt, der den ganzen Felsen bis tief in die Erde hinein teilte. An der schmalsten Stelle des Risses erhob sich vor dem Betrachter eine gut drei Mannslängen hohe Wand, in der zahlreiche kleine Öffnungen von Gaseinschlüssen im Urgestein zeugten. Eine dieser natürlichen Höhlen war besonders auffällig. Etwa kreisrund und gut eine Mannslänge hoch, führte sie fast waagerecht in den Berg hinein, verjüngte sich und endete dann nach wenigen Schritten in einem Geröllhaufen.

Hätte es einen Wanderer gegeben, der diesen Weg gegangen wäre, hätte er in jener Nacht, in der der eisige Wind sanft und tödlich über die Felsen strich, Erstaunliches erleben können.

Ein heller Ton wie von einer zu hoch gespielten Flöte drang aus dem Fels, schwoll an und ebbte wieder ab, sodass die Luft um den Höhleneingang zu pulsieren schien. Immer schriller wurde der Ton, bis zur Unhörbarkeit. Dann brach er plötzlich mit einem Klirren ab.

Den Rest der Nacht und den ganzen folgenden Tag lang waren das Flüstern des Windes und das ferne Rauschen des Flusses wieder die einzigen Geräusche, die in ewig gleichem Lied über das Hochplateau drangen.

Nur sehr langsam kehrte das Bewusstsein in den Körper des alten Mannes zurück, der im Dunkel der Höhle auf dem Rücken lag und mit geschlossenen Augen seit hunderten von Jahren auf seine Wiedererweckung wartete. Er hatte den Tod und die Schwäche seines alten Körpers überlisten wollen, aber er wusste noch nicht, ob es wirklich gelungen war. Für ihn war keine Zeit vergangen, seit er die Höhle sorgsam verschlossen hatte, um hier zu sterben. In tiefer Dunkelheit hatte er seinen Leib mit den Kristallen des Lebens präpariert und sich in die kalte Steinwanne gelegt, die die Gasblase an dieser Stelle gebildet hatte.

Es war hart gewesen, still auf den Tod zu warten, selbst für ihn, der doch an Verzicht gewöhnt war. Mit geschlossenen Augen hatte er verfolgt, wie die Kristalle sich auf seinem Körper ausgebreitet hatten. Es war hart gewesen mitzuerleben, wie sie sich die Atemwege und die Speiseröhre hinuntergearbeitet hatten, aber es hatte sein müssen.

Der alte Mann hatte eingesehen, dass er sein Ziel nicht ohne fremde Hilfe erreichen konnte, aber er hatte vorgesorgt. Im Schutz der Kristalle würde er die Zeit überdauern, bis man ihn rief. Die Kristalle würden seinen Körper überziehen und ihn vor Austrocknung schützen; sie würden die Gifte aus seinem Leib saugen und sie wiederum an die Luft abgeben, während er tot war. Sie würden ihn schützen und ernähren und er würde Jahrhunderte überdauern können. – Aber es war dennoch hart gewesen zu sterben!

Überall war Sand! Es war eine Qual ohne Ende! Die letzte Phase des Sterbens war für den Mann nahtlos in das erste Stadium des Erwachens übergegangen. Die winzigen Kristalle, die seine Haut bis in den letzten Winkel überkrustet hatten, waren zu Staub zerfallen.

Sand! Überall Sand! Auf der Haut und in den Augen, auf der Zunge und tief bis in Lunge und Magen hinein. Sand zwischen den Fingern und Sand unter dem Körper; Sand überall!

Einen vollen Tag lang blieb der Mann regungslos liegen und versuchte sich darüber klar zu werden, was mit ihm vorging. Langsam war die Erkenntnis in ihm gewachsen: Dies war nicht mehr das ekelhafte Gefühl, das die wachsenden Kristalle auf seiner Haut verursacht hatten, es hatte sich etwas geändert! – Er war gerufen worden!

Langsam öffnete der Mann die Augen. Die Schmerzen waren fast unerträglich, als der feine Sand zwischen den sich öffnenden Lidern hervorperlte. Es knirschte in den Gelenken, als er versuchte eine Hand zu bewegen – aber es half nichts! Er konnte nicht liegen bleiben – er musste sich bewegen, sich aufsetzen, trinken! Er nahm alle Willenskraft zusammen. Eine dumpfe Schmerzwelle drang in sein Gehirn. Den Göttern sei Dank waren auch die Nerven noch nicht auf der Höhe ihrer Leistungsfähigkeit, sonst hätte der Mann sich vor Schmerzen nicht rühren können.

Wasser! Mit unsicherem Griff tastete der Mann in der Dunkelheit umher. Jetzt nur nicht den Krug umwerfen! Er brauchte Wasser oder er war dazu verdammt, hier sitzen zu bleiben, bis der Tod ihn gnädig erlöste. Endlich fand seine Hand den schlanken Hals der gläsernen Karaffe. Vorsichtig, unendlich vorsichtig zog er den gläsernen Verschluss von dem Gefäß und führte es zum Mund.

Schon der erste Schluck brachte Erleichterung. Sobald der Sand auf der Zunge mit dem Wasser in Berührung kam, wurde er fortgeschwemmt und löste sich vollständig auf. Der alte Mann blieb sitzen und leerte im Laufe eines Tages die Karaffe bis auf den Grund. Dann tastete er in der Dunkelheit nach seiner Decke, legte sich nieder und schlief.

Am nächsten Tag fühlte der Alte sich stark genug, die Steine, die er zu seinem Schutz vor den Eingang gestapelt hatte, beiseite zu räumen. Er stellte fest, dass die Strohhalme, die er unter die Felsbrocken am Eingang gelegt hatte, nicht mehr dort waren. Möglich, dass irgendwelche Bergvögel sich verschiedene Halme des hier seltenen Materials für den Nestbau geholt hatten, aber auch von dem Stroh, das unter flachen Steinen eingeklemmt gewesen war, war nichts mehr zu entdecken. – Es war also Zeit vergangen! Viel Zeit!

Der Mann kehrte in die Höhle zurück. Es hatte keinen Sinn, jetzt Kräfte zu verschwenden und unnütz auf dem Hochplateau umherzulaufen. Es gab Wichtigeres zu tun!

Zunächst öffnete der Mann einen Kasten aus dünnem Stahl, in dem kleine Stücke geräucherten, gesalzenen und getrockneten Fleisches lagen. Eine gute Hand voll davon tat er in einen kupfernen Topf, den er zuvor von Grünspan gesäubert hatte, und gab etwas Wasser aus einer seiner Glasflaschen dazu. Wenig später brodelte eine kräftige Brühe über einem winzigen Feuer, das der Mann entfacht hatte, indem er einfach eine kleine Menge eines grauen Pulvers auf den Boden schüttete.

Nachdem er gegessen hatte, fühlte der Mann sich bereit sich um die Versuchsanordnung zu kümmern, die er vorzeiten im hintersten Winkel der Höhle aufgebaut hatte. Sie hatte so weit funktioniert, dass der Kristall, der mit einem ähnlichen Kupfergebilde wie der im Verbotenen Haus versehen war, mit der Energie, die er auffing und verstärkte, die Kristallkruste auf dem Körper des Mannes aufgebrochen und so die Wiederbelebung eingeleitet hatte. Nun aber würde sich zeigen, ob er seiner Aufgabe wirklich zur Gänze gerecht geworden war!

Vorsichtig entfernte der Mann das gut ellenlange Kupfergebilde von der Spitze des Kristalls und trug ihn zur Kochstelle. Mit einem Ring aus Pulver entfachte er ein neues Feuer und stellte den Kristall in die Mitte des lodernden Kreises. Nach kurzer Zeit schon war das Knistern und Singen der Materialspannungen in dem Stein zu hören und wenige Augenblicke später leuchtete das weiße Feuer aus dem Kristall hell auf.

Der alte Mann zögerte kurz – es war immer wieder unangenehm, sich selbst Schmerzen zufügen zu müssen –, doch dann griff er beherzt zu. Als seine Handflächen den Stein umschlossen, zischte es laut und der Geruch verbrannten Fleisches erfüllte die Höhle. Der Mann ließ den Stein los – aber nicht hastig, sondern eher sanft und zärtlich, so, als könne er sich kaum von ihm trennen. Der Alte saß still da und begann die Eindrücke zu verarbeiten, die auf ihn eingestürmt waren, wobei er versuchte unergiebige Pfade zu vermeiden, denn das ganze Leben eines anderen Menschen lag offen vor ihm und nur weniges davon war wichtig. Der alte Mann musste sich schnell entscheiden, was er wissen wollte. Bald schon würde die Botschaft verblassen!

Ich sterbe, der Kristall tötet …

Der Mann, der die Botschaft geschickt hatte, hieß Jamik. Er war der Meisterschüler von Geron, der sein Handwerk von Agest gelernt hatte. Agests Pflanzenkulturen waren …

Ich sterbe …

Agest war Schüler von Ewron, der wiederum Adept bei Sehal gewesen war, der persönlich bei einem Schüler eines Meisterschülers des großen Aganez das Wissen der Magie erworben hatte.

Der Kristall tötet …

Die Schwerter in der Schmiede …

Die Dramilen sind in der Stadt! Die Hüterin ist unterwegs! Ich ster…

Die Häfen sind verloren! Der Feind ist in der Königsklippe! Dramilenfrachter sind im Hafen, und Schiffe des Kaisers!

… holt die Schlafende Armee! – Lächerlich!

Der alte Mann wusste jetzt genug. Er rechnete nach: Er hatte die Botschaft eines Magiers der achten Generation empfangen, was bedeutete, dass wenigstens zweihundert Jahre vergangen waren, seit er Thedra verlassen hatte, vielleicht aber auch mehr als die doppelte Zeit. Magier lebten sehr lang und Adepten, die sich zu Meisterschülern entwickelten, waren sicherlich auch heute noch selten.

Die Dramilen waren in der Stadt! Hatten sie es nach so langer Zeit endlich geschafft! Der Alte hatte geahnt, dass sie es sein würden, derentwegen man ihn rief, und sein Blick streifte das Schwert und den Bogen aus feinstem Stahl, die, wie er selbst, die Jahrhunderte unbeschadet überdauert hatten.

Die Hüterin war unterwegs! Gut! Sie würde Hilfe brauchen!

Der Alte packte seine Sachen und trat in den Eingang der Höhle. Er fühlte sich frisch und unverbraucht. Mithilfe der Hüterin würde er endlich seine Suche fortsetzen können. Jetzt endlich würde er das Geheimnis enträtseln, das ihn schon so lange beschäftigte – und dann würde er im Triumph nach Thedra zurückkehren und seinen Namen für alle Zeiten in die Geschichtstafeln des Kontinents einbrennen!

Mit einem großen, kraftvollen Schritt trat der alte Mann über den Spalt im Gestein hinweg, verließ die Höhle, in der er Jahrhunderte geruht hatte, und machte sich auf den Weg zur Felsenbrücke. Nach ein paar hundert Schritten fiel ihm das Atmen ein wenig schwer und er ging lieber etwas langsamer. – Nun, er war schließlich nicht mehr der Jüngste! Er würde sich seine Kräfte aber schon einzuteilen wissen!

4

Die Nische

Liebe und Hass sind sich ja so ähnlich!
Beide kennen nur das eine: Hinterher!

Der Morgen des zweiten Tages kam und verging und Teri hatte sich noch nicht eine einzige Pause gegönnt, seit sie von Thedra aufgebrochen war.

Das Licht des neuen Tages hatte keine Erleichterung, keine Besserung gebracht. Noch immer erstreckte sich das endlose Moorland rechts und links des Weges. Kein Mensch war um diese Jahreszeit, in der man stets mit Wetterstürzen rechnen musste, hier unterwegs. Hoch im Norden waren die ersten Ausläufer einer Schlechtwetterfront zu erkennen, doch vorläufig kam der Wind aus Nordwest und war eher erfrischend als kalt.

Als es hell wurde, war Teri kurz stehen geblieben und hatte den Weg hinter sich genau beobachtet. Es hatte keine Anzeichen dafür gegeben, dass sie verfolgt wurde, aber das hatte sie nicht beruhigt. Wenn im Moment noch keine Verfolger zu sehen waren, dann hieß das lediglich, dass sie noch nicht aufgeholt hatten!

Immer wieder musste Teri an den dunkel gekleideten Dramilen denken, der sie in Thedra gemustert hatte wie ein Stück jagdbares Wild. Der Mann war gefährlich – das hatte sie gespürt! Wenn es Verfolger gab, die hinter Teri her waren, dann steckte mit Sicherheit dieser Mann dahinter!

Immer weiter führte der Weg in Richtung Norden. Ab und zu griff Teri in ihre kleine Umhängetasche und brach sich ein

Stückchen des trockenen Brotes ab. Hin und wieder öffnete sie auch im Gehen den Verschluss der flachen, kupfernen Flasche und trank einen kleinen Schluck. Die gezerrten Sehnen und Muskeln schmerzten schon nicht mehr ganz so schlimm wie zu Beginn, aber Teri achtete doch darauf, ihren rechten Arm zu schonen.

Immer weiter ging sie, in gleichmäßigem, perfektem Rhythmus. Es war weniger die Angst vor den Dramilen, die Teri antrieb. Viel eher war es das Wissen, einfach weitergehen zu müssen, um ein unbekanntes, aber genau vorgegebenes Ziel zu erreichen: die erste Nische!

Am späten Nachmittag war es dann so weit. Der Weg näherte sich in einem weiten Bogen wieder dem Ufer des Nordmeeres und in der Landschaft war hier und da schon die Klippenstruktur der Steilküste zu erkennen, als Teri an einem Felsen das Zeichen sah.

Der große Steinblock stand dicht am Wegesrand und man konnte ihm ansehen, dass Wind und Sonne, Regen und Frost ihm im Lauf der Jahrtausende gehörig zugesetzt hatten. Rau und zerklüftet ragte der Fels aus der flachen Moorlandschaft auf und an seiner Basis zeugten abgesprungene Steinsplitter von dem Zerstörungswerk der Zeit. Fast wäre Teri achtlos daran vorübergegangen, doch im letzten Moment sah sie aus den Augenwinkeln eine winzige Stelle, die sich von der zerklüfteten, schrundigen Oberfläche abhob.

Ein gutes Stück über ihrem Kopf sprang der Fels etwa eine Handbreit vor, sodass ein kleines, natürliches Dach entstanden war. Auf der beinahe glatten Fläche direkt darunter konnte man deutlich ein Ahornblatt erkennen, das dort in den Stein eingemeißelt war.

Wie viele Wanderer sich schon gefragt haben mochten, wer sich wohl die Arbeit gemacht hatte, diesen Felsbrocken am Wegesrand mit dieser winzigen Steinmetzarbeit zu verzieren? Teri sah genau hin. Die Spitze des Blattes zeigte in das Moor hinein, das sich an dieser Stelle in einem breiten, schilfbestandenen Streifen zwischen Weg und Steilküste dahinzog.

Unschlüssig ging Teri einige Schritte bis zum Wegesrand und schaute über das Sumpfland hinweg, hinter dem in weiter Ferne die ersten Klippen des Meeresufers zu erkennen waren. Gerade wollte sie den ersten Schritt in das Ödland hinein tun, als sie sich, einer plötzlichen Eingebung folgend, umdrehte und zu dem Felsen zurückging. Dort legte sie ihr Bündel und die Waffen ab, stellte sich auf die Zehenspitzen und griff nach dem kleinen Relief. Die Fingerkuppen von Teris linker Hand reichten gerade an das Ahornblatt heran. Fest drückte sie die Hand an den Stein und schloss die Augen.

Zunächst war nichts weiter zu spüren als die übliche Ausstrahlung von Stein. Ein monotones, endloses Lied von den Vorgängen in der Natur; von sonnendurchglühten Tagen, an denen einst der Wind über die körnige Oberfläche gestrichen war, und von klirrender Kälte, die sich tief in den geäderten Stein verbissen und Teile davon abgesprengt hatte. Von Grassamen erzählte der Fels, die, von heißen Winden herbeigeweht, zu Millionen versucht hatten ihre Wurzeln in die feinsten Risse zu treiben, und von Regen, der so manches lockere Sandkorn in das Gras gespült hatte. Aber das war noch nicht alles!

Leise erst, dann immer deutlicher, wie die Töne einer schrillen Flöte, die zum Takt einer großen Trommel gespielt wird, drängte sich ein Gefühl von Ehrgeiz und aggressiver Geschäftigkeit in den Vordergrund. Nur wenige Schläge hatte der Mann damals gebraucht, um das Ahornblatt in den Fels zu meißeln – er hatte es eilig gehabt. Teri spürte Unrast. Die Ungeduld eines Mannes, dem nicht mehr viel Zeit blieb, der von seiner Sterblichkeit wusste und seine Zeit für noch nicht gekommen hielt.

Teri zog die Hand zurück. Der Mann musste eine wirklich mächtige Ausstrahlung gehabt haben. Aber er war kein sonderlich angenehmer Mensch gewesen, das stand fest!

Mühsam nahm Teri Bündel und Waffen wieder auf; der rechte Arm machte immer noch Schwierigkeiten! Noch einmal schaute sie den Weg entlang in die Richtung, aus der sie gekommen war. Nichts war zu erkennen außer dem fernen Horizont, und dennoch lag eine stumme, unbestimmte Drohung über dem so friedlich wirkenden Land.

Mit einem Schulterzucken setzte Teri sich in Bewegung und überquerte den Weg. Unwillig zog sie das Schwert wieder an sich, das von der Schulter gerutscht und scheppernd auf den Boden geschlagen war. Bislang war die Waffe nur lästig gewesen und sonst gar nichts. Aber dennoch mochte Teri sich nicht davon trennen.

Das Sumpfland erwies sich als fester als erwartet, aber dennoch waren Teris Stiefel schon nach ein paar Dutzend Schritten durchnässt. Immer wieder geriet sie auf bedenklich weichen Boden, der unter ihren Schritten gurgelnd und schmatzend nachgab. Immer wieder musste sie Umwege machen, um weite Flächen offenen Wassers zu umgehen. Langsam nur rückten die Felsen am westlichen Horizont näher.

Teri ging weiter. Mit jedem Schritt vorsichtig den Boden auf seine Tragfähigkeit prüfend, tastete sie sich durch das Moorland auf die Felsen zu. Immer wieder musste sie an die Ausstrahlung des steinernen Ahornblatts, oder besser, des Mannes denken. Etwas daran machte ihr Sorgen. Fast noch mehr Sorgen als dieser trügerische Sumpf: Da war ganz deutlich dieser schrille Unterton in ihren Empfindungen gewesen. Dieser leichte Anflug von zynischer Bosheit!

Nachdem Teri die Überreste eines toten Kaninchens entfernt hatte, das vor langer Zeit hier verendet war, machte sie es sich in der Nische gemütlich, so gut es ging. Wie immer, wenn sie Fell oder Knochen eines toten Tieres berührte, wunderte sie sich darüber, wie leicht diese Geschöpfe starben. Tiere wussten nichts vom Tod. Es hatte eine Zeit gegeben, da hatte Teri die Tiere um ihre Unwissenheit beneidet. Als ihre Stiefeltern in Tigan gefangen genommen worden waren, hatte sie Nacht für Nacht von den schrecklichsten Todesarten geträumt. Mit der Zeit waren diese Träume seltener geworden, aber das Wissen um ihre eigene Sterblichkeit blieb.

Teri sah sich in der Nische um. Es war ein wirklich ideales Versteck, zu dem das Ahornblatt sie geführt hatte. Fast hätte sie selber es nicht gefunden, so dicht war der Eingang von Buschwerk überrankt, doch ein weiteres in den Fels geschnitztes Ahornblatt hatte ihr den Weg über einen schmalen Bachlauf gewiesen.

Eigentlich wäre Teri ganz gern noch die paar Schritte gegangen, um eine kleine Weile auf das Meer zu schauen. Aber seit sie die Nische erreicht hatte, war endlich die Anspannung von ihr abgefallen, die sie über zwei Tage lang vorangetrieben hatte. Teri spürte jeden Muskel in ihren Beinen, und ihre Füße fühlten sich an, als sei keine Haut mehr daran. Nein! Das Meer konnte warten. Sie war nicht bereit auch nur einen einzigen unnötigen Schritt zu tun.

Teri war nach der langen Wanderung sehr müde. Trotzdem kam sie noch nicht zum Schlafen, denn sie war auch noch außerordentlich hungrig. Plötzlich meldete ihr Körper sich wieder mit all seinen Bedürfnissen, als sei er bislang wie betäubt gewesen. Also durchsuchte Teri ihren Proviantbeutel. Trockenfleisch und grobes Mehl waren da.

Mit Zunder und Drillstab machte Teri sich ein kleines Feuer aus dem Totholz, das unter dem Busch vor der Nische herumlag. In ihrem Topf holte sie Wasser aus dem Bach und stellte ihn auf drei Steinen über die Flammen. Lange schon bevor das Wasser anfing zu brodeln, gab Teri Trockenfleisch und eine Hand voll Getreidekörner hinein.

Es wurde langsam dunkel. Jetzt machte sich die Müdigkeit mit aller Macht bemerkbar. Teri saß vor ihrem Topf gemütlich auf der Felldecke und ihr Kopf sank immer tiefer. Erschreckt richtete sie sich wieder auf und rührte hastig mit ihrem Holzlöffel ein paar Mal in dem halb fertigen Brei herum. Kaum hatte sie damit aufgehört, da fielen ihr schon wieder die Augen zu.

So ging es nicht weiter! Teri befürchtete allen Ernstes im Sitzen einzuschlafen und vornüber in den Topf zu kippen. Vielleicht würde ein Lied ihr helfen wach zu bleiben?

Mit leiser Stimme probierte sie ein paar Töne und blieb dann bei einer bestimmten Melodie. Es war ein Lied der Kraan. Teri hatte es von Aska gelernt und es war eines ihrer Lieblingslieder geworden. Es besang das, was jeder Mensch sucht und braucht, ob er es nun wahrhaben will oder nicht. Es war ein Lied von dem, was Teri in ihrem Leben schon in so reichem Maße empfangen und gegeben hatte. Und so kam es, dass an diesem kühlen Abend im Hochmoor von Estador, nahe dem Strand des Nordmeeres, ein Lied durch die Dunkelheit klang, wie es sonst nur die Leute von Wajir, der Stadt in der Steppe hinter der Wüste, zu hören bekamen: Teri sang das »Lied der Freundschaft« – und rührte dabei fleißig in ihrem Abendessen.

Wäre Szin eb Szin nur ein wenig später an dem Felsen mit dem Ahornblatt vorbeigekommen, hätte er die Stelle verfehlt, wo Teri den Weg verlassen hatte; doch es war erst später Nachmittag und die Dunkelheit würde noch eine Zeit lang auf sich warten lassen.

Eine feine Kerbe in der Oberfläche des Weges, ein kaum ellenlanger Strich brachte Szins Schritt zum Stocken, brachte ihn auf die richtige Spur.

Die Hüterin hatte den Weg verlassen! Die Sohlenabdrücke der Seestiefel in der weichen Erde waren unverkennbar.

Szin ging zu dem Felsen. Er hatte das Ahornblatt entdeckt. Ohne es zu wissen, tat er es Teri gleich und legte die Hand auf das Zeichen, aber natürlich offenbarte der Fels sich ihm nicht. Szin hatte auch nichts Derartiges erwartet. Es war ein Ritual, mehr nicht. Er berührte gern all die Spuren, die das Wild zurückließ – nahm sie in sich auf. Es war für ihn, als lasse er einen unsichtbaren Faden durch seine Finger laufen. Einen Faden, an dessen Ende sein Ziel auf ihn wartete.

Szin beschattete die Augen mit der Hand und spähte gegen die Sonne ins Moor. Kaum erkennbar zog sich eine schwache Spur durch das trockene Herbstgras. Von der Hüterin war nichts zu sehen. Das war Szin nur recht. Eine Verfolgungsjagd hier im Moor hätte ihn leicht um die Trophäe bringen können!

Vorsichtig folgte er ihrer Spur durch das hohe Schilf, wobei er ihr Schritt für Schritt näher kam, denn viele der Umwege, die Teri machen musste, konnte er sich ersparen. Als er schließlich wieder festen Boden unter den Füßen hatte, war Teri gerade dabei, in der Nische ihre Vorräte auszupacken.

Hier im Grasland war die Spur der Hüterin leicht zu verfolgen. Aufmerksam wie ein Raubtier, das Witterung aufgenommen hat, schlich Szin auf der Fährte Teris entlang. Keinesfalls wollte er sich vorzeitig verraten! Er wollte über sie kommen, wie der Panter vom Baum schnellt: lautlos, überraschend und erbarmungslos!

Plötzlich gab es eine Bewegung in einem Busch, der nahe einem Felsen stand. Szin ließ sich schnell und geschmeidig zu Boden gleiten. Da war sie! Endlich hatte er die Hüterin gefunden! Sie würde ihm nicht mehr entkommen!

Unaübersehbar war die junge Frau in ihrem gelben Seidenanzug, die, etwa zweihundert Mannslängen vor ihm, über das offene Gelände ging und mit einem kleinen Topf Wasser aus einem schmalen Bachlauf schöpfte. Dann ging sie wieder zurück in den Busch und war verschwunden.

Szin bewegte sich nicht. Besser war es, die Dunkelheit abzuwarten, die sich schon über das Land senkte. Wenn die Hüterin erst einmal schlief, dann konnte Szin die Sache umso gefahrloser zu Ende bringen.

Rötliches Flackern schimmerte zwischen den Zweigen des Busches hindurch. Szin glitt lautlos näher.

Leise Töne drangen aus dem Busch hervor, hinter dem die Hüterin sich verborgen hatte. Szin grinste. Mochte sie nur singen! Gleich würde er ihr die etwas höheren Töne abverlangen! Doch langsam, mit dem Anwachsen der Melodie, verlor sich die bösartige Vorfreude in seinem Gesicht. – Diese Hüterin sang gut!

Teri hatte jetzt die Melodie gefunden und legte die Worte der Kraan darüber, wie sie es von Aska gelernt hatte. Etwas ging mit Szin vor: Ihm fiel ein Wort ein, das er längst vergessen hatte. – Diese Hüterin sang *schön!*

Szin eb Szin, Großmeister der Klinge und des Schmerzes, Agent Sed eb Reas, lag in seiner Deckung und traute sich nicht, sich zu bewegen, um die junge Frau in ihrem Gesang nicht zu unterbrechen. Die Melodie, die aus der Nische zu ihm herüberdang, war sanft schwingend, besänftigend und betörend zugleich. Sie rührte Saiten in ihm an, die er längst zerrissen glaubte. Von Freundschaft sprach das Lied, von Liebe, Treue und Zugehörigkeit.

Als Teri gegessen hatte und sich zum Schlafen niederlegte, blieb Szin einfach in der Mulde liegen. Es wurde kalt. Szin spürte es nicht. Er lag da und dachte über sein verlorenes Leben nach. Es gab so vieles, was er hätte besser machen können! Warum nur hatte er den Weg wählen müssen, der ihn den anderen Menschen für immer entfremdete? Warum hatte er von Kindheit an nur Hass gesät und geerntet? Wie kam es, dass er nur in Schmerz und Leid anderer Befriedigung fand?

Mit plötzlicher, überwältigender Deutlichkeit wurde es Szin eb Szin, dem Großmeister der Klinge und des Schmerzes, klar, dass er sein Leben nur für den Hass und die Vernichtung gelebt hatte und was ihm alles fehlte, um ein wirklicher Mensch zu sein!

Freundschaft, Liebe, Vertrauen – er hatte sich ihrer auf seinen Jagden bedient, nicht mehr! Die Freundschaft eines Kaufmanns aus Sordos zu einem aufrührerischen Priester hatte er dazu benutzt, in Sed eb Reas Auftrag beide zu ermorden. Die Liebe, diese Macht, die zwei Menschen aneinander fesselt, hatte er immer als sehr nützlich empfunden. Wer einen der Liebenden suchte, brauchte sich nur an die Fersen des anderen zu heften! Und Vertrauen? Vertrauen hatte Szin eb Szin nie gespürt, solange er lebte. Selbst seinem Dienstherrn, der ihn doch immer reich belohnte, wenn er wieder einmal einen Auftrag zur Zufriedenheit erledigt hatte, war er stets mit tiefem Misstrauen begegnet. Szin wusste genau, dass das Wohlwollen Sed eb Reas und seines Hofmarschalls nur von seiner, Szins, Benutzbarkeit abhängig gewesen war. Hätte Szin auch nur einmal versagt, oder schlimmer noch, hätte er sich geweigert einen Auftrag auszuführen, wäre es nur eine Frage von Augenblicken gewesen, dass man ihn dem Henker ausgeliefert hätte!

Szin war immer stolz gewesen auf seine Kälte, seine Härte und seine Mitleidslosigkeit! Nun sah er, dass diese Eigenschaften zu nichts anderem gut gewesen waren, als seine heimliche, tiefinnerliche Sehnsucht nach Zuneigung, Wärme und Liebe zu überdecken. Es waren die Tugenden des Verlorenen gewesen, dessen Band zu den Menschen schon lange zerrissen war.

So erdrückend war das Gefühl der Einsamkeit, dass sich

der Brust des Dramilen ein zitternder Seufzer entrang. Damit war der Bann gebrochen. Szins Blick belebte sich wieder. Nachdenklich schaute er zu der Nische hinüber, in der Teri schlief. Nein! Er würde diese Hüterin nicht töten! Sie hatte mit ihrem Lied sein Innerstes angerührt und die Hoffnung in ihm geweckt, eines Tages einen Menschen zu finden, der zu ihm gehören würde. Mochte sie in Frieden schlafen und mochte es ihr gut ergehen auf ihrer Reise!

Vorsichtig, ohne ein Geräusch zu verursachen, glitt Szin rückwärts aus der Deckung. Als er weit genug von der Nische entfernt war, stand er leise auf und ging davon. Er wusste nicht, was er vorhatte und wie seine Zukunft aussehen würde; aber er würde nach Thedra gehen – wohin sonst? Vielleicht gab es dort ja eine Möglichkeit, einen Teil seiner Schuld an den Menschen abzutragen!

Teri erwachte. Die ganze Nacht hatte sie geschlafen, ohne auch nur einmal gestört worden zu sein. Die Geräusche im Buschwerk um sie her hatte sie nicht wahrgenommen und zur Zeit der Morgendämmerung hatte sie nur ihr Gesicht in der Felldecke vergraben und weitergeschlafen.

Jetzt war es Vormittag und es schneite. Teri richtete sich auf, horchte nach draußen und spähte durch das Buschwerk. – Im Moment schien alles ruhig zu sein! Teri war beruhigt. Rasch schlüpfte sie zwischen den warmen Decken hervor, schob sich fröstelnd durch die dürren, eiskalten Zweige vor dem Eingang der Nische und ging, nackt wie sie war, zu dem kleinen Bachlauf hinunter, um sich zu waschen. Schnell, aber gründlich reinigte sie sich, wobei sie darauf achtete, dass ihre Haare nicht zu nass wurden, und huschte in die Höhle zurück.

Zitternd schlüpfte sie wieder zwischen die weichen Decken und zog sich erst an, nachdem sie sich wieder gründlich aufgewärmt hatte. So kam es, dass es schon später Vormittag war, als sie ihre Vorräte auspackte.

Dabei stellte sie fest, dass der Proviant in der kleinen Umhängetasche, die zur Scharausrüstung gehörte, bestenfalls noch für drei Tage reichen würde, und auch das nur, wenn sie es bei einer Mahlzeit täglich bewenden ließ.

Nachdem sie Wasser geholt, Feuer gemacht und ihr Frühstück vorbereitet hatte, betrachtete Teri nachdenklich den Bogen, den sie dem dramilischen Soldaten abgenommen hatte. Sie würde jagen müssen, wenn sie einen vollen Monat hier ausharren sollte!

Die Körner begannen in dem warmen Wasser ein wenig aufzuquellen und auch das Trockenfleisch wurde schon etwas weicher. Teri rührte mit ihrem Holzlöffel in der Flüssigkeit herum, die sich langsam eintrübte. Sie fragte sich, wie weit es wohl bis zur nächsten Ortschaft sein mochte, und gleich darauf fiel es ihr ein: Keine halbe Tagereise trennte sie mehr von Moorstadt, der Hauptstadt der Provinz Moorland. Wenn sie das Geld erst ausgegraben hatte, dann …

Ja! Natürlich! Hier in der Nische war Geld vergraben! Sie konnte damit in Moorstadt ihre Vorräte ergänzen! Aber da war noch etwas: Es gab hier einen Kristall! Einen besonderen Kristall!

Teri ließ den Topf Topf sein und schaute in den hintersten Winkel der Nische, die Erde war überall gleichmäßig glatt und fest. Dann wandte sie sich wieder der Feuerstelle zu. – Sie würde sich nach dem Frühstück um Geld und Kristall kümmern.

Der Brei war gut gelungen! Um nicht gierig zu essen, nahm sie den Topf aber nicht vom Feuer, sondern tauchte ihren Löffel in die brodelnde Masse und wartete bei jedem Bissen, bis die Speise ausreichend abgekühlt war. Schon nach den ersten Löffeln Brei durchlief eine wohlige Wärme all ihre Glieder, und obwohl sie wirklich großen Hunger gehabt hatte, war sie erstaunlich schnell satt. Zufrieden stellte sie die halb volle Schüssel zur Seite und ging zum Bach, um ihren Löffel abzuwaschen.

In der Nacht musste es stark gefroren haben und auch jetzt schmolzen die winzigen Schneekristalle nicht, wenn sie die Erde berührten. An die Gräser, die den Bachlauf säumten, hatten sich dicke Eisbärte angesetzt. – Eisbrocken von kristallener Klarheit. Teri brach ein Stück davon ab und hielt es gegen das Licht. Weich und glatt fühlte sich das Eis an. Glitschig, rutschig – und fest. Weich und glatt fiel auch das Tageslicht durch den Eisbrocken, als sie ihn dicht vor die Augen hielt. In vieltausendfacher Brechung erschien selbst das kalte Licht dieses trüben Tages warm und mild.

Teri warf das Eisstück ins Wasser, wo es mit einem kleinen Plumpser versank, sofort wieder auftauchte und schaukelnd mit der Strömung davontrieb. – Teri wusch ihren Löffel sorgsam ab, stand auf und drehte sich um.

»Frill!« Teri hätte vor Schreck fast den Löffel in den Bach fallen lassen. Hastig griff sie danach, aber ihre klammen Finger gehorchten ihr nicht so recht. Schließlich bekam sie ihn doch noch richtig zu fassen und beendete damit ihre unfreiwillige Jongliernummer.

Eindeutig war es Frill, der da auf halber Strecke zwischen Bach und Nische stand und sich nicht rührte, peinlich bemüht Teri nicht noch mehr zu erschrecken. »Schon wieder!«, murmelte er zerknirscht. »Ich lerne es wohl nie!«

Teri konnte kaum glauben, was sie sah. Da war Frill! Ihr Freund, ihr Geliebter! Langsam ging sie auf ihn zu und berührte ihn sacht an der Hand. Er war wirklich! Kein Trugbild! Frill, um den sie sich so viele Gedanken gemacht hatte – um dessentwillen sie fast umgekehrt wäre. Frill war ihr gefolgt und stand nun hier vor ihr!

»Wie, wie hast du mich gefunden?«, brachte Teri stockend heraus und ärgerte sich. Warum nur musste sie sich bloß jedes Mal, wenn sie Frill traf, aufführen wie ein Schaf?

Frill lachte auf. »Das war nicht schwer! Ich bin mein Leben lang hinter verschwundenen Zicklein hergelaufen! Außerdem hatte ich Hilfe!« Er zeigte auf den großen, langhaarigen Hund, der hechelnd zu seinen Füßen lag. Dann beugte er sich vor und nahm Teri in den Arm, die ihre Wange ganz fest an sein Gesicht drückte.

Szin ging auf Thedra zu. Er ging wie im Traum dahin; nichts war mehr, wie es früher gewesen war.

Kalt kam der Wind aus Norden. Zuweilen riss er an Szins Kleidung, er merkte es kaum. Eilig setzte er Fuß vor Fuß, ohne zu denken, ohne zu überlegen, wohin er ging und warum. Früh am Morgen war ihm in der ersten Dämmerung so gewesen, als habe sich vor ihm etwas in einem Busch am Wegesrand bewegt. Er hatte nicht darauf geachtet und war, ohne anzuhalten, an der Stelle vorbeigegangen.

Szin war die ganze Nacht lang marschiert und hielt das Tempo auch bis zur Tagteilung durch. Es war einer von diesen Tagen, an denen es selbst zur Mittagsstunde nicht richtig hell wird. Dunkle Wolken schoben sich in dicken Schichten von Norden her über das Land und manche davon ließen feine Schleier stäubenden Schnees über die Moorlandschaft wehen. Ohne sich irgendwo auf dem gefrorenen Weg festsetzen zu können, wirbelten die winzigen Kristalle über die steinharte Erde, bis der Wind sie mit leise raschelnden Geräuschen zwischen die Halme der Gräser fegte.

Der Horizont war den ganzen Tag lang noch nicht zu erkennen gewesen. Nahtlos ging die Unendlichkeit der Moorlandschaft in die Unendlichkeit des Himmels über. Es war, als sei die Welt eine graue Kugel, in der der Weg schnurgerade immer weiter führe; ohne Anfang und Ende, ohne Sinn und Ziel.

Etwa zehn Sonnenhöhen nach der Tagteilung sah Szin zwei schemenhafte Gestalten auf dem Weg vor sich. Er ging ruhig weiter. Zeitweise verschwanden die dunklen Schatten wieder hinter treibenden Schneeschleiern, aber Szin kam ihnen unaufhaltsam näher. Jetzt konnte er erkennen, wen er vor sich hatte. Ein Lächeln überzog sein Gesicht. Es waren die Bogenschützen, mit denen er gekommen war! Seine Freunde, die mit ihm gekommen waren.

Szin runzelte die Stirn. Irgendetwas stimmte nicht! Diese Männer waren seine Freunde – aber sie waren zurückgeblieben, als er sie brauchte!

Szin ging schneller. Jetzt war er schon ganz nahe hinter den Männern, die sich erschöpft über den gefrorenen Weg schleppten. Szin sah eine halbe Fußspur.

Thedra! Die Männer vor ihm gingen zurück nach Thedra! Sie waren ihm nicht nachgeeilt, um ihm zu helfen! Sie hatten ihn verlassen! Szin fühlte Ärger in sich aufsteigen.

In diesem Moment schaute sich einer der Bogenschützen um. Szin konnte erkennen, wie der Mann zusammenzuckte, seinen Kameraden anstieß und zu laufen begann.

Der zweite Bogenschütze war nicht schnell genug. Er hatte sich noch nicht umgedreht, als Szin schon bei ihm war und ihm seinen Dolch tief zwischen die Rippen trieb.

Szin kümmerte sich nicht um den Sterbenden. Der andere Bogenschütze versuchte abseits des Weges sein Glück. Szin behielt ihn im Auge. Der Mann rannte in kopfloser Flucht in das Moor hinein. Nach kaum zwei Dutzend Schritten schrie er auf und verschwand hinter den schneebestäubten Gräsern.

Schnell, aber vorsichtig, folgte Szin den Spuren des Mannes. Doch obwohl erst ein paar Augenblicke vergangen waren, konnte Szin nur an der dünnen, aufgebrochenen Eisdecke zwischen den Sumpfgrasbüscheln die Stelle erkennen, wo der Mann versunken war. Wie zur Bestätigung stiegen aus der Tiefe einige Luftblasen auf, die sich blubbernd einen Weg an die schmutzig braune Oberfläche bahnten.

Szin wandte sich ab. Langsam begann er zu begreifen, was geschehen war. Diese Hündin hatte ihn hereingelegt – hatte ihn eingelullt mit ihrem läppischen Lied von Freundschaft und Liebe!

Mit wutverzerrtem Gesicht schaute Szin sich um. – Eine ganze Nacht und einen halben Tag war er marschiert. Hatte vor seinem Ziel gestanden und seinen Auftrag vergessen! Schlimmer noch! Er hatte ihn nicht nur *vergessen,* er hatte diese Hüterin nicht töten *wollen!* Er war dazu *nicht in der Lage* gewesen!

Szin fröstelte. Eilig überschlug er seine Chancen: Noch so einen Gewaltmarsch über anderthalb Tage würde er nicht durchhalten, zumal die verdammte Hündin schon wieder aufgebrochen sein konnte. Da war es schon sicherer, zurück nach Thedra zu gehen und die Suche von dort neu zu beginnen.

Szin spürte plötzlich Hunger. – Ja, nach Thedra und dort etwas essen! Sein Blick streifte den toten Bogenschützen auf dem Weg. Oder vielleicht besser …

Geistesabwesend schnitt Szin einige Äste und dünne Zweige von einem Busch am Straßenrand. Mit Feuerstein und der Stahlklinge seines Dolches schlug er im Schutz seines Umhangs Funken in den Zunder, den er in einem kleinen Lederbeutel bei sich trug. Wenig später brannte in einer Senke etwas abseits der Straße ein kleines Feuer.

Szin hatte sich inzwischen in eine ungeheure Wut hineingesteigert. Diese Hüterin hatte ihn verzaubert! Verzaubert und fortgeschickt wie ein kleines Kind! *Dafür* würde er sie töten! Es war zu einer persönlichen Sache geworden! Er würde sie finden, und wenn Jahre darüber vergehen sollten! Szin zog seinen Dolch, verließ das Feuer und ging zur Straße hinüber. Neben dem toten Bogenschützen hatten sich bereits kleine Schneefahnen gebildet, die nach Süden zeigten.

Frill hatte Angst gehabt um Teri.

Am Morgen nach der Besetzung Thedras hatte es am Hohlweg von Dramilen nur so gewimmelt. Fast jeder Unteroffizier hatte sich persönlich von der unglaublichen Tatsache überzeugen wollen, dass es keinen zweiten Verteidigungsring gab und das Hinterland ohne jeden Schutz dalag.

Frills Herr hatte sich mit seiner Ziegenherde unauffällig davonmachen wollen, war aber von Bewaffneten daran gehindert worden, die bei dieser günstigen Gelegenheit gleich schon mal zehn Tiere beschlagnahmten. So war Frill denn gezwungen worden mit den Soldaten in die Stadt zu gehen und die Ziegen auf den Schlachtplatz zu treiben. Nachdem er die Tiere dort geschlachtet und enthäutet hatte, war er von einem älteren Dramilen wieder zur Stadtgrenze gebracht worden.

Hatte Frill schon auf dem Hinweg bemerkt, dass Teris Höhle leer war, so war ihm jetzt aufgefallen, dass auch ihre persönlichen Sachen fehlten. Sie hatte es also wahr gemacht und war wirklich auf die Suche nach der Schlafenden Armee gegangen!

Natürlich hatte Teri ihrem Freund von ihrer Ankunft in Thedra und Athans Angebot, das Amt der Hüterin zu übernehmen, erzählt. Sie beide hatten sogar über die Sinnlosigkeit dieses Kultes gesprochen, da Thedra ja uneinnehmbar war …

Ins Lager zurückgekehrt, hatte sich Frill erst einmal das Gejammer seines Herrn anhören müssen. Nach der endlosen Litanei von Hungertuch und Bettelstab, Armenhaus und Elendsleben hatte Frill ihn gefragt, ob er vielleicht eine junge Frau, eher ein Mädchen, in einem gelben Seidenanzug bemerkt habe. Zu seiner Überraschung hatte sein Herr geantwortet, dass die Dramilen ihn schon den ganzen Morgen lang mit Fragen nach dieser Hüterin gelöchert hätten. Vor nicht allzu langer Zeit habe sich dann eine Dreiergruppe auf den Weg nach Norden gemacht. Frills Herr ging davon aus, dass sie jemanden verfolgten. Sie hatten es auf jeden Fall sehr eilig gehabt!

Frill ahnte, dass die Dramilen es nicht bei den zehn Ziegen bewenden lassen würden und dass in der Viehzucht vor den Toren Thedras keine rechte Zukunft mehr läge. Da er seinem Herrn sowieso nicht mehr helfen konnte, packte er mit bestem Gewissen seine Sachen und machte sich ebenfalls auf den Weg nach Norden. – Anderenfalls hätte er es eben mit *schlechtem* Gewissen getan!

So folgten er und »Hund«, ein wolfsähnlicher Mischling, den er sich vor zwei Jahren von seinem ersten Geld gekauft hatte, Szin eb Szin und seinen Bogenschützen auf der Suche nach Teri. Auch Frill war ein geübter Wanderer und so hatte sich der Abstand zwischen Teri, Szins Gruppe und Frill am ersten Tag kaum verändert.

Am Nachmittag hatte Hund eine Spur aufgenommen, die ins Moorland führte, und Frill fand am Rand eines Tümpels die Leiche eines Dramilen. Der Mann war entsetzlich zugerichtet und in seinem Herzen steckte ein Dolch, den er mit beiden Händen umklammert hielt. Fast sah es so aus, als habe der Mann sich die Waffe selbst in die Brust getrieben. Frill hatte den Dolch an dem Scharzeichen auf dem Knauf als Teris Eigentum erkannt und endlich gewusst, dass er wirklich auf dem richtigen Weg war.

Er hatte den Dolch an sich genommen und in dem Tümpel gereinigt. Dann war er eilig weitergegangen. Hund lief ihm nun ein gutes Stück voraus. Frill hatte ihn an dem Dolch schnuppern lassen und ohne Frage hatte er eine Witterung aufgenommen; jedenfalls war er als Erstes in ein Gebüsch am Wegesrand gestürmt, in dessen Holz Frill einen Pfeil vorfand.

Langsam konnte Frill sich zusammenreimen, was geschehen war: Teri hatte sich in dem Busch versteckt, der Dramile hatte auf sie geschossen, Teri hatte ihn getötet und seine Waffen an sich genommen. Nicht ins Bild passten allerdings die grausamen Verstümmelungen, die Frill an dem Toten bemerkt hatte. Teri traute er eine solche Tat nicht zu. Die einzige Möglichkeit war, dass die Kameraden des Dramilen ihn für sein Versagen bestraft hatten.

Mit doppelter Wachsamkeit eilte Frill nach Norden. Wenn Teri vor den Dramilen blieb, konnte er vielleicht noch helfen! Wenn sie sich abseits des Weges versteckt hatte, würde Hund sie finden! – An die dritte Möglichkeit hatte er kaum zu denken gewagt.

Auch wenn Frill es so eilig gehabt hatte wie nie zuvor in seinem Leben, so war es doch nicht zu vermeiden gewesen, am Vormittag des folgenden Tages eine Pause einzulegen. Frill wusste, dass er den Dramilen besser ausgeruht entgegentrat. Er und Hund hatten sich in die Sträucher abseits des Weges zurückgezogen und bis zum Nachmittag geschlafen.

Dann war es weitergegangen, in den Abend hinein. Hund war immer mürrischer und lustloser geworden. Frill konnte ihm nicht böse sein. Wenn sie sonst einmal ein verlorenes Tier gesucht hatten, war die Sache meistens innerhalb eines halben Tages erledigt gewesen. Woher sollte Hund von der Wichtigkeit dieser Wanderschaft wissen?

Die folgende Nacht war sehr kalt. Hund war wieder einmal zurückgeblieben, als Frill weit vor sich auf dem Weg eine Bewegung sah. Sofort sprang er in das hohe Gras abseits des Weges und stieß einen leisen Pfiff aus. Auch Hund hatte die Fremden bemerkt, kam schnell und geduckt zu Frill und verbarg sich im Gras, als sei er auf Kaninchenjagd. – Keinen Augenblick zu früh!

Zwei Dramilen kamen von Norden den Weg herab. Sie taumelten mehr, als dass sie gingen, und ihren Gesichtern war die Erschöpfung anzusehen. Stumpfen Blickes tapsten die beiden in Richtung Thedra. Frill bezweifelte, dass sie eine Gefahr für ihn gewesen wären, aber immerhin waren beide mit Bogen und Schwert bewaffnet.

Frill beschloss sich keine Sorgen mehr zu machen. Drei Dramilen waren von der Wegkreuzung aus aufgebrochen und einer davon war tot! Außerdem sahen die beiden hier wirklich nicht so aus, als hätten sie Erfolg auf ihrer Jagd gehabt. – Teri musste ihnen entkommen sein!

Der Wind wurde immer kälter. Frill ließ die Soldaten ruhig vorbeiziehen und kuschelte sich dann an das warme Fell von Hund. Hund ließ ihn gewähren. Mit klammen Fingern löste Frill die dicke Hirtendecke von seinem Bündel und zog sie über sich und das Tier. So schliefen sie bis zum Morgengrauen.

Bei ihrem Aufbruch wären sie fast einem vierten Dramilen in die Arme gelaufen. Frill kannte den Mann aus Thedra. Dort war er immer mit einem unangenehmen Gesichtsausdruck herumgelaufen. Frill mochte ihn nicht! – Von diesem vierten Dramilen hatte Frill nichts gewusst! Plötzlich war die Sorge, die Angst um Teri wieder da! Als der Mann wieder in den wehenden Schneewirbeln verschwunden war, brach er sofort auf und eilte weiter nach Norden.

Endlich hatte Hund eine Spur abseits des Weges gefunden; direkt bei einem großen Felsen bog er nach links in das Moor ab. Ohne zu überlegen, stürmte Frill hinterher. Die schlimmsten Befürchtungen durchschossen seine Gedanken: Teri von dem vierten Dramilen ermordet! Teri im Moor ertrunken!

Teri durchnässt und erfroren im Schilf! Mit leisen Rufen feuerte er Hund immer wieder an sich zu beeilen. Zielstrebig bahnte sich Hund seinen Weg durch die hochstängligen Sumpfpflanzen und grenzenlos war Frills Erleichterung, als er den Schilfgürtel verließ, wieder festen Boden unter den Füßen spürte und freie Sicht hatte. – Teri hockte am Ufer eines Baches und spielte mit einem Eisstückchen!

Leise, um Teri nicht zu erschrecken, hatte er Hund zu sich gelockt und war näher herangegangen.

Teri nahm Frill mit zur Nische. Die Strapazen der Wanderung waren ihm anzusehen, nur gut, dass sie schon etwas zu essen zubereitet hatte! Eilig gab sie ihm ihren Topf. Der Brei darin war noch warm.

Frill nahm das Essen dankbar an, doch zu Teris Erstaunen gab er zuerst zwei Löffel voll davon auf einen flachen Stein. Der Hund hatte das Essen gewittert und machte sich sofort über seinen Anteil her. Nun fing auch Frill an zu essen. Teri störte ihn nicht. Zwei Jahre lang war sie allein auf der Welt gewesen, sie war es gewohnt zu schweigen. Sie schaute Frill nur an. – Wie hübsch er war! Vielleicht war dies ja das Ende ihrer Einsamkeit! Jetzt war Frill da! Ihr Freund, ihr Geliebter – ihr Mann.

5

Teri und Frill

»Macht ja viel Arbeit, so ein Mann –
ist aber doch schön!«

Frill hatte versucht Teri zu helfen, und nun brauchte er selbst Hilfe!

Nachdem er gegessen hatte, erzählte er, dass die Dramilen umgekehrt seien und dass jetzt wohl keine Gefahr mehr bestehe. Ganz blass sah er dabei aus und Teri bemerkte auch ein leichtes Zittern, das seinen Körper befallen hatte. Frill war total erschöpft und durchgefroren. Er würde krank werden, wenn Teri nichts unternahm! Rasch stand sie auf und ging mit dem Topf zum Bach.

Als sie mit dem Gefäß voll eiskalten Wassers zurückkam, lag Frill schon mit seinem Kopf auf der Flanke des Hundes und schlief.

Teri zog ihm seine Schuhe aus; die Füße waren eiskalt! Sie rüttelte Frill, der sich schwach protestierend auf die andere Seite drehte. Der Hund hob seinen Kopf, sah Teri an und knurrte im Liegen.

Jetzt wurde Teri energisch! In Thedra gab es zwar so gut wie keine Hunde und auch sonst hatte Teri nicht viel Erfahrung mit diesen Tieren; aber sie wusste genau, wie man mit jemandem umgeht, der sich unverschämt benimmt.

»Knurr hier bloß nicht so blöd herum!«, fuhr sie das nun sichtlich verdutzt dreinschauende Tier an. »Dein Herr ist krank und ich will ihm helfen! Willst du, dass er nicht mehr laufen kann? Willst du, dass die Dunkelheit über ihn kommt? – Bestimmt nicht! Also schlaf deinen Hundeschlaf und lass mich machen!«

Mit großen, erstaunten Augen sah das Tier sie an, drehte dann beleidigt den Kopf weg und tat so, als ob es schliefe.

Teri hatte keine Zeit verloren und während ihrer Predigt Gürtel und Spangen von Frills Kleidung gelöst. Jetzt zerrte sie ihren Freund auf die Füße.

»… muss Teri finden!«, murmelte Frill und wollte sich wieder hinlegen.

»Stehen bleiben!«, kommandierte Teri und streifte ihrem Freund, der sich mit geschlossenen Augen an ihr festhielt, die teilweise von dem Sumpfwasser durchnässten Kleider ab. Hände, Arme, Beine – der ganze Körper fühlte sich kalt an.

»Huhuhu …« Frill schauderte und legte seine Arme schützend um den Oberkörper. Schnell streifte Teri ihr Halstuch ab, tauchte es in den Topf mit Eiswasser, murmelte »Entschuldigung!« und klatschte Frill den nassen Lappen auf den nackten Rücken.

»Waaah!«, brüllte Frill auf und versuchte zu entkommen.

Der Hund fuhr erschreckt hoch, aber ein Blick Teris hielt ihn auf seinem Lager. Offenbar hatte er kein Interesse daran, sich noch einen Anraunzer einzuhandeln.

»Was machst du mit mir? Willst du mich umbringen?« Frill war jetzt hellwach und stand abwehrbereit und zitternd im hintersten Winkel der Nische.

»Komm, das hilft dir!«, redete Teri ihm begütigend zu. »Danach fühlst du dich dann viel besser!«

»Mimimirr gehtss sschon bbbesserr!« Frill zitterte erbärmlich.

»Stell dich nicht so an; das hilft!« Kurz entschlossen ging Teri mit Topf und Lappen zu ihm und rubbelte ihn schnell und gründlich mit Eiswasser ab: Arme, Beine und vor allem Bauch, Brust und Rücken. »Und jetzt ab ins Bett!«

Frill ließ sich nun alles widerstandslos gefallen. Augenblicke später kroch er, vor Kälte schnatternd, zwischen Teris Decken.

Teri nahm seinen Umhang auf und deckte ihn zusätzlich über ihren Freund. Dann schnürte sie sein Bündel auf und breitete die schwere Hirtendecke über das Lager.

Frill sah wirklich blass aus! Schnell warf Teri noch ein paar trockene Holzstücke auf die heruntergebrannte Glut und ging mit dem Topf nochmals zum Bach, um frisches Wasser zu holen. Schlafen war wichtig für Frill, aber heißes, kräftiges Essen war noch wichtiger! Also hielt Teri ihn wach, während sie aus etwas Wasser und reichlich Trockenfleisch eine heiße Brühe bereitete.

Der Hund hatte Teri die ganze Zeit über misstrauisch beobachtet. Er fragte sich wohl, ob Teri plane auch ihm etwas Ähnliches anzutun wie seinem Herrn. Als sie aber keine Anstalten machte, mit dem triefenden Halstuch auf ihn loszugehen, ließ er den Kopf wieder beruhigt sinken.

»Wie heißt der eigentlich?« Teri wollte den Namen des Tieres wissen.

»Hund!«

»Wie, einfach nur Hund?«

»Einfach nur Hund! – Mir wird es schon wärmer!«

»Ich weiß. Ich habe deinen Körper mit dem kalten Wasser erschreckt und …«

»Das kann man wohl sagen!«

»… und jetzt fängt er an sich zu wehren. Dir wird es gleich so warm werden, dass du es kaum noch aushältst!«

Frill schaute Teri skeptisch an, die mit ihrem Löffel auf dem Trockenfleisch im Topf herumstampfte, damit es sich schneller auflöste. Ab und zu wurde er noch von einem Kälteschauer durchgeschüttelt. Teri kannte diese Erscheinungen; schließlich war sie von ihren Eltern und auch von Tana als

Kind oft genug auf die gleiche Art »wieder belebt« worden, wenn sie mal wieder zu lange in der Kälte gespielt hatte.

Das Wasser kochte und hatte sich mit dem Trockenfleisch zu einer graubraunen, dünnflüssigen Suppe vermischt.

»So, jetzt gibt's noch was Heißes!« Vorsichtig nahm Teri den Topf vom Feuer und ging zu dem Deckenlager hinüber. »Bleib aber liegen!«

Frill wollte sich aufrichten.

»Wenn du auch nur eine Fingerspitze unter der Decke vorstreckst, kriegst du den Ärger deines Lebens!«, warnte Teri, setzte sich und schob die linke Hand unter Frills Kopf, um ihn zu stützen.

»Was soll das? Ich kann allein ess…« Trotz seines Protestes nahm Frill den Löffel Suppe an, den Teri ihm hinhielt, und schließlich gab er jede Gegenwehr auf. Es war ihm zwar peinlich, gefüttert zu werden, das konnte Teri an seinem Gesichtsausdruck erkennen, aber trotzdem aß er brav die ganze Suppe und legte sich dann mit geschlossenen Augen zurück. »Danke!«, flüsterte er schwach, als Teri ihm noch mal die Decken zurechtzog, so dass wirklich nicht mehr das kleinste bisschen kalte Luft an ihn herankommen konnte.

Frill lag mit geschlossenen Augen flach auf dem Rücken. Die Kälteschauer wurden jetzt seltener und sein Gesicht hatte wieder ein wenig Farbe bekommen; ein Zeichen dafür, dass der Körper schon anfing aufzuheizen! Teri blieb neben ihm sitzen und achtete darauf, dass sich die Decken, besonders am Hals, nicht lockerten.

Etwas später bekam Frills Gesichtshaut eine leicht rötliche Farbe; er begann zu schwitzen und wurde unruhig. Teri schob eine Hand zwischen die Decken – es war sehr warm dort! Im Halbschlaf versuchte Frill sich ein wenig Erleichterung zu verschaffen, indem er die Decken zur Seite schob, aber Teri ließ es nicht zu.

Lange Zeit saß sie zwischen dem kleinen Feuer und Frills Lager und bewachte seinen Schlaf. Nach einer Weile kam Hund herüber und roch am Gesicht seines Herrn. Dann legte er sich neben Teri, leckte einmal kurz über ihre Hand und bettete dann mit größter Selbstverständlichkeit seinen Kopf auf ihren Oberschenkel. Erfreut nahm Teri diesen Vertrauensbeweis zur Kenntnis, wenn ihr auch schon nach kurzer Zeit das Bein einschlief.

Nach der Tagteilung war Teri sicher, dass Frill durchschlafen würde.

Es wurde Zeit, jetzt endlich den Anweisungen Jamiks Folge zu leisten! Bislang hatte Teri überhaupt noch keine Zeit gehabt sich auf die Suche nach Geld und Kristall zu begeben. Jetzt aber drängten sich die Befehle, die in ihrem Unterbewusstsein verankert waren, mit Macht in den Vordergrund.

Rasch legte Teri Frills Kleider neben das Feuer, damit sie dort trocknen könnten. Dabei fiel ihr der Schardolch in die Hände. Die Waffe war sauber. – Frill hatte nicht darüber gesprochen, dass er den verletzten Bogenschützen gefunden hatte. Teri beschloss ihn danach zu fragen, wenn er erwachte.

Jetzt nahm sie jedenfalls den Dolch erst einmal wieder an sich, auch wenn es ihr unangenehm war, die Waffe zu berühren, da sie noch einen Abglanz starken Schmerzes ausstrahlte. Vielleicht hatte Frill ja Interesse, Schwert und Bogen zu übernehmen, die für Teri sowieso zu groß und zu unhandlich waren.

Mit dem Schardolch in der Hand schob sich Teri an dem Deckenlager vorbei, auf die Rückwand der Nische zu. Vorsichtig und leise begann sie den Stein mit dem Griff der Waffe abzuklopfen, bis sie einen hohlen Klang hörte. An dieser Stelle bestand die Wand nicht aus hartem Fels, sondern war deutlich weicher.

Teri klopfte etwas fester und einige Stoücke harter Erde fielen zu Boden. Es schien, als habe vor vielen Jahren jemand die Wand mit Schlamm beworfen, und tatsächlich fand Teri einige vertrocknete Grashalme in dem harten Verputz vor.

Eine Stelle der Wand begann unter Teris leichten Schlägen zu federn und kurz darauf brach ihr ein Rechteck mit der Kantenlänge von etwa einer Elle entgegen. Jetzt sah Teri, dass die sichtbare Wand nur ein Verputz gewesen war, der von einem starken Geflecht von Schilfhalmen gehalten worden war.

Viel interessanter war allerdings der Inhalt der Höhlung im Fels: Als Erstes fiel Teri ein Kristall auf, der selbst hier, in der düsteren Nische, ein Feuer ausstrahlte, wie Teri es noch nie gesehen hatte. Dann gab es noch eine Phiole mit grauem Pulver. – Teri wusste, was sie damit zu tun hatte!

Weiter vorn in der Höhlung lag ein Lederbeutel, der sofort zerfiel, als Teri ihn anheben wollte. Zwanzig Bronzestücke waren darin gewesen und rollten Teri nun entgegen.

Nachdem sie das Geld aufgesammelt hatte, entdeckte Teri die Schriftzeichen auf dem Boden der Vertiefung. Um sie lesen zu können, musste sie sich einen brennenden Span vom Feuer holen. *»Ist die Zeit gekommen, geh nach Osten«,* stand in altertümlichen Lettern auf dem Grund der Höhlung. *»Achte auf das Ahornblatt im Fels und folge dem Helfer!«*

Jetzt gab es nur noch eines zu tun! Teri ergriff die Phiole und öffnete sie. Dann streute sie das graue Pulver auf die Schriftzeichen, stellte den Kristall, von dem ein Kupferstab aufragte, darauf und trat einen Schritt zurück.

Nach wenigen Augenblicken begann das Pulver auf die Luft zu reagieren und entzündete sich kurz darauf mit einem leisen Fauchen. Die Hitze war enorm. Teri wich noch einen Schritt zurück und schaute sich besorgt nach Frill um. – Der schlief aber fest. Teri nahm sich vor ihn zu wecken und nach draußen zu zerren, wenn das Feuer noch stärker werden sollte.

Mittlerweile war der Kristall so stark durchglüht, dass er von selbst zu leuchten begann; und plötzlich, einen schrillen Ton von sich gebend, zerfiel das transparente Gebilde vor Teris Augen zu einem Häufchen kristallinen Staubs.

Mit einem erschreckten Aufschrei ließ Teri ihren Dolch fallen. Die Waffe hatte kurz aufgeleuchtet, als begänne sie zu glühen, und Teris Hand war von einem starken, wenn auch nur kurzen Krampf befallen worden.

Auch Hund gab nun einen kurzen Schmerzenslaut von sich. Das schrille Geräusch hatte seinen Ohren wehgetan. Frill bewegte sich kurz im Schlaf, blieb aber unter seiner Decke.

Teri schaute in die ausgeglühte Höhlung. Nichts mehr war von Schrift oder Kristall übrig geblieben außer ein wenig Staub. Damit war ihre Aufgabe erledigt. Warum sie den Kristall hatte verbrennen müssen – und dass genau zu dieser Zeit einer der Kristalle in der Truhe des Magiers in Thedra zersprang –, wusste sie nicht. Aber es war wichtig gewesen, so und nicht anders zu handeln. Das wusste sie genau!

Später am Nachmittag beschloss Teri, endlich einmal den Bogen auszuprobieren. Es wurde Zeit, dass sie sich Gedanken um ihre Vorräte machte.

Prüfend zog Teri an der Bogensehne. – Ging gar nicht so schwer! Auch der rechte Arm war schon wieder ganz brauchbar! Hund fand Teris Beschäftigung hochinteressant. Aufgeregt tänzelte er um sie herum und behinderte sie nach Kräften. Er schien die Jagd mit dem Bogen zu kennen und sehr viel davon zu halten.

Teri spannte den Bogen ein paar Mal und ließ die Sehne dann plötzlich vorschnellen. Sie wiederholte das Spiel und erlegte dann in schneller Folge drei Wildziegen, ein Kaninchen und einen Leoparden – leider nur in Gedanken!

Irgendwo mussten doch auch Pfeile sein! Unter Frills immer noch feuchter Kleidung fand Teri in der Nähe des Feuers den Köcher. Sieben Pfeilschäfte schauten daraus hervor. Teri zog an einem der Holzstäbe und bemühte sich dabei, die halbierten Federkiele, die mit Harz und Bast daran befestigt waren, nicht zu beschädigen. Mit Pfeil und Bogen in der Hand arbeitete sie sich durch den Busch am Eingang und richtete sich vor der Nische auf.

War Hund aufgeregt und verspielt gewesen, seit Teri den Bogen aufgenommen hatte, so änderte sich sein Verhalten nun schlagartig. Ruhig und ernst stand er einen halben Schritt hinter ihr und wartete auf seinen Einsatz.

Teri legte den Pfeil auf die Sehne und suchte sich ein lohnendes Ziel. Etwa dreißig Schritt entfernt wartete ein dickes Grasbüschel in aller Ergebenheit darauf, von Teri erschossen zu werden. Ein ideales Opfer!

Wild entschlossen spannte Teri den Bogen, bis die bronzene Pfeilspitze den Schaft berührte, zielte genau und ließ den Pfeil fliegen.

Das Ergebnis war, gelinde gesagt, enttäuschend. Taumelnd löste der Pfeil sich von der Sehne, versuchte aus der Flugbahn auszubrechen, stabilisierte sich, berührte, nach einem schlaffen Bogen, knapp zwei Mannslängen vor dem Grasbüschel die Erde, überschlug sich und blieb liegen.

Hund war sofort, als er gehört hatte, wie die Bogensehne die Luft durchschnitt, losgestürmt und suchte jetzt in der Umgebung des Pfeils nach dem Stück Wild, das Teri erlegt haben musste. Schließlich begriff er, dass es hier nichts zu holen gab, und kam verdrossen zurück.

Teri war nicht weniger enttäuscht. Hätte sie mit der Hand einen Stein geschleudert, wäre das Ergebnis besser gewesen.

Die nächsten Schüsse verliefen genauso unbefriedigend. Der Bogen hatte einfach nicht genug Spannung! Teri begriff nicht, wie die Dramilen es wagen konnten, mit so minderwertigen Waffen auf einen Feldzug zu gehen, bis ihr plötzlich auffiel, dass der Bogen ja nicht immer so schwach gewesen war. In der Nacht, als der Dramile damit auf sie geschossen hatte, hatte die Sehne gesungen wie eine bösartige Hornisse! Teri hatte den Klang noch genau im Ohr!

Das war es! Plötzlich wurde Teri alles klar. Das Holz war müde! Seit über drei Tagen war die Sehne gespannt gewesen und das Holz begann nun sich in die Bogenform zu fügen – ganz klar! Um die alte Spannung wiederherzustellen, musste die Sehne gelöst werden, damit der Bogen sich wieder eine Zeit lang strecken konnte!

Hund hatte nun sein Vertrauen in Teris Jagdkunst endgültig verloren und streifte schnuppernd in der Gegend umher.

Teri stellte das untere Ende des Bogens auf den Boden und stemmte sich mit ihrem ganzen Gewicht darauf. Das Holz gab nach und die Sehne ließ sich aushaken. – Natürlich! Da hatte der Fehler gelegen! Das Holz blieb viel zu krumm! Wie konnte man das bloß reparieren?

Bei einem Korbmacher in Ago hatte Teri gesehen, dass er sein Material nass verarbeitete, damit es geschmeidig blieb, und auch die Schiffsbauer, die die *Sesiol* repariert hatten, waren ohne eingeweichte Hölzer nicht ausgekommen. Holz ließ sich also krümmen, wenn es nass war! Dann ließ es sich doch bestimmt auch wieder gerade biegen!

Kurz entschlossen ging Teri zu dem Bachlauf, legte den Bogen ins Wasser und beschwerte ihn mit einigen Steinen. Dabei machte sie eine interessante Entdeckung. Unter der Böschung des Baches lebten kleine, graue Tiere – Flusskrebse! Also holte Teri ihren Topf aus der Nische. Bis über die Waden im eiskalten Wasser stehend, sammelte sie zunächst zwei der kleinen Tiere ein. Ein drittes versuchte unter die Böschung zu entkommen und besiegelte damit das Geschick seiner ganzen Sippe. Nun stellte Teri nämlich fest, dass die ganze Bachböschung von den Krebsen unterhöhlt war und dass in jeder der Nischen ein Leckerbissen darauf wartete, von Teri entdeckt zu werden.

Als der Topf fast voll war, ging Teri zur Höhle zurück, warf neues Holz auf das Feuer und wärmte sich die Füße, wobei sie ständig darauf achtete, dass die Bewohner des Gefäßes nicht das Weite suchten.

Das Schlachten der Tiere war kein angenehmes Unterfangen für Teri. Sie nahm ihr ohnehin noch nasses Halstuch und umwickelte jeden der Krebse damit, bevor sie ihn mit einem Stich ihres Dolches in den Kopf tötete. Teri hatte gehört, dass man Krebstiere normalerweise lebend in kochendes Wasser wirft, aber das wollte sie den Tieren und sich selbst nicht antun.

Die Strafe für ihren Edelmut folgte auf dem Fuße: Da die Tiere einen so leichten Tod gehabt hatten, hatten sie ihren Darminhalt komplett bei sich behalten und Teri musste mehr als die Hälfte des Fleisches sofort wegwerfen. Ordentlich legte sie den Abfall auf einen großen, flachen Stein. – Vielleicht würde Hund das Zeug ja mögen, wenn er zurückkam!

Als Teri mit der Arbeit fertig war, brachte sie die Schalen hinaus und warf sie ins Gebüsch an der Felswand. In die Nische zurückgekehrt, stellte sie fest, dass das bisschen Fleisch im Topf nicht gerade begeisternd aussah. – Trotzdem würde sie keine lebenden Tiere in kochendes Wasser werfen, beschloss Teri.

Ein Geräusch am Eingang ließ sie aufblicken. Hund kam mit blutiger Schnauze hereingetapst, würdigte Teri keines Blickes und legte sich neben das Lager seines Herrn. Eine braungraue Feder an seiner Lefze ließ darauf schließen, dass in einer benachbarten Sumpfhuhnfamilie ein plötzlicher Trauerfall aufgetreten war.

»Hättest mir ruhig eins mitbringen können!«, meinte Teri, stand auf und stellte den Topf mit dem Krebsfleisch in eine Astgabel des Busches. – Konnte man denn wissen, ob Hund wirklich vollständig satt war? – Dann zog sie ihre Stiefel an, nahm ein paar Steine vom Boden auf und ging hinaus.

Es dauerte eine Weile, bis es wieder am Eingang der Nische raschelte und Teri mit zwei erlegten Rallen in der Hand wieder auftauchte. Der Schnee, der den ganzen Tag über mehr oder weniger stark gefallen war, hatte es ihr leicht gemacht, die dunkel gefärbten Hühnervögel im Gelände zu erkennen. »Danke für den Tipp!«, rief sie Hund fröhlich zu und schaute dann erst einmal nach Frill.

Frill schlief und sein Körper war ganz warm. Also hockte Teri sich ans Feuer und machte sich daran, die Sumpfhühner zu rupfen und auszunehmen.

Als sie die Tiere von ihrem Federkleid befreit hatte, lagen zwei magere Körperchen vor ihr, die sie fast in ihren Händen hätte verstecken können, und nach dem Ausnehmen war so gut wie gar nichts mehr davon übrig.

Um erneut auf Jagd zu gehen, war es schon zu dunkel geworden. Teri ging mit ihrer Beute zum Bach und wusch Krebsfleisch und Hühnchen gründlich ab. Auf dem Rückweg zur Nische machte sie noch einen Abstecher zu einem benachbarten Busch und sammelte dort etliche dürre Zweige ein, die darunter lagen. Dann schnitt sie sich mit dem Schardolch noch zwei längere Stecken und kehrte hoch bepackt in die Nische zurück.

Nachdem sie die Restglut des kleinen Feuers wieder zu heller Flamme gebracht hatte, setzte Teri das Krebsfleisch auf. Die beiden Hühnchen spießte sie auf die frischen Stecken und legte sie so auf den Rand des Topfes, dass sie von der Hitze des Feuers geröstet wurden. Ein angenehmer Geruch breitete sich in der Höhle aus.

Nach einiger Zeit war das Essen bereit und Teri ging zum Deckenlager, um Frill zu wecken. Er schien noch sehr müde zu sein, denn Teri musste ihm mehrfach über das Gesicht streicheln, bis er die Augen vorsichtig aufschlug. »Darf ich jetzt aufstehen oder bin ich immer noch dein Gefangener?«, wollte er wissen, wobei ein Lächeln sein Gesicht für Teri noch schöner machte.

»Komm, es gibt Essen!« Teri zupfte an der Decke.

Frill legte eine Hand in Teris Nacken und zog ihren Kopf zu sich herunter. »Schön, dass du da bist!« Sanft küsste er Teri auf beide Wangen. »Hier riecht's gut!«, stellte er dann fest und schlug die Decke zurück. »Ich bin gleich wieder da!«

Frill griff sich seinen Umhang, stand auf und zwängte sich durch den Busch nach draußen. Nach einer Weile kam er wieder zurück und auf seiner Haut glänzten im Licht des Feuers tausende von Wassertropfen, als er den Umhang vorn aufschlug und sich vor die Kochstelle hockte, um die Wärme an seinen Körper heranzulassen.

Schweigend hielt Teri ihm eines der Hühnchen am Spieß hin und nahm sich dann selbst das andere Tierchen vor. Durch die Hitze des Feuers waren die kleinen Vögel nochmals ein Stückchen geschrumpft und jetzt hätte Frill sie wirklich in der hohlen Hand verstecken können.

»Schmeckt gut!«, stellte Frill fest, während er mit den Zähnen winzige Fleischfasern von den Flügeln seines Hühnchens riss.

»Hm!« Teri war selbst ganz angetan von ihrer Kochkunst.

»Was ist das da?« Frill zeigte auf den Topf, in dem noch die Brühe brodelte.

»Was Besonderes! Du darfst raten!«

»Ist es gekrochen oder gehüpft?«

»Es konnte richtig laufen!« Teri tat empört. »Sogar unter Wasser!«

»Dann hat es wohl in den Schalen gewohnt, auf die ich draußen getreten bin! – Dann sind das diese, äh, lebenden Steine?«

»Flusskrebse!«, verbesserte Teri. »Die *kann* man essen!«, setzte sie dann eilig hinzu, als sie Frills skeptischen Blick sah.

Bald waren sie mit den Hühnchen fertig und warfen die kleinen Gerippe Hund zu, der sie aus dem Flug schnappte und genüsslich verknusperte.

Frill probierte vorsichtig von der Krebsbrühe. Offenbar sagte der Geschmack ihm zu, denn er lächelte anerkennend und tauchte seinen Löffel wieder ein.

Teri tat es ihm nach, und obwohl sie wirklich nicht viel zu essen gehabt hatten, waren sie doch bald leidlich satt.

»Morgen jagen wir zusammen, wenn du willst«, bot Frill Teri an, nachdem er sich zufrieden zurückgelehnt hatte.

Schlagartig fiel Teri der Bogen ein, der noch im Bach lag. »Bin sofort wieder da!«, erklärte sie Frill und flitzte in die Dunkelheit hinaus.

Es schneite immer noch und nun blieb der Schnee auch liegen. Teri kniete sich am Rand des Bachlaufs in den Schnee und tastete mit ihren Händen den Grund ab. Nach einigem Suchen hatte sie das kalte, glatte Holz des Bogens ertastet. Mit eiskalten Händen kehrte sie in die Nische zurück.

»Kannst du mit so etwas umgehen?« Teri hielt Frill den Bogen hin.

»Geht so!«, behauptete Frill. »Hast du ihn eingeweicht, damit er sich streckt?«

Teri nickte bestätigend und hielt Frill den Bogen hin, erfreut, dass sie ganz offensichtlich ein bekanntes Verfahren angewandt hatte.

»Hast du dir selbst ausgedacht, nicht?« Frill nahm den Bogen in die Hand und schaute ihn prüfend an.

»Ja! Wieso, war das falsch?« Teri wurde unsicher.

»Nein, überhaupt nicht! – Aber wenn du wirklich *gewusst* hättest, wie es gemacht wird, hättest du vorher die Wachskappen an den Enden des Holzes abgeschnitten, damit es das Wasser besser aufnehmen kann.«

»War jetzt alles umsonst?« Teri war ein wenig enttäuscht.

»Nein!«, versicherte Frill eilig. »Schau, hier!« Er deutete auf das Bogenende. »Das Wachs war schon spröde. Durch die Risse ist genug Wasser eingedrungen, nehme ich an.«

Plötzlich zog sich ein ernster Ausdruck über Frills Gesicht. »Ich habe deinen Dolch gefunden!«

Teri merkte, dass irgendetwas Frill davon abhielt weiterzusprechen. »Ich, ich musste den Dramilen verwunden! Er hat auf mich geschossen, als ich mich versteckt hatte!«

»Er lebte noch, als du ihn zurückgelassen hast?«

»Ja, natürlich! Er musste nicht sterben! Ich habe nur seine Hüfte … – Ist er etwa tot?«

»Der Dolch steckte in seiner Brust und er war schrecklich zugerichtet! Das müssen dann seine Kameraden gewesen sein!«

»*Wie* – schrecklich zugerichtet?«

»Ich glaube nicht, dass du das wissen möchtest; aber er hatte sehr schwere Verletzungen. – Ich habe sofort gewusst, dass du nichts damit zu tun hast!«

Teri merkte, wie sich ihr Körper verkrampfte. Sie hatte dem Soldaten den Dolch gelassen, um ihm Schmerzen zu ersparen, und seine eigenen Kameraden … Wenn das die Art war, wie ihre Feinde *miteinander* umgingen, was hätte *sie* dann erst zu erwarten gehabt?

Frill versuchte Teri mit belanglosem Geplauder wieder ein wenig aufzumuntern. Als er aber merkte, dass er damit keinen

Erfolg haben würde, zog er sich, Müdigkeit vortäuschend, ins Bett zurück.

Teri war immer nervöser geworden. Vielleicht meinte sie, dass er etwas von ihr fordern könne, wozu sie heute nicht bereit war.

Teri hatte wirklich Angst, mit Frill das Lager zu teilen. Aber nicht Frill war es, der ihr Angst machte, sondern sie selbst. Sie hatte ihn so gern – aber wenn er Lust auf sie verspüren sollte, würde sie ihn enttäuschen müssen! Die Nachricht vom Tod des jungen Soldaten hatte sie tief getroffen.

Schließlich, als Frills Atemzüge ruhiger geworden waren, zog sie sich aus und schlüpfte neben ihn unter die Decken. Schön warm war es hier!

Im selben Moment, als sie Frill berührte, merkte sie, dass er nicht schlief! Ganz im Gegenteil! Ein so heftiges Verlangen, dass es fast schmerzhaft war, schlug ihr entgegen. Wie ein offenes Buch lagen Frills Gefühle vor ihr: Er wollte sie! Aber er wollte sie auch schonen! Er wusste, dass sie nicht bereit war! – Er quälte sich!

Das musste nicht sein! Wenn sie selbst im Moment auch nicht in der Lage war unbefangen Lust zu empfinden, so konnte sie doch immer noch schenken. Zumindest auf einen Versuch kam es an. Langsam glitt ihre Hand über Frills Seite. Teri spürte, wie er unruhig wurde.

Sanft ließ Teri ihre Hand zur richtigen Stelle wandern. – Sie hatte es doch geahnt! Frill war bereit! Mehr als das! Er wollte sie! Brauchte sie!

Teri begann mit kleinen, zufällig wirkenden Bewegungen, die sie nach und nach verstärkte und variierte. Frill lag ruhig da und ließ sich, ohne ein Wort zu sprechen, alles gefallen. Teri verstärkte den Druck, nahm die zweite Hand zu Hilfe, streichelte, forderte, bis ein Zittern in Frills Körper ankündigte, dass er bald so weit sei – und nur wenig später lag er etwas verwirrt, aber sehr entspannt in ihrem Arm und schlief bald darauf wirklich ein. Seine Berührung vermittelte Teri das Gefühl reinster Freundschaft, reinsten Glücks und reinsten Friedens.

War Teri bislang in Frill verliebt gewesen, so wuchs in dieser Nacht das Gefühl der Liebe zu ihm. Nicht nur sein Körper war schön, auch sein Geist war es! Eng kuschelte sie sich an ihn, damit das Band zu seinen Gefühlen nicht abriss. Er bewegte sich im Schlaf und legte einen Arm um sie. So schliefen sie eng umschlungen einem neuen Morgen entgegen und mitten in der Nacht kam ein wolfsähnliches Wesen und schob sich schnaufend und prustend am Fußende unter die Decken.

Am nächsten Morgen war es Teri übel. Sie musste sich zwar nicht erbrechen, war aber ziemlich blass. Frill ahnte etwas. Er dachte an die Nacht in der Höhle der Armee zurück. Bei seiner Frau in Kaji hatte es damals ganz ähnlich angefangen!

6

Schnee

Jedes Liebespaar sollte seine eigene Insel haben!

Der Monat in der Nische war schnell vergangen. Obwohl es seit Frills Ankunft nicht mehr aufgehört hatte zu schneien, war es nicht langweilig geworden.

Mittlerweile lag der Schnee mannshoch über dem Moor und auch der Bach war zugefroren. Fast täglich tobten schwere Stürme über das Land und brachten weitere Schneemassen von Norden heran.

Die Welt war klein geworden für Teri und Frill. Sie konnten sich nur noch in der nächsten Umgebung der Nische bewegen und auch das nur für begrenzte Zeit, denn die Temperatur war so sehr gefallen, dass selbst in der Nische das Essen im Topf gefror, wenn der nicht gerade nahe beim Feuer stand. Darum hatte Frill sich bald das Schwert genommen und aus Büschen lange, biegsame Zweige herausgehauen, die sich mit Grasbüscheln zu einer festen dicken Matte hatten flechten lassen. Jetzt gab es also so etwas wie eine Tür vor der Nische, die die schlimmste Kälte abhielt.

So blieben die beiden möglichst nahe der Wärme des Feuers in der Nische und Frill brachte Teri die Grundbegriffe der Kaji-Sprache bei, wofür sie sich mit ein paar Lektionen der Kraan- und der Löwensprache revanchierte, während sie eng aneinander gekuschelt unter den Decken hockten.

Ansonsten lauschten sie dem Knurren ihrer Mägen, denn auch die Nahrungsbeschaffung war zu einem Problem geworden. Nicht, dass die beiden wirklich vom Hungertod bedroht gewesen wären, irgendwo gab es immer noch ein leichtsinniges Moorhuhn, das Teris Stein oder Frills Pfeil nicht ausweichen konnte; aber Schnee und Kälte behinderten die Jagd.

Bevor der Bach endgültig zugefroren war, hatte es noch ein paar Mal Krebsfleischsuppe gegeben, aber damit war es jetzt vorbei.

Größtenteils ernährten sich die zwei von Kolbenwurzelbrot. Frill hatte nämlich entdeckt, dass die Wurzeln der Rohrkolben sich zwischen zwei Steinen zu einem sämigen Brei zermahlen ließen, der ganz passabel schmeckte. Leider hatten sich die längeren, holzigen Fasern nicht ganz zermahlen lassen und waren auch sonst nicht restlos zu entfernen, sodass der Genuss dadurch getrübt wurde, dass man bei jedem Bissen meinte den Mund voller Haare zu haben.

Aus diesem nahrhaften, aber sonst recht faden, faserigen Brei hatte Teri mithilfe von Hühnchenknochenbrühe ein Gemisch hergestellt, das sich auf einem heißen Stein zu brotähnlichen Streifen ausbacken ließ. Frill war in der Zwischenzeit mit dem Schwert in den Sumpf gezogen und hatte für Nachschub an Wurzeln gesorgt, die er mit der Waffe aus dem gefrorenen Boden heraushackte.

Nicht gerade einfacher wurde das Ernährungsproblem dadurch, dass Hund sich seine Nahrung nicht mehr selbst erjagen konnte. Mit seinen schmalen Pfoten brach er durch den Schnee und kam kaum noch voran. Gierig verschlang er alle Reste, die vom Essen der Menschen abfielen, und sowohl Frill wie auch Teri übersahen ihm zuliebe mehr als einmal einige Fleischfetzen an den Knochen der Vögel. Trotzdem magerte Hund immer mehr ab. Nicht zuletzt ihm zuliebe beschlossen Teri und Frill nach Ablauf des Monats, zu versuchen sich nach Moorstadt durchzuschlagen.

Die letzte Nacht in der Nische war von einem Hauch Wehmut überlagert. Mochte es auch kalt sein und mochte auch

Mangel herrschen; dies war der Ort, wo Teri und Frill sich getroffen – wo sie sich *wirklich* kennen gelernt hatten! Die Nische war ihr Zuhause gewesen; ihre Zuflucht vor der Welt, die sich so plötzlich verändert hatte; die feindlich geworden war. Es war der Ort ihrer Liebe! Wäre Teris Auftrag nicht gewesen und wäre es Hund besser gegangen, man hätte sich überlegen können, für immer hier zu bleiben; geborgen in der Nische im Fels.

Teri war es ab und zu am Morgen schlecht geworden und Frills Verdacht wurde langsam zur Gewissheit. Als er bemerkte, dass Teri immer nervös wurde, wenn sie zusammen sein wollten, sich vorher prüfend selbst berührte und ihre Schartasche an das Kopfende des Lagers legte, fragte er sie direkt: »Du wartest auf deine Zeit, nicht wahr?«

»Hmhm!«, bestätigte Teri. Es war ihr nicht direkt unangenehm, dass Frill sie so etwas fragte, aber sie mochte auch nicht zu ausführlich darüber sprechen.

Frill ließ nicht locker. »Wann wäre deine Zeit gewesen?«

»Vor drei oder vier Tagen!«

»Möglich, dass sie nicht kommt!«

Teri sah Frill stirnrunzelnd an. Meinte er vielleicht …

»Möglich, dass wir nicht mehr lange zu zweit sind«, fuhr Frill fort. »Bei meiner Frau in Kaji …«

»So, deine Frau in Kaji? – Dann brauchst du mich wohl nicht mehr!« Teri drehte ihm den Rücken zu. Natürlich wusste sie genau, dass ihre Reaktion albern war. Aber das interessierte sie im Moment nicht. Es war ihr ganz einfach unerträglich, daran denken zu müssen, dass Frill jemals mit einer anderen das gemacht hatte, was nur ihnen beiden gehören durfte!

»Entschuldige!« In Frills leiser Stimme schwang eine nie gehörte Bitterkeit mit. »Ich hatte nur einen Augenblick lang vergessen, dass ich tot bin! Frau und Kind in meiner Heimat habe ich verloren und ich werde sie nie wieder sehen; das ist das Gesetz meines Volkes. Jetzt werde ich auch noch die Erinnerung daran verlieren – du verlangst wirklich nicht zu viel!«

Teri kam sich auf einmal ungeheuer selbstsüchtig vor. Woher hatte sie das Recht genommen, so etwas von Frill zu verlangen? Reichte es denn nicht, wenn er für sie da war, wann immer sie ihn brauchte, ihr, wo immer möglich, half und der beste Freund war, den sie sich wünschen konnte? Musste sie denn mit dummem, kindlichem Stolz auch noch den Rest seiner Seele, seine Gedanken und Erinnerungen, fordern? – Langsam drehte Teri sich wieder zu ihm um. »Du meinst also, dass ich wirklich …«

»Dass du ein Kind bekommst, ja!«

Teri wusste nicht, was sie dazu sagen sollte. Die ganze Situation war vollständig neu für sie. Der Streit mit Frill; seine Eröffnung, dass sie wahrscheinlich schwanger sei … Vorsichtig tastete Teri unter der Decke nach seiner Hand. Frill kam ihr entgegen und sie verschränkten die Finger ineinander. Eine Weile lagen sie so schweigend nebeneinander auf dem Rücken und schauten in die Dunkelheit, bis Teri genug Mut gefasst hatte: Sanft schmiegte sie sich an Frills Körper. »Erzähl mir von deiner Zeit in Kaji!«, bat sie. »Und erzähl mir auch von deiner Frau!«

Der folgende Morgen brachte einen strahlend blauen Himmel und die Sonne begann im Osten ihre flache, kurze Bahn. – Beste Bedingungen für ihren Aufbruch, meinte Frill. Teri sah das etwas anders: Sie wusste manches über Schnee und Kälte und machte sich Sorgen um Hunds Pfoten. Bei starker Sonneneinstrahlung würde der Schnee am Tag weich und pappig werden und sich dann, im Laufe der kalten Nacht, mit einer spröden Eisschicht überziehen, die unter jedem Schritt zerbrach. In Wanderstiefeln mochte das noch ganz gut gehen, aber nackte Hundepfoten waren bestimmt empfindlicher!

Schon vor dem Morgengrauen waren Teri und Frill aufgestanden und hatten sich selbst sowie ihr Gepäck vorbereitet. Frill hatte sich so warm anziehen wollen, wie es überhaupt ging, aber Teri hatte ihm geraten zumindest seinen Umhang in Reserve zu halten. Sie kannte die Gefahr, bei einer winterlichen Wanderung durchzuschwitzen und sich dann plötzlich am Abend mit feuchter Kleidung in klirrender Kälte wieder zu finden. Frill hatte zwar gemeint, es sei doch schöner, nur abends zu frieren als den ganzen Tag lang, hatte sich Teris Rat dann aber doch murrend gebeugt.

In einen kleinen Deckelkorb aus Binsengeflecht, den sie angefertigt hatte, legte Teri die Vorräte, die sie auf der Wanderung verzehren wollten: sechs gebratene Moorhühnchen, die sie sich in den letzten Tagen vom Munde abgespart hatten, und einige Streifen Kolbenwurzelbrot.

Etwa ein halber Tagesmarsch war es unter normalen Bedingungen bis Moorstadt. Teri schätzte, dass sie jetzt, im Winter, zwei bis drei Tage unterwegs sein würden. So galt es, keine Zeit zu verlieren und das schöne Wetter auszunutzen, solange es ging.

Etwa zehn Sonnenhöhen nach Tagesanbruch, nach einer letzten, kräftigen Mahlzeit in der Nische, machte sich die kleine Gruppe auf den Weg.

Voran ging Frill, der neben seinem Bündel noch Schwert und Bogen tragen musste. Teri folgte ihm nach, den Binsenkorb mit dem Proviant über dem Unterarm hängend. Als Letzter in der Reihe folgte Hund, der rasch eingesehen hatte, dass es unter diesen Bedingungen sinnlos war, vorauslaufen zu wollen. Brav trottete er in der Spur entlang, die Frill und Teri zogen, und schonte so seine Kräfte.

War die Landschaft schon im Sommer an Eintönigkeit

kaum zu überbieten, so wanderten die drei jetzt buchstäblich durch eine Schneewüste, in der nur ganz vereinzelte Landmarken eine Orientierung zuließen.

Die Sonne war nun etwas höher über den Horizont gestiegen und es wurde deutlich wärmer. Teri begann unter ihrer Last zu schwitzen und öffnete die Jacke ihres Scharanzuges. Frill machte eine kleine Pause und schnürte den wollenen Überwurf, den er auf den Schultern getragen hatte, auf sein Bündel. Dabei sah er nachdenklich aus, so als habe er etwas Wichtiges vergessen. Teri fragte ihn danach, aber er murmelte nur etwas von »ungutes Gefühl« und stapfte weiter.

Die Tagteilung war nicht mehr fern. Gleißende Helligkeit wurde milliardenfach von den Schneekristallen ringsum reflektiert und brannte sich förmlich in die Netzhäute ein. Langsam begannen Licht und Schatten zu verschwimmen und die Kontraste verloren sich in einförmigem Grau.

Plötzlich blieb Frill stehen und drehte sich zu Teri um. »Jetzt ist mir eingefallen, worauf ich die ganze Zeit nicht gekommen bin!«

Teri sah ihn mit zusammengekniffenen Lidern fragend an.

»Wir müssen unsere Augen abdecken! Letztes Jahr, als ich mit der Herde unterwegs war, habe ich gelernt, dass bei Schnee die Augen nicht ungeschützt sein dürfen! Wie konnte ich das nur vergessen?« Rasch nahm er sein Halstuch ab und zeigte Teri, wie es so um den Kopf zu schlingen war, dass nur noch ein schmaler Sehschlitz blieb.

Hund nutzte die kleine Verzögerung, um sich in der Furche niederzulegen und sich ein wenig auszuruhen. Er schien keine Probleme mit der Helligkeit zu haben.

Nach kurzer Zeit arbeitete die Gruppe sich wieder durch den Schnee voran. Direkt voraus hatte Teri den Ahornblattfelsen ausgemacht.

Nun erst sah Teri, wie hoch der Schnee wirklich lag. Das

Ahornblatt im Fels, das sie nur auf Zehenspitzen stehend hatte erreichen können, war jetzt in Kniehöhe. Spielerisch strich sie mit dem Finger darüber – und erstarrte in der Bewegung.

Nichts mehr war zu spüren vom friedlichen Lied des Steins. Auch die Unrast des alten Mannes war kaum noch wahrnehmbar. Alles war überdeckt von einer so bösartigen Ausstrahlung, dass Teri ihre Hand zurückriss, als habe sie sich verbrannt.

ER war hier gewesen! ER hatte den Stein berührt! ER hatte sie verfolgt bis hierher und ER war sicher gewesen sie aufzuspüren! ER! Der Dramile, der sich in Thedra für sie interessiert hatte! Der sie mit kaltem Hass verfolgte und der sie töten wollte!

Plötzlich wusste Teri alles! Wer sie verfolgte, wer den Bogenschützen umgebracht hatte – und alles andere von Szin eb Szin. Der winzige Augenblick der Berührung hatte ihr einen Eindruck von der Kraft des Hasses vermittelt, der diesen Mann antrieb.

Frill hatte Teris Erstarrung bemerkt. »Was ist mit dir?«

»Er war hier! Der vierte Dramile, von dem du erzählt hast, er war hier!«

»Ja!«, bestätigte Frill. »Das glaube ich auch! Ich denke sogar, dass er eine Zeit lang im Sumpf umhergestreift ist, um dich zu finden, aber ich habe seine Spur verloren. Ich wusste ja, dass er schon wieder auf dem Weg nach Thedra war.«

»Er ist ein Mörder!« Teri war außer sich. »Er tötet gern! Es macht ihm Spaß!«

»Ja, das gibt es!«, bestätigte Frill. »In Kaji gab es mal …«

»Lass uns weitergehen!«, drängte Teri. »Dies hier ist ein böser Ort geworden! Nie wieder will ich diesen Stein berühren!«

»So schlimm ist es? So stark?« Frill wusste, was Teri meinte. Sie hatte ihm von ihrer Fähigkeit, Dinge zu lesen, erzählt.

»Es ist …«, Teri suchte nach Worten, »… wie eine Flamme, die die Haut verbrennt, oder wie der Schnitt eines Messers! – Lass uns gehen!«

So setzten sie sich wieder in Bewegung und legten bis zum Abend noch ein gutes Stück der Strecke zurück. Jetzt konnten sie sich nur mehr am Stand der Sonne orientieren und hoffen, dass sie nicht zu weit vom Wege abkamen. Ab und zu schaute Teri sich jetzt wieder um, aber der Einzige, der ihrer Spur folgte, war Hund.

Gegen Abend, als es Zeit wurde, sich ein Lager für die Nacht zu suchen, hatte Teri eine Idee. In der Nähe eines flachen, unregelmäßigen Schneehügels legte sie ihr Gepäck ab, kniete sich in den Schnee und begann mit ihren Händen einen schrägen Gang zu graben, wie ein Hund. Nach einer Weile stieß sie auf einige dürre Zweige, die ihr den Weg versperrten. Sie arbeitete sich hindurch und sah, dass sie Recht gehabt hatte! – Der Schneehügel war nichts anderes gewesen als eine Buschgruppe, die, dicht gedrängt stehend, mit ihren Ästen und Zweigen einen Großteil des Schnees vom Boden fern gehalten hatte. Unter dem Schneedach hatte ein dichtes Gerüst aus ineinander verwobenen Zweigen dafür gesorgt, dass der darunter entstandene Hohlraum sicher begehbar war.

Teri sah sich um. Es war zwar dunkel hier unten und eng, aber nachts würde es dort deutlich wärmer sein als unter freiem Himmel. Vielleicht würde man unter der höchsten Stelle des Schneedachs ja sogar ein winziges Feuer anzünden können!

Frill war inzwischen ebenfalls nach unten gekommen und schaute in das Schneegewölbe hinein. »Schön hast du's hier!«, stellte er fest. »Dürfen mein Hund und ich bei dir wohnen?«

»Oh, da müsste ich den Hund erst einmal sehen!«, ging Teri auf das Spiel ein. »Bring ihn doch einfach mal her!«

Frills Kopf verschwand und es rumorte in dem Schacht. Plötzlich hörte Teri von oben lautes Schimpfen und Augenblicke später kam, in einer Wolke stäubenden Schnees, Hund den Gang heruntergefegt und rannte Teri über den Haufen. Dann sah er, was er angerichtet hatte, kam zurück und leckte ihr, Verzeihung heischend, mehrmals quer über das Gesicht. Dabei sah er mit unstetem Blick immer wieder zum Eingang hinüber, als sei von dort etwas Böses zu erwarten.

Das Schimpfen war leiser geworden und schließlich verdunkelte sich der Gang im Schnee wieder. Das Gepäck kam herab und Teri griff zu. Nachdem sie alles in das Gewölbe hereingezogen hatte, krabbelte sie weiter auf die Mitte zu, um Frill Platz zu machen. »Was war denn oben los?«, wollte sie wissen, als Frills Kopf im Eingang erschien.

»Sei froh«, keuchte Frill, »dass der Proviantkorb einen Deckel hat! Ein Dieb ist unter uns!«

»Hund?«

»Natürlich Hund! Er war gerade dabei, den Verschluss aufzunagen, als ich dazukam.«

»Er wird Hunger haben!«, vermutete Teri. »Woher soll er wissen …«

»Ach!« Frill war ärgerlich. »In Zukunft *wird* er wissen!«

»Hast du ihn geschlagen?«

»Er ist weggesprungen! Aber *gesagt* hab ich's ihm! Und er hat es verstanden! Sei dir sicher!«

»Ach, du Armer!« Teri sprach beruhigend auf Hund ein, der sich Schutz suchend an sie geschmiegt hatte. Jetzt, als Frill näher kam, rollte er sich auf den Rücken und bot seinem Herrn die Kehle.

Frill robbte näher, griff mit der Rechten in das struppige Halsfell und zauste es ordentlich. »So, jetzt ist alles wieder gut!«

Darauf hatte Hund nur gewartet! Mit einem einzigen

Schwung wirbelte er auf die Beine und rannte vor lauter Erleichterung mit wilden Sprüngen in dem engen Gewölbe herum. Da er dabei des Öfteren an die Stämme stieß, die das Schneedach trugen, lösten sich hier und da einige große Brocken und schlugen mit mattem Geräusch auf den Boden.

Teri seufzte und Frill schlug in komischer Verzweiflung die Hände vor das Gesicht, aber das Dach hielt! Schließlich beruhigte sich Hund wieder und kam mit stolzer Miene zu den beiden zurück.

»Vielleicht binde ich ihn heute Nacht lieber fest?«, überlegte Frill.

»Ja!«, meinte Teri. »Gute Idee! – Damit er einen Busch umreißt und die Decke total einstürzt! Wirklich vorzüglich!« Sie wandte sich dem Tier zu, das abwartend dastand und sich ganz offensichtlich überhaupt nicht vorstellen konnte, mit was für Problemen die Menschen sich jetzt schon wieder herumschlugen. »Hier werden keine Hundchen festgebunden!«, beruhigte sie ihn und kraulte ihm das Fell.

Frill hatte nicht die Absicht, das Gespräch auf dieser Ebene fortzusetzen, kroch zur Mitte des Gewölbes und fing an zwischen zwei Wurzelstöcken das Deckenlager aufzubauen. Teri machte, dass sie hinterherkam, gab ihm einen Kuss auf die Wange und begann ein Feuer zu entzünden.

Wenig später war es warm und hell zwischen den Büschen, denn das kleine Feuer tauchte die überdeckende Schneekuppel in rötliches Licht. Teri schabte etwas Schnee in ihren Topf und setzte ihn auf die Flammen. Es war eine gute Idee gewesen, sich in der Nische aus eigener Kraft zu ernähren und den größten Teil des Trockenproviants für die Reise aufzusparen.

Versonnen ließ sie eine Hand voll groben Mehls in das Wasser gleiten, während sie Frill beobachtete, der sich gerade wieder mit Hund versöhnte. – Frill war so klug und stark! Sie bewunderte ihn, auch wenn sie ihn manchmal neckte. Und:

Frill achtete sie! Er achtete und behandelte sie als ebenbürtige Partnerin. Das spürte sie bei jeder Berührung.

Teri hatte schon viele Menschen berührt in ihrem Leben und jedes Mal war ein kleiner Funke des fremden Geistes auf sie übergesprungen. Ihre Eltern, Tana, Gerit und auch der Kapitän der *Sesiol* hatten in erster Linie das Kind in ihr gesehen, denn sie war noch ein Kind gewesen zu jener Zeit. Jetzt wurde Teri als Frau akzeptiert. Aber immer war die Beziehung zu anderen Menschen von deren Eigeninteresse bestimmt gewesen – bis sie Frill traf! Sicher, er begehrte sie. Aber er begehrte sie auf eine Art, die mehr *geben* wollte als nehmen.

Frill hörte auf Hund zu kraulen und kam herüber. »Suppe ist fertig!« Sanft rieb er sein Gesicht an Teris Wange, als er sich niederließ und seinen Löffel aufnahm.

Als Teri und Frill gegessen hatten, zogen sie sich aus, wuschen sich mit Schnee und krochen zwischen die Decken. Eine Zeit lang lagen sie bewegungslos auf dem Rücken, beobachteten das Spiel der Flammen auf dem Schneegewölbe und hingen ihren Gedanken nach. Auch Frill war von Teri mehr als nur begeistert. Immer wieder drängte sich für ihn der Vergleich mit seiner ersten Frau in Kaji auf, aber da war kein Vergleich!

Seine Frau war für ihn ausgesucht worden, als er gerade drei Jahre alt gewesen war. Er hatte keinerlei Mitspracherecht gehabt, und als sie zum ersten Mal ihre Zeit bekam, hatten die Eltern des Paares begonnen ein Zelt für sie beide zu nähen. Es war ganz selbstverständlich gewesen, dass die beiden jetzt ein Zelt miteinander teilen würden, denn mit dem Eintreten der Zeit waren sie ein Ehepaar geworden.

Dann war seine Frau schwanger geworden und drei Monate später hatte Frill den Auftrag erhalten, eine Schiffsladung Ziegen nach Thedra zu begleiten.

Eigentlich hatte er es doch ganz gut getroffen, fand Frill.

Wäre er damals nicht krank geworden, wäre er jetzt in Kaji bei seiner gleichgültigen Frau und würde in einer streng organisierten Dorfgemeinschaft leben müssen. – Und vor allen Dingen hätte er Teri nicht kennen gelernt.

Schon als sie noch ein Kind gewesen war, hatte Teris selbstbewusste Art ihn fasziniert. Sie war so ganz anders gewesen als die Kinder in seiner Heimat.

Es gefiel Frill, wie sie in manchen Dingen die Initiative ergriff, selbst bestimmend, was gut war und was schlecht. Es gefiel ihm, mit welcher Selbstverständlichkeit sie sich als vollwertige Partnerin fühlte und ihn *nicht* mit Verantwortung überhäufte, die täglichen Arbeiten *nicht* in Männer- und Frauenarbeit aufteilte und Schutz und Hilfe nicht nur forderte, sondern auch gab.

Frill war sich ganz sicher, dass Teri der größte Glücksfall in seinem Leben war und dass er nie, niemals auf sie verzichten wollte!

Teri hegte neben ihm ganz ähnliche Gedanken und vor lauter Liebe vergaßen sie in dieser Nacht sogar miteinander zu schlafen.

Kurz nach ihrem Aufbruch kam die Gruppe am nächsten Tag an einen breiten Wasserlauf, der in der Mitte noch nicht zugefroren war. Sie beschlossen sich links zu halten. Auf diesem Weg mussten sie nach längstens einer Tagereise die Steilküste erreichen, und wenn sie bis dahin Moorstadt nicht gefunden hatten, dann lag es eben in der anderen Richtung.

Nach der Tagteilung zeigte sich, dass die Entscheidung richtig gewesen war, denn Moorstadt lag viel näher an der Küste, als sie gedacht hatten. Frill entdeckte als Erster am Horizont eine feine Rauchfahne, und als er genauer hinsah, waren da noch einige mehr. Als auch Teri seine Beobachtung bestätigte, gab es keinen Zweifel mehr, dass halb rechts voraus eine Ansiedlung lag. Teri hatte in ihrer ersten Freude über die Entdeckung das Wort »Steuerbord« verwendet. Langsam kam sie sich in dieser endlosen, weißen Weite vor wie auf dem Meer und die Rauchfahnen am Horizont glichen dunklen Segeln, die am Horizont dahinglitten.

Als sie die große Brücke von Moorstadt erreichten, war es beinahe Abend. Um in die Stadt zu gelangen, mussten sie den Fluss überqueren.

Teri sang leise ein Wanderlied der Kraan vor sich hin und staunte, wie stark und ausdauernd Frill war. Obwohl sie nun schon den dritten Tag unterwegs waren, ging er mit kräftigen Schritten voran und pflügte mit seinem Körper eine Gasse in den Schnee, in der Teri und Hund mühelos folgen konnten.

Auch als Teri aufgehört hatte zu singen, war Frill noch eine Weile vorangestürmt, bis er dann keuchend stehen blieb. »Sing doch noch ein bisschen!«, schlug er Teri vor. »Das hilft beim Laufen!«

Teri fing an ein thedranisches Lied zu singen, das von Schiffen und Seeleuten erzählte, aber Frill war nicht zufrieden. »Das andere Lied!«, forderte er. »Das Lied, das du eben gesungen hast!«

Brav unterbrach Teri ihre Darbietung thedranischer Volkskunst und stimmte das Lied der Kraan an.

»Das ist besser!«, behauptete Frill und marschierte wieder los.

Teri freute sich, dass ihr Freund so stark war. Weit voraus erkannte sie die lange Brücke, die auf die Stadt zuführte. Wenn Frill das Tempo durchhielt, würden sie noch vor Einbruch der Dunkelheit in Moorstadt sein! Sie sang das Lied, so schön sie konnte, und als es zu Ende war, begann sie wieder von vorn.

Frill stürmte regelrecht durch den Schnee, sodass Teri und

Hund schon Mühe hatten ihm zu folgen. Schon nach kurzer Zeit war die Brücke erreicht. Teri beendete das Lied mit einem kleinen Schnörkel der Melodie und wollte Frill gerade ihre Bewunderung aussprechen, als der mit einem Ächzen zusammenbrach.

Teri machte einen schnellen Schritt auf ihn zu. Frill atmete schwer und keuchend. Sie legte eine Hand auf seine Brust. Sein Herz schlug mit rasender Geschwindigkeit. Er war ganz durchgeschwitzt. Die Augenlider fest zusammengepresst, das Gesicht schmerzverzerrt, rang er zusammengekrümmt nach Luft.

Teri richtete sich auf. Frill hatte sich total überanstrengt! Sie musste ihm helfen, aber wie? Die Brücke war unendlich lang und völlig verschneit. Es würde ewig dauern, bis sie Hilfe geholt hätte! Aber sie konnte wenigstens dafür sorgen, dass Frill nicht auskühlte!

Schnell schnürte Teri die Bündel auseinander und packte Frill warm ein. Es ging ihm schon wieder besser, jedenfalls atmete er schon nicht mehr so heftig, aber seine Haut war von Schweiß bedeckt und er hielt die Augen immer noch geschlossen.

Als er sich nach einer Weile erholt hatte, sah er erstaunt zu Teri auf, die neben ihm kniete. »Was, was ist mit mir?«

Teri erklärte ihm, was geschehen war, und langsam erinnerte er sich. »Ich muss geträumt haben!«, meinte er kopfschüttelnd. »Ich war ganz woanders! – Nicht hier im Schnee! In einer Steppe, bei mir zu Hause, in Kaji! – Es war kühl dort, aber nicht kalt! Ich bin gewandert und kam sehr gut voran. Ich hatte so unglaublich viel Kraft!«

Teri kam ein schrecklicher Verdacht. Sie hatte das Wanderlied der Kraan gesungen, wie sie es immer getan hatte: fröhlich und unbefangen. Nie hatte es eine besondere Wirkung gehabt. Nicht auf sie selbst, und auf niemanden sonst! – War es jetzt so weit, dass die Lieder, die Aska ihr beigebracht hatte, anfingen zu wirken, wenn sie sie sang? – War es das, was Aska gemeint hatte, als sie ihr ausrichten ließ, dass sie als wirkliche Frau die Lieder würde anwenden können?

Es reichte also nicht, eine Frau zu sein! Eine *wirkliche* Frau musste sie werden, wenn die Lieder wirken sollten! Und eine wirkliche Frau war nach dem Verständnis der Kraan wohl nur eine, die schon ein Kind hatte – oder erwartete!

Mit schwachen Bewegungen versuchte Frill sich in eine etwas bequemere Lage zu bringen. Teri half ihm, so gut sie konnte. Sie sagte ihm nichts von ihrem Verdacht. Nichts davon, dass sie der Meinung war, ihn mit ihrem Lied fast umgebracht zu haben. Wenn die Brücke nur tausend Mannslängen weiter entfernt gewesen wäre … Teri wurde es übel bei dem Gedanken.

»Geht es dir nicht gut?« Frill lächelte scheu zu ihr herauf. »Du bist so blass!«

Teri schüttelte den Kopf. »Ich habe solche Angst um dich gehabt!«

»Es scheint mein Schicksal zu sein, dich zu erschrecken, und ich bin oft krank, wenn du in der Nähe bist«, stellte Frill mit einem schwachen Lächeln fest. »Heute habe ich es geschafft, beides auf einmal zu erledigen. Ich glaube, ich wäre um ein Haar tot umgefallen! – Wie kann man nur so dämlich sein?«

Teri stieg die Schamröte ins Gesicht. Sie wusste jetzt genau, dass sie es gewesen war, die ihn mit ihrem Lied dazu angestachelt hatte, die Grenzen seiner Leistungsfähigkeit weit zu überschreiten, aber sie fand nicht die Worte, es ihm zu sagen.

Frill war, nachdem er sich wieder einigermaßen erholt hatte, in einen Zustand gefallen, der irgendwo zwischen Bewusstlosigkeit und Schlaf lag. Teri legte die Hand auf seine

Stirn. Frill hatte Fieber! Es würde nicht anders gehen, sie musste Hilfe holen!

Entschlossen stand Teri auf und steckte die Decken unter Frills Körper fest. Dann sah sie Hund in die Augen. »Bleib hier und pass gut auf!«, sprach sie das Tier an. »Ich hole Hilfe und bin bald wieder da!« Sie strich Hund kurz über das Nackenfell und kämpfte sich dann in den hohen Schnee auf der Brücke hinein. Ein Blick zurück zeigte ihr, dass Hund sich brav neben seinen Herrn gelegt hatte und ihr erwartungsvoll nachschaute. Sie wusste, dass er sie verstanden hatte.

Teri schaute nach vorn. Die Brücke musste im Sommer über ein Moorgebiet führen. Sie war aus dicken Rundhölzern gebaut, schmal und unendlich lang. Der hohe Schnee machte Teri sehr zu schaffen und sie betete zu allen Göttern Thedras, dass es ihr gelingen möge, mit Helfern zurückzukehren, bevor die Kälte der Nacht sich wieder auf das Land legte.

7

Moorstadt

Kaninchen in Not machen wilde Sprünge!

Am äußersten nordwestlichen Rand der Welt, zwischen Steilküste und Meer, lag in der estadorianischen Provinz Moorland die Stadt, in der die Moormenschen lebten. Nun waren die Moormenschen Menschen wie alle anderen auch; sie hatten weder Schwimmhäute zwischen den Zehen noch wuchsen ihnen Rohrkolben aus den Ohren, wie manche Erwachsene den Kindern Estadors weismachen wollten; aber sie waren von alters her als Moormenschen bezeichnet worden, bis sie sich schließlich selbst so nannten. Die Gemarkung, in der sie lebten, hieß Moorstadt.

Das Leben war hart in Moorstadt. Fern allen Handelswegen war die Stadt in allen Belangen ganz auf sich allein gestellt, wodurch es so weit gekommen war, dass das Geld als Zahlungsmittel seine Funktion fast verloren hatte. – Nicht, dass die Moormenschen kein Geld gehabt hätten. Sie besaßen genug davon und liebten es sogar sehr! Sie benutzten es nur nicht.

»Geld kann man nicht essen!« So lautete eine alte Moorstädter Weisheit, und so vergruben sie es lieber unter der Feuerstelle, steckten es in hohle Deckenbalken oder schliefen jede Nacht auf ihren Münzen.

Die täglichen Einkäufe wurden fast ausschließlich als Tauschhandel abgewickelt, und wer trotzdem mit Geld bezahlte, der galt bald als in Not geraten.

So tauschten denn die Moormenschen Tag für Tag Fisch

gegen Brot, Brot gegen Bauholz, Bauholz gegen Fischernetze und Fischernetze gegen Fleisch.

Bei all diesem Getausche und Gefeilsche hatten die Moormenschen es fertig gebracht, untereinander mit einer wortkargen Unfreundlichkeit zu verkehren, die jeden Fremden in Erstaunen versetzen musste. Mangels eines festen Wertmaßstabes fühlte sich bei jedem Geschäft wenigstens eine der Parteien betrogen, was nicht ohne Folgen für das Zusammenleben bleiben konnte.

Auch sonst war das Leben in Moorstadt nicht amüsant und das einzige Gasthaus am Ort brachte kaum genug ein, den Wirt zu ernähren. Ein Tag folgte dem anderen in steter Eintönigkeit, denn der Geiz des Herzens und des Geldbeutels gingen Hand in Hand und wurden gepflegt wie Tugenden.

Rau und abweisend wie die Menschen war auch das Land: War Moorstadt selbst noch auf festem Grund erbaut, so war das Gelände im Landesinneren nahezu unpassierbar für den Wanderer. Flache Seen und hohes Schilfgras bestimmten das Bild. Unterbrochen wurde diese Idylle ab und an von schmalen Wasserläufen und modrigen Tümpeln, schwimmenden Inseln und ausgedehnten Schlammfeldern.

Nur wenige kundige Führer waren in der Lage dieses tückische Hochmoor zu durchwandern und den festen Grund zu erreichen, der sich, zwei Tagereisen weiter östlich, langsam aus dem Sumpf erhob. Die meisten Moorstädter beschränkten sich darauf, mit flachen Kähnen die Seen der näheren Umgebung zu befahren, und lebten von dem, was das Moor hergab.

Eine weitere Nahrungsquelle lag, unterhalb des gewaltigen Steilabfalls, in den großen, vom Meer ausgehöhlten Steinwannen, die von jeder auflaufenden Flut mit neuem Fisch gefüllt wurden. Doch obwohl die Salzwasserfische ungleich mehr wert waren als die faden Karpfen der Binnenseen, fand sich doch kaum jemand, der es wagte, auf die Felsen hinauszugehen, die auch bei Tiefstand des Wassers von tosender Brandung überspült wurden.

Die Moormenschen liebten wohl den Fisch, den das Meer gab, das Meer selbst liebten sie nicht! Obwohl die Stadt fast unmittelbar an der Steilküste lag, hatte doch kaum einer der Bewohner in seinem Leben die salzige Gischt des Nordmeeres auf seiner Haut gespürt.

Wohl hundert Mannslängen tief fielen die Klippen steil ab und nur wenige Frauen und Männer wagten den gefährlichen Abstieg, um bei Ebbe ihre Netze in die Salzwassertümpel zu werfen, die die Flut zurückgelassen hatte. Nur etwa ein Dutzend Klippenfischer lebte im Dorf und fast jedes Jahr kam es zu tödlichen Unfällen, wenn sich während der Arbeit wieder einmal überraschend ein gewaltiger Brecher aus der Dünung erhob, brausend anschwoll und in breiter Front, alles zerschmetternd, mit Urgewalt gegen die Steilküste tobte.

Jetzt, im Winter, wo die Klippen vereist und die Moore hoch verschneit waren, waren beide Arten des Broterwerbs nicht möglich und so saßen die Familien beim trüben Licht der Binsendochte ihrer Fischöllampen unter den Binsendächern der Häuser auf ihren Binsenmatten und flochten Binsenkörbe für den Körbemarkt, der in jedem Frühjahr in Thedra abgehalten wurde.

Der Frühling war auch die einzige Zeit des Jahres, in der der Weg nach Thedra benutzt wurde. Jedes Jahr nach der Schneeschmelze machte sich ein unübersehbarer Heerwurm, beladen mit Körben und Matten aller Art, auf den Weg in die Hauptstadt. Wer immer in der Lage war einige Körbe zu schleppen, musste mit. Nur die kleinen Kinder und die Alten blieben im Frühling in der Stadt und beteten zu allen Moorgöttern, dass ihre Verwandten in Thedra nicht den Steuereintreibern in die Hände fielen. – Natürlich waren diese Gebete vergebens.

Die Steuereintreiber des Königs gingen im Fall Moorstadt lieber den sicheren, bequemen Weg. Statt die tagelange Reise in die entlegene Provinz auf sich zu nehmen, warteten sie lieber, bis die Moorstädter kamen, um ihre Körbe zu verkaufen. Bei der Anreise den Zoll für die Waren kassieren zu wollen wäre sinnlos gewesen. Die Moorstädter hatten kein Geld. So wurde für jeden Händler bei der Einreise eine Warenbestandsliste auf einer Tontafel angefertigt. Dann durften die Moormenschen nach Thedra hinein. Dort wurden die Körbe und Binsenmatten auf dem Platz am Schneckenhafen angeboten und meistens noch am selben Tag verkauft.

Nun waren die Moorstädter reich! – Bis sie zur Stadtgrenze kamen. Dort warteten nämlich schon die Steuereintreiber mit den Tontafeln und kassierten den Zoll. In jedem Jahr kam es dann zu herzzerreißenden Szenen. Die Moorstädter klagten über die schlechten Preise, die sie erzielt hatten, und beweinten die Not ihrer Familien daheim. Man jammerte und zeterte und schrie durcheinander, dass es laut von den Klippen widerhallte, und viele Thedraner gingen jedes Jahr am Abend des Körbemarktes hinaus zur Stadtgrenze, um sich das Schauspiel anzusehen, wie die heulenden, fluchenden, schimpfenden und flehenden Moorstädter von den Steuereintreibern gerupft wurden. Und die Männer des Königs waren unerbittlich! Jeder Moorstädter wurde durchsucht, und wenn er nicht allzu widerspenstig wurde, begnügte man sich mit der Hälfte des vorgefundenen Geldes. Sicher wäre es zu weiteren Ausschreitungen gekommen, aber an diesen besonderen Abenden wurden alle dienstfreien Stadtwachen zur Zollstation kommandiert und die Spitzen ihrer Piken zitterten nicht in der an Schmähungen reichen Luft.

Kurz und gut: Das Verhältnis der Moormenschen zu Thedra im Allgemeinen und den Steuereintreibern im Besonderen war nicht das beste – es war sogar ganz besonders schlecht! So werkelten denn zur Winterszeit die Familien in ihren Hütten verbissen an ihren Flechtwaren, wohl wissend, dass sie jeden zweiten Handgriff nicht für sich selber taten, sondern um ihrem König die Kassen zu füllen.

Vorsichtig arbeitete sich die kleine Gestalt im Schein der Abendsonne durch den mannshohen Schnee. Ab und zu lösten sich unter den Schritten der jungen Frau einige überhängende Schneewechten und fielen in das darunter liegende Flussbett. Es war ein gefährlicher Weg. Die Brücke war kaum zwei Mannslängen breit und hatte kein Geländer. Die Planken waren mit einer dünnen Eiskruste überzogen. Ein Sturz in das eisige Wasser hätte den sicheren Tod bedeutet, denn die Eisränder in der Mitte des Stroms waren dünn und brüchig, sodass selbst der beste Schwimmer sich nicht hätte retten können.

Teri hatte keine Zeit für solche Überlegungen. Sie musste Hilfe für Frill holen! Peinlich genau hielt sie sich in der Mitte des jungfräulichen Schneebuckels und brach mit ihrem Körper einen Gang durch die verharschte Oberfläche. Ab und zu hörte sie ein Knirschen und Knarren unter sich. Die Brückenkonstruktion stöhnte unter der gewaltigen Last, die auf ihr lag, und die Tragbalken pressten sich, unter den Schwingungen von Teris Schritten, noch tiefer in die Kerben der hölzernen Pfeiler. Teri kam sich vor wie eine Fliege auf einem zitternden Strohhalm.

Endlich war das Ende der Brücke erreicht. Teri hielt auf das Haus zu, das dem Brückenkopf am nächsten stand. Flach und dunkel sah es aus, das wettergebleichte, hoch mit Schnee bedeckte Schilfdach tief über die Torfziegelwände herabgezogen. Fenster gab es nicht und die Tür bestand aus einer holzverstärkten Schilfgrasmatte, ganz ähnlich der, die Frill für die Nische angefertigt hatte. Einen Moment lang glaubte Teri, das Haus sei unbewohnt, denn es führten keine Fußspuren auf den Eingang zu, dann aber entdeckte sie einen schmalen Trampelpfad im Schnee, der von der Tür aus um die Hausecke herumführte – wahrscheinlich zu der Stelle, wo die Familie ihre Notdurft zu verrichten pflegte.

Teri stürzte auf die Tür zu.

»Hallo! Macht auf!« Teri schlug mit der flachen Hand auf ein Stück Holz, das aus der fest geflochtenen Schilfmatte herausschaute. »Wir brauchen Hilfe!«

Alles blieb still. Nichts rührte sich hinter der Tür.

Teri versuchte es noch mal. »Jemand liegt verletzt an der Brücke! Mein Mann! Er braucht Hilfe!« Wieder schlug sie gegen die Tür.

Von drinnen war ein leises Geräusch zu hören. – Na endlich! Teri hüpfte vor Ungeduld auf der Stelle.

Schließlich, nach Ewigkeiten, wie es Teri schien, raschelte es im Schilf der Tür und die Matte wurde ein winziges Stück zur Seite gezogen. Ein Auge erschien in dem Spalt und musterte Teri misstrauisch. »Ich kenne dich nicht!«, stellte eine dunkle Stimme fest.

»Mein Mann liegt draußen an der Brücke!«, erklärte Teri hastig. »Er ist zusammengebrochen! Ich kann ihn allein nicht tragen! Wir brauchen Hilfe!«

»Oh, Hilfe! – Hilfe ist teuer!«, stellte der Mann hinter der Tür fest. »Kannst du bezahlen?«

Damit hatte Teri nicht gerechnet. Sie hatte gelernt, dass man in Not Geratenen hilft, ohne auf den Gewinn zu schauen. Obwohl sie schon öfter an Menschen geraten war, die sich an Not und Leid anderer bereicherten, war sie doch einen Moment lang sprachlos über diese Unverschämtheit. – Da draußen lag ein Mensch in der Kälte und würde ohne Hilfe die Nacht nicht überstehen und dieser Mann fragte als Erstes nach Geld!

Das Auge verschwand und der Türspalt wurde schmaler.

»Ich habe Geld!« Endlich hatte Teri ihre Sprache wieder gefunden. »Ich werde dich bezahlen! – Jetzt mach auf und komm mit!«

Tatsächlich schwang die Tür auf und ein hoch gewachsener, kräftiger Mann stand in dem Türrahmen und schaute auf Teri herab. »Wie viel Geld hast du?«

Trotz ihrer Sorge um Frill schoss Teri jetzt ein thedranisches Sprichwort durch den Kopf: »Wer sein Geld zeigt, kauft teuer!« – »Zwei Bronzestücke!«, behauptete sie schnell.

Teri behielt Recht. Der Mann wollte alles! »Eines dafür, dass ich mitkomme, und eines für die Nacht in meinem Haus!«, forderte er.

»Gut! Komm!« Teri drehte sich um.

»Oh, warte noch!« Der Mann blieb in der Tür stehen. »Zuerst zahlen!«

Überwältigt von der Hilfsbereitschaft des Hausherrn tastete Teri mit klammen Fingern in ihrer Schartasche herum, äußerst bemüht, die mehr als zwanzig Münzen darin nicht zum Klingen zu bringen. Schließlich bekam sie zwei Bronzestücke zu fassen und hielt sie dem Mann entgegen. Blitzschnell zog sie die Hand zurück, als er danach greifen wollte.

»Du hast gesehen, dass ich Geld habe, und du hast gehört, dass ich eine Herberge brauche. Wie sollte ich dich betrügen? Hilf mir jetzt meinen Freund zu holen oder ich frage deinen Nachbarn, ob er Verwendung für mein Geld hat!«

»Oh!« Noch schneller, als Teri vermutet hatte, griff der Mann hinter die Türöffnung und zog einen wollenen Umhang hervor. »Zeig mir den Weg!«, forderte er.

Teri stapfte durch den Schnee voraus. Deutlich lag die Spur, die sie auf dem Hinweg gezogen hatte, vor ihr, und dass Frill am Ende der Brücke läge, hatte sie auch schon erwähnt – und dennoch fragte dieser Gimpel nach dem Weg! Trotz ihrer Besorgnis um Frill fühlte sie Ärger in sich aufsteigen. Einen feinen

Helfer hatte sie sich da ausgesucht! Dass er habgierig und dumm war, hatte sie nun schon festgestellt. Fehlte nur noch, dass er einen Schwächeanfall bekam, wenn es ans Tragen ging!

Teri hatte gar nicht so Unrecht mit ihrer Befürchtung. Als sie schließlich keuchend und schwitzend am anderen Ende der Brücke angekommen waren, blieb der Mann unschlüssig in einigen Schritten Entfernung stehen und sah misstrauisch auf das Deckenbündel, unter dem Frill lag und aus dem Schwert und Bogen herausragten.

»Oh! Der hat ja ein Schwert!« Untätig stand der Mann herum und sah zu, wie Teri sich damit abmühte, Frill aufzurichten, der sich, halb ohnmächtig, schwach dagegen wehrte, bewegt zu werden. »Du hast mir nicht gesagt, dass er ein Schwert hat! – Und so einen großen Hund! – Und einen Bogen hat er ja auch!«

»Hilf mir!« Teri keuchte unter der Last. Sie hatte Frill halb aufgerichtet und wartete nun darauf, dass der Mann ihn auf der anderen Seite anhöbe.

»Seid ihr Steuereintreiber?« Der Mann legte den Kopf schief und rührte sich nicht. »Ich würde nämlich keinem Steuereintreiber helfen!«

Hund legte fragend den Kopf schräg. Dann entschied er sich und legte die Ohren ein wenig zurück. Der Mann gefiel ihm nicht!

»Wir sind Wanderer!«, erklärte Teri. »Hilf mir jetzt!« Langsam wurde ihr Ärger zur Wut, und die Wut würde sehr schnell zum Zorn werden, wenn dieser Sumpfschädel so weitermachte! Die Sonne berührte schon den Rand des Horizonts, bald würde es bitterkalt werden!

»Ich glaube dir nicht!«, gab der Moormensch bekannt. »Ihr tragt Waffen! Bestimmt seid ihr doch Steuereintreiber! Ich will euch nicht helfen! Gib mir das Geld!«

Mit tapsigen Schritten kam der Mann auf Teri zu. Gier und

Tücke waren in seinen Augen zu erkennen. Hund, der die wachsende Spannung gespürt hatte, ließ ein drohendes Grollen hören. Der Mann beachtete ihn nicht. Er vertraute wohl auf den Schutz seiner dicken Kleidung.

Teri ließ Frill los, der stöhnend zu Boden sank, sprang auf und riss ihren Schardolch aus der Scheide. Der Mann war gut zwei Köpfe größer als sie und von massigem Körperbau, aber er war keine wirkliche Gefahr – sie brauchte nicht *schnell* zu werden, und das war gut so! »Wage es, auch nur einen Finger nach dem Geld auszustrecken!« Teri sprach laut und schnell. In spielerischer Anmut ließ sie den Dolch durch die Luft zischen. Eine deutliche Geste, die auch das dumpfe Gemüt dieses Moorschädels durchschnitt.

Der Mann blieb schlagartig stehen und überlegte vor- und zurückschwankend ein paar Augenblicke, dann drehte er sich abrupt um. »Morgen früh seid ihr erfroren!«, sagte er hämisch grinsend über die Schulter hinweg. »Aber dem Geld wird es nicht schaden! Ich weiß ja, wo es liegt!« Dann stapfte er wieder auf die Brücke.

Den Bruchteil eines Augenblicks lang war Teri versucht diesem Abschaum ihren Dolch hinterherzuschleudern, aber dann hatte sie eine bessere Idee! Schnell griff sie in ihre Schartasche. »He! Schau mal!« Glockenhell schwang Teris Stimme durch die Dämmerung.

Der Mann blieb stehen und sah sich um. Teri ließ einige Münzen in ihrer Hand hüpfen. »Hör gut zu, Moormensch! Das Letzte, was ich tun werde, ist, diese Münzen so weit zu schleudern, wie ich kann! – Gräbst du gern im Schnee?«

Der Mann stand schweigend da und wusste ganz offensichtlich nicht, was er machen sollte. Den Oberkörper in Richtung Brücke gewandt, das Gesicht Teri zugedreht, sah es so aus, als werde er von unsichtbaren Stricken in verschiedene Richtungen gezogen. Nachdem er sich einige Male halb umgedreht, halb abgewandt hatte, gab er sich einen Ruck, ging auf Frill zu, schob seine Arme unter ihn und hob ihn auf wie ein Kind. »Gehen wir!«

Eilig raffte Teri Bündel und Decken zusammen, die im Schnee herumlagen. Als sie schließlich so weit war, hatte der Moormensch mit Frill auf dem Arm schon ein Drittel der Brücke hinter sich gebracht.

Das Haus des Moormenschen war warm. Nicht direkt gemütlich, aber warm! Trotzdem war Teri am Ende ihrer Kräfte.

Der Mann hatte Frill in einem Zug in sein Haus getragen und Teri das Geld abverlangt. Da es nun keinen vernünftigen Grund mehr gab, die Zahlung zu verweigern, hatte sie ihm die zwei zugesagten Geldstücke auch ausgehändigt. – Aber der Moormensch hatte gesehen, dass Teri noch mehr Geld besaß, und das wollte er haben!

Nach einer Weile hatte er angefangen zu lamentieren, der Hund sei nicht Teil der Abmachung und die Unterkunft für das Tier sei extra zu bezahlen! Weitergegangen war es damit, dass Teri sich Wasser aus dem Kessel neben dem Feuer genommen hatte, dass Frill neben das Feuer gebettet war und dass Hund ihn, den Hausherrn, angeknurrt habe. Nichts war dem Moormenschen recht und unter tausend Vorwänden versuchte er mehr Gewinn herauszuschinden. – Nicht, dass er handgreiflich geworden wäre oder sonst etwas unternommen hätte; er saß nur da und zeterte in einem fort und ließ Teri keinen ruhigen Augenblick. Es war zum Verzweifeln! Was sie auch tat, alles wurde mit nörgelnder, fordernder Stimme in stockenden Halbsätzen kommentiert.

Frill hatte hohes Fieber und schwitzte stark. Trotzdem fror er jämmerlich und zitterte so sehr, dass seine Zähne aufeinander schlugen.

Teri hatte vor schlechtem Gewissen ein ganz flaues Gefühl

im Magen. Sie wusste kaum noch, was sie tat. Sie hatte Frill mit ihrem verfluchten Anfeuerungslied fast umgebracht und jetzt saß sie hier und dieser Moorschädel gönnte ihr nicht einmal das Wasser, das sie brauchte, um ihrem Mann die Stirn zu kühlen. – Teri beschloss mit den Liedern der Kraan in Zukunft sehr, sehr vorsichtig umzugehen.

Plötzlich kam Teri ein Gedanke: Noch war der Moormensch friedlich, aber Teri hatte ihn bedroht und seinen Stolz verletzt, wer konnte wissen, was er tun würde, wenn sie schlief? – Wenn ihre Lieder schon Macht bekommen hatten, dann konnte sie sie doch auch für einen guten Zweck einsetzen! Schnell überlegte sie, welcher von den Texten, die sie kannte, die Lage wohl entspannen könne.

Das »Lied des Schlafenden« war beruhigend, aber zu schwach. – Das »Lied des Friedens« traf die Situation da schon eher. Aber es gab noch einen besseren Text! Und so kam es, dass Teri an diesem Abend, in der Hütte des Moormenschen, ohne es zu wissen, das »Lied der Freundschaft« schon zum zweiten Mal, diesmal absichtlich, einsetzte, um einen Feind zu besänftigen.

Langsam und leise begann sie die Melodie zu summen, halb erwartend, dass der Moormensch sich mit nörgelnder Stimme die Störung verbat. Aber nichts dergleichen geschah. Teri begann die Worte der Kraan in die Melodie zu weben und sang mit leiser, klarer Stimme die erste Strophe.

Frill lächelte im Schlaf. Teri wurde unsicher. – Konnte lächeln schaden? – Vorsicht mit den Liedern der Kraan! Leise sang sie weiter, bereit sofort aufzuhören, wenn ihr Freund eine stärkere Reaktion zeigen sollte. Aus den Augenwinkeln sah sie den Moormenschen. Ganz ruhig saß er da und er sah aus, als wenn er lausche.

Teri sang weiter. Das »Lied der Freundschaft« hatte viele Strophen und Teri sang sie alle. Leise sang sie, mit verhaltener

Stimme, und dennoch füllte das Lied die Hütte des Moormenschen bis in den letzten Winkel aus.

Von Verständnis für den anderen sang Teri und von Zuneigung, von Zusammenhalt und Treue, die stärker sind als Zeit und Raum, von Fürsorge und Hilfsbereitschaft und von Versöhnung nach dem Streit.

Ganz still saß der Moormann auf seinem Stuhl und lauschte den Bildern, die Teris Lied in seinen Geist sandte. Niemand konnte erahnen, was er dabei sah, denn die Verletzungen seiner Seele kannte nur er allein. Das Lied heilte die vielen Wunden, die enttäuschte Illusionen hinterlassen, und erweckte so manche verdorrten, abgetöteten Wünsche, von denen der Moormann selbst nichts mehr gewusst hatte, zu neuem Leben. Lange noch, nachdem Teri geendet hatte, saß er da und Teri sah, dass ihm Tränen über das Gesicht rannen. Dann stand er auf, wischte sich mit dem Jackenärmel über die Augen und kam zum Feuer herüber.

Geräuschvoll machte er sich an einem kleinen Topf zu schaffen, den er schließlich so auf der Herdstelle platzierte, dass er sich langsam erhitzte. »Ein Brei aus Schafsfleisch und Gemüse!«, erklärte er Teri. »Dein Mann wird Hunger haben, wenn er erwacht!«

Teri starrte ihn fassungslos an. – War es dem alten Geizhals wirklich ernst damit? – Aber der Moormann war noch nicht fertig: »Du kannst dich ruhig hinlegen, wenn du magst!« Er schaute Teri freundlich ins Gesicht. »Ich habe den ganzen Tag geschlafen und bin ausgeruht! Wenn dein Mann etwas braucht, wecke ich dich sofort!«

Nicht der Moormensch war es, der Teri am nächsten Morgen weckte, sondern Frill selbst hatte sich aufgesetzt und strich ihr sanft über das Gesicht. Der Schlaf hatte ihm gut getan und er sah erholt aus.

»Kannst du mir mal sagen, wo wir sind? – Ist das hier Moorstadt?« Frill hatte von dem Transport über die Brücke überhaupt nichts bemerkt.

»Hmhm!«, bestätigte Teri, indem sie sich wohlig reckte. »Einer von den Moormenschen hat dich über die Brücke getragen und hierher gebracht. – Ein ganz lieber Kerl!«

»Und wo ist er?« Frill sah sich um. »Wir sind allein hier!«

Jetzt setzte auch Teri sich auf. »Keine Ahnung!«, gab sie zu, nachdem sie sich vergewissert hatte, dass außer Hund wirklich niemand mehr in der Hütte war. »Wie lange bist du schon wach?«

»Eben aufgewacht! – Ich glaube, ich muss mal an die Vorräte gehen. Ich hab einen unheimlichen Hunger!«

»Du kannst …« Teri hatte Frill sagen wollen, dass er von dem Schafsfleisch-Gemüse-Eintopf auf der Kochstelle essen könne, aber der Topf war verschwunden.

»Was ist denn?« Frill hatte Teris Unsicherheit bemerkt.

»Ich glaube, wir stehen besser auf!« Schon hatte Teri die Beine an den Körper gezogen und erhob sich, indem sie ihr Gewicht nach vorn verlagerte. »Komm, mach dich fertig!«, drängte sie. »Vielleicht ist der Moormensch doch nicht so nett!«

Jetzt stand auch Frill auf, und da sie beide in ihren Kleidern geschlafen hatten, waren sie innerhalb weniger Augenblicke bereit den Dingen, die da kommen sollten, ins Auge zu sehen. Frill schnallte sich noch das Kurzschwert um, das Teri unter ihr Lager geschoben hatte, und hakte die Sehne auf das Bogenende, während Teri den Sitz ihres Dolches überprüfte und dafür sorgte, dass er locker in der Scheide saß. Dann gingen die beiden zur Tür, öffneten sie ein Stück und spähten hinaus.

Nichts Besonderes war zu erkennen. Die Häuser des Ortes lagen graubraun und geduckt in der überschneiten Landschaft. Auf ihren Dächern türmte sich Schnee, der da, wo das

Abzugsloch herausgeschnitten war, eine hell- bis dunkelgraue Farbe angenommen hatte. Teri war überrascht, wie groß Moorstadt war. Über hundert Häuser mussten es sein, die sich in lockerer Ordnung auf dem festen Landstreifen zwischen Klippen und Moor bis an den Horizont hinzogen. – War es wirklich erst wenige Monate her, seit sie sich in Weltstädten wie Osange oder Isco wie zu Hause gefühlt hatte? Der Monat der Abgeschiedenheit in der Nische hatte ihre Erinnerungen schon so weit verblassen lassen, dass sie dieses Provinznest als richtige Stadt ansah!

Plötzlich streckte Frill die Hand aus. Zwischen den weiter entfernten Häusern bewegte sich eine Dreiergruppe dunkel gekleideter Gestalten.

Teri behielt die Leute im Auge. Kein Zweifel, die Gruppe hielt auf die Hütte zu! Ob der nette Kerl von gestern Abend sich wohl besonnen hatte und wieder gemein geworden war? Hatte er sich jetzt Verstärkung herangeholt, um sie aus der Hütte zu werfen? Unbewusst tastete Teri nach ihrem Dolch.

Frill bemerkte die Geste. »Sollten wir nicht schnell unsere Bündel packen, damit wir marschbereit sind, wenn es Ärger gibt?«

»Nein!« Teri sah ihm ins Gesicht. »Es hat keinen Sinn, irgendwo anders hinzugehen, weil – weil es hinter Moorstadt nichts gibt, wo man um diese Jahreszeit hingehen könnte. Wenn die da …«, Teri zeigte nach draußen, »… uns zwingen den Ort zu verlassen, dann werden wir auch keine Bündel mehr brauchen. Dann gibt es für uns auf dieser Welt nur noch einen Weg – den in den Schnee!«

Frill musste Teri insgeheim Recht geben. Noch so einen Dreitagemarsch würden sie nicht durchstehen! Das bedeutete, dass sie noch nicht einmal in der Lage waren die Nische wieder zu erreichen.

Inzwischen war die Gruppe nahe herangekommen. Teri

konnte den »Sumpfschädel«, ihren Gastgeber, schon genau erkennen. Schweigend stapften die drei Männer durch den Schnee. Wie drei Riesen sahen sie aus, wie sie so in ihren unförmigen Umhängen daherkamen. Ihre Gesichter waren verschlossen, bärbeißig, fast böse und ließen nicht viel Gutes erwarten.

Frill schob Teri ein wenig zur Seite und drückte die Tür etwas weiter auf. Mit der Hand am Schwertgriff stellte er sich in die Öffnung und schaute den Männern, so grimmig er konnte, entgegen.

Der erste der Fremden machte einen großen Schritt, schob Frill und Tür einfach beiseite und polterte mit seinem Gefolge in die Hütte. »Danke!«, brummte er Frill unwillig zu und ließ sich am Tisch nieder. »Kannst wieder zumachen!«

Frill war vollkommen verwirrt. So war es wirklich nicht gemeint gewesen, als er die Tür ein wenig weiter geöffnet hatte! Eigentlich hatte er nur ein wenig Spielraum für sein Schwert schaffen wollen! Als er sich von seinem Schrecken erholt hatte, wollte er böse werden, aber da hatte Teri schon schnell die Tür geschlossen und die Hand begütigend auf seinen Arm gelegt.

»Seid ihr Steuereintreiber?« Wie Donnerhall klang die Frage in der Enge der Hütte. Der Anführer der Moormänner sah nicht nur aus wie ein Riese – seine Stimme schien wie in schweren Wellen aus einem gewaltigen, finsteren Schacht zu kommen. »Was ist? Seid ihr taub?«

Teri war nicht bereit in diesem Ton mit sich reden zu lassen. Wer immer dieser Kerl auch war, er sollte Respekt lernen! Breitbeinig baute sie sich, jede Angst verleugnend, vor dem fremden Moormann auf. Schließlich war sie fast so groß wie er – wenn er saß! »Ich bin Teri, Scharfrau von Thedra, Hüterin der Schlafenden Armee, in wichtiger Mission unterwegs die Stadt vom Feind zu befreien; und das ist Frill, Viehzüchter aus Kaji, mein Gemahl!« – So! Das würde gewirkt haben!

Es hatte gewirkt! Das Gesicht des Anführers verzog sich zu einer grinsenden Grimasse. Aber anscheinend empfand er den ungewohnten Gesichtsausdruck als sehr anstrengend, jedenfalls wurde seine Miene sofort wieder gallig. »Oh, aus Thedra kommt ihr? Dann seid ihr also doch Steuereintreiber!«

»Es gibt auch noch andere Berufe bei uns!«, stellte Teri entschieden fest. »Wir sind auf der Wanderschaft! Steuern interessieren uns nicht!«

»Warum habt ihr hier solche Angst vor Steuereintreibern?«, wollte Frill von dem Mann wissen. Er hatte sich inzwischen beruhigt und fand es nicht mehr so schlimm, als Pförtner missbraucht worden zu sein.

»Oh, wir haben keine Angst!«, erklärte der Mann in seiner lauten, polternden Art. »Wir erkennen sie nur gern!«

»Und wenn ihr sie erkannt habt?«

»Oh, dann fesseln wir sie und werfen sie ins Moor!«

Jetzt war es an Frill, ein »Oh!« von sich zu geben.

»Außer im Winter!«, fuhr der Mann fort. »Dann werfen wir sie dorthin, wo im Sommer Moor sein wird! – Ich glaube, ihr seid *doch* Steuereintreiber!«

»Nein, nein!«, versicherten Teri und Frill eilig.

»Wir sind nur harmlose Wanderer!«, behauptete Teri. »Eure Ersparnisse sind sicher vor uns!«

»Ha! Nur eine Finte! Ich denke, dass ihr euch sehr wohl für unsere Ersparnisse interessiert!« Der Mann erhob sich und baute sich vor den beiden auf. »Aber ich will euch glauben, wenn ihr mir Schwert und Bogen gebt!«

Mit einem schnellen Blick verständigten sich Teri und Frill. Es hatte ja doch keinen Sinn, mit diesem Trottel zu streiten. Also stand Frill auf und legte den Waffengurt ab.

Der Anführer der Moormänner setzte sich wieder, nahm Schwert, Bogen und Köcher entgegen und legte alles zusammen auf den Tisch. Dann wandte er sich Teri zu. »Deinen Dolch!«

Genau das hatte Teri befürchtet. »Ich bin Mitglied der Schar!«, erklärte sie. »Mich entwaffnen zu lassen wäre gegen mein Gelübde!« – Ob das ausreichen konnte, diesen Moormenschen zu überzeugen? Teris Herzschlag beschleunigte sich und plötzlich waren die fremden Gedanken wieder da – die Gedanken der Kämpferin: *Es würde schwer sein, die drei Männer unter diesen Bedingungen nur zu verletzen! Sie würde …*

Teri begriff! Sie war dabei, *schnell* zu werden! Wenn die Männer den Dolch mit Gewalt holen wollten, würde es ein Massaker geben! … *die Kehlen durchbohren! Wenn die Kehle nicht erreichbar war, dann die Augen! Augenhöhlen waren hinten …*

»Bitte, fordert nicht den Dolch!« Teri – die wirkliche Teri – versuchte das Unheil abzuwenden. … *dünn wie Pergament!* »Respektiert mein Gelübde!«, bat sie nahezu flehentlich.

»Zeig uns, dass du gelernt hast, damit umzugehen, und du kannst deine Waffe behalten!« Der Anführer saß ruhig auf seinem Platz, vielleicht war ihm etwas an Teri aufgefallen, das ihn vorsichtig werden ließ. »Ich gebe dir mein Wort!«

Teri war nun bereit. Wellen heißen Blutes tosten durch ihren Körper, sie konnte jederzeit *schnell* werden – was ihr jetzt fehlte, war ein Auslöser. Sie würde ihre Fantasie bemühen müssen!

Teri fixierte kurz ein kleines Binsenkörbchen, das mit der Öffnung nach oben an der Torfziegelwand hing. Was für ein Feind könnte sich darin verbergen?

»Giftschlange!« Kaum war der Gedanke in Teris Kopf gewachsen, als sie auch schon mit einer einzigen, geschmeidigen Bewegung den Dolch zog und ihn nach dem Körbchen schleuderte. Das Körbchen splitterte krachend auseinander, als es von der plumpen Waffe durchbohrt wurde, und brauner Staub wirbelte auf. Obwohl Teri nur sehr verhalten geworfen hatte, steckte der Dolch bis über den Schaft in der Torfziegelwand, an einem tieferen Eindringen nur von den Resten des Körbchens gehindert, die den Griff wie eine Manschette umschlossen.

Mit schnellen Schritten ging Teri zu der Wand hinüber und holte sich ihre Waffe zurück. Achtlos streifte sie Torfkrümel und die Reste des Binsengeflechts von der Bronzeklinge und steckte den Dolch dann wieder sorgfältig ein.

»Ihr habt Friedfertigkeit bewiesen und Standhaftigkeit!«, fing der Anführer an zu sprechen. »Ich habe eure Geduld auf eine Probe gestellt und ihr habt bestanden! Seid mir willkommen in unserer Stadt! – Ich verstehe, dass dieser Mann …«, er zeigte auf den »Sumpfschädel«, wie Teri ihn immer noch bei sich nannte, »… euch Freunde nennt!« Dann beugte er sich ein wenig vornüber und brüllte Teri in vertraulichem Tonfall ins Ohr: »Aber wie habt ihr es bloß geschafft, den schlimmsten Geizhals des Ortes, der sich noch nicht mal eine Frau nimmt – weil er sie füttern müsste –, zu bekehren? Das müsst ihr mir eines Tages verraten!« Damit standen er und sein Begleiter auf und verließen die Hütte.

Teri und Frill blieben allein mit dem »Sumpfschädel« zurück, der die letzte Bemerkung des Anführers sehr wohl gehört hatte und nun verlegen grinsend am Tisch stand, auf dem immer noch Frills Waffen lagen. »Wenn ihr wollt, könnt ihr den Winter hier verbringen!«, bot er dem völlig verdutzten Paar an. »Ich heiße Rolo, wie heißt ihr?«

Es stellte sich heraus, dass alles ein Missverständnis gewesen war. Rolo hatte den Schlaf der jungen Leute treulich bewacht. Als er sicher gewesen war, dass es ihnen gut ging, war er zum Haus des Fürsten aufgebrochen, um ihm von seinen Gästen zu erzählen und ihn zu bitten sie aufnehmen zu dürfen. Das war aber eigentlich unnötig gewesen, da der Fürst schon auf dem Weg zu Rolos Haus gewesen war. Er hatte bereits von den Neulingen gewusst.

Das Essen hatte Rolo in der Nacht »selbst verputzt«, wie er sagte, weil er »doch solchen Hunger hatte«. Sofort machte er sich daran, für seine Gäste eine Trockenfischsuppe zu kochen, »aus Seefisch«, wie er betonte. – Überhaupt hatte sich Rolo von Grund auf verändert. Kaum noch etwas erinnerte an den raffgierigen Fiesling, den Teri am Abend zuvor um Hilfe gebeten hatte.

Plötzlich fiel Teri auf, dass der Fürst sich überhaupt nicht nach der Lage in Thedra erkundigt hatte. Dabei war sie sich ganz sicher den Fall der Stadt erwähnt zu haben. Sie sprach Rolo darauf an.

»Oh, Thedra fiel vor einem Monat!«, antwortete Rolo. »Wir wissen das! Fokom hat es gesehen. Wir haben gelacht, weil die Steuereintreiber jetzt nichts mehr zu sagen haben!« Rolo lachte laut los, hörte aber schnell wieder auf.

»Wer ist Fokom? Wie ist er durch den Schnee gekommen und was hat er berichtet?« Jetzt war es Teri, die begierig war Neues aus Thedra zu hören.

»Oh, Fokom kommt nicht durch den Schnee! Fokom sieht! Er hat euch auch gesehen! ›Tapfere Kaninchen‹, hat er gesagt.«

»Wer ist Fokom?« – Das mit den tapferen Kaninchen wollte Teri ja wohl überhört haben.

»Oh, aber ihr kennt ihn doch! Das war doch der andere Mann! Er ist der Berater. Und ein Beschützer ist er für den Fürsten. Ein mächtiger Beschützer! Er kann die Zeichen der Lähmung machen! Ganz schnell!«

Teri hatte ihre Zweifel, ob die »Zeichen der Lähmung«, was immer das sein mochte, auch bei Leuten funktionierten, die *schnell* waren, aber sie war sehr froh es nicht ausprobiert haben zu müssen!

Es stellte sich heraus, dass Rolo nicht mehr Neues aus Thedra zu berichten wusste, als er schon erzählt hatte. Dass die Stadt gefallen war, hatte der Fürst vor einem Monat offiziell bekannt geben lassen, und das mit den tapferen Kaninchen hatte Rolo eben gerade auf dem Weg durch den Schnee aufgeschnappt. – So viel konnte Teri erfahren. Dann war die Fischsuppe fertig und das Tischgespräch erstarb in Rolos wohligem Schmatzen und Stöhnen, der die erste Mahlzeit im Kreis seiner Freunde sichtlich genoss.

So verlief der Winter für Teri und Frill in ruhiger Abgeschiedenheit. Das »Geh nach Osten!«, das die Schrift in der Nische Teri aufgetragen hatte, war im Moment nicht durchführbar, also brauchte sie sich auch keine Gedanken darüber zu machen und vertiefte lieber ihre Kenntnisse des Kaji-Idioms.

Rolo hatte sich zu einem ganz passablen Gastgeber entwickelt, der, von gelegentlichen Geizanfällen abgesehen, rührend um seine Gäste bemüht war. Einzig dass sie aus Rücksichtnahme gezwungen waren ihre Zärtlichkeiten leise und heimlich unter der Bettdecke auszutauschen, störte Teri und Frill; aber Rolo war ein feinfühliger Mensch geworden, und wenn er bei diesen Gelegenheiten einmal nicht geschlafen haben sollte, dann tat er doch wenigstens so.

Die Tage verbrachten die drei zum größten Teil in der Hütte bei Sprachübungen und Flechtarbeiten. Rolo hatte im Sommer große Mengen Binsen geschnitten, die nun zu Körben verarbeitet wurden. Das war eine Gelegenheit für Teri und Frill, sich bei ihrem Gastgeber tatkräftig zu bedanken. Langsam empfanden sie eine aufrichtige Zuneigung zu diesem ungeschlachten Moormann, der sich so sehr bemühte ein guter Gastgeber zu sein.

Längst schon war sein Verhalten nicht mehr unmittelbar

von dem Lied beeinflusst, das Teri gesungen hatte, aber es hatte etwas ausgelöst: Es hatte die bessere Seite seines Ich zum Vorschein gebracht, als sei eine neue Seite in einem Buch aufgeschlagen worden. Zwar war er ein Mann mit Ecken und Kanten und nicht immer hatte er gute Laune; aber umso höher waren seine Anstrengungen zu bewerten, nett zu sein.

Als die Tage wieder länger wurden und das erste Grün durch die abtauende Schneedecke brach, ging eine Veränderung mit Teri vor. Sie hatte nun schon seit Monaten ihre Zeit nicht mehr gehabt und ihr Bauch wölbte sich ein wenig vor. – Ganz ohne Zweifel: Teri war schwanger! Sie wurde immer unruhiger, obwohl sie sich einerseits auf das Kind freute. Andererseits durfte sie aber ihre Mission, derentwegen sie unterwegs war, keinesfalls vernachlässigen. Die Zeit drängte, denn in einem halben Jahr würde sie schon Mutter sein!

Ungeduldig ging Teri jeden Tag vor die Hütte und schaute weit über das Moor hinweg. Ringsum begann der Schnee zu einer schweren, pappigen Masse zusammenzuschmelzen. Der Flusslauf unter der Brücke schwoll zu einem gewaltigen Strom an, der sich tosend über die hohen Klippen ins Meer ergoss, und erste Flecken grünlich braunen Moorlands wurden sichtbar. Als schließlich die Südhänge der flachen Hügel abgetaut waren, sah Teri vereinzelt Schafe und Ziegen auf der Weide. – Es wurde Zeit, die Wanderung vorzubereiten! Noch war das Sumpfland hoch überschwemmt, aber in wenigen Tagen würden Teri und Frill Moorstadt verlassen. Rolo hatte sich als Führer durch den Sumpf angeboten, der Weg nach Osten war ihm gut vertraut. Er packte zwei mittelgroße Binsenkörbe voll mit getrocknetem Schafsfleisch, Seefisch, Getreide und Trockengemüse.

Am letzten Tag ihres Aufenthalts in Moorstadt gingen Teri

und Frill mit Rolo zum Fürsten, um sich für die freundliche Aufnahme in die Stadtgemeinschaft zu bedanken. Der Fürst empfing sie in seinem Haus, das nur wenig größer war als in Moorstadt allgemein üblich. Auch die Inneneinrichtung unterschied sich kaum von der in Rolos Hütte. Einzig die vielen Bänke wiesen darauf hin, dass hier ab und an Versammlungen abgehalten wurden.

Der Fürst saß allein an einem großen Holztisch und lud seine Gäste mit einer Handbewegung ein ihm gegenüber Platz zu nehmen. »Nun, Teri, Scharfrau von Thedra, willst du weiterziehen, um deinem Auftrag zu genügen?«

»Wir brechen morgen auf!«

»Fokom lässt dir sagen, dass du im Osten eine Stadt finden wirst, die Wettergrube heißt. Dort wartet ein Helfer auf dich, auf den du hören musst!«

»Was ist mit Thedra?«

»Thedra ist gefallen, aber der Feind ist schwach. Er hat sich in der eigenen Falle gefangen! Die fliegenden Schiffe warten vor dem Hafen und lassen die Beuteschiffe nicht heraus. Der Eroberer ist arm und reich zugleich!«

»Würdet ihr helfen Thedra zu befreien?«

»Wenn du die Schlafende Armee erweckt hast, werden wir uns vor Thedra treffen!«

»Gibt es die Schlafende Armee und wo finde ich sie? Weiß Fokom etwas darüber?« Das waren die Fragen, die Teri mehr als alles andere beschäftigten.

»Du musst auf den Helfer hören! – Vorerst!« Der Fürst erhob sich. Die Audienz war beendet.

Teri und Frill bedankten sich und gingen dann mit Rolo zu dessen Haus zurück. Nach einem guten Abendessen legten sich alle schlafen, um früh am nächsten Morgen aufbrechen zu können. Auch Hund schlief tief und fest. Er würde sehr viel Kraft brauchen auf dem Marsch, denn Rolo hatte seine

Gastfreundschaft auch auf ihn ausgedehnt, ihn so rund gefüttert, dass er einer Haarkugel auf Beinen glich und langsam Schwierigkeiten mit dem Laufen bekam!

8

Hund

Vielleicht sind Tiere wirklich die besseren Menschen,
wie manchmal behauptet wird. –
Auf jeden Fall sind sie aber die besseren Tiere!

Wieder auf dem Weg!

Seit endlich wieder die Möglichkeit bestand, weiterzukommen, hatte sich Teris eine Unrast bemächtigt, die sie unaufhaltsam vorantrieb. Kaum gönnte sie sich und ihren Gefährten auf dem langen Weg durch den Sumpf eine Pause. In durchnässten Kleidern war sie durch das immer noch eiskalte Wasser gewatet, bis, kurz nach der Tagteilung, die Sache mit Hund passierte.

Rolo hatte sich als guter Führer erwiesen. Am Stand der Sonne hatte Teri festgestellt, dass sie in fast gerader Linie durch den Sumpf nach Osten gegangen waren. Andere Orientierungsmöglichkeiten gab es nicht, denn immer neue Reihen vorjähriger Schilf- und Rohrkolbengewächse versperrten den Ausblick auf den Horizont. Laut raschelten die hohen, trockenen Pflanzen, wenn man zwischen ihnen hindurchschritt. An einigen Stellen hatte der Schnee die Gräser niedergedrückt und manchmal breiteten sich große Gebiete flachen Wassers vor den Wanderern aus; aber immer reichte der Blick nur bis zur nächsten Reihe harten Schilfgrases, das unweigerlich am Ende der freien Flächen aufragte, wenn dort nicht gerade eine Rohrkolbenkolonie stand.

Teri fühlte sich nicht wohl zwischen den hohen Gräsern. Zum ersten Mal in ihrem Leben empfand sie ihren zarten

Körperbau als Makel. Rolo, riesig wie er war, hatte bestimmt einen sehr guten Ausblick von dort oben; und sogar Frill hatte es viel besser als sie! Einzig Hund quälte sich noch mehr. Das arme Tier bewegte sich fast nur noch schwimmend fort; denn eigentlich war es für eine Moorwanderung noch zu früh, weil das Schmelzwasser noch nicht abgeflossen war.

Kurz nach der Tagteilung gab Hund auf. Froren schon die Menschen, die doch nur bis zu den Oberschenkeln durchnässt waren, jämmerlich, so hatte sich Hunds Fell bis oben hin voll Wasser gesogen und klebte an seinem Körper wie eine eiskalte, nasse Wolldecke. Mehrfach schon war er an flacheren Stellen kurz stehen geblieben und hatte sich geschüttelt. Aber der Erfolg war immer nur von kurzer Dauer gewesen, denn schon die nächsten Sprünge im tieferen Wasser hatten ihn wieder völlig durchgeweicht.

Weit voraus war der Umriss einer einzelnen Weide zu erkennen, die es, die Götter wussten, wie, geschafft hatte, sich ein Stück Sumpfland zu erobern und über Jahrzehnte besetzt zu halten. Hund machte eine letzte Anstrengung. Vielleicht gab ihm der Anblick des Baumes Hoffnung auf trockenes Land und Wärme, jedenfalls arbeitete er sich, rasch durch das knietiefe Wasser springend, darauf zu.

Mit letzter Kraft stemmte er sich mit den Vorderpfoten auf die kleine Insel, die sich um den Wurzelstock herum gebildet hatte, zog die Hinterläufe nach und blieb schwankend stehen. Dann, als seine Pfoten einen festen Stand gewonnen hatten, schüttelte er sich gleich ein paar Mal hintereinander und legte sich zitternd in das braune Gras, das, winterlich tot, flach auf dem Boden lag.

Rolo lenkte den Bootling auf die einsame Ein-Baum-Insel zu. Der Bootling war ein seltsames Gefährt, wie ihn nur die Leute von Moorstadt benutzten. In einen großen, unten abgeflachten Korb mit drei stabilen Handgriffen wurden zwei geölte Ziegenbälge gelegt, die mit Luft gefüllt waren. Dann steckte man einen zweiten, leichten Korb so in den ersten hinein, dass er die Luftkammern unten hielt, und der Bootling war fertig! Zwar war er nicht für den Personentransport geeignet, dazu reichte die Tragfähigkeit nicht aus. Aber Waren und Gepäck konnte man damit allemal trocken über die sumpfigen Flächen Moorlands bringen.

In diesem Gerät, das entfernt einem Becher mit drei Henkeln glich, ließen sich Lasten im Moor hervorragend bewegen. Rolos Bootling hatte, ohne zu wanken, ihrer aller Gepäck aufgenommen. Im Wasser schwamm der Bootling hinter Rolo, der ihn mit dem Griff lenkte, und auf Land ließ er sich von Rolo und Frill mit Leichtigkeit wie ein Schlitten ziehen. Hierfür sorgten zwei armdicke Bündel aus Schilfgras, die rechts und links unter dem Boden angebracht waren.

Jetzt stieg auch Rolo auf das Inselchen unter dem Baum und zog den Bootling auf eine flache Uferstelle. »Wir sollten alle etwas essen!«, knurrte er, setzte sich und lehnte sich an den Stamm.

Teri packte ihr Zeug zum Feuermachen aus, während Frill sich um Hund kümmerte. Das Tier zitterte stark und lag vollständig flach auf dem Boden. Das Maul war halb geöffnet und die Zunge hing heraus. – Hund war total erschöpft und unterkühlt! Frill ging zum Bootling und holte seinen Umhang für das Tier.

Teri hatte inzwischen mit Drillholz und Zunder eine Flamme zustande gebracht, die sie vorsichtig mit trockenen Schilfrohren nährte. An frischem Wasser war rundum kein Mangel und so kochte bald ein kräftiger Fleischbrei mit Gemüse in Teris Topf.

Nachdem die Menschen gegessen hatten, ging Frill mit dem Rest zu Hund, der völlig apathisch an seinem Platz lag. Erst nach mehrfachem Zureden Frills hob er schwach den

Kopf und leckte, mehr seinem Herrn zu Gefallen, die Reste auf. Dann ließ er den Kopf wieder sinken und lag genauso da wie zuvor. Langsam mussten die Menschen es sich eingestehen: Mit Hund war nicht mehr zu rechnen! In seinem Zustand konnte er keine tausend Mannslängen mehr zurücklegen, ohne jämmerlich zu ertrinken!

Die Zeit drängte zum Aufbruch. Ohne es zu wollen, hatte Teri schon mehrfach zum Himmel gesehen. – Schon seit mehr als zwanzig Sonnenhöhen mussten sie hier sein! Der Befehl in ihr trieb sie vorwärts, aber sie sagte nichts. Sie wusste ja, wie sehr Frill an Hund hing, und auch ihr selbst war das Tier in den vergangenen Monaten lieb geworden.

Rolo erhob sich von seinem Platz. Das Zeichen zum Aufbruch!

Frill schaute ihn unsicher an. »Ich, ich bleibe hier! Wir können nachkommen!«

»Blödsinn!«, knurrte Rolo, während er seine Kleider ordnete, so gut es ging. Es wurde Zeit, sich wieder zu bewegen. Sie alle waren bis zu den Hüften hinauf durchnässt und begannen nun wirklich stark zu frieren.

»Oder – wenn ich ihn trage?« Frill gab nicht auf.

Teri hielt sich zurück. Während ein Teil ihres Geistes unbedingt weiterziehen wollte in Richtung Osten, wäre die eigentliche Teri gern tagelang hier geblieben, um das kranke Tier zu pflegen. Teri wusste nicht, was sie sagen oder tun sollte.

Rolo war jetzt fertig damit, Hemd, Jacke und Hose zurechtzurücken. »Ihr werdet niemandem davon erzählen, was ich jetzt tue!«, knurrte er und zog ein kurzes Bronzemesser aus seiner Tasche.

Frill sah mit Entsetzen, wie der Hüne auf die Stelle zuging, an der Hund zitternd lag. Sein Körper spannte sich, er war bereit jeden Moment aufzuspringen, und auch Teri erhob sich, um Rolo von Hund fern zu halten.

Aber nicht Hund war Rolos Ziel, sondern die Weide. Mit raschen Schnitten trennte er etliche der langen, biegsamen Gerten von den Hauptästen ab und begann sofort einen länglichen Korb mit einem riesigen Henkel zu flechten, der etwa eine Elle breit und zwei Ellen lang war.

Im Handumdrehen war der Moormensch fertig mit seiner Flechtarbeit und das Ergebnis konnte sich sehen lassen: Ein festes, geschmeidiges Tragegestell für Hund war entstanden!

Nun zog Rolo seine Jacke aus, hängte sich den Korb um den Hals und schob den rechten Arm hindurch. »Helft mir!«, forderte er Teri und Frill auf, die sich das alles ungläubig staunend angesehen hatten.

Teri sprang auf, zog Frills Umhang von Hund und polsterte damit das grobmaschige Geflecht des Korbes aus. Dann hob Frill das erschöpfte Tier in das Gestell, woraufhin Teri den Rest des Umhangs dazu benutzte, Hund schön warm einzupacken.

Rolo rückte sich die zusätzliche Last an seinem massigen Körper bequemer zurecht und ließ sich von Frill in die Jacke helfen. Ohne ein weiteres Wort stieg er dann ins Wasser, griff sich den Bootling und watete los.

Teri und Frill machten, dass sie hinterherkamen. Immer wieder schauten sie verwundert auf den Rücken des Moormannes. Hund war ein großes Tier und doch war im Moment nicht mehr von ihm zu sehen als eine Ausbuchtung unter der Jacke eines Hünen, der ihn mit seiner Körperwärme ins Leben zurückholte.

Die Nacht verbrachte die Gruppe auf einer ganz ähnlichen Insel. Hier hatten sich mehrere Weiden zu einer kleinen Kolonie zusammengefunden, die auf ihrem erdigen Wall ein wenig Schutz vor der alles durchdringenden Nässe bot.

Hier war auch Platz genug für ein großes Lagerfeuer, das

der splitternackten, nur in trockene Decken aus dem Bootling gehüllten Gesellschaft ausreichend Wärme bot. Leider lohnte es sich kaum, die nassen Beinkleider zu trocknen, da der erste Schritt am folgenden Morgen alle wieder in das kalte Wasser führen würde. Trotzdem waren alle zufrieden. Hund war zwar noch sehr schwach, nahm aber schon etwas Fleischbrei an. Zur Belohnung durfte er dann auch bei Teri und Frill unter der Decke schlafen – in der Mitte!

Zur Frühstückszeit ging es Hund schon sehr viel besser. Nur ins Wasser mochte er nicht gehen!

»Mit etwas Glück sind wir heute Abend auf festem Grund!«, gab Rolo bekannt. »Habt ihr noch Kraft?«

Teri und Frill nickten eifrig, und so kam es, dass sie den ganzen Tag lang unter der Last ihres Gepäcks durch das kalte Wasser des großen Moores keuchten, während Hund, stolz wie ein Kaufmannsfürst aus Eraji, in dem von Rolo gezogenen Bootling saß und über aller Sicherheit wachte – und alle Beteiligten waren überglücklich dabei!

Rolo hatte gut geschätzt. Schon am Nachmittag wurde das Wasser flacher und die weichen Stellen im Untergrund wurden seltener. Etwa zwanzig Sonnenhöhen vor der Dämmerung war es dann so weit: Die Gruppe betrat festen Boden!

Nachdem er den letzten tückischen Sumpflöchern ausgewichen war, nahm Rolo sein Bündel auf, ließ den leeren Bootling einfach liegen und begleitete seine Freunde noch ein Stück Wegs. Über einige lang gezogene Buckel hinweg ging es auf eine Ebene zu, die, so weit das Auge reichte, mit weidenähnlichen, seltsam niedrigen Bäumen bewachsen war.

Ein gutes Stück vor der Waldfront blieb Rolo bei einem kleinen Vortrupp von Bäumen stehen, der sich etwas weiter an den Sumpf herangewagt hatte. »Jetzt kann ich euch nicht mehr weiterhelfen«, gab er bekannt und warf sein Bündel zu Boden, wobei er dem Wald einen langen, finsteren Blick zuwarf.

Teri hatte sich als die Geschickteste im Umgang mit Drillstab und Zunder erwiesen und so kniete sie sich hin und brachte auch binnen kurzem ein Feuer zustande, das die drei nun nicht mehr mit Schilf speisten, sondern mit dem Totholz, das unter den Bäumen herumlag.

Gemeinsam fiel man dann über die Vorräte her. Schließlich war das Moor bezwungen – für Rolo eher eine alltägliche Angelegenheit, aber für Teri und Frill allemal ein Grund zu feiern! Da keiner der drei etwas gegen ein kleines Fest einzuwenden hatte, warf man alles, was gut schmeckte, in Rolos großen Kochtopf und wartete gespannt auf das Ergebnis.

Bald schon dampfte ein köstliches Seefisch-Gemüse-Fleisch-Gericht vor sich hin und alle langten kräftig zu.

Teri fiel es auf, dass Rolo immer wieder verstohlen zum Wald hinüberschaute, als sei von dort irgendeine Gefahr zu erwarten. Es war nun schon deutlich dunkler geworden und die flache Baumreihe stand tiefschwarz vor dem helleren Himmel. Auch Teri liebte dichten Wald nicht sonderlich. Felsenklippen und endloses Meer, das war ihre Heimat und deswegen verstand sie auch Rolos Scheu, der aus dem flachen Moorland kam und an die Weite des offenen Himmels gewöhnt war. Trotzdem schaute Rolo ein wenig *zu* oft misstrauisch zu der dunklen Front der flachen Baumkronen hinüber. Irgendetwas schien ihm nicht zu behagen. Teri beschloss ihn ein wenig auszufragen.

»Warst du schon einmal dort drin?« Teri zeigte auf den Waldrand und sah Rolo fragend an.

Rolo schreckte wie aus einem tiefen Traum auf und sah sich verstört um. »Ich will nicht, dass ihr dort hineingeht!«, sagte er in seiner langsamen Art statt einer Antwort.

Frill hatte ein wenig mit Hund gespielt. Nun hörte er auf und kam zum Feuer. Der Umhang war ihm über die Schulter gerutscht und Teri freute sich – bei aller Sympathie für Rolo – darauf, bald wieder allein mit ihm zu sein. Mit weichen, fließenden Bewegungen setzte Frill sich neben Rolo. »Was ist mit dem Wald?«

»Er macht die Leute böse!«, erklärte Rolo schlicht.

»Was für Leute?« Frill verstand nicht ganz, was Rolo meinte.

»Alle Leute!« Rolo machte eine weit ausholende Armbewegung. »Alle, die dort reingehen!«

»Gibt es Wegelagerer dort? Sind das die bösen Leute, oder was meinst du?«

»Nein! – *Alle* werden böse! – Es ist die Luft!«

»Was macht denn die Luft?« Teri seufzte leise. Manchmal war es nicht einfach mit Rolo, aber wenn es in dem Wald Gefahren gab, dann mussten sie wissen, welcher Art sie waren.

»Man fängt da an zu zanken! Es gibt da Geister in der Luft, die einem Sachen sagen! – Sachen, die man gar nicht hören will! – Und dann muss man zanken!«

»Warst du schon einmal dort?« Frill wollte auch Genaueres hören.

»Nein!« Rolo hob abwehrend die Hände. »Bei allen Göttern, nein! Keiner aus Moorstadt geht in den Wald! Keiner! Meine Großmutter hat mir einmal erzählt, dass ihr Urgroßvater hier war. Er wollte Otterfelle nach Unterpass schmuggeln. Da hat ihm sein bester Freund mit der Axt den Arm abgeschlagen! – ›Immer muss man zanken in dem Wald‹, hat er gesagt und dann ist er gestorben.«

»Mach dir keine Sorgen, Rolo.« Teri war zu der Überzeugung gekommen, dass Rolo einem Ammenmärchen aufgesessen war. »Uns wird der Wald schon nichts tun! Oder hast du uns schon mal zanken sehen?«

»Nein, aber …« Rolo schien nicht überzeugt und auch Frill schaute jetzt etwas bedrückt drein. Aus verschiedenen Unterhaltungen wusste Teri, dass Frill ein deutlich anderes Verhältnis zu Geistern hatte als sie selbst. Nach seinem Glauben blieben die Seelen der Verstorbenen auf der Erde. In seinem Heimatland irrten sie in der Steppe umher und flüsterten den Lebenden allerlei wunderliche Dinge ein. Zum Beispiel brachten sie es fertig, blühende Landschaften mitten in die glühende Steppe zu zaubern, die der Wanderer nie zu erreichen vermochte! Nach Frills Glauben waren die Geister stark und jetzt hatte Rolo es mit seinem Gerede fertig gebracht, dass er Angst bekommen hatte.

»Wir sollten vielleicht schlafen!«, schlug Teri vor. Das Abendessen war so reichlich gewesen, dass sie jetzt faul und träge war. Die anderen waren einverstanden und so legte man sich zur letzten gemeinsamen Nachtruhe um das Feuer.

Nach dem Frühstück fand Teri Zeit sich selbst einmal am Waldrand umzusehen. Sie musste zugeben, dass die Bäume tatsächlich ein bisschen sonderbar, ja sogar beängstigend aussahen. Armdicke, feucht glänzende Rindenwülste von grauschwarzer Färbung drehten sich an kurzen, klobigen Stämmen empor, die in flachen, weit ausladenden Kronen endeten, an denen weißgraue, lange Flechten hingen. Der Wald sah wirklich aus wie eine Versammlung breitschultriger, bösartiger Gnomen, die nur darauf warteten, einen leichtsinnigen Wanderer zu fassen zu bekommen.

Teri gab es nur ungern zu, aber der Wald beeindruckte sie, ängstigte sie sogar ein wenig. Zögernd trat sie näher und legte vorsichtig die Hand an einen der Bäume. – Es war nicht das wohl vertraute Lied lebenden Holzes, was Teri nun spürte, es war nur ein Zerrbild davon: Der Baum war uralt! Er war so alt, dass das ewige Spiel der Jahreszeiten ihm nichts mehr bedeutete. Nichts war von Wachstum, nichts von Erneuerung zu spüren. Der Baum hatte schon Ewigkeiten hier gestanden und war zu müde, um zu sterben.

Teri zog die Hand zurück und betrachtete ihre Fingerspitzen. Eine schleimige Schicht hatte sich über die Hautpartien gezogen, die den Stamm berührt hatten; aber nicht Fäulnis war es, was die Oberfläche der Rinde überzog, sondern eine eher ölige Schicht hatte sich darüber gelegt.

Nachdenklich ging Teri zum Lager zurück. Wenn es in dem Wald etwas Böses gab, dann hatten die Bäume jedenfalls nichts damit zu tun, das war sicher! Der Baum, den Teri berührt hatte, war krank gewesen, nicht bösartig! So krank war er, dass er sich kaum noch wie ein Baum angefühlt hatte. Teri schien es, als habe dieses bedauernswerte Gewächs nicht mehr Leben in sich als Mast und Planken eines Schiffes.

Rolo war dabei aufzubrechen. Wenn er den Heimmarsch in zwei Tagen schaffen wollte, dann musste er sich beeilen. Trotzdem trödelte er herum, packte seine Sachen in sein Bündel und räumte sie teilweise wieder aus, stand auf, ging ein paar Schritte, setzte sich dann wieder und wusste überhaupt nicht, wie er sich nun von seinen Freunden trennen sollte.

Schließlich beschloss Frill den Anfang zu machen. »Hier, Rolo, vielleicht kann dir das nützen auf deinen Wanderungen!« Damit hielt er dem Moormann sein Seil entgegen, einen wirklich wertvollen Besitz!

Rolo wusste nicht, was er dazu sagen sollte; darum versuchte er es auch gar nicht erst, sondern nahm Frills Geschenk schweigend entgegen.

Teri hatte lange überlegt, was sie dem Moormann zum Abschied schenken könne, aber sie hatte nicht ein einziges Teil in ihrer Ausrüstung, das sie hätte entbehren können. Zwar hatte sie noch einige Bronzestücke in ihrer Schartasche, aber Rolo hatte inzwischen ein so herzliches Verhältnis zu seinen Schützlingen gefunden, dass ein Geldgeschenk ihn sicher tief gedemütigt hätte. – Trotzdem hatte Teri eine Idee, wie sie den Hünen, der ein so guter Freund geworden war, vielleicht erfreuen konnte. Sie ging einfach auf ihn zu und machte ihm ein verschwörerisches Zeichen mit der Hand. Überrascht und neugierig beugte sich Rolo zu ihr herunter – und hatte, ehe er sich's versah, blitzschnell zwei Teriküsse auf seine stoppeligen Wangen bekommen.

Völlig verwirrt blieb Rolo noch einen Moment vornübergebeugt stehen und wartete darauf, was Teri ihm wohl zu sagen habe. Dann begriff er, dass sie sich auf diese bezaubernde Art bei ihm hatte bedanken wollen. Langsam richtete er sich auf und sah Teri in die Augen. »Du hast mich damals verzaubert, nicht?«, fragte er leise mit seiner tiefen Stimme.

Eigentlich traf das nicht ganz den Kern der Sache. Teri hatte nur die besseren Seiten von Rolos Gemüt mit ihrem Lied neu belebt; aber Rolo musste es natürlich als Zauber empfinden. Teri nickte stumm und ernst. Sie hoffte, dass ihm seine neue Freundlichkeit niemals schaden würde, denn sie hatte ihn wirklich gern.

»Hättest du das bloß nicht gemacht!«, beschwerte sich Rolo leise. »Dann müsste ich jetzt nicht traurig sein!« Damit nahm er Teri in den Arm und drückte sie so sacht an sich, wie sie es diesem Riesen von Mann niemals zugetraut hätte. Danach war Frill an der Reihe und hier zeigte Rolo, dass er auch anders konnte – dem armen Frill traten fast die Augen aus den Höhlen, so fest wurde er von Rolo umfangen. Dann schnappte sich Rolo sein Bündel und ging davon, nachdem er Hund kurz gestreichelt hatte. Teri und Frill sprachen ihn nicht an; beide hatten gesehen, dass Rolo mit den Tränen kämpfte und sich nur mühsam beherrschte. Sie standen nur da und warteten, bis der Freund zwischen den ersten Schilfgräsern verschwunden war. Dann packten sie selbst ihre

Sachen zusammen und machten sich auf den Weg in den Wald.

Teri konnte in dem Wald überhaupt keine bösen Einflüsse feststellen. Sie war ein wenig ärgerlich, weil Rolo versucht hatte ihnen Angst zu machen. Sicher, es war schon etwas unheimlich dort. Die flachen Baumkronen zwangen Teri und Frill sich oftmals tief zu bücken; die ekligen Flechten streiften manchmal ihre Gesichter und der Boden bestand aus einer glitschigen Schicht schwarzer Erde, aus der allenthalben armdicke Wurzeln herausragten. Für etwas dümmliche Gemüter wie den Moormann musste das hier wirklich wie ein Zauberwald aussehen! Teri wunderte sich, dass kein Laub aus den vergangenen Jahren zu sehen war. Ob diese Bäume überhaupt keine Blätter trugen?

Ein Gutes hatten die kahlen Baumkronen, die sich dicht über ihren Köpfen zu einer undurchdringlichen Barriere aus glitschigem Holz verschlungen hatten, auf jeden Fall. Sie versperrten den Blick auf den Himmel nicht vollständig, sodass Teri und Frill sich immer am Stand der Sonne orientieren konnten. Teri fand es gut, dass Frill so ein geübter Steppenläufer war. Manchmal konnte man ihn richtig gut gebrauchen!

Mittlerweile waren sie schon sehr tief in den Wald vorgedrungen. Hund lief oftmals ein Stück voraus, um den Weg abzusichern, dann kam er regelmäßig in großem Bogen zurück und umkreiste die »Herde«, wie er es von Frill gelernt hatte. Teri fand es ein wenig albern, was das Tier sich anmaßte. Sollte es lieber auf sich selbst aufpassen! Aber sie war bester Laune und sagte nichts.

Waren am Waldrand noch ein paar kleine Tiere zu sehen gewesen, so lag der Wald jetzt wie ausgestorben da. Nichts regte, nichts bewegte sich außer den beiden Wanderern und dem Hund; einzig die Flechten, die aus den Baumkronen herabhingen, schwangen ein wenig, wenn der Luftzug sie traf, den die Bewegungen der Gruppe verursachten. Teri hatte es bislang möglichst vermieden, diese wie verschimmelt wirkenden Lappen zu berühren, die in langen Fetzen über dem Weg hingen. Zwar hatten sie keine besondere Ausstrahlung; sie fühlten sich nur, genau wie die Bäume, unangenehm an.

Auch Frill wich diesen flächigen, durchlöcherten Gebilden aus, so gut es eben ging. Er ging wenige Schritte hinter Teri, wie er immer ein wenig hinter Teri gegangen war. – Sicher, sie war eine außergewöhnliche Frau mit einem außergewöhnlichen Auftrag, das durfte man nicht vergessen; aber langsam war es doch ein wenig auffällig, wie sie mit ihm umging. Zum Beispiel damals, in Rolos Hütte, als er gerade vom Fürsten gedemütigt worden war, hätte sie sich gut und gern ihre Angeberei mit ihrer Messerwerftechnik sparen können. – Aber Frill liebte Teri und hielt den Mund.

»Vorsicht!« Teri hielt einen besonders tief hängenden Ast zurück und ließ Frill vorbei. Es fehlte gerade noch, dass dieser große Tollpatsch hier im Wald stürzte und sich vielleicht ein Bein brach. Teri hatte seinetwegen schließlich schon genug Sorgen gehabt! Frill schien sowieso darauf aus zu sein, sich und andere immer wieder in Schwierigkeiten zu bringen, und Teri konnte sich keinen weiteren Aufenthalt leisten; sie hatte schließlich einen Auftrag zu erfüllen! Das würde schon schwer genug werden, weil … – Aber Teri hatte Frill ganz gern und sagte nichts.

Frill ging an Teri vorbei, die den Ast festhielt. Als wenn er den nicht selbst gesehen hätte! Diese ewige Gängelei und Bevormundung war ja nun wirklich nicht mehr schön! Immer musste Teri sich in den Vordergrund spielen. Wahrscheinlich hing das damit zusammen, dass sie so klein war! Frill hatte schon einige kleinwüchsige Leute kennen gelernt, die sich mit

Worten großtaten; da passte Teri ganz gut ins Bild! Das kannte er ja nun schon! Überall musste sie die Erste und die Beste sein, immer ihre Überlegenheit vorführen! – Aber Frill mochte Teri und hielt den Mund.

Mit verbissenem Gesichtsausdruck stiefelte Teri nun hinter Frill her. Natürlich hatte er sofort die Führung übernommen, als er die Möglichkeit dazu sah. Bei seinem Talent als Pechvogel war die nächste Katastrophe schon vorauszusehen. Teri sah ihn schon laut brüllend in eine Schlucht rutschen oder sich an einem tief hängenden Zweig die Augen ausstechen! Aber nicht das war es, was sie am meisten beschäftigte! Ihr war da ein entsetzlicher Verdacht gekommen: Sie wurde von den Dramilen gejagt! Aber die Dramilen hatten natürlich Angst vor ihr! Sie wussten irgendwie, dass sie durch ihre Scharausbildung eine unschlagbare Kämpferin geworden war! Da war es doch nur folgerichtig, dass sie Frill auf sie ansetzten, der sich unter dem Vorwand, ihr helfen zu wollen, an sie heranmachte und sie schwängerte! Frill sollte sie aufhalten! Er war von den Dramilen gekauft! – Endlich erkannte sie, auf welch perfiden Plan sie hereingefallen war!

Frill war mittlerweile zu der Überzeugung gekommen, dass Teri eine Gefahr für ihn werden könne. Immer wieder musste er an ihre Demonstration der Wurftechnik in Rolos Haus denken; und immer wieder fiel ihm das Bild des dramilischen Bogenschützen ein, den er so schrecklich zugerichtet aufgefunden hatte. Die Bilder passten sehr gut zusammen! Wer so wie Teri mit der Waffe umgehen konnte, wollte seine Kunst auch ab und zu anwenden, das war doch klar! Vor seinem inneren Auge sah er das Bild vor sich, wie Teri über dem Schwerverletzten kniete und ihm mit ihrem Dolch die Augen ausstach und die Genitalien zerfleischte. Frill wurde übel bei dem Gedanken; er würde bei der allernächsten Gelegenheit dafür sorgen, dass Teri wieder *vor* ihm ging!

»Was haben sie dir gezahlt?« Hell und schneidend klang Teris Stimme durch den unheimlichen, toten Wald.

Frill wirbelte herum. Ein hässlicher, schneidender, feindseliger Unterton hatte in der Frage mitgeklungen. Teri stand breitbeinig zwischen den Bäumen und starrte Frill böse an. »Wie viel gaben sie dir, damit du Liebe heuchelst? Wie viel Bronzestücke – oder bin ich vielleicht sogar Gold wert?«

»Bin ich jetzt dran?« Frill legte die Hand auf den Schwertgriff. »Werde ich jetzt geschlachtet, schlimmer als ein Stück Vieh?«

»Du hast mich für Geld geschwängert und du verschenkst unsere Ausrüstung! Du hältst mich auf, wo immer du kannst! Das Seil, das du diesem Trottel geschenkt hast, hätten wir noch gut gebrauchen können!«

»Ich habe wenigstens nicht mit ihm herumgeknutscht! Mir wird richtig schlecht, wenn ich daran denke, dass du ihn abgeleckt hast wie eine Hafenhure! – Aber dir macht so was ja Spaß!« Frill schrie den letzten Satz förmlich heraus und auch Teri war immer lauter geworden.

»Natürlich verstehst du so etwas nicht! Du bist ja auch seit Jahren tot!« Außer sich vor Wut trat Teri einen Schritt auf Frill zu.

Urplötzlich schoss Frills Hand nach vorn und traf Teri mitten ins Gesicht.

Er hatte kräftig zugeschlagen. Teri taumelte einen halben Schritt rückwärts, stolperte über eine Wurzel und stürzte. Sie spürte den kalten, schleimigen Waldboden unter ihren Händen, stieß sich ab und wirbelte wieder hoch.

Frill war einen Schritt näher gekommen, aber irgendetwas hielt Teri immer noch davon ab, ihren Dolch zu ziehen. Mit diesem tölpelhaften Ziegenhirten würde sie auch so fertig werden! Blitzschnell verlagerte sie ihr Gewicht, um diesem Abschaum mit aller Kraft zwischen die Beine zu treten, als plötzlich ein braungrauer Schatten auf Frill zuflog und sich in seiner Schlaghand verbiss. – Gut so! Teri nahm Maß und trat zu.

Durch den Anprall von Hund war Frill ein wenig in die Knie gegangen und so traf der Tritt nur seinen Unterbauch. – Sehr bedauerlich! Teri holte mit dem Fuß nochmals aus, da löste sich der Schatten von Frill, stürzte sich mit einem Grollen auf sie und biss kraftvoll in ihr Bein.

Der Schmerz jagte in Teris Bein hoch wie eine riesige Welle. Sie stürzte und schlug hart auf den Boden. Aber sie sah, wie Frill mit dem Schwert auf Hund losging. – Gut so! Dann hatte Hund sie schon losgelassen und rannte ein Stück weit davon.

Frill hatte das Schwert mit der linken Hand führen müssen; seine Rechte fühlte sich wie zermalmt an und so ging der Schlag schwächlich und unkontrolliert ins Leere. – Aber vielleicht konnte er Hund ja doch noch erwischen. Hund hatte ihn verletzt! Ihn, seinen Herrn! Das war unverzeihlich! Das Schwert mit der Linken fest umschlossen, stürmte Frill auf Hund zu, der sich eilig ein Stück weiter zurückzog. Aus den Augenwinkeln sah Frill, dass Teri ihren Dolch gezogen hatte und in einem Halbkreis auf das Tier zuhumpelte! – Gut so! Sie würden das Vieh schon erwischen!

Immer weiter zog sich Hund zurück. Teri schleuderte den Dolch, aber sie war nicht *schnell,* sondern nur rasend vor Zorn, dass Hund sie gebissen hatte, und entsprechend schwach fiel der Wurf aus. Hund konnte ohne weiteres ausweichen. Fast hätte Frill ihn daraufhin mit einem Schwertstreich erwischt, aber das Mistvieh wich aus und rannte wieder ein Stück voraus. Frill griff mit der Rechten nach dem Bogen auf seinem Rücken, ließ sie aber mit einem Wehlaut wieder sinken, während Teri sich weitab von ihm mit zusammengebissenen Zähnen durch den Wald quälte.

Teri und Frill waren außer sich vor Wut. Was hatten sie nicht alles für Hund getan – und jetzt hatte er sich gegen sie gestellt! Teris Bein schmerzte, als stecke es in siedendem Öl, und Frills rechte Hand war kaum noch zu gebrauchen. Hund musste sterben!

Immer weiter ging die Jagd durch den Wald. Vor Schmerz und Anstrengung keuchend, ausrutschend, hinstürzend, sich an glitschigen Ästen voranziehend und Flechten beiseite schlagend, versuchten die beiden an Hund heranzukommen. Blind für alles andere stürmten, stolperten und taumelten die zwei Menschen durch den Wald. Beseelt von ihrem unsäglichen Hass, der endlich sein Ziel gefunden hatte. Wenn Hund auch nur einen einzigen Fehler machte, wäre sein Schicksal besiegelt! Sie würden ihn töten! Ihn zerfleischen! Ihm jeden Knochen brechen!

Doch was die beiden Verletzten auch versuchten, um das Tier umzubringen, Hund war immer schneller! Gerade war er einer besonders tückischen Attacke Frills ausgewichen, der sein Schwert nicht mehr zum Schlagen benutzte, sondern schleuderte wie einen Dolch, als es zwischen den Baumstämmen heller wurde. Mit großen Sätzen sprang Hund aus dem Wald und brachte sich auf einem Hügel in der Nähe in Sicherheit. Aus der Entfernung sah er mit an, wie die beiden bewaffneten Menschen aus dem Wald kamen, sich suchend umschauten, dann in ihren Bewegungen immer langsamer wurden und sich plötzlich in das Gras fallen ließen, wo sie gerade standen.

Nach einiger Zeit kam Hund vom Hügel herunter und roch an den Schlafenden. – Vielleicht würden sie ja wieder friedlich sein, wenn sie erwachten. Sonst würde er sie eben noch einmal verwarnen müssen. Denn Streit im Rudel konnte Hund keinesfalls dulden!

Frill erwachte, weil ihn etwas Kaltes, Nasses im Gesicht berührte. Unwillig drehte er sich zur Seite. Ihm war entsetzlich übel und von der Bewegung wurde ihm schwindlig.

Wieder traf ein feuchter Stupser Frills Gesicht. Er hob abwehrend die Hand. Etwas Haariges war über ihm. Stöhnend griff Frill in Hunds Fell, schob das Tier ein wenig von sich und schlug die Augen auf. »Lass mich noch ein bisschen!«, forderte er und kniff sofort die Augenlider wieder zusammen – das Licht tat ihm weh! Vorsichtig drehte Frill den Kopf und versuchte aus zusammengekniffenen Augenlidern etwas von der Umgebung zu erkennen. Langsam gewöhnte er sich an das Licht. Ein paar Mannslängen entfernt saß Teri auf der Wiese und schaute sich verwundert um. – Es schien ihr gut zu gehen. Frill war erleichtert. Irgendetwas war falsch gewesen zwischen ihnen, aber Frill erinnerte sich nicht genau, was es gewesen war …

Teri hatte ihren Mann ebenfalls entdeckt, rief leise seinen Namen und krabbelte über die Wiese auf ihn zu. Auch ihr war es, als wolle sich ihr Magen umdrehen, und das Schwindelgefühl, das in Wellen kam und ging, ließ sie immer wieder die Augen schließen. Aber sie schaffte den Weg! Kurz bevor sie Frill erreichte, hielt sie an, weil sie sich fast doch noch übergeben musste, aber tapfer behielt sie alles bei sich und krabbelte weiter.

Hund sah sich das Geschehen aus ein paar Schritten Entfernung an und hielt den Kopf schräg. Er machte sich Sorgen um das Rudel. Die Menschen benahmen sich schon wieder sehr sonderbar! Er wartete lieber ab, wie sich die Dinge weiterentwickelten!

Teri hatte Frill inzwischen erreicht und legte sich dicht neben ihn – das heißt, sie brach eher über ihm zusammen, wobei sie mit dem Kopf an seine Schulter schlug. Frill stöhnte auf. Die Bewegung tat seinem Kopf weh! Vorsichtig hob er eine Hand und streichelte Teri über das Haar.

Ausgerechnet der Kopf! Teri hörte das Knistern der Haare unter Frills Hand übergenau und die sanfte Bewegung löste neue Wellen der Übelkeit in ihr aus, aber dennoch hielt sie still. Es war so gut, ein wenig von Frill getröstet zu werden! Was war bloß geschehen?

Langsam kam eine vage Erinnerung an die Geschehnisse im Wald in Teris Gedanken zurück. Sie hatten sich *gezankt!* Wie hatte das nur geschehen können? – Und Hund! Hund war auch böse geworden! Er hatte sie gebissen! Vorsichtig tastete Teri nach ihrem zerfleischten Bein und hielt erstaunt inne! Wo sie Fetzen von Stoff und Fleisch erwartet hatte, war nur die schmutzverkrustete Oberfläche ihrer Hose zu spüren!

Mühsam richtete sie sich ein wenig auf. Die Hose war fleckig und klebrig, aber nicht zerrissen. Sie zog das Hosenbein ein wenig hoch und sah genau hin: Eine Reihe kleiner Blutergüsse, so wie Hundezähne, zog sich über ihre Wade. Hund hatte sie nicht wirklich gebissen, sondern wohl eher mit seinen starken Kiefern *gekniffen,* um sie zur Besinnung zu bringen.

Das war ein seltsamer Gedanke! Wieso zur Besinnung bringen? Dann fiel es Teri plötzlich wieder ein: Sie hatte Frill verletzt und beleidigt; hatte ihn gereizt bis aufs Blut und hatte nach ihm getreten! Eine heiße Welle der Scham stieg in ihr hoch. Unsicher sah sie zu ihrem Freund hinab, der immer noch dalag und sich verwundert seine Hand ansah.

»Ich glaubte, dass die Knochen zermalmt wären!« Frill hatte ganz ähnliche Gedanken wie Teri gehabt und stellte nun fest, dass Hund ihm nur einige oberflächliche Hautabschürfungen und Quetschungen beigebracht hatte, die eigentlich nicht der Rede wert waren. Nur Frills unsägliche Wut hatte diese Kratzer zu einer schweren Verletzung aufgebauscht. Es war eine Warnung gewesen, Teri nicht noch einmal zu schlagen, mehr nicht!

Tatsächlich! Frill hatte Teri geschlagen! Diese Erinnerung traf ihn wie ein Keulenschlag! Er hatte sie provoziert, bis sie nahe herangekommen war, und hatte dann unvermittelt zugeschlagen! Wie sollte er ihr jemals wieder in die Augen sehen?

Teri drehte sich jetzt zu ihm um. Ihr Gesicht war nur ein undeutlicher Fleck vor dem hellen Himmel, aber das schlechte Gewissen war ihr trotzdem anzusehen. »Ich hab mich schlimm benommen!« sagte sie leise und senkte den Blick.

»Ich auch!« Frill versuchte sich ein wenig aufzurichten. Dann kam wieder ein furchtbarer Anfall von Übelkeit über sie beide. Darum blieben sie lieber noch einige Zeit ruhig liegen und sprachen nichts.

Hund ließ die Menschen in Ruhe. Nach der Tagteilung legte er sich oberhalb eines Erdhörnchenlochs auf die Lauer und wartete, bis seine Mahlzeit erschien. Dann lief er wieder zu dem Lagerplatz hinunter, wo die Menschen dabei waren, mit langsamen, unsicheren Bewegungen ein Lager herzurichten. Freudig begrüßte er Teri und Frill und verstand überhaupt nicht, dass sie verschämt zur Seite blickten, als er kam. Aber das Extrafutter, das er bald darauf erhielt, schmeckte ihm vorzüglich!

9

Unterpass

Falscher Ehrgeiz hat schon viele Narren gemacht!

Vier Tagesmärsche nach dem Verlassen des Waldes kamen Teri und Frill in das Dorf Unterpass. Der Weg dorthin war einfach zu begehen, obwohl er hoch von Gräsern überwuchert war und beständig anstieg. Immer höher hatten Teri und Frill sich auf die Gipfel der Hohen Weite zubewegt, die schon seit Tagen schneebedeckt vor ihnen aufragten.

Es wurde wieder kälter!

Die Bewohner der Randgebiete des schroff aufragenden Mittelgebirges ernährten sich in erster Linie von Schafen. Diese Tiere waren recht wetterunempfindlich und genau wie ihre Schafe waren auch die Bergbewohner selbst ein sehr genügsames Volk, das bescheidenen Handel mit Wolle trieb, die nach Idur in die Stoffmanufakturen gegeben wurde. Ansonsten ernährten sie sich vom Fleisch alter Milchschafe sowie von gesammelten Kräutern. Jede Art von Ackerbau verbot sich in diesem rauen Klima von selbst, da hier, auf der Nordwestseite des Gebirges, sogar im Hochsommer immer mit plötzlichen Wetterstürzen gerechnet werden musste.

Schon seit Tagen sahen Teri und Frill kleine Schafherden auf den flachen Hängen des Vorgebirges weiden, hielten sich aber nicht damit auf, die Hirten aufzusuchen; denn Teri hatte es eilig, ihren Auftrag zu erfüllen. Das »Geh nach Osten!« trieb sie beständig voran, wenn sie auch keine Ahnung hatte, wie sie es bewerkstelligen sollte, die Schlafende Armee jemals zu finden. So führte sie ihre Wanderung geradewegs nach Unterpass, der ersten Siedlung hinter dem Moor. Zugleich war Unterpass auch das letzte Dorf vor dem Felsmassiv der Hohen Weite, zu deren Gipfel es von hier aus noch zwei Tagesmärsche waren.

Es war im Dorf nicht unbemerkt geblieben, dass über den alten Westweg, der doch nur in den Streitwald und den Sumpf führte, zwei Wanderer und ein Hund kamen. – Das war erstaunlich, denn seit Jahrzehnten hatte es niemand mehr riskiert, den gefährlichen Weg von Moorstadt nach Unterpass zu gehen. Konnte es sein, dass der Streitwald seine Kraft verloren hatte? – Die Dörfler waren neugierig!

So stand denn bei Teris und Frills Ankunft ein in dicke Schafpelze gehülltes Begrüßungskomitee auf der Hauptstraße in dem kühlen Bergwind und starrte ihnen neugierig entgegen. Als sie nahe genug herangekommen waren, trat einer der Männer vor und leitete die Begrüßungszeremonie ein.

»Willkommen im Namen Harmugeds!«

Teris Schritt stockte. Augenblicklich tauchte vor ihrem inneren Auge wieder das Bild der Schlacht im Hafen von Isco auf. Und noch schlimmer – der Blutnebel war wieder da! Der Blutnebel aus dem Mund des schreienden Mannes!

»Warum schreckt dich der Name unseres Gottes?«, wollte der Sprecher der Dorfgemeinschaft wissen. Sein vorher mildes Gesicht hatte plötzlich einen misstrauischen Ausdruck bekommen. »Seid ihr vielleicht Ofisa?«

Frill hatte sich als Erster gefangen. Natürlich hatte ihm Teri erzählt, was sie in Isco erlebt hatte; darum wunderte er sich nicht über ihre Reaktion. »Nein!«, versicherte er mit fester Stimme. »Ich komme aus Kaji und meine Seele gehört den Göttern der Steppe!«

»Und du?« Der Fremde sah Teri streng an.

»Ich bin Hüterin der Schlafenden Armee!«, antwortete Teri. »Mich geleiten die Götter Thedras!«

»So, so!« Der Mann drehte sich um und beratschlagte kurz mit einigen seiner Gefährten, dann wandte er sich wieder den Ankömmlingen zu. »Ihr dürft in unser Dorf kommen!«, gab er bekannt. »Aber wenn ihr uns zu euren Göttern bekehren wollt, werden wir euch das Gastrecht entziehen!«

Teri hätte fast laut aufgelacht, als sie daran dachte, was für ein seltsamer neuer Glaube wohl dabei herauskäme, wenn sie und Frill ihre Götter in eine gemeinsame Religion sperren würden. »Habt keine Sorge!«, erklärte sie dennoch mit ernstem Gesicht. »Wir sind keine Wanderprediger! Über Religion reden wir nicht!«

Dieses offene Wort schien nicht dazu angetan, die Gemüter zu beruhigen. Im Gegenteil! In einem Teil der Gruppe der Dörfler erhob sich unwilliges Gemurmel.

»Ihr sprecht nicht über Religion?« Der Anführer der Gruppe hatte wieder das Wort an sie gerichtet. »Dann habt ihr also selbst eure falschen Götter verraten!«

Frill stieß neben Teri gequält die Luft aus. Das war doch wohl der Gipfel der Heuchelei, den Leuten erst ihren Glauben zu verbieten und ihnen dann vorzuwerfen, dass sie ihre Götter verrieten! »›Ein guter Mensch ist ein guter Mensch‹, sagt man bei uns in Kaji«, stieß er hervor, »und ein guter Gott ist ein guter Gott! – Und beide haben nichts miteinander zu tun!«

»Das ist eine Irrlehre!« Der Mann riss die Arme empor. »Deine Waffen schrecken mich nicht! Bereue und tue Buße! Der wahre Glaube ist die einzige Rettung für dich! Deine falschen Götter können nichts für dich tun! Ich als Priester des Harmuged sage dir, dass du verloren bist, wenn du dich nicht besinnst! Deine Seele wird dürsten nach Erlösung auf der Insel der ewigen Kälte, und in der Stunde deines …«

»Thedra ist gefallen!« Teri war es nun leid, sich diese Litanei anzuhören. Sie kannte das alles und mochte es nicht! Hell übertönte ihre Stimme die des Priesters. »Thedra ist gefallen und wir sind ausgezogen der Stadt Hilfe zu bringen! Wir wollen hier bei euch Proviant einkaufen und weiterziehen!« Teri hatte in ihre Schartasche gegriffen und einige Geldstücke herausgeholt. Lustig klimpernd sprangen die Bronzestücke ein Stückchen hoch in die Luft, bevor sie wieder in ihrer Hand landeten.

Das waren nun wirklich große Neuigkeiten! Der Priester hatte irgendwie den Faden verloren, jedenfalls kam er mit seiner Strafpredigt nicht weiter. Dafür wollten die anderen Dörfler aber mehr von Thedra hören und bedrängten Teri und Frill mit ihren Fragen.

Als alles Wichtige erzählt war, ließ man die Ankömmlinge einfach stehen und diskutierte die Neuigkeit eifrig in kleinen Gruppen. Der Priester war von allen vollständig vergessen und trug ein beleidigtes Gesicht zur Schau.

Ein Dörfler, der sich bislang zurückgehalten hatte, nutzte die Gunst des Augenblicks und drängte sich vor. »Was braucht ihr denn?«, wollte er von Teri wissen.

»Trockenfleisch und Gemüse!« Teri strahlte den Mann an. Jetzt lief das Gespräch endlich wieder in vernünftigen Bahnen! »Und dann habt ihr doch bestimmt auch guten Schafskäse hier in der Gegend, und frisches Brot würden wir gern mal wieder essen!«

»Das gibt es alles bei mir!«, nickte der Mann freundlich. »Kommt mit und seid meine Gäste!«

Teri und Frill nahmen die Einladung sofort an. Beiden war in dem schneidenden Bergwind mittlerweile recht kalt geworden. Geschickt schlängelten sie sich durch die Gruppen der Dörfler, vorbei an dem sprachlosen Harmuged-Priester, der ihnen und ihrem Gastgeber einen hasserfüllten Blick zuwarf.

»Diese Harmuged-Leute nehmen sich ziemlich viele Freiheiten heraus«, entschuldigte sich Arnu – mit diesem Namen hatte er sich vorgestellt – auf dem Weg zu seinem Haus. »Egal, was du tust, immer steht einer von ihnen hinter dir und schaut dir über die Schulter!«

»Ich weiß!« Teri dachte an ihre eigenen Erlebnisse mit den Harmuged. »Sie allein haben die Weisheit – meinen sie!«

»Weisheit? Sie verteilen ihre Weisheit wie das Schaf seine Kügelchen! Sie können und wollen sie nicht bei sich behalten!«

Teri lachte auf und auch Frill machte einen amüsierten Eindruck. »Du magst sie nicht so sehr?«, vermutete er.

»Sie reden zu viel und tun zu wenig!«, stellte Arnu fest. »So, wir sind da!«

Arnus Haus war wirklich groß! Etwa zehn mal zehn Schritte maß es und war ganz aus festem Holz gebaut, das mit einer schwarzen, teerartigen Masse bestrichen war. Als Besonderheit wiesen alle glatten Flächen Verzierungen aus hauchdünnen Kalksteinplättchen auf, die in den Teer eingepresst waren. Bäume waren da zu sehen, ganze Landschaften und jede Menge kleiner, weißer Schafe. Teri schaute sich um. Keines der anderen Häuser im Ort hatte solch einen Schmuck aufzuweisen.

»Es muss doch nicht alles so langweilig aussehen!«, meinte Arnu, der Teris Blick bemerkt hatte, und ging voraus. Das Innere des Hauses machte einen gemütlichen und sauberen Eindruck. Durch einen Raum mit offenen Fensterhöhlen – »Das Sommerzimmer!«, wie Arnu erklärte – ging es in einen zweiten, den eigentlichen Wohnraum. Hier war in der Mitte die Feuerstelle. An der Rückwand stand auf einer schaffellgepolsterten Empore das Bett für die ganze Familie. Auch auf dem Boden lagen, um die Feuerstelle verteilt, Schaffelle, vor denen kleine Tische standen. Teri kam der Raum seltsam klein vor, bis ihr auffiel, dass er nicht eine einzige Außenwand hatte. Drei schmale Türen führten in Kammern hinein, die den

Hauptraum wie ein U umschließen mussten. Teri konnte sich vorstellen, dass das im Winter sehr praktisch war. Zwei Wände schützten bestimmt besser als eine vor der Kälte des Bergwinters.

Arnu forderte seine Gäste auf Platz zu nehmen. Er ging zu einem irdenen Gefäß, das nahe der Tür stand. Teri und Frill teilten sich ein Schaffell vor einem der Tischchen. Jetzt erst bemerkte Teri zwei Kinder, die in einem Winkel neben der Bettempore kauerten. Stumm und mit großen Augen sahen sie die Fremden an.

»Zwillinge!«, erklärte Arnu stolz und kam mit zwei Bechern eines weißlichen Getränks an den Tisch. Dann besorgte er sich selbst einen Becher voll und zog sich ein Schaffell heran. »Seid willkommen in meinem Haus!«, sprach er die offizielle Begrüßungsformel. »Möge euer Aufenthalt hier uns allen zur Freude gereichen!«

»Möge die Steppe dein Freund sein!«, zitierte Frill den gängigen Gruß Kajis. Nicht ganz passend vielleicht hier im Hochgebirge, aber irgendetwas musste man ja sagen!

»Wir freuen uns deine Gäste zu sein!« Teri machte die Schlappe wieder wett. – Dann nahmen alle drei einen Schluck aus ihrem Becher. Milch war darin – Schafsmilch natürlich! –, allerdings mit etwas Honig gesüßt. So etwas hatte Teri früher oft getrunken, aber hier, nach Monaten, in denen sie nur Wasser gehabt hatte, schmeckte es besonders gut. Sofort nahm sie noch einen kleinen Schluck. Genießerisch ließ sie ihn auf der Zunge hin und her rollen. Aus den Augenwinkeln sah sie, wie Frill es ihr gleichtat.

Arnu lächelte. Er freute sich, dass es seinen Gästen schmeckte.

Hund hatte sich inzwischen mit den Kindern angefreundet, die ihre kleinen Spielzeuge völlig vergessen hatten und ihn mit kindlicher Unbeholfenheit liebkosten.

»Es tut mir Leid, dass unser Dorf euch einen so wunderlichen Empfang bereitet hat. Die Harmuged mischen sich eben überall ein; und manchmal sind sie so versessen darauf, ihrem Gott zu dienen, dass sie den Menschen darüber ganz vergessen! – Seit Isco ist es besonders schlimm geworden.«

»Was weißt du von Isco?« Teri horchte auf. Isco war doch nun wirklich kein Ruhmesblatt, mit dem die Harmuged sich schmücken konnten!

»Nun, vor einem Jahr kam die Nachricht, dass die Ofisa, das ist auch so eine Bruderschaft, die Harmuged-Versammlung in Isco grundlos angegriffen haben sollen. Einige Harmuged-Pilger sind dabei umgekommen und bereiten nun die Insel der Glückseligkeit für die Nachfolgenden vor. Auch aus Unterpass waren zwei Leute dabei. Ich weiß allerdings nicht, was die auf der Insel der Wärme und des Lachens zu suchen hätten; zu Lebzeiten waren sie jedenfalls eher sauertöpfisch und besserwisserisch, so wie der Mann, der euch aufgehalten hat, etwa.«

»Hunderte sind umgekommen! Fast alle!«, brach es aus Teri heraus. »Und die Ofisa haben sich nur gewehrt! Die Harmuged wollten die Tempeltore aufbrechen! Und dann mussten sie um ihr Leben laufen, weil ihr Gott ihnen nicht geholfen hat.« Teri war bei ihrem zweiten Besuch in Isco mit Dessen Vater Ging am Tempel gewesen und hatte noch die Rammspuren auf den Toren sehen können.

»Das sagst du aber draußen besser nicht so laut!«, riet Arnu Teri mit bedeutsamem Blick.

»Sind es so viele hier?« Allen war klar, was Frill meinte.

»Gut ein Drittel!« Arnu verzog angewidert das Gesicht. »Sie reden und reden, dass man ganz krank davon wird. Und …«

Da war noch mehr an der Sache! Teri war sich da ganz sicher. Arnu machte einen wirklich unglücklichen Eindruck.

Die Tür zu einem der äußeren Räume öffnete sich langsam und eine schlanke Frau trat heraus. »Noio!«, rief Arnu erfreut. »Komm, setz dich zu uns, wir haben Gäste!«

Noio schloss die Tür hinter sich, blieb dann aber mit anklagendem Blick auf die Gruppe stehen. »Ihr wart so laut!«, warf sie ihnen mit wehleidiger Stimme vor. »Ich habe eure Stimmen im Betraum gehört!«

Arnu atmete gepresst aus. Dann versuchte er wieder Noio an das Feuer zu locken. »Komm doch!«, forderte er sie mit gespielter Fröhlichkeit auf. »Die beiden hier«, er nickte kurz in Richtung der Gäste, »sind von weit her gekommen! Sicher gibt es viele Neuigkeiten!«

»Ihr habt meine Andacht gestört!«, beklagte sich die Frau.

Teri und Frill fühlten sich plötzlich unwohl. Sicher, es war absolut unmöglich, wie die Frau sich benahm; sie war im Unrecht; aber die gute Stimmung war trotzdem dahin, denn wer lässt sich schon gern sagen, dass er stört?

»Wie seid ihr durch den Streitwald gekommen?« Arnu versuchte die Lage zu retten, indem er ein interessantes Thema anschnitt. »Hat der Wald seine Macht verloren?«

»Nein!« Teri beschloss die Frau, die immer noch wie eine stumme Anklage an der Tür ihres Betraums stand, nicht weiter zu beachten. »Ich fürchte, wir haben uns ziemlich gehen lassen …« Teri wusste nicht weiter, das Thema war ihr peinlich.

»Es hätte böse ausgehen können«, half Frill ihr, »aber unser Hund hat uns gerettet!«

»Wie das?« Arnu beugte sich aufmerksam vor.

»Er hat unseren Zorn auf sich gezogen und ist vorausgelaufen, bis wir aus dem Wald heraus waren«, erklärte Frill.

»Ist er auch böse geworden unter den Bäumen?« Arnu wollte mehr hören.

»Vielleicht«, begann Frill wieder zögernd, »ja, vielleicht! – Er hat uns gebissen, ohne Warnung, aber …«

»… er hatte von uns dreien noch den meisten Verstand!«, brachte Teri den Satz zu Ende, wozu Frill bestätigend nickte.

»Harmuged hat euch errettet!«, behauptete die Frau, die ihren Platz noch nicht verlassen hatte. »Harmuged hat den Hund geleitet und geführt, damit er das Richtige tun konnte! – Ich werde ein Dankgebet sprechen!« Damit drehte sie sich wieder um und verschwand in ihren Betraum.

Teri und Frill waren bemüht sich ihre Betretenheit nicht anmerken zu lassen.

Arnu nahm das Taktgefühl seiner Gäste dankbar zur Kenntnis. Nach den allgemeinen Regeln der Gastfreundschaft hätten sie sofort aufstehen und gehen können. »Das war meine Frau!«, erklärte er überflüssigerweise. »Sie hat sich Harmuged zugewandt, seit ihr Bruder in Isco umgekommen ist. Harmuged ist für sie alles! Er behütet Haus und Hof, lässt die Gräser wachsen und die Sonne scheinen, er macht krank und gesund, er erzielt gute Preise für Wolle und schubst die Schafe in die Schlucht – ganz nach Belieben!«

»Er ist allein – und hat viel zu tun!«, bemerkte Frill. »Da kann nicht alles gelingen!«

Arnu lachte bitter auf. »Sei mir nicht böse, aber wenn deine Frau«, er nickte in Teris Richtung, »plötzlich diesem Wahn verfiele, dann würde dir der Humor wohl auch schnell vergehen.«

»Sie will ihren Bruder wieder sehen, der schon auf der Insel der ewigen Wärme ist«, vermutete Teri. »Darum muss sie so viel beten!«

»Du weißt viel von den Harmuged!«, stellte Arnu fest.

»Nur, dass sie lügen!«, behauptete Teri. »Viel mehr weiß ich vom Tod! – Es gibt keine Insel! Deine Frau läuft den Lügen der Priester hinterher und wird nicht bekommen, was sie sucht! Der Geist ihres Bruders ist erloschen. Was er bewirken konnte, hat er auf *dieser* Welt bewirkt. Die große Dunkelheit möge ihn davor beschützen, eine dümmlich lachende Seele an der Seite eines grausamen Gottes geworden zu sein!« Teri hatte sich in Rage geredet. Langsam hatte sie genug von den Harmuged! Wer immer sich mit diesen Leuten einließ, der schien seinen Verstand zu verlieren! »Verkauf uns jetzt den Proviant«, forderte sie dann ungewollt barsch von ihrem Gastgeber. »Dann brauchen wir deine Frau nicht länger zu stören!«

Das war nun auch ein Verstoß gegen die Regeln der Gastfreundschaft, Teri wusste das; aber sie war nicht bereit vor den Launen einer Frau zu kuschen, die mit ihren Gebeten in der Großen Dunkelheit herumstocherte, von dieser Welt nichts mehr erwartete und ganz offensichtlich auch nichts mehr zu geben hatte!

Teri sah, wie Frill sich anspannte. Ihm war unbehaglich zumute, das war genau zu spüren. Sicher empfand er Teris Worte als Gemeinheit Arnu gegenüber und auch Teri schämte sich jetzt schon für ihren Gefühlsausbruch. »Entschuldige.« Sie sah Arnu scheu an. »Das kommt nur von den Lügen dieser Priester!«

»Noio ist eine gute Frau!« Arnu sprach ganz leise. Er hielt den Blick gesenkt. »Ich hatte gehofft sie in ein Gespräch mit euch hineinziehen zu können, damit sie wieder ein wenig Appetit auf die Welt bekommt. – Bitte bleibt!«

Plötzlich tat Arnu Teri unsagbar Leid. Aber es war nicht das Mitleid, das den Schwachen gilt; es war ein Gefühl, als sähe man ein starkes, gesundes Tier, das versuchte aus einem unsichtbaren Käfig auszubrechen. Dieser Mann litt an der Liebe zu seiner Frau, die sich innerlich schon lange von ihm losgesagt hatte.

»Ich werde uns ein Essen bereiten!« Arnu stand auf.

»Warte noch!« Teri hatte eine Idee. Vielleicht würde sie dem Mann helfen können! – Aber dazu musste sie mit der Frau allein im Haus sein!

»Ist es möglich, dass ihr mit den Kindern in das Sommerzimmer geht?«, fragte sie Arnu und Frill.

Die beiden Männer sahen sich kurz an. Keiner von ihnen wusste so richtig, was er davon halten sollte; denn wenn Teri auch sonst keine Geheimnisse vor Frill hatte, so war über die Wirkung der Kraan-Lieder doch nie gesprochen worden.

»Willst du mit ihr reden?« Arnu schien bereit sich auf alles einzulassen; er konnte nur hoffen, dass seine Frau irgendwie zur Besinnung kam, egal wie.

Teri machte eine unbestimmte Geste, die weder Ja noch Nein bedeutete, die Männer aber veranlasste aufzustehen. Arnu nahm die Kinder an die Hand und die Kleinen gingen gutwillig mit. Frill warf Teri noch einen seltsamen Blick zu, als er nach draußen ging. – Sie würde ihm nachher einiges erklären, nahm sie sich vor. Dann schloss sich die Tür hinter Frill und Teri war allein in dem Wohnraum.

Leise ging sie zu der Tür des Betzimmers. Gemurmelte Worte drangen durch das dünne Holz. Jetzt hieß es, die Stimme so zu dosieren, dass die Frau sie hörte, andererseits aber kein Ton durch die Tür zum Sommerzimmer drang. Vorsichtig suchte Teri die Melodie, und als sie so weit war, wurde sie unmerklich ein wenig lauter, bis die murmelnde Stimme nebenan ins Stocken geriet und verstummte.

Teri behielt die Lautstärke bei und benutzte die Worte der Kraan, die den Geist der Frau anstoßen würden, wie ein Pfeil ein Blatt streift, aber nicht durchbohrt.

Teri sang für Noio das »Lied des Lebens«.

Sie sang von der Sonne, der Urkraft allen Seins, die allem, was lebt, Wärme gibt und selbst die toten Dinge durchdringt, auf dass sie Leben zu geben vermögen. – Sie sang von Wasser, Wind und Erde, die nehmen und geben wie seit ewigen Zeiten. – Sie sang von Bergen, die aus feuriger Glut entstehen, und von solchen, die Wind und Wetter abgetragen haben. –

Von Liebe, die die Menschen nicht allein lässt in der Not, und von Geborgenheit in schweren Zeiten. – Von Geburt und Tod, Vergänglichkeit und Erneuerung, von Trost und Zuspruch und dem ewigen Kreislauf des Lebens.

Dann kam Teri noch ein Gedanke. Sie fügte einen eigenen Text hinzu! Blitzschnell suchte sie die passenden Worte in der Kraan-Sprache und wob sie in die Melodie. Es funktionierte hervorragend! Teri sang von der Falschheit der Priester, wie sie Lebenskraft stehlen und nichts zu geben haben außer trügerischer Hoffnung; sie sang von Gemeinschaft, die nur kontrolliert, und verlorener Zeit in sinnlosem Gebet. – Dann war sie fertig und sie war sehr zufrieden mit sich!

Teri ging zur Vordertür und öffnete sie. Frill und Arnu standen mit den Kindern auf der Außentreppe und sprachen mit einigen Leuten, die, in Schaffelle gekleidet, auf der Straße standen. Es sah so aus, als seien die Besucher ungehalten. Teri erkannte den Priester vom Ortseingang wieder.

»Wie kannst du es wagen, gegen unseren Willen Ungläubige in dein Haus aufzunehmen?« Der Priester hatte den Kopf in den Nacken gelegt. Böse funkelte er Arnu an.

»Wieso euer Wille?« Auch Arnus Stimme verriet verhaltene Wut. »Ich weiß von keinem Beschluss und ich bin im Rat des Dorfes!«

»Du verstößt gegen das Gebot der Reinheit des Hauses, denn dies ist ein Haus Harmugeds!«

»Vor allen Dingen ist das hier mein Haus und das Haus meiner Frau!«, stellte Arnu mit erhobener Stimme klar. »Und ich werde nicht dulden, dass man meine Gäste belästigt!«

»Ich will Noio sehen!«, begehrte der Priester und setzte einen Fuß auf die Treppe. »Warum ist sie nicht hier, um mich zu begrüßen?«

»Weil ich genug habe von verlogenen Priestern, die mir die Zeit stehlen!«

Teri wirbelte herum und auch Frill und Arnu schauten erschreckt über die Schulter. Wie das Fauchen einer Wildkatze hatte die Stimme der Frau geklungen, die jetzt, die Füße seitwärts ausgestellt, in der Tür stand und mit kühnem Blick den Priester und sein Gefolge musterte. Die Hände hatte sie in die Hüften gestützt und das Gesicht zeigte die rosige Farbe der Erregung. Kein Vergleich mehr zu dem bleichen Gespenst, das mit jammernder Stimme die Störung seiner Rituale beklagt hatte!

»Geht jetzt nach Hause!«, forderte Noio die Versammlung auf. »Ich lasse mir mein Leben von euch nicht stehlen und mein Mann hat auch keine Zeit für euch! Wir haben Gäste, und da ihr die nicht sehen wollt, geht!«

»Arnu!« Fast wie ein Notschrei klang es aus dem Mund des Priesters. »Was ist mit deiner Frau passiert?«

Arnu wusste das selbst nicht so genau. Mit weit offenem Mund stand er da und starrte auf seine Frau. Frill erging es kaum besser. Teri würde ihm nachher wirklich einiges erklären müssen!

»Das waren die Zauberer!« Nun war es heraus, das Wort! Jemand aus der letzten Reihe hatte es geschrien. »Die Zauberer haben Noio den Glauben geraubt!«

»Zauberer!« Die Gruppe wich ängstlich einen Schritt zurück und kam gleich darauf wieder einen Schritt auf das Haus zu.

»Geht jetzt!«, forderte Noio.

»Was ist mit deiner Frau geschehen, Arnu?«

»Ich denke, ich bin aus einem bösen Traum aufgewacht!« Noio antwortete dem Priester anstelle ihres Mannes. »Geht jetzt! Ich will mit euch nichts mehr zu tun haben!«

»Du hast dir Zauberer geholt! Aus dem Streitwald hast du dir Zauberer geholt, die deine Frau in die Verdammnis stürzen sollen, so wie du selbst auf die Insel der Kälte geschleudert werden wirst!«, klagte der Priester Arnu an. »Du hast …«

Arnu hörte nicht auf ihn, sondern drehte ihm den Rücken zu und ging zu seiner Frau, die ihn mit einem Kuss empfing. Dann nahm sie eines der Kinder auf den Arm und ging ins Haus.

Frill folgte ihr, die murrende Gruppe der Harmuged blieb unten an der Treppe stehen. »Warst *du* das?«, fragte Frill, als er an Teri vorbeiging.

»Na klar!«, antwortete sie mit einem frechen Lächeln und drehte sich zur Tür, um ihm zu folgen.

»Zauberin!« Der Stein traf sie mit voller Wucht am Hinterkopf! Teri war es, als würde Frills Bild vor ihren Augen einen verzerrten Tanz aufführen, dann sank sie, ohne einen Laut von sich zu geben, auf der Schwelle des Wohnraumes nieder.

Frill hörte als Erstes den Aufprall des Steins auf die Bodenbretter. Als Teri in sich zusammensank, hatte er sich schon umgedreht und fing sie auf. Obwohl er die Situation sofort durchschaute und eine heiße Wutwelle ihn davonzureißen drohte, hielt er Teri doch fest und zog sie in den Raum hinein. Weitere Steine flogen durch den Eingang des Sommerzimmers und schlugen polternd an die Zwischenwand. Einer der Brocken flog dicht an Frills Kopf vorbei und landete in der Feuerstelle. Ein Funkenregen ergoss sich über die Dielenbretter und Sitzfelle. Kleine Flammen züngelten auf. Noio ließ schnell das Kind zu Boden gleiten und erstickte den Brand mit ein paar Bechern Wasser im Keim.

Arnu achtete nicht darauf. Er hatte auch gesehen, was geschehen war. Zornentbrannt riss er seine Wolfspike, einen langen Stab mit Bronzedorn und einem Widerhaken, hinter der Tür hervor und stürmte wie ein Orkan zwischen die Harmuged-Leute. Frill hatte inzwischen Teri sacht auf die Dielen gelegt und Noio kam herbei, um sich um sie zu kümmern. Endlich hatte Frill die Hände frei! Ohne zu überlegen, griff er nach seinem Hirtenstab und folgte Arnu nach draußen.

Dort bezogen gerade die Harmuged die Prügel ihres Lebens! Obwohl sie in zehnfacher Übermacht waren, hatten sie es doch noch nicht geschafft, den rasenden Arnu zu bändigen. Immer wieder ließ er den schweren Schaft der Wolfspike auf die Köpfe der Harmuged niedersausen. Mehrere von ihnen hielten sich schon die blutenden Schädel und zwei Harmuged knieten auf dem Felsboden, die Hände schützend über dem Kopf verschränkt. Frill sah, wie der Priester versuchte in einem Halbkreis hinter Arnu zu gelangen, wobei er die Rechte unter seinem Mantel verborgen hielt. Ohne Warnung stieß Frill sich von der obersten Stufe ab und zog dem Kerl den Hirtenstab so heftig über den Schädel, dass er gerade in dem Moment wie leblos zu Boden stürzte, als er einen gebogenen Dolch hervorzog und gegen Arnus Rücken erhob. Frill ging in die Knie und schlug den schweren Knüppel mit Macht gegen das Schienbein des nächststehenden Harmuged, während er mit der anderen Hand den Dolch vom Boden aufnahm. Wirbelnd flog ein bronzeverstärktes Schlagholz auf ihn zu, aber Frill hatte den Werfer ausholen sehen und duckte sich darunter hinweg. Dann rief er Hund zurück, der sich gerade darangemacht hatte, einem der Harmuged die Finger von der rechten Hand zu reißen. Der Mann schrie jämmerlich, denn diesmal begnügte Hund sich nicht damit, nur zu warnen!

Jetzt fingen die Harmuged an in verschiedene Richtungen zu flüchten. Arnu und Frill setzten hinterher und verteilten mit ihren Waffen noch ein paar kräftige, aber harmlose Ohrfeigen, die die Schritte der Flüchtenden ein wenig aus dem Takt brachten. Dann kehrten sie außer Atem zurück und trafen sich vor Arnus Haus.

Arnu war noch immer sehr erregt. Wutschnaubend ging er

auf den Priester los, den Frill niedergeschlagen hatte und der sich jetzt mühsam wieder aufrichtete. Eine große Platzwunde zog sich über seine linke Kopfhälfte, er betastete stöhnend seinen Schädel.

»Hier!« Bevor Arnu etwas sagen oder tun konnte, hielt ihm Frill den Dolch entgegen. »Er gehört dir! Jedenfalls wollte dieser Kerl ihn dir geben – als er hinter dir stand!«

Angst glomm in den Augen des Predigers auf, als Arnu wirklich nach dem Dolch griff und die wertvolle Waffe prüfend in der Hand wog. Nach estadorianischem Recht hatte er durch den Mordversuch sein Leben an Arnu verloren. Aber Arnu hatte eine weitaus bessere Idee, als diesem heimtückischen Heuchler die Kehle durchzuschneiden. Er wirbelte den Dolch herum, sodass er die Klinge zu fassen bekam, balancierte die Waffe kurz aus und warf sie mit dem Schwung seines ganzen Körpers schräg nach oben.

Pfeilgerade schoss der Dolch auf die Vorderfront von Arnus Haus zu und blieb mit einem dumpfen Schlag in der Bretterwand unterhalb des Giebels stecken.

»Wenn mich einer nach dem Dolch da oben fragen sollte, dann werde ich ihm sagen, dass das die Botschaft Harmugeds ist!«, gab Arnu dem Priester zu verstehen. »Und dann schicke ich ihn zu dir, damit du ihm die ganze Geschichte erzählen kannst! – Komm, lass uns nach deiner Frau sehen!«, wandte er sich dann Frill zu, aber der war mit Hund schon im Haus verschwunden.

Teri war schon wieder einigermaßen bei Besinnung, als die Männer zurückkehrten. Noio hatte sie auf das Bett der Familie gelegt. Sie war gerade dabei, die Wunde an ihrem Hinterkopf zu reinigen. Der Stein musste Teri mit der flachen Seite getroffen haben, denn der recht kleine Riss in der Kopfhaut war von einer großflächigen Schwellung umgeben.

Teri war es entsetzlich schlecht. Gern hätte sie sich gegen Noios Behandlung gewehrt, aber immer wieder tauchte die Welt vor ihren Augen in Dunkelheit und sie war nicht fähig auch nur einen Arm zu heben.

»Was hat sie? Ist es schlimm?« Frill kam durch die Tür und kauerte sich neben das Bett.

»Schlimm genug!« Noio zeigte auf die blutverklebten Haare rund um die Wunde.

»Habt – ihr – den Kerl erwischt?« Mühsam und stockend brachte Teri die Worte hervor. »Ich – hab – Angst gehabt um – euch!«

»Wir haben sie *alle* erwischt!« Arnu war auch herangekommen und besah sich die Verletzung. »Und es hat ihnen nicht sehr viel Spaß gemacht, glaub mir!«

»Na ja«, gab Frill zu bedenken, »es war auch ein ungerechter Kampf! Schließlich waren wir zu zweit – und die zehn Harmuged waren ganz allein!«

»Du bist gemein!« Das Lachen tat Teri weh und es wurde ihr übel davon.

»Lasst sie jetzt in Ruhe!«, verlangte Noio freundlich, aber bestimmt. »Sie sollte jetzt schlafen!«

Die Männer gingen beruhigt zum Feuer, während Noio ein Bund getrockneter Kamille aus einem der Außenräume holte, die Blüten in einem kleinen Tiegel mit etwas heißem Wasser ansetzte und ein Stück fein gewebten Stoffs besorgte. Den erhitzten Kamillenbrei packte sie in den Stoff ein und ging mit der tropfenden Packung zu Teri. »Das wird jetzt wehtun!«, warnte sie, dann drückte sie die Kompresse sanft auf die Wunde.

Teri stöhnte leise, hielt aber tapfer die heiße, triefende Stoffrolle selbst fest, die Noio mit einem langen Stoffstreifen ordentlich befestigte. »Das wird verhindern, dass es zu einer Entzündung kommt!«, erklärte sie noch. Dann ließ sie endlich von ihrer Patientin ab, deckte sie sorgfältig zu und kam auch zum Feuer.

»So, und jetzt sagt mir doch bitte, was eigentlich passiert ist!«

Gern wären Frill und ihr Mann der Aufforderung nachgekommen, aber alles war so schnell gegangen, dass sie sich noch keinen Reim auf die Sache hatten machen können. Sicher war nur, dass Noio sich von einem Augenblick auf den anderen vollkommen verändert hatte und dass Teri nicht ganz unschuldig daran war. So ungern er es tat, in einem musste Arnu den Harmuged Recht geben: Teri hatte seine Frau wahrscheinlich wirklich verzaubert!

Frill konnte auch nicht weiterhelfen, bis Noio begann von den Vorgängen bei ihrer Veränderung zu berichten. Sie hatte gebetet und dann angefangen zu träumen. Es war wie ein leises Lied gewesen, das sich in ihre Gedanken schlich und ihr Bilder von einer warmen und freundlichen Welt gezeigt hatte, auf der sich alles immer wieder erneuerte. Da hatte Noio begriffen, dass das Vergangene dahin war und dass das Bestehende ohne Pflege verdarb. Und noch etwas hatte sie begriffen: dass die Harmuged falsche Priester waren, die ihr Zeit und Lebenskraft gestohlen hatten! Noio wurde richtig böse bei diesem Gedanken. Sie verabscheute die Harmuged nun mit der gleichen Inbrunst, mit der sie sie zuvor verehrt hatte.

Frill hatte mit gerunzelter Stirn dagesessen und Noio zugehört. Auch er hatte eine Erinnerung in sich wach werden fühlen: Da war ein Lied gewesen, von dem er nicht hatte genug bekommen können, und dann … Natürlich war Frill Teris Befangenheit nicht entgangen, was seinen Zusammenbruch im Schnee anging, aber er hatte nicht geahnt, dass sie damit etwas zu tun gehabt haben könnte. Jetzt kam ihm zum ersten Mal der Gedanke, Teris Lieder seien mehr als nur Gesang.

Nachdenklich schaute er zu ihr hinüber. – Er würde sie danach fragen, wenn sie wieder gesund war!

Wie ein geblendeter Vogel, der gepeinigt und verzweifelt in seinem Käfig sitzt und Warnschreie ausstößt, die die Menschen für Gesang halten, so saß Teri jetzt auf ihrem Deckenlager und probierte leise die Wirkung der Kraan-Lieder aus. Doch jedes Singen erstarb schon im Ansatz. Die Texte machten ihr keine Schwierigkeiten – das war es nicht! Es waren die Melodien und die sanft wechselnden Rhythmen, die sich ihrem Zugriff entzogen. Was immer Teri auch versuchte, nie wollten sich Worte und Melodie zu einem Ganzen verweben lassen. Teri sang Lieder der Kraan, aber sie sang sie, wie ein Kind sie singen würde, und so waren es nicht *die* Lieder!

Teri wusste, dass sie selbst die Schuld daran trug. Sie hatte sich nicht mit dem Text begnügen wollen, den Aska ihr beigebracht hatte und der dem alten Wissen der Kraan entsprang, sondern sie hatte neue Bedeutungen über die Melodie gelegt. Der Hass, den sie Noio hatte einpflanzen wollen, war unmittelbar auf sie zurückgeschlagen und nun saß sie, all ihrer Fähigkeiten entblößt, mit verbundenem Kopf im Bett und fühlte sich, als sei sie gestorben.

Dass sie mit den Liedern der Kraan keine Macht mehr ausüben konnte, war nicht so schlimm für sie. Sie hatte die Fähigkeit nur kurze Zeit gehabt und noch kürzere Zeit davon gewusst. – Das wirklich Schreckliche bestand darin, dass die Welt nur noch aus toten Dingen bestand! Nichts war mehr zu spüren von den Ausstrahlungen von Holz oder Stein; es war gleichgültig, ob sie das Schaffell ihres Lagers berührte oder ein Stück Stoff; alles fühlte sich gleich an! Alles war tot!

Es war ein unfassbarer Verlust für Teri, in diese Welt gestürzt worden zu sein, in der die meisten Menschen ihr ganzes

Leben verbringen. Alle Dinge, mit denen sie gut Freund gewesen war, mit denen sie »gesprochen« hatte, blieben nun stumm! Es war Teri, als habe sie tausend Freunde gleichzeitig verloren, und ihre Hände glitten hilflos über die Felle der Schlafstatt, die sich für sie so leblos anfühlten, dass sie hätte weinen mögen!

Teri hatte ihre Fähigkeiten verloren! Sei es, dass der heimtückisch geworfene Stein die Schuld daran trug; sei es, dass ein geheimer Zauber der Kraan den frevlerischen Gebrauch des Liedes bestrafte – Teri war zu einer jungen Frau geworden, wie es sie in Estador zu tausenden gab! Die Künste, über die sie verfügt hatte, waren über Nacht zu Asche verbrannt und Teri blieb nicht mehr zu tun, als ihren Leichtsinn zu bereuen.

Frill machte sich große Sorgen um seine Gefährtin. Lange Zeit saß er an ihrem Bett und bewachte ihren Schlaf. Sie hatten über alles gesprochen: über Aska und ihre Lieder; ihre Einladung und die Weissagung, Teri werde eine große Sängerin sein. Darüber, wie sie zufällig ihre Fähigkeit, Menschen zu beeinflussen, entdeckt und wie sie sie wieder verloren hatte. Teri war der festen Überzeugung, dass ihre Fähigkeiten sie verlassen hatten, weil sie sich angemaßt hatte das »Lied des Lebens« zu verändern. Sie hatte lange überlegt und festgestellt, dass die Lieder der Kraan allesamt auf Verständigung, Frieden und die Erweckung des Guten im Menschen ausgerichtet waren. Teri dagegen hatte Noio gegen andere Menschen aufgehetzt! Sie hatte Missbrauch getrieben, indem sie Zwietracht säte, und die Lieder verweigerten ihr nun den Dienst!

Teri tat Frill unsagbar Leid. Er hatte es ja selbst erlebt, welch gutes Verhältnis Teri zu Dingen und Lebewesen gehabt hatte, weil sie tiefer sehen konnte als andere Menschen. Selbst die kleinste Feder, die eine Schwalbe im Flug verlor, hatte Teri ganze Geschichten erzählt. Jeder Baum und jeder Fels war für sie etwas Einzigartiges, Unverwechselbares gewesen und Frill sah, wie Teri darunter litt, dass die Dinge nicht mehr mit ihr sprachen. Es war, als sei sie blind geworden! Frill versuchte sie damit zu trösten, dass vielleicht doch nur der Steinwurf an ihrem Zustand schuld sei, der bestimmt bald wieder vorübergehe. – Gern hätte Teri ihm geglaubt; aber die Wunde war nun fast schon verheilt und es war noch keine Veränderung eingetreten.

Als Teri wieder so weit genesen war, dass sie sich bewegen konnte, ohne dass es ihr schwindlig wurde, war Arnu mit ihr und Frill zur täglichen Versammlung der Harmuged in deren Bethaus gegangen, damit diese Gelegenheit bekamen sich für ihr Verhalten zu entschuldigen.

»Ihr stört unsere Versammlung!« Der Priester hatte die Ankömmlinge erkannt und war überhaupt nicht begeistert von dem überraschenden Besuch.

Eigentlich hatte Arnu vorgehabt die Unterhaltung in vernünftigem Tonfall zu führen, aber plötzlich waren alle guten Vorsätze vergessen. Zornbebend stand er in der Mitte der Gläubigen und seine Stimme fuhr auf die Versammlung nieder wie Peitschenschläge: »Ihr stört den Frieden meines Hauses, verletzt einen Gast, der unter meinem Schutz steht, und zieht heimtückisch verborgene Waffen aus euren Gewändern, und da wagt ihr es, euch zu beklagen, dass wir euch stören? Wenn euer Gott auch nur das Geringste von Ehre hält, werdet ihr sehr viel beten müssen, um diese Frechheit abzubüßen! Geholfen hat er euch ja nicht bei eurem schändlichen Tun! Das sollte euch zu denken geben!«

Die Gemeinde duckte sich unter diesen Worten und wich vor Arnu zurück. Allerdings hatten sich die Harmuged inzwischen von der Niederlage erholt und zeigten sich entsprechend uneinsichtig. Wohl hatten sie Angst vor Arnus Zorn, doch fühlten sie sich noch immer im Recht.

Der Priester ergriff wieder das Wort. Er versuchte Arnu zu beschwichtigen, wobei er auch Teri und Frill unsicher ansah. Angeblich hatte er nicht gesehen, wer den Stein warf; und sofort fing er wieder an sich zu beklagen, die Fremden hätten ihm eines seiner Schäfchen abspenstig gemacht. Allen Ernstes behauptete er, Teri und Frill seien Wanderprediger, ausgesandt von den falschen Göttern, um Unruhe in die Herde der Rechtgläubigen zu bringen. Er redete so lange, bis er anfing seine eigenen Worte zu glauben, und auch die Gemeinde war nicht willens sich von einem Ungläubigen über gutes Benehmen belehren zu lassen. – »Und nun geht und lasst uns in Ruhe beten!«, forderte der Priester am Ende selbstgefällig. »Für falsche Götter ist hier kein Platz!«

Da verlor Frill die Geduld! Zum ersten Mal, seit Teri ihn kannte, wurde er laut: »Hast du keine anderen Sorgen auf dieser Welt, Priester? Woher nimmst du die Vermessenheit, dich über andere zu erheben, sie zu belehren, zu beleidigen und zu verfolgen? Mit welchem Recht meidest du das offene Wort und zückst den Dolch gegen deinen Nachbarn, der sein Haus vor dir beschützt? Mit welchem Recht lässt du zu, dass eine Frau verletzt wird, die ein Kind in sich trägt? – Antworte!«

»Irrgläubige!« Der Priester warf Frill und Teri einen hasserfüllten Blick zu. »Wir haben die Wahrheit! – Ihr habt die ewige Seele der armen Noio verdorben! Sie wird euch in der ewigen Kälte dafür verfluchen und auch ihr werdet mit euren falschen Göttern ...« Der Priester brach seine Rede ab, denn nun ging Arnu drohend auf ihn zu.

Frill schüttelte hilflos den Kopf. »Könnt ihr nur Freund oder Feind sehen? Ist es so unerträglich für euch, dass es Menschen gibt, denen ihr einfach *egal* seid? Meinetwegen betet laut oder betet leise, wie es euch gefällt! Aber nehmt euch nicht Rechte, die ihr nicht zu geben bereit seid! Bislang habe ich von euch Harmuged nur Dummheit und Tücke erfahren. Das soll mir eine Mahnung sein, sooft ich einen Harmuged sehe! Als friedliche Fremde sind wir gekommen und ihr habt uns behandelt wie Feinde! Vergiftet ist dein Geist durch die Lügen der Wanderer des Harmuged, die jedes Jahr den Zins abholen und euren Dünkel mit falschen Botschaften nähren!«

Frill wandte sich der Gemeinde zu. »Ein Dutzend unschuldiger Harmuged starb in Isco, heißt es! – Ich frage euch, war einer, der hier im Raum ist, mit dabei?«

Keiner der Harmuged meldete sich. Einige von ihnen sahen so aus, als seien sie gerade aus einem Traum aufgewacht. Aufmerksam sahen sie Frill an, diesen jungen Fremden, der ihnen so unverblümt die Meinung sagte.

»Ich war dort!« Mit klarer Stimme hatte Teri gesprochen und trat nun vor. »Was eure Lehrmeister euch als Sieg Harmugeds gemeldet haben, war eine verheerende Niederlage!« Mit kurzen Sätzen berichtete Teri nun, wie es zu der Schlacht zwischen den Bruderschaften gekommen war und dass der Hafenplatz von Isco mit sterbenden Harmuged bedeckt gewesen sei. »Euer Glaube nützt nur euren Oberpriestern, die euch das Trugbild der Unsterblichkeit vorgaukeln!«, schloss sie. »Sie betrügen euch um die Lebenszeit, die ihr für Freundschaft und Liebe verwenden solltet! Man hat euch zu Wächtern eurer Familien, Freunde und Nachbarn gemacht und ihr habt euer Glück und eure Zufriedenheit gegen eine warme Insel jenseits des Grabes eingehandelt. Ihr seid Sklaven eines Gottes, der die Freundschaft hasst und nur die Ergebenheit liebt. Wie dressierte Hunde seid ihr auf mich losgegangen! – Ich vergebe euch und ihr tut mir Leid!«

Der Priester hatte die ganze Zeit still auf seinem Platz gestanden, weil Arnu und Frill in seiner Nähe gewesen waren. Jetzt, als die drei ungebetenen Besucher sich den Weg durch die betreten dastehenden Gläubigen nach draußen bahnten, fasste er wieder Mut. »Irrglaube!«, begann er leise. »Schrecklicher Irrglaube! – Lügen von Zauberern! Harmuged wird sie …«

Draußen, in der erstaunlich warmen Frühlingsluft, sahen sich die drei kurz an. Sie hatten nicht damit gerechnet, dass die Gläubigen überhaupt reagieren würden, aber einige von ihnen hatten einen wirklich zerknirschten Eindruck gemacht.

Plötzlich öffnete sich hinter ihnen die Tür des Bethauses, drei Harmuged kamen heraus und hielten auf die Gruppe zu. Schon von weitem erhoben sie die Hände in einer Geste des Friedens. »Sag, warst du wirklich in Isco dabei?«, wandte sich einer der Männer an Teri.

Teri bejahte und bestätigte nochmals, dass alles so und nicht anders gewesen sei. Noch während sie sprach, kamen fünf weitere Harmuged auf sie zu.

»Man hat uns belogen!«, stellte einer der Harmuged fest, als Teri geendet hatte. »Ich danke dir für deine offenen Worte! Es tut mir Leid, dass du verletzt wurdest! – Wenn du erlaubst, werde ich dir eine Kleinigkeit in Arnus Haus bringen, damit du siehst, dass wir auch Freunde und Nachbarn sein können.« Damit verabschiedete er sich und machte den anderen Platz, die sich ebenfalls mehr oder weniger wortreich und geschickt bei Teri bedankten, um dann ebenfalls zu ihren Familien zu gehen.

Auch die drei machten sich auf den Weg zu Arnus Haus. Aus dem Versammlungsraum drangen wütende Wortfetzen. Offenbar war die Gemeinde in Streit geraten und über allem war die keifende Stimme des Oberpriesters herauszuhören, der sich vergeblich durchzusetzen versuchte. Teri hakte sich bei Frill ein. Zufrieden sah sie sich um, als sie ein Geräusch hinter sich hörte. – Schon wieder kamen zwei Harmuged aus dem Bethaus!

10

Das Licht im Berg

Wer wenig denkt, hat wenig Angst!

Teri war ungeduldig. Der Zwangsaufenthalt im Haus Arnus hatte ihr zwar gut gefallen, wenn man von den zeitweiligen Kopfschmerzen und Übelkeitsanfällen absah, aber der Auftrag wartete auf seine Erfüllung.

Es wurde Zeit weiterzuziehen!

Und so gab sie dann auch am Tag nach dem Besuch bei den Harmuged bekannt, dass sie und Frill am nächsten Morgen abreisen würden.

Noio war außer sich vor Entsetzen. Für sie war Teri immer noch schwer verletzt und keinesfalls in der Lage mehr als hundert Mannslängen weit zu gehen, aber Teri blieb unerbittlich. Noch am selben Abend packten sie mithilfe von Noio und Arnu ihre Bündel und brachten ihre Kleidung für den kommenden Tag in Ordnung. Dabei fiel Arnu Frills Schwert in die Hände. »Was ich dich immer schon mal fragen wollte«, wandte er sich an Frill. »Du bist mit Schwert und Bogen bewaffnet, aber als die Harmuged deine Frau verletzt haben, bist du mit dem Hirtenstab auf sie losgegangen. – Warum?«

»Jeder kämpft, wie er kann!«, brummte Frill. »Was ist ein Schwertkämpfer ohne Schwert? Was ist ein Bogenschütze ohne Pfeile? Einen Stock und einen Stein finde ich überall. Es sind die Waffen der Armen – aber nicht ohne Wirkung, wie du gesehen hast! Ich mag das Schwert nicht! Ein Bogen ist nützlich auf der Jagd, aber ein Schwert? – Würdest du ein Schwert besitzen wollen, Arnu?«

Arnu überlegte kurz. »Nein!«, stellte er dann mit Entschiedenheit fest. »Eine solche Waffe verleiht Macht und erhebt dich über die anderen! Ich denke, dass das dem friedlichen Miteinander nicht zuträglich ist. Besäße ich ein Schwert, so würde ich es an geheimem Ort verbergen, um nicht den Neid und die Rauflust zu wecken.«

»Auch mir gefällt es nicht, eine Waffe zu tragen«, gab Frill zu. »Alle, die wir treffen, denken gleich, ich wolle sie erschlagen. Das Schwert gehört Teri, sie hat es erbeutet und ich trage es nur für sie.«

Teri hatte mitgehört. »Willst du das Schwert hier bei Arnu lassen?«, fragte sie Frill. »Ich habe nicht gewusst, dass es dir eine solche Last ist!«

Frill sah Arnu fragend an.

»Komm mit!« Arnu stand auf und ging, gefolgt von Frill, in einen der Nebenräume. Eine Zeit lang hörte man die beiden dort rumoren, dann kamen sie zurück. »Wir haben es in eine Zwischenwand geschoben«, tat Arnu kund. »Dort wird es bleiben, bis ihr es wieder braucht!«

»Du kannst stolz sein auf deinen Mann!« Noio sah Teri ernst an. »Wer sonst würde leichten Herzens auf die Macht einer Waffe verzichten können?«

»*Dein* Mann natürlich! Denk an den Dolch, der unter eurem Giebel im Holz steckt!« Teri war wirklich sehr stolz auf Frill.

»Lasst uns zusammen wohnen und ein Heldengeschlecht zeugen!«, brummte Arnu, dem diese ganze Lobhudelei peinlich war. »Denn auch unsere Frauen sind von ganz besonderer Art, wie mir scheint!«

»Einverstanden«, lachte Frill, »zumal die halbe Arbeit ja schon getan ist!« – wobei er auf Teris unübersehbares Bäuchlein zeigte.

Nun war es an den Frauen, verlegen zu werden, und so

wandte man sich denn wieder etwas allgemeineren Themen zu. Trotzdem war nicht zu verkennen, dass heute so mancher besonders liebevolle Blick zwischen den Partnern gewechselt wurde.

Nach einem sehr herzlichen und langen Abschied brachen Teri und Frill am nächsten Morgen auf, um den Pass zu besteigen. Arnu warnte sie eindringlich vor der Gefahr von Wetterstürzen, dann umarmten sich alle noch einmal und endlich ging es wieder weiter in Richtung Osten.

Schon kurz hinter Unterpass fing der Weg an deutlich steiler zu werden. Noch war das karge Land nur von einzelnen Felstürmen durchsetzt, doch die ausgedehnten Geröllhalden beiderseits des Weges ließen keinen Zweifel an dem gebirgigen Charakter der Gegend aufkommen. Hier ließ es sich noch angenehm wandern und am Abend schliefen die beiden unter einem der wenigen Büsche, die etwas abseits des Weges standen. Die Kühle der Nacht bot einen hervorragenden Anlass, sich eng zusammenzukuscheln, und da sie beide im Haus ihrer Gastgeber recht enthaltsam gelebt hatten, blieb die Reaktion ihrer Körper nicht aus. Aus der Suche nach Wärme wurde schnell die Suche nach Geborgenheit. Aus der Geborgenheit wuchs das Verlangen und aus dem Verlangen wurde die Suche nach Lust. Immer fordernder, immer heftiger wurden die Bewegungen der beiden unter der Decke, bis Teri es nicht mehr aushielt. Mit einer einzigen Bewegung glitt sie auf den heiße Begierde zeigenden Körper ihres Mannes und richtete sich auf.

Ja! So war es richtig! Allein mit Frill, unter sternklarem Himmel die Lust zu genießen, ganz Frau zu sein! Mehr zu fordern, immer mehr, bis das Verlangen selbst die Macht über die Körper gewann und sie in immer heftigerem Rhythmus dem endgültigen, dem absoluten Höhepunkt entgegentrieb! Nie empfand Teri die Liebe zu Frill so stark wie in den Momenten danach, wenn sie außer Atem nebeneinander lagen und sich mit atemloser Stimme zärtliche Worte zuflüsterten. Teri war sich ganz sicher, dass sie so etwas mit keinem anderen Mann jemals würde erleben können!

Der nächste Tag begann für beide mit einem Lächeln und auch der Berg zeigte sich von seiner besten Seite. Von der Sonne geweckt, machten sich Teri und Frill wieder auf den Weg. Auch Hund war heute Morgen bester Laune und lief, wie üblich, oftmals ein Stück voraus.

Es wurde Abend. Der Pass konnte nicht mehr fern sein. Bald würde es nur noch bergab gehen!

Höher und immer höher türmten sich die Felsmassive vor den Wanderern auf. Es war schon geraume Zeit her, dass sie die letzten Schafe gesehen hatten, die das saftige Grün von den vereinzelt daliegenden Almwiesen rupften, als ein überhängender Felsen Teris Aufmerksamkeit erregte.

Frill wunderte sich, warum seine Frau plötzlich vom Wege abwich und vor dem Steinblock stehen blieb, aber dann erkannte auch er das Ahornblatt, das etwas über seiner Augenhöhe in den Fels gemeißelt war. Verschwommen nur war die Form noch zu erkennen, die Bergwinter hatten dem Stein arg zugesetzt, aber die Spitze des Blattes wies eindeutig tiefer in den Geröllhang hinein.

»Eine Nische!« Teri war schon vorausgeklettert. Ungeduldig rief sie nach Frill. »Komm schnell!«

Seufzend fügte er sich in sein Schicksal und kraxelte brav hinterher. Teri hatte es wirklich eilig. Fast hatte Frill sie im abendlichen Zwielicht schon aus den Augen verloren, als er sie plötzlich zur Seite wegkippen und hinter Steinbrocken verschwinden sah. Einen Augenblick später drang ihr Schmerzenslaut zu ihm herab.

»Teri!« Frill ließ sein Bündel fallen und stürmte den Berg

hinauf. Leise kam eine unverständliche Antwort hinter dem Felsen hervor, dann war Frill auch schon da. Zu seiner Erleichterung sah er, dass Teri nur in eine flache Mulde gerutscht war.

Teri saß wütend auf einem Stein und hielt sich mit verzerrtem Gesicht den Knöchel, wobei sie einige Ausdrücke gebrauchte, die ihr ihre Mutter bestimmt nicht beigebracht hatte. Da das Ganze mit ein paar geläufigen Vokabeln der Seemannssprache gewürzt war, kam Frill nicht umhin sein aufkommendes Lachen als Freundlichkeit zu tarnen. »Ist es schlimm?«, fragte er Teri voller Mitleid, als er zu ihr hinabstieg, wobei seine Gesichtsmuskeln einen wilden Tanz der widerstreitenden Gefühle aufführten.

»Lachst du mich etwa aus?« Teri hatte ihre vor Schmerz überlaufenden Augen zu gefährlich aussehenden Schlitzen zusammengekniffen.

»Aber – nein!«, brachte Frill mühsam hervor und prustete laut los.

»Ist es in Kaji üblich, dass die Männer lachen, wenn eine Schwangere in die Schlucht stürzt?«

Sofort war Frill ernüchtert. Er hatte im Moment nicht daran gedacht, dass Teri ein Kind in sich trug. »Ist – ist dir, äh, ihm, äh, euch was passiert?« Mit furchtbar schlechtem Gewissen beugte er sich zu Teri hinab. Wie hatte er sich nur so gehen lassen können?

»Quatsch!« Teri tat ihre Spitze gegen Frill schon wieder Leid. »Aber ich bin umgeknickt und mein Hintern tut mir weh!«

»Puh!« Frill bekam vor Erleichterung ganz weiche Knie. »Kannst du aufstehen?« Er hielt Teri die Hand hin.

»Na klar!« Teri ergriff die Hand, stand auf, belastete den umgeknickten Fuß und sank mit einem Schmerzenslaut wieder auf den Stein zurück.

»Na, geht wohl doch nicht so gut!«, stellte Frill fest.

»Vielleicht hilft es, wenn du mir deinen Stock gibst?«, meinte Teri. »Bestimmt kann ich dann weitergehen!«

»Glaub ich nicht!« Frill schaute sich um. »Bleib hier sitzen! Ich bin gleich wieder da!«

Schnell, aber vorsichtig kletterte Frill den Geröllhang hinab, um sein Bündel zu holen. Dann gab er Teri seinen Stock und forderte sie auf versuchsweise einige Schritte zu gehen. Rasch stellte sich heraus, dass der Stock für dieses Steinfeld denkbar ungeeignet war.

»Lass den Stock mal fallen!« Kurz entschlossen legte Frill seine Arme um Teri und hob sie vom Boden auf. »Und jetzt sag mir, wo du hinwillst!«

Langsam und gleichmäßig trug Frill seine Frau den Berg hinauf. Nach etwa hundert Schritten setzte er sie ab und holte die Bündel nach. Dann ging es wieder hundert Schritte weit bergauf. So näherten sie sich langsam der Steilwand, die hoch und glatt vor ihnen aufragte, bis Frill überhaupt nichts anderes mehr sehen konnte als himmelhoch ragenden, grauen Stein, auf den er sich mit seiner Last mühsam zuarbeitete.

Teri war das Ganze furchtbar peinlich. Ein paar Mal hatte sie schon heimlich versucht aufzustehen, während Frill das Gepäck holte, aber sie hatte das Gefühl, als sei der rechte Fuß überhaupt nicht mehr da und sie müsse auf dem Knochen des Beinstumpfes laufen.

Hund blieb die ganze Zeit bei ihr und machte einen wirklich besorgten Eindruck. Vorsichtig schnüffelte er an dem verrenkten Gelenk und war ganz unruhig.

Schließlich waren sie an der Felswand angelangt, aber nichts, was auch nur im Entferntesten einer Nische glich, war zu entdecken. »Ich schau mal, ob ich einen Hinweis in dieser Richtung finde!«, meinte Frill und ging, die Felswand mit seinen Blicken genau absuchend, nach links. Nun war es schon recht dunkel, aber Frill hatte Glück. Schon nach zweihundert Schritten sah er unter einem Vorsprung eine Unregelmäßigkeit im Fels. Vorsichtig arbeitete er sich auf dem wackligen Untergrund näher heran. Ein Ahornblatt, dessen Spitze nach rechts zeigte, in die Richtung, aus der er gekommen war! – Aber da war nichts! Noch einmal schaute er auf das kleine Relief. Jetzt war es ihm, als weise die Spitze den Weg nicht nur nach rechts, sondern eher nach rechts oben! Suchend glitt sein Blick über die Felswand, doch in der angegebenen Richtung war nichts zu erkennen als die undurchdringliche Dunkelheit eines kaum drei Hände breiten Felsspaltes, etwa drei Mannslängen über dem Fuß der Wand.

Frill versuchte sein Glück. Vorsichtig mit den Finger- und Fußspitzen nach Halt suchend, schob er sich langsam die fast senkrechte Wand empor. Es war ein schwieriger Aufstieg. Der Rand des Risses war ausgezackt, jedoch von Wind und Wetter gerundet, sodass er kaum Halt bot. Dennoch schaffte Frill es, sich unter Aufbietung aller Kräfte in den Felsspalt hineinzuschieben. Die Kletterei musste ihn sehr angestrengt haben, denn als er sich einige Schritte in den Berg hineingeschoben hatte, sah er plötzlich einen schwachen, grünlichen Schimmer vor Augen, der sich Schritt für Schritt verstärkte.

Frill kniff die Augen fest zusammen und der Schimmer verschwand. Er öffnete sie wieder und das schwache Leuchten erschien erneut. Frill arbeitete sich weiter. Hatte sich der Spalt zu Anfang sogar noch verengt, so wurde er nun deutlich breiter. Hinter einer sanften Biegung konnte Frill schon gehen, ohne mit den Schultern anzustoßen, und dann erweiterte sich der Felsgang zu einem Raum, einer Halle, einem Saal – zu einem Universum im Fels.

Wie gebannt blieb Frill stehen. Die Schönheit dieser Höhle überwältigte ihn.

In grünlichem Licht schimmernd verlor sich die Decke des

zapfenbehangenen Gewölbes schon wenige Schritte vom Eingang entfernt in undurchdringlicher Schwärze. Gerade dadurch schien es, als sei die Weite der Höhle unendlich. Auch die Seitenwände wichen vom Eingang aus in einem gewaltigen Kreisausschnitt zurück und verschwammen schon bald in der Finsternis mit Boden und Decke. Der Boden selbst war bis auf einige Reihen von Stalagmiten vollständig eben und Frill schien es, als wollten die aufrecht stehenden Zapfen seinen Blick noch zusätzlich auf die Quelle des geheimnisvollen Leuchtens hinweisen. – Es kam ihm wie ein Wunder vor!

In der Mitte der Höhle, oder vielmehr dort, wo man die Mitte vermuten konnte, lag ein nahezu vollständig runder, grün leuchtender Ring von etwa zwanzig Mannslängen Durchmesser auf dem Boden, in dessen Mitte eine gewaltige Öffnung von so erschreckender, undurchdringlicher Schwärze drohte, dass Frill unwillkürlich einen Schritt zurückwich. Mit mattem Klang brachen die Spitzen zweier Stalagmiten ab.

Unsicher schaute Frill auf das gähnende Loch, das, kaum zwanzig Mannslängen entfernt, auf ihn zu lauern schien. Frill war ein Mann der Steppe. Große Höhen waren ihm unheimlich. Schon in Thedra hatte er sich nicht besonders wohl gefühlt, wenn er über die schmalen, steilen Stufen der Gassen hatte balancieren müssen. Aber was war das gegen dieses schwarze Ungeheuer, das da in der Mitte des grünlich leuchtenden Kreises auf ihn wartete und ihn zu verschlingen drohte? Frill meinte förmlich einen *Sog* zu spüren, der von diesem gewaltigen Loch in der Erde ausging und all seine Sinne vor Angst erbeben ließ.

Schau über meinen Rand!, schien der Abgrund, dieser Abgrund aller Abgründe, ihm zuzurufen. *Komm und schau in mich hinein! – Krall ruhig deine Finger in das Gestein! Ich werde dich doch verschlingen! Komm! Komm zu mir hergekrochen, wenn du mich aufrecht stehend nicht erträgst! Aber glaube nicht, dass du sicher bist vor mir! Ich habe unsichtbare Ungeheuer in mir, die die unsichtbaren Ungeheuer in dir rufen werden. Sie wollen sich vereinigen und werden dich Handbreit für Handbreit über die Kante ziehen und schieben. Du wirst die Tiefe sehen, die unglaubliche, schreckliche, verlockende Tiefe! – Und dann wirst du fallen – fallen – fallen …*

»Nein!« Keuchend sank Frill auf die Knie, schon halb auf dem Weg zu der verlockenden Stimme des Abgrunds. Seine Gedanken rasten wie in wildem Fieber. Er musste etwas unternehmen, um den Bann zu brechen, den Zauber zu zerstören.

Jetzt schien es gar, als neige sich der Boden auf die Mitte zu! Frill klammerte sich fest. – Da stieß seine Hand auf eine der abgebrochenen Steinspitzen. Sich mit der Linken an einem starken Stalagmiten festhaltend, holte er mit der Rechten weit aus und schleuderte das Steinstück mitten in die Schwärze des Abgrunds.

Ein Geräusch klang auf. Ein heller, unerwarteter Klang. So war es, wenn ein kleiner Stein auf eine Wasserfläche trifft, hier aber wurde es durch die Wände der Höhle noch um ein Vielfaches verstärkt. Erstaunt riss Frill die Augen auf, und richtig – von der Stelle aus, wo etwa der Stein aufgetroffen sein musste, liefen jetzt träge kreisförmige Muster zum Rand des – Sees!

Erleichtert ließ Frill den steinern aufragenden Zapfen los. Bloß ein See, den Göttern sei Dank! Es war gar nicht die gähnende Schwärze eines unendlichen Abgrunds gewesen, sondern nur die schwarze Höhlendecke, die sich in der stillen Wasserfläche gespiegelt hatte! Plötzlich nahm Frill auch wieder andere Geräusche wahr. Irgendwo rauschte in der Tiefe des Berges Wasser, einzelne Tropfen lösten sich von den Stalaktiten und zerstoben auf den Spitzen der Stalagmiten, da war die Stimme einer Frau, irgendwo bellte ein Hund …

Frill fuhr herum und hastete zum Ausgang. Eilig schob er sich durch den engen Spalt, bis er wieder am Einstieg in die

Höhle angekommen war. Hund hatte die Geräusche hoch über sich gehört, lief aufgeregt auf dem Schotterfeld hin und her und bellte ununterbrochen. Frill befahl ihm damit aufzuhören und blickte nach unten. Vorwurfsvoll schaute ihm das blasse Oval von Teris Gesicht entgegen.

»Ich habe Angst um dich gehabt! Warum hast du so geschrien?« Teris Stimme drückte Sorge und Erleichterung aus.

»Wieso geschrien?« Frill war sich nicht bewusst, irgendetwas geschrien zu haben.

»›Nein!‹, hast du geschrien in der Höhle – immer wieder! Weißt du nichts davon?«

»Ich hab mich nur ziemlich erschreckt!«, antwortete Frill. »Aber dass ich geschrien haben soll …«

»Ist das jetzt die Nische?«, drängte Teri.

»Keine Ahnung, wie eine Nische aussehen muss! Platz ist hier jedenfalls so reichlich, dass ich es eher einen Saal nennen würde. Einen Saal mit einem seltsamen See darin!«

»Holst du mich hoch?«

Frill schwang sich über den Rand des Einstiegs und ließ sich vorsichtig zu Teri hinab. »Wie hast du es geschafft, so schnell hierher zu kommen?«, fragte er, wobei er auf ihren verletzten Fuß deutete.

»Ich war nicht schnell!« Teri schüttelte den Kopf. »Du warst lange da drin!«

Frill sah sich um. Teri musste Recht haben. Als er in den Spalt geklettert war, hatte noch ein letzter Schimmer des Tageslichts auf den Kämmen der Berge gelegen und jetzt war es stockfinstere Nacht! »Wenn du gestattest, dass ich ein bisschen an deinem Hinterteil herumschubse, kann es losgehen!«, schlug er dann vor.

»Pass aber auf, wo du hingreifst!« Teri zeigte auf eine bestimmte Stelle an ihrer rechten Pobacke. »Wahrscheinlich habe ich da einen riesigen blauen Fleck!«

»Da werd ich nachher mal nachsehen!«, tröstete Frill sie und schob von unten nach, während Teri sich mit den Händen und dem linken Fuß zum Einstieg emporzog. Die Kletterei ging besser als erwartet. Bald schon saß Teri sicher in dem Felsspalt und fing die Bündel auf, die Frill geholt hatte.

»Gib mir die große Decke!« Frill wollte Hund unbedingt mit nach oben nehmen. Das Tier war hochgradig nervös und würde sich, allein gelassen, bestimmt ängstigen. Nachdem ihm Teri das Geforderte zugeworfen hatte, breitete er die Decke auf dem Boden aus und machte Hund ein Zeichen, sich darauf zu setzen. Dann verknotete Frill die Zipfel der Decke über Hund, hängte sich das Bündel über die Schulter und begann mit dem Aufstieg.

Es gefiel Hund nicht in der Decke, es gefiel ihm nicht, getragen zu werden, es gefiel ihm im Moment überhaupt nichts! So bemühte er sich denn auch redlich, mit Knurren und Strampeln, der Kletterei ein jähes Ende zu bereiten, und hätte es auch zweimal fast fertig gebracht, Frill zum Absturz zu bringen, aber schließlich war es doch geschafft. Teri nahm Frill von oben das Hund-Bündel ab und ließ das verschreckte Tier ein paar Schritte tief in dem Spalt frei. Dann humpelte sie selbst, gefolgt von Frill, dem grünlichen Schimmer zu, der ihr schwach aus der Höhle entgegenleuchtete.

»Oh, das sieht ja unglaublich aus!« Auch Teri war von dem Anblick der Höhle vollständig gefesselt. Bewundernd schaute sie auf den grün glimmenden Ring und die bizarren Formen der Tropfsteine. »Und was hat dich hier so erschreckt?«, fragte sie nach einer Weile Frill, der mit dem zweiten Bündel hinterherkam, ohne die Augen von dieser überwältigenden Szenerie abzuwenden.

»Ach«, Frill wirkte leicht verlegen, »ich hatte nur gedacht, in dem leuchtenden Ring sei ein gewaltiges Loch, das mich ansaugen wolle!« Er stellte das Bündel ab.

»Aber«, Teri war stehen geblieben und tastete mit einer Hand hinter sich nach Frill, »aber da *ist* ein Loch!«

Frill schaute auf. Fast freute es ihn, dass auch Teri auf die Täuschung hereinfiel, dann stand er doch selbst nicht ganz so dämlich da; dann fiel sein Blick auf den – Abgrund! Es war kein Wasser mehr in dem Loch in der Mitte des Kreises! Es musste abgeflossen sein! Da war nur noch ein bodenloser Abgrund, der die Menschen rief und lockte.

Teri machte einen zögernden Schritt nach vorn und Frill folgte ihr. – Diesmal würde nichts sie retten können! Der Sog der Tiefe war zu stark! Entsetzt sah Frill, wie Hund als Erster den leuchtenden Kreis überschritt, in das furchtbare, bodenlose Loch spähte, noch einen Schritt tat und anfing aus dem – See zu trinken.

Wie das Klatschen hunderter Hände hallte das Schlabbern des Tieres von den Höhlenwänden wider. Sprühende Tropfen flogen durch das mattgrüne Licht und halbkreisförmige Wellen breiteten sich aus.

Frill konnte es nicht fassen, dass er der Täuschung nun schon zum zweiten Mal erlegen war, und auch Teri stand noch starr und staunend da.

»Die Decke spiegelt sich im Wasser!« Frill flüsterte unwillkürlich. Die Höhle war ihm unheimlich. »Darum ist das Wasser so schwarz!«

»Da war ein Abgrund!«, beharrte Teri. Auch sie sprach ganz leise. »Jedenfalls sah er sehr echt aus!«

»Hund war aber anderer Meinung!«, gab Frill zu bedenken.

»Du hast Recht!« Teri wandte sich um. »Wahrscheinlich sollten wir ihm sowieso die Führung überlassen!« Sie rang sich ein Lächeln ab.

»Hat er die denn nicht ohnehin?« Frill hatte sich wieder einigermaßen in der Gewalt. Beide lachten verkrampft und viel zu laut über den kleinen Scherz, als das Krachen zerbrechenden Steins sie herumfahren ließ. – Hund saß ziemlich verdutzt auf einem wirren Haufen umgebrochener Stalagmiten und aus seiner Schnauze rieselten helle Bröckchen. Frill dachte zuerst, Hund hätte sich alle Zähne ausgebissen, aber dann sah er, dass es nur Gesteinssplitter waren.

»Dein Hund jagt Steine!«, stellte Teri fest. »Der ist auch nicht mehr normal!«

»Damit hat er wohl seinen Anspruch als Leithund verspielt!« Frill schüttelte verständnislos den Kopf. »Was er da wohl gesehen hat?«

»Erdhörnchen!«, vermutete Teri. »Manche von diesen Zapfen sehen wahrhaftig ein bisschen aus wie … – aber schau doch mal, da sind ja wirklich Erdhörnchen!« Aufgeregt zeigte sie mit dem Finger in eine bestimmte Richtung.

»Tatsächlich!« Jetzt sah Frill die Tiere auch, die sich bislang so geschickt verborgen gehalten hatten! Sie hatten Hund Unrecht getan, der arme Kerl hatte wirklich gejagt und sein Opfer wahrscheinlich nur knapp verfehlt!

Jetzt waren die Erdhörnchen fast überall! In langen Reihen saßen sie auf dem Boden und beobachteten mit aufgerichtetem Oberkörper die Eindringlinge. Hund pirschte sich an eines von ihnen heran, sprang los und biss – auf Stein! Polternd brach eine weitere Reihe Stalagmiten unter den Anprall seines Körpers zusammen.

Fassungslos und entsetzt sahen die beiden Menschen einander an, während Hund ebenso fassungslos und entsetzt in dem Trümmerhaufen aus mürbem Gestein saß und die Kalksplitter mit heftigen Bewegungen der Zunge aus seiner Schnauze schob.

»Hier stimmt etwas nicht!« Frill sah Teri ernst an. »Wir können unseren Augen nicht mehr trauen! Tu schnell, was du hier tun musst, und dann lass uns verschwinden!«

»Ich, ich glaube …«, begann Teri zögernd.

»Ja, ja!«, unterbrach Frill sie. »Ich habe sie ja auch gesehen, und Hund auch! – Geistererdhörnchen!« Das letzte Wort hatte er so leise geflüstert, dass Teri es kaum verstand.

»Nein, ich meine …«, versuchte Teri es wieder, aber Frill ließ sie nicht ausreden.

»Vielleicht kommen die aus dem Loch, wenn das Wasser nicht da ist!«

Plötzlich war das Loch wieder da und zog sie mit gewaltiger Macht an sich. Frill klammerte sich, ohne Rücksicht auf Teris verletzten Fuß, an sie.

»Es ist *Wasser!*«, sagte Teri laut und klar – und da war es auch wieder Wasser!

»Siehst du, es ist so, wie ich vermutet habe!« Obwohl Teri nun die Lösung des Rätsels kannte, war sie nicht weniger überrascht als vorher. »Wir sehen, was wir sehen wollen! Oder besser – was wir uns einbilden zu sehen! Es ist jetzt dreimal passiert, dass wir über eine Sache gesprochen haben, die sofort darauf eingetreten ist! – Es muss an der Luft hier liegen, oder was weiß ich.«

Hund pirschte mit eingekniffenem Schwanz durch die Höhle und beäugte misstrauisch die emporragenden Gesteinszapfen. Plötzlich warf er sich mit allen Anzeichen des Entsetzens herum, rannte, so schnell er konnte, zu den Menschen und verbarg sich zitternd hinter ihnen.

Nur bei einem einzigen Anlass hatte Hund je Angst gezeigt, fiel Frill ein. Das war im vergangenen Sommer gewesen, als auf der Hochebene vor Thedra ein Blitz unmittelbar vor ihm in die Erde gefahren war. – Kaum hatte Frill den Gedanken zu Ende gebracht, als ein blendend weißer Blitz aus der Höhlendecke brach und direkt vor ihm einschlug. Frill riss die Hände vor das Gesicht und sprang einen Schritt zurück. Dann merkte er, dass Teri unbeteiligt und verwundert dastand, und da erkannte er, dass sie Recht gehabt hatte. Diesmal hatten sie nicht über die Erscheinung gesprochen, also hatte sie sie auch nicht sehen können! Dennoch wurde sie plötzlich ganz blass und stand mit schreckgeweiteten Augen da. Dann schloss sie die Augen und suchte nach Halt.

Teri hatte kurz daran denken müssen, wie schrecklich es wäre, wenn Frill hier zu Schaden käme – und schon hatte sie ihn tot gesehen! Tot und verwesend lag er zwischen den Steinsäulen und ein schwarzer Käfer kroch aus seinem Mund!

Frill überlegte, warum Teri wohl so entsetzt war. Im Bruchteil eines Augenblicks fiel es ihm ein, aber noch bevor er ihr sagen konnte, dass es hier keine Schlangen gäbe, wimmelte der Boden plötzlich von den glänzenden Leibern der giftigen Reptilien.

»Mach die Augen zu!« Leise drang Teris Stimme an Frills Ohr, obwohl sie schrie. »Es sind Trugbilder! Mach die Augen zu und halte Hund fest!«

Mit zusammengekniffenen Augen tastete Frill nach dem Tier, hielt es am Fell fest und bedeckte Hunds Augen mit der freien Hand. Dann spürte er eine Berührung am Knie. Teri hatte zu ihnen gefunden. »Ich glaube, es funktioniert!«, keuchte sie atemlos. »Es ist das Licht! Wenn wir das Licht nicht sehen, bleibt alles normal!«

»Hier riecht es!« Frill hatte einen Hauch fauliger Luft wahrgenommen.

»Ja, wie magisches Feuer!«, bestätigte Teri, denn das war die einzige Schwefelverbindung, die sie kannte. »Aber ich habe keine Angst!«

»Ich auch nicht!«, log Frill tapfer mit. »Aber lass bloß die Augen zu, während wir hier rauskriechen!«

Nichts auf der Welt hätte Teri im Moment lieber getan, als mit Frill schleunigst von hier zu verschwinden; aber das ging nicht! Das hier war eine Nische und sie hatte einen Auftrag zu erfüllen! Sobald der Gedanke an Thedra in Teri auftauchte, war es aus mit ihrer freien Entscheidung!

Dabei hatte Teri Angst! Angst vor dieser Höhle, in deren Licht die grausigsten Trugbilder aus der eigenen Fantasie auftauchten und vergingen. Hätte sie wenigstens noch ihr Gespür für die scheinbar leblosen Dinge besessen, dann hätte sie vielleicht herausfinden können, ob dies ein böser Ort war, aber so blieb ihr auch diese Möglichkeit verschlossen. »Bleib mit Hund hier!«, flüsterte sie Frill zu. »Ich will versuchen den Kristall mit geschlossenen Augen zu finden! Vielleicht tut mir das Licht ja nichts, wenn ich mich immer nur ganz schnell umschaue!«

Frill hasste inzwischen den Auftrag seiner Frau, der sie beide immer wieder in Schwierigkeiten brachte, aber er wusste, dass alles Reden keinen Sinn haben würde. »Aber denk an nichts Schreckliches!«, ermahnte er sie also nur und ließ ihre Hand los, als er einen leichten Zug verspürte.

»Denk an nichts Schreckliches!« – Ein frommer Wunsch, und ein unmöglicher Auftrag!

Wer jemals versucht hat ausdrücklich an nichts Schreckliches zu denken, weiß, dass das so gut wie unmöglich ist. Das Schreckliche am Schrecklichen ist ja, dass es immer ungerufen kommt. Gute Gedanken sind leicht abzuwehren, wenn man sich in Wut, Angst oder Ekel versetzt. Aber selbst der schönste Gedanke und die zarteste Liebe sind vom Keim des Verlustes und der Zerstörung durchdrungen. Nur ein wenig Nahrung noch, und der Schrecken wächst! – Und das Licht in der Höhle war Nahrung genug!

Teri hinkte mit geschlossenen Augen zwischen den Stalagmiten umher, und sobald sie sie für einen Augenblick öffnete, stürzten alle Ängste, die sie in sich trug, auf sie ein!

Teri sah Schlangen und Spinnen, die auf ihren Armen herumkrochen. Leichen, die bleich im schwarzen Wasser des

Sees trieben, und wieder Frill, diesmal den toten Hund in den Armen haltend, nur an der Kleidung erkennbar, als Skelett! – Teri wusste, dass das alles Hirngespinste waren, aber trotz dieses Wissens griff der Schrecken wieder und wieder mit eisigen Fingern nach ihr, sobald sie die Augen öffnete.

Teri versuchte den abscheulichen Einbildungen zu entgehen, durch sie hindurchzusehen – und schließlich bemerkte sie in einer Vertiefung in der Seitenwand eine Höhlung gleich der in der ersten Nische. Kristall und Lederbeutel lagen offen dort. »Ich hab's gefunden!«, rief sie Frill zu. »Gleich komme ich zurück!«

Frill war es in der Zwischenzeit kaum besser ergangen. Statt brav die Augen geschlossen zu halten und Teri machen zu lassen, hatte er sie natürlich blinzelnd beobachten müssen. Dabei hatte er entsetzt festgestellt, dass Teri geradewegs auf einen Abgrund zuging, den sie scheinbar überhaupt nicht sah! Schnell rief Frill sich ins Gedächtnis, dass es in dieser Höhle überhaupt keinen Abgrund gab. Trotzdem hätte er fast aufgeschrien, als er Teri über den Rand treten und in die Tiefe stürzen sah. Schnell schloss er wieder die Augen, nur um bei seinem nächsten Blick Teri stolpern zu sehen. Sie stürzte schwer auf die nadelspitzen Zacken, die aus dem Boden ragten, und blieb vielfach durchbohrt darauf hängen. Frill schloss die Augen …

Teri hatte die Höhlung inzwischen erreicht. Der verrenkte Fuß tat furchtbar weh. Diesmal war sie gewitzt genug ihren Dolch abzulegen, bevor sie Aganez' Feuer entfachte. Noch einmal wollte sie diesen krampfartig zubeißenden Schmerz nicht erleben! Dann wandte sie sich dem Inhalt der Höhlung zu. Sie beachtete den Riesenskorpion, der den Kristall bewachte, nicht – denn in Estador gab es keine Skorpione – und griff nach der Phiole mit dem grauen Pulver.

Wieder waren Schriftzeichen in den Boden der Höhlung

eingeritzt: »Geh nach Osten! Frage nach dem Alten vom Berg!«, las Teri, dann streute sie das Pulver um den Kristall und griff vorsichtig nach dem Beutel, der die Münzen enthalten musste. Das Feuer flammte auf und Teri wich humpelnd zurück. Eilig drehte sie sich um, denn die Hitzeentwicklung des Pulvers war schon sehr stark, da sah sie den sterbenden Mann aus Isco vor sich, aus dessen Mund sich eine wahre Fontäne von Blut über sie ergoss. Doch zu Teris Erstaunen wurde das Bild plötzlich blasser und in dem gleichen Maße, wie Aganez' Feuer an Kraft gewann, schwand das Trugbild dahin. Mehr noch! Der Brand in der Höhlung hinter Teri war nun zu einem tosenden Brausen angeschwollen, und wo immer der Schein des hell brennenden Feuers auf den leuchtenden Ring fiel, änderte dieser seine Farbe in gelbe bis rötliche Töne.

Wieder tanzten die Lichtfäden auf dem Schardolch, der auf dem Boden lag, und plötzlich zersprang der Kristall hinter Teri mit einem knackenden Geräusch. Dann wurde das Licht von Aganez' Feuer schwächer, bis es schließlich ganz verlosch.

Teri nahm ihren Dolch wieder auf und sah sich in der Höhle um. Insgeheim wartete sie darauf, dass im nächsten Moment aus irgendeiner finsteren Ecke eine Furcht erregende Schreckgestalt auf sie zujage, aber nichts geschah. – Es gab keine Trugbilder mehr!

Frill war aufgestanden und hatte Hund losgelassen, der sofort freudig auf Teri zugesprungen kam, ohne sich um irgendwelche eingebildeten Erdhörnchen zu kümmern.

»Es ist vorbei!« Teri hinkte auf Frill zu. »Die Geister sind geflohen!«

»Das Licht!« Frill zeigte auf den Kreis, der jetzt in tiefem Rot erstrahlte. »Der Feuerschein hat das Licht verändert!«

Es war herrlich, sich in der Höhle ohne Angst bewegen zu können. Wie zwei Kinder fielen sich Teri und Frill erleichtert in die Arme. Trotzdem sahen sie davon ab, sich tiefer in den Berg hineinzuwagen, denn es lag ihnen immer noch ein übler Nachgeschmack auf der Zunge – und vielleicht hielt sich ja doch in irgendeinem finsteren Winkel ein letztes Monster verborgen, das noch nicht begriffen hatte, dass sein Spiel aus war!

Nach kurzer Beratung beschlossen Teri und Frill die Nacht in der Höhle zu verbringen, denn es war warm hier. Sicherheitshalber schlugen sie ihr Deckenlager in der Nähe des Eingangs auf und legten sich in ihren Kleidern zum Schlafen nieder. Sie wollten bereit sein, falls die Farbe des beruhigend rot leuchtenden Kreises wieder zu Grün wechseln sollte – denn sie wussten nicht, dass Rot die schlimmere Farbe war!

Als Teri und Frill eingeschlafen waren, kamen die Träume. Es waren nicht die Träume, die Menschen gewöhnlicherweise meinen, wenn sie von Alpträumen reden, es war vielmehr wie eine Ohnmacht in tiefer Angst, die den Schläfern keine Chance ließ zu erwachen. Die Inhalte der Träume entsprachen, wie auch die Trugbilder in der Höhle, ihren Ängsten. So schuf sich jeder der beiden seine eigenen Schreckensfantasien und diesmal gab es nicht die Möglichkeit, die Augen zu schließen. Fernab jeder Realität trieben die beiden in ihren schlimmsten Angstträumen dahin, wohl wissend, dass sie schliefen, um das Erwachen flehend und doch in den Ketten der Ohnmacht gefangen von dem roten Licht, das auf sie so sanft und freundlich gewirkt hatte.

Hund erwachte am Morgen als Erster. Er hatte sehr gut geschlafen. Zwar hatte in der Nacht einige Male der Blitz direkt vor ihm eingeschlagen, aber da war nichts sonst gewesen, was über den Rahmen seiner gewöhnlichen Hundeträume hinausgegangen wäre. Wohlig streckte er zuerst die Vorder-, dann die Hinterläufe von sich und beschloss die Menschen noch ein wenig schlafen zu lassen. Höflich verzog er sich in einen der hinteren Winkel der Höhle und verrichtete dort seine Notdurft, worauf ihm das Wasser des Sees gleich noch einmal so gut schmeckte. Dann stromerte er ein wenig in der Höhle herum, und erst als er sicher war, hier nichts Nahrhaftes auftreiben zu können, tapste er zu Frill hinüber und stupste ihn mit der Nase an.

Frill träumte gerade von Teri: Teri war ganz allein in einer Wüste; sie war schon tagelang ohne Wasser und Nahrung; hilflos lag sie auf dem Rücken und wartete auf den Tod. Schon hatte der Sand sich auf ihre geschlossenen Augenlider gelegt, aber noch war Leben in ihr, als sich plötzlich ein gewaltiger Vogel aus dem Himmel auf sie fallen ließ und seine Krallen in ihren Leib schlug. Dem Wahnsinn nahe sah Frill, der sich nicht bewegen, ja noch nicht einmal schreien konnte, wie das Tier mit ein paar Hieben des gekrümmten Schnabels Teris Bauch aufhackte und das ungeborene Kind aus dem Leib der Mutter riss! – Genau in diesem Moment spürte er die Berührung von etwas Kaltem an seiner Wange und fuhr mit einem Schreckensschrei auf.

Sofort warf er sich über Teri, die neben ihm schlief, und riss ihr die Decke vom Körper. Allen Göttern sei Dank! – Sie war unverletzt!

Teri schlug bei Frills Berührung wild um sich und richtete sich, wahnsinnigen Hass in ihren Augen, auf. Sie hatte gerade geträumt, der bösartige Dramile habe sie gefunden und sei dabei, Frill zu blenden. Dann erkannte auch sie, wo sie war und dass es Frill gut ging. Langsam beruhigte sie sich.

Leise sprachen die beiden über ihre Träume in dieser Nacht, wobei sie allerdings über Andeutungen nicht hinausgingen, denn jeder war in den Träumen des anderen dutzende grausamer Tode gestorben.

»Komm! Schnell raus hier!« Frill packte schon die Sachen zusammen. »Die Höhle ist verhext! Hier wohnt die Angst!«

»Du hast Recht! Wir haben uns täuschen lassen!« Auch Teri rappelte sich auf, wobei sie den verstauchten Fuß schonte.

So schnell wie möglich schaffte Frill die Bündel zum Einstieg und warf sie hinunter. Dann kletterte er vor und stützte Teri, bis sie den Boden erreicht hatte. Hund konnte es natürlich nicht erwarten, bis Frill ihn holte. Vorsichtig tastete er sich über die Kante des Einstiegs. Mit allen vier Pfoten bremsend rutschte er die fast senkrechte Wand hinab. Als er unten unglücklich aufkam, jaulte er kurz auf und hinkte ein paar Schritte weit auf drei Beinen. Dann setzte er aber tapfer die verletzte Pfote auf und konnte tatsächlich ganz gut darauf laufen.

Ausgespien von den Gebilden der eigenen Fantasie, taumelten Teri und Frill den Steinhang hinunter auf den Weg zu. Keine Qual, die sie in der vergangenen Nacht nicht durchlebt, kein Verlust, den sie nicht erlitten hätten! Ekel und Abscheu, Wut und Trauer tobten noch immer in ihnen, als sie diesen Alptraum ohne Ende hinter sich ließen.

11

Ena

Kein Feind kann dich so verletzen wie du selbst!

Der Frühsommer brachte den Thedranern Wärme, aber keine Verbesserung ihrer Lage. Noch immer herrschte Gouverneur Llauk mithilfe der Dramilen über die Stadt, und die Bevölkerung hasste ihn, wie noch kein Mensch in Thedra gehasst worden war.

Der Handel mit den Städten des Kontinents war völlig zum Erliegen gekommen, seit die fliegenden Schiffe vor der Hafeneinfahrt patrouillierten, und auch kein Dramilenfrachter hatte den Hafen verlassen können, um Beutestücke nach Sordos zu bringen. Schon am zweiten Tag nach dem Fall der Stadt war die *Carneol* vor Thedra erschienen und hatte die Hafeneinfahrt blockiert. Kurz darauf waren auch die schwarzen Segel der *Obsidian* am Horizont aufgetaucht, gefolgt vom strahlenden Weiß des königlichen Flaggschiffs *Diamant*. Von diesem Moment an hatte Kapitän Athan die Leitung der Blockadeeinheit übernommen, die bis in den Winter hinein ständig vor Thedra kreuzte.

Der Winter war Sed eb Reas Hoffnung gewesen.

Nie hatte man eines der fliegenden Schiffe den schweren Nordstürmen und dem Eisgang trotzen sehen, dazu waren sie zu leicht gebaut. Im Winter musste es also ein Leichtes sein, die Beutestücke mit normalen Frachtern nach Sordos zu bringen und von dort weitere Verstärkung heranzuführen!

Noch viel früher als Sed eb Rea war es allerdings Athan klar gewesen, dass er nur mit den Schwalbenschiffen keine dauerhafte Lösung würde finden können. Daher hatte er Vorsorge getroffen und in Cebor, dem ersten Hafen südlich des Großen Gebirges, zwei große Erzfrachter gekauft, die er von seinen Leuten für eine Stationierung vor Thedra ausrüsten ließ.

An einem diesigen Wintermorgen glaubten die dramilischen Soldaten auf dem ausgeglühten Wachfelsen ihren Augen nicht zu trauen: Vor der Hafeneinfahrt, knapp außerhalb der Reichweite ihrer stärksten Waffen, lagen zwei große Schiffe vor Anker, die das schmale Fahrwasser vollständig blockierten. Zur Warnung hatte die Besatzung eines der Schiffe einen gläsernen Pfeil auf den hohen Sims des Wachfelsens geschleudert, der dort zu einem gewaltigen Feuerball zersplittert war. Vier Soldaten hatte Sed eb Rea bei diesem einen Schuss des Stahlfeuerbogens verloren und von nun an ließ er neben seinen Leuten auch Thedraner zwangsweise auf dem Sims patrouillieren, die in ihrer typischen Kleidung die Besatzungen der Schiffe von weiteren Aktionen dieser Art abhalten sollten. Wenig später ging er dann allerdings lieber dazu über, einen Teil seiner eigenen Leute thedranisch zu kleiden. Das reichte für den gewünschten Zweck vollständig aus und es bestand nicht die Gefahr, dass die Thedraner auf dem Sims sich mit seinen Leuten verbrüderten oder zur Unzeit in einen eventuellen Kampf eingriffen.

Der Lebensnerv Thedras, die Handelswege über See, war durchschnitten! Sed eb Rea versuchte gar nicht erst eines seiner Schiffe aus dem Hafen herauszubringen. Die *Große Geliebte,* die *Kleine Komplizin* und die anderen Frachter lagen fest vertäut am Kai und es war sehr fraglich, wann sie je wieder auf große Fahrt gehen würden. Sed eb Reas letzte Hoffnung waren die kaiserlichen Schiffe gewesen, die, ebenfalls mit Beutegut beladen, im Hafen lagen. Sicher war der Kaiser nicht bereit seinen Anteil an der Beute verloren zu geben und würde eine Streitmacht schicken. Dann konnte man versuchen die zwei Frachter, die wie schwimmende Wachtürme in der Hafeneinfahrt lagen, von zwei Seiten anzugreifen. Aber die Kapitäne der beiden Blockadeschiffe hatten Weisung von Athan erhalten, die kaiserlichen Frachter ohne Kontrolle passieren zu lassen, und so sah der fassungslose Sed eb Rea den Tribut des Kaisers unter geblähten Segeln langsam am Horizont verschwinden, während seine eigene Beute in den Lagerhäusern und den Bäuchen seiner Schiffe langsam Grünspan und Schimmel ansetzte. Er wusste nun genau, dass er irgendwann mit den Belagerern in Verhandlungen würde treten müssen. Aber er versuchte diesen Tag so weit wie möglich hinauszuzögern, denn sein König würde nicht sehr erfreut über die Entwicklung der Dinge sein. Sollte Sed eb Rea jemals wieder nach Sordos gelangen, war ihm sowieso einiges sicher – nur eine Belohnung, die würde bestimmt nicht dabei sein, das war klar!

Die grau gekleidete Gestalt, die in den ruhigen Abendstunden allein aus dem Gewölbe der Hauptzisterne kam, fiel niemandem weiter auf. Die Dramilen, die auf der Straße Wache hielten, unterhielten sich leise weiter und schauten noch nicht einmal auf, als der Alte mit dem halb vollen Ledereimer an ihnen vorbeischlurfte.

Als er außer Sichtweite war, straffte sich der Körper des Alten merklich. Eilig leerte er den Eimer in eine Rinne am Straßenrand und verbarg das leere Gefäß in einer Felsspalte. Dann ging er mit schnellen Schritten zum Hafen hinunter. Obwohl es Frühling wurde, war es jetzt am Abend kalt in Thedra, aber das störte den Mann nicht. Im Gegenteil, die Kälte erlaubte es ihm, die Kapuze seines Mantels weit über den Kopf zu ziehen, ohne verdächtig zu wirken.

Der Mann sah sich genau um. Das Leben in der Stadt

schien seinen normalen Gang zu gehen, soweit das unter diesen Bedingungen möglich war. Zwar herrschte allenthalben Mangel, da die Besatzer das Beste von allem für sich beanspruchten, aber mittlerweile war es schon so weit gekommen, dass selbst die Dramilen Not litten. War es in den ersten Tagen noch leicht gewesen, kleine Gruppen von Soldaten in das Hinterland zu schicken, um Waren zu requirieren, so hatte sich diese Quelle bald erschöpft. Die Nachricht vom Fall Thedras hatte sich schnell im Hinterland verbreitet und jeder Hirte, dem sein Vermögen lieb war, hatte seine Tiere tief in die endlosen Wiesen des Hochlandes hineingetrieben. Die wenigen Bauern in der Nähe der Hauptstadt hatten sogar ihr Saatgut an die Besatzer abtreten müssen, sodass im neuen Jahr noch nicht einmal mit einer Ernte gerechnet werden konnte.

So waren denn die Menschen aus Estador dazu übergegangen, mit den Besatzern Handel zu treiben. Abgesandte aus allen Teilen des Landes erschienen und boten den Dramilen zu Wucherpreisen Fleisch und Getreide an – gegen Vorkasse, versteht sich! Mit ohnmächtiger Wut musste Sed eb Rea feststellen, dass der Erhalt Thedras vollständig von der Profitgier der Estadorianer abhing. Gern hätte er eine Abteilung seiner Leute in das Hinterland geschickt, um dort die notwendigen Waren mit Gewalt zu beschaffen, aber er musste einsehen, dass er von seinen knapp fünfhundert Mann nicht einen einzigen entbehren konnte. Selbst der Forderung Szin eb Szins nach einer Eskorte, um diese Hüterin zu suchen, war er nur zögernd nachgekommen, woraufhin Szin sich im Frühjahr mit nur zwei Begleitern auf den Weg gemacht hatte.

Befriedigt hatte der Mann in Grau schon bei früheren Besuchen in der Stadt feststellen können, dass Teri und ihr Auftrag nicht vergessen worden waren. Immer wieder kursierten Gerüchte über einen baldigen Befreiungsschlag. Von großen

Sammlungsbewegungen am Fuß der Hohen Weite war die Rede und von einem Berg hinter Moorstadt, in dem Unmengen von Waffen lagerten. Man sprach auch von einem geheimen Hafen an der Nordküste und von stählernen Schiffen, die bald in den Hafen der Hauptstadt hineinbrechen würden. Die Besatzungen dieser Schiffe sollten Rüstungen aus Stahl tragen und unverwundbar sein.

Diese und andere Gerüchte waren natürlich nicht dazu angetan, die Dramilen zu beruhigen. Thedra hatte ihnen schon einige böse Überraschungen beschert. Sie saßen hier fest und mancher von ihnen mochte sich vorkommen wie ein gebundenes Lamm, das auf den Schlachter wartet.

Dann gab es da noch Llauk, den Gouverneur.

Der Mann in Grau hatte vor dem Fall der Stadt noch nie etwas von diesem Llauk gehört. Nach allem, was er erfahren hatte, war Llauk der eigentlich Verantwortliche für den Fall Thedras. Wenige Tage nach der Amtseinführung hatte ein Gerücht kursiert, dass er es gewesen sei, der den Dramilen das Hafentor geöffnet hatte. Llauk war nach Meinung des Mannes in Grau in keiner beneidenswerten Lage. Die Thedraner hassten ihn wegen seines Verrats mit der gleichen Inbrunst wie die Dramilen, die nur jemanden suchten, den sie für ihre missliche Lage verantwortlich machen konnten, denn Sed eb Rea war seit dem Fiasko am Schwalbenhafen kaum noch öffentlich in Erscheinung getreten und ließ alle unpopulären Entscheidungen und Bekanntmachungen von seinem Gouverneur verkünden.

Der Mann in Grau sah sich gründlich in der Stadt um und konnte keinerlei bedeutsame Veränderungen feststellen. Mit gemischten Gefühlen machte er sich auf den Rückweg zu der Zisterne. Zwar wusste er mehr über die Situation als jeder andere in der Stadt, aber auch er hatte keine Gewissheit, wohin das alles führen sollte. Die einzige Hoffnung auf eine schnelle

Lösung war und blieb die Schlafende Armee. Aber wenn der Mann ganz ehrlich mit sich war, musste er zugeben, dass auch er alles andere als überzeugt von der Existenz dieser Macht war. Zwar war Teri, die Hüterin, noch auf dem Weg und hatte die ersten beiden Nischen erreicht, das wusste der Mann, weil vor kurzem der zweite der sieben kleineren Kristalle in der Kiste zersprungen war, aber was würde diese junge Frau schon erreichen können?

Teri tat dem Mann aufrichtig Leid. Wenn sie die Schlafende Armee nicht fand, würde sie ihr Leben lang nicht aufhören können danach zu suchen. Selbst wenn die Stadt sich inzwischen aus eigener Kraft würde befreien können, war damit der Auftrag noch immer nicht erfüllt! Teri musste weitersuchen, solange noch ein Funke Leben in ihr war, dafür würde der in ihrem Geist verankerte Befehl sorgen!

Unbehelligt erreichte der Mann den Felsspalt, in dem er seinen Ledereimer versteckt hatte, und ging die paar Schritte zum Eingang der Zisterne. Die Wachen beachteten ihn nicht. Wie ein grauer Schatten huschte er im Dämmerschein ferner Fackeln an ihnen vorüber und tauchte in die Dunkelheit der Höhle ein.

Der Raum vor dem großen Wasserbecken war menschenleer und finster. Nur eine einzige Öllampe brannte in der Mitte des Raumes und verbreitete einen matten Lichtschein. Schnell ging der Mann in den hintersten Winkel der Höhle und stieß einen leisen Pfiff aus, während er sich den Eimer in die Armbeuge hängte. Im nächsten Augenblick schwebte eine Seilschlinge aus einem der Schächte, durch die das Regenwasser in das Becken geleitet wurde, und stoppte kurz über dem Wasserspiegel. Mit sicheren Bewegungen schwang sich der Mann auf den Beckenrand, stellte einen Fuß in die Schlinge und griff mit seinen vernarbten Händen nach dem Seil. Sofort wurde er in die Höhe gezogen und lautlos verschwand Jamik, der Magier, in den geheimen Gängen, die den Gipfel der Königsklippe mit der Stadt verbanden.

Es war Sed eb Rea nicht gelungen, den oberen Teil der Königsklippe zu stürmen. Schlimmer als der Verlust der Männer, die er bei dem Versuch eingebüßt hatte, war für den Befehlshaber der Dramilen aber der Spott der Thedraner. Solange die Königsklippe nicht bis in die Spitze hinein genommen war, gab es zum Hass auf die Dramilen auch noch den Hohn.

Also hatte Sed eb Rea sich darauf verlegt, die Königsklippe mittels großer Hitze zu sprengen – ein altbekanntes Mittel, um eingenommene Befestigungsanlagen für immer unbrauchbar zu machen. Also ließ er seine Männer drei Tage lang die obersten zugänglichen Räume mit brennbarem Material aller Art vollstopfen und dann anzünden.

Beklagte auch so mancher Thedraner den Verlust seines ganzen hölzernen Hausrats und hatten viele noch nicht einmal mehr einen Schemel, auf den sie sich setzen konnten, so bekamen sie dafür doch ein ganz besonderes Feuerwerk geboten.

Wabernd und glosend schlugen die Flammen aus den Fensterlöchern in der Mitte der Klippe und umgaben sie wie ein feuriger Gürtel. Das Brausen der Flammen war bis hinunter in die Gassen zu hören und der Brand wütete einen halben Tag lang mit unverminderter Heftigkeit. Ganz Thedra, einschließlich aller Dramilen, stand auf den Gassen in sicherer Entfernung und wartete auf den Sturz der Klippe. – Einzig unbeeindruckt zeigte sich nur der Fels selbst. Statt sich den Dramilen zu Gefallen knirschend und krachend zur Seite zu neigen und zerschmettert zwischen den anderen Felstürmen aufzuschlagen, blieb die Klippe in ihrer ganzen Erhabenheit unerschütterlich stehen. Das einzige Ergebnis der Aktion war, dass es nun auch noch zu einer Brennstoffknappheit in Thedra kam, was die Holzkohlehändler aus dem Hinterland allerdings ungemein erfreute.

Im Augenblick waren einige von Sed eb Reas Leuten mit dem Versuch beschäftigt, aus den zusammengeschmolzenen Stahlpfützen, die man im Schwalbenhafen gefunden hatte, brauchbares Werkzeug herzustellen, mit dem der Durchbruch nach oben dann endlich gelingen musste. Doch bislang widerstand das spröde Material allen Bearbeitungsversuchen. Also hatte Sed eb Rea es vorläufig aufgegeben, die Königsklippe bezwingen zu wollen.

Mochten der König und sein Gefolge doch langsam verrotten in ihrer Behausung!

Oben in der Klippe dachte man weniger ans Verrotten, sondern vielmehr an Widerstand. Geschützt durch den mehr als zwei Mannslängen starken Verschlussstein, der den einzigen Aufgang blockierte, hielt man die Stadt unter genauer Beobachtung. Jamik hatte nach der Abheilung der Brandwunden an seinen Händen einige der Roheisenbögen in der Waffenwerkstatt zu federndem Stahl geschmiedet, und so konnte es den Dramilenpatrouillen in Sichtweite der Königsklippe durchaus passieren, dass eine wohl dosierte Brandladung in ihre Reihen geschleudert wurde. Es war lächerlich und beschämend, aber es kam so weit, dass sich die Besatzer nicht mehr allein auf die Straße trauten, sondern immer öfter thedranische Geiseln zu ihrem Schutz einsetzten.

Die größte Blamage bereitete Jamik den Belagerern aber im Frühling. Frisches Gemüse war sehr knapp in Thedra, das hatte er auf seinen Erkundungszügen durch die Stadt festgestellt. Da nun seine Versuchsgärten auf dem Gipfel der Klippe mehr hergaben, als die Eingeschlossenen verzehren konnten, regnete es ab und zu Salatköpfe und frischen Kohl auf die verblüfften und erfreuten Thedraner herab.

An getrockneten Lebensmitteln herrschte im oberen Teil der Klippe ebenfalls kein Mangel. Hier war man für den Notfall bestens vorbereitet und konnte die Belagerung noch jahrelang durchstehen, wenn es sein musste. Man konnte die Dramilen aus sicherer Entfernung in Trab halten, ärgern und demütigen. Nur die Macht, den Feind endgültig aus der Stadt zu jagen, die hatte man nicht! Jamik wünschte sich sehr, dass es die Schlafende Armee wirklich gäbe. Er dachte daran, dass die Bevölkerung Thedras beständig Not litt und die Laune der Besatzer mit jedem Monat schlechter wurde. Nur die Anwesenheit der kaiserlichen Beobachter hielt die Besatzer davon ab, sich an der Zivilbevölkerung zu rächen und sie zur Erpressung der Klippenbesatzung zu missbrauchen. Es wurde Zeit, eine Lösung herbeizuführen! Doch auch Jamik waren Grenzen gesetzt, vor allem wenn man bedachte, dass er mit der Königsfamilie und fünf Dienstboten allein in der Klippe war!

Szin eb Szin hatte auf seiner Suche den Südostweg gewählt. Im schlimmsten Fall machte er einen Umweg, tauchte aber aus einer unvermuteten Richtung auf, im besten Fall schnitt er seiner Beute aber den Weg ab! Wenn er dieser Hündin wieder auf der Spur war, dann würde sie sich sehr wundern! Noch einmal konnte sie ihn nicht mit der Macht ihrer Lieder betören, dafür würde das Wachs, das er sich beschafft hatte, schon sorgen. Sollte sie nur singen, wenn sie ihn sah! Mit Liedern war er nicht mehr zu bezwingen!

Das Frühjahr wich dem Hochsommer. Auf der Südostseite der Hohen Weite war es schon wärmer und rund um das Dorf Oberpass standen Wiesen und Büsche bereits in vollem Saft. Rosarote Leimkrautteppiche und silbriges Hornkraut breiteten sich auf felsigen Hängen aus und tiefer in den Tälern hatten sich die Knospen an den Zweigen der Bäume schon zu hellgrünen Blättern entwickelt.

Teri und Frill hatten die Hohe Weite auf dem Passweg überschritten und waren von Oberpass aus weiter nach Osten gezogen. Zügig ging es durch verschiedene kleine Dörfer. Es hatte sich ein Gleichmaß im Ablauf der Tage eingestellt, das Teri und Frill gut gefiel. Meistens wanderten sie bis in den späten Nachmittag hinein und verbrachten die Nächte unter Büschen, in Wäldern oder im Schutz überhängender Felsen. Immer ließ sich in den grünen Tälern ein Bach oder Fluss finden, in dem man baden konnte, sodass es den beiden an nichts fehlte und sie selbst in der Nähe von Dörfern gern auf den zweifelhaften Genuss eines Nachtlagers im Wirtshaus verzichteten.

Manchmal meinte Teri, eigentlich ein schlechtes Gewissen haben zu müssen, weil sie so langsam vorankamen, aber sie hatte es sich zur Gewohnheit gemacht, möglichst wenig über ihren Auftrag nachzudenken, denn sie war sich sehr wohl bewusst, dass sie unter einem Zwang zur Eile stand, der nur eines kleinen Auslösers bedurfte, um wieder mit seiner ganzen Macht wirksam zu werden. Aber Teri konnte es sich nicht mehr erlauben, sich der Anstrengung von Eilmärschen und durchwanderten Nächten auszusetzen.

Im Laufe der letzten Wochen war ihr Bauch immer runder geworden und immer häufiger hatte sie Pausen einlegen müssen. Nur ungern gab sie es zu, aber sie kam kaum noch voran!

Frill war sehr besorgt um Teri. Auch er hatte ja noch nie eine Schwangerschaft bis zum Ende miterlebt und fragte Teri mindestens dreimal täglich, ob sie sich wohl fühle und ob die Reise denn nicht doch zu anstrengend für sie sei. Teri erklärte dann jedes Mal, dass sie ihren Zustand nicht als Belastung empfinde, wobei sie allerdings die ständigen Rückenschmerzen, die immer schlimmer wurden, verschwieg. Auch das Ziehen und Spannen in den sich stark vergrößernden Brüsten machte das Leben nicht gerade einfacher und die Haut war sehr empfindlich geworden. Schon kleinere Druckstellen führten jetzt unvermeidlich zu Blutergüssen unter der Haut.

Teri und Frill hörten auf miteinander zu schlafen, und wenn sie Zärtlichkeiten austauschten, dann nur noch mit größter Vorsicht. – Es ließ sich nicht leugnen, bald würde man sich nach einem Platz für die Geburt umsehen müssen!

Überall auf ihrem Weg verbreiteten die beiden die Nachricht vom Fall Thedras. Da sie aber schon in der Nacht des dramilischen Angriffs aufgebrochen waren und die letzten Neuigkeiten in Moorstadt erfahren hatten, mussten sich die neugierigen Estadorianer mit einer recht dürftigen Botschaft von der Einnahme der Stadt zufrieden geben, die die Neugier in keiner Weise befriedigte.

Seit der Nacht in der Höhle der Trugbilder waren Teri und Frill inniger verbunden als je zuvor. Sie hatten beide Angst gehabt in ihren Träumen, aber es war nicht die Angst um sich selbst gewesen, die sie fast zum Wahnsinn getrieben hatte, sondern die Sorge um den anderen und die hilflose Panik, den geliebten Partner leiden zu sehen, ohne ihm helfen zu können! Stillschweigend waren sie übereingekommen, Gefahren zu meiden, wo immer es ging.

Ab und zu fragten Teri und Frill auf ihrem Weg nach dem Alten vom Berg, aber niemand hatte von einem Mann gehört, der sich so nannte, auch war eine Stadt namens Wettergrube niemandem in dieser Gegend bekannt. Die ganze Wanderschaft kam Teri und Frill immer sinnloser vor, wenn sie auch nicht darüber sprachen. Zwei Nischen entdeckte Teri noch, verbrannte die Kristalle und nahm die Bronzestücke an sich, aber hier war auch nichts Neues zu erfahren gewesen; nur das »Geh nach Osten!« wurde durch die Schriften immer neu bekräftigt.

Im Flachland brannte die Sommersonne erbarmungslos auf die staubigen Wege nieder, sodass den Wanderern jeder Schritt, ja jede Bewegung zur Last wurde. Teri rettete sich von Schattenplatz zu Schattenplatz und Frill kümmerte sich rührend um sie. Er nahm ihr ihre Verdrießlichkeit, mit der sie ihre eigene Trägheit bemäkelte, nicht übel, sondern wurde es nicht müde, ihr alle Zuwendung angedeihen zu lassen, deren sie jetzt so dringend bedurfte. Er stützte sie beim Gehen und trug ihr Bündel, suchte schattige Orte für sie und täuschte Erschöpfung vor, damit sie sich eine Pause gönnte, schleppte Wasser herbei und kochte für sie beide.

Teri liebte Frill in diesen Tagen mehr als je zuvor. Sie war übellaunig geworden, anfällig für Stimmungen aller Art, und sie ließ es ihn spüren! Nichts wünschte sie sich mehr, als diese endlose Suche ohne Ziel endlich abbrechen zu können und sich irgendwo auszuruhen. Mehr als fünfzig Bronzestücke besaßen sie dank der Depots in den Nischen noch, obwohl sie mehrfach unterwegs ihre Vorräte ergänzt hatten. Fünfzig Bronzestücke waren in dieser abgeschiedenen Gegend ein kleines Vermögen, für das man bestimmt ein schönes Stück Land und einiges Bauholz hätte kaufen können, aber das verbot sich von selbst. Teri würde nicht eher ruhen, bis sie nicht wenigstens den Alten vom Berg gefunden hatte, und sie hasste sich dafür!

Nun kam auch der Tag, an dem Teri ihre Scharkleidung gegen die weite Tracht eintauschen musste, die der Kapitän der *Sesiol* ihr gekauft hatte, und schließlich kam es mit Teri so weit, dass es überhaupt nicht mehr weiterging. An einem besonders heißen Tag haderte sie, auf ihrer Felldecke unter einem Baum sitzend, mal wieder mit ihrem Schicksal und war gerade zu dem endgültigen Schluss gekommen, dass der Auftrag unter diesen Bedingungen unausführbar sei, als sie bemerkte, wie ihr Herzschlag anfing sich zu beschleunigen. Zunächst achtete sie nicht darauf, weil sie es für einen der üblichen Schwächeanfälle hielt, die sie in letzter Zeit immer wieder gehabt hatte. Auch als eine Hitzewelle durch ihren Körper jagte, war das zunächst nichts Besonderes, bis sie plötzlich die ungewöhnliche Anspannung ihrer Muskeln bemerkte. Sie kannte die Anzeichen, aber es gab doch im Moment überhaupt keinen Grund, *schnell* zu werden!

Unsicher sah Teri sich um. – Nein, alles war friedlich! Trotzdem wollte die Erregung nicht von ihr weichen. Sie lehnte sich ein wenig zurück, schloss die Augen und versuchte sich zur Ruhe zu zwingen. Sie bemerkte eine leichte Bewegung in ihrem Unterleib und lächelte. Es war nicht das erste Mal, dass sich das Kind regte, aber irgendetwas war diesmal anders. Wieder spürte sie ein leichtes Ziehen, tiefer diesmal, es war fast schon ein Schmerz.

Die Suche darf nicht gefährdet werden! Ich muss … Teri öffnete ärgerlich die Augen. Immer wieder schlichen sich diese fremden Gedanken in ihren Geist. Sie versuchte an etwas anderes zu denken, aber ihr Körper war zu erregt. Das Blut pulste in heißen Bahnen durch ihren Leib und ihre Hände ballten sich kurz zu Fäusten. – Nun gab es keinen Zweifel mehr, sie wurde *schnell!*

… die Schwangerschaft beenden! Ich muss … Wieder bewegte sich etwas in ihrem Leib, spannte sich in einem kurzen Krampf. »Frill!« In höchster Not rief Teri nach ihrem Mann. *… diese Last loswerden!*

Frill ließ die Flaschen fallen und kam, so schnell er konnte, zu Teri gerannt. Sofort sah er, dass etwas mit ihr nicht stimmte. Vor Anspannung am ganzen Körper bebend, die Stirn hochrot, lag sie da, wobei ihr Körper eine seltsam steife Haltung eingenommen hatte.

»Es – will raus!«, keuchte Teri angestrengt. »Aber es ist – viel zu früh! – Wir – brauchen – Hilfe!«

»Du kannst nicht mehr aufstehen?« Das war keine Frage, sondern mehr eine Feststellung.

Teri schüttelte stumm den Kopf. »Du musst Hilfe – holen!« Dann spannte sich ihr Körper wieder in Erwartung des nächsten Krampfes.

Einige hundert Mannslängen zurück hatte Frill einen schmalen Weg bemerkt, der in den Wald hineinführte. Vielleicht waren dort Menschen zu finden. Eilig ging er los, nachdem er Teri noch schnell über die Hand gestrichen hatte. – Es hatte keinen Sinn zu rennen; wenn der Weg sehr weit war, würde er nur vorzeitig erschöpft sein, aber er ging sehr schnell!

Frill hatte sich vorgenommen, Teri nicht allzu lange allein zu lassen. Wenn sich nach etwa tausend Schritten noch kein Hinweis auf ein Haus finden ließ, würde er umkehren und versuchen Teri in das nächste Dorf zu schaffen. Zwar hatte er noch keine Idee, wie das gehen sollte, aber notfalls würde er sie eben tragen müssen!

Schon wenige Schritte, nachdem er von dem Hauptweg abgebogen war, stieß Frill auf eine Hütte, die einsam auf einer kleinen Lichtung stand. Schon von weitem fing er an zu rufen und hielt nun in vollem Lauf auf die Hütte zu. Allen Göttern sei Dank, wiesen die offenen Fensterluken darauf hin, dass die Hütte bewohnt war.

»He, kommt schnell alle raus, wir brauchen Hilfe!« Außer Atem stürmte Frill durch die Eingangstür. – Die Hütte war leer! Frill sah sich um. Neben der üblichen Einrichtung einer Hütte, Feuerstelle, Tisch, Stühle und Bett, gab es an den Wänden noch eine Menge Regale, die über und über mit kleinen Töpfen zugestellt waren, aber keine Menschenseele war zu entdecken. Hastig drehte Frill sich um und wollte wieder nach draußen stürzen, als er plötzlich in der Bewegung erstarrte. Einen Moment lang glaubte er, Teri sei ihm gefolgt, aber dann bemerkte er, dass die Frau, die im Türrahmen stand, dunkle Haare hatte.

»Warum rennst du in mein Haus wie ein wilder Ziegenbock?« Die Fremde hatte die Hände in die Hüften gestützt und den Kopf ein wenig vorgereckt. »Weißt du nicht, was sich gehört?«

»Meine Frau kriegt ein Kind!« Frill hatte keine Zeit für Entschuldigungen. »Sie liegt an der Straße! Das Kind kommt zu früh! Wir brauchen Hilfe!«

Schon bei Frills ersten Worten hatte die Fremde ihre kämpferische Körperhaltung aufgegeben und war zielstrebig in den Raum getreten. »Wie viel zu früh?« Geschickt schlüpfte sie an Frill vorbei. »Wann wäre die Zeit deiner Frau?«

»Im Herbst, in zwei oder drei Monaten! Wir werden sie tragen müssen!« Frill sah sich suchend um. »Wo ist dein Gefährte?«

»Ich habe keinen Gefährten!« Das Mädchen nahm eilig einen Tiegel aus dem Regal. »Komm jetzt!«

Ehe Frill sich's versah, war die Frau schon wieder an ihm vorbei und zur Tür hinaus. Schnell folgte er ihr und gemeinsam liefen sie den Waldweg entlang zur Hauptstraße hin.

Teri, die echte Teri, kämpfte inzwischen verzweifelt gegen die fremde Stimme in ihr, die ihrem Körper befehlen wollte das Kind vorzeitig auszutreiben. Mit aller Kraft nahm sie sich zusammen, aber ganz konnte sie es doch nicht verhindern, dass die Krämpfe sie packten und ihren Körper zu einer Marionette des Schmerzes machten. – Sie würde das Kind verlieren! Da war sich Teri ganz sicher! Und wahrscheinlich würde auch sie selbst den heutigen Tag nicht überleben. Aber Teri wäre nicht Teri gewesen, wenn sie nicht um jeden Fingerbreit Boden gekämpft hätte, den der Schmerz ihr abringen wollte! Trotzdem musste sie einsehen, dass sie langsam verlor.

Ein neues Gefühl machte sich bemerkbar, das Teri vorher in diesem Maße nicht gekannt hatte: Hass! – Wie konnte diese Stimme in ihr fordern ihr Kind – Frills und ihr Kind – zu opfern? Wie hatte man ihr das antun können, sie so zu beeinflussen, dass sie sogar bereit war das Leben ihres Kindes preiszugeben? Was für ein bösartiger, kranker Geist hatte diese Falle ersonnen, aus der es kein Entrinnen gab? Teri wurde es übel. Übel vor Schmerzen, aber auch vor Abscheu! – Sie war nicht bereit die Dämonen, die Jamik auf sie gehetzt hatte, gewinnen zu lassen! Zitternd vor Schmerz und vor Anstrengung kämpfte Teri um das Leben ihres Kindes. – Wenn sie je Gelegenheit dazu haben sollte, würde sie Rechenschaft fordern von dem Mann, der so leichtfertig mit Leben spielte; und sollte ihr Kind das Leben verlieren, war sie entschlossen an Jamik Gleiches mit Gleichem zu vergelten!

Plötzlich verdunkelte sich der Himmel über Teri. Schwach streckte sie die Hand nach Hund aus. Der liebe Kerl! Wahrscheinlich wollte er ihr das Gesicht lecken! Wie viel Angst er um sie haben musste! Doch mitten in der Bewegung hielt sie inne. – Es war gar nicht Hund, der sich über sie beugte; durch den Tränenschleier erkannte Teri die Umrisse einer jungen Frau.

»Ich bin Ena!« Die Frau kniete bei Teri nieder und legte sacht ihre Hand auf Teris Leib. »Kannst du es noch ein wenig aushalten?«

»Nicht mehr lange!« Teri bemühte sich verständlich zu sprechen. »Es wird stärker!«

»Hier, nimm das!« Ena hielt Teri einen offenen Tiegel hin. »Das wird dir helfen!« Nun tauchte auch Frill im Hintergrund auf.

Ratlos schaute Teri auf den Tiegel, der vor ihrem Gesicht schwebte. Eine bräunlich-undurchsichtige Paste war darin, die streng roch. »Nimm nur ruhig die Finger!«, ermunterte

Ena sie. Teri gehorchte. Es war Honig! – Honig mit einem seltsamen Beigeschmack, aber gut! Teri tauchte den Finger noch einmal ein.

»Nimm ruhig!« Ena fühlte an Teris Hals nach dem Puls. »Warum rast dein Herz so? Hast du solche Angst?«

»Nein!« Teri schluckte den Honig. »Das passiert – mir manchmal!« Was für einen Sinn sollte es haben, dieser Frau zu erklären, was *schnell* sein bedeutete? Sie würde es genauso wenig verstehen wie Teri selbst! – Außerdem wurde Teri jetzt müde, irgendwie war ihr sowieso der Sinn für Zusammenhänge abhanden gekommen. – Aber der Honig war gut! Noch einmal tauchte Teri den Finger tief ein und leckte die süße Masse davon ab. Sie bemerkte noch verwundert, dass die Krämpfe aufgehört hatten, dann rollte ihr Kopf zur Seite und sie schlief mit dem Finger im Mund ein.

»Was hast du mit ihr gemacht?« Frill war hinter Ena getreten und sah besorgt auf Teri herab.

»Ich habe sie betäubt!« Ena richtete sich auf. »Mir blieb keine andere Wahl! Ich musste sie ruhig stellen, bevor die Fruchtblase platzt. – Ich glaube, wir sind im letzten Moment gekommen! Trag sie ins Haus!«

Frill kniete sich neben Teri und legte seine Hand auf ihre Brust. Der Herzschlag hatte sich beruhigt, war aber deutlich spürbar. Dann schob er seine Arme unter ihren Körper und hob sie vorsichtig auf.

Mit größter Selbstverständlichkeit nahm Ena die Bündel an sich. Hund warf ihr einen misstrauischen Blick zu, ließ sie aber gewähren, nachdem sie ihm kurz die Hand zum Beschnuppern hingehalten hatte.

»Warum seid ihr eigentlich auf der Wanderschaft?«, wollte Ena von Frill wissen, als sie neben ihm ging. »In ihrem Zustand sollte sie sich lieber schonen!«

»Sie hat einen Auftrag!« Frill trug Teri so sanft, wie er

konnte. »Sie gönnt sich keine Ruhe! Ich konnte sie nicht aufhalten! Niemand kann das!«

»So?« Ena keuchte unter der Last der Bündel. »Na, das werden wir ja sehen! – Aber wenn wir zu Hause sind, dann musst du mir mehr erzählen!«

Ena gefiel Frill. Sie gefiel ihm so, wie ihm seine Lieblingsschwester in Kaji gefallen hatte. Ena war in ihrer offenen, praktischen Art ein Mensch, bei dem es leicht fiel, ihn zu mögen. – Frill erzählte ihr alles in den Tagen, in denen Teri auf Enas Bett lag und langsam genas, und es war viel, was er zu berichten hatte.

Auch Ena erzählte viel von sich. Als Kind war sie von ihren Eltern zu einer Kräuterkundigen in die Lehre gegeben worden und hatte im Lauf der Jahre ein großes Wissen über die hiesigen Heilpflanzen erlangt. Dann, im Alter von vierzehn Jahren, hatte sie die Frau verlassen und sich hier im Wald dieses Haus mit eigenen Händen gebaut, wie sie stolz bemerkte. Jetzt war sie siebzehn und lebte von den Heilkräutern, die sie sammelte, und von dem Honig aus den Bienenstöcken hinter dem Haus.

Der Honig nahm sogar eine ganz besondere Rolle ein. Ena hatte nämlich festgestellt, dass auch die besten Heilkräuter nur zögernd eingenommen wurden, weil die meisten davon recht übel schmeckten. So war Ena auf die Idee gekommen, die Tees und Extrakte, die sie herstellte, mit Honig zu versetzen und ihren Kunden so die Einnahme der Heilmittel zu erleichtern.

Der Erfolg hatte ihr Recht gegeben. Sooft sie auf dem Markt von Tregh, der nächstgelegenen Stadt, auftauchte, verkaufte sie all ihre Arzneien und konnte so ein auskömmliches Leben führen, wie man es sich besser kaum wünschen konnte. Sie hatte schon viele Leiden lindern können, aber eine Patientin wie Teri hatte sie noch nicht gehabt.

Teri war nach dem ersten tiefen Schlaf in einer Art Panik erwacht. Sofort hatte das Herzrasen wieder eingesetzt, sodass Ena nichts anderes übrig geblieben war, als ihr noch etwas von dem Schlafmohnsaft-Honig zu geben. Dass das auf Dauer keine Lösung sein konnte, war Ena klar. Also begann sie für Teri eine ganz besondere Mischung zuzubereiten, die ihre seltsamen Erregungszustände niederhalten, aber gleichzeitig für eine möglichst geringe Durchgiftung des Körpers sorgen sollte.

Grundsubstanz waren Extrakte aus Baldrianwurzel und Lavendelblüte, um die Patientin nervlich zu stärken, sowie Seerosenwurzel, um ihre Erregbarkeit herabzusetzen. Aber das allein hätte noch nicht ausgereicht. Bislang war der Ansatz nur ein ganz normaler »Liebmacher«, wie Ena diese Drogenzusammenstellung still für sich nannte. So manche verzweifelte Bauersfrau holte sich diese Mischung heimlich von Ena auf dem Markt in Tregh, um ihrem Mann dann daraus einen Honigschnaps anzusetzen, der wohl einen niedlichen Rausch, aber kein böses Blut machte. Wer genug von dem Schnaps getrunken hatte, ging still zu Bett und vergaß zumeist vollständig, schnell noch seine Frau zu verprügeln!

Für Teri war die Mischung noch nicht gut genug, befand Ena. Teris Herz brauchte Stabilität! Teri brauchte Wolfstrapp! Also gab Ena vorsichtig ein Quantum der starken Droge in das Gemisch. Nicht zu viel, denn wenn es nicht ausreichen sollte, konnte sie Teri immer noch mehr geben – aber wenn sie mehr als nötig gab, könnte es der Patientin schaden! Teri erhielt, nachdem sie wieder erwacht war, täglich mehrere Löffel davon. Es war erstaunlich, wie gut das Mittel anschlug. Teri war wach, hatte keine Krämpfe mehr und das Herz schlug vollkommen normal. Ena war stolz auf sich und Frill war Ena zutiefst dankbar. Was für ein ungeheurer Glücksfall war es doch gewesen, dass der Zusammenbruch Teri gerade hier ereilt hatte! Am Abend des dritten Tages, als feststand, dass Teri genesen und das Kind wohl behalten würde, tat Frill etwas, was er schon lange nicht mehr getan hatte: Er nahm seine Hirtendecke, ging auf den Hof des Hauses, prüfte den Stand der Sonne und legte seine Decke genau nach Vorschrift aus. Dann kniete er darauf nieder und dankte still den Göttern seiner Heimat, dass sie ihn und Teri an diesen Ort und zu dieser Frau geführt hatten.

Trotzdem stimmte mit Ena etwas nicht. Frill hätte es nicht mit Worten benennen können, aber Ena war anders als die meisten Frauen. Frill war ein gut aussehender junger Mann und zudem mit einem natürlichen Charme gesegnet, der ihn fast überall sehr beliebt machte. Frauen, egal welchen Alters oder Standes, wurden schnell auf ihn aufmerksam, und weil er ihnen gefiel, wollten auch sie ihm gefallen. – Bei Ena war davon nichts zu spüren. Frills erster Eindruck verstärkte sich mit der Zeit immer mehr. Sie benahm sich ihm gegenüber wie eine Schwester. – Nicht, dass diese Tatsache Frill sonderlich gestört hätte. Er hatte Ena wirklich gern und wusste genau, dass auch sie ihn schätzte, aber eines Tages, als Teri gerade schlief, während er Ena bei einigen Zubereitungen half, fragte er sie doch, warum sie sich noch keinen Partner gesucht habe.

»Ich habe nicht so viel für Männer übrig, weißt du?« Ena ließ ihr Werkzeug sinken und sah Frill gerade in die Augen, um seine Reaktion nicht zu versäumen.

»Hm! – Also mehr für Frauen, ja?« Frill stand Ena an Offenheit nicht nach. »Dann wärest du bei uns bestimmt eine Priesterin! Bei uns können nämlich alle Frauen Priesterinnen werden, die sich den Männern verweigern!«

»Wo ist das – ›uns‹?«

»Kaji! – Es gibt viele Priesterinnen dort! Sie beten und heilen und wissen auch ein wenig von der Zukunft!«

»Sie werden geachtet, ja?« Ena beugte sich ein wenig vor.

»Natürlich!«, bestätigte Frill. »Wirst du denn nicht geachtet?«, fragte er dann erstaunt, als ihm der sehnsüchtige Klang in Enas Stimme auffiel.

»Dort muss es schön sein! Was für ein Land!«, stellte Ena statt einer Antwort fest. Dann stand sie auf und sah nach Teri. In etwa zehn Tagen würde es so weit sein, dass sie die Betäubung von ihr nehmen könnte, schätzte sie. Schon die ganze Zeit hatte sie überlegt, wer noch als Hilfe bei der Geburt infrage käme, aber es wollte ihr niemand einfallen. Die Frauen aus der Nachbarschaft, die auf dem Markt so freudig bei ihr kauften, mieden sie allesamt. Keine von ihnen würde Enas Haus freiwillig betreten. Auch der Heiler von Tregh kam nicht infrage. Erstens war er nach Enas Meinung ein alter Pfuscher, der das Geld mehr als die Menschen liebte, und zweitens hatte sie ihm auch schon verschiedentlich die Meinung gesagt. Gut möglich, dass er seine Abneigung gegen Ena auch auf deren Patientin übertrug, auf jeden Fall war das Risiko zu groß! Ena würde also versuchen Teri allein mit Frills Hilfe gut durch den Akt der Geburt zu geleiten. Sie sah sinnend nach draußen. Die ersten Herbstblätter bildeten auf der Lichtung vor dem Haus schon eine dünne Schicht. Bald schon würde ein dicker, raschelnder Teppich das Gras bedecken und Ena würde den ganzen Winter lang Gäste haben. – Nun, ihr war es recht!

Einige Tage später fing Ena an Teris Tagesdosis an Baldrian, Lavendel und Seerosenwurzel herabzusetzen. Gleichzeitig verabreichte sie ihr aber immer noch ausreichend von dem Wolfstrapp, denn sie wollte das Risiko nicht eingehen, dass Teri ausgerechnet während der Geburt wieder ihr seltsames Herzrasen bekam. Ansonsten ging Ena ihrer gewohnten Arbeit nach, bei der sie sich gern von Frill helfen ließ.

Am Markttag verließ sie vor Sonnenaufgang das Haus und war schon vor dem Abend wieder zurück. Frill hatte derweil Wache gehalten, aber es war nichts Besonderes mit Teri passiert.

Als die Wehen schließlich ein paar Tage später einsetzten, war Frill bei Teri, hielt ihre Hand und sprach beruhigend auf sie ein, während Ena die nötigen Vorbereitungen traf.

Geduldig versuchten Ena und Frill Teri die nötige Kraft zu geben. Beide machten sich große Sorgen, denn in den letzten Tagen war Teris Bauch unglaublich angeschwollen und die Bauchdecke war hart und unnachgiebig. Als das Fruchtwasser abging, glitt Frill hinter Teri und stützte sie, so gut er konnte, während Ena auf das Erscheinen des Kopfes wartete.

Die Wehen dauerten jetzt sehr lange und gingen fast nahtlos ineinander über. Teri kam kaum dazu, Atem zu schöpfen.

Plötzlich gab Ena Frill ein Zeichen, aber der hatte schon selbst gesehen, dass sich unter der Bauchdecke seiner Frau etwas bewegte.

Mit aller Gewalt wurde der Körper des Kindes durch den scheinbar viel zu engen Kanal gepresst. Teri hatte das Gefühl, als würden ihre Eingeweide zerrissen; ihr ganzer Leib war ein einziger, unkontrollierbar tobender Krampf. – Aber sie spürte, wie das Kind kam. Wie es sich seinen Weg ans Licht bahnte! Schon schien das Schlimmste überstanden, als Teri, genau im Moment der größten Ausweitung, einen ziehenden Schmerz spürte, der sich immer mehr verstärkte. – Irgendetwas in ihr war überdehnt, wollte reißen! Teri versuchte sich zu beeilen, unterstützte die Geburt, so gut sie konnte, und langsam, ganz langsam ließ der Schmerz nach und das Gefühl der Enge war vorüber.

Ena hatte das Kind in Empfang genommen und nabelte es schon ab. Dann entlockte sie ihm den ersten Schrei und legte es in ein Nest aus sauberen Tüchern, das sie vorbereitet hatte.

Teri war in sich zusammengesunken und lag nun schlaff in Frills Arm. Die Wehen, mit denen die Nachgeburt ausgetrieben wurde, waren schon wesentlich schwächer. Plötzlich öffnete sie die Augen und versuchte sich aufzurichten. Frill hielt sie sanft nieder.

»Was ist es?« Teri sah Ena schwach lächelnd an.

»Ein Mädchen!« Ena lächelte zurück. »Mach erst mal fertig, dann geb ich's dir!«

Wenig später hielt Teri ihr Kind im Arm. Es war ein kräftiges Kind. Teri konnte kaum glauben, dass sie es bis eben noch in sich getragen hatte. »Fe!«, flüsterte sie glücklich, denn das war der Name, den das Kind Frill und Ena zu Ehren tragen sollte. »Unsere kleine Fe!« Mit einem Lächeln auf den Lippen schlief sie ein.

Ena sah nicht glücklich aus. »Sie blutet!«, sagte sie mehr zu sich selbst als zu Frill. »Nicht stark, aber beständig! – Wenn man doch nur etwas tun könnte!« Dann stand sie auf und deckte Teri wieder zu.

Es wurde Abend. Ena legte der Schlafenden das Kind an und versorgte es. Teris Schlaf, der ihr doch Heilung bringen sollte, war tief – viel zu tief!

Es wurde wieder Morgen und Teri hatte sich noch nicht gerührt. Die Blutung schien zeitweise aufzuhören, aber dann war sie plötzlich wieder da und Ena fiel nichts ein, was man hätte unternehmen können.

Teri lag ohne Bewusstsein auf Enas Lager. Frill saß neben ihr und hielt ihre Hand. Sah schweigend zu, wie sie immer blasser wurde, und wusste, dass das Leben langsam aus ihr entwich.

Viele Menschen dachten an Teri in dieser Nacht:

Der Mann vom Berg hatte vergebens in der Stadt Wettergrube gewartet und fragte sich, was die Hüterin wohl aufgehalten haben mochte. Mittlerweile war er schon lange aufgebrochen, um sich auf die Suche nach ihr zu machen.

Auch Jamik in Thedra sorgte sich um Teri, weil so lange keiner der Kristalle mehr zersprungen war.

Und noch jemand machte sich Gedanken, wo die Hüterin wohl abgeblieben sein könnte: Szin eb Szin, der die Hohe Weite auf dem Südostweg überquert hatte. Er war sehr aufgebracht darüber, dass er diese kleine Hündin so weit hatte verfolgen müssen, denn für ihn war die Jagd so gut wie abgeschlossen. Er hatte da ein Gerücht gehört: Eine Kräuterfrau hinter Tregh sollte Gäste haben – Gäste aus Thedra!

Drittes Buch

1

Der Alte vom Berg

Ein Löwe bleibt ein Löwe,
egal wie alt er ist!

Aganez, denn kein anderer war der Alte vom Berg, hatte es trotz seines gebrechlichen Körpers geschafft, aus dem frühwinterlichen Großen Gebirge herauszukommen. Trotzdem wäre es wohl mit ihm zu Ende gewesen, wenn nicht die Bergstadt Stein auf seinem Weg gelegen hätte.

Als Aganez in die Berge gegangen war, hatten es nur wenige Siedler gewagt, sich so weit von Thedra entfernt niederzulassen, und der letzte Vorposten der Menschheit waren drei Hütten im Bergland gewesen. Als Aganez die neue Stadt am Rand des Gebirges betrat, hatten Höhenluft und eisiger Wind ihn bereits so geschwächt, dass er fast schon mit seinem Leben abgeschlossen hatte. Er war sich darüber im Klaren gewesen, dass er großes Glück gehabt hatte, denn die Kälte hätte ihn mit Sicherheit umgebracht, wenn der Impuls, der ihn aus seinem Todesschlaf geholt hatte, auch nur einen Monat später gekommen wäre.

Mit knapper Not hatte Aganez die Bergstadt Stein erreicht und sich dort für den Winter eingerichtet. Seiner Berechnung nach musste die Hüterin es im Spätsommer des nächsten Jahres bis zu der Stadt Wettergrube geschafft haben, also konnte er sich ruhig ein wenig Zeit lassen.

Zeit begann für Aganez nun wirklich ein Problem zu werden. Einerseits konnte er es sich nicht mehr leisten, wie in seiner Jugend durch die Welt zu hetzen, denn schon auf der

Wanderung nach Stein hatte sich sein Herz unangenehm bemerkbar gemacht. Andererseits lief ihm seine Lebenskraft sowieso davon, und je länger er zauderte, desto schwächer wurde er.

Der Aufenthalt in Stein war alles andere als angenehm für den Magier gewesen. Die Menschen der Bergstadt waren von Natur aus misstrauisch und mochten keine Fremden. Schon gar nicht, wenn diese Fremden sich so seltsam benahmen wie Aganez.

Von Anfang an hatte der Magier mit dem seltsamen Akzent die Aufmerksamkeit der Bewohner von Stein erregt, da er aus dem Großen Gebirge gekommen war. Hirten, die vor der Stadt ihre Tiere weideten, hatten berichtet, er sei förmlich aus dem Nichts aufgetaucht.

Besonders unheimlich war den Leuten, dass niemand den Alten in das Gebirge hatte hineingehen sehen, und der Magier selbst trug mit seiner arroganten Art noch kräftig zur Gerüchtebildung bei. Zenaga, wie er sich nannte, weigerte sich hartnäckig, auf irgendwelche Fragen bezüglich seines Aufenthalts in Stein einzugehen. Wohl wissend, dass er die Menschen damit vor den Kopf stieß, wies er mit seltsam altertümlich anmutenden Worten jeden Fragesteller barsch ab. Er konnte und wollte sich nicht dazu entschließen, diesen Handwerkern, Viehzüchtern und Bauern eine Erklärung zu geben, denn die Wahrheit wäre sowieso nicht infrage gekommen, und für eine Lüge war er sich zu schade.

So saß Zenaga, der Fremde, jeden Abend an seinem Tisch im Wirtshaus, wehrte lästige Fragen ab, labte sich an Fleisch, Brot und Wein und bezahlte mit uralten, kaum gebrauchten Münzen.

Wenn man sagt, die Zeit heile alle Wunden und der Mensch gewöhne sich an alles, so traf das in diesem Fall nicht zu. Nach einem halben Monat hatten sich die Leute von Stein immer noch nicht an ihren Gast gewöhnt. Kurzum: Die Stimmung wurde immer ablehnender und es war schon abzusehen, dass die Bewohner der Bergstadt den ungeliebten Gast über kurz oder lang aus dem Ort jagen würden, als etwas Seltsames geschah: Eines Abends, als das Gemurre der Leute im Gasthof geradezu feindselige Formen angenommen hatte, war der Fremde plötzlich aufgestanden und hatte eine kurze Ansprache gehalten. Merkwürdigerweise konnte sich später keiner der Anwesenden daran erinnern, *was* der Fremde gesagt hatte, aber alle erinnerten sich an den funkelnden Ring an seiner Hand, mit der er den Weinbecher hochgehalten hatte. Danach war zwar nicht Ruhe in den Ort eingekehrt, aber der Fremde hatte wenigstens ein paar Fürsprecher, die der Meinung waren, man solle ihn doch einfach in Frieden lassen.

So hatte Aganez die klirrend kalten Wintermonate doch noch einigermaßen ruhig verbringen können. Zwar lehnte er es im Allgemeinen ab, die Kraft der Hypnose einzusetzen, um sich zu bereichern, aber dass der Herbergswirt ihm nach einer kurzen Unterhaltung eine ganze Kammer zu einem Spottpreis vermietete, nahm er doch billigend hin. Manchmal kam es eben nur darauf an, die guten Anlagen der Mitmenschen ein wenig wachzurütteln!

Schließlich hatte Aganez im Frühjahr die Bergstadt Stein verlassen und war nach einer beschwerlichen Wanderschaft im Hochsommer in Wettergrube angekommen, wo er von einer Witwe ein kleines Haus am Stadtrand hatte mieten können.

Wettergrube war schon zur Zeit der ersten Siedler das Zentrum der Holzkohleproduktion Estadors gewesen. In den uralten Wäldern der Tiefebene wurde hier das begehrte Brennmaterial hergestellt, das in den Feuerstellen ganz Estadors zu rauchfreier Glut wurde. Entzückt stellte Aganez fest, dass aus dem Dutzend Häuser, die er gekannt hatte, mittlerweile eine richtige Stadt geworden war. Überall in der näheren und weiteren Umgebung waren die Äxte der Holzfäller zu hören und der Geruch langsam verkohlenden Holzes lag über dem Land wie eine dichte Decke.

Hier herrschte Geschäftigkeit. Täglich wurden dutzende hoch beladener Karren durch die Straßen der Stadt gezogen und die Schreie der Antreiber vermischten sich mit dem Knarren der schweren Räder zu einer nicht enden wollenden Melodie.

Zunächst war Aganez erstaunt gewesen, dass in Wettergrube offenbar ein großes Sklavenheer die Arbeit verrichtete, während die estadorianischen Waldbesitzer und Kaufleute sich von jeder anstrengenden Tätigkeit nach Möglichkeit fern hielten. Aganez stand der Sklaverei grundsätzlich kritisch gegenüber. Er hatte in seiner Jugend Länder gesehen, in denen die Einheimischen nicht mehr einen einzigen nützlichen Handgriff zu tun bereit waren und sämtliche Handelsgüter von Leibeigenen hergestellt wurden. Die Folge war gewesen, dass bei den Herren nicht nur der Wille, sondern nach und nach auch die Fähigkeit zur produktiven Arbeit erlosch. Dennoch war er selbst es gewesen, der vor Jahrhunderten verfügt hatte, dass Spione, die es auf die fliegenden Schiffe abgesehen hatten, gefangen genommen und nach Estador verbracht werden mussten. Die Leibeigenen kamen aus aller Herren Länder und waren ohne Frage von den Mannschaften der fliegenden Schiffe eingefangen worden, um die Geheimnisse der Schiffsbauer zu wahren. Da konnte Aganez den Einheimischen schon eher verzeihen, hieß das doch, dass Thedra dank seiner fliegenden Schiffe stark genug war in jeder beliebigen Hafenstadt Gefangene zu machen!

Sowohl die Gründung Thedras als auch die Entwicklung der fliegenden Schiffe waren einzig auf Aganez' Initiative zurückzuführen und es machte ihn stolz, wie prächtig sich beides entwickelt hatte. Da war es zwar bedauerlich, dass in jedem Jahr etliche Menschen ihre Freiheit verloren, aber die Tatsache, dass das Geheimnis der fliegenden Schiffe in all den Jahrhunderten hatte gehütet werden können, gab den Sklavenhaltern Recht. War Aganez auch immer noch nicht glücklich mit den Sitten, die hier in der Stadt herrschten, so sah er doch die Notwendigkeit ein, die Spione in den Hafenstädten gefangen zu nehmen. – Und war es nicht menschlicher, sie hier ihre Neugier büßen zu lassen, als sie an Ort und Stelle zu töten?

Mit den ersten Händlern war aus dem Hinterland Thedras im Frühsommer die Nachricht vom Fall der Hauptstadt gekommen. Allgemein fand man diese Tatsache in Wettergrube sehr bedauerlich, war aber nicht bereit etwas zur Befreiung Thedras zu unternehmen. Noch liefen die Geschäfte mit Holzkohle ohne Störungen ab und auch die Versorgung der Stadt war nicht gefährdet. Das Schlimmste, was passieren konnte, war, dass durch die Sperrung des Hafens von Thedra nach und nach einige Luxusgüter wie Wein und Gewürze knapp wurden. Aber noch war es nicht so weit und man wollte erst einmal abwarten, wie lange die neue Regierung sich an der Macht halten konnte; denn dass die Lage in Thedra alles andere als stabil war, galt als offenes Geheimnis. Allgemein ging die Meinung dahin, dass nach kurzer Zeit die Handelswege wieder offen sein würden.

Eine kleine Gruppe in Wettergrube sah die Situation allerdings vollständig anders. Es waren dies die Menschen, die aus Thedra stammten und Verwandte und Freunde dort hatten. Bis zum Hochsommer trafen bei ihnen immer neue Meldungen aus der Hauptstadt ein. Es kamen auch von den Dramilen ausgeschickte Händler, um den Bedarf Thedras an Brennstoff einzukaufen. Dadurch wurde allen klar, dass das Leben in Thedra zurzeit alles andere als angenehm war.

So hatte sich um Keldan, einen aus Thedra stammenden Gewürzhändler, eine kleine Schar gebildet, die die Befreiung der Stadt anstrebte. Da die Stärke der Gruppe aber kaum mehr als zwanzig Mann betrug, erschöpften sich die Aktionen der tapferen Krieger in immer neuen abendlichen Gelagen im größten Wirtshaus der Stadt.

Aganez lebte recht zurückgezogen im Haus der Witwe, beobachtete amüsiert das Treiben in der Stadt und bereitete sich auf die große Wanderung, die Suche nach der Schlafenden Armee, vor.

Die Leute von Wettergrube ließen ihn in Ruhe. Einzig beunruhigend fand Aganez die Tatsache, dass hier noch niemand etwas von einer jungen Thedranerin gehört hatte, die nach dem Alten vom Berg fragte. Was mochte die Hüterin aufgehalten haben?

Der Sommer verging und der Herbst kam. Aganez' Laune sank auf einen Tiefpunkt. Sein Zeitplan war vollständig durcheinander geraten. Ursprünglich hatte er vorgehabt von hier aus im nächsten Frühjahr in das Große Gebirge zu ziehen. Dadurch, dass es nun die Bergstadt Stein gab, hatte er seinen Plan insoweit umstellen können, als er das Winterlager für sich und die Hüterin nach dort verlegte. Das brachte ihm einen gehörigen Zeitvorteil, denn dadurch würde er den Bergsommer in seiner vollen Länge ausnutzen können. – Das alles blieb aber bloße Theorie, wenn die Hüterin nicht bald erschien. In weniger als drei Monaten würde der erste Schnee fallen und dann würden alle Wege nach Stein innerhalb kurzer Zeit unpassierbar sein.

An einem sonnigen Spätsommertag packte Aganez sein Bündel, prüfte seine Waffen und machte sich auf den Weg nach Westen. Wenn die Hüterin ihn nicht fand, dann würde er eben die Hüterin finden müssen! Der geruhsame Sommer in Wettergrube war Aganez hervorragend bekommen und er fühlte sich um Jahrzehnte – genau genommen um Jahrhunderte – verjüngt. Mit großen Schritten ging er in Richtung der untergehenden Sonne, sein Bündel geschultert und seine Waffen unter dem weiten Umhang verborgen. Aganez, der große Aganez, hatte vor hunderten von Jahren einen Plan gemacht, dessen Auswirkungen bis in die heutige Zeit zu spüren waren. Diesen Plan wollte er unbedingt einhalten, denn die Legende vom unfehlbaren Magier durfte keinen Makel erhalten. Nichts fürchtete Aganez so sehr wie den Spott der Menge. Undenkbar, dass etwas nicht funktionierte, wie er es sich gedacht hatte! Egal, was mit der Hüterin geschehen war, er musste es herausfinden!

Dumpf lastete die spätsommerliche Hitze auf der staubigen Straße nach Neu-Eraji, einem großen Dorf nahe bei Wettergrube, doch Aganez stürmte in seinem Zorn voran wie in jungen Jahren. Gleichgültig, aus welchen Gründen die Hüterin seine Pläne durchkreuzt hatte, sie würde sich eine sehr gute Entschuldigung einfallen lassen müssen!

Grimmig umklammerte Aganez den Griff des unscheinbaren Schwertes, das an seiner Seite hing. Unscheinbar waren allerdings nur Griff und Scheide. Die Klinge selbst war knapp zwei Ellen lang und die Waffe war genauso alt wie Thedra. Aganez selbst hatte sie geschmiedet und der Stahl war so makellos, dass selbst die Jahrhunderte in der Felsenhöhle ihm nichts hatten anhaben können. Hätte Aganez je sein Schwert vor den Augen anderer ziehen müssen, hätte ihm seine ganze Tarnung nichts mehr genützt. Wer eine solche Waffe besaß, war ein mächtiger Mann, gleichgültig, wie zerlumpt er herumlaufen mochte!

Ähnlich verhielt es sich mit dem Bogen, den Aganez bei sich trug. Niemand hätte unter der dichten Bastwicklung blitzenden Federstahl vermutet und auch die Sehne, die Aganez in Wettergrube aus seinem eigenen Haar neu geflochten hatte, wies auf keinerlei Besonderheit hin.

Was dem Magier bei seinen Waffen in so hervorragender Weise gelungen war, hatte in Bezug auf seine Person und sein Auftreten allerdings keine Gültigkeit. Wer immer den hoch gewachsenen Alten mit dem wehenden, weißen Haar erblickte, musste von der imposanten Erscheinung des Greises beeindruckt sein. Auch der weite Umhang seiner Zunft, den er den Magiern von Hestron zum Trotz immer noch trug, zog allgemein die Blicke auf sich, auch wenn hier niemand die Bedeutung dieses Kleidungsstücks kannte. Die ungeduldige, herrische Art, in der Aganez mit seinen Mitmenschen umging, tat ein Übriges ihn insgesamt zu einer unvergesslichen Erscheinung zu machen, die Stoff für Vermutungen und Gerüchte aller Art hergab, wo immer der Magier auftauchte.

Aganez wanderte über Berge und Waldstege immer weiter nach Westen und fragte überall nach einer durchreisenden jungen Thedranerin. Doch niemand konnte ihm Auskunft geben. Es waren zwar etliche Thedraner auf den Straßen Estadors unterwegs, aber das waren vor allem Kaufleute, die mit ihrer Ware über Land irrten, weil sie sich nicht mehr in die Hauptstadt zurückzukehren getrauten. Niemand hatte eine allein reisende Frau gesehen oder auch nur von ihr gehört.

Also zog Aganez weiter. Irgendwann musste er den Punkt erreichen, wo die Hüterin ihre Wanderschaft unterbrochen hatte, und dann würde man weitersehen.

Zwei Nischen hatte der Magier bislang aufgesucht und beide waren unberührt gewesen. Die Ungewissheit ließ ihn immer übellauniger werden und kurz vor Hochstadt war er drauf und dran, umzukehren, sich einen anderen Helfer zu suchen und den Dingen ihren Lauf zu lassen.

In Hochstadt selbst hielt er sich drei Tage auf, besuchte den Markt und fragte mehr als hundert Reisende auf das Genaueste aus. Zwar erfuhr er hier auch nichts über den Verbleib der Hüterin, aber trotzdem erhielt er einen wichtigen Anhaltspunkt. Etliche Reisende hatten auf der Straße zwei bewaffnete Fremde getroffen, die mit einem Stummen über Land zogen und der Beschreibung nach nur Dramilen sein konnten. Sie hatten sich friedlich verhalten und in den Gasthäusern sogar ihre Zechen bezahlt, wie Aganez erfuhr. Bald schon wurde ihm allerdings klar, was die Dramilenpatrouille hier im tiefsten Hinterland Estadors zu suchen hatte. Die Dramilen waren genau wie er nach Westen gegangen, hatten einen Vorsprung von etlichen Tagen – und sie hatten sich, genau wie er selbst, nach einer jungen Frau aus Thedra erkundigt.

Aganez verdoppelte seine Anstrengungen. Die Dramilen waren unterwegs, um Jagd auf die Hüterin zu machen – und er war nicht bereit das zuzulassen! Unermüdlich eilte er nach Westen, den Bewaffneten hinterher. Er hoffte, nicht zu spät zu kommen. Schon immer hatte er sich in der Rolle des Helden, Retters und Helfers am besten gefallen, und je größer die Gefahr gewesen war, umso wohler hatte er sich gefühlt. Diese Seite seines Wesens war es auch gewesen, die ihn vor Jahrhunderten in ernste Schwierigkeiten gebracht hatte.

Trown, der damalige König der Westlichen Berge, hatte regen Handel mit den Ver getrieben, einem einfachen Steppenvolk, das sich auf Viehzucht spezialisiert hatte. Da der König einerseits gerne Fleisch aß, andererseits das Bezahlen aber der königlichen Kasse schadete, war er eines Tages auf die vortreffliche Idee gekommen, eine eigene Viehzucht besitzen zu wollen. Nun gab sein steiniges Bergland aber für größere Herden nicht genug Nahrung her, auch fehlte es am nötigen Zuchtvieh. Also hatte Trown, König der Westlichen Berge, beschlossen Land und Herden der Ver sein Eigen zu nennen.

Die Ver waren ein schwaches Volk. Es gab kein Kupfer in

ihrem Land und ihre Häuser waren aus Lehm. Aber nichtsdestotrotz waren sie von ausgeprägtem Eigensinn und nicht bereit ihr Land und ihr Vieh freiwillig abzutreten. Außerdem konnten sie hervorragend mit ihren schweren, hölzernen Hirtenstäben umgehen, wie man hörte. Wolfsbraten zählte zu ihren bevorzugten Speisen.

Also rüstete Trown, König der Westlichen Berge, in seiner Weisheit ein kleines Heer mit guten Waffen aus und schickte es ins Land der Ver. Die bronzenen Schwerter und die hart glänzenden Spitzen der Speere würden die Ver schnell davon überzeugen, dass der Fleischhandel, und die Viehzucht überhaupt, nicht mehr recht lohnend waren.

In dieser Situation war ein junger Magier, Aganez, in die Hauptstadt der Westlichen Berge gekommen, hatte von den Plänen des Königs erfahren und die Entscheidung getroffen, die sein ganzes späteres Leben prägen sollte. Noch vor der Heerschar war er aufgebrochen und ging zu den Ver. Der Legende nach legte er eine Wegstrecke von zwölf Tagesmärschen in vier Tagen und Nächten zurück.

Angekommen, versammelte er die Ver und berichtete von der drohenden Gefahr. Dann hieß er sie nach einem bestimmten Muster drei große Öfen aus Lehm bauen und große Mengen Holzkohle, weißen Sandes und etwas Kalkstein herbeischaffen. Als er seine Anweisungen gegeben hatte, legte er sich zur Ruhe und schlief einen Tag und eine Nacht lang.

Am Morgen des folgenden Tages sah der Magier sich einer murrenden Menge gegenüber, die zu wissen begehrte, wohin das alles führen solle und ob es nicht ratsamer sei, sich auf den bevorstehenden Kampf vorzubereiten, statt Brennholz und Sand zu schleppen. Da setzte Aganez die Kraft seiner Stimme ein, um die aufgebrachte Menge zu beruhigen, denn bis zu einem gewissen Grad war es ihm möglich, eine hypnotische

Wirkung auszuüben. Dann ließ er unverzüglich die Öfen anheizen.

Nun kam die zweite Prüfung für die Ver. Einen ganzen Tag lang mussten die Öfen mit Unmengen von Holzkohle gespeist werden, während Aganez aus Ziegenhäuten gewaltige Blasebälge fertigen ließ. Dann mussten die Ver den weißen Sand und den zermahlenen Kalkstein in etwa kopfgroße Tonkugeln hüllen, die mit langen Stangen vorsichtig in die heißen Öfen geschoben wurden.

In wechselnden Schichten wurde einen halben Tag lang die Temperatur immer höher getrieben, bis die Tonkugeln, ja sogar die Öfen selbst, hellrot durch die Nacht glühten.

Endlich kam Aganez' große Stunde. Nun würde es sich zeigen, ob er einen guten Plan zur Rettung der Ver entwickelt oder ob er sie nur aufgehalten und dadurch zum Untergang verurteilt hatte. Mit größter Konzentration, bemüht die Ver seine Aufregung nicht merken zu lassen, hatte Aganez die erste der weiß glühenden Kugeln aus dem Feuer gestoßen und mit seinem Schwert aufgeschlagen.

Der Plan des Magiers war aufgegangen! Als endlich die schwer bewaffneten Truppen des Königs am Horizont auftauchten, war jeder Ver mit einem kurzen gläsernen Speer ausgerüstet gewesen. Frauen und Kinder hatten sich mit Ersatzspeeren in der zweiten Reihe aufgestellt, um die von den Kämpfern geschleuderten Waffen sofort zu ersetzen. Aganez selbst, die Hände und das Gesicht mit Brandblasen überdeckt, stand abseits, sein magisches Schwert aus reinem Stahl, das er zum Ziehen und Schneiden des Glases benutzt hatte, mit zerschmolzener Klinge nutzlos in seinem Gürtel.

Arglos und siegessicher waren die Soldaten auf die Menge der Ver zugekommen, denn schließlich war es üblich, dass ein Heerzug einen Menschenauflauf verursachte, wo immer er auch erschien.

Die Ver hatten die neuen Waffen unter ihren Gewändern verborgen und stellten sich den Soldaten dreist entgegen.

Herrisch war der Anführer der Soldaten auf die Ältesten der Hirten zugegangen. An die tausend Ver hatten die Speere aus ihren Gewändern gezogen. Die dreihundert Soldaten König Trowns hatten erstaunt und ängstlich nach ihren Waffen gegriffen. Da hatte der erste Ver seinen Speer nach dem Anführer geschleudert. Mühelos durchschlug die gläserne Spitze den schweren Lederpanzer des Mannes. Federnd schaute das letzte Stück des kurzen Schaftes aus dem durchschnittenen Harnisch und brach mit einem leisen Klicken ab, als der Hauptmann des Königs zu Boden sank.

Plötzlich führerlos, war die kleine Heerschar ungläubig staunend einige Schritte zurückgewichen, da gab der Älteste des Hirtenvolkes seinen Leuten ein Zeichen. »Wölfe sind im Dorf, tötet sie!« – Eintausend gläserne Speere waren zischend in den Himmel emporgestiegen und fast jeder hatte sein Ziel gefunden.

Aganez hatte sehr wohl gewusst, dass er damit dem Kodex der Magier zuwidergehandelt hatte. »Ausgestoßen ist der, der tötet«, hieß es da, »ausgestoßen auch der, der Tod verursacht!«

Aganez *hatte* Tod verursacht! Alle dreihundert Männer des Königs waren auf dem Schlachtfeld geblieben, die Leiber durchbohrt von seinen gläsernen Speeren. So hatte er auch gar nicht gewartet, bis ein Abgesandter Hestrons ihn fand und Schwert und Buch von ihm forderte, sondern war selbst in die Steinwüstenstadt gegangen, um dem Großmeister der Zunft beides zu Füßen zu legen.

Nun hatte er sich der Gerichtsbarkeit zu stellen. Als er nach langer Wanderung Isco, die Kaiserstadt, erreicht hatte, war die Kunde von Trowns Niederlage gegen die Ver schon eingetroffen. Trown selbst hatte vom Kaiser die Gefangennahme und Auslieferung Aganez' gefordert.

Da der Kaiser allerdings keine allzu hohe Meinung vom König der Westlichen Berge hatte und der junge Aganez ihn in seiner Tapferkeit doch sehr beeindruckte, zog er es vor, ihn nicht Folter und Tod auszuliefern, sondern ihn zu verbannen. Gerade hatten seine Schiffe doch diesen öden, felsigen Küstenstrich jenseits des Großen Gebirges entdeckt! – So kam es, dass in Thedra fast von der ersten Stunde an ein Magier wirkte. Ein entrechteter Magier ohne Schwert und Buch zwar, aber immerhin ein Magier – und ein sehr kämpferischer dazu!

War Aganez auch ein alter Mann geworden, so hatten ihn sein eiserner Wille und sein Ehrgeiz doch noch lange nicht verlassen. Er würde die Dramilen, die Jagd auf die Hüterin der Armee machten, finden und aufhalten, das war er sich und seiner Legende schuldig! Mit fliegenden Schritten eilte er der feindlichen Patrouille nach und hielt nur manchmal für kurze Zeit an, um ein wenig von dem weißen Pulver zu schnupfen, das ihm die nötige Kraft verlieh. Als die ersten kalten Winde aus dem Norden über das Flachland jagten, sah er vor sich die Stadt Tregh in einer Senke liegen. Aganez wusste, dass er den Dramilen dicht auf den Fersen war!

Szin eb Szin rüstete sich für den letzten entscheidenden Schlag, mit dem er die verfluchte Hündin, die ihm so viel Mühe bereitet hatte, ein für alle Mal von der Welt fegen würde.

Er und die zwei Bogenschützen, die ihn begleiteten, hatten sich für die Nacht im Gasthaus von Tregh einquartiert. Der Gastraum der Schenke war warm und gemütlich. Szin und seine Männer hatten sich in den hintersten Winkel der Stube zurückgezogen, in deren Mitte ein Feuer für Wärme und Licht sorgte.

Der Wirt hatte die unbekannten Gäste eilig bedient, was

nicht zuletzt auf das Auftreten Szins und die Bewaffnung der Gruppe zurückzuführen war. Wie in jeder Stadt hatten die Bogenschützen auch hier in leidlich verständlicher Landessprache erklärt, sie seien von Gouverneur Llauk ausgesandt, um eine seiner Verwandten zu suchen, die sich auf der Wanderschaft durch das nordwestliche Estador befinde. Ob denn vielleicht der Wirt etwas über eine junge Thedranerin gehört habe, die sich hier in der Gegend aufhalte?

Das hatte der Wirt allerdings. Erst heute Morgen hatte ihm seine Frau mit allen Anzeichen der Empörung erzählt, eine Nachbarin habe ihr berichtet, dass Ena – *»Ja, genau diese Ena!«* – es endlich geschafft habe, eine Frau zu sich ins Haus zu locken. – *»Man stelle sich vor!«* – Schon mehr als einen Monat hielt sich die Fremde – *»Eine Thedranerin übrigens. Man weiß ja, wie die sind!«* – schon in Enas Haus auf. Angeblich war sie schwanger und brauchte Hilfe. Na ja, man konnte sich vorstellen, wie Enas Hilfe aussah ... Jedenfalls konnte der Mann einem Leid tun! – *»Ja, ein Mann auch noch!«* – Ob der wohl wusste, was Ena mit seiner Frau so trieb, wenn sie ihn vor die Tür schickte? – Die Nachbarin hatte allerdings gemeint, dass der Mann vielleicht gar nicht vor die Tür geschickt zu werden brauchte! – *»Ob das möglich war, dass vielleicht alle drei ... ?«* – Ja, und dann war da ja auch noch dieser Hund ...

Szin eb Szin hatte in seiner Ecke jedes Wort mitgehört und sich seinen eigenen Reim auf diese krause Geschichte gemacht.

Eine Thedranerin, die offenbar aus der Hohen Weite in das Flachland gekommen war, das ließ unter den gegebenen Umständen nur den einen Schluss zu: Die Hüterin hatte irgendwo überwintert und war jetzt auf ihrem Weg in das Hinterland! Zwar passte es nicht in das Bild, dass sie in Begleitung reiste und wahrscheinlich schwanger war, aber eine hübsche Frau kam oftmals schneller an Mann und Kind, als ihr lieb war; und hübsch war diese kleine Hüterin ohne Frage! – Jedenfalls noch!

Während die Bogenschützen mit ihrer stark dramilisch eingefärbten Sprechweise dem Wirt die genaue Wegbeschreibung zu Enas Haus abschmeichelten, machte Szin schon einen Plan, wie der Hüterin am besten zu Leibe zu rücken sei.

Diese Ena bewohnte ein kleines Haus, weit abgeschieden draußen vor der Stadt. Was lag also näher, als dieses Haus auf drei Seiten anzuzünden und einfach vor dem Eingang darauf zu warten, wer oder was herausgestürmt kam? Der Gedanke erwärmte Szins Herz. Er würde einfach Posten beziehen und abwarten, was ihm da so vor die Klinge kam. Die Bogenschützen würde er in einigem Abstand postieren, sodass sie eingreifen konnten, falls es wider Erwarten brenzlig werden sollte. Aber Szin hatte keinen Zweifel, dass er die Lage unter Kontrolle halten und ein schönes Lehrstück seiner Kunst vorführen werde.

Gerade war Szin eb Szin in stille Vorfreude versunken, als ein Glitzern auf der anderen Seite des Raumes seine Aufmerksamkeit auf sich zog. Szin runzelte die Stirn und sah auf. Schwach nur konnte er über das Feuer hinweg die Ursache des Funkelns erkennen. Ein alter Mann saß dort, der an der Hand einen Ring trug, welcher das Licht des Feuers zu einem gleißenden Strahl bündelte. Langsam, wie zufällig, bewegte der Fremde seine Hand, sodass das Licht, das dem Ring entströmte, in Intervallen stärker und schwächer zu werden schien.

Szin merkte, wie die Schärfe seiner Gedanken nachließ und er sich auf den Ring des Fremden zu konzentrieren begann. Wütend machte er eine abwehrende Handbewegung und stieß einen unartikulierten Laut aus. Szin kannte sich zu gut mit der Beeinflussung von Menschen aus, um nicht zu merken, dass dieser Fremde ihn hypnotisieren wollte.

»Gefällt dir mein Ring nicht?« Der Fremde lächelte Szin milde über das Feuer hinweg an.

Szin sah zu den Bogenschützen hinüber und stellte fest, dass er allein war. Bewegungslos saßen die Männer auf ihren Plätzen und waren in den Anblick des Rings vertieft.

»Deine Begleiter sitzen da wie Schafe, die den Mond anbeten!«, behauptete der Fremde. »Wenn du dich jetzt auch auf den Ring konzentrierst, wird es leichter für dich!«

Wieder stieß Szin ein wütendes Knurren aus. Mit der weit ausgestreckten Linken schirmte er das Funkeln des Schmuckstücks ab, während seine Rechte zum Stiefel hinabfuhr und mit schlangengleicher Geschmeidigkeit den nadelfeinen Dolch hervorzog.

»Lass das lieber!«, schlug der Fremde freundlich vor und Szins Hand erstarrte in der Bewegung.

Verwirrt und verzweifelt schaute Szin wieder zu seinen Begleitern hinüber, aber die saßen nur da, starrten wie gebannt auf den Ring und bemerkten nichts von dem, was geschah.

»Steck deine Waffe wieder ein! Du brauchst sie erst wieder in Thedra, wohin ihr jetzt gehen werdet!«, forderte der unheimliche Gast am anderen Ende des Raumes.

Mit wachsender Panik erkannte Szin, dass er dem Fremden hilflos ausgeliefert war. Er wusste genau, dass es unmöglich ist, einen Menschen hypnotisch zu beeinflussen, der sich bewusst dagegen wehrt – und trotzdem steckte er gegen seinen Willen den Dolch mit geübter Bewegung wieder in den Stiefel.

»Hört mir zu, Dramilen!« Aganez erhob sich und trat näher an das Feuer heran. »Ich habe einen Auftrag für euch, den ihr sofort durchführen werdet!«

Wie Gläubige in einem Bethaus saßen die Dramilen vor dem Fremden, durch das Feuer des Rings und die Kraft der Stimme vollständig in den Bann geschlagen. Nun wehrte sich auch Szin nicht mehr gegen den Einfluss, den das funkelnde Geschmeide auf seinen Geist ausübte. »Ihr werdet sofort nach Thedra gehen!«, hörte er den Befehl des Fremden. »Dort werdet ihr ...«

Es war nicht viel gewesen, was Aganez den Dramilen aufgetragen hatte. »Nun geht und verliert keine Zeit!«, schloss er seine Rede. Dann setzte er sich wieder, wobei er den Ring vom Finger zog und ihn in einem Beutel, der an einem Band von seinem Hals herabhing, verschwinden ließ.

Allmählich kam wieder Bewegung in die Gruppe der Dramilen. Langsam begannen sie ihre Sachen zusammenzukramen und ihre Bündel zu schnüren. Zwar irrlichterten Szins Augen unsicher zwischen Aganez und seinen Leuten hin und her, aber auch er konnte sich dem Zwang des Auftrags nicht entziehen.

Schließlich war die Gruppe reisefertig. Schweigend schulterten die Dramilen ihre Bündel und verließen wortlos das Gasthaus. Obwohl sie dabei nahe an seinem Platz vorüberkamen, beachtete Aganez sie nicht. Kein lebender Mensch hatte sich je der Kraft seiner Stimme entziehen können und so war er sich sicher, dass die drei den Auftrag, den er ihnen mit auf den Weg gegeben hatte, zu seiner vollen Zufriedenheit erledigen würden.

In Enas Hütte saß Frill am Bett seiner Frau und bewachte ihren ohnmachtsähnlichen Schlaf, der nur dann und wann von den leichten Krämpfen der Nachwehen unterbrochen wurde. Noch immer hatte die Blutung nicht aufgehört und es gab nichts, was er für Teri hätte tun können.

Ena hatte sich in eine Ecke des Zimmers zurückgezogen. Dort saß sie schweigend und überlegte, wie man der Kranken am besten helfen könne. Der Absud von Schafgarbe und Walnusskätzchen, der sonst von Frauen als Spülung zur Blutstillung benutzt wurde, kam hier nicht infrage. Teri war für eine Behandlung, die Mithilfe von ihr verlangt hätte, einfach zu schwach und andere Mittel waren Ena nicht bekannt. Sofort nach der Geburt hatte Ena Teri wieder die bewährte Mischung aus stärkenden und beruhigenden Kräutern gegeben, um die Kranke möglichst ruhig zu halten und vor Aufregung zu schützen.

Am zweiten Tag nach der Geburt besserte sich Teris Zustand ein wenig; sie erwachte kurz und nahm auch eine Winzigkeit von dem Essen an, das Ena ihr brachte. Die Blutung hatte zwar noch immer nicht aufgehört, aber sie war bedeutend schwächer geworden. Ena begann Hoffnung zu schöpfen und auch Frill fand jetzt den ersten, allerdings sehr unruhigen Schlaf, seit er Vater einer Tochter war.

Für Fe hatte Ena ein Nest gebaut, das aus einem Holztrog bestand, den sie mit trockenem Moos und einem Ziegenfell behaglich hergerichtet hatte. Hier lag Fe warm und sicher und verschlief, wie ihre Mutter, die meiste Zeit des Tages. Da es im Moment sowieso nichts Besseres zu tun gab, durchstöberte Ena Teris Bündel nach brauchbarem Stoff, um daraus Kleidung für Fe anzufertigen. Nun machte es sich bezahlt, dass Teri die Kleidung, aus der sie zwischen Tigan und Ago herausgewachsen war, die ganze Zeit aufgehoben und mit sich herumgeschleppt hatte, denn Ena machte daraus im Laufe des Nachmittags zwei winzige Kittel und einen kleinen Stapel Windeln für das Kind. Um diese Arbeit bei gutem Licht durchführen zu können, hatte sie sich, in eine Decke gehüllt, vor das Haus gesetzt, da die Witterung schon zu kalt geworden war, um die Fensterläden geöffnet zu halten.

Gerade war Ena damit beschäftigt, ihre Sachen zusammenzuräumen, als sie eine Bewegung am Rand der Lichtung wahrnahm. Rasch sah sie auf und erkannte in der schwindenden Helligkeit des Nachmittags einen hoch gewachsenen Mann, der auf das Haus zukam. Ruhig blieb Ena sitzen und sah dem Fremden entgegen, während sie unauffällig eine der Windeln zu Boden gleiten ließ und einen etwa faustgroßen Stein hineinrollte. Dann nahm sie die Zipfel des Tuches zusammen und stand auf.

Der Mann kam mit unverminderter Schnelligkeit auf das Haus zu. »Bist du Ena? – Hast du die Hüterin bei dir zu Gast?«

»Ich bin Ena und dies ist mein Haus!«, antwortete die junge Frau. Der schwere Stein schwang beruhigend in dem Tuch hin und her. Mit einer ähnlichen Waffe hatte Ena vor einem Jahr einen aufdringlichen »Verehrer« übel zugerichtet, der ihr auf dem Heimweg vom Markt im Wald aufgelauert hatte, und es war immer gut, einem Fremden nicht ganz wehrlos gegenüberzutreten.

Frill hatte Stimmen auf dem Hof gehört und kam nun heraus. Schweigend trat Frill auf die Schwelle und schaute dem Ankömmling entgegen, der jetzt stehen geblieben war. Hund hatte sich ebenfalls durch den Türspalt gedrängt und achtete scharf auf jede Bewegung des Mannes. Dass der Alte in seinem wehenden Umhang ihm nicht ganz geheuer war, konnte Frill an dem leicht gesträubten Nackenfell erkennen.

»Ist die Hüterin der Armee bei dir?«, begehrte der Fremde abermals zu wissen.

Ena drehte sich Hilfe suchend zu Frill um. Sie war sich nicht sicher, was sie darauf antworten sollte. Natürlich wusste sie von Teris Auftrag, und auch, dass sie verfolgt wurde, war kein Geheimnis für Ena. Was also sollte sie einem Fremden antworten, der vielleicht gerade zu diesen Verfolgern gehörte?

»Meine Frau ist krank!«, erwiderte Frill an ihrer Stelle. »Bist du der, nach dem wir suchen sollen?«

»Ich bin der Alte vom Berg!« Aganez trat, ohne Ena weiter zu beachten, auf Frill zu. »Was fehlt deiner Frau?«

Hund legte die Ohren ein wenig zurück, die Haare auf seinem Rücken waren jetzt aufgestellt wie bei einer Bürste.

»Was geht dich das an!«, schaltete sich Ena nun wieder ein. »Sie hat ein Kind geboren und ist nun sehr schwach! – Das ist alles!«

»Ich bitte dich um Gastfreundschaft für diesen Mann!«, sprach Frill Ena an. »Er ist es, um dessentwillen wir die Reise unternommen haben.« Nervös schaute Frill in den Raum hinter sich; Teri begann unruhig zu werden.

Ena wandte sich dem Haus zu und trat auf die Schwelle. »Sei willkommen!« Sie hielt dem Magier die Tür auf und Aganez sah die Hüterin, auf die er monatelang gewartet hatte, zum ersten Mal.

Wenig später hatte Aganez Teri und ihr Kind gegen den schwachen Protest von Ena und Frill schnell und gründlich untersucht. Er hatte den beiden einfach geboten ihn gewähren zu lassen, und sie hatten gehorcht. Aganez hatte noch nicht einmal die Kraft seiner Stimme oder gar den Ring einsetzen müssen. Ena und Frill machten den Eindruck verängstigter Kinder, die bereit waren jede nur denkbare Hilfe anzunehmen, von wem sie auch immer kam.

Als Aganez die Untersuchung beendet hatte, hatte sogar Ena zugeben müssen, dass der Fremde etwas von Heilkunde verstand. Er hatte ihr einige äußerst präzise Fragen über den Verlauf von Schwangerschaft, Geburt und Blutung gestellt und sie für ihre Behandlungsmethoden sehr gelobt.

Teri hatte die Prozedur halb bewusstlos über sich ergehen lassen und schlief, sofort nachdem Aganez sie zugedeckt hatte, wieder ein.

»Gut!«, stellte der Magier fest und setzte sich zu Ena und

Frill. »Sie hat eine schwere Zeit hinter sich und sicherlich hast du ihr das Leben gerettet!« Er nickte Ena anerkennend zu. »Jetzt ist es so weit, dass ihr Zustand sich zu normalisieren beginnt. Sie muss jetzt viel essen, damit sie wieder zu Kräften kommt. – Weckt sie, wenn notwendig, mehrmals täglich auf und gebt ihr nahrhafte Speisen – und du, Ena, fährst mit deiner Behandlung wenigstens noch fünf Tage lang fort!« Aganez öffnete einen Lederbeutel, den er an seinem Gürtel trug, griff hinein und legte eine Hand voll Geldstücke auf den Tisch. Dann stand er auf und sah Frill drohend an. »Wie lange war deine Frau schon im Schardienst, als ihr das Kind gezeugt habt?«

»Wenige Tage nur!«, antwortete Frill. »Warum fragst du?«

»Scharfrauen bekommen keine Kinder!«, behauptete Aganez mit fester Stimme. »Aber *so* kann es natürlich doch noch geschehen sein«, fuhr er dann nachdenklich, mehr zu sich selbst sprechend, fort. Eine weitere Erklärung blieb er aber schuldig. Dann sah er Frill wieder ins Gesicht. »Sage deiner Frau, dass ich sie nach dem Winter in der Stadt erwarte – und zwar allein! Trefft Sorge dafür, dass es dem Kind nicht an Nahrung mangelt, denn sie wird lange fort sein! – Kauft ein Schaf!« Er zeigte auf den Stapel Münzen. »Geld habt ihr genug!«

»Aber …« Frill versuchte etwas einzuwenden.

»Ich werde deine Frau in der Stadt erwarten!«, unterbrach Aganez ihn. »Sobald die Schneeschmelze beginnt, kommt sie nach Tregh! – Wir müssen jeden Tag ausnutzen, denn wir haben einen weiten Weg!«

Mit diesen Worten nahm der Magier sein Bündel auf, ging zur Tür und verschwand in der Dunkelheit.

»Wer war das?«, fragte Ena, die immer noch halb erstaunt, halb empört auf die Tür schaute. »Der hat uns ja wie Knechte oder Sklaven behandelt!«

Frill hob in einer ratlosen Geste die Schultern. Was hätte er Ena auch antworten können, wo doch noch nicht einmal Teri wusste, was der Alte vom Berg wirklich mit ihr vorhatte?

»Mag sein, dass er ein guter Arzt ist«, stellte Ena in Frills Schweigen hinein fest. »Auf jeden Fall ist er aber ein unangenehmer Mensch!« – Und da konnte Frill ihr nur Recht geben!

Zehn Tage später war Teri wieder gesund. Ein bisschen wacklig auf den Beinen zwar, aber gesund! Bis auf die üblichen Unannehmlichkeiten des Wochenbetts hatte es keine weiteren Komplikationen gegeben, und so war sie schon vor ihrer endgültigen Genesung in der Lage gewesen, sich um ihre Tochter zu kümmern.

Teri fand Fe außergewöhnlich hübsch, weil die Kleine genauso aussah wie Frill, und Frill war ganz vernarrt in das Kind, weil es ein lebendiges Abbild Teris war. Ena mochte sich nicht entscheiden, wem Fe nun ähnlicher sah, und Hund neigte ein wenig zur Eifersucht, was aber durch viel Streicheln und lobende Worte leicht ausgeglichen werden konnte.

So kreiste in den ersten Tagen nach Teris Genesung alles in ständiger Aufregung um das Kind. Erst eine gute Weile später hatten sich alle auf die neue Lage eingestellt, sodass ein einigermaßen geregelter Tagesablauf eingehalten werden konnte: Teri war selbstverständlich für die Ernährung der Kleinen zuständig, wogegen das Säubern des Kindes von allen abwechselnd erledigt wurde. »Wer es merkt, ist dran!«, hatte Ena bestimmt und so wurde es auch gemacht. – Frill hatte sich darauf spezialisiert, das Kind mit Liedern und spielerischen Turnübungen zu unterhalten, und Ena kümmerte sich mit großem Ernst um die gesundheitliche Entwicklung der Kleinen.

Fe gedieh prächtig und war zudem ein ausgesprochen freundliches Kind, das nur dann schrie, wenn es Hunger hatte oder sich sonstwie unwohl fühlte. Also riskierten Ena und Frill es, Teri einen Tag lang mit ihrer Tochter allein zu lassen und auf den Markt von Tregh zu gehen. Ena hatte in letzter Zeit ihre Geschäfte arg vernachlässigt und es wurde Zeit, dass sie ihr Gesicht mal wieder in der Stadt herumzeigte, bevor ihre Kunden sie ganz vergaßen. Außerdem konnte man dann tatsächlich gleich auf dem Rückweg ein Milchschaf und Trockenfutter mitbringen. Holz für einen Stall gab es hier im Wald genug und so machten sich Ena und Frill daran, ein paar geeignete Bäume zu fällen und einen Verschlag daraus zu errichten, bevor sie losgingen; denn mittlerweile wohnten in Enas kleinem Haus schon fünf Personen, wenn man Hund einrechnete, und das Schaf hätte – bei aller bekannten Freundlichkeit dieser Tiere – den anderen doch arg viel Platz weggenommen.

So kam es, dass am Abend des Markttages ein ängstlich blökendes Milchschaf hinter Enas kleinem Marktkarren hertrottete und Frill noch am selben Abend die ersten Melkübungen veranstaltete.

Hund war schlicht begeistert von dem neuen Mitbewohner des Grundstücks. Seit die Menschen die Wanderschaft unterbrochen hatten, war es ihm sowieso zu langweilig gewesen; da kam ihm ein wenig nützliche Arbeit gerade recht. Aufmerksam beobachtete er das Schaf, das das Trockenfutter verschmähte und sich lieber auf der Lichtung vor dem Haus seine Gräser selbst abrupfte. Unermüdlich umkreiste Hund das Tier, wobei er ständig nach allen Seiten sicherte und sein Untergebenes mit hochmütiger Miene zurücktrieb, wenn es sich zu weit vom Haus entfernte. Am Abend trieb er das Tier regelmäßig in den offenen Verschlag und legte sich selbst in das warme Heu, das in den Wintermonaten als Futter dienen sollte. Ins Haus kam er nur noch in Ausnahmefällen und auch dann immer nur ganz kurz.

Teri, die vom Besuch des Alten vom Berg so gut wie gar nichts mitbekommen hatte, wäre gern einmal nach Tregh gegangen, um sich ihren zukünftigen Reisegefährten anzusehen; aber Fe war noch nicht in der Lage ihre Mutter so lange zu entbehren und Teri mochte sie auch nicht den immer kälter werdenden Winden aussetzen. So blieb es bei dem guten Vorsatz, und als einen knappen Monat nach der Geburt der erste Schnee auf die Waldlichtung fiel, hatte sich die Sache mit Teris Wanderung zur Stadt sowieso erledigt.

Fe war und blieb der Mittelpunkt, um den sich alles drehte. Das hübsche Kind mit den großen Augen machte seinen Eltern und auch Ena nichts als Freude. Fasziniert verfolgten die Erwachsenen, wie es immer mehr an Kraft und Fähigkeiten gewann.

Da Teri noch da war, brauchte Fe zurzeit noch nichts von der Schafsmilch, und so versuchten sich Teri und Ena unter der Anleitung von Frill in der Herstellung von Käse. Schon der erste Versuch gelang, und da das Schaf jeden Tag ein gutes Quantum Milch lieferte, war schon abzusehen, dass sich hier eine weitere, wenn auch bescheidene Einnahmequelle auftat. Der Schafskäse bereicherte nicht nur den täglichen Speiseplan, sondern ließ sich bestimmt auch auf dem Markt in Tregh verkaufen.

Teri und Frill beschlossen, dass Frill im nächsten Sommer die Abwesenheit seiner Frau dazu nutzen solle, ein Grundstück in der Nähe von Enas Haus zu erwerben. Hier wollten sich die beiden niederlassen, wenn Teri erst einmal ihre Aufgabe erfüllt hätte. In der Schafzucht schien große Zukunft zu liegen und das Geld aus den Nischen reichte zusammen mit dem, welches der Mann vom Berg zurückgelassen hatte, allemal, um den Grundstock für eine kleine Herde zu kaufen. So malten sich Frill und Teri die Zukunft in den rosigsten Farben aus und der Rest der Reise schien Teri nur noch eine Kleinigkeit und nicht mehr als eine lästige Pflicht zu sein. – Was hätte sie, nach allem, was sie im letzten Jahr erlebt hatte, denn noch schrecken können?

So verging der zweite Winter, seitdem Teri von Thedra aufgebrochen war, in einer angenehmen und ruhigen Atmosphäre.

Als die Sonne wieder höher über den Horizont zu steigen begann, hatten die drei den Punkt erreicht, an dem sie ewig genau so hätten weiterleben wollen. Doch der Frühling rückte unaufhaltsam näher und eines Tages begann es zu tauen.

Teri wurde unruhig.

2

Zwei Wanderer

Wie glücklich könnten wir alle sein,
wenn wir nicht immerzu denken müssten!

Der Wind hatte umgeschwenkt und kam nun schon zwei Tage lang aus Südwesten. Langsam begann die weiße, pulvrige Decke, unter der das Land verborgen gelegen hatte, zu einer matschigen, schmutzig grauen Masse zu werden, die nur noch nachts von einem dünnen Eispanzer überzogen wurde.

Die Strahlen der Sonne nahmen in dieser Zeit an Kraft zu und schon bald waren Schnee und Eis von Büschen und Bäumen verschwunden. Nur noch in den Senken, die die Sonne nicht erreichen konnte, hielt der Winter seine letzten Bastionen grimmiger Kälte.

Aganez lag in seiner Kammer auf dem Strohpolster und schaute mit halb geöffneten Augen in die Finsternis. Es kümmerte ihn nicht, was um ihn her vor sich ging, solange die Menschen ihn nur in Ruhe ließen. Früher hatte er sofort nach seiner Ankunft in einer Stadt nach einer gründlichen Besichtigung seinen Einfluss geltend gemacht und Verbesserungen durchgesetzt. – Und zu verbessern gab es einiges in Tregh, das hatte der Magier schon bei oberflächlicher Betrachtung festgestellt. Dieses Bauernstädtchen in den endlosen Weiten des Hochlands hatte die Möglichkeit, schon bald zu einem bedeutenden Handelszentrum zu werden, wenn man es nur richtig anging. – Aber Aganez war das mittlerweile alles egal. Mochten die Menschen doch aus ihrem Leben machen, was sie wollten! Er, Aganez, hatte keine Bindung mehr an die Welt und ihre Belange. Die Menschen, die ihm etwas bedeutet hatten, waren alle seit vielen Jahren tot und er lebte nur noch für seine eigenen Interessen. Nur die eine große, selbst gestellte Aufgabe harrte seiner und er musste sich seine Kräfte einteilen, um sein letztes Ziel auf dieser Welt nicht doch noch zu verfehlen. Seine Fantasie führte ihn in eine gewaltige unterirdische Halle im Großen Gebirge, in der die Schlafende Armee ein ungeheures Heerlager unterhielt.

Kriegsmaschinen gigantischen Ausmaßes von nie geschauter Bauart mochte es dort geben und ein Heer, das im Zustand ewiger Jugend darauf harrte, von ihm, Aganez, gerufen und in die Welt geführt zu werden. – Hatte er, Aganez, nicht sogar den Tod überlistet? Wer mochte sagen, über welches Wissen die alten Machthaber der Armee verfügt hatten? Zehntausend stählerne Kämpfer marschierten vor dem inneren Auge des Magiers aus einer tiefen Schlucht – und mit ihnen das Geheimnis ihrer Unsterblichkeit.

Unsterblichkeit, das war es, was Aganez eigentlich suchte, denn das Verfahren, welches er entwickelt hatte, um den Körper über die Jahrhunderte zu konservieren, sah er selbst nur als unsicheren Behelf an. Zu groß war das Risiko, durch einen winzigen Fehler für immer tot zu bleiben, wie er bei seinen zahlreichen Versuchen mit Erdhörnchen und Ziegen festgestellt hatte. Eine winzige Erhöhung der Luftfeuchtigkeit reichte aus, die Kristalle des Lebens schmelzen zu lassen und den Schlaf des Todes in ein langes, qualvolles Sterben umzuwandeln.

Damals, als Aganez seine Suche begonnen hatte, war Estador sehr dünn besiedelt gewesen. Es hatte an Zeit und Menschen gefehlt, um eine groß angelegte Expedition auszurüsten. So hatte er das Risiko auf sich genommen, die Kristalle an sich selbst zu erproben und auf geheimnisvolle Weise auf seiner letzten Wanderschaft aus den Augen der Menschen zu verschwinden, wie es seiner Meinung nach für einen Magier angemessen war.

Aganez war zu seiner Zeit tiefer in die Geheimnisse, die Natur und Handwerkskunst bereithielten, eingedrungen als all seine Zeitgenossen und hielt es für eine Schande, dass dieses Wissen einmal erlöschen sollte. Die Welt brauchte ihn, und wenn er erst einmal das Geheimnis des ewigen Lebens ergründet hatte, würde er die Zügel wieder in die Hand nehmen, wie er es immer getan hatte!

Zwar vergaß Aganez keineswegs, dass die Welt seit über dreihundertsechzig Jahren ganz gut ohne ihn zurechtgekommen war, dennoch war er sich seines Wertes sicher. Er hatte noch viel zu geben. Und überhaupt: Welcher Mensch könnte wohl widerstehen, wenn sich ihm die Chance böte, das *wirklich* ewige Leben auf *dieser* Seite des Todes zu erlangen?

Bald schon würde die Hüterin auftauchen und die Reise würde beginnen. Zwar war der Weg für Aganez länger geworden als geplant; aber trotzdem waren die Voraussetzungen sehr viel besser als zur Zeit seiner ersten Reise. Zwischen Wettergrube und der Bergstadt Stein gab es nun viele kleine Ortschaften, in denen man rasten und die Vorräte ergänzen konnte. In Stein selbst würde Aganez die Ausrüstung überprüfen und dann, ausgeruht und bestens mit Vorräten versehen, in das Große Gebirge aufbrechen.

So lag Aganez schon seit Monaten in der fensterlosen Kammer und gab sich seinen Träumen von Ruhm, Macht und Unsterblichkeit hin. Er ging nur selten aus und ließ sich höchstens einmal am Tag in der Gaststube sehen, um ein wenig zu essen. Die Kraft, die er brauchte, gedachte er aus seinen Meditationen zu ziehen, und wenn seine Träume zu verblassen drohten, schnupfte er ein wenig von dem weißen Pulver, dessen Entdeckung er einem Wandermedizinmann aus Mittelwelt verdankte. Das Pulver gab Kraft und regte den Geist an. Aganez wuchs förmlich über sich hinaus, wenn er davon genommen hatte, und zum Glück besaß er noch einen guten Vorrat davon. – Was *ihn* anging, *er* war gerüstet! Blieb nur zu hoffen, dass auch die Hüterin sich bewähren würde. Aganez hatte da seine Bedenken!

Teri hatte in den letzten Tagen des Winters ihre Scharkleidung in Ordnung gebracht. Dann hatte sie ihre Ausrüstungsgegenstände nach Zweckmäßigkeit sortiert.

Ena, die nie um eine Erfindung verlegen war, wenn es um das Wohlergehen ihrer Freunde ging, rückte mit einem Bronzekamm dem Schaf zu Leibe und kämmte dem Tier ein gut Teil loser Wolle aus dem Vlies. Mehrere Hand voll davon breitete sie über eine der Wolldecken und legte die andere flach darauf. Dann machte sie sich daran, die beiden Decken mit Nadel und Faden so zusammenzunähen, dass überall kleine, wollgefüllte Karos entstanden. Der Erfolg lohnte die Mühe. Als Ena fertig war, war zu aller Entzücken eine große, leichte und sehr warme Decke entstanden, die sich, dank ihrer luftigen Füllung, auf ein wirklich kleines Packmaß bringen ließ. Ena war sehr stolz auf ihr Werk und freute sich, dass Teri nun bestimmt nicht mehr frieren musste.

Frill bot Teri den Bogen an, musste jedoch erfahren, dass er die Waffe bestimmt besser gebrauchen könne, denn immerhin habe er nun für unbestimmte Zeit die Verantwortung für das Kind. Auch alles andere, was Ena und Frill ihr herbeitrugen und für unentbehrlich hielten, lehnte Teri freundlich, aber bestimmt ab. Natürlich freute sie sich sehr, dass die beiden sich so viele Gedanken um ihr Wohlergehen machten, aber sie wollte wirklich nur das Notwendigste mitnehmen. Schließlich hatte sie vor so schnell wie möglich zurückzukehren und wollte sich nicht mit unnötigen Dingen belasten.

Dass Teri sich auch standhaft weigerte die sperrige Schilfmatte zum Unterlegen mitzunehmen – und auch nicht einlenkte, als Frill ernsthaft böse wurde –, spornte Enas Erfindungsgabe gleich zu einem weiteren Höhenflug an. Wortlos schnappte sie sich die gefüllte Doppelwolldecke und nähte sie in Windeseile zu einer Art Sack zusammen, in den Teri hineinschlüpfen konnte. Frill wollte sich fast totlachen, als er das »komische Ding«, wie er es nannte, sah – aber als Teri hineinkrabbelte, um es auszuprobieren, wollte er gleich hinterher, obwohl es für ihn nun wirklich zu schmal und zu kurz war. – Gleichviel, mit diesem »Schlafsack«, wie Ena ihn getauft haue, war nun allen Ansprüchen Genüge getan und es herrschte wieder Frieden im Haus.

Fe war in den letzten beiden Monaten schon zu einem gut Teil mit Schafsmilch ernährt worden, die ihr erstaunlich gut bekam, wenn die sehr fetthaltige Nahrung etwa zur Hälfte mit Wasser verdünnt wurde. Ena war es, die vorgeschlagen hatte rechtzeitig mit der Entwöhnung zu beginnen, da eine zu plötzliche Einstellung des Stillens sowohl dem Kind wie auch der Mutter hätte schaden können.

So war alles aufs Beste bestellt, und als die Sonne den Schnee so weit zusammengeschmolzen hatte, dass hie und da schon bräunliche Inseln vorjährigen Grases in der Landschaft zu sehen waren, zogen alle drei mit Fe in die Stadt, um Teri zu verabschieden. Es war noch vor Sonnenaufgang und Fe lag, warm eingepackt, oben auf Enas kleinem Karren, der mit Arzneien beladen war, denn es war Markttag in Tregh.

Händler saßen missgelaunt an den Häuserwänden des kleinen Marktplatzes. Sie versuchten der Kundschaft ihre Ware in möglichst einladender Form darzubieten, hatten aber andererseits auch sehr darauf zu achten, dass nichts von der wertvollen Handelsware vom Stand fiel und im Matsch des Platzes versank. Unablässig tropfte das Schmelzwasser von den Dächern und so mancher Schneebrocken fiel den tapferen Handelsleuten mit Schwung in den Nacken. Entsprechend gedämpft war die Stimmung auf dem Platz und nur die kleinen Holzkohleöfen, die sich die wohlhabenderen Händler hinter ihre Stände gestellt hatten, spendeten ein wenig Wärme und Trost.

Den Kaufinteressenten, vor allem Hausfrauen aus der Stadt, erging es kaum besser. Knöcheltief versanken sie in dem ungepflasterten Boden des Marktplatzes und die kalten, nassen Füße schlugen doch sehr auf die Kauflust. Kaum jemand hatte Zeit und Muße sich bei den Ständen umzusehen, die Stoffe, Kämme, Bronzemesser und andere Dinge des täglichen Bedarfs feilboten. Die gesamte Kundschaft drängte sich vornehmlich um die Anbieter von Lebensmitteln und war froh, nach dem Einkauf schnell wieder in die warme Stube zu kommen.

Ena hatte nach einem kurzen, aber heftigen Wortwechsel mit ihren Nachbarn, die sich mit ihren Ständen ganz ungehörig breit gemacht hatten, ihren Karren in die unter Murren vergrößerte Lücke geschoben und ihre Ware auf ein mitgebrachtes Brett gepackt.

Teri und Frill hatten Ena beim Aufbau geholfen, so gut sie konnten, und gingen jetzt über den Markt, um Teris Vorräte an Getreide und Trockenfleisch ein wenig aufzufüllen. Zwar würde die Wanderung, welche Richtung sie auch einschlagen mochten, zunächst durch besiedelte Gegenden führen; aber Teri und Frill hatten auf ihrem Weg die Erfahrung gemacht, dass die Bewohner der Dörfer nicht überall die gleiche Gastfreundschaft zeigten. Es war also durchaus angebracht, eigene Vorräte dabeizuhaben.

Schweren Herzens machten sich Teri und Frill dann auf die Suche nach dem Mann vom Berg. Der Augenblick des Abschieds rückte nun in greifbare Nähe. Sowohl Frill als auch

Ena hatten Aganez als sehr selbstbewusst – ja geradezu herrisch – geschildert, sodass Teri mit einem äußerst flauen Gefühl in der Magengegend im Gasthaus nach dem Mann vom Berg fragte.

Frill blieb mit Fe unten in der Gaststube, während Teri noch nach oben bis unter das Dach stieg, um sich bei ihrem zukünftigen Begleiter zu melden. Plötzlich, viel zu schnell, stand sie dann vor der Türöffnung der finsteren Kammer und wusste nicht, was sie sagen sollte.

»Bist du die Hüterin?«, kam eine dünne Greisenstimme aus der Ecke, in der Teri das Bett vermutete. Ein leises Schnüffeln ertönte.

Teri war irritiert. Der Mann hörte sich an, als könne er keine zehn Schritte weit laufen, ohne zusammenzubrechen. Das sollte ihr Helfer sein?

»Ich bin Teri, Scharfrau von Thedra!« Teris Stimme war laut und klar. »Ich komme, um den Alten vom Berg zu treffen!«

»Das bin ich!«, ächzte das schwache Gespenst auf dem Bett. »Warte unten auf mich!«

»Du kennst den Weg zur Schlafenden Armee?«, wollte Teri wissen. – Das war überhaupt das Einzige, was sie interessierte.

»Schweig! – Warte unten auf mich, sage ich! – Ich bin gleich so weit!« Wieder drang dieses Schnüffeln aus dem Dunkeln.

Teri hob resignierend die Schultern und wandte sich ab. Polternd stieg sie die Treppe hinunter und setzte sich zu Frill an den Tisch. Es war an der Zeit, das Kind zu füttern, also schob sie Scharjacke und Unterhemd zur Seite, legte Fe an die Brust und ließ die Haut sacht über die Lippen des Kindes streichen. Gierig schnappte das kleine Mündchen nach der hellrosa Brustwarze und sofort begann Fe zu trinken. Der

Wirt brachte etwas Brot und Speck an den Tisch. Frill schnitt kleine Stücke von beidem ab. Er selbst begann allerdings erst zu essen, nachdem er Teri einen kleinen Bissen in den Mund geschoben hatte.

Augenblicke später kam Aganez die Treppe heruntergestürmt wie ein junger Mann, der zu seiner Liebsten eilt. Nichts deutete darauf hin, dass der Eigentümer der schwächlichen Stimme und dieser vitale Mann in dem wehenden Umhang ein und dieselbe Person waren. »Gib mir zu essen!«, forderte er vom Wirt. »Was ist das denn!«, wandte er sich dann Teri zu, wobei er fragend auf Fe blickte. »Du willst doch nicht etwa das Kind mitnehmen?«

»Unsere Tochter bleibt bei mir!«, antwortete Frill schnell an Teris Stelle. Er hatte bemerkt, wie sich Teris Körper verkrampfte. Er kannte seine Frau gut genug, um zu wissen, dass ihr eine scharfe Antwort auf der Zunge lag.

»Gut!« Aganez nickte grimmig. »Wenn ich gegessen habe, brechen wir auf!«

»Wohin werden wir gehen?«, fragte Teri den Alten mühsam beherrscht. Fe merkte, dass mit ihrer Mutter etwas nicht stimmte. Sie hörte kurz auf zu trinken und schaute Teri mit großen Augen an.

»Zunächst nach Wettergrube!« Aganez nahm sein Essen vom Wirt in Empfang. »Mehr brauchst du nicht zu wissen!«

»*Ich* wüsste aber gern, wohin du meine Frau zu führen gedenkst!« Nun war es an Frill, ungehalten zu sein. »Ich denke, ich habe ein Recht zu wissen, wo ich sie finden kann!«

»Eine Scharfrau hat in erster Linie zu gehorchen!«, stellte Aganez mit Entschiedenheit fest. »Das hast du doch gewusst, bevor du dich mit ihr zusammengetan hast, junger Mann! – Außerdem kann ich dir selbst nicht sagen«, fuhr er in freundlicherem Tonfall fort, »wohin die Suche uns führen wird. Auf jeden Fall werden wir in das Große Gebirge gehen!« Aganez hielt inne. Er wunderte sich selbst darüber, wie offen er Auskunft gab. Widerwillig musste er sich eingestehen, dass der junge Mann ihm sympathisch war, und auch seine zukünftige Begleiterin gefiel ihm nicht schlecht!

»Du bist also Teri!« Aganez erinnerte sich, dass dieser Name bei seinem Besuch in Enas Haus genannt worden war. »Ich hoffe, dass du wieder bei Kräften bist!«

»Ich kenne dich!« Teri schaute den Alten überlegend an. »Aber dein Name fällt mir nicht ein! – Wer bist du?«

»Nenn mich Zenaga! Ich bin Magier wie Jamik, den du ja kennst!« Aganez schob sich einen Bissen in den Mund und schwieg.

Teri runzelte die Stirn. Der Name war ihr nicht bekannt – aber dieses Gesicht … Sie war sich sicher, den Mann in Thedra unter anderem Namen kennen gelernt zu haben.

Fe hatte genug getrunken und war friedlich eingeschlafen. Teri ordnete ihre Kleidung und fing nun selbst an zu essen, aber Brot und Speck wollten nicht recht munden. Frill hatte sein Frühstück inzwischen beendet und so erhob sich Teri von ihrem Platz. »Ich hole jetzt mein Bündel und komme gleich wieder her!« Sie versuchte ihrer Stimme einen festen Klang zu geben und sah Aganez in die Augen.

»Beeil dich!«, meinte der Magier nur und aß weiter. »Wir haben einen weiten Weg!« – Und dann geschah Aganez etwas, womit er selbst nie gerechnet hatte: Er sah dem Kind in das kleine, hübsche Gesicht und plötzlich durchströmte ihn das Verlangen, freundlich zu sein, so stark, wie er es noch nie zuvor erlebt hatte.

Frill hatte mittlerweile das Essen für sich und seine Frau bezahlt, nun kam er an den Tisch zurück. Mit kühlem Blick musterte er Aganez.

»Ihr habt eine hübsche Tochter!« Der Magier versuchte ein Lächeln. »Ich will dafür sorgen, dass sie ihre Mutter nicht zu lange entbehren muss!«, erklärte er den jungen Leuten, die vor ihm standen.

»Danke!«, knurrte Frill, denn Worte sind billig. Freuen konnte er sich immer noch, wenn Teri wieder da war.

»Bis gleich!« Teri wandte sich dem Ausgang zu.

Aganez sah den beiden enttäuscht hinterher. Wie üblich war seine Freundlichkeit nicht gut angekommen. Genau dieses Problem hatte er schon immer gehabt. Am besten wirkte er immer noch, wenn er kommandierte, das wusste er. Also beschloss Aganez sich in Zukunft jede Nettigkeit zu verkneifen, denn schließlich hatte er es nicht nötig, sich bei seiner Helferin anzubiedern!

Nachdem er sein Frühstück beendet hatte, holte er sein Bündel. Als er wieder in die Gaststube kam, wartete Teri schon auf ihn. Sie machte einen sehr niedergeschlagenen Eindruck und tat Aganez Leid. Da er aber beschlossen hatte auf solche Dinge keine Rücksicht mehr zu nehmen, schenkte er dem Kummer der jungen Frau keine Beachtung. »Gehen wir!«, sagte er nur und trat durch die Tür in den nasskalten Spätwintermorgen hinaus.

Der Weg nach Wettergrube verlief schweigsam und in einem Klima gegenseitiger Missachtung, das eine vernünftige Unterhaltung von vornherein ausschloss. Aganez erwies sich, entgegen Teris Vermutung, als geübter Wanderer und sie hatte zeitweise Mühe sein Tempo mitzuhalten. Sie bekam den Eindruck, dass er ihr beweisen wollte, wie kräftig er sei, und sie ließ ihn gewähren.

Zweimal täglich kochte Teri aus ihren Vorräten eine Mahlzeit für sich und ihren Mitwanderer. Aganez tat zwar so, als ginge ihn das alles nichts an – wenn das Essen dann aber fertig war, tauchte er seinen Löffel fleißig mit ein.

Genau andersherum verhielt es sich mit der Auswahl der

Schlafplätze. Teri hatte die Erfahrung gemacht, dass es sinnvoll war, sich rechtzeitig nach einem geeigneten Ort für die Übernachtung umzusehen, um sich nicht der Unannehmlichkeit auszusetzen, bei Dunkelheit einen Schlafplatz suchen zu müssen. Aganez jedoch bestand darauf, bis zum letzten Sonnenstrahl, und manchmal noch darüber hinaus, weiterzuwandern. Da er die Strecke bereits kannte, war er hier im Vorteil und Teri musste zähneknirschend zugeben, dass der Alte die besten Schlafplätze zu finden verstand und dass sie deshalb schneller vorankamen, als sie und Frill es je geschafft hatten.

Immer noch rätselte Teri daran herum, wer ihr Weggefährte eigentlich war, aber sie kam einfach nicht darauf, woher sie ihn kannte. Einzig sicher war sie sich nur darin, dass er sich nicht mit seinem richtigen Namen vorgestellt hatte.

Schon bald war Teri aufgefallen, dass ihr Begleiter am Morgen zu nichts zu gebrauchen war, bevor er nicht eine kleine Menge weißen Pulvers geschnupft hatte, welches er in einer runden Metalldose mit sich führte. Auch tagsüber hielt der Alte manchmal an, um eine Prise zu nehmen. Es war erstaunlich, welch belebende Wirkung dieser Stoff auf ihn ausübte. War er vorher müde und abgespannt über die Landstraße gestolpert, so brachte ihm eine kleine Menge seines Zaubermittels sofort seine Lebenskraft zurück. Geradezu euphorisch stürmte er dann wieder voran und keine Anstrengung wurde ihm zu viel.

Zwischen Wettergrube und der Bergstadt Stein hatten sich sowohl Aganez als auch Teri an den unerfreulichen, aber dauerhaften Zustand gewöhnt, dass sie zwar zu zweit, aber dennoch jeder für sich allein gingen. Sie konnten sich nicht leiden und machten auch keinen Hehl daraus, wobei sich Teri langsam fragte, wie lange sie noch an dieses Ekel von Magier gefesselt sein würde, denn sie sehnte sich nach Frill und ihrem Kind.

In Wettergrube hatte Teri die Schattenseite des Wohlstands der Region kennen gelernt. Einen halben Tag nur hatten Aganez und sie sich in der Stadt aufgehalten, aber in dieser kurzen Zeit war etwas geschehen, das Teri noch lange zu denken geben sollte.

Aganez hatte sich großzügig gezeigt und war mit Teri in ein Wirtshaus eingekehrt, um eine Mahlzeit einzunehmen. Gerade hatte er sich wieder etwas von seinem Stärkungspulver genehmigt und war aufgeräumter Stimmung, was sich bei ihm so äußerte, dass er etwas weniger biestig und verkniffen in die Welt schaute und sein verbissenes Schweigen nicht ganz so beleidigend wirkte wie sonst.

Während Teri mit Genuss ein schönes Stück Hühnerfleisch verzehrte, öffnete sich plötzlich die Eingangstür und ein grobschlächtiger Mann trat ein. Mit wuchtigen Schritten stapfte er in die Mitte des Schankraumes und baute sich dort auf. »Ein Alter für vierzig!«, gab er lauthals bekannt und wartete mit in die Seiten gestemmten Armen auf eine Reaktion der Gäste.

Teri schaute auf. Dass der Mann etwas anbot, war schon klar, aber was das für altes Zeug sein sollte, das da für vierzig Bronzestücke angeboten wurde, konnte sie sich nicht vorstellen. Neugierig wandte sie sich dem Sprecher zu, der auffordernd in die Runde schaute und sein Angebot wiederholte. »Ein Alter für vierzig! – Keiner interessiert?«

»Wie alt?«, fragte einer der Gäste über seinen Becher hinweg. Dass der Mann schon einiges getrunken hatte, war deutlich zu sehen.

Der Anbieter witterte ein leichtes Geschäft. »Fünfzig, aber kräftig und treu!«

»Was kann er?«, fragte der Interessent mit schwerer Zunge.

»Was brauchst du denn?«, kam sofort die Gegenfrage des Anbieters.

»Köhler!« Der Interessent nahm noch einen Schluck aus dem Becher.

»Ist 'n guter Köhler!«, behauptete der Anbieter schnell. »Kommt aus Ceon. – Gute Rasse!«

»Kann ja mal gucken!«, meinte der Betrunkene, stand schwankend auf und machte sich mit unsicheren Schritten auf den Weg zur Tür. »Vierzig ist aber zu viel!«

»Da reden wir noch drüber!« Der Anbieter hielt seinem Kunden den Arm hin, damit der nicht stürzte und damit vielleicht das Geschäft zum Platzen brachte. »Komm erst mal mit! – Wirst begeistert sein, das versprech ich dir!«

Teri saß da und vergaß vollständig von dem Fleisch in ihrer Hand abzubeißen. Dass es Sklaven im Hinterland von Estador gab, hatte sie schon als Kind verschiedentlich gehört. Ebendarum war ihr nie der Gedanke gekommen, es könne etwas Schlechtes daran sein, Zwangsarbeiter zu beschäftigen. Auf der *Sesiol* hatte sie dann erfahren, dass die Scharleute, die auf den fliegenden Schiffen fuhren, oftmals regelrechte Jagden in den Hafenstädten veranstalteten, um sich durch den Verkauf der Gefangenen einen zusätzlichen Profit zu verschaffen. Teri war damals nicht davon zu überzeugen gewesen, dass Thedraner – und schon gar nicht ihre vergötterten Scharleute – irgendetwas falsch machen könnten, und so hatte der alte Kapitän es aufgegeben, sie überzeugen zu wollen.

Jetzt konnte Teri mit eigenen Augen sehen, wie mit den Unglücklichen umgesprungen wurde, die das Pech gehabt hatten, im falschen Moment am falschen Ort gewesen zu sein.

Vorsichtig geleitete der Besitzer des Mannes aus Ceon den Interessenten durch die Tür nach draußen, wo ein hoch gewachsener alter Mann wartete. Jetzt, im Frühling, standen die Fensterläden des Wirtshauses offen und Teri konnte den weiteren Verlauf der Dinge genau verfolgen.

»Das soll ein Köhler sein?« Der Kaufinteressent war zwar

betrunken, aber nicht dumm. Sofort hatte er die gepflegten Hände des Sklaven und das Fehlen von Brandnarben bemerkt. Er fasste den Mann bei der Hand und schob mit unsicherer Bewegung den Ärmel des groben Kittels hoch, der das einzige Kleidungsstück des Mannes war.

Teri erhaschte einen Blick auf die Tätowierung, die von ungelenker Hand in die Haut des Unterarms gestichelt worden war. Neben dem Zeichen König Lomirs erkannte sie die Jahreszahl neunundzwanzig. – Der Mann war achtunddreißig Jahre vor Teris Geburt gefangen worden und die Götter mochten wissen, wie oft er schon verkauft worden war!

»Fünfzig Jahre alt, ja?«, höhnte der Betrunkene. »Du hast wohl gemeint, dass er vor fünfzig Jahren schon alt war!«

Der Mann aus Ceon stand ruhig da, als ginge ihn das alles nichts an. Er hielt den Kopf gerade und schaute über seinen Besitzer und den Betrunkenen hinweg. Teri schien es, als ginge sein Blick in endlose Ferne, vielleicht nach Ceon, seiner Heimat, die er so lange nicht hatte sehen dürfen.

Der Betrunkene hatte das Interesse an dem Mann verloren. Zu offensichtlich war der Betrugsversuch des Besitzers. Dennoch drehte er sich noch einmal zu dem Sklaven um und schaute ihm misstrauisch in das Gesicht. Urplötzlich ließ er in einem ansatzlosen Schlag seine Faust auf das Gesicht des Sklaven zufliegen und stoppte den Hieb erst wenige Fingerbreit, bevor er den Mann traf.

Der Mann aus Ceon reagierte nicht.

»Ha!«, triumphierte der Betrunkene. »Hab ich's doch geahnt! – Blind wie ein Maulwurf ist der Kerl!« Mit einer wegwerfenden Handbewegung wandte er sich ab und kehrte in die Gaststube zurück. Halb zornig, halb belustigt vor sich hin brabbelnd durchquerte er den Raum, setzte sich wieder auf seinen Platz und schenkte sich aus einem irdenen Krug neu ein.

Draußen versetzte der wütende Anbieter dem Blinden, der immer noch gleichmütig dastand, einen groben Stoß. Dann nahm er ihn am Arm und führte ihn über die Straße. Vor einem anderen Gasthaus hielten die beiden an und wieder ließ der Herr seinen Sklaven vor der Tür stehen, während er selbst in das Haus hineinging. Teri konnte sich denken, was er dort vorhatte.

Teri biss noch einmal von ihrem Fleisch ab, aber sie kaute lustlos auf dem Brocken herum. Der Appetit war ihr gründlich vergangen. Immer musste sie daran denken, was nun wohl aus dem blinden Alten werden mochte. Nach einer Weile schluckte sie den Bissen krampfhaft würgend hinunter und legte das restliche Fleisch aus der Hand. Der alte Mann tat ihr unendlich Leid. Wieder sah sie wie gebannt aus dem Fenster. Der Alte stand immer noch vor dem Gasthaus und wartete darauf, dass sich ein Käufer seiner erbarme. Wie oft mochte er den Tag schon verflucht haben, an dem er seine Freiheit verlor?

Teris Gedanken drehten sich in rasendem Wirbel und setzten sich zu immer neuen Bildern des Schreckens zusammen. Wie leicht hätte sie selbst im Hafen von Tigan als Sklavin genommen werden können, als ihre Stiefeltern verhaftet worden waren und der Hafenmeister ihr Geld stahl! Hätte sich der Kapitän der *Sesiol* wirklich widersetzen können, wenn der Mann die Herausgabe des blonden Kindes gefordert hätte? Teri hatte keine Ahnung, ob die Tiganer Sklaven hielten, aber allein der Gedanke daran jagte ihr einen eisigen Schauer über den Rücken.

»Man sollte so etwas nicht zulassen!«, sagte Teri mehr zu sich selbst, denn sie wusste, dass sie bei ihrem Begleiter keine Zustimmung finden würde.

»Du hast Recht!«, bestätigte Aganez zu ihrer Überraschung. Offenbar hatte er ihre Blicke verfolgt und ihre Gedanken erraten. »Aber es ist nötig, die Spione dingfest zu machen, damit die Geheimnisse der Zünfte gewahrt bleiben.«

»Es werden auch Unschuldige eingefangen!«, behauptete Teri, die sich plötzlich sehr genau an die Darstellung der Sklavenjagden erinnerte, die der Kapitän der *Sesiol* gegeben hatte. Plötzlich wusste sie, dass seine Erzählungen mehr als nur ein Körnchen Wahrheit enthalten hatten. – Dass die Scharleute wirklich Menschen raubten, um sie an den Meistbietenden zu verkaufen!

»Dummes Zeug!« Das war alles, was Aganez dazu zu sagen hatte.

Die erste Nacht hinter Wettergrube verbrachten Teri und Aganez in einem Holzfällerlager. Wie üblich war Aganez bis in die Nacht hinein gewandert, und hätten die zwei nicht das Licht eines Feuers durch die Bäume schimmern sehen, wäre er wahrscheinlich noch eine gute Weile weitermarschiert. Da sich nun aber ein vortreffliches Nachtlager förmlich anbot, bog er von der Straße ab und folgte dem Lichtschein.

Mehr tastend als sehend bahnten sich Teri und Aganez ihren Weg durch das dichte Unterholz. Dünne Äste zerbrachen unter den Sohlen ihrer Stiefel und die Zweige der Büsche strichen schabend an ihrer Kleidung entlang. Nur noch wenige Schritte waren es bis zu dem Lichtkreis, als ihnen plötzlich ein Mann entgegentrat, der kaum größer war als Teri.

»Wartet!«, gebot der Fremde. »Dies ist ein neues Lager! Ich muss zuerst meine Wahl treffen!«

»Was sind das für Sitten?«, begehrte Aganez auf. »Seit wann herrscht an den Feuern Estadors keine Gastfreundschaft mehr?«

»Zuerst du!«, bestimmte der Fremde, wobei er Teri freundlich zunickte. »Geh in das Lager, dann kann dein Begleiter dir folgen!«

»Was sind das für Sitten, habe ich gefragt!«, ereiferte sich Aganez. »Wird hier Frauen erlaubt, was man Männern verweigert? Muss man die Haut eines Pfirsichs haben, um dir willkommen zu sein?«

»Auch allein wärest du mir willkommen gewesen!« Der kleine Mann verbeugte sich leicht vor Aganez. »Aber wenn ich schon die Auswahl habe, entscheide ich zum Besten des Lagers!«

»Wie bitte?« Teri verstand nicht ganz, worauf die Sache hinauslaufen sollte.

»Der erste Gast, der in ein neues Lager kommt, prägt das ganze Jahr«, behauptete der kleine Mann. »Geh an das Feuer und wirf einen Ast hinein!«

Teri hatte zu viel mit abergläubischen Seeleuten zu tun gehabt, um nicht zu erkennen, dass es dem Mann mit seinem Anliegen sehr ernst war. Er wollte auf diese Weise das Glück in das Lager zwingen. Teri fand das Verfahren zwar ziemlich absonderlich, aber dass sie ein besserer Glücksbringer war als ihr miesepetriger Begleiter, glaubte sie allemal. Geschmeichelt trat sie vor und tat, wie ihr geheißen – und das mit der Pfirsichhaut hatte sie sich auch sehr gut gemerkt!

Acht weitere Frauen und Männer, zwischen denen einige Kinder herumliefen, saßen und standen um das kleine Feuer herum, das auf einer großen Lichtung brannte. Dicht daneben war ein Unterstand errichtet, der aus einigen grob zurechtgehauenen Stämmen bestand, die man dicht mit Reisigbündeln belegt hatte. Das Ganze hatte das Aussehen eines halben Daches, das direkt aus dem Boden ragte, und machte einen sehr soliden, wenn auch primitiven Eindruck. Unter dem schrägen, einseitig offenen Wetterschutz erkannte Teri einige bronzene Äxte und Keile.

Teri und Aganez wurden eingeladen sich an das Feuer zu setzen. Der Vormann selbst füllte aus dem kupfernen Kessel zwei hölzerne Teller und bot den Gästen zwei gute Portionen vom Essen der Gemeinschaft an.

Teri, die ihren Appetit inzwischen wiedererlangt hatte, hielt ihren Holzlöffel schon in der Hand und auch Aganez ließ sich nicht lange bitten und kramte sein kupfernes Essbesteck hervor.

Teri bemerkte, wie der Vormann einen verwunderten Blick auf den teuren Metalllöffel warf, den Aganez jetzt fleißig zu benutzen begann, aber er hielt seine Neugier zunächst noch im Zaum. Es wäre ungehörig und gegen die Gastfreundschaft gewesen, hätte er die Reisenden mit Fragen belästigt, bevor sie ordentlich gegessen hatten.

Schließlich war das Mahl beendet und der Vormann holte einen irdenen Krug aus dem Unterstand. »Kirschseele!«, erklärte er. »Sorgt dafür, dass sich das Essen gut im Körper verteilt!«

Aganez griff nach dem Krug, setzte ihn an und nahm einen ordentlichen Schluck. Genüsslich grunzend rollte er den Fruchtschnaps auf seiner Zunge, und erst als er den Krug zurückreichte, durchlief ein leichter Schauer seinen Körper, so, wie die Blätter eines Busches zittern, wenn leichter Wind durch sie hindurchstreicht. »Gut!«, behauptete er und verschenkte ein Lächeln an den Vormann, der nun Teri den Krug entgegenhielt.

Teri sah, wie Aganez sich genüsslich die Lippen leckte. So übel konnte das Zeug also nicht sein! Neugierig setzte sie den Krug an die Lippen, nahm einen großen Schluck – und in demselben Moment explodierte ihr Kopf!

Die erste Reaktion ihres gepeinigten Körpers war, sich dieses beißenden Zeugs mit einem lauten Prusten zu entledigen. Die Glut des Lagerfeuers leuchtete kurz auf, wo der Sprühnebel sie traf, und auf dem feuchten Gras vor Teri züngelten für einen Moment blassblaue Flammen. – Aber noch immer war etwas von dem Teufelszeug in Teris Mund. Mit verzweifeltem Quieken reichte sie dem Vormann den Krug zurück und legte dann beide Hände vor den Mund, wobei ihr die Tränen aus den Augen schossen. Teri schüttelte sich wie ein junger Hund. – Was hatte der Vormann gesagt? Das Essen sollte sich besser verteilen? – Kirschseele machte, dass einem das Blut kochte! Ließ Flammen aus den Ohren schlagen und trieb die Seele aus dem Leib! Noch nie in ihrem Leben hatte Teri so etwas Entsetzliches getrunken!

Langsam begannen Teris Sinne wieder zu arbeiten. Rein vorsorglich schaute sie sich schon einmal böse um, da sie erwartete, dass sich die gesamte Holzfällerbande auf ihre Kosten vor Lachen kringelte. Aber die Frauen und Männer saßen nur still da und blickten verständnislos auf Teri, die einen ganzen Schluck dieser Leckerei vergeudet hatte.

Jetzt war Teri alles egal. Wenn ihr schon die Zunge verdorrte, dann sollte das wenigstens nach den Regeln der Gastfreundschaft geschehen! »Ha-hab mich ver-schluckt!«, behauptete sie und nahm dem Vormann den Krug wieder ab. Tapfer setzte sie die Öffnung an die Lippen und diesmal gelang es ihr tatsächlich, den Schluck bei sich zu behalten, da Zunge und Mundraum sowieso schon gefühllos waren.

Jetzt erst setzten die Gespräche am Lagerfeuer wieder ein und der Vormann nickte Teri anerkennend zu. »Gut, nicht?« Er gönnte sich selbst einen kleinen Schluck.

»Ga!«, antwortete Teri und wunderte sich, dass sie mit ihrer betäubten Zunge überhaupt sprechen konnte.

Der Vormann war zufrieden und wandte sich Aganez zu. »Wohin führt euer Weg?«, wollte er endlich wissen.

»Wir gehen nach Stein!«, antwortete Aganez knapp. »Ich bin Magier, und das«, er zeigte auf Teri, »ist meine Schülerin.«

»Gut, dass ihr uns gefunden habt!«, meinte der Vormann.

»Die Nächte sind noch feucht und kalt und es ist nicht leicht, einen trockenen Platz zum Übernachten zu finden.«

»Wohl wahr!«, bestätigte Aganez und begann einen alten Vers zu rezitieren, der in verschiedenen Variationen auf dem ganzen Kontinent bekannt war:

»Hell leuchtende Feuer in der Nacht
heißen den Reisenden willkommen.
Der ehrliche Wanderer
trete in den Lichtschein,
denn nur die Wölfe fürchten die Glut!«

»Nun, Wölfe brauchen wir nicht abzuwehren!« Der Vormann reichte den Krug mit der Kirschseele an seine Leute weiter, die schon sehnlich darauf warteten. »Die werdet ihr hier im Frühling nicht finden! – Aber anderes Gesindel soll sich hier in den Wäldern herumtreiben! Man spricht von entlaufenen Sklaven!«, fügte er bedeutsam hinzu.

»Habt ihr auch Sklaven?« Teri beugte sich vor. Neuerdings war sie sehr an dem Thema interessiert.

»Nein!« Der Vormann schüttelte mit ernstem Gesicht den Kopf. »Wir Holzfäller haben eine sehr gefährliche Arbeit. Da kann man nur Freunde gebrauchen!«

Teri lehnte sich wieder zurück. Das war ein völlig neuer Aspekt der Sache. Dass die Herren Angst vor ihren Knechten haben könnten, daran hatte sie noch nie gedacht.

Inzwischen lief das Gespräch zwischen dem Vormann und Aganez weiter. Auch der Holzfäller kannte einen alten Vers, den er jetzt vortrug:

»Die Glut des Feuers
und das Aroma der Speise,
das köstliche Getränk

und die Freundschaft des Lagers
lösen die Zunge
und die Welt rückt näher!«

Aganez lachte. »Du kennst dich aus und verstehst es zu fordern!«, stellte er fest. »Was willst du hören, Holzfäller, lustige oder traurige Geschichten?«

»Alle!«, verlangte der Vormann schlicht und Aganez begann zu erzählen. Er tat es nicht nur der Gastespflicht wegen. Sichtlich genoss er die Aufmerksamkeit, die ihm zuteil wurde. Zunächst begann er mit einer Geschichte aus Eraji, wo ein Kupferschmied sich an der Herstellung von Bronze versucht hatte – wo doch jedermann wusste, dass Kupferschmiede so etwas überhaupt nicht konnten. Der Mann hatte aber trotz des Gelächters der ganzen Stadt nicht aufgegeben und sich, in seiner Wut über das Misslingen seiner Versuche, ein ganz besonderes Rezept einfallen lassen: Drei Mädchen waren in Eraji verschwunden, bis Nachbarn herausfanden, dass der Wahnsinnige das unschuldige Blut der Kinder mit in den Schmelztiegel gegeben hatte, da er sich einbildete, nur mit dem Blut von Jungfrauen könne Bronze gemacht werden.

Wohlweislich verschwieg Aganez, dass die Geschichte nun schon über vierhundert Jahre alt war, denn jetzt hatte er sein Publikum in Bann gezogen. Die Mütter hatten während seiner Erzählung unauffällig ihre Kinder zu sich gerufen und nun saß alles dicht gedrängt um das Feuer und wartete auf die nächste grausige Geschichte.

Aganez dachte überhaupt nicht daran, in diesem Stil fortzufahren. In bester Erzählermanier gab er jetzt eine lustige Geschichte vom Dummen Kane zum Besten. Der Dumme Kane war ein Riese, der in den Bergen von Mittelwelt lebte und keine Frau für sich finden konnte, sosehr er auch suchte, da alle Frauen zu klein für ihn waren. Die verschiedenen Tricks, die er sich ausdachte, um die Frauen von der Ungefährlichkeit eines Beisammenseins zu überzeugen, waren wirklich zu dumm! Höhepunkte der Geschichte waren immer die Stellen, an denen Kane seine Hosen herunterließ und herauskam, welch unmöglichen Gegenstand er nun schon wieder an sich befestigt hatte, um die wirkliche Größe seines Geschlechts zu verbergen. Die Holzfäller brüllten vor Lachen und ihre Frauen standen ihnen nicht nach. Die Kinder lachten, weil alle so vergnügt waren, und auch Teri konnte sich eines Lächelns nicht erwehren, obgleich sie sonst eine gewisse Scheu bei groben Späßen an den Tag legte.

Aganez war in seinem Element. Mittelpunkt zu sein lag ihm, und so schob er sofort noch eine schreckliche Geistergeschichte nach, sodass die Holzfäller, die fast ihr ganzes Leben im Freien verbracht hatten, ängstlich in die Dunkelheit des Waldes schielten und zwischen den Bäumen Geister zu sehen begannen.

Aganez war ein großer Erzähler. Er ließ seine Zuhörer lachen und weinen – hob sie in das strahlende Licht der Heldensagen und stieß sie tief in die dunklen Schluchten der Angst. Teri hatte ihn noch nie so gelöst und zufrieden erlebt. Trotzdem konnte sie die Geschichten, die auch für sie neu waren, nicht lange genießen. Die Kirschseele bewirkte, dass sich alsbald ein duseliges Gefühl in ihrem Kopf breit machte und die Müdigkeit sie immer stärker bedrängte. Teri wollte aber nicht einschlafen. Sie wollte wach bleiben und schöne Geschichten hören wie die anderen. Also lehnte sie sich bequem zurück und schloss die Augen. – Ja! So ließ es sich gut zuhören!

Am nächsten Morgen erwachte Teri unter einem Blätterhaufen. Nach Aganez' Anweisung hatten die Holzfäller sie in ihren Schlafsack gesteckt und sie auf die Felldecke unter das

Schutzdach gelegt. Als Kälteschutz hatten sie dann noch altes Laub über das Ganze gehäuft, denn »Betrunkene verlieren viel Wärme«, wie Aganez süffisant bemerkte.

Teri war nicht ärgerlich. Sie hatte gut geschlafen und fühlte sich hervorragend. Nach einem guten Frühstück bedankten sie und Aganez sich bei den Holzfällern für die freundliche Aufnahme und gingen auf die Straße zurück.

Die Bergstadt Stein war noch weit und Aganez trieb zur Eile an.

In der Bergstadt Stein endlich fiel der Schleier, den der Magier über seine wahre Identität gebreitet hatte. Hier, in der letzten Bastion Estadors vor dem Großen Gebirge, hielten die Zünfte ihre Jahresfeste im Frühling ab. Am Tag ihrer Ankunft sollten die neuen Lehrlinge der Tischler gewählt werden.

Natürlich waren die Zunftfeste der Bergstadt kein Vergleich mit den pompösen Veranstaltungen, die Teri aus Thedra kannte. Zwar gab man sich Mühe, aber alles in allem war es doch eher eine recht jämmerliche Vorstellung, fand Teri. Sehnsüchtig dachte sie an die Zunftfeste von Thedra zurück, die die ganze Stadt auf die Beine brachten. Besonders natürlich das Fest der fliegenden Schiffe! Teri fragte sich, was diese Bauerntölpel wohl dazu sagen würden, wenn über den Bergen, zwischen denen die Stadt eingekesselt war, plötzlich das unglaubliche, gewaltige Licht von Aganez' Feuer aufleuchtete. Bestimmt würden sie denken, die Welt ginge unter, und schnell nach Hause laufen, um ihr Erspartes zusammenzuraffen!

Der Gedanke an das Fest der fliegenden Schiffe ließ Teri nicht mehr los. Egal, was sie hier sah, immer musste sie es mit dem vergleichen, was sie aus Thedra kannte. Alles war hier irgendwie klein und billig: Die Musikanten verstanden den Takt nicht zu halten! Die Speisen waren schlecht gewürzt und mussten selbst bezahlt werden! Die Trachten der Leute waren ärmlich und plump! Sogar die Bilder der alten Zunftmeister, welche die Häuserwände schmückten, waren …

Und da erkannte Teri urplötzlich, mit wem sie nun schon so lange auf der Wanderschaft war! Die Bilder der Zunftmeister hatten etwas in ihr ausgelöst. Waren hier in Stein auf den Bildtafeln nur kunstlos hingeschmierte Porträts zu sehen, die höchstwahrscheinlich kaum Ähnlichkeit mit den Meistern vergangener Zeiten aufwiesen, so hatte man in Thedra Bilder, die Gesicht und Kleidung bis in die letzte Einzelheit genauestens wiedergaben. Jetzt endlich fiel es Teri ein, woher ihr Begleiter ihr so bekannt vorkam – und war nicht auch er Magier? Sie hatte ihn auf einem der Zunftbilder erkannt – und zwar auf dem ältesten von allen! Nun wusste sie auch mit dem Namen Zenaga etwas anzufangen, denn er war nichts anderes als eine Umkehrung des Namens des Urvaters aller thedranischen Waffenmacher und Magier!

Aufgeregt bahnte sich Teri einen Weg durch die Menge und schaute sich suchend um. Schließlich entdeckte sie ihren Begleiter vor dem Gasthaus, in dem sie sich einquartiert hatten. Er saß allein auf einer Mauer und prüfte gerade ein langes, dünnes Seil, welches er wohl soeben erstanden hatte.

Teri setzte sich neben ihn und sah ihn sich nochmals genau an. – Kein Zweifel war möglich! »Du bist Aganez!«, sprach sie den Magier an. »Ich habe dich auf einem Zunftbild erkannt!«

»Natürlich bin ich Aganez!« Der Alte blickte noch nicht einmal von seiner Beschäftigung auf. »Aber du«, jetzt hob er doch den Kopf und sah Teri mit seinen wasserhellen Augen zwingend an, »du wirst deinen Mund darüber halten! Für dich und alle anderen bin ich Zenaga, ein alter Magier auf Wanderschaft! Merke dir das gut, Teri, Scharfrau von Thedra!«

Teri war nicht so verwirrt, wie man hätte meinen können.

Magier waren in Thedra schon immer etwas Besonderes gewesen. Für sie galten die Gesetze, denen normale Menschen unterworfen waren, nur bedingt. Warum sollte es also nicht möglich sein, dass der größte von allen den Tod überlistet hatte und nun ewig lebte? Vielleicht hatte das weiße Pulver etwas damit zu tun, das Aganez so häufig schnupfte? Teri wusste es nicht und es war ihr auch egal. Magier waren keine normalen Menschen. Wie sollte man ihre Wege und Pläne verstehen? Im Moment hoffte sie nur, dass Aganez es gut mit ihr meinte. Denn sie hatte schon von so manchem Magier gehört, der zugunsten seiner Ideale mehr als einen Menschen geopfert hatte!

»Halte dich bereit, Teri«, unterbrach der Magier diese düsteren Betrachtungen, »denn morgen werden wir in aller Frühe aufbrechen! Das Große Gebirge hält Abenteuer für uns bereit, wie sie noch kein Mensch je erlebt hat!«

Genau das hatte Teri befürchtet! Erschreckt sah sie den fanatischen Glanz in den Augen ihres Begleiters.

3

Drei Wanderer

Die Macht der Herren
braucht die Gefälligkeit der Knechte!

Je weiter sich Teri und Aganez von der Bergstadt Stein entfernten, umso ungeduldiger zeigte sich Aganez. War er auf den Wegen Estadors schon ein ewiger Nörgler gewesen, dem nichts gut genug war und dem nichts schnell genug ging, so war er hier, wo es kaum noch Wege gab, vollständig unleidlich geworden. Teri führte das darauf zurück, dass er sein Alter spürte und es hasste, sich von ihr helfen zu lassen. Sie hatte den Eindruck, dass er sie um die Kraft ihrer Jugend beneidete, denn hier im Hochgebirge zeigte sich immer deutlicher, dass der alte Mann den Anstrengungen, trotz seines Stärkungspulvers, kaum noch gewachsen war.

Teri versuchte die Launen ihres Begleiters mit Gleichmut zu ertragen. Wenn es ihr auch keinen sonderlichen Spaß machte, Aganez Berghänge hinaufzuschieben und in Täler hinabzugeleiten, so hatte sie doch zumindest einen Begleiter, der eine vage Ahnung davon hatte, wo ihr Ziel liegen könnte – und das war mehr, als Teri noch vor zwei Monaten zu hoffen gewagt hätte!

Drei Tage, nachdem sie die Bergstadt Stein verlassen hatten, verschwanden die letzten Pfade und die Sommerhütten der Hirten blieben hinter ihnen zurück. Jetzt waren sie allein auf sich selbst gestellt, ungestört von anderen Menschen – aber auch ohne jede Hoffnung auf Hilfe im Fall der Gefahr. Noch lange war die Baumgrenze nicht erreicht und in den Tälern lagen ausgedehnte Waldgebiete, in denen es sogar jagdbares Wild gab. Aganez erlegte mit seinem Bogen zwei Kaninchen. So brauchten sie vorerst ihre Vorräte nicht anzutasten.

Der vierte Tag führte Teri und Aganez über einen schroffen Felskamm. Teri hatte alle Hände voll zu tun einerseits ihr Bündel zu tragen und andererseits dafür zu sorgen, dass ihr Begleiter nicht zurückblieb. So musste sie fast jeden Weg zweimal zurücklegen und war schon gegen Mittag recht erschöpft, als sie die Felsen endlich bezwungen und das Tal fast wieder erreicht hatten.

Plötzlich durchdrang ein feiner, ferner Ton die Luft. Teri schaute Aganez fragend an, aber der hatte nichts gehört. Wankend stand er über ihr auf einem natürlichen kleinen Podest, knapp über dem Talboden, und getraute sich nicht, ohne Hilfe den nächsten Schritt zu tun.

Teri horchte. Wieder war ein Geräusch, wie ein ferner Ruf, an ihr Ohr gedrungen. Erstaunt wandte sie sich um und schaute suchend über die Landschaft.

»Hilf mir!« Aganez wedelte ungeduldig mit der Hand. »Wir müssen weiter!«

»Warte doch mal!« Teri hatte wieder diesen Ton gehört. – Wie ein Schrei! Sie ging ein paar Schritte in die Richtung, aus der das Geräusch kam, ohne auf Aganez zu achten, der mit missmutigem Gesicht auf dem Abhang stand.

Teri ging schneller. Es waren Hilferufe! Und mehr noch – ihr kam die Stimme sogar bekannt vor. Eilig ging Teri um den Hügel herum, der ihr die Sicht versperrte; jetzt hatte sie einen ungehinderten Ausblick ins Tal. Tief unten, wo sich ein schäumender Bachlauf in sprühenden Kaskaden über die Felsen ergoss, sah sie einen Menschen – nein, einen Wanderer, der von einer Wildkatze an den Rand des Wasserlaufs gedrängt worden war!

Ging! – Kein Zweifel war möglich! Da stand Dessen Vater

Ging mit dem Rücken zum Wildbach, wehrte mit seinem Stecken einen Puma ab, der ihn fauchend belauerte, und schrie wie am Spieß!

»Ging!«, rief Teri ihm von weitem zu. »Halt aus! Ich komme!« Mit Riesensätzen jagte sie den steinigen Abhang hinunter. Ein einziger Fehltritt, und Teri hätte sich alle Knochen im Leib brechen können.

»Hilfe! Hau ab! Hilfe!« Ging holte mit seinem kurzen Stecken aus und ließ ihn vor der Nase der Wildkatze durch die Luft zischen. Das Tier tauchte seitlich weg und duckte sich erneut zum Sprung.

Ging war in Gefahr! Teri merkte, wie ihr Herzschlag sich beschleunigte. Wieder spürte sie die Kraft, die in ihren Körper strömte, wie sich flüssige Bronze in eine Form ergießt. Sie sah, wie die Bewegungen des Tieres und Gings sich zu verlangsamen schienen, spürte, wie der Fels unter ihren Sohlen knirschend nachgab, wenn sie sich abstieß. Mit unglaublicher Kraft und Geschwindigkeit stürmte sie voran, denn der Puma war nach vorne geschnellt und sprang mit entblößtem Fang auf Gings Gesicht zu.

Zu spät, den Dolch zu benutzen! Mit einer letzten, verzweifelten Anstrengung warf sich Teri mit der Schulter gegen den Brustkorb des Tieres. Tief drang das Schultergelenk in den geschmeidigen Körper ein. Teri spürte, wie einige Rippen des Tieres brachen, sah, dass sie den Puma aus seiner Sprungbahn gedrängt hatte, und stoppte ab. Wild fauchend drehte sich das Tier in der Luft, landete hart auf dem steinigen Bachufer, versuchte sich festzukrallen, rutschte ab, fiel ins Wasser und trieb mit den reißenden Wirbeln schnell außer Sicht.

Teri wandte sich Ging zu. Sie konnte es kaum glauben, den kleinen Wanderer, der in Isco wie ein Bruder zu ihr gewesen war, hier zu sehen.

»Ich bin gekommen, um dir zu helfen!«, lächelte Ging sie

schwer atmend an. Stolz reckte er den kurzen Wanderstab in die Höhe. »Ich bin …« Dann brach er mit einem Ächzen zusammen.

Aganez war wütend wie selten zuvor und er war in seinem Leben sehr oft wütend gewesen! Die Respektlosigkeit dieser Hüterin übertraf alles, was er bislang erlebt hatte. Unter normalen Umständen hätte er sich sofort von ihr getrennt, aber das ging ja nicht. – Und das war der Punkt, der Aganez wirklich zu schaffen machte. Er war abhängig! Abhängig von der Freundlichkeit, der Hilfsbereitschaft und der Kraft dieser jungen Frau!

Es ist schwer einzusehen, dass der eigenen Kraft und Macht Grenzen gesetzt sind, besonders, wenn man sein Leben lang zu den Mächtigen gehört hat. Aganez war immer ein Einzelgänger gewesen, der aufgrund seines überlegenen Wissens bei den Herrschenden in hohem Ansehen gestanden hatte. Bejubelt vom Volk, geachtet von Königen und gefürchtet von seinen Schülern, hatte er nie gelernt, was es heißt, abhängig zu sein. Mit der Arroganz des Starken war er seinen Weg gegangen und es war alles in allem kein schlechter Weg gewesen. Freundschaft, Partnerschaft und Zusammenarbeit, das waren Dinge, die er nicht gebraucht, also auch nicht gelernt hatte. Abhängig zu sein von Teris Entscheidungen, sich mit ihr abstimmen zu müssen, was richtig und was falsch sei, seine Pläne aufzudecken, das ging über seine Kraft. War er äußerlich auch ein Greis, der aus eigener Kraft kaum einen Geröllhang erklimmen konnte, so war sein Geist doch immer noch der des jungen Mannes, der es dank seiner Kraft und seines Wissens mit einer ganzen Armee hätte aufnehmen können.

Abhängig sein! Aganez stieg vorsichtig, in kleinen Schritten, von dem Felsstück herunter, auf dem Teri ihn zurückgelassen hatte. – Abhängig sein! Wie unnötig und unwürdig für den Mann, der Thedra überhaupt erst zu einer Stadt gemacht hatte! Was hatten die Thedraner ihm da bloß geschickt? Diese Hüterin war die reinste Zumutung für einen denkenden Menschen, hatte sie es doch gewagt – und wagte es immer wieder –, Kritik an ihm zu üben! Und jetzt hatte sie ihn einfach mitten auf einem Geröllhang zurückgelassen und er konnte sehen, wie er hier herunterkam! – Ja, der mächtige Aganez war wirklich ungeheuer wütend!

Immer wieder geriet Aganez in Versuchung, die Hüterin mit den Kräften des Rings und seiner Stimme gefügig zu machen; aber sein Stolz hielt ihn davon ab. Es wäre ein letztes Eingeständnis seines Unvermögens gewesen, mit Menschen umzugehen.

Jetzt hatte er den bewaldeten Hügel ebenfalls passiert und sah Teri im Tal, wie sie sich gerade über eine zusammengesunkene Gestalt beugte. Aganez schloss die Augen zu schmalen Schlitzen und zog die Brauen zusammen, um besser sehen zu können. – Das war doch … Aganez schnitt eine Grimasse. – Das war doch wohl nicht … Tatsächlich! Wenn Aganez sich nicht sehr täuschte, hatte Teri dort unten am Bachufer einen Wanderer gefunden. – Ausgerechnet einen von diesen verachteten Halbmenschen, die nichts konnten, nichts wollten, nur in der Welt umherliefen und ohne Sinn und ohne Ziel mal hier und mal dort auftauchten!

»Komm schnell!« Teri hatte Aganez bemerkt und winkte ihm aufgeregt. »Vielleicht ist er verletzt!« Sie stand auf und kam Aganez entgegengelaufen.

Unwillig ließ der Magier sich am Ellbogen stützen und zu Tal geleiten, bis er schließlich mit verkniffenen Lippen vor Ging stand, der noch dalag, wie er umgesunken war.

»Hilf ihm!«, forderte Teri. »Ich darf ihn nicht berühren!« Auch wenn sie ihre Gabe, Dinge und Menschen zu lesen, schon lange verloren hatte, fand Teri es doch besser, Gings Eigenheiten zu respektieren, solange es möglich war. Im Moment schien er nicht in unmittelbarer Gefahr zu sein, also brauchte sie ihn auch nicht zu berühren.

»Darfst du nicht? – Oder willst du nicht, weil er so stinkt?« Aganez blieb stehen und machte keinerlei Anstalten, sich zu Ging hinunterzubeugen. »Kennst du diesen – Wanderer?«

»Er ist mein Bruder! Hilf ihm jetzt!« Teri gab Aganez einen auffordernden Stups an den Ellbogen.

Aganez fuhr herum, als sei er von einer Giftschlange gebissen worden. »Was fällt dir ein?«, brüllte er los. »Niemand wird mich zwingen mich um einen stinkenden Wanderer zu kümmern! Wir haben doch wohl Wichtigeres zu tun und können uns keinen Aufenthalt erlauben! Wir haben keine Zeit! Wann siehst du das endlich ein?«

»Du hast keine Zeit, Aganez, Magier der Magier?« Teri versuchte trotz ihrer aufkommenden Wut ruhig zu bleiben. »Mein Auftrag lautet, die Schlafende Armee zu finden, und nicht, dich hier durch das Gebirge zu schleppen! – Wer hält hier eigentlich wen auf? Ich will zurück zu meinem Mann und zu meinem Kind und könnte vielleicht schon auf dem Weg sein, wenn ich mich nicht ständig um dich kümmern müsste!«

»Du unverschämte …« Aganez holte mit seinem Stab aus, um nach Teri zu schlagen, und hätte es wohl auch getan, wenn sie nicht zurückgewichen wäre und sich schnell aus seiner Reichweite gebracht hätte.

»Hör mir jetzt gut zu, Aganez!« Teris Stimme war so schneidend, dass sie selbst den Eindruck hatte, eine Fremde spräche aus ihr. »Ich bin bereit dir zu helfen, denn du bist alt und wirst allein dein Ziel nicht erreichen! – Wenn du es aber wagst, mich schlagen zu wollen, oder die Gesetze der Hilfsbereitschaft verletzt, bin ich dir gegenüber an kein Wort mehr gebunden! Ich soll die Schlafende Armee finden und ihr den

Weg nach Thedra weisen; von dir war nie die Rede! Gegen einen wertvollen Begleiter habe ich nichts einzuwenden, also mach dich wertvoll! Wenn du aber nur eine Belastung sein willst, gehe ich allein!«

Aganez war, den Knüppel hoch über den Kopf erhoben, in einer Pose des Jähzorns erstarrt. Langsam nur sickerten die Worte der jungen Frau in sein Bewusstsein, aber dann verstand er! Mit mächtigem Schwung hob er den Wanderstab noch höher und schmetterte ihn voller Zorn so hart auf das Geröll, dass er splitternd zerbrach. Hass in den Augen, drehte er sich um zu Ging und kniete neben ihm nieder.

Kaum hatte Aganez die schmutzstarrende Hand des Wanderers berührt, da fuhr der auf, stieß einen unartikulierten Schrei aus und wich zurück. »Wage es nicht, mich noch mal anzurühren!«, schrie er den verdutzten Aganez an. »Du bist voller Unrat! Du ekelst mich! Wage es nicht!«

Teri war doppelt froh: Einmal, weil Ging sich so schnell bewegen und so herrlich laut schimpfen konnte – also war er wohl nicht schwer verletzt. Zum anderen, weil sie ihn nicht selbst berührt hatte, denn dafür schien er immer noch nichts übrig zu haben! »Das ist Dessen Vater Ging!«, stellte sie den Wanderer Aganez vor. »Wir kennen uns aus Isco!« Dann nahm sie Ging gegenüber eine formelle Haltung ein. »Das ist Aganez, Magier aus Thedra und mein Weggefährte; aber das darf niemand wissen, denn er ist auch ein großer Geheimniskrämer!«

Ging achtete nicht auf die Worte. »Teri!« Seine Stimme klang betroffen. »Du hast dein Leuchten verloren, Teri!«

Aganez war die Verachtung für Ging deutlich anzusehen; trotzdem wollte er etwas von ihm wissen. »So, aus Isco kommst du also? – Ihr Wanderer fahrt doch nicht mit Schiffen! Wie bist du also über das Große Gebirge gekommen?«

»Bin ich ein Wanderer? Bin ich?« Hoheitsvoll starrte Ging

Aganez von unten herauf an. »Wie sollte ich keinen Weg finden? – Wie soll …«

»Ist dir irgendetwas aufgefallen auf deinem Weg? – Eine Kraft? – Eine Macht? – Ein Licht? – Ein Tempel?«, unterbrach Aganez. Schon wähnte er sich wieder auf der Spur des Geheimnisses.

»Nichts, was ich dir sagen möchte! Nichts!« Ging wandte sich Teri zu. »Schön, dich schon so bald zu finden!«, meinte er mit seinem charmantesten Lächeln. »Das ging ja schnell! – Schön!«

Fast zwei Jahre waren vergangen, seit Teri Ging in Isco getroffen hatte. Einen Begriff von Schnelligkeit hatte dieser Wanderer vielleicht! Aber Teri freute sich natürlich auch.

»Du hast deine Gabe verloren!«, stellte Ging wieder fest. »Du kannst die Dinge nicht mehr verstehen! Du hast …«

»Das ist die Strafe für meinen Hochmut!« Teri schaute zu Boden. »Ich habe all meine Gaben verloren, weil ich ein Lied der Kraan verändert habe!«

»Oh nein!« Ging war entsetzt. »Oh nein! Du musst zu Aska gehen! Du musst ihr alles erzählen! Vielleicht …« Ging wandte den Blick ab. Irgendetwas gab es noch zu sagen, das spürte Teri; aber Ging brachte es nicht heraus. »Sie kann dir bestimmt helfen!«, schloss der kleine Wanderer. »Du – musst zu Aska gehen!«

Teri und Ging sammelten Holz, während Aganez mit bitterer Miene am Ufer des Wildbachs saß und seine Füße untersuchte.

Der kleine Wanderer wirkte bedrückt. Mehrfach hatte Teri den Eindruck, er wolle ihr etwas sagen, aber jedes Mal hatte er sich seufzend wieder abgewandt. Teri ließ ihn in Ruhe. Die Tatsache, dass sie ihre Fähigkeit, die Dinge zu lesen, verloren hatte, schien Ging sehr nahe zu gehen. Es war, als überlege er, wie ihr zu helfen sei, könne aber die richtige Antwort nicht finden.

Schließlich kehrten beide zu Aganez zurück, der in grimmigem Schweigen auf seinem Platz ausgeharrt hatte, und legten ihre Holzbündel ab. Teri holte Wasser aus dem Bach, und da der Magier keine Anstalten machte, das Feuer mit seinem magischen Pulver zu entfachen, holte Teri Drillholz und Zunder aus ihrem Bündel und hatte in wenigen Augenblicken eine kleine Flamme erzeugt, die sie mit dürren Zweigen nährte.

Nachdem das Lagerfeuer ordentlich brannte, legte Teri sich die Zutaten für die Mahlzeit zurecht. Sie bemerkte, dass Ging ein wenig nervös wurde, führte das aber auf Aganez' unmögliches Betragen zurück, der nur dasaß und giftige Blicke verschoss.

»Für mich nicht! Für mich brauchst du nicht zu kochen! – Für mich nicht!« Ging hatte einen Blick auf die Zutaten geworfen und hob abwehrend die Hände.

Aganez lachte böse auf.

Teri warf ihm einen warnenden Blick zu. »Du kannst ruhig mit uns essen!«, ermunterte sie Ging. »Es ist genug da!«

»Lass ihn!«, forderte Aganez mit schneidender Stimme. »Den Wunsch eines Gastes soll man respektieren!«

»Er hat Recht!« Ging bewahrte Teri eilig davor, Aganez scharf zurechtzuweisen. »Ich möchte wirklich nichts essen! Er hat Recht!«

Kopfschüttelnd packte Teri einen Teil der Vorräte wieder ein. Dann würde sie eben nur für Aganez und sich selbst kochen!

»Weißt du, Teri«, die Häme in Aganez' Stimme war unüberhörbar, »Wanderer haben ihre ganz eigenen Essgewohnheiten!«

»Meinst du nicht, dass auch ein Wanderer seinen Platz in der Welt hat? – Meinst du nicht?« Ging war Aganez nicht direkt ins Wort gefallen, aber es war klar, dass er ihn hindern wollte weiterzusprechen.

»Wozu?«, brummte Aganez, der sich lieber gestritten hätte, als belehrt zu werden. »Um den Leuten zu zeigen, was Faulheit und Gestank ist?«

Teri fuhr hoch, aber Ging sah sie nur an und schüttelte den Kopf. »Ich kenne das!«, meinte er traurig. »Wer uns sieht, findet uns abscheulich! Und lernt man uns näher kennen, fängt man an sich zu ekeln! – Ich kenne das!«

Teri konnte nicht begreifen, was sich da zwischen Aganez und Ging abspielte, also kochte sie ihr Essen und schwieg.

Aganez hatte kräftig zugelangt. Dass Teri für ihn mitkochte, war eine der wenigen Eigenschaften, die der Magier an seiner Begleiterin schätzte. Hätte er allerdings gewusst, dass sie nur dafür sorgen wollte, dass er bei Kräften blieb und sie nicht noch mehr Arbeit damit hatte, seinen gebrechlichen Körper durch das Gebirge zu schleppen, wäre wohl auch noch sein letztes bisschen Sympathie für sie erloschen.

Schließlich war es wieder Zeit für den Aufbruch. Teri packte das Kochgeschirr in ihr Bündel, während Aganez einfach aufstand und in der alten Richtung weiterging.

Teri hatte sich während des Essens mit Ging unterhalten. Dabei hatte sie einiges an Neuigkeiten vom Kontinent erfahren: Wie ein Lauffeuer hatte sich die Nachricht vom Fall Thedras in den Städten entlang der Küste ausgebreitet. Allgemein herrschte Schadenfreude, dass die »arroganten Thedraner« endlich einmal eine Lektion bekommen hatten, wenn man auch, andererseits, gerade den Dramilen den Sieg nicht gönnte.

Athan hatte in Cebor, dem Thedra am nächsten gelegenen Hafen, einen Stützpunkt errichtet, von dem aus er das Frachtgeschäft mit den fliegenden Schiffen in kleinem Rahmen weiterbetrieb. Es gab in Cebor sogar so etwas wie eine thedranische Exilregierung, die sich vor allem aus Kaufleuten und Kapitänen zusammensetzte. Bislang hatte diese Versammlung allerdings davon abgesehen, Söldner anzuwerben, da selbst die Kenner Thedras und Estadors nicht gewusst hätten, wie die Mannschaften an Land zu bringen seien.

Erfreulich fand man es in den Häfen des Kontinents, dass die Scharleute nun nicht mehr mutwillig auf Sklavenjagd gingen, denn es gab ja keinen Platz mehr, wo sie die Gefangenen hätten verkaufen können. Der Sklavenmarkt von Thedra existierte nicht mehr.

Nun hatte Teri schon lange gewusst, dass die Thedraner auf dem restlichen Kontinent wohl mit Respekt behandelt, aber nicht gerade geliebt wurden. Sie hatte das für den wohlverdienten Neid gehalten, den der Starke genießt. Jetzt ging ihr aber auf, dass die Besatzungen der fliegenden Schiffe durch ihre Sklavenjagden dem Namen Thedra zu einem zweifelhaften Ruf verholfen hatten und dass, außer Schadenfreude, von den Völkern des Kontinents nichts zu erwarten war.

Mittlerweile war es so weit gekommen, dass der Gouverneur der Dramilen, ein gewisser Llauk, Unterhändler ausgeschickt hatte, um Friedensverhandlungen zu führen. Er forderte freien Abzug für Mannschaften und Beuteschiffe und wollte als Dreingabe noch fünf der fliegenden Schiffe nach Sordos gebracht haben. Athan hatte auf diese Unverschämtheit so reagiert, dass er während der Schwalbensaison den Hafen von Sordos belagern ließ. Kaum ein dramilisches Frachtschiff war noch vor den Attacken der Thedraner sicher gewesen. König Oger tobte und forderte den Kopf seines Feldherrn, der seinerseits nun erst recht nicht daran dachte, Thedra aufzugeben! – Das war der Stand der Dinge gewesen, als Ging vor gut drei Monaten durch Cebor gekommen war.

Beiläufig hatte er dort auch von der Ernennung der neuen Hüterin gehört. Ging hatte sich auf die Ereignisse in Thedra seinen eigenen Reim gemacht. Diese Hüterin konnte nur Teri sein – und sie würde mit Sicherheit in Schwierigkeiten geraten. Sofort war Ging aufgebrochen, um ihr beizustehen, denn er wusste sehr viel über die Schlafende Armee.

Schwerfällig tapste Ging neben Teri hinter Aganez her. Noch immer machte der kleine Wanderer einen sehr unruhigen Eindruck, so, als läge ihm irgendetwas auf der Seele. Ob er Sorgen hatte? Oder war es Aganez' offensichtliche Ablehnung, die ihm zu schaffen machte? Teri beschloss ihn vorläufig nicht zu fragen und suchte nach einem unverfänglichen Thema.

»Du trägst schwer! Wie viel hast du jetzt?« Teri musste an die vielen Geldstücke denken, die Ging anscheinend immer noch bei sich trug.

»Bronzestücke?«, fragte Ging mit einem misstrauischen Seitenblick auf Aganez, der wie immer mit den vorsichtig tastenden Schritten des Greises voranging, wenn der Weg eben war. »Achttausendzweiundzwanzig!«, flüsterte er dann Teri zu. »Es waren zwei gute Jahre! Achttausendzweiundzwanzig Bronzestücke!«

Teri rechnete schnell: Achttausendsechs Münzen hatte Ging in Isco gehabt; wenn er jetzt also sechzehn mehr hatte, waren das acht pro Jahr; das hieß, dass er etwa …

Ging sah Teri treu ins Gesicht, während er zielstrebig weiterwatschelte. »Schau nicht so entgeistert!«, sagte er leise. »Aber jetzt verstehst du bestimmt, warum bei uns Wanderern die Freundschaft zu Menschen so selten ist! – Schau nicht so!«

Teri nickte stumm. Ja, sie verstand! Ging war kein alter Mann, aber wenn sie richtig gerechnet hatte, war er schon seit etwa tausend Jahren unterwegs! Ging war schon durch die Welt gezogen, als es weder Estador noch Thedra gegeben hatte, und die Götter mochten wissen, wie lange er noch weiterziehen würde! Für ihn waren alle Menschen Sterbende! Geboren auf dem Totenbett und vergänglich wie die Blumen auf dem Feld! – Würde ein Mensch sein Herz an etwas so Vergängliches wie die Blumen eines einzigen Sommers hängen wollen? Er müsste daran zerbrechen! So musste es Ging ergehen, der Generationen hatte aufwachsen und dahinschwinden sehen. Kein Wunder, dass er sich nur ungern mit Menschen einließ!

Teri schwieg lange. Sie begann den kleinen Wanderer mit ganz anderen Augen zu sehen.

Bis zur Abenddämmerung hatten sie eine gute Strecke zurückgelegt, und obwohl die Hauptgipfel des Großen Gebirges noch immer in weiter Ferne lagen, schien selbst Aganez einigermaßen zufrieden zu sein. Er hatte sich so weit beruhigt, dass er sich sogar dazu herabließ, Feuer zu machen. Dann saß er wie gewöhnlich steif in der Dunkelheit und wartete, bis Teri gekocht hatte.

Wieder lehnte Ging es ab, mit ihnen zu essen, und Teri wurde die Sache langsam unheimlich. Nahm der Wanderer sich Aganez' Abneigung vielleicht so sehr zu Herzen, dass es ihm den Appetit verschlagen hatte? Ging war den halben Tag lang mit ihnen über Hügel und Bergflanken geklettert, zusätzlich behindert durch sein schweres Wams mit den vielen Bronzestücken darin. – Irgendwann musste er doch endlich Hunger bekommen!

»Du solltest freundlicher zu Ging sein!« Teri hatte Mut gefasst und Aganez direkt nach dem Essen angesprochen. »Er ist schließlich genauso ein Mensch wie wir!«

Der alte Magier lachte kurz auf. »Ein Mensch? – Weißt du überhaupt, wie Wanderer zur Welt kommen?« Er hatte wieder seinen gehässigen Tonfall angenommen.

»Das interessiert mich nicht!« Teri war es leid, sich Aganez' Tiraden anzuhören. Sie überlegte ernsthaft, ihn hier zurückzulassen und morgen mit Ging allein weiterzuziehen.

»Sie werden …«, begann Aganez ungeachtet Teris wütenden Blicks.

»Lass ihn!« Ging beugte sich vor, sodass Teri sein Profil im Feuerschein sehen konnte, und Teri blieb ruhig.

»Sie werden gezeugt wie normale Menschen!«, begann Aganez erneut. »Jedenfalls fast so! – Was dann aber passiert, ist Folgendes: Die arme Frau, die einen Wanderer in sich trägt, wird die Frucht ihres Leibes nie zu sehen bekommen, denn der Wanderer nistet sich in ihr ein und sie kann ihn nicht gebären! Wanderer suchen sich auch gern alte, dicke Frauen, bei denen es nicht auffällt, dass sie über Jahre hinweg schwanger sind!« Aganez lehnte sich genüsslich zurück, als er Teris verwirrten Gesichtsausdruck sah, und holte zum letzten, entscheidenden Schlag aus. »Wenn die Frau dann eines Tages stirbt, ist ein ausgereifter kleiner Wanderer in ihr herangewachsen, aber noch immer wird er nicht geboren! Das, meine liebe Teri, geschieht erst, wenn die Frau im Grab liegt und verwest! Dann zerreißt der Wanderer ihren Leib, stiehlt Leichentuch oder Kleidung und wühlt sich an das Licht des Tages!« Aganez lachte triumphierend auf. »So ist auch dein Freund geboren worden, kleine Hüterin! – Und darum riecht er auch so streng! Er frisst so gern Verwestes; es erinnert ihn an seine Mutter!«

»Dein Begleiter weiß viel über uns! Doch ist nicht jedes Wort wahr!« Ging hatte während Aganez' Rede den Kopf sinken lassen und starrte in die Flammen. »Er will unserer Freundschaft schaden! Da er aber nicht klug ist und auch nicht weise, kann seine Rede uns zum Nutzen gereichen, denn nur dumme Leute glauben dumme Lügen! – Dein Begleiter weiß viel!« Jetzt sah der Wanderer Teri an. »Hat er etwas zerstören können? – Hat er?«

Teri war entsetzt. Aber nicht nur Aganez' Geschichte hatte sie so sehr getroffen, sondern vor allem die gehässige Art, mit der sie vorgetragen worden war. »Nein!« Fast hätte sie Ging die Hand auf den Arm gelegt, um ihn zu trösten. »Er hat nur bewirkt, dass ich *ihn* verachte!«

»Wir töten nicht wie ihr Menschen, wenn ihr essen wollt. Wir nehmen nur Gestorbenes! – Wir töten nicht!«, meinte Ging sich rechtfertigen zu müssen.

Teri war es zwar tatsächlich etwas unbehaglich, wenn sie an Gings Essgewohnheiten dachte, aber sie versuchte tapfer darüber hinwegzukommen.

»Nur wenige Menschen wissen so viel von uns«, fuhr Ging fort, »wie dieser verstoßene Magier, an dessen Geschichte ich mich sehr wohl erinnere! – Nur wenige Menschen! Du hast Waffen gemacht, Aganez! Du hast den Tod vieler verschuldet! Deine Zunft hat dich verstoßen und der Kaiser hat dich verbannt! – Du hast Waffen gemacht!«

»Ich habe Thedra groß gemacht!« Aganez beugte sich vor. »Ich habe richtig gehandelt!«

»Wie viele hast du getötet, Aganez? Wie viele Menschen sind durch deine Waffen gestorben? Die weisen Herren von Hestron haben dich ausgestoßen, weil dein Ehrgeiz dich irregeleitet hat, und auch hier hat dein Machthunger dich verführt, nichts als Zwietracht zu säen, Was macht dich zum Richter über mein Volk? – Wie viele hast du getötet?«

Hatte es zuerst so ausgesehen, als wolle Aganez aufspringen und den Wanderer mit seinem Schwert erschlagen, so hatte er sich doch im letzten Moment beherrscht. »Habe ich es nötig, mich vor einem schmutzigen Nichtsnutz zu rechtfertigen, der nichts versteht?«, zischte cr nur zwischen den Zähnen hervor und hüllte sich dann wieder in, wie er meinte, majestätisches Schweigen.

Ging dagegen war auf einmal bester Laune, als sei eine

Last von ihm genommen. Freundlich sah er Teri an, die neben ihm saß. »Jetzt geht es vielleicht! Da ich jetzt keine Geheimnisse mehr vor dir habe, kann ich dir vielleicht helfen! – Jetzt geht es!« Ging rutschte auf seinem Platz herum, bis er Teri direkt gegenübersaß. Langsam streckte er seine kurzen Arme aus und saß, die Handflächen nach oben gedreht, kurze Zeit stumm da. »Deine Hände, leg sie in die meinen! – Deine Hände!«, forderte er Teri auf, als er sich einen Moment gesammelt hatte – und vor den misstrauischen Blicken des völlig überraschten Aganez reichte Teri dem Wanderer im Schein des Lagerfeuers, unter einem unermesslichen Firmament voller funkelnder Sterne, ihre Hände und es war wie eine Offenbarung für sie!

Die folgende Nacht war für Teri so aufregend, dass sie kaum zum Schlafen kam. Sie fühlte sich, als sei ihr nach langer Blindheit das Augenlicht wiedergeschenkt worden.

Zuerst hatte sie überhaupt nichts gespürt, als sie Ging berührt hatte. Im Gegenteil, sie hatte eher das Gefühl gehabt, etwas von sich herzugeben – selbst *gelesen* zu werden. Gings Gesichtsausdruck hatte ahnen lassen, dass diese Phase nicht besonders erfreulich für ihn war. – Dann, nach langen Augenblicken, hatte sich der Kraftfluss, der durch beider Hände lief, umgekehrt. Teri begann zu ahnen, wer Ging war. Sie hatte die unermessliche Einsamkeit gespürt, die tief in diesem kleinen Wanderer verankert war und die keine Macht der Welt von ihm nehmen konnte.

Ging war unglaublich alt! Viel älter, als Teri gedacht hatte, dass je ein lebendiges Wesen werden könne. Teri spürte Verlust. Verlust von Freundschaft, von Liebe und allem, was das Leben lebenswert macht. Immer wieder waren die Bande, die Ging auf der Welt zu knüpfen versucht hatte, vom Tod zerrissen worden. Während alle um ihn herum irgendwann in die große Dunkelheit gingen, war er dazu bestimmt, nahezu ewig zu leben und immer neuen Verlust zu erleiden; und doch war es ihm nun wieder passiert! – Ging liebte Teri! Liebte sie mit einer Hoffnungslosigkeit, die nur Unsterbliche verstehen, denn er würde noch auf der Welt sein, wenn Teri schon seit Jahrhunderten nicht mehr lebte.

Teri spürte die Trauer, die Ging erfasste, sooft er an sie dachte. Sie war für ihn mehr als nur ein Mensch, der ihn achtete. Sie war für ihn wirklich eine Schwester; und er wusste mit grausamer Klarheit, dass er sie, wie alles Lebendige, bald verlieren würde. Ging hasste den Tod, der ihm schon so viel genommen hatte; vor allem hasste er aber diejenigen, die seinem Erzfeind in die Hände spielten. Seine Verachtung für Feldherren, streitlustige Könige und andere Mörder, wie er sie nannte, war grenzenlos. Nun war es Teri auch klar, warum er vor Aganez, der sich selbst den Titel Waffenmacher gegeben hatte, zurückgeschreckt war!

Zögernd ließ Teri los. Was war die Unsterblichkeit, wenn man sie nicht mit jemandem teilen konnte – wenn das Leben eine endlose Kette von Abschiednehmen und Verlust bedeutete? Ging tat ihr unsäglich Leid!

Teri war im ersten Moment so erschüttert, dass ihr überhaupt nicht bewusst wurde, dass sie das alles *gespürt* hatte. Erst als sie sich zurücklehnte und sich dabei auf der Felldecke abstützte, bemerkte sie es. Verwundert schaute sie auf ihre Hände, die auf dem dichten Vlies lagen. Eine vage Ahnung von Steppe und Weite war spürbar, verstärkte sich, ein Gefühl von Wärme kam dazu, ein Anflug des dumpfen Willens, etwas zu trinken, mit der Herde zu laufen! – Dann eine Ahnung von Askas Nähe, denn ihre Decke war es einst gewesen …

»Ich …« Hilflos schaute Teri zu Ging. Ihre Hände tasteten über die Gegenstände, die in Reichweite waren: das Drillholz, den Zunderbeutel, das trockene Holz. – Jeder Gegenstand hatte seine ganz eigene, unmissverständliche Ausstrahlung, so, als habe Teri ihre Begabung nie eingebüßt. »Ich kann wieder …!« Teri fehlten die Worte. Voller Glück saß sie da und strich bald über diesen, griff bald nach jenem Gegenstand und genoss die Bilder und Geschichten, die diese scheinbar toten Dinge in ihr erzeugten.

»Hat es gewirkt? – Hat es?« Ging war kaum weniger aufgeregt als Teri. Hastig zog er immer wieder seine nach oben gerichteten Handflächen an sich heran, als wolle er sich Teris Antwort zufächeln.

Teri spürte, wie ihr die Tränen in die Augen stiegen. »Ja!«, brachte sie mühsam hervor und nickte langsam. Dann legte sie sich vor Aufregung zitternd auf die Seite, verbarg ihr Gesicht in dem Fell und ließ ihren Tränen schluchzend freien Lauf. Undeutlich hörte sie, wie Ging wieder zu sprechen begann.

»Diese Frau will nach Hause!«, erklärte er Aganez. »Sie hat einen Befehl in sich, den ich nicht aufheben kann. Ich weiß, was ihr sucht; also werde ich euch helfen, damit sie heimgehen kann! Höre, Magier! Es gibt die Schlafende Armee, wie du sie nennst, und ich kenne den Ort! Du wirst eine Macht schauen, die alles übertrifft, was du dir vorstellen kannst! Möge dir das zu Demut verhelfen, denn du wirst diese Macht genauso wenig nutzen können, wie ein Hund einen Bogen zu spannen vermag! Morgen brechen wir auf, zur Höhle der Alten – das ist der Name, den die Wanderer ihr gaben –, denn diese Frau will nach Hause!«

»Eine Höhle!« Aganez war entzückt. »Ich habe gewusst, dass es eine Höhle sein wird! Ist es ein Tunnel? Es ist auch ein Tunnel, nicht wahr? – Ein Tunnel, der durch das Große Gebirge führt! So bist du nach Estador gekommen, nicht wahr? – Ich habe es gewusst! Zehntausend Schwertkämpfer, gefangen in ewigem Schlaf! Bogen, die Feuer von Stadt zu

Stadt schießen! Hast du die fliegenden Türme gesehen, die sprechenden Wände? Hast du den Tisch gesehen, der die Welt zeigt – den Sitz der wahren Macht? Nun sprich doch!«

»Du verstehst gar nichts!« Ging zeigte sich von Aganez' Begeisterung völlig unbeeindruckt. »Schlaf jetzt, Magier, wir werden morgen sehr früh aufbrechen! – Du verstehst gar nichts!« Dann warf er Teri noch einen liebevollen Blick zu und rollte sich in seinen Umhang ein, wobei die Bronzestücke in seinem Wams metallisch schabende Geräusche machten.

War das Verhältnis zwischen Aganez und Teri bislang schon nicht das beste gewesen, so wurde es jetzt geradezu katastrophal. Teri konnte Aganez jetzt lesen und es gefiel ihr nicht, was sie erfuhr!

Aganez war in Panik. Er fürchtete zu sterben, bevor er das Ziel seines Lebens erreicht hatte. Er wollte nicht nur Wissen, er wollte die Macht! Jetzt erst begriff Teri, wer eigentlich verantwortlich war für den Auftrag, den Jamik ihr gegeben hatte. Aganez hatte Jamik genauso zu seinem Werkzeug gemacht wie Teri. – Aber Teri war nicht bereit sich ihm unterzuordnen, denn das sah der Auftrag nicht vor und eine weitere Beeinflussung ihres Willens durch Aganez würde sie mit allen Mitteln zu verhindern suchen.

Teri war sehr froh, dass sie dem Alten nicht bedingungslos gehorchen musste. Menschen waren für ihn nur Hilfsmittel, die man nach Belieben benutzte, und um sein »großes Ziel« zu erreichen, war ihm kein Opfer zu viel – wenn andere es erbrachten! Es war eine böse, egoistische und hinterhältige Ausstrahlung, die den alten Magier umgab, eine Aura von gehetzter Machtlosigkeit, überschattet und gleichzeitig angestachelt von der Angst, nicht schnell genug zu sein und den Kampf gegen seinen gebrechlichen Körper zu verlieren. – Seit Gings Zusage, Teri zu der Schlafenden Armee zu führen, hatte er es eiliger denn je, wobei er vollständig vergaß – vergessen wollte –, dass Ging ihm nur Ernüchterung versprochen hatte. Er wollte Unsterblichkeit!

Teri mochte Aganez nicht mehr berühren. Wenn er Hilfe brauchte, leinte sie ihn an und zerrte ihn die Berge empor wie eine störrische Ziege.

So kletterten, gingen und stolperten sie denn, Aganez laut zeternd, Teri verbiestert schweigend und Ging gleichmütig-melancholisch, einem der größten Geheimnisse der Welt entgegen: dem Ort, an dem die Schlafende Armee darauf wartete, nach vieltausendjähriger Ruhe wieder erweckt zu werden.

4

Drei Freunde

Nur Schwächlinge bewundern das Spiel deiner Muskeln. Die wirklich Starken werden deine Schwächen lieben!

In einem Punkt war die Wanderung einfacher geworden, seit Ging sein Versprechen gegeben hatte, Teri zur Schlafenden Armee zu führen: Aganez hatte aufgehört in ihm so etwas wie ein lästiges Tier zu sehen. Nicht, dass er ihn nun mit Ehrerbietung behandelt hätte. Aber er konzentrierte sich in seinen Wutausbrüchen wieder auf Teri. Das gefiel ihr zwar nicht sonderlich, aber da sie jetzt endlich den Abschluss ihrer Mission in greifbare Nähe gerückt sah, war sie kaum noch zu erschüttern.

Trotzdem hätte sie Aganez gern so manches Mal an den Rand einer Schlucht gestellt und ihm dann ein kleines Wanderliedchen gesungen. – Vielleicht war es ganz gut, dass Teri den Liedern der Kraan keine Kraft mehr verleihen konnte. Wahrscheinlich blieb Aganez dadurch einiges erspart, denn besser wissen und besser machen sind zweierlei! So aber schleppte sie den alten Magier weiter durch das Bergland, dem ungewissen Ziel – aber ihrer sicheren Erlösung – entgegen. Sie freute sich schon auf die Heimkehr nach Tregh zu Frill und ihrem Kind, und natürlich zu Ena, die ihr das Leben gerettet hatte und ihrer Familie Obdach bot.

Mit diesen Gedanken ließ sich gut wandern und so vergingen die Tage schnell. Als Ging ihnen mitteilte, es seien nur noch fünf Tage bis zum Ziel, war Aganez kaum noch zu bremsen. Er kletterte so gut wie nie zuvor und ließ sich nur durch die hereinbrechende Dunkelheit davon abhalten, in einem Zug durchzumarschieren.

Ging hatte sich als sehr begabt erwiesen, was das Auffinden wettergeschützter Schlafplätze anging. Seit sie zusammen wanderten, hatte die Gruppe nicht eine einzige Nacht im Freien verbracht: Höhlen, Grotten, Nischen, überhängende Felsen und andere Übernachtungsmöglichkeiten – Ging schien ein besonderes Gespür dafür zu haben, solche Orte zu entdecken. Manchmal kam es Teri wie Zauberei vor, wenn er nach einem durchwanderten Tag plötzlich einen Busch oder Strauch zur Seite schob und dahinter eine geräumige Höhlung im Fels auftauchte.

Teri blieb es ein Rätsel, wie Ging sich ernährte, denn er nahm nie etwas von ihrem Essen an. Allerdings war er durch seine vielen Umwege, um Wasserläufe an sicherer Stelle überqueren zu können, oftmals außer Sicht. – Möglich, dass er bei diesen Gelegenheiten etwas fand, was ihm behagte. Immer noch dachte Teri mit leichtem Schauder an seine angeblich so seltsamen Essgewohnheiten und war eigentlich recht dankbar, dass er nicht darauf bestand, seine Nahrung mit ihnen zusammen einzunehmen. – Aber auch da sollte es bald eine Überraschung geben.

»Sturm wird kommen!« Ging deutete kurz zum Himmel. »Sturm!«

Teri sah in die Richtung, in die Ging gezeigt hatte. Hoch über dem Horizont schwebten im Nordosten einige zerrissene Wolkengebilde, mehr war nicht zu erkennen, aber schließlich war Ging der erfahrenste Wanderer von ihnen; wenn *er* nicht wusste, wann Sturm aufkam, wer sollte es dann wissen?

Eilig tappte Ging voraus. »Wir können es noch schaffen!«, murmelte er vor sich hin. »Die Grotte der Steinernen Frau wird uns schützen! Wir können es noch schaffen!«

Obwohl Gings Bewegungen so tapsig und unbeholfen wirkten, kam er doch erstaunlich schnell voran. Teri und Aganez blieben zurück und Teri musste nun doch wieder all ihre Kräfte aufbieten, um den alten Magier bei seiner Kletterei zu unterstützen. Trotzdem dauerte es nicht lange, bis Ging außer Sicht war.

»Wenn es Sturm gibt, gibt es vielleicht auch Regen!«, keuchte Aganez. »Wasser behagt ihm nicht, deinem Freund!«

»Spar lieber deinen Atem! Halt dich dort fest!« Teri wies auf ein Grasbüschel. »Und zieh dich hoch!«

»Du magst ihn wirklich!« Aganez hörte einfach nicht auf zu reden, aber wenigstens kletterte er jetzt zügig. »Ich habe immer den Umgang mit Wanderern gemieden.« Ein Stein brach unter seinem Tritt weg und Teri riss am Seil, um einen Absturz zu verhindern. »Aber mittlerweile meine ich fast, man könnte sich an sie gewöhnen!«

»Soll ich ihm das ausrichten?« Teri zog Aganez über die Felskante und stieg selbst zwei Mannslängen höher. »Hast du ihn als wertvollen Verbündeten erkannt? Willst du ihn jetzt mit schönen Reden billig einkaufen? – Was planst du, Aganez?«

»Überhaupt nichts!« Aganez tat erstaunt. »Ich werde doch wohl noch meine Meinung ändern dürfen! Schließlich sind wir hier alle aufeinander angewiesen, da hat es doch keinen Sinn, die Zwietracht zu pflegen!« Er machte einen großen Schritt und schwang sich auf ein kleines Plateau.

Teri fiel zwar im Moment nicht ein, warum jemand auf Aganez angewiesen sein sollte; taktvoll, wie sie war, sagte sie aber nichts, denn in einem hatte der alte Magier Recht: Zwietracht und Streit kosteten nur unnötig Kraft! Dennoch fiel ihr bei Aganez' Freundlichkeit ein thedranisches Märchen ein, in dem eine Möwe mit verstellter Stimme zu einem Erdhörnchen spricht, nur um dessen Junge zu rauben. Teri war auf der

Hut, was die Äußerungen des Magiers anging. Sie hatte gelernt, dass er gern mit seinen Plänen hinter dem Berg hielt und mit seinen Reden immer etwas bezweckte!

»Hierher! Hier ist die Grotte! – Hierher!« Ging stand auf halber Höhe des nächsten Hügels und winkte aufgeregt.

»Wir kommen!« Teri und Aganez beeilten sich, so gut sie konnten. Selbst Aganez gab im Stillen zu, dass er ohne Gings Führung dieses natürliche Gewölbe nicht gefunden hätte. Der Eingang war unter einem überhängenden Felsen verborgen und so flach, dass man nur auf Händen und Knien hindurchgelangte – aber als Wetterschutz würde die Grotte ideal sein!

Das strahlende Licht des hellen Tages war mittlerweile einem düsteren Blaugrau gewichen, obwohl nicht eine Wolke zu sehen war. Teri schien es, als habe sich die Luft selbst verfinstert. Die Sonne stand hoch am Himmel. Es war zwar erst kurz nach der Tagteilung, dennoch hatte sie ihre Kraft verloren. Kanten und Rundungen aller Gegenstände traten seltsam deutlich hervor. Bläuliche Schatten lagen über der Landschaft und ließen das Weiß der fernen Berggipfel umso stärker wirken. Nicht bedrohlich sah es aus – eher unwirklich. Teri blieb einen Augenblick stehen, um das Bild in sich aufzunehmen, und auch Aganez konnte sich dem Zauber dieser blau getönten Landschaft nicht völlig entziehen. Trotzdem war er es, der Teri in ungewohnt sanftem Ton daran erinnerte, dass es Zeit werde, die Grotte aufzusuchen.

Teri musste ihm Recht geben. Ging war schon in die Höhle hineingerobbt und jetzt, ohne weiteren Anhaltspunkt, war vom Eingang der Grotte kaum noch etwas zu erkennen. Teri und Aganez arbeiteten sich zu dem Punkt vor, an dem sie Ging zuletzt gesehen hatten.

Ein warmer Wind kam auf, der das Atmen erschwerte, und die Stille der Bergwelt wirkte plötzlich bedrückend. Es war, als sei die Natur in Erwartung des kommenden Unwetters erstarrt, und das Einzige, was sich klein und verletzlich den Hang eines Hügels hinaufarbeitete, waren die beiden Menschen, die sich jetzt sehr beeilten ihren Unterschlupf zu erreichen.

Tief gebückt kroch Teri, gefolgt von Aganez, in die flache Höhlung. Finster war es in der Grotte; nur das bleiche Oval von Gings Gesicht war im Hintergrund zu erkennen. – Hatte er nicht etwas von einer steinernen Frau erzählt? Teri sah sich suchend nach etwas um, das den Namen der Grotte gerechtfertigt hätte.

»Du kennst diese Höhle?«, wollte Aganez von Ging wissen. »Du warst schon einmal hier?« Teri wunderte sich über den normalen Tonfall, in dem der Magier mit dem Wanderer sprach. Sollte er seine Meinung wirklich geändert haben?

»Wandererwissen!«, erklärte Ging. »Nein, ich war noch nie hier. – Aber wenn sich Wanderer treffen, reden sie über Wege und Unterschlupf! Diese Grotte hat Windkind entdeckt und ihr den Namen gegeben. In Itirfah sprach er darüber mit Sohn des Fremden und der hat es mir erzählt. – Wandererwissen!«

»Ist diese Grotte denn so etwas Besonderes, dass jeder Wanderer sie kennen muss?« Teri verstand nicht ganz. »Und warum trägt sie den Namen der Steinernen Frau?«

»Nein!« Ging schüttelte den Kopf. »Nichts Besonderes! Hier im Gebirge gibt es hunderte ähnlicher Grotten und Höhlen und alle tragen Namen, weil sie ja Namen haben müssen, wenn man davon erzählt! – Nein! Kein besonderer Name, und keine besondere Grotte! – Nein! Nichts Besonderes!«

»Du willst sagen, du kennst diese Höhlen *alle?*«, mischte Aganez sich mit ungläubigem Gesicht ein. »Du kennst alle Schlupflöcher des Großen Gebirges mit all ihren Namen, weil dir jemand davon *erzählt* hat?«

»Ja!« Ging nickte. »Ich kenne alle Wege und jeden Hügel –

nicht nur hier, sondern auf dem ganzen Kontinent! – Wir Wanderer müssen doch wissen – darum wandern wir doch! – Ja!«

Während der Unterhaltung war es draußen immer dunkler geworden. Plötzlich zerriss ein blendend weißer Blitzstrahl die Düsternis und ein peitschender Donnerschlag ließ Teri zusammenfahren.

»Trockenes Gewitter!«, bemerkte Aganez. »Gut möglich, dass wir Ging unser Leben verdanken!«

Teri sah an ihm vorbei nach draußen. – Tatsächlich! Es war noch nicht der kleinste Wassertropfen auf die Felsen gefallen.

Der warme Wind, der über die schroffe Berglandschaft strich, wurde stärker. Eine Baumgruppe, die Teri durch den Grotteneingang am gegenüberliegenden Hang sehen konnte, geriet in wogende Bewegung. Jetzt klatschten auch schon die ersten Regentropfen auf die Felsplatte vor dem Eingang. Ging schauderte und drückte sich eng in den hintersten Winkel der Grotte.

Immer mehr Tropfen schlugen mit sattem Geräusch auf den Stein und zerplatzten zu silbrigem Staub. Der glatte Fels überzog sich mit einer dunkel glänzenden Schicht, in der sich der verfinsterte Himmel spiegelte. Heulend schlugen die ersten Sturmböen auf die felsigen Schrunden, wurden umgelenkt, sammelten und vereinigten sich und tobten mit verdoppelter Macht durch die Täler des Großen Gebirges. Die Bäume auf der anderen Seite des Tals warfen sich im Druck des Windes hin und her. Weit bogen sich die Stämme bald zur einen, bald zur anderen Seite und der Wind riss ihre schwarzen Äste immer wieder hoch empor, sodass sie einer Gruppe tanzender Riesen glichen.

Jetzt zuckten die Blitze in nahezu ununterbrochener Folge und der Donner rollte in einem Berge erschütternden, gewaltigen, nicht enden wollenden Tosen über das Land. Teri sah im Licht der Blitze eine Wasserwand auf den Eingang der Grotte zukommen und Augenblicke später rauschte ein Sturzbach vor ihren Augen nieder, der ihr vollständig die Sicht nahm.

Immer näher kam das Zentrum des Berggewitters. Das Rollen des Donners, das bislang wie ein gewaltiger Akkord über dem Tal gelegen hatte, löste sich in einzelne, krachende, dröhnende Schläge auf, die in die Grotte hineinfuhren und Teris Körper trafen wie schwere Fausthiebe. Ein lautes Poltern kündete davon, dass sich irgendwo draußen ein großer Felsblock gelöst hatte und sich jetzt in diesem Inferno zu Tal wälzte. Einige kleinere Steine schlugen vor dem Grotteneingang auf die Felsplatte und verschwanden, sich in rasender Drehung überschlagend, wieder in der Wasserwand.

Die Felsplatte vor dem Eingang war zu einem schäumenden, sprudelnden See geworden. Der Regen wurde noch stärker und nur die talwärts geneigte Schräge verhinderte, dass die Grotte im Nu voll Wasser lief.

Teri presste die Hände auf die Ohren und schloss die Augen. Es war ihr, als rückten die Felswände mit jedem Donnerschlag immer weiter auf sie zu. Natürlich wusste sie, dass das nicht sein konnte, schließlich hatte sie ihr halbes Leben in Felstürmen verbracht; aber was kann der Geist schon ausrichten, wenn die Sinne einer solchen Folter der tobenden Naturgewalten unterliegen?

Plötzlich spürte Teri, wie sich eine Hand auf ihre Schulter legte und sacht zugriff. – Aganez versuchte ihr Geborgenheit und Sicherheit zu geben. Teri war es recht! Die Nähe eines menschlichen Wesens zu spüren, einen festen Punkt in diesem Chaos aus Donner, Blitz und vom Sturm getriebenen Wassermassen zu finden, tat gut! – Mochte Aganez sein, wie er wollte, seine Hand auf Teris Schulter gab ihr das Gefühl, nicht allein durch ihre Angst und durch das Gefühl der Verlorenheit gehen zu müssen, das die gegen die Grotte anstürmenden Elemente in ihr ausgelöst hatten. Aganez war da – und er beherrschte sich! Also würde auch sie, Teri, sich beherrschen können! Zögernd, vorsichtig nahm sie die Hände herunter und lächelte den Magier krampfhaft an. »Alles in Ordnung?«, brüllte Aganez sie durch das brausende Tosen hindurch freundlich an.

»Alles in Ordnung!«, schrie Teri ebenso freundlich zurück.

Aganez verstärkte kurz den Druck seiner Hand und ließ dann los. Teri sah ein Lächeln auf seinem Gesicht und da begriff sie. Sie begriff, dass er nur auf ein Zeichen der Schwäche gewartet hatte, um ihr helfen zu können. Dass er sie eigentlich mochte, sie ihm nur keine Chance gelassen hatte ihr zu helfen. Begriff, dass man die Starken wohl achtet, aber nicht liebt, und dass sie in ihrer abweisenden Art zum Teil auch selbst an dem unerfreulichen Verlauf der Reise Schuld trug. »Hab keine Angst, ich bin ja bei dir!«, rief sie Aganez vergnügt zu und setzte ihr frechstes Lächeln auf. – Und Aganez' Lachen ging in einer Serie ohrenbetäubender Donnerschläge unter.

Schließlich war das Gewitter über die Grotte hinweggezogen. Der Regenschleier vor dem Eingang wurde dünner und nur noch aus der Ferne war leises Donnergrollen zu hören. Ab und zu zuckte noch ein Wetterleuchten am Horizont auf, das im nach und nach sich wieder aufhellenden Tageslicht fast unterging. Schwere Tropfen fielen von der Felsnase über dem Eingang und dünne Wasserfäden rannen seitlich davon herab. – Endlich war es zu Ende!

Teri sah sich um. Ging saß im hintersten Winkel der Grotte an der Wand und klopfte sich, scheinbar gleichmütig, nicht vorhandene Stäubchen von seinem Umhang, während Aganez in seinem Bündel herumkramte. Den beiden schien es gut zu gehen! Also krabbelte Teri aus der Grotte heraus und richtete sich auf. Die Luft war frisch und rein. Ein sanfter, kühler Wind strich über die Felsplatte.

Ganz in der Nähe hatte es einen Erdrutsch gegeben. Ein großer Felsblock hatte sich aus dem Hügel gelöst und war ins Tal gerutscht. Dort, wo er gelegen hatte, trat nun ein missfarbener, nass glänzender Fleck zutage, in dem sich die kristallklaren Rinnsale, die noch immer von der Hügelkuppe herunterkamen, braun einfärbten. Auf dem gegenüberliegenden Hang waren zwei der Bäume umgestürzt und die, die noch standen, waren so vom Sturm zerzaust, dass sie eher gerupften Hühnern denn stolzen Bergkiefern glichen.

Allmählich beruhigte sich die Natur wieder. Genauso unmerklich, wie es geschwunden war, kehrte das volle Tageslicht zurück. Die bläulichen Schatten verschwanden und Teri spürte die Sonne auf ihrer Haut. Das letzte Wetterleuchten zuckte über den Horizont und die kleinen Sturzbäche, die von den Hügeln kamen, versiegten. Es kehrte wieder Frieden ein im Tal. Teri drehte sich zu ihren Gefährten um.

»… werden wir am Fuß des Großen Gebirges sein! – Übermorgen!« Ging und Aganez waren so in ihr Gespräch vertieft, dass sie Teri im ersten Moment gar nicht bemerkten.

»Es ist schön draußen!«, stellte Teri fest und setzte sich zu den beiden.

»Bestimmt noch viel zu nass! – Bestimmt!«, meldete Ging seine Zweifel an.

Aganez lachte auf. »Wenn wir dich nicht dabeigehabt hätten, wären wir jetzt auch viel zu nass! – Bestimmt!«

»Ich hole Holz, damit wir kochen können!« Teri machte sich wieder auf den Weg zum Ausgang.

»Warte!«, hielt Aganez sie zurück. »Gehst du zu den umgestürzten Bäumen?«

»Ja«, bestätigte Teri, indem sie über die Schulter schaute. »Woanders werde ich wohl kaum etwas Brennbares finden!«

»Hier«, Aganez zog sein Schwert, »nimm das mit! Das ist bestimmt besser als dein Dolch!«

Vorsichtig nahm Teri die stählerne Klinge mit dem unscheinbaren Griff entgegen. Nie hätte sie gedacht, dass der Magier ihr einmal sein Schwert anvertrauen würde.

»Keine Angst, es wird nicht zerbrechen!«, beruhigte Aganez sie. »Es sieht nur aus wie eine Mordwaffe und taugt sehr gut zum Holzhacken; ich habe es selbst oft genug probiert!«

Es stimmte, was Aganez sagte. So furchtbar diese nadelspitze, unglaublich scharfe Waffe auch sein mochte – mit diesem Schwert zumindest hatte Aganez noch niemanden getötet, ja noch nicht einmal verwundet, denn das hätte Teri sofort gespürt! Ermutigt griff sie fester zu und kroch mit der Waffe in der Hand aus der Grotte.

Auf der anderen Talseite angekommen, hielt Teri sich erst gar nicht damit auf, nach trockenem Holz zu suchen. Frohgemut hackte sie sofort auf die Kronen der umgestürzten Kiefern ein und hätte sich fast noch dabei verletzt, denn die Klinge fraß sich durch den mehr als fingerdicken Ast, als sei er nicht stärker als ein Strohhalm. Vorsichtig machte Teri weiter und hatte bald schon ein ansehnliches Bündel Holz zusammen. Die harzreichen Äste und Zweige waren zwar nass, würden aber trotzdem gut brennen.

Auf dem Rückweg zur Grotte fand Teri an der tiefsten Stelle des Tales ein totes Kaninchen, das wohl während des Gewittersturms ertrunken war. Kurz entschlossen nahm sie es mit. Mehr als ein Fehler konnte es nicht sein, was sie vorhatte; und eine Freundschaft, die keine Fehler verzeiht, ist sowieso keine!

Mühsam kraxelte Teri den Hang zur Grotte empor, Schwert und Kaninchen in den Händen, das Holz auf den Unterarmen balancierend, da tauchte über ihr Aganez auf. Tief beugte er sich über den Rand der Felsplatte und nahm ihr das Holz ab. Teri kam aus dem Staunen nicht mehr heraus. Aganez war wie umgewandelt! Erfreut über die Hilfe schwang sie sich auf die Felsplatte vor dem Grotteneingang, händigte dem Magier sein Schwert aus und kroch mit dem ertrunkenen Kaninchen in der Hand in die Höhle. »Ich hab gedacht, das magst du vielleicht!«, rief sie Ging fröhlich zu, der seinen Platz noch immer nicht verlassen hatte. – Seine Angst vor Wasser musste wirklich sehr groß sein, wenn er sich noch nicht einmal auf die feuchte Felsplatte traute!

»Für mich? Ein Kaninchen für mich?« Ging schaute skeptisch. »Doch nicht gejagt? Du hast es doch nicht getötet? – Doch nicht!«

»Gestorbenes!«, pries Teri ihre Ware an. »Im Gewitter ertrunken!«

»Würdest du es trocknen? Es ist noch ganz nass! Würdest du?«

»Klar doch!« Teri robbte rückwärts ins Freie und fragte sich, was wohl als Nächstes käme. Selten war sie ein Geschenk so schwer losgeworden. – Gerade noch rechtzeitig fiel ihr aber ein, dass Ging freiwillig hier war, um ihr zu helfen, und dass er nun schon tagelang mit ihnen durch das Gebirge wanderte, ohne auch nur das Geringste dafür zu verlangen. Also legte sie das nasse Tier in die Sonne und nahm sich vor es hin und wieder umzudrehen, während sie das Essen für sich und Aganez kochte.

Aganez hatte inzwischen ein Feuer auf dem Plateau gemacht und den Kochtopf aus seinen Glasflaschen zur Hälfte mit Wasser gefüllt. Vor den Augen der staunenden Teri gab er nun einiges von seinen Trockenvorräten dazu und fing an, leise vor sich hin summend, in dem Gemisch herumzurühren.

Teri verstand die Welt nicht mehr. – Aganez kochte für sie! Ausgerechnet Aganez, der doch immer auf seine Würde bedacht war, der sich am liebsten von allen Seiten zugleich hofieren ließ, der noch nie einen Handgriff getan hatte, den er vermeiden konnte, genau dieser Aganez kochte für sie! – Unglaublich!

Scheu lächelte Teri dem Magier zu. – Jetzt bloß nicht zu vertraulich werden!

Aganez grunzte ein paar Mal, was Normalität vortäuschen sollte; und damit war die Sache erledigt.

»Soll ich das Kaninchen vielleicht abziehen und braten?«, rief Teri über die Schulter in die Höhle hinein.

»Ja, das wäre schön! – Ja!«, klang es dampf aus der Tiefe der Grotte zurück. »Ist es immer noch so nass da draußen? – Ist es?«

»Ziemlich!«, schrie Teri zurück und begann das Tier zu bearbeiten. »Aber nicht mehr lange, die Sonne scheint schon wieder!«

»Wenn dein Karnickel fertig ist, kannst du bestimmt schon herauskommen!«, brüllte Aganez. »Die Felsen sind schon fast trocken!«

Hoch über dem kleinen Plateau schwebte ein kleiner Raubvogel, der von der Farbe des Kaninchenblutes angelockt worden war. Verwundert registrierte er, dass sich zwei seltsame Tiere lautstark um die Beute stritten. Da auch noch der Berg selbst wunderliche Töne von sich gab, schien dem Vogel ein Beuteflug denn doch zu riskant zu sein, und er flog lieber weiter. – Das dumme Tier konnte ja nicht wissen, dass er nur drei Freunde in fröhlicher Unterhaltung belauscht hatte.

Zur Essenszeit waren die Felsen wirklich abgetrocknet, sodass Ging sich tatsächlich aus der Grotte heraustrauen konnte. Genüsslich biss er in das gebratene Kaninchenfleisch und Teri erfuhr, dass Wanderer keineswegs Verwestes als Nahrung bevorzugten. Wanderer spürten die Art des Sterbens in jeder Berührung und mit jedem Bissen und so war es ihnen unmöglich, ein Tier zu verzehren, das nicht eines halbwegs natürlichen Todes gestorben war; denn sie hassten die Gewalt – und verabscheuten im Grunde genommen jedes denkende Wesen, das andere Wesen tötet, nur um zu essen!

Teri war beeindruckt und Aganez nickte weise zu Gings Erklärungen. Sollte ihm daran etwas neu gewesen sein, so ließ er es sich jedenfalls nicht anmerken.

Nach dem Essen beschloss die Gruppe den Weg heute nicht mehr fortzusetzen. Ging hatte immer noch Bedenken wegen der angeschwollenen Wasserläufe, Teri war faul und zufrieden und auch Aganez konnte eingestandenermaßen einen ruhigen Nachmittag gut gebrauchen. So nahm sich Teri denn ihr Bündel als Kopfkissen und legte sich vor der Grotte ein wenig in die Sonne. Aganez, der die Hände nie still halten konnte, hatte all seine Taschen entleert und überprüfte seine Bestände. Ging dagegen hatte sich sofort nach dem Ende der Mahlzeit in die Grotte zurückgezogen und schlief schon lange.

Teri spürte die Wärme auf ihrer Haut und genoss den frischen Wind, der sanft ihr Gesicht umfächelte. – Was für ein Glück es doch war, dass sie auf Ging gestoßen waren! Allein hätten sie bei ihrer Suche hier Jahre vergeuden können, ohne etwas zu finden; und wenn Ging nicht irrte, waren sie nun auf dem direkten Weg zum Hort der Schlafenden Armee. Besonders erfreulich fand Teri es auch, dass Aganez ein besseres Verhältnis zu Ging gefunden hatte. Jetzt hätte man die Wanderung direkt als angenehm bezeichnen können, wenn – ja wenn die Sehnsucht nach Frill und Fe nicht immer wieder über Teri gekommen wäre! Am Abend, vor dem Einschlafen, war es immer besonders schlimm. Gern hätte Teri wenigstens gewusst, wie es ihrem Mann und ihrem Kind ging, wenn sie schon nicht bei ihnen sein konnte. In so mancher Nacht waren ihr Frill, Fe und auch Ena im Traum erschienen und es waren durchaus nicht nur gute Träume gewesen, die sie gehabt hatte. Nichts wünschte Teri sich sehnlicher, als endlich ihren Auftrag zu erfüllen, diese Unrast loszuwerden, die sie vorantrieb.

So als hätte Ging ihre Gedanken erraten, kam er plötzlich aus der Höhle gekrabbelt und stieß Teri ganz aufgeregt an. »Ich habe mich geirrt!«, gab er bekannt. »Wir können die Höhle der Schlafenden Armee noch heute erreichen! Der Eingang ist ganz nahe bei dieser Grotte! Eben ist es mir eingefallen! – Ich habe mich geirrt!«

Nun war es mit Teris Ruhe vorbei. Hastig setzte sie sich auf und griff nach ihrem Bündel. Aganez warf Ging einen seltsamen Blick zu und raffte schnell seine Sachen zusammen, die er auf der Felsplatte ausgebreitet hatte.

Ging wartete gar nicht erst ab, bis seine Gefährten abmarschbereit waren, sondern arbeitete sich die Schräge des Hügels hinab, bis er den Talboden erreicht hatte. Dabei sang er ein Lied, das im Wesentlichen aus Wiederholungen zu bestehen schien, aber Teri konnte kein Wort davon verstehen.

Aganez stürmte den Hügel hinab, dass Teri Mühe hatte ihm zu folgen. Schon war Ging außer Sichtweite. Teri beeilte sich, denn *sie* war es, die die Schlafende Armee finden musste! Mit großen Schritten holte sie den Magier ein und ließ ihn hinter sich zurück.

Ging stand am Fuß des nächsten Hügels und winkte ihr zu. »Hier ist es! – Hier!« Aber das konnte Teri sowieso sehen, denn der ganze Hügel war nicht aus Stein und Erde; er war eine Festung! Eine Festung aus bläulich matt schimmerndem Stahl!

»Hier ist es! – Hier«, wiederholte Ging. »Schlag an das Tor! Du musst sie wecken! – Schlag an das Tor!«

Ohne zu überlegen, eilte Teri zu der turmhoch aufragenden, stählernen Wand, in der sich schwach eine rechteckige Fuge abzeichnete, zog ihren Dolch und schlug den Griff hart gegen das Tor, das gleich darauf nach innen aufschwang und den Blick in eine finstere Halle freigab.

Muffige Wärme schlug Teri entgegen. Ging war zur Seite getreten. Er machte keinerlei Anstalten sie in den stählernen Saal zu begleiten. Unsicher sah Teri sich um.

Aganez war ebenfalls stehen geblieben und beobachtete sie von weitem. Ihm war die finstere Öffnung in dem stählernen Hügel wohl auch nicht ganz geheuer und er wartete lieber ab, wie es Teri erging.

Teri hatte Angst. Vorsichtig tastete sie sich in die Dunkelheit hinein. Eine Ausstrahlung von Macht und Gewalt schwang in der schwülen Luft mit, die Teri befangen und klein machte, so, wie sich ein Mäuschen vor der Katze duckt.

Weit hinten in der Halle war auf einem Podest ganz schwach eine sitzende Figur zu erkennen. Teri erkannte an dem Schimmer, der den Leib umgab, dass der Mann eine stählerne Rüstung trug.

Nach allen Seiten sichernd durchmaß Teri den finsteren Raum mit kleinen Schritten. Das Podest war nicht, wie Teri zuerst gedacht hatte, aus Stahl, sondern aus glatt poliertem, schwarzem Stein. Jetzt erkannte sie auch einen weiteren Irrtum. – Es war kein Mann in glänzender Rüstung, was da auf dem steinernen Thronsessel saß, sondern die Steinstatue einer Frau, deren herrischer Blick weit über Teri hinweg ins Leere ging.

Teri war klar, dass sie jetzt etwas unternehmen musste. – Aber was? Sie beschloss sich das Standbild der Frau näher anzusehen. Vielleicht ließ sich ja dort ein Hinweis finden!

Als Teri einen Fuß auf die unterste Stufe stellte, sah sie etwas, das ihr vorher nicht aufgefallen war. Auf der Armlehne des Thronsessels saß zusammengekauert das, noch teilweise mit Fellfetzen behaftete, Gerippe eines Kaninchens. Seltsam sah das Knochentier aus, so als seien seine Läufe mit Krallen besetzt! Jetzt erst bemerkte Teri wieder, wie heiß es hier in der Halle war.

Teri sah einen Lichtreflex in den Augen der Statue. Halb ängstlich, halb neugierig stieg sie die Stufen empor und schaute genauer hin. Fast schien es ihr, als sei in die hochmütigen Züge der Frau eine besondere Art von Leben gebannt. Neugierig beugte Teri sich vor und sah ihr direkt ins Gesicht.

Plötzlich klappte der Kiefer der Steinernen Frau herab. »Teri, Scharfrau von Thedra!« Ihre Stimme hatte den Klang brechenden Eises. »Du wirst enttäuscht sein, denn deine Reise war ohne Sinn!«

Teri war schnell einen Schritt zurückgewichen, hatte aber nicht die Absicht, so kurz vor dem Ziel aufzugeben, nur weil ein Standbild meinte sie erschrecken zu müssen. »Die Stadt ist in Not! Ruf deine Kämpfer und eile Thedra zu Hilfe, wie es deine Pflicht ist!«, brachte sie mit fester Stimme hervor, nachdem sie sich wieder gesammelt hatte.

»Ha!« Steinstaub rann aus dem Mundwinkel der Statue. »Kleines Mädchen aus Thedra! – Meinst du mir befehlen zu können? Weißt du denn, wer ich bin?«

»Du bist die Befehlshaberin der Schlafenden Armee! – Und ich befehle dir, Thedra vom Feind zu befreien!« Teri hatte jetzt jede Angst verloren und fühlte Ärger in sich aufsteigen.

»Die Schlafende Armee ist tot!« Mit einem Knirschen lehnte die Figur sich nach vorn und starrte Teri mit leerem Blick an. »Aganez hat einen Fehler gemacht, die Kämpfer sind zu Staub zerfallen! – Nur ich bin noch übrig und dies hier ist jetzt die Grotte der Steinernen Frau!«

»Nein!«, schrie Teri heraus. »Ihr müsst kommen und helfen! Ihr müsst …«

»Du wirst die Schlafende Armee niemals finden!« Die Statue lehnte sich wieder zurück. »Der einzige Kämpfer, den ich dir anbieten kann, ist dieser hier!« Die steinernen Augen drehten sich in den Höhlen und blickten auf das starr dasitzende Kaninchengerippe.

Voller Schrecken sah Teri, dass die Rippen des Knochentieres begannen sich zu heben und zu senken. – Es atmete! Plötzlich schnellte das Gerippe sich mit einem schrillen Schrei von seinem Platz und krallte sich mit fingerlangen Klauen in ihrem Gesicht fest. Teri riss die Arme hoch und versuchte das Tier abzuwehren. Sie stürzte zu Boden und sah nichts mehr.

»Teri! – Deine Wanderschaft wird niemals enden, Teri!«, schrie die Steinerne Frau und lachte schrill auf. »Blind sollst du deine Suche fortsetzen für alle Zeiten! – Teri!«

Aufschluchzend versuchte Teri sich von dem Tier zu befreien, das sich in ihre Augenhöhlen gekrallt hatte.

»Teri!«

Etwas rüttelte an ihrer Schulter und ein Lichtschimmer drang durch ihre Lider. – Vielleicht war doch noch nicht alles verloren!

»Teri, wach auf!«

Das war die Stimme von Aganez. Verstört schlug Teri die Augen auf und ließ die Hände sinken.

»Du bist in der Sonne eingeschlafen!« Aganez' Stimme kam wie von weit her. »Ich habe es nicht rechtzeitig bemerkt, sonst hätte ich dich früher geweckt!«

»Aber – die Steinerne Frau …« Teri richtete sich auf.

»Na großartig!«, freute sich Aganez. »Du weißt ja sogar noch, wo wir sind! – Und ich hab schon befürchtet, du hättest einen Sonnenstich! – Geh aber trotzdem lieber in den Schatten!«

Teri war sich im Gegensatz zu Aganez durchaus nicht so ganz sicher, ob sie noch vollständig normal war, aber jetzt fiel ihr alles wieder ein: Sie lag hier vor der Grotte der Steinernen Frau und Ging hatte vorhin ein Kaninchen verspeist. – Was hatte sie bloß für einen verrückten Traum daraus gemacht!

Schwerfällig, noch schlaftrunken, stand Teri auf und machte ein paar Schritte, um ihre Muskeln zu lockern. Alles war so, wie es vorher gewesen war: Aganez hatte sich wieder seinen Magier- und Reiseutensilien zugewandt und Ging schlief nach wie vor fest in der Grotte.

Trotz des hellen Tageslichts konnte Teri den Traum nicht abschütteln. Misstrauisch schaute sie auf das Gerippe des Kaninchens, das noch neben der Feuerstelle lag. Besondere Aufmerksamkeit widmete sie den Läufen, aber es war nichts von fingerlangen Krallen zu sehen. – Trotzdem: Sicher war sicher! Vollkommen zufällig machte sie einen Schritt auf das Feuer zu und stieß dabei rein versehentlich mit dem Stiefel an den Knochenhaufen, sodass die Reste von Gings Mahlzeit in hohem Bogen von dem Plateau flogen und sich weit über den Hügelhang verteilten. – Jetzt war ihr besser!

Zwei Tage später war es dann zur Zeit der Tagteilung wirklich so weit. Jetzt war die Gruppe dem Hauptmassiv des Großen Gebirges schon recht nahe gekommen und Ging blieb auf einem Hochplateau, direkt am Rand einer Schlucht stehen. »Hier ist es! – Hier!«, behauptete er und zeigte auf den Boden unter sich.

Einen Augenblick lang fragte sich Teri, ob Ging es ernst meinte mit seiner Behauptung. – Hier sollte das Versteck der Schlafenden Armee sein? Dafür war sie fast zwei Jahre lang unterwegs gewesen – um auf dieser Geröllplatte zwischen Steinen herumzukramen, wo wahrscheinlich noch nicht einmal Insekten zu finden waren?

Tatsächlich brachte Ging dann aber sofort Licht in die Sache, indem er vorsichtig über den Rand der Felsplatte glitt und an der Seite des Tafelberges herunterrutschte. Kurz entschlossen folgte Teri ihm, wobei sie darauf achtete, dass auch Aganez den Steilhang unbeschadet hinunterkam. Dabei musste sie sich sehr darauf konzentrieren, selbst im Gleichgewicht zu bleiben, sodass sie nicht sofort bemerkte, dass Ging direkt unter ihr seitlich im Fels verschwand. Sie bekam einen ziemlichen Schreck, als sie den kleinen Wanderer plötzlich in der Dunkelheit einer Felsspalte direkt neben sich entdeckte. Auch Aganez hatte die Einbuchtung im Fels völlig übersehen und grunzte überrascht, als Teris Arm aus der Spalte kam und ihn in die Höhlung hineinzog.

Es kam Teri seltsam vor, wie gelassen der Magier war. Fast hätte man meinen können, dass ihn die ganze Angelegenheit überhaupt nicht mehr interessiere. Jedenfalls war es für Teri äußerst erstaunlich, welch bedächtiges Verhalten Aganez an den Tag legte, seit er sich mit Ging und ihr besser verstand. Noch vor wenigen Tagen wäre er jetzt vorausgestürzt, um die Führung zu übernehmen, aber jetzt stand er nur ruhig auf dem seltsam glatten und ebenen Boden der versteckten Grotte und ließ Ging gewähren, der, im Halbdunkel leise vor sich hin murmelnd, am Schließmechanismus einer kreisrunden Tür herumfingerte. Leise begann in der Tür etwas zu zischen, so, als würde ein Mensch langsam Luft zwischen den Lippen hindurchziehen.

Interessiert trat Teri näher. So etwas hatte sie noch nie gesehen. Vorsichtig griff sie über Ging hinweg und legte ihre Fingerspitzen auf das kühle, glatte Material. Hatte sie nun erwartet die Ausstrahlung von Metall zu spüren, so wurde sie enttäuscht. Obwohl die Tür aus Stahl war – da gab es für Teri überhaupt keinen Zweifel –, fühlte sich die Oberfläche für sie verwirrend an. Eine seltsam leblose Ausstrahlung ging davon aus, wie Teri es bei noch keinem anderen Material erlebt hatte; fast fürchtete sie ihre Fähigkeit, die Dinge zu lesen, schon wieder eingebüßt zu haben. »Was ist das?«, wollte sie von Ging wissen, der immer noch den Griff der Tür festhielt.

»Es ist tot, darum hat es Bestand!« Ging schaute zu Teri

auf. »Wir Wanderer nennen es den Stoff, der nie vergeht! – Die Alten hatten sehr viel davon! – Es ist tot!«

»Die Alten? – Wer sind die Alten?« Auch Aganez war näher getreten. Mittlerweile erkannte er Gings Autorität voll an und fragte den Wanderer in höflich-ruhigem Ton nach den Dingen, die er selbst nicht wusste.

»Die Alten kannst du nicht sehen, Aganez! Die Gänge hinter dieser Tür sind voller Tod! – Aber ihre Werke wirst du finden! Sie waren sehr rege – die Alten!«

Das Zischen in der Tür wurde leiser. Ging zog fest an dem Hebel und die Tür schwang lautlos ein Stück weit auf. Dann scharrte Ging mit dem Fuß einen Stein herbei und schob ihn so in die untere Rundung des Rahmens, dass die Tür nicht wieder zuschlagen konnte. Sprachlos starrte Teri an ihm vorbei in die winzige Kammer, die sich vor ihrem Blick aufgetan hatte – aber nicht die kahlen, glatten Wände waren es, die sie in Erstaunen versetzten, und auch die fremdartigen Schriftzeichen, die einen Großteil der Wandflächen bedeckten, waren durchaus erklärlich. – Das eigentliche Wunder dieser Kammer war das Licht, das strahlend hell aus dem Türspalt herausflutete. – Wo Licht war, war auch eine Lampe! Und keine Lampe brannte ewig! Also gab es hier jemanden, der sich um die Lichtquelle kümmerte! Schlagartig war Teri davon überzeugt, dass sich im nächsten Moment die Tür am anderen Ende der Kammer öffnen würde und ein Torposten der Schlafenden Armee herauskäme.

Jetzt war es auch um Aganez' Ruhe geschehen. Da er von seinem Standpunkt aus nicht durch den Türspalt sehen konnte, schob er Teri einfach ein Stück zur Seite. Er hielt sich gar nicht mit nebensächlichen Fragen auf. »Was ist hinter der Kammer?« Das war die einzige Frage, die ihn interessierte.

»Mehr, als du suchst!«, behauptete Ging. »Mehr Macht und mehr Geheimnisse, als du dir hast träumen lassen, Magier!

Wenn ihr in die Kammer geht und diese Tür hinter euch schließt, könnt ihr das Reich der Alten betreten, die dereinst die Welt beherrschten! – Aber es ist auch das Reich der Toten! Du wirst nichts finden, Teri, was deiner Stadt Hilfe bringen kann, aber du wirst frei sein! Geh ruhig hinein und sieh dich um, dann wird der Befehl in dir erlöschen; denn es gibt nur Geheimnisse dort, die immer nur noch größere Geheimnisse hervorbringen! – Oh ja!«, wandte sich Ging wieder an Aganez. »Es gibt Geheimnisse hier! Große, schreckliche Geheimnisse! – Mehr, als du suchst!«

»Kommst du nicht mit hinein?« Teri hatte bemerkt, dass Ging vor dem Betreten der Kammer zurückschreckte und seine Worte so wählte, als sei dies ein Abschied.

»Wanderer mögen das nicht!«, erklärte Ging. »Einer von uns war in den Gängen hinter der Kammer, vor langer Zeit. Er ist fast wahnsinnig geworden und schon nach wenigen hundert Schritten musste er umkehren! Die Alten waren feindselig und die Schatten ihres Hasses leben fort im Labyrinth der Gänge und Hallen! – Wanderer mögen das nicht!«

»Wirst du hier auf uns warten?«, fragte Teri mit einem unsicheren Blick in die erleuchtete Kammer, die ihr immer unheimlicher geworden war, je länger Ging sprach.

»Ich werde Estador verlassen!« Ging hob bedauernd die Schultern. »Aber nicht von hier! – Es gab wohl einst einen Tunnel, der von hier aus unter dem Großen Gebirge hindurchführte. Aber die Strecke ist unterbrochen und der neue Eingang liegt zwei Tagereisen weit südwestlich! Es ist ein runder Schacht, der seitlich weit in das Vorgebirge hineinführt. Dann kommen Treppen – viele Treppen – tief hinab. Man muss in die Richtung gehen, in der das Echo schwächer ist! Die andere Seite würde euch wieder hierher zurückbringen, wenn sie nicht sowieso eingestürzt wäre! Ein guter Wanderer schafft den Tunnel in drei Tagen! Es ist dunkel dort, aber man kann weit ausschreiten! Achtet nur nach dem Schlafen darauf, dass ihr nicht in die Richtung lauft, aus der ihr gekommen seid, so wie es Woher Dies Kind er-gan-gen ist!« Ging hatte während der letzten Sätze glucksend vor sich hin gekichert und brach jetzt unvermittelt in brüllendes Gelächter aus.

Aganez und Teri sahen sich verständnislos an und blickten noch viel verständnisloser auf Ging, der sich vor Lachen förmlich kugelte und immer wieder »Falsche Richtung! – Falsche Richtung!« keuchte.

»Falsche Richtung! – Alter Wandererwitz!«, vermutete Aganez mit unbewegtem Gesicht, worauf Teri verständig nickte.

Schließlich hatte Ging sich wieder so weit beruhigt, dass man beratschlagen konnte, wie nun weiter zu verfahren sei. Aganez wäre am liebsten sofort in den Berg hineingestürmt, aber auch er sah schließlich ein, dass die Erfahrungen von Windkind, denn das war der Wanderer gewesen, der vor langer Zeit hier eingedrungen war, nützlich sein konnten; und so wurde beschlossen hier, auf dem seltsam glatten Boden, ein letztes gemeinsames Lager aufzuschlagen.

So verbrachten Teri und Aganez den Nachmittag damit, Ging im Schein des geheimnisvollen Lichts, das durch die offene Tür in die Grotte drang, gründlich auszufragen und sich aus der Schilderung, die Windkind einst gegeben hatte, ein möglichst genaues Bild über die Verhältnisse hinter der kleinen Kammer zu machen. Seltsamerweise hatten es jetzt, so kurz vor dem Ziel, weder Teri noch Aganez besonders eilig. Es lag eine beklemmende Atmosphäre in der Luft, und das nicht nur, weil Ging am nächsten Morgen aufbrechen wollte. Zu fremd, zu unheimlich war der rechtwinklige, kleine Raum, in den Teri und Aganez morgen gehen mussten. – Wer konnte wissen, was hinter der zweiten Tür auf sie warten würde?

5

Die Bergfestung

Träume zerplatzen nicht!
Sie sterben langsam und qualvoll!

Die drei hatten die Nacht in der Grotte verbracht und keiner von ihnen hatte richtig schlafen können. Zu ungewiss war das, was der nächste Tag bringen würde.

Das Licht in der Kammer war etwa seit der Mondgleiche schwächer geworden, bis es am frühen Morgen kaum mehr gewesen war als der trübe Schein einer kleinen Öllampe. Erst als die Sonne im Osten über die Berge stieg, leuchtete es wieder heller. Teri fand das sehr seltsam, aber Ging meinte auf ihre Frage, das sei schon immer so gewesen und sicherlich stecke irgendein besonderer Zauber der Alten dahinter.

Windkind hatte sich jedenfalls damals durch das unerklärliche Licht nicht abhalten lassen in die Gänge und Hallen hinter der Kammer einzudringen. – Allerdings hatte etwas anderes ihm schwer zu schaffen gemacht: Er hatte sich kaum bewegen können, so sehr waren die Ausstrahlungen der Alten auf ihn eingestürmt. – Die Alten waren tot, daran gab es keinen Zweifel. Vor undenklichen Zeiten hatte sich in dem Gewölbe ein schauriges Drama ereignet und das Odium des Schreckens hing wie ein Fluch in den schummrig erleuchteten Gängen der Bergfestung. Gestorben und zu Staub zerfallen waren die Soldaten, die hier Quartier genommen hatten, doch mit jedem Schritt, den Windkind weiter vorgedrungen war, hatten die Geister der Alten sich stärker gegen ihn gestellt. Er war nicht in der Lage gewesen die Höhle genau zu untersuchen und war schließlich voller Entsetzen geflohen, um nie mehr hierher zurückzukehren.

Ging verschwieg nicht, dass er sich große Sorgen um Teri machte. Schließlich war auch sie empfänglich für die Stimmen der toten Dinge. Wer konnte voraussagen, wie die düstere Atmosphäre hinter der Kammer auf sie wirken würde?

Schließlich wurde es Zeit, dass Ging sich auf den Weg machte. Aganez saß während des ganzen Morgenessens schweigend da und versuchte seine Unruhe zu unterdrücken. Als es so weit war, dass Ging sich verabschieden wollte, stand auch der Magier auf und folgte seinen Gefährten über den Steilhang auf das Hochplateau.

Oben angekommen, verneigte sich Ging knapp vor ihm und wollte sich dann Teri zuwenden.

»Warte!« Aganez hatte Ging noch etwas zu sagen. »Leider muss ich zugeben, dass ich dich falsch eingeschätzt habe!«, gab er mit verkniffenem Gesicht bekannt. »Ich habe zu viel auf das Geschwätz der Leute gegeben, die viel Falsches über euch Wanderer verbreiten, und ich bin froh darüber, dich besser kennen gelernt zu haben!« Mit einer angedeuteten Verbeugung beendete Aganez seine kleine Ansprache. Wenn er nun aber mit einem Gegenkompliment Gings gerechnet hatte, so wurde der seiner Erwartung nur teilweise gerecht.

»Aganez, auch ich habe meine Meinung über dich ändern müssen!«, gab Ging zu. »Ich weiß nun, dass du dein Leben lang immer das Gute hast tun wollen. Die Unruhe, die du in dir trägst und die dich so bösartig erscheinen lässt, ist nur darauf zurückzuführen, dass du dein Leben lang gegen die Zeit kämpfen musstest! Du hast dich selbst zu einem Denkmal gemacht und planst nun dein Leben bis in alle Ewigkeit zu verlängern! – Ich bedaure, dass ich dir keine Hoffnung auf das

Gelingen deines Planes machen kann! – Du wirst nie die Machtfülle erhalten, von der du träumst – Aganez!«

Noch vor wenigen Tagen wäre diese Bemerkung sicherlich Anlass zu einem handfesten Streit mit Aganez gewesen, jetzt aber stand der Magier nur schweigend da und biss die Zähne fest zusammen.

»Nimm meine Hände!« Ging hatte sich Teri zugewandt. »Ich will dir ein Geschenk machen!«

Zögernd trat Teri einen halben Schritt vor und streckte unsicher ihre Hände aus.

»Dass du dich auskennst in der Welt, weiß ich; aber es ist bestimmt kein Fehler, wenn du all deine Wege in Zukunft selbst zu finden vermagst! – Nimm meine Hände!«

Da es offenbar wirklich Gings Wunsch war, berührte Teri sacht seine Fingerspitzen mit den ihren. Dann griff sie, tapfer geworden, fest zu.

Zuerst war nur ein schwaches Abbild der Persönlichkeit Gings zu ertasten und wie schon beim ersten Mal war Teri gerührt von der Sanftheit, die Gings Geist ausstrahlte. Dann, langsam, fast unmerklich, begannen Bilder und Namen in ihren Geist einzusickern. Teri sah Landschaften, Steppen, Hügel, Berge und Seen – sah Orte mit ihren verwinkelten Gassen und die Unendlichkeit der Südlichen Wüste. Immer schneller drängten die Eindrücke sich in ihre Gedanken, überlagerten alles andere, bis Teris Geist den anstürmenden Informationen nachgab und sich vollständig öffnete. Teri sah und hörte nichts mehr. Wie betäubt stand sie da und nahm all das Wissen in sich auf, das die Wanderer in den Jahrtausenden des Umherziehens erworben hatten.

Nach einer Weile wurde das Stakkato der Gedankenimpulse schwächer und die Welt kehrte vor Teris Augen zurück. Als Erstes bemerkte sie Ging, der mit sanftem Lächeln zu ihr aufsah. »Wo ist der Eingang zum Tunnel, der zum Kontinent führt?«, fragte er sie, als sie sich wieder unter Kontrolle hatte. »Wo?«

»Auf halber Höhe des Katenberges, am Ende des Perlsteinweges! – Es ist ein waagerechter Schacht, der an seinem Anfang halb eingestürzt ist!«, gab Teri bereitwillig Auskunft. Dann fiel ihr erst auf, dass sie das ja eigentlich überhaupt nicht wissen konnte.

»Der Jasminweg! Wo ist der Jasminweg?«, fragte Ging ungerührt weiter.

»Der Jasminweg führt von Bru aus zu einer Oase im Großen Erf! Er ist sehr lang und es gibt keinen Jasmin dort!«, antwortete Teri, die erstaunt feststellte, dass sie nicht nur die Namen und Gegebenheiten kannte, sondern sogar bildhafte Vorstellungen damit verknüpfte. Es war tatsächlich so, als sei sie schon einmal dort gewesen!

»Gut!«, freute sich Ging. »Jetzt hast du Wandererwissen und wirst nie mehr deinen Weg verfehlen! Wo jemals ein Wanderer gegangen ist, wirst du dich auskennen! – Gut!«

Teri stand mit leicht geöffnetem Mund da und konnte es nicht fassen. Die fremde Umgebung des Hochgebirges erschien ihr auf einmal so vertraut wie die Gassen von Thedra. Sie erkannte den Schindelkopf, der bislang nur ein namenloser Berg für sie gewesen war, und wusste auch, dass die begehbare Schlucht an seinem Westhang Hasenlauf genannt wurde. Weiter hinten leuchteten die weißen Gipfel von Schädelstück und Elefant in der Sonne und dahinter ragte der Katenberg im Frühdunst auf. – Teri kannte sich aus! Sie kannte alle Wege in diesem Gebirge! Alle Wege Estadors! Alle Wege des Kontinents und jede Gasse in jeder Stadt! Sie kannte jeden Berg, jede Brücke, jede Höhle und jede Abkürzung, auf der ein Wanderer je gegangen war. – Es kam ihr wie ein Wunder vor. Es war überwältigend!

»Ich wünsche dir gute Wege!« Ging verbeugte sich leicht.

»Ich werde nun über den Langen Sandweg nach Wajir gehen«, gab er dann bekannt. »Ich werde Aska Bericht erstatten. – Ich wünsche dir gute Wege!«

Teri erschrak. Der lange Sandweg war gefährlich, auch für Wanderer! Es gab räuberische Nomaden dort und Ging mit seinen achttausend Bronzestücken brachte sich in große Gefahr; aber ihr Wandererwissen sagte ihr auch, dass er schon wisse, was er tat. Blieb nur noch, ihm für seinen weiteren Weg alles Gute zu wünschen – und da hatte Teri eine prima Idee, wie sie meinte: »Lieber Ging, ich danke dir für deine Hilfe und ich wünsche dir, dass du bald eine Frau findest und deine Suche ein Ende hat!«, sagte sie leise, wobei sie es wagte, ihn nochmals bei der Hand zu nehmen.

Ging wich nicht zurück. »Oh ja!«, seufzte er sehnsüchtig. »Das wäre schön! – Oh ja!«

»Wenn du dein vieles Bronzegeld erst einmal los bist, kannst du bestimmt noch viel besser wandern!«, freute sich Teri schon im Voraus. »Vielleicht kommst du mich dann wieder einmal besuchen!«

»Wohl kaum!« Ging sah Teri mit einem traurigen Lächeln an. »Denn wenn ich eine Frau gefunden habe, dann ist meine Lebenszeit abgelaufen. Dann bleibt mir nur noch, in die Südliche Wüste zu gehen, wo der Platz zum Sterben für mich ist, denn dann *kann* ich endlich sterben! – Nein, ich werde dich nicht besuchen kommen, wenn ich eine Frau gefunden habe! – Wohl kaum!« Mit einem letzten Händedruck verabschiedete sich Ging von Teri, drehte sich um und watschelte in seinem seltsam plumpen Wanderergang davon. Als er die Abbruchkante des Tafelberges erreicht hatte, drehte er sich noch einmal kurz um und winkte zurück, bevor er sich den Abhang hinabgleiten ließ.

Lange noch blieb Teri stehen und sah mit tränenverschleiertem Blick in die Richtung, in der Ging verschwunden war.

Erst Aganez' Räuspern brachte sie wieder auf diese Welt zurück.

»Sei nicht traurig!«, versuchte der Magier sie zu trösten. »Er ist ein wirklich guter Freund! Du kannst stolz darauf sein, dass er dich so sehr mag! Nie habe ich von einer Freundschaft zwischen Menschen und Wanderern gehört. Das ist schon etwas ganz Besonderes!«

»Lass uns in den Berg gehen!« Teri brachte die Worte nur mühsam heraus. »Ich will endlich meinen Auftrag erfüllen!«

»Du willst zu deiner Familie!«, stellte Aganez fest.

»Ja!«, bestätigte Teri schlicht. Der Gedanke an Frill und Fe war so stark, dass sie am liebsten sofort aufgebrochen wäre.

»Dann lass uns keine Zeit verlieren!« Aganez drehte sich um und ging voraus. Teri folgte ihm. Sie hoffte, dass sie ihre Aufgabe wirklich hier erfüllen konnte und dass der Zwang, immer weiterzueilen, endlich von ihr abfiele; aber Bedenken blieben. Teri hatte es gelernt, sich nicht zu früh zu freuen!

Ging hatte Recht behalten. Aganez, der größte Magier zweier Zeitalter, war verwirrt wie ein Erdhörnchen auf einem Segelschiff und wusste vor lauter Wundern überhaupt nicht, wohin er sich zuerst wenden sollte.

Zusammen mit Teri hatte Aganez die kleine, erleuchtete Kammer betreten und die Tür geschlossen. Nach einigen erfolglosen Versuchen hatte sich die Innentür öffnen lassen und den Blick auf einen langen, staubigen, von trübem Licht erleuchteten Gang freigegeben.

Das Erste, was Teri auffiel, war die absolute Rechtwinkligkeit des Tunnels. Die Wände waren mit weiß glänzenden, quadratischen Platten belegt, die das schwache Licht, das aus der Decke kam, vielfach reflektierten. Unmengen dieser glasierten Kacheln waren in dem Gang verarbeitet worden. Die Alten, wie Ging sie genannt hatte, mussten unermesslich reich gewesen sein!

Aganez ließ sich durch solche Nebensächlichkeiten nicht aufhalten. Mit vorsichtig tastendem Schritt ging er über die Schwelle und setzte behutsam seinen Fuß auf den gekachelten Boden. Vielleicht dachte er an eine Falltür oder vermutete den Auslöser für einen anderen Verteidigungsmechanismus, aber nichts geschah, als er vorsichtig sein Gewicht nach vorn verlagerte, wobei er sich an Teri festhielt.

Teri *wusste,* dass nichts passieren würde. – Schließlich war Windkind, dessen Spuren man noch schwach im tiefen Staub erkennen konnte, vorzeiten hier gewesen und seine Erinnerungen waren, wie die Erinnerungen aller Wanderer, die je gelebt hatten, in Teris Geist verankert.

Die Gefahren in diesem Tunnel rührten von ganz anderer Seite her. Teri spürte die Ausstrahlung stummer Verzweiflung, die sich in diesem Gang über Jahrtausende hinweg erhalten hatte. Dies war ein unangenehmer Ort für einen Menschen mit ihrer Begabung, wenn sie die Schwingungen der Angst und Not auch nicht so schlimm empfand wie ein Wanderer mit seinen ungleich schärferen Sinnen. Hier unten war gestorben worden. Menschen hatten sich gegenseitig in Not und Hoffnungslosigkeit ausgelöscht; aber Fallen für ahnungslose Besucher hatten sie nicht zurückgelassen! Teri nahm ihr Bündel auf, schob sich an Aganez vorbei und ging mit festen Schritten voraus auf das erste Tor zu, hinter dem die Halle der Wagen lag, wie sie wusste.

Unheimlich hallten die Schritte der Menschen von den Wänden zurück, und sobald Teri die Halle betrat, flammte Licht auf. Aganez stieß hinter ihr einen Laut der Verwunderung aus, sie kümmerte sich nicht darum. – Sie war schließlich hier, um festzustellen, ob die Schlafende Armee dazu benutzt werden konnte, Thedra zu befreien, und genau das wollte sie so schnell wie möglich tun!

Dies hier war also die Halle der Wagen! Teri sah vier große Karren aus Eisen, wahrscheinlich so schwer, dass ein Dutzend Männer nicht ausreichen würde, sie zu bewegen. Wie sollte man damit kämpfen? Die Zugmannschaften würden vom Feind niedergemacht werden und dann würde man die Karren belagern, die noch nicht einmal Schießscharten hatten. Teri schüttelte den Kopf über diese Monstren. – Hunderte von Männern mussten hunderte von Tagen daran gearbeitet haben – und dann so etwas!

Enttäuscht drehte sie sich um und ging eilig weiter. Irgendwo musste doch etwas Brauchbares zu finden sein! Hinter ihr gab Aganez ein ums andere Mal erstaunte Rufe von sich. Teri ließ ihn einfach stehen. – Sie hatte Besseres zu tun, als einem närrischen Zauberer bei der Bewunderung unbrauchbarer Waffen zuzusehen.

In der nächsten Halle wartete eine Art Rieseninsekt aus Metall und Glas, das sich wie ein riesiges Auge über die ganze Frontseite des Tieres hinzog, darauf, von Teri entdeckt zu werden. Vorsichtig trat sie näher und spähte in dieses tote, mit Staub bedeckte Auge hinein. Sitze waren dahinter zu erkennen, mit kleinen schwarzen Truhen davor. Hatte man hier versucht, den Geist einer Hornisse in Eisen zu bannen? Teri trat einige Schritte zurück, legte den Kopf in den Nacken – und wandte sich dann verächtlich ab. Dieses jämmerliche Ding würde niemals fliegen! Hoch oben über dem Rumpf hatte sie die Flügel entdeckt – viel zu lang und viel zu dünn waren sie! Was hatten sich die Baumeister nur dabei gedacht?

Teri legte ihr Bündel ab und ging in den nächstbesten Gang hinein. Sie gewöhnte sich daran, dass etwa ein Dutzend Schritte vor ihr das Deckenlicht aufglomm und ebenso weit hinter ihr wieder erlosch. – Ganz nett, fand Teri. Aber wenn man auf zehntausend schlafende Kämpfer in stählernen Rüstungen hofft, ist ein wanderndes Licht allein doch ein wenig kümmerlich!

Es war eine große Anlage, die die Alten hier in den Berg gebaut hatten. Schätzungsweise den ganzen Vormittag war Teri unterwegs und noch immer hatte sie keine Spur der ehemaligen Besatzung entdeckt. Immer neue Gänge taten sich vor ihr auf; in immer neue Kammern und Hallen spähte sie hinein; aber außer staubüberzogenen Einrichtungsgegenständen und gewaltigen, unverständlichen Geräten war nichts zu entdecken!

Teri spürte förmlich, wie der Zwang, die Schlafende Armee zu suchen, von ihr wich. Sie hatte ihren Auftrag erfüllt, aber es war vergebens gewesen! Die Schlafende Armee schlief nicht, sie war tot – und würde auch tot bleiben! Noch immer strahlten die Wände den stummen Todesschrei der Männer und Frauen aus, die hier vor undenklichen Zeiten ums Leben gekommen waren. Es war unheimlich, unbehaglich. Teri wollte hier raus!

Teri beschloss Aganez zu suchen. – Das alles hier hatte doch keinen Sinn! Aganez musste sich entscheiden, ob er mit ihr zusammen zu den Menschen zurückkehren oder ob er hier, in dieser gigantischen Gruft, sein Leben beschließen wollte! – Sie jedenfalls würde gehen!

Obwohl Teri weit über den Punkt hinausgegangen war, den Windkind damals erreicht hatte, fand sie doch problemlos zur Halle der Hornisse zurück. Da Aganez nicht antwortete, als sie nach ihm rief, breitete sie ihre Decke im Staub aus, setzte sich darauf und begann ein kleines Mittagsmahl zu kochen. Zum Glück hatte Teri es sich zur Gewohnheit gemacht, im kargen Bergland jedes bisschen Holz aufzusammeln und mitzunehmen, sodass an Brennmaterial kein Mangel bestand.

Gerade fing das Gemisch aus Trockenfleisch und Getreide an im Topf zu brodeln, als Teri ein Schlurfen aus der benachbarten Halle hörte. Einen Augenblick später bog Aganez um die Ecke, stutzte und runzelte die Stirn. »Was treibst du da?«, fragte er mit ungläubigem Gesichtsausdruck. »Du kannst doch an *diesem Ort* nicht *kochen!*«

Teri konnte beim besten Willen nicht erkennen, was diesen Ort zum Kochen so ungeeignet machen sollte. Wenn diese Festung im Berg für Aganez etwas Heiliges sein sollte – für Teri war es ein Platz wie jeder andere auch. »Hast du Angst, dass deine Stählerne Macht sich in Luft auflöst, wenn sie vom Rauch eines Kochfeuers getroffen wird?«, knurrte sie den Magier an. »Komm lieber essen!«, schlug sie vor. »Auch du brauchst deine Kräfte!«

Murrend trat Aganez näher und setzte sich zu Teri ans Feuer. Der Duft der brodelnden Masse in dem kleinen Topf schien ihn schnell überzeugt zu haben.

»Hast du so etwas wie einen Brunnen gefunden?«, fragte Teri den Magier über das Feuer hinweg. »Ich habe auf meinem Streifzug jedenfalls kein Wasser entdeckt und meine Flasche könnte langsam eine neue Füllung vertragen!«

»Nein!«, gab Aganez kopfschüttelnd zu. »Ich habe auch keine Quelle gesehen! – Vielleicht brauchten die Alten kein Wasser!«

»Wir brauchen jedenfalls welches!«, stellte Teri fest. »Und die anderen Vorräte gehen auch langsam zur Neige! – Wir werden bald aufbrechen müssen!«

»Aufbrechen?« Aganez sah Teri verständnislos an. »Jetzt, wo wir endlich im Zentrum der Macht sind, redest du von *Aufbruch?*«

»Die Macht, von der du redest, gibt es nicht mehr, Aganez!« Teri schaute dem Magier ins Gesicht. »Die Meister dieser Macht sind tot und sie starben in Not und Verzweiflung.

Wenn diese ganzen Dinge hier«, Teri machte eine weit ausholende Handbewegung, »zu irgendetwas gut waren, so haben sie die Alten doch nicht vor dem Untergang bewahren können. Aus welchen Gründen auch immer, sie sind in ihrer Festung inmitten ihrer wunderlichen Werke eines jämmerlichen Todes gestorben! Du vermagst es nicht zu spüren, Aganez; aber hier lauern in jedem Winkel maßlose Angst und unendliche Verzweiflung! Die Alten haben versagt! Sie konnten sich selbst nicht …«

»Nein!« Aganez schrie das Wort förmlich hinaus und sprang auf. »Die Alten waren stark! Sie hatten die Macht! Das hier«, er sah sich wild um, »ist der Beweis! – Wenn wir nicht verstehen, was dies alles bedeutet und wie es anzuwenden ist, so ist es doch immer noch ein Wunder! Und ich bin hierher gekommen, um dieses Wunder zu erforschen! Rede nicht von Aufbruch, kleine Hüterin, oder mein Zorn wird dich treffen!«

»Morgen mache ich mich auf den Weg zur Bergstadt Stein«, stellte Teri sachlich fest. »Komm mit mir oder bleib! Ich werde dich nicht hindern dein Wunder zu erforschen; aber du wirst einsehen, dass Mann und Kind mir wichtiger sind!«

Aganez sah allerdings etwas ein, nämlich dass er so nicht weiterkam – also versuchte er es mit Schmeichelei. »Schau, Teri! Wir zwei sind zusammen in das Zentrum der Macht zweier Religionen vorgestoßen!« Er hob beschwörend die Hände. »Teri, du ahnst es vielleicht nicht, aber dies ist der Ort, wo die Macht der Götter wohnt! – Ich bin stolz auf dich! Stolz, eine so würdige Begleiterin gefunden zu haben!«

Mit einem Schlag war es um Teris Fassung geschehen. »Du bist *stolz* auf mich, alter Mann?«, fuhr sie auf. »Ich bin *würdig?* Du hast mich durch Sumpf, Streitwald, Trughöhle und alle anderen Schrecken geschickt, damit du *stolz* auf mich sein kannst? – Ich musste Mann und Kind zurücklassen, damit ich *würdig* werde? – Würdig deinen müden Körper, der schon lange tot sein sollte, über hundert Berge zu hieven? – Würdig dir zu dienen, der du dein eigenes Volk in seiner Not warten und leiden lässt, um deines billigen Ruhmes willen? – Mag sein, alter Mann, dass du stolz auf mich bist und dass du mich würdig findest! Ich aber schäme mich für dich, und deine Würde ist die eines Krämers! Während du Dämonen hinterherjagst, die nichts für dich tun können und die du niemals verstehen wirst, lässt du dein Volk auf Rettung warten, die nicht kommt? Verstehst du nicht, dass Thedra Hilfe braucht, die du schon vor mehr als einem Jahr hättest geben sollen? Warum rekrutierst du nicht einfach eine Streitmacht im Hinterland? Die Macht dazu hättest du! Reicht dir nicht ein Sieg? Muss es denn ein *großer* Sieg sein, für den *großen* Aganez?«

»Versteh doch, Teri!« Aganez zeigte Unsicherheit. »Es geht nicht nur um Thedra! Es geht hier um das wirklich große Spiel. Es geht um die Macht Harmugeds und Ofisas! – Um Erkenntnis, Ewigkeit, vielleicht sogar Unsterblichkeit! – Was ist Thedra? Thedra ist ein kleiner Stein auf einem großen Spielbrett! Gibt ein Mann das Spielbrett und den Tisch, das Haus und die Herde preis, um einen *Spielstein* zu gewinnen?«

»Auf dem Stein, den du preisgeben willst, leben Menschen!«, erwiderte Teri. »Magst du auch deine Pflicht vergessen haben, so kenne ich doch meine Aufgabe noch sehr genau! Die Thedraner vertrauen mir! Du hättest die Macht, die Menschen ganz Estadors unter deinen Willen zu zwingen und sie Thedra im Sturm nehmen zu lassen! Stattdessen willst du hier deine Forschungen betreiben und die Toten zum Leben erwecken!«

»Weil es nicht mehr um Thedra geht! – Glaube mir, Teri, ich liebe Thedra genauso sehr wie du …«

»Ich liebe Frill und mein Kind! Nicht Thedra!«

»Vertrau mir doch! Ich brauche dich noch hier! Du bist verpflichtet mir zu helfen!«

»Ich habe meine Pflicht bereits getan, vergiss das nicht! Warum sollte ich dir also gehorchen?«

»Ich bin Magier!«

»Na und?« Teri war nicht bereit sich einschüchtern zu lassen. »Ein Magier hat meiner Mutter bei meiner Geburt das Leben gerettet! – Ein anderer hat mich und mein Kind fast umgebracht, als er mir befahl diesem Hirngespinst hier hinterherzujagen! – Sind nun die Magier gut oder schlecht, alter Mann?«

»Höre, Teri ...«

»Magier!« Teri ließ sich nicht stoppen. »Natürlich bist du ein Magier! Wer sonst könnte es wagen, den Tod um sein Recht zu betrügen und die Tyrannei seiner selbstsüchtigen Ideen auf Kinder und Kindeskinder zu übertragen? Gut, du bist ein Magier! – Aber vergiss nicht, dass ich es war, die dich über Felsplatten gezogen und über Gletscher geleitet hat! Ich habe ja kaum mehr auf der Reise gesehen als meine eigenen Hände auf deinem Hintern, so viele Berge habe ich dich hinaufgeschoben! – Meine Pflicht ist nun getan! Ich bin frei! Aber ich habe mir selbst eine Aufgabe gestellt! Die Menschen von Thedra erwarten, dass ich zurückkehre, um die Stadt zu befreien, und genau das werde ich jetzt tun! Jetzt, wo ich nicht mehr gezwungen bin, dir bei der Jagd nach deinen Träumen zu helfen!«

Aganez war während Teris Rede zurückgewichen und sah sie sprachlos an. Aschgrau war er unter seiner ohnehin nicht sonderlich gesunden Gesichtsfarbe geworden.

»Ich weiß, es hätte gut gehen können!«, fuhr Teri milder fort. Plötzlich tat Aganez ihr Leid. »Aber sieh ein, dass wir hier nichts erreichen können! Ich werde mich ausruhen und dann zur Bergstadt Stein zurückkehren. Du kannst dir überlegen, ob du mit mir gehen willst! – Du hast genug Macht über lebende Menschen! Gebiete, und sie werden dir folgen, um Thedra zu befreien!«

»Gib mir zwei Tage!« Aganez senkte sein Haupt. »Zwei Tage nur! Wenn ich dann noch nichts erreicht habe, brechen wir auf!«

»Gut!« Teri beugte sich über den Topf und tauchte ihren Löffel ein. Mit einer Handbewegung forderte sie Aganez auf es ihr gleichzutun und folgsam setzte der Magier sich ebenfalls wieder ans Feuer.

Später, es musste mittlerweile Abend sein, schlich Teri verstört durch die seltsam glatten und hellen Gänge dieser Anlage. Es wurde Zeit, dass sie sich einen guten Schlafplatz suchte.

Aganez hatte sie verraten! Hatte Thedra verraten! Hatte sich selbst verraten um der Macht willen! Aganez, der große Aganez, den die Thedraner in hundert Heldenliedern noch heute besangen, war in diese Höhle gestolpert wie ein zahnloser alter Wolf, der auf ein einsames Schaf stößt; am Ziel seiner Wünsche – und doch nicht fähig seine Träume wahr werden zu lassen! Mit einem Gefühl zwischen Abscheu und Trauer dachte Teri an den alten Mann, der zwischen den unbrauchbaren, rätselhaften Geräten umhertappte und sie um Zeit für seine Forschungen angebettelt hatte. Dennoch würde sie ihn nicht allein hier zurücklassen! Sie war mit Aganez gekommen und sie würde auch mit ihm zusammen wieder gehen. Mochte er hier ruhig zwei oder drei Tage mit dem Versuch zubringen, die Schlafende Armee zu erwecken – Teri würde die Pause ganz gut tun.

Ein Tor aus glattem, grauem Stahl, festgeschmolzen in massivem Fels, versperrte den Weg, doch Teri schenkte den wulstig hervortretenden Tropfen erkalteten Metalls keine weitere

Beachtung. Sie ging ein Stück zurück und bog aufs Geratewohl in einen der abzweigenden Gänge ein. – In den kleineren Kammern, in die sie bei ihrem ersten Streifzug hineingesehen hatte, waren Betten, die sie nun einmal gründlich ausprobieren wollte.

Teri kannte sich schon ganz gut aus in der Bergfestung. – Gings Geschenk schien auch ihren Orientierungssinn geschärft zu haben. – Zielstrebig steuerte sie auf eine der Türen zu, hinter der, wie sie wusste, eine gemütliche kleine Kammer lag, in der sie sich ausruhen konnte. Ohne Scheu trat sie ein, legte ihr Bündel auf den Boden und setzte sich auf das Bett.

Kurz überlegte Teri, ob es vielleicht angebracht sei, sich zu entkleiden, entschied sich dann aber dagegen. Da es hier keine Möglichkeit gab, sich selbst, oder gar die Kleider, zu waschen, konnte sie genauso gut in ihrem Scharanzug schlafen. Die Matratze war sehr weich. Wohlig lehnte Teri sich zurück und schloss die Augen.

Das Licht, das bei Teris Eintreten aufgeflammt war, leuchtete noch eine Weile mit voller Kraft weiter. Dann wurde es langsam schwächer, bis nur noch ein trüber Schimmer das Zimmer dürftig erhellte, aber das merkte Teri schon nicht mehr. Ihre ruhigen Atemzüge verrieten, dass sie schon lange eingeschlafen war.

Am nächsten Morgen suchte Teri zunächst einmal nach Aganez. Sie fand den Magier in einem Raum, der mit gewaltigen Kesseln und metallisch glänzenden Rohren angefüllt war. Seinen Umhang hatte er auf dem Boden ausgebreitet und sein Bündel benutzte er als Kopfkissen. Teri beschloss ihn vorerst schlafen zu lassen, verließ leise den Raum und machte sich auf den Weg zur Halle der Hornisse. Zwar hatte sie noch keinen Hunger, aber sie wollte ihr Bündel in der Nähe der ersten

Feuerstelle ablegen, in der sich bestimmt noch ein paar unvollkommen verbrannte Holzstücke finden ließen.

Auf halbem Wege kam Teri an einer gewundenen Treppe vorbei, die in ein oberes Stockwerk führte. Dort war sie noch nicht gewesen! Kurz entschlossen griff Teri nach dem Geländer und stieg die Stufen empor. – Die Feuerstelle konnte warten, vielleicht gab es hier doch noch etwas Interessantes zu sehen!

Die Treppe endete in der Mitte eines großen, fünfeckigen Raumes, an dessen Wänden lauter seltsame Truhen aufgestellt waren, vor denen stählerne Stühle standen. Über den Truhen waren milchig graue Fenster in die Wand eingelassen, durch die man nichts erkennen konnte und die auch kein Licht in den Raum ließen. Wieder überkam Teri das Erstaunen darüber, wie verschwenderisch die Alten mit Metall und Glas umgegangen waren. Der unermessliche Reichtum, den diese Räume ausstrahlten, war das eigentliche Wunder für sie. Welche Macht musste dieses Volk der Alten gehabt haben, um sich solch einen Luxus leisten zu können!

In einer Ecke des Raumes war eine übermannshohe Kabine mit einem großen Fenster abgeteilt worden. Neugierig trat Teri näher und wischte mit der Hand über die Scheibe. Im Dämmerschein konnte sie eine Gestalt erblicken, die regungslos auf einem dieser seltsamen Stühle saß und über einem großen Tisch zusammengesunken war. Teri erkundete den Schließmechanismus der Tür, drehte den Knauf und trat ein.

Plötzlich erhellte eine Reihe von Blitzen den Raum. Erstarrt umklammerte Teri den Türgriff. Das hier war ein anderes Licht als der milde Schimmer, der in den Gängen und Wohnräumen herrschte. Es wurde taghell. Das Licht kam von leuchtenden Stäben unter der Decke des Raumes und schien ungefährlich zu sein. Teri zuckte die Schultern und ging weiter.

Der Leichnam war der einer Frau, wie Teri am Schnitt der Jacke zu erkennen glaubte. Verwundert über die zugleich prächtige, aber auch strenge Kleidung der Toten blieb sie einen Moment lang stehen. Die Frau war in feinstes, dicht gewebtes Tuch gekleidet. Sie trug Jacke und Hose in dunklem Grau wie das Volk der Bergleute; aber während diese einen weiten Schnitt der Kleidung bevorzugten, lagen die Kleidungsstücke hier eng an. Besonders beeindruckten Teri die vielen metallenen Knöpfe und Verzierungen auf der Brust der Toten. Dieses Gewand musste ein Vermögen gekostet haben!

Die Frau war sehr zart gebaut gewesen und die trockene Luft dieses Raumes hatte ein Übriges getan. Federleicht und zerbrechlich sah sie aus, wie sie da mit dem Oberkörper auf dem Tisch lag. War das die Königin der sagenhaften Schlafenden Armee gewesen? Teris letztes bisschen Hoffnung zerrann. War das wirklich das ganze Ergebnis ihrer langen, gefahrvollen Reise? Unbrauchbares Kriegsgerät und eine tote Königin ohne Gefolge?

Die Hand der Toten steckte halb unter einer Klappe aus transparentem Material, das Teri an Jamiks Phiolen erinnerte. Welches Wissen mochten die Menschen dieses Volkes gehabt haben, dass sie vollständig durchsichtige Glasstücke herstellen und nach Belieben formen konnten! Was mochte die Frau wohl vorgehabt haben, als sie starb?

Sacht legte Teri ihre Hand auf den Schädel der Toten, wobei ihre Finger auf die Augenhöhlen zeigten und ihr Handballen oberhalb der Stirn auf dem Haaransatz lag. Sie schloss die Augen. Die Impulse waren sehr schwach, wurden aber von Augenblick zu Augenblick stärker.

Ofisa! – War das der Name der Frau? Nein! Wohl eher Officer, Officer Getty! – Ein Titel! – Der Titel einer Schar!

Bilder mengten sich in die vagen Empfindungen. Bilder

von Sälen voller Menschen, Straßen voller Menschen, gewaltigen Häusern voller Menschen.

Sie waren reich gewesen – selbst die, die man arm genannt hatte. Sie hatten Eisen im Überfluss gehabt, sogar Stahl, jedoch ihr Machthunger war unersättlich gewesen. Nicht nur Mensch und Tier hatten die alten Herren der Welt unter ihre Gewalt gebracht; sie waren so vermessen gewesen selbst die Elemente in ihre Knechtschaft nehmen zu wollen. Sie hatten sich die Erde untertan gemacht und nichts neben sich gelten lassen. Sie hatten sich alles genommen, was sie bekommen konnten, hatten die Erde für sich ausgebeutet, als hätten sie keine Kinder. Und als nichts mehr da gewesen war, um das man den Planeten hätte berauben können, hatten die Kinder begonnen um die Reste zu streiten.

Türme auf Rädern zogen Straßen entlang, erhoben sich auf feurigem Strahl hoch in die Luft, brachten todbringendes Feuer und Schlimmeres über die Orte, die sie trafen.

Wände, die bewegte Bilder zeigten: Ein stählerner Karren wirbelte hoch durch die Luft. Ein verbrannter Mensch lag verkrümmt am Boden.

Officer Getty schickte die fliegenden Türme auf ihre Bahn. Immer mehr! Ihr Werk war Vernichtung und sie zögerte nicht!

Als die Vernichter in der Bergfestung erkannten, dass andere Vernichter *ihre* Heimat zum Ziel genommen hatten, dass alles verloren war, hatten sich alle, bis auf Officer Getty, in eine besonders sichere Höhle verkrochen, um das eigene Leben zu schützen. Doch es war lange schon zu spät. Einsam hatten sie in ihrer Höhle gesessen und es hatte keinen Ort mehr gegeben, an den sie hätten gehen können. – Gewaltige Erdbeben, Flutwellen, die Erde selbst war aufgebrochen unter der Gewalt der Waffen, die die Menschen in blindem Hass aufeinander geschleudert hatten, und war taumelnd aus ihrer

Bahn geraten. – Wenige Handbreit nur, aber es hatte gereicht: Kontinente kamen in Bewegung, Inseln versanken und Gebirge türmten sich auf. Als endlich die sprechenden Wände die letzten Bilder zeigten, waren es Bilder, die von Ländern, Städten und Armeen nichts mehr zu berichten wussten, und die Hilferufe Officer Harmony Gettys waren nur noch in den entlegensten Gegenden der Welt gehört worden, die den Vernichtern keinen Angriff wert gewesen waren.

Da hatte der Geist der Frau sich verwirrt und sie hatte zu der letzten Hand voll Menschen von einem großen Sieg, von einer großen Erlösung gesprochen; von der Reinheit der Seele und dem Leben jenseits des Todes; dann hatte sie sich selbst getötet; und selbst in ihrem Tode hatte sie noch versagt, denn sie hatte das Werk der Zerstörung nicht ganz vollenden können. – Denn der Tod war schneller gewesen als sie!

Teri spürte das Entsetzen dieser Frau über die Jahrtausende hinweg. Dieses dumme, kindliche Entsetzen über die Erkenntnis, dass andere genauso stark waren wie man selbst!

Diese Frau hatte getötet! Tausendfach ohne Not getötet! Sie hatte hier in der Sicherheit ihrer Höhle gesessen und Feuer und Vernichtung auf die Welt geschleudert!

Der Gedanke war ungeheuerlich! Welches Wesen kann dazu in der Lage sein, ohne Angst und ohne Hunger zu morden? Nur Leute wie dieser Dramile, der Teri verfolgt hatte! Diese Prau war eine Sklavin gewesen – und sie hatte es noch nicht einmal gewusst! Sie hatte sich für frei gehalten und auf Befehl gemordet! Wie konnte das sein?

Teris Geist sträubte sich gegen diese Gedanken. Noch nie hatte sie in einen solch schmutzigen, verdorbenen Geist geschaut. Der unheimliche Dramile war böse! Durch und durch böse! Er war eine Laune der Natur. Damit konnte man sich abfinden! – Aber diese Frau hatte unter dem Deckmantel der Freundschaft, der Ehre, ja der Liebe gehandelt. Aus falscher

Freundschaft zu ihrer Schar hatte sie die Freundschaft zu allen anderen Menschen zerbrochen. Für die falsche Ehre ihres Landes hatte sie die Ehre ihres Geistes in den Schmutz gestoßen! Aus falscher Liebe zu den Kindern ihres Stammes hatte sie die Kinder anderer Stämme verbrannt!

Unfassbar!

Unbegreiflich!

Angewidert verstärkte Teri ihren Griff und brach den Kopf der Mumie ab. Fast achtlos warf sie ihn in die Ecke des Raumes, wo er beim Aufprall in einer hohen Fontäne zu Staub zerfiel.

Ekel hatte Teri erfasst. Ekel vor dieser selbstgerechten Sklavin, die sich als Herrin gefühlt hatte. Das also war Ofisa gewesen, die Göttin des Tisches, der die Welt zeigte! Sie war Harmuged, die noch heute angebetet wurde und um derentwillen immer noch Menschen starben!

Teri übergab sich. Sie hatte das Gefühl, in einen Schwindel erregenden Abgrund gestürzt zu sein. Nach Luft ringend starrte sie voller Abscheu auf dieses unmenschliche Etwas, diesen Rumpf ohne Kopf, der nie ein wirklicher Mensch gewesen war.

Plötzlich kam Bewegung in den Leichnam. Bedingt durch die neue Gewichtsverteilung rutschte der ausgedörrte Torso von Officer Harmony Getty vom Stuhl. Die Hand, die bislang unter der Glasabdeckung gesteckt hatte, glitt darunter hervor.

Sofort sprang knackend ein kleines Segment des Tisches dort heraus, wo es durch den Druck der leblosen Finger gehalten worden war.

Teri sah, wie eines der matten Fenster im Tisch vor der Frau aufleuchtete und das Zeichen der Finder, den roten Totenschädel, zeigte. Daneben waren aufglimmende Symbole aus leuchtend roten, kurzen Strichen zu erkennen, die in kurzen Intervallen ihre Form wechselten. Der Totenschädel hinter dem Fenster pulsierte in gleichem Rhythmus mit. Teri wich langsam zurück. – Eine Warnung!

Ein Geräusch kam aus der Tiefe der Festung. Erschreckt wirbelte Teri herum. Irgendwo in der Ferne klang ein langes, gleichmäßiges Heulen auf, das aber zum Glück nicht näher zu kommen schien. Eine seltsame Magie ging von diesem Ton aus, eine Ahnung von mühsam gebändigter, unvorstellbarer Kraft, fast so wie bei einem anschwellenden Sturm, der Taue und Masten der stärksten Schiffe erbeben lässt. Aber auch etwas Gefährliches schwang in diesem seltsamen Laut mit, wie das Sirren der Sehne eines Bogens.

Teris Nerven vibrierten. Jamiks Stimme klang in ihr auf. Warum musste sie ausgerechnet jetzt an ihre Ausbildung zur Scharfrau – ihre Härtung – denken? Ein bestimmter Satz, den Jamik gesagt hatte, drängte sich in ihr Bewusstsein. Teri wurde es schwindlig, sie stützte sich an der Wand ab und schloss die Augen. »Nie darf ein Schiff in die Hand des Feindes fallen!«, hörte sie die eindringliche Stimme des Magiers. »Ist auch nur *ein* Feind auf das Schiff gelangt, dann schleudert das magische Feuer auf das Deck, auf dass Freund und Feind zu Asche werden und alle Geheimnisse der Hohen Zünfte gewahrt bleiben.«

Nun wurde Teri alles klar! Sie und Aganez waren hier eingedrungen und die Besatzung hatte einen Fluch zurückgelassen, der die Feinde der Festung vernichten sollte! Das magische Feuer, das die Königin der Armee in ihrem Todeskampf hatte auslösen wollen, würde jetzt über die Festung kommen, sodass die Felsen zerschmelzen mussten!

Plötzlich dröhnte aus einer Fanfare unter der Decke des Raumes ein lauter, durchdringender Ton und eine Stimme begann in einer fremden Sprache zu sprechen. Wieder ertönte das Horn, gefolgt von der Stimme. Teri brauchte kein Wort zu verstehen, es interessierte sie auch gar nicht mehr, woher diese Hornsignale kamen und wem die Stimme gehörte. – Das hier war eine Warnung! Mehr noch! Eine letzte Warnung. Eine letzte Warnung vor Tod und Vernichtung – vor dem magischen Feuer! Teri griff nach ihrem Bündel, das auf dem Boden lag, warf es sich über die Schulter und rannte los!

»Aganez!« In vollem Lauf durcheilte Teri dic Gänge der Festung und rief den Namen des Magiers. Ihr Ziel war der große Raum, den Aganez als Schlafplatz gewählt hatte. – Nur noch ein letzter, langer Gang …

Plötzlich wurde eine Tür aufgerissen und der Magier kam herausgestürmt. Teri stoppte ihren Lauf. Aganez hatte sein Schwert gezogen und starrte ihr mit der Waffe in der Hand zornbebend entgegen. »Hast du das angerichtet?«, brüllte er Teri an, die ihn ungläubig ansah. »Du Wahnsinnige, was hast du getan?«

»Das Feuer wird kommen!«, schrie Teri und duckte sich. Aganez war mit unglaublicher Geschwindigkeit näher gestürmt und hatte mit der Waffe nach ihr geschlagen. »Nimm dein Bündel und lauf!«

Aganez wirbelte herum und griff erneut an. Teri erkannte, dass er *schnell* war. – Zum Glück war auch sie durch die doppelte Bedrohung so erregt, dass es nur noch eines kleinen Auslösers bedurfte, um sie selbst *schnell* werden zu lassen. Mühelos tauchte sie unter der Klinge hindurch, streckte ihr Bein aus und brachte Aganez zu Fall. »Schnell raus hier!« Mit einem Tritt gegen die Parierstange stieß sie dem verkrümmt daliegenden Alten das Schwert aus der Hand.

»Steh auf und komm mit!«, überschrie Teri das Hornsignal, das dröhnend die Luft erschütterte. »Feuer wird die Festung verwüsten!«

Aganez drehte sich zur Seite und schnellte hoch. Mit bloßen Händen wollte er sich auf Teri stürzen, die den Traum seines Lebens der Vernichtung preisgegeben hatte; aber plötzlich sank er mit einem verwunderten Gesichtsausdruck zurück und legte die rechte Hand auf seinen Brustkorb.

Das Hornsignal gellte auf und die fremde Stimme sprach in fremden Lauten die Worte der Warnung. Teri stand wie versteinert da und sah, wie Aganez sich in hilflosem Schmerz auf dem Boden zusammenkrümmte. Dann beugte sie sich zu ihm hinab und berührte ihn kurz.

»Geh!« Teri ahnte das Wort mehr, als sie es verstand. »Rette dich! – Du kannst nichts mehr für mich tun!«

Teri wusste, dass der Magier Recht hatte. Die kurze Berührung hatte ihr gezeigt, dass Aganez' Lebenskraft versiegt war. Sein Herz hatte die Anstrengung des kurzen Kampfes nicht ausgehalten und in wenigen Augenblicken würde die große Dunkelheit über ihn kommen. – Trotzdem widerstrebte es ihr, den Sterbenden einfach hier zurückzulassen. Unschlüssig stand sie da. Die Luft war erfüllt vom Lärm der Warnung. Teri kniete nieder und schob ihre Hände unter den dürren Leib des Sterbenden. Sie konnte sich einfach nicht entschließen, ohne Aganez von hier zu fliehen.

Der Magier machte es ihr leicht. Mit zitternder Hand griff er in sein Gewand, brachte einen winzigen Dolch zum Vorschein und trennte sich mit einem schnellen, präzisen Schnitt die Halsschlagader auf. »Geh jetzt!«, brachte er noch hervor, während sein Blut über Teris Arm floss; dann machte ihm eine neuerliche Herzattacke das Sprechen unmöglich.

Entsetzt ließ Teri den Körper wieder sinken, griff nach ihrem Bündel und warf einen letzten Blick auf Aganez, der das Bewusstsein verloren hatte oder sogar schon tot war. Es tat ihr unsäglich Leid, dass dieser alte Mann das Ziel seines Lebens so knapp verfehlt hatte. Dann kam ihr zu Bewusstsein, dass sie selbst in Lebensgefahr war. Teri begann zu laufen. Ununterbrochen dröhnten die Warnungen in ihren Ohren. Teri wurde *schnell!* Mit jagendem Herzen flog sie förmlich durch die winkligen Gänge der Bergfestung – rutschte bei jeder Biegung über den glatten Boden – stieß sich an Wänden ab und eilte weiter, dem Ausgang zu. Ohne auch nur zur Seite zu sehen, rannte sie durch die Halle der Hornisse und die Halle der Wagen, zwängte sich durch das nun spaltbreit geöffnete Tor, lief durch dcn Gang zu der erleuchteten Kammer, schlüpfte hinein und zog keuchend die Tür hinter sich zu.

Auch hier dröhnte die Stimme der Warnung von der Decke. Teri wirbelte herum und versuchte die Ausgangstür zu öffnen. Erst beim dritten Versuch gab das runde Tor nach und Teri stolperte in die Grotte. Hastig warf sie das Tor ins Schloss, stürzte ins Freie und ließ sich den steinigen Abhang vor der Grotte hinabrutschen. Sie hatte den Winkel des Gefälles unterschätzt. Aus dem Hinabgleiten wurde schnell ein kaum noch kontrollierbarer Sturz. Teri riss auf ihrem Weg nach unten Steine los, die sie polternd überholten. Ein faustgroßer Brocken traf sie an der Schulter. Teri ließ das Bündel los, das, sich auflösend, hinter ihr zurückblieb, und kam schließlich, sich mehr überschlagend als rutschend, im steinigen Tal an.

Einen Augenblick lang blieb Teri bewegungslos auf dem Rücken liegen und starrte in den dunklen Himmel über sich. Sie verfluchte sich für ihren übereilten Sprung. Gerade hatte sie begonnen ihre zerschundenen Glieder zaghaft zu bewegen, als der Fels unter ihr zu beben begann. Im gleichen Moment schoss an der Stelle, wo der Eingang zur Festung sein musste, ein Feuerstrahl über die Schlucht, der von einem donnernden Brausen begleitet wurde.

Immer stärker bebte der Berg. Einzelne Felsen lösten sich vom Hang und rollten zu Tal. Teri sprang auf und versuchte sich in Sicherheit zu bringen. Immer noch drang der Feuerstrahl an der Stelle aus dem Berg, an der Teri eben noch gewesen war; und dann geschah etwas, womit Teri nicht gerechnet hatte: Mit einem ungeheuren Krachen hob sich die Felsplatte des Tafelberges gut zwei Mannslängen hoch, brach in der Mitte auseinander, gab einen gewaltigen Schwall berghoher Flammen frei und fiel wieder auf die Festung hinab, die Jahrtausende in ihrem Schutz gelegen hatte.

Teri verlor den Boden unter den Füßen, so stark bäumte sich die Erde unter ihr auf. Ein Steinregen ging nieder und der Hang über ihr kam ins Rutschen. Teri sprang auf und lief um ihr Leben. Als sie keuchend auf dem gegenüberliegenden Abhang anhielt, war der Berg, in dem die Festung gewesen war, nicht mehr wieder zu erkennen. An vielen Stellen geborsten, den Gipfel noch immer von feuriger Lohe umhüllt, stand er da wie ein Stein gewordenes Mahnmal menschlicher Tücke. Ein Großteil der Steinhänge war zu Tal gerutscht und noch immer lösten sich flächige Brocken porösen Tuffgesteins und donnerten, über Felsen schabend, polternd hinab.

Teri setzte sich auf einen Felsblock und wartete ab, bis der Berg sich beruhigt hatte. Die Morgensonne begann den östlichen Horizont zu erhellen. Kurz dachte Teri an Aganez. Der alte Mann hatte ein Ende gefunden, das eines Magiers würdig gewesen war, denn schließlich war mit ihm ein ganzer Berg gestorben. Hier würde er nun für alle Zeiten in seinem ausgeglühten Mahnmal liegen, das zu schaffen er mit seiner Suche selbst beigetragen hatte.

Außer ein paar Hautabschürfungen und Prellungen hatte Teri keine Verletzungen an sich feststellen können. Als nach geraumer Zeit die Erdbewegungen endlich aufgehört hatten, stand sie auf und stieg mit äußerster Vorsicht in das neu entstandene Geröllfeld hinein, um die Sachen aus ihrem Bündel zu bergen. Die Ausbeute war dürftig genug: Außer ihrer kupfernen Wasserflasche fand sie nur noch das Drillholz, der Zunderschwamm dazu fehlte allerdings. Alles andere, Decken, Vorräte und was sie sonst noch besessen hatte, blieb verschwunden.

Die Sonne hatte schon die Felsen erwärmt, als Teri es aufgab. Ihre Habe war unter den Gesteinsmassen begraben und sie würde nie mehr etwas davon wieder sehen. Mutlos kletterte sie die Halde hinab, um sich auf den Weg zur Bergstadt Stein zu machen, aber sie gab sich nicht der trügerischen Hoffnung hin, sie je erreichen zu können. Ihr Wandererwissen sagte ihr, dass sie den Marsch durch das Hochgebirge nur mit der Ausrüstung in der Schartasche kaum überstehen würde. Erst einmal ausgehungert und entkräftet, würde die Kälte der Nacht ein leichtes Spiel mit ihr haben.

Plötzlich stockte Teris Schritt. Direkt vor ihrem Fuß lugte etwas aus dem Boden, das nicht zu der steinigen Struktur ringsum passte. Sie bückte sich und strich mit der Hand darüber. Dann stieß sie einen kleinen Freudenschrei aus und zog an dem haarigen Etwas, das sie entdeckt hatte.

Wenig später ging Teri, Askas Felldecke fest unter den Arm geklemmt, in Richtung Stein. Jetzt sah die Welt schon wieder besser aus. Wenn sie auch bald schon hungern musste, vor Kälte konnte sie sich nun wenigstens schützen!

6

Im Namen der Stadt

Die Stimme des Volkes
ist nicht immer die Stimme der Vernunft!

Teris Weg durch das Gebirge war eine endlose Abfolge von Hunger, Müdigkeit, Hitze, Kälte und Schmerz. Trotz oder sogar wegen ihres Wandererwissens war der Rückweg in die belebten Regionen des Landes eine einzige große Strapaze.

Teri hatte beschlossen Umwege zu vermeiden und den direkten Weg zur Bergstadt Stein zu nehmen. In ihrem Geist sah sie den Weg als leicht zu bewältigende Abfolge glatten Felses und mäßig steiler Hänge, so, wie ihn ein Wanderer vor langer Zeit empfunden haben mochte. Dabei hatte sie allerdings übersehen, dass dieser leichte, kurze Weg über einige Pässe führte, die ungleich höher waren als die, die sie mit Ging und Aganez gegangen war. – So machte sie sich denn, nur mit Schartasche und Felldecke versehen, frohgemut auf den Weg und war sich recht sicher die Bergstadt Stein nicht nur überhaupt, sondern sogar schon recht bald zu erreichen.

Am zweiten Tag ihrer Wanderung wäre Teri fast gestorben.

Den ganzen Weg lang war es bislang beständig bergauf gegangen und der Hunger begann sich unangenehm bemerkbar zu machen. Teri versuchte ein paar Moose und Flechten zu kauen, um ihren Magen zu beruhigen, ließ sich aber schnell von deren widerlichem Geschmack abschrecken. – Lieber hungern, als dieses trockene, steinmehldurchsetzte, gallebittere Zeug zu essen!

Teri atmete tief ein. Es fiel ihr auf, dass sie jetzt immer häufiger Luft holte, ja nahezu hektisch und unkontrolliert atmete wie nach schnellem Lauf. Es war, als habe die Luft ihre nährenden, belebenden Gehaltsstoffe verloren, und sie brauchte immer mehr davon, um ihren Lufthunger zu stillen.

Zugleich begann Teris Herz schneller zu schlagen. Bislang war das immer ein Zeichen dafür gewesen, dass sie *schnell* wurde; aber das hier war etwas völlig anderes: Teri hatte den Eindruck, von Schritt zu Schritt, von Augenblick zu Augenblick immer schwächer zu werden.

Mit rasendem Puls, keuchend vor Anstrengung, kroch Teri den letzten Hang zum Pass des Zerbrochenen Stabes hinauf. Ab und zu schüttelte sie verzweifelt den Kopf, um die stechenden Schmerzen in ihrem Schädel loszuwerden – aber umsonst. Jeder Schritt der Passhöhe entgegen brachte neue Anstrengung, noch mehr Atemnot und noch größere Schmerzen.

Teri musste sich zwingen wach zu bleiben. Immer wieder war sie versucht sich einfach bäuchlings auf den Hang zu legen und wenigstens ein bisschen zu ruhen; aber auch das brachte nichts. Selbst in Ruhelage war die Atemnot so schlimm, dass Teri beständig Angst hatte zu ersticken. Allmählich ging ihr auf, dass der Weg, den sie gewählt hatte, wohl nur für *Wanderer* leicht zu gehen war. Die Götter mochten wissen, wie die zähen, kleinen Burschen es schafften, sich hier oben wohl zu fühlen – denn dass ihr Zustand mit der Höhe zusammenhing, in der sie sich befand, das hatte Teri mittlerweile erkannt.

Direkt vor ihren Augen sah Teri den Durchgang zwischen Truhe und Rundstück, wie die beiden Berge mit ihren Wanderernamen hießen, und doch schien es ihr, als seien es noch Tagereisen bis dorthin. Sie war jetzt so entkräftet, dass sie nach jeweils fünf Schritten eine Ruhepause brauchte. Es war ihr entsetzlich übel und wehende graue Schleier legten sich zeitweilig über Teile ihres Gesichtsfelds. Das Blut rauschte in ihren Ohren und manchmal hatte Teri das Gefühl zu fallen, obwohl sie doch auf allen vieren kroch und sich krampfhaft im Fels festkrallte.

Plötzlich bemerkte Teri eine Form, die nicht in diese Bergwelt zu passen schien. Sie kniff die Augen zu Schlitzen zusammen und sah genauer hin. – Richtig! Da stand, kaum zwanzig Mannslängen von ihr entfernt, ein junges Paar und schaute auf sie herab. Teri traute ihren Augen kaum, aber es war eine Tatsache: Dort, fast zum Greifen nahe, standen ihre Eltern, die sie vor mehr als sieben Jahren verloren hatte!

Teri war nicht sonderlich erstaunt. Sie hatte nie daran geglaubt, dass ihre Eltern wirklich tot waren – und krabbelte jetzt zu ihnen hin. Als sie aber wieder aufsah, stellte sie fest, dass der Abstand sich um keinen Deut verringert hatte.

Teri lachte heiser auf. – Das sah ihren Eltern ähnlich! Immer zu Späßen aufgelegt! Na gut! Wenn sie Fangspielchen machen wollten, Teri würde sie schon erwischen! Mit schwachen Bewegungen schob sie sich ein Stück den Hang hinauf und wieder rückten die Eltern weiter von ihr ab.

Teri kicherte irre. Oh, ihr Götter, war das ein Spaß! Immer wieder versuchte sie ihre zurückweichenden Eltern zu erreichen, die es irgendwie schafften, den Anfangsabstand beizubehalten, obwohl Teri sie nicht ein einziges Mal klettern sah. So etwas Lustiges hatte Teri überhaupt noch nie erlebt!

Nach einer unendlich langen Zeit voller spaßiger kleiner Jagden verschwand das Trugbild ebenso plötzlich, wie es erschienen war. Nur Erschöpfung und Schmerz blieben zurück. Teri war ein wenig enttäuscht, kroch aber beständig weiter. Der Aufstieg zur Passhöhe dauerte scheinbar noch Ewigkeiten. Erst als es Teri, lange nach der Tagteilung, ein wenig besser zu gehen begann, bemerkte sie, dass sie den Scheitelpunkt des Bergeinschnitts bereits überschritten hatte und nun schon seit geraumer Zeit wieder bergab kroch. Vorsichtig richtete Teri sich auf und wagte einige zaghafte Schritte. – Es ging wirklich bergab! Nach einiger Zeit ließ das Rauschen in den Ohren nach und auch die Kopfschmerzen tobten nicht mehr ganz so schlimm hinter ihren Augen.

Am Endc ihrer taumelnd und halb bewusstlos zurückgelegten Strecke ins Tal fand Teri den Felsüberhang, den die Wanderer Ziegendach nannten. Erleichtert stellte Teri fest, dass sie es doch noch geschafft hatte, den Pass des Zerbrochenen Stabes zu bezwingen. Kraftlos ließ sie sich zu Boden sinken und schaffte es gerade noch, die Felldecke über sich zu ziehen, dann war sie schon eingeschlafen. Bedrückende Träume verfolgten sie, während die Sonne hinter den westlichen Gipfeln versank. – Es war noch sehr weit bis zur Bergstadt Stein.

Mitten in der Nacht erwachte Teri vor Kälte zitternd. Verwirrt richtete sie sich auf und sah sich um. Fast direkt vor sich entdeckte sie die runde Scheibe des Mondes, die helles Licht auf die bizarren Formen der Bergwelt warf. Sie war bei ihrer Ankunft wohl so erschöpft gewesen, dass sie es noch nicht einmal geschafft hatte, unter das schützende Felsdach zu kriechen.

Weit dehnte sich die imposante Landschaft des Hochgebirges vor Teris Augen aus. Der Pass, den Teri bezwungen hatte, war höher als fast alle umgebenden Berge. Die Gipfel erstrahlten im Schein des flach über dem Horizont stehenden Mondes und die Schluchten wirkten ob ihrer Lichtlosigkeit tatsächlich bodenlos tief.

Trotz der beißenden Kälte blieb Teri noch einen Augenblick sitzen. Sie warf einen Blick zum Himmel. Seit sie auf der *Sesiol* gefahren war, hatte sie ein ganz besonderes Verhältnis zu den Sternen: Sie waren ihr leuchtende Wegzeichen. Selbst in der schlimmsten Einöde gaben sie Licht und Trost, und wer sie zu lesen verstand, hatte Freunde in ihnen, auf die er sich immer verlassen konnte.

Heute waren die Sterne nah! So nah, wie Teri es noch nie erlebt hatte! Unglaublich viele leuchtende Punkte in verschiedenen Größen und Farben hingen so dicht über den Gipfeln, dass Teri unwillkürlich die Luft anhielt. Unendlich tief drang ihr Blick in die Weiten des Alls ein und atemlos vor Staunen bekam sie einen vagen Eindruck davon, wie viele Sterne es *wirklich* gab. Zwischen all den vertrauten Sternbildern waren im Verlauf der Bergwanderung immer wieder einmal neue Lichtpunkte erschienen und wieder verschwunden. Jetzt aber waren *alle* Sterne zu sehen! Teri wurde es schwindlig, so als habe sie sich von der Erde gelöst und stürze in die unendliche Tiefe des Alls hinaus. Für einen Augenblick wurde Teri eins mit dem Universum, erkannte die eigene Winzigkeit und die Sinnlosigkeit der menschlichen Bestrebungen, sich dieses Staubkorn, auf dem sie lebten, untertan machen zu wollen. Was dabei herauskam, hatte das Schicksal der Alten ja grausam aufgezeigt. – Was war die Macht über eine Stadt, ein Land, ja sogar über den Kontinent und alle Inseln im Gegensatz zu der allumfassenden Macht dort draußen? Wo war der Plan, der die Menschen dazu brachte, sich zu besinnen und endlich einzusehen, dass ihr Zanken und Streiten kleinlich war im Angesicht der Unendlichkeit von Zeit und Raum?

Einen Augenblick lang fühlte Teri sich als Stern zwischen Sternen, bis sie plötzlich wie aus einem Traum erwachte und sich auf dem kahlen Felshang wieder fand.

Es war bitterkalt. Teri stand auf und legte die Felldecke zusammen. Es hatte keinen Sinn, hier in der Kälte herumzuliegen und langsam zu erfrieren. Wenn der Mond schon so schön hell schien, konnte sie sein Licht auch gleich nutzen, um weiterzuwandern.

Nachdem Teri die Decke am Tragegurt der Tasche befestigt hatte, machte sie sich wieder auf den Weg. Jetzt konnte sie auch verstehen, was Ging so erheitert hatte, als er erzählte, wie ein Wanderer einst in die falsche Richtung gegangen war. – Obwohl Teri sich kaum daran erinnern konnte, wie sie hierher gekommen war, kannte sie sich doch bestens aus. Ja mehr noch: Sie wusste sogar schon, wie der Weg vor ihr aussah, und wenn sie ein wenig überlegte, lag die ganze Strecke bis Stein offen vor ihr. – Es war ihr einfach unmöglich, sich zu verlaufen, und es war wirklich zum Brüllen, dass einst ein Wanderer in die falsche Richtung gegangen war!

Beruhigt stellte Teri fest, dass die kommenden Bergübergänge bei weitem nicht mehr die Höhe erreichten wie der gerade bezwungene Pass. Vorsichtig setzte sie im hellen Mondlicht Fuß vor Fuß und freute sich darauf, bald bei Frill, Fe und Ena zu sein, wenn sie im Moment auch scheußlich von Hunger gequält wurde.

Bei alldem hatte Teri ganz vergessen, dass sie von Jamik gehärtet worden war. Sie war Scharfrau, wie sie es sich ihr ganzes Leben lang gewünscht hatte, und war damit eine große Verpflichtung eingegangen. Solange sie lebte, würde sie den Gesetzen der Schar unterworfen sein. Sosehr sie sich auch wünschte zu ihrer Familie zurückzukehren – immer wieder drängte sich der Gedanke an die Pflicht der Schar gegenüber in den Vordergrund.

Es war eine bittere Erkenntnis für Teri festzustellen, dass sie nur in ihren Augenblicksentscheidungen frei war. Es würde ihr nie möglich sein, sich dem Ruf der Schar zu entziehen, wenn Athan und Jamik sie nicht freigaben. Mehr als einmal dachte Teri daran, zu desertieren, ihre Scharausrüstung fortzuwerfen und einfach mit ihrer Familie in den Weiten des Landes unterzutauchen. Niemand würde sie dort finden, außer …

Teri war sich selbst die schlimmste Feindin. Fast zwei Jahre war sie nun schon im Auftrag der Schar unterwegs und die anfänglich so langweilig und harmlos scheinende Rolle der Hüterin hatte sie in einen nicht enden wollenden Alptraum von Entbehrungen, Not und Gewalt gestürzt. Was war noch übrig von ihrem Traum, dereinst mit den fliegenden Schiffen die Meere zu bereisen? – Nichts als die Gewissheit, dass sie dadurch einen abermaligen Verlust erleiden würde!

Teri hatte ihre Freiheit verloren! Dadurch, dass sie Familie hatte, war sie an das Festland gebunden – und Teri war sich nicht mehr ganz sicher, ob ihr das auch gefiel. Solange der Auftrag Jamiks sie körperlich und geistig voll in Anspruch genommen hatte, war es leicht gewesen, sich nach Ruhe und Geborgenheit zu sehnen. Jetzt aber begleitete sie der Ruf der Schar auf all ihren Wegen, und ein Leben als Schafzüchterin in den Wäldern um Tregh schien ihr plötzlich gar nicht mehr so erstrebenswert zu sein!

Endlose Tage und Nächte quälte sich Teri ohne jede Nahrung durch die schweigende, starre Welt der Berge. Zuerst konnte sie ihren Hunger noch mit eiskaltem Quellwasser betäuben, das allenthalben aus dem Fels sprudelte, aber nach einigen Tagen veranlassten schwere Magenkrämpfe sie damit aufzuhören.

Hunger und Anstrengung schärften Teris Sinne. Ohne einen Blick für die grandiose Schönheit der Bergwelt zu haben, kletterte sie durch die Felsen, immer in Richtung Westen. Wie im Traum setzte sie Fuß vor Fuß und beging die Wege, die Windkind, der Wanderer, vor hunderten von Jahren ausgekundschaftet hatte, mit der gleichen Selbstverständlichkeit, als sei sie selbst eben erst hier vorübergekommen und habe sich jede Einzelheit gemerkt.

So fand Teri Zeit, in sich zu gehen, und kam nach langem Überlegen zu dem Schluss, dass es keinen Ausweg für sie gab.

Wie sie sich auch entschied, was ihr zukünftiges Leben anging, sie würde immer unglücklich sein! Allerdings konnte es einen – einen einzigen – Kompromiss geben! Wenn sie, Teri, sich um Thedra verdient machte, würden die Oberen der Stadt ihr eine Belohnung nicht verweigern können! Vielleicht war es ja möglich, Jamik zu bitten sie von ihrem Eid zu entbinden, denn dann wäre sie frei, sich eine Zeit lang ganz ihrer Familie zu widmen!

Als sie endlich die ersten Sommerhütten der Hirten von Stein erreichte, stand ihr Entschluss fest: Sie würde ihren Auftrag erfüllen und dann Athan um die Freistellung vom Dienst bitten. Das war die einzige Lösung.

Teri würde mehr tun, als ihre Plicht zu erfüllen, weil das die einzige Möglichkeit für sie war, jemals in Frieden mit sich selbst zu leben. Wenn es auch keine Schlafende Armee gab, so gab es doch Menschen in Estador, denen das Schicksal der Hauptstadt nicht gleichgültig sein konnte. Teri würde sie finden und zum Besten von Schar und Stadt gegen die Dramilen führen!

Wer Teri allerdings in diesem Moment gesehen hätte, wäre mit Sicherheit nicht davon zu überzeugen gewesen, es hier mit der zukünftigen Befreierin der Hauptstadt zu tun zu haben. Nach dem tagelangen Hungermarsch ließen der dürre Körper und das eingefallene Gesicht eher auf eine Landstreicherin schließen und nur der zerschlissene, gelbseidene Scharanzug, der ihr viel zu weit geworden war, verriet noch ein wenig von dem Stolz und der Würde seiner Trägerin, die gebeugt, aber nicht gebrochen an die Tür der ersten Sommerhütte klopfte und den Hirten um ein wenig Brot bat.

Teris Auftritt als Retterin von Thedra sollte sich noch etwas verzögern. Als sie gekräftigt und ausgeruht in der Bergstadt Stein ankam, begegnete ihr das nackte Misstrauen – und kaum hatte sie im Gasthaus an einem Tisch Platz genommen, kamen zwei Stadtwachen, nahmen sie in die Mitte und führten sie geradewegs vor den Richter.

Stein war keine große Stadt und die Menschen erinnerten sich noch sehr wohl an die beiden arroganten Thedraner, die, ohne Angabe eines Ziels, im Frühsommer in das Große Gebirge aufgebrochen waren. Eines Morgens hatten die Wachen von Stein dann einen Feuerschein am östlichen Himmel bemerkt und wenig später war die Stadt von einem leichten Erdbeben erschüttert worden. Mehr als ein Zittern der Erdkruste war es nicht gewesen, das die Stadt durchlaufen hatte. Den abergläubischen Bergbewohnern, die an solche Erscheinungen nicht gewöhnt waren, hatte das Beben jedoch einen gehörigen Schrecken eingejagt. Sofort waren Gerüchte aufgekommen, dass die Berggeister nun zum Angriff auf die Stadt anträten, und es hatte nicht lange gedauert, bis man die Vorgänge mit den beiden wahnsinnigen Thedranern in Verbindung brachte, die in ihrem Leichtsinn bestimmt die Geister auf die Stadt aufmerksam gemacht hatten.

Mittlerweile hatten sich die Bürger wieder ein wenig beruhigt, da bislang noch keine Riesensprungschlangen und Panzerkrebse aus den Tälern hervorgekrochen waren und auch die Ssirr auf sich warten ließen.

Aber sich zu beruhigen und zu vergeben sind zweierlei; und dass die Götter den Menschen die Gabe des Erinnerns schenkten, macht sie nicht unbedingt umgänglicher. – Jedenfalls kam Teri den Leuten von Stein gerade recht, um sie ihren Unmut darüber spüren zu lassen, dass sie einige Tage in Angst hatten zubringen müssen. Zwar hätten die Bürger nicht zu sagen vermocht, wie eine junge Frau und ein alter Mann es bewerkstelligt haben sollten, den Himmel in Brand zu setzen und die Erde erbeben zu lassen, aber das stand jetzt nicht zur Debatte. Die Erde *hatte* gebebt, Teri war greifbar – und Teri hatte sich dafür zu verantworten!

Teri war sehr froh, dass sie es sich im Gebirge zur Gewohnheit gemacht hatte, den Schardolch verdeckt zu tragen, damit er sich nicht an Felsvorsprüngen verhakte. So kamen die Wachen überhaupt nicht auf die Idee, sie entwaffnen zu wollen, was deren Gesundheit außerordentlich bekömmlich war.

Als die Wachen mit Teri in ihrer Mitte vor den Richter von Stein traten, hatte der Mann seine Lederschürze abgestreift und sich in einem Zuber gründlich die Hände gewaschen, denn er war neben seinem Amt auch noch der größte Stellmacher im Ort. Er war gerade dabei gewesen, einige Bretter für einen Wagenkasten zurechtzuschneiden.

Der Richter war ein hagerer Mann von etwa fünfzig Jahren, der nun mit wachsender Nervosität feststellte, dass sich der Platz vor seinem Haus zusehends mit Menschen füllte.

Teri sah sich in der Werkstatt um und ließ sich vorerst alles gutwillig gefallen. Falls es ihr zu bunt wurde, konnte sie ja immer noch *schnell* werden und von hier verschwinden. Den Reden der Leute hatte sie entnommen, dass sie beschuldigt wurde, Erdbeben und Himmelbrand gemacht zu haben, und da sie genau wusste, dass sie es wirklich gewesen war, überlegte sie erst einmal, wie viel von ihren Erlebnissen sie den Leuten hier wohl erzählen könne, ohne sofort für verrückt erklärt zu werden. – Gar nichts! entschied sie und schaute mit Unschuldsmiene in die Welt.

Draußen wurden die Neugierigen unruhig. Teri hörte mehrfach den Namen Ossek aus dem Stimmengewirr heraus. Augenblicke später öffnete sich die Tür zur Werkstatt und ein massiger junger Mann kam schwungvoll herein.

»Ossek!«, wurde er vom Richter begrüßt, der sich gleich darauf Teri zuwandte. »Das ist der Ankläger«, erklärte er. »Lasst uns hinausgehen und beginnen!«

Vor dem Haus des Richters hatte sich mittlerweile eine ansehnliche Menschenmenge zusammengefunden. Teri hatte den Eindruck, als habe sich hier der gesamte Abschaum der Stadt versammelt, um zu erleben, wie ihr der Prozess gemacht wurde. Wüste Schmähungen wurden ihr entgegengeschleudert und sogar zwei, allerdings schlecht gezielte Steinwürfe kamen aus der Menge, bis der Richter die Hand hob, Ruhe gebot und den Ankläger aufforderte zu beginnen.

Ossek, der Ankläger, forderte einige Zeugen auf vorzutreten und ihre Erlebnisse zu schildern.

»Meine Ziege hat zwei Tage lang saure Milch gegeben!«, behauptete eine Alte, deren abgerissene Kleidung voller Flecken war. »Ich fordere Ersatz!«

»Ein großer Krug mit Honig ist mir aus dem Regal gefallen und zerbrochen!«, beschwerte sich ein gut gekleideter Mann. »Ich fordere Ersatz!«

»Glut ist aus meiner Feuerstelle gesprungen und hat einen Teppich versengt! Ich fordere Ersatz!«, trug ein Mann vor, der so aussah, als habe er noch nie in seinem Leben einen Teppich besessen.

»Das sind ja wirklich schwere Vorwürfe, die da erhoben werden!«, stellte der Richter fest, wobei er sich eines spöttischen Lächelns nicht erwehren konnte. Dann wandte er sich an Teri. »Hast du das alles verursacht?«, fragte er sie freundlich. »Und wenn ja, warum?«

»Nichts von alldem!«, behauptete Teri wider besseres Wissen. »Ich selbst habe mich furchtbar erschreckt, als die Erde zu beben begann!« – Und das stimmte nun wieder.

»Was ist denn eigentlich in den Bergen geschehen?«, wollte der Richter nun wissen. »Du warst doch dort!«

»Ein Berg ist verbrannt!« Teri hob unwillkürlich die Hände und zeichnete einen Berg in die Luft. »So, als sei Aganez' Feuer darin – nur viel stärker!«

»Aganez' Feuer?« Ganz offensichtlich hatte der Richter noch nie etwas davon gehört.

»Ein Pulver!«, erklärte Teri freimütig. »Ein Pulver, das sehr heiß brennt!«

»Eine Zauberin!«, kam es halblaut aus dem Publikum. Sonst blieb alles ruhig. Bedrohlich ruhig!

Eigentlich hatte der Richter noch etwas fragen wollen, doch Ossek, der Ankläger, kam ihm zuvor. »Ich sage«, begann er mit weit ausholender Geste, »dass diese Zauberin«, er zeigte auf Teri, »und ihr Gefährte den Berg mit diesem Zauberpulver verbrannt haben! Der alte Zauberer ist dabei umgekommen und nur sie konnte sich retten! – Sie hat uns schwer geschadet und soll ihrer Strafe nicht entgehen! Zehn Jahre soll sie Fronarbeit leisten und das Geld soll an die Geschädigten verteilt werden! – So soll der Richter entscheiden!«

Stürmischer Applaus brandete aus den Reihen der Kläger auf. Begeisterte Rufe wurden laut.

»So werden wir keine Einigung erzielen!«, stellte der Richter fest. »Darum stelle ich den Gegnern die zwei Fragen, die unser Gesetz vorschreibt! – Bist du bereit zu gestehen und deine Strafe anzunehmen, wie immer sie auch lauten mag?«, wandte er sich zunächst an Teri.

»Nein!« Teri dachte nicht im Traum daran, sich bestrafen zu lassen.

»Bist du bereit«, sprach der Richter jetzt Ossek an, »die Klage aufzugeben und auf eine Bestrafung zu verzichten?«

»Nein!« Ossek war sich seiner Sache sicher.

»Dann«, stellte der Richter fest, »müssen die Götter entscheiden. – Wählt ihr Zweikampf oder Feuerprobe?«

»Feuerprobe!«, sagte Ossek.

»Zweikampf!«, sagte Teri.

»Einigt euch!«, sagte der Richter.

Eifrig schleppten zwei Männer, die die Entwicklung vorausgeahnt hatten, ein Becken mit glühender Holzkohle auf den Platz. Schaudernd sah Teri in die Glut. »Ich bin bereit mich auf die Feuerprobe einzulassen«, begann sie und es wurde still auf dem Platz, »wenn der da«, sie zeigte auf Ossek, »seine Hand neben die meine legt! – Wenn die Götter entscheiden, werden sie nur *eine* Hand verbrennen lassen, und ich möchte doch sehen, wem *die* dann gehört! – Ansonsten wähle ich immer noch den Zweikampf!«

»Zweikampf!«, sagte Ossek eilig, wobei er seine rechte Hand in einer unbewussten Bewegung in seinen Umhang schob.

»Zweikampf!«, entschied der Richter. »Bringt die Waffen!«

Das Volk murrte. Die Leute hätten es wahrscheinlich lieber gesehen, dass Teris rechte Hand unter ihrem Wehgeschrei in einem Holzkohlebecken verschmort wäre.

Zwei Stellmachergesellen kamen aus der Werkstatt des Richters. Jeder von ihnen hielt ein grobes Kantholz von etwa zwei Ellen Länge in der Hand. Einer der Burschen ging auf Teri zu und drückte ihr den Prügel in die Hand. Teri lächelte ihn an, ließ den Stock zweimal flink um ihr Handgelenk wirbeln, schleuderte ihn hoch und fing ihn geschickt wieder auf. – Ein Raunen ging durch die Menge.

Auch Teris Gegner hatte seine Waffe inzwischen in Empfang genommen. Wie ein Fels stand er da. Nur seine Augen verrieten, dass er jederzeit bereit war sich auf Teri zu stürzen.

Der Richter trat vor und sprach sein Urteil: »Hiermit wird verkündet, dass die Gerichtsbarkeit der Menschen keine Schuld bei der Angeklagten zu erkennen vermag. Da die Bürger aber nicht bereit sind ihre Anschuldigung zurückzuziehen, wird der Ankläger mit der Beklagten einen rituellen Schwertkampf austragen, der die Sache entscheiden soll. Für die Beklagte geht es um zehn Jahre ihres Lebens, die sie in einem Arbeitslager verbringen soll, wenn sie verliert. – Möge die Gerechtigkeit siegen!«

Nun wichen die Bürger, die bislang nur einen kleinen Kreis

felsigen Bodens freigelassen hatten, ein wenig weiter zurück, sodass eine menschengesäumte Arena entstand, in der sich die Kämpfenden einigermaßen frei bewegen konnten.

»Schmähungen!«, wurde ein Ruf aus der Menge laut.

»Schmähungen!«, forderte auch ein Zweiter und schließlich fielen fast alle ein und verlangten, dass die Kämpfer sich zunächst einmal ordentlich beleidigen sollten. Vergessen war der ernste Hintergrund des Kampfes und an den Prozess dachte niemand mehr. Teri sah sich plötzlich von einer sensationsgierigen Meute umringt, die nur noch darauf aus war, die Gegner aufzustacheln.

Nun gut! Sie würde den Leuten ihren Spaß verderben! Teri stellte sich in Positur. Sie würde der Menge kein gutes Schauspiel bieten, sondern den Ankläger blitzschnell windelweich prügeln und dann ihrer Wege gehen. Sie hatte sich durch die Rufe der Zuschauer so sehr in Stimmung bringen lassen, dass sie ganz vergaß, dass sie hier um zehn Jahre ihres Lebens kämpfen sollte! – Und sie wusste nicht, dass der Stockkampf eine Spezialität der Bergstadt Stein war, während sie nur gelegentlich von Frill ein paar Tricks gelernt hatte.

»Dein Vater war ein Ziegenbock!« Endlich reagierte Teris Gegner auf die Rufe der Menge. Was er da vorbrachte, war nur eine sehr schwache Beleidigung, kaum geeignet zwei streitlustige Buben aufeinander zu hetzen, aber Teri tat so, als habe er mit seinen Worten mitten in ihre Seele getroffen. Wild aufbrüllend stürmte sie vor, ließ den Knüppel zweimal um ihr Handgelenk kreisen, fasste im letzten Moment das schwere Holz mit aller Kraft, zielte auf das ungeschützte Schienbein des Gegners – und traf auf Holz.

Krachend traf Teris Kantholz auf das des Gegners. Die Vibration des Knüppels pflanzte sich schmerzhaft über Teris Hände bis in die Unterarme fort. Fassungslos blickte sie zu ihrem Gegner auf, der einfach nur blitzschnell das Ende seiner

Waffe auf den Boden gestemmt hatte, um sich vor ihrem Schlag zu schützen. Sofort wich sie zurück, aber es war schon zu spät. Mit einem Ruck hatte der Ankläger seine Waffe emporgerissen und Teris rechten Unterarm so hart getroffen, dass sich ihre Hand von dem Kampfstab löste.

Teri taumelte zurück und plötzlich kam Bewegung in ihren Gegner. Mit ruhigen Schritten kam er hinterher und ließ seine Waffe mit solcher Wucht auf Teris Knüppel niedersausen, dass er sich wie von allein aus ihrer Hand drehte. Teri musste einfach loslassen.

Hoch flog der Stock in die Luft, während die entwaffnete Teri in Panik nach hinten auszuweichen suchte. Aber ihr Gegner benutzte seine Waffe jetzt dazu, nach ihren Füßen zu schlagen, sodass nicht mehr als ein zielloses Gehoppel daraus wurde.

Dann ging es nicht mehr weiter. Teri stieß an die Mauer aus Menschenleibern, die den Kampfplatz umstand. Ihr Gegner nutzte seine Chance sofort. Jetzt benutzte er seinen Stock wie einen Spieß und setzte sie mit einem kurz angesetzten Stoß in die Magengrube endgültig außer Gefecht.

Ein unwilliges Raunen ging durch die Menge. Die Leute waren mit dem Verlauf der Dinge überhaupt nicht zufrieden. Da hatte man in Stein doch wirklich schon bessere Zweikämpfe gesehen! Man hatte ja gleich geahnt, dass eine Feuerprobe mehr hergeben würde als so ein läppischer Stockkampf!

Teri kniete am Boden und hielt beide Hände fest vor den Magen gepresst. Der Krampf breitete sich durch den ganzen Leib aus und sie bekam kaum noch Luft. Langsam ging ihr auf, dass ihr Gegner sie besiegt hatte – und da erst löste ihr Körper die Glutwelle in ihr aus, die sie schon so gut kannte. Teri wurde *schnell!* Sie hatte den Fehler gemacht, ihren Gegner zu unterschätzen. Sie hatte geglaubt, dass sie Ossek allein durch ihre Wendigkeit besiegen könne. – Das war unverzeihlich!

Jetzt raste das Blut durch Teris Adern und führte den Muskeln die Kraft der *Schnelligkeit* zu. Ihre Sinne schärften sich und sie verfolgte ohne besonderes Erstaunen, dass die Vorgänge um sie herum sich zu verlangsamen begannen. Behäbig trat der Richter in den Kreis und warf ihr einen langen, traurigen Blick zu. Dann hob er langsam, ganz langsam, die Hand, um der Menge Schweigen zu gebieten und das Urteil zu bestätigen.

Teri spürte keinen Schmerz mehr. Aus ihrer knienden Haltung heraus schnellte sie dem Ankläger entgegen, haarscharf an dem Knüppel vorbei, den der Mann immer noch auf sie gerichtet hielt. Bevor ihr Gegner reagieren konnte, war sie hinter ihm und trat ihm im gleichen Moment schon schwungvoll in die Kniekehlen. Der Mann geriet ins Wanken.

Blitzschnell glitt Teri hinter ihm hervor und griff nach dem Stock, den er, völlig überrascht, schon halb losgelassen hatte. Ein kräftiger Ruck genügte und schon war der Gegner entwaffnet. Kurz zuckte in Teri der Wunsch auf, ihm, als Revanche für den Magenstoß, seine eigene Waffe über den Schädel zu ziehen, aber das ließ sie dann doch lieber.

Inzwischen war der Ankläger vollständig aus dem Gleichgewicht geraten und schlug krachend auf den Rücken. Jetzt benutzte Teri den Stab, genau wie er, als Spieß und setzte das stumpfe Ende präzise unter dem Kehlkopf auf seinen ungeschützten Hals. Dabei ging sie besonders sorgfältig vor, denn sie wusste ja, wie leicht man über das Ziel hinausschoss, wenn man *schnell* war.

Teri hatte gewonnen! – Das war für Teri beschlossene Sache! Fest hielt sie das Ende des Stabes auf die Kehlgrube ihres Gegners gedrückt, während um sie herum die Ereignisse plötzlich wieder mit normaler Geschwindigkeit weiterliefen.

Der Richter ließ die erhobene Hand wieder sinken. Staunend nahm er die neue Situation zur Kenntnis. Teri, die eben noch besiegt am Boden gekniet hatte, stand jetzt breitbeinig über ihrem geschlagenen Gegner, der sich nicht mehr rührte, weil er um seinen Kehlkopf fürchtete. Ein Aufschrei ging durch das Publikum. Jeder wollte schnell jedem mitteilen, was er gerade gesehen hatte. Zwei Knaben sprangen auf den Platz und stellten die eben gesehene Szene mit kindlich plumpen Bewegungen nach, wobei sie den fehlenden Holzstab schnell durch eine Hand voll Luft ersetzten.

»Ich habe gewonnen!«, rief Teri dem Richter zu, wobei sie ihren besiegten Gegner keinen Moment lang aus den Augen ließ. »Bestätige, dass ich nun frei bin!«

Der Richter nickte bedächtig. Die Situation war eindeutig, also begann er zu sprechen: »Hiermit erkläre ich …«

»Nein!«, rief da jemand aus dem Publikum. »Sie hat verloren! Ossek hätte sie töten können! – Sie hat erst den zweiten Kampf gewonnen!«

Unsicher sah der Richter sich um. Von überall waren nun Stimmen zu hören, dass es eigentlich zwei Kämpfe gewesen seien und Teri nur einen davon gewonnen habe. Teri hatte den Eindruck, dass der Richter sich selbst in Gefahr bringen würde, wenn er ihr jetzt den Sieg zusprach. Die Masse der Zuschauer wogte näher. Teri erhielt einen Stoß in die Seite und musste sich stark mit den Füßen abstemmen, um nicht umgeworfen zu werden.

»Halt!« Der Richter hatte die Hand wieder erhoben und überschrie jetzt das Stimmengewirr, das über dem Platz lag. »Die Gegner werden sich einigen! Auf jeden Fall erkläre ich diesen Kampf jetzt für beendet!«

Teri nahm den Stab von der Kehle des Anklägers und trat einen Schritt zurück.

Sofort sprang Ossek auf und versuchte nach ihr zu schlagen, fing sich aber nur einen heftigen Nasenstüber mit dem Stab ein. »Wenn du noch einen Kampf willst, dann sag es!«, zischte Teri böse. »Aber fall mich nicht einfach an!«

»Verreck!« Ossek hielt sich die blutende Nase. »Ich will noch einen Kampf!«

»Fein!«, freute sich Teri. »Ich auch!«

»Die Gegner haben sich geeinigt!«, verkündete der Richter. »Der nächste Kampf entscheidet! – Stellt euch auf.«

Ossek beachtete die Anweisung nicht, sondern ließ sich von einem der Zuschauer eine Flasche reichen und nahm einen tiefen Zug daraus.

Teri hatte auch Durst! Da kam ihr der kleine Junge gerade recht, der ihr mit einem freundlichen Lächeln einen Krug entgegenhielt. Dankbar nahm sie das Angebot an und trank einen Schluck. Es gab also doch noch nette Menschen auf der Welt! Das Wasser hatte einen angenehm fruchtigen Beigeschmack. Teri trank noch etwas davon und bedankte sich bei dem Kind. Der Junge nahm den Krug wieder entgegen und verschwand hüpfend in der Menge.

Ossek trödelte noch herum, aber Teri war jetzt weit davon entfernt, sein Verhalten als Angst einzuschätzen. Sie wusste jetzt, dass der massige Mann im Stockkampf unglaublich schnell und geübt war. Während sie wartete, machte sie ein paar spielerische Stockübungen, um sich aufzuwärmen. Plötzlich rutschte der Stab aus ihrer Hand, überschlug sich einmal in der Luft und fiel scheppernd zu Boden. Einzelne Lacher aus dem Publikum klangen auf, als Teri sich unbeholfen bückte und zweimal zugreifen musste, bevor sie ihre Waffe wieder erwischte. Hastig richtete sie sich auf und taumelte zwei Schritte nach hinten.

Ossek hatte seine Gegnerin genau beobachtet. Jetzt ließ er sich seine Waffe reichen.

»Der Kampf beginnt!«, verkündete der Richter und zog

sich an die Wand seines Hauses zurück, denn noch bevor er zu Ende gesprochen hatte, war Ossek an ihm vorbeigestürmt und begann ein kurzes, grausames Spiel mit Teri. Er hatte es jetzt nicht umsonst so eilig. – Es musste doch wenigstens der Anschein eines ehrlichen Kampfes erweckt werden, bevor das Betäubungsmittel mit seiner ganzen Kraft wirkte und Teri von selbst zusammenbrach!

Am Morgen des nächsten Tages war Teri wieder einigermaßen auf den Beinen. Abgesehen von der Beule am Kopf, die Ossek ihr beigebracht hatte, um ihre Ohnmacht glaubwürdig erscheinen zu lassen, war sie unverletzt. Übellaunig nahm sie das Frühstück entgegen, welches man ihr in die enge Kammer brachte, in der sie über Nacht eingesperrt gewesen war, denn sie hatte allen Grund, mit sich und der Welt zu hadern.

Man hatte ein Kind dazu missbraucht, ihr ein Gift zu reichen, das ihre Sinne benebelt hatte. Ossek hatte ein so leichtes Spiel gehabt, dass sie selbst in dem entscheidenden Kampf nicht einen einzigen Treffer hatte landen können. Sie hatte versucht *schnell* zu werden, aber es hatte nicht funktioniert. Bis ihr träger Geist das ganze Ausmaß der Gefahr erkannt hatte, war es schon zu spät gewesen. Ossek hatte seinen Stab ein paar Mal spielerisch auf das Holz ihrer Waffe geschlagen, mit der Teri so linkisch herumgeforkt hatte, dass sie bei dem Gedanken daran jetzt noch rot wurde. Dann hatte der Ankläger seine Waffe mit mäßiger Kraft auf ihren Schädel fallen lassen und damit den Prozess zugunsten der Kläger entschieden. Von da an erinnerte sich Teri an nichts mehr und das war vielleicht auch ganz gut so.

Teri war in einem groben, grauen Kittel erwacht, der überall kratzte, wo er die Haut berührte. Der seidene Scharanzug war fort und der wollene Unteranzug fehlte ebenfalls. Hätte man ihr wenigstens das seidene Unterzeug gelassen, das sie direkt auf der Haut getragen hatte, wäre der Kittel ja fast noch erträglich gewesen. So aber stieß bei jeder Bewegung der raue Stoff an ihre empfindliche Haut und brachte sie fast zum Wahnsinn.

Teri war froh darüber, dass zwei Wachen sie gleich nach dem Frühstück aus dem Verschlag holten und vor den Richter führten. Jetzt würde sich alles aufklären.

»Es war ein ungerechter Kampf!«, reklamierte Teri sofort. »Ich bin betäubt worden!« Für sie war ganz klar, dass das Urteil damit hinfällig war.

Der Richter war allerdings gänzlich anderer Meinung. »Kein Mensch verliert gern!«, stellte er fest. »Und Ausreden gibt es viele! – Aber selbst wenn du Recht haben solltest, ändert das nichts an meinem Urteil. Die Götter würden es nicht zulassen, dass ein falsches Urteil ergeht, also hättest du, wenn du ohne Schuld wärest, den Kampf auf keinen Fall verloren!«

Teri senkte den Kopf. Empörung und Schuldbewusstsein hielten sich im Moment noch die Waage. Einerseits war es schreiend ungerecht, dass der Ankläger mit diesem faulen Trick durchkommen sollte; andererseits hatte sie ja wirklich das Erdbeben ausgelöst, das die Leute hier so sehr erschreckt und vielleicht auch geschädigt hatte. – Konnte es sein, dass die Götter doch mehr Macht besaßen, als Teri glaubte? Dass *sie* das Kind mit dem Gift geschickt hatten, um ihr die Gabe des *Schnellseins* zu nehmen und sie ihrer Strafe zuzuführen?

»Du hast Frevel an Himmel und Erde begangen, und wer die Götter beleidigt, der kann nicht ohne Strafe bleiben! – Höre nun das Urteil!«, sprach der Richter weiter. »Du wirst für zehn Jahre an das Lager der Gerber verkauft! Der Kaufpreis für dich beträgt zweihundert Bronzestücke. Mit dem Erlös werden die Schäden, die du angerichtet hast, bezahlt. Der überschießende Rest fällt an die Stadtkasse von Stein. – Bringt sie fort!«

»Nein!«, begehrte Teri auf, aber die Wachen drehten sie einfach um und schoben sie aus der Tür. Sie wehrte sich. Sie wollte mit dem Richter sprechen! Er musste das Urteil zurücknehmen! Aber die Wachen schoben sie einfach weiter.

Teri wurde wütend, wollte *schnell* werden. Aber noch nicht einmal das klappte. Sie hatte ein schlechtes Gewissen und das machte alles zunichte! – Im Übrigen hätte es ihr auch nicht das Mindeste geholfen, *schnell* zu sein, denn die Bronzekette, die man während der Ohnmacht um ihre Knöchel geschmiedet hatte, war sehr stark – und sehr kurz!

7

In Ketten

Die Gedanken sind frei! –
Aber manche Gedanken werden
zu Kerkermeistern des Geistes!

Vier Wegstunden von Stein, in der Gemarkung Wolfen, lag in einem Seitental das Lager der Gerber. Das Gerben des rohen Leders, das die Fallensteller und Jäger aus weitem Umkreis anlieferten, war eine schwere, schmutzige und ungesunde Arbeit, die kein anständiger Mensch verrichten mochte; kurz – eine Sklavenarbeit!

Aber nicht nur Sklaven wurden im Lager beschäftigt. Die Obrigkeit der Bergstadt Stein hatte sich eine Einnahmequelle geschaffen, indem sie regelmäßig Strafgefangene für die Zeit der Strafverbüßung an das Gerberlager verkaufte. In ihrer Weisheit hatten die Stadtoberen nämlich erkannt, dass Gefangene, die im Kerker schmachten, nur unnötig Geld kosten. So wurden alle Verurteilten – außer denen, die ein todeswürdiges Verbrechen begangen hatten, natürlich – so schnell wie möglich in das Lager geschafft, auf dass die Stadtkasse überquelle.

Leider brachte diese säuberliche Trennung von städtischer und privater Exekutive mit sich, dass die eine Hand nicht so genau wusste, was die andere tat. So konnte es durchaus geschehen, dass eine zweijährige Freiheitsstrafe von den Wärtern des Lagers kurzerhand in Lebenslänglich umgewandelt wurde, denn die Arbeit der Gefangenen brachte dem Lager bares Geld. So mancher Vierzehnjährige, den man bei einem Diebstahl erwischt und hier eingeliefert hatte, war bis an das

Ende seiner Tage ein rechtloser Fronarbeiter geblieben, denn noch nie hatte es ein Richter gewagt, eine Kontrolle des Lagers anzuordnen. Besorgte Verwandte erfuhren nach Ablauf der Strafzeit bei Nachfrage nur, der Betreffende sei – leider, leider – einer ansteckenden Krankheit erlegen und eine Herausgabe des Leichnams sei – leider, leider – keinesfalls möglich.

So hatte das Lager der Gerber in der Germarkung Wolfen bei den Bürgern von Stein einen ganz eigenen Namen. – Es war »Das Lager ohne Wiederkehr«!

Das Lager war auf drei Seiten von felsigen Steilhängen umgeben. Zudem hatten die Wärter vergangener Zeiten von ihren Gefangenen alle Vorsprünge im Fels beseitigen lassen, sodass das Tal der Gerber bis in mehrere Mannslängen Höhe von einer vollständig glatten Wand umgeben war, die einen Ausbruchsversuch auf diesem Weg von vornherein ausschloss.

Das Tal selbst war lang gestreckt, übersichtlich und in seiner ganzen Länge von einem Wasserlauf durchzogen, an dem die seitlich offenen Hallen standen, in denen die Felle zu Leder verarbeitet wurden. Fest gebaute, ordentliche Lagerschuppen am Taleingang dienten zur Aufbewahrung der Rohware und des fertigen Leders und bildeten einen ins Auge fallenden Gegensatz zu den alten, windschiefen Unterkünften der Gefangenen.

Teri und ihre Bewacher brauchten mehr als sechs Stunden, um das Gerberlager zu erreichen. Die Kette, die man um Teris Knöchel geschmiedet hatte, war wirklich jämmerlich kurz. Wegen des ungewöhnlich eingeschränkten Schrittmaßes stolperte Teri mehr als einmal und schon bald waren ihre Hände, mit denen sie die Stürze abfing, genauso zerschrammt wie ihre Knie.

Es war für Teri ebenso schlimm wie für jeden anderen

Menschen, ihre Freiheit verloren zu haben. Das Gefühl, plötzlich in allen Belangen von der Gnade anderer abhängig zu sein, nahm ihre Gedanken vollständig gefangen. Ob sie nun etwas trinken oder sich kurz einmal hinsetzen wollte, um sich die wund gescheuerten Knöchel zu reiben, stets hatte sie um Erlaubnis zu fragen, die durchaus nicht immer erteilt wurde. Nichts konnte sie mehr selbst entscheiden und sogar ihre Notdurft musste sie im Beisein der Wächter verrichten, die sich allerdings ihr gegenüber wirklich recht ordentlich verhielten, wie Teri zugeben musste. Sie erzählten ihr sogar ohne jede Schadenfreude, sondern eher mit dem Unterton der Besorgnis, dass sie schon viele Menschen in das Lager gebracht hatten, aber nur wenige hatten zurückkehren sehen. Die Heimgekehrten waren ausschließlich Angehörige vermögender Familien gewesen und die Stadtwachen von Stein vermuteten, dass sie von ihren Angehörigen freigekauft worden waren. Manchmal sogar schon weit vor Ablauf der Strafe! Normalbürger – und Teri fühlte sich im Moment sehr als Normalbürgerin – tauchten jedoch nie wieder auf. Hatten sie das Lagertor einmal durchschritten, waren sie für immer von der Welt verschwunden, und eine Einlieferung ins Gerberlager kam für die Verwandten einer Beisetzung gleich.

Diese Informationen ließen Teris Mut sinken, bedeuteten sie doch, dass sie all ihre Pläne, Hoffnungen und Wünsche für alle Zeit begraben konnte, denn Teri hatte noch ein besonderes Problem: Es war ihr zurzeit einfach nicht möglich, *schnell* zu werden, und ohne die *Schnelligkeit* war weder jetzt noch später an Flucht zu denken!

Normalerweise wäre es für Teri eine Kleinigkeit gewesen, ihre Begleiter hier auf der menschenleeren Straße zu überwältigen, die Fußkette mit einem Stein zu zerschlagen und zu fliehen, zumal sie nicht schärfer bewacht wurde als ein Schaf, das man zum Markt trieb. So aber war sie nicht mehr als eine junge Frau, die, obwohl flink und geschickt, keine Chance hatte, ihren Bewachern zu entkommen.

Immer wieder irrten Teris Gedanken zu den Worten des Richters zurück: »Wer die Götter beleidigt, der kann nicht ohne Strafe bleiben!«, hatte der Mann behauptet und damit in Teri weit mehr ausgelöst, als er ahnte. Sie war nie sonderlich religiös gewesen. Wenn ihr etwas gut gelang, sagte sie den Göttern Thedras brav danke, wie sie es von ihren Eltern gelernt hatte, und auch in der Not hatte sie schon so manches Stoßgebet an sie gerichtet. Die Götter waren schon ganz in Ordnung, zumal sie bestimmt Besseres zu tun hatten, als ausgerechnet ihr, Teri, auf die Finger zu sehen und sie für ihre kleinen Sünden zu strafen! – Denn niemand kannte Teris kleine Sünden besser als Teri selbst, und noch nie hatte sie den Eindruck gehabt, von einer höheren Macht gestraft zu werden.

Aber hatte nicht Aganez behauptet, die Bergfestung sei das Zentrum zweier Religionen? Hatte Teri nicht in einem Anfall von Abscheu und Jähzorn die Leiche von Harmuged-Ofisa, der dümmlich-grausamen Göttin der Vernichtung, geschändet? Hatte sie nicht, wenn auch unabsichtlich, den jahrtausendealten Tempel einer vergangenen Macht zerstört? Diese Überlegungen machten Teri Angst, lähmten ihre Entschlusskraft und ließen sie zu einem verzagten Opfer ihrer eigenen Gedanken werden.

Teri war gefangen und in Ketten gelegt, entrechtet und gedemütigt. Einzig die vage Ahnung um die Gerechtigkeit der richterlichen Entscheidung gab dieser hoffnungslosen Situation so etwas wie einen Sinn. Teri hatte Schuld auf sich geladen, alles Leugnen hatte ihr nicht geholfen und selbst ihre *Schnelligkeit* hatte sie nicht retten können. Es war, als hätten die Götter selbst sich gegen sie gestellt, um den von ihr begangenen Frevel zu rächen – und mit jeder Wegstunde wuchs Teris Bereitschaft, die Strafe dafür anzunehmen.

Teris Arbeit im Lager war alles andere als angenehm, aber es gab noch schlimmere! Im Grunde genommen war es sogar die beste Tätigkeit von allen, da sie hier nicht so stark mit Giften und Färbemitteln in Berührung kam, wie es fast überall sonst der Fall gewesen wäre. Sie hatte von Sonnenauf- bis Sonnenuntergang mit anderen Sklavinnen an einem gewaltigen Trog zu stehen und die darin eingeweichten Häute mit einem Schaber aus Holz von Fett, Bindegewebsresten und Haaren zu befreien.

In dem Trog, der eine Mannslänge breit und knapp zehnmal so lang war, trieben in einer trüben Lauge tausende von Fellen der verschiedensten Tiere. Kaltes Fett und abgelöste Haare schwammen in einer dicken Schicht obenauf, und wer ein neues Fell brauchte, hatte mit den Händen durch diese strohig-schleimige Schicht zu greifen und sich unter dem ekligen Brei eines zu suchen, das weit genug aufgequollen war, um sich bearbeiten zu lassen. Täglich wurden die Abfallhaufen, die sich hinter den Sklavinnen bildeten, eingesammelt und unter scharfer Bewachung mit einem Karren zum »Madental« außerhalb des Lagers gebracht, wo sie einfach abgekippt wurden.

Das Madental war auch die Endstation für alle Sklaven, die das Lager verließen. Ob sie nun an Krankheiten oder Unfällen starben, immer führte der letzte Weg die Gefangenen auf dem Abfallkarren an diesen abscheulichen Ort. Gleich an ihrem ersten Arbeitstag sah Teri mit Schaudern, wie der Leichnam eines jungen Mannes, schon halb von Fettklumpen und Tierhaaren überdeckt, auf dem Karren an ihr vorbeigezogen wurde, während die Karrensklaven mit gleichgültiger Miene immer mehr Abfall auf ihn häuften.

Teri arbeitete viel und sprach nur wenig. Vor ihrer Ankunft im Lager hatte sie gedacht, es gäbe so etwas wie Freundschaft und Zusammenhalt unter den Sklaven, die doch alle unter denselben Peinigern litten. Bald schon musste sie aber feststellen, dass sie sich getäuscht hatte. Auch unter den Rechtlosen gab es eine strenge Rangordnung und sie als Neuling stand da an letzter Stelle. Nahezu fassungslos hatte Teri erkannt, dass die älteren Sklavinnen sich mit einer Art von abartigem Stolz etwas darauf einbildeten, schon so lange im Lager zu sein! Diese Rechtlosesten unter der Sonne hatten nichts Besseres zu tun, als ihre Mitgefangenen noch zusätzlich zu drangsalieren, und auch in Teris Arbeitsgruppe fanden sich zwei Frauen, die, um geringer Vorteile willen, aus freien Stücken eine Antreiber- und Vorarbeiterinnenrolle angenommen hatten.

Nichts, was Teri tat, war diesen Frauen recht: Sie arbeitete zu langsam oder zu flüchtig, schabte zu wenig oder zu viel von der Lederhaut ab, hielt das Werkzeug verkehrt und warf den Abfall auf die falsche Stelle. Teri kümmerte sich nach einem halben Arbeitstag nicht mehr um die willkürlich ausgedachten Vorwürfe der beiden, machte ihre Arbeit und schwieg. Der Rest der Frauen am Trog war ihrer Meinung nach auch zu nichts zu gebrauchen. Den Stolz schon lange gebrochen, hatten sie genug damit zu tun, vor den Wärtern und den Vorarbeiterinnen zu katzbuckeln, und empfanden Teri in ihrer hochmütigen Art als Störung der »guten« Arbeitsbedingungen. Sklavenseelen! stellte Teri im Stillen fest und beschloss sich nicht weiter mit diesen Leuten abzugeben. Missmutig rubbelte sie mit dem stumpfen Schaber auf einem Ziegenfell herum. Da war sie ja in eine feine Gesellschaft geraten! Es wurde Zeit, sich einen Fluchtplan auszudenken!

Die Wiederkehr ihrer *Schnelligkeit* hatte Teri einem Wärter zu verdanken.

Drei Tage lang war alles gut gegangen. Der Wärter am Einweichtrog war ein junger Mann gewesen, mit dem Teri sich ganz gut verstanden hatte. Gut verstehen hieß unter diesen Bedingungen, dass sie nichts von ihm und er nichts von ihr wollte. Die Plänkeleien zwischen den Sklaven nahm er eher belustigt zur Kenntnis und Teri hatte den Eindruck, dass er die Vorarbeiterinnen von eigenen Gnaden genauso verachtete wie sie selbst.

Teri machte ihre Arbeit so, dass sie keinen unnötigen Ärger bekam, und scherte sich ansonsten um nichts. Frühmorgens stand sie mit den anderen auf und ging nach einem dürftigen Morgenessen zum Trog, wo sie den ganzen Tag lang blieb. Abends wankte die Gruppe wieder todmüde in die Unterkunft, nachdem sich die meisten Frauen am Bachlauf gereinigt hatten. Es gab allerdings auch ein paar Verwirrte, die auch nachts den Gestank des fauligen Fetts nicht missen mochten und damit die Luft in der Schlafbaracke verpesteten. Da war es schon ganz gut, dass das Gebäude aus grob zusammengefügten Brettern bestand, denn die breiten Fugen in den Wänden ließen wenigstens ein bisschen frische Luft in den Raum.

Am vierten Tag war ein neuer Wärter am Trog. Der Mann gefiel Teri vom ersten Augenblick an überhaupt nicht. Den halben Tag lang trieb er sich in ihrer Nähe herum und versuchte sie mit plumpen Komplimenten auf sich aufmerksam zu machen. Besonders ausführlich ließ er sich über das Thema aus, was er mit ihr machen würde, wenn sie beide mal allein wären – was die anderen Sklavinnen pflichtschuldigst kichernd zur Kenntnis nahmen, offensichtlich froh darüber, dass nicht sie es waren, an denen der Wärter Interesse zeigte.

Teri arbeitete und schwieg. Sie hatte die Erfahrung gemacht, dass es keinen Sinn hatte, sich um Nichtigkeiten zu streiten, und hoffte, dem Mann werde das Spiel irgendwann langweilig.

Zur Zeit der Tagteilung war der Wärter wirklich verdrossen, weil Teri auf seine schlüpfrigen Anspielungen nicht einging, und er beschloss, deutlicher zu werden.

Im ersten Moment wusste Teri nicht, wie sie reagieren sollte, als plötzlich eine Hand von hinten unter ihren Kittel fuhr, an ihrem nackten Körper nach oben glitt und sich auf eine ihrer Brüste legte. »Na, wie geht's denn unserem kleinen Kuschelhasen aus Thedra?«, ertönte eine Stimme hinter ihr. »Hast mir ja schön was mitgebracht!« Zwei Finger der Hand hatten die Brustwarze gefunden und zwickten hinein.

Langsam drehte Teri sich um und starrte ihrem Gegenüber mit halb offenem Mund entgeistert ins Gesicht.

Unterdessen war die Hand weitergewandert und untersuchte jetzt die andere Brust.

Teri war an sich recht unbefangen, was ihren Körper anging, und was hier in Estador gegen die guten Sitten verstieß, war in anderen Ländern eine ganz normale Brautwerbung. – Sie beschloss die Sache erst einmal mit Humor zu nehmen. »Das sind meine!«, teilte sie dem Wärter mit einem Blick auf ihre Brüste freundlich mit. »Und ich möchte sie für mich allein behalten!«

Den Mann beeindruckte das überhaupt nicht. Es schien jetzt sogar, als wolle er sich sehr eingehend mit Teri beschäftigen. Ein Blick auf seinen Umhang zeigte ihr jedenfalls, dass die Tätigkeit seiner Hand nicht ohne Wirkung auf ihn geblieben war.

»Nimm deine Pfote da weg!«, warnte Teri.

»Na, regt dich das auf?« Der Wärter ließ tatsächlich die Hand über Teris Bauch nach unten gleiten. Am Oberschenkel angekommen, änderte er jedoch plötzlich die Richtung, stieß die Hand hart nach oben und griff ihr brutal zwischen die Beine.

Der Griff war völlig überraschend gekommen und er tat weh! Teri versuchte mit einer raschen Bewegung ihres Beckens dem Schmerz zu entkommen und sah noch, wie sich das Gesicht des Mannes zu einem Lachen verzog. – Dann wurde sie *schnell!*

Mit beiden Händen stützte Teri sich an der Oberkante des Trogs ab und riss urplötzlich beide Beine nach oben. Die straff gespannte Kette traf den Oberarm des Mannes und der Griff lockerte sich schlagartig. Teri trat zu.

Dumpf dröhnte der Brustkorb des Mannes auf, als Teris Fersen auf seine Rippen trafen. Der Wärter taumelte zurück.

Teri beugte sich vor und stieß sich mit beiden Füßen von dem Balken ab. Wie ein Pfeil schoss sie auf den Mann zu, rammte ihren Kopf in seinen Magen und ging mit ihm zusammen zu Boden.

Bevor der Wärter an Gegenwehr auch nur denken konnte, war Teri über ihm, krallte ihre Linke in sein Haar und bog ihm den Kopf zurück, während die gespreizten Finger der Rechten schon ihr Ziel suchten.

Als der Wärter begriff, was geschehen war, lagen Teris Zeige- und Mittelfinger knapp einen halben Fingerbreit vor seinen Augäpfeln. Mit der anderen Hand hielt sie seinen Kopf fest. »Versuch das nie wieder!«, befahl sie ihm. »Wenn du das noch einmal probierst, wirst du ein blinder Wärter sein!« Teri ließ ihre Finger ein wenig vorrücken und der Mann gab einen kleinen Angstlaut von sich.

Teri stieß sich vom Brustkorb des Wärters ab, richtete sich auf, drehte sich um, kletterte auf den Balken und machte sich wieder an ihre Arbeit. Scheinbar desinteressiert griff sie nach ihrem Schaber und kratzte auf der Lederhaut herum, die vor ihr auf dem Balken lag, aber sie achtete genau auf die Geräusche hinter sich. Da war aber nichts zu hören als mühsames Keuchen, leise Flüche und ein unsicheres Tapsen, das sich langsam entfernte.

Teri atmete auf. – Die Sache war zwar noch nicht ausgestanden, das war klar! Aber zumindest für den Augenblick hatte sie ihre Ruhe. Die anderen Sklaven, die mit ihr am Trog arbeiteten, warfen ihr scheue Blicke zu. Teri merkte, wie sie schon wieder ärgerlich wurde. Wie sollte man mit diesen Sklavenseelen jemals einen erfolgreichen Ausbruch organisieren? Gerade eben hatten sie gesehen, wie leicht es war, mit einem Wärter fertig zu werden, und sie standen da, als habe es ihnen in die Suppe geregnet. – Zu viele Schläge in zu vielen Jahren! vermutete Teri. Sie würde sich an die jüngeren Leute wenden müssen, wenn sie etwas erreichen wollte! Am besten an Neuankömmlinge, die noch nicht an Leib und Seele gebrochen waren.

In der folgenden Nacht erschienen die Wärter zu zweit.

Ab und zu fanden nächtliche Kontrollgänge in den Baracken statt und so kamen auch jetzt zwei Wärter mit einer Öllampe den Gang vor der Strohschüttung entlang. Vornübergebeugt leuchteten sie in die Gesichter der Schlafenden und gaben erst Ruhe, wenn sie jede einzelne Sklavin genau erkannt hatten.

Teri hielt die Augenlider leicht geschlossen, ihr Gesicht war vollständig entspannt. Teri dachte, die Wärter würden eine Schlafende vielleicht eher in Ruhe lassen, denn sie rechnete mit Ärger; aber auf das, was dann kam, war sie nicht gefasst.

Sanft drang der Lichtschimmer der Öllampe durch Teris Augenlider, als die Männer sich über sie beugten. Dann wurde es wieder dunkler und Teri wollte gerade erleichtert aufatmen, als sie urplötzlich an der Fußkette emporgerissen wurde. Hilflos um sich schlagend glitt sie unter der Decke hervor und wurde mit den Schulterblättern über den rauen Holzfußboden geschleift. Sie hatte es sich zur Gewohnheit gemacht, abends ihren verdreckten Arbeitskittel zu waschen, sodass sie nackt schlief. Die Kette schnitt tief in die Fußgelenke, und Teris Haut brannte am Rücken wie Feuer.

Halb ohnmächtig vor Schmerz und Wut, merkte sie, wie ihr Herz begann kraftvoll zu schlagen, und sie war *schnell,* lange bevor die Männer sie nach draußen geschleppt hatten. Dennoch wartete sie ab, um zuerst in eine bessere Position zu gelangen, bevor sie angriff, denn sie hatte den Unsinn ein für alle Mal satt und wollte klare Verhältnisse schaffen.

»Halt sie fest!« Der Mann, der Teri hinter sich hergeschleift hatte, wartete, bis sein Kumpan Teris Handgelenke ergriffen hatte und sie brutal auf den Steinboden presste, dann erst ließ er die Kette los.

Kraftlos fielen Teris Beine auf den Boden. Die Knie hatte sie leicht seitlich angewinkelt und ihr Atem ging stoßweise, so als sei sie in großer Angst. Jeder, der sie so sah, musste annehmen, dass sie aufgegeben und sich ihren Peinigern auf Gedeih und Verderb ausgeliefert hatte.

Der Wärter zu Teris Füßen beugte sich über sie. »Scheint vernünftig geworden zu sein!«, teilte er seinem Kollegen mit. »Halt aber trotzdem gut fest!«

Der Druck auf Teris Handgelenke gab ihr genau den Halt, den sie für ihre nächste Aktion brauchte. Sie spreizte ihre Beine mit angezogenen Knien so weit auseinander, wie die Kette es zuließ. Als der Mann vor ihr sich interessiert tiefer bückte, bäumte sie sich auf und ließ ihre Füße vorschnellen. Die straff gespannte Kette traf genau den Hals des Mannes, dessen Kopf ein Stück weit zurückgerissen wurde, bevor er lautlos über Teri zusammenbrach. Mit einer fast spielerisch anmutenden Bewegung stieß sie ihn zur Seite, zog blitzschnell ihre Füße über sich hinweg, spannte ihren Körper wie einen Bogen und verpasste dem zweiten Kerl die gleiche Behandlung, bevor der noch begriffen hatte, was mit seinem Kumpan geschehen war. Schlagartig löste sich der bislang so hilfreiche Griff um die Handgelenke und Teri richtete sich auf.

»Nicht, solange ich lebe!« Das war alles, was Teri den Männern, die stöhnend auf dem Boden saßen und sich keuchend ihre Hälse rieben, mitzuteilen hatte. Ihr war etwas mulmig bei diesen Worten, denn dass sie lebte, war ein Umstand, der sich mit Leichtigkeit ändern ließ, wenn man die Macht eines Wärters hatte! Trotzdem warf sie den Besiegten noch einen abschätzigen Blick zu und ging dann mit kleinen Schritten in die Unterkunft zurück.

Leise aufstöhnend legte Teri sich auf ihr Lager, denn bei dem Kampf hatte sie sich eine Zerrung im Oberschenkel zugezogen.

»War es schlimm?« Teris Bettnachbarin beugte sich zu ihr herüber.

Teri konnte nicht erkennen, ob die Frage echter Besorgnis oder einfach nur der Neugier der Frau entsprang. »Ja!«, antwortete sie deshalb in normaler Lautstärke. »Aber nicht für mich!«

Teri konnte trotz der Dunkelheit spüren, wie die Frau überrascht und ärgerlich zurückfuhr. Mit einem enttäuschten Grunzen warf sie sich wieder auf ihr Lager und ließ Teri in Ruhe.

Teri lag da und überlegte. Deutlich war der Hass zu spüren, der in diesem Raum lag. Sicherlich waren durch den Tumult noch andere Sklavinnen erwacht und ärgerten sich jetzt, dass die kleine Thedranerin noch immer nicht ihre Lektion bekommen hatte. Sie waren schwach und schämten sich ihrer Schwäche. Darum mussten sie alles Starke hassen. Teri erinnerte sich an das Gewitter in der Höhle, als sie Schwäche gezeigt und Aganez ihr Mut gemacht hatte. Danach war der Mann wie umgewandelt gewesen. – Aber sie konnte hier doch nicht das ängstliche und folgsame Opfer spielen, nur damit diese zerbrochenen Seelen sie in ihre Gemeinschaft aufnahmen!

Andererseits konnte Teri natürlich auch nicht unbegrenzt so weitermachen wie bisher, denn jetzt schon war abzusehen, dass sie sich sonst bald nach zwei Seiten würde verteidigen müssen. Die abartige Logik des Lagers hieß: »Pass dich an oder stirb!« – Aber Teri wollte weder das eine noch das andere. Teri wollte nachdenken! Und das tat sie auch! – Gründlich!

Entgegen aller Erwartung ließen die Wärter Teri am Leben.

Gemeinsam waren sie zu der Auffassung gelangt, dass diese dürre thedranische Ziege mit dem harten Schlag sowieso keine besonderen Freuden versprach und besser erst einmal das Geld verdiente, das sie gekostet hatte. – Wenn sie genug geschuftet hatte, konnte man sie ja immer noch totschlagen!

Das bedeutete nun aber keineswegs, dass Teri ihre Ruhe vor den Männern gehabt hätte. Da sie nicht ständig um sich schlagen konnte, musste sie immer wieder die plumpen Tatschereien der Wärter erdulden, vor denen ihr weiter Kittel leider keinerlei Schutz bot. Widerwillig gewährte sie diese »Freiheiten«, da sie den Bogen auch nicht überspannen wollte. Wie leicht hätte sonst einer der Männer im Zorn etwas tun können, dem Teri nicht gewachsen war. Sie konnte sich dank ihrer *Schnelligkeit* wohl bis zu einem gewissen Grad verteidigen, aber wenn die Männer sie *wirklich* umbringen wollten, würde es wegen der Bronzekette an Teris Knöcheln durchaus möglich sein, dass sie damit auch Erfolg hatten.

Es hatte sich ein empfindliches Gleichgewicht zwischen Ekel und Angst eingestellt. Teri ekelte sich vor den Vertraulichkeiten der Wärter, ertrug sie aber bis zu einem gewissen Punkt. Die Wärter wiederum nutzten ihre Macht eben nur bis zu diesem Punkt, da sie Angst hatten, sonst eins auf die Nase zu bekommen. So hatte keine der Parteien gewonnen oder verloren, solange der gewisse Punkt nicht überschritten wurde.

Nach zehn Tagen schon war Teri so weit, dass sie begann wie die anderen Frauen am Trog zu werden. Ihre Welt hatte sich auf den kleinen Bereich zwischen Schlafbaracke und Arbeitsplatz reduziert und sie hatte zu lernen in dieser Welt zurechtzukommen. Wenn sie auch keinen Anteil an den Gesprächen der Frauen nahm, so hörte sie sich doch mittlerweile ohne Abscheu die Banalitäten und Anzüglichkeiten an, die sie Tag für Tag aufs Neue austauschten. Sie begann sogar heimlich Sympathie für einige der Mitsklavinnen zu empfinden. Sie lief Gefahr den Dingen ihren Lauf zu lassen – bis die Neue kam.

Wenn Teri sich auch immer noch aufrecht hielt, so blieb es den Frauen doch nicht verborgen, dass die »arrogante Thedranerin«, wie Teri noch immer genannt wurde, sich allmählich anpasste. Auch hatten die Vorarbeiterinnen mittlerweile ein anderes Opfer für ihre Willkür gefunden, denn eine junge Bäuerin aus Melling war neu in die Gruppe gekommen. Sie hatte eine Ziege gestohlen, wie sie freimütig bekannte, und war froh, dass der Richter sie nicht hatte schinden lassen. »Ist doch schön, wenn man seine Haut noch hat!«, freute sie sich. »Schaut euch doch an, wie blöd das aussieht, wenn keiner mehr drinsteckt!« Dabei hielt sie ein aufgequollenes Fell in die Höhe, das schlaff und tropfend herabhing.

Da hatte Teri zum ersten Mal gelacht, seit sie im Lager war. Die junge Frau gefiel ihr. Bestimmt war sie nicht so abgestumpft wie die anderen, sodass man mit ihr ein wenig reden konnte!

Sie beobachtete Lkeide, so hieß die Neue, noch ein Weilchen und erkannte hinter der aufgesetzten Lustigkeit die tiefe

Angst dieser jungen Frau, hier im Lager ihr Leben beenden zu müssen.

Am Abend hatte Teri es so eingerichtet, dass sie neben Lkeide am Bachlauf stand, als die Frauen sich wuschen.

»Pass auf! – Du stehst neben einer Diebin!«, warnte Lkeide im Scherz.

»Hab leider nichts da, was ich dir zum Klauen anbieten könnte!«, brummte Teri. »Meinen Kittel brauch ich noch selber!«

»Was hast du denn ausgefressen?«, wollte Lkeide nun wissen.

»Ich habe ein Erdbeben gemacht!«, berichtete Teri wahrheitsgemäß, konnte sich aber ein Grinsen dabei nicht verkneifen.

»He, toll!« Lkeide war begeistert. »Du warst das also! Mach doch noch mal! – Dann bricht hier alles zusammen und wir gehen nach Hause!«

»Hab vergessen, wie's geht!«, behauptete Teri. »Aber wie man Bronzeketten an Steinen zerreibt, das weiß ich!«

»He, sag bloß, du hast einen Plan?« Lkeide beugte sich vor, sodass ihr Kopf ganz nahe bei Teri war. »Hau bloß nicht ohne mich ab!«

»Was gibt's da zu quatschen?« Eine der Vorarbeiterinnen kam in ihrem schmierigen Kittel daher und sah die jungen Frauen misstrauisch an. »Macht bloß keinen Ärger!«

»Ach, ich hab ihr doch bloß gesagt, dass ich sie liebe!«, beteuerte Lkeide in gespielter Unterwürfigkeit und Teri spürte, wie ihr das Blut ins Gesicht stieg.

»Freches Balg!« Die Vorarbeiterin wandte sich verärgert ab.

Teri schlüpfte aus ihrem Kittel und spülte ihn im Bach aus. Lkeide tat es ihr gleich. »Du siehst wirklich hübsch aus!«, bemerkte sie mit einem Seitenblick auf Teris Körper, aber es war nichts Anzügliches an ihren Worten.

»Du solltest auch nicht hier im Lager versauern!«, revanchierte sich Teri. »Ich wette, dass du draußen jede Menge Chancen hast!«

»Da sei dir mal sicher!« Lkeide brachte ihren nackten Körper in eine komisch-aufreizende Pose. Sie war bestimmt ein wenig älter als Teri, wirkte aber in ihrer mädchenhaft unbekümmerten Art wie eine sehr viel jüngere Frau.

Teri ließ sich von dem zappeligen Gehabe Lkeides nicht verwirren. Sie war ungleich kräftiger gebaut als Teri und ihre geschmeidigen Bewegungen verrieten eine Energie, die nie zu versiegen schien. Teri nahm das Bild Lkeides in sich auf. Mit solch einer Gefährtin konnte es tatsächlich gelingen, die Wachen zu übertölpeln und das Lager zu verlassen!

Gemeinsam wrangen die beiden Frauen ihre Kittel aus und zogen sich die nassen Lappen wieder über den Leib. Schaudernd dachte Teri daran, dass es im Winter nicht möglich sein würde, die Kleidung zu waschen und über Nacht trocknen zu lassen. – Ein Grund mehr, so schnell wie möglich von hier zu verschwinden!

In der Nacht kam Lkeide in Teris Bett. Nicht das leiseste Klirren der Fußkette hatte verraten, dass sie sich näherte, und doch war Teri nicht sonderlich überrascht, als sich ihre Decke sacht anhob und ein schlanker, weicher und doch fester Körper neben den ihren glitt. Sie hatte geahnt, dass ihre neue Freundin kommen würde.

Ringsum blieb alles ruhig. Entweder hatte niemand etwas von Lkeides nächtlicher Wanderung bemerkt oder es war den Frauen gleichgültig. Es war zwar nicht die Regel, dass die Bewohnerinnen der Baracke einander gegenseitig im Bett besuchten, aber hin und wieder kam es doch vor.

Es war das erste Mal, dass Teri Lkeide berührte, und mit einer gewissen Erleichterung stellte sie fest, dass der Besuch nicht ihr als Frau, sondern vielmehr der Ausbrecherin in ihr galt. Lkeides Berührung erweckte den Eindruck in Teri, als halte sie einen Vogel in ihrer Hand gefangen. Lkeide liebte die Freiheit über alles und schon der erste Tag im Lager hatte sie halb wahnsinnig gemacht! Teri konnte es nur bewundern, mit welcher Kaltschnäuzigkeit diese Frau ihre Panik überspielt hatte.

Lkeide hätte alles getan, um hier herauszukommen, und nun sah sie in Teri eine Aussicht auf Rettung.

»Wann hauen wir ab?« Es war nicht mehr als ein Hauch, was da an Teris Ohr drang, aber es lag alle Hoffnung der Welt darin. Eine Hand glitt über sie hinweg und legte sich auf ihre Hüfte.

Teri fühlte sich wohl neben Lkeide. »Bald schon!«, sagte sie und schob eine Hand auf Lkeides Arm, die sie sanft an sich zog.

»Wann? – Morgen? – Morgen Nacht, ja? – Lass uns morgen Nacht verschwinden! – Ja?«

Teri fühlte sich hilflos. Zu verwirrend war die Nähe Lkeides, die sie an ihren nackten Körper zog und in atemloser Angst die immer gleichen Worte in ihr Ohr flüsterte. Um die Freundin zu beruhigen, strich Teri ihr sanft über das Haar. – Es fühlte sich sehr gut an.

»Sag, dass wir morgen hier verschwinden!«, wisperte Lkeide. »Ich sterbe hier! – Und du auch!«

Da wurde es Teri plötzlich klar, dass Lkeide Recht hatte. Ein Tag mehr im Lager war schon einer zu viel! – Schon begann sie selbst, sich an den täglichen Trott zu gewöhnen. Ein halbes Jahr noch, dann würde sie genauso eine leere Hülle sein wie die anderen Sklaven. Und genau das war auch die Art von Tod, die Lkeide fürchtete. Wenn schon ausbrechen, dann bald!

Teri drehte langsam den Kopf und brachte ihre Lippen nah

an Lkeides Ohr. »Morgen!«, wisperte sie. »Morgen brechen wir aus! Im Bachbett, dort wo wir uns gewaschen haben, liegt ein zerbrochener Kiesel. Die Kanten der beiden Hälften sind sehr lang und scharf. Damit kann man Bronze zerschneiden, das weiß ich genau! Morgen …«

»Was ist da los!«, kam eine nörgelnde Stimme aus dem Dunkeln. »Was macht ihr da?«

Lkeides Kopf fuhr hoch. »Stör uns nicht! Wir schmusen!«, kläffte sie über die Schulter hinweg in die Dunkelheit und tatsächlich blieb nun alles ruhig.

»Morgen«, fuhr Teri nach einer Weile fort, »nimmt jede von uns eine Hälfte des Kiesels mit hierher! Wenn wir leise sind, können wir unsere Fußketten bis zur Mondgleiche durchtrennen! Du musst zwei Schnitte machen, nah an den Gelenken, sodass sich die Kette ganz abnehmen lässt!«

»Und dann?« Die Stimme der Freundin war nicht mehr als ein Hauch.

»Aus dem Lager schleichen oder kämpfen!«, erklärte Teri ebenso leise. »Wenn ich erst einmal gegangen bin, kehre ich nicht mehr hierher zurück!«

»Morgen Nacht also!«, stellte Lkeide leise fest. »Nach der Ewigkeit des Tages!«

»Ja!«, bestätigte Teri. »Eine Ewigkeit noch!« Und sie dachte daran, dass es fast einige Ewigkeiten zu viel geworden wären.

8

Freundinnen

Erst der Glaube an die Unabänderlichkeit
macht das Unabänderliche unabänderlich!

Der letzte Tag, den Teri im Gerberlager verbrachte, verlief in einer Art stiller Anspannung, denn es ist schwer, vollständig unbeteiligt zu bleiben, wenn man nicht weiß, ob man den nächsten Morgen noch erlebt. Teri hatte sich vorgenommen sich keinesfalls zu ergeben, wenn sie auf ihrer Flucht gestellt würde, und Lkeide stand ihr in dieser Beziehung um nichts nach.

Es zeigte sich, dass Lkeide es besser verstand, ihre Aufregung zu verbergen als Teri. Frohgemut angelte sie die faulig-schleimigen Felle aus der stinkenden Brühe im Trog und arbeitete daran, dass es selbst für die verbiesterten Vorarbeiterinnen die reine Freude war.

Teri dagegen machte einen Fehler nach dem anderen: Viel zu oft sprang sie mit dem Holzschaber in der Hand vom Balken herunter und schliff das aufgequollene Werkzeug auf dem Felsboden nach. Sie stritt sich ununterbrochen mit den Vorarbeiterinnen und in der Aufregung machte sie sogar einen Riss in ein Ziegenfell. Es war wie ein Wunder, dass nicht die Wachen kamen und sie ihrem Hauptmann zur Bestrafung vorführten! Als endlich der Abend kam und die Frauen zum Bach gehen durften, war Teri froh diesen letzten Arbeitstag heil überstanden zu haben.

Seit sie Lkeide kannte, war Teri einiges klarer geworden: Lkeide war eine Diebin. Sie prahlte zwar nicht direkt damit, aber sie machte auch kein Geheimnis daraus. Sie und ihr Mann hatten einen kleinen Bauernhof bei Melling und sie hätte in Ruhe dort leben können, wenn sie etwas bescheidener gewesen wäre.

Lkeide liebte das Schöne! Da sie aber kein Geld hatte, um sich etwas Schönes zu kaufen, ging sie stehlen. »Hätte ich tausend Bronzestücke, ich wäre eine Zeit lang der ehrlichste Mensch der Welt!«, hatte sie Teri im Scherz erklärt. – Wenn also jemand Grund hatte, seine Strafe zu akzeptieren, dann Lkeide! Die dachte allerdings nicht im Traum daran, sich ihr Recht auf Freiheit beschneiden zu lassen, selbst wenn hundert Richter sie schuldig sprächen und alle Götter sich gegen sie stellten! »Ich will nun mal nicht gefangen sein!«, hatte sie zu Teri gesagt. »Darum werde ich von hier fortgehen!«

Da war Teri klar geworden, dass sie sich ihr Gefängnis zum Teil selbst gebaut hatte! Seit Tagen wusste sie von dem zerbrochenen Kiesel im Bach, dessen Kanten so scharf waren, dass sie die Kette, die sie behinderte, in jeder beliebigen Nacht hätte durchtrennen können. Es wäre so einfach gewesen, von hier fortzugehen, aber Teri hatte sich als Opfer der Götter gefühlt und war geblieben! – Da hatte erst Lkeide kommen müssen, um sie wachzurütteln, sie merken zu lassen, dass sie sich *selbst* schuldig gesprochen und verurteilt hatte – ja, dass sie sich sogar selbst bewachte!

Teri war maßlos wütend auf sich selbst. Sie war aus der Verantwortung geflohen. Sie hatte es ja direkt *genossen,* ein Opfer der Götter zu sein. Es hatte ihr *gefallen,* dass man kein bisschen mehr von ihr verlangte, als schleimige Felle abzuschaben. Sie hatte sich als Scharfrau überfordert gefühlt und war förmlich in dieses Lager *desertiert!* – Sie hatte sich sogar schon so weit in ihre Gefangenenrolle hineingelebt, dass sie einen der Wärter direkt *sympathisch* fand. Sie *sehnte* die Tage herbei, an denen er Dienst hatte, weil er nicht sie, sondern bevorzugt andere begrapschte! Wenn dieser Aufseher Dienst hatte, war es ein *guter* Tag!

Teri ging hart mit sich ins Gericht. Sie erkannte, dass sie es nur ihrer Härtung durch Jamik zu verdanken hatte, dass sie überhaupt so weit gekommen war, wenigstens ihren alten Auftrag zu erfüllen und den Hort der Armee zu finden. Jetzt, ohne Befehl, ohne Antrieb von außen, nur auf sich selbst gestellt, hatte sie sofort versagt! – Da gab es nichts zu beschönigen.

Hatte man je von einem Mitglied der Schar gehört, das gefangen genommen worden war und Sklavenarbeit verrichtete? So etwas war undenkbar! Hätte Teri genügend Energie entwickelt, hätten die Wachen sie keinen Tag lang im Lager halten können! – Es blieb eine Tatsache in Teris Augen: Sie hatte die erstbeste Gelegenheit genutzt, um sich vor der Erfüllung ihrer selbst gestellten Aufgabe zu drücken, und sie schämte sich entsetzlich dafür.

Am Bachufer hielten sich Lkeide und Teri dicht beieinander. In den Augen der anderen Frauen galten sie seit der letzten Nacht sowieso als ein Liebespaar und Teri musste selbst zugeben, dass es schön gewesen war, mit Lkeide unter einer Decke zu liegen. Zuerst war es verwirrend für sie gewesen, dass ihr Körper so stark auf Lkeide reagiert hatte, aber dann hatte sie die Freundin in den Arm genommen und einfach die Nähe, die Wärme und das Vertrauen genossen – all die schönen Dinge und Gefühle, die sie schon so lange vermisste. Es war schön gewesen neben Lkeide, und hätten sie sich ein wenig mehr gehen lassen … – Teri hätte nichts Schlechtes daran finden können!

Jetzt jedenfalls hockte Lkeide am Ufer des Baches und wusch ihren Kittel aus, während Teri schon fertig war und auf sie wartete.

Als Lkeide aufstand, wrangen die beiden gemeinsam ihre

Kittel aus, zogen sich die weiten Kleidungsstücke wieder an und bückten sich beiläufig, um die schmalen Steinhälften aufzunehmen, die Teri beim Waschen in die Nähe des Ufers gestoßen hatte. Teri und Lkeide klemmten sich je eines der scharfkantigen Bruchstücke in die Achselhöhle und wollten gerade zur Schlafbaracke aufbrechen, als die Stimme einer der Vorarbeiterinnen sie aufhielt. »Was hast du da gefunden?«, forderte sie Auskunft von Teri. »Wonach hast du dich gebückt? Was hast du versteckt?«

Teri stand erschreckt da und ihr Herz fing plötzlich an wild zu schlagen. Die Vorarbeiterin hatte sie entdeckt!

»Zieh dich aus!«, verlangte die Frau. »Ich will sehen, was du da versteckt hast!«

Das Steinstück in ihrer Achsel wurde plötzlich zum Mittelpunkt von Teris Universum. Wenn sie die Arme über den Kopf hob, um den Kittel abzustreifen, würde es zu Boden fallen und die Vorarbeiterin würde wissen, was Teri plante! Eine Glutwelle schoss durch ihren Körper. Das Steinstück war ihr so wichtig, wie es einst der Schardolch gewesen war. Sie konnte und wollte es nicht hergeben!

»Na, wird's bald?« Die Frau hatte sich drohend vor Teri aufgebaut.

»Was ist das denn?«, murmelte Lkeide, die schräg hinter der Vorarbeiterin stand, plötzlich und bückte sich langsam nach einem blinkenden Gegenstand, der auf dem Boden lag. »Du hast nicht gewagt, es aufzuheben, stimmt's?«, fragte sie Teri in verächtlichem Tonfall. »Feigling!«

Die Vorarbeiterin drehte sich halb um, sah, wonach Lkeide griff, und versetzte ihr blitzartig einen harten Stoß.

Lkeide taumelte einen halben Schritt weit zurück, verhedderte sich in ihrer Kette, fiel auf den Rücken, schnellte wieder hoch und begann sofort zu zetern. »Lass das liegen! Das gehört mir! Meine Freundin hat's zuerst gesehen!«, lamentierte sie und humpelte auf die Vorarbeiterin zu, die verwundert auf die Zierspange sah, die sie inzwischen aufgehoben hatte. – Solche Zierspangen trugen die Wachen an ihrer Kleidung. Bestimmt hatte einer der Männer sie hier verloren! – Man konnte sich *beliebt* machen, wenn man so einen wertvollen Fund abgab!

Teri stand vollständig vergessen da und wusste nicht so recht, was sie machen sollte.

»Verschwinde!«, brüllte die Vorarbeiterin Lkeide unvermittelt an und gab ihr noch einen Stoß. »*Ich* hab's gefunden und *ich* geb's auch ab! Die Belohnung krieg *ich!*« Mit würdevoll erhobenem Haupt und trippelnden Schrittes ging sie davon, verfolgt von der wütenden Lkeide, die mit ihrer Kette aber noch nicht so gut zurechtkam wie die erfahrene Sklavin und alsbald hinfiel.

Teri war unendlich erleichtert, dass der Zufall die Entdeckung ihres Plans verhindert hatte. So schnell sie konnte, ging sie zu Lkeide und half ihr auf. »Sei nicht ärgerlich!«, tröstete sie die Freundin. »Morgen geht uns das alles nichts mehr an!«

»Ärgerlich?«, lachte Lkeide leise auf. »Besser konnte es gar nicht laufen!«

Einen Moment lang war Teri verdutzt, dann begriff sie. »Hast *du* etwa …«

»Man braucht immer was zum Leuteablenken!«, erklärte Lkeide. »Schau mal«, sie schlug den Kragen des feuchten Kittels hoch, »ich hab noch eine!«

Um ein Haar hätte Teri vor Verblüffung laut herausgelacht. Unter Lkeides Kittelkragen war noch eine weitere Kupferspange verborgen, die sie – hier im Lager, man bedenke! – ganz offensichtlich einem der Wärter gestohlen hatte. »Danke, dass du mir geholfen hast!«, sagte Teri schnell, denn es war ihr nun klar, dass die Freundin das Schmuckstück hatte fallen lassen, um die Wärterin abzulenken; und sie fand es ein wenig peinlich, dass sie den Trick nicht sofort durchschaut hatte.

»Was heißt hier danke?«, brummte Lkeide mit todernstem Gesicht. »Du schuldest mir eine Spange!«

Das Durchtrennen der Kette an den Fußgelenken war für Teri ein Kinderspiel. Sie wusste, wie schlecht Bronze scharfen Steinkanten widersteht, wenn man nur genug Druck anwendet und lange genug darauf herumreibt. Still hatte sie sich im Dunkel der Baracke unter ihrer Decke zusammengekauert, hielt die Kette unter Spannung, damit sie nicht klirrte, beseitigte den Bronzeabrieb, der dem Stein die Schärfe nahm, mit Speichel und hatte schon lange vor der Nachtgleiche die Kette abgestreift.

Eine Zeit lang lag Teri danach noch angespannt auf dem Rücken und lauschte in die Dunkelheit. Aus Lkeides Richtung kam nicht das leiseste Geräusch. Entweder ging die Freundin ebenso geschickt vor wie Teri oder sie war schon lange eingeschlafen. Teri beschloss, bis etwa zur Mondgleiche zu warten und dann zu Lkeides Lager zu gehen. Zu lange abzuwarten hatte keinen Sinn, da jederzeit die Wachen auftauchen und die durchtrennte Kette entdecken konnten.

Kein Atemzug und kein Rascheln hatten die Annäherung von Lkeide verraten, als sie, kurz vor der Mondgleiche, neben Teris Lager auftauchte. »Bist du bereit?«, wisperte sie, indem sie ihre Lippen ganz dicht an Teris Ohr brachte.

Statt einer Antwort richtete Teri sich langsam auf, wobei sie jedes unnötige Rascheln des Strohs zu vermeiden suchte, griff im Dunkeln nach ihrem Kittel und ging mit vorsichtig tastenden Schritten den Mittelgang entlang zu der verriegelten Tür.

Eigentlich hatte Teri daran gedacht, schon am Abend mit den Fingernägeln einen langen Holzspan aus einem der verwitterten Bretter zu lösen, um damit durch eine der Fugen in der Tür den Riegel zurückschieben zu können. Jetzt hatte Lkeide für diesen Zweck ja die Spange besorgt, was natürlich ungleich praktischer und eleganter war. Teri musste zugeben, dass ihre neue Freundin sich auf manche Tricks und Kniffe besser verstand als sie. Nicht, dass es Teri an Geschicklichkeit gemangelt hätte; es war nur die etwas geradlinigere Art zu denken, die sie hier ins Hintertreffen geraten ließ. Lkeide war immer darauf aus, die Leute anzuschwindeln, zu verwirren und zu täuschen. – Ein Wesenszug, der Teri fast gänzlich fehlte.

Hatte Teri sich mit der Geschmeidigkeit der erfahrenen Kämpferin über den Mittelgang bewegt, ohne das geringste Geräusch zu verursachen, so war Lkeide ihr mit der Geschicklichkeit der Diebin gefolgt. Nur eine leichte Berührung am Ellbogen verriet Teri, dass Lkeide neben ihr war. Ein sacht tastendes Geräusch war zu vernehmen – nicht lauter, als wenn ein Mäuschen über Holz huscht. Dann zeichnete sich plötzlich ein etwas hellerer, schmaler Streifen in der Finsternis der fensterlosen Baracke ab. – Lkeide hatte mithilfe der Spange den außen angebrachten Riegel zurückgeschoben und die Tür ein Stück weit geöffnet.

Teri hielt den Atem an und horchte. Bislang schien keine der anderen Frauen etwas bemerkt zu haben. Jetzt kam es nur noch darauf an, nicht durch unbedachte Eile alles zu verderben! Die Tür war mit einem breiten, ausgeleierten Streifen schlecht gegerbten Leders am Rahmen befestigt und würde auf den Dielen entlangschleifen, wenn man sie aufschob. Teri kannte das Geräusch, das entstand, wenn mitten in der Nacht die Wachen kamen, um ihre Kontrollgänge zu machen. Alle Frauen würden schlagartig wach sein, wenn sie Holz auf Holz schaben hörten!

Teri ließ sich auf die Knie nieder, legte ihre Fingerkuppen unter den unteren Querbalken der Tür, hob sie etwas an und drückte sie gleichzeitig ein Stück weit auf. Aus den Augenwinkeln sah sie Lkeide durch den entstandenen Spalt schlüpfen, ließ vorsichtig los und stand auf. Schnell warf sie einen letzten Blick in die undurchdringliche Finsternis hinter sich und schob sich dann selbst nach draußen.

Lkeide hatte ihren Kittel bereits übergestreift und wedelte ungeduldig mit den Händen. Teri störte sich nicht daran, kniete sich wieder vor die Tür und schloss sie auf die gleiche Weise, wie sie sie aufgeschoben hatte. Diesmal musste sie allerdings um das Türblatt herumgreifen, weil es außen keinen Querbalken gab. Vorsichtig zog sie ihren Arm aus dem Spalt und drückte die Tür langsam, sehr langsam, wieder zu. Lautlos schob Lkeide den Riegel wieder vor, dann war auch Teri so weit, dass sie aufstehen und in ihren Kittel schlüpfen konnte.

Der Platz vor der Schlafbaracke war dunkel und leer. Der Mond stand als schmale Sichel über dem Lager und die meisten Sterne waren hinter einem Dunstschleier verborgen. Niemand sah Teri und Lkeide, die in ihren grauen Kitteln lautlos über den Weg zum Einweichtrog huschten. In einiger Entfernung brannte an der Grenze zum Männerlager ein kleines Feuer und Teri konnte die Gestalten von vier Wächtern erkennen, die darum herumhockten und in die Glut blickten. Leise Stimmen klangen von dort herüber und ein Lachen zeigte an, dass man gerade in fröhlicher Unterhaltung zusammensaß. – Keine Gefahr!

Teri fand es nett von den Wachen, dass sie es so eingerichtet hatten, dass sie von ihr gut gesehen werden konnten, während sie selbst durch den Feuerschein geblendet wurden. Auch die halblaut geführte Unterhaltung kam Teri und Lkeide sehr zupass, bedeutete das doch, dass die Ohren der Männer für feinere Geräusche zur Zeit nicht empfänglich waren. Lautlos huschten die beiden in einiger Entfernung an den Männern vorbei in Richtung Lagertor.

Direkt beim Tor gab es ein kleines Wachhaus, dessen Fenster und Türen alle geschlossen waren. Milder Lichtschein drang zwischen den Fugen der Bretter hervor, ein Zeichen dafür, dass jemand in der Hütte war. Verwundert sahen Teri und Lkeide sich kurz an. Sie hatten eigentlich damit gerechnet, dass das Tor scharf bewacht würde, und Lkeide hatte unterwegs schon einen faustgroßen Stein aufgehoben, um sich damit den Weg freikämpfen zu können, wenn sie entdeckt würden.

Groß und dunkel ragte die Mauer vor ihnen auf, mit der einstmals das Tal der Gerber von der restlichen Welt abgetrennt worden war. Keine Wache patrouillierte vor dem Tor, keine Feuer brannten entlang der Mauer und kein Geräusch im Dunkel ließ auf die Anwesenheit eines Wärters schließen.

Teri lächelte zufrieden. Die Lagerwachen waren sich ihrer Sache so sicher, dass sie ihren Dienst vernachlässigten, und einzig das Kreuzgitter aus oben zugespitzten Hölzern hielt sie und ihre Freundin davon ab, sich gegenseitig auf die Mauer zu helfen und einfach in die Freiheit zu springen.

»Komm!«, flüsterte Teri Lkeide zu und war schon im Schatten der Mauer verschwunden. Lautlos glitt sie, gefolgt von ihrer Freundin, vom Torhaus weg an der Mauer entlang. Je mehr sie sich der Talwand näherten, desto vorsichtiger wurde Teri. Trotzdem wäre sie fast gegen ein Balkengerüst gestoßen, das plötzlich in der Dunkelheit vor ihr aufragte.

Mit nach hinten gestreckter Hand hielt Teri Lkeide auf und spähte misstrauisch nach oben in die Dunkelheit. Nichts rührte sich auf der Wachplattform, die Teri schon am Tag ihrer Einlieferung bemerkt hatte. Damals war dies allerdings ein Punkt für sie gewesen, von dem sie sich im Fall einer Flucht fern gehalten hätte. Von dieser überdachten Plattform aus war die Lagermauer in ihrer ganzen Länge zu übersehen und Teri war davon ausgegangen, dass sie ständig besetzt war. – Jetzt schien es allerdings, als sei sie von den Wachen verlassen worden, die sich vielleicht lieber im Wachhaus oder sonst irgendwo aufhielten! Teri fand die Leiter, die hinaufführte, und setzte einen Fuß auf die erste Sprosse.

Als der Morgen anbrach und die Sonne noch hinter den Gipfeln des Großen Gebirges verborgen war, schlug nahe der Bergstadt Stein auf einem Bauerngehöft einer der wenigen Hunde an, die es in dieser Gegend gab.

Es war ein friedlicher Morgen. Die Vögel sangen schon seit geraumer Zeit das Lied der aufgehenden Sonne und Tau lag in mattem Schimmer auf jedem Grashalm. Die grausilbernen Wiesen wirkten frisch und unberührt, leichter Dunst hing in den Senken und die Schafe, die die Nacht draußen verbracht hatten, lagen noch dicht gedrängt in einem dampfenden Gewirr von Leibern beieinander.

Der Bauer, den das Gebell geweckt hatte, kam halb angezogen vor die Tür und sah kurz über sein Land. Da er aber nicht entdecken konnte, wer oder was für die Störung des morgendlichen Friedens verantwortlich war, schüttelte er den Kopf und ging wieder ins Haus. Der Hund lief noch eine Weile aufgeregt um die Herde und legte sich dann ebenfalls wieder hin, um noch ein wenig zu ruhen, bevor das Tagwerk begann.

In einem Gebüsch weit außerhalb der Reichweite seines Gehörs raschelten ein paar Zweige. »Ich hasse diese Biester!«, flüsterte Lkeide Teri zu. »Ein Tuchhändler hatte einmal so ein Vieh an seinen Wagen gebunden, als er in das Wirtshaus ging. Ich hab das Ungeheuer völlig übersehen und es hat mich fast ein Stück meiner Wade gekostet, als …«

»Komm!« Der Hund hatte sich beruhigt und Teri huschte ein Stück weiter in den Wald hinein. Teri konnte sich nur dazu beglückwünschen, dass Lkeide und sie nicht näher an die Herde herangekommen waren, als sie die Wiese überquert hatten. Seit sie Frills Hund kannte, hätte sie keinem dieser Tiere etwas zuleide tun mögen!

Schnell und geschickt glitten Teri und Lkeide durch das Unterholz, wobei allerdings Lkeides geschmeidige Bewegungen von gelegentlichem Aufklingen ihres Kupfer- und Bronzeschmucks begleitet wurden. Sie hatte sich herausgeputzt wie die Frau eines Kaufmannsfürsten, was Teri halb amüsiert, halb erzürnt zur Kenntnis genommen hatte, als ihre Freundin aus dem Haus des Richters von Stein gekommen war, wo, wie Teri ganz richtig vermutet hatte, ihre Scharsachen aufbewahrt worden waren.

Die Flucht aus dem Lager war viel einfacher gewesen, als die Freundinnen es sich hatten vorstellen können. Die größte Gefahr lag darin, von der, tatsächlich unbemannten, Wachplattform mehrere Mannslängen tief in die Freiheit zu springen, aber keine von ihnen hatte sich bei diesem Sprung ins Dunkel verletzt.

Dann waren die beiden über den Hauptweg nach Stein geeilt, wo sie noch in tiefster Dunkelheit angekommen waren.

Hier kam Teri nun ihr Wandererwissen sehr zunutze. Da sie schon einmal dort gewesen war, fand sie das Haus des Richters selbst in dieser stockfinsteren Nacht, ohne auch nur einmal überlegen zu müssen. Ursprünglich hatte sie vorgehabt in das Haus einzudringen und den Richter zur Herausgabe ihrer Sachen zu zwingen, aber Lkeide hatte diesen Plan mit einer lustig-verächtlichen Handbewegung beiseite gewischt. »Lass mich nur machen!«, hatte sie erklärt und war im Dunkeln verschwunden, ohne Teri auch nur weiter zuzuhören.

Etwas beleidigt und sehr angespannt hatte Teri vor dem Haus gewartet, als plötzlich ein Bündel vor ihr auf den Boden plumpste. Erschreckt war sie zurückgefahren, als Lkeides Stimme dicht über ihr »Sieh nach!« geflüstert hatte. Teri hatte nachgesehen und zu ihrem Entzücken ihre Sachen in dem Bündel vorgefunden. In ihrer Begeisterung hatte sie sofort auf dem Richtplatz von Stein ihren Sklavenkittel abgestreift und war in den ihr so vertrauten Scharanzug geschlüpft.

Nichts hatte gefehlt! Der Richter musste ein außergewöhnlich ehrlicher Mann sein, der das Eigentum der Verurteilten treulich verwahrte, obwohl doch kaum Aussicht auf Wiederkehr bestand. Teri hatte ihr Unterzeug, den Wollanzug, den Scharanzug aus Seide, die abgetragenen Seestiefel und die Schartasche gefunden. Auch Dolch und Felldecke fehlten nicht. Einzig die wenigen Bronzestücke, die Teri in der Schartasche gehabt hatte, waren verschwunden. Gerichtsgebühr, hatte Teri vermutet und sie gönnte dem Mann das Geld. Er hatte schließlich sein Bestes getan ihr einen ordentlichen Prozess zu machen!

Eine kleine Ewigkeit hatte Teri noch warten müssen, bis ihre Freundin sich endlich aus dem Fenster schwang, dessen Läden sie von innen geöffnet hatte. Schon da war ihr ein leises Scheppern aufgefallen, das aus dem Bündel kam, welches Lkeide über der Schulter trug, aber da gerade der erste Vogel sein Morgenlied anstimmte, hatte sie nichts weiter gefragt. Tief geduckt waren die Freundinnen in der Dunkelheit durch den Außenbezirk der Stadt gehastet und schließlich in einem dichten Gebüsch, weit hinter den letzten Häusern von Stein, verschwunden.

Dort erst hatte auch Lkeide sich ihres Sklavenkittels entledigen können und Teri war klar geworden, worauf sie so viel Zeit im Haus des Richters verwendet hatte. Lkeide war, wie sie stolz zugab, sofort, nachdem sie eingedrungen war, auf die »Schatzkammer« des Richters gestoßen und hatte nicht eher geruht, bis alle, aber auch restlos alle Bündel dort gründlichst von ihr durchsucht und geplündert worden waren.

Die Ausbeute war beträchtlich gewesen! Als Lkeide sich

fertig angekleidet hatte, trug sie nicht nur Kleid und Umhang aus feinstem Stoff, sie hatte auch an jedem Finger beider Hände mindestens zwei Ringe, um ihren Hals hingen vier Ketten aus Kupfer und ein gutes Dutzend Armbänder klapperten bei jeder Bewegung laut durch die Nacht. Feinste Lederschuhe mit verschnörkelten Punzierungen rundeten das Erscheinungsbild vollendet ab. – Lkeide war für alles gerüstet! Nur nicht dafür, sich fast zwei Monate lang ungesehen und möglichst leise durch die Wälder zu schleichen, bis die Stadt Wettergrube erreicht war, denn das war der Ort, an den Teri als Nächstes wollte.

Teri musste Keldan finden. Der junge Gewürzhändler aus Thedra war einer der wenigen Menschen gewesen, die Interesse an der Befreiung der Stadt gezeigt hatten. Vielleicht konnte man ja einen gemeinsamen Plan entwickeln. Teri hatte da so eine bestimmte Idee …

Keldans Gruppe, die im Frühjahr, als Teri mit Aganez durch die Stadt gekommen war, noch so entschlossen und trinkfest gewesen war, hatte sich aus Kapitalmangel aufgelöst.

Solange noch Warenbestände auf den Karren der Kaufleute gewesen waren, hatte es sich bei gutem Essen, Wein und Bier ja gut schwadronieren lassen. Ganze Heere waren Abend für Abend über die Wirtshaustische von Wettergrube marschiert. Starke, prachtvolle Armeen, geworben und besoldet von den freien Kaufleuten Thedras, ausgerüstet von den besten Kupfer- und Bronzeschmieden Estadors und beseelt von dem Kaufmannswunsch, die alten Handelswege endlich wieder zu öffnen. Leider waren die armen Soldaten auf ihren nächtlichen Märschen durch die Köpfe ihrer Erschaffer immer wieder auf den großen Biersee gestoßen und jämmerlich darin ertrunken. Es war viel geredet worden in jenen Tagen, aber nichts war geschehen.

Jetzt, zweieinhalb Jahre nach dem Überfall der Dramilen auf die Hauptstadt, war den Kaufleuten im Hinterland schon lange die Ware ausgegangen. Wäre es zu Anfang sogar noch möglich gewesen, eine, wenn auch bescheiden ausgerüstete, Truppe vor Thedra zu postieren, war es jetzt so weit, dass auch diese Möglichkeit nicht mehr bestand. Die Initiatoren des großen Befreiungskampfes hatten ihr Geld für die Bestreitung ihres eigenen Lebensunterhalts verbraucht und sich nach und nach von der Idee gelöst, überhaupt noch etwas unternehmen zu können. Einige von ihnen hatten sich von ihrem letzten Geld eine bescheidene Existenz im Hinterland aufgebaut, andere hatten alles verloren und fristeten als Tagelöhner ihr Leben. Nur sieben Kaufleute wollten nach wie vor mit Keldan nach Thedra gehen, doch hatte sich die Zielsetzung, die sie antrieb, sehr stark gewandelt. – Sie wollten mit den Dramilen kooperieren!

Der Plan der Männer um Keldan sah vor, dass sie mit der Besatzungsmacht in Verhandlung traten und den Dramilen ihre Dienste als Kaufleute anboten. Schließlich hatten sie ausgezeichnete Verbindungen in ganz Estador und auch die Besatzer mussten doch daran interessiert sein, dass wieder Geld in die Stadt kam. So hatten sich denn die sieben Männer um Keldan geschart, um in den nächsten Tagen nach Thedra aufzubrechen und die Geschäfte von dort aus wieder in die Hand zu nehmen.

Was die wackeren Männer wohl ahnten, aber nicht wahrhaben wollten, war, dass die Dramilen keineswegs der Hilfe von Kaufleuten bedurften, um die Kontore der Stadt zu leeren. Lange schon hatten die Besatzer begonnen die Waren, die sie ja doch nicht außer Landes schaffen konnten, im Hinterland gegen Lebensmittel aller Art eintauschen zu lassen. Hätte Keldan gewusst, dass der Ingwer, mit dem die Reichen in Wettergrube ihre Speisen würzen ließen, schon lange aus seinen eigenen Beständen stammte, wäre seine Entscheidung vielleicht anders ausgefallen. So aber meinte er sich beeilen zu müssen, um Thedra noch im Spätsommer erreichen zu können. Er und seine Mitstreiter wickelten also so schnell wie möglich ihre restlichen Geschäfte in Wettergrube ab und begannen sich auf die Reise nach Thedra vorzubereiten.

Teri und Lkeide kamen gut voran. Schon nach wenigen Tagen hatten sie den Bereich der Städte Stein, Wolfen und Melling verlassen und es gewagt, sich wieder auf öffentlichen Straßen sehen zu lassen.

Da Lkeide sicher war, dass man in Melling nach ihr suchen würde, hatte es für sie keinen Sinn, nach Hause zu gehen. Bis auf weiteres blieben die beiden zusammen. Außerdem hielt Lkeide nicht allzu viel von ihrem Mann. »Er ist ein langweiliger Trunkenbold, der mich nur herumkommandiert hat!«, behauptete sie, wobei Teri sich nicht so recht vorstellen konnte, dass Lkeide sich hatte herumkommandieren lassen.

Es zeigte sich, das Lkeide durchaus in der Lage war mit Teri Schritt zu halten. Auch hätte sie beide ohne weiteres durch Einbrüche und Diebstähle ernähren können, wie sie oft und temperamentvoll beteuerte, denn sie war ein begnadetes Talent in Unehrlichkeiten aller Art. Teri bestand jedoch darauf, sich mit den Früchten der Felder, die sie passierten, zu verköstigen, sodass Lkeide sich nach und nach von einem Teil ihrer Schmuckstücke trennte, um von dem Erlös »richtiges Essen« zu kaufen. Der Trennungsschmerz brachte sie jedes Mal an den Rand der Verzweiflung, ansonsten war sie aber die beste Weggefährtin, die Teri sich unter diesen Umständen wünschen konnte. Bei allem Leichtsinn und aller Flatterhaftigkeit, die sie sonst an den Tag legte, bewies Lkeide doch immer wieder eine nahezu übernatürliche Begabung, unnötigen Schwierigkeiten aus dem Wege zu gehen. Stadtwachen erkannte sie, bevor Teri auch nur ahnte, dass die Obrigkeit im Anmarsch war, und die Posten der Feldhüter umging sie so geschickt, dass es Teri fast wie Zauberei vorkam; dabei lag das Geheimnis nur darin, dass Lkeide gut einen Kopf größer war als sie und einfach den besseren Überblick hatte.

So näherte sich, während Keldan in Wettergrube alles für seine Abreise vorbereitete, von Osten her ein wachsames Paar dem Ort: Lkeide passte auf, dass Teri in ihrer direkten, kämpferischen Art nicht in Schwierigkeiten geriet, während Teri darauf achtete, dass Lkeide sich nicht allzu sehr in ihren Lügengespinsten verhedderte und nicht mehr stahl, als unbedingt für das Vorankommen nötig war. Sehr zupass kam den beiden jungen Frauen dabei die Jahreszeit, da überall auf den Feldern die reifen Früchte darauf warteten, geerntet zu werden. So wetteiferten sie denn mit Hasen, Kaninchen und wilden Ziegen darum, den Bauern die Früchte vom Feld zu stehlen, und ihr Gewissen war dabei so rein wie das eines Lämmchens auf der Weide.

Als die Luft nach Rauch zu riechen begann, trieb Teri zu noch größerer Eile an. Wettergrube war nicht mehr weit. – Vielleicht konnte sie ja noch in diesem Jahr etwas erreichen!

Keldan hatte seine Angelegenheiten geregelt und war nun bereit nach Thedra aufzubrechen. Es würde ein schwerer und demütigender Gang werden, das wusste er. Als letztes Kapital verfügte er noch über seinen Karren, mit dem er von Thedra hergekommen war. Hoch bepackt war das Gefährt damals gewesen, sodass Keldan zwei Helfer benötigt hatte. Jetzt stand der plumpe, hölzerne Wagen schon lange leer auf dem Hof des Wirtshauses, in dem Keldan wohnte, und der Regen hatte den Geruch der Gewürze längst von den Brettern der Ladefläche gewaschen. Keldan überlegte immer wieder, ob er das Gefährt vielleicht doch lieber verkaufen sollte, statt es mit nach Thedra zurückzuschleppen, aber er konnte sich nicht dazu entschließen. Der Verkauf des Karrens hätte ein Eingeständnis seiner schlimmsten Befürchtungen mit sich gebracht. – Dass er nämlich in Thedra keinen Erfolg haben würde und demzufolge auch kein Transportmittel für Waren mehr brauche.

In diese düsteren Überlegungen versunken, saß er im Wirtshaus und trank einen Becher Bier – denn Wein gab es schon lange nicht mehr –, als zwei junge Frauen den Schankraum betraten. Eine davon kannte er vom Sehen. Sie war im Frühjahr mit einem alten Mann hier durchgereist und Keldan hatte sich damals schon gefragt, was dieses seltsame Paar wohl für Geschäfte betrieb, denn als Thedraner hatte er Teri an ihrem Anzug natürlich sofort als Scharfrau erkannt, sich aber gehütet sie einfach anzusprechen.

Besonders fiel Keldan aber die Begleiterin der Scharfrau auf. Das hübsche Gesicht, die schlanke, aber frauliche Figur und das lebhafte Gebaren der Fremden zogen ihn sofort an. Er seufzte leise auf. Vor einiger Zeit noch, als er ein erfolgreicher Kaufmann gewesen war, hätte er keinen Augenblick gezögert sie an seinen Tisch zu laden. Jetzt allerdings schlug sich die Leere seines Geldbeutels doch sehr auf seine Freigebigkeit und er begann abzuwägen, ob er es sich leisten könne, die Frauen zu bewirten.

Keldan brauchte sich nicht zu entscheiden. Zu seiner Überraschung hielten die Frauen direkt auf seinen Tisch zu und setzten sich ihm gegenüber. »Ich will dich sprechen!«, eröffnete die Scharfrau das Gespräch. »Ich denke, dass wir uns gegenseitig helfen können!«

Mitten in der Nacht lag Teri, von sich und der Welt vollständig enttäuscht, hellwach und allein auf ihrem Lager im Wirtshaus von Wettergrube. Nicht nur, dass Keldan mit lauter fadenscheinigen Ausflüchten auf Teris Vorschläge zur Aufstellung einer Streitmacht aus der Bevölkerung Estadors reagiert hatte. Er war, auf Teris bohrende Fragen hin, sogar gezwungen gewesen zuzugeben, dass er bislang keinerlei Einfluss auf die hiesigen Kaufleute hatte gewinnen können. Und mehr noch: Jetzt, wo der erste Schock, den der Fall Thedras ausgelöst hatte, vorüber war, sah er erst recht keine Chance mehr, dass diese ein Heer aufstellen würden, um die Dramilen aus der Hauptstadt zu verjagen.

Das eigentliche Problem lag darin, dass es den Leuten im Hinterland noch zu gut ging, hatte er Teri erklärt und Lkeide dabei verliebte Blicke zugeworfen. Welcher Kaufmann, Bauer oder Handwerker würde sein Geld dafür ausgeben, die Hauptstadt zu befreien? Die Leute waren doch froh, dass sie mit Thedra und den thedranischen Steuereintreibern endlich nichts mehr zu tun hatten!

Teri hatte an ihre Erfahrungen in Moorstadt denken und Keldan heimlich Recht geben müssen. Es herrschte keine Not in Estador. Das Land konnte seine Bewohner mit Leichtigkeit ernähren. Der einfache Estadorianer trank weder Wein noch würzte er seine Speisen. Diese Genüsse waren ohnehin nur den wirklich Reichen vorbehalten und so war mit einem Massenaufstand, nur weil diese Luxusgüter knapp wurden, nicht zu rechnen. Es würde Unmengen kosten, auch nur eine halbwegs brauchbare Armee von nur wenigen hundert Mann Stärke aufzustellen! – Es war hoffnungslos!

Irgendwann hatte Teri es aufgegeben und Keldan hatte sich ganz Lkeide zugewandt. Zu Teris Erstaunen war Lkeide nicht nur auf das Werben des Mannes eingegangen, sondern hatte sogar einen Armreif versetzt, um für sich und ihre Freundin ein Nachtlager hier im Haus zu bekommen. Jetzt lag sie im großen Schlafzimmer des Wirtshauses auf dem Lager Keldans, und wer immer es hören wollte, konnte genau verfolgen, dass sie gerade dabei war, dem Mann den Himmel auf Erden zu bereiten.

Teri hing ihren eigenen Gedanken nach. Fast wünschte sie sich, dass sie eine ähnlich gleichgültige Haltung wie alle anderen an den Tag legen könne. – Einfach nach Hause gehen, nach Tregh, zu ihrer Familie! Endlich Ruhe finden! Nicht mehr Lösungen suchen, die es nicht gab! Und schlafen!

Doch wie immer meldete sich alsbald die Stimme der Scharfrau in ihr und sie wusste, dass sie die Thedraner nicht verraten konnte, indem sie aufgab. Dieses Wissen stürzte sie in eine tiefe Verzweiflung, denn sie wusste nun wirklich nicht mehr, was sie für ihre Stadt hätte tun können. In ganz Estador schien sie der einzige Mensch zu sein, dem wirklich etwas an Thedra lag. – Es war zum Verzweifeln!

Plötzlich nahm sie ein Huschen an ihrer Seite wahr und der wohl vertraute Duft von Lkeides Haar umwehte sie sacht. Sie sah auf und schaute in das Gesicht ihrer Freundin, das im trüben Licht des Schlafraums über ihr schwebte.

»Was hast du ihm gestohlen?«, fragte Teri flüsternd, aber nichtsdestoweniger gallig.

»Nur seine Seele!« Lkeide lächelte Teri unschuldig an. »Hier hast du sie!« Mit diesen Worten hob sie ihre Faust an die Lippen, öffnete sie und blies schnell über die Handfläche in Teris Richtung. »Er wird mich begleiten, wohin ich auch immer gehe!«, flüsterte sie mit ernstem Gesicht. »Und *ich* gehe dorthin, wo auch dein Ziel ist!« Fast schüchtern strich sie Teri über das Gesicht und stand dann wieder auf. »Ich glaube, Keldan hat doch Einfluss auf seine thedranischen Freunde!«, sagte sie zum Abschied halblaut. »Und ich will mal ausprobieren, wie viel Einfluss ich auf Keldan habe!« Damit war sie wieder im Dunkeln des Schlafraums verschwunden. Keldan in seiner Ecke schnarchte leise und schnaufte nur einmal kurz, als Lkeide wieder neben ihn auf das Lager glitt.

Lkeide hatte Keldans Seele wirklich gefangen. Er wollte mit ihr – und nur noch mit ihr – zusammen sein. Und sie hatte Recht gehabt mit ihrer Vermutung, dass Keldan sich für das neue, gemeinsame Ziel bei seinen Freunden stark machen werde.

Geirrt hatte sie sich allerdings in der Hoffnung, dass die anderen Thedraner auf Keldan hören würden. Die verwaschenen Reden, die ihr alter Wirtshauskumpan über die Gründung einer Befreiungsarmee, die er mithilfe der zwei Frauen rekrutieren wollte, in den folgenden Tagen führte, waren nicht dazu angetan, die eher nüchtern denkenden Kaufleute zum Bleiben zu veranlassen. Da zogen sie schon lieber nach Thedra und versuchten ihr Glück bei den Siegern. Bald schon waren sie abgereist, während Keldan Lkeide zuliebe seinen Karren verkaufte und sich von dem Erlös ein altes Bronzeschwert und einen Jagdbogen mit sieben Pfeilen zulegte, denn Teri hatte inzwischen endlich einen konkreten Plan – der allerdings keinem aufrechten Estadorianer sonderlich gefallen hätte!

Mit dem Einbruch der Dunkelheit verließen Teri, Lkeide und Keldan die Stadt Wettergrube auf dem Hauptweg in Richtung Osten. Teri stapfte mit gleichgültigem Gesichtsausdruck voran und Lkeide hatte sich liebevoll bei Keldan eingehakt, dessen augenscheinliche Unsicherheit für jeden Betrachter spürbar war. Es war ihm nicht wohl bei dem, was sie vorhatten, aber Lkeide hielt ihn mit munteren Reden und zärtlichen Berührungen bei Laune, sodass er nicht zum Nachdenken kam.

Amüsiert nahm Teri zur Kenntnis, dass Lkeide ihre Aufgabe, Keldan zu beschäftigen, sehr ernst nahm und offenbar großes Vergnügen daran fand, den jungen Mann zu umgarnen. Ein paar Tage noch, und Keldan würde nur noch ein

Schatten seiner selbst sein, vermutete Teri und ein Lächeln flog über ihr Gesicht, als sie Lkeides Wispern hörte, das nichts als Freude, Lust und Wonne versprach.

Gegen Abend erreichten die drei das Gebiet, in dem Teri und Lkeide auf ihrem Hermarsch ein kleines Köhlerlager entdeckt hatten. Sie verließen den Hauptweg und verbargen sich für den Rest des Tages im Wald. Teri schlief ein wenig, während Keldan und Lkeide sich ein Stück weit vom Lager zurückzogen und taten, was Männer und Frauen ruhig miteinander tun dürfen, wenn ihnen gerade danach ist.

Darüber mussten die beiden eingeschlafen sein, denn als Teri erwachte, war es bereits Nacht. Eilig stand sie auf, suchte ihre Gefährten und weckte sie.

Keldan richtete sich langsam auf und sah Teri unsicher an. »Meinst du wirklich, wir sollten …«

Schnell beugte sich Lkeide zu ihm hinüber und verschloss ihm mit einem Kuss den Mund.

»Vielleicht gibt es doch einen anderen Weg. Das hier ist mir zu …«, begann er sofort wieder, als Lkeide von ihm abließ, wurde aber diesmal von Teri unterbrochen.

»Kein anderer Weg!«, sagte sie mit Bestimmtheit. »Steht jetzt auf und kommt!«

Da gab Keldan es auf, sich den Frauen widersetzen zu wollen, erhob sich, ordnete seufzend seine Kleidung und legte den Gürtel mit Schwert und Köcher an. Dann nahm er seinen Bogen zur Hand. »Ich bin bereit!«, gab er dann mit beklommener Stimme zur Kenntnis und räusperte sich heftig. Leise machten die drei sich auf den Weg zum Lager.

9

Die Schlafende Armee

Geschickte Aufseher behandeln ihre Sklaven gut! –
Wer etwas zu verlieren hat, begehrt nicht auf!

Der beißende Geruch von verkohlendem Holz lag über der Waldlichtung, auf der die Köhler einige große, dick mit Erde bedeckte Holzhaufen angezündet hatten, um so die begehrte Holzkohle zu gewinnen. Ein einzelner Mann ging langsam zwischen den Meilern umher und stocherte mit einer langen Stange bald in diesem, bald in jenem Erdhaufen herum, um genügend Luftzufuhr zu gewährleisten. Es schien ein Sklave zu sein, jedenfalls ließ der einfache Kittel, den er trug, darauf schließen.

Teri, Lkeide und Keldan hatten sich bis dicht an den Rand der Lichtung geschlichen und beobachteten das Lager genau. Die drei brauchten nichts zu bereden. Alles war in den letzten Tagen immer wieder durchgesprochen worden. Als sie sicher war, dass alle anderen Sklaven schliefen, verschwand Lkeide wie ein Schatten von der Seite ihrer Gefährten und huschte geräuschlos über die Lichtung zu dem Karren, unter dem der Aufseher leise schnarchend lag.

Teri merkte, wie Keldan neben ihr nervös wurde. Es behagte ihm nicht, dass seine Freundin sich in Gefahr begab. Er hatte einen Pfeil auf die Sehne seines Bogens gelegt, aber das Zittern der Spitze verriet Teri, dass er im Ernstfall alles andere als sein Ziel treffen würde.

Teri spürte, wie ihr Herz stärker zu schlagen begann, und eine wohl bekannte Wärme strömte durch ihre Glieder. Sie war jetzt bereit *schnell* zu werden. Wenn ihr, Lkeide oder Keldan irgendeine Gefahr drohen sollte, konnte sie den Angreifer sofort außer Gefecht setzen.

Plötzlich tauchte Lkeide wieder neben Keldan aus dem Dunkeln auf und Teri entspannte sich ein wenig. Stumm zeigte Lkeide die Waffen vor, die sie bei dem schlafenden Aufseher gefunden hatte, aber außer einem kurzen Dolch und einem schweren, metallbesetzten Schlaghandschuh aus Leder hatte sie nichts erbeuten können. – Hätte Teri nicht an sich selbst festgestellt, wie schnell man in Gefangenschaft den Mut verliert, hätte sie nicht begreifen können, wie ein einzelner Mann mit so kümmerlichen Waffen mehrere Gefangene zur Arbeit antreiben und dabei sogar noch schlafen konnte.

Lkeide brachte ihre Lippen dicht an Teris Ohr. »Es ist nur einer!«, flüsterte sie. »Er ist, glaub ich, ziemlich stark! Ich hab ein langes Seil gefunden und neben ihm bereitgelegt!«

Teri nickte und gab Keldan ein Zeichen. Gemeinsam huschten die drei hinüber zum Schlafplatz des Aufsehers, darauf bedacht, von dem Sklaven, der Wache bei den Meilern hielt, nicht bemerkt zu werden. Keldan stand mit dem Bogen in der Hand da und zielte auf den Schlafenden, während Lkeide sich hinter dem Karren mit Dolch und Schlaghandschuh bei seinem Kopf postierte. Teri nahm vorsichtig das Seil auf, das aufgerollt neben dem Mann lag, und knüpfte schnell eine Schlinge in das Ende. Dann hob sie ohne viel Federlesens die Füße des Schlafenden an, warf die Schlinge darüber und zog sie mit aller Kraft zu.

Der Mann war sofort hellwach. Blitzschnell kam er hoch und tastete nach seinen Waffen, aber da war nichts mehr, was er hätte finden können. Mit aller Kraft bäumte er sich auf. Das Seil glitt ein Stück weit durch Teris Finger und schnitt tief in das Fleisch. Es war ein stummes und verbissenes Ringen.

»Gib auf!«, keuchte Teri und riss an dem Seil, um den

Mann am Aufspringen zu hindern. Der dachte aber gar nicht daran aufzugeben, sondern beugte sich schnell und geschickt vor, um mit seinen Händen die Schlinge zu lösen, die ihn so sehr behinderte.

Teri merkte, dass sie ihre Kräfte überschätzt hatte. Sie würde *schnell* werden müssen, wenn sie den Aufseher bezwingen wollte! – Da sackte der Mann plötzlich in sich zusammen. Lkeide, die hinter ihm gehockt hatte, war unter dem Karren hindurchgekrochen und ließ nun mit einem bedauernden Schulterzucken den Schlaghandschuh sinken.

Sofort machte Teri sich daran, die Füße des Mannes mit ein paar weiteren Windungen des Seils zu umschlingen, dann nahm sie sich die Hände vor und ruhte nicht, solange noch eine Elle des Stricks frei war. Dabei sah sie kurz auf.

Drei Sklaven standen in einigen Schritt Entfernung vor dem Karren und schauten verwundert auf die seltsame Szenerie, die sich ihren Augen bot. Offenbar waren zwei Frauen und ein Mann in das Lager eingedrungen, hatten den Wächter überwältigt und waren gerade dabei, ihn zu fesseln.

»Was macht ihr da?«, fragte einer der Sklaven mit schief gelegtem Kopf. Sein Akzent verriet Teri, dass er aus der Gegend um Osange kommen musste.

»Wir sind Diebe!«, erklärte Lkeide ihm. Da sie im Moment sowieso nicht gebraucht wurde, stand sie auf und ging zu den Männern hinüber, die einen Schritt zurückwichen. »Wir sind gekommen, um Sklaven zu stehlen!«

Diese Worte waren nun nicht gerade dazu angetan, den Sklaven das Geschehen deutlicher zu machen. Teri zurrte den letzten Knoten an den Fesseln des Aufsehers fest und stand dann ebenfalls auf. Jetzt nahm auch Keldan den Bogen herunter und drehte sich um.

»Ich bin Teri, Scharfrau aus Thedra, ausgesandt nach Estador, um eine Armee zu rekrutieren!« Teri stapfte mit gewichtigen Schritten auf die Sklaven zu. »Das hier«, sie wies auf ihre Gefährten, »sind Lkeide von Melling und Keldan von Thedra, meine Beschafferin und mein Waffenmeister!«

Die so plötzlich Beförderten sahen sich überrascht an und Lkeide musste sich zusammennehmen, um bei dem Auftritt ihrer Freundin nicht laut herauszuplatzen.

»Wenn ihr mit uns gehen wollt, bringe ich euch als Lohn die Freiheit!«, schloss Teri ihre kurze Rede.

»Freiheit?«, echote einer der Sklaven, als habe er das Wort noch nie gehört.

»Freiheit!«, mischte Lkeide sich ein. »Herumlaufen und machen, was man will!«

»In einer Armee?« Der Mann hatte Zweifel.

»Ihr müsst nicht eintreten!«, fiel Teri wieder ein. »Aber es wäre bestimmt besser, mit uns zu kommen, als sich allein in den Wäldern behaupten zu wollen! – Entscheidet euch, denn wir haben nicht viel Zeit!«

Der gefesselte Aufseher stöhnte leise und setzte sich auf. »Oh, ihr verdammten …«

»Ruhig!« Lkeide drehte sich zu ihm um. Undeutlich sah Teri, wie sie warnend die Hand mit dem Schlaghandschuh hob. Der Mann verstummte sofort.

Teri gönnte ihm nur einen kurzen Blick und wandte sich dann wieder den Sklaven zu.

Der Wortführer der Sklaven sah auf den Aufseher, dem die Wut über diesen unverschämten Überfall selbst in der Dunkelheit deutlich anzumerken war. »Ich komme mit!«, entschied er dann.

Die beiden Männer an seiner Seite nickten ebenfalls bedächtig, und damit war es beschlossene Sache.

»Dann kommt jetzt!«, forderte Teri die Sklaven auf. »Sucht alles zusammen, was ihr unterwegs braucht! – Und vergesst nicht, die Vorräte mitzunehmen!«

Langsam machten sich die Befreiten daran, einige Dinge in ihre Decken einzupacken, und brachten Teri mit ihrer bedächtigen Art fast zum Wahnsinn. Jedes Teil wurde von allen Seiten betrachtet, bevor man sich entschied es mitzunehmen oder aber zurückzulassen. Teri musste sich vor Augen halten, dass diese Leute es nicht gewohnt waren, eigene Entscheidungen zu treffen, um – zumindest äußerlich – ruhig zu bleiben.

Schließlich wurden die Männer aber doch fertig und kamen mit ihrem Gepäck zu der Stelle, wo Teri, Lkeide und Keldan ihre Bündel zurückgelassen hatten.

»Äh ...« Einer der Befreiten hatte eine Frage. Teri sah ihn aufmunternd an. »Äh, wie viele seid ihr, äh, sind wir eigentlich? – Die Armee, meine ich!«

Teri überlegte kurz. – Lügen hatte keinen Zweck! »Euch drei eingerechnet, sechs!«, erklärte sie unbefangen. »Kommt, es geht los!« Und schon nahm sie ihr Bündel auf und ging voraus durch den Wald. Sie meinte zwar ein fassungslos gehauchtes »Bei allen Göttern – sechs!« hinter sich gehört zu haben, aber als sie sich nach einer Weile umdrehte, stellte sie zufrieden fest, dass fünf dunkle Gestalten ihr treu auf ihrem Weg folgten.

Kurz blickte Teri durch die Baumkronen zum Himmel. Es war noch weit vor der Mondgleiche. – Und schon hatte sie wieder eine Idee! Auf einer kleinen Lichtung legte sie ihr Bündel auf den Boden und wartete, bis sich alle um sie versammelt hatten. »Wer von euch kennt sich hier in der Gegend aus?«, fragte sie die Sklaven. »Ich suche ein kleines Lager mit möglichst nur einem Aufseher!«

»Noch ein Lager?« Einer der Befreiten überlegte laut. »Ich kenne noch ein Lager, nicht weit von hier! – Vier Arbeiter sind dort, und ein Aufseher!«

»Arbeiter oder Sklaven?«, wollte Teri wissen. Sie hatte schon im Lager der Gerber festgestellt, dass sich die Leibeigenen nur ungern als Sklaven, sondern lieber als Arbeiter oder Knechte bezeichneten.

»Sklaven!«, gab der Mann verschämt zu. »Sklaven wie wir!«

»Wie ihr wart!«, berichtigte Teri. »Führ uns dorthin!«

»Gut!«, antwortete der Mann und übernahm die Führung.

Die drei Befreiten hießen Sekan, Domsath und Alsar. Sie waren sehr ängstlich und konnten ihre neue Eigenständigkeit im Moment überhaupt noch nicht genießen, denn durch lebenslange Fronarbeit war ihr Freiheitstrieb verkümmert. Schweigend und unsicher gingen sie mit der Gruppe und sie schauten sich oft um, als würden sie verfolgt. Nur die kameradschaftliche Behandlung durch Teri, Lkeide und Keldan gab ihnen eine schwache Ahnung, dass sich wirklich etwas in ihrem Leben geändert hatte. Ob zum Guten oder nicht, konnten sie im Moment noch nicht beurteilen. Fest stand nur, dass sie aus der Sicherheit ihres geregelten Sklavenlebens herausgerissen worden waren und dass kein Weg dorthin zurückführte!

Schon bald hatte die Gruppe das Lager erreicht, von dem der Befreite gesprochen hatte. Die ehemaligen Sklaven ließ Teri im Wald zurück, da sie sie nicht überfordern wollte. Wieder schlichen sich Teri, Lkeide und Keldan leise an das Lager heran und wieder verschwand Lkeide wie ein Schatten von ihrer Seite, als sie sicher war, dass der Aufseher schlief. Statt ihrer Ringe und Armbänder trug sie jetzt den Schlaghandschuh an der rechten Hand und Teri hielt schon ein Seil bereit, das sie aus dem anderen Köhlerlager mitgenommen hatte …

Die vier Neuen hießen Whys, Ferac, Preik und Wolban und auch sonst hatte sich der Überfall gelohnt, denn auf dem Karren des Wächters war eine große Menge von Lebensmitteln gewesen. Der kleine Trupp nahm so viel davon mit, wie man ohne Mühe tragen konnte, denn Teri wollte beweglich bleiben.

Immer weiter ging es durch den Wald und bei Tagesanbruch fand die Gruppe sich auf einem bewaldeten Hügelhang wieder, aus dem ein kleiner Bachlauf entsprang. Man beschloss den Tag hier in der sicheren Deckung der Bäume zu verbringen und richtete ein gemütliches Lager ein, in dem man sich für den Beutezug der kommenden Nacht stärken konnte.

Die ehemaligen Leibeigenen gefielen Teri als Gefährten nicht schlecht. Sie stellten sich sehr gelehrig an, was die Taktik der Sklavenbefreiung betraf, und fingen schon an sich an Planung und Durchführung weiterer Überfälle zu beteiligen. Schon in der nächsten Nacht stießen so Zufra, Jendig, Gorl, Jahir und fünf weitere Befreite zu Teris Gruppe.

Keldan wurde die Sache langsam unheimlich. Er erkannte nun, worauf er sich da eingelassen hatte, und es gefiel ihm nicht. Er hatte Angst, bei einer Aktion gefasst und als Gesetzloser hingerichtet zu werden, und es war ihm deutlich anzumerken, dass er den Befreiten am liebsten erklärt hätte, es sei alles nur ein Spaß gewesen und nun könnten sie wieder friedlich in die Lager zurückkehren. – Doch noch größer als seine Angst war seine Liebe zu Lkeide. Nur ihretwegen hatte er sich auf dieses Spiel eingelassen, das ihn nun überrollt hatte, und wenn er sie halten wollte, musste er wohl oder übel mitspielen.

Weiter zog die Gruppe über Land und es verging nicht eine Nacht, in der sie müßig gewesen wäre. Schnelligkeit war ihre Stärke und Teri und Lkeide spielten ihren Vorteil voll aus.

Nach wenigen Tagen schon schienen die befreiten Sklaven überall zugleich aufzutauchen. Kein Köhlerlager, keine Weberstube und kein Bergwerk war mehr sicher vor ihnen. Sie befreiten Menschen aus Cebor und Ago, Tigan und Osange, Bru und Isco. Sogar einige Dramilen waren unter den Befreiten, in denen Teri aber keine unmittelbare Gefahr sah. Solange es nicht direkt gegen Thedra ging, würden die Frauen und Männer bedingungslos hinter Teri stehen, und wenn die große, entscheidende Schlacht begann, konnte man immer noch eine Lösung für das Problem der Dramilen im Heer finden.

Das Heer der Befreiten war schnell. Es war dieselbe brisante Mischung aus Menschen aller Länder, die einst dem Kaiser getrotzt hatte, als er seine Sträflingskolonie hatte befrieden wollen. Talente und Fähigkeiten aller Nationen vereinigten sich hier zu einer Kraft, die Estador, weit mehr als die Einnahme Thedras, in seinen Grundfesten erzittern ließ.

Immer schneller und immer dreister wurde das Heer der ehemaligen Sklaven. Es fegte über das Land hinweg wie Herbstlaub, das bald hierhin, bald dorthin getrieben wird. Es überfiel kleine und größere Lager, teilte und vereinigte sich nach Belieben und in mancher Nacht fanden vier oder sogar fünf Befreiungsaktionen zugleich statt. Es hatten sich unter Teris und Lkeides Leitung fähige Unterführer herausgebildet, die ihr Handwerk verstanden, Posten und Stadtwachen umgingen, die Lager überfielen und auch die Vorräte an Lebensmitteln nicht mitzunehmen vergaßen.

Dass dabei so mancher Speicher harmloser Bauern ausgeräumt wurde, war für Teri ein trauriger, aber notwendiger Nebeneffekt. Sie und Keldan schärften den Unterführern jedoch ein, immer nur einen Teil des Vorhandenen zu nehmen, um die Bevölkerung nicht zu sehr gegen sich aufzubringen, und selbst Lkeide, die doch sonst so schlecht etwas liegen lassen konnte, musste dem zustimmen.

Sie war es auch, die einen wesentlichen Beitrag zum Erfolg der Requirierungs- und Befreiungsaktionen leistete. Lkeide war es gewesen, die Teri und Keldan vorgeschlagen hatte nicht im geschlossenen Verband zu marschieren, sondern mit kleinen Stoßtrupps vorzugehen, die schwer zu fassen waren. So durchstreiften ständig kleine Gruppen Befreiter die Wälder des nordöstlichen Estador, schlossen sich nur bei ihren Einsatzorten zu größeren Verbänden zusammen und teilten sich alsbald wieder in Einheiten von geringer Größe auf.

Diese »Diebestaktik«, wie Teri sie nannte, brachte die Estadorianer schier zur Verzweiflung. Wie sollte man ein Heer bekämpfen, das nicht greifbar war, das regelmäßig nach seinen Attacken verschwand, sich förmlich in Luft auflöste?

Es ging gut voran mit Teris kleiner Armee, die nun schon mehrere hundert Frauen und Männer zählte. Die erbeuteten und selbst gefertigten Waffen ihrer Kämpfer standen den Schwertern und Bogen der Stadtwachen und Feldhüter kaum nach, und im Herbst kam Teri neben Keldan an der Spitze von siebenhundert Bewaffneten vor dem Gerberlager von Wolfen an. Dies war auch die Zeit, in der man in Estador von der »Schlafenden Armee« zu sprechen begann.

Lange schon hatte die Nachricht von den Siegen der Sklavenarmee Wolfen erreicht und die dortigen Kaufleute hatten eine private Streitmacht aufgestellt, die sich jetzt im Lager befand und dafür sorgen sollte, dass die Mauer einem eventuellen Angriff standhielt. Die Stadtwachen Wolfens bildeten die Elite und viele Söhne von Kaufleuten waren von ihren Vätern dazu gedrängt worden, sich freiwillig zu melden.

Diese unausgebildeten jungen Männer machten den Hauptteil der Truppe aus, und es war kaum einer dabei, der sich in seiner Rolle sonderlich wohl gefühlt hätte. Sie standen schon seit mehreren Tagen hinter der Lagermauer, hieben mit ihren Schwertern Löcher in die Luft, schickten Speere auf wackelige, kurze Flugbahnen und scheuerten sich an Bogensehnen die Finger wund, als die Befreiungsarmee tatsächlich erschien. – Doch so viel sie auch geübt hatten, für einen Kampf fühlten sich die Verteidiger nicht gerüstet. Die Anzahl der Befreiten machte ihnen Angst und die Angst machte die Schutzmauer klein und schwach, die Schwerter und Speerspitzen stumpf und es schien, als sei selbst die Spannkraft der Bogen erschlafft.

Wie sollten die Verteidiger sich gegen diese Menge wild gewordener Sklaven wehren? Ängstlich standen sie auf den Balkengerüsten, die man hinter der Mauer eilig errichtet hatte, und schauten hinab auf die Befreier, die da in aller Ruhe lagerten, Kochfeuer entfachten und sich erst einmal ein Süppchen zubereiteten.

Natürlich hatten die Wolfener in der Bergstadt Stein, ihrer Nachbarstadt, um Unterstützung gebeten. Die Delegation war mit der Nachricht zurückgekommen, man würde ja gern helfen, aber unter den gegebenen Umständen sei es nicht ratsam, die Stadt Stein ganz ohne jeden Schutz zu lassen. Wer könne schließlich dafür garantieren, dass Wolfen wirklich angegriffen werde und die Sklavenarmee es nicht in Wirklichkeit auf Stein abgesehen habe?

Die Verteidiger waren allein und sie wussten es. Keine Streitmacht aus Stein würde den Angreifern brüllend in den Rücken fallen, kein Entsatzheer die Armee der Sklaven von der Flanke her aufrollen! Nichts würde geschehen, das war klar! – Die Mauer des Lagers schien den Männern von Wolfen immer kleiner und schwächer zu werden.

Die Truppe hatte ihre Mahlzeit noch nicht beendet, als sich das Tor des Lagers einen Spaltbreit öffnete und ein Unterhändler hindurchgeschlüpft kam. Unsicher sah der Mann sich um, als direkt hinter ihm das Tor hastig wieder zugezogen wurde, dann kam er langsam auf das Lager zu. Da es in Teris

Lager weder Feldzeichen noch Standarten gab, ging er aufs Geratewohl zu einem der Kochfeuer und fragte dort nach dem Heerführer.

Teri beobachtete, wie einer der Sklaven den Unterhändler in ihre Richtung schickte, und klopfte sich in einer unbewussten Geste den Staub von ihrem Anzug. Sie fühlte sich zwar nicht allzu wohl in ihrer Rolle als Befehlshaberin, aber wenn es denn schon sein musste, wollte Teri wenigstens einen guten Eindruck machen.

»Ich soll nach dem Goldwiesel fragen!« Der Unterhändler hatte das Feuer der Offiziere erreicht und stand unsicher vor dem Kreis der wilden Gestalten, die sich von seinem Erscheinen in keiner Weise beim Essen hatten stören lassen. Jetzt sahen allerdings einige von ihnen auf und grinsten.

»Goldwiesel«. Teri kannte den Spitznamen, mit dem die befreiten Sklaven untereinander von ihr sprachen, und fand ihn eigentlich ganz passend, da er sich ohne Frage auf ihren schmalen Körperbau, ihre hellen Haare, ihren Scharanzug und ihre flinken Bewegungen bezog. Da hatte sich wohl einer ihrer Leute einen Spaß mit dem Unterhändler machen wollen.

»Ich bin Teri, Scharfrau von Thedra, Erschafferin und Führerin der Schlafenden Armee!« Teri stand auf. »Komm und setz dich zu uns!«, lud sie den Mann ein.

»Ich bin Klaaf, Offizier der Lagerwache!«, stellte der Mann sich vor und setzte sich umständlich nieder. »Die Menschen im Lager haben mich ermächtigt mit euch zu verhandeln!«

»Wer hat dich ermächtigt? – Alle Menschen im Lager?« Teri sah den Mann mit leichtem Unmut an.

»Äh, ja, sicher!« Der Unterhändler musste schlucken.

»Auch die Sklaven?«

Mit dieser Frage hatte Klaaf nicht gerechnet. »Äh, nein! – Natürlich nicht!«, stammelte er und wischte sich den Schweiß von der Stirn, obwohl es wirklich nicht sehr heiß war.

»Siehst du?«, fuhr Teri fort. »Darum sind wir hier! Ich will, dass Sklaven wieder als Menschen angesehen und behandelt werden, und ich brauche Verstärkung für meine Armee! Richte deinen Kämpfern aus, dass wir die Mauer stürmen werden, wenn die Sonne über jenem Punkt dort steht!« Teri zeigte auf einen Hügel, der in etwa zwanzig Sonnenhöhen erreicht werden würde.

»Ja, aber …«

»Bis dahin«, fiel Teri dem Mann ins Wort, »will ich eine verbindliche Zusage haben, dass alle Sklaven bis zum Abend freigelassen werden. Um die Fußketten braucht ihr euch nicht zu kümmern! – Werkzeuge haben wir!«

»Ja, aber …«

»Deine Mannschaften sollen im Lager bleiben!« Teri ließ sich nicht mit Einwänden aufhalten. »Sie können ihre Waffen behalten, sollen sich aber hüten vor das Tor zu kommen! Wir wollen *alle* Sklaven haben! Vergiss das nicht, denn wir werden kontrollieren! – Nun weißt du alles, was du wissen musst, und kannst dich mit deinen Leuten beraten. Geh jetzt!«

»Ja, aber …«, versuchte der Mann es ein letztes Mal.

»Geh jetzt, Klaaf!«, forderte Teri ihn nochmals auf. »Du hast nicht viel Zeit deine Kameraden zu überzeugen!«

Verwirrt stand der Mann auf, verbeugte sich kurz vor Teri und ging dann auf das Lagertor zu.

»Gut gesprochen, Goldwiesel!«, lachte Keldan leise auf. »Ich werde mir deine Worte für ähnliche Gelegenheiten merken!«

Teri schaute unwillig auf. Aber nicht der von Keldan benutzte Spitzname störte sie. – Sie hatte nur Zweifel! Sie hoffte sehr, dass Keldan Recht behielt und sie wirklich gut gesprochen hatte, denn sie wollte keine Schlacht um das Lager! Der Gedanke, dass hier Menschen sterben könnten und sie der Grund dafür sein würde, machte sie nervös und reizbar. Gern hätte sie mit Lkeide gesprochen, aber die war gerade als Beschafferin mit einigen ausgesuchten Dieben und Einbrechern nach Stein unterwegs, wo sie gemeinsam zur Zeit der Mondgleiche in Scheunen und Speicher einsteigen würden, um die Vorräte der Armee zu ergänzen.

Fahrig tauchte Teri ihren Löffel in den Kochtopf und verschüttete einiges davon auf dem Weg zum Mund. Die Männer beobachteten sie genau und wunderten sich. Wenn sie ihre Anführerin nicht so gut gekannt hätten, wäre der eine oder andere vielleicht auf den Gedanken gekommen, dass sie Angst vor dem Kampf habe.

Zwei Sonnenhöhen vor dem Ablauf des Ultimatums öffnete sich langsam das Lagertor und die ersten Sklaven kamen mit vorsichtigen Schritten heraus. Sie wurden von Teris Leuten freundlich in Empfang genommen und zu einem tragbaren kleinen Amboss geführt, wo man ihnen mit Bronzewerkzeug die Ketten abnahm. Mehr als zweihundert Menschen hatte Teri gezählt, bevor der Strom endlich versiegte.

Die von den Ketten erlösten Sklaven gingen ziellos im Lager umher, setzten sich bald an dieses, bald an jenes Feuer und schlossen erste Freundschaften. Einige von ihnen entfernten sich aber auch mehr oder weniger verstohlen vom Ort ihrer Befreiung. Teri ließ sie gewähren. Wer ein Zuhause hatte, wollte bestimmt gern dorthin zurückkehren, und wer meinte, dass er sich allein besser durchschlagen könne, der sollte es nur versuchen. Teri hatte nicht die Absicht, eine Sklaverei durch die andere zu ersetzen. Wer nicht mit ihr gehen wollte, den würde sie nicht zwingen!

Teri hatte keinerlei Bedenken bei diesem Verfahren, da es dank der gnadenlos strengen Gerichtsbarkeit Estadors keine wirklichen Schwerverbrecher in den Lagern gab. Wer bei etwas Schlimmerem als einem Diebstahl erwischt worden war, hatte nie die Chance, eines der Sklavenlager von innen zu sehen, sondern wurde, zur Unterhaltung der Massen, öffentlich vom Leben zum Tode gebracht.

Als die letzten Sklaven ihrer Ketten ledig waren und die Sonne sich langsam zum Horizont neigte, ging Teri mit zwanzig ihrer besten Kämpfer auf das inzwischen wieder geschlossene Tor zu. »Macht auf!«, forderte sie. »Wir wollen uns das Lager ansehen!«

Zögernd drückten die Belagerten jenseits der Mauer das Tor ein Stück weit auf. Ein paar Männer aus Teris Garde sprangen hinzu und zogen kräftig an den Flügeln. Augenblicke später stand das Tor weit offen, wurde von Teris Leuten bewacht und war von innen nicht mehr zu schließen.

»Kommt!« Teri hatte sich umgedreht und zu ihrem Lager hinübergewinkt, wo sich nun ein zweihundert Mann starker, schwer bewaffneter Zug in Richtung des Gerberlagers aufmachte. Die Leute hatten nur auf Teris Zeichen gewartet.

»He, was soll das?«, zeterte Klaaf oben auf der Mauer. »Das war nicht abgemacht!«

»Inspektion!«, schrie Teri zu ihm hinauf. »Das machen wir immer so!«

Die Männer auf der Mauer beruhigte das kaum. Nervös fassten sie ihre Waffen fester und einen Moment lang sah es so aus, als würde doch noch ein Kampf ausbrechen.

»Klaaf hat zugesagt, dass wir in das Lager dürfen!«, rief Teri den Männern auf der Mauer zu. Sie versuchte Zeit zu gewinnen. Einer der Männer über ihr spannte seinen Bogen. »Fragt Klaaf!«, rief Teri nochmals. »Macht jetzt bloß keinen Fehler!« Dann waren ihre Leute endlich heran und Teri ging an ihrer Spitze eilig durch das Tor, heilfroh, dass kein Pfeil abgeschossen worden war.

Die Männer auf der Mauer sahen sich nun plötzlich von zwei Seiten bedroht. Sie drehten sich auf den provisorischen

Gerüsten, die an der Mauer standen, um und erkannten, dass nun wirklich alles verloren war.

»Kommt herunter!«, forderte Teri, die an der Spitze ihres Stoßtrupps stand. »Wir haben zu reden!«

Da es keinen Sinn hat, vor dem Feind ungeschützt auf einem Gerüst herumzustehen, kamen die überlisteten Verteidiger langsam und ängstlich über die Leitern herunter.

»Nun gebt uns eure Waffen«, verlangte Teri, als die Männer in einer lockeren Gruppe vor ihr standen.

Ein Murren erhob sich unter den Besiegten.

»Du hast versprochen, dass wir unsere Waffen behalten dürfen!«, maulte Klaaf Teri beleidigt an. »Du hast mich belogen!«

»Ganz ohne Frage!«, bestätigte Teri freundlich. »Und nun gebt eure Waffen ab, damit ihr euer Leben behalten dürft!«

»Wer sagt mir, dass du nicht wieder lügst?«, schrie Klaaf mit zitternder Stimme. Er geriet jetzt vor Angst und Zorn ganz außer sich. »Wer garantiert für unser Leben?«

Bewegung kam in die Reihen der Männer aus Wolfen. Der Wille zum Widerstand wurde wach.

»Niemand!«, gab Teri mit klarer Stimme zu. »Aber ihr habt schon viel von uns gehört! Gibt es Berichte darüber, dass wir je sinnlos gemordet hätten? Gebt jetzt die Waffen ab, die wir so dringend brauchen, und geht nach Hause! Oder seid ihr plötzlich so tapfer geworden, dass ihr euch einer vielfachen Übermacht stellen wollt?«

Teri war es schlecht vor Aufregung. Jetzt brauchte nur einer der Männer ein Signal zu geben. Hob einer sein Schwert, würden alle kämpfen. Legte nur einer sein Schwert nieder, würden alle aufgeben. Es stand auf des Messers Schneide!

»Nehmt und verschwindet!« Zornentbrannt hob einer der Wolfener sein Schwert und warf es Teri vor die Füße. Weitere Waffen folgten: Schwerter, Dolche, Pfeile und Bogen, Piken und Speere. Das gesamte Waffenarsenal, das Wolfen gegen den Feind hatte aufbringen können, lag innerhalb weniger Augenblicke in einem wirren Haufen von Leder, Holz und Metall zu Teris Füßen.

Teri atmete tief durch. »Ich danke euch, dass ihr uns allen eine Schlacht erspart habt«, bekannte sie mit plötzlich zitternder Stimme, »denn ich liebe den Kampf nicht!« Suchend sah sie sich um, weil ihr vor Erleichterung plötzlich die Worte fehlten.

»Geht jetzt nach Hause und dankt euren Göttern!« Keldan sprach an ihrer Stelle weiter. »Wir gewähren euch freies Geleit!«

Murrend, langsam und misstrauisch setzten sich die entwaffneten Bewacher des Lagers in Bewegung, gingen durch das Tor, auf den Weg, die Straße entlang und waren schon bald hinter dem nächsten Hügel verschwunden.

Teri sah sich mit einigen ihrer Leute gründlich im Lager um, aber es waren keine guten Erinnerungen, die hier auf sie warteten. – Also ging sie lieber hinaus in das Lager der Armee und streckte sich ein wenig auf ihrer Felldecke aus. Die letzten Strahlen der Abendsonne gaben ein friedliches Licht. Teri lauschte den aufgeregten Erzählungen der gerade Befreiten, die überall an den Feuern saßen, und freute sich, dass alles so unblutig ausgegangen war. Bedauerlich fand sie nur, dass sie sich nicht ordentlich von der Aufregung erholen und einmal richtig ausschlafen konnte. – Aber mit Anbruch der Dunkelheit würde die Schlafende Armee wieder vom Schauplatz der Befreiung verschwunden sein, um eventuellen Angreifern kein allzu gutes Ziel zu bieten.

Nicht immer gingen die Befreiungsaktionen freilich so unblutig ab. Es gab durchaus Sklavenbesitzer, die ihr »Eigentum« keinesfalls hergeben wollten und erbitterten Widerstand leisteten. Teris Mitleid mit diesen Leuten hielt sich in Grenzen. Neben ihrer Überzeugung, dass kein Mensch Eigentum eines anderen sein sollte, rechtfertigte sie die kurzen, erbitterten Kämpfe, die auszufechten waren, damit, dass sie Leute für ihre Truppe brauchte, um Thedra zu befreien. Im Großen und Ganzen war sie allerdings froh darüber, dass vierhundert Jahre Frieden die Estadorianer nicht gerade zu herausragenden Kämpfern gemacht hatten.

Teris Heer wuchs zu beträchtlicher Größe und mit dem Erfolg der Sache geriet Keldan als Anführer immer mehr in den Vordergrund. Teri war das nur recht. Sie förderte Keldans Aufstieg sogar.

Der zuerst so verzagte Gewürzhändler machte seine Sache wirklich gut. Er verstand es, mit den Leuten zu reden, war gerecht gegen Freund und Feind, zeigte taktisches Geschick und machte einen guten Vorschlag, der einen eventuellen Streit um Teris oder seinen Führungsanspruch von vornherein ausräumte: Er wollte, dass das Sklavenheer sich weit über das Land verzweigte.

Mittlerweile war die Armee der Befreiten auf über zweitausend Frauen und Männer angewachsen, die die Landstriche, die sie durchquerten, heimsuchten wie eine wandernde Plage. Fast täglich wurde der Nahrungsbedarf der Truppe größer und die Tribute von den Städten mussten so manches Mal mit Schwert und Pike eingetrieben werden, um alle satt zu machen. Dabei konnte es bei aller Rücksichtnahme nicht ausbleiben, dass die Heerschar auf ihrem Weg eine breite Schneise des Mangels durch das ohnehin unruhige Land zog.

Teri und Keldan sahen hier ein ernstes Problem, denn leicht konnte es geschehen, dass die allzu arg geschröpften Städte sich doch noch zu einer Allianz aufrafften und der Armee so etwas wie eine Bürgerwehr entgegenstellten. Damit wäre die Erfüllung von Teris Plan allerdings endgültig gescheitert, denn sie hatte die Armee nicht aufgestellt, um Estador auszuplündern und eine Schlacht gegen empörte Bürger zu führen. Das Ziel war nach wie vor, die Dramilen aus Thedra zu vertreiben. Jedoch der Weg dorthin schien mit einigermaßen friedlichen Mitteln kaum mehr begehbar. Schon jetzt hatte das Heer einen Bedarf an Nahrungsmitteln und Kleidung, der dem einer großen Stadt gleichkam, und täglich wurden es mehr Befreite, die zu versorgen waren.

Keldans Vorschlag lautete, nun die Armee über den Winter auseinander zu ziehen, um die Belastung für die Städte möglichst gering zu halten. Vier Gruppen zu je etwa fünfhundert Mann sollten sich über das Land ausbreiten wie die gespreizten Finger einer Hand und sich erst wieder bei Frühlingsbeginn vor Thedra treffen. Neben allen anderen Vorteilen war es so auch möglich, noch mehr Sklavenlager zu befreien, als wenn die Truppe zusammen marschiert wäre, weil so weitaus mehr Städte berührt werden konnten.

Es wurden also fähige Unterführer gewählt, und als die Nächte begannen empfindlich kalt zu werden, teilte sich das Heer, um getrennt auf Befreiungs- und Requirierungszug zu gehen. Die Hauptgruppe, die direkt auf Thedra marschierte, wurde von Keldan geleitet und Teri fand sich plötzlich als Befehlshaberin einer Unterabteilung in ihrer eigenen Armee wieder. Aber auch das war ihr recht. Sie überließ ihren Offizieren die Führung, denn sie hatte ihre Aufgabe erfüllt. Die Armee, die in der Kraft der Unterdrückten geruht hatte – die Schlafende Armee –, marschierte, um Thedra zu befreien. Zwar würden sich die Thedraner sehr darüber wundern, was da auf sie zukam, aber das war nicht Teris Sache.

Teri begann sich immer mehr in sich zurückzuziehen. Immer öfter musste sie an Frill und ihr Kind denken. Den Göttern sei Dank war Tregh zu weit abgelegen, um von dem nördlichen »Finger« der Sklavenarmee berührt zu werden, denn sonst wäre sie selbst mit dieser Abteilung marschiert. Teri wusste, dass die befreiten Sklaven nicht allzu zimperlich mit der Bevölkerung umgingen, und hoffte darauf, dass alle Truppenführer eine gewisse Disziplin aufrechterhalten konnten.

Die Scharfrau Teri fand, dass alles aufs Beste bestellt war, während die wirkliche Teri die endlose Kette von Gewalt verabscheute, die sie ausgelöst hatte. Die ganze Sache begann ihr über den Kopf zu wachsen und der Winter gab ihr endlich Gelegenheit, alles noch einmal in Ruhe zu überdenken.

10

Der Marsch auf Thedra

Man soll seine Feinde lieben,
und das Buch ist mächtiger als das Schwert! –
Aber wenn der Feind nicht lesen mag
und auch nicht geliebt werden will?

Es ist ein großer Unterschied, ob sich zwei Menschen und ein Hund durch den Tiefschnee kämpfen oder ob eine Armee sich langsam, aber beständig einen Weg durch die hoch verschneite Landschaft bahnt. Eine endlose Reihe Bewaffneter schob sich unaufhaltsam auf Thedra zu. Wer sich kräftig genug fühlte, ging eine Zeit lang an der Spitze mit, um den Nachfolgenden den Weg zu ebnen. Ließen die Kräfte dann nach, blieb man einfach ein wenig zurück, um seinen Platz einem Stärkeren zu überlassen. So ging es mit geringer Geschwindigkeit, aber sehr beharrlich über die weiten Felder Estadors, und weil es recht langsam voranging, konnten auch die Alten, Kranken und Erschöpften gut mithalten.

Mittlerweile waren die Befreiten unter Teris Leitung weit über Wettergrube hinaus in Richtung Thedra vorgedrungen. Jetzt zog das Heer durch die Provinz Astrad, nur fünf gute Tagereisen von der Hauptstadt entfernt, und in den Verschnaufpausen brachten die ehemaligen Sklaven ihre erlernten Fähigkeiten zum Einsatz, um die Ausrüstung der Truppe vor dem entscheidenden Kampf zu vervollständigen. Die Köhler machten Spieße aus im Feuer gehärteten Hölzern, die Tuchmacher nähten Kleidung und die Steinbrecher fertigten Axtköpfe, Lanzenspitzen und sogar Dolche aus hartem Gestein. Ständig wurden Verbesserungen und Neuerungen eingeführt und entwickelt, denn die ehemaligen Sklaven kämpften für den Erhalt ihrer Freiheit. Viele von ihnen konnten es selbst kaum noch fassen, dass sie sich einst so widerstandslos von ihren Besitzern hatten drangsalieren lassen. Sie wollten Thedra befreien, aber sie waren nicht bereit den Thedranern – nach Sklavenart – nur gefällig zu sein. Auf dem langen Marsch durch die Provinzen Estadors waren Forderungen laut geworden. Forderungen nach Freiheit, Gleichberechtigung, Landnahme und auf das Recht zu reisen. Diese Forderungen galt es nun durchzusetzen und *dafür* kämpften die Befreiten.

In den Monaten des Feldzuges hatten die ehemals Rechtlosen zum ersten Mal die Kraft gespürt, die sie verkörperten. Sie waren stark und mächtig geworden und sie hatten nicht die Absicht, diese Vorteile zu verschenken. Jede Frau und jeder Mann in Teris Armee hatte ein Interesse daran, gut zu sein, die Dramilen aus der Stadt zu verjagen und die Thedraner zu einer Änderung ihrer Gesetze zu zwingen. Und als die vier »Finger« der Armee sich in der Provinz Idur, knapp eine Tagereise vor Thedra, wieder vereinigten, war aus der Hand, die sich nach der Hauptstadt ausstreckte, eine schlagkräftige Faust geworden, bereit die Dramilen aus der Stadt zu stoßen, um die eigene Freiheit zu erringen.

Seit Monaten schon liefen aus Estador immer neue Meldungen über eine Befreiungsarmee ein, die langsam, aber beständig näher rückte. Wenn Thedra jetzt auch noch von der Landseite her abgeriegelt würde, hatten die Besatzer nur noch die Möglichkeit, mithilfe von Geiseln an Nahrungsmittel heranzukommen. Darum legte der Befehlshaber der Dramilen sehr großen Wert darauf, dass die Angreifer zurückgeschlagen und vernichtet würden.

Sed eb Rea hatte zweihundert Schwertkämpfer und Bogenschützen auf das Feld hinter dem Hohlweg kommandiert, um sich den Weg in das Hinterland freizuhalten. Er selbst hatte dafür die besten und unerschrockensten Männer ausgewählt.

Jeder der Kämpfer am Hohlweg war in der Lage es mühelos mit drei Stadtsoldaten oder ähnlich ausgebildeten Männern gleichzeitig aufzunehmen. Es waren Elitekrieger, die der Stolz jeder Armee gewesen wären, und doch hatte Sed eb Rea sie wieder in die Stadt zurückgeschickt, als er sah, welche Massen von Bewaffneten aus Büschen und Wäldern hervorquollen und in Richtung Thedra marschierten.

Es war eine Lumpen- und Vagabundenarmee, die da kam. Kaum eine Speerspitze blinkte in der Sonne, denn die Spitzen der meisten Speere waren aus Stein. Keine leuchtenden Regimentsfarben waren zu erkennen, denn die Frauen und Männer waren in Sklavenkittel, Tuche aller Art und halb rohe Felle gekleidet. Kein Gesang tönte aus den dichten Reihen dieser Jammergestalten, schweigend rückten sie auf breiter Front näher. Es war in Sed eb Reas Augen der erbärmlichste Haufen von Landstreichern, der sich je erfrecht hatte den Namen Armee zu führen. – Doch es waren mehr als fünftausend!

Nachdenklich ging Sed eb Rea als Letzter in die Stadt zurück und ließ hinter sich das mit Bronzeblech beschlagene Balkengitter aufstellen, das den Simsweg in voller Breite sperrte.

Jetzt war Thedra nach beiden Seiten von der Welt abgeschnitten. Es herrschte Mangel in der Stadt, und wenn in spätestens zehn Tagen die letzten Vorräte aufgebraucht wären, würden viertausend wütende Thedraner gegen die jämmerlichen Reste seiner Streitmacht stehen.

Es war ein kindlicher Gedanke, Sed eb Rea war sich dessen wohl bewusst, aber im Moment wünschte er sich sehr weit fort von hier!

Schon seit Monaten stand unter Teris Leitung die stärkste Armee auf dem Boden Estadors, die das Land je gesehen hatte. Jetzt, am Tag vor der Schlacht, lagerten fünftausendachthundert Frauen und Männer auf dem Feld, auf dem einst die Herde von Frills Dienstherrn gestanden hatte. Zum ersten Mal in der Geschichte ihres Bestehens begann die Truppe sich auf einen längeren Aufenthalt vorzubereiten, denn nun war der Endpunkt des Marsches erreicht und es gab keinen Ort, an den die Menschen nach der Schlacht hätten gehen können.

Als das Lager errichtet war, trafen sich die Führer und Offiziere vor Keldans Zelt, um das Vorgehen für den nächsten Tag zu besprechen. Gerade war man dabei, die Marschrichtungen der einzelnen Gruppen innerhalb der Stadt festzulegen, wenn der Simsweg erst einmal überwunden sei, da trat ein Posten in den Kreis und berichtete Keldan, dass eine größere Gruppe Bewaffneter von Norden her durch den Schnee käme. Noch vor Einbruch der Dunkelheit werde ein Trupp von über zweihundert Menschen hier eintreffen.

»Die Moorstädter!« Teri erhob sich von ihrem Platz. »Sie kommen, um uns zu unterstützen! Wir sollten ihnen entgegengehen und sie begrüßen!«

Lkeide, Keldan und die anderen standen ebenfalls auf. Teri hatte ihnen von dem Versprechen der Moorstädter erzählt, am Tag der Befreiung vor Thedra zu erscheinen, und wenn sich ihre Gefährten auch nicht vorstellen konnten, wie das zugegangen war, so waren sie doch sehr erfreut darüber, dass eine ganze estadorianische Stadt auf ihrer Seite stand. Also wurde die Lagebesprechung kurzerhand unterbrochen und Teri machte sich mit ihren Gefährten und einem Großteil der Offiziere auf den Weg, um die Moorstädter zu empfangen.

Der abschmelzende Schnee hemmte kaum noch die Schritte der Gruppe, die den Nordweg herunterkam. Große, massige Gestalten waren es, die, in schwere Wollmäntel gehüllt, mit gewichtigen Schritten den Weg entlanggestapft kamen. Teri fiel es wieder auf, wie groß die Moorstädter waren. Geradezu beängstigend wirkte dieser Zug ungeschlachter Riesen, der immer näher und näher kam.

Ein Wald von langen Stangen schwankte über den Köpfen der Herannahenden. Es waren dieselben Stangen, die die Moorgänger benutzten, um die Tragfähigkeit des Untergrunds zu prüfen, bevor sie unsicheres Gelände betraten, nur dass jetzt ein Ende davon angespitzt war.

Teri fasste die drei Männer, die den Zug anführten, näher ins Auge. Sie erkannte sofort, dass es Rolo war, der da neben dem Fürsten und Fokom ging. Auch er schien Teri bemerkt zu haben, denn er fing an zu winken.

Teri winkte zurück und freute sich, dass sie den Freund gesund wieder sah. Oft hatte sie auf ihrer Wanderung an die friedlichen Abende in Rolos Torfhütte zurückdenken müssen, an denen sie Binsen geflochten und Frill ihr die Sprache seines Heimatlandes beigebracht hatte.

Rolo ging schneller und auch Teri beschleunigte ihren Schritt. So kam es, dass sich ihre Hände schon trafen, als die beiden Hauptgruppen noch etliche Mannslängen voneinander entfernt waren. Teri spürte sofort, dass Rolo sich nicht verändert hatte. Er war voller Sorge um seine Freunde gewesen und war jetzt ebenso erfreut und erleichtert wie Teri. Doch plötzlich umwölkte sich seine Stirn. »Wo ist dein Mann?« Rolo sah sich suchend in Teris Gruppe um. »Und wo ist Hund?«

»Die bewachen mein Kind!«, erklärte Teri. »Ich hoffe, dass es ihnen gut geht!«

»Du hast ein Kind?« Rolo war verblüfft. »Ja, wie denn das?« Ganz offensichtlich war ihm vollständig entgangen, dass Teris Schwangerschaft schon recht fortgeschritten gewesen war, als sie und Frill sich von ihm getrennt hatten. »Ja, wie denn das?«, wiederholte er noch einmal und schlug in einer Geste der Verwunderung die Hände zusammen.

Teri war im Moment nicht unbedingt danach, Rolo zu erklären, woher sie ihr Kind bekommen hatte. »Es ist ein Mädchen!«, wich sie seiner Frage aus. »Ganz blond – so wie ich!«

»Schöön!« Rolo war begeistert. »Und ganz klein, nicht?«

»Ja, ganz klein!«, erklärte Teri ernsthaft.

Inzwischen hatten sich die Hauptgruppen getroffen und Keldan begrüßte den Fürsten und Fokom, den Seher.

»Sie hat jetzt ein Kind!«, wandte Rolo sich an Fokom. »Hast du das gewusst?«

Fokom nickte unmerklich.

»Das hättest du mir ruhig sagen können!«, beschwerte sich Rolo. »Dann hätte ich mich nämlich schon früher gefreut!« Er nahm Teris Hand und gab sie erst im Lager der Befreiten wieder her, um sich, zusammen mit den anderen Moorstädtern, ein Quartier zu bauen.

Holz wurde auf das Feuer vor Keldans Zelt geworfen, sodass es hoch aufloderte. Der Fürst der Moormenschen und Fokom setzten sich nieder und nahmen schweigend die Speise an, die man ihnen bot. Ohne ein Wort zu verlieren, aßen die beiden ihre Schüsseln leer und nickten Keldan dann zum Dank zu.

Teri hatte gemerkt, dass Keldan in dieser Zeit des höflichen Schweigens immer nervöser geworden war. Sie verstand das auch. Schließlich stand er vor seiner großen Bewährungsprobe als Heerführer und wollte möglichst schnell alles geregelt wissen.

»Morgen, kurz vor der Tagteilung, werdet ihr angreifen! – Vorher ist es zu kalt!« Nicht Keldan war es, der diese Worte sprach. Fokom hatte sich vorgebeugt und schaute die anwesenden Offiziere der Reihe nach an. »Die Dramilen sind schwach! Steinhauer werden das Gitter am Simsweg stürzen und ihr könnt leicht in die Stadt gelangen! Nehmt zweitausend Kämpfer! Mehr wäre zu viel!«

»Haben wir einen neuen Oberbefehlshaber?« Keldan sprach laut und schnell. Sein Gesicht war gerötet und ließ deutlich Unmut erkennen.

»Teilt euch in Gruppen zu hundert!« Fokom ließ sich nicht beirren. »Unsere Leute kennen sich aus in der Stadt! Zehn Moorstädter weisen eine Hundertergruppe Befrei...!«

Plötzlich sprang Keldan mit hochrotem Gesicht auf. »Was soll das?«, brüllte er Fokom an und machte ein paar schnelle Schritte auf den Seher zu. »Werde ich vielleicht auch mal gefragt?«

»Lass ihn!« Teri war ebenfalls aufgesprungen und legte Keldan jetzt begütigend die Hand auf den Unterarm. Sie kannte ja die herrische, unfreundliche Art der Moorstädter. »Er meint es nicht so – und er weiß schon, was er tut!«

»Ich vielleicht nicht?« Keldan war völlig entnervt und überfordert. Er war in diesem Winter zu einem richtigen Feldherrn geworden, der sich nur ungern von anderen belehren ließ. *Er* hatte die Armee groß gemacht. *Er* hatte sie durch den Winter gebracht. *Seiner* Geschicklichkeit war es zu verdanken, dass bislang alles so reibungslos verlaufen war. – Und nun kam so ein dahergelaufener Moormensch, warf seine Planung über den Haufen – und Teri gab ihm auch noch Recht?

»Fokoms Plan ist gut!« Teris Stimme war schärfer geworden. »Wir beide können schließlich nicht überall zugleich sein, um unsere Leute einzuweisen! Da ist es sehr nützlich, wenn die Moormenschen, die sich ja ganz gut in Thedra auskennen, uns dabei helfen!«

Keldan zog ein beleidigtes Gesicht und Teri merkte, dass sie ungeduldig wurde. »Es scheint, dass es dir mehr um deinen Ruhm geht als um die Sache!«, schmetterte sie Keldan entgegen. »Willst du Menschenleben opfern um deiner Macht willen? Sollen die Dramilen unsere Leute auf Irrwege locken und aus dem Hinterhalt angreifen? – Auf wessen Seite stehst du, Keldan? Willst du Befreier oder Henker sein?«

Das waren harte Worte und Teri bedauerte sie, kaum dass sie sie ausgesprochen hatte.

In Keldans Gesicht zuckten unkontrolliert einige Muskeln. Einen Augenblick lang sah es so aus, als wolle er sein Schwert ziehen und auf Teri und Fokom zugleich losgehen. – Dann besann er sich, drehte sich wortlos um und verschwand in seinem Zelt.

»Er ist kein schlechter Mann!« Fokom sah sinnend auf den Eingang des Zeltes. »Er ist nur schwach! – Er weiß, dass seine Macht begrenzt ist, nur deshalb muss er jedes Stückchen davon verteidigen!«

Teri schämte sich. Sie sah Lkeide nach, die Keldan in sein Zelt folgte.

»Jetzt bist du die Herrscherin über die Armee!« Fokom sah Teri ernst an. »Er wird nicht zurückkehren.«

»Ach was!« Teri schüttelte ärgerlich den Kopf. Sie wollte nicht glauben, dass Keldan so leicht zu erschüttern sei. »Er hat seine Sache bislang gut gemacht! Die Befreiten vertrauen ihm! Er wird einsehen, dass dein Plan gut ist, und …«

»Er ist müde«, unterbrach Fokom. »Er hat Angst zu versagen! – *Du* bist die Hüterin der Armee! *Du* bist es, die die Schlafende Armee erweckt hat! *Du* wirst sie in den Kampf führen, und niemand sonst!«

Teri wusste nicht, was sie darauf antworten sollte. So saß sie nur schweigend da und schaute in das Häufchen Glut, das von dem Lagerfeuer vor den Zelten der Offiziere übrig geblieben war. Genauso verbraucht und ausgebrannt wie diese Asche, die eben noch starkes Holz und loderndes Feuer gewesen war, fühlte sie sich selbst. Woher sollte sie noch die Kraft nehmen? Wie die Verantwortung tragen, eine *Schlacht* zu führen? – Aber hatte sie nicht schon die Führung übernommen, als sie Keldan maßregelte? Würde sie es zulassen können, dass Fehler gemacht wurden, die Menschenleben gefährdeten? Teri hob den Blick und sah Fokom in die Augen. Dieser Mann wusste, was er sagte – und Teri ahnte, dass er Recht hatte!

Lkeide kam aus Keldans Zelt und setzte sich zu Teri und Fokom an das Feuer. »Er weint!«, sagte sie. »Er will niemanden sehen – auch mich nicht! Wenn ich ihn richtig verstanden habe, will er das Heer nicht mehr führen. Er meint, dass er dazu nicht geeignet sei!«

»Er tut mir Leid!«, bekannte Teri leise. »Das wollte ich nicht!«

»Er tut mir auch Leid!« Lkeide senkte den Blick. »Aber es ist besser, dass er heute versagt als morgen in der Schlacht! – Jetzt«, Lkeide sah Teri ernst an, »jetzt musst *du* uns führen!«

»Ich habe auch Angst!«, sagte Teri leise.

Etliche Atemzüge lang schauten Teri, Lkeide, Fokom und der Fürst der Moormenschen schweigend in die Glut des halb erloschenen Feuers. Die Offiziere der Befreiten hatten sich auf Lkeides Zeichen hin schnell und taktvoll zurückgezogen, als der Streit zwischen Teri und Keldan ausgebrochen war.

Dann, nach einer Zeit, die Teri wie eine Ewigkeit erschien, beugte der Fürst sich weit vor und sah Teri an. »Wie ist dein Name?«, verlangte er zu wissen. »Erinnere dich an deinen Namen, so, wie ich mich an ihn erinnere!«

Einen Moment lang zögerte Teri, aber dann verstand sie, was er meinte. »Ich bin Teri«, begann sie zu sprechen und es war, als strömte neue Kraft in ihre Glieder und neuer Mut in ihren Geist, »Scharfrau von Thedra, Hüterin der Armee, Befreierin der Sklaven Estadors, Gründerin und Befehlshaberin der Schlafenden Armee!« Während der letzten Worte war sie aufgestanden. »Und nun hol mir die Offiziere!«, befahl sie einem Posten, der in der Nähe stand. »Wir haben zu reden!«

Am Morgen des folgenden Tages wiesen Teri und der Fürst der Moorstädter ihre Leute nach den Anordnungen Fokoms ein. Teri ließ von ihren Offizieren zweitausend der besten Kämpfer aufstellen, die sich in Hundertergruppen formierten. Jeder dieser Trupps wurde dann durch zehn Moorstädter verstärkt.

Teri sah Rolo, wie er bei einer der Gruppen stand, die als Erste in die Stadt einfallen sollten. Sie ging kurz zu ihm und wünschte ihm Glück.

Keldan war tatsächlich nicht wieder aufgetaucht. Er saß in seinem Zelt und ließ durch Lkeide mitteilen, er habe sein Teil getan und überlasse die Leitung der Schlacht denen, die mehr davon verstünden. Teri konnte sich vorstellen, dass er sich unter diesen Bedingungen nicht vor den Befreiten zeigen wollte. Sie hatte Keldan zu schätzen gelernt und ließ ihm seine Ruhe.

Fokom selbst hatte auch keine Ambitionen, sich auf dem Schlachtfeld zu bewähren. »Kein Dramile in Thedra wird den heutigen Tag überleben!«, hatte er Teri erklärt. »Soll ich mich daran beteiligen, das Leid zu schaffen, das ich jetzt schon sehe?«

Es war eine seltsame Streitmacht, die durch den Hohlweg zu dem Karrenplatz zog und sich dort schweigend zu wohl geordneten Gruppen formierte. Keine Parolen und keine Lieder waren zu hören. Kein Offizier hielt es für nötig, die Kampfeslust seiner Leute anzustacheln. So glich der Karrenplatz weniger einem Heerlager als einem Ort der inneren Sammlung. Es lag eine ruhige Kraft über diesem Ort, die ahnen ließ, dass diese Menschen entschlossen waren zu siegen. Aber nicht der Sieg über die Dramilen war es, den sie anstrebten, das war nur der erste Schritt; der wahre Kampf der Befreiten würde erst beginnen, wenn die Schlacht vorüber war, das wusste jeder hier auf dem Karrenplatz vor Thedra.

Die Räte waren schon berufen, die mit den Forderungen der ehemals Rechtlosen vor den König und seine Berater treten würden. Die Gesetze Thedras und ganz Estadors mussten geändert werden und lange Verhandlungen und Beratungen würden erforderlich sein. *Das* würde der schwerste Kampf der Armee der Befreiten werden, die Erstürmung Thedras war nur der Anfang!

Teri kam durch den Hohlweg und ging durch die Reihen ihrer Kämpfer auf das Balkengitter zu, das den Simsweg in voller Breite sperrte. An ihrer Seite ging Lkeide, die heute ihr Haar hochgesteckt hatte und eng anliegende, dunkle Kleidung trug. Als Teri den Anfang des Simsweges erreicht hatte, schloss sofort eine Gruppe Befreiter und Moorstädter auf, an deren Spitze ein grimmig dreinblickender Rolo ging. An seiner Seite erkannte Teri mit Verwunderung Keldan, der sich als einfacher Kämpfer in Rolos Gruppe gestellt hatte und ihr nun ernst zunickte.

Etwa fünf Mannslängen vor dem Balkengitter blieb Lkeide zurück und Rolo schloss mit seinen Leuten zu ihr auf. Jetzt stand Teri knapp drei Schritte vom Gitter entfernt.

Auf der anderen Seite entstand Bewegung. Ein großer, massiger Dramile bahnte sich den Weg durch seine Leute. Begleitet wurde er von einem Landsmann in dunkler Kleidung und dem schafsgesichtigen jungen Mann, den Teri schon vor der Höhle der Armee mit den beiden anderen hatte zusammenstehen sehen. Die beiden blieben einige Schritte zurück und der Befehlshaber der Dramilen trat allein an das Gitter.

»Ihr seid die Hüterin, nicht wahr?« Sed eb Rea sah Teri an. Er hielt dabei den Kopf ein wenig schräg, was ihm den Ausdruck angestrengten Überlegens gab.

Teri trat noch einen Schritt näher an das Gitter heran. – Das war also der Mann, der den Mörder auf ihre Fährte gehetzt hatte! – Kühn erwiderte sie seinen Blick. »Ich bin Teri, Scharfrau von Thedra, Hüterin der Armee!«, antwortete sie. »Mehr als fünftausend meiner Kämpfer stehen vor der Stadt! – Ich fordere die Übergabe Thedras in die Hand der Schlafenden Armee!«

Jetzt legte Sed eb Rea wirklich den Kopf schräg und kniff die Augen zu schmalen Schlitzen zusammen. Wie ein grotesk verwachsener, misstrauischer Riese sah er aus, wie er da auf der anderen Seite des Balkengitters stand und auf Teri herabsah. »Bevor ich Euch die Antwort auf Eure Forderung gebe, habe ich Euch noch etwas mitzuteilen, was nur uns beide angeht!« Er trat nahe an das Gitter heran und beugte sich ein wenig vor. »Ihr wisst vielleicht, dass ich diesen Mann«, er wandte sich halb um und wies auf Szin eb Szin, der zwei Schritte hinter ihm stand, »nach Euch ausgesandt habe?«, fragte er leise.

Teri trat noch einen Schritt vor, um ihn besser verstehen zu können, und nickte, wobei sie Szin scharf im Auge behielt.

»Es tut mir Leid!«, flüsterte Sed eb Rea und neigte den Kopf in einer Geste der Reue. »Denn jetzt muss ich Euch doch selbst umbringen!«, brüllte er plötzlich los, während seine Hand vorschoss, sich um Teris Arm klammerte und er sie brutal zu sich heranriss.

Teri hing im eisernen Griff des Dramilen hilflos am Gitter. Halb betäubt durch den Aufprall an die bronzebeschlagenen Balken sah sie mit Entsetzen, wie Sed eb Rea seinen Dolch aus der Scheide riss und wie auch ihr unheimlicher Verfolger und der Gouverneur ihre Waffen zogen und mit schnellen Schritten herangeeilt kamen.

Sed eb Rea hatte Teri fest im Griff. Die Zeit reichte nicht aus, um *schnell* zu werden, gleich würde sein Dolch sie treffen. Teri wusste, dass sie tot war. Die Freunde hinter ihr schrien auf, aber sie konnten nicht helfen. Noch einmal versuchte sie mit aller Kraft sich loszureißen.

Plötzlich, im Augenblick höchster Not, sah Teri, wie sich der lederne Harnisch auf Sed eb Reas Brust aufbeulte und die blutige Spitze einer nadelfeinen Waffe daraus hervorbrach. Entsetzt zuckte sie zurück, als der Griff, der sie hart an das Gitter gezogen hatte, nachließ. Die Spitze der Waffe, die Sed eb Reas Brust durchbohrt hatte, drehte sich dicht vor Teris Augen im Körper des Mannes ein Stück weit herum und zog sich dann wieder zurück.

Es gab keinen Schrei und keinen blutigen Nebel, als Sed eb Rea seinen Mund ein letztes Mal öffnete. Da der Dolch gedreht worden war, konnte die Luft aus der zerfetzten Lunge direkt durch die Wunde entweichen und kein Atemhauch erreichte mehr die Kehle des sterbenden Mannes. Mit einem erstaunten, ungläubigen Gesichtsausdruck brach er lautlos vor dem Gitter zusammen.

Teri taumelte einen Schritt zurück und wurde von ihren Freunden aufgefangen, die an das Gitter gestürzt kamen. Vollständig überrascht sah sie, was auf der anderen Seite des Gitters vor sich ging, denn dort war ein Kampf entbrannt.

Die beiden Bogenschützen, die bei Szin eb Szin gestanden hatten, waren plötzlich ohne ersichtlichen Grund mit ihren Kurzschwertern über ihre verwirrten Kameraden hergefallen. Bevor noch irgendjemand begriffen hatte, was diese Wahnsinnigen vorhatten, waren schon etliche Dramilen tot oder schwer verwundet und blockierten den Simsweg in voller Breite.

Teri sah den Gouverneur in wilder Flucht über die Leichen hinwegspringen. Dabei stieß er einen Dramilen so heftig beiseite, dass der Unglückliche das Gleichgewicht verlor und mit einem schrillen Angstschrei in die Schlucht stürzte. – Den schaurigsten Anblick aber bot Szin eb Szin, der sich neben Sed eb Rea niedergekauert hatte, um seinem Herrn den Kopf abzuschneiden und damit seinen Teil des Befehls zu erfüllen, den Aganez ihm und seinen Begleitern im Wirtshaus von Tregh gegeben hatte. Jetzt, wo der Feind vor der Stadt stand, hatte Szin eb Szin seinem Herrn die Behandlung angedeihen lassen, die eigentlich Teri zugedacht gewesen war.

Die Dramilen bekämpften einander gegenseitig und der Simsweg war etliche Mannslängen weit frei. Teri gab das Zeichen zum Angriff und erkletterte selbst als eine der Ersten das Gitter. Aus den Augenwinkeln sah sie, wie Szin eb Szin von einer Pike und einem Schwert zugleich durchbohrt wurde. Bogenschützen sprangen neben ihr vom Gitter herab und stellten sich auf. Pfeil um Pfeil schossen sie auf die zurückweichenden Dramilen ab. Kräftige Männer schlugen mit Steinäxten gegen die Verankerung des Gitters, das sich knarrend neigte und schließlich polternd in die Schlucht stürzte. Schwertkämpfer stürmten vor und verfolgten die flüchtenden Besatzer.

Teri war in dem Chaos stehen geblieben und sah auf die Leichen Sed eb Reas und Szin eb Szins herab. Diese Männer waren es gewesen, die vor über zwei Jahren vor ihrer Höhle gestanden und ihren Tod beschlossen hatten. Aber nicht Zorn oder Triumph waren es, die Teri über den Leichen ihrer Todfeinde innehalten ließ. Sie empfand nur eine große Traurigkeit darüber, dass Menschen es wagen durften, andere in Not und Todesgefahr zu bringen, nur weil sie die Pläne der Mächtigen störten. Diese Männer hatten ihr Jahre ihres Lebens gestohlen, wie hatten die Götter Thedras das zulassen können? Wäre es nicht ihre vornehmste Aufgabe gewesen, dieses ganze Blutvergießen zu verhindern?

Teri beugte sich zu Sed eb Rea hinab, dessen halb abgetrennter Kopf einen furchtbaren Anblick bot. Sie wollte ihn berühren, um eine Ahnung von der unseligen Kraft, die diesen Menschen angetrieben hatte, zu erhalten. Sacht legte sie ihre Fingerspitzen auf die Stirn des toten Feldherrn und spürte – nichts!

Nichts war da, was diesen Mann im Guten oder im Bösen vor anderen Menschen ausgezeichnet hätte. – Keine Bosheit! Keine Habgier! – Noch nicht einmal ein besonders starker Hang zur Macht! Dieser Mann war als Herrscher geboren worden und er hatte geherrscht, ohne auch nur einmal über die Folgen seines Tuns nachdenken zu müssen. Menschen, Schiffe, Städte und ganze Länder waren für ihn nichts als Einsätze in dem großen Spiel gewesen, das auch Aganez hatte spielen wollen. Dieser Mann hatte gehandelt wie ein Kind, das sich ohne Rücksicht auf die Folgen holt, was es zu brauchen meint. Er hatte für die Lust des Augenblicks gelebt, ohne das Ganze zu sehen – ohne es überhaupt sehen zu wollen! Der Bezwinger Thedras war ein großer Feldherr gewesen – und ein Kind zugleich!

Endlos drängte der Strom der Befreier sich an Teri vorbei über den Simsweg. Der Lärm war ohrenbetäubend und doch ließ ein leises Geräusch, als schabe Stoff über Stoff, sie aufmerken. Misstrauisch schaute Teri auf den unheimlichen Dramilen, dessen Namen sie noch immer nicht kannte und der über der Leiche seines Herrn zusammengebrochen war.

Plötzlich zuckten die Finger des Mannes, schlossen sich fest um den Griff des blutigen Dolches und Teri sah voller Entsetzen, wie der Mund des Dramilen sich öffnete und einen unartikulierten, gellenden Schrei ausstieß. Eine blutige Klaue schoss vor und schloss sich mit eisernem Griff um Teris Handgelenk.

Voller Panik, unfähig aufzuspringen, kauerte Teri da und es war für sie, als werde ihr das Herz herausgerissen. Die Berührung dieses Mannes war für sie wie der Tod. Wie gelähmt von der Grausamkeit und Mordlust, die wie eine Woge über ihr zusammenschlugen, krallte Teri sich mit aller Kraft im Wams des toten Sed eb Rea fest und starrte in die weit aufgerissenen Augen Szin eb Szins, der brüllend emporgeschnellt war und den Dolch mit letzter Kraft hochriss, um ihn auf seine Todfeindin niedersausen zu lassen.

Wild aufheulend schrie Szin seinen Hass heraus, als plötzlich ein wirbelnder Schatten hinter ihm auftauchte. Der Kopf des Dramilen wurde zur Seite geschleudert und die Hand mit dem Dolch fiel kraftlos nieder, ohne Teri zu berühren. Der Schrei steigerte sich zu einem schrillen Kreischen, dann brach er ab. Szin eb Szin kippte mit verdrehten Augen zur Seite, schlug hart auf den Fels und blieb endlich ruhig liegen. Noch im Tode hielt er Teris Handgelenk umklammert, bis sich der Griff seiner Finger allmählich lockerte und seine Hand kraftlos wurde.

Lange Augenblicke blieb Teri noch bei der Leiche Sed eb Reas sitzen, die Finger wollten sich einfach nicht von dem Stoff lösen, in den sie sich geklammert hatten. Ohne recht zu begreifen, was sie sah, starrte Teri auf Lkeide, die dastand und verwundert auf den bronzenen Griff schaute, der aus ihrer Hand ragte. Die Klinge ihres Dolches war abgebrochen, als Lkeide die Waffe in Szins Kopf getrieben hatte, und stand jetzt wie ein bronzener Hahnenkamm in der Mitte seines Schädels empor.

Langsam und vorsichtig versuchte Teri ihre Finger zu bewegen. – Es ging! Sie löste die Hände von Sed eb Reas Wams und stand mit wackligen Knien auf. »Danke!«, keuchte sie mit heiserer Stimme. »Danke, der hätte mich fast …« Dann versagte ihr die Stimme und die Knie gaben wieder nach – aber schon war Lkeide an ihrer Seite, um sie zu stützen.

»Was heißt hier danke?«, fragte sie mit zitternder Stimme und Tränen der Erleichterung rannen über ihr Gesicht. »Schau dir das hier an«, mit der freien Hand zeigte sie Teri die zerbrochene Waffe, »du schuldest mir einen Dolch!«

»Und eine Spange!«, lächelte Teri schwach. Dann knickten ihr die Knie endgültig weg und Lkeide ließ sie langsam auf den Felsboden des Simsweges gleiten.

Die Dramilen kämpften mit der Kraft der Verzweiflung, doch es half ihnen nichts. Wie eine Springflut kamen die zweitausendzweihundert besten Kämpfer der Armee der Befreiten über die vom Mangel geschwächten und entnervten Überreste von Sed eb Reas Invasionstruppe. Schon zwanzig Sonnenhöhen nach Beginn des Angriffs gab es keine Straßenkämpfe mehr und lange vor der Dämmerung waren die letzten Dramilen aus ihren Schlupfwinkeln gezerrt worden.

Teri hatte Lkeide gebeten sie zur Höhle der Armee zu bringen. Nun lag sie auf dem Lager, das sie zuletzt mit Frill geteilt hatte, und versuchte die grausame Kälte niederzukämpfen, die Szin eb Szins Berührung in ihr hinterlassen hatte. Als sie sich wieder besser fühlte, stand sie auf und ging in die Stadt hinunter. Lkeide, die die ganze Zeit über bei ihr geblieben war, musste sie stützen und es war ein mühsamer Weg für Teri, aber der kalte Wind, der vom Meer herüberwehte, tat ihr gut und der Anblick der Felstürme ihrer Heimatstadt gab ihr neue Kraft.

Llauk schrie nicht. Nicht, als die Thedraner ihn schlugen und nach ihm traten, nicht, als ein grober Holzschuh die Finger seiner rechten Hand zerquetschte, und nicht, als sein Kopf hart auf das Pflaster schlug.

Er hatte Sed eb Rea oben auf dem Simsweg töten wollen! Bei allen Göttern, das war die Wahrheit, auch wenn sie niemand kannte! Gerade als der Kapitän diese kleine Hüterin an das Gitter zerrte, war Llauk vorgestürmt und hatte den Dolch aus seinem Umhang hervorgezogen. Es war eine geschmeidige, schnelle, mit ruhiger Hand ausgeführte Bewegung gewesen! Er hatte mit dem Leben abgeschlossen! Er war bereit gewesen Sed eb Rea zu töten! Selbst dieses Ungeheuer in Menschengestalt in seinem Rücken – selbst Szin eb Szin – hatte ihn nicht davon abhalten können. – Und dann war Szin an ihm vorbeigestürmt und hatte seinen Herrn mit diesem wunderbaren, fürchterlichen Dolch vor seinen Augen ermordet.

Voller Panik war Llauk in die Stadt geflohen. – Die Dramilen auf dem Simsweg waren verrückt geworden und bekämpften sich plötzlich gegenseitig. Die Feinde waren über das Balkengitter geklettert und Szin hatte … – Das alles war zu viel gewesen für Llauk! Er hatte nicht gewusst, wohin er fliehen sollte, denn es gab keinen sicheren Ort für ihn in Thedra. Also war er mit wehendem Gewand zu seiner Gouverneurswohnung gerannt und hatte sich in fliegender Hast einen Becher Wein nach dem anderen eingegossen. Vor Aufregung hatte er sich zweimal erbrechen müssen, aber er trank weiter, und als die Thedraner ihn holen kamen, hatte er schon jenes gnädige Stadium der Trunkenheit erreicht, das den Ängstlichen Mut gibt und den Schmerz lindert.

Llauk wusste, dass er verloren war, und wenn er schon gelebt hatte wie ein Wurm, so wollte er doch wenigstens sterben wie ein Mann. So wehrte er sich nicht, als er von den Thedranern zum Strand hinuntergeschleift wurde. Still steckte er die Schläge und Tritte ein, und als die Meute von ihm abließ, blieb er regungslos liegen.

Die entfesselte Menge schleppte einen langen Balken heran. Llauk stöhnte auf, als das schwere Kantholz auf seinen Rücken geworfen wurde. Brutal bog man ihm Arme und Beine zurück und fesselte sie hinter dem Balken.

Nun nahmen einige Männer die Enden des Holzes auf und schleppten Llauk, mit dem Gesicht nach unten hängend, zu dem Gefängniskäfig, der einsam am Strand stand. Ein Ende des Balkens wurde auf die Oberkante des Käfigs gelegt, das andere in den Kies des Strandes gestellt, sodass der Gefesselte in der entstandenen Schräge hing.

Llauk schrie nicht. Er war bereit Buße zu tun! Mochten diese Menschen mit ihm machen, was sie wollten, er hatte es verdient! Teilnahmslos sah er zu, wie die aufgeregte Menge Brennmaterial herbeischleppte und unter ihm aufschichtete. Schon kamen Männer mit brennenden Fackeln aus dem nächstgelegenen Wohnfelsen.

Man wollte ihn also verbrennen! Llauk bekam Angst. Schon war der erste Mann heran und hielt seine Fackel an das Holz.

Llauk zerrte an seinen Fesseln.

»He, so geht das nicht! Hört auf!«, rief da plötzlich jemand im Rücken der Menge.

Die Fackeln zogen sich aus Llauks Blickfeld zurück. Erstaunt schaute er sich um. Wer wagte es, sich dieser wütenden Menge zu seinen Gunsten zu widersetzen, und warum? Hatten etwa die Dramilen wieder die Oberhand gewonnen? Aber das glaubte Llauk nicht.

»Hört jetzt auf! – Was soll das hier werden?« Tees, Raban und noch einige andere Obleute waren gekommen und geboten der Menge Einhalt. Unmissverständlich unterstrichen sie ihre Forderung mit den kurzen Spießen der Stadtwache, die sie irgendwo gefunden hatten.

Llauk war irritiert. War es denn wirklich möglich, dass diese Leute zu ihm hielten?

»Also, was macht ihr hier?« Der Obmann der Kupferschmiede forderte grimmig Auskunft.

»Die Dramilen haben ihren Gouverneur vergessen, als sie zu ihren Göttern gingen, und nun schicken wir ihn als Rauch hinterher!«, antwortete ein grobschlächtiger Hafenarbeiter in lederner Kleidung.

»Aber nicht so!« Der Sprecher der Obleute nahm eine würdige Haltung ein. »Das werden wir nicht dulden …«

Ein winziger Hoffnungsfunke glomm in Llauk auf.

»… dass ihr hier den Käfig abbrennt! – Macht eure Sperenzchen gefälligst droben an der Felswand!«

Murrend räumte die Menge den Holzstapel unter Llauk wieder ab und schleppte alles an die angewiesene Stelle. Dann wurde der Balken mit dem daran gebundenen Llauk dort angelehnt, wobei der Zufall es wollte, dass er mit dem Kopf nach unten aufgestellt wurde.

Die Menge war ein wenig mürrisch. Durch die Unterbrechung war es nur noch der halbe Spaß. Etwas versöhnt wurde sie dadurch, dass der Gefangene ununterbrochen quiekende Geräusche ausstieß, die man durchaus für Angstwimmern hätte halten können. Aber die Menge irrte sich. Llauk lachte! Lachte, wie er noch nie in seinem Leben gelacht hatte. Lachte über diese Farce einer Hinrichtung, die so hervorragend zu der Farce seines Lebens passte.

Fast beiläufig warfen die Männer die Fackeln auf den Scheiterhaufen. Die Flammen schlugen hoch. Llauk spürte die Hitze in seinem Gesicht – und doch lachte er. Er lachte, als seine Haare Feuer fingen und als die Haut auf seiner Stirn Blasen warf. Er lachte, bis er die Flammen in seine Atemwege einsog und seine Stimmbänder in der Hitze verschmorten. Danach verriet nur noch das rhythmische Zucken seines Körpers etwas von der Heiterkeit des Wahnsinns, die Llauk keinen Schmerz spüren ließ, als sein Gewand in Flammen aufging.

»Die fliegenden Schiffe kommen!«, brüllte ein Mann von der Stadt her über den Strand. »Die Scharleute sind da!«

Unmutig warfen die Menschen am Strand noch einen letzten Blick auf ihren brennenden Gouverneur, der sie selbst im Tode noch betrogen und enttäuscht hatte, und wandten sich dann der Stadt zu. Schließlich wollte keiner die Ankunft der Scharleute versäumen.

Athan hatte vorausgesehen, dass nach der Befreiung Mangel in Thedra herrschen würde, und hatte in Cebor Nahrungsmittel gehortet, die er nun von Schneckenschiffen in die Stadt holen ließ. Erleichterung konnte er aber schon schneller schaffen, da die Schwalbenschiffe die Strecke nach Cebor und zurück innerhalb von nur zwei Tagen bewältigten. So wurde Athan, ohne dass er es eigentlich gewollt hatte, bald zum Helden des Befreiungskampfes, denn er brachte etwas zu essen, während Teri und Keldan ja bloß über fünftausend hungrige Mäuler herangeschleppt hatten!

Einen vollen Tag dauerte es, bis König Reo und sein Gefolge den Verschlussstein mittels eines Systems von Flaschenzügen so weit emporgehievt hatten, dass die Treppe in die oberen Gemächer wenigstens kriechend passiert werden konnte. Nachdem auf diesem Wege einige Helfer dazugekommen waren, ging es ein wenig schneller, und schon am folgenden Tag konnte König Reo aufrecht gehend seine Räume verlassen und seiner Stadt einen Besuch abstatten. – Es gefiel ihm nicht sehr, was er da sah, und was er zu hören bekam, war auch nicht so recht nach seinem Geschmack!

Die Stadt war nun frei. Fokom hatte Recht behalten: Kein Dramile hatte die Schlacht überlebt. Als alles schon entschieden war, hatten die Thedraner, die sich über zwei Jahre lang zu nichts hatten aufraffen können, mit allem, was man als Waffe gebrauchen konnte, auf die Besiegten eingeschlagen. Auch der Gouverneur war tot, wie Reo mit Genugtuung feststellte – und trotzdem war die Stadt nicht sein!

Die ehemaligen Sklaven hatten zusammen mit den Moormenschen einen Rat aufgestellt, der nicht gezögert hatte König Reo bei erster Gelegenheit seine Forderungen vorzutragen. Und es war nicht wenig, was sie verlangten: Freie Menschen wollten sie sein; Land wollten sie haben und vieles mehr, was dem König nicht behagte.

Reo war erzürnt! – Was hatte diese Hüterin da bloß angerichtet? Wie, um aller Götter willen, sollte man diese Leute wieder loswerden?

Teri hatte sich zu verantworten! Reo hatte sie durch einen Verkünder zur Königsklippe rufen lassen und es war ein Befehl gewesen, keine Bitte!

Teri war dem Ruf gefolgt, denn es war ihr klar, dass sie als Scharfrau ihren Oberen Rechenschaft abzulegen hatte. Sie war allerdings nicht bereit bei der Befragung ihre ganze Geschichte zu offenbaren.

Mochten die Lenker der Geschicke Thedras sich mit den Antworten bescheiden, die sie zu geben bereit war; denn wer viel redet, gibt viel preis, und Teris Vertrauen in die Weisheit der Mächtigen hatte etwas gelitten in den Jahren ihrer Suche!

Scheinbar gleichmütig saß Teri mit König Reo, Obmann Athan und Jamik an einem Tisch, gespannt darauf, was man ihr wohl vorhalten werde; denn dass die drei Machthaber Thedras über das Heer der Befreiten in ihrer Stadt nicht sehr glücklich sein konnten, war ihr klar.

»Du hast den Sklaven die Freiheit versprochen!« König Reos Stimme hatte etwas Anklagendes. »Die Stadt ist voller Leibeigener, die herumlaufen und sich benehmen, als seien sie ihre eigenen Herren!«

»Ich gab ihnen kein Versprechen!« Teri richtete sich auf ihrem Platz kerzengerade auf. »Ich gab ihnen die Freiheit! – Wer immer mit mir nach Thedra gekommen ist, kam aus freien Stücken! Fünftausendachthundert freie Menschen haben deine Stadt befreit! – Willst du sie nun wieder zu Leibeigenen machen?«

König Reo war im Moment zu verblüfft, um auf diese kühne Antwort etwas zu erwidern, darum ergriff Athan das Wort: »Hast du den Moorstädtern die Steuerfreiheit versprochen?«

»Nein! – Behaupten sie das?«

»Nun, das nicht gerade. Aber sie verlangen für die Befreiung Thedras hundert Jahre Steuerfreiheit und sie behaupten, das sei beschlossene Sache!« Athan sah Teri misstrauisch an und auch König Reo runzelte die Stirn.

»Wer sagt das?«, wollte Teri wissen. »Wer spricht im Rat der Armee für Moorstadt?«

»Fokom«, gab Athan bereitwillig Auskunft. »Kennst du ihn?«

»Nicht sehr gut!« Teri schüttelte den Kopf. »Aber ich glaube, dass er Recht behält, denn es ist seine Art, Recht zu behalten!«

»Sprich nicht in Rätseln zu uns!«, fuhr der König auf. »Oder ich lasse dich durch Jamik befragen!«

»Nein!« Teri sprang auf. »Nie wieder werde ich es dulden, dass die Macht der Magier meine Gedanken berührt! Lange genug war mein Geist in dem Bemühen gefangen, einen sinnlosen Auftrag durchzuführen! Ihr könnt es nicht ermessen, was es heißt, keinen Atemzug zu tun, ohne den Zwang der fremden Gedanken zu spüren, die mich sehenden Auges fast in mein Verderben getrieben hätten! Ich werde mich allem widersetzen, was ein Magier mir aufträgt, denn wäre ich Herrin meiner selbst gewesen, wäre Thedra schon lange befreit und ich hätte nicht meinen Mann und mein Kind …« Teris Stimme versagte.

»Ich weiß, wovon sie redet!«, ließ sich Jamik nun mit leiser Stimme vernehmen. »Auch ich habe unter Zwang und wider besseres Wissen gehandelt und bin, ohne es zu wollen, schuldig geworden an dieser Frau. Das, was sie erreicht hat, ist aus ihrer eigenen Kraft erwachsen. – Sie hat nie einen Befehl gebraucht, der ihr sagte, was zu tun sei!«

König Reo und Athan schauten sich kurz an und blickten dann auf Teri, die sich inzwischen wieder gefangen hatte.

Teri stand nun aufrecht in der Mitte des Raumes. »Mag sein, dass ihr nicht sehr zufrieden mit mir seid«, vermutete sie mit fester Stimme, »aber ich habe euch die Armee gebracht, die in der Kraft der Unterdrückten schlief! Ich brachte euch die Schlafende Armee, wie es mein Auftrag war! – Und nun fordere ich meine Belohnung!«

Am Morgen des folgenden Tages verließ Teri über den Simsweg die Stadt. Reo, Athan und auch Jamik hatten ihrer Bitte entsprochen und sie für unbestimmte Zeit vom Schardienst freigestellt. Sie hatte eine neue Scharausrüstung erhalten, da sie ja nur beurlaubt und nicht entlassen war. Geld hatte Teri keines gefordert, denn die Bronzemünzen aus den Nischen, die Frill noch hatte, würden für lange Zeit reichen.

Keldan war auch recht bescheiden gewesen. – Nach seinen Maßstäben! Er hatte vom König eine Schwalbenschiffladung Gewürze gefordert, um seinen Handel wieder eröffnen zu können. Erfreulich fand Teri dabei, dass Lkeide jetzt die Frau eines reichen Mannes war, der sie wirklich liebte. – Vielleicht konnte sie sich ja doch dazu entschließen, König Reo sein Zepter wieder zukommen zu lassen, das sie bei ihrer Audienz gemopst und Teri beim Abschied so stolz gezeigt hatte.

Rolo hatte bei einer Rangelei mit zwei Dramilen einen Finger verloren und lief jetzt durch die Stadt, um allen zu erzählen, wie das »gekommen« war. Ein Schüler Jamiks hatte die Wunde versorgt und der riesige, stark nach Kräutern riechende Verband gab Anlass für immer neue Gespräche.

Rolo hatte Teri Grüße an Frill, das Kind und besonders an Hund mit auf den Weg gegeben. Dann hatte er sie noch einmal ganz sacht gedrückt und sich dann verlegen schniefend den nächsten Thedraner gesucht, der die Geschichte von dem verlorenen Finger noch nicht kannte.

Teri ging über den Karrenplatz in den Hohlweg hinein, in dem die überhängenden Büsche und Bäume schon das erste Grün zeigten. Kurz blieb sie unter den dünnen, herabhängenden Zweigen einer Weide stehen und horchte in sich hinein. Was für ein Gefühl! Muße zu haben! – Die einzige Unruhe, die sie spürte, kam aus ihr selbst, weil sie ihre Familie wieder sehen wollte. Ob Frill sich auch so nach ihr sehnte? – Ob Fe schon ein wenig laufen konnte? – Wie ihr die Schafsmilch wohl bekommen war? – Wie es Hund wohl ging?

Teris Gedanken eilten weit voraus. Sie wusste noch nicht genau, was sie tun wollte, wenn sie erst Frill, Fe und Ena wieder gefunden hatte. Es war wie ein Rausch für sie, endlich wieder eigene Wege zu gehen und eigene Ziele verfolgen zu können! Es gab keinen Auftrag mehr, der sie zugleich knebelte und vorantrieb. Endlich konnte sie wieder frei und allein entscheiden! – Allerdings durfte sie, wenn sie erst am Ziel war, im Rausch ihrer neuen Freiheit auch nicht vergessen, dass, gleichgültig was sie entschied, die anderen ja auch noch ein Wörtchen mitzureden hatten! – Aber deren Vorschlägen würde Teri sich gern beugen!

Teri strich gedankenverloren über einen Zweig der Weide, an dem die jungen Knospen wie auf einer Perlenschnur aufgereiht waren, und wandte sich dann von dem Baum ab. Sie hatte es eilig!

Kristen Britain

Grüner Reiter

Der internationale Bestseller!

»*Grüner Reiter* darf man getrost als ein Wunder bezeichnen. Als das Mädchen Karigan einen sterbenden Boten des Königs findet, verspricht sie ihm, an seiner Stelle eine wichtige Nachricht an den Hof zu bringen. Doch dunkle Mächte setzen alles daran, sie an ihrem Vorhaben zu hindern.
Kristen Britain ist eine geborene Erzählerin, und *Grüner Reiter* ein hinreißendes Abenteuer, wie man es nur höchst selten zu lesen bekommt.«
Terry Goodkind

Knaur

Tief im Abgrund

ANDREW VACHSS

TIEF IM ABGRUND

Aus dem Amerikanischen von Georg Schmidt

Roman

Eichborn

Die Deutsche Bibliothek – CIP-Einheitsaufnahme

Vachss, Andrew:
Tief im Abgrund: Roman/Andrew Vachss. Aus dem
Amerikan. von Georg Schmidt. – Frankfurt am Main:
Eichborn, 1995
Einheitssacht.: Down in the zero ⟨dt.⟩
ISBN 3-8218-0383-5

Titel der Originalausgabe: DOWN IN THE ZERO

Umschlaggestaltung: Chip Kidd/Rüdiger Morgenweck
Satz: Fuldaer Verlagsanstalt GmbH, Fulda
Lektorat: Doris Engelke
Druck und Bindung: Wiener Verlag, Himberg
ISBN 3-8218-0383-5

Verlagsverzeichnis schickt gern:
Eichborn Verlag, Kaiserstraße 66, D-60329 Frankfurt am Main

Als der Winter wich
suchte ich, aber du warst
fort und verschollen

Die ersten zwei Kids traten zusammen ab, Hand in Hand.

Zu dem Zeitpunkt, als ich da reingeriet, hatten sie Gesellschaft dort unten.

Ich war lange Zeit stumm geblieben. Seit ich in dieses Haus ging und ein Kind umbrachte.

Ein Kind umbrachte. Jetzt kann ich es sagen. Wort für Wort.

Ich nahm jedes Wort und spielte damit. Immer und immer wieder, so wie damals im Knast. So wie man etwas auseinandernimmt, nachschaut, wie es funktioniert. Worte. Wie... im Krieg nennt man die Toten »Verluste«. Ich war in einem Krieg. Verluste. Lust. Lustig. Denkt man drüber nach, macht es Sinn. Nein, stimmt nicht. Es macht keinen Sinn. Aber es paßt.

Jedes Wort. Eins nach dem andern. Immer und immer wieder.

Stellte mich.

Ich ging in dieses Haus. Ich. Ich wußte genau, was ich da drin vorhatte.

In Afrika diente ich mit diesem Aussie. Malcolm, so hieß er. Ein munterer Typ. Einmal sah ich, wie er und ein Mann in einer Bar zur Begrüßung die Köpfe aneinanderrammten. Ein alter Spezi, sagte er mir, vom Rugby her. Ich wußte nicht, was er in diesem mistigen Krieg machte – eine der Regeln war, daß man nicht fragte. Malcolm erzählte mir mal eine Geschichte über jemanden, der ihm irgendwas getan hatte. Als er noch ein Kid war, in Sydney. »Ich hab mir mein Teil geholt«, sagte er. Schließlich kam ich drauf, was er meinte. Rache. Sein Teil wiederholen.

Ich ging in dieses Haus, um mein Teil wiederzuholen. Als ich fertig war, hinterließ ich ein totes Kind als Monument für meinen Haß.

Ich redete mir all die Geschichten ein. Dauernd. Jeden verdammten tödlichen Tag. Sie hätten das Kid sowieso umgebracht... hatten ihn total verschnürt für die Bilder, die sie grade schießen wollten. Schießen... ein komisches Wort für Bilder machen. Aber nicht für die Bilder, die sie machten. Für sie das richtige Wort, für das, was sie machten.

Worte. Noch mehr beschissene, kalte Worte.

Es war ein Feuergefecht, ein Schießkrieg – auch das redete ich mir ein. Aber ich ging in dieses Haus, um sie umzubringen, allesamt. Egal was und wen ich da drin vorfand, der war fällig.

Damit wollte ich den Dschungel meiner Kindheit entlauben. Die Wurzeln ausreißen.

Ich ging rein und schoß.

Ich habe nicht versucht, das Kind zu retten – ich wußte nicht, daß es da war. Sie hatten vor, den Jungen zu opfern. Ihn umzubringen und dabei zu filmen. Die Filme zu verkaufen.

Als ich sie umbrachte, opferte ich das Kid.

Beim Abhauen geriet ich unter Beschuß, fing mir eine in der Schulter ein. Es war nicht annähernd genug.

Das Kid fiel unter Kriegsverluste. Sehr lustig. Tot.

Er hatte sowieso nichts vom Leben zu erwarten – das redete ich mir ein. Wahrscheinlich hätte er sich umgebracht, wenn er die Chance gehabt hätte. Selbstmord. Die Kurve gekratzt.

Genau so fing diese letzte Geschichte an. Mit Kids, die sich umbringen.

Der alte Straßenköter schüttelte sich und knurrte den Frühling an, wußte, daß er wider Erwarten noch ein Jahr gewonnen hatte. Der Winter räumt ab im Rudel der Verwilderten. Er sah aus, als wären seine Vorfahren Deutsche Schäferhunde gewesen, aber etliche Generationen später war er ein Stadthund: hager, schmutzfarben und scharfäugig.

Ich war sein Bruder auf der Jagd. Ich beobachtete den großen Rotschopf – bis zu den Knöcheln in einen langen Steppmantel gehüllt, aber sie bewegte sich mit dem Selbstvertrauen derjenigen, die drunter was Kräftiges vorzuweisen hatte. Ihren Hintern wahrscheinlich, der rotzig kessen Miene nach zu urteilen. Auf der anderen Straßenseite ein schwarzes Kid mit einem eingeschnittenen geometrischen Muster auf der Backe. Trug eine weiße Lederjacke mit einem großen roten STOP-Schild auf dem Rücken. Er lief dicht hinter ihr, tippte sich ans Herz, ob die Pistole noch da war.

Total verräterisch, egal wie das Spiel ausging.

Mit ihm hatte ich nichts am Hut – ich war wegen dem Rotschopf da.

»Ich will rauskriegen, ob sie mich betrügt«, hatte die Klientin gesagt und mir in die Augen geschaut. »Ich bin 'ne beinharte Mutter, aber egal, wem ich gehöre, *das* gehört mir, verstanden?«

Sie war eine kleine, zierliche Brünette mit unglaublich violetten Augen. Wahrscheinlich Kontaktlinsen.

»Damit hat Rena mich bestraft«, sagte sie und strich sich die kurzgeschnittenen Haare aus der Stirn. »Die waren mal schulterlang. Verstehen Sie?«

Ich nickte, hielt ihren Blick.

»Durchstochen bin ich auch. Da unten.« Schaute auf ihren in Leder gehüllten Schoß.

Ich folgte ihrem Blick nicht, wartete.

»Ich will wissen, wohin sie geht, mit wem sie sich trifft, was sie treibt. Und ich will's bald wissen.«

»Okay.«

»Ich brauche keine Bilder, Bänder oder so. Keine richtigen Beweise. Das ist'n Haufen Geld bloß fürs Beobachten – ich erwarte, daß Sie *genau* hingucken, einverstanden?«

»Yeah.«

»Ich geb mich nicht gern mit Männern ab«, sagte die Brünette. »Aber Michelle sagt, Sie wären okay.«

»Hat Michelle Ihnen erzählt, daß ich für das, was ich mache, bezahlt werde?«

»Ja, sie hat mir alles erzählt.«

Wenn ich noch Sinn für Humor gehabt hätte, hätte ich drüber gelacht.

Sie schob einen Umschlag über den Schreibtisch. »Da sind fünftausend Dollar drin«, sagte sie. »Was bekomme ich dafür?«

»Das, was Sie gesagt haben«, antwortete ich.

Ein paar Monate, nachdem ich das Kid umgebracht hatte, kam Michelle zurück. Ich weiß nicht, woher sie's wußte, aber sie tat es. Sie blieb zwei Wochen bei mir. Pansy war noch oben bei Elroy und versuchte schwanger zu werden, Michelle konnte also ruhig in meinem Büro wohnen. Tagsüber besuchte sie Terry und den Maulwurf im Schrottplatzbunker – nachts war sie bei mir.

Ich war auf dem Dach und schaute ins große Leere.

Sie trat hinter mich, total in Leuchtspurparfüm gehüllt, legte mir eine rotbekrallte Hand auf den Unterarm. Ich hatte vergessen, wie wunderschön sie war. Als sie zurückkam, habe ich nie gefragt, ob sie die Operation durchgezogen hatte – nicht mal gefragt, warum sie überhaupt zurückkam.

Sie stand dicht neben mir, legte die Arme um mich wie ein Ringrichter um einen besiegten Boxer und flüsterte dieselben Worte. »Du kannst es jederzeit machen, Schätzchen«, schnurrte sie. »Das ist nicht deine Nacht.«

Jedenfalls nicht diese.

Ich blieb für mich. In meinem Büro. Meiner Zelle. Las viel, so wie damals, als sie mich eingesperrt hatten. Legte mir den ganzen Wortschatz zu, den ich nirgendwo verwenden konnte.

Mir stand nicht der Sinn nach einem meiner üblichen Schnäppchen. Ich wartete, wollte es mir für den Schmerz aufsparen.

Über ein Jahr verging, und sie kamen nicht vorbei. Vielleicht wußten sie Bescheid und es war ihnen egal.

Könnte schon sein. Ich wußte Bescheid, und mir war's egal.

Ich drehte den Zündschlüssel, und der Motor des Taxis sprang an. Ich legte den Gang ein und fuhr an der Franklin Street los, kreiste um den Block, schaltete mit einem Daumendruck das AUSSER-DIENST-Schild auf dem Dach aus. Der Rotschopf war immer noch unterwegs, als ich vorbeikam. Sie winkte meinem Taxi, und ich hielt an.

Sie stieg hinten ein, ließ eine Hand auf der großen ledernen Umhängetasche.

»Wohin?« fragte ich sie.

»Central Park West, Ecke Siebenundsiebzigste«, sagte sie mit hartem, bestimmtem Tonfall. »Wissen Sie, wo das ist?« hakte sie mit einem Blick auf meine gerahmte Kutschlizenz am Armaturenbrett nach. Vielleicht dachte sie, Juan Rodriguez spräche kein Englisch.

»Ja, gnä Frau«, sagte ich. »West Side Highway zur Zehnten, okay?«

»Isses nicht gradeaus die Sechste hoch kürzer?« fragte sie mit einem feindseligen Unterton in ihrer kehligen Stimme.

»Allerhand Verkehr jetzt, gnä Frau. So wie ich gesagt habe, isses schneller ... aber wie Sie wollen, ist schon okay.«

»Ach, machen Sie mal«, blaffte sie, zündete sich eine Zigarette an und blies einen Strahl an den gelben Aufkleber, den ich an die Trennscheibe zwischen Vorder- und Rücksitzen gepappt hatte. Dort stand in fetten schwarzen Lettern BITTE NICHT RAUCHEN – FAHRER IST ALLERGISCH.

Als ich an der CP West anhielt, gab sie mir zwei Kröten Trinkgeld – wahrscheinlich stand sie auf fügsame Fahrer.

Ich sah, wie sie in ein Hochhaus ging. Der Portier lächelte, als hätte er sie schon mal gesehn.

Ich parkte das Taxi am Droschkenstand, nahm meine Sporttasche vom Vordersitz und ging, bis ich eine Bar fand, die keinen Farn am Fenster hatte.

»Wodka auf Eis«, sagte ich dem Barkeeper. »Wasser extra.«

Der Laden war so gut wie leer. Ich ließ das Wechselgeld von meinem Zwanziger auf der Bar, wartete, bis der Barkeeper unten am andern Ende war, trank den Großteil vom Wasser, kippte etwas Wodka in das Wasserglas. Ich nahm meine Sporttasche und trug sie aufs Männerklo. Es war leer.

Ich zog meine Lederjacke aus, streifte das Sweatshirt über den Kopf, zog meine übergroße Baumwollhose aus. Drunter trug ich eine dunkelgraue Wollhose und ein hellgraues Seidenhemd. Ich holte ein schlichtes marineblaues Leinensakko aus der Sporttasche, schlüpfte rein, checkte den Sitz. Dann pulte ich den falschen Schnurrbart ab, drückte mir etwas Gel auf den Handteller, rieb es mir in die Haare. Als meine Haare schwer und schmierig genug waren, kämmte ich sie glatt nach hinten, schlang einen Schnipsgummi um den kleinen Pferdeschwanz. Ich steckte die Taxifahrerklamotten in die Sporttasche, verließ das Männerklo und die Bar.

Der Portier stand immer noch auf seinem Posten, gekleidet wie ein Leutnant in irgendeiner Bananenrepublik, die Hände auf dem Rücken.

Ich schloß zu ihm auf, die Hände offen, Teller nach unten.

»Wie geht's denn so?« fragte ich.

»Okay, Mann. Was gibt's?«

»Ich brauch ein paar Auskünfte. Kleinigkeiten. Dachte, Sie könnten mir vielleicht weiterhelfen ... «

»Sind Sie von der Polente?«

»Is die Polizei so höflich?« fragte ich ihn und hielt ihm die Hand zum Gruß hin.

Er nahm sie, griff sich die drei Zwanziger, die ich zusammengefaltet hatte.

»Vor zwanzig Minuten kam ’ne Frau rein. Großer Rotschopf. Sie haben sie angelächelt – war die schon mal da?«

»Bin mir nicht sicher, Mann.«

»Yeah, Sie sind sich sicher. Hätten Sie sie nicht gekannt, hätten Sie Ihre Rolle spielen müssen«, sagte ich mit einem Blick auf das Schild an der Tür: ALLE BESUCHER MÜSSEN ANGEMELDET WERDEN.

»Ich kenn ihren Namen nicht, bloß …«

»Ich kenne ihren Namen, mein Bester. In welches Apartment geht sie?«

Er legte den Kopf zurück, schaute mir in die Augen.

Ich schaute zurück.

Er zog die Hand aus der Tasche, schaute sich das Geld an, das ich ihm zugeschoben hatte.

»Es reicht«, sagte ich.

»Sie geht in siebenundzwanzig G, Mann. Jedesmal.«

»Wer’s dort?«

Er schaute wieder auf das Geld in seiner Hand.

»Ist nur fair«, sagte ich. »Ich hab noch ’n Pärchen, macht dann ’nen glatten Hunni, okay?«

Er nickte. Ich gab ihm noch zwei Zwanziger.

»Miss Kraus«, sagte er.

»Bloß sie?«

»Yeah, sie wohnt allein, Mann. Suzanne Kraus. Sie macht irgendwas mit Werbung, glaub ich.«

»Yeah. Gibt sie viel Trinkgeld?«

»Nicht soviel wie Sie, Mann.«

Der Rotschopf kam in den nächsten fünf Tagen noch zweimal. An der CP West gibt es auf der anderen Straßenseite eine hübsche Parkbank – man kann dort stundenlang sitzen, den Rücken zum Park, und sich die Sonne reinziehn. Niemand achtet groß auf einen.

Ich traf mich mit der Brünetten an einem Freitagnachmittag in einer Teestube im Village. Diesmal waren ihre Augen blitzeblau. Ich ging sämtliche Stellen durch, wo der Rotschopf in den letzten paar Tagen gewesen war. Als ich zu dem Haus an der CP West kam, wurden ihre Lippen schmal.

»Suzanne.« Mehr sagte sie nicht.

»Siebenundzwanzig G.«

»Ja, ich weiß.«

Ich saß da, wartete. Schließlich beugte sie sich vor, senkte die Stimme. »Ich hätte da noch was zu erledigen«, sagte sie.

»So 'ne Arbeit mach ich nicht«, sagte ich.

»Was ist passiert?« fragte mich Michelle an diesem Abend.

»Sie wollte, daß ich den Rotschopf alle mache«, sagte ich.

»Burke, du hast doch nicht . . . ?«

»Nein.«

»Ich krieg 'ne Wohnung, Schätzchen. Ich muß wieder was arbeiten. Am Telefon.«

Ich sagte gar nichts. Stand auf und ging raus zur rostigen alten Feuerleiter. Stieg aufs Dach. Pansy hinterließ dort früher jeden Tag ihre Ladung, aber sie war seit 'ner Weile weg, und der harte chemische Regen hatte die Sache erledigt – der Geruch war fast weg. Ich beugte mich übers Geländer, schaute runter in den Abgrund.

»Was ist los, Burke? Du bist schon seit Stunden hier oben.« Michelle... ich hatte sie nicht hochkommen hören.

»Nichts.«

»Was nichts?«

»*Gar* nichts. Ich schau bloß runter ins Leere.«

»Was ist dieses 'Leere', Schätzchen. Du hast das schon mal gesagt... ich kapier's nicht.«

»Nichts. Das Leere ist nichts. Das, was da unten ist. Nichts. Nachdem du fertig bist. Nichts. Es ist nicht gut – es ist nicht schlecht. Bloß... Leere, klar? Vielleicht sind da Menschen, ich weiß nicht.«

»Wer weiß? Wer weiß über so was schon Bescheid? Was kümmert's dich? Ist eh nichts für dich.«

»Denkst du jemals ans Sterben?« fragte ich.

Das Mondlicht spielte auf ihren Jochbeinen, ohne ihre großen, dunklen Augen zu berühren. »Ja«, flüsterte sie.

»Ich auch. Ich hab oft dran gedacht. Ich hab immer gedacht, ich hätte 'ne tödliche Krankheit oder so, wüßte, daß sie mich bald schafft, und wollte noch 'nen Haufen Arschgeigen mit auf die Reise nehmen, weißt du? Ich könnte irgendwo hingehn. Wie Wesley. In ein Zimmer rein, 'ne Tasche voll Dynamit umgeschnallt. Solln se mal sehn, was zuerst passiert.«

»Wesley war irre.«

»Was bin ich denn, Michelle? Schon tot, glaube ich. Ich hab nicht mal mehr diesen Traum. Als wär's zuviel Aufwand. Ich könnte einfach rein ins Leere, es hinter mich bringen.«

»Dort ist niemand, Schätzchen. Niemand, der wartet.«

Woher wollte sie das wissen? Als ich das letzte Mal jagen war, tötete ich das Kind. Aber ich hatte ihm nichts versprochen, bevor er starb. Ich kannte nicht mal seinen Namen. Da war nichts zu machen.

Ich schnippte meine Zigarette übers Geländer. Sah den kleinen roten Punkt runter ins Leere segeln.

Was mir echt fehlt, ist Furcht. Sie war mal mein Freund, die Furcht. War bei mir, solang ich mich erinnern kann. Sorgte dafür, daß ich schlau blieb, behütete mich. Ich graste die verschwiemelten Winkel und Ecken ab. Ich lebte am Rande, schlug aus der Deckung zu, schlich über die Grenze zurück. Ein Guerilla ohne Armee. Ein Wolf ohne Rudel. Versuchte mir ein Stück aus der Mitte zu holen. Zog ohne Taschenlampe durch das Gekröse der Stadt, und die Furcht ging von mir aus wie ein Sonar, bewahrte mich davor, auf den Stromstrang zu treten.

Ich hatte ständig Schiß. Das brachten sie mir bei. War vielleicht das erste, was mir irgendwer beibrachte.

Früher habe ich die Elektrizität in mir gespürt. Furchtstöße. Die in mir hin- und herschossen, die Synapsen übersprangen, die Kontakte herstellten.

Mich behüteten.

Als ich dieses Haus der Bestien in der Bronx anschaute, als ich zu meinem Gang aufbrach, war die Furcht nicht bei mir.

Sie ist seither nicht mehr dagewesen.

Bloß, daß es mir scheißegal ist.

Das Verrätergewerbe war am Boomen. Michelle fand überall in der Stadt Arbeit für mich. Ein geduldiger Mann war ich immer, aber jetzt war ich ein Stein. Es spielte keine Rolle, wie lange irgendwas dauerte.

Peter war ein hart arbeitender Typ, nervös und fahrig, machte immer das gleiche. Ein Gewohnheitstier. Jeden Morgen schnappte er sich den 5:05er aus Bethpage, draußen auf Long Island. Ich paßte ihn ein paarmal dort ab, musterte ihn über den Rand der Zeitung, trug einen Pendleranzug, war unsichtbar. Er redete mit niemand. Schnappte sich immer die Linie E oder F vom Sutphin Boulevard in Jamaica, fuhr mit bis zur Fiftythird, Ecke Fifth, ging von dort aus zu Fuß zu seinem Büro. Er arbeitete für eine Versicherung, irgendwas mit Zahlen.

Seine Frau erzählte ihrem Friseur, daß Peter etwas nebenher laufen hätte. Sie wüßte es, sagte sie. Der Friseur redete mit seinem Freund, und sein Freund redete mit Michelle. Sie übernahm das Geschäftliche.

Auf der Long-Island-Linie machte er nichts. Gar nichts. Also wartete ich ein paar Stationen weiter in der U-Bahn auf ihn, am Bahnhof Union Turnpike.

In diesen Morgenstunden merkte man noch die Kühle der Nacht, so erfrischend wie die Klimaanlage im Leichenschauhaus. Ich wartete auf dem Bahnsteig, angezogen wie ein Stadtnomade, die Nasenlöcher mit Wicks verstopft, damit ich den Geruch aushielt.

Heutzutage ist der grausigste Laut in der U-Bahn nicht mehr das Spannen eines Revolverhahns – es ist der offen rasselnde TB-Husten.

Manchmal war er auf der Linie E, manchmal auf der F. Immer im letzten Wagen. Die F ist nicht so gut zum Schlafen für Penner. Obdachlose hassen die neuen Waggons – die Sitze sind aus Hart-Plastik, orange und gelb, mit Mulden für den Hintern und im ganzen Waggon verteilt, so daß nie mehr als drei Sitze in einer Reihe sind. Auf der Linie E fahren die meisten Züge noch mit den alten Waggons, mit sechs flachen Sitzen nebeneinander – viel besser zum Langmachen und Knacken.

Mit der Zeit kannte ich die Stammkundschaft. Ein Paar, Latinos, mit eindrucksvollen Schnauzbärten – sie saßen immer nebeneinander, sprachen nie, lasen nie Zeitung. Zentralamerikaner, keine Puertoricaner, dazu war ihre Haltung zu soldatisch. Sie paßten bloß auf – der eine rechts, der andere links. Vielleicht wegen der streunenden Gangs lebendig toter Kids, die nie ohne ihre Plastikflaschen voller Benzin losziehn, mit denen sie schlafende Penner anstecken. Eine sanfte Schwarze, in Schwesterntracht, mit zwei kleinen Kids – ich nehme an, sie setzte sie beim Babysitter ab, bevor sie selber arbeiten ging. Ein junger Weißer mit rasiertem Schädel, der immer Karatehefte las. Eine Koreanerin, von der nur die dunklen Augen über der Chirurgenmaske zu sehen waren... jeden Tag eine frische weiße. Ein wuchtiger Schwarzer, Hände auf den Knien, die Knöchel so zerhaun, daß die hellere Unterhaut durchschien... als ob er Sternsaphire an den Händen trug.

Hat man so früh morgens erst mal einen Sitz, will man auch dort bleiben – die umherschweifenden Psychos benutzen den Platz zwischen den Verbindungstüren am Ende der Waggons als Pissoir.

Die Obdachlosen fahren immer bis zum Schluß mit. Dann warten sie, bis der Zug wieder zurückfährt. Sie kommen nie dort an, wo sie hinwollen.

Ich fuhr mit der U-Bahn immer bis über Peters Station hinaus. Die letzte brauchbare Haltestelle der Linie F in Manhattan ist an der West Fourth. Ich ging raus, stieg in die Linie A um. Das tun viele Leute – die A hält an der Chambers, genau wie die E, aber die E fährt viel weiter unten in den Bahnhof ein ... drunten beim World Trade Center. Steigt man auf die A um, erspart man sich eine halbe Stunde Lauferei, wenn man eigentlich in die Chambers Street will.

Ich hielt die Augen offen. An einem der Stahlträger auf dem Bahnsteig ist ein Wasserhahn unter einer Eisenklappe verborgen. Ich sah, wie ein Obdachloser eine Plastikflasche – wie sie Yuppies im Kühlschrank haben, für reines Quellwasser nach dem Fitneßtraining – aus seinem zerlumpten Mantel holte. Vorsichtig schraubte er den Verschluß ab, hielt sie aufrecht und füllte sie mit Wasser. Als er fertig war, setzte er den Verschluß wieder auf, packte die Flasche am Tragegriff und trottete davon. Er sah, daß ich ihn beobachtete.

»Wenigstens hab ich frisches Wasser, Amigo«, informierte er mich munter.

Auf den weißen Kacheln im Treppenaufgang zur Straße eine mit schwarzem Filzstift gemalte Botschaft:

Ich, Lizette
gehör bestraft,
weil ich Angel nicht
gehorcht habe.
$

Ich fragte mich, ob Angel ein Mann oder eine Frau war – in der Stadt sind heute beide als Zuhälter zugange. Vielleicht war's auch ein S/M-Spiel.

Ich stieg in die Linie A. Setzte mich neben einen Weißen, der sich an diesem Morgen nur die eine Gesichtshälfte rasiert hatte. Seine Augen kreisten ununterbrochen. Das eine Handgelenk war verbunden, am andern hatte er eine Uhr auftätowiert, herrlich gearbeitet. Der Irre schaute auf sein Handgelenk, sah, daß es 7:15 war. Bis zum dritten Halt hatte er noch dreimal nachgeschaut, ungeduldig mit den Fingern getrommelt.

Ich lief von der Canal nach Hause, schlief eine Runde. Gegen Mittag spazierte ich rüber zum Bahnhof Brooklyn Bridge an der Lexington-Avenue-Linie. Nahm den Zug nach Uptown, um rechtzeitig zu Peters Mittagspause zu kommen.

Ein Mann mit schulterlangen Haaren hatte die Ecke des Wagens für sich. Er roch wie Moder, trug nur ausgebeulte Jeans und ein zerrissenes rotes T-Shirt. Turnschuhe, keine Socken. Er murmelte vor sich hin, ein heftiges Zwiegespräch mit einem unsichtbaren Feind. Zwei schwarze Teenager beobachteten ihn ehrfürchtig. Ich sah, worüber sie sich wunderten – der Oberkörper des Mannes war eine einzige Muskelmasse; er sah aus wie eine Reklame für Bodybuilding.

Ich hätte das Rätsel für die Kids lösen können. Psychoisometrie. Der arme Kerl hatte jahrelang gegen die chemischen Handschellen gekämpft, bevor er »resozialisiert« wurde.

Es war schwer, in diesem Zug einen Sitzplatz zu kriegen –für manche eine Qual, für andere eine Chance zum Rumspielen. Schnuckelige Teenagerzwillinge stiegen zu, mit den gleichen grünen Schlauchkleidern, so kurz, daß man die dicken schwarzen Streifen an den Schenkeln sehen konnte, wo die Strümpfe aufhörten. Die eine nahm einen freien Platz, die andere setzte sich auf ihren Schoß, baumelte mit den Beinen, lächelte, präsentierte sich. Sie plapperten miteinander, als wären sie allein, aber sie registrierten alles. An der Fourteenth Street tauschten sie die Plätze ... so kam jede zu ihrem Auftritt.

Ich stieg an der Fifty-first aus, machte einen kurzen Marsch. Genehmigte mir zwei Zigaretten. Wartete auf Peter.

Ein prallärschiges Model tänzelte auf dem Bürgersteig, hielt den Hörer des Münztelefons an der Schnur, wie ein Rocksänger sein Mikrophon. Ein Trio schrill gekleideter Jungmanager beobachtete sie und träumte von Trophäen, die man sich mit goldenen Kreditkarten kaufen kann. Ein Limousinenfahrer wartete gelangweilt am Bordstein. Eine Stadtstreicherin trottete vorbei, schob einen Kinderwagen voller Plastikpfandflaschen vor sich her.

Meist lief Peter einfach rum. Manchmal kaufte er sich einen Hot-dog am Stand an der Straßenecke, setzte sich auf eine Bank und mampfte ihn gemächlich. Manchmal aß er überhaupt nichts. Er kriegte ein anständiges Gehalt – vielleicht war er bloß geizig.

Eine ganze Woche verging, immer dieselbe Leier. An einem Dienstag marschierte Peter los. Gegen den Verkehrsstrom die Fiftieth hoch. Als er die Sixth überquerte und links abbog, hatte ich kapiert.

Im Oben-ohne-Laden gab es viel zu teure Gerichte, aber niemand war wegen dem Essen dort. Peter bestellte sich was zu trinken und ein Sandwich. Das übrige Essensgeld, das er gespart hatte, gab er für ein großes Mädchen mit langen schwarzen Haaren aus, die für ihn tanzte. Auf seinem kleinen Tisch. Ihre hohen Brüste blieben unnatürlich steif, egal wie sehr alles andere an ihr hüpfte. Er schaute zu ihr auf, ohne einmal das Gesicht zu verziehn. Gab ihr auch gut Trinkgeld, stopfte ein paar Scheine vorne in ihren G-String. Sie tat, als ob sie ihn kannte, gab ihm einen flüchtigen Kuß, bevor sie mit schwingendem Ehebrecherinnenhintern abging.

Das schwarzhaarige Mädchen arbeitete schwer für ihr Geld. In diesen Läden bezahlt die Geschäftsleitung nicht fürs Talent – das sind alles freischaffende Künstler, die ihren Arbeitsplatz mieten. Sie behalten das Trinkgeld, der Manager kriegt das Geld fürs Essen und die Drinks. Die Yuppies stört das nicht – die können das Ganze als Spesen abrechnen, solange sie nicht alleine essen gehn. Für sie ist es sowieso leichter, käufliches Fleisch im Rudel zu beschaun.

Extras kosten extra.

Hinten, im VIP-Room, gibt's auch Schoßtanzen. Ist genau so, wie es klingt. Peter ging nicht nach hinten. Ging auch nicht in den Duschraum, zum Ganzkörperrubbeln mit Stehblues... zu keinem der Extras.

Kurz vor der Rush-hour machte ich mich auf den Rückweg. Der U-Bahnwagen war so gut wie leer. Ein schlaksiges, hellhäutiges schwarzes Kid mit kurzem ordentlichem Haarschnitt stieg ein. Er trug eine prächtige weiche Lederjacke. Die Vorderseite war kastanienbraun, die bauschigen, über der Schulter angesetzten weißen Ärmel hatten einen schwarzen Kreis auf jeder Seite, darin eine weiße 8. Der Rücken war ein rotes, spitz auf Taille zulaufendes Dreieck auf blauem Grund, mittendrin eine große schwarze Achterkugel.

Eine 8-Ball-Jacke ist eine Superbeute für Straßengangs – sie kostet ein paar hundert Dollar. Ich ging auf Blickkontakt mit dem Kid, schüttelte den Kopf, wollte ihm sagen, daß er ein Trottel war, weil er sich so zur Zielscheibe machte. Das Kid schaute zurück, ruhig, tippte an seinen Gürtel, gönnte mir ein breites, betrübtes Lächeln. Willste seine Jacke, riskierst du dein Leben.

Das kostet so was heutzutage.

Belauern ist einfach – alles, was man braucht, ist die Zeit und das Ziel. Es war kurz nach vier Uhr morgens, als die große Schwarzhaarige vor dem Obenohne-Laden ein Taxi ranwinkte. Zwei weitere Mädchen standen neben ihr auf dem Bürgersteig. Ohne zu reden, müde von der Arbeit.

Ich rollte hinter dem Taxi los, mein alter Plymouth unauffällig wie ein Hai, ein rollender Dreckklotz in einer dreckigen Stadt. Das Taxi fuhr quer durch die Stadt, Richtung Osten. Ich folgte ihm bis zur Fiftyninth Street Bridge, blieb rund um die Schleife zum Queens Boulevard dran. Dort fuhr es dann immer gradeaus.

Vor einem flachen alten Haus in Rego Park stieg sie aus. Dort begrüßte sie kein Portier.

Die Tischtänzerin hieß Linda. Lynda buchstabierte sie es jetzt, aber auf dem Mietvertrag, den sie unterschrieben hatte, stand Linda. Linda Sue Anderson. Es war ein Zweizimmerapartment. Sie bezahlte 650 Dollar im Monat, Nebenkosten extra. Sie wohnte seit sieben Monaten da, hatte nie Schwierigkeiten gemacht. Ich ließ sie über einen Typ ausleuchten, den ich kenne. Es war einfach – ihre richtige Sozialversicherungsnummer stand auf dem Kreditantrag, den sie für die Wohnung ausgefüllt hatte. Geburtsdatum ebenfalls. Sie war neunundzwanzig, genau auf der Grenze.

Linda Sue war ein Collegemädel. LSU, Jahrgang 1986. Hauptfach Theater. Kam 1987 nach New York. Große Träume, die langsam starben, tanzte auf Tischen, statt auf der Bühne. Ihre Beine waren nicht lang genug für die Rockettes, nehme ich an. Und die Implantate hielten die Zeit auch nicht ewig auf.

Ihr Apartment lag an derselben U-Bahnlinie, die Peter jeden Tag benutzte – eine Haltestelle für die Nahverkehrszüge. Peter mußte auf die Linie G umsteigen, wenn er bei ihr raus wollte.

Er machte es nie, weder beim An- noch beim Abfahren.

Ich hätte sie mir irgendwo vorknöpfen können, mir alles über Peter erzählen lassen.

Aber ich wußte schon alles über Peter.

Ich sagte Michelle, sie sollte der Kundin bestellen, es wäre falscher Alarm – Peter hätte nichts nebenher laufen.

Ich bin schon vorher mal wie tot gewesen. Aber diesmal hatte ich nicht das Gefühl, als würde es sich wieder legen.

Als es einmal richtig schlimm wurde, ging ich rüber in Max' Tempel. Bearbeitete den Sandsack in seinem Dojo, bis ich nicht mehr gradeaus gucken konnte, die Arme nicht mehr heben und keinen wuchtigen Schlag mehr ablassen konnte.

Zu meinem Kummer drang ich nie durch.

Rundum war Verrat. Gehörte zur Gegend. Wie die Alkies, die auf den Parkbänken schliefen. Ich kreuzte nicht groß bei Mama auf, grade soviel, daß sie nicht dachte, ich wäre weg. Belinda rief weiter an. Ich hatte sie beim letzten Job kennengelernt. Sie hatte im Park gejoggt, war stehengeblieben und gesagt, mein Hund gefiele ihr. Stellte sich raus, daß sie ein Cop war. Vielleicht war sie als verdeckter Ermittler im Park eingesetzt, vielleicht war sie auf mich angesetzt. Ich fand es nie raus. Rief sie nicht zurück.

Ich hätte ewig so weitermachen, mich einfach bis zum Finale durchwurschteln können. Jetzt wollte ich's nicht mal probieren. Wollte auch nicht sterben – wenigstens nicht so sehr, um's einfach zu machen. Im Knast waren die Betäubten die grausigsten Typen – egal ob man ihnen eins über den Schädel gab oder Mace ins Gesicht sprühte – die kamen einfach weiter auf einen zu. Vielleicht spürten sie den Schmerz nicht. Vielleicht war's, wie wenn man in eine Schießerei gerät – der Adrenalinstoß blockiert einem so die Ohren, daß man die Schüsse nicht mal hört.

So ähnlich lief ich durch die Gegend.

Ich war in Mamas Restaurant, wartete auf Michelle. Ich hatte versprochen, sie rauf zum Schrottplatz zu fahren. Max war da, wollte bei mir sein. Max der Stille, redete jetzt nicht mal mit den Händen, ein Krieger ohne Gegner. Aber nur bei mir aufgeschmissen – er hatte noch ein anderes Leben. Seine Frau, Immaculata. Und ihr Baby, Flower. Eigentlich kein Baby mehr.

Ab und zu spielten wir immer noch unsere lebenslängliche Rommérunde, aber ich kam nicht rein. Max hatte seit Monaten eine Siegessträhne, sogar mit Mamas arschblöden Ratschlägen.

Ich kam mir vor wie … eingeliefert. Dran gewöhnt. Die brauchten keine Mauer – ich hatte nicht vor auszubrechen.

Michelle kam rein, machte ein großes Trara, küßte Max, verbeugte sich vor Mama. Zuerst waren sie leise um mich rumgeschlichen, ließen mir jede Menge Platz mit meinem Schmerz. Aber das legte sich. Für sie jedenfalls. Jetzt gehörte ich zum Inventar.

»Biste startbereit, Baby?« fragte Michelle.

Ich nickte, wollte aufbrechen. Hinten läutete eins der Münztelefone. Mama stand auf und ging ran.

»Für dich«, sagte sie. »Geldmann.«

Bei Mama kommt's ganz auf den Tonfall an – sie meinte einen Mann, der vom Geld herstammte, nicht einen Mann mit Asche.

»Sag ihm, ich bin nicht da«, sagte ich, ohne aufzuschaun.

»Du geh nich arbeit?« fragte Mama. »Nich Geld mach?« Ihr Ton bestätigte meinen Irrsinn.

»Ich hab genug.«

»Sei nicht blöd, Burke.«

Mir war klar, das würde nicht aufhören. Also machte ich, was ich immer gemacht hatte … beugte mich einfach. Ich stand auf, ging zum Münztelefon.

»Was ist?«

»Mister Burke?« Eine junge, dünne Stimme, im Tremolo was Schlimmeres als Nervosität.

»Was ist?«

»Ich muß mit Ihnen reden.«

»Rede.«

»Nicht am Telefon. Bitte. Ich … ich glaube, ich bin der nächste.«

»Der Nächste bei was?«

»Ich kann nicht … meine Mutter hat gesagt, ich soll Sie anrufen. Wenn ich jemals Scherereien habe, große Scherereien. Sie hat gesagt, ich soll Sie anrufen.«

»Sag deiner Mutter, sie hat 'nen Fehler gemacht, Kleiner.«

»Ich … kann nicht. Sie's nicht da.«

»Wo ist sie?« *Tot? Wer von ihnen ist jetzt fort?*

»In Europa. In der Schweiz. In der Klinik. Sie geht jedes Jahr hin. Da gibt's kein Telefon, gar nichts.«

»Schau Kleiner, ich …«

»Bitte! Meine Mutter hat gesagt …«

»Wer's deine Mutter?«

»Lorna. Lorna Cambridge.«

»Kenne ich nicht.«

»Sie hat gesagt, ich soll Ihnen bestellen, es wäre Cherry. Cherry aus Earls Court. Sie hat gesagt, Sie wüßten dann schon.«

Tat ich.

Ich tat es, und ich schuldete ihr was. Ich nehm an, ich hatte noch genug übrig. Ich antwortete automatisch.

»Ich rede mit dir, Kleiner. Reden, verstehst du?«

»Ja. Klar! Sagen Sie mir bloß …«

»Kennst du den Grand Central?«

»Grand Central Station?«

»Yeah.«

»Klar, ich kann –«

»Sei morgen früh da. Vor zehn. Steh unter der Uhr. Kennst du die Uhr?«

»Ja, ich –«

»Warte da. Jemand wird zu dir kommen, dich nach dem Namen deiner Mutter fragen. Geh einfach mit, verstanden?«

»Ja. Klar, ich …«

Ich legte auf. Ging wieder nach vorn. Sagte Mama, sie sollte den Prof auftreiben, damit er morgen das Kid vom Bahnhof hierherbrachte.

Ich fuhr Michelle zum Schrottplatz. Sie geht da ständig auf eigene Faust hin – ich bin bloß einfacher als ein Taxi. Wir glitten durch die Stadt, über die Brücke zur South Bronx, und der Plymouth fand wie von selber nach Hunts Point. Terry öffnete das Tor, scheuchte die Hunde beiseite. Er ging ums Auto rum, zu meiner Seite – ich wollte grade rüberrutschen, damit er den restlichen Weg fahren konnte, als Michelle ihn durch ihr Fenster anblaffte: »He!«

Der Bengel blieb wie angewurzelt stehen. Ging zur Beifahrerseite, sagte: »Hi, Mutti«, gab ihr einen Kuß. Sie wollte ihn grimmig anschaun, ihn an seine Manieren erinnern, aber es lief nicht – liebevoll strahlten ihre Augen, badeten den Bengel in ihrem Glanz.

Terry setzte sich ans Steuer. Er rückte den Sitz nicht nach vorn, bearbeitete einfach die Pedale mit den Zehenspitzen. Er lenkte das große Auto gekonnt, ließ es nicht mehr raushängen wie früher – einfach ein Mann, der seinen Job macht.

Nachdem das Auto versteckt war, stiegen wir in einen alten Jeep, den sie als Zubringer benutzen – Michelle hatte dem Maulwurf letztes Mal höllisch den Marsch geblasen, von wegen sie müßte in Pfennigabsätzen über den Schrottplatz laufen.

Der Maulwurf hockte auf dem durchgeschnittenen Ölfaß, das er als Sessel benutzt, und schaute in die mittlere Ferne, wo er den Großteil seiner Zeit zubringt. Aus dem Augenwinkel nahm ich einen bräunlichen

Schatten war – Simba, der Chef des wilden Hunderudels. Das Vieh kam näher, setzte sich auf die Hinterhand, ließ die Zunge baumeln und schaute interessierter drein als der Maulwurf.

Terry ging in den Bunker und kam mit einem Ledersessel für Michelle zurück. Ein echter, schwarzes Leder, blitzblank. Sie setzte sich, zündete sich eine Kippe an, nahm das Glas Mineralwasser, das Terry ihr brachte. Daheim, als wär's 'ne Cocktailbar.

Terry setzte sich neben sie. Sie redeten, dicht an dicht. Nach einer Weile würde der Maulwurf wieder aus seinen Gefilden herunterkommen und auch was sagen – soviel, wie der Maulwurf eben rausbringt. Ich wartete es nicht ab.

Marschierte zurück zum Plymouth, spürte das Hunderudel um mich. Ich fuhr langsam, arbeitete mich hakenschlagend wieder Richtung Downtown vor.

Bevor ich bei mir die Treppe hochging, schnappte ich mir ein Münztelefon, rief das Restaurant an.

»Ich bin's«, sagte ich Mama, als sie sich meldete. »Haste den Prof gefunden?«

»Grad jetzt. Er sag, du bring den Jungen morgen, okay?«

»Sicher.«

Am nächsten Tag fuhr ich früh zum Restaurant. Checkte die Fenster ab. Nur der weiße Papierdrachen war gehißt – der Wimpel für alles klar.

Ich parkte in der Gasse hinter dem Laden, klopfte an die stumpfe Stahltür, marschierte durch die Meute der als Köche verkleideten Revolverhelden, ging an den Münztelefonen vorbei in das Restaurant.

Ich setzte mich in meine Nische im hinteren Teil. Mama trennte sich von ihrer Registrierkasse, kam zu mir und bellte den Männern hinten irgendwas auf kantonesisch zu. Sie hatte es satt, daß ich ständig nein sagte, wenn sie fragte, ob ich was essen wollte... jetzt bringt sie einfach was. Sie setzte sich gegenüber, tischte mir eine Portion ihrer berüchtigten Sauerscharfsuppe aus der Terrine auf, dann sich selbst. Ich blies auf meinen Löffel, nahm ein bißchen was von dem Gebräu in den Mund, spürte ihre Blicke.

»Irgendwas is anders«, sagte ich.

Sie verbeugte sich leicht, so leicht, daß ich noch das leichte Zucken um ihre Mundwinkel sehen konnte.

»Gut. Du gib Obach.«

»Yeah. Was isses?«

»Ginsengpulver.«

»Wieso...?«

»Ginseng für Wunden.«

»Ich bin nicht mehr verletzt«, sagte ich und tippte mir an die Schulter, dort wo mich die Kugel erwischt hatte, als ich aus dem Haus in der Bronx kam.

Wieder verbeugte sie sich, ausdruckslos.

Ich löffelte die Suppe aus. Wartete, daß sie die Schale nachfüllte, schlürfte diesmal langsamer – wenn ich zu schnell machte, teilte sie bloß noch eine Runde aus. Ich schaute auf meine Uhr: 9:30. Jede Menge Zeit.

»Du arbeit bald?« fragte Mama.

»Kann sein.«

Danach verließ sie mich, ging zurück zu ihren Mauscheleien.

Die Glocke über der Eingangstür ertönte. Zu früh für Gäste, außerdem hing das GESCHLOSSEN-Schild draußen. Ich schaute hoch. Der Prof kam rein, ein winziger Kerl mit dem Gesicht eines afrikanischen Prinzen. Er trug einen weißblauen Poncho, der aussah wie eine Indianerdecke... er hing ihm fast auf die Füße. Hinter ihm ein weißes Kid. Spack, groß und dürr, käsig, dunkle Haare, hinten lang, vorn ein Mecki. Das Kid hatte ein schwarzes Baumwollsakko an, zwei Nummern zu groß, drunter schwarze Schlabberhosen, die in knöchelhohen schwarzen Reeboks steckten. Auf den riesengroßen Zungen der Turnschuhe waren kleine orange Kreise... zum Aufpumpen... der einzige farbige Fleck an ihm. Clarence folgte ihm, als wäre er seiner Schockfarben wegen zu diesem Einsatz eingeteilt: ein kanariengelbes Seidenjackett reichte ihm fast bis auf die Knie. An seinem linken Handgelenk ein schweres Goldarmband – die rechte Hand hatte er in der Tasche.

Der Konvoi steuerte meine Nische an. Der Prof rutschte zuerst rein. Clarence drängelte das Kid auf den nächsten Platz, setzte sich neben ihn, klemmte und zwängte ihn ein. Einer der Kellner marschierte vorbei, ohne uns zu beachten, und ging vorne auf Posten. Der Laden geriet in Bewegung. Wer noch nie in einem Guerillastützpunkt war, hätte sich vorkommen können wie in einem Restaurant, das wegen Gästen einen Zahn zulegt. Ein Fremder war im Lokal – mal sehn, ob er Freunde mitgebracht hat.

»Es ist getan, Mann«, sagte der Prof zu mir. »Das ist Randall Cambridge – er's rank, und er's schlank.«

Egal, was mit dem Kid los war, verkabelt war er nicht.

»Du wolltest mit mir reden?« sagte ich.

»Ich … dachte, wir könnten … alleine sprechen.«

»Geht nicht.«

»Es ist irgendwie … persönlich.«

Ich langte auf den Tisch nach meinen Zigaretten, aber der Prof war zuerst dran – mit den Händen war er schneller als Muhammad Ali. Immer schon. Ich riß ein Streichholz an, gab uns beiden Feuer, blies dem Kid ein bißchen Rauch ins Gesicht. Er zwinkerte rasch, wollte sich an die Augen fassen. Clarence rutschte näher, drückte dem Kid die Schulter rein. Das Kid ließ die Hand auf dem Tisch – der Prof hatte ihm auf dem Herweg die Regeln für ein Treffen eingepaukt.

»Erzähl mir was von deiner Mutter«, sagte ich.

»Sie heißt … Lorna Cambridge. Wie ich Ihnen gesagt habe. Cherry, den Namen soll ich Ihnen nennen, hat sie gesagt. Cherry aus … «

»Yeah, ich weiß. Wann hat sie dir von mir erzählt?«

»Bevor sie wegfuhr. Bevor sie zum erstenmal wegfuhr. Ich habe sie gebeten, nicht zu fahren, aber sie mußte. Sie geht immer weg. Jedes Jahr. Sie sagt, wenn Sie mir nicht glauben, soll ich Ihnen was sagen. Einen Männernamen. Rex. Rex Grass.«

»Okay, du hast's mir gesagt. Ich hab's kapiert. Jetzt sag, was du willst.«

»Das ist … hart.«

»So ist das Leben, Kleiner. Und ich auch. Ich bin kein scheiß Lebensberater, okay? Spuck es aus oder zieh Leine.«

Clarence rutschte aus der Nische, verzog sich auf einen Platz gegenüber. Das Kid rührte sich nicht.

»Schieb rüber«, blaffte ihn der Prof an. Das Kid rutschte nach rechts, atmete ruhiger. Clarence beobachtete ihn wie ein Chefzocker die Würfel – egal wie sie fallen, er kommt damit klar.

»Ich glaube, ich bin der nächste«, sagte das Kid.

»Das hast du schon mal gesagt. Am Telefon. Der nächste was?«

»Der nächste, der stirbt«, sagte das Kid mit einem Unterton, als bräche ihm gleich die Stimme.

»Machst du das oft?« fragte ich und beugte mich vor. Er wollte mir nicht in die Augen schaun.

»Was?« grummelte er. Jetzt war er sauer.

»Leuten, die du nicht kennst, rührselige Geschichten erzählen.«

Er hielt sich an der Tischplatte fest, wollte aber nicht aufschaun, murmelte irgendwas, was ich nicht mitkriegte.

»Was?«

»Sie können mich mal! Dazu bin ich nicht hergekommen ... Ihnen isses wurscht ... «

»*Da* hast du recht, Kleiner. Mir *isses* wurscht.«

»Meine Mutter hat gesagt ... «

»Egal, was deine Mutter gesagt hat. Sie meint, ich schulde ihr was, ich hab's grade abbezahlt. Ich hab gesagt, ich höre dir zu, nicht, daß ich Händchen mit dir halte, dir die Nase putze. Deine Mutter weiß nur, daß ich ein Mann zum Mieten bin. Verstehst du, was ich sagen will? Kein gottverfluchter Babysitter, okay? Das hier läuft ganz simpel – das kann sogar 'n Rotzbengel wie du kapieren. Willste reden, dann rede. Willste nicht, dann geh.«

Das Kid sprang so abrupt auf, daß Clarence die Automatik auf seine Brust gerichtet hatte, bevor die Kellner auch nur dazu kamen, ihre Eisen zu ziehen. Das Kid japste, plumpste wieder zurück, als wären seine Beine zu Wackelpeter geworden. Er schlug die Hände vors Gesicht und machte auf, flennte.

Clarence beobachtete ihn zirka eine Minute, bevor er

seine Knarre wieder wegsteckte. Der Prof und ich tauschten Blicke. Er zuckte die Achseln.

Wir warteten.

Unbeachtet saß das Kid da und flennte. Im übrigen Laden kehrte wieder der Normalzustand ein: Telefone klingelten, Leute kamen und gingen durch die Hintertür, Mamas Boten, Händler und Schieber wickelten ihre Geschäfte ab. Ungerührt saß das Kid da wie ein Stein in einem Strom.

Verhungerte mitten in einem Restaurant.

Als er zu mir aufblickte, waren seine Augen gelb gesprenkelt vor Furcht. Wenn er das spielte, war er der Beste, den ich je gesehen hatte.

»Die haben ihre Methode, wie sie an einen rankommen. Reinkommen. Zuerst habe ich's nicht geglaubt. Als das mit Troy und Jennifer passiert ist, hat jeder gesagt, sie wollten bloß zusammen sein. Wissen Sie, was ich meine? Für immer zusammen. Die Kids haben geredet. Zum Beispiel, daß sie vielleicht schwanger war, oder daß die beiden heiraten wollten und ihre Eltern es nicht erlaubt haben. Aber diese Kids... die kennen uns nicht. Unsere Eltern... das wäre egal gewesen. Die hätten uns von gar nichts abgehalten. Dann isses auch mit Lana passiert. Und Margo. Mit allen isses passiert.«

»Was passiert?« fragte ich.

»Sie sind gestorben«, sagte das Kid. So wie man einem Simpel was Simples erklärt.

»Sind sie erledigt worden?«

»Hä?«

»Hat sie jemand umgebracht?«

»Nein. Ich meine... ja. Ich weiß nicht. Selbstmord haben sie's genannt. In der Zeitung. Selbstmord.«

»Und du glaubst nicht, daß es das war?«

»War's schon ... nehme ich an. Ich meine ... sie haben's selbst gemacht und alles. Aber ich glaube, daß sie's vielleicht tun *mußten*. Und ich auch.«

»Ich raff's nicht, Kleiner. Menschen bringen sich um. Kids bringen sich um. Sie treten hordenweise ab. Manche Kids sind so fertig, die spielen mit dem Gedanken rum, schubsen sich selber über die Kippe. Das nächste Kid sieht das ganze Geheul und Geflenne, das Getue bei der Beerdigung, und wie durchs Fernsehn jeder die Namen der toten Kids kennt. Der schnallt nicht, daß die nix davon haben. Er versetzt sich an ihre Stelle ... wie wenn er die Beerdigung haben und gleichzeitig dabei sein könnte. Und dann macht er's ihnen nach. Ist 'ne Kettenreaktion – so was nennt man Gruppenselbstmord. Schiß zu haben ist okay – das ist natürlich. Aber du brauchst niemand wie mich, okay? Was du brauchst, ist jemand, mit dem du reden kannst, wie ... «

»So hat's doch angefangen!« plärrte das Kid los. »In Crystal Cove.«

Der Prof gab mir ein Zeichen. Ich stand auf, ließ die zwei allein.

Clarence folgte mir durch die Hintertür nach draußen. Ich stand da, musterte die Gasse. Sie war leer, abgesehen von meinem Plymouth und Clarences britisch-rennwagengrünem Rover TC, beide gut aufgehoben unter einem Parkverbotsschild. Das Schild wirkte bei den Anliegern nicht, aber das Graffiti. Schaute man genauer hin, sah man, daß das aufgesprühte Gekrakel eigentlich chinesische Buchstaben waren. Max der Stille, der sein Revier mit der Handkante absteckte.

Ich zündete mir eine Kippe an, dachte an Cherry. Ich ließ es sein – die Bänder konnte ich später abspielen.

»Das is vielleicht 'n weißes Weichei, Mahn«, sagte Clarence mit seiner Jungmännerstimme, der man die Inselherkunft stark anhörte.

»Er hat bloß Schiß, Clarence. Das passiert.«

»Ja, das is uns allen schon passiert. Furcht is ein Teufel, mit Sicherheit. Aber dieser Junge, der geht davor in die Knie.«

»Ist nicht mein Problem«, sagte ich.

»Egal, was es is, mein Vater wird's rausfinden. Vor ihm kann niemand die Wahrheit verstecken.«

Ich warf Clarence einen Blick zu. Ich wußte, was er für den Prof empfand, hörte den Stolz in seiner Stimme. Aber ich hatte noch nie gehört, daß er ihn so nannte.

»Yeah, der Prof ist 'n Zauberer.«

»Ein Zauberer schon, aber mit'm Herz wie ein Löwe. Alles sieht er und nie flieht er.«

Ich wollte dem jungen Mann erzählen, daß ich mit dem Prof großgeworden war. Auch für mich war er das, was einem Vater am nächsten kam. Machte das Gefängnis zu meiner Schule, verwandelte mich vom Pistolero zum Schlepper. Rettete mir das Leben. Aber Clarence, der wußte das alles. Noch so ein wilder Welpe, dessen Seele der Prof gefunden hatte.

Er war schon damals ein Profi gewesen – ein junger Hecht, der für Jacques, den vogelfreien Waffenhändler aus Brooklyn, den Manndecker machte. Von den Inseln war er hochgekommen, aber er landete gradewegs in den Löchern, wo das Geld war. Das einzige Band, das ihn auf dem rechten Weg hielt, riß mit dem Tod seiner Mutter. Er war ein stiller, zurückhaltender junger Mann – mit der Knarre viel schneller als mit der Zunge. Jacques hatte große Sachen mit ihm vor, aber er wurde in meinen Krieg verwickelt.

Clarence war dort – wartete auf mich, als ich aus diesem Todeshaus rauskam. Er lag im Unkraut, ein paar Schritt von der Leiche einer besessenen jungen Kultfrau weg, die ihn ohne die pfeilschnelle Schrotflinte des Profs mit ihrem langen Messer alle gemacht hätte. Lag in der Stille da, lag da nach der Explosion, lag während der Schießerei da. Was machen die? hatte er den kleinen Mann gefragt. Warte, sagte der Prof. Warte auf mich. Und wenn ich nicht rauskomme? Warte auf die Cops, sagte der Prof. Und stirb an Ort und Stelle – stirb wie ein Mann.

Seit dieser Nacht hatte ihn der Prof an der Seele. Sie waren enger miteinander verbunden als durch Geburt und ähnliche Zufälle, für immer zusammengeschweißt.

Ich, ich hatte eine Leiche. Eine Kinderleiche.

Schweigend qualmte ich noch ein paar Zigaretten weg. Ein hängeschultriger Chinese kam raus, deutete mit dem Daumen über die Schulter. Wir gingen wieder rein.

Der Prof saß neben dem Kid, hielt mit beiden Händen eine henkellose Teetasse. Das Kid hatte auch eine.

Ich setzte mich auf meinen Platz. Der Prof zuckte mit der Hand. Clarence ging rüber, legte dem Kid seine schmale, tadellos gepflegte Hand auf die Schulter.

»Du gehst mit mir, Mahn«, sagte er leise.

Das Kid stand auf. Clarence winkte ihn näher, und das Kid ging Richtung Hinterausgang, Clarence im Schlepptau. Sie zogen in den Keller.

Der Prof verfolgte ihren Abgang. Dann wandte er

seine schokomilchfarbenen Augen mir zu. Ich wollte hören, was er aus dem Kid rausgeholt hatte, aber er hatte nichts.

»Sag mir, was du weißt, langsam und leis«, sagte der kleine Mann.

»Hab ich dir schon gesagt.«

»Nicht über den Jungen, über seine Mutter. Hast du wirklich mal was mit der gehabt?«

»Yeah. Ich glaub schon. Vielleicht. Da war'n Mädchen. Cherry. Ist lange her. In London. Kurz bevor ich rüber nach Biafra bin.«

»Hatte sie damals noch kein Kid?«

»Weiß ich nicht. Jedenfalls nicht *das* Kid... der geht auf die High School, stimmt's?«

»Yeah. Grade fertig geworden. Der Auftritt war lahm, un doch is was dran. Die Angst ist echt, Bruder.«

»Massenhaft Leute haben Schiß.«

»Seine Alpträume könnten Gold wert sein, Partner. Könnte Sahne sein im Wahne. Erzähl mir alles.«

»Sie war 'ne Bedienung, oder wie man die Mädchen nennt, die in den Clubs arbeiten.«

»Revuetänzerinnen.«

»Nein. Das war kein Nachtclub, so 'ne Art Playboyrestaurant. Jeder rausgeputzt, schnieke... aber halbseiden, keine echte Klasse, weißt du, was ich meine? Gleiche knappe Kostüme für die Mädchen... nicht oben ohne, aber so in etwa... kleine schwarze Dinger, hinten geschnürt, Netzstrümpfe, Stöckelschuhe, anschaun, aber nicht anfassen, kapierste?«

»Das Labberzeug läuft heut nicht mehr.«

Ich nickte, dachte an Peter, den armen Kerl, der wochenlang sein Essensgeld sparte, um sich ein paar Minuten Illusionen zu kaufen.

»Yeah. Ich war in so 'nem Billighotel, hab mich bedeckt gehalten, gewartet. Wir mußten von Lissabon aus fliegen, irgendwas von wegen, daß die portugiesische Regierung die Rebellen unterstützt... ich hab's nie ganz verstanden. Jedenfalls kannte ich den Mann, der mich abholen sollte... derselbe Typ, mit dem ich mich hier getroffen hatte, klar? Aber zwei Typen klopfen an die Tür, fragen, ob sie reinkommen können. Ich denke mir, es geht um 'nen neuen Paß oder so was, aber die hatten nichts damit zu tun. Sie wußten alles über die Biafrasache, aber darum ging's ihnen nicht. Worum's denen ging – jedenfalls haben sie *gesagt*, daß es ihnen darum geht –, war ein ganzer Haufen Diamanten. Hände voll, hieß es. Direkt aus den Minen in Südafrika. Sie steckten mir 'ne Masse Zeug von irgendwelchen Söldnern, die sie zurück in die Staaten schleusen wollten, und wie ich mit denen Kontakt herstellen könnte auf der Insel, von der aus wir reinwollten.«

»Was für 'ne Insel?«

»São Tomé. Winzig kleine Insel, direkt vor der Küste von Nigeria. Biafra war damals schon eingekesselt, es war... biste sicher, daß du das hören willst?«

»Laß raus, bis mir graust, Junge.«

»In Ordnung. Sie baten mich um ein Treffen. In diesem Club. Wo Cherry gearbeitet hat, nur daß ich sie da noch nicht kannte. Ich bin jeden Nachmittag hin, zirka zehn Tage lang. Ein Typ war immer da, dieser Rex.«

»Rex Grass hat das Kid gesagt.«

»Grass sagen die Tommys, wenn sie 'Ratte' meinen, Prof«, sagte ich, froh, daß ich meinem Lehrer endlich was sagen konnte, das er nicht wußte. »Das war nicht der Name, den er mir genannt hat.«

»Arschgeigen reden seltsamen Scheiß daher, stimmt's?«

»Möglich. Wir hatten so 'nen Ecktisch, wie Stammkunden. Dieser Rex war immer da, aber eines Tages kamen zwei Chinesen, aus Macao. Am andern Tag war's 'n Inder ... aus Indien. Rex war der Mittelsmann, hat alle zusammengebracht.«

»Die Jungs, die dich rübergeschickt haben, du hast denen nichts davon erzählt?«

»Denen hätte ich nie und nimmer was erzählen können, selbst wenn ich gewollt hätte. Die haben mir in den Staaten die Asche gegeben, den Paß, mir gesagt, sie würden sich im Hotel melden. Das war's dann.«

»Klunker, wa?«

»Haben sie jedenfalls gesagt. Ich habe bloß zugehört. Ich war selber noch 'n Bengel, klar? Aber ich wollte es richtig machen.«

»Und ...?«

»Und diese Cherry, die war das feste Mädchen an dem Tisch. Das war nicht so'n Laden, wo die ihr das Trinkgeld in den BH stopfen, aber ihr Hintern war immer blau vom Kneifen. Ich hab ihr nie was gegeben – die Rechnung lief nicht auf mich. Einmal komm ich zurück in meine Bude und finde 'n Papierschnipsel in meiner Jackentasche. Bloß ihr Name und ihre Telefonnummer. Ich rief sie an, und wir haben ein bißchen Zeit zusammen verbracht.«

»War sie auch in dem Spiel?«

»Weiß ich nicht ... jetzt. Damals hab ich's jedenfalls nicht angenommen. Sie war ein bißchen älter als ich. Ich dachte, sie will bloß 'n bißchen Spaß. Ging uns allen so. Sie hat mich nie nach dem Geschäft gefragt, hat nicht gefragt, was ich da drüben mache, gar nichts. Ich hab sie mal gefragt, warum sie dort arbeitet. Sie hat gesagt, sie will 'nen reichen Mann kennenlernen, heiraten. Das wär'n guter Laden, um reiche Männer kennenzulernen, ich weiß noch, wie sie das gesagt hat.«

»Hat scheint's die Tour geschnallt.«

»Yeah. Als ich das letzte Mal in dem Laden war, hat sie mir heimlich ein Zeichen gegeben. Ich bin aufs Männerklo, und da war sie. Drinnen. Ich dachte, sie wollte eine Nummer schieben, aber darum ging es ihr nicht. Sie sagte, daß sie am Abend vorher diesen Rex gesehn hätte. Mit 'nem Mann von der Regierung. Ich habe gefragt, woher sie das wüßte. Sie sagte, ich wär nicht ihr erster Freund. 'Komm nicht wieder her, Liebster', hat sie gesagt. Und ich hab's auch nicht getan.«

»Was is passiert?«

»Weiß ich nicht. Ich bin zurück ins Hotel, habe mein Zeug gepackt, und nichts wie raus. Rief eine Nummer in den Staaten an, sagte Bescheid, wo ich war. Ich wartete einfach auf die Abholer. Als sie zu dem neuen Hotel kamen, habe ich ihnen gesagt, ich wäre nervös... hätte in dem Laden, wo sie mich hingebracht haben, 'nen *Federale* entdeckt. Sie haben's akzeptiert – sagten, schlau von mir, daß ich so schreckhaft wäre –, ließen sich diesen Rex beschreiben. Die sind nicht sauer geworden, weil ich mich selbständig machen wollte... wie wenn sie's erwartet hätten. Zwei, drei Tage später bin ich rüber zu Cherrys Haus. Die Vermieterin sagte, sie wär ausgezogen. Ich war noch zirka 'ne Woche da, dann bin ich weg.«

»Hast sie nie wiedergesehen?«

»Nie.«

»Und was is dann passiert?«

»Die haben mich rumgescheucht. Von London über Genua nach Lissabon, dann nach Angola, dann auf die Insel. 'nen Flieger habe ich mit Leichtigkeit gekriegt. Dann bin ich rüber. Nach 'ner Weile kam ich zurück. Hab nie wieder einen von ihnen gesehn. Hab nicht mehr dran gedacht, bis diese Südafrikaner mit ihrem

Endabnehmerzertifikatsschwindel zu mir kamen... die nachgemachten Waffenschmuggler, weißte noch?«

»Ja, mein Bruder«, sagte der Prof ernst. Damals war Flood in mein Leben getreten.

Sie würde auch nicht wiederkommen.

»Ich würde sie nicht wiedererkennen... diese Cherry... wenn sie durch die Tür käme. Es ist lange her.«

»Biste soweit für die volle Düse?« fragte der Prof. »Das Kid hat mir Folgendes erzählt – sperr die Lauscher auf.«

Der Prof langte rüber, schnorrte noch eine Kippe. Gönnte sich eine Minute, bis sie zu seiner Zufriedenheit brannte, so als wär's eine Fünfdollarzigarre, ging mit der Zeit um wie ein Sträfling – schlug sie genauso tot, wie sie ihn totschlagen wollte.

»Dort, wo das Kid wohnt, sind alle stinkend reich. Haben all die Sachen, weißt du, was ich meine? Sie machen alles auf dieselbe Weise – dort gibt's nur eine Art Zwirn zu kaufen, eine Art, ihn zu tragen, fährt man nur einen Autotyp, klar? Alles passiert in Cliquen. Manche haben Pferde, manche haben Mercedesse. Ihre Eltern sind irgendwo anders. Machen ihren Kram«, höhnte er. »Sie haben Trupps, aber sie haben keine Loyalität, verstehste? Wilde kleine Mistkerle. Unser Junge, der war'n Dröhnie – Lachgas, dasselbe Zeug, was sie dir beim Zahnarzt verpassen. Andere, die haben mit Klebstoff rumgespielt. 'n paar weitere haben sich betäubt. Alles, was den Kopf zuknallt halt.«

»Und wovor hat er Schiß? Die Wehrpflicht gibt's nicht mehr... und seine Sorte kommt nicht in den Knast.«

»Schaust du jemals fern? Siehste jemals diese Werbespots... Ihr Kind baut riesengroßen Mist, vielleicht muß es nur mal kurz in unsere schnieke Psychotherapie kommen? Ein paar Wochen in unserer kleinen Klinik, und Sie kriegen ein nagelneues Kind. Keine Drogen mehr, kein Sprit mehr, keine schlechte Laune mehr. Genau so ist dieser Laden, dieses Crystal Cove, von dem er geredet hat.«

»Hat er Bammel, daß sie ihn dort hinschicken?«

»Kann sein. Sie haben seine Kumpels hingeschickt, 'nen ganzen Haufen. Und die kommen alle zurück. Reden davon, wie toll es war. Ihm kommt's nicht so vor, als wärn sie besser drauf –stürzen sich sofort wieder auf dieselbe Düse, die sie sich gegeben haben, bevor sie reingegangen sind. Aber sie sind anders.«

»Wie?«

»Der Junge weiß es nicht. Er sagt: 'n halbes Dutzend Kids... Kids, die er kennt, Kids, mit denen er sich rumgetrieben hat... die haben sich nach Marke Eigenbau ausgeklinkt. Sind abgetreten. Die ersten zwei mittels Auspuffrohr. Eine hat sich ersäuft. Zwei andere mit 'ner Überdosis Downers. Und der letzte, der hat in die Knarre gebissen.«

»So was kommt vor...«

»Keiner hat 'nen Brief hinterlassen, Mann.«

»Und?«

»Er will nicht sagen, warum, glaubt aber, daß sie erledigt worden sind. Und er hat Schiß, daß es ihm auch passiert.«

»Und was hat er vor...?«

»Er kann nicht weg, Jack. Irgendwas läuft ab in der Stadt, und er glaubt, es gilt ihm, Jim.«

»Und er will... was?«

»'nen Leibwächter, sagt er. Sichergehn, daß er keinen

Unfall hat. Der Platz setzt falsch an, Mann. Muß irgendwas anderes sein …«

»Wo ist das Geld?«

Der Prof senkte die Stimme. Er redete, ohne die Lippen zu bewegen, aus dem Mundwinkel. Im Gefängnis redet man auf zweierlei Art: laut, wenn du dich mit wem anlegen willst, leise, wenn du an was tüftelst. Ich beugte mich vor, stimmte mich drauf ein.

»Du bist von der beschissenen Knete *umzingelt*, Schuljunge. Da, wo das Kind wohnt, is die Welt aus Geld.«

»Yeah, aber …«

»Wenn's dir nicht schmeckt, kannste jederzeit weg«, lockte der Prof. »Nimm es an, Mann.«

Ich brauchte nicht lange zum Packen. Michelle folgte mir auf Schritt und Tritt, nervte mich mit ihren Fragen. Ich hatte nichts als eine Adresse – sagte dem Kid, ich wär abends da.

»Ich weiß nicht, wie lang das dauern wird«, sagte ich zu ihr. »Du kannst hierbleiben, solang wie du willst.«

»'ne New Yorker Minute ist etwa solang, wie ich will, Baby. Die Bude ist gruslig genug, wenn du da bist – alleine bleib ich hier keine einzige Nacht.«

»Was immer du …«

»Ja, ich weiß. Mach dir um mich keine Gedanken, ich werde mir irgendwo ein süßes kleines Nest besorgen. Sowie du 'ne sichere Nummer hast, schiebst du sie dem Maulwurf rüber.«

»Okay.«

»Weißt du noch, worauf du achten sollst?«

»Yeah, yeah. Was sie tragen, wie sie's tragen, zu was sie's tragen …«

»Sei nicht so sarkastisch. Wie soll ich dir helfen, wenn ich das Terrain nicht kenne?«

»Ich habe okay gesagt, Michelle. Sobald ich's weiß, erfährst du's, okay?«

»Halt's Maul. Und pack das mit ein«, blaffte sie und schmiß mir ein Bündel zu.

Es war ein Seidensakko, mitternachtsblau. Weich wie Daunen, wog fast gar nichts. Eine Bundfaltenhose aus demselben Material, einen Ton heller.

»Das ist wunderschön, Michelle.«

»Da liegste richtig, Dödel. Das Sakko ist'n echtes Marco Giallo. Das kannste zu Jeans tragen, über 'nem T-Shirt, und machst trotzdem noch was her. Zieh'n hübsches Hemd an und 'nen Schlips, und du kommst überall rein. Verstanden?«

»Ja. Danke, Schätzchen.«

»Isses zerknautscht, drehste bloß die Dusche auf, ganz heiß, bis das Bad voller Dampf ist, hängst es ein, zwei Stunden auf, und es ist wieder so gut wie neu.«

»Okay.«

»Und nimm die Alligatorboots mit. Trag sie einfach immerzu, wie ein Markenzeichen. Wenn du dich abseits hältst, wissen die nie, daß du nicht dazugehörst ... kapiert?«

»Yeah.«

»Und mach keinen Blödsinn.«

»Ich *hab's* kapiert, Michelle.«

»Ich liebe dich, Baby«, flüsterte sie, stellte sich auf die Zehenspitzen und küßte mich auf die Backe.

Nachdem sie weg war, packte ich das Zeug ein, das sie mir gekauft hatte. Und warf einen leichten grauen Sommeranzug und ein paar andere Sachen dazu, für den Fall, daß ich gesetztere Leute abgrasen mußte.

Ich fuhr über die Triboro Bridge und durch die Bronx, nahm die 95 nach Norden zum Connecticut Pike und rollte gen Osten, immer knapp über dem Tempolimit, blieb auf der Spur fürs abgezählte Geld. Der Drehzahlmesser des Plymouth ging nie bis auf drei Mille, sein Monstermotor tuckerte so ruhig vor sich hin, daß er fast schlief.

Gleich neben der Straße der Kadaver eines toten Hundes. Konnte den Highway nicht überqueren, hatte es aber zur andern Seite geschafft.

Kurz hinter der Brücke schob ich eins meiner Judy-Henske-Bänder in den Kassettenschlitz. Als ich hörte, wie es auf die andere Seite umschaltete, war ich bereits über der Staatsgrenze. Ich hatte nicht einen Ton gehört. Wenn ihre Flammenwerferengelsstimme nicht zu mir durchkam…

Bleib konzentriert. Sagte ich mir. Bleib in dir. Denk an das Geld.

Ich blieb bis Ausfahrt 18 auf dem Pike, fuhr nach Norden, hielt mich an die Angaben des Kids. Bald wurde es richtig leer, selbst für die Vorstädte. Riesige Rasenflächen, Holzzäune, die niemand außen vor hielten, Straßenschilder auf hohen Pfählen, die an Pferde und das Amerika der Kolonialzeit erinnern sollten.

Die Straßen wurden schmal. Kurvige Asphaltpisten. Wie bei den Schwarzbrennern, aber ohne Hügel.

Das Haus stand ein Stück abseits der Straße. Ich fuhr knapp dran vorbei, wie das Kid gesagt hatte, stieß rückwärts in die geschwungene Auffahrt und parkte. Im Rückspiegel sah ich eine große Garage am anderen Ende der Auffahrt. Ich ließ den Kofferraum aufspringen, schnappte meinen Seesack und ging durch die stille Nacht zur Hintertür.

Das Licht war an. Ich klingelte. Die Tür flog auf – das Kid mußte gewartet haben.

Ich ging an ihm vorbei in eine riesen Küche. Sie hatte einen Erker mit einem runden Tisch unter dem Fenster, einen restauranttauglichen Kühlschrank mit Doppeltüren aus Edelstahl, eine entsprechende Dreifachspüle, mehr Einbauschränke, als ich zählen konnte.

»Sonst noch jemand da?« fragte ich, ging aus der Küche, durch ein Eßzimmer mit einem langen, rechteckigen Tisch, zwei Stufen runter ins Wohnzimmer.

»Nein. Bloß ich. Ich habe gewartet ... «

»Yeah. Okay. Jetzt bin ich da. Wie versprochen. Entspann dich.«

»Möchten Sie was trinken?«

Ich schüttelte den Kopf. Das Kid dachte wahrscheinlich, ich kippe Whisky literweise weg. Fragte mich vielleicht als nächstes, ob ich 'ne Wumme bei mir hätte.

Ich setzte mich auf eine lange, cremefarbene Couch gegenüber von einem Panoramafenster, das auf die Straße hinausging. Ich schaute mich um. Der Prof hatte recht – die Hütte stank nach Geld. Ich machte die Augen halb zu, stellte mir vor, ich wäre ein paar Stunden alleine hier. Schmuck, Asche, Goldketten, Wertpapiere, wer weiß? Sicher, ich wäre verdächtig, aber was soll's? – ich bin der geborene Verdächtige.

Ein Telefon klingelte, ein leises, hartnäckiges Zirpen. Das Kid langte ohne hinzuschaun hinter sich, holte ein weißes Schnurloses raus. Er zog die Antenne aus, sagte mit zittriger Stimme »hallo«. Wie wenn er auf schlechte Nachricht wartete. Damit rechnete.

Sowie er hörte, wer dran war, wurde seine Miene

bockig statt furchtsam. Er hielt das Telefon eine Zeitlang ans Ohr, hörte zu. Gelegentlich versuchte er ein Wort dazwischenzuquetschen, aber der Anrufer ging nicht drauf ein.

»Es ist spät ...«

Das Kid legte den Kopf schief, horchte.

»Ich habe Besuch, und –« sagte er.

Hörte weiter zu, schüttelte den Kopf.

»Nein, du kannst *nicht* herkommen. Nicht heute abend. Such dir 'ne andere Bude für deine scheiß Party, okay?«

Er legte das Telefon hinter sich, behielt mich im Auge.

»Meine ... Freunde. Sie wissen, daß 'ne Zeitlang niemand da ist, deshalb ...«

»Hören die auf dich?«

Sein Gesicht wurde weiß, als wäre er nie drauf gekommen, daß seine Freunde nicht wegblieben.

»Yeah. Klar! Ich meine ... die können woanders hin, oder?«

»Ich weiß nicht.«

»Na ja, können sie.« Bockiges kleines Ekel.

»Wenn du meinst, Kleiner«, beruhigte ich ihn. »Gibt's hier 'ne Garage oder so was ... wo ich mein Auto hinstellen kann?«

»Klar. Draußen bei den Ställen. Kommen Sie, ich zeig's Ihnen.«

Als wir außen rumgingen, bekam ich einen besseren Eindruck von der Gegend. Hinter dem Haus stieg ein großes Gelände zu einem flachen Plateau an. »Eineinhalb Hektar«, sagte das Kid, wie wenn ich eine Ahnung hätte, was ein Hektar war. »Das waren früher die Ställe«, sagte er und deutete auf ein zweistöckiges Ding, das wie eine Scheune aussah. »Jetzt benützen wir's als Garage.«

Er öffnete die Tür, und ich fuhr mein Auto rückwärts neben eine beige Lexus-Limousine und einen roten Mazda Miata-Roadster. Der Plymouth wirkte wie ein Nashorn beim Tanztee.

»Deiner?« fragte ich und deutete auf den Mazda.

»Yeah. Abiturgeschenk. Letztes Baujahr.«

Er machte das Holztor der Garage zu. Kein Schloß. An der Seite des Gebäudes sah ich eine Treppe.

»Was ist das?«

»Dort geht's zur Wohnung des Verwalters. Über den Ställen.«

»Verwalter?«

»Für die Ställe. Als wir noch Pferde hatten. Jetzt ist niemand mehr dort.«

Ich schaute rauf zu den dunklen Fenstern. »Gibt's da oben Strom?«

»Klar. Ist eigentlich echt hübsch. Mama sagt, wir vermieten es eines Tages.«

Ich zündete mir eine Zigarette an, dachte grade, wie friedlich es hier draußen war, als ich dröhnende Rapmusik nahen hörte. Kies knirschte auf der Zufahrt. Es war ein weißer Suzuki Samurai, ein offener kleiner Jeep voller Leute. Der Fahrer stieg auf die Bremse, daß der Dreck nur so spritzte. Ein großes, blondes Kid machte gerade einen Satz über die Beifahrertür, als auch noch ein dunkler BMW dahinter hielt.

»Ach du *Scheiße*!« stöhnte das Kid neben mir.

Großspurig kam der Blonde auf uns zu, ein muskulöser, arroganter Tyop, der sich mit der gefährlichen Eleganz eines guten Innenverteidigers bewegte.

»He, Randy! Hab gehört, du wärst einsam, da hab ich dir Gesellschaft mitgebracht.«

»Du kannst nicht -«, setzte das Kid an.

Der Blonde schnitt ihm mit einer Handbewegung das Wort ab. »He! Ich hab's kapiert. Null Problemo, Mann. Wir nehmen einfach die Wohnung oben, okay? Wir kommen nicht ins Haus, reg dich bloß ab.«

»Hier nicht«, sagte ich und trat einen Schritt vor.

»Wer, zum Geier, sind Sie?« fragte das blonde Kid, verdrehte den kräftigen Hals und schenkte mir einen Blick, der möglicherweise einen Spielmacher verschreckt hätte.

»Der Verwalter«, sagte ich. »Misses Cambridge hat mich engagiert, damit ich mich um das Haus kümmere, wenn sie weg ist. Ich wohne da...« Deutete mit dem Daumen auf die Wohnung oben.

»Ach ja? Dann machen wir eben...«

»Die Biege.«

Das blonde Kid trat dichter ran, streckte die Brust raus. Er trug ein loses T-Shirt und Surferhosen, war barfuß. »He, Mann, du kannst nicht...«

Ich schaute ihm in die Augen, roch das Bier. Dachte an meine Stahlkappenstiefel und seine bloßen Beine, legte die Finger um die Münzrolle in meiner Tasche. Beschloß, zuerst loszulegen, wenn er die Schulter senkte... und nicht auf den Kopf zu zielen. Spürte, wie schön es wäre, ihm weh zu tun – ihn fühlen lassen, wie mir zumute war.

»Da hat deine Mama ja einen prima Babysitter für dich engagiert, Randy«, höhnte er. »Ein abgenudeltes altes Mietbullenarschloch.«

Hinter ihm lachte jemand.

Er nagelte mich zirka fünf Sekunden lang mit Blicken – im Einschüchtern war er ein glatter Amateur. »Wir sehen uns noch«, sagte er schließlich, kehrte mir den Rücken zu und stieg in den Jeep.

Das kleine weiße Auto pflügte beim Wegfahren die Auffahrt, der BMW folgte ihm leise.

Das Kid sprudelte nicht über vor Dankbarkeit. »Jetzt haben Sie Scheiß gemacht«, sagte er gepreßt.

»Was is denn Dolles passiert?« fragte ich.

»Die kommen wieder. Zu Brew sagt niemand nein … er's ein Tier.«

»Brew?«

»Brewster Winthrop. Er ist eine Art … Anführer hier in der Gegend.«

»Anführer von was?«

»Von uns, wohl. Weiß nicht.«

»Was macht er?«

»Machen?«

»Yeah. Außer bei Leuten reinzuschnein. Arbeitet er, geht er zur Schule, oder was?«

»Er's am College. Oder er war's jedenfalls. Jetzt ist er daheim.«

»Mach dir keine Sorgen deswegen.«

»Sie haben leicht reden.«

»Hör mal, Kleiner, so wichtig ist das nicht, in Ordnung? Wenn's dir so sehr zu schaffen macht, rufste ihn an, sagst ihm, er soll wiederkommen und die Hütte hier zuschanden richten. Ich geh rüber ins andere Haus und schlaf 'ne Runde.«

»Das *kann* ich nicht. Meine Mutter würde … «

»Yeah. Okay. Dann laß es eben.«

Ich zündete mir eine Kippe an, spürte, wie sich die Knoten in meinem Nacken lösten.

»Hatten Sie keine Angst vor ihm?« fragte das Kid.

»Nein«, sagte ich.

Er warf mir einen komischen Blick zu – ich ließ ihn stehen.

Wir gingen zurück zur Villa. »Vielleicht sollte ich heut nacht über der Garage schlafen«, sagte ich. »Falls deine Kumpel wieder aufkreuzen.«

»Nein! Ich meine ... ich habe gedacht, Sie würden bei mir ... «

»Du kannst auch da drüben schlafen, in Ordnung?«

»Geht nicht ... ich meine, ist schon okay. Außerdem gibt's eine Hausanlage.«

»Hausanlage?«

»Ich zeig's Ihnen«, sagte er über die Schulter und schaltete die Stereoanlage im Wohnzimmer ein. Sanfte Streichermusik ertönte, so gedämpft, daß ich sie kaum hören konnte. Er ging die Treppe hoch, ich hinterher. Der erste Stock war üppiger, als es von draußen aussah, vier Schlafzimmer, zwei davon riesengroß. Ich folgte ihm bis zum andern Ende vom Haus. »Das ist ihres«, sagte er, und deutete mit dem Kopf in die Richtung.

Das Zimmer war riesig, hohe Decke, eine Wand fast ganz aus Glas. Daneben eine Tür zum Badezimmer: Duschkabine, Extrawanne mit Jacuzzidüsen, in Reichweite ein Telefon in einer Wandnische. Ein Zwillingswaschbecken mit einem raffinierten, von kleinen Lampen umgebenen Schminkspiegel. Alles aus rosa Marmor, von feinen weißen Äderchen durchzogen. Die glänzenden Kacheln auf dem Boden hatten denselben Farbton.

»Hier«, sagte er, öffnete einen begehbaren Kleiderschrank mit soviel Klamotten, daß man einen kleinen Laden hätte ausstaffieren können. Gleich hinter der Tür war ein Mischpult, oben ein kleiner runder Lautsprecher eingebaut, drunter eine Doppelreihe Knöpfe, jeder Knopf numeriert. Er drückte auf einen der Knöpfe. Aus dem Lautsprecher kam die Streichermusik von der Stereoanlage.

»Sehen Sie?« sagte er. »Sie hat hier alles verkabelt.«

»Jedes Zimmer?«

»Ja.« Irgendwas war mit seinem Gesicht, konnte im Lichtschein nicht sehen, was.

»Ist das das einzige Mischpult?«

»Ja.«

»Und wenn ich drüben bleibe, wie willst du ... ?«

»Ich schlafe heute nacht hier«, sagte er, Kopf gesenkt.

Ich schulterte meinen Seesack, marschierte allein über den Hof zurück. Stieg die Holztreppe an der Garagenseite hoch. In der Wohnungstür war eine Glasscheibe, das Schloß daneben stammte vom Supermarkt. Eine klare Botschaft für Einbrecher, da drin war entweder nichts, was sich zu klauen lohnte ... oder ein Rottweiler, der eine Zeitlang nicht gefüttert worden war.

Ich benutzte den Schlüssel, den mir das Kid gegeben hatte, ging rein und schaltete das Licht an. Es war hübscher, als ich erwartet hatte, das Wohnzimmer mit soliden, teuer wirkenden Möbeln ausstaffiert, die nicht mehr schick waren. Der Teppichboden war dezent und dick gepolstert. An der einen Wand stand eine Stereoanlage mit Kassettenrecorder, CD-Player und Lautsprechern fürs Bücherregal. Die Küche war klein, aber sämtliche Geräte sahen brauchbar aus. Auch das Badezimmer war klein, bei Bedarf konnte man die Wanne mit einem Plastikvorhang in eine Dusche verwandeln. Ich ging rüber ins Schlafzimmer, das von einem wuchtigen geschnitzten Doppelbett und dazu passender Spiegelkommode beherrscht wurde.

Ich schaute mich weiter um. Der Kühlschrank war leer bis auf ein paar Wasserflaschen, aber in den Küchenschränken standen allerlei Konserven. Dazu Töpfe und Pfannen. Die Kontrollampe am Herd funktionierte. Im Flurschrank lagen Handtücher und Bettzeug. Keine Alarmanlage, soweit ich sehen konnte. Die nächste Viertelstunde durchsuchte ich das Wohnzimmer nach dem Mikrophon, das mit der Hausanlage verbunden war. Kein Glück. Schließlich fand ich es im Schlafzimmer, ein dünner Draht mit einer verdickten Spitze, der unter dem Fensterrahmen entlanglief. Das Fenster ging nach hinten raus – auf die anderthalb Hektar Land, mit denen der Junge geprotzt hatte. Es öffnete sich leicht, als ich drückte. Etwa sechs Meter bis zum Boden. Okay.

Ich goß ein Glas kaltes Wasser ein, zündete mir eine Kippe an und setzte mich auf die Couch. Am Tischende stand ein weißes Telefon. Wahrscheinlich ebenfalls im Herrenhaus ausgemustert. Ich checkte die Nummer – sie war anders als die drüben. Ich hob ab: Freizeichen.

Okay.

Ich war im ersten Morgengrauen auf. Machte mir mit dem Pulver, das ich im Küchenschrank gefunden hatte, einen Orangensaft, der nach Gefängnis schmeckte, lief ein bißchen im Haus rum, stellte mich auf die Bude bei Tageslicht ein.

Ich rasierte mich und duschte. Als ich das letzte Mal aus dem Gefängnis kam, nahm ich bei jeder Gelegenheit ein Bad – so was gab es drin nicht. Nach 'ner Weile legte sich der Genuß. Nach 'ner Weile geht das mit vielen Genüssen so.

Derjenige, der vor mir da gewohnt hatte, hatte ein paar Sachen dagelassen. Eine alte Lederjacke an einem Kleiderständer im Wohnzimmer, gleich hinter der Tür. Einen Stapel Illustrierte. *Penthouse*, *American Rifleman*, *Road & Track*. Hatte vielleicht einen kostspieligen Geschmack. In einer Kommodenschublade fand ich ein grünschwarz kariertes Flanellhemd, zwei Wollpullover. Und eine schwarze, lederne Reitgerte.

Ich ließ die Schublade so, wie sie war. Packte meine Sachen aus. Hängte das Sakko, das Michelle mir gegeben hatte, ins Badezimmer, ließ das Wasser dampfen, um es wieder aufzumöbeln.

Ich ging nach unten, öffnete das Garagentor, ließ den Plymouth an. Ich rollte leise raus, dann kutschierte ich in immer größeren Kreisen rum, schnupperte in den Wind, machte mir im Kopf Notizen. Ich entdeckte ein paar Sachen, die ich brauchte: eine Reihe Münztelefone auf dem Parkplatz eines Einkaufszentrums, einen Imbiß mit Cafeteria vorne drin, der um diese Uhrzeit offen hatte, eine Unterführung zum Highway, wo ich das Auto unterstellen und verschwinden lassen konnte.

Es war kurz nach zehn, als ich den Plymouth wieder in die Garage stellte.

Das Kid schlief noch, als ich durch die Hintertür ins Herrenhaus ging. Ich fand ihn im Schlafzimmer seiner Mutter, Gesicht nach unten. Decke bis zur Taille. Ich ließ ihn liegen, ging mich umschaun.

Der Keller war eine Art altmodischer Schutzbunker, nicht der voll ausgebaute Fitneßraum, den ich erwartet hatte. Bloß ein Ölbrenner in der einen Ecke, ein paar windschiefe, grau eingestaubte Regale, ein Sortiment rostiger alter Gartengeräte, einige Koffer mit Aufklebern, eine Schiffstruhe.

Ich streifte durchs Haus, suchte irgendwas. Fand es nicht.

Kurz vor Mittag kam er runter, in einen roten Frotteebademantel gehüllt, die Haare naß vom Duschen. Ich saß in einem Ledersessel im Wohnzimmer, genehmigte mir eine Kippe, dachte nach.

»Letzte Nacht irgendwas passiert?« fragte ich ihn.

»Nein. Eigentlich nicht.«

»Was?«

»Anrufe. Aufgelegt, das is alles. Bloß jemand, der mich zum Narren halten wollte.«

»Machen sie das hier in der Gegend oft?«

»Ich ... glaub schon. Ich weiß nicht.«

»Wann kommt deine Mutter wieder?«

»Anfang September. Da kommt sie immer zurück. Wenn die Schule wieder anfängt.«

»Deine Schule?«

»Yeah, ich nehm's an. College. Falls ich gehe.«

»Yeah. Gut. Hör mal, so lang kann ich nicht bleiben. Bloß hier rumhängen, verstanden?«

»Sie haben gesagt ... «

»Ich habe gesagt, ich komme her, und das bin ich. Häng 'ne Weile bei dir rum, und das tu ich. Aber ich weiß nicht, was ich mit dem Ganzen anfangen soll. Du arbeitest überhaupt nicht mit.«

»Arbeiten?«

»Yeah, Kleiner, *arbeiten*. Du hast gesagt, du hättest vor irgendwas Schiß – ich weiß immer noch nicht, was das ist.«

»Ich auch nicht ... genau.«

»Deine Freunde sind gestorben, stimmt's?«

»Ja.«

»Und du hast gesagt, du glaubst, daß es dir genauso gehn könnte, stimmt's?«

»Ja.«

»Und das ist alles? Verflucht noch mal, is das alles, was du weißt?«

»Ich ... «

»Entweder weißt du mehr, als du sagst, oder du weißt nicht genug. Entweder rückste damit raus, oder du rückst ab. Ansonsten rück ich hier ab, und du stehst wieder genauso da wie vorher, klar?«

»Yeah.« Mürrisch jetzt. Mißmutig. Ich ließ ihn stehn.

In den Vororten bricht die Dunkelheit sanfter an – ich konnte sie nicht so kommen spüren wie in der Stadt. Ich zog mich um, ging rüber zum Herrenhaus. Das Kid lag auf dem Boden vor dem großen Fernseher im Wohnzimmer, rauchte einen Joint, drückte ständig auf die Fernbedienung, fuhr auf die Bilder ab.

Ich setzte mich auf die Couch, nahm ihm die Fernbedienung aus der Hand – das machte mich schwindlig. Das Fernsehbild blieb stehen. CNN. Irgendein Pisser redete. Er hatte ein Allerweltsgesicht, aber wieselige kleine Knopfaugen. Ich drückte auf den Lautstärkeregler, hörte, wie der Pisser irgendwas über den Wert der Familie seierte. Lausiger kleiner Senatorensohn. Hätte ich seine Familie, wäre ich voll für den Wert der Familie – ohne seine Familie müßte er als stellvertretender Geschäftsführer bei McDonald's arschkriechen gehn.

Das Kid kicherte. Das war keine politische Aussage – er war einigermaßen stoned, selig.

»Drehn wir 'ne Runde«, sagte ich ihm. »Du kannst mir die Sehenswürdigkeiten zeigen.«

Wir gingen raus zur Garage. Er wollte in den Miata steigen. Ich schüttelte den Kopf. Im Lexus steckten die Schlüssel. Ich setzte mich ans Steuer, ließ ihn an. Er stieg auf der Beifahrerseite ein, kippte den Sitz zurück, daß er fast darauf lag.

Ich fuhr rückwärts raus, drehte das Auto mit der Schnauze zur Straße, drückte aufs Gas und fuhr los. Das beige Auto reagierte wie Graphit – leise und geschmeidig.

»Welche Richtung?« fragte ich.

»Wohin?«

»Wo ihr alle rumhängt.«

Er deutete vage mit der linken Hand. Ich hielt mich dran, bog an der Ecke links ab. Das Kid stellte die Stereoanlage an. Zu laut. Ich fand den Knopf, drehte leiser. Ich fuhr weiter, folgte an jeder Ecke seinen Handbewegungen.

Die Stadt machte nicht viel her – eine lange, breite Straße mit kleinen Geschäften. Grundversorgung für die Einheimischen, romantische Läden für die Sommerfrischler. Die Straße pulsierte nicht.

Als wir ans Wasser kamen, bog ich rechts ab, folgte einer kurvigen Straße. Fischrestaurants, ein paar ebenerdige Tavernen, einige kleinere Bürogebäude.

Ein Streifenwagen kam uns mit mittelmäßigem Tempo entgegen, zu schnell für eine Dienstfahrt, aber nicht in Eile. Ungerührt zog das Kid an seinem Joint.

»Was ist da drin?« fragte ich ihn. Wir glitten an einem freistehenden Gebäude mit einem Parkplatz voller Autos vorbei, einige von Kids im Collegealter belagert. Es sah aus wie ein besseres Drive-in, ein Hamburgerladen für Betuchte.

»Das Blue Bottle. So eine Art Nachtclub.«

»Schon mal hingegangen?«

»Manchmal. Ist nicht richtig in.«

»Wo hängst du dann rum?«

»Zu Hause, Mann. In den Häusern. Wenn du die Szene kennst, läuft ständig 'ne Party.«

Am Morgen summte eine fette Stubenfliege innen an meinem Fenster rum. Ich fand eine Plastikflasche mit einem Spritzknopf obendrauf – wie man sie zum Einsprühn von Zimmerpflanzen benutzt – und füllte sie am Wasserhahn. Sachte sprühte ich die Fliege ein, bis sie sich nicht mehr bewegte. Dann hob ich sie vorsichtig hoch, öffnete das Fenster, legte sie raus aufs Brett. Ich rauchte eine Zigarette, schaute zu. Schließlich schüttelte sie sich und zischte ab. Eine Fliege kann man nicht ersäufen.

Ich nahm einen tiefen Zug von der Kippe, spulte es im Kopf ab. Burke, der könnte keiner Fliege was tun.

Bloß ab und zu ein Kind umbringen.

Langsam zog ich mich an. War Zeitverschwendung gewesen letzte Nacht. Rumfahren, ohne daß es irgendwas groß zu sehen gab. Das Kid hatte anscheinend keinen Schiß mehr, aber jedesmal, wenn ich von Abhaun redete, tanzte die Panik in seinen Augen. Er hatte vor, eine Liste für mich zu machen, mir einen Ansatzpunkt zu geben.

Ich hatte seine Art schon erlebt – ein Herdentier, wollte nicht der Anführer des Rudels sein.

In der Auffahrt stand ein fremdes Auto. Ein schwarzer Acura NSX glänzte in der Sonne, als stünde er schon eine Weile da – ich hatte ihn nicht vorfahren hören. Ich öffnete die Hintertür. Eine Frau war in der Küche, fummelte an der Kaffeemaschine rum, mit dem Rücken zu mir. Sie war um die Dreißig, Fünfunddreißig, schwer zu sagen. Mittelgroß, kurze schwarze Haare, hinten in einer Art stumpfem Keil geschnitten, trug Tennisklamotten. Sie drehte sich nicht um, warf mir bloß einen Blick über die Schulter zu.

»Möchten Sie welchen?«

»Welchen was?«

Sie gab einen kurzen Schniefton von sich. »Kaffee. Das ist alles, was ich kann.«

»Nein danke«, sagte ich, öffnete den Kühlschrank und goß mir aus der Plastikflasche ein Glas Wasser ein. Ich setzte mich an den Küchentisch und trank das Wasser. Sie machte ihr Zeug fertig, wandte sich, an den Schrank gelehnt, mir zu.

»Ich bin Fancy«, sagte sie.

»Das sind Sie mit Sicherheit.«

»Das ist mein *Name*. Ihren kenne ich bereits.«

Fragend schaute ich sie an.

»Burke, stimmt's?«

»Ja.«

Sie sind der Verwalter, nicht wahr? Ja. Sie sehen aus, als könnten Sie zupacken.«

Ich antwortete nicht, musterte sie. Ihre Augen waren hellgrau, viel Wimperntusche und Lidstrich, weit auseinanderstehend, mit einer leichten Mongolenfalte in den Winkeln. Die Nase war klein, zu vollkommen, um von der Stange zu stammen. Ihr Kinn war zierlich, was durch die breite, kantige Gesichtsform noch betont wurde. Der Mund war klein, die Lippen fast zu üppig mit einem dunklen Karminrot bemalt, das sich mit dem hellen Bronzeton ihrer Haut biß. Höhensonne, nahm ich an – die hier würde über Hautkrebs Bescheid wissen.

»Ich wollte gerade Randy aufwecken, damit er 'ne Runde Tennis mit mir spielt. Ein bißchen was hier abarbeiten«, sagte sie und schlug sich so hart auf den drallen Oberschenkel, daß ein Fleck blieb – ein scharfer Knall in der Morgenstille.

»Fänd ich schade«, sagte ich.

»Tennisspielen?«

»Wenn was davon verlorengeht.«

Sie lächelte mich an. »Stehn Sie auf fette Frauen?«

»Ich steh auf Kurven.«

»Ahhhhmm«, sagte sie aus tiefster Kehle. »Hat Ihnen Ihre Mutter mal gesagt, wie reizend Sie sind?«

»Nein.« Die reine Wahrheit, für Fremde reserviert.

Sie kam her zum Tisch und setzte sich, hielt den Kaffeebecher mit beiden Händen. Ein Diamantarmband funkelte an ihrem Handgelenk. Keine Ringe an den Fingern – die Nägel waren lang, sorgfältig gestylt, in derselben Farbe wie ihr Lippenstift. Ich holte eine Schachtel Zigaretten raus, hob die Augenbrauen.

»Sie haben gute Manieren«, sagte sie.

»Is nicht mein Haus.«

Sie nickte, langte rüber und schob einen Aschenbecher vor mich. Ich zündete mir eine Kippe an, nahm einen Zug. Sie nahm mir die Zigarette aus der Hand, hielt sie an den Mund und inhalierte so tief, daß ihre Brüste fast den weißen Pullover sprengten. Als sie ausatmete, kam nur aus einem Nasenloch Qualm. Sie legte die Zigarette in den Aschenbecher, drehte ihn so her zu mir, daß ich den verschmierten Lippenstift am Filter sehen konnte.

»Sie sind dran«, sagte sie.

Ich nahm einen Zug.

»Wie schmeckt es?«

»Läßt sich bei so 'nem bißchen nicht sagen.«

Wieder gab sie diesen Kehllaut von sich. Beugte sich vor. »Wollen wir mal sehen, ob ... « just da stolperte das Kid zur Tür rein.

»Was gibt's?« grüßte er uns beide.

»Ich dachte, wir wollten spielen«, sagte die Frau.

»Später vielleicht«, brummelte er, nahm sich einen Kaffee.

»Dann komme ich nachher«, sagte sie und stand auf. Als sie zur Tür ging, konnte ich den blutroten Fleck sehen, wo sie sich mit der Hand auf den Schenkel geschlagen hatte.

»Sie ist 'n bißchen alt für dich, oder nicht?« fragte ich das Kid.

»Eher zu jung für Sie«, konterte er grinsend.

Anerkennend neigte ich das Wasserglas vor ihm.

»Eigentlich ist sie ’ne Freundin von meiner Mutter«, sagte er.

»Die Sorte, die vorbeischaut, wenn deine Mutter nicht da ist, ein Auge auf dich hat … so ähnlich?«

»Sie hat auf alles ein Auge, das Luder.«

»Hast du sie nicht gern um dich?«

»Eigentlich nicht.«

»Also …?«

»Sie macht sowieso, was sie will.«

»Okay. Hast du die Liste, über die wir geredet haben?«

»Nicht aufgeschrieben. Aber ich könnte Ihnen alles erzählen, was Sie wollen.«

»Wer hält das Haus sauber, wenn deine Mutter weg ist?«

»Juanita. Sie kommt drei Tage die Woche.«

»Aha. Und wer kocht?«

»Ich kann jederzeit beim Lieferservice anrufen … es gibt viele verschiedene Restaurants.«

»Hast du einen Ferienjob?«

Er warf mir einen Blick zu, als wollte er sagen, »Biste verrückt« – Kids in seinem Alter sind darauf spezialisiert.

»Du ziehst dich also an, machst ’n paar Anrufe, schaust fern …«

»Kiffst …« schob das Kid ein.

»Und wartest, daß der Sommer vergeht?«

»Sie ham’s kapiert.«

»Mach die Liste, Kleiner. Ich bin nicht dein scheiß Sekretär, verstanden? Willste das hier erledigt haben, mußt du dein Teil dazutun.«

»Okay, okay. Ist nichts Dolles. Ich dachte bloß … wenn Sie gleich anfangen wollen, wär das einfacher.«

»Mach einfach deine Liste«, sagte ich. »Tu was.«

Ich ging wieder rüber zur Garage. Der NSX war weg – tiefe Furchen im Schotter, wo er durchgestartet war. Ich wählte Mamas Laden an.

»Gardens«, meldete sie sich.

»Ich bin's.«

»Diese Frau ruf wieder an. Zweimal.«

Belinda. Konnte mir gestohlen bleiben.

»Sonst noch was?«

»Kein Fremder.«

»Okay. Sag dem Prof, hier oben isses ruhig. Hat Michelle schon ihre neue Nummer durchgegeben?«

»Nein.«

»Okay, schreib dir die hier auf... ich bleibe 'ne Weile hier.«

»Gut. Okay. Bin vorsichtig.«

»Bin ich.«

Ich saß eine Weile da, kaute es durch. Nichts. Das Kid war ein Mäuschen, das war alles. Von Autolichtern verschreckt. Seine Liste war vermutlich nutzlos – wo's kalt ist, gibt's keine Spuren.

Mit einem hatte der Prof recht – die ganze Stadt stank vor Geld. Ich sah keinen einfachen Weg, an welches davon zu kommen. Früher oder später mußte das Kid mal rausgehn, irgendwas machen. Wenn ich ihn dazu kriegte, daß er alleine ging, hätte ich Zeit, das Haus zu durchsuchen.

Ich ging zurück ins Schlafzimmer. Eine steife weiße Karte lag auf dem Kissen, vorn drauf ein paar Worte in gestochener Schönschrift.

Ruf mich an.
Wenn es dunkel ist.
F.

Rechts unten in der Ecke stand eine Nummer.

Drüben im großen Haus arbeitete das Kid an der Liste. Ich schaute fern. Etwa alle halbe Stunde kam das Kind ins Wohnzimmer, maulte und greinte, daß er sich vor dem Fernseher viel leichter konzentrieren könnte – so machte er immer seine Hausaufgaben. Ich ließ ihn jedesmal abblitzen, und schließlich hörte er auf.

Er machte ein paar Anrufe. Ich achtete nicht drauf. Ein Klopfen an der Hintertür. Das Kid stand auf, kam mit zwei Bulettensandwiches zurück, gab mir eins. Ich holte mir ein Glas Wasser, setzte mich hin. Das Brötchen war matschig, ohne richtige Kruste. Die Soße war dünn und fade. Das Fleisch schmeckte wie alter Bassethund. In der Stadt würden die Leute allenfalls in dieses Restaurant gehen, um es zu überfallen.

Das Kid nahm es anscheinend nicht wahr, mampfte vor sich hin, spülte es mit zwei Cola runter.

Es war später Nachmittag, bis das Kid fertig war. Er hatte die Namen von allen sechs Abgetretenen, von dreien die Telefonnummer, nur von einem die Adresse.

»Es stand alles in der Zeitung, das andere Zeug«, sagte er und reichte die Liste rüber, ohne mich anzuschaun.

»Du hast diese Kids gar nicht richtig gekannt, stimmt's?«

»Nicht ... näher. Aber gekannt habe ich sie.«

»Yeah. Erzählst du irgendwem, warum ich hier bin?«

»Nein. Ich habe erzählt, Sie wären der Verwalter, wie Sie sagten.«

»Hatte deine Mutter schon mal 'nen Verwalter?«

»Einen. Einmal. Letztes Jahr.«

»Was ist aus ihm geworden?«

Das Kid zuckte mit der Schulter. Leute kommen, Leute gehn. Putzfrauen, Jungs für den Pool, Gartenpersonal, Hauspersonal … für ihn alles dasselbe. So wird man eben in einer Stadt, wo eine Gehaltserhöhung für das Hausmädchen als Kampf gegen Rassismus verstanden wird.

»Wessen Idee war das … mich zu holen?«

»Meine, glaub ich.«

»Deine Mutter hat gar nichts gesagt?«

»Die sagt immer dasselbe. Jedesmal, wenn sie abhaut. Wenn ich Scherereien kriege, soll ich Sie anrufen. Es ist bloß noch nie was passiert.«

»Okay. Ich nehm das hier, fange heut abend an.«

»Was an?«

»Mich umschaun, das ist alles. Ich bin nur ein paar Stunden weg.«

»Kann ich …?«

»Wäre besser, wenn du nicht mitkommst …«

Troy und Jennifer. Lana. Margo. Brandon. Scott. Bloß Namen. Nichts auf der Liste, was sie zu Menschen machte. Vielleicht hatte das Kid recht: Die Zeitungen deckten so was nicht auf – es minderte keinerlei Grundstückspreise, wie zum Beispiel ein Killerhai, der die Strände heimsucht. Morgen wollte ich sehn, ob das Lokalblatt ein Archiv hatte.

Ich griff zum Telefon, tippte die Nummer des Restaurants ein. War egal, wenn sie auf ihrer Telefonrechnung auftauchte – das Kid kannte sie bereits.

Es läutete dreimal. Dann ...

»Gardens.

»Ich bin's.«

»Diese Frau ruf wieder an. Sag, du nächstes Mal Adress hinterlass.«

»Adresse?«

»Sie sag, du red nich mit ihr, dann sie schreib dir Brief, okay?«

»Yeah. Gib ihr das Postfach in Jersey, okay, Mama?«

»Sicher.«

»Sonst noch was?«

»Der Prof ... frag, ob du Nachricht für ihn hast.«

»Sag ihm, noch nicht, okay?«

»Sicher. Du bald fertig?«

»Weiß ich nicht. Vielleicht.«

»Vielleicht nich so gut dort.«

»Vielleicht nicht.«

»Okay.«

Ich legte den Hörer auf. Belinda, rief immer noch an. Selbst wenn sie Mama lang genug für eine Fangschaltung an der Strippe halten konnte, kriegte sie nur die Nummer in Brooklyn raus. Wir hatten eine Reihe Puffer zum Restaurant geschaltet, wechselten sie ständig. Das Postfach in Jersey würde ihr auch nichts nützen. Ist ein toter Briefkasten – ich bin nie dagewesen. Alle zwei Wochen räumt es einer von Mamas Fahrern aus, läßt alles in einer der Nudelfabriken um die Broome Street. Max geht irgendwann vorbei, holt die Ladung ab. Er bringt die Post zu seinem Tempel – ich schau sie mir an, wenn ich Zeit habe. Ist nicht schnell, aber sicher. Will mir die Bullenbraut einen Brief schreiben, krieg ich ihn. Und sie kriegt bestenfalls eine Antwort.

Ich setzte mich und rauchte zwei, drei Zigaretten. Dachte nicht mal nach, wartete bloß auf die Dunkelheit.

Ich sah zu, wie der helle Streifen über die Felder hinten wanderte. Als der letzte schmale Spalt mit der Erde verschmolz, schloß ich die Augen.

Es war kurz nach zehn, als ich wieder zu mir kam. Draußen war's dunkel wie nur auf dem Land. Satt und ruhig fühlte es sich an, keine Neondolche, die in Schattenteiche schneiden.

Ich tippte die Nummer ins Telefon ein, hielt den steifen Karton in der Hand. Beim zweiten Läuten wurde abgenommen.

»Hallo?«

Es klang wie sie... aber nicht ganz. Als wäre sie leicht angesäuselt.

»Könnte ich bitte Fancy sprechen?«

Ein unterdrücktes Kichern. Dann... »Klar. Bleiben Sie dran...«

»Es ist schon eine Weile dunkel«, sagte sie, als sie an die Strippe kam.

»Und?«

»Sie sollten anrufen, wenn es dunkel wird.«

»Oh... dann war das ein Befehl?«

»Klar. Stehen Sie nicht auf Befehle?«

»Nein.«

»Auf meine würden Sie stehen.«

»Bis jetzt noch nicht.«

»Seien Sie nicht so pubertär. Sie sind zu alt für Kleinejungenspiele, nicht wahr?«

»Was wollen Sie?«

»Huch! Ich mag nichts Kaltes.«

Ich zündete mir eine Zigarette an, sagte gar nichts. Schloß die Augen. Es war ein ungleicher Kampf – mit Abwarten kannte sie sich nicht aus.

»Möchten Sie rüberkommen?« flüsterte sie.

»Sagen Sie mir, was Sie wollen.«

Jetzt war sie mit Stilleschweigen dran. Ich hörte einen schwachen Unterton, eine Art Summen ... wußte nicht, ob sie es war. Ich drückte meine Zigarette aus. Hörte, wie sie Luft holte. Dann ...

»Sie sind kein Verwalter. Und ich weiß, warum Sie hier sind.«

»Wirklich?«

»Ja. Soll ich's Ihnen sagen?«

»Klar.«

»Vielleicht mache ich's. Heute nacht. Spät. Wissen Sie, wo das Rector's ist?«

»Nein.«

»Das ist ein Club. Ein Privatclub. Besorgen Sie sich von Randy die Adresse.«

»Okay.«

»Der Parkplatz hinten hat eine Art Ausbuchtung ... wie bei einem Thermometer. Halten Sie dort und warten Sie auf mich.«

»Wann?«

»Ich komme gegen zwei raus.«

»*Gegen* zwei?«

»Ja, *gegen* zwei. Sie warten auf mich, verstanden?«

»Ich bin um zwei da.«

»Hören Sie ... «

Ich legte auf.

Ich ging rüber zum großen Haus. Von oben kam Musik... laut... aber ich sah keine Spur von dem Kid. Neben dem Telefon in der Küche entdeckte ich das Branchenverzeichnis. Ein Laden namens Rector's war nicht aufgeführt. Ich probierte die 411 – nichts.

Ich machte mich auf den Weg nach oben. Das Kid lag zugedröhnt auf dem Bett, starrte an die Decke. Schwerer Marihuanaduft. Räucherstäbchen auf seiner Kommode unangezündet – kein Grund, den Geruch zu kaschieren, wenn keiner da ist, nahm ich an. Den irgendwas zu fragen, war sinnlos.

Ich ging wieder rüber zur Stallwohnung. Duschte, rasierte mich, zog die Klamotten an, die laut Michelle sämtliche Türen öffnen sollten. Ich gönnte mir den Lexus aus der Garage.

Kurz nach Mitternacht war ich in der Stadt. Fuhr an ein paar Restaurants vorbei, bloß zum Umschaun. Ließ sich nicht richtig an, also fuhr ich Richtung Highway. Fand das Blue Bottle. Hielt an. Keiner schaute zweimal zu mir rüber, als ich zum Eingang marschierte – vielleicht hatte Michelle recht.

Ein blondes Mädchen mit einem Paillettenhemd kassierte an der Tür, hinter ihrer linken Schulter stand ein Rausschmeißer für den Fall, daß bei jemand der Ausweis nicht hinhaute. Er war reine Amateurklasse: kräftige, deutlich ausgebildete Muskeln unter dem orangen Seiden-T-Shirt, aber die Haare waren zu lang, zu leicht zu packen im Kampf. Und seine Hände sahen aus, als ob er damit nur sein Parfüm auftupfte.

Ich gab der Frau die zehn Kröten, die sie verlangte, ging weiter in Richtung Tanzfläche. Als ich am Rausschmeißer vorbeikam, machte ich die Kopfbewegung: »Komm mal mit.« Er hatte einen Bodybuildergang, mit runden Schultern, die Hände im Rücken verschränkt. Als er vor mir stand, drehte ich mich so, daß er uns nach außen abschottete.

»Ich sollte mich mit ein paar Freunden treffen. Nicht hier. In 'nem andern Laden. Und ich habe die Adresse verloren. Dachte, Sie könnten mir vielleicht weiterhelfen.«

»Was für ein Laden?« fragte er mich mit einstudierter harter Männerstimme.

»Das Rector's.«

Er warf mir einen scharfen Blick zu. »Bin mir nicht sicher, ob ich weiß, wo das is?«

»Sicher sind Sie das«, sagte ich, machte rasch die Hand auf und ließ ihn zusammengefaltete Grüne sehn.

Er schielte über die Schulter, kümmerte sich dann wieder um mich. »Das is'n Privatclub, Mann. Ich kann Sie da nicht reinbringen.«

»Machen Sie sich darüber keine Gedanken. Das geht klar. Sagen Sie mir bloß den Weg, okay?«

Er beugte sich vor. »Halten Sie sich bis zur Einundvierzigsten am Wasser, bleiben Sie zwei Meilen nach Norden drauf. Dann sehen Sie den Wegweiser nach Calm's Corner. Biegen Sie dort einfach ab, folgen Sie der Straße. Is'n weißes Haus, breite Auffahrt davor. Sie können's nicht verfehlen.«

»Danke«, sagte ich, schüttelte ihm die Hand und übergab die Asche.

Ich fand den Wegweiser nach Calm's Corner, was immer das sein mochte. Bog ab, folgte der einspurigen Asphaltpiste. Das Haus war da, wo der Rausschmeißer gesagt hatte. Ein stattliches Haus, zweistöckig. Eine typische Halbmond-Auffahrt. Von meinem Sitzplatz aus sah ich zwei Männer in Frack zwischen zwei dicken Säulen vor dem Haus stehn. Parkservice – das würde nicht funktionieren.

Ich fuhr weiter, suchte eine Lücke. Dreimal mußte ich langsam vorbeirollen, bevor ich sie fand – eine Seitenstraße, die auf den Parkplatz führte. Vorsichtig steuerte ich den Lexus rein, aber niemand achtete drauf. Der hintere Teil des Parkplatzes war genau so, wie Fancy gesagt hatte. Und leer. Ich setzte den Lexus dorthin, wo sie gesagt hatte, schaute auf die Uhr. 1:19.

Ich stieg aus, schaute mich um. Der Parkplatz hatte keinen Zaun – er reichte bis zum Wald weiter hinten, bis zu den Bäumen.

Ich kehrte zum Auto zurück, ließ das Fenster auf der Fahrerseite runter, hielt die Augen offen. Ich sah, wie zirka fünfzig Meter weiter Autos einparkten. Meistens machten das die Jungs im Frack, aber ab und zu parkte auch jemand selber. Nur Einbahnverkehr – niemand fuhr davon. Kein System dahinter: meistens Heteropaare, aber auch ein paar Singles und ein paar gleichgeschlechtliche Duos.

Die Nacht war klar, aber ich konnte nichts hören. Entweder hatten die da einen echt leisen Laden, oder er war schalldicht.

Ich wartete bis zwanzig nach zwei. Von Fancy keine Spur. Ich fuhr mit dem Lexus zur Einfahrt raus. Niemand schenkte mir einen Blick.

Ich stellte den Lexus neben meinen Plymouth. Der rote Miata war weg. Ich ging nach oben, zog mich um. Fast vier Uhr morgens, eine gute Zeit, um sich leise und in aller Ruhe im großen Haus umzuschaun. Das

Kid kam wahrscheinlich erst weit nach Tagesanbruch zurück. Was immer ihn in Panik versetzt hatte, hielt anscheinend nicht lang vor.

Ich hatte grad die Hintertür zur Küche geöffnet, als ein Paar Fernlichter auf die Garage fielen. Ich schlüpfte aus dem Haus, als Fancys schwarzer NSX in die Auffahrt bretterte, Steine aufwirbelte, als sie auf die Bremse latschte, schlitternd zum Stehen kam und die Scheinwerfer den Hinterhof ausleuchteten. Das Licht ging aus. Ich sah, wie sie aus dem Auto sprang, die Tür zuknallte und mit langem, wehendem, schwarzem Mantel die Treppe zur Wohnung hochmarschierte.

Ich huschte hinter ihr aus dem Schatten, lief rüber zum Fuß der Treppe, als sie grade die Tür aufschloß und reinging. Ich folgte ihr leise.

Ich stand draußen vor der Tür. Hörte, wie drinnen Glas zerbrach. Flach atmend trat ich ein. Der lange schwarze Mantel war über die Sofalehne geworfen. Der Fernsehschirm war zerbrochen, Splitter und Brocken eines schweren Glasaschenbechers überall verstreut. Den Geräuschen aus dem Schlafzimmer nach wühlte jemand in den Schubladen rum. Heftiges, schweres Atmen.

Ich ging den Gang runter. Fancy hatte mir den Rücken zugekehrt. In einem schwarzen Lederminikleid, eng wie angegossen, drunter dunkle Strümpfe, stand sie auf hellblauen Stöckelschuhen da und zerdepperte die Bude.

»Amüsieren Sie sich?« fragte ich sie.

Wortlos wirbelte sie rum, die schwarze Reitgerte in der Hand, und hieb zu. Ich wich aus, ließ sie durch den Schwung an mir vorbeisegeln, rammte ihr die Schulter in den Rücken und legte sie auf dem Teppichboden flach. Sie wand sich, knurrte irgendwas, was ich nicht verstand. Ich packte ihre Arme, nagelte sie fest, setzte mein Gewicht ein.

Schließlich ... »Laß mich *hoch*!«

»Erst den Stock loslassen«, sagte ich.

Sie öffnete die Faust, die Reitgerte glitt ihr aus den Fingern. Ich rutschte von ihrem Hintern, hielt ihre Schulter weiter am Boden. Das Kleid war in Taillenhöhe. Ich sah einen Hauch schwarzes Nylon über der Bronzehaut. Zwischen ihren Hinterbacken war nur ein Strang aus schwarzer Seide, eine Art Tanga.

»Hübsch, was?« flüsterte sie über die Schulter, ruhig jetzt.

Ich rutschte zur Seite, ließ sie frei. Schweratmend stand sie auf, zog ihr Kleid runter.

»Was soll das Ganze?« fragte ich.

»Was?«

»Hier einbrechen, die Bude kaputthaun, in meinen Sachen rumwühlen.«

»Ich bin nicht eingebrochen – ich habe einen Schlüssel.«

»Wer hat Ihnen ...? Ach, is egal. Was ist mit dem andern Zeug?«

»Ich war wütend. Sie haben mich versetzt. Niemand tut das.«

»Ich war da. Um zwei, wie Sie sagten. Sie sind nicht aufgekreuzt.«

»Wieso haben Sie nicht gewartet?«

»Auf was?«

»Die Leute tun, was ich ihnen sage«, sagte sie, bückte sich und hob die Reitgerte auf. Sie schmiß sie aufs Bett, wandte sich mir zu. »Sie tun *liebend* gerne, was ich ihnen sage. Halten Sie sich für was Besonderes? Sie sind gar nichts, Mister Verwalter. Ich kenne Ihre Geheimnisse.«

»Okay.«

»Okay? Ist das alles? Okay? Ich weiß, wieso Sie hier sind. Ich weiß, was Sie wollen.«

»Sicher.«

»Tun Sie nicht so glatt – das steht Ihnen nicht. Ich könnte Ihnen eine Menge Zeit sparen, die Richtung weisen. Das ist nicht Ihr Geheimnis – sondern meins. Wollen Sie's?«

»Vielleicht.«

»Die Leute warten auf mich, wie gesagt. Auch Sie können warten. Sie wissen, wie das läuft – wenn man etwas will, muß man bezahlen, ja?«

»Wieviel?«

»Eine Menge. Kein Geld. Geld brauche ich nicht. Der Preis für Sie ist ein Spiel. Ein Spiel mit mir, kapiert?«

»Nein.«

Sie ging rüber zu der Kommode, kramte rum, als wüßte sie, was drin war. Holte ein fettes weißes Sturmlicht raus. Hielt es mir hin.

»Zünden Sie's an«, sagte sie mit rauher Stimme, nachdrücklich.

Ich riß ein Streichholz an, hielt es an den Docht. Ihre Hand war ruhig. Als die Kerze aufflackerte, ging Fancy zur Kommode zurück, hielt sie mit einer Hand über dem Kopf und fegte mit der anderen alles auf den Boden. Sie stellte die Kerze ab, trat zurück, betrachtete die Flamme im Spiegel über der Kommode, richtete ihn, bis sie zufrieden war.

»Mach das Licht aus«, sagte sie, immer noch im Befehlston. »Sofort.«

Ich trat zurück, drückte auf den Schalter, beobachtete sie nach wie vor.

Das schwarze Kleid hatte vorn runter einen weißen

Reißverschluß mit einem halbdollargroßen Silberring, der zwischen ihren Brüsten baumelte. Es summte metallisch, als sie ihn herunterzog. Sie zuckte mit den Schultern, und das Kleid fiel ab. Dann stand sie da, Hände in den Hüften, und schaute mich an. Ihre Brüste waren bloß. Ein Summton kam von ihr, nicht aus ihrem Mund. Sie hakte die Daumen ins Gummiband des Tanga, zog ihn langsam über den Hintern. Als sie ihn knapp unterhalb der Knie hatte, schlenkerte sie mit den Beinen, und er rutschte auf die Knöchel. Sie trat aus dem kleinen schwarzen Seidenteil, schob die Spitze eines blauen Stöckelschuhs unter das Bündel und kickte den Tanga in meine Richtung. Ich spürte, wie er meine Füße streifte, löste aber den Blick nicht von ihrem Gesicht.

Sie kehrte mir den Rücken zu. Setzte ein Knie aufs Bett, schaute über die Schulter. Kletterte vollends aufs Bett, auf allen vieren, das Gesicht abgewandt.

»Möchtest du jetzt spielen?« flüsterte sie.

Ich holte eine Zigarette raus. Ging rüber zu der Kerze, holte mir Feuer. Ich nahm einen tiefen Zug, legte die Zigarette auf die Kommode. Ihr Hintern sah aus wie ein Stück weißer Marmor, gegen die dunklen Strümpfe abgehoben wie ein Tafelaufsatz. Ihre Stilettoabsätze waren auf mich gerichtet.

Ich zog meine Klamotten aus, schaute, atmete durch die Nase – irgendwas sagte mir, daß ich nicht alle Trümpfe aus der Hand geben durfte.

Ich hängte meine Klamotten über eine Stuhllehne. Trat zu ihr. Ich legte ihr eine Hand auf den Hintern, faßte mit der anderen tiefer. Sie war naß. Langsam drang ich in sie ein. Sie riß den Hintern zur Seite, warf mich raus.

»Erst küssen«, sagte sie, ohne sich umzudrehn.

Ich legte ihr die Hand auf die Schulter, wollte sie rumziehn. Sie machte die Arme steif, verweigerte sich.

»Küß meinen Arsch«, befahl sie. »Küß ihn tüchtig.«

Ich trat zurück. »Dieses Jahr nicht«, sagte ich. Ruhig, nicht auf Streit aus.

»Wirst du sauer?« lockte sie. »Hier!« Reichte mir die Reitpeitsche, drehte sich immer noch nicht um.

Ich schmiß die Gerte auf den Boden, beobachtete sie nach wie vor. Der Marmor leuchtete im Kerzenlicht.

Ich ging zurück zur Kommode. Nahm einen Zug von meiner Zigarette. Sie rührte sich nicht.

Einige Zeit verging. Ich trat wieder zu ihr, legte ihr eine Hand auf jede Hinterbacke, streichelte sie mit dem Daumen.

»Nein!« fauchte sie. »Küß ihn oder peitsch ihn, was anderes gibt's nicht. Ich mag keine Nullachtfünfzehnnummern.«

Ich ging wieder weg. Rauchte die Kippe auf. Drückte sie auf der Kommode aus.

»Nun?« meldete sie sich mit belegter Stimme.

»Die Auswahl paßt mir nicht«, sagte ich.

Sie schaute über die Schulter, immer noch auf allen vieren. »Sieht aber nicht so aus«, flüsterte sie.

»Das ist mein Körper«, sagte ich. »Nicht ich.«

Sie legte das Gesicht auf das Laken, bog den Rücken durch. Ihr dunkles Geschlecht, in Marmor gefaßt, schimmerte im Kerzenlicht. »Letzte Chance«, flüsterte sie. Süß und drohend.

Ich schüttelte den Kopf. Es war, als könnte sie es sehen, ohne herzuschaun. Sie rückte auf mich zu, rutschte bis zur Bettkante. Stand auf. Ging rüber, schlüpfte in das Kleid, als wär's ein Mantel, bückte sich und zog es zu. Erstickte mit zwei Fingern die Kerze und stiefelte raus ins Wohnzimmer.

Ich folgte ihr. Sie zog gerade den langen Mantel an. Ich packte sie von hinten. Sie drückte mir den Hintern in den Schoß. Ich steckte die Hände in die Seitentaschen des Mantels. Holte einen Schlüsselbund raus, trat zurück. Sämtliche Schlüssel waren mit einem Stück Holz verbunden, das wie ein winziger Rohrstock geformt war. Ich ging die Schlüssel durch, suchte den für die Wohnung raus, montierte ihn vom Ring ab. Sie wandte mir das Gesicht zu. Ich reichte ihr die übrigen Schlüssel. Sie hielt den Bund so, daß der winzige Rohrstock runterbaumelte.

»Weißt du, was das ist?«

»Nein.«

»Es ist Birke. Dämmert dir was?«

»Yeah.«

»Glaubst du? Vielleicht erzähle ich dir irgendwann mehr. Wenn du soweit bist.«

Sie ging raus, ließ die Tür offen. Ich stand im Eingang, sah, wie sie zu ihrem Auto ging. Es sprang an, fuhr weg, ohne Licht.

Ich marschierte durch das Chaos zum hinteren Zimmer, machte das Licht an. Ihr schwarzer Seidentanga lag auf dem Schlafzimmerboden. Ich hob ihn auf.

Er roch wie Handschellen.

Ich zog mich an, verdrängte sämtliche Gedanken an die Zicken reicher Büxen, konzentrierte mich auf den Job. Ich ging über den Hof zurück zum großen Haus. Der Traum eines jeden Einbrechers – ich hatte einen Schlüssel, und die Cops würden nicht mal anhalten, wenn sie Licht brennen sahen. Ich zog ein Paar OP-Handschuhe an – alles, was ich brauchte, um diesen Kuchen aufzuschneiden.

Es mußte in ihrem Zimmer sein. Egal, was sie jetzt war, Cherry war ein einfaches Mädchen – sie brauchte das gute Zeug in ihrer Nähe. Ich ging zuerst die Teakholzkommode durch, arbeitete mich von unten nach oben vor, so wie ich's gelernt hatte. Es spart Zeit – auf die Weise muß man die eine Schublade nicht zumachen, bevor man sich die nächste vornimmt. Nichts. Ich zog jede Schublade ganz raus, checkte, ob irgendwas druntergeklebt war. Eine Niete. Ich konnte nirgendwo ein Geheimfach entdecken. Klopfte den Holzrahmen ab – er klang massiv.

Ich nahm mir den Teppichboden vor, Stück für Stück. Nirgendwo eine Ritze, extrastarkes Polster unten drunter. Auf dem Nachttisch neben dem Bett standen ein eisblaues Telefon, irgendein futuristisches Design, und eine schwarze Uhr mit grünen Zeigern, keine Ziffern. Die Zeiger standen auf 4 Uhr 45. Unten an der Uhr war ein Fenster mit Digitalanzeige – 7:45. Ich ließ mir die Sache durch den Kopf gehen, arbeitete weiter.

Im Nachttisch wurde ich fündig. Ein dicker Stapel Scheine, lauter Hunderter, feinsäuberlich gebündelt. Ich zählte sie rasch – zehn Riesen. Die Scheine wirkten druckfrisch, hatten aber keine fortlaufenden Seriennummern. Hinten in der kleinen Schublade ein schwarzes, ledernes Adreßbuch. Ich schmiß es aufs Bett, suchte weiter.

Ich nahm die Matratze vom Bett. Niemand drunter. Danach kam die Sprungfedermatratze. Die nächste Niete. Ich checkte das Kopfteil nach einem Geheimfach ab, suchte mit meiner Stiftlampe nach einer Ritze. Es war aus demselben Teak wie die Kommode, und genauso massiv.

Nur ein Bild an der Wand. Ein sepiabraunes Foto von einer Frau, den Rücken zur Kamera. Sie trug ein dunkles viktorianisches Kostüm, sah aus wie eine Art Samt, mit langem Rock und langen Ärmeln. Sie hatte die Hände gefaltet, den Kopf leicht gebeugt. Ich nahm es von der Wand, hoffte auf einen Safe. Die Farbe drunter war neu – wer die Bude putzte, hängte das Bild beim Staubwischen jedesmal ab.

Blieb bloß noch der Kleiderschrank. Ich nahm mir zuerst die Schuhe vor. Sie hatte alles, von schenkellangen Stiefeln bis zu Joggingschuhen, aber nirgendwo war was drin. Dann ging ich die Klamotten durch, Stück für Stück. Fand in einer Manteltasche eine Perlenkette, in einer anderen zwei alte Kinokarten. Tempos, einen blauen Chiffonschal, ein lippenstiftgroßes Sprühfläschchen. Ich hielt es von mir weg, drückte auf den winzigen Knopf. Eine Art Zitronenparfüm.

An der Rückwand entdeckte ich ein schwarzes Cape mit Kapuze. Das Futter war rot. In einer Seitentasche eine graue Visitenkarte. Normale Größe, aber doppelt so schwer. In stahlblauer lateinischer Schrift: »Rector's«. Und eine Telefonnummer. Ich legte sie neben das Adreßbuch aufs Bett.

An der Schlafzimmertür war kein Schloß. Rasch lief ich durch das ganze Stockwerk. Nirgendwo Schlösser. Türen waren's nicht, die die Geheimnisse dieses Hauses wahrten.

Wieder in Cherrys Schlafzimmer, schlug ich das Adreßbuch auf. Fast jede Seite war mit auffällig kräftigen Druckbuchstaben bedeckt. Die Tinte war dunkelblau – sah nach Füller aus. In der Schublade des Nachttischchens fand ich denjenigen welchen, einen fetten schwarzen Mont Blanc.

Mit keinem der Namen konnte ich zunächst was anfangen. Ich ging es Seite für Seite durch. Nichts unter »Burke«. »Fancy« stand unter »F«, aber die Telefonnummer war nicht dieselbe wie die auf der Einladungskarte. Nicht ganz dieselbe.

Seite für Seite. Ich stieß auf einen seltsamen Eintrag. »Sold«, sonst nichts weiter. Ich schaute auf die Nummer. Schaute wieder drauf. Es war die Nummer des Münztelefons in Mamas Restaurant rückwärts geschrieben. Ein Mann zum Mieten, so mußte ich ihr damals, vor einer halben Ewigkeit, in England vorgekommen sein. Manche Leute wachsen, manche altern bloß.

Ich nahm mir noch mal die Seite mit Fancys Nummer vor. Las sie rückwärts. Es war die auf der Karte.

War der Code so einfach? Ich fand die Eintragung für Rector's. Verglich sie mit der auf der Karte. Sie paßte nicht, weder vorwärts noch rückwärts.

Ich ging zu dem Mischpult in ihrem Kleiderschrank. Drückte auf irgendwelche Knöpfe. Wieder kam Streichermusik aus dem Lautsprecher. Diesmal nicht das Klassikgedudel – Santo und Johnnys »Sleepwalk«, Stealgitarre aus den Fünfzigern, sanft und seltsam in dem Nobelzimmer.

Ich legte mich auf ihr Bett, starrte an die Decke, überrascht, daß kein Spiegel da war. Blickte wieder zu der Uhr. 5 Uhr 19 auf dem Zifferblatt, 8:19 auf der Digitalanzeige. Drei Stunden Unterschied.

Wo, zum Teufel, konnte das sein?

Ich langte nach dem Telefon. Wählte die Nummer, die ich auf der Karte in dem Cape gefunden hatte. Eine Frauenstimme meldete sich, freundlich, aber voller Verheißungen von etwas Härterem. »Rector's.«

Ich legte auf. Wählte die Nummer unter dem Namen in ihrem Adreßbuch. Eine automatische Ansage. »Die von Ihnen gewünschte Verbindung kann nicht hergestellt werden. Überprüfen Sie die Nummer und...«

Ich legte auch diesmal auf. Das ist die Ansage von Mütterchen Post, wenn es sich nicht um einen Ortsanschluß handelt.

Ich schaute noch mal im Buch nach. Keine Vorwahl. Vielleicht benutzte sie sie überhaupt nicht. Aber... nein, sie hatte massenhaft davon – Chicago, L.A., Houston, sogar ein paar ausländische.

Ich schloß die Augen. *Was ist dein Geheimnis, Braut?* fragte ich.

Als ich die Augen aufschlug, war es 5 Uhr 51 auf der Uhr. Ganz schön lange weggewesen. Ich stand auf, legte alles wieder so hin wie vorher. Aus dem Lautsprecher im Schrank drang leise Musik – irgendwas, das ich nicht kannte.

Ich ging wieder zum Bett, nahm das Buch, wollte die Nummer, die sie für das Rector's eingetragen hatte, in das Mischpult eintippen. Nach den ersten vier Knöpfen hörte ich ein schleifendes Geräusch. Ich schaute in die Richtung. In den fugenlosen rosa Marmorkacheln über der Badewanne tat sich eine Öffnung auf.

Ich ging hin, schaute mir alles genau an, ohne irgendwas anzufassen. Ich bin von den Besten geschult worden – wenn man nicht weiß, wie man die Wunde schließen kann, schneidet man sich zu leicht ins eigene Fleisch. Ich drückte wieder auf die Knöpfe, in derselben Reihenfolge. Ich hörte das schwache Summen eines Elektromotors, aber das Fach blieb offen.

Okay. Ich probierte es umgekehrt, die letzte Ziffer zuerst. Die Kachel glitt zurück und schloß sich mit einem kaum hörbaren Klicken. Von meinem Standort aus konnte ich sehen, wo sie aufgegangen war. Der örtliche Klempner bringt keine derartige Präzisionsarbeit – das mußte vom Architekten geplant worden sein.

Selbst von nahem entdeckte ich keine Ritze. Die weißen Adern in dem rosa Marmor ließen wirbelnde Muster vor meinen Augen entstehen; das auf der glatten Oberfläche tanzende indirekte Licht vernebelte mir den Blick. Wie die unregelmäßige Streifen einer Herde Zebras, die Löwen schwindlig machen, die Jäger von der Beute ablenken.

Ein vierstelliger Code. Eins zu zehntausend die Chance, ihn durch Zufall zu erwischen – nicht die geringste Chance. Ich tippte noch mal das Sesam-öffne-dich ein, langsam, einen Knopf nach dem andern. Das Fach war etwa fünfzehn Zentimeter breit. Innen war es nachtschwarz gestrichen, ein Mattlack, der das Licht schluckte, spiegelfrei.

Ich holte mir ein dickes weißes Handtuch aus dem freistehenden Messingregal, legte es in die Wanne, für den Fall, das irgendwas runterfiel. Ich wollte grade mit handschuhbewehrter Hand in das Fach reingreifen, als mir auffiel, daß der Einbau zu raffiniert war, als daß eine Frau darin ihre Perlen versteckt. Und mir einfiel, wo Cherry herkam, was sie kannte.

Ich ging nach unten, schaute mich um. Was ich eigentlich wollte, war eine spitze Kombizange, aber so was wie einen Werkzeugkasten gab's in der Küche nicht. Ich fand mich schließlich mit einer Grillzange ab, solider Stahl mit Rosenholzgriff.

Wieder oben, suchte ich mit meiner Stiftlampe das Innere des Faches ab. Ich entdeckte ein paar Plastikkassetten, einen stoffbezogenen Schmuckkasten und eine

Art schwarzen Beutel mit einer Kordel zum Zuziehn. Wegen einer Alarmanlage brauchte ich mir keine Gedanken zu machen – wenn ich recht hatte, waren Cops das allerletzte, was Cherry wollte, falls jemand soweit gekommen war. Ich sondierte mit der Zange das Innere des Faches, tastete rum.

Nichts tat sich.

Mit so viel Gefühl, als wollte ich einen sitzenden Schmetterling haschen, näherte ich mich dem Beutel. Langsam faßte ich mit der Zange zu, stand weit entfernt. Ich spürte, wie die Spitzen irgendwas berührten, und dann gab es ein scharfes *Peng!* Fast hätte es mir die Zange aus der Hand gerissen. Ich zog sie raus, setzte sie Stiftlampe ein. Dicht über dem Beutel hing, noch immer zitternd, ein gekrümmter Metallstab mit drei hakenbewehrten Stachelspitzen, die im Licht blinkten. Ein L-förmiger Hebel ragte aus der hinteren Ecke des Faches hervor. Ich drückte ihn mit der Zange nach hinten, auf die Wand zu. Sah, wie der Stab zurückfuhr. Was immer das war, man konnte es wieder einstellen.

Die Spitzen an dem Stab sahen aus, wie mit irgendwas behandelt. Ich konnte mir denken, was sie draufgepinselt hatte – Curare hält sich verflucht lange, braucht aber nur ein paar Sekunden, um einen zu erledigen. Ich schob den Hebel zurück und setzte den Stab außer Gefecht. Dann holte ich das Zeug aus dem Fach raus, als würde ich eine Bombe entschärfen, arbeitete mich von vorne nach hinten vor. Meine Hände waren ruhig, aber ich hielt die Knie durchgedrückt, damit sie nicht zitterten. Ich setzte jedes Teil sachte so auf dem Handtuch ab, daß es genauso lag wie in dem Fach.

Drei VHS-Videokassetten. Erpressung vielleicht?

Sieben Tonbänder, Reineisenkassetten, jede neunzig Minuten. Sah mehr denn je nach Erpressung aus.

Eine runde Scheibe, mit der ich nichts anfangen konnte.

Zwei Computerdisketten, dreieinhalb Zoll, teflonbeschichtet, eine rot, eine blau.

Eine Minikassette zur Computerdatensicherung.

Geschäftsunterlagen vielleicht? Oder Unterlagen über die Geschäfte von jemand *anderem*? Mußte 'ne ganz schön heiße Info sein, wenn sie so gut geschützt war. Industriespionage?

Egal, worum es sich bei dem Zeug handelte, durch bloßes Anschaun konnte ich's nicht rauskriegen.

Aber dann fand ich den schwarzen Samtbeutel.

Sachte zog ich die Schnur auf, kippte den Beutel um. Drin funkelte es: rot, weiß, grün. Edelsteine, große, alle geschliffen. Und ein paar glatte schwarze Steine.

Ich warf einen Blick auf die Uhr. 6:39. Reichlich.

Ich nahm jeweils einen Stein, jeweils eine Kassette, beide Disketten. Legte alles andere in umgekehrter Reihenfolge wieder zurück. Auf den ersten Blick müßte es ziemlich so aussehn wie vorher. Ich drückte den Hebel rein, sah, wie der vergiftete Stab verschwand, hörte ihn einrasten. Dann ging ich wieder rüber zum Mischpult, drückte auf die Knöpfe und ließ das Fach verschwinden.

Vorsichtig wickelte ich die Steine in ein Stück dunkelblauen Filz, das ich für Notfälle bei mir habe. Die Beute verschwand in meiner Jackentasche. Das Handtuch kam wieder aufs Regal. Ich zog die OP-Handschuhe aus und ging nach unten.

Es dauerte nur ein paar Minuten, dann hatte ich das Zeug im Kofferraum des Plymouth eingeschlossen, im falschen Boden, gleich neben dem Benzintank. Ich ging nicht zurück in die Wohnung über der Garage.

Um 7 Uhr 08, über den Nachrichtensender kam grade die Verkehrsdurchsage, steuerte ich meinen Stützpunkt an.

Sobald ich die Brücke nach Manhattan hinter mir hatte, hielt ich an einem Münztelefon und machte mich an die Arbeit. Hinterließ eine Nachricht für Michelle und den Prof. Rief Mama an, sagte ihr, daß ich vor Sonnenuntergang wieder weg mußte.

Um acht war ich in meinem Büro, knackte auf der Couch weg.

Es war fast drei Uhr nachmittags, als ich mit dem Plymouth durch das Gewirr der Seitenstraßen von Chinatown gurkte. Clarences makelloser Rover stand in der Gasse hinter Mamas Laden.

Sie waren in meiner Nische. Der Prof hatte drei Spielkarten vor sich, der Länge nach gefaltet, Vorderseite nach unten, zeigte Clarence grade die Feinheiten des Dreikartentricks. Mama war an ihrer Registrierkasse. Die übliche Anzahl Gäste saß rum – keine.

Ich setzte mich in meine Nische, ohne mich um die fragenden Blicke vom Prof zu kümmern. Mama kam rübergetrippelt, als ich grade das blaue Filztuch aus der Tasche holte. Sie nickte, blaffte einem der lauernden Kellner irgendwas auf kantonesisch zu und setzte sich.

Das blaue Filztuch lag zwischen uns auf dem Tisch – Mama machte keine Anstalten hinzufassen. Nach zwei Minuten kam der Kellner zurück. Er räumte den Tisch ab, wischte ihn sauber, breitete ein schweres, strahlend weißes Tuch drauf aus. Dann stellte er einen Metallwürfel neben Mamas linke Hand, breitete neben ihrer rechten ein viereckiges Stück rote Seide aus. Mama neigte den Kopf, Fingerspitzen aneinander, wartete. Der Kellner nahm den Deckel des schwarzen Metallwürfels ab, zog einen langen Stiel mit einer winzigen Quartzlampe an der Spitze raus. Er drückte auf einen Knopf an der Würfelseite, und ein blendend weißer Lichtkegel fiel auf den Tisch. Auf dem roten Seidentuch legte er sorgsam eine Juwelierlupe und mehrere unterschiedlich große Pinzetten zurecht. Aus einer seiner Schürzentaschen holte er eine Miniaturwaage mit elektronischer Anzeige. Er stellte sie auf die entgegengesetzte Ecke des Tisches und trat einen Schritt zurück.

Mama hob den Kopf, öffnete die Augen. Nickte mir zu. Okay. Ich wickelte die Steine aus. Mama griff zuerst nach dem Diamant, legte ihn vor sich auf den Tisch. Dann klemmte sie sich die Lupe ins rechte Auge, hob den Stein mit der Pinzette hoch und schaute ihn sich an.

Niemand sprach.

Mama drehte den Stein mit der Pinzette hin und her, ihre Finger arbeiteten wie Präzisionswerkzeuge.

»Du erinner dich, was ich über Diamanten beibring? Fünf A?«

»Sicher«, sagte ich und erinnerte mich an die Lektion, als ich vor vielen Jahren aus Afrika zurückgekommen war und Mama die neuen Schmuggelmöglichkeiten geschildert hatte. Vier Auswahlkriterien waren weltweit üblich: Farbe, Reinheit, Schliff und Karat. Das letzte A war Mamas eigenes – Asche.

Mama nickte anerkennend, während sie weiterarbeitete. Nach ein paar Minuten legte sie den Klunker hin. Ihr Lächeln strahlte heller als das Licht.

»Sehr schöne Stein.«

»Isser echt?« fragte ich.

»O ja. Blau-weiß, Brillantschliff. Vielleich VVS, VS sicher. Drei Karat, etwa.«

»Wieviel?«

»Hunderttausend, schnell.« Also war er eine Viertelmillion wert.

»Was ist mit den anderen?«

Mama antwortete nicht. Zögernd legte sie den Diamant in eine Ecke des Tuchs, langte nach dem Grünen. Sie machte die gleiche Prozedur, griff dann zum Roten. Schließlich nahm sie den glatten schwarzen Stein, rieb ihn zwischen den Fingern. Nach ein paar Minuten schaltete sie das Licht aus und schaute mich an.

»Alle Stein perfekt. Rubin is blutrot, wahrscheinlich aus Burma. Smaragd komm sicher aus Kolumbien. Sehr perfekt für so große Stein.«

»Was ist das?« fragte ich und berührte den glatten schwarzen Stein mit der Fingerspitze.

»Girasol«, sagte Mama. »Schwarzer Opal. Aus Australien.«

»Da sind noch mehr«, sagte ich. »Das ist bloß 'ne Probe.«

»Passepartout«, sagte Mama. Ich wußte, was sie meinte. Es gibt keine härtere Währung als gute Edelsteine. Eine internationale Sprache – die hier konnte man zu Asche machen, überall zwischen Bermuda und Bangkok.

»Ich hab's dir gesagt, Bruder. Ich weiß, was ich weiß. Der Aderlaß kommt uns zupaß.«

»So einfach ist das nicht, Prof. Sie hatte noch was anderes.« Ich zeigte ihm die Disketten. »Weißt du, was das ist?«

»Sicher, Schuljunge. Das is der Kuchen – die Klunker sind die Brösel.«

»So seh ich das auch. Räumen wir die Bude aus, weiß sie, daß ich es war. Und sie hat genug Kohle, um uns Ärger zu machen.«

»Aber wenn wir wissen, was sie weiß ... «

»Yeah.«

»Trab an, Mann.«

Wir lasen Michelle an der Ecke Twenty-ninth und First auf. Sie stieg hinten in den Rover ein, als wär's ein Mietwagen, gab mir einen raschen Kuß auf die Backe, nahm auf den Lederpolstern Platz und zündete sich eine Kippe an.

»Was gibt's?«

»Ich bin mir noch nicht sicher. Der Prof hatte recht – das Haus stinkt vor Geld. Ich hab 'n paar Proben mitgenommen ... Steine. Mama sagt, sie sind astrein. Die hat Millionen in dem Haus rumliegen.«

»Ach, Schätzchen, du weißt genau, womit man ein Mädchen verrückt machen kann.«

»Das is'n bißchen kniffliger, Michelle.« Ich zeigte ihr die Disketten.

»Erpressung?«

»Nehm ich an. Ich bin mir nicht sicher. 'n paar Kassetten gibt's auch. Aber entweder ich lege alles zurück, oder wir ziehn ein schnelles Ding durch. Wir müssen da irgendwie einen Blick reinwerfen.«

»Mein Mann kann das«, sagte Michelle ruhig.

Terry ließ uns auf den Schrottplatz, begrüßte den Prof und Clarence betont höflich, während Michelle stolz dreinschaute.

»Dammich, Junge, du bist ja *groß* geworden«, sagte der Prof.

Der Bengel lief rot an. »Ich hab's dir gesagt, Mutti«, sagte er und hielt sich ganz gerade. »Wie groß werde ich mal?« fragte er den Prof.

Clarence trat einen Schritt vor, nahm die Hände des Jungen, drehte sie um, schaute sich die Handrücken an.

»Du wirst größer als ich, bevor du ausgewachsen bist«, sagte er leise, mit breitem insularem Singsang.

»Wirklich?« fragte Terry und strahlte übers ganze Gesicht.

Clarence nickte feierlich.

Der Maulwurf war nirgendwo in Sicht, als wir auf der Freifläche hielten. Simba lag vor dem unterirdischen Bunker, ruhig und wachsam.

»Soll ich ihn holen?« fragte Terry.

»Für das, was wir vorhaben, müssen wir in sein Labor«, sagte ich. »Geh einfach runter, frag ihn, ob es okay ist, in Ordnung?«

»Sicher«, antwortete der Bengel und schubste Simba beiseite, als wäre das Killervieh ein Stofftier.

Ich zündete mir eine Zigarette an, fühlte mich sicher in der South Bronx, wie immer, wenn ich beim Maulwurfbau bin. Simba schaute desinteressiert zu.

Der Bengel streckte den Kopf aus dem Bunker. »Er sagt, ihr könnt runter.«

Ich ging zuerst, Michelle gleich dahinter. Clarence kam zuletzt, er ging rückwärts, eine Hand auf der Pistole... ihm geht's auf dem Schrottplatz nicht so wie mir.

Der Maulwurf stand an seiner Werkbank. Michelle küßte ihn. Seine käsige Haut kriegte rote Flecken, die strähnigen Haare fielen ihm in die Stirn. Michelle boxte ihn auf den Oberarm, als wäre sie empört, daß der Maulwurf nicht mehr Sinn für Romantik zeigte.

Ich legte die Computerdisketten auf die Werkbank. Der Maulwurf schaute sie an und zuckte die Achseln.

»Kannst du sie lesen?« fragte ich.

Wieder zuckte er die Achseln. Griff sich eine, schob sie in den Schlitz seines Computers und warf ihn gleichzeitig an. Der Bildschirm flackerte, dann wurde er weiß wie ein leeres Blatt Papier.

Der Maulwurf drückte ein paar Tasten, schaute auf den Schirm. Wir suchten uns Sitzplätze, ließen ihn in Ruhe arbeiten. Terry zeigte Michelle ein Experiment, an dem sie grade arbeiteten – irgendwas mit schwerem Wasser, was immer das ist. Der Prof lehnte sich zurück und wartete ab, wie im Gefängnis. Clarences Jungmännergesicht wirkte verdutzt, während er sich mit großen Augen im Bunker umblickte, die seltsamen Apparaturen betrachtete. Er war mit den Sagen der Karibik großgeworden, aber so einen Voodoo hätte er sich nie träumen lassen.

Der Maulwurf wandte leicht den Kopf. Ich beugte mich vor und lauschte – der Maulwurf spricht nicht laut.

»Die hat'n Paßwort«, sagte er und deutete auf den Bildschirm, wo in fetten schwarzen Buchstaben **[Geschützt]** stand.

»Kommst du rein?«

»Irgendwann. Könnt'n x-beliebiges Paßwort sein. Ich kann ein Zufallsprogramm laufen lassen, jede Kombination ausprobieren.«

»Wie lange würde das dauern?«

Wieder zuckte er die Achseln. »Ich hab hier kein so großes Gerät. Könnt ein, zwei Wochen dauern, vielleicht auch länger.«

»Verflucht! Kannst du die Diskette kopieren, damit ich sie zurückschaffen kann, während du die Kombis durchprobierst?«

»Nein.«

»Toll.« Ich stand einen Moment da, versuchte die Sache zu durchdenken. Die Leute werden nachlässig mit dem Zeug, das sie sich merken müssen, benutzen ihre Geburtsdaten für Safekombinationen und so. Vielleicht hatte sie ...?

»Probier's mit Cherry«, sagte ich.

Seine Wurstfinger flitzten über die Tasten. Das Gerät piepste. »Nein«, sagte der Maulwurf.

»Probier's mit Rector's.«

»Buchstabier.«

Ich buchstabierte es ihm, mit und ohne Apostroph.

»Nein«, sagte er.

»Ich machte noch ein paar Versuche, lauter Nieten. »Ich laß auf Zufall laufen«, sagte der Maulwurf.

Ich nickte vergnatzt. Dann dachte ich an das Fach. »Könnte es 'ne Nummer sein?« fragte ich.

»Was?«

»Das Paßwort, können es Zahlen statt Buchstaben sein?«

»Ja.«

Ich nannte ihm die Kombination für das Fach. Schaute auf seine Finger, als er sie eingab.

»Ja«, sagte der Maulwurf, als der Bildschirm flackerte und Worte auftauchten, wie unsichtbare Tinte, wenn man das Papier über eine Flamme hält.

Der Maulwurf kopierte die blauen und roten Disketten, gab mir die Originale zurück. »Der Rest sind Sicherungskopien«, sagte er und hielt mir die runde Scheibe und die winzige Kassette hin. »Wahrscheinlich sind die andern noch nicht überspielt. Nimm die auch wieder mit – was ich habe, reicht, um zu sehn, was die machen.«

Ich nickte. »Hast du 'nen Videorecorder hier?« fragte ich.

Er warf mir einen säuerlichen Blick zu, reckte den Hals in Richtung eines kleinen Fernsehers in der Ecke.

»Ich hab dir *gesagt*, daß wir ihn mal brauchen können, Vati«, sagte der Bengel mit triumphierender Miene. Er nahm mir die Videokassette aus der Hand, steckte sie in den Schlitz, drückte ein paar Knöpfe.

Das Band war schwarzweiß, hatte Streifen am Bildrand.

»Justier die Laufgeschwindigkeit«, sagte der Maulwurf.

»Ich weiß, ich weiß«, sagte der Bengel eifrig und spielte an einem winzigen Regler rum.

Die erste Einstellung zeigte ein blütenweißes Schlafzimmer. Weiße Wände, weiße Laken... sogar die Bettpfosten waren weiß. Die Kamera zoomte einen ran. Ein schwarzer Lederriemen baumelte runter, wie abwartend.

»Geh nach oben, Terry«, sagte Michelle ruhig.

»Och, Mutti...«

»Sofort!« fauchte sie. Der Bengel wandte die Augen vom Bildschirm, versuchte sein Glück. Michelle starrte ihn an, ohne ein Wort zu sagen. Er warf ihr über die Schulter einen geknickten Blick zu, während er raus an die Luft kletterte.

Das Summen des Bandes war das einzige Geräusch. Ein Mann in konservativem Anzug betrat das weiße Schlafzimmer. Er setzte sich aufs Bett, Hände auf den Knien, und schaute in die Richtung, aus der er gekommen war. Eine Frau spazierte rein, den Rücken zur Kamera. Sie trug eine schwarzweiß gestreifte Jacke mit ausgestellten Schößen, drunter einen engen Rock. Ihre Füße waren nicht zu sehen.

»Infrarotkamera«, sagte der Maulwurf. »Hohe Auflösung. Die brauchen kein Licht.«

Ein Streichholz flammte auf, als sich der Prof eine Kippe ansteckte.

Die Frau zog die Jacke aus, schmiß sie weg. Drunter war eine weiße Bluse mit U-Ausschnitt. Der Mann sah zu, als sie die Bluse aufknöpfte und ein schwarzer Halbschalen-BH zum Vorschein kam. Sie sagte irgendwas zu ihm. Er schaute zu Boden.

Der BH-Verschluß war vorne. Die Frau ließ ihn neben sich fallen. Der Mann blickte auf. Die Frau trat zu ihm, holte weit aus und schlug ihm heftig ins Gesicht. Wieder sagte sie irgendwas zu ihm. Er senkte den Blick.

Die Frau kehrte ihm den Rücken zu, langte nach hinten und öffnete den Reißverschluß des engen Rocks. Als sie sich nach vorn beugte und ihn über die Hüfte zog, blickte der Mann scheu auf. Die Frau streckte den Rücken, schaute voll in die Kamera.

Fancy.

Als sie zur Seite trat, zeigte die Kamera das Gesicht des Mannes – klar und deutlich.

Ich kannte ihn nicht, aber er dürfte sich rasch wiedererkennen, wenn sie ihm das Band zeigten.

Fancy, die jetzt nur noch ein schwarzes Höschen zu Strapsgürtel und dunklen Strümpfen trug, drehte sich zu dem Mann um. Sie hielt inne, ging aus dem Bild.

Kam zurück mit einer Reitgerte in der Hand.

Der Mann stand auf und zog sich aus, hastig. Er legte sich mit dem Gesicht nach unten aufs Bett, und Fancy machte seine Hände mit den Riemen am Bettpfosten fest.

Sie walkte ihn mit der Reitgerte durch. So ging das eine Weile. Dann hörte sie auf, stand da, Hände in der Hüfte, und sagte irgendwas zu ihm.

Der Mann drehte den Kopf. Fancy hakte die Daumen in den Gummizug ihres Höschens, schob es die Beine herunter. Sie trat neben das Bett, schlug dem Mann ins Gesicht, knüllte das Höschen zusammen und stopfte es ihm in den Mund.

Dann machte sie sich wieder an die Arbeit.

Der Mann zuckte krampfhaft mit dem Hintern, als er, auf dem Bauch liegend, den Rücken voller Striemen, zum Ende kam. Die Kamera zoomte wie entfesselt hin und her, wurde manchmal auf Stellen gerichtet, wo nichts passierte. Als Fancy ihn schließlich losband, rollte er vom Bett, wo in guter alter Times-Square-Tradition der glänzende Beweis für seinen Orgasmus gefilmt wurde – Freaks hassen es, wenn man nur so tut als ob.

In der letzten Einstellung saß der Mann auf dem Bett und schaute verschwitzt und benommen in die Kamera.

»Gibt's da mehr von?« fragte Michelle.

»Massenhaft«, sagte ich.

»Auch mit Ton?«

»Yeah.«

»Das ist'n ausgebufftes Unternehmen, Baby. Eine feste Kamera mit Fernsteuerung – so 'ne Ausrüstung, die kannste ohne Bedienung laufen lassen, wenn die Action lang genug dauert.«

»Ich weiß. Ich habe die Frau kennengelernt.«

»Wollte sie mit dir auch spielen?«

»Yeah.«

»Das paßt. Ist die allerneuste Kiste«, sagte Michelle. »Supersafer Sex. Kein Penetrieren. Genaugenommen nicht mal Hautkontakt, wenn du's richtig angehst. Findeste ein Mädchen, die damit professionell anschafft, steht sie wahrscheinlich selber drauf. Die meisten von denen haben rausgekriegt, wie sich damit Geld machen läßt.«

»Genau das müssen wir auch … entdecken, wo die Kröten stecken«, sagte ich. Der Prof nickte zustimmend. Clarence beobachtete uns. Der Maulwurf war mit irgendwas auf seiner Werkbank beschäftigt – er hatte sich das Band nicht mal angeschaut.

Ich packte alles zusammen, ging mit dem Prof und Clarence nach oben, ließ Michelle unten. Terry war nicht da.

»Was meinst du?« fragte ich den Mann, der mir als Kid soviel beigebracht hat.

»Ich meine, daß die keine Zicken machen. Selbst der Dümmste dreht den Hahn zu, wenn de zuviel Druck machst. Zur Quelle kannste nicht mehr zurück.«

»Die meinst, die rücken das ganze Zeug raus, keine Kopien?«

»Bei soviel Asche? Sicher. Die müssen 'nen echt guten Ruf haben.«

»Du meinst, die Leute wissen, daß sie das durchziehn?«

»Erinnerst du dich noch… als vor ein paar Jahren dieser Irre unten am Pier die Schwulen aufgeschlitzt hat?«

»Klar«, sagte ich. Ein Serienmörder, der schwer auf Verstümmeln stand, hatte den Straßenstrich unten am Fluß abgegrast. Die Todesrate stieg, die Schlagzeilen wurden immer schriller, und die Homosexuellenszene war in heller Panik. Zwei davon kamen zu mir, meinten, es gäbe gutes Geld, wenn ich den Killer ausfindig machen könnte. Sie hatten nicht viel Zutrauen zu den Cops.

»Erinnerst du dich an diesen Robbie?« fragte der Prof. »Erinnerst du dich, wie der's auf den Punkt gebracht hat?«

Ich zündete mir eine Kippe an, dachte daran. Robbie besaß eine kleine Kunsthandlung in der Gegend – er war der erste, mit dem ich sprach, als ich den Job angenommen hatte.

»Niemand treibt sich mehr rum, richtig?« hatte ich ihn gefragt.

»Aber *bitte*!« schnaubte er. »Daran wird sich nichts ändern. Ein Irrer schreckt vielleicht die Stricher ab, aber nicht die, die Zärtlichkeit suchen. Außerdem… wenn man weiß, daß so jemand da draußen ist, gibt das noch 'nen kleinen Extrakick, verstehn Sie?«

»Du meinst, die Leute, die bei dem Prügelpartykram dabei sind, wissen, daß jemand Kameras laufen läßt, Prof?«

»Könnte sein, Schuljunge. Solange niemand richtig auf die Zehen getreten wird, törnt es die wahrscheinlich bloß noch mehr an. Sie wissen, daß sie für ihr Spiel löhnen müssen, also was soll's?«

»Is 'ne klasse Kiste. Die kassieren auf beiden Seiten ab.«

»Hör zu, Tolpatsch, egal, was die Mutter von dem Kid is, blöde isse nicht. Wir brauchen Beweise, ein paar Anhaltspunkte.«

»Ich fahr heut abend wieder hin, lege das ganze Zeug wieder zurück.«

Der Prof kam dicht ran, legte mir die Hand auf die Schulter. »Burke, hör gut zu – wenn das Klima stimmt, kommt's aufs Wetter nicht an, klar?«

»Nein. Was soll das heißen?«

»Anschaun, gut, aber sei auf der Hut. Geht's nicht leise, mach die Meise.«

»Hör mal, Prof ... «

»Ich mein's ernst, Bruder. Mir gefällt das ganz und gar nicht.«

Es war gegen Mitternacht, als ich in die Garage fuhr. Der rote Miata war noch nicht da. Keine Ahnung, ob der Junge schon wieder weg oder überhaupt noch nicht zurückgekommen war.

Die Wohnung über der Garage sah genauso aus, wie ich sie hinterlassen hatte.

Ich ging rüber zum Herrenhaus. Keiner da. Das Haar, das ich mir ausgerissen und mit einem Tropfen Spucke über dem Rand des Marmorsafes angepappt hatte, war noch an Ort und Stelle. Ich legte alles wieder rein.

Ich war kaum wieder in der Wohnung über der Garage, als das Telefon klingelte. Ich nahm ab, sagte: »Was ist?« und wartete.

Ich hörte jemand atmen, dann wurde aufgelegt. Ich schloß die Augen, döste weg.

Irgendwann später hörte ich ein Auto vorfahren. Auf meiner Uhr war es 3:15. Ich hörte eine Tür zuknallen, ging zu der Glastür. Das Kid marschierte quer über den Rasen, nicht allzu standfest.

Ich gab ihm fünf Minuten, dann ging ich rüber. Die Hintertür stand offen. Das Kid saß ohne Licht am Küchentisch, starrte die Wand gegenüber an.

»Alles okay?« fragte ich.

»Ich habe angerufen«, sagte er. »Ich hab ständig angerufen. Aber Sie waren nicht da. Ich wollte erst herkommen, wenn ich es weiß.«

»Warst du das vorhin am Telefon?«

Das Kid nickte. »Ich wäre zu Ihnen raufgekommen, aber ich wollte Sie nicht aufwecken.«

»Was ist los?«

»Diandra ist tot. Es ist ... glaube ich, vor zwei Tagen passiert. Wir haben's grade erfahren.«

»Wer's Diandra?«

»Diandra Blankenship. Sie ist runtergesprungen. Von der Old Mill Bridge. Auf die Felsen.«

»Woher weißt du das?«

»Alle haben drüber geredet. Auf der Party. Wir wollten uns ein paar einpfeifen, bloß zum Abregen, 'n bißchen Musik hören. Aber niemand war richtig danach zumute.«

»Hast du sie gekannt?«

»Yeah. Flüchtig. Sie war in der Schule eine Klasse unter mir.«

»Sind die Cops nicht vorbeigekommen?«

»Nicht auf der Party. Sie haben mit einigen geredet. Myron sagt, Brew sagt, daß sie mit ihm geredet haben. Sie hat keinen Brief hinterlassen oder so.«

»Schlaf 'ne Runde«, sagte ich.

»Werden Sie ... «

»Ich bleibe hier. Unten auf der Couch. In Ordnung?«

Er nickte, rappelte sich auf und zog ab, wie wenn er zuviel Ballast rumschleppen müßte.

Ich wußte nicht genug. Genau darin liegt das Risiko – deswegen ist Wissen die härteste Währung der Welt. Ich kannte Leute, die sich umgebracht hatten – im Knast ist Selbstmord keine Seltenheit. Ich kannte auch ein paar, die es auf Raten machten – es gibt Straßenstricher, die das Geld nehmen und sich Dope kaufen, damit sie vergessen können. Ich weiß noch, wie ich mal einen danach gefragt habe. Ich hielt Ausschau nach einer Ausreißerin, er hielt Ausschau nach Asche, also wurden wir uns einig.

»Buchstabier mal 'Sucht'«, sagte er zu mir, als wär's ein Geheimcode.

Ich spielte mit. »S-u-c-h-«

»Hör da auf«, sagte er und schaute durch mich hindurch.

Da kapierte ich.

Aber es paßte nicht. Wenn sich reiche Kids genug langweilen, sind sie zu fast allem fähig, aber sie bringen sich nicht um die Ecke, bloß weil an dem Tag sonst nichts los ist.

Und außerdem waren es zu viele.

Etwa eine Stunde verging. Ich rauchte zwei Zigaretten, sah ab und zu ein Auto am Fenster vorbeiflitzen. Ich nahm die Stiftlampe, ging nach oben. Das Kid schlief in seinem Bett, Gesicht nach unten, immer noch angezogen.

Ein leichter Regen setzte ein. Ich lag auf der Wohnzimmercouch, hörte zu, wie er ans Fenster klopfte.

Ein Surren, wie von einem Telefon. Ich nahm den nächstbesten Hörer ab... Freizeichen. Immer wieder kam das Geräusch, so schwach, daß ich's kaum wahrnahm. Ich stand auf, schloß die Augen, damit meine Ohren besser funktionierten. Vielleicht war's irgendein schnieker Wecker. Das Telefon an der Küchenwand hatte zwei Anschlüsse. Ich schaltete hin und her... beide Male Freizeichen. Das Geräusch hörte nicht auf. Ich stand totenstill da, versuchte es zu orten. Im Torbogen zwischen Küche und Wohnzimmer war ein kleiner Einbauschrank... dort! Ich öffnete die Tür – das Surren wurde lauter. Ich ging die Sachen in dem Schrank durch und fand es. In der Außentasche eines schwarzen Ledermantels – ein Mobiltelefon, dünn wie ein Taschenbuch. Ich zog die Antenne raus, klappte es auf.

»Was ist?« fragte ich in die Sprechmuschel.

»Wo's Charm?« Eine Männerstimme, argwöhnisch.

»Sie haben die falsche Nummer, Mann«, sagte ich knurrig, als wäre ich gestört worden.

Er legte auf. Ich steckte das Telefon zurück, setzte mich hin und zündete mir eine Kippe an. Bevor ich die fertig hatte, hörte ich wieder das Telefon.

Ich ließ es klingeln, bis es aufhörte.

Charm? Eine weitere Beteiligte... oder einfach noch ein Name, den Cherry benutzte?

Noch zwei Stunden, noch zwei Zigaretten – das Telefon im Schrank blieb ruhig. Vielleicht war es wirklich die falsche Nummer.

Beim ersten Tageslicht war ich auf, überlegte, was für ein Tag es war. Schwer zu sagen in dieser Gegend – Leute, die nicht regelmäßig von neun bis fünf arbeiten, haben kein Gespür fürs Wochenende. Ich schaute vorne aus dem Fenster. Unten an der Einfahrt standen zwei Briefkästen. Ich marschierte hin. Wie sich rausstellte, war der eine Briefkasten für Zeitungen. Er war leer. Im normalen Briefkasten lagen ein paar Rechnungen... keine persönlichen Briefe. Ich brachte alles rein, ließ es auf dem Küchentisch liegen.

Ich wollte duschen, schaute aber erst nach dem Kid. Er lag genauso da. Ich trat dicht ran, hatte schon Bammel, er könnte alle sein. Aber er war okay, atmete tief, mit offenem Mund, schlaff.

Das Garagentor war offen, die Autos unberührt. Im Miata vom Kid steckten die Schlüssel – vielleicht erwartete er einen Parkservice.

Ich ging durch die Wohnung, paßte diesmal genau auf. Niemand war dagewesen.

Ich duschte und rasierte mich, dachte über Kids nach, die sich umbrachten. Über das Kind, das ich umgebracht hatte.

Ich saß am Küchentisch, als der Junge runterkam. Sein Gesicht war fleckig vom Schlafen, die Augen wachsam vom Träumen.

»Sind Sie heute nacht hiergeblieben?« fragte er.

»Auf der Couch, im Wohnzimmer.«

»Tut mir leid... ich wollte nicht, daß Sie –«

»Schon okay. Willst du Kaffee oder irgendwas?«

»Ich mach schon«, sagte er und wandte das Gesicht ab.

Er steckte zwei Brötchen zum Aufbacken in den Toaster, schaltete die Kaffeemaschine ein, nahm einen Schluck aus dem Wachskarton mit Orangensaft. Ich entdeckte eine Schachtel mit Roggencracker, goß mir aus der Flasche im Kühlschrank ein großes Glas Wasser ein.

»Was ist das?« fragte er mich und deutete mit einem Kopfnicken auf die Pillen, die ich aus der Tasche geholt hatte.

»Vitamin C, Beta-Karotin, Vitamin E.«

»Nehmen Sie die jeden Tag?«

»Sicher.«

»Wieso?«

»Eine alte Freundin von mir, die's Ärztin. Hat mir gesagt, wenn ich weiter rauche, muß ich das machen.«

»Aufhören zu rauchen wäre besser«, sagte er so überheblich, wie es bloß jemand fertigbringt, der mit aller Kraft den lieben langen Tag sein Leben verpfuscht, aber ausgerechnet eine schlechte Angewohnheit nicht hat.

Ich sagte gar nichts, kaute bloß meine Cracker, pfiff die Pillen ein, spülte sie mit Wasser runter. Das Kid hockte sich zu mir an den Tisch, machte sich ohne große Begeisterung über sein Essen her.

»Rechnest du mit den Cops?« fragte ich.

»Nein, warum sollte ich? Die sind auch vorher nicht hergekommen.«

»Ich weiß nicht. Ich weiß nicht, wie hier so was läuft. Nur, wenn sie's tun, mußt du erklären, wer ich bin, was ich hier mache, klar?«

»Klar. Ich sage, Sie sind der Verwalter. Wird keine große Sache werden.«

»Könnte es aber, wenn sie mich checken.«

»Hä?«

»Ich bin vorbestraft, Kleiner.«

»Oh, ich meine... irgendwie hab ich mir das gedacht.«

»Ehrlich?«

»Na ja, nach dem, was meine Mutter gesagt hat ...«

Ich schaute ihn fragend an, wartete.

»Sie hat nicht gesagt, daß Sie ein *Krimineller* wären oder so. Bloß, daß Sie... sich zu helfen wissen. In ihrem Gewerbe hatte sie mit ein paar ziemlich harten Leuten zu tun, das weiß ich. Deshalb ...«

»Ihrem Gewerbe?«

»Als sie jung war. Bevor sie mich bekommen hat. In England, wo sie gewohnt hat.«

»Was für ein Gewerbe war das?«

»Das wissen Sie doch.« Er warf mir einen eigenartigen Blick zu. »Sie war Edelsteinhändlerin. Ist auf der ganzen Welt rumgereist. Dabei hat sie Sie getroffen, stimmt's? Als Sie als Leibwächter gearbeitet haben?«

»Richtig.«

»Kannten Sie... meine Mutter näher?«

»Das ist lange her, Kleiner.«

»Ich weiß, aber ...«

»Was? Willste wissen, ob wir ein Paar waren?« Drückte es nett aus, falls er's so brauchte.

»Ein Paar? Ein Liebespaar? Nein. Ich will wissen, ob Sie mit ihr geschlafen haben«, sagte er und schaute mich zum erstenmal an diesem Tag offen an.

»Du redest da über das Privatleben deiner Mutter«, sagte ich.

»Privatleben? Meine Mutter? Sie machen wohl Witze. Ich war bloß neugierig, das ist alles. Sie schläft nie mit Männern.«

»Muß sie aber... zumindest einmal.«

»Yeah, mit 'nem Gummiklistier«, sagte er lachend, mit brüchigem Unterton. »Künstliche Befruchtung.

Meine Mutter ist schwul. Sie hat's mir gesagt, is lange her. Sie sagt, sie wollte ein Baby, aber sie wollte keinen Mann. Deswegen habe ich mich gefragt … ob sie's jemals gemacht hat.«

»Verstehe«, sagte ich, ohne auf seine Frage einzugehn. »Dein Vater, war der …?«

»Nein. Das war ein anonymer Spender, hat sie mir gesagt. Sie war mal verheiratet, aber bloß wegen dem Geld. Der Typ war ebenfalls schwul – er wollte sie als Tarnung. Da war er wohl der Gelackmeierte, was? Ich weiß nicht, wer mein Vater ist.«

»Du meinst, dein leiblicher Vater?«

»Genau das meine ich – ich weiß nicht, wessen Gene ich in mir habe.«

»Ich auch nicht«, sagte ich.

»Sind Sie adoptiert?«

»Nein.«

»Wieso …?«

»Ich bin vom Staat aufgezogen worden. In einer Anstalt.«

»In einer Art Kinderheim?«

»In einer Art Knast.«

»Oh.« Er stand auf, beschäftigte sich eine Minute lang damit, die Geschirrspülmaschine einzuräumen. »Fragen Sie sich das manchmal? Wer Ihr Vater war?« meinte er über die Schulter.

»Nein.«

»Ich schon«, sagte er und kam wieder an den Tisch. »Alles, was mir meine Mutter sagen konnte, war, daß er einen sehr hohen IQ hat. Das war eine spezielle Samenbank. Sehr teuer. Sie hat's in der Schweiz machen lassen.«

»Du hast doch schon alles, was du von ihm kriegen kannst«, sagte ich.

»Wie meinen Sie das?«

»Deine Augenfarbe, die Haare, vielleicht die Größe. Ich weiß es nicht. Körperliche Merkmale. Und deine geistigen Anlagen. Ein paar ureigene persönliche Eigenschaften, so Zeug.«

»Was ist 'ureigen'?«

»Du weißt doch, daß manche Leute ein fröhliches Naturell haben, manche sturer sind als andere... in der Art. Nichts Großartiges.«

»Meinen Sie das ernst?«

»Es ist die Wahrheit. Die DNA kannst du weitergeben, aber nicht das Verhalten, verstehst du? Blaue Augen, blonde Haare... klar. Aber wenn ein Vergewaltiger und eine Mörderin ein Kind machen, und wenn dieses Kind von braven Bürgern aufgezogen wird, dann wird das Kind auch einer, klar? Du kriegst das, was du aufziehst, nicht das, was du zeugst.«

»Aber bei Pferden, da werden immer die Sieger gekreuzt. Damit man bessere Pferde kriegt.«

»Das sind keine besseren *Pferde*, Kleiner. Die Pferde können das Zeug besser, daß die *Leute* von ihnen wollen, klar? Wenn du diese blaublütigen, degenerierten Klepper raus in die Prärie schickst, sind sie die ersten, die von den Wölfen geholt werden.«

Er saß ein, zwei Minuten da, wälzte irgendwas im Kopf hin und her, war wacher und konzentrierter, als ich ihn je gesehen hatte. »In der Schule hatten wir das. Genetik. Ich kann mich nicht mehr groß dran erinnern. Teufel noch mal, ich kann mich überhaupt nicht mehr groß an irgendwas erinnern.«

»Hast du alle deine Fächer geschafft?« fragte ich ihn. Wechselte die Gangart, wollte ihn ablenken.

»Sicher.« Mit einem Blick, der sagte: »Macht das nicht jeder?«

»Wozu gehst du aufs College?«

»Weiß ich nicht. Meine Mutter sagt, wenn ich irgendwas lerne, ist das gut. Das, was du lernst, kannst du immer gebrauchen, genau das sagt sie.«

»Aber sie kümmert sich nicht drum, was?«

»Ich glaube nicht. Sie sagt nie was.«

»Was macht deine Mutter jetzt?«

»Ich weiß nicht genau. Irgendwas mit internationalen Finanzen – deswegen ist sie so viel unterwegs.«

»Reist sie allein?«

»Ich ... glaub' schon. Sie sagt nie was.«

Das Kid war gelöst, gesprächig. Weich und zugänglich durch all die Lebensberatungsfragen. Ich zündete mir eine Kippe an, blies den Qualm zur Decke. »Wer's Charm?« fragte ich.

»Das ist Fancys Schwester. Eigentlich ihre Zwillingsschwester, aber sie sehen sich nicht ähnlich. Sie ... « Er warf mir einen verdutzten Blick zu. »Wieso wissen Sie von ihr? War sie hier?«

»Nein. Jemand hat für sie angerufen. Letzte Nacht. Auf dem hier«, sagte ich, stand auf und holte das Mobiltelefon aus dem Schrank.

»Das ist eins von Mutters Telefonen«, sagte er, als er's erkannte.

»Eins davon?«

»Ja, sie hat 'nen ganzen Haufen. Sie gibt sie den Leuten, die für sie Aufträge übernehmen. Damit sie sie jederzeit erreichen kann. Die haben spezielle Batterien und alles.«

»Arbeitet Charm für deine Mutter?«

»Charm? Nein. Was sollte die für sie machen?«

»Weiß ich nicht. Was ist mit Fancy?«

»Sie auch. Ich meine, die arbeiten eigentlich nicht,

keine von ihnen. Charm reitet, und Fancy hat ihre Pflanzen.«

»Reitet?«

»Pferde. Bei Veranstaltungen. Sie springt auch mit ihnen. Ich glaube, sie sollte bei der Olympiade mitmachen, aber letztes Jahr hat sie sich verletzt.«

Ich klappte das Mobiltelefon auf – keine Nummer drauf. »Weißt du die Nummer von dem Telefon?« fragte ich.

»Lassen Sie mal sehen.«

Ich reichte es ihm. Er drehte es so, daß er die Rückseite sehen konnte. »Yeah, das ist ihres, mit Sicherheit. Sehen Sie?«

Hinten drauf war die Zahl 4, in weißer Farbe aufgemalt. »Sie hat hier irgendwo eine Liste herumliegen«, sagte er. »Lassen Sie mich mal 'ne Minute nachdenken.«

Er stand auf, ging ins Wohnzimmer. Ich hörte, wie er die Schubladen des alten Schreibtisches öffnete, rumwühlte. Er kam mit einem Blatt Papier in der Hand zurück, gab es mir. Es war eine Liste. Neben der Zahl 4 stand eine örtliche Telefonnummer. »Probieren wir's«, sagte ich und reichte dem Jungen das Telefon. Ich ging zum Telefon an der Wand, tippte die Nummer von der Liste ein. Das Mobiltelefon summte. Das Kid klappte es auf, sagte »hallo«. Ich konnte ihn an meinem Apparat hören.

»Gebongt«, sagte ich. »Weißt du, wo sie die anderen aufhebt?«

»Na ja, ein paar Leute haben ihre wahrscheinlich bei sich. Aber vielleicht sind noch ein oder zwei da. Wieso?«

»Tja, wenn wir beide eines haben, können wir in Verbindung bleiben, während ich arbeite.«

»Arbeiten?«

»Yeah, Randy, arbeiten. Du und ich.«

Das Kid warf mir ein scheues Lächeln zu, als ob ihm der Gedanke gefiele.

Während sich das Kid anzog, ging ich noch mal raus zu den Briefkästen. Diesmal war die Zeitung da. Ich nahm sie mit zurück und legte sie auf den Küchentisch. Irgendein Lokalblatt, eine echte Heile-Welt-Postille. Das örtliche Kleine Theater spielte *Guys and Dolls*, nächstes Wochenende stand ein großes Dressurereignis bevor – was immer das war. Das Kind von irgend jemand hatte ein Stipendium erhalten. Ein anderes war den Sommer über auf Museumstour in Europa. Mr. und Mrs. Soundso kündigten die Verlobung ihrer Tochter mit dem Sohn von Dingsbum an. Ein Abschnitt von irgendeiner Straße sollte neu eingestuft werden. Ein Haufen Reklame für Autorestaurateure und Restaurants – keine Kleinanzeigen. Größtenteils ging es in dem Blatt um Immobilien, einige davon mit Bildern. Kein Wort vom Selbstmord.

Das Kid kam runter, in Jeans und einem übergroßen Rugbyhemd. Er hatte noch ein Mobiltelefon in der Hand.

»Das habe ich oben gefunden. Es hat Nummer sieben – wir können auf der Liste nachgucken.«

»Okay«, sagte ich. »Folgendermaßen läuft's. Läutet das Telefon, gehst du ran. Wenn ich's bin, bestens. Isses jemand anders, sagst du einfach, falsch verbunden. Kriegste sofort wieder 'nen Anruf, läßt du's läuten. Kapiert?«

»Kapiert.«

»Okay. Du hast gesagt, über die anderen Selbstmorde stand was in der Zeitung, richtig? Diese Zeitung?« Ich hielt die hoch, die ich aus dem Briefkasten geholt hatte.

»Nein.« Er lachte. »Ausgeschlossen. Die Zeitung in Bridgeport hab ich gemeint.«

»Wird die hier zugestellt?«

»Nein, aber wir können in der Stadt eine kaufen. Dort gibt's sämtliche Zeitungen.«

Wir nahmen den Lexus – der war in der Gegend genauso unauffällig wie mein Plymouth in der Stadt. Er lief so leicht, daß ich nicht sagen konnte, wie gut die Straßen waren.

»Was ist nach dem ersten Mal passiert?« fragte ich. »Als die ersten Kids tot waren, hat die Stadt da irgendwas auf die Beine gestellt? Beratung, was auch immer?«

»Yeah, unten an der High School. Die haben alle zusammengetrommelt. Und dann haben sie von irgendwoher Berater kommen lassen. Mit denen konnte man reden, wenn man wollte.«

»Hast du das gemacht?«

»Nein, da war ich schon von der High School weg. Ich weiß, daß sie ein großes Treffen hatten, die Eltern. Mit 'nem Psychologen. Er hat ihre Fragen beantwortet und so.«

»Ein Psychologe von der Schule?«

»Nein, aus Crystal Cove. Die haben 'ne Menge Erfahrung mit so was.«

»Bist du da auch hin?«

»Nein, ich habe doch gesagt, das war eigentlich für die Eltern.«

»Ist deine Mutter hin?«

»Ich nehm's an. Sie hat mir erklärt, so was passiert oft, Selbstmord. Sie sagte, das Wichtigste wäre, daß ich jederzeit kommen könnte, wenn ich was erzählen wollte. Ich sollte keine Geheimnisse für mich behalten, die fressen einen auf.«

»Meinst du, diese Kids hatten Geheimnisse?«

»Jeder hat Geheimnisse«, sagte er.

In der Zeitung, die wir in der Stadt kauften, stand der Name des Mädchens. Und die Namen der Eltern. Sie stellten es als tragischen Unglücksfall hin, nicht als Verbrechen. Offenbar hielten sie die Nachricht ein paar Tage zurück... vielleicht wollten die Cops nicht, daß sie rausging? Die Zeitung hatte mit diesem Dr. Jubal Barrymore aus Crystal Cove gesprochen. Gab seine Telefonnummer an, für den Fall, daß jemand mehr über Teenagerselbstmord wissen wollte.

»War das der Typ?« fragte ich das Kid und deutete auf den Namen des Doktors in der Zeitung.

»Weiß ich nicht mehr«, sagte er achselzuckend. Aber seine Miene war schuldbewußt.

»Ist die Bibliothek im Sommer offen?« fragte ich den Jungen.

»Bibliothek?«

»Die Stadtbibliothek... ich will nachsehn, ob sie alte Ausgaben von der Zeitung haben.«

»Ich glaube schon«, erwiderte er.

Wenigstens wußte er, wo sie war. Wir parkten und gingen rein. Es war voller, als ich erwartet hatte, hauptsächlich Frauen, die sich vor den Regalen mit den Neuerscheinungen drängelten. Die Bibliothekarin war eine Endvierzigerin mit grauen Haaren und markanter Nase. Sie stand auf, als wir vor ihren Schreibtisch traten, überragte mich um gute zehn Zentimeter.

»Haben Sie hier alte Ausgaben vom *Bulletin*?« fragte ich höflich.

»Wir haben nur achtzehn Monate. Wir tauschen sie regelmäßig aus. Wir haben keine Mikrofilme. Aber die *Times* haben wir von Anfang an«, schob sie hoffnungsvoll nach.

»Wir brauchen aber das *Bulletin*«, sagte ich.

»Möchten Sie etwas Spezielles nachschlagen?« fragte sie.

»Es geht um eine Recherchesache«, sagte ich. »Immobilien.«

»Oh, verstehe.« Sie führte uns in den Lesesaal, deutete auf ein paar Dutzend an Holzständern hängende Ausgaben. »Die andern sind hinten. Wissen Sie, welches Datum?«

»Wir müssen bis zirka sieben Monate zurückgehen«, sagte ich.

»Nun ja, das ist ein ziemlich schwerer Stapel«, sagte sie zögernd.

»Ich trage sie her«, sagte das Kid.

Sie warf ihm ein Lächeln zu, ich nickte beifällig. Die beiden gingen in den Hinterraum, während ich mich an die Arbeit machte.

Das Kid war eine Hilfe. Er kannte die Namen, sah die alten Ausgaben nach Selbstmordstorys durch. Es dauerte keine zwei Stunden, dann hatten wir alles, was die Zeitung dazu gedruckt hatte. Mit den Namen der Eltern war es kein Problem, aus den örtlichen Telefonbüchern, die es in der Bibliothek gab, die Adressen rauszufinden.

»Haben Sie gefunden, was Sie suchten?« fragte die Bibliothekarin.

»Weitgehend ja«, sagte ich.

»Lassen Sie die Zeitungen auf dem Tisch liegen«, sagte sie. »Ich kann einen der –«

»Ich bringe sie zurück«, sagte das Kid und erntete ein weiteres Lächeln.

Auf der Rückfahrt hörte ich ein Telefon fiepen. Ich zog das Mobile aus der Tasche. Nichts. Wieder ertönte das Telefon. Das Kid lachte, langte rüber, klappte die Mittelkonsole auf und holte ein Autotelefon raus.

»Hallo?« sagte er in die Sprechmuschel. Ich konnte die Person am anderen Ende nicht hören.

»Randy hier.«

...

»Ich hatte einfach Lust, ihr Auto zu nehmen«, sagte er mit trotzigem Unterton.

...

»Was geht dich das an?« sagte das Kid mit Blick zu mir. »Ich weiß nicht. Wieso willst du –?«

...

»Okay, ich sag's ihm. Bis dann.«

Er legte den Hörer wieder auf, schaute mich an.

»Das war Fancy«, sagte er. »Sie wollte wissen, ob Sie noch bei uns arbeiten ... als Verwalter.«

»Wieso hast du ihr nicht gesagt, daß ich hier bin?«

»Ich weiß nicht. Ich habe gedacht ...«

»Du hast richtig gedacht«, sagte ich.

Das Kid nickte ernst, mit leicht gerötetem Gesicht. War ihm peinlich, daß er mal was richtig gemacht hatte. »Sie läßt ausrichten, Sie sollen sie später anrufen.«

»Genau so?«

»Yeah. 'Sag ihm, er soll mich anrufen', hat sie gesagt.«

Ich sagte gar nichts, bog auf die Straße ab, die zum Haus führte, drückte den Anzünder am Armaturenbrett rein, klemmte mir eine Zigarette in den Mund.

»Sie ist 'ne herrische Braut, nicht wahr?« sagte das Kid.

»Für mich nicht«, sagte ich. *Nicht meine Braut – nicht meine Herrin.*

Ich breitete meine Notizen auf dem Küchentisch aus, arbeitete mit dem, was ich hatte. Das Kid schaute mir ein paar Minuten lang zu. Ich rechnete damit, daß er sich langweilte, unruhig wurde, wie bei denen üblich, aber er blieb bei der Stange, still.

»Soll ich irgendwas tun?« fragte er schließlich.

»Wir suchen nach einem Muster«, sagte ich.

»Einem Muster?«

»Yeah, irgendwas, das sie alle gemeinsam hatten, verstehst du?«

»Klar. Wie im Fernsehen, wenn die versuchen, den Killer zu fassen.«

»Ich weiß nicht, ob wir's hier mit 'nem Killer zu tun haben, Kleiner. Aber eins ist mal sicher – Leichen haben wir genug.«

Er stand auf, rieb sich mit beiden Händen den Kopf. »Wollen Sie was essen?« fragte er.

»Klar. Was du grade da hast.«

Er ging ins Wohnzimmer und griff zum Telefon. Ich hielt den Kopf gesenkt, konzentrierte mich.

Die Türklingel hinten schreckte mich auf. Randy machte auf, zeichnete irgendwas ab, was ihm der Lieferant gab. Er öffnete zwei Papiertüten, fing an, das Zeug auf Teller zu packen.

»Ich dachte, Sie mögen vielleicht Chinesisch«, sagte er. »Ich meine… bei dem Restaurant in der Stadt und allem.«

»Klar«, sagte ich. »Du hast dem Typ kein Geld gegeben. Wieso?«

»Meine Mutter hat ein Konto bei denen. Bei ein paar anderen auch. Das vereinfacht alles. Sie sagt, eigentlich bräuchte ich gar kein Bargeld, wenn sie weg ist.«

»Aha.«

Das Essen war scharf. Und öde. Die Suppe war dünn. Der Reis verklumpt, das Gemüse matschig. Das Schwein war nicht durch. »Schmeckt dir das?« fragte ich ihn.

»Yeah, ist klasse. Die nehmen auch kein Glutamat.«

»Eines Tages mußt du mal was aus Mamas Küche probieren.«

»Gibt's da einen Unterschied?«

»Denselben wie zwischen Debbie Gibson und Judy Henske.«

»Welches ist Debbie Gibson?«

»Dieses Zeug.«

»Oh.« Er nahm einen Mundvoll, kaute prüfend drauf rum. »Und wer ist Judy Henske?« fragte er.

Es wurde bereits dunkel, als ich aufhörte, mit den Tabellen rumzuspielen, die ich angelegt hatte.

»Gehst du heut abend irgendwo hin?« fragte ich ihn.

»Eigentlich nicht. Ich wollte bloß 'n bißchen rumfahren, wissen Sie?«

»Yeah. Okay, wir sehn uns morgen früh.«

»Haben Sie was vor?«

»Yeah. Mich mal umschaun.«

»Kann ich ...?«

»Ich bin vor dir zurück«, sagte ich. »Und ich schlafe heut nacht wieder hier, wenn du willst.«

»Nein, so hab ich das nicht gemeint. Ich habe bloß gemeint... vielleicht möchten Sie, daß ich mitkomme.«

»Wir treffen uns um zehn in der Garage«, sagte ich. »Zieh dir dunkle Sachen an.«

Er war pünktlich. Trug eine schwarze Hose, hohe schwarze Turnschuhe und eine Raiders-Jacke aus schwarzem Satin mit silbernen Ärmeln.

»Haste noch irgendwo Leuchtfarbe rumliegen?« fragte ich.

»Ich glaube nicht. Warum?«

»Ich mach mir Sorgen, daß dein Aufzug vielleicht nicht genug auffällt«, sagte ich und deutete auf die Jackenärmel.

Er nickte, machte kehrt und ging wieder ins Haus. Wenn er schmollte, konnte ich's nicht sehen. Gut. Binnen einer Minute war er wieder da, diesmal mit einem dicken schwarzen Sweatshirt mit Kapuze.

»Das ist alles, was ich finden konnte. Okay?« fragte er.

»Perfekt.«

Er wollte zum Lexus gehen. Ich hob die Hand. »Wir nehmen den hier«, sagte ich und deutete auf meinen Plymouth.

Er warf mir einen zweifelnden Blick zu, stieg aber ohne ein weiteres Wort ein. Ich schmiß den Motor an. Das Kid warf mir einen Blick zu. »Das klingt nicht nach Fließband.«

Ich fuhr aus der Garage, bog auf die Hauptstraße.

»Weißt du, wo die Brücke ist? Die, von der das Mädchen gesprungen ist?«

»Klar. Fahren Sie die nächste links.«

Der Plymouth, dessen Einzelradaufhängung hinten auf die breiten Reifen abgestimmt war, nahm die Kurve wie geschmiert. Ich gab ihm ein bißchen Stoff, als ich aus der Kurve kam, zischte an einem weißen Cadillac vorbei und klemmte mich wieder auf die rechte Spur.

»Jawoll!« sagte das Kid leise, fast wie zu sich selbst.

Ich warf ihm einen Seitenblick zu. »Stehst du auf Autos?«

»Ich *liebe* sie. Zum achtzehnten Geburtstag hat Mama mir einen Rennkurs geschenkt. Das war Klasse. Die hatten Formel-Ford-Wagen und alles. Deswegen habe ich meinen Miata gekriegt – genau so einen Wagen hatten sie in dem Kursus.«

»Willst du Rennen fahren?«

»O ja. Mehr als alles andere.«

»Und machst du es auch?«

»Na ja, nicht *professionell.* Ich meine ... meine Mutter sagt, ich könnte vielleicht am Wochenende Rennen fahren. Als eine Art Hobby. Ein paar Jungs von hier tun das. Rallyes zum Beispiel und Autocross und so Zeug. Aber das ist kein richtiges Rennfahren.«

»Bist du gut?«

»Ich ... ich glaub schon. Ich hab'n gutes Gefühl dabei, wissen Sie? Ich kann's nicht genau erklären.«

»Bin ich hier richtig?«

»Yeah. Biegen Sie an der Kreuzung ab ... ich zeig Ihnen, wo sie ist.«

Ich hielt mich an die Anweisungen des Kids, fuhr langsamer, als wir näherkamen. Die Brücke war eher eine Art Betonüberführung zwischen zwei Felsbrocken. Die Kluft dazwischen schien vor hundert Jahren rausgehackt worden zu sein. Kein Wasser drunter. Und keine Straße, bloß dunkles Gestein. Wir parkten den Plymouth, stiegen aus und gingen hin.

Die Begrenzung war ebenfalls aus Stein. Sie sah alt aus, verwittert, große Stücke waren weggebröckelt. Das Geländer hatte eine Ausbuchtung, wo man stehen und runterschaun konnte –vielleicht war es bei Tageslicht ein Aussichtspunkt. Das Geländer war hüfthoch – man konnte nicht einfach drüberfallen, dazu brauchte es schon echten Einsatz.

Ein Auto huschte hinter uns vorbei. Noch nicht mal elf Uhr abends, und es war ziemlich ausgestorben. In der Zeitung stand, das Mädchen wäre irgendwann nach zwei Uhr morgens über die Reling gegangen.

Ich holte meine Stiftlampe raus, leuchtete über das Mäuerchen. Nichts. Oben war die Einfassung flach und so sauber, daß sie wie blankgeschrubbt wirkte. Keine Graffitis, keine eingeritzten Herzen. Ich hängte mich drüber, schaute runter.

Ins Leere.

»Alles okay?« Es war die Stimme des Jungen.

Ich drehte mich um. »Ja. Warum?«

»Sie haben… so lange dagestanden. Ich dachte, Sie wollen…«

»Was? Runterspringen?«

»Nein! Das habe ich nicht gemeint.«

»Mir geht's okay. Ich hab bloß versucht, mich reinzufühlen.«

»Reinfühlen?«

»Was sie gefühlt hat.«

Das Kid nickte, als verstünde er. Aber seine Hände

zitterten. Ich zündete mir eine Zigarette an. Rauchte sie. Schnippte den roten Punkt ins Leere.

»Willst du fahren?« fragte ich ihn.

Er fuhr vorsichtig los, gewöhnte sich erst an die Bedienung – so wie es sich gehört. In der Kurve gab er zuviel Gas, und der Plymouth brach seitlich aus. Das Kid verlor nicht den Kopf, drehte bloß das Lenkrad in Schlitterrichtung und gab voll Stoff.

»Wow! Die Schüssel hat vielleicht Saft!«

»In Ordnung, bring uns nicht ins Gefängnis.«

»Alles okay«, sagte das Kid und legte sich in die Kurve. »Wohin jetzt?«

»Für heut abend sind wir fertig«, sagte ich. »Fahr einfach zurück.«

Der Plymouth erreichte die Hauptstraße. Das Kid drückte auf die Tube und wurde prompt vom Drehmoment in die Polster gerammt. Er rutschte auf dem Sitz zurecht, das Gesicht zu einem breiten Grinsen verzogen.

»Okay, wen ich den langen Weg nehme?« fragte er.

Ich nickte. Das Kid fuhr vom Highway ab, auf eine gewundene zweispurige Landstraße. Er stellte das Fernlicht an, pfiff durch die Zähne, als er den grellen Lichtkegel sah, gleißend genug, um damit Lack abzuflammen.

»Wie schaltet man ihn runter?« fragte er.

»Tritt aufs Pedal, und er geht runter. Oder du drückst den Knüppel einen Tick nach rechts. Aber paß auf, das Hinterteil bricht leicht aus.«

»Der ist klasse! Wie sind Sie an so ein Auto gekommen?«

»Das war als Prototyp für ein Supertaxi gedacht«, sagte ich. »Hat 'nen extra großen Kühler, Öl- und Getriebeölkühlung, stahlverstärkte Leitungen. Der überhitzt nicht mal, wenn er 'ne Stunde im Verkehr festsitzt. Er wiegt fast zwoeinhalb Tonnen, – die Stoßstange hält ein Nashorn auf.«

»Yeah, aber unten drunter ... ich meine, so wie der zieht und alles.«

»Der hat keine Starrachse drin, Randy. Ist Einzelradaufhängung, verstehste?«

»Klar. Und breite Reifen. Aber hinter diesem Anzug steckt noch mehr. Ich wette, so ähnlich fühlt sich ein Stock-Car an.«

»Ich bin nie eins gefahren.«

»Ich auch nicht – hier in der Gegend gibt's solche Rennen nicht. Aber ich hab sie im Sportkanal gesehen.«

»Stehst du auch auf die Art Rennfahrerei?«

»Auf *alle*«, sagte das Kid.

Inzwischen hatte er den Plymouth am Jauchzen, röhrte damit über die Asphaltpiste. Wir hätten durchaus in West-Virginia sein können, den Kofferraum voller Billigsprit. Ich griff ins Handschuhfach, schob eine Kassette ins Gerät, stellte es an. »Dark Angel« wummerte aus den Lautsprechern, schwärzer als draußen die Nacht, mit mehr Hormonen als der monströse Motor.

»Herrgott!« brüllte das Kid. »Was'n das?«

»*Das* ist Judy Henske, Kleiner.«

Er heizte mit dem Plymouth durch eine langgezogene Kehre, die zurück zum Highway führte, grinste übers ganze Gesicht. Fuhr voll auf Henskes sexstrotzenden Blues ab.

»Ich muß mal dieses chinesische Essen probieren«, sagte er.

Das Kid parkte den Plymouth gekonnt ein. Ist 'ne Gabe, so zu fahren – er hatte das große Auto bereits besser im Griff als ich.

»Willst du, daß ich –?«

»Nein, schon okay«, sagte er. »Ich komme da drüben schon klar. Ich laß bloß die Hausanlage an, okay?«

»Sicher.«

Oben rief ich Mama an. Sie sagte, alles wäre ruhig, nichts vorgefallen.

»Du will Max?« fragte sie.

»Nein. Noch nicht jedenfalls.«

»Okay.«

Ich legte mich auf die Couch, schloß die Augen. Ich hatte dem Kid von dem Auto erzählt, aber nicht, woher es stammte. Ein junger Mann gab sein Leben für dieses Auto, vor langer Zeit. Legte jede freie Minute, jeden Dollar, den er in die Finger bekam, dafür an – es war sein Traum. Er engagierte mich, um rauszufinden, ob seine Frau fremdging – er wußte, daß irgendwas zwischen ihnen nicht stimmte, wußte bloß nicht, was es war. Es war ein leichter Job – die Frau gab alles zu. Na klar ging sie fremd. Mit einer anderen Frau. Sagte mir, ihr Mann kümmere sich um nichts weiter als das verfluchte Auto – auch sie bräuchte ihre Träume.

Ich sagte dem Typ nicht die Wahrheit. Es war ein junger Kerl, vielleicht ein oder zwei Jahre älter als Randy. Ich dachte, er könnte irgendwas Blödes machen.

Ich war es, der was Blödes machte. Seine Frau sagte ihm die Wahrheit, sagte ihm sogar, daß sie's mir erzählt hatte. Er war außer sich. Sagte, er dächte nicht dran, mir meine Arbeit zu bezahlen. Ich ging meiner Wege.

Als ich ihn das nächste Mal sah, war er in U-Haft. Hatte seine Frau umgebracht. Er wollte mich nicht engagieren – er wollte bloß nicht, daß sein blutsaugerischer Anwalt sein Auto kriegte. Sagte mir, er verstünde, was ich gemacht hatte – weil ich's für das Richtige gehalten hätte. Genau das hätte er auch gemacht.

Aber er wußte, daß es nicht so war.

Ich sagte ihm, er könnte die Zeit runterreißen. Wahrscheinlich liefe es auf Totschlag raus – so schlimm wär das nicht. Er wollte nichts davon wissen. Er überschrieb mir den Plymouth, sagte wiedersehn. Er wurde wegen Selbstmordgefahr beobachtet, aber es nützte nichts. Er ging in den Abgrund.

Diese Brücke, von der das Mädchen abgetreten war… ich konnte den Sog spüren.

Als ich am nächsten Morgen runterkam, sah ich den Jungen auf der Hintertreppe des großen Hauses sitzen.

»Möchten Sie frühstücken?« fragte er. Sah aus, als wäre er schon 'ne Weile auf – die Augen hell und strahlend, Haare gekämmt.

»Sicher«, sagte ich. »Bereitest du's zu?«

Er warf mir einen komischen Blick zu. Machte die Tür auf und ging rein. Er zeigte mir ein paar Sorten Haferflocken. »Der Milchmann war da«, sagte er. »Und ich könnte Toast machen. Orangensaft ist auch da, okay?«

»Toll.«

»Was machen wir heute?«

»Ich glaube, ich muß mit ein paar Eltern sprechen. Von den Kids, die gestorben sind. Ich habe die Adressen, dachte, ich fang gegen zehn an.«

»Jetzt ist erst acht.«

»Und?«

»Und … ich habe gedacht … meinen Sie, ich könnte mir das Auto mal ansehen? Bei Tageslicht?«

»Erst wenn ich damit fertig bin«, sagte ich und deutete auf mein Frühstück.

»Lassen Sie sich Zeit«, sagte das Kind, zapplig vor Ungeduld.

Ich öffnete das Garagentor. Das Kid fuhr den Plymouth raus auf den Schotter. Dann ging er langsam einmal im Kreis rum, respektvoll wie ein Kind sich einem fremden Hund nähert, den es tätscheln möchte. Er kauerte sich neben den Hinterreifen, fuhr mit den Händen übers Profil. Er stand auf, ging in die Garage, kam mit einer Segeltuchplane zurück. Er legte sie auf den Boden, rutschte unter das Auto. Bis er zum Luftholen wieder auftauchte, hatte ich zwei Zigaretten geraucht.

»Ich wünschte, wir hätten eine Hebebühne«, sagte er. »Ich habe meine Mutter darum gebeten. Wir haben jede Menge Platz. Aber sie sagt, sie will keinen Saustall.«

»Kannst du dir nicht irgendwo eine mieten?«

»Yeah!« sagte er, als wäre er noch nie auf die Idee gekommen. »Könnten wir die Motorhaube aufmachen?«

»Sie geht nicht auf«, sagte ich und rutschte ans Lenkrad. Ich legte den Schalter unter dem Armaturenbrett um und entriegelte die Scharniere auf beiden Seiten des Autos, so daß die ganze Vorderseite nach vorne klappte und alles offen dalag, vom Kühler bis zum Spritzblech.

»O Mann!« sagte das Kid. »Ich kannte mal ’nen Typ, der so ein Gerät hatte. Bei ’nem alten Spitfire. Aber bei einem großen Auto hab ich’s noch nie gesehen.«

»Ich muß ein paar Anrufe machen«, erklärte ich und

verzog mich zur Treppe. Er antwortete nicht, war in den Motorraum vertieft, brummelte irgendwas vor sich hin.

Ich schob eine Kassette in die Anlage, stellte die Lautstärke niedriger, ließ die Musik auf mich einströmen, während ich einen letzten Probelauf machte und versuchte, die Adressen, die ich hatte, auf dem Stadtplan wiederzufinden, den ich mir gekauft hatte – ich wollte das Kid nicht dabeihaben, wenn ich zu den Eltern der toten Mädchen ging, aber ich wollte auch nicht dort in der Gegend rumkurven und Aufmerksamkeit auf mich lenken.

Sieben Kids bis jetzt.

Eine Tarnung brauchte ich auch. Ich mußte den Jungen fragen, ob der Name seiner Mutter in der Gegend bekannt war.

Die Tür ging auf. Fancy. In ihren weißen Tennisklamotten. Sie ging zur Couch, setzte sich hin, schlug die Beine übereinander, daß der dralle Schenkel bis rauf zum Hintern zu sehen war.

»Wie ich sehe, haben Sie Randy eingespannt«, sagte sie. »Ich habe ihn gefragt, ob er spielen will, aber er sagt, er unternimmt etwas mit Ihnen.«

»Vielleicht ein andermal«, sagte ich.

»Er war früher so ein netter Junge.«

»Sie meinen, er hat früher das gemacht, was Sie ihm gesagt haben.«

»Ja. Ein netter Junge macht das. Ein netter Mann ebenfalls.«

»Sie haben doch schon gemerkt, daß ich mich nicht eigne, richtig? Was kann ich also für Sie tun?«

»Sie haben kein ... « setzte sie an, just als Randy reinkam.

»Burke, wo's die Batterie? Die Kabel habe ich entdeckt, aber die führen bloß nach hinten. Ist sie unter dem Rücksitz?«

»Im Kofferraum«, sagte ich. »Neben dem Benzintank.«

»So einen haben Sie auch? Hey, ich habe 'ne Bombenidee, okay? Und Sagen Sie nicht nein, bevor ich –«

»Wir haben gerade *geredet*«, sagte Fancy und warf ihm einen harten Blick zu.

»*Sie* haben geredet«, sagte ich zu ihr.

Das Kid gluckste. Zwei rote Flecke, dunkel unter der Bräune, glühten auf ihren Backen. »Ja, Meister«, gurrte sie mit vor Sarkasmus triefender Stimme.

Ich zündete mir eine Kippe an. Das Kid trat verlegen von einem Bein aufs andere.

»Was ist das für ein Song?« fragte Fancy und nickte in Richtung Anlage.

»Judy Henske, stimmt's?« tönte das Kid. Er hatte es gerafft. Ihre feuerspeiende Version von Champion Jack Duprees weißglühendem Blues »My Real Combination for Love«. Ich hielt die offene Hand hoch. Das Kid klatschte dagegen, grinste über das ganze Gesicht.

»Du kennst dich ja gut aus«, sagte Fancy.

Das Kid beachtete sie nicht. »Burke, was ich Sie fragen wollte –«

Ich schüttelte den Kopf. Er kapierte, verschluckte, was er sagen wollte. Fancy kapierte es auch. »Ich muß mal kurz mit deinem 'Verwalter' reden, Randy. Wie wär's, wenn du runtergehst, mit deinen Autos spielst?«

Ich nickte dem Kid zu. Ohne ein weiteres Wort schob er ab.

»Was ist?« fragte ich sie. »Ich spiele nicht Tennis.«

»Sie spielen überhaupt nicht viel, oder?«

»Nein.«

Sie stand schnell auf. »Ich könnte dir helfen«, sagte sie leise, kehrte mir den Rücken zu und stützte sich mit den Ellbogen oben auf die Couch. »Du magst das nicht probieren«, gurrte sie, schlug den kurzen weißen Rock hoch und entblößte ein rotes Höschen. »Du wirst es noch probieren wollen.« Sie drehte sich um, schaute mich an, Hände in die Hüften gestemmt. »Ich kenne mich hier aus. Randy nicht. Du hast Fragen, ein Mann wie du. Komm heute nacht vorbei. Bei mir. Und ich beantworte sie.«

Ich hielt ihrem Blick stand, achtete auf ihre Spielchen.

»Wann?« fragte ich.

Mitternacht, sagte sie, gab mir die Adresse.

Ich stand neben dem Kid, sah zu, wie Fancys schnittiges schwarzes Auto aus der Auffahrt düste.

»Is 'ne teure Karre«, sagte ich. »Was macht sie beruflich?«

»Beruflich? Nichts, glaube ich. Sie spielt bloß mit ihren Pflanzen rum und so, das hab ich doch gesagt. Ihre Leute waren reich, haben ihr 'ne Stange hinterlassen«, sagte er achselzuckend. Als wäre so was alltäglich.

»Okay«, sagte ich. »Folgendes mußt du für mich machen. Ich werde die Eltern des Mädchens besuchen. Die Blankenships. Vielleicht wissen sie irgendwas, vielleicht auch nicht – den Versuch ist es wert. Ich nehme den Lexus. Ich will, daß du vorausfährst, im andern Auto, klar? Sobald ich reingehe, zischst du ab. Fahr wieder hierher… kann sein, daß der Typ anruft und sich nach mir erkundigt. Ich sag ihm, daß ich für deine Mutter arbeite, okay? Sie hat mich engagiert, damit ich mir die Selbstmorde mal anschaue, weil sie selber 'n Kid hat, das die gekannt hat, klar? Rufen die Leute an, erzählst du genau die Geschichte. Wenn ich rauskomme, klingel ich dich an, mache 'nen Treffpunkt aus. Kapiert?«

»Klar.«

»Okay. Ich geh hoch, mich umziehn. Sei in fünfzehn, zwanzig Minuten unten.«

Um ein Haar hätte er salutiert. Dann ging er wieder den Plymouth bestaunen.

Ich rasierte mich sorgfältig. Zog den grauen Anzug mit den Nadelstreifen an. Weißes Hemd, weinfarbener Seidenschlips. Ein schwarzer Aktenkoffer, und ich war im Geschäft. Ich checkte meinen Vorrat an Ausweisen durch, fand die Visitenkarte, die mich als Privatdetektiv ausgab, mitsamt Telefon- und Faxnummer. Ich kannte einen Anwalt, der für den einen oder anderen Gefallen den Strohmann für mich machte. Eine seiner Telefonnummern war ein blinder Anschluß – seine Sekretärin nahm sämtliche Anrufe für mich entgegen und deckte mich, egal, wer nach mir fragte.

Ich ging runter, abfahrbereit. Das Kid schaute mich groß an.

»Wie seh ich aus?« fragte ich.

»Wie ein Cop. Ein fieser Cop.«

»So in etwa. Fertig?«

»Klar. Äh …«

»Was?«

»Könnte ich … den Plymouth nehmen?«

»Fahr vorsichtig«, sagte ich und gab ihm die Zulassungspapiere.

»Juan Rodriguez?« fragte er, als er draufschaute.

»Ein enger Freund von mir«, sagte ich.

Das Haus der Blankenships war klein, fast eine Art Bungalow, stand aber weit abseits der Straße, auf einem Riesengrundstück. Die Vorhänge vorne waren zugezogen – kein Lebenszeichen. Ein blauer Saturn-Kombi stand in der Auffahrt – das Garagentor war zu.

Ich bog in die Auffahrt, als das Kid vor mir davonzog – solange ich in Sichtweite war, fuhr er gemäßigt.

Es war ein weißes, holzverkleidetes Haus mit grauem Schieferdach. Die Eingangstür war dunkelrot gestrichen. Sachte betätigte ich den eisernen Türklopfer. Ich wollte es grade noch mal probieren, als die Tür aufging. Der Mann, der dastand, war etwa so alt wie ich, ein bißchen kleiner, schmal gebaut. Seine hellbraunen Haare waren kurzgeschnitten, lichteten sich an den Schläfen. Er trug ein weißes Hemd mit angeknöpften Kragenecken, dazu eine Baumwollhose. Sein einer Kragenknopf war offen. Er trug keinen Gürtel. Und er hatte ein paar Stellen übersehen, als er sich an diesem Morgen rasiert hatte.

»Worum geht es?«

»Mister Blankenship?«

»Ja. Worum geht es? Sind Sie von der Polizei?«

»Nein, Sir. Ich bin Privatdetektiv. Dürfte ich reinkommen und ein paar Minuten mit Ihnen reden?«

Er trat zurück, aber nicht weit genug – ich mußte mich beim Reingehn an ihm vorbeiquetschen. Das Wohnzimmer war vermüllt: überquellende Aschenbecher, Verpackungen von Essensportionen, ein achtlos über eine Sessellehne geworfener Regenmantel. Alles sah aus wie seit einem Monat nicht mehr saubergemacht. Ich setzte mich auf die grüne Stoffcouch, dem braunen Kunstledersessel gegenüber, der wohl seiner war. Ich langte in meine Jackentasche, holte ein kleines Notizbuch und einen Filzschreiber raus, blickte mit erwartungsvollem Gesichtsausdruck auf. Er stand immer noch da, die Hände im Rücken verschränkt, und beobachtete.

»Ein Privatdetektiv? Wer hat Sie engagiert … die Eltern von einem der anderen Kinder?«

»Ja, Sir. Misses Lorna Cambridge.«

»Cambridge? Der Name war aber nicht dabei.«

»Nein, Sir. Ihr Sohn Randall ist mit ein paar der Kids zur Schule gegangen. Er's genauso alt. Sie war besorgt … erschrocken, genaugenommen. Und sie dachte, ich könnte mich umschaun, vielleicht etwas weiterhelfen.«

»Was könnten Sie schon tun?«

»Ich weiß es nicht, um ehrlich zu sein. Das Ganze ist ein Rätsel. Es scheint keinerlei Grund zu geben … «

»Es muß einen Grund geben«, sagte er und setzte sich in den braunen Sessel. »Es muß einfach.«

»Ja, Sir. Könnten Sie mir sagen, ob irgendwas im Verhalten Ihrer Tochter Sie zu der Annahme geführt hat … «

»Meinen Sie Drogen?«

»Das. Oder Alkohol. Ärger in der Schule. Mit einem Freund. Eine Schwangerschaft. Irgendwas.«

»Diandra war schwierig. In dem Alter sind alle Kinder schwierig, nicht?«

Ich nickte, wartete.

»Ihre Mutter und ich, wir sind immer wegen ihrer

Noten aneinandergeraten. Und sie hatte ein loses Mundwerk... ihrer Mutter gegenüber zumindest.« Er fummelte in seiner Brusttasche rum, Fehlanzeige. Er tastete mit der rechten Hand rum, ortete eine Schachtel Zigaretten. Er steckte sich eine in den Mund, zündete sie mit einem alten, matten Aluminiumzippo an. »Ich hab fünfzehn Jahre lang nicht geraucht«, sagte er reumütig. »Bevor das passiert ist...«

»Hatte sie Krach mit ihrer Mutter?«

»Keinen Krach eigentlich. Streitereien, das schon eher. Ihre Noten sackten ab, sie ist ein paarmal zu spät nach Hause gekommen. Und ständig hatten sie sich wegen ihrer Kleidung in den Haaren.«

»Gab es auch Streit, kurz bevor sie...?«

»Nein. Das wäre nicht möglich gewesen. Meine Frau lebt schon seit Monaten nicht mehr hier. Wir haben uns kurz nach Weihnachten getrennt. Sie wollte ständig, daß ich Diandra zur Beratung schicke, aber Diandra wollte nicht hin. Sie hat Mist gebaut, das geb ich zu. Ist ein paarmal durchgerasselt. Einmal blieb sie die ganze Nacht weg. Ich dachte mir... Kids. Diese Gegend und so. Ist 'ne ziemlich flotte Truppe. Wir haben nicht soviel Geld wie die Eltern von manchen ihrer Freunde... vielleicht wollte sie mithalten, verstehen Sie?«

»Ja, Sir.«

Er zog an seiner Zigarette, ohne sie zu schmecken. »Jedenfalls war meine Frau ganz wild darauf, sie in eine Klinik für schwierige Kids zu schicken. Crystal Cove. Diandra wollte nicht hin. Und ich war auch nicht scharf drauf. Aber mein Töchterchen hat es wirklich übertrieben. Ich habe mir auch Sorgen um sie gemacht. Wir haben uns mit dem Direktor zusammengesetzt. Doktor Barrymore. Ist ein ziemlich junger Kerl, aber ich muß zugeben, daß er allerhand davon verstand. Sagte, Diandra bräuchte eine Auszeit. Zur Dekompression, um den Druck loszuwerden. Schließlich haben wir sie dann hingeschickt. Meine Betriebsversicherung hat den Großteil übernommen. Diandra wollte absolut nicht hin, aber die Leute in Crystal Cove sagten uns, das sei normal. Sie sagten, sie hätten Anwälte – sie könnten sie einweisen lassen, wenn sie nicht freiwillig käme.«

»Verstehe.«

»Also ging sie hin. Letzten Herbst. Es sollte nur für sechs Wochen sein, aber die behielten sie länger da. Sie sagten, Diandra hätte tiefsitzende Probleme, möglicherweise schwere Depressionen, vielleicht durch chemisches Ungleichgewicht ausgelöst – sie wollten noch mehr Tests machen.« Er drückte ohne hinzuschaun seine Zigarette aus, hatte jetzt den Blick gesenkt.

»Weihnachten kam sie heim. Sie wollte nicht wieder zurück. In der Klinik hieß es, damit müsse man rechnen. Ich wollte sie nicht hinschicken. Nachdem sie weg war, ging's mir miserabel. Meine Frau und ich hatten deswegen ständig Krach. Sie sagte immer, Diandra wäre mein Mädchen, nicht ihres. Wir waren ... uns nah, das Kind und ich. Jedenfalls, da ist meine Frau weg.«

»Wann ist Diandra nach Hause gekommen?«

»Am Valentinstag. Deswegen kann ich mich daran erinnern. Ich habe ihr einen riesigen Teddybär gekauft, einen weißen, mit einer roten Schleife um den Hals. Sie hat ihn geliebt. Setzte ihn mitten auf ihr Bett ...« Und da brach bei ihm der Damm – er wischte sich heftig über die Augen, aber die Tränen hörten nicht auf. Ich zündete mir eine Kippe an, blickte zu Boden. Ich war fast am Filter, bevor er sich wieder gefangen hatte.

Er hob den Blick, rote Augen, aber hart. Sie schonten mich nicht – sein Tonfall schonte ihn nicht. »Alles ließ sich gerade so toll an«, sagte er. »Sie war wieder gut in der Schule, streunte nicht rum. Ich muß arbeiten. Überstunden, manchmal. Diandra sagte immer, sie sei ein Schlüsselkind, spaßeshalber, unter uns. Sie hat viel mehr Verantwortung übernommen, nachdem meine Frau weg war... hat ihren Teil von der Hausarbeit getan und alles. Und Drogen hat sie nicht mal *angerührt*, das weiß ich. Wenn ich mich irre, steh ich auch dazu. Ich habe meine Frau angerufen, habe ihr gesagt, daß Crystal Cove unsere Tochter gerettet hat. Sie hätte recht gehabt. Ich dachte... vielleicht würde sie zurückkommen. Aber sie sagte, eigentlich wäre es gar nicht Diandra gewesen, die uns auseinandergebracht hätte – es sei schon lange Zeit am Gären, unterschwellig. Vorher hätte sie immer zu mir gehalten, aber...«

»Diandra ist gut klargekommen, kurz bevor sie –«

»Yeah! *Ist* sie, verdammt noch mal.«

»Das bezweifle ich nicht, Sir. Ich weiß, sie hat keinen Brief hinterlassen...?« Ließ es wie eine Frage klingen.

»Nein«, sagte er, beobachtete mich nun.

»Aber vielleicht hat sie... ich weiß nicht, Tagebuch geführt oder irgendwas. Was Mädchen so machen. Haben Sie...?«

»Ich habe das ganze Haus auseinandergenommen«, sagte Blankenship. »Die Polizei hat auch ihren Spind in der Schule aufgemacht. Da war nichts. Und selbst wenn sie... vorher daneben war, selbstmordgefährdet war sie nicht.«

»Ich verstehe«, sagte ich besänftigend. »Aber manchmal, wenn man als Betroffener sucht, kommen einem gewisse... Gefühle in die Quere. Meinen Sie, ich könnte...?«

Wieder schaute er mich an, diesmal mit anderer

Brennweite. »Wer, sagten Sie wieder, hat Sie beauftragt?«

»Misses Cambridge, Sir.«

»Richtig. Es macht Ihnen doch nichts aus, wenn ich sie anrufe, bloß um sicherzugehen?«

»Nein, Sir.«

Er stand auf, ging zu dem kleinen Tisch neben dem Fernseher, nahm den Hörer ab. »Wie ist die Nummer?« fragte er.

»Sir, ich möchte nicht neunmalklug klingen oder so, aber jeder x-beliebige, der jemand an einem Münztelefon stehn hat, könnte Ihnen 'ne Telefonnummer geben, verstehn Sie? Vielleicht wäre Ihnen wohler zumute, wenn Sie die Nummer im Telefonbuch nachschlagen.«

Der Blick, mit dem er mich musterte ohne zu zwinkern, wurde noch schärfer. »Wie sagten Sie, war der Name?«

»Burke«, sagte ich.

Er drückte ein paar Tasten, hatte die Auskunft dran, fragte nach Cambridge, Privatanschluß. Legte auf, wählte wieder.

»Könnte ich bitte Misses Cambridge sprechen?«

...

»Verstehe. Wann kommt sie zurück?«

...

»Okay, nun ja, vielleicht kannst du mir helfen, Randy. Weißt du was davon, daß deine Mutter einen Privatdetektiv engagiert hat? Burke mit Namen.«

...

»Danke. Das hat mir sehr geholfen. Ja. Danke, wir tun, was wir können, unter den Umständen. Und sag deiner Mutter bitte ... sag ihr vielen Dank für das, was sie tut, in Ordnung? Wiederhören.«

Er legte den Hörer auf. Ging zurück zu dem braunen Sessel, zündete sich die nächste Kippe an.

»Haben Sie jemals gedient, Mister Burke?«

Rasch ließ ich die diversen Storys Revue passieren, die ich erzählte könnte, aber keine paßte recht. Irgendwas in der Art, wie der Mann mich anschaute, sagte mir, daß er sich mit einem Nein nicht abfinden würde.

»Nicht für die USA«, sagte ich.

Fragend zog er eine Augenbraue hoch, wartete auf meine Antwort.

»Das ist lange her«, sagte ich. »In Afrika.«

»Kongo?«

»Nein. Biafra.«

»Waren Sie Söldner?«

»Freiheitskämpfer«, sagte ich, ohne auch nur die Andeutung eines Lächelns.

Er zog gierig an seiner Zigarette. »Haben Sie da drüben einen Rang bekleidet?« fragte er.

»Nein, Sir.«

»Gut bezahlt?«

»Nicht so gut wie die Piloten.«

»Yeah. Ich hab's gesehen. Ich seh's 'nem Mann immer an, ob er Berufssoldat gewesen ist.«

»Wie schaffen Sie das?«

»Du wirst im Feuer ganz locker. Du steckst mitten drin und weißt, daß du einen verfluchten Dreck dagegen machen kannst. Du weißt, daß es eigentlich bloß noch drauf ankommt, lebendig rauszukommen. Es gibt keine Regeln.«

»Haben Sie das gemacht?«

»In Vietnam. Überrascht?«

»Nein«, sagte ich wahrheitsgemäß. »Infantrie?«

»Stimmt genau«, sagte er nickend. »Ein Stoppelhopser. Ich war bloß 'n grüner Junge, aber ich habe 'ne Menge Profis arbeiten sehen. Vor allem, als wir über die Grenze sind. Ich hab den Blick schon mal gesehen.«

»Im Gefängnis kann man ihn auch sehn«, sagte ich, ohne auch nur darüber nachzudenken, warum ich die Regeln brach – einem Informanten die Wahrheit sagte.

»Sind Sie dort gewesen?«

»Ja.«

»Und jetzt arbeiten sie als Privatdetektiv?«

»Ja, Sir.«

Er holte tief Luft, hatte die Hände im Schoß verschränkt. »Ihr Zimmer ist hinten. Schaun Sie sich um, soviel Sie wollen. Sie können's nicht verfehlen – auf ihrem Bett sitzt ein großer Teddybär.«

Ich ging das Zimmer wie mit dem Mikroskop durch. Kein Tagebuch, kein Adreßbuch ... vielleicht hatten die Cops sie. Ich schaute in Diandras Radiowecker nach, schlitzte eine Zahnpastatube auf, blätterte in jedem Buch, suchte sogar den Teddybär nach Nähten ab.

Als ich rauskam, saß er immer noch da.

»Ich habe nichts gefunden«, sagte ich.

»Ich weiß. Aber hier ist nicht die einzige Stelle, wo Sie suchen werden, stimmt's?«

»Nein, Sir.«

»Wenn Sie irgendwas finden, sagen Sie's mir?«

»Mach ich.«

Er stand auf, bewegte sich langsam, als hätte er ein Stück zerbrochenes Glas im Leib. Sein Händedruck war viel zu kräftig für die hagere Statur. Er zog mich näher zu sich. »Sie glauben, daß ihr irgendwas zugestoßen ist, nicht wahr?« flüsterte er.

»Ich weiß es nicht.«

»Ich weiß noch, wie man's macht«, sagte er im selben Flüsterton. »Wenn Sie irgendwas rausfinden: Ich bin hier.«

Im Lexus holte ich das Kid ans Autotelefon.

»Hallo«, sagte er.

»Ich bin's. Ich bin auf dem Rückweg.«

»Er hat angerufen. Habe ich ...?«

»Nicht an diesem Telefon.«

Als ich auf die Schotterauffahrt einbog, entdeckte ich den Jungen. Er hatte einen grünen Gartenschlauch in der einen Hand, einen großen Schwamm in der anderen. Der Plymouth glänzte in der Morgensonne, seine stumpfgraue Originalfarbe so erkennbar wie nur möglich. Ich parkte den Lexus, stieg aus und ging zu ihm.

»Was ist los?« Ich deutete auf den Plymouth.

»Ich dachte bloß, ich mach ihn mal ein bißchen sauber. Mann! Wann haben Sie den denn das letzte Mal gewaschen?«

»Ich wasche ihn grundsätzlich *nicht*. Der soll unauffällig sein, kein Aufsehen erregen... Das ist ein Arbeitsauto, kein Ausstellungsstück.«

»Oh. He, tut mir leid. Ich wollte bloß... ich weiß nicht.«

»Ich weiß. Du wolltest bloß deine Achtung zeigen, stimmt's?«

Sein Kinn fuhr hoch, die Stimme klang einen Zacken kräftiger. »Ja, das wollte ich.«

»Gut«, sagte ich. »In dieser Gegend isses sowieso egal... keine Chance, daß dieses Ungeheuer hier nicht auffällt.«

»Ich weiß. Es ist... echt cool. Ich meine, es sieht nicht groß nach was aus, aber... «

»Bei manchen Menschen isses genauso«, sagte ich.

»Du weißt nicht, was unter der Haube ist, bis du aufs Gas tritts, stimmt's?«

Er nickte, war nicht sicher, wovon ich redete – kam gar nicht auf den Gedanken, daß er das sein könnte. »Dieser Typ hat angerufen«, sagte er. »Wie schon gesagt.«

»Blankenship? Yeah, ich war im Zimmer, als er's gemacht hat.«

»Ich habe ihm gesagt, meine Mutter hätte Sie engagiert, bevor sie nach Europa gefahren ist. Ich habe gesagt, sie wäre bald wieder da – sie hätte Sie engagiert, weil sie sich Gedanken macht, daß die Polizei vielleicht nicht genug unternimmt.«

»Hast du gut gemacht«, sagte ich. »Aber hör mal, weißt du noch, wie ich dir gesagt habe, du sollst an dem Mobiltelefon nicht reden?«

»Ich war am normalen Apparat.«

»Aber ich nicht. Bei diesen Anrufen kann jeder mithören. Es gibt Scherzkekse, die das mit Scannern machen – sie können mit ihrem eigenen Leben nichts anfangen, deshalb stecken sie die Nase in das anderer Leute. Früher war's der Privatfunk, den sie abgehört haben, jetzt sind's diese drahtlosen Telefone. Wir machen's also kurz, wenn wir sie benutzen, klar? Keine Namen, keine Mitteilungen. Kapiert?«

Er nickte ernst.

»Ich geh rauf und zieh mich um. Und heut abend arbeite ich wieder. Wenn ich runterkommen, besorgen wir uns was zu essen, okay?«

»Okay. Äh, Burke ...?«

»Was is?«

»Was für Öl nehmen Sie für den Plymouth?«

»Das synthetische Zeug – das muß man nicht so oft wechseln.«

»Yeah. Ist das da unten ein Trockensumpf?«

»Stimmt«, sagte ich und schaute ihn überrascht an.

»Ich lese immerzu drüber, über Autos«, sagte er mit einem Grinsen auf dem roten Gesicht. »Ich wünschte, wir hätten Autotechnik in der Schule, haben wir aber nicht. Aber ich habe mir Bücher bestellt. Am Miata mache ich alles selber. Ich dachte, ich könnte vielleicht Öl- und Filterwechsel machen und ein paar neue Zündkerzen einsetzen ... «

»Er läuft bestens, Randy.«

»Ich weiß, aber ... «

»Ach, was soll's«, sagte ich. »Besser laufen kann er allemal.«

Er zog ab wie ein Kind mit einem jungen Hund.

»Was ist das denn?« fragte ich und spießte einen mundgerechten Brocken weißes Fleisch von meinem Teller.

»Das ist Coq au vin. So was wie Hühnchen mit Soße drauf. In der Stadt gibt's ein französisches Restaurant. Die liefern auch außer Haus. Ich dachte, vielleicht mögen Sie lieber so was wie 'ne richtige Mahlzeit.«

»Es ist gut«, sagte ich. »Das war sehr aufmerksam von dir.«

Das Kid zog wieder den Kopf ein. Wir aßen eine Weile schweigend, mein Hirn verarbeitete immer noch das, was Blankenship mir erzählt hatte.

»Wissen Sie, was 'ne Geschicklichkeitsprüfung ist?« fragte das Kid.

»Wo sie auf einem Parkplatz rumrasen?«

»Na ja, so ungefähr. Eine richtige, die ist so was wie ein Slalom, bloß flach. Da wird mit Pylonen ein Kurs abgesteckt, und man fährt auf Zeit. Wenn man 'ne Pylone erwischt, wird Zeit dazugezählt, verstehen Sie? Ist ganz schön kitzlig. Nicht so wie bei einem richtigen Rennen. Ich meine, die lassen jeweils nur ein Auto raus. Aber es hat Pfiff. Alle möglichen Autos machen mit, Corvettes, Ferraris, ein Typ hat sogar 'n Lola, den er hinschafft.«

»Was kriegt man, wenn man gewinnt?«

»Preise. Ich meine, es geht nicht um Geld oder irgendwas. Aber es ist richtig ernsthaft – die Fahrer gehen echt zur Sache.«

»Hast du schon mal mitgemacht?«

»Klar. Mit dem Miata, einmal. Es war… okay. Ich meine, alle Kids gehen da hin, bloß so zum Rumhängen.«

»Wetten die bei den Rennen?«

»Wetten? Hm, weiß ich nicht. Ich meine, *wir* nicht. Aber vielleicht die älteren Jungs – wir sind nicht groß mit denen zusammen.«

»Ist eins von den Kids, die sich umgebracht haben, dort gefahren?«

»Nein. Ich glaub's zumindest nicht. Ich meine, deswegen hab ich nicht danach gefragt. Ich habe mir gedacht… vielleicht… wenn's Ihnen nichts ausmacht…«

»Was?«

»Könnte ich mit dem Plymouth bei einem mitfahren? Nächsten Sonntag ist eins. Ich habe noch nie 'ne große amerikanische Limousine dabei gesehen – das wäre Spitze, wissen Sie?«

»Kannst du dir dabei was tun?«

»Nee. Man kann schlimmstenfalls rausschleudern. Die verlangen, daß man einen Helm trägt, das ist alles.«

»Willst du das wirklich machen?«

»Yeah! *Un*bedingt. Das wäre –«

»Okay.«

»Ehrlich?«

»Klar.«

»Klasse! Wir könnten früh hinfahren, ein paar Trainingsrunden drehen, dann könnten wir –«

»Halblang, Kleiner. Was heißt hier 'wir'?«

»Ich dachte bloß ... wo es doch Ihr Auto ist und so, wollen Sie vielleicht ...«

Ich musterte sein Gesicht, sah, wie sehr es sich verändert hatte seit unserer ersten Begegnung. Dachte drüber nach, warum Kids sich umbringen. »Gute Idee«, sagte ich. »Machen wir.«

»Gardens«, meldete sich Mama am Telefon, wie immer.

»Ich bin's. Hast du was von Michelle gehört?«

»Ja. Sie sag, Maulwurf brauch länger zum Lesen für das, was du ihm zeig.«

»Länger als was?«

»Ich weiß nich. Du frag, okay?«

»Okay. Sonst noch irgendwas los?«

»Sehr ruhig. Du?«

»Ich bin mir nicht sicher.«

»Sehr hübsche Steine«, sagte Mama. »Schau genau.«

Ich hatte vor langer Zeit gelernt, in Etappen zu schlafen. Nimm ihn dir, wenn du kannst. Ich weiß, daß die REM-Phase der echte Tiefschlaf ist, der einzige, der einen wieder auf Vordermann bringt. Das ist dann, wenn man träumt. An die meisten meiner Träume kann ich mich nicht erinnern – eins der wenigen Dinge in meinem Leben, für die ich dankbar bin.

Es war nach elf, als ich wieder zu mir kam. Ich duschte, überlegte, ob ich mich noch mal rasieren sollte, dachte, zum Teufel damit. Ich hörte irgendwelche Musik, während ich die Sachen anzog, die Michelle für mich gekauft hatte. Der zerbrochene Fernseher glotzte mich an wie ein blindes Auge – ich sehe eigentlich nur mit Pansy fern: sie fährt drauf ab.

Ich hielt meine Pistole in der Hand, drehte sie um, als würde sie mir irgendwas sagen. Im Plymouth konnte ich sie nicht lassen, wenn das Kid damit rumfuhr, und im Lexus gab es auch kein gutes Versteck dafür. Schließlich wischte ich sie ab, wickelte sie in ein dickes Stück Plastik und legte sie in den Wasserkasten im Klo. Das war kein Weltklasseversteck, aber selbst wenn es jemand finden sollte, gab's keinerlei Verbindung zu mir. Das Teil war eiskalt – kam direkt vom Fließband, ab Fabrik, war nie durch die Hände eines Händlers gegangen. Die Seriennummer war nirgendwo registriert. Ich hatte das Gerät von Jacques, Clarences altem Boß. Spezialität des Hauses, machte garantiert keinen Fahndungscomputer scharf. Wenn die sie finden sollten, hätten sie es höllisch schwer, mir nachzuweisen, daß sie nicht dem gehörte, der vor mir hier gewohnt hatte.

Fancys Haus war in derselben Gegend wie Cherrys, hatte sie jedenfalls gesagt. Dieselbe Gegend war, wie sich rausstellte, knapp zehn Kilometer weg – hier draußen legten die Leute andere Maßstäbe an. Ich fand es einigermaßen leicht: ein großer modernistischer Flachbau, vorn nur Redwood und Glas. Es war Mitternacht plus zwo, als ich die lange Auffahrt hochfuhr. Ich stellte den Lexus schräg vor ein langes, breites Gebäude, das wie eine Sechsfachgarage aussah – wo ich ihr zufolge parken sollte. Das Tor war zu. Ich öffnete die Autotür und stieg aus, versuchte mich zu orientieren.

»Du kommst spät«, ertönte eine Stimme aus der Dunkelheit. Fancy. Ein paar Schritte entfernt stand sie barfuß in einem blaßblauen T-Shirt, das bis Schenkelmitte reichte. Sie trat vor, ohne eine Regung im Gesicht.

»Komm«, sagte sie, drehte sich um und ging weg.

Ich folgte ihr über einen Plattenweg um die Garage rum, vorbei an einem olympiatauglichen Swimmingpool, der durch die Unterwasserbeleuchtung in gedämpftem Gold schimmerte. Das große Haus war links von uns, aber Fancy ging in die entgegengesetzte Richtung, an einem flachen Gebäude vorbei, das aussah wie ganz aus Glas.

»Ist das ein Treibhaus?« fragte ich.

»Nein, das ist das Poolhaus. Wo die Leute ihre Badesachen anziehen, bevor sie schwimmen gehen.«

»Sieht zu groß aus, bloß dafür.«

Sie schnitt mir über die Schulter ein Gesicht, ging weiter. Noch eine Kurve, und vor uns lagen drei Häuser, jeweils etwa dreißig Meter voneinander entfernt, im Dreieck gruppiert. Zwei waren dunkel; an einem schimmerte neben der Tür ein weiches oranges Licht. Als wir näherkamen, sah ich, daß es eine Art japanische Papierlaterne mit einer Birne war.

Fancy machte die Tür auf, ging rein. »Da drüben«, sagte sie und deutete auf eine lange weiße Ledercouch.

Ich setzte mich, Fancy ging in die andere Ecke des Zimmers, machte irgendwas mit ihrer Hand, und ein kleiner Lichtkegel fiel auf den dunklen Teppich. Ich sah, daß er von einer hohen schwarzen Stehlampe mit in Richtung Boden geschwungenem Kopf stammte.

Fancy stand eine Sekunde da, Hände in der Hüfte, und musterte das Licht. Zufrieden drehte sie sich um und kam rüber zur Couch. Sie setzte sich, schlug dann die Beine unter und drehte sich mir zu.

»Könnten wir von vorne anfangen?« fragte sie.

»Warum?«

»Ich habe Ihnen gefallen, als Sie mich das erste Mal gesehen haben. Stimmt doch, nicht wahr?«

»Yeah. Stimmt.«

»Wieso.?«

»Mir hat Ihr Aussehn gefallen.«

»Mein Gesicht? Mein Körper? Was denn?«

»Nicht Ihr Äußeres. Ihr *Aussehn*. Verstanden?«

»Nein. Erklär's mir. Bitte erklären Sie's mir«, verbesserte sie sich hastig, als hätte sie einen bösen Schnitzer gemacht.

»Sie haben ausgesehn wie ein ... fröhliches Mädchen. Munter, süß. Ein richtig herzliches Mädchen.«

»Und ich ... habe Ihnen mein Spiel gezeigt. Und jetzt gefalle ich Ihnen nicht mehr?«

»Mir isses wurscht, was Sie spielen. Ich lasse bloß nicht zu, daß Leute mit mir spielen.«

»Haben Sie Angst?«

»Wovor?«

»Daß Sie drauf stehen könnten?«

»Ich steh auf allerhand Sachen – die einzigen Sachen, vor denen ich Schiß habe, sind die, die ich brauche.«

»Und Sie brauchen nicht viel?«

»Ich hatte allerhand Übung.«

»Weil Sie arm waren?«

»Ich bin pleite geboren«, sagte ich. Die beste Art, Fremde anzulügen – sag ihnen die reine Wahrheit.

Sie stand auf, ging zu einem Großbildfernseher gegenüber von der Couch. Sie beugte sich vor, stellte den

Videorecorder an, fuhr mit dem Finger über einen Stapel Kassetten. Als sie die gewünschte gefunden hatte, schob sie sie ins Gerät. Dann nahm sie die Fernbedienung vom Fernseher, brachte sie mit rüber zur Couch.

»Möchten Sie eine Zigarette?« fragte sie.

»Klar«, sagte ich, wartete.

»Ich habe keine«, sagte sie. »Ich habe damit nur gemeint, daß Rauchen hier okay ist. Da steht ein Aschenbecher.« Deutete auf eine flache Silberschale auf einem schwarzlackierten Couchtisch.

Ich holte die Schachtel aus meiner Jackentasche, schüttelte eine raus, steckte sie in den Mund. Ich machte die kleine Streichholzschachtel auf, die mit dem Namen von dem Nachtclub in Chicago, in dem ich nie gewesen bin. Ich lasse sie rumliegen, führe Spürhunde in die Irre. Sie legte ihre Hand auf meine, sagte: »Lassen Sie mich das machen.« Ich reichte ihr die Hölzer. Sie zog mir die Zigarette aus dem Mund, steckte sie sich zwischen die Lippen, riß das Streichholz an. Als sie sie anhatte, reichte sie sie mir.

»Danke.«

»Sie haben diesmal gar nichts über den Geschmack gesagt«, sagte sie mit leiser Stimme. »Hat mir beim ersten Mal wirklich gefallen. Flirten. Ein süßer Spaß. Die Leute tun das nicht mehr oft. Was Sie gesagt haben … das war ein Spruch, stimmt's?«

»Nein. Ich habe das noch nie im Leben gesagt. Is einfach so passiert.«

»Wetten, daß?«

»Wetten Sie *nicht*. Sie haben nicht gelernt, die Wahrheit zu erkennen, nicht mal, wenn Sie sie hören. Alles, wozu Sie fähig sein werden, ist spielen – Sie werden nie echt.«

»Tut mir leid«, sagte sie und senkte die Augen. »Haben Sie das andere Zeug ernst gemeint, was Sie vorhin gesagt haben? Daß ich aussehe wie ein fröhliches Mädchen?«

»Ja.«

Sie setzte sich so hin, daß sie zum Fernsehgerät schaute. »Ich spiele nicht bloß – ich arbeite auch«, sagte sie. »Paß auf.«

Sie drückte auf die Fernbedienung. Kammermusik kam aus den Lautsprechern. Der Hintergrund war neonblau. Schwarze Buchstaben kamen: EINE LEKTION FÜR MELISSA. Der Vorspann lief zur Musik ab. CANE PRODUCTIONS, mit Tricklettern – das »P« in »PRODUCTIONS« stellte eine stilisierte Rute dar. Noch mehr so Zeug. Das Bild blendete über zu ... Fancy. In einem hochgeschlossenen, langärmligen dunklen Samtkleid mit weißer Spitze um den Hals, enges Oberteil, langer Rock. Sie saß auf einer flachen Bank, beide Hände im Schoß. »Hier herein, junge Dame!« krächzte ihre Stimme aus den Lautsprechern.

»Ja, Madame«, sagte die Frau, die ins Bild kam. Eine junge Frau, mittelgroß und schmal, mit langen glatten Haaren. Sie trug eine Schulmädchenkluft – Trägerkleid mit dunklen Karos, drunter weiße Bluse, lange weiße Strümpfe fast bis ans Knie, flache Schuhe mit Fesselriemchen.

»Ist eine Standardszene«, sagte Fancy und drückte auf einen Knopf an der Fernbedienung. Unten am Bildschirm leuchtete in gelben Buchstaben TON AUS.

Es gab einen Wortwechsel zwischen den zwei Frauen, dann lag das schmale Mädchen quer über Fancys Schoß. Fancy zog dem anderen Mädchen den Rock hoch und versohlte es eine ganze Weile, hörte nur ab und zu auf und sagte irgendwas. Die Kameraposition wechselte, zoomte von der linken Bildschirmseite auf das Unterhöschen der anderen Frau. Zurück zu einer Nahaufnahme vom Gesicht der Frau, vor gespieltem Schmerz verzerrt. Dann zurück zu einer Totalen: Fancy, die der anderen Frau das Höschen runterzog, sie jetzt mit einer Haarbürste verdrosch. Die Kameras tanzten rund um das Geschehen – mindestens drei Stück, eine kostspielige Regie.

Die Szene schien endlos weiterzugehen; ab und zu wandte die schmale Frau den Kopf und sagte irgendwas. Die Kamera strich zärtlich über ihr Hinterteil, das jetzt glutrot war. Als Reaktion auf irgendwas von Fancy rutschte die Frau schließlich von ihrem Schoß. Fancy hakte den Daumen in deren Höschen, so daß es runterrutschte, als sie aufstand. Fancy deutete nach rechts. Das Mädchen trat ab. In der letzten Einstellung sah man das Mädchen in der Ecke stehn, mit dem Gesicht zur Wand.

Keinerlei Schauspielernamen am Schluß. Bloß das Logo der Cane Productions und eine Postfachnummer in Atlanta, wo man einen Katalog bestellen konnte.

Fancy drückte auf die Fernbedienung, und der Bildschirm wurde dunkel.

»Das bin ich«, sagte sie.

Ich zündete mir eine neue Kippe an, wartete auf die Pointe. Fancy stand auf, spulte die Kassette zurück, holte sie aus dem Rekorder und steckte sie in eine neutrale Hülle. Die Hülle wanderte in eine freie Stelle auf dem Bücherregal. Sie kam zur Couch zurück, setzte sich wieder.

»Was wissen Sie jetzt von mir?« fragte sie.

»Ich weiß, daß Sie eine professionelle Domina sind«,

sagte ich. *Und eine Erpresserin – wo sind in dem kleinen Haus die Kameras versteckt?*

»Das stimmt. Finden Sie das so schlimm?«

»Wie schlimm?«

»So schlimm wie... krank, okay?«

»Es ist ein Fetischismus«, sagte ich. »Da gibt's jede Menge von. Schlimm sind die, wenn sie einem inwendig weh tun – wenn man sich jedesmal haßt, wenn man's macht. Oder wenn sie einem bei dem, was man machen muß, im Weg sind. Oder wenn man jemand zwingt, mitzumachen. Ansonsten, wo ist der Unterschied? Manche Leute werden von Stöckelschuhen angemacht, andere ziehn sich gern wie Cowboys an. Wenn man dafür löhnen muß, kostet es bloß mehr, das is alles.« *Was für ein Risiko, auf so was angewiesen zu sein. Wenn du eine besondere Vorliebe hast bei deinem Spiel, wie triffst du andere Gleichgesinnte? Verschlüsselte Inserate im Kleinanzeigenteil? Annoncen in den Freakblättern? Wie kannst du denen jemals deine Geheimnisse anvertraun?*

»Kennen Sie sich damit aus?«

»Nicht besonders.«

»Es ist ein Riesengeschäft. Und völlig legal. Das sind nicht bloß die Videos – wir haben Standfotos, Tonbänder, sogar maßgeschneiderte Geschichten.«

»Geschichten?«

»Ja, ein Kunde kann eine Handlung vorgeben, und wir haben Leute, die ihm eine Geschichte dazu entwickeln. Bloß für ihn. Kann sogar seinen Namen drin haben, wenn er will. Ist alles auf Computer, in unterschiedlichen Gebieten. Wir können dem Kunden jeden Rahmen liefern, den er will: Lehrer, Mädchenpensionat, Schwesternheim, Ehemann/Frau, Papi/Tochter... alles. Wir haben auch Standardsachen, ganz allgemein. Broschüren zum Beispiel.«

»Was kostet das?«

»Das ist verschieden. Die Videos gibt's für fünfundvierzig Dollar, die Broschüren für fünf. Das individuelle Zeug kostet am meisten.«

»Yeah. Wie immer. Extras kosten auch auf der Straße mehr.«

»Ich bin keine Hure«, zischte sie. »Und ich bin nicht abartig. Ich drücke kein Dope, ich saufe nicht, und vom Süßigkeitennaschen habe ich diese Figur nicht gekriegt. *Unterstehen* Sie sich, mich von oben herab zu behandeln.«

»Mach ich nicht, ich –«

»Hör mal zu«, ging sie dazwischen. »Ich bin Schauspielerin. Ich spiele Rollen. Ich bin auch eine Art Therapeutin, für manche von denen. Es löst Verkrampfungen... wie eine Massage. Das Mädchen-mit-Mädchen-Zeug ist am beliebtesten. Jeder in der Szene sagt, ich bin ein Star.«

»Wenn Sie's sagen.« *Es gibt so viele ehrliche Huren – Huren, die einen nicht mit versteckten Kameras filmen.*

»Das ist wahr. Das ist ein Geschäft. Ein gutes Geschäft.«

»Sind Ihre Kunden größtenteils Männer?«

»Bei den Live-Szenen schon. Aber wir haben auch Frauen. Sogar Paare. Und für die Videos gibt es jede Menge Käuferinnen. Manche kaufen hauptsächlich... Kinderzeug.«

Ich drehte den Kopf so, daß ich ihr tief in die Augen schaute. Einen Moment lang hielt sie meinem Blick stand, dann nagte sie an ihrem Handteller, knapp unterhalb des Daumens, und senkte den Blick. »Audio und individuell«, sagte sie. »Das wollen sie hauptsächlich. In Iowa gibt's eine Frau, die in sämtlichen Illustrierten inseriert. Wollen Sie's sehen?«

Ich reagierte nicht. Warum sollte ich das sehen wollen? Mir ging das alles zu schnell, Geheimnisse über Geheimnisse. Wenn so was passiert, lauert immer ein organisierter Handel.

Sie stand auf, ging aus dem Zimmer. Nach einer Minute war sie zurück, in der Hand eine Hochglanzillustrierte mit dem Schwarzweißfoto einer vornübergebeugten Frau auf dem Cover, auf dem Foto war noch 'ne andere Person, aber von der konnte man bloß die Klatsche sehen, die sie hielt. Ich stand auf, stellte mich neben sie ins Licht. Hastig blätterte sie, suchte die Annonce. Sie war mit einem roten Tintenstern markiert, handgemalt. Ich hielt sie mir dicht vor die Augen und las das Kleingedruckte:

Sprüche 13:24 (!)
Wenn Sie Ihrem Kind das nächste Mal eine tüchtige Tracht geben, schneiden Sie die Züchtigung auf einer normalen Kassette mit und schicken Sie sie mir. Ich zahle 50 $ für fünfzehn Minuten, für längere mehr. Gute Tonqualität Voraussetzung. Bin häufig unterwegs, mit eigener Ausrüstung. Vereinbaren Sie schriftlich einen Termin.

Nur ein Postfach war angegeben, kein Name. Eine neue Art Kinderporno, legal außerdem – davon hatte ich noch nie gehört. Freaks, die sorgfältig aufnehmen, wie ihre eigenen Kinder geprügelt werden. Zur Unterhaltung anderer Maden. Für Geld. Ich spürte glühende Eiszapfen in meiner Brust.

»Warum haben Sie mir das gezeigt?« fragte ich sie, ruhig und mit tonloser Stimme.

»Cherry hat's mir gesagt. Vor langer Zeit. Daß Sie so was machen.«

»*So was?*«

»Nein. Sie sagte, Sie … jagen Leute, die so sind. Sie

kannte Sie vor langer Zeit, hat sie gesagt. Und sie ist ein paarmal auf Sie gestoßen. Nicht persönlich. Auf Ihren Namen, auf das, was Sie tun. Sie sagte, Sie hätte Ihre Nummer, aber ich hatte immer Angst anzurufen. Als Sie in die Küche gekommen sind, wußte ich, daß Sie's waren. Noch bevor Sie Ihren Namen sagten. Ich dachte, Sie wären ... größer.«

»Warum?«

»Cherry sagte immer, wenn Randy Scherereien hätte, würde sie Sie anrufen«, endete sie, ohne auf meine Frage einzugehen.

»Glauben Sie, Randy hat Scherereien?«

»Ich glaube, er meint das. Er ist ein feiger kleiner Bengel, hat ständig vor irgendwas Schiß. Diese ganzen Selbstmorde, ich weiß, daß sie ihm angst gemacht haben – er hat's mir mal erzählt.«

»Und was soll dieses ganze Brimborium? Wo, glauben Sie, passe ich da rein?«

Sie wandte sich von mir ab, ging wieder rüber zur Couch. »Ich hasse sie«, flüsterte sie, würgte beinahe an den Worten.

»Wen?«

»Menschen, die Kindern weh tun. Besonders ihren eigenen Kindern. Ich weiß alles über das Zeug. Spanking. Bin Expertin drin. Da geht's nicht um Erziehung, es geht um Sex. Manche Leute törnt das an, manchen geht dabei einer ab. Eine gute Devote, die kann beim bloßen Versohltwerden kommen. Es gibt auch Männer, die so sind. Sie schlagen ihre Kinder zum Spaß. Ihrem eigenen Spaß. Und den Kindern tut es *weh.* Weil sie's *wissen.* Sie wissen, warum sie eine Tracht kriegen. Das ist ein Sexspiel. Und es hängt ihnen an. Ich kenne eine Frau, die ist über dreißig, und ihr Vater versohlt sie immer noch. Was soll das?«

»Sie wissen, was es soll.«

»Stimmt, das tu ich. Und ich hasse sie. Ich dachte, wenn Sie drüber Bescheid wüßten ...«

»Wollen Sie mich engagieren? Geht's darum?«

»Sie engagieren? Sie meinen, Sie tun das für Geld?«

»Ich mache manche Sachen für Geld.«

»Ich dachte... ich meine, Cherry sagt... Sie haben das getan. Sie hat's mir erzählt. Von dem Söldner, der Kinder vergewaltigte. Er wollte nach Südafrika. Und Sie... haben ihn verschwinden lassen.«

Eine dünne, kalte Flüssigkeit stieg mein Rückgrat hoch, direkt ins Gehirn, ließ mein Gesicht in ausdruckslosen Überlebenswillen erstarren.

Cherry hatte meine Nummer. Hatte sie die ganze Zeit.

Cherry. Südafrika. Diamanten. Klar. Die war nicht mit Arschversohlen und anschließender Erpressung reich geworden, das war nicht ihre Tour. Aber wieviel würde ein Mann für ein Video zahlen, auf dem er einen Mord gesteht?

Ich konnte die Aufnahmegeräte spüren. Stimmaktiviert, so in Reihe geschaltet, daß die Bandenden überlappen, rundum Mikrophone. Spürte, wie mich der Fieberdorn der Furcht durchzuckte, mitten in meinen Eingeweiden landete, und alles in mir schrie »*Paß auf!*«. Lachend drehte ich mich zu Fancy um. »Yeah. Sicher. Na klar bin ich das. Burke, der Rächer mit der Maske.«

»Aber ...«

»He, machen Sie's halblang«, sagte ich, lachte jetzt lauter. »Ich will nicht behaupten, daß ich in meinem Leben nie was Schlechtes gemacht habe. Ich bin ein Schlepper. Ein Dieb. Aber jemand *umbringen*... vergessen Sie's! Das ist nicht mein Stil. Cherry hat Sie bloß an der Nase rumgeführt. Ich hab sie seit 'ner halben Ewigkeit nicht mehr gesehn, aber im Dampfplaudern war sie schon damals Weltklasse.«

Ihr Gesicht war weiß unter dem künstlichen Braun, die Hände zitterten. »Ich dachte ... «

»Was? Daß ich 'ne Art Freischärler für Kids bin? Weil diese scheiß *Cherry* das gesagt hat.«

»Ja«, flennte sie los, das Gesicht in den Händen. Ich sah ihr eine Zeitlang beim Weinen zu, sah, wie es sie unter dem blauen T-Shirt schüttelte.

»Schmink's dir ab«, sagte ich. »Das ist ein Märchen. Sie sind zu alt, um an den Weihnachtsmann zu glauben.«

Sie lehnte den Kopf an meine Brust, flennte weiter. Ich legte ihr die Hand auf die Schulter, zog sie an mich. Hielt sie, solange sie weinte.

Die Klamotten, die Michelle mir gekauft hatte, dürften gut aussehen in dem Film, den die Erpresser machten, aber nicht mal 'ne Geschworenenriege aus lauter Cops würde Ice-T verdonnern aufgrund eines Tonbands.

Im Schlafzimmer des Kids brannte Licht – ich sah es, als ich in die Garage fuhr. Vielleicht hatte er Schiß im Dunkeln.

Ich zog die Tarnkleidung aus. Es war etwa halb drei morgens. Mir war nicht nach Schlafen – zuviel zum Ausklamüsern.

Was Fancy mir gesagt hatte, stimmte. Bloß ein Spieler weiß, was gespielt wird. Sogar die Kinderschänder, die das, was sie treiben, »generationenübergreifenden Sex« nennen, wissen, worum es bei »elterlichen Erziehungsmaßnahmen« geht. Aber warum sollte Cherry Fancy sagen, was ich mache? Was ich gemacht habe. Wieviel wußte sie? Oder war das alles pure Rätselraterei, war sie auf meine eigenen Worte angewiesen, um mich ans Messer zu liefern?

Heutzutage wollen Leute nicht mehr durch Arbeit reich werden. Oder durchs Stehlen. Alles ist auf den Kopf gestellt. Wenn die Leute hören, daß jemand einen Autounfall hatte, beneiden sie ihn … was für 'ne tolle Zivilklage. Zivilklagen und Lottoscheine, so macht man das heute.

Stinknormale Erpressung ist seltener geworden. Warum Knast riskieren, wenn man mit dem Verhökern von Geheimnissen an die Medien mehr absahnen kann? Verrat ist heutzutage angesagt. Haste was mit jemand Berühmtem am Laufen, gibt's reichlich Asche für die Briefe. Für Videos, was auch immer. Kann nicht schaden, wenn du später bereit bist, nackt zu posieren – zeig den Leuten, was der berühmte Mann unbedingt haben wollte.

Wichtig ist bloß, daß du's aus dem richtigen Grund machst – weil du den verzweifelten Wunsch hattest, der Öffentlichkeit die Wahrheit zu sagen – die Medien mögen ihre Huren lieber, wenn sie feingemacht sind.

Auf berühmte Leute gibt's ein Kopfgeld. Jeder weiß, wo er mit den Aufnahmen hin muß.

Die Schwester einer Prominenten verhökert ihr Tagebuch an die Regenbogenpresse. Verkauft die eigene Schwester. Ein junger Kerl schreibt ein Buch über irgendeinen Industriellen, dem bloß in Fesseln einer abgeht – für Asche wird ein Privatvergnügen öffentlich. Ein verzogen-blödes kleines Mädchen erklärt sich wegen versuchten Mordes an einer älteren Frau für schuldig. Sagt, sie hätte was mit dem Ehemann der Frau gehabt, der hätte gesagt, sie soll's tun. Er sagt, das ist nie passiert, das Mädchen phantasiert. Sie kommt auf Kaution raus, bevor sie ins Gefängnis muß. Sie besucht ihren Freund, einen anderen älteren Typ. Die beiden reden, spielen miteinander rum. Sie sagt verzogen-blödes Zeug, witzelt über die Schießerei, versucht schrecklich abgebrüht zu klingen, taff zu wirken. Der Freund läßt die ganze Zeit ein Video mitlaufen, verkauft es an einen Fernsehsender.

Ich nehme an, damit wird auch er berühmt.

Geheimnisse zu verhökern verstößt gegen kein Gesetz. Warum sich mit Erpressung abgeben? Mit Bloßstellen drohen ist Zeitverschwendung, wenn der Druck auf den Auslöser Asche bringt.

Heb die Briefe auf. Schneide die Anrufe mit. Als ich angefangen habe, war Verpfeifen das Schlimmste, was es gab. Jetzt isses ein angesehenes Gewerbe.

Es gibt einen Mordsmarkt für Verräterei.

Aber die Aufnahme, die ich aus Cherrys Geheimsafe genommen hatte... ich kannte den Mann auf dem Video nicht – wer immer er auch war, er war nicht *so* berühmt. Private Erpressung. Hinterleg irgendwo die Asche, und du kriegst die Negative... das gibt's nicht mehr so oft. Da steckt Geld drin, sicher. Aber nicht genug, um sich eine Handvoll Diamanten zu kaufen.

Es sei denn, das war eine Investition. Zeig das Video irgendeinem Arsch, der für die Regierung arbeitet. Sie wollen das Band zurück? Vielleicht sollten wir mal über ein Billiggebot für einen Rüstungsauftrag reden. Oder über eine Richterernennung. Oder...

Nein, das haute nicht hin. Man kann nie sicher sein, daß die betreffende Person eine bestimmte Macke hat. So was anzuleiern erfordert jahrelange Arbeit.

Warum wollte mir Fancy also das Video zeigen? Warum über Kids reden?

Ich hatte nicht genug. Als wollte ich eine fünfzehn Meter breite Kluft auf einer zehn Meter breiten Brücke überqueren – ich konnte im luftleeren Raum landen.

Wenn ich das machte, dann wollte ich keinen Unfall bauen.

Der Junge war draußen, als ich am nächsten Morgen aufstand, drückte sich unten rum, als hätte er was auf dem Herzen.

»Ich hab Licht bei dir gesehn, als ich letzte Nacht gekommen bin«, sagte ich. »Läßt du's immer an, wenn du schlafen gehst, oder was?«

»Ich war wach. Ich hab ein paar Sachen nachgelesen.«

»Wegen Rennwagen?«

»Yeah.« Er warf mir ein Lächeln zu. »Ich habe mich gefragt –«

»Hör mal, ich muß kurz in die Stadt, okay? Ich brauche nicht lang, bin wahrscheinlich am frühen Nachmittag zurück. Können wir drüber reden, wenn ich wieder da bin?«

»Klar, ich wollte bloß –«

»Randy, wie wichtig isses, Kleiner?«

»Nicht *so* wichtig.«

»Kriegst du einen Anruf? Sagt jemand was zu dir?«

»Nee. Ich kann warten, in Ordnung?«

»Klar. Nimm das Telefon mit, wenn du weggehst.«

»Mach ich. Äh, Burke ... ?«

»Was?«

»Könnten Sie den Lexus nehmen. Ich dachte, ich ... «

»Du hast ihn«, sagte ich.

Der Lexus war ideal im Pendlerverkehr, alltäglich genug unter Wesen, die Waren anbeten. Ich ließ mir Zeit, drängelte nicht. Als ich am Bruckner Boulevard nach Hunts Point abbog, paßte der Lexus genauso gut – bei den Dopejungs sind die so beliebt wie früher mal die Mercedesse.

Ich kutschierte an den Modergruben neben dem versifften Wasser vorbei, beobachtete die raffgierig kreisenden Möwen. Alles Fleischfresser, die sich mit den wilden Hunderudeln um den Abfall vom nahegelegenen Fleischmarkt schlagen, ohne jede Angst vor erdgebundenen Menschenwesen, die gelegentlich aufkreuzen.

»Hübsches Auto, Burke«, begrüßte mich Terry und strich über den schnittigen Kotflügel des Lexus. Falls die Hunde meinen Aufstieg in Sachen Transport wahrnahmen, behielten sie's für sich. Ich sagte Terry, der Lexus wäre nicht meiner, aber ich würde ihn 'ne Weile fahren. Er nickte, hielt mit seiner Wißbegier hinterm Berg, benahm sich genau wie der Maulwurf beim Geschäftemachen. Ich zeigte ihm die Pistole. Wieder nickte er, in Gedanken schon mit der Lösung des Problems beschäftigt. »Ich hab was, das funktionieren wird. Warte hier, okay?«

Ich steckte mir eine Kippe an, beobachtete die Hunde, die sich wie ein Raubtierrudel in ausgefuchstem Z-förmigen Kurs über den Schrottplatz vorarbeiteten. Auch sie waren wie der Maulwurf – sie waren an Menschen gewöhnt, mochten aber die meisten nicht.

Der Bengel kam mit einem flachen schwarzen Stück Metall zurück. Hinten drauf waren zwei Gummihalterungen angebracht, vorne zwei mächtige Saugnäpfe. Er ging um den Lexus rum, entdeckte schließlich unter dem Kotflügel eine Stelle, die ihm paßte – er zeigte mir den genauen Platz. Ich schob das Metallteil an die Stelle, drückte. Nichts.

»Ganz fest drücken, Burke«, sagte er.

Ich machte den Unterarm steif, hielt mit aller Kraft dagegen. Ich spürte, wie es sich festsaugte, an Ort und Stelle saß.

»Willst du's abnehmen, mußt du auf den kleinen Knopf an der Seite drücken … siehste?« Er führte meine Hand an die Stelle. Ich drückte, und das Metallstück fiel mir in die Hand. Ich befestigte es wieder, schob den Lauf der Knarre zwischen die Gummihalter. Sie saß fest wie angeschweißt.

»Geht die Knarre auch raus, ohne daß ich das ganze Ding abnehme?« fragte ich.

»Klar. Pack einfach den Griff und zieh in Richtung Lauf – funktioniert wie ein Drehzapfen, siehste?« Locker wie aus einem Holster zog er sie raus.

»Ganz schön wief, Terry.«

Er lief feuerrot an, wie ein Kid mit einem Einser in Betragen. Ich brauchte ungefähr eine Minute, bis mir klar wurde, daß er nichts mehr sagen würde. Er wartete, genauso wie sein Vater.

»Der Maulwurf da?« fragte ich schließlich.

»Er hat … jemand bei sich.«

Ich warf ihm einen fragenden Blick zu. Der Bengel zuckte die Achseln. Wer immer es war, Michelle war's nicht.

»Soll ich … warten oder was?«

»Ich schau mal«, sagte Terry und schob ab.

Im Nu war er wieder da, den Mund in Bewegung, damit der die Nachricht genau hinkriegte. »Der Maulwurf sagt, der Mann bei ihm is jemand, mit dem er arbeitet. Hat nichts mit dir zu tun. Du kannst ihm traun. Komm runter, wenn du willst.«

Ich wußte, daß der Maulwurf nur mit ganz bestimmten Leuten arbeitete. Wußte, was bei ihm absoluten Vorrang hatte. Aber ich war neugierig genug und in Eile.

»Gehn wir«, sagte ich.

Unterwegs übergab ich Terry den Schlüssel vom Lexus. »Kannst du 'ne Kopie machen?«

Wieder warf er mir den »Machste Witze«-Blick zu, den Teenager besonders gut draufhaben.

Der Maulwurf war in seinem Bunker, die käsig weiße Haut schimmernd wie ein Champignon im Keller. Seine Werkbank war mit Computerausdrucken übersät. Ein Block neben seinem Ellbogen war mit seiner winzigen, krakeligen Handschrift bedeckt, hauptsächlich Zahlen und Symbole, die mir nichts sagten. Ein kleiner, drahtiger Mann im schlichten, khakifarbenen Sommeranzug stand neben ihm. Er war dunkelhäutig, hatte dichte, lockige schwarze Haare und einen Schnurrbart, dunkelbraune Augen, die mich neutral betrachteten.

Ich begrüßte das Untergrundgenie – er grunzte zurück, vertieft in eine weitere Liste von Symbolen, die grade über den Bildschirm lief.

Ich nahm den Block von seinem Arbeitstisch, rätselte an der seltsamen Schrift des Maulwurfs rum.

»Er druckt keine Graphiken aus«, sagte der Maulwurf und schaute über die Schulter zum Drucker.

»Ah, Maulwurf...«

Er drehte sich zu mir. »Das is Zvi«, sagte er. »Mein Cousin.«

Der dunkelhäutige Mann trat einen Schritt vor, streckte die Hand aus. Das »Cousin» verriet mir die ganze Geschichte – Zvi war Israeli, ein Agent bei einem der zig Dienste, die sie rund auf der Welt im Einsatz haben. Noch dazu ein hochgestellter – wenn er wußte, wo der Maulwurf zu finden war. Zvi war *Landsmann* des Maulwurfs – zu seinem Stamm gehörig, nicht zu seiner Familie. Sogar sein Händedruck war wertfrei, verhieß gar nichts.

»Hast du ... ?« setzte ich an.

»Ich hab Zvi die Disketten gezeigt«, sagte der Maulwurf und begegnete meinem Blick. Ich reagierte nicht – er hatte mir die Regeln vor langer Zeit erklärt. Wenn sein Land etwas gebrauchen konnte, gab er es ihnen, egal was.

»Ein Teil der Daten fällt in mein Gebiet«, sagte Zvi, die Stimme so wertfrei wie der Handschlag. »Die andere nicht.«

»Welche ist Ihre?« fragte ich.

»Die hier«, antwortete er und hielt die rote Diskette hoch. »Sehen Sie sich den Ausdruck an.«

Ich nahm ihn. Ein fächerförmig gefalteter Papierbogen mit Perforationsstreifen an jeder Seite. Alles in allem etliche Seiten lang. Sah aus wie ein Melderegister: Namen, Adressen, Körpergröße, Gewicht, Haar- und Augenfarbe ... zweihundert Namen, mindestens.

»Was ist das?« fragte ich.

»Eine Art Vorher/Nachher«, sagte Zvi. »Sehen Sie diesen Mann«, sagte er und deutete mit dem Finger.

Ich schaute hin. R21/Anderson, Robert M. / 669 East 79 / 33-C / NYC / 74 / 190 / BR / BL / NKT=CAT2. Größe in Zoll, Gewicht in Pfund, Haar- und Augenfarbe. Dahinter weitere Nummern: zwei neunstellige Ziffernfolgen, die eine durch einen Querstrich unterteilt, die andere am Stück. Sozialversicherung und Reisepaß, bestimmt.

»Was ist dieses SMT CAT2?« fragte ich ihn.

»Narben, besondere Kennzeichen und Tätowierungen. Was die Kategorie bedeutet, weiß ich nicht – das müßte in ihrem Code zu finden sein. Wenn die auf diesem Level arbeiten, haben sie Möglichkeiten, auch so was zu verändern.«

»Und?«

»Er könnte jetzt der hier sein«, sagte er und deutete auf einen zweiten Namen, alles ganz anders, bis auf die Größe, mit Wohnsitz in Houston. »Oder der hier« – zeigte mir den nächsten, diesmal in Neuseeland ansässig. »Das ist ein Verzeichnis neuer Identitäten. Von Leuten, die verschwunden sind.«

»Was ist mit Fingerabdrücken?«

»Es gibt eine neue Technologie. Und selbst ohne die – von Leuten auf diesem Level werden keine Fingerabdrücke genommen, erst wenn sie erwischt worden sind – die Behörden vor Ort sind normalerweise nicht ans ständige Interpol-Netz angeschlossen. Einen Fernkopierer bräuchten sie außerdem, wahrscheinlich mit den Computern der Regierung on-line geschaltet.«

»Wie macht man dieses Vorher/Nachher? Wie weiß man, wer welcher ist?«

»Es gibt ein Programm für sowas. Ein Sortierprogramm. Deswegen steht vor jedem ein Code. Sehen Sie? Das R21 hier. Das MM8 da? Genau da setzt der Computer an, setzt sie zusammen.«

»Können Sie den Code knacken?«

»Das würde Monate dauern, und selbst dann hätten wir keine Gewißheit, nicht ohne einen Bezugspunkt. Wir brauchen zumindest ein sicheres Pärchen zur Kontrolle.«

»Und was nützt es dann?«

Der Israeli zückte ein Butanfeuerzeug und zündete sich eine kurze, filterlose Zigarette an. Rieb sich das Gesicht, als beschäftige er sich mit meinen Fragen, aber ich schnappte den Blick auf, den er dem Maulwurf zuwarf. Der Maulwurf bewegte den Kopf höchstens zwei Zentimeter, aber das reicht.

»Wir kennen eine der Personen auf der Liste«, sagte der Israeli. »Er verschwand vor fast drei Jahren. Wir würden ihn sehr gerne ausfindig machen.«

»Wie haben Sie …?«

»Ich hab da angerufen«, sagte der Maulwurf, nahm dem Israeli die Liste weg und legte den Wurstfinger neben einen der Namen auf dem Papier. Der Name sagte mir gar nichts – der Maulwurf wollte mir erklären, was der Job des Israeli war: Zvi war ein Jäger.

»Ein Sortierprogramm ist etwas ganz Simples«, sagte der Israeli. »Es dürfte ein Makro sein … eine Zusammenfassung von Befehlen für immer wiederkehrende gleichartige Vorgänge innerhalb von Programmen. Wenn man den Makrobefehl eingibt, läuft die ganze Sequenz ab.«

»Ich habe alles hergebracht, als ich –« sagte ich.

»Ich weiß«, unterbrach er mich. »Es dürfte irgendwo anders sein. Gibt es … dort wo Sie das herhaben, einen Computer? Ein kleiner dürfte reichen, sogar ein Laptop.«

»Ich habe keinen gesehn.«

Er schaute wieder den Maulwurf an. Der Maulwurf schaute mich an. »Was war auf der anderen Diskette?« fragte ich.

»Eine Art Versuch. Ein wissenschaftlicher Versuch. Nur soviel konnte ich feststellen – es gibt eine Anzahl Versuchspersonen, jede Versuchsperson bekommt dieselbe … Sache. Die Sache könnte eine Substanz sein, ein Stimulans … ich kann's nicht sagen. Dann gibt es Resultate … irgendwas ist mit ein paar Versuchspersonen passiert. Keine Ahnung was. Der Rest sind Wahrscheinlichkeitsberechnungen, Chi-Quadrate, Standardabweichungen.«

»Yeah, okay«, sagte ich, verblüfft. »Weißt du, was ...?«

»Ich hab dir alles gesagt, was ich weiß. Die Versuchspersonen haben ebenfalls Codes.«

»Dann gibt's für die also auch ein Sortierprogramm?«

»Kann sein.« Er zuckte die Achseln.

»Ich könnte mich mal umschaun«, sagte ich.

»Sie wüßten nicht, wonach Sie suchen müssen«, sagte der Israeli. »Sie würden's nicht erkennen, wenn Sie's sehen.«

Ich zündete mir eine Zigarette an, spielte auf Zeit, dachte über das nach, was ich grade erfahren hatte. Der Israeli saß stocksteif da; als ob mich jede Bewegung zu einem falschen Entschluß hinreißen könnte.

»Was soll ich machen?« fragte ich schließlich.

»Der ... Ort, wo Sie das herhaben ... könnten Sie uns die Adresse geben?«

Ich atmete durch die Nase aus, betrachtete den doppelten Rauchstrahl im unterirdischen Bunker.

»Der Maulwurf kann den hier für Sie kopieren«, sagte ich und gab ihm den Schlüssel zu Cherrys Haus. »Ich rufe an ... hier ... wenn alles klar ist. Sie haben mindestens drei Stunden. Isses bei Dunkelheit besser?«

»Das spielt keine Rolle«, sagte der Israeli.

Ich gab ihm die Adresse.

Ich ließ die zwei Disketten beim Maulwurf, holte den Schlüssel für den Lexus, sorgte dafür, daß Terry eine Kopie behielt, und steuerte wieder gen Connecticut. Ich war weit vor dem Berufsverkehr unterwegs – die Fahrt dauerte nicht lang.

Aber ich hatte Zeit, dran zu kauen, es zu verarbeiten. Sie hatten mir nicht die ganze Geschichte erzählt – ich brauchte sie nicht zu wissen. Das war deren Sache, nicht meine.

Ich hatte meine eigenen Angelegenheiten. Ich hatte ihnen nicht gesagt, daß ich einen der Namen auf dem Ausdruck erkannt hatte.

Über der Auffahrt tanzte noch der Schotterstaub, als ich vorfuhr.

Das Kid lag unter dem Plymouth – ich konnte seine Sneakers sehen. Er arbeitete sich drunter vor, rubbelte sich irgendwas vorne von seinem Sweatshirt.

»Ich habe Öl und Filter gewechselt«, sagte er. »He, was für 'ne Einspritzung haben Sie denn da drin? Ich habe in meinen Büchern nachgeguckt – der hat siebeneinhalb Liter, normalerweise ist der mit Vergaser, stimmt's?«

»Ich nehm's an ... ich weiß nicht.«

»Aber ... «

»Randy. Ich sage dir die Wahrheit. Das Auto ist noch ziemlich genauso, wie ich's gekriegt habe. Ich habe es nicht gebaut –ich fahr bloß damit.«

»Yeah, okay. Burke ... «

»Was?«

»Sie war hier. Während Sie weg waren.«

»Fancy?«

»Nein. Charm. Sie hat wegen Ihnen gefragt.«

»Was gefragt?«

»Wieso Sie hier wären. Was Sie machen, Sie wissen schon.«

»Nein, ich weiß nicht. Was hast du ihr gesagt?«

»Daß Sie als Verwalter da wären. So nach dem Rechten sehen, während meine Mutter weg ist.«

»Und?«

»Und sie … hat mir nicht geglaubt, denk ich. Sie hat mich angeguckt, als ob ich lügen würde. Es war … ich weiß nicht – irgendwie gruslig.«

»Ist sie nach oben gegangen, Randy?«

Das Kid ließ den Kopf hängen. »Yeah.«

»Haste ihr das Okay gegeben?«

»Nein. Ich habe gesagt, sie dürfte das nicht. Sie sagte, ich könnte sie nicht aufhalten … und ich sollte Ihnen lieber nicht sagen, daß sie hier war.«

»In Ordnung, nimm's locker. Wie lang war sie oben?«

»Bloß ein paar Minuten. Dann ist sie rüber zum Haus.«

»Bist du mit ihr rüber?«

»Nein«, sagte er wieder, das Gesicht immer noch gesenkt.

»Bleib hier«, sagte ich und ging zur Treppe.

Wenn sie die Bude gefilzt hatte, war sie gut. Ich konnte die Spuren der Suche sehen, aber sie waren schwach. Hauchfein.

Es dauerte nur einen Moment, dann hatte ich die Abhörwanze im Telefonhörer gefunden.

Wieder unten, marschierte ich, ohne mich um den Blick des Kids zu kümmern, an ihm vorbei rüber zum großen Haus. Die Hintertür stand offen. Ich ging rein, bewegte mich leise. Cherrys Schlafzimmer sah unverändert aus. Ich drückte die Knöpfe an der Hausanlage, und die Schiebetür in der Marmorwand des Bades öffnete sich. Ich schaute rein, das Fach war leer.

Ich ging aus dem Schlafzimmer, hörte unten ein Geräusch. Ich verzog mich wieder über den Flur in eins der Badezimmer, drückte die Klospülung, zählte bis zehn und stieg die Treppe runter.

Das Kid saß am Küchentisch und goß sich ein Glas Milch ein: vor ihm stand ein offener Karton mit Schokodonuts.

»He, Burke. Möchten Sie ein Donut?«

»Hab ich dir nicht gesagt, du sollst beim Auto bleiben?«

»Ich dachte ... Sie meinen, bis Sie in der Wohnung fertig sind. Ich hab nicht ... «

»Denk nicht so scheiß viel«, sagte ich. Dann ging ich aus der Hintertür.

Wieder in der Wohnung, holte ich mein Notizbuch raus, nahm mir die Liste mit den Eltern der Kids vor, die draufgegangen waren. Blankenship kam mir okay vor – vielleicht wurde ich bei einem der anderen fündig.

Ich griff zu meinem angezapften Telefon, wählte Fancys Nummer. Sie meldete sich beim zweiten Läuten.

»Hallo.«

»Zehn Uhr heut abend«, sagte ich, die Stimme hart

und tonlos. »Schwing den fetten Arsch hierher. Und komm nicht zu spät, verstanden?«

»Ja«, hauchte sie leise in die Sprechmuschel.

Ich hängte sie ab.

Kurz nach vier hörte ich es zaghaft an der Tür klopfen. Ich schaute durchs Glas. Randy. Ich stand von der Couch auf, ließ ihn rein.

»Was ist?«

»Burke, tut mir leid. Wegen Charm. Und weil ich ... nicht dort geblieben bin, wo Sie mir gesagt haben. Ich wollte ... mich ändern. Das Auto ... ich kann's nicht erklären.«

»Setz dich hin«, sagte ich sacht und gab die Tür frei.

Er trottete rüber zur Couch, ließ mir den Lehnsessel. Er saß einen Augenblick da und sammelte sich.

»Meine Mutter hat mir von Ihnen erzählt«, sagte er.

»Was hat sie dir erzählt?«

»Daß sie Sie vor langer Zeit gekannt hat. Als sie Ihnen diesen ... Gefallen getan hat, wissen Sie noch?«

»Yeah?«

»Meine Mutter redet nicht groß mit mir. Hat sie eigentlich nie getan. Sie sagt, sie will, daß ich was ... ganz Besonderes bin. Deswegen hat sie das alles mitgemacht, mit der künstlichen Befruchtung und so. Sie ist nicht allzu viel hier. Sie sagt immer, eines Tages wird sie mir bestimmte Dinge erzählen. Sie sagt nie, was für Dinge. Bloß ... Dinge. Dinge, die ich wissen muß. Ich nehme an ...«

Seine Stimme verlor sich. Ich zündete mir eine Kippe an, sagte gar nichts, ließ ihn per Körpersprache wissen, daß alles okay war. Ich hörte zu, geduldig, hatte alle

Zeit der Welt. Japsend holte er Luft, kam wieder in die Gänge.

»Jedenfalls, meine Mutter hat mir erzählt, Sie wären ein … taffer Typ. Ich meine, richtig taff, nicht wie die Gewichtheber oder so. Gefährlich, das hat sie gesagt. Burke ist ein gefährlicher Mann.«

Du erzählst allerhand Leuten Geschichten über mich, was, Braut? Meine Miene blieb ruhig, gelinde interessiert, während ich wartete, daß er weiterredete.

»Sie hat Sie gekannt, als Sie in meinem Alter waren, stimmt's?« machte das Kid weiter; »sie sagt, Sie waren damals auch so. Sie sagt, Sie waren ein Ehrenmann – daß eine Schuld für Sie Ehrensache war. Eigentlich hat sie mir schon vor langer Zeit von Ihnen erzählt. Als sie weggefahren ist. Ich war noch ein kleines Kind, um die Zehn etwa. Sie sagte, wenn jemand irgendwas mit mir macht, soll ich Sie anrufen. Bloß anrufen und Ihnen Bescheid sagen, Sie würden es regeln. Wegen der Schuld.«

»Zum Beispiel was macht, Randy?«

»So was wie … ich weiß nicht. Sie hat's nicht gesagt. Sie hat … Leute für mich besorgt. Verwalter, so hat sie sie genannt. Hat sie immer getan. Die hat sie gemeint, glaube ich. Aber ich weiß, was sie gesagt hat. Wenn mir jemand Angst einjagt, soll ich Sie anrufen.«

»Ist das schon mal passiert?«

»Nein, nicht … richtig. Aber meine Mutter hält es für möglich, das hab ich gemerkt. Ich war mal bei ihr im Zimmer, bloß zum Rumspielen. Ich habe ein Hausmädchenkostüm entdeckt. Sie wissen schon, so ein schwarzes Kleid mit einer weißen Schürze. Ich dachte, es gehört Rosemary. Sie war das Hausmädchen, das wir damals hatten. Aus Irland. Deshalb hab ich's in ihr Zimmer gelegt, aufs Bett. Meine Mutter hat's dort gefunden. Ich habe gehört, wie sie Rosemary gerufen hat. Als Rosemary hochkam, habe ich mich versteckt. Ich hatte Angst, meine Mutter klang so wütend. Sie fragte Rosemary, warum sie das Kostüm genommen hätte. Rosemary sagte, das hätte sie nicht gemacht, und meine Mutter hat ihr eine geknallt. Mitten ins Gesicht. Sie befahl Rosemary, die Sachen wieder in ihr Zimmer zu bringen. Und als Rosemary dann zurückkam, hat meine Mutter ihr noch eine geknallt. Ich habe ihr nie erzählt, daß ich's war.«

»Das ist lange her«, sagte ich. »Mach dir keine Gedanken drüber.«

»Später hat mich meine Mutter gefragt, ob Rosemary irgendwas mit mir gemacht hat. So was wie... mich bestraft oder irgendwas. Nein, habe ich gesagt, so was hat Rosemary nie gemacht. Und dann hat sie's zum erstenmal gesagt, daß ich Sie anrufen soll.«

Ich spielte mit meiner Zigarette, überließ ihm Kurs und Tempo.

»Als ich Sie angerufen habe, da hatte ich Schiß. Wie wenn irgendwas passieren würde, aber ich wußte nicht, was.«

»Die Selbstmorde?«

»Ich nehm's an. Da ist... noch was. Ich kann's Ihnen nicht sagen. Aber ich wußte, wenn Sie da wären, würde es nicht passieren.«

»Dieser Brew?«

»Nein!« schniefte er. »Der nicht. Jedenfalls, als ich angefangen habe... das Zeug mit Ihnen zu machen, dachte ich, ich könnte... vielleicht helfen, ich weiß nicht. Ich rauche kein Dope mehr«, sagte er und schaute mich direkt an, klaren Blicks. »Saufen tu ich auch nicht mehr. Und ich schnüffel nicht mehr, wenn das nächste Mal wo 'ne Party ist. Ich will... irgendwas tun.«

»Fahren?«

»Ja! Wenn ich fahre, ist es, als wäre *ich* das Auto. Es fühlt sich an wie… ein Stück von mir. Ich weiß nicht. Sie halten mich für verrückt, nicht wahr?«

»Nein. Nein, tu ich nicht. Alle großen Fahrer reden genauso drüber… wie wenn alles eine Einheit wäre.«

»Haben Sie welche gekannt? Große Fahrer, meine ich.«

Konnte ich ihm nicht erzählen. Eine Sekunde lang war ich versucht, aber dann riß ich mich grade noch am Riemen. Ich fummelte mit einer Zigarette rum, bis ich mich wieder voll im Griff hatte. »Ich habe mal mit einem gesessen. Vor langer Zeit. Er war ein ganz großer Steuermann. Hat bei ein paar der dicksten Abgreifen im Lande gefahren, auch Bankdinger. Der Prof kannte ihn besser als ich, aber ich hab auch viel mit ihm geredet.«

»Meinen Sie so was wie einen Fluchtwagenfahrer?«

»Mehr als das, Kleiner. Er war verläßlich, klar? Egal, was drin passiert ist, Peter hat einen nicht hängenlassen. Er stand draußen und hat gewartet, wenn du rausgekommen bist.«

»Aber wenn er gefahren ist…«

»Fahren, das ist nur ein kleiner Teil davon. Ich hatte mal diesen Kumpel, Easy Eddie. Einmal sind wir draußen rumgekutscht, nix besonders. Bloß hat er mir nicht gesagt, daß er Dope dabei hat. Haufenweise. Und wir wurden angehalten. Das hat noch mal hingehaun – die Cops haben's nicht gefunden.«

»Yeah?«

»Yeah. Aber wenn sie's hätten, wäre Feierabend gewesen. Easy Eddie und ich, wir waren fast wie Brüder. Er war 'n verläßlicher Typ. Er wollte mich nicht reinreiten – hat gar nicht dran gedacht, daß ich Scherereien kriegen könnte. Wenn wir wegen dem Dope drangewesen wären, hätte er alles auf sich genommen.«

»Und?«

»Und es hat ihm echt leid getan, was passiert ist. Ich bin nie mehr mit ihm gefahren.«

Randys Gesicht änderte die Farbe, als es ihm dämmerte. »Verstehe«, sagte er.

»Meinst du?« fragte ich. »Folgendes hat mir ein Typ erzählt, als ich grade angefangen habe. Über die Arbeit in 'nem Team. Wenn man nicht auf dich zählen kann, dann gehörst du nicht *dazu*, verstanden?«

»Ja.«

»Ein Steuermann sein, dabei geht's nicht bloß ums Fahren, Randy. Sag ich dir das nächste Mal, du sollst irgendwo bleiben, dann machst du's, okay?«

»Mach ich«, sagte er leise, aber mit Stahl in der Stimme.

Bis Fancy hatte ich noch jede Menge Zeit. »Ich muß jemand anrufen«, sagte ich zum Kid. »Willst du mich fahren?«

»Klar«, sagte er und ging auf den Plymouth zu, als gäb's keine andere Wahl. Er verlor kein Wort drüber, daß es im Haus jede Menge Telefone gab – vielleicht lernte er schneller, als ich dachte.

»Wohin?« fragte er, stellte den Rückspiegel ein und schaukelte sachte auf dem Fahrersitz vor und zurück, fühlte sich ein.

»Ich brauch ein Münztelefon, okay? Ein freistehendes Telefon, wenn du weißt, wo eins ist.«

»Am Highway gibt's ein paar. Falls jemand eine Panne hat.«

»Auf geht's.«

Er kitzelte das Gas nur an, rollte aus der Auffahrt, ohne daß die Hinterräder durchdrehten, aber sobald wir auf der Piste waren, drückte er auf die Tube und bretterte doppelt so schnell wie erlaubt.

»Mach halblang«, sagte ich. »Der Trick beim Fahren, der eigentliche Trick ist, du mußt unauffällig sein, verstehst du? Schnell fahren kann jeder Trottel – *geschmeidig* schnell fahren, das ist die Kunst, klar? Vor allem in der Stadt. Ein echter Profi, der kann schneller fahren, als es wirkt ... so wie ein Karatemann an einem dran ist, bevor man's wahrnimmt.«

»Okay«, sagte das Kid. Ein paar Minuten lang kutschierte er schweigend dahin. »Darf ich's probieren?« fragte er.

»Was probieren?«

»Unauffällig sein. Ich fahre zuerst durch die Stadt, okay?«

»Sicher.«

Das Kid hatte ein gutes, sensibles Händchen am Steuer, lotste das große Auto mit Selbstvertrauen durch den leichten Verkehr. Er hielt hinter einem schokobraunen Porsche und wartete brav, daß die Ampel umsprang.

»Schaff dir mehr Platz«, sagte ich.

»Wie meinen Sie das?«

»Du bist zu dicht an dem Porsche. Wenn der ihm verreckt, oder wenn er einfach beschließt stehenzubleiben, kommst du nicht vorbei, ohne vorher zurückzusetzen, klar?«

»Yeah«, nickte er.

»Fahr mit einer Art Zone um dich rum, wie in einer Luftblase. Kommt ein anderes Auto in deine Zone, stellst du dich drauf ein, verstanden? Wie wenn du dir immer einen Fluchtweg freihältst, dich nie einklemmen läßt.«

Er fuhr vom Highway ab, hielt sich knapp oberhalb des Tempolimits, schaute rüber zu mir, wollte Bestätigung.

»Auf dem Highway bleibst du im Schwarm, in Ordnung? Achte immer auf Deckung rundum. Willste überholen, dann sorg dafür, daß vor dir 'ne andere Gruppe ist.«

Wieder nickte er, zog hinter einem Subaru auf die mittlere Spur. Der Junge blieb eine Weile im Windschatten, dann ging er auf die linke Spur, vorbei an dem Subaru, und zog hinter einer Dreierkolonne wieder auf die Mittelspur.

»Du hast's kapiert«, sagte ich. »Denk dran, das Auto is 'ne Schrottschüssel. Genau so schaut's aus, genau das sehn die Leute. Nur wenn du keine andere Wahl hast, zeigst du, was es bringt.«

Das Kid kümmerte sich nicht um den Tacho, fuhr nach Drehzahlmesser und Öldruckanzeige. Nach ein paar Minuten hielt er an einem freistehenden Münztelefon.

»Siehste den Knopf?« fragte ich und deutete auf einen Kippschalter unter dem Armaturenbrett. »Drückste da drauf, sind die Bremslichter außer Betrieb. Du kannst den Gang drinlassen, mit dem Fuß auf der Bremse stehn, und keiner außen rum ahnt, daß du abflugbereit bist.«

Er drückte den Knopf, als ich ausstieg, ließ den Motor laufen.

Ich schmiß ein paar Münzen in den Schlitz, kriegte Anschluß.

»Gardens«, meldete sich Mama.

»Ich bin's. Ich muß mit dem Prof reden. Kannst du die Fühler ausfahren, ihn bitten, daß er ab Mitternacht am Telefon ist?«

»Klar. Alles okay?«

»Wird langsam kitzlig. Aber ich sehe Land, vielleicht.«

»Du will Max jetz?«

»Noch nicht, Mama.«

Ich stieg wieder in den Plymouth. Das Kid hatte ihn in Fahrt, noch bevor ich die Tür zuhatte, mengte sich unter den Verkehr wie eine Taube, die in den Schwarm stößt.

»Fein«, sagte ich.

Er wurde rot, sagte kein Wort.

»Brauchen Sie mich heute abend für irgendwas?« fragte er.

»Nein. Ich muß an was arbeiten. Du?«

»Da ist 'ne Party. Bei Roger.«

»Party?« Das Kid war so verflucht hin und her – einen Moment in Panik, im nächsten auf 'ner Party.

»Geht klar. Da ist 'n ... Mädchen, was ich kenne. Sie kommt vielleicht hin. Ich dachte, ich frage sie vielleicht, ob sie am Sonntag mitkommen möchte. Zum Rennen.«

»Warum rufst du sie nicht einfach an?«

»Na ja, so gut kenne ich sie eigentlich nicht. Ich meine ... sie weiß nicht genau, wer ich bin. Wir sind uns *begegnet* und so, aber ... «

»Schon kapiert. Wie heißt sie?«

»Wendy. Wir hatten in der Schule gemeinsam Unterricht. Dann habe ich sie nicht mehr gesehen, weil sie aufs College gegangen ist. Sie ... schreibt Gedichte. Ich habe mal was gelesen – in der Schülerzeitung.«

»Du magst sie, was?«

»Ich habe sie *immer* gemocht. Aber sie zieht nicht mit meiner Clique rum. Ich meine, sie raucht Dope und alles, aber sie schnüffelt nicht und so. Sie ist tiefsinnig.«

»Und wie kommst du drauf, daß sie heut abend dasein könnte?«

»Sie ist mit Scotts Freundin Denise zusammen. Ich hab gedacht... es wär den Versuch wert, stimmt's?«

»Isses immer«, sagte ich ihm. »Willste den Plymouth?«

»O nein«, sagte er. »Ich will nicht, daß jemand weiß, was ich am Sonntag fahre. Das ist 'ne Überraschung. Ich nehme den Miata.«

»Viel Glück, Kleiner.«

»Danke.«

»Nimm das Telefon mit.«

»Schon dabei«, sagte er und klopfte auf seine Jackentasche.

Kurz nach neun hörte ich den Auspuff des Miata knattern. Ich tigerte durch die Wohnung, spielte meinen Plan im Kopf noch einmal durch, suchte nach Schwachstellen. Das verwanzte Telefon – ich hatte keine Ahnung, ob es nur eine angezapfte Leitung war oder ein Raummikrophon. Dann war da noch die Hausanlage. Vielleicht konnte der Maulwurf rauskriegen, was das war, aber ich ging lieber davon aus, das ganze Ding wäre eine akustisch überwachte Zone.

Es war schon zehn vorbei. Keine Fancy. Ich rauchte eine Zigarette, überlegte, ob ich mich verschätzt hatte. Ein nervöses Klopfen am Glas. Ich ging hin, ließ sie rein. Sie trug ein weißes T-Shirt, drunter einen rosa Leinenrock, hatte eine dazu passende Jacke in der Hand und eine große schwarze Lederhandtasche über der Schulter. Auf mittelhohen weißen Stöckelschuhen stand sie da, den Kopf leicht gesenkt.

»Tut mir leid, daß ich zu spät komme«, flüsterte sie.

Ich warf einen Blick auf meine Uhr: sechs Minuten über die Zeit. Ich streckte den Arm aus und nahm ihre kräftige rechte Hand, hielt sie mit der linken, Handteller nach oben.

»Ich will keine Ausflüchte hören, Braut!« sagte ich und schlug ihr heftig auf die offene Hand. In der stillen Wohnung war der Ton unüberhörbar – ich hoffte, die Mikrophone erfaßten ihn.

Fancy blickte auf, ein Funkeln in den großen grauen Augen.

»Tut mir leid«, flüsterte sie erneut.

»Komm hier rüber«, sagte ich, zerrte sie an der Hand in Richtung Couch. Willfährig kam sie mit, schweratmend jetzt. Ich führte sie an der Couch vorbei zum Schlafzimmer. Unter der Tür hielt ich sie fest.

»Weißt du was, Braut? Ich glaube, die kapierst die Lektion besser, wenn ich sie dir woanders beibringe … draußen zum Beispiel. Stehst du da vielleicht drauf?«

»Ja«, sagte sie, ganz sanft.

»Komm«, sagte ich und packte sie am Handgelenk. Ich führte sie zurück zur Tür, deutete nach unten. Sie ging die Treppe runter, blieb unten stehen und wartete. Ich nahm sie mit in die Garage, öffnete die Beifahrertür des Plymouth. Sie stieg ein, blieb viel zu lang in Pose. Als sie begriff, daß ich nicht vorhatte, ihr eine auf das dargebotene Hinterteil zu geben, setzte sie sich. Ich ging rüber zur Fahrerseite, ließ das Auto an und fuhr rückwärts raus.

Auf der Fahrt sagte sie kein Wort, saß da, Hände im

Schoß, wie ein kleines Mädchen in der Kirche. Ich fand die Stelle, zu der ich wollte, eine, die ich bei meiner Erkundungstour vor ein paar Tagen entdeckt hatte. Eine Gruppe hoher Bäume, vielleicht hundert Meter vom Highway weg, und ein Bach, der dran vorbeifloß. Ich nehme an, der Ort gehörte jemand, aber ich sah keinen Zaun. Ich bog ab, parkte den Plymouth so, daß seine Schnauze in die Richtung zeigte, aus der wir gekommen waren, stellte den Motor ab.

»Tut mir leid, das alles«, sagte ich und reichte ihr meine Zigarettenschachtel.

»Ich... verstehe nicht ganz«, sagte sie. »Ich dachte, Sie hatten vor...«

»Jemand hat mitgehört«, sagte ich.

»Wo?« fragte sie mit ängstlich schockiertem Blick.

»In der Wohnung. Ich glaub's zumindest. Cherry hat eine Art Hausanlage installiert«, erklärte ich, ohne das Telefon zu erwähnten. Keinerlei Risiko, Randy wußte über die Hausanlage Bescheid.

»Aber warum...?«

»Wenn jemand zugehört hat, dann mußte er annehmen, Sie und ich wollten spielen gehn, richtig?«

»Genau das dachte *ich* auch.«

»Zünden Sie mir die an, ja?« sagte ich. Sie fummelte in ihrer Handtasche rum, holte ein silbernes Feuerzeug hervor, das wie ein Lippenstift aussah. Steckte sie an, reichte sie rüber. »Danke, Kleines. Meinen Sie das ernst, was Sie gesagt haben? Daß Sie mir helfen?«

»Ja.«

»Wenn ja, dann isses jetzt soweit«, sagte ich, legte nach, solang sie noch aus dem Gleichgewicht war. »Können Sie mich ins Rector's reinbringen?«

»Ins Rector's? Sicher. Ich könnte Ihnen einen Gästeausweis besorgen. Aber ich kann nicht als Ihre Sklavin gehen – die wissen nicht, daß ich switche. Tu ich auch nicht, eigentlich.«

»Switchen?«

»Devot sein. So was mache ich nicht. Wenn einer meiner… Kunden mich mit Halsband sieht, könnte ihn das abtörnen.«

»Ich hatte nicht –«

»Aber ich habe nicht gelogen«, machte sie weiter, wie wenn ich nichts gesagt hätte. »Ich meine, in Ihrem Schlafzimmer, beim ersten Mal. Ich habe Ihnen die Wahl gelassen, weil ich dachte, das würde Sie antörnen, aber ich… bin feucht geworden, als ich's angeboten habe. Und heute abend habe ich erwartet… ich weiß nicht. Ich wollte es versuchen. Und als Sie mich geschlagen haben, hat es funktioniert.«

»Der Klaps war für den Ton«, sagte ich. »Damit jemand, der zuhört, meint…«

»Ich bin absichtlich zu spät gekommen«, erwiderte sie, als hätte sie mich nicht gehört. »Um Ihnen einen Anlaß zu geben. Mich zu bestrafen.«

»Fancy, ich will nicht ins Rector's rein, wenn die eine ihrer Partys haben. Hat so ein Laden nicht auch mal Feierabend? Tagsüber oder so?«

»Es schließt um vier. Danach kommt die Putzkolonne. Und es macht nicht vor acht Uhr abends auf. Ich… gehe manchmal am Tag hin.«

Klar, machste das – nichts Schöneres als ein Quickie während der Mittagspause, wenn man im Erpressungsgewerbe ist. »Alleine?« fragte ich laut.

»Nein…«

»Selbst wenn Sie also jemand mit mir reingehn sieht, würde er sich nichts dabei denken?«

»Ja, das stimmt, aber…«

»Aber was?«

»Was wollen Sie da?«

»Mich mal umschaun. Ich glaube, irgendwer von den Leuten, die da hingehn, könnte in der Selbstmordkiste drinstecken«, log ich ihr flugs was vor. Mich genau umschaun, das wollte ich – vielleicht hatte Cherry noch ein anderes Versteck. Oder einen Laptop.

»Wie lange werden Sie da drin brauchen?«

»Eine Stunde. Nicht länger.«

»In Ordnung. Ich mach es. Ich habe die Schlüssel. Es wird ein, zwei Tage dauern ...«

»Schon okay. Bestens.« Ich legte ihr den Arm um die Schulter. Ihre Brüste drückten gegen das T-Shirt, als sie sich zu mir drehte. Ich hielt ihre Hand in Hüfthöhe, zog sie an mich.

»Nein«, flüsterte sie. »Bitte ... küssen Sie mich nicht. Ich hasse das.«

Ich schnippte meine Zigarette mit der linken Hand aus dem Fenster, sah den roten Punkt in Richtung Bach segeln. Sie legte ihr Gesicht an meinen Hals. Ich konnte ihren Atem an meiner Kehle spüren. »Ich möchte nicht fummeln«, sagte sie gepreßt. »Das ist zu ... unschuldig. Wie bei Kids. Ich will kein Kid sein. Sag mir, was ich machen soll. Sag mir, was ich machen soll –befiehl es mir.«

»Fancy ...«

»Bitte!«

Ich holte tief Luft, roch die moosige Dunkelheit. Dann rutschte ich zur Mitte, unsere Hüften berührten sich.

»Geh auf alle viere«, sagte ich.

Sie machte es, schaute zum Fenster raus, Rücken durchgebogen.

»Nein, blöde Braut«, sagte ich mit hartem Unterton. »Dreh dich rum.«

Sie tat wie geheißen, drehte sich um und legte die Hände auf die Rückenlehne.

»Mach mir die Hose auf«, sagte ich.

Die dunklen Haare fielen ihr ins Gesicht, als sie sich runterbeugte. Der Reißverschluß klang wie zerreißender Stoff.

»Hol ihn raus.« Mein Schwanz schnellte raus, stand steif hoch. Ich legte ihr die rechte Hand hinten an den Nacken, schob sie quer über meinen Schoß, daß mein Schwanz an mich gedrückt wurde. Sie stöhnte, als ich ihr rüde den Rock bis zur Taille hochzog. Der rosa Seidenslip war bloß ein schmaler Streif quer über ihr Hinterteil – ich zerrte ihn runter, über die Knie.

»Zieh's nicht ganz aus«, flüsterte sie. »Es ist besser, wenn es –«

»Halt's Maul», sagte ich und zog das Höschen weiter runter, bis es bloß noch an einem Knöchel hing. Ich drehte mich leicht zur Seite, schob meine Daumen unter ihre schweren Brüste, schlang ihr die Hände um den Rücken. Ich hob sie hoch, zog sie an meine Brust. Dann legte ich ihr die linke Hand innen an den rechten Schenkel und hob ihr Bein rüber, so daß sie rittlings auf mir war. Sie war tropfnaß, aber trotzdem ging es eng zu. Ich paßte mich ein, stieß heftig nach oben. Sie grunzte, durch und durch. Hatte die Brüste an mich gequetscht, ihr Gesicht neben meinem schaute über den Rücksitz raus. Ich konnte die Nässe rund um mich spüren, roch das Blut unter ihrer Haut.

»Beweg den Hintern, Braut«, flüsterte ich.

Sie schraubte sich in mich, bockte auf, als wollte sie runterfliegen, irgendwelche Worte grummelnd, die ich nicht verstand. Ich streichelte ihren Rücken, dann packte ich sie von hinten an der Schulter, rammte sie mit jedem Stoß in mich. Ich hörte sie tief und heftig einatmen.

»Ich will keinen verdammten Ton hören«, sagte ich.

In einem Schwall brach es aus ihr raus, einen Sekundenbruchteil vor mir.

Ich hielt sie, hörte dem Bach zu, dem sanften Plätschern des Wassers an den Felsen. Sie weinte leise vor sich hin, japste wie ein Kind, versuchte sich in den Griff zu kriegen. Wir blieben so, bis mein Schwanz abschlaffte und die Schwerkraft ihn runterzog... raus aus ihr.

Sie wollte sich nicht bewegen. Ich drückte sachte gegen ihre linke Schulter, drehte sie um und nahm sie von meinem Schoß, spürte den klebrigen Widerstand der getrockneten Säfte, die uns verbanden.

Sie ließ sich an mich sacken. Ich machte meine Hose zu, strich ihr mit der Hand über die Vorderseite ihres Schenkels.

»Zieh deinen Rock runter, Fancy.«

»Schläfrig«, sagte sie leise, rollte sich zusammen, legte mir den Kopf in den Schoß. Ich täschelte ihr den Rücken. Sie wand sich, bis sie bequem lag, die Knie bis zur Taille hochgezogen.

Ich zündete mir eine Zigarette an. Sie rührte sich nicht. Ich schaute runter. Sie lag auf der Seite, ruhig, das rosa Höschen um den Knöchel. Ich zog ihren Rock bis fast über den Hintern runter, so wie man ein schlafendes Kind zudeckt.

Während ich so dasaß, wanderte ich im Kopf woanders hin, suchte. Irgendwo gab es einen Faden. Einen kräftigen Faden, so tief eingewoben, daß sich das ganze Gewebe entwirren würde, wenn man dran zog. Ich wußte es, aber ich konnte ihn nicht erkennen.

Wenn Fancy in diesem weißen Zimmer ihre Dominaspiele durchzog, kassierte da jemand anders ab? Und selbst wenn, ein Erpresserring erklärte manches nicht. Nicht alles jedenfalls. Erpressung ist ein Drahtseiltanz – ein Ausrutscher, und sie kratzen dich vom Asphalt. Und Erpressung brachte nicht soviel Geld ein, wie Cherry vorzuweisen hatte.

Wenn sie neue Identitäten für Leute besorgte, die abgetaucht waren, damit konnte sie sich viel mehr von diesen Steinen kaufen, die ich gefunden hatte. Aber woher sollte sie über so was Bescheid wissen?

Und woher wußte Charm von Cherrys Schatz, wenn sie nicht mit ihr zusammenarbeitete?

Warum sollte Cherry Fancy von mir erzählen? Warum hatte sie's Randy erzählt?

In den Tropen gibt es eine Spinne, ich kann mich nicht mehr an den Namen erinnern. Diese Spinne macht folgendes: Sie klettert ins Netz einer anderen Spinne, aber sie verfängt sich nicht drin, sie wartet. Die Spinne, die das Netz gebaut hat, spürt die Erschütterung, läuft hin und will die Beute einwickeln. Und dann ist sie selbst das Mittagessen.

Fancy wälzte den Kopf in meinem Schoß hin und her, als wollte sie sich die Nase abwischen. Sie setzte sich auf, zog den Rock bis runter, strich ihn über den Schenkeln glatt. Sie langte nach unten, nahm das Höschen vom Knöchel, steckte es in ihre Handtasche.

»Hast du vor, die ganze Nacht hierzubleiben?« fragte sie.

»Ich wollte dich nicht aufwecken.«

»Das war lieb … aber ich habe nicht geschlafen.«

»Du warst so … friedlich.«

»Können wir aussteigen?«

»Sicher, wenn du willst.«

Sie zog die Stöckelschuhe aus, rutschte rüber zu mir. Ich öffnete die Tür, stieg aus. Streckte ihr die Hand hin. Sie nahm sie. Durch die Dunkelheit gingen wir runter zum Bach. Fancy entdeckte einen umgestürzten Baum, dessen tote Astspitzen in den Bach hingen. Sie zog an meiner Hand, bis ich mich neben sie setzte. Dann ließ sie meine Hand los, drehte mir den Rücken zu, streckte die Beine auf dem Baum aus, hielt mit Leichtigkeit Balance.

»Das war mein erster«, sagte sie, das Gesicht abgewandt. »Mein erster richtiger.«

»Dein erster richtiger was?«

»Orgasmus. Jedenfalls glaube ich, daß es das war. Ich konnte es in mir spüren. Heiße Stöße, wie Blitze zucken. Und dann … kawuuummm!«

»Gut.«

»Gut? Ist das alles?«

»Ich weiß nicht, was ich sagen soll?« erklärte ich ihrem Rücken.

»Hast du wirklich gewollt, daß ich dir helfe?« fragte sie.

»Ja.«

»Warum?«

»Weil du gesagt hast, daß du's willst.«

»Dich ins Rector's reinbringen? Davon habe ich kein Wort gesagt.«

»Das ist auch nicht alles«, ich improvisierte, steuerte fort aus der Gefahrenzone.

»Was dann?« fragte sie, wandte mir das Gesicht zu.

»Ich muß mit ein paar Leuten reden. Leuten aus der Gegend. Den Eltern … von den Kids, die gestorben sind. Ich hab mir gedacht, daß ein paar von ihnen mißtrauisch werden. Ich will ihnen erzählen, daß Cherry mich engagiert hat. Weil sie sich Sorgen wegen Randy macht und so. Ich dachte, du könntest mir dabei Rückendeckung geben, vielleicht mitkommen, wenn ich arbeite?«

»Willst du wirklich ... daß ich dir helfe?«

»Hab ich doch gesagt.«

»Wann fangen wir an?«

»Morgen«, sagte ich. »Und, Fancy ... sag niemand was davon, okay?«

»Wem sollte ich's denn sagen?«

Ich fuhr zurück zur Wohnung, Fancy saß dicht neben mir, so wie Mädchen vor zig Jahren, vor den Sicherheitsgurten.

»Kann ich mit hochkommen?« fragte sie.

»Nicht heut nacht, Kleines. Ich muß noch mal weg.«

»Nenn mich nicht 'Kleines'. Ich *hasse* das. Ich bin nicht klein.«

»Das hat nichts zu bedeuten, Fancy. Es ist bloß ein Kosewort.«

»'Braut' ist mir lieber.«

»Okay.«

»Vor allen Leuten, verstehst du? Es ist so besitzergreifend.«

Sie kletterte aus dem Plymouth, öffnete die Tür ihres schwarzen NSX. »Morgen, okay?« murmelte sie, kam in meine Arme.

Ich drückte sie, tätschelte ihren Hintern. »Ich ruf dich an, Braut«, sagte ich und gab ihr einen schnellen Kuß auf die Stirn, bevor sie protestieren konnte.

Das schwarze Auto fuhr weg. Ich warf einen Blick in die Garage – der Miata war noch nicht da.

Ich warf die Münzen ein, wählte den Stützpunkt an. »Haste den Prof gesprochen?« fragte ich Mama, als sie sich meldete.

»Is da«, antwortete sie.

»Was steht an, Mann?«

»Ich bin mir nicht sicher, Prof. Ich hab irgendwas ... vielleicht einen dicken Fisch. Nicht am Telefon, okay?«

»Gib gut acht – ich flieg bei Nacht.«

»Kannst du hier rauskommen?«

»Sag den Ort, und ich bin dort.«

Ich sagte ihm, er sollte die Autobahn nehmen, an der ersten Tankstelle hinter der Mautstelle Greenwich warten. Morgen um Mitternacht.

»Bin pünktlich vor Ort. Du sei dort.«

»Wie isses letzte Nacht gelaufen?« fragte ich den Jungen. Er saß am Küchentisch und vertilgte seine dritte Schüssel Haferflocken, wie wenn er dringend Treibstoff bräuchte.

»Ich ... weiß nicht. Es war anders. Nicht die Party. Die war so wie immer. Ich, vielleicht.«

»Hast du das Mädchen zu sehn gekriegt? Wendy?«

»Yeah. Sie war da. Wir ... haben getanzt. Draußen.«

»Ich hätte nicht gedacht, daß ihr auf diesen Partys überhaupt tanzt.«

»Wir ... tun's auch nicht. Die Musik ... dazu kann man eigentlich nicht tanzen ... nur wenn man knülle ist. Wir sind rausgegangen auf die Terrasse. Ich habe sie gefragt, ob sie mit mir tanzt. Nicht zu der Musik, bloß um zu tanzen.«

»Kannst du das?«

»Tanzen? Klar. Meine Mutter hat mich zur Tanzstunde geschickt, als ich noch ein kleines Kind war. Standardtänze und so. Ich kann das ganze alte Zeug.«

»Klingt ziemlich gut.«

»War's auch. Echt gut. Wir sind nicht dort geblieben. Ich habe sie eingeladen. Wir sind einfach rumgefahren. Ich habe ihr ... von dem Rennen am Sonntag erzählt. Sie hat gesagt, sie kommt hin. Es war ... ich kann's echt nicht erklären. Sie hat mir ein paar Gedichte von sich gezeigt. In so 'nem großen Notizbuch, das sie immer mit rumschleppt. Ich hab nie gewußt, was da drin ist.«

Irgendwas an seiner Miene. »Was?« fragte ich.

Er schaute zu mir rüber. »Eins von den Gedichten ... das war über Selbstmord. Ich war durcheinander. Erschrocken. Ich habe sie gefragt, ob sie sich schon mal überlegt hat ... das zu machen. Sie sagte nein, nicht richtig. Aber sie denkt drüber nach. Sie hat gesagt, eine Menge Menschen tun das. Nicht weil es ihnen schlecht geht ... bloß weil sie keinen Sinn mehr sehen. Für gar nichts.«

»Randy, war sie jemals in Crystal Cove?«

»Nein. Ich habe sie gefragt. Zuerst hat sie gesagt, das ginge mich gar nichts an, wurde ein bißchen sauer. Also hab ich nicht weiter gefragt. Aber später wollte sie wissen, ob ich wirklich Angst um sie hätte. Ich habe ja gesagt. Stimmt auch. Sie ... dann hat sie mich geküßt. Kurz bevor ich sie bei ihrem Auto abgesetzt habe. Und sie hat gesagt, daß sie nie dort war.«

»Klingt in Ordnung.«

»Ich weiß. Aber das Gedicht … da ging's total um Selbstmord, das weiß ich. 'Süße Dunkelheit' hieß es.«

»Wenn sie eine Dichterin ist, lebt sie sehr in ihrem Gefühl, Kleiner. Das heißt nicht, daß sie die Kurve kratzt.«

»Ich weiß. Aber … sie wird okay sein. Ich bleib … in der Nähe.«

»Gut.«

»Heute, meine ich. Wir wollen rüber zu den Hills. Ist so 'ne Art Park. Zum Picknicken. Finden Sie das dämlich?«

»Ich finde das richtig.«

»Und Sie brauchen mich auch nicht für irgendwas?«

»Nimm bloß das Telefon mit.«

Wieder klopfte er auf seine Außentasche. Endlich wurde mir klar, wo ich diese Geste schon mal gesehen hatte. Das schwarze Kid mit der 8-Ball-Jacke.

Ich dachte erst an meinen Anwaltsanzug, verwarf ihn schließlich zugunsten von Michelles Kombination. Wenn Fancy schon mit mir kam, wollte ich aussehen, als könnte ich in ihre Kreise passen.

Sie öffnete die Tür ihres Cottage, noch ehe ich anklopfte, hielt ein riesiges, flauschiges weißes Handtuch vor sich und hatte Wassertropfen auf der Schulter.

»Komm ich zu früh?« fragte ich und trat ein.

»Nein, du bist ganz pünktlich. Ich habe gewartet … damit du mir sagen kannst, was ich tragen soll.«

»Zieh einfach … «

»Nein, komm schon – *sag's* mir.« Sie ging auf ein Hinterzimmer zu, noch immer in das Handtuch gehüllt. Ich folgte dichtauf. Das Cottage hatte hinten einen Anbau, ein Treibhaus. Die Sommersonne schien durch die gläserne Schräge. Fancy ging weiter, bis zu ihrem Schlafzimmer. Die Wände waren zartrosa, auf dem Bett lag eine Decke im selben Ton. Sie öffnete einen Schrank. »Sag's mir«, wiederholte sie mit bettelndem Unterton.

Ich kramte in den Regalen rum, nahm ein rosa Seidenkostüm raus. Es bestand aus einem schlichten kragenlosen Bolero, dazu ein gerader Rock.

»Das«, sagte ich und hielt es ihr hin. Sie stand da, den Bügel in der Hand. Ich fand eine schlichte weiße Seidenbluse mit weitem Rundkragen, hielt sie an die rosa Seide. »Und das«, sagte ich.

»Burke ... «

»Zieh dich an, Braut. Ich will los.«

Sie drehte sich um, ließ das Handtuch fallen. Ich ging aus dem Zimmer, in Richtung Treibhaus.

Dort war es friedlich. Die Wände waren von Regalen gesäumt, alle möglichen Pflanzen. Auf einem Regal standen Bonsais in Reih und Glied. In einer Ecke wurde ein Haufen Orchideen von irgendeinem Apparat in feinen Dunst gehüllt. Ich befingerte eine große Grünpflanze mit kleinen, harten Knospen, die noch ein bißchen brauchten.

»Welche magst du am liebsten?« Fancys Stimme hinter mir.

»Welche was?«

»Pflanze. Welche Pflanzen gefallen dir am besten?«

»Blüten«, sagte ich. »Alle Arten von Blüten.«

»Yeah ... « sagte sie sinnierend. Dann trat sie zwischen mich und die Pflanzen. »Wie sehe ich aus?« wollte sie wissen.

»Du siehst toll aus, Fancy.«

»Möchtest du einen Kaffee?«

»Nein, danke.«

»Was trinken?«

»Nein.«

»Na dann, können wir gehen?«

»Gleich. Laß mich nur kurz 'nen Blick auf meine Notizen werfen.«

Ich ging zurück ins Wohnzimmer, setzte mich. Sie setzte sich mir gegenüber, Knie dicht zusammen, Hände im Schoß.

»Wie macht sich Randy?« fragte sie schließlich.

Ich blickte auf. »Anscheinend richtig gut. War gestern abend mit jemand aus. Ich glaube, er ist mit ihr tanzen gegangen.«

»Oh, er ist ein guter Tänzer. Ich habe mal mit ihm getanzt, auf einer Party bei Cherry.«

»Yeah, da hat er mir schwer was voraus.« *Ich frage mich, warum ich noch nie einer Frau begegnet bin, die nicht tanzen konnte. Ist vielleicht was Genetisches.*

»Wie meinst du das? Kannst du nicht tanzen?«

»Ich doch nicht. Der einzige Tanz, den ich als Kid gelernt habe, war der Stehschieber.«

»Was ist denn das? Davon habe ich noch nie was gehört.«

»Steh auf – ich zeig's dir.«

Sie kam zu mir, schmiegte sich ganz selbstverständlich an meine Brust, legte beide Hände um meinen Hals. Ich legte ihr meine linke Hand hinten um die Schulter, die andere unten auf den Hintern, drückte sie fest an mich. »Warum noch tanzen?« sagte ich.

Fancy kicherte, rieb sich an mir.

»He, meinste nicht, daß du 'nen BH anziehn solltest, wenn wir ausgehn?«

»Davon hast du nichts gesagt.«

»Was?«

»Das hast du mir nicht gesagt ... bloß das Kleid und die Bluse.«

»Herr im Himmel. Also los, zieh dir was drunter.«

»Komm mit, zeig's mir. Ich habe massenhaft Zeug.«

Hatte sie. »Ist so was nicht unbequem?« fragte ich sie und hielt ein schwarzes Lederhöschen hoch.

»Nein, das ist gut. Da schwitzt man drin, wenn man arbeitet. Dann stecke ich es dem Kunden in den Mund ... wie einen Knebel«, sagte sie mit spöttischen grauen Augen.

Ich entdeckte eine anständige Garnitur Unterwäsche, schlicht und weiß. »Die«, sagte ich.

»Kann ich einen Strapsgürtel tragen ... bitte?« fragte sie, zog das Bolero aus.

»Klar.«

Wir nahmen den Lexus. Als Fancy sagte, wir wären gleich da, wandte ich mich ihr zu, sorgte dafür, daß sie aufpaßte.

»Hör zu, Mädchen. Wenn de Befehle willst, kriegste welche. Hier ist einer: Ich werde dich vor Leuten, von denen ich was erfahren will, nicht 'Braut' nenne, verstanden. Und du, sei einfach so wie du bist – ein pfiffiges, nervendes, reiches Mädchen. Benutz deinen Kopf. Ich werde höflich zu dir sein. Du paßt auf, was ich mache, achtest auf deinen Einsatz. Kapiert?«

»Ja, Sir.«

»Sei nicht vorlaut, Fancy.«

»Ich werd's lassen.«

Das Haus sollte aussehen wie eine Fischerhütte auf Cape Cod, war aber groß genug für einen Kongreß. Es stand mitten in einer Art Wäldchen, jede Menge verwittertes Holz und Atmosphäre, die eine Wand fast völlig von Efeu bedeckt.

»Das sind die Eltern von Scott Lancaster«, sagte ich ihr. »Sagt dir der Name was?«

»Nein. Aber das Haus sieht schwer nach Geld aus.«

»Okay. Denk dran, was ich dir gesagt habe.«

»Ich werde brav sein«, flüsterte sie, rutschte ein bißchen auf ihrem Sitz rum, neckisch, mit viel zu weit hochgezogenem Rock. Am liebsten hätte ich ihr eine geknallt, aber ich wollte, daß sie ruhig war.

Eine Mittvierzigerin in dunkelblauem Hosenanzug öffnete die Tür, die schweren kastanienbraunen Haare mit einem passenden blauen Band zusammengebunden.

»Ja?« Ihre Stimme war zaghaft, nicht herrisch.

»Mein Name ist Burke, gnä Frau. Und das ist –«

»Francesca Bishop«, übernahm Fancy. »Marlon Bishop war mein Vater... von Bishop Enterprises...?«

»Oh, ja. Was kann ich –?«

»Ich bin Privatdetektiv, Misses Lancaster«, erklärte ich ihr freundlich, versuchte meinen Ton dem Haus anzupassen. »Ich bin von den Bishops und ein paar anderen Familien beauftragt worden – sie machen sich große Sorgen wegen der... jüngsten Vorfälle bezüglich einiger junger Menschen in dieser Gegend.«

»Sie meinen die...?«

»Ja, gnä Frau. Wäre es möglich, Sie ein paar Minuten zu sprechen?«

»Ich glaube schon. Wenn Sie... ach, kommen Sie rein. Ich hole meinen Mann.«

Sie führte uns zu einem marineblauen Samtzweisitzer mit kunstvoll geschnitzter Lehne. Er wirkte ein paar hundert Jahre alt. Fancy setzte sich anständig hin, strich den Rock über die Knie. Ich öffnete den Attachékoffer, holte Notizbuch und Stift raus. »Bin gleich wieder da«, sagte die Frau und ließ uns allein.

Ich hörte Gemurmel, irgendwo rechts von uns. Dann eine Männerstimme, ein sonorer Bariton, für den jeder Vertreter wer weiß was geben würde. »Verdammt noch mal, ich hab genug geredet, MaryAnne! Du kannst diesen Leuten sagen ... ach, vergiß es.«

Er kam ins Zimmer stolziert wie ein Schiffskapitän, der eine Meuterei niederschlagen will. »Hören Sie mal, wer immer Sie sind, ich habe –«

Er warf uns einen einzigen Blick zu, erstarrte, als wäre er gegen eine Wand gerannt.

Ich nahm die Chance wahr, warf mich in die Bresche. »Tut mir leid, daß wir so eindringen, Sir. Zumal zu dieser Zeit. Wenn Sie vielleicht ein paar Minuten für uns erübrigen könnten ... «

»Ach, Herrgott noch mal, in Ordnung«, blaffte er. Er stand vor uns, die Hände am Rücken verschränkt. »Setz dich«, sagte er zu seiner Frau. »Möchten Sie einen Kaffee?« zu uns.

»Nein, danke«, sagte ich.

»Wenn's Ihnen keinen Ungelegenheiten macht ... « antwortete Fancy.

»MaryAnne.« Mehr sagte er nicht.

Sie sprang auf. »Möchten Sie koffeinfrei oder normal?«

»Oh, normal. Schwarz, wenn's geht.«

»Selbstverständlich«, sagte sie und verschwand.

»Was wollen Sie wissen?« fragte der Mann und setzte sich auf den Platz, den seine Frau geräumt hatte.

»Hat Scott Ihnen irgendwelche Hinweise gegeben ... bevor es passiert ist?« fragte ich. »War er niedergeschlagen? Hatte irgendwelche Scherereien?«

»Der Junge hatte *ständig* Scherereien«, sagte sein Vater. »Eine verdammte Sache nach der anderen. Er wurde zweimal wegen Alkohol am Steuer verurteilt, bevor er achtzehn war. Flog von der Schule und aus dem College. Ein Alkoholiker, das war er. Diese Partys, die die hatten ... wissen Sie, was Rumgelee ist?«

»Ja«, sagte ich.

»Das hat er am liebsten gemocht. Aber er trank alles, von Sherry zum Kochen bis zum beschissenen Brennspiritus. Hatte irgendwas mit ’nem chemischen Ungleichgewicht in seinem Hirn zu tun, haben jedenfalls die Ärzte gesagt.«

Seine Frau kam wieder ins Zimmer, in der Hand ein Silbertablett mit einer weißen Porzellantasse und Untertasse. Sie beugte sich vor wie ein Dienstmädchen und reichte sie Fancy, die »Danke« sagte, als ob beide schon lang befreundet wären.

»Meinen Sie die Ärzte in Crystal Cove?« fragte ich ihn.

»Genau die. Wurde auch Zeit, daß wir ein paar klare Antworten bekamen.«

Seine Frau blickte von dem geschwungenen Sessel hoch, auf dem sie saß. »Aber Doktor Barrymore hat gesagt –«

Lancaster warf ihr einen Blick zu, und sie spielte sofort Mäuschen, senkte den Blick.

»Barrymore ist ein gottverdammter Pfuscher«, sagte er zu mir. »Redet wie ’ne scheiß Schwuchtel.«

»Wie lange war Scott in Crystal Cove?«

»Erst dreißig Tage. Zur Beobachtung. Dann noch mal. Drei Monate, beim letzten Mal. Drei Monate drin, und draußen hat er’s nicht mal drei Monate geschafft.«

»Könnte es sein, daß ... «

»Was? Daß es ein Unfall war? Ist es vielleicht meine

Schuld, weil ich Sportwaffen im Haus habe?« Sein Blick war hart, herausfordernd, auf mich gerichtet, als wäre Fancy gar nicht im Zimmer. Seine Frau war's zweifellos nicht.

»Nein, das habe ich nicht gemeint. Ich habe mich bloß gefragt... Kids kommen auf Gedanken, wissen Sie? Sehn irgendwas im Fernsehn, zum Beispiel. In der Zeitung stand bloß, daß es eine Pistole war... war's ein Revolver oder 'ne Halbautomatische?«

»Ein Revolver. Colt Python, 357er Magnum. Spielt das eine Rolle?«

»Könnte er ein Spiel gespielt haben? Russisches Roulette?«

»Wie, zum Teufel, soll ich das wissen?«

»Tja... wie viele Patronen waren in der Trommel?«

»Eine. Okay, ich verstehe, was Sie meinen. Aber man *braucht* nur eine, stimmt's?«

Seine Frau unterdrückte ein Schluchzen, rannte aus dem Zimmer.

»Müssen Sie entschuldigen, das«, sagte er zu mir. »Sie ist 'ne weichliche Mutter. Schon immer gewesen. Der Junge ist nach ihr geraten. Weichlich. Genau darum ging's ja bei der ganzen Sauferei. Süchtige sind Schwächlinge. Ich rauche nicht, trinke nicht. Und ich bleibe in Form. Die freie Marktwirtschaft ist 'n rauhes Pflaster, nichts für Memmen. Meine Frau glaubt, wenn ich die Waffen nicht im Haus gehabt hätte, hätte er's nicht gemacht. Das ist Quatsch!« knurrte er aufgebracht. »Wenn jemand an 'ne Knarre rankommen will, schafft er das, habe ich recht?«

»Todsicher«, sagte ich.

Sein Kopf fuhr hoch. »Sollte das ein scheiß Witz sein?«

»Nein, Sir. Das ist meine Ausdrucksweise. Tut mir leid, wenn ich Sie verletzt habe.«

»Yeah. Okay, sonst noch was, das Sie wissen wollen? Ich habe zu tun, warte auf ein wichtiges Fax aus Japan.«

»Er hat keinen Brief hinterlassen, irgend etwas in der Art?«

»Absolut nicht. Und ich will Ihnen noch was sagen, als die Autopsie gemacht wurde – der Alkoholpegel in seinem Blut war himmelhoch. Der Junge war betrunken, verstanden?«

»Ja, Sir. Tut mir leid, daß wir so reingeschneit sind. Ich werde Sie nicht weiter belästigen«, sagte ich und stand auf.

An der Tür bot ich ihm die Hand. Sein Händedruck war genauso wie erwartet – ein Knochenbrecher.

»Freut mich, Sie kennengelernt zu haben«, sagte Fancy sittsam und streckte ihre Hand aus. Er ergriff sie, schob die Brust raus, starrte mich immer noch an.

»Habe ich's richtig gemacht?« fragte Fancy, als sie ihren Sicherheitsgurt einklinkte.

»Du warst bestens. Zuerst habe ich nicht gedacht, daß er aufmachen würde.«

»Ich war besser, als du weißt, Schätzchen.«

»Was soll das heißen?«

»Er hätte kein Wort gesagt, wenn ich nicht dagewesen wäre.«

»Woher willst du das wissen?«

»Ich konnte mit dem Namen nichts anfangen, aber ich kannte sein Gesicht.«

»Und?«

»Und er war ein Kunde, Burke. Als ich den großen Herrn Machomarktwirtschaftler zum letzten Mal gesehen habe, lag er auf den Knien und hat mir die Stiefel geleckt.«

Yeah, dachte ich, *und wenn ich dir nicht glaube, kannst du mir jederzeit das Video zeigen.*

Zum Mittagessen ging ich mit Fancy in ein Restaurant, von dem sie mir erzählt hatte. Es war in der Nähe der Hauptstraße, sehr high-tech-mäßig, winzige Portionen auf schwarzen Glastellern, kunstvoll fürs Auge arrangiert. Schmeckte nicht schlecht, aber es waren eher Kostproben als was zu essen.

Fancy ließ es sich schmecken, verputzte alles, als wär's ein Steak mit Kartoffel statt einer dicken Scheibe schwarzgebratenem Thunfisch mit einer bunten Mischung aus allerlei Zwerggemüse.

»Das hast du ziemlich gut durchgezogen«, sagte ich und zündete mir an der schlanken schwarzen Kerze, die in einer Knospenschale auf dem Tisch stand, eine Zigarette an. »Kein Zweifel, daß er dich erkannt hat?«

»Er war derjenige, der die Maske getragen hat. Eine stramme schwarze Kapuze mit Reißverschluß am Mund. Ich habe es ihm befohlen. Es war eine lange Lektion – der kennt mich überall wieder.«

»Und die großkotzige Wirtschaftskapitännummer – die galt mir?«

»Nur teilweise«, sagte sie, langte rüber und schnappte sich meine Zigarette aus dem kleinen runden Aschenbecher, nahm einen tiefen Zug. »Die lassen einen schon nicht vergessen, wer bezahlt. Das ist nicht wie bei einer Beziehung. Ich bin eine Professionelle – er *erwartet*, daß ich seine Geheimnisse für mich behalte. Diskretion ist ein Bestandteil des Spiels.«

Ich versank in ihrem grauen Blick, ließ nicht locker. Arglos funkelten sie mich an – als hätte sie von Erpressung noch nie was gehört. Als sie ausatmete, schoß der Qualm aus einem Nasenloch. Irgendwas war da ... ich kriegte es nicht zu fassen.

»Dann wird der Ablauf also vorher festgelegt?«

»Meistens ja. Es gibt immer jede Menge Mist von wegen Grenzen beachten, Stoppwörter – lauter so Zeug. Ist derzeit richtig in – überall. Die Hardcore-Illustrierten machen weniger Hehl daraus, aber selbst die hochgestochenen lassen einen Anzeigen schalten. Bei manchen darf man Worte wie 'dominant' oder 'devot' nicht verwenden, aber irgendwie kriegen sie's immer hin, 'Rollenspiel', das ist am beliebtesten.«

»Keine Überraschungen?«

»Eigentlich nicht. Außer vielleicht bei Jungfräulichen. Beim ersten Mal, da sind sie unsicher, was sie wollen, und dann kann's komisch werden.«

»Was passiert, wenn du sie zeichnest?«

»Sie zeichnen?«

»Mit der Peitsche, Striemen und dergleichen. Wollen ihre Frauen nicht wissen, wie –«

»Ich weiß, was ich tue«, sagte sie abwehrend. »Es gibt nicht den geringsten Grund, daß das passiert, es sei denn, sie wollen es. Bei den Videos, das ist was anderes ... die Zuschauer wollen die Male sehen. Deswegen geben Mädchen mit heller Haut die besten Devoten ab.«

»Hast du ... das lange gemacht?«

»Von Anfang an«, sagte sie, und ihre Augen schimmerten bei irgendeiner Erinnerung.

»Wenn du's nur in eine Richtung machst, wieso hast du ... ?«

»Ich wollte es ausprobieren. Sehen, ob es geht. Ich ... ich werd's dir erzählen, irgendwann.«

»Du brauchst nicht –«

»Ich weiß. Ich habe noch nie einen Mann wie dich getroffen.«

Ich machte meine Zigarette aus. »Möchtest du Nachtisch?« fragte ich.

Sie nickte selig. Ich winkte dem Kellner. Er rollte ein vierstöckiges Wägelchen heran. Fancy nahm drei verschiedene Stück Kuchen, vertilgte sie, verdrehte die Augen, leckte sich die Lippen. »Ich *liebe* Süßigkeiten«, schnurrte sie. »Sie sind einfach klasse – besonders weil ich sie mir nicht zu oft leisten kann.«

Ich holte mein Notizbuch raus, zeigte ihr die Liste. »Ich hab 'ne Idee. Beim nächsten Mal ziehn wir nicht einfach los, okay? Wie wär's, wenn du anrufst und einen Termin abmachst?«

»Was soll ich denn sagen?«

»Stell dich bloß vor, sprich ihnen dein Mitgefühl aus. Sag, ein paar Familien hätten sich zusammengetan und mich engagiert – damit ich mir mal die Selbstmorde vornehme. Stell's hin als ein Gemeinschaftsding, eine Art Bürgerinitiative.«

»So was kann ich.«

»Dann mach es, Mädchen.«

»Ist das ein Befehl?« Sie lächelte.

»Soll ich 'und wenn nicht' sagen?«

»Nein«, sagte sie grinsend. »Ich wär zu scharf drauf rauszufinden, was 'und wenn nicht' wäre.«

»Sofort, Fancy.«

»Ja, Boß«, sagte sie, stand auf und ging, derart mit dem Hintern wackelnd, davon, daß sie fast die Kerzen auf den anderen Tischen ausgeblasen hätte.

Nach ein paar Minuten war sie zurück. »Ich hab's erst bei den Robinelles probiert. Habe die Mutter erwischt. Sie sagt, wir sollen vorbeikommen, jetzt gleich.«

»Braves Mädchen.«

Ich zahlte die Rechnung. Der Kellner schaute hochnäsig auf die bare Asche, lebte aber sofort auf, als er sah, welcher Teil davon für ihn war.

»Sag mir, wo's langgeht«, sagte ich, als wir vom Parkplatz des Restaurants rollten.

»Ich sage *dir* nicht, wo's langgeht«, sagte sie, die wieder geschminkten Lippen zu einem riesen Flunsch verzogen.

Ich lange rüber, klatschte ihr feste auf den drallen Schenkel. »Sag mir, wie ich da hinkomme.«

Sie lotste mich durch die Stadt, raus in Richtung Wasser. »Noch etwa zwei, drei Meilen diese Straße runter«, sagte sie schließlich.

Ich antwortete nichts, schaute mir die Gegend an, versuchte mich zurechtzufinden. Hier draußen gibt es Orientierungspunkte, keine Straßenschilder.

»Das gibt einen blauen Fleck«, sagte sie leise und legte einen lackierten Fingernagel auf ihren Schenkel. »Schau.«

Ich riskierte einen kurzen Blick. Sie hatte recht.

Das Haus stand direkt am Wasser, der feuchte Traum eines jeden Architekten – eine Art Ranchhaus mit merkwürdig schrägstehenden Oberlichtern in einem steilabfallenden Dach aus roten mexikanischen Ziegeln, mitten rein ein dreistöckiger Turm geklatscht.

Als uns die Frau einließ, sah ich, daß der Turm eine kathedralenhohe Decke hatte, so ähnlich wie eine Hotellobby ohne künstlichen Wasserfall.

Die Dame des Hauses war eine blunzige Blondine mit etwa fünfzehn Pfund Übergewicht, von dem ein Gutteil vorne aus dem V-Ausschnitt der Bluse quoll. Sie trug eine Art Hochleistungshalbschalen-BH, der ihr Dekolleté wie eine Comiczeichnung aussehen ließ. Ihre Bluse war rot, die Stretchhose glänzend schwarz. Ein breiter Lackledergürtel schnürte die Taille ein, und die hohen schwarzen Stöckelschuhe betonten ihren Wabbelhintern, als sie das Innere des Hauses ansteuerte, nachdem sie uns gebeten hatte, ihr zu folgen.

Sie nahm auf einem grotesk geschwungenen weißen Plastiksessel Platz, der ihr den Rücken verkrümmte, winkte uns zu zwei grün bespannten Regisseurstühlen, die ein paar Schritt auseinanderstanden.

»Ich dachte, Sie würden alleine kommen«, begrüßte sie mich. »Waren Sie das, die mich angerufen hat?« fragte sie Fancy.

»Ja.«

»Mir ist nicht recht wohl zumute, wenn ich vor... Nachbarn reden soll. Sie *sind* doch aus der Gegend, nicht wahr?«

»Ja, wir wohnen im Crescent.«

»Wie schön. Nun, vielleicht kann Mister...«

»Burke«, sagte ich.

»Vielleicht, Mister Burke, können Sie ein andermal wiederkommen.«

»Warten Sie bitte draußen«, sagte ich Fancy.

»Hören Sie mal«, sagte sie, saß kerzengrade da. »Wir haben Sie engagiert und –«

»Und Sie haben nichts zu melden. Warten Sie im Auto.«

Fancy, die unter der Bräune rot geworden war, sprang auf.

»Das müssen Sie nicht«, sagte die Frau. »Würden Sie uns vielleicht bloß ein Weilchen entschuldigen? Wir haben eine wirklich sehr hübsche Bibliothek, gleich neben dem Wohnzimmer …«

Fancy schaute mich an. Ich nickte. Sie stolzierte davon, diesmal mit gebremstem Hüftschwung.

»Ich hoffe, der Rauch stört Sie nicht«, sagte die Frau und nahm eine Zigarette aus einem Kästchen, das neben einem Aschenbecher auf einem schwarzen Plastikwürfel neben ihrem Sessel stand. »Lorenzo – das ist mein persönlicher Trainer –, der würde mich umbringen, wenn er mich erwischen täte.«

»Keineswegs«, sagte ich und holte meine raus.

»Nun …« sagte sie und nahm einen so tiefen Zug, daß ihre Bluse Dehnübungen machte. »Was wollen Sie wissen?«

»Tja, ich bin mir nicht sicher. Bei so einer Ermittlung weiß man nicht genau, ob überhaupt was *dran* ist. War Lana irgendwie depressiv, bevor es … passiert ist?«

»Depressiv? Mister Burke, die ist depressiv *geboren*. Lana war immer ein seltsames Mädchen. Sie kennen den Typ – schwarzgekleidet, blieb viel in ihrem Zimmer.«

»Der … Selbstmord war also kein so großer Schock?«

»Schock? Nicht für mich. Sie hat's früher schon mal versucht.«

»Sie hat früher schon versucht, sich umzubringen?«

»Das habe ich doch grade gesagt. Erst hat sie dieses

lange, unverständliche Gedicht geschrieben. Lauter Kokolores. Dann hat sie sich ein warmes Bad einlaufen lassen, ist reingestiegen und hat sich die Pulsadern aufgeschnitten. Wenn mein Mann nicht den Notarzt gerufen hätte, wäre sie damals schon tot gewesen.«

»Wie lange ist das her?«

»Fast vier Jahre. Sie war noch auf der Schule.«

»Was ist danach passiert?«

»Sie ging zur Therapie, was sonst? Teuer genug war's, kann ich Ihnen sagen. Aber auch pure Zeitverschwendung. Diese Therapeutin, die wollte, daß ich und mein Mann hinkommen und drüber reden. Und wir *sind* hin. Aber ich denke nicht daran, den Rest meines Lebens in Therapie zu gehen, bloß weil ich ein krankes Gör zur Tochter habe.«

»Hat sie es noch mal versucht?«

»Sie hat *ständig* irgendwas versucht. Sie und eine Freundin von ihr, noch so 'ne Irre, die haben immerzu diese kranken Gedichte über den Tod geschrieben. Mit Tabletten hat sie's auch mal versucht.«

»Und ...?«

»Und im Krankenhaus haben sie ihr den Magen ausgepumpt. Und sie ging wieder zur Therapie. Was für ein Witz.«

»Sie halten anscheinend nicht viel von Therapie.«

»Warum sollte ich? Alle, die ich kenne, waren schon mal da. Weil sie sich das Rauchen abgewöhnen wollen, weil der Mann eine Geliebte hat, weil sie nicht mehr so gut aussehen... egal weshalb, irgendein Psychofritze weiß 'nen Zaubertrick für einen. Wenn Sie jemand wollen, der was von Therapie hält, müssen Sie mit meinem Mann reden – der steht auf das Zeug.«

»Ist Ihr Mann eine Zeitlang in Therapie gewesen?«

»Sicher. Hat schon als Kind damit angefangen. Er

war ein reicher, schwacher Mann. Wenn Ihnen das wie ein Widerspruch vorkommt, das isses nicht. Er hat das Geld geerbt. Von seiner Mutter. Er war auch so ein sensibler Dichter, genauso wie sein Tochterherz.«

»War?«

»Oh, er lebt schon noch. Wenn man das so nennen kann. Wir haben ein Cottage. In Maine. Dort verbringt er meistens den Sommer. Zum *Schreiben*«, sagte sie höhnisch, das letzte Wort betont verächtlich.

»Ist er Schriftsteller?«

»Schöner Schriftsteller. Er bezahlt dafür, daß sein Zeug veröffentlicht wird, können Sie sich das vorstellen?«

»Hab ich schon mal gehört.«

»Das ist so was von kläglich. So schwach. Er und seine literarischen Busenfreunde, wortwörtlich. Schwuchteln allesamt, so seh ich das. Ich schüchter sie ein. Die einzigen Frauen, die denen gefallen, sind so spindeldürr, daß de damit ein Schloß knacken kannst.«

»Ich weiß, was Sie meinen.«

»Ach ja?« fragte sie, räkelte sich auf ihrem Sessel und sorgte dafür, daß ich ihr ja nicht zuviel Zurückhaltung vorwerfen konnte.

»Sicher. Ist 'ne Klassenfrage. Männer aus der Arbeiterklasse haben einen anderen Geschmack.«

»Und aus welcher Klasse sind Sie, Mister Burke?«

»Unterklasse«, sagte ich und erntete ein durchtriebenes Lächeln. »War Lana zu Hause, als sie ... «

»Sich umgebracht hat? Klar. Sie war erst zwei Wochen aus der Klinik raus. Crystal Cove. Auch so ein Laden, der ein Vermögen kostet. So wie die's darstellen, kriegt man ein nagelneues Kind, wenn man genug Geld dafür hinlegt.«

»Wie war sie, als sie zurückkam?«

»Genauso. Um ehrlich zu sein, ich hatte es ziemlich satt. Mein Mann, der läßt mir meinen Freiraum. Aber nicht das kleine Fräulein Ach-was-geht's-mir-wieder-schlecht, die nicht. Der Psychofritze in der Klinik hat mir erklärt, dieser Selbstmordkrampf wär ein Hilfeschrei. Darauf hab ich mich nie eingelassen. Ich habe ihren Schwindel durchschaut. Ihr gesagt, wenn du dich umbringen willst, das kann doch *so* schwer nicht sein.«

»Wie hat sie darauf reagiert?«

»Mit 'ner Menge Blabla. Wie gesagt, ich war nicht überrascht. Das einzige, was mich überrascht hat, war die Art.«

»Wie hat sie's gemacht?«

»Sich ersäuft. Wissen Sie, wo der Chalmer's Creek ist?«

»Nein.«

»Vielleicht zehn Meilen von hier. Ist eigentlich kein Bach, eher eine Art Teich. Aber man nennt ihn so. Da drin hat man sie gefunden. Die Polizei hat gesagt, ihre Lunge war voller Wasser, also isse ertrunken, nehm ich an. Aber sie hat keinen Brief hinterlassen. Wenigstens das hätte ich allerdings von ihr erwartet – beachtet werden wollte sie schon immer.«

»Hat Ihnen die Polizei gesagt, warum sie nicht glaubt, daß es ein Unfall war?«

»Zuerst haben sie das gedacht. Aber als ich ihnen von den ganzen anderen Versuchen erzählt habe, sind sie umgeschwenkt.«

»Sie haben mir sehr geholfen, Misses Robinelle.«

»Marlene.«

»Marlene«, sagte ich willig. »Bloß noch eine Frage, wenn Sie gestatten. Die Freundin von ihr, mit der sie zusammen Gedichte schrieb ... wissen Sie noch deren Namen?«

»Wendy. Wendy soundso. Sie war nur ein paarmal da – ich hab nie groß mit ihr geredet.«

»Haben Sie vielleicht so ein Gedicht da?«

»Nein. Die hat alle die Polizei mitgenommen. Die haben mich nicht mal ihr Zimmer saubermachen lassen, bevor sie fertig waren, können Sie sich das vorstellen?«

»Yeah«, sagte ich und stand auf, aufbruchbereit.

Sie stand ebenfalls auf, rückte dicht an mich ran. Ich konnte ihr überreifes Parfüm riechen, Schweiß, vermischt mit Babypuder. »Wenn Sie weitere Auskünfte brauchen, wissen Sie ja, wo Sie mich finden.«

»Ich danke Ihnen vielmals.«

»Mein Mann kommt erst in ein, zwei Wochen wieder. Es wird ganz schön langweilig, trotz all dem da«, sagte sie leise und deutete auf den Seeblick hinter dem Panoramafenster.

»Ich bin sicher, daß ich noch Fragen haben werde.«

»Dann kommen Sie wieder. Rufen Sie erst an. Aber bringen Sie die neugierige Zicke nicht mit.«

Fragend zog ich die Augenbrauen hoch.

»Ich mag die Art, wie Sie mit ihr umspringen. Wie ein Mann, der sich aufs Zupacken versteht.«

»Sie zahlt die Rechnung«, sagte ich.

»Ich kann auch gut zahlen.«

Fancy saß in der überladenen, holzgetäfelten Bibliothek, in ein Kunstbuch vertieft.

»Kommen Sie«, sagte ich.

Widerspruchslos stand sie auf und folgte mir. Marlene Robinelle brachte uns nicht zur Tür.

»Was hast du rausgefunden?« fragte mich Fancy, als wir im Lexus saßen.

»Erst du«, sagte ich.

»Was meinst du damit?«

»Mach keine Zicken, Braut. Ich weiß, daß du die Zeit genützt und deine reizende kleine Nase überall reingesteckt hast.«

»Findest du meine Nase wirklich reizend?« lächelte sie.

»Yeah. Süß wie sonst was. Also, was haste nun –?«

»Ich bin gar nicht aus der Bibliothek raus. Ich hatte Angst, du könntest zurückkommen und mich erwischen. Ich wußte ja nicht, wie lange du brauchst.«

»Und ...?«

»An der ist nichts echt. Ich habe eine Liste gefunden, in einer Schublade. Die Bestsellerliste der *New York Times* aus den letzten vier, fünf Wochen, verstehst du? Und in den Regalen, jedes der Bücher. Nagelneu, nie aufgeschlagen. Man sieht es, die Rücken sind zu glatt. Und in jedem hat sie 'ne Fotokopie von der Besprechung in der *Times*, verstehst du?«

»Nein.«

»Sie liest bloß die Kritiken, nicht die Bücher. Damit sie bei den Cocktailpartys mitreden kann, verstehst du? Was muß das doch für eine dröge Kuh sein.«

»Weil sie sich von anderen Leuten sagen läßt, was sie machen soll?«

»So blöde kannst du doch gar nicht sein«, blaffte sie mich an. »Ich rede von deinem Verstand, nicht von deinem Körper. Sex ist was anderes.«

»Ist Sex für dich was rein Körperliches?«

»Was glaubst du denn?«

»Es muß auch was mit dem Verstand zu tun haben. Ansonsten käme man allein besser klar, stimmt's?

Wenn du die Augen zuhast, wenn es dunkel wird... wie würdest du sonst den Unterschied merken?«

»Vielleicht *gibt* es keinen Unterschied?«

»Vielleicht nicht. Aber erst muß man den Knopf drücken.«

Sie warf mir einen langen Blick zu. »Manchmal machst du mir angst«, flüsterte sie.

»Und auch da stehst du drauf, stimmt's?«

»Ja.«

Ich steuerte den Lexus genauso zurück, wie wir gekommen waren, ohne zu fragen, wo's langging – wollte wissen, ob ich meinen Weg zurückverfolgen konnte, wenn nötig. Fancy sagte kein Wort, schaute aus dem Fenster, trommelte mit den Fingern auf der Mittelkonsole.

»Kein einziges Buch gelesen?« fragte ich. »In der ganzen großen Bibliothek?«

»Oh, sicher, eine Menge sogar. In einem extra Regal. Als wäre es für andere Leute. Alte Bücher, man konnte sehen, daß jemand sie geliebt hat. Und ich verwette meinen süßen Po, daß sie's nicht ist.«

»Die ganze Zeit allein, und das ist alles, was du rausgefunden hast?«

»Na ja. Es ist'n echter Hinweis auf ihren Charakter.«

»Is ja'n scheiß dolles Ding.«

»Na ja, vielleicht. Wollte sie dich rumkriegen?«

»Quasi.«

»Diese Sau. Wenn die mal aus dem Korsett steigt, in dem sie rumläuft, ist sie wabbelig wie eine Qualle.«

»Mach dir darüber keine Gedanken.«

»Am liebsten würde ich ihr den fetten Arsch versohlen. Das wär ein Spaß, aber dafür gibt's keinen Markt.«

»Was ist mit –?«

»Niemand will sehen, wie Dicke gezüchtigt werden. Sie müssen gut aussehen. Und jung sein.«

»Ich nehme an, du kennst dich aus.«

»Ich bin Profi«, sagte Fancy, drehte sich um und schaute mich an.

»Was kann ich dir bringen?« fragte sie über die Schulter gewandt, als wir in ihr Haus gingen.

»Ein Glas Wasser.«

»Ist das alles?«

»Yeah. Ich habe nicht viel Zeit.«

Sie zog ab. Ich schloß die Augen, spulte die Bänder meiner Gespräche mit den Eltern ab, versah sie in Gedanken mit Notizen, die ich mir nicht gemacht hatte. Ich hatte die Augen immer noch zu, als ich Stöckelschuhe auf dem Hartholzboden klacken hörte, kurze, schnelle Trippelschritte, und dachte: *Entweder eine kleine Frau oder ein knallenger Rock.* Es war beides. Fancy, in französischer Zofenkluft, wie aus einem Pornofilm entsprungen. Sie hatte ein Glas Wasser auf einem hölzernen Tablett. Sie bückte sich, hielt das Tablett mit beiden Händen, nur den Hauch eines Lächelns auf dem Gesicht.

»Das wollte ich immer schon mal anprobieren«, sagte sie. »Gefällt's dir?«

»Ist sehr hübsch.«

»Hübsch? *Ich* bin hübsch – *das* ist sexy.«

»Stimmt.«

»Hättest du nicht gern ein eigenes Dienstmädchen?«

»Manchmal … glaube ich schon.«

»Nun hast du die Chance, Mister.«

»Jetzt nicht. Ich muß los.«

Ihre grauen Augen wurden dunkler. Traurig, nicht wütend. »Ist zu gut für auf die schnelle«, sagte ich leise. »Ich komme wieder.«

»Wann?«
»Morgen.«
»Was ist mit heute nacht?«
»Ich treff mich mit ein paar Leuten. Spät.«
»Gehst du zurück, mit der Sau vögeln?«
»Was wäre, wenn?«
»Ich könnte auch mit. Hast du schon mal –?«
»Da gehe ich nicht hin. Es ist geschäftlich.«
»Kannst du nicht wiederkommen? Danach?«
»Es wird sehr spät. Drei, vier Uhr morgens.«
»Das ist okay.«
»Biste sicher?«
»Ja. Ich war doch eine Hilfe, nicht?«
»Allerdings warste das.«
»Na ja, wenn's um was Geschäftliches geht, dann ist es *dieses* Geschäft, stimmt's? Könntest du nicht herkommen, mir davon erzählen?«
»In Ordnung.«
Sie kniete sich hin, legte mir das Kinn aufs Knie. »Sag mir, daß ich hierbleiben soll«, flüsterte sie. »Du weißt, wie. Bitte.«
Ich knallte ihr eine, einen kurzen trockenen Schlag ins Gesicht. Eher laut als heftig. »Bleib hier, Braut«, sagte ich. »Geh nicht weg. Bleib beim Telefon. Ich rufe dich an, wenn ich komme. Und melde dich lieber gleich beim ersten Läuten.«
»Ja, Sir«, sagte sie mit erstickter Stimme.

Das Kid war in der Garage, arbeitete am Plymouth. Er hatte das Heck aufgebockt, die Hinterräder runter. Ich machte mir keine Gedanken, daß er den falschen Boden im Kofferraum finden könnte - sogar die Zollfahndung hatte ihn übersehen.

»Wie läuft es?« fragte ich, als ich aus dem Lexus stieg.

»Ich mache das Reifenprofil sauber«, sagte er. »Ich hab's vorher getestet. Er liegt bei rundum viereinhalb Bar besser in der Kurve. Wissen Sie, daß Sie nur drei draufhatten?«

»Yeah. Zuviel Druck, und er fährt wie ein Laster.«

»Klar, aber fürs Rennen ...«

»Okay. Schon gut. Wie du willst.«

Das Kid war wieder beschäftigt. Ich zündete mir eine Kippe an, überlegte, wie ich das Unumgängliche anpacken konnte. Erste Regel: Schaff den anderen an einen Ort, wo er sich wohl fühlt, locker ist, dann geht das Messer leichter rein. Ich dachte dran, mit ihm in die Küche des großen Hauses zu gehen, wo er sein Gesicht nicht verstecken konnte. Aber wenn er mit dem Auto beschäftigt war, benahm sich der Junge anders, vielleicht also ...

»Randy«, sagte ich, ließ es drauf ankommen, »deine Freundin Wendy, wieso hast du mir nicht gesagt, daß sie mit Lana Robinelle befreundet war?«

Er ließ den Reifendruckmesser fallen, und das Blut schoß ihm ins Gesicht, als er rumfuhr und mich anschaute.

»Woher haben Sie ...?«

»Du bist nicht ehrlich mit mir gewesen, Kleiner. Vielleicht von Anfang an nicht.«

»War ich! Ich meine, ich hab Ihnen die Wahrheit gesagt. Bloß ...«

»Bloß was?«

Er stand auf, kam rüber zu mir. Seine Hände zitterten, aber er schaute mir in die Augen. »Ich wußte, daß Lana ... versucht hat, sich umzubringen. Vorher schon. Ein paarmal sogar. Jeder wußte das, in der Schule und so. Ich hab versucht, mit Wendy drüber zu reden, aber sie fand, ich wär ein Arschloch. 'n Schnüffler, wissen Sie?«

»Und als du mich angerufen hast ...«

»Da hatte ich Angst. Das ist die Wahrheit.«

»Aber keine Angst um dich, wa?«

»Ich glaube schon, vielleicht. Ich weiß nicht. Die Klinik. Meine Mutter hat mir mal gesagt, daß sie mich da hinschickt, wenn ich nicht in die Spur komme.«

»Aber du bist doch achtzehn. Ein Erwachsener, richtig? Sie kann dich nicht dazu *zwingen*.«

»Neunzehn«, sagte er. »Aber Sie kennen sie nicht.«

»Ist jetzt auch egal. Liefer mir einfach die ganze Geschichte.«

»Vor ein paar Monaten war ich auf einer Party. Sie ... Wendy war da. Sie kifft nicht, aber manchmal wirft sie Acid – das wird jetzt wieder in, 'ne Menge Kids machen das. Sie lag hinterm Haus auf dem Rasen. Auf Trip. Sie ist voll auf Horror gekommen. Die andern fanden das komisch, ihr Rumgezappel und so. Ich ... habe sie in den Arm genommen. Festgehalten. Lange Zeit. Als sie runterkam, war sie ganz versonnen. Weggetreten, wahrscheinlich. Sie sagte mir, sie hätte Lana gesehen. Sie war glücklich. Lana, nicht Wendy. Glücklich da, wo sie war.«

Das Kid holte tief Luft, hielt immer noch Blickkontakt. Ich kriegte mit, daß er mir unbedingt begreiflich machen wollte, wie beinhart wichtig das alles für ihn war. »Ich war ... erschrocken. Das kapieren Sie doch, oder? Wendy wollte dorthin. Zu Lana. Aber je mehr ich gesagt habe, sie wäre verrückt, desto mehr hat sie behauptet, ich würde es nicht verstehen. Ich bin bei ihr geblieben, die ganze Nacht. Sie hat selber ein Auto, aber ich wollte nicht, daß sie fährt. Als ich sie heimgebracht habe, war's draußen schon hell. Ihr Vater war da, hat uns abgepaßt. Er gab mir die Schuld. Hat gesagt, wenn er mich noch mal in ihrer Nähe sieht, bringt er mich um.

Ich konnte sie nicht anrufen. Und in der Schule seh ich sie auch nicht mehr. Sie hat mir einen Brief geschrieben. Ein Gedicht. Es war gar kein trauriges Gedicht, wie ich gedacht hatte. Es war ... ich weiß nicht, sanft. Ich hab's immer wieder gelesen. Aber als ich's bekommen habe, hab ich Schiß gekriegt. Es ist übers Sterben, Burke.

Ich habe ihr Haus beobachtet. Bei Nacht. Einmal hat mich die Polizei angehalten. Die wollten mich einbuchten, aber dann haben sie rausgefunden, wer ich bin. Wer meine Mutter ist, eigentlich. Sie haben bei ihr angerufen, und sie ist gekommen und hat mich abgeholt.

Wendy hat's rausgekriegt. Sie sagte, das wäre lieb von mir. Aber es müßte nicht sein. Sie würde nicht gehen, bevor sie bereit wäre.

Danach habe ich sie oft gesehen. Mal hier und mal da. Sie ist die einzige, der ich je vom Rennfahren erzählt habe. Sie sagt, das wären meine Gedichte, die Fahrerei.

Dann ist meine Mutter weggefahren. Für den Sommer. Gleich danach hat's Wendy mir erzählt. Ihre Eltern hätten vor, sie nach Crystal Cove zu schicken, damit ihr jemand hilft. Sie hat versprochen, das Acid seinzulassen, aber die haben ihr nicht geglaubt. Und da habe ich solchen Schiß gekriegt. Genau da habe ich Sie angerufen. Ich dachte, Sie könnten ... sie retten. Und ich könnte ... irgendwie helfen.«

Ich spürte es. Tief in mir, an einer Stelle, von der ich gar nicht wußte, daß ich sie hatte. Dieses reiche, verzogene Balg. Dieser Sack, den ich für ein Herdentier hielt. Noch nie hatte ich jemand gesehen, der soviel

Schiß um jemand anderen hatte, daß er sich derart aus dem Fenster lehnte, sie zu sich reinzuziehen versuchte.

»Komm mit, Kleiner«, sagte ich. »Wir müssen noch was erledigen, bevor es dunkel wird.«

Wir nahmen den Miata. Das Kid kannte den Chalmer's Creek, brachte uns im Nu hin.

»Was gibt's hier?« fragte er.

Ich stand auf einem Felsvorsprung, schaute auf das blauschwarze Wasser runter. »Hier hat Lana Robinelle den Abgang gemacht«, sagte ich. »Sich ersäuft.«

Ich hob einen schweren Stein auf, hielt ihn mit zwei Händen. Ließ ihn über den Rand ins Wasser fallen. Sah zu, wie er verschwand, wie sich vom Mittelpunkt die Ringe ausbreiteten, größer und immer größer, ausgreifend.

»Was siehst du da?« fragte ich ihn.

Er schaute runter, folgte meinem ausgestreckten Finger. »Eine Zielscheibe«, sagte er.

»Du bist jetzt mit drin«, sagte ich ihm auf der Rückfahrt. »Das hast du doch gewollt, stimmt's?«

»Ja.«

»In Ordnung, Kleiner. Regel eins – du quatschst nicht. Verstanden?«

»Ja.«

»Redest du mit irgendwem, regelmäßig?«

»Bloß ... mit Wendy.«

»Keiner kennt deine Geheimnisse? Deine Mutter nicht? Niemand?«

»Niemand.«

»Okay. Belaß es dabei. Wir treffen uns heut nacht in der Garage. Elf Uhr. Wir haben was zu erledigen.«

»Ich werde dasein«, sagte er, mit härterer Miene, als ich ihm zugetraut hatte.

In der Wohnung suchte ich das Mikrophon und zog es raus. Derjenige, der es eingebaut hatte, mußte wiederkommen. Ich suchte die übrige Bude ab. Fand nichts Neues.

Acht Uhr. Ich ging duschen, wickelte mir ein Handtuch um die Hüften, legte mich aufs Bett und schloß die Augen. Ich versuchte gar nicht erst, irgendwas auf die Reihe zu kriegen – ich würde noch früh genug mit dem Prof reden.

Ein Klopfen an der Glastür weckte mich. Ich fegte das Handtuch beiseite, schlüpfte in eine Hose, lief durch das dunkle Haus. Auf meiner Uhr war es 22:05.

Vor der Tür stand Randy, die Hand erhoben, um noch mal zu klopfen. »Was ist?«

Er war aufgeregt, ging hastig an mir vorbei, und die Worte sprudelten derart schnell aus ihm raus, daß ich nicht mitkam.

»He!« sagte ich. »Mach langsam. Reiß dich zusammen, okay? Irgendwas passiert?«

»Nein. Ich meine, ja. Es ist nicht *bloß* was passiert. Ich muß Ihnen sagen –«

»Randy, setz dich. Ganz locker.«

»Ich kann nicht. Ich ...«

»Atme durch die Nase«, sagte ich. »Mach den Mund zu und atme durch die Nase. Tiefe Züge. Langsam.«

Er tat wie geheißen, setzte sich auf die Couch und

mühte sich, bis er aufhörte zu japsen. Ich setzte mich ihm gegenüber. Der Mond schien durchs Fenster, so daß ich seine Umrisse erkennen konnte, nicht aber das Gesicht.

»Nun ... worum geht's?«

»Ich ... habe gelogen, Burke.«

»Wobei?«

»Als Sie mich gefragt haben, nach Geheimnissen. Ob ich mit jemand rede ...«

»Yeah?«

»Charm. Ich habe mit Charm geredet. Als sie damals hier war. Als sie alleine ins Haus gegangen ist.«

»Das hast du mir schon erzählt.«

Er ließ den Kopf hängen, murmelte irgendwas vor sich hin.

»Randy, immer mit der Ruhe. Sprich so, daß ich dich hören kann. Komm schon.«

»Charm hat mich über Sie ausgefragt. Was Sie hier machen.«

»Das hast du mir gesagt.«

»Ich habe Ihnen nicht gesagt, daß ich ... ihr von Crystal Cove erzählt habe.«

»Schon in Ordnung. Is kein großes Geheimnis mehr, nachdem ich soviel rumgerannt bin.«

»Charm hat gesagt, ich soll ... Sie im Auge behalten, sie anrufen, ihr sagen, was Sie machen.«

»Und du hast gesagt, du machst das?«

»Ich habe nein gesagt. Aber sie ... hat mich mit ins Haus genommen.«

»Ich kapier's nicht.«

Da fing er an zu flennen. Erst ein Schniefen, dann ein trockenes Schluchzen ... dann brachen alle Dämme. Er strahlte Scham ab wie Hitzewellen. Ich ließ es eine Weile laufen, sah, daß es nicht von selber aufhören würde. Ich stand auf, trat hinter ihn. Legte ihm die Hände auf die Schulter, bearbeitete mit den Daumen die bretharten Muskeln, so wie man einen Boxer lockerknetet, bevor er weitermacht. »Laß es raus, Kleiner. Keiner kann dir jetzt was tun. Das ist Eiter, wie aus 'ner Wunde. Quetsch ihn raus.«

Ich arbeitete weiter, bis das Schluchzen nachließ und dann ganz aufhörte. Ich löste mich von dem Jungen. Er schüttelte sich heftig, als wollte er irgendwas abwerfen – Schweißtropfen flogen von ihm weg, wie Angstschauer. Als das aufhörte, zitterte er. Saß da und zitterte.

Ich ging wieder zu meinem Sessel. »Sag's mir«, sagte ich schließlich.

»Charm war so was wie mein ... Babysitter. Als ich klein war. Ich hab sie echt ... bewundert. Sie ist so taff. Einmal ist sie beim Hindernisreiten vom Pferd gefallen. Hat sich das Bein gebrochen. Wir waren alle da, haben zugeschaut. Charm hat kein Wort gesagt. Ich meine, man konnte *sehen*, daß es weh tat ... ihr Gesicht war total weiß und verschwitzt, und ihr Bein ... das war ganz komisch verdreht. Aber sie hat kein Wort gesagt.«

»Wann..?«

»In der siebten Klasse, da hat es angefangen.«

»Was hat sie gemacht?«

»Wenn ich's meinen Freunden erzählt hätte, die hätten's toll gefunden. Absolut toll. Wie ein Traum, der wahr wird. Genau das ist der Trick, sagt Charm, daß es einem wirklich vorkommt.«

»Hast du mit ihr gevögelt?«

»Ich ... so was ähnliches. Was sie gemacht hat. Das hat mich ... erregt. Aber ich hatte auch Schiß. Ich hab nicht gewußt, was ich machen soll.«

»Ich weiß.«

»Ich wollte es schon. Ich meine, nach 'ner Weile wollte ich es. Die ganze Zeit. Sie mußte mich bloß anfassen. Den Hebel, so hat sie's genannt. Charm sagt, jeder hat einen Hebel. Ich dachte, sie meint meinen... Schwanz. Aber so war's nicht. Der Hebel, das ist das, womit man Leute rumkriegt.«

»Wie hat's angefangen?«

»Ich war in meinem Zimmer. In meinem Badezimmer, unter der Dusche. Und sie ist einfach reingekommen. Mir war das... peinlich. Aber sie hat was gemacht... mit ihrem Mund... und ich wurde erregt. Dann hat sie's gemacht. Mit der Hand. Dann hat sie... mich gehaun. Fest. Hat weh getan. Ich habe... geweint. Und sie hat mich weiter gehauen. Hat gesagt, ich wäre ein schmutziger kleiner Junge. Ich hatte Angst vor ihr, aber sie hat's noch mal gemacht, später. Dann hat sie mir erklärt, ich müßte machen, was sie will.«

»Hast du das mal erzählt? Irgendwem erzählt?«

»Ich... konnte nicht. Ich war... schuldig, irgendwie. Wie wenn's mein Fehler wäre. Schmutzig. Ich habe... Scheiß gebaut. Allen möglichen. Früher hatte ich lauter Einser – mir hat die Schule mal richtig Spaß gemacht. Und ich habe... gewichst. Ständig, sogar auf dem Jungenklo in der Schule. Ich hatte schlimme Träume. Dann bin ich erwischt worden...«

»In der Schule?«

»Im Kaufhaus. Ladendiebstahl. Die Detektive haben mich irgendwas unterschreiben lassen, dann meine Mutter angerufen. Sie kam hin, total sauer. Sie ist mit ihnen ins Büro gegangen. Alleine. Als sie wieder rauskam, ist sie mit mir heimgefahren. Und sie hat mir das Papier gezeigt, was ich unterschrieben habe. Hat's vor meinen Augen zerrissen. Alles geregelt, sagte sie. Aber sie wollte, daß ich... mit jemand rede.«

»'nem Therapeuten?«

»Yeah. Doktor Barrymore.«

»Aus Crystal Cove.«

»Ja. Aber ich mußte nicht in die Klinik. Er hat ein Haus, mitten auf dem Gelände. Und hinten drin hat er sein Büro. Da bin ich gewesen.«

»Du hast ihm nichts von Charm gesagt?«

»Schon ... irgendwie. Aber nicht viel. Er is'n Freund von meiner Mutter. Ich hab ihn bei uns zu Hause gesehen. Ein paarmal. So wie sie mit ihm geredet hat, wußte ich ... ich habe gedacht, er erzählt's ihr.«

»Warum hast du's ihr nicht einfach selber gesagt?«

»Charm hat mir ... Fotos gezeigt. Fotos von ihr und meiner Mutter, nackig. Zusammen ... wissen Sie?«

»Ja. Hast du gedacht, sie wärn ein Paar?«

»Waren sie doch! Man konnte sehen ... was sie da machen. Auf den Fotos. Sie waren ... ekelhaft.«

»Weil sie so was gemacht haben?«

»Weil es meine Mutter war!« Er fing wieder an zu weinen. »Und Charm hat mir erzählt ... Charm sagt, meine Mutter hat es ihr aufgetragen. Mit mir. Damit ich weiß, wie's geht. Mit Mädchen, irgendwie.«

»Und du hast ihr geglaubt?«

»Meine Mutter hat ständig Leute engagiert, damit die mir irgendwelche Sachen beibringen. Gitarre spielen, reiten, tanzen. Ständig hat sie irgendwelchen Leuten Geld gegeben, damit die mir was beibringen. Charm hat gesagt, ich würde ... homosexuell, wenn sie mir nicht hilft.«

»Damit hat das gar nichts zu tun«, sagte ich.

»Ich weiß. Ich meine, ich glaube, ich weiß. Aber ich hab noch nie ... «

»Mit Mädchen?«

»Yeah. Außer mit Charm.«

»Immer noch?«

Er schaute nach unten, schwieg einen Augenblick. »Ja«, sagte er schließlich. »Genau das ist ja passiert, als sie letztes Mal hier war. Ich wollte gar nichts machen, aber ... «

»Schon okay. Er braucht Zeit, bis man stark genug ist.«

»Ich werde nie stark genug. Ich dachte, ich wär's. Sie... ist 'ne ganze Weile nicht mehr vorbeigekommen.«

»Doch, wirst du. Schon bald. Sie hat dich konditioniert, verstehste?«

»Nein.«

»Sie hat früh mit dir angefangen, damit du dich ... an bestimmte Sachen gewöhnst. Nach 'ner Weile hast du das Gefühl, auf 'ne andere Art *kannst* du's gar nicht mehr, klar? Aber das ist ein Trick ... ein billiger, schmutziger Trick.«

»Wie soll ich ... ?«

»Machste doch schon, Kleiner. Wenn ihr Zeug wirklich funktionieren täte, würdest du dir nichts aus Wendy machen.«

»Was meinen Sie damit?«

»Was für Gefühle hast du zu Wendy? Wie zu 'ner Schwester?«

»Nein. Aber ich habe noch nie versucht –«

»Was? Mit ihr zu vögeln? Mach dir darüber keine Sorge. Du hast Lust, mit ihr zusammenzusein. Eng. Sie zu beschützen, richtig?«

»Ja.«

»Der Rest kommt von selber, Kleiner, garantiert. Kann sein, daß du mit jemand reden mußt ... 'nem Profi, der weiß, was er tut – *alles* kriegst du nicht von alleine geregelt. Aber ich hör's schon arbeiten. Deine Karten stehn jetzt gar nicht schlecht – spiel sie aus.«

Er hob den Kopf, Augen auf mich gerichtet. »Was muß ich machen?« fragte er.

»Im Augenblick bloß fahren – wir müssen uns mit jemand treffen.«

Ich zeigte dem Kid, wie er parken sollte, damit wir den ganzen Platz in einem Aufwasch überblicken konnten, während wir warteten. Ein paar Minuten vor Mitternacht glitt Clarences Rover an den Zapfsäulen vorbei. Sie entdeckten uns, kamen zu uns rüber gekurvt. Ich war schon am Aussteigen. Der Prof kam zu mir, Clarence blieb am Steuer sitzen. Er trug einen dunkelgrünen Stoffbeutel in der Hand. Wir rückten wie selbstverständlich in Hofganghaltung zusammen, Schulter an Schulter, in V-Form, damit wir bei möglichst schmaler Angriffsfläche maximalen Rundblick hatten. Dazu gehört, daß man den Mund kaum bewegt, die Augen aber ständig.

»Was pressiert denn hier, Junge?«

»Ein Schlangennest, Prof. Ich muß dir ein paar Sachen zeigen. Wir nehmen mein Auto, okay?«

»Sag du an, wir halten uns dran, Bruder«, sagte der kleine Mann und winkte Clarence her.

Der Prof übernahm den Beifahrersitz neben Randy, Clarence und ich stiegen hinten ein. Randy kutschierte durch die stillen Straßen, während ich sie einweihte. Der Prof warf mir über die Schulter einen raschen Blick zu, deutete mit dem Kopf auf Randy. Ich nickte – das Kid konnte ruhig mithören.

»Der Maulwurf hat den Ausdruck noch ein paar anderen Leuten gezeigt. Israelis«, sagte ich. »Auf der Liste ist jemand, den sie wollen.«

»Red nicht schlecht vom Maulwurf, Mann. Jeder hat 'nen Knopf, mußte bloß drücken.«

»Ich weiß«, sagte ich, dachte an Charm – und ihre Hebel. »Darum geht's gar nicht. Ich habe die Liste auch gesehn. Und einer der Namen drauf ist«, sagte ich und schwieg kurz, damit es um so wuchtiger kam, »– Angelo Mondriana.«

»Dammich! Der is *längst* hin, Jungspunt. Es heißt, er trägt irgendwo 'ne Brücke, in 'nem Betonklotz.«

»Ich bin anderer Meinung.«

»Jetzt erinner ich mich wieder«, sagte der Prof. »Er hat gesungen, dann isser abgehaun, stimmt's? Ham dich nicht mal 'n paar aus der Familie gebeten, ihn aufzuspüren?«

»Yeah. Er muß 'ne Menge Obermacker reingeritten haben, als er ausgesagt hat. Er war im Zeugenschutzprogramm, hat dann die Biege gemacht; 'ne sechsstellige Belohnung hatten die ausgesetzt. Offener Kontrakt – Geld für seinen Kopf.«

»Sieht den neuen Italienern gar nicht ähnlich. Was is mit der Asche, die er abgeräumt haben soll?«

»Es gibt so 'ne Italiener und solche«, sagte ich. »Die Typen, die zu mir gekommen sind, das waren die alten Jungs, verstehst du? *Vindicata*! Denen isses nicht ums Geld gegangen. Denen ging's um Blut. Du kennst doch die Regeln.«

»Yeah. Ein Wort, biste fort. Mach schlapp, und du trittst ab. Aber ich dachte ...«

»Nein. Kann nicht sein. Wenn sie ihn gekriegt hätten, dann hätten sie's auch veröffentlicht. Seinen Kopf auf der Stange, damit die Botschaft klar ist.«

»Haut hin«, stimmte der kleine Mann zu. »Dann haben wir's also mit jemand im Identitätengewerbe zu tun?«

»Sicher. Daher stammt ja das Geld. Die Liste war lang, Prof.«

»Und die Israelis, gehn die ran?«

»Yeah.« Ich sagte Randy, daß er beim Rector's vorbeifahren sollte. »Und das ist unsers.« Ich deutete hin.

Ohne daß man's ihm sagen mußte, drehte das Kid langsam eine Reihe von Achterschleifen und kutschierte uns aus unterschiedlichen Richtungen am Rector's vorbei.

»Macht nicht groß was her – ganz schwaches Flair«, sagte der Prof mit abschätzendem Blick.

»Da komm ich rein. Vorne rein«, sagte ich ihm. »Darum dreht sich's nicht.«

»Okay, Bruder. Halt dich ran – schaun wir uns die Hütte an.«

»Fahr rüber zum Crystal Cove«, übersetzte ich für Randy.

Das Kid fuhr so, wie ein Kunstspringer ins Wasser taucht ... ohne einen Spritzer. Die Fingerspitzen locker am Lenkrad, nahm er die Kurven haarscharf an der Grenze, kurz bevor die Reifen quietschen, bremste so geschmeidig, daß er nicht mal 'ne volle Tasse Kaffee verschüttet hätte.

»Mein Mann kann *fahren*, stimmt's, Prof?« fragte ich.

»Keiner fährt feiner«, erwiderte er und hielt mir die Hand zum Abklatschen hin.

Clarence sagte kein Wort.

»Was weißt du von dem Gelände?« fragte ich Randy von hinten.

»Ich war nie in der Klinik«, sagte er, ohne sich umzudrehen. »Bloß im Haus vom Doktor, bei der Pforte.

Außen rum ist 'ne Mauer. Keine hohe – mit 'nem guten Pferd könnte man drüberspringen.«

»Irgendwelche Wachen?«

»Ich habe keine gesehen.«

»Okay. Wenn wir dicht dran sind, sagste Bescheid.«

Schweigend fuhren wir eine Weile dahin. Dann sagte der Prof: »Gehn wir rein?«

»Wenn's gut aussieht. Hast du dein Gerät?«

»Alles parat, klar für die Tat.«

»Tadellos.«

Die Straße wurde schmal, und die Bäume bildeten ein Dach über dem Auto, als wir dahinfuhren. Keine Häuser. Das Auto nahm eine Steigung. »Es ist etwa einen Kilometer die Straße hoch«, sagte Randy.

»Such 'ne Stelle zum Anhalten. Wo wir von der Straße aus nicht zu sehn sind.«

Er fuhr langsamer, suchte die Umgebung ab.

»Nein«, sagte ich. »Irgend 'ne Stelle mit klarem Blickfeld. Kriegste das hin?«

»Klar.« Vor einer langen Linkskurve wurde er langsamer, fuhr immer noch bergauf. Als er das Auto endlich anhielt, standen wir auf einem Kliff. »Da unten«, sagte Randy und deutete hin.

Wir stiegen aus, liefen zum Rand, schauten runter. Ich sah, woher die Klinik ihren Namen hatte. Es war eine Art Bucht, ein auf drei Seiten von Bergen und Wäldern umgebener natürlicher Kessel, zu einer tiefergelegenen Straße hin offen. Crystal Cove bestand aus einer Reihe niedriger, miteinander verbundener Gebäude, alle mit Flachdach, bis auf einen Glasturm, der ganz in der Nähe des Eingangs mehrere Stockwerke hoch aufragte.

Ich ließ den Kofferraum aufspringen, fand das Nachtglas, hielt es an die Augen. Die meisten Gebäude waren aus alten Steinen, mit kleinen Isolierglasfenstern. An der Rückseite des Kessels stand ein langer, schmaler Bau, mit der übrigen Klinik verbunden, aber offensichtlich viel neueren Datums. Grauer, glatt polierter Granit mit fugenlosen schwarzen Glasschlitzen. Wahrscheinlich verspiegelt – ich konnte kein Licht dahinter sehen wie bei den anderen Gebäuden.

Da war die Mauer, genau wie das Kid gesagt hatte. Sie lief nicht um das ganze Grundstück. Statt dessen bildete sie eine Art spitzes V, ausgehend von der Vorderseite, wo in einer breiten Öffnung ein schwarzes Metalltor angebracht war. Ich folgte dem rechten Stück der Mauer bis zum Schluß – anscheinend endete sie am Fuß des Abhangs hinter der Klinik im Unterholz.

Ich reichte Randy das Glas. »Kriegst du das Auto dicht an die Rückseite… wo die Mauer auf den Berg zuführt?«

»Ich glaube schon.«

»Okay, machen wir uns fertig«, sagte ich zum Prof und wandte mich wieder dem Kofferraum zu. Ich holte ein Paar Nummernschilder aus Connecticut raus, vom Maulwurf extra für mich gemacht. Gab sie Randy. »Mach die fest, vorne und hinten«, sagte ich. »Sind bloß Flügelschrauben – das kriegste mit den Fingern hin.« Er hatte die Schilder in der Hand, musterte die dicke Naht auf der Rückseite der eingestanzten Nummern, schaute mich fragend an.

»Du nimmst zwei Schilder, trennst sie mit dem Schneidbrenner auseinander, dann schweißte die beiden Hälften zusammen. So kriegste 'n kaltes Nummernschild – da springt kein Polizeicomputer drauf an.«

Er nickte, machte sich ans Werk. Ich nahm eine breite Rolle Klebeband, orange Leuchtfarbe, pulte es ab und reichte ein Ende dem Prof. Wir klebten einen Streifen auf die hintere Stoßstange – Scheinwerfer würden sie aus etlichen hundert Metern Entfernung erfassen. Wir ließen ein großes Stück lose runterbaumeln. Als wir fertig waren, reichte ich dem Prof einen großen orangen Kreis mit abziehbarer Rückseite, nahm mir ebenfalls einen. Wir pappten auf jede Hintertür einen. Der Prof zog seinen langen Staubmantel aus – drunter trug er schwarze Jeans, ein schwarzes Sweatshirt, schwarze Turnschuhe. Als ich die Jacke auszog, sah ich genauso aus. Dazu noch eine Strickmütze für meinen Kopf. Wir zogen jeder ein Paar dünne schwarze Glacéhandschuhe an. Der Prof holte ein flaches Lederetui aus seinem Beutel, steckte es in die Hosentasche.

Clarence stieg vorne ein – ich übernahm mit dem Prof den Rücksitz. Randy ließ das Auto an, dann zockelte er langsam die Anhöhe hinunter, suchte rum, bis er die richtige Stelle fand. Wir waren vielleicht zwanzig Meter vom Ende der Mauer entfernt.

»Willste durch den Dschungel?« fragte der Prof.

»Ich glaube nicht. Weiß nicht, was da hinten ist. Vielleicht ein Stolperdraht …«

»Also über die Mauer, Bauer.«

»Wart ein paar Minuten«, sagte ich. »Mal sehn, ob ein Wächter die Runde macht.«

Eine Zeitlang sprach niemand.

Wir hängten zirka fünfzehn Minuten dran.

Nichts.

»Biste bereit, Clarence?«

»Ihr seid gedeckt, Mahn«, sagte er und zog eine lange schwarze Röhre unter dem Sitz raus, hielt sie nach unten gerichtet.

»Randy«, sagte ich leise, beugte mich vor. »Wir begehn hier eine Straftat. Allesamt. Der Prof und ich gehn rein. Clarence hält unsere Stellung, verstanden? Dein Job isses, den Motor in Gang zu bringen, ihn laufenzulassen. Die Hintertüren bleiben offen. Keine Sorge, man sieht kein Licht. Wenn wir zurückgelaufen kommen, rollst du langsam los, okay? Aber wenn wir angedüst kommen, mußt du schnell sein, verstanden?«

»Ja.«

»Biste dabei?«

»Ja.«

»Randy, du mußt das nicht machen, okay? Wir können dich irgendwo absetzen und wieder auflesen, wenn's erledigt ist. Wir brauchen dich für die Fahrerei.«

»Zählt auf mich«, sagte er mit fester Stimme, schaute mir ins Gesicht.

Der Prof und ich zogen los, Clarence dicht hinter uns. »Kein Rumgeballer«, sagte ich dem jungen Mann. »Egal, was kommt.«

Clarence ignorierte mich, hatte das gutaussehende Karibengesicht voll dem Prof zugewandt. Der kleine Mann nickte. »Dein Fall, dein Ball«, war alles, was er sagte. Clarence ging wieder in Richtung Auto. Der Prof und ich liefen auf die Mauer zu, traten vorsichtig auf, Augen rundum im Einsatz.

»Biste aufgerüstet, Junge?«

»Ich bin ohne.«

»Was is nun angesagt, Sohnemann? Das is doch kein Bruch, was wir da machen, oder?«

»Nein. Wir machen's so: Wir gehn über die Mauer, schaun uns 'n bißchen um. Das Schlimmste, was uns passieren kann, wenn wir hochgehn, ist unbefugtes Betreten, weiter nix.«

»Sag warum.«

»Wir warten ein bißchen, okay? Dann kommen wir rausgerast, sagen dem Kid, er soll *heizen*. Ich muß sehn, was er drauf hat ... seine Verläßlichkeit checken, ohne daß wir 'ne Einfuhr riskieren.«

»Er tut sich schwer, wird aber noch wer.«

Die Mauer war nicht ganz brusthoch, aber oben breit. Ich konnte keine Sensoren sehen. Ob die so weit draußen Kameras hatten?

Ich ging zuerst rüber. Wartete am Boden, lauschte. Die Stille war regelrecht greifbar, als wäre sie schon eine Weile da, hätte sich breitgemacht.

Danach kam der Prof. Wir standen mit dem Rücken zur Mauer, und bis zum nächsten Gebäude war es weiter als über ein Fußballfeld.

»Zu einfach«, flüsterte der Prof.

Er hatte recht. Ich konnte spüren, daß die Häuser auf der anderen Seite des breiten, sauber gestutzten Rasens förmlich strotzten vor ... was?

»Das reicht«, flüsterte ich zurück. »Häng noch fünf Minuten ran, dann sind wir weg.«

Wir lehnten uns wieder an die Mauer, paßten auf, alle Sinne auf Hochtouren, Fühler ausgefahren.

Es war so ruhig wie das Gewissen eines Abgeordneten.

Ich gab dem Prof ein Zeichen. Wir kletterten über die Mauer, er zuerst. Als wir auf der anderen Seite waren, rannten wir los. Der Plymouth stand da, startklar, die Hintertüren offen, Clarence auf einem Knie neben dem Vorderrad.

»Los!« brüllte ich Randy zu, als der Prof und ich uns hinten reinschmissen und Clarence einen Schritt vor uns auf dem Vordersitz landete.

Das Kid kam wie eine Rakete aus den Startblöcken,

grade und direkt, schaffte den Übergang vom Gras auf den Asphalt problemlos. In null Komma nix war der Monstermotor des Plymouth auf Hochtouren, orgelte mit sattem Bariton im kleinen Gang. Randy, der ohne Licht fuhr, rollte in die lange Linkskurve rein, brachte das große Auto gekonnt ins Driften, heizte dann mit Vollgas durch.

»Sie kommen«, murmelte ich, über die Rückenlehne gebeugt, ihm ins Ohr.

Randy schaltete hoch, und der Plymouth schlug eine andere Tonart an, während er mit Affenzahn über die Gerade bretterte. Wir kamen zu einer Haarnadelkurve – das Kid bremste, schaltete gleichzeitig runter, blieb mit dem anderen Fuß auf dem Gas, ließ keinen Millimeter locker. Er ging volles Risiko, legte sich mit dem Plymouth in die Kurven, war eins mit dem Auto. Wir stießen auf die nächste Gerade, und ich schaute ihm über die Schulter – der Drehzahlmesser war bei fünf Riesen, Tendenz steigend, weit über hundertfünfzig Sachen.

»Du hast uns Zeit verschafft, Kleiner«, sagte ich. »Schnell – such 'ne Stelle zum Ranfahren.«

Er stieg auf die Bremse, riß den Plymouth sauber wie geschmiert in eine Abzweigung, blieb startbereit am Steuer, als wir raussprangen. Der Prof und ich zogen die leuchtenden Kreise von den Hintertüren ab, Clarence riß das Klebeband von der Stoßstange. Die Nummernschilder dauerten nur einen Moment ... und schon waren wir sauber.

»Jetzt auf Tempolimit, Randy«, ich stieg wieder ins Auto. »Licht an.«

Die restliche Strecke fuhr er, als wäre es seine Fahrprüfung.

»Bleib hinter uns«, sagte ich Clarence durch das Fenster. Sein Rover stand neben dem Plymouth, beide mit laufendem Motor, als wollten sie zum Straßenrennen antreten.

»Das is kein Rennauto, Mahn.«

»Wir gehn's langsam und locker an«, versicherte ich ihm. »Wenn wir angehalten werden, fährste einfach heim – ich ruf an.«

Er salutierte fast. Ich nickte Randy zu, und der brachte den Plymouth in die Gänge.

Das Kid schaute kurz in den Rückspiegel, wollte sicher sein, daß Clarence dranhing. Ich zündete mir eine Kippe an, lehnte mich zurück.

»Hast du gut gemacht«, sagte ich. »Gefahren wie ein alter Hase.«

»Danke. Mit den Nummernschildern weiß ich Bescheid... aber wieso haben Sie diese orangen Aufkleber aufs Auto gepappt?«

»Das macht 'nen andern Eindruck. Wenn dich irgendwer verfolgt, isses das einzige, woran der sich erinnert. Wie bei 'nem Überfall – 'ne künstliche Narbe im Gesicht oder 'ne falsche Tätowierung auf der Hand, und genau daran wird sich das Opfer erinnern. Falls nötig, hätteste in voller Fahrt rauslangen und die Aufkleber abziehn können, verstehste?«

»Yeah. Gehen deswegen auch die Bremslichter nicht an und das Licht bleibt aus, wenn man die Tür aufmacht?«

»Klar. Aber ich habe nicht erwartet, daß du ohne Licht so schnell fahren kannst.«

»Na ja, ich kenne die Straße ziemlich gut. Und ich kann im Dunkeln prima sehen.«.

»Hast ordentlich trainiert, stimmt's?«

Er antwortete nicht. Konzentrierte sich aufs Fahren, als hätte er mich nicht gehört.

In der Auffahrt klebte uns Clarence dicht an der Stoßstange. Als die Scheinwerfer ausgingen, saßen wir im Dunkeln, nur aus dem Küchenfenster des großen Hauses drang Licht.

»Hast du das Licht angelassen?« fragte ich.

»Ja. Mach ich immer.«

»Okay. Gehn wir irgendwo hin, wo wir reden können.«

»Können wir nicht einfach dahin?« fragte er und nickte zu meiner Wohnung hoch.

»Lieber nicht. Jemand hat mit Mikrophonen rumgespielt.«

»Die... Hausanlage. Von meiner Mutter –«

»Weiß ich nicht. Irgend jemand. Kann kein Risiko eingehn«, sagte ich und öffnete den Kofferraum. Ich holte zwei schwere Militärdecken raus.

»Gehn wir picknicken, Mahn?« wollte Clarence wissen.

»So ungefähr.«

»Dann hab ich auch was«, sagte er, ging zum Kofferraum des Rover und holte irgendwas raus, das wie ein kleiner Werkzeugkasten aussah. Der Prof blieb stehn, drehte sich einmal voll im Kreis, nahm Witterung auf.

Ich öffnete die Garage, deutete rein. Clarence klemmte sich ans Steuer seines Rover, fuhr rein. Ich rollte mit dem Plymouth ebenfalls rein.

»Kennst du ’ne anständige Stelle?« fragte ich Randy.

»Ich... glaube schon. Die hintere Weide, okay? Ich meine, da sind keine Pferde mehr drauf oder irgendwas.«

»Auch keine Bullen, Mahn?« sagte Clarence und schaute sich mißtrauisch um.

»Nein.«

Wir fanden eine Stelle an einem Grashang, ein kurzes

Stück hinter dem Holzzaun, breiteten die Decken aus, setzten uns.

Ich zündete mir eine Kippe an. Clarence ließ den Kasten aufschnappen, holte eine dunkle Flasche raus, bot sie Randy an.

»Trinkste 'n Bier mit uns, Mahn? Auf gutes Gelingen. Haste ehrlich verdient.»

»Ich ... «

»Mach schon, Mahn. Das is Red Stripe. Das beste Bier auf der Welt. Von die Inseln, wo die Luft süß is, und die Frauen noch süßer.«

»Danke.«

Clarence holte einen Flaschenöffner raus, ließ den Kronkorken springen, gab Randy die Flasche.

»Is das Freibier, was is mit mir?« legte der Prof los und griff zu.

Clarence nahm sich auch eins. »Dein Gift hab ich auch dabei, Burke«, sagte er lächelnd und reichte mir eine Flasche Ananassaft mit Schraubverschluß. Er war kalt. Sauber und gut.

»Auf Randy«, sagte der Prof und hielt die Flasche zum Zuprosten hoch. »Mein Mann fährt heiß, und das is kein Scheiß.«

»Jawoll!« stimmte Clarence zu.

»Meine Stimme habt ihr«, sagte ich und stieß mit ihnen an.

Randy ließ den Kopf hängen. Ich konnte förmlich spüren, wie er rot wurde. Aber dann hob er die Augen, und ich sah den ganzen Katzenjammer.

»Was ist?« fragte ich.

»Es ... klingt so blöde.«

»Unter Freunden gibt's kein 'blöde', Mahn«, ermutigte ihn Clarence.

»Was steht ins Haus? Spuck es aus«, sagte der Prof.

Einen Moment lang war es ruhig. Dann schaute Randy irgendwo zwischen dem Prof und mir ins Leere und platzte los: »Ich *hasse* meinen Namen.«

»Randy? Oder ... «

»Randy. Das ist ein Kindername. Ein Babyname. Ständig nennt mich jeder so. Randy. Ich meine, keiner sagt *Randall*. Das ist'n Name, der nach was klingt.«

»Kannste's nicht ausstehn, mußte dran drehn«, sagte der Prof. »Ein Mann kann sich die Mutter nicht aussuchen. Seinen Vater auch nicht. Aber ein Mann kann seine Familie wählen, stimmt's?«

Ich langte rüber, stieß noch mal mit ihm an. Bekräftigte unseren Bund.

»Du bist'n Mann, Kerl. Biste reif für die Pflicht, hat dein Wort auch Gewicht, richtig?«

»Ich ... glaub schon.«

»*Wir* geben dir'n Namen, Mahn«, Clarence sprang sofort auf die Idee an. »Wie bei 'ner Taufe.«

»Du hast es heut nacht geschafft«, sagte ich zum Kid. »Was für einen Namen willst du?«

»Ich weiß nicht. Ich meine ... ich hab nie drüber nachgedacht.«

»Gibt bloß zweie für Vogelfreie«, sagte der Prof. »Du bist'n echter Macker am Steuer. Fährst wie der Deibel hinter der Seele. Also brauchste auch'n richtigen Namen.«

»Zum Beispiel?«

»Wie gesagt: Einer von den zwei, das steht dir frei. Junior. Oder Sonny. Muß entweder Junior sein oder Sonny.«

»Die klingen nicht wie echte Mackernamen.«

»Was soll ich mit dem Grünling machen, Junge?« meinte der Prof zu mir. »Klär ihn auf, ja?«

»Es ist nun mal so«, sagte ich zu Randy. »Triffste 'nen

Mann namens Junior oder Sonny, dann weißte, daß du's mit 'nem schweren Kaliber zu tun hast. Das sind Bringernamen.«

»Ich hab bei uns daheim 'n Mann namens Junior Stackhouse gekannt«, sagte Clarence. »Der Schlimmste in der Stadt. Wenn Junior besoffen war, dann hat er nix lieber gemacht, als sich mit der Polizei anzulegen. Er war die Hölle.«

»Junior ... klingt wie ... ich weiß nicht. Wie Randall Cambridge der zweite, oder irgend so was Doofes.«

»Tja, Junior ist zu harmlos unter all dem Moos«, sagte der Prof. »Sonny isses.«

»Mir's noch niemand namens Sonny untergekommen, der kein brandgefährlicher Kerl war«, warf ich ein. »Wie wenn der Name ein Markenzeichen wäre, damit die Leute Bescheid wissen.«

»Und reimt sich auf Zwanni«, setzte der Prof nach. »Damit isses geritzt.«

Clarence streckte die Hand aus, Teller nach oben. Randy klatschte ihn ab.

»Dammich, Kerl«, sagte der Prof. »Du siehst schon mackermäßiger aus.«

Gegen das Lächeln des Jungen hatte die Nacht keine Chance.

»Soviel haben wir jetzt.« Ich faßte es zusammen. »Jemand wechselt Identitäten – da ist schwer Geld drin. Und dann haben wir noch die Selbstmorde. Ich kann keine Verbindung erkennen, aber es muß fast eine geben. Wenn's eine gibt, ist Crystal Cove der Ansatz.«

»Der Ansatz is Quatsch, Bruder«, blaffte der Prof. »Kids räumen sich weg. Machen sie ständig. Gehört nicht viel dazu, vor allem hier draußen. Das Lager is weich, aber das Leben kann hart sein. Hier draußen vermöbeln sie ihre Kids mit dem Mund. Tut genauso weh.«

»Ich weiß.«

»Das macht keinen Sinn, Jim. Eins is mal klar, wir müssen mit dem Boß reden. Die Liste... das is der Schlüssel zu der Kiste.«

»Vielleicht hab ich ’nen anderen«, sagte ich. »Noch ein paar Tage, dann weiß ich’s sicher.«

»Gesellschaft«, flüsterte Clarence und griff in seine Jacke. Ich drückte meine Zigarette aus. Scheinwerfer durchschnitten die Nacht, Autoreifen knirschten über Schotter. Ein perlweißer Rolls-Royce hielt dicht hinter der Garage.

»Charm«, flüsterte das Kid. »Das ist ihr Auto.«

Ein paar Minuten vergingen. Eine Autotür ging auf und eine Person stieg aus. Ich konnte nichts weiter erkennen – sie trug einen langen schwarzen Mantel mit einer Kapuze über dem Kopf. Die vermummte Gestalt marschierte zielsicher rüber zum großen Haus, schloß die Hintertür auf und verschwand drin. Lichter gingen an.

»Hat sie ’nen Schlüssel?« fragte ich.

»Ich glaube schon«, antwortete das Kid, klang nicht überrascht.

Sie war vielleicht zehn Minuten drin. Dann ging sie wieder zu ihrem Auto. Sie hatte nichts in den Händen, soweit ich sehen konnte. Der Rolls schnurrte seelenruhig davon.

Wir blieben noch einige Zeit draußen, besprachen dies und das.

»Bleib bis zum Highway hinter mir«, sagte ich zu Clarence. »Ich bringe dich in Richtung Heimat.«

Das Kid stand auf, holte die Schlüssel aus der Tasche. »Ich fahre.«

Clarence war dicht hinter uns, als er kurz vor dem Highway anhielt. Wir standen in der Dunkelheit beisammen.

»Halt die Ohren steif, Sonny.«

»Mach ich.«

Der Prof boxte ihm leicht an die Schulter, winkte mir zu und stieg in den Rover.

Kurz darauf verschwanden die Hecklichter.

»Burke?«

»Was?«

»Wär's okay… ich meine, haben Sie vor, schlafen zu gehen?«

»Weiß nicht. Warum?«

»Na ja, ich habe gedacht… wenn das okay ist… würde ich rüberfahren und Wendy besuchen.«

»Es ist fast vier Uhr morgens, Sonny.«

Bei seinem neuen Namen zwinkerte er paarmal, hatte schließlich wieder Stimme. »Sie schläft nicht. Nachts, meine ich. Da schau ich immer vorbei. Hintenrum. Ich schmeiße ein paar Steinchen an ihr Fenster, und sie kommt raus.«

»Mach hinne«, sagte ich.

Ich ging rasch unter die Dusche, zog mich um und fuhr mit dem Lexus in Richtung Fancy. Auf halber Strecke griff ich zum Autotelefon – bei einem Mädchen Steine ans Fenster schmeißen kann man bringen, wenn man jung ist – wenn man noch an was *glaubt.*

»Hallo.« Ihre Stimme klang schwer und schläfrig.

»Ich bin's. Ich wollte sichergehn, daß du wach bist.«

»Ich … war's wohl nicht. Ich habe nicht gedacht, daß du kommst.«

»Hab ich doch gesagt.«

»Tut mir leid.«

»Fürs Denken kannste nix. Bis gleich.«

Alle drei Hütten waren dunkel. Im Haupthaus brannte Licht, etliche helle Punkte in der schwarzen Nacht. Wie ein Sternbild.

Fancys NSX stand achtlos geparkt mitten in der langen Auffahrt, als wäre er liegengeblieben. Einen weißen Rolls-Royce sah ich nirgendwo. Ich ging am Kotflügel des Lexus vorbei, zog die Pistole raus, steckte sie in die Jackentasche.

Fancy öffnete die Tür, das Gesicht ungeschminkt, die Haare zerzaust. Sie war barfuß, hatte ein kurzes blaues Nachthemd an. Nur von hinten kam etwas Licht, ein weicher Schein … vielleicht aus der offenen Badezimmertür? Ich zog meine Jacke aus, hängte sie über die Sofalehne. Sie ging drauf zu, griff danach.

»Faß sie nicht an«, sagte ich. »Laß sie einfach, wo sie ist.«

»Ja, Sir.«

»Fancy … «

»Sag mir, was ich machen soll.«

Herrgott, ich war müde. Körperlich, seelisch. Zu müde für Spiele. Für Ratespiele. »Dreh dich um«, sagte ich.

Sie tat es, wandte mir den Rücken zu, den Kopf leicht

gesenkt. Auf einer der Armlehnen der Couch entdeckte ich einen bernsteinfarbenen Glasaschenbecher – letztes Mal war er nicht dagewesen. Ich nahm ihn, schaute mich um. In der einen Ecke ein hellroter Überseekoffer mit zwei kräftigen Riemen außen rum, obendrauf ein dickes Kissen, wie eine Turnmatte. In der anderen Ecke ein vierbeiniger Holzstuhl mit rundem Sitz.

Alles bereit.

Ich stellte den Aschenbecher auf den Stuhl, hob ihn auf und trug ihn rüber, zum einzigen Sessel im Raum. Ich holte meine Zigaretten und eine Streichholzschachtel raus, legte sie neben den Aschenbecher.

Ich setzte mich in den Sessel, streckte die Beine aus. Müde wie nur was.

Fancy stand immer noch da, den Rücken zu mir. »Komm her, Mädchen«, sagte ich.

Langsam kam sie, Kopf gesenkt, Hände vor der Brust gefaltet. Als sie dicht vor mir war, langte ich hoch, nahm ihre linke Hand und zerrte sie runter. Sie geriet ins Torkeln, aber ich ließ nicht locker, drehte sie um, so daß sie mir auf den Schoß plumpste. Sie gab ein Gurren von sich, als ich ihr beide Hände auf die Hüfte legte, sie rumschob, bis sie seitwärts saß, das Gesicht an meinem Hals. Mit der rechten Hand tätschelte ich ihr den Hintern, stellte sie ruhig.

»Soll ich –?«

»Schhhhh«, sagte ich leise. »Halt einfach still.« Ich langte nach den Zigaretten, steckte mir eine an, lehnte mich zurück. Fancys Federgewicht ruhte auf mir, bestens ausbalanciert. Ich ließ Rauch ab und mit ihm einen Teil der Anspannung.

Schloß die Augen.

Fancy bewegte den Hintern, kaum mehr als ein schwaches Zucken.

»Burke?«

»Was?«

»Ist das … dein Ding?«

»Was?«

»So wie jetzt, magst du das?«

»Ich bin zu müde für Wortspielereien, Braut«, sagte ich leise. »Wovon redest du?«

Sie wandte das Gesicht um, so daß sie mir genau ins Ohr sprach, zart wie ein Baby.

»Wenn ich draufsitze. Wie in deinem Auto. Ich mag das auch. Ich bin ganz feucht. Fühl mal.« Und schnappte sich meine Hand, zog sie zu dem Dreieck zwischen ihren Schenkeln.

»Fancy, ich will dich auf meinem Schoß haben und halten. Verstanden?«

»Bloß halten?«

»Bloß halten, jetzt jedenfalls.«

»Ich dachte –«

Ich hob den Saum ihres Nachthemds, gab ihr einen Klaps auf die glatte Backe. »Halt den Mund. Ich dachte, du willst das machen, was man dir sagt.«

»Mach ich.«

»Dann sitz still, Braut.«

Gehorsam kuschelte sie sich an mich, und ein reiner, feuchter Geruch stieg von ihrer braunen Haut auf. Die Zigarette kokelte im Aschenbecher vor sich hin, als ich die Augen schloß.

Ich wachte auf, weil sich das Licht im Zimmer änderte. Fast Morgengrauen. Fancy schlief auf meinem Schoß, atmete durch den Mund. Ich wackelte leicht mit den Knien, damit sie zu sich kam.

»Wa . . . ?«

»Wach auf Fancy. Es ist Morgen.«

»Morgen?«

»Ja, Mädchen. Du hast fest geschlafen, aber wenn ich dich noch länger dalasse, krieg ich 'n lahmes Bein.«

»Tut mir –«

»Halt die Klappe, Braut. Ich kann's nicht mehr hören. Mach schon, steh auf. Ich will dich ins Bett bringen, bevor ich gehe.«

»Gehe?«

»Ach, komm schon«, sagte ich, ruckelte rum und schob sie hoch. Sie stand auf, rieb sich die Augen mit den Fäusten, unbefangen wie ein Kind. Als ich mich aufrappelte, war mein rechtes Bein eingeschlafen. Ich stampfte ein paarmal auf den Teppichboden, spürte die Nadelstiche, kriegte wieder Leben rein. Fancy stand einfach da, mit dicken Augen, immer noch leicht dösig.

Ich nahm sie an der Hand, führte sie nach hinten, zum Schlafzimmer. Schubste sie beinah aufs Bett. Sie lag auf der Seite, schaute zu mir hoch. Ich bückte mich, küßte sie neben den Mund.

»Wir sehn uns morgen«, sagte ich.

»Du könntest hier schlafen«, sagte sie. »Bei mir bleiben.«

»Ich muß . . . «

»Bitte. Bloß ein Weilchen. Bis ich wieder einschlafe.«

Ich setzte mich aufs Bett, streifte Stiefel und Socken ab. Ich zog alles aus, bis auf die Unterhose, ließ mich rücklings aufs Bett fallen. Fancy rollte sich an meine Brust, leckte sachte, gab leise Töne von sich. Sie zog die Beine an, Füße nach oben, wie ein Teenager beim Telefonieren auf der Couch. Ich streichelte sie durch das Nachthemd, nickte langsam weg.

Fancy legte mir die Hände flach auf die Brust, stemmte sich hoch, bis sie vor mir kniete. Sie griff mit beiden Händen zum Saum des Nachthemds, zog es hoch, über den Kopf, und schmiß es über die Bettkante. Die Brüste standen von ihrem Körper ab wie künstliche Ausbuchtungen, so schwer, daß sie in der Mitte fast zusammenstießen, mit dunklen Nippeln auf der bronzefarbenen Haut. Sie drückte den Rücken durch, präsentierte sie. Stolz.

Ich griff nach ihr, hielt ihren Nacken und zog sie runter, rieb mein Gesicht an ihrem einen Nippel, spürte, wie er steif wurde, als mein Eintagesbart drüberkratzte. Ich bewegte den Kopf, nahm den Nippel in den Mund, biß sachte drauf.

»Jaaaa«, stöhnte sie.

Ich ließ ihren Nacken los. Sie kniete immer noch, beugte sich so tief, daß ich über ihren Rücken runter zu der Spalte zwischen ihren Pobacken sehen konnte, und als sie den Rücken weit durchdrückte, verschmolzen die beiden Kugeln zu einem herzförmigen Ganzen. Ihre glänzenden Haare schimmerten im Morgenlicht, als sie nach dem Gummizug meiner Unterhose langte, dran zerrte. Ich lag flach auf dem Bett, half ihr nicht, aber sie zerrte weiter, bis sie sie runter hatte.

»Ha!« stieß sie aus, schaute mich grinsend an. Sie zog weiter, arbeitete sich rückwärts bis zum Fußende des Bettes vor, zog die Unterhose weg und schleuderte sie in Richtung Kommode. Sie senkte den Kopf und rückte vor, angriffslustig wie ein Stier. Ich spürte, wie sie mir mit der Zunge die Eier leckte, dann tiefer zulangte, und ein dumpfes Grunzen kam von irgendwo unterhalb ihrer Kehle.

Ich streckte die Hand aus, bekam ihre Haare zu fassen und zog. Sie rührte sich nicht, leistete Widerstand.

Ich zog fester. Sie wackelte mit dem Hintern, grunzte eine Tonart höher, blieb wie sie war.

»Fancy!«

Sie blickte auf, die grauem Augen jetzt weit offen, ein durchtriebenes Grinsen um den Mund. Dann senkte sie wieder den Kopf.

Ich kam mir vor wie geschwollen, jede Ader prallvoll, als würde mir gleich ein Blutgefäß platzen. Ich setzte mich auf, schob ihr die Hände in die Achselhöhlen und hievte sie hoch, bis ihr Gesicht vor meinem war. Sie stülpte sich über mich, nahm mich tief auf, wollte sich aufsetzen. Ich hatte sie weiter im Griff, zog sie an mich, zwang sie rittlings zu bleiben. Sie bockte mit dem Hintern, rammte mich mit jedem Stoß fast in den Boden. Ich fuhr mit der Hand über ihren glatten Rücken, strich an ihrem Rückgrat entlang, bis ich den kleinen Sporn am Ende fand, genau zwischen den Grübchen an ihrem Hintern. Ich drückte den Sporn, als wär's ein Abzug. Sie brabbelte mir irgendwas ins Ohr, irgendwas, das ich nicht mitkriegte.

Ihre festen Brüste prallten an meinen Oberkörper, glitschig vor Schweiß. Ich ließ den Finger unten an ihrem Rückgrat, drückte, bis ihr Hintern zu zucken anfing. Sie versuchte immer noch was zu sagen, keuchte heiser zwischen den Worten.

»Sag... mir... was... ich... tun... soll!«

Ich legte ihr die Hände auf die Hüfte, preßte sie an mich, während ich zustieß. »Komm, Braut«, sagte ich. »Jetzt.«

Sie ging so heftig ab, daß ich regelrecht spürte, wie sich die Temperatur in ihr veränderte. Sie hatte die Zähne an meinem Hals zusammengebissen, als ich auf ihren Rhythmus einstieg, ihr ins Ziel folgte.

Als ich wieder zu mir kam, fiel die Sonne schräg auf Fancys Rücken. Sie lag immer noch auf mir, auf die Ellbogen gestützt, und schaute mir in die Augen.

»Bist du wach?« fragte sie.

»Ich glaube schon.«

»Ich wollte mich nicht bewegen – wollte dich nicht aufwecken.«

»Danke.«

»Möchtest du duschen?«

»Gleich.«

»Zigarette?«

»Sicher.«

Sie rutschte von mir runter – zwischen ihren Beinen knisterte es leicht, als wir auseinanderglitten. Sie stand auf, reckte sich. Dann tappte sie ins Wohnzimmer. Kam mit einem Aschenbecher und meinen Zigaretten zurück, setzte sich aufs Bett, zündete eine für mich an. Ich nahm sie ihr ab, zog tief dran.

»Das habe ich noch nie gemacht«, sagte sie.

»Das?«

»Gefickt. So. Bis letzte Nacht. Ich meine, bis *vor*letzte Nacht, in deinem Auto.«

»Wie?«

»Mit einem Mann. In mir.«

»Schien ganz einfach reinzugehen.«

Sie nahm mir die Zigarette aus der Hand, zog dran, atmete aus. Ich beobachtete den Rauch, der nur aus einem Nasenloch quoll, spürte ihre Blicke, ohne sie zu beantworten.

»Ich… habe Sachen in mich gesteckt. Damit's mir kommt. Wenn ich mit dem Dominaspielen fertig war. Und manchmal auch, wenn ich bloß daran gedacht habe. Und ein paarmal hat sie's mir gemacht… mit einem Vibrator.«

»Wer?«

»Ist doch egal«, sagte sie. »Ich gehe jetzt unter die Dusche. Da ist noch eine, den Flur runter, wenn du magst.«

»Wir können hin. Sonntagabend«, sagte sie, die Hand auf meinem Arm, als wir in der Tür standen.

»Wohin?«

»Ins Rector's. Sonntagabend, tags drauf ist Montag. Da öffnen sie erst spät. Genau wie du wolltest. Okay?«

»Toll.«

»Hast du irgendwo Tätowierungen?« fragte sie.

»Was?«

»Tätowierungen. An deinem Körper. Ich ... konnte es im Dunkeln nicht sehen.«

»Nein.«

»Nirgendwo?«

»Nirgendwo«, sagte ich, und ich erinnerte mich wieder. Gewollt hatte ich schon eine, klar. Nicht während dieser kindischen Erziehungscamps, die ich als Jugendlicher absaß, aber bei meiner ersten schweren Einfuhr. Da drin gab's 'nen großen Tätowierkünstler, TKO Tony, einen stämmigen irischen Preisboxer, der wegen Körperverletzung saß. Aus dem Ring hatte er sich rausgesoffen, kämpfte sich aber grade zum besten Kneipenschläger aller Klassen hoch, als die Justiz ihn einkassierte. Er machte herrliche Sachen – Panther, Drachen, Schlangen, alles, was man wollte. Kostete vier Stangen Zigaretten oder eine Tüte Gras. Ich wollte ein gutes Blatt – Asse und Achten. Ich war ein Kid. Der Prof brachte mich rasch zur Besinnung, verklickerte mir die Tatsachen.

»Kunst am Körper is was für Banditen und Ballermänner, Schuljunge. Nichts für Profis. Willste in den Abstaubverein, mußte sauber sein.«

Er hatte recht, und ich wußte es. Tätowierungen waren was für die Typen, die lebenslänglich auf Raten absaßen.

»Das is nichts für mich«, sagte ich zu ihr.

»Darf ich mir eine machen lassen?«

»'ne Tätowierung?«

»Ja.«

»Ich ... denke schon. Warum willst du eine?«

»Ich möchte ein Zeichen. Dein Brandzeichen.«

»Halblang, Mädchen. Auf dem Tennisplatz macht sich so was nicht besonders.«

»Bitte!«

»Laß mich drüber nachdenken, okay?«

»Okay. Wo bist du –?« Sie schnappte meinen Blick auf, riß sich zusammen. »Tut mir leid. Ich ... «

»Ich ruf dich an«, sagte ich. »Bleib hier.«

Sonny arbeitete in der Auffahrt, als ich vorfuhr. Er hatte den Plymouth in der strahlenden Sonne stehen, sämtliche Fenster und Türen weit offen, Vorderteil und Kofferraum aufgeklappt, lüftete ihn durch, einen Wasserschlauch in der Hand, einen großen Eimer mit Seifenwasser neben sich.

»Gute Idee«, sagte ich.

»Den Unterboden mache ich später. Ich habe einen Hochdruckaufsatz für den Schlauch – das ist fast wie ein Dampfstrahl.«

»Du bist 'n Naturtalent«, sagte ich. »Manche Leute, denen muß man sagen, daß sie ihr Werkzeug saubermachen sollen, nachdem sie's benutzt haben. Weißt du, was du sagen sollst? Falls dich die Cops fragen, wo du letzte Nacht warst?«

»Ich ... ich glaube nicht.«

»Okay, hör zu. Den Cops mußte immer irgendwas erzählen, was so dicht an der Wahrheit dran ist, wie's nur geht. Denen ihr Trick isses, dich bei 'ner Lüge zu ertappen, so was wie ein loser Faden im Gewebe, verstehste? Sie ziehn an dem Faden, und die ganze Sache räufelt auf. Deshalb hältst du's immer so einfach, wie du kannst. Letzte Nacht? Du bist in der Gegend rumkutschiert, das Auto ausprobieren, an deiner Taktik für das Rennen am Sonntag arbeiten, klar?«

»Yeah. Selbst wenn wir gesehen worden wären ... «

»Eben. Wenn ich hier in der Gegend was zu arbeiten hätte und ein Auto bräuchte, würde ich das nicht nehmen.«

»Weil's hier auffällt, stimmt's?«

»Stimmt.«

Das Kid nickte, schaute zu dem Lexus. Ich konnte gradezu spüren, wie es in seinem Kopf arbeitete, aber er sagte nichts.

Ich ging nach oben, zog mich um. Als ich wieder runterkam, stand der Plymouth immer noch offen in der sauberen Sommerluft, aber der Junge war weg. Ich fand ihn im Haus, am Küchentisch.

»Wollen Sie was essen?« fragte er.

»Ich könnte mit Sicherheit was brauchen.«

»Ich habe Roggenbrot. Frisch aus der Bäckerei. Und Ananassaft.«

»Du bist auf Zack, Sonny.«

Er zog den Kopf ein. Legte ein paar Scheiben Brot in den Toaster, während ich meine Vitamine auspackte. Wir aßen friedlich, schweigend. Ich merkte, daß er etwas loswerden wollte – beschloß, ihm zu überlassen, wann.

Er wartete, bis ich fertig war, beobachtete mich aus dem Augenwinkel. Dann zog er ein Stück hellblaues Papier, ordentlich gefaltet, aus der Tasche.

»Burke?«

»Yeah?«

»Das hat mir Wendy gegeben. Letzte Nacht. Es ist ein Gedicht. Über Lana. Möchten Sie es sehen?«

»Sicher.«

Er reichte es rüber. Es war von Hand geschrieben, kleine, ordentliche Buchstaben, kerzengrade … beinah wie gedruckt

LANA

KANN ICH RÜBERKOMMEN?
NOCH NICHT.
DU FEHLST MIR SO.
NIMM DIR ZEIT.
BIST DU NOCH TRAURIG?
AUF ANDERE ART
BIST DU DORT EINSAM?
HIER NICHT.
WARUM DANN DIE TRAUER?
WEIL ICH NICHT ZURÜCK KANN.
MÖCHTEST DU DENN?
NICHT DAHIN.
LANA, WARUM BIST DU FORT?
ICH MUSSTE FORT. DU WEISST DOCH, WARUM:
ICH MUSS AUCH FORTGEHN.
JA. ABER DU MUSST NICHT HIERHER:
WOHIN DANN?
WIRST DU SCHON SEHN.
ICH SEH'S ABER NICHT.

DANN SCHAU! SCHAU AUF MORGEN.
WAS IST MORGEN?
MORGEN KOMMT IMMER WIEDER.
DAS IST ABGEDROSCHEN.
NICHT VON HIER AUS.

Ich schaute rüber zu Randy. »Hat sie dir das gegeben ... oder hast du's genommen?«

»Sie hat's mir gegeben. Warum?«

»Verstehst du, was sie dir damit sagen will?«

»Ich ... glaube schon. Sie hat gesagt, daß Lanas Mutter ständig auf sie eingedroschen hat. Keine ... richtigen Schläge oder so. Aber sie hat gesagt, Lana wäre ein Dreckstück. Häßlich. Blöde. Ständig im Weg. Ihre Mutter, die hat immer Zeug rumliegen lassen, damit Lana es findet. Wenn sich in der Zeitung ein Mädchen umgebracht hat, hat ihre Mutter den Artikel hingelegt. Sie hatte ganz lange Haare, hat mir Wendy erzählt. Lana, meine ich. Ganz lang. Sie hat sie nicht mehr schneiden lassen, seit sie ein kleines Kind war. Eines Tages hat ihre Mutter sie ihr abgeschnitten. Als sie geschlafen hat. Sie glaubt, daß ihre Mutter was in ihr Essen getan hat, um sie auszuknocken. Als sie aufwachte, war alles abgesäbelt. Ihre Mutter hat sie ständig genervt, sie soll ein bißchen ... modebewußter sein. Sie wollte, daß sie kurze Haare hat, aber Lana hatte keine Lust. Also hat sie sie einfach abgeschnitten. Dann ist sie mit ihr in den Schönheitssalon gegangen, damit die's wieder in Ordnung bringen.«

»Scheißfreakbraut.«

»Genau das war sie, wissen Sie. Ich hab sie nie getroffen, aber Lana hat Wendy Sachen erzählt. Das Gedicht, das ist, als würde Lana sagen, vielleicht hätte sie lieber weglaufen sollen. Das kann man immer machen.«

»Meinst du, Wendy will durchbrennen?«

»Yeah. Nicht so… auf die Straße oder so. Aber weg von… hier. Aus der Gegend, meine ich. Hier ist alles tot, sagt Wendy. Früher habe ich gedacht, sie… spinnt ein bißchen, wissen Sie? Aber ich sehe es ein, verstehe, was sie meint.«

»Ich auch.«

»Und Sie glauben nicht, daß sie… ich meine, dieses Gedicht… Sie finden es nicht verrückt, mit jemand zu reden, der tot ist?«

»Ist bloß ein Gedicht, Sonny«, sagte ich. Aber mein Gefühl sagte mir was anderes. Vielleicht gab es da ein paar offene Kanäle. Vielleicht waren sie dicke genug gewesen, das psychisch mißbrauchte Mädchen und ihre Freundin, deren Seele das Totenreich erkundete. Ich hatte lange nicht mehr mit Wesley gesprochen. »Ich weiß nicht, wohin ich gehe, aber schickt mir lieber niemand hinterher.« Sein Abschiedswort. Kurz bevor er sich ins Leere jagte. Ich höre die Stimme des Eismonsters immer noch in mir, wenn ich jage. Wesley, der seinen einschmeichelnden Killersong singt. Der Beste, das war er. Niemand konnte Hand an ihn legen, bis er müde wurde. So müde, daß er selber Hand an sich legte. Mit ein paar Stangen Dynamit. Noch aus dem Grab verbreitet sein Name Schrecken.

Und als ich das letzte Mal diesen Song hörte, starb ein Kind.

»Wird Zeit, daß wir einen Zahn zulegen«, sagte ich zum Kid. »Und ich brauche dich zur Rückendeckung.«

»Zum Fahren?«

»Nein. Noch nicht jedenfalls. Ich muß zu diesem Doktor Barrymore. Ein bißchen mit ihm reden. Ich rufe ihn einfach an, mache ’nen Termin aus, wenn er mich empfängt. Und du mußt mich decken – sag ihm, deine Mutter hat mich engagiert, du kennst die Geschichte.«

»Okay. Wann wollen Sie’s tun?«

»Jetzt«, sagte ich und steuerte die Telefone im Wohnzimmer an.

Im Branchenverzeichnis standen unter Crystal Cove zwei Nummern, eine lokale und eine gebührenfreie. Ich probierte es über die hiesige, fragte nach Barrymore.

»Bitte warten Sie« – eine Frauenstimme, angenehm tüchtig. Eine Art New-Age-Muzak leistete mir Gesellschaft. Dann:

»Büro Doktor Barrymore.« Eine andere Frau, die so klang, als wäre das Gleichgewicht zwischen angenehm und tüchtig etwas zu weit ins Tüchtige gekippt.

»Guten Morgen. Ob ich wohl mit Doktor Barrymore sprechen könnte?«

»Wen darf ich bitte melden?«

»Mein Name ist Burke. Ich rufe im Auftrag von Misses Lorna Cambridge an.«

»Ich werde sehen, ob er zu sprechen ist.«

»Vielen Dank.«

Diesmal gab’s keine Warteschleife mit Musik, bloß kostspieliges Glasfasersummen.

»Hier Doktor Barrymore.«

»Guten Morgen, Doktor. Mein Name ist Burke. Ich bin Privatdetektiv, von Misses Cambridge beauftragt. Sie und einige andere haben sich Sorgen gemacht wegen gewisser Schwierigkeiten von Jugendlichen aus der Gegend, und man sagte mir, Sie wären der führende Fachmann hier. Ob Sie wohl ein paar Minuten Zeit für mich erübrigen können? Wann immer es Ihnen angenehm ist.«

»Ich bin mir nicht sicher, ob ich den Bereich Ihrer Ermittlungen verstanden habe, Mister Burke.«

»Tja, am Telefon läßt sich das ein bißchen schwierig erklären. Wenn ich vorbeikommen und mit Ihnen sprechen könnte ... «

»Lassen Sie mich einen Blick in meinen Kalender werfen, Lydia meldet sich wieder bei Ihnen.«

»Haben Sie herzlichen Dank. Ich wohne derzeit im Haus von Misses Cambridge. Die Nummer ist –«

»Oh, schon in Ordnung. Lydia wird nachgucken. Wir melden uns in ein, zwei Tagen; ist Ihnen das recht?«

»Vollkommen, Doktor. Und danke für Ihre Mühe.«

»Keine Ursache«, sagte er und legte auf.

»Habt ihr einen Anrufbeantworter?« fragte ich das Kid.

»Yeah. Steht irgendwo rum. Ich benutze ihn nie.«

»Tja, dann stöpseln wir ihn mal an. Ich will sicher sein, daß ich die Nachricht mitkriege, wenn dieser Barrymore anruft.«

»Ich kümmere mich drum.«

»Okay. Biste 'ne Weile da?«

»Ja. Wendy hat gesagt, daß sie ... vielleicht vorbeikommt. Außerdem will ich noch ein bißchen am Auto arbeiten.«

»Yeah. Hör zu, Sonny, isses okay, wenn ich den Miata nehme?«

»Klar«, sagte er achselzuckend. »Wieso?«

»Ich bin letzte Nacht wo gewesen, während du bei Wendy warst. Mich umschaun. Falls mich jemand beobachtet hat, will ich nicht, daß er mir zu schnell auf die Schliche kommt.«

»Die Schlüssel stecken«, sagte er.

Der Miata war kein Vergleich mit dem alten Alfa meines Freundes. Er sah gar nicht so anders aus, fühlte sich aber solide an, wie aus einem Guß. Ich ging ein paarmal die Gänge durch, um ein Gefühl dafür zu kriegen, aber da war nichts Besonderes, keine Hakeleien. Ich dachte, daß Kid hätte vielleicht ein bißchen was dran gedreht, aber der Miata fuhr sich wie stinknormal vom Band.

Per Taschentelefon rief ich Fancy an. »Biste schon auf und wach?«

»Ich bin seit Stunden auf. Mir geht's wunderbar.«

»Yeah, sicher. Ich bin auf dem Weg.«

»Ich bin draußen. Ganz hinten. Am Treibhaus. Komm einfach hinter, okay? Kann sein, daß ich die Tür nicht höre.«

Das Grundstück wirkte so verlassen wie immer. Fancys Auto stand an derselben Stelle wie letzte Nacht. Ich parkte den Miata vor ihrem Cottage, ging nach hinten.

Sie war im Treibhaus, barfuß, trug einen kurzen gelben Faltenrock, dazu eine weiße, vorne geknöpfte Bluse.

»Der hier ist über hundert Jahre alt«, begrüßte sie

mich und deutete auf einen der Bonsaibäume. Der winzige Stamm wirkte alt und knorrig. Die Zweige reckten sich alle in eine Richtung, wie von einem starken Wind gebogen.

»Was für einer ist das?«

»Eine Zypresse. Eine der Grundarten.«

»Wo hast du so was gelernt?«

»Ich habe einen Kurs gemacht. Auf dem College. Und gelesen habe ich auch einiges. Bei Bonsais kommt's darauf an, daß man eisern ist. Gnadenlos. Man muß sie ständig zurückstutzen, die Drähte stramm halten, dahinter her sein. Wenn man nicht genau aufpaßt, werden sie zu groß.«

»Sie sind zauberhaft.«

»Stark, das sind sie. Sie leben viel länger als wir. In Japan gibt man sie von Generation zu Generation weiter.«

»Was ist das?« fragte ich und deutet auf eine Hängeampel mit einem Wirrwarr zerbrechlicher Stiele und Blätter.

»Das ist eine Bromelie. Es sind Epiphyten... sie wachsen auf anderen Pflanzen. Ohne Wurzeln.«

Irgendwas schoß mir durch den Kopf. Rasch wechselte ich das Programm – den Film hatte ich schon mal gesehen.

Ich schaute ihr eine Weile zu. Mit einer kleinen Schere beschnitt sie die Zweige, zog die Drähte nach, mit denen sie sie in die gewünschte Form bog. Zum Schluß sprühte sie einen feinen Wasserschleier drüber, bückte sich und verteilte die Feuchtigkeit mit ihrer Puste. Als sie fertig war, machte sie eine kleine Verbeugung in Richtung Bonsai.

»Magst du ein bißchen draußen sitzen?« fragte sie.

»Sicher.«

Sie führte mich zu einer kleinen, gediegenen Veranda. Das Holz war weiß verblichen, wie bei einem gestrandeten Segelschiff. In den Ecken standen fest eingebaute Kübel mit Blütenpflanzen. Jeder von uns nahm sich einen Sessel an einem runden Tisch mit matter Glasplatte.

»Ich will, daß du was für mich erledigst«, sagte ich.

»Was? Ich meine, ja.«

Ich erklärte, was ich wollte.

»Ich muß ein paar Anrufe machen«, sagte sie. »Aber ich kriege genau das Richtige, das weiß ich.«

»Rechtzeitig?«

»Na klar. So was kostet allenfalls Geld.«

»Wieviel?« sagte ich und wollte in die Tasche greifen.

»Oh, das übernehme ich.«

»Tust du nicht. Du kannst die Asche vorschießen, wenn du willst, aber ich komme dafür auf, sobald du mir den Preis sagst.«

»Ist das 'ne Art Selbstbestätigung?«

»Hä?«

»Daß du zahlen mußt, weil du der Mann bist? Genau das denken meine Freier auch. Der Mann zahlt.«

»Darum geht's nicht. Ich muß sie bezahlen, weil sie von mir kommen muß, verstanden? Und was deine Freier angeht, das is auch keine Männersache. Wenn du's mit Frauen machst, bezahlen die doch auch, oder? Dadurch haben sie das Sagen.«

»Wenn ich Domina bin, habe *ich* das Sagen.«

»Meinst du? Dann wärste echt die erste. Das ist alles Käse, Fancy. Bloß ein Spiel. Egal, was du machst, *sie* müssen es wollen... sonst gehn sie woanders hin. Wenn Geld im Spiel ist, tanzt du nach ihrer Pfeife – sie haben den Schlüssel zur ihren eigenen Handschellen. Das ist viel komplizierter, als du denkst.«

»Oder weniger, als du denkst – wenn du bloß die

Augen zumachen würdest, würdest du mich besser erkennen.«

»Fancy –«

»Ich mag mich nicht streiten«, sagte sie, stand auf und ging zum Geländer, schaute von mir weg. »Ich will eine Tätowierung«, sagte sie, beugte sich vor und stellte sich auf die Zehen, so daß die Ellbogen auf dem Geländer ruhten. Schlug mit einer kessen Handbewegung den gelben Rock hoch. Erst dachte ich, sie wäre drunter nackt, aber dann sah ich den schwarzen Strang tief zwischen ihren Backen – ein Tanga, der kaum ihr Geschlecht verhüllte. »Genau da«, sagte sie, schaute über die Schulter und tätschelte ihr rechtes Hinterteil. »Darf ich?«

»Komm mal her«, sagte ich. Gehorsam kam sie angetappt, tanzende Lichter in den Augen. Ich deutete auf den Sessel. Sie setzte sich hin, ließ den Rock oben, so daß sie auf dem blanken Hinterteil hockte, zog einen leichten Flunsch.

»Eine Tätowierung hält ewig, Fancy.«

»Ich will eine«, sagte sie, starrköpfig wie ein trotziges Gör.

»Okay, ich hab ’ne Idee. Wie wär’s, wenn ... «

Wir hörten beide im Haus Stöckelschuhe klacken, auf uns zukommen. Ich drehte mich grade um, als eine Frau durch die Hintertür auf die Veranda trat. Eine gertenschlanke Frau in krachengen, winzigen weißen Shorts, lange Beine in weißen Söckchen mit einem Band aus roten Herzen und roten Stöckelschuhen. Sie trug ein strammsitzendes weißes Oberteil, das knapp unter den Brüsten aufhörte, den flachen Bauch entblößte. Ihre Haare waren lang, grade nach hinten gekämmt, und reichten ihr über die Schulter, dunkel, mit in der Sonne rötlich schimmernden Strähnen. Die

Haut war weiß, mit einem Hauch Rosé. Sie sah aus wie fünfundzwanzig.

»Oh, du hast Gesellschaft«, sagte sie zu Fancy.

Fancy rührte sich nicht, wandte den Blick nicht von der anderen Frau. »Burke«, sagte sie, »darf ich vorstellen: meine Schwester. Charm.«

Ich stand auf, streckte die Hand aus. Sie nahm sie, schaute mich an, ein wissendes Glitzern in den porzellanblauen Augen, wie ein Schulterholster unter einer aufklaffenden Jacke. Unabsichtlich? Oder eine Warnung?

Ich erwiderte ihren Blick. Meine Augen waren ausdruckslos, aber auch ich wußte ein bißchen Bescheid – diese Frau hatte ich schon mal gesehen.

Auf Fancys Schoß, mit hochgeschlagenem Rock.

Es dauerte eine ganze Weile, bis jemand was sagte. »Ich wollte dich bloß fragen, ob du mit einkaufen kommst«, sagte Charm zu Fancy.

»Ich bin im Augenblick beschäftigt«, sagte Fancy und schaute in die Ferne.

»Ich seh's«, sagte Charm und ließ den Blick auf ihrer Schwester ruhen, bemerkte den in Fancys Schoß zusammengeknüllten Rock, den bloßen Hintern. Sie trat hinter Fancy, strich ihrer Schwester über die Haare, bückte sich und gab ihr einen Kuß auf die Backe. »Bist du sicher, daß du deine Meinung nicht änderst?«

»Ja«, sagte Fancy, schaute nach wie vor weg.

»Ich dachte, ihr zwei wärt Zwillinge«, sagte ich zu Fancy, versuchte den Bann zu brechen.

»Wir sind keine eineiigen«, antwortete statt dessen Charm. »Genaugenommen waren wir ursprünglich zu dritt. Wenn unsere nichtsnutzige Mutter sich für Abtreiben entschieden hätte, wär's Massenmord gewesen. So haben es nur zwei von uns lebend geschafft.«

»Dann seid ihr also zweieiige Zwillinge?«

»Aber keine zweigeschlechtlichen«, sagte Charm mit einem Tonfall, in dem etwas mitschwang, das an Verachtung grenzte. »Wir sind Geschwister. Schwestern, ohne Bruder.«

»Schon kapiert.«

»Gut«, sagte sie abschätzig. »Kennst du ihn schon lange?« fragte sie Fancy.

»Lange genug«, sagte Fancy, bewegte die Schulter und entzog sie Charms Hand.

»Benimmt er sich auch anständig?« Charm lächelte. »Dein Mister Burke sieht aus wie ein ganz Schlimmer.«

»Sind Sie sicher, daß Sie sich da auskennen?« fragte ich, ging auf Blickkontakt.

»Sie sind nicht von hier«, sagte sie, als wäre das die Antwort drauf.

»Ich arbeite hier, derzeit.«

»Ach ja? Als was?«

»Dies und das.«

»Oh, haben Sie etwa Geheimnisse?«

»Massenhaft.«

»Mal sehen«, sagte sie und lächelte wieder. »Bis später, Schwesterherz«, sagte sie, bückte sich und gab Fancy noch einen Kuß. Sie ging genauso, wie sie gekommen war, mit schwingenden Hüften, ohne Schaukeln. Eine Drohung, kein Versprechen.

Ich langte nach den Zigaretten auf dem Tisch, nahm aus dem Augenwinkel Fancy wahr. Sie nagte an ihrer Unterlippe, das Gesicht schweißgebadet.

»Was ist los?« fragte ich.

»Sie … immer meint sie, sie weiß Bescheid. Du warst unheimlich gut. Ich habe nicht gewußt, daß es so laufen würde. Ich meine, ich wußte, daß du sie kennenlernen würdest. Deswegen habe ich dir ja das Video gezeigt. Ich dachte, das wäre ein guter Streich. Auf ihre Kosten, mal zur Abwechslung. Aber du hast dir nichts anmerken lassen. Hast du sie nicht …?«

»Klar hab ich.«

»Oh. Burke? Können wir … irgendwo hingehen?«

»Wohin?«

»Irgendwohin. Weg von hier. Ja?«

»Gehn wir«, sagte ich.

Sie stieg vorne in den Miata ein, schnallte sich wortlos an. Ich startete, fuhr los. Sie schwieg weiter, schaute runter auf ihren Schoß. Ich steuerte in Richtung Innenstadt, fand einen Parkplatz.

»Bleib hier«, sagte ich. Sie rührte sich nicht.

Ich hatte etwa eine halbe Stunde zu tun, bis ich alles beisammen hatte, was ich wollte. Das ist das Angenehme an reichen Städten – der Lebensmittelladen hatte eine riesige Auswahl, und in einem Schreibwaren- und Künstlerbedarfsgeschäft gab's genau das, was ich brauchte. In zwei umweltfreundlichen Tüten mit aufgedrucktem Ladenlogo trug ich alles zurück zum Auto, packte es in den Kofferraum.

Fancy saß noch genauso da wie vorher, schaute immer noch in ihren Schoß, Sicherheitsgurt eingerastet.

Ich machte die Tür auf, langte über sie weg und klinkte den Gurt aus. »Komm«, sagte ich, nahm sie an der Hand und zog sie hoch. »Faß mal kurz mit an«, sagte ich und deutete auf das Stoffverdeck des Miata.

Gehorsam hakte sie auf ihrer Seite das Verdeck los, half mir beim Zusammenfalten. Wir stiegen wieder ein und zischten los. Raus aus der Stadt, kreuz und quer durch die Gegend, bis ich auf die Landstraße stieß, die nach Crystal Cove führte. In den Kurven spielte ich ein bißchen mit dem Miata – im oberen Drehzahlbereich fühlte sich das kleine Auto anscheinend wohler.

Fancy hatte noch immer kein Wort gesagt. Wir waren auf einer schnurgeraden Asphaltpiste. »Knöpf deine Bluse auf«, sagte ich.

»Was?«

»Knöpf deine Bluse auf, Braut«, sagte ich noch mal, gab ihr einen leichten Klaps auf die Schenkelseite.

Sie machte zwei Knöpfe auf, sagte nichts. »Noch einen«, sagte ich, und als sie gehorchte, griff ich in ihre Bluse, tastete nach dem Verschluß. Er war vorne, ein harter Knopf zwischen ihren schweren, prallen Brüsten. Ich ließ ihn aufschnappen, und raus kamen sie.

»Sehr schön«, sagte ich und griff ihr unter den weiten Rock. Sie schaute vor sich. Ich fand durch die Baumwolle ihr volles Geschlecht, kniff zu. Sie quiekte leise auf. Ich kniff fester zu, spürte, wie die Nässe kam.

»Wirste dich benehmen?« fragte ich.

»Ja, Sir«, sagte sie, schaute immer noch runter.

»Wirste tun, was ich will?«

»Ja, Sir. Au!« brüllte sie, als ich fester kniff.

»Was ich will, ist ein munteres, fröhliches Mädchen, das mit mir picknicken geht, klar?«

»Ja.«

»Dann *benimm* dich entsprechend. Mach dein Oberteil dicht. Und gib mir 'nen Kuß.«

Sie knöpfte BH und Bluse wieder zu, drehte sich im Sitz rum und küßte mich auf die Backe. Ich tätschelte ihr Knie, fuhr weiter, bis ich auf die Stelle stieß, von der aus wir die Klinik beobachtet hatten. Ich steuerte den Miata von der Straße runter. Sollte mich jemals jemand danach fragen, war ich schon mal da, astrein.

Ich machte den Kofferraum auf und holte einen Teil von dem Zeug raus, das ich gekauft hatte. Hinten waren keine Decken drin – ich nehme an, reiche Kids brauchen keine.

Wir liefen ein Stück, bis ich eine Stelle unter einem Baum fand. Ich zog meine Jacke aus, breitete sie auf den Boden. »Setz dich, Braut«, sagte ich ihr. »Ich hoffe, die is groß genug für deinen fetten Arsch.«

»Einigermaßen«, sagte sie kichernd, und ihr Gesicht bekam langsam wieder etwas Farbe.

Ich packte die große Papiertüte aus. Gab Fancy ein dick belegtes Croissant.

»Was ist das?« fragte sie.

»Heilbuttsalat. Der Typ im Laden hat behauptet, das wär der letzte Schrei.«

»Hmmm«, sagte sie und biß rein. »Ist ja köstlich. Was hast du dir besorgt?«

»Roastbeef und gehackte Leber«, sagte ich und biß in mein Pumpernickelbrot.

»Huch, die volle Cholesterindröhnung!«

»Halt die Klappe – das tut dir gut.«

»Oh, sicher«, sagte sie mit vollem Mund, und ihre Augen lebten wieder auf.

Ich reichte ihr eine kleine Flasche Champagner, machte mir eine Flasche Ginsenglimo auf.

»Trinkst du niemals?« fragte sie.

»Nein.«

»Wieso?«

»Ich war in Übersee. In Afrika. Mitten in einem blöden Krieg, vor langer Zeit. Ich hab Malaria gekriegt, und noch einiges andere. Hat mir die Leber ruiniert. Bei Sprit habe ich das Gefühl, mir läuft Salzsäure durch die Eingeweide.«

»Oh, du armer Mann.«

»Weil ich keinen Alkohol vertrage? Dolles Ding.«

»Nein, ich meine... im Krieg. Und die ganzen Krankheiten. Das muß schrecklich gewesen sein.«

»Is vorbei«, sagte ich. »So geht's mit allem. Man überlebt es, und dann isses vorbei.«

»Manches«, sagte sie.

Ich hielt meine Sprudelflasche hoch, beugte mich der Wahrheit.

Die Sonne war warm. Wir beendeten unser Mahl. Ich legte mich auf den Rücken, den Kopf in Fancys Schoß, rauchte eine Zigarette, beobachtete die Wolken. Wartete.

»Sie meint immer, sie weiß alles«, sagte Fancy. »Ständig muß sie obenauf sein. Charm... die hat ein reizendes Leben, ganz klar.«

»Was hat dich so gestört?«

»Hast du gesehen, wie sie dich angeguckt hat? Und mich?«

»Yeah.«

»Genau das hasse ich an der Szene so – nie hat man irgendwas Persönliches. Irgendwas für sich. Deswegen sind die Videos ja so egal – die wissen sowieso über einen Bescheid. Die sagen, es ist so was wie 'ne Familie … die Spankingleute sagen das jedenfalls. Wir gegen sie, weißt du?«

»Yeah.«

»Na ja, das stimmt nicht. Das stimmt einfach nicht. Es ist eine Art … Sex, nehme ich an – es ist nicht *alles*. Aber bei denen ist es das ein und alles. So sieht Charm das – wenn sie weiß, worauf du stehst, kennt sie *dich*. Sie hat mich da sitzen sehen … ich wollte sie verwirren, bloß einmal.«

»Warum könnte ich nicht einfach ein Freund von dir sein?«

»Weil ich einen Freund nicht bei mir zu Hause hätte. Keinen männlichen Freund. Ich hatte sowieso nie einen.«

»Keinen einzigen Freund? Nicht mal in der Schule?«

»Manchmal. Aber nie lange.«

»Warum würde es dich so sehr stören, wenn Charm mich für einen Freier hält?«

»Weil du's nicht bist, das ist alles. Sie will immer alles rauskriegen. Wie Sachen funktionieren. Schlüssel sagt sie dazu. Sie ist Biochemikerin. Sie hat sogar ihr eigenes Labor.«

»Wo?«

»In ihrem Cottage. Sie hat genauso eins wie ich, aber sie wohnt nicht da. Sie wohnt im Haus.«

»Ganz allein?«

»Abgesehen vom Personal, ja.«

»Deine Eltern sind …?«

»Tot. Meine Mutter hatte eine Art Schlaganfall. Ein Blutgefäß in ihrem Kopf ist geplatzt. Ist schon lange her.«

»Was ist mit deinem Vater passiert?«

»Er hat sich umgebracht«, sagte Fancy, während sie mit den Fingern in meinen Haaren spielte. »Er hat eine

Nachricht hinterlassen. Auf Computer. Dann nahm er Schlaftabletten. Eine ganze Menge.«

»Tut mir leid.«

»Muß es nicht«, sagte sie.

Sie hatte die Tür auf, kaum daß ich den Miata in der Auffahrt zum Stehen gebracht hatte.

»Wo brennt's?« fragte ich.

»Ich habe was vergessen«, sagte sie, klang zerknirscht. »Erinnerst du dich, worum du mich gebeten hast? Ich muß mich ranhalten, telefonieren, rauskriegen ... «

»Mach langsam, Kleines. Es geht nicht um Leben und Tod.«

»Für mich schon. Ich habe gesagt, ich mache es. Ich habe dir versprochen, daß ich's mache. Ich will, daß du mir vertraust.«

»Ich vertraue dir«, sagte ich, packte sie an der Bluse, zog sie dicht ran und küßte sie. Dachte an die anderen Videos, in denen sie mitspielte – diejenigen, die sie mir noch nicht gezeigt hatte. Ich gab ihr die andere Papiertüte, die ich mitgenommen hatte. »Stell sie in dein Wohnzimmer. Und mach sie nicht auf, Braut.«

»Was ist da drin?«

»Wirste sehn.«

»Wann?«

»Heut abend. Wenn's dunkel ist.«

Der Plymouth war weg. Ich ging nach oben. Fand außen an der Tür eine mit Tesafilm angeklebte Nachricht.

»Bin um 5 zurück«, stand drauf. Unterschrieben: »Sonny«.

Ich zog mich um, froh, daß ich nichts von Michelles Sachen getragen hatte – mit Grasflecken auf dem feinen Zwirn hätte ich ihr nicht unter die Augen treten wollen. Ich nahm den Lexus, fuhr rum, bis ich ein Münztelefon fand. Wählte den Maulwurf an. Er meldete sich wie immer: schweigend.

»Ich bin's«, sagte ich. »Sonntag ist die beste Zeit zum Reingehn. Irgendwann zwischen morgens um elf und nachmittags um vier. Ich lass ein Auto auf dem Parkplatz der Three Trees Mall, außerhalb der Stadt. Terry kennt es – er hat den Schlüssel.«

Der Maulwurf grunzte – schwer zu sagen, ob er überrascht war.

»Sag ihnen, sie sollen das Auto nehmen, wenn sie reingehn. Es zur selben Stelle zurückbringen, wenn sie fertig sind. Sieht's irgendwer in der Auffahrt stehn, macht er nicht die Pferde scheu.«

»Okay.«

»Ich komme zurück, Sonntagnacht, in Ordnung?«

»Ja.«

»Ich habe den Lieferservice satt«, sagte ich zum Kid. »Wie wär's, wen wir irgendwo hingehn, richtig zu Abend essen?«

»Okay, klar. Wo wollen Sie hin?«

»Irgendwohin, wo jemand anders für einen kocht, am besten vor Ort.«

Er grinste mir kurz zu. Wir nahmen den Lexus. »Nur noch zwei Tage bis zum Rennen«, sagte er wie zur Erklärung.

»Willste dem Biest 'ne Pause geben?«

»Darum geht's nicht. Ich will bloß nicht, daß es jemand sieht, bevor ... «

»Schon kapiert.«

Der Laden, in den er uns brachte, sah aus wie ein riesiger Diner aus den Fünfzigern, nur Glas und Chrom, sämtliche Sitzplätze in Fensternähe. Der Parkplatz war halbvoll, hauptsächlich die Art Sportwagen, die reiche Leute ihren Kindern kaufen. Wir fanden hinten eine Nische. Die Bude war rammelvoll mit Kids um die Zwanzig, alle schwer damit beschäftigt, sich szenemäßig von der Kneipe abzuheben.

»Hast du Gaby gesehen? Die ist total aufgedonnert. Dieses Katzenaugen-Make-up, das ist ja so was von verschärft«, flötete ein Mädchen einem anderen zu. »Ich könnte ihr den Hals umdrehen, der Braut!«

»Yeah, is irre geil, schon klar. Aber damit bin ich ... ja was denn?« erwiderte ihre Freundin.

Darauf wußte ich echt keine Antwort.

Die Speisekarte lockte mit Steak auf »zwölferlei internationale Art« sowie einer »umfassenden Auswahl an Edelbieren«. Das Kid wollte Hamburger, ich entschied mich für Bulette, rechnete mit dem Schlimmsten.

Die Bedienung war dürr und spülwasserblond, mit dickem schwarzen Make-up um die Augen, das ihr den heißbegehrten Waschbärlook verlieh. Im Nu nahm sie unsere Bestellung auf und zog ohne überflüssige Bewegungen wieder ab. Das Essen wurde auf großen weißen Tellern serviert. Riesenportionen. Die Boulette war ein schwerer, saftiger Apparat mit dicker, leckerer Kruste. Das Kartoffelpüree schmeckte, als käm's direkt aus der Schale. Sogar das Mischgemüse wirkte frisch, aber ich rührte es trotzdem nicht an. Der Junge hielt den Burger mit beiden Händen fest und schlang ihn runter, daß ihm der Saft übers Kinn lief.

Die Bedienung räumte die Teller weg, fragte, ob's noch was sein dürfte.

»Ist der Zitronenkuchen gut?« fragte ich.

»Hat Ihnen die Bulette geschmeckt?« erwiderte sie.

»Und ob!«

»Der Kuchen ist noch besser. Wird jeden Tag frisch gebacken.«

»Bin dabei«, sagte ich. »Sonny?«

»Einen Eisbecher mit heißer Karamelcreme«, sagte das Kid. Sein Geschmack war einwandfrei.

Ich war mit meiner Verdauungszigarette beschäftigt, als ich sah, wie das Kid aufblickte, irgendwas hinter meinem Rücken beobachtete. Ich drehte mich nicht um.

»He, da is ja mein Junge! Wie geht's, wie steht's, Randy?« Brewster. Links und rechts einen Spezi. Reckte die Brust raus, grinste. Er machte einen Schritt nach vorn, so daß er zwischen uns stand, schaute runter.

»Brew«, begrüßte ihn das Kid.

»Hab gehört, du willst am Sonntag mitmachen. Warum pfeifst du nicht auf die kleine Mickerkarre von dir, und wir beide tun uns zusammen?«

»Ich fahre in der freien Klasse«, sagte das Kid seelenruhig.

»Stimmt das? Mit was trittste denn an?«

»Ich arbeite noch dran«, erwiderte das Kid.

»Hast ja immer noch dein Leibwächter, wie ich seh«, höhnte Brewster.

Das Kid ignorierte ihn.

»Wie isses denn so als Verwalter?« fragte mich der große Dödel und beugte sich vor.

»Interessant«, sagte ich und schaute ihm in die Augen, bis er den Blick senkte.

»He«, sagte er. »War nicht bös gemeint, okay? Wie wär's, wenn ich euch zwei ein Bier spendier? Bedienung!« schrie er. »Komm mal her!«

Die Blondine kam rüber, Block in der Hand. »An welchem Tisch sitzt du?« fragte sie.

»Na hier«, sagte Brewster und rutschte neben das Kid. Einer seiner Spezis drückte gegen meine Schulter – ich sollte weiterrücken. Ich schaute ihn von oben bis unten an, rührte mich nicht. Dann stand ich auf, deutete rein. Der Spezi rutschte rein, saß Sonny gegenüber. Der andere verpißte sich.

»Nun?« fragte die Blondine.

»Coors«, sagte Brewster. »Vom Faß. Für mich und für ihn« – deutete auf seinen Spezi. »Was is mit dir?« fragte er das Kid.

»Habt ihr vielleicht Red Stripe?« fragte der höflich die Bedienung.

Sie grinste ihn kurz an. »Das wird nicht besonders oft verlangt, aber ich glaube, im Kühlschrank ist welches.« Sie schaute zu mir – ich schüttelte den Kopf.

Sie kam mit einem Tablett zurück. Gab Brewster und seinem Spezi je eine Flasche und ein sauberes Glas. »Ich hab doch gesagt, vom Faß«, motzte Brewster sie an.

»Ist aus«, sagte sie ungerührt und reichte Sonny einen großen Krug, aus dem Eisfach. Die Bedienung goß das Red Stripe in den Krug, ließ sich Zeit, achtete auf die Blume.

»Okay?« fragte sie Sonny.

»Perfekt«, sagte er und lächelte sie an.

»He! Wieso wird der hier besonders behandelt?« fragte Brewster sie.

»Er ist halt ein besonderer Typ«, sagte die Bedienung und zwinkerte Sonny zu. Als sie wegging, wackelte sie extra ein bißchen mit dem Hintern.

Brewster hatte einen verdutzten Ausdruck auf dem groben Gesicht, grübelte darüber nach. »Nächstes Mal muß ich mir auch das Zeug bestellen«, grummelte er.

Sonny ging genau richtig mit dem Bier um, nippte nicht nur dran, goß es nicht einfach runter. Genoß es. Brewster redete pausenlos … irgendwas von neuen Reifen, die er für seine Corvette hatte, ob am Renntag schönes Wetter sein würde, blablabla. Das Kid hörte zu, antwortete einsilbig. »Wir müssen los«, sagte er Brewster schließlich. »Haben viel zu tun.«

Er stand auf, ich dicht hinter ihm. Ich brachte die Rechnung zur Kasse, weil ich keine Lust hatte, die Asche auf dem Tisch liegenzulassen und mich mit Brewsters Sinn für Humor auseinanderzusetzen. Die Rechnung machte etwas über dreißig Kröten. Ich zupfte das Kid am Ärmel, gab ihm zwei Zwanziger. »Stimmt so«, sagte ich.

Ich sah zu, wie er der Bedienung die Rechnung und die Scheine reichte. Sah, wie sich ihr Gesicht bei irgendwas, das er sagte, zu einem breiten Grinsen verzog. Erhobenen Hauptes ging er raus.

»Könnte ich heute abend den Plymouth haben?« fragte er auf der Rückfahrt.

»Sicher. Willste ihn abstimmen?«

»Nein. Ich glaube, das ist okay, bis auf den Reifendruck. Daran kann ich nichts machen, bevor ich nicht den Kurs sehe. Ich will mit Wendy weg. Ins Autokino«, sagte er, zog den Kopf ein. »Sie steht auf Monsterfilme, und in der Nähe von Bridgeport laufen immer ein, zwei gute. Ich dachte, der ist vielleicht bequemer, von den Sitzen her und so.«

»Kommt mir zupaß«, sagte ich.

Ich nahm eine Mütze Schlaf. Es war fast zehn, als ich aufwachte. Rief Fancy vom Telefon in der Wohnung aus an – falls jemand zuhörte, erfuhr er nichts, was er nicht schon wußte. Ich sagte, ich würde bald da sein.

Ich nahm den Lexus. Als ich auf ein grades Straßenstück kam, scheuchte ich das Kid übers Autotelefon auf. Er meldete sich beim ersten Läuten.

»Ich bin's«, sagte ich. »Ich hab vergessen zu fragen … hast du den Anrufbeantworter eingeschaltet?«

»Klar. Sogar ausprobiert.«

»Irgendwelche Anrufe?«

»Bloß irgendein Arsch. Nicht der … Typ, den Sie erwarten.«

»Danke. Wir halten Verbindung, okay?«

»Is geritzt.«

Ich klopfte leise an Fancys Tür. Sie war sofort da, riß sie auf.

»Hi!« begrüßte sie mich, putzmunter.

»Süß siehst du aus«, sagte ich.

»Süß?« versetzte sie. »Vielleicht solltest du noch mal gucken«, sagte sie und wandte sich zum Gehen. Sie trug eine schillernd blaue Spandexradlerhose, die enger saß als bei den meisten Menschen die Haut. »Ich habe eine halbe Stunde gebraucht … und 'ne ganze Flasche Talkumpuder, um da reinzukommen. Hast du jemals so was Enges gesehen?«

Klar hatte ich das. Als ich Kind war, gab's da so ein Mädchen, Brandi, die immer mit uns rumgezogen ist. Sie war berühmt für ihre engen Hosen. Sie hat mir erzählt, wie sie's machte – sie kaufte sich Jeans, die zwei Nummern zu klein war, und zwängte sich irgendwie rein. Dann stellte sie sich unter die Dusche, bis sie total durchweicht war, und ließ sie am Körper trocknen. Brandi hatte immer ein Rasiermesser dabei. Nicht weil sie eine Gangbraut war – nur so konnte sie die Jeans runterkriegen. Geld war knapp damals, für uns alle. Ein Paar Jeans zu kaufen, die man nur einmal tragen konnte, so einen Einsatz zu bringen ... das war den Preis wert. Ich schaute rüber zu Fancy, die in ihrer Spandexhose posierte. Für die Privilegierten ist das Leben wie Karaoke – auch wenn sie nicht singen können, ist im Hintergrund immer Unterstützung da.

»Nein«, sagte ich zu ihr. »Schon lang nicht mehr.«

Ich legte meine Jacke über die Couchlehne. »Wo ist das Paket, das ich dagelassen habe?«

»Da steht's«, sagte sie und deutete auf den Holzstuhl.

»Hast du's nicht aufgemacht?«

»Nein, ich schwör's. Ich hab's nicht angerührt.«

»Gut«, sagte ich, riß es auf. »Hast du eine starke Lampe? Eine tragbare?«

»Ich glaube schon«, sagte sie. »Einen Moment.«

Sie kam mit der schwarzen Stehlampe zurück, der mit dem geschwungenen Oberteil.

»Bestens«, sagte ich, kniete mich hin und stöpselte sie ein. Ich schob sie zurecht, trat auf den Knopf am Fußteil und schaltete sie an. Ein schmaler Kegel aus grellweißem Licht fiel auf den Stuhlsitz. Ich holte die Sachen aus der Papiertüte, baute sie in Reih und Glied auf.

»Was ist das alles?« fragte Fancy.

»Das«, erklärte ich und hielt einen Federhalter hoch, der vorne aussah wie eine Injektionsnadel, »ist ein Tuschefüller. Mit einer haarfeinen Nylonfeder. Eine Art Zeichenstift. Und das ist schwarze Tusche – die nimmt man statt Tinte.«

Ich schraubte den Füller auf, steckte den einen Teil in ein schmales Fläschchen mit Tusche und überließ alles weitere der Kapillarwirkung. Ich rauchte eine Zigarette zu Ende, während ich wartete. Dann paßte ich die Feder an. »Hast du ein Stück Papier?«

Sie brachte mir einen Block mit rosa Blättern, die oben rum mit kleinen Schmetterlingen bedruckt waren. Ich fuhr mit dem Stift über das Papier – der Strich war dünn, aber so dunkel, daß er gut sichtbar war. Ich holte noch ein paar Sachen raus: nadelspitze 2er Bleistifte, einen Filzschreiber mit Schönschreibmine, eine Packung feuchter Toilettentücher, jedes einzeln eingewickelt.

Ich trug den Stuhl zur Couch, rückte ihn so zurecht, daß er bequem in Reichweite war, wenn ich mich hinsetzte. Dann zog ich die Lampe raus und stellte sie neben die Couch, drehte am Licht, bis es genau auf die richtige Stelle fiel. Fancy beobachtete mich fasziniert, sagte kein Wort.

Als ich alles beisammen hatte, setzte ich mich auf die Couch.

»Komm her«, sagte ich.

Langsam, unsicher kam sie. Ich nahm ihre Hand, zog sachte. Sie ging ganz bereitwillig mit. Ich zog weiter, bis sie quer über meinem Schoß lag. Ich zerrte ihr die Spandexhose über den Hintern, fast bis runter zu den Kniekehlen. Ihr Höschen war aus schwarzer Seide, passend zu den Lacklederpumps an ihren Füßen. Ich schob das Höschen runter auf die Schenkel, drehte ihr Hinterteil mit der Hand ein Stück zu mir her.

»Halt still«, sagte ich.

»Was hab ich denn getan?« wollte sie wissen, mit flunschigem Unterton.

»Du hast dein großes Maul aufgemacht«, sagte ich. »Mach das ja nicht noch mal.«

Sie lag still, das Gesicht auf der Couch. Ich rieb ihr die Babypuderreste vom Hintern. Dann nahm ich den 2er Stift und malte auf ihre linke Backe in Umrissen das, was ich wollte. Ich schaute es mir genauer an – nicht gut. Ich rubbelte es weg, probierte noch mal. Schließlich kriegte ich es hin.

»Was machst du da?« fragte sie mit gedämpfter Stimme.

»Ich hab gesagt, du sollst das Maul halten«, ich gab ihr einen Klaps aufs Hinterteil. Im scharfen Strahl der Lampe leuchtete ein roter Fleck, etwa so groß wie meine Hand. »Beweg dich nicht«, sagte ich.

Ich zog mit dem Tuschefüller das skizzierte Muster nach, vorsichtig, damit ich ihr mit der spitzen Feder nicht in die Haut stach. Meine Hände sind chirurgenmäßig ruhig, aber ich bin kein Künstler. Es dauerte eine ganze Weile, bis ich zufrieden war. Ich hielt sie fest, eine Hand auf ihren Schenkel gestützt, wartete, daß es trocknete.

»Okay«, sagte ich. »Steh auf.«

Sie rappelte sich auf, rot im Gesicht, zog das Höschen zurecht, zerrte die widerspenstigen Spandex nach oben.

»Hast du 'nen guten Spiegel?« fragte ich.

»Ja. Im Ankleidezimmer.«

»Zeig her.«

Mit schnellen Schritten ging sie weg. Im Ankleidezimmer gab's einen großen Wandspiegel, aber sämtliches Licht kam von oben – ich war mir nicht sicher, ob es funktionierte.

»Zieh die Hose aus«, sagte ich. Sie riß sie beinahe runter, schleuderte die Schuhe weg, schob die Hose mißmutig runter auf die Knöchel. Ich ging mit ihr rüber zum Spiegel, hielt sie an der Schulter. Dann drehte ich sie so, daß sie mit dem Rücken dazu stand.

»Zieh deine Unterhose runter«, sagte ich. »Schau's dir an.«

Sie tat's, reckte den Hals und schaute nach hinten. Staunend faßte sie an den schwarzen Fleck auf ihrem Hinterteil. »Was ist das? Ich kann's nicht genau erkennen.«

»Eine Tätowierung, Fancy. Genau wie du wolltest. Nur daß die hier nicht für immer ist. Damit du probieren kannst, wie so was wirkt. Sich anfühlt.«

»Oh, ich will sie *sehen*«, quiekte sie, zog ihr Höschen hoch und rannte aus dem Zimmer.

Ich folgte ihr den Flur runter bis in ihr Schlafzimmer. Sie stand vor dem Schminkspiegel auf ihrer Kommode. Der Spiegel war von einem Kranz kleiner Glühbirnen umgeben, die ein sattes weiches Licht gaben.

»Der dreht's wieder um, siehst du?« sagte sie und kippte die Hinterseite des Spiegels nach vorne. Es war ein Vergrößerungsspiegel, der das Bild solange verzerrte, bis man ganz dicht dran war. Sie zog das Höschen bis auf die Knöchel runter, stellte sich auf ein Bein und kickte es weg. Dann drehte sie sich, so daß sie mit dem Rücken zum Spiegel stand, bückte sich vornüber und hielt ihren Hintern vor den Vergrößerungsspiegel, schaute über die Schulter.

»Es ist eine kleine Bombe«, sagte sie.

Ich warf ebenfalls einen Blick drauf. Nicht schlecht, dachte ich. Eine kleine, runde Bombe, mitsamt Zündschnur, an deren Ende es funkte, als wollte sie jeden Moment hochgehen.

»Gefällt sie dir?« fragte ich.

»Oh, ich *liebe* sie. Aber könnte sie nicht... größer sein?«

»Nein. Kommt irgendwer so nah an dich ran, daß er sie sieht, dann geht das bloß dich und ihn was an, oder?«

»Ich glaub schon.«

»So sieht es aus wie ein Muttermal, es sei denn, man schaut ganz genau hin.«

»Die ist toll«, sagte sie, wackelte heftig mit dem Hintern. »Hat sie was zu bedeuten?«

»Sicher. Daß du ein explosives Mädchen bist. Tick … tick … tick …«

»Willst du sie dir … genauer anschauen?« fragte sie leise, kam rüber zum Bett und bückte sich.

»Ich liebe meine Tätowierung«, sagte sie später, auf der Seite liegend, und berührte sie mit dem Finger.

»So kannst du dich entscheiden«, sagte ich. »Im Augenblick isses ein Geheimnis.«

»Ich habe massenhaft Geheimnisse«, flüsterte sie. Bedrückt, nicht schäkernd.

»Haben wir alle.«

»Charm auch. Charm hat mehr Geheimnisse als jeder andere.«

»Du scheinst ein paar zu kennen.«

»Meinst du das Video? Das ist kein Geheimnis. Ihr ist es egal, was sie tut.«

»War das nicht ihre Idee?«

»Das schon … vor langer Zeit. Als es anfing.« Fancy rutschte mit dem Hintern rum, legte ihr Bein über meins – warme Nässe an meinem Oberschenkel. »Sie mußte zuschauen. Als wir Kinder waren. Ich aber nie.«

»Bei was zuschaun?«

»Beim Versohlen. Mein Vater hat mich versohlt. Die ganze Zeit. Wegen nichts und wieder nichts. Er rief mich und Charm in sein Zimmer. Er hatte extra einen Sessel dafür. Einen Sessel ohne Armlehnen. Er befahl

Charm stillzustehen. Dann legte er mich übers Knie und versohlte mich. Feste. Er wollte von mir immer hören, warum ich welche kriegte. Wenn ich's ihm nicht sagte, kriegte ich's noch fester. Das tat weh. Und es war... so peinlich. Wo Charm doch zuschaute und so. Wenn ich weinte, kriegte ich bloß noch mehr. Dann befahl er mir, die Hose hochzuziehen und auf mein Zimmer zu gehen, nachzudenken, was ich gemacht hatte. Wenn ich rausging, machte er die Tür hinter mir zu.«

»Charm hat er nie vor dir versohlt?«

»Nein. Wahrscheinlich hat er immer gewartet, bis ich weg war. Ich haßte sie deswegen – es war nicht gerecht.«

»Wie alt warst du?«

»Als es anfing? Ich weiß nicht. Ich war noch ganz klein. Vielleicht in der ersten Klasse? Ich bin mir nicht sicher. Aber aufgehört hat es erst, als ich in der letzten Klasse auf der High School war.«

»Wie hast du's geschafft, daß er aufhört?«

»Habe ich nicht. Das war, als er Selbstmord begangen hat.«

»Hast du's jemals irgendwem gesagt?«

»Meiner Mutter. Ich hab's meiner Mutter erzählt. Sie hat mich festgebunden. Auf einem Stuhl. Sie hat wieder und immer wieder auf mich eingeschlagen und geschrien. Gesagt, ich wäre eine kleine Nutte. Ich wußte damals gar nicht, was das ist. Sie sagte, wenn ich ihr jemals wieder schmutzige Geschichten erzähle, verbrennt sie mich. Sie hat mir eine Kerze direkt vors Gesicht gehalten. Ich hatte soviel Angst, daß ich mich naß gemacht habe. Sie ließ mich einfach so dasitzen. Lange, ganz lange. Ich habe ihr nie wieder etwas erzählt.«

»Himmel noch mal.«

»Als ich etwa dreizehn war, kam Charm mal in mein

Zimmer. Als sie abends ausgegangen waren. Ich war immer noch ganz wund. Von dem, was er gemacht hat. Sie sagte, es täte ihr leid, fragte, ob sie mir etwas Hamamelis drauftun sollte, damit es aufhört zu brennen. Ich hab gesagt, sie soll mir vom Leib bleiben – ich haßte sie so.«

»Hast du gedacht, sie wäre –?«

»Sie ging weg«, Fancy redete weiter, als hätte ich kein Wort gesagt, »aber nach 'ner Weile kam sie zurück. Sie hatte ihr Nachthemd an. Sie legte sich auf mein Bett und zog es hoch. Sie fragte mich, ob ich sie versohlen wollte? Zum Ausgleich für das, was passiert ist.« Sie holte tief Luft – irgendwo in ihrer Kehle verhedderte sich was. »Ich hab's getan. Fester und fester, aber sie gab keinen Ton von sich. Als ich fertig war, war ich so müde, daß ich den Arm nicht mehr heben konnte. Meine Hand war ganz wund davon. Sie hat sich umgedreht, gesagt, es täte ihr leid. Was passiert ist. Da habe ich losgeweint, aber sie nicht. Sie... küßte mich. Ich war total... erregt, aber ich wußte nicht, was es war. Charm wußte es. Sie... küßte mich auch dort. Bis ich kam.«

»Und jetzt ist sie –«

»Sie tut's immer noch. Ich... schlage sie immer noch. Und sie macht, daß ich komme. Sie war die... mit dem Vibrator. Sie hat ihn mir reingesteckt, ihn dringehalten. Sie hat mir beigebracht, wie's geht.«

»Warum hat sie das Video mit dir gemacht?«

»Für mein Geschäft. Es war Charm, die mich da reingebracht hat. Gleich nachdem mein Vater gestorben ist. Sie würde Leute kennen, sagte sie. Meistens Männer. Ich könnte tun, was mir gefällt, und die würden dafür bezahlen.«

»Du hast das Geld nicht gebraucht...?«

»Nein. Wir hatten massenhaft Geld. In einem Fonds.

Bloß die Zinsen, nicht das Kapital. Aber es ist ’ne Menge. Reicht für egal was. Ich bin da ... einfach reingekommen. Ich habe immer gern die Männer bearbeitet ... Charm sagte, wir sollten das Video zusammen machen, weil Männer sich so was gern ansehen. Zwei Frauen. Wäre ein echter Antörner, sagte sie. Außerdem brauchte ich ein Ding.«

»Ein Ding?«

»Ja. So was wie ’das ist dein Ding’, verstehst du? Manche Menschen malen. Oder gehen Reiten oder sonstwas. Charm sagte, wenn du kein Ding hast, hast du nichts. Kapierst du? Kein Ding ... nichts?«

»Und was ist ihr Ding?«

»Charm ist Wissenschaftlerin«, sagte Fancy, mit einer Spur Stolz in der Stimme. »Für sie bildet alles Blöcke. Die DNA zum Beispiel. Man nimmt sie auseinander, stellt fest, wie sie funktionieren. Das ist ihr Ding.«

Sie legte mir die Hand aufs Gesicht. Ich streichelte ihren rechten Arm, spürte den harten Bizeps.

»Ziemlich kräftig, was?« flüsterte sie.

»Allerdings. Ist das alles vom Tennis?«

»Das ist alles vom Auspeitschen«, sagte sie. Dann fing sie an zu weinen.

»Ich hätte es nicht tun sollen«, sagte sie später, so eng an mich gekuschelt, daß ich sie kaum hören konnte.

»Was?«

»Charm schlagen. Sie wollte bloß was gutmachen, was nicht ihre Schuld war. Gegen meinen Vater konnte sie gar nichts machen. Er war zu mächtig. Jeder kannte ihn. Jeder achtete ihn. Ich konnte verstehen, warum er Charm geliebt hat – sie entsprach immer genau seinen

Vorstellungen. Machte ihn stolz. In der Schule hatte sie Supernoten. Und sie war wunderschön, nicht so wie ich.«

»Du bist ein wunderschönes Mädchen, Fancy.«

»Auch das hat Charm geregelt. Ich... war nicht so. Als Kind war ich pummelig. Regelrecht fett. Charm sah aus wie ein Model – ich, ich sah aus wie ein Hefekloß. Aber sie meinte, das könnte ich in den Griff kriegen. Hat angefangen, mit mir zu trainieren. Und sie hat auf alles geachtet, was ich aß. Aber ich war trotzdem... ich weiß nicht. Nicht häßlich oder so, aber...«

»Das war bloß in deinem Kopf, Mädchen.«

»Nein, war's nicht. Es war in meinem Spiegel. Jeden Abend. Im Spiegel konnte ich sehen, was ich war. Meine Nase war zu groß. Und mein Kinn war wie... eingedrückt. Als ich neunzehn war, an meinem Geburtstag, ich weiß es noch, als wär's erst gestern gewesen. Ich wollte irgendwas Besonderes für Charm. Ihr zeigen, wie sehr ich sie liebte. Charm kann man nichts kaufen – wir haben alle Geld, es würde ihr nichts bedeuten. Ich habe ihr einen Kater besorgt. Einen ganz besonderen Kater. Einen Oddeye sagt man dazu. Weißes Fell, das eine Auge war blau, das andere orange – er war wunderbar. Als ich ihn Charm gegeben habe, ist sie zusammengebrochen und hat geweint, sagte, er wäre so herrlich. Am meisten hat ihr gefallen, daß er etwas Besonderes war – niemand weiß genau, wie man einen kriegt, sie kommen ab und zu in einem Wurf vor. Die meisten werden taub geboren, aber Rascall nicht. Der ist rassig, Rascall. Charm kreuzt ihn ständig mit Katzen.«

»Hat sie je noch einen gekriegt?«

»Nein. Noch nicht. Und weißt du, was sie für mich hatte? Als Geburtstagsgeschenk? Eine Schönheitsoperation. Die haben meine Nase und mein Kinn gerichtet. Sie haben sogar meine Ohren ein bißchen angelegt... daß sie nicht mehr so abstanden. Als die Verbände runterkamen, war ich anders.«

»Du hast bloß anders ausgesehn.«

»Nein, ich *war* anders, Burke. Ein anderer Mensch.«

»Wo hast du die Schönheitsoperation machen lassen? In Europa?«

»Nein«, sagte sie. Irgendwas in ihrer Stimme, irgendwas, das ich nicht benennen konnte. Ich ließ es so stehen.

»Hast du nicht gesagt, du haßt sie, Fancy?«

»Tu ich auch. Ich meine, ich hab's getan. Bevor ich's begriffen habe. Wir sind Schwestern. Zwillinge. Enger kann man gar nicht sein. Ich bin nicht blöde – ich weiß, daß sie andere manipuliert. Aber wenn Charm nicht gewesen wäre, wäre ich in der Klapse. Sie hat mich mal davon abgehalten... ihn umzubringen.«

»Deinen Vater?«

»Ja. Du wirst nie begreifen, was für ein Gefühl der mir gegeben hat. Als wäre ich gar nichts. Es war nicht bloß das Versohlen. Nicht mal vor Charm. Er hat mich ständig... geneckt, so nannte er es. Ich war fett. Ich war blöde. Ich war faul. Er hat sich wegen mir geschämt, genau das hat er ständig gesagt. 'Du machst mich niemals glücklich.' Das sagte er die ganze Zeit.«

»Hattest du echt vor, ihn umzubringen?«

»Ich bin mal zurückgegangen. Nachdem er mit mir fertig war. Die Tür war zu. Charm war drin bei ihm. Ich... wollte hören, wie sie auch welche kriegt. Ich weiß, es war falsch, aber ich wollte bloß wissen...«

»Was ist passiert?«

»Nichts ist passiert. Ich habe gewartet und gewartet. Schließlich kam Charm raus. Sie schlich den Flur runter auf ihr Zimmer. Ich habe die Tür aufgemacht und reingelinst. Er schlief. Auf der Ledercouch, die er in seinem Zimmer hatte. Schlief wie ein Toter. Ich habe mir gewünscht, er *wäre* tot.

Ich habe Charm erzählt, was ich gemacht habe, daß ich versucht habe, ihr nachzuspionieren. Ich habe ihr immer alles erzählt. Sie sagte, es liefe immer gleich ab – nachdem er fertig ist, nachdem sie weg ist, legt er sich schlafen. Wir hatten ein paar Männer, die draußen hinterm Haus arbeiteten. Ein Dach über dem Pool bauten. Sie ließen immer ihr Werkzeug draußen liegen. Einer von denen, ich glaube, der mochte mich ein bißchen. Hat immer mit mir geredet. Er hatte einen Hammer. Einen Vorschlaghammer mit kurzem Griff. Ich habe ihn gestohlen. Hab ihn in meinem Zimmer versteckt. Die haben ihn nie gefunden – ich konnte hören, wie sie draußen rumgeschrien haben, danach suchten. Ich habe ihn Charm gezeigt. Ich sagte, beim nächsten Mal würde ich in sein Zimmer gehen und ihm den Schädel zertrümmern, bis er tot wäre.«

»Wären die nicht draufgekommen ... ?«

»Das hat Charm auch gesagt. Daß ich erwischt werden würde. Mir war egal, ob ich erwischt werde. Weißt du, was Charm mir erzählt hat? Sie hat gesagt, er hätte eine tödliche Krankheit – sie hätte den Befund des Arztes gesehen. In seinem Schreibtisch. Krebs. Er würde sterben, in einem Jahr oder so, das hat sie gesagt. Wenn wir warten könnten, würde uns alles gehören. Und er wäre weg. Später bin ich drauf gekommen, daß sie das alles erfunden haben muß. Als er ... sich umgebracht hat ... die Nachricht, die er hinterließ, die auf dem Computer, darin stand bloß was von Depressionen. Daß er alles satt hätte. Der Anwalt, der sein Testament eröffnet hat, der sagte, sie hätten eine Autopsie gemacht – und ihm hätte nichts gefehlt.«

»Jedenfalls nicht am Körper.«

»Er war nicht krank – er war gemein. Einfach gemein. Wenn er krank gewesen wäre, hätte er Charm genauso behandelt wie mich. Jetzt habe ich nur dann das Gefühl, ich bin jemand, wenn ich eine Rolle spiele.«

»Mit Peitschen?«

»Ja, mit Peitschen. Die Männer *bezahlen* mich dafür. Sie würden nicht bezahlen, wenn sie's nicht wollten. *Mich* wollten. Geld, das ist der Beweis.«

Ich zündete mir eine Zigarette an, blies den Rauch zur Decke. Jede kleine Straßennutte, die mir begegnet ist, hat einen Namen für ihren Louis. Daddy.

»Charm war die, die's mir beigebracht hat«, sagte Fancy. »Die Macht eines Fetischs. Weißt du, wie stark so was sein kann?«

»Yeah«, sagte ich, dachte an eine andere Art Fetisch – diejenigen, die man im Voodoo benutzt.

»Tust du *nicht*«, brauste sie auf. »So was beherrscht alles. Charm hat's mir gezeigt. Ein Mann, der eine Frau prügeln muß, um erregt zu werden ... der wird davon beherrscht. Wenn du ihm eine Nacht mit der schönsten Frau der Welt anbietest ... normales Zeug, nullachtfünfzehn ... der lehnt ab, wenn er statt dessen die Gelegenheit hat, ein häßliches altes Biest zu schlagen.«

»Aber wenn's vorbei ist ... «

»Das ist nie vorbei. Es kommt und geht bloß, verstehst du? Das ist die Macht. Es ist in ihnen, nicht in mir. Ich habe bloß gelernt, wie man's erkennt. Wie man so wird.«

»Und was hast du davon? Das Geld brauchste nicht.«

»Ich werde ... begehrt. Ich bin ein Star. In der Szene kennt mich jeder. Ich habe Sklaven – sie tun, was ich ihnen sage.«

»Und warum ... ?«

»Warum du? Ich habe Charm zugehört. Besser, als sie überhaupt ahnt. Die Macht eines Fetischs, wie ich dir gesagt habe. Der hatte auch Macht über mich. Ich wollte... die andere Seite sehen.«

»Was meinst du damit?«

»S/M, das ist was anders als Spanking. Bei S/M geht's um Schmerz. Wenn du genug davon zu spüren bekommst, dann *schießen* dir einfach die Endorphine ins Blut. Das schärft dein Empfinden, verändert deine Temperatur... alles. So haben sie's mir erzählt.«

»Wer?«

»Meine... Kunden. Es ist mehr als bloßes Antörnen, es befreit einen. Aber Spanking, das ist eine *Szene*, verstehst du? Was du empfindest, das passiert alles in dir. Alles ist wichtig – wie du dich anziehst, was für Worte du benutzt ... alles. Da geht's nicht um Schmerz. Nicht um echten Schmerz. Wenn es funktioniert, kommst du raus... ich meine nicht, daß du kommst, ich meine, du... stößt auf das, was *du* wirklich bist. Die Dominas, die stoßen nie richtig drauf. Ich bin nie drauf gestoßen – ich hab bloß davon gehört. Sie sagen, es ist eine Suche nach der Wahrheit. Eine Grenze, die man überschreitet. Ich wollte es erleben. Um frei zu sein.«

»Bist du's geworden?«

»Nicht genug. Du machst es nicht fest genug.«

»Ich bin kein Freier, Mädchen.«

»Aber du magst es, stimmt's?«

»Ich mag dich.«

»Aber du würdest dich nicht... von mir züchtigen lassen?«

»Nein.«

»Warum nicht? Ich weiß, wie das geht. Ich hab's gelernt. Schuldgefühl, darum geht es. Sie fühlen sich wegen irgendwas schuldig. Ich bestrafe sie. Es funktioniert. Eine Art Ausgleich. Hast du noch nie etwas getan, weswegen du dich schuldig fühlst?«

Ich stand vom Bett auf. Sie sagte irgendwas – weißes Rauschen. Ich hörte nicht hin. Konnte nicht hinhören. Ich ging aus dem Haus. Auf die Veranda. Ich schaute runter, aber sie war nicht hoch genug. Ich konnte die Leere nicht finden.

Das nächste, woran ich mich erinnere, war, daß Fancy rauskam, mich in eine Decke wickelte und zurück zum Bett brachte. Ich zitterte so heftig, daß meine Beine nicht richtig funktionierten. Sie schob mich aufs Bett, türmte Decken auf mich. Mir war so kalt.

Als ich wieder zu mir kam, war ich schweißgebadet. Fancy saß neben mir im Lotossitz, die grauen Augen im Kerzenlicht funkelnd, und beobachtete mich.

»Burke… Burke, bist du okay?«

»Yeah.«

»Du hast ewig da draußen gestanden. Ohne was an. Wie eine Statue im Museum. Einfach da draußen gestanden. Was ist passiert?«

»Ich weiß nicht«, log ich. »Ich brauch 'ne Dusche.«

»Brauchst du nicht«, flüsterte sie, hob die feuchte Decke hoch und glitt neben mich. Sie legte die Arme um mich, drückte mich dicht an sich, schob meinen Kopf an ihre Brüste, wollte mich vor einer Kälte beschirmen, gegen die sie nicht ankam.

»Was bin ich?« fragte Fancy später, hielt mich immer noch. »Erinnerst du dich, ich habe dich schon mal gefragt? Wenn… so ein Spiel, wenn das deins wäre? Ich weiß nicht mehr, was *meins* ist. Was bin ich eigentlich?«

»Du bist 'ne Pflaume«, sagte ich. »Eine reife Pflaume.«

»Was meinst du damit?«

»Eine Pflaume, Kleines. Eine reife, dunkle Pflaume. Drückt man sie richtig, kriegt man süßen Saft. Reißt man sie auseinander, kriegt man bloß den Kern.«

»Sag mir, was ich tun soll«, sagte sie.

Ich beugte mich rüber, küßte sie. Feste. Ihr Mund wurde weich, gab nach, öffnete sich mir schließlich.

Ich ging im Morgengrauen. Fancy schlief noch. Ein weicher, tiefer Schlaf, wie nur Frauen schlafen. In ihren süßen Säften schwimmend.

Ich stand in der Dämmerung und schaute rüber zu dem großen Haus, das aussah wie ein in Nebel gehülltes Kampfflugzeug, vom feindlichen Radar erfaßt.

In der Küche brannte Licht, als ich vorfuhr. Ich ging rüber. Das Kid arbeitete an irgendeinem Gebräu im Mixer, goß Zutaten rein.

»Was ist das?« fragte ich.

»Ich weiß es nicht genau. Wendy hat mir das Zeug gegeben. Es soll einen … reinigen oder so.«

»Von was reinigen?«

»Drogen, Sprit … alles, was giftig ist.«

»Und wieso willst du …?«

»Vom Schnüffeln. Ich mach's nicht mehr. Wendy sagt, dieses Zeug darf man erst nehmen, wenn man wirklich aufgehört hat. Es spült alles raus, aber man kann's nicht jeden Tag machen.«

»Klingt nicht schlecht.«

»Wollen Sie was?«

»Für was?«

»Für, äh ... die Zigaretten?«

»Ich glaube, ich passe.«

Er warf mir ein Grinsen zu, eins mit Schmackes drin. »Raten Sie mal! Wir haben einen Anruf gekriegt. Von Doktor Barrymore. Er sagt, Sie können ihn besuchen ...«, er schaute auf seine Armbanduhr, »und zwar heute. Er sagt, ihm ist um elf ein Termin geplatzt, und jetzt hätte er Zeit für Sie.«

»Hast du mit ihm gesprochen?«

»Nein, es war eine Nachricht. Auf dem Apparat.«

»Gut.« Ich schaute zum Kid rüber. Er fragte nicht, ob er mitkommen könnte.

Ich zog mich sorgfältig an, ging nach unten. Dann holte ich die Pistole aus ihrer Halterung unter dem Kotflügel des Lexus, verstaute sie wieder im Plymouth.

Um Viertel vor elf war ich am Tor. Der Wachmann war sportlich gekleidet, kastanienbrauner Blazer, dazu stahlgraue Hosen. Er wirkte nicht wie ein Mietbulle, hatte was Soldatisches an sich, wie er zum Fenster auf der Fahrerseite rüberschlenderte.

»Kann ich Ihnen helfen, Sir?«

»Ich habe einen Termin. Bei Doktor Barrymore.«

»Ja, Sir. Ihr Name bitte?«

Ich nannte ihn. Er ging zurück ins Wachhäuschen, das neben dem Tor stand. Es hatte ein Fenster, aber ich konnte nicht reinschaun. Einwegglas? Innerhalb von zwei Minuten war er wieder zurück.

»Wenn Sie einfach gradeaus die Auffahrt hochfahren

und am Portal abbiegen, sehen Sie Doktor Barrymores Wohnhaus etwa zweihundert Meter weit weg«, sagte er und deutete hin. Es war ein altes Haus, dunkles Holz und Fensterläden.

»In Ordnung«, sagte ich. »Danke.«

Hinter der getönten Brille waren seine Augen nicht zu deuten. Aber ich hatte so eine Ahnung, daß sie auch nicht offener waren, wenn er sie abnahm.

Ich fuhr langsam, achtete auf Temposchwellen, checkte die gepflegte Anlage ab. Das Haus sah aus, als wäre es von irgendwo anders eingeflogen und abgesetzt worden – es paßte überhaupt nicht zu den strengen, klinisch sauberen Kanten des Rasens rundum. Ich ging die drei Holzstufen zu der breiten Veranda hoch, drückte auf die Klingel. Eine junge Frau in einem dunkelorangen Kostüm öffnete die Tür, die kastanienbraunen Haare so lässig hochgesteckt, daß ein Coiffeur mächtig dran gearbeitet haben mußte. An ihrem rechten Revers glitzerte ein Diamant... eine Art Anstecknadel.

»Hallo! Kann ich Ihnen helfen?«

Ich nannte ihr meinen Namen, sagte, ich hätte einen Termin.

»Oh! Sie sind ein bißchen zu früh dran. Dürfte ich Sie bitten, sich ins Wartezimmer zu setzen, bis Doktor Barrymore seine Sitzung beendet hat?«

»Sicher.«

»Kommen Sie bitte mit.« Als sie sich umdrehte, sah ich, daß ihre dunklen Strümpfe schwarze Nähte hatten. Irgendwie stimmte das nicht, paßte nicht zu dem knappen, beherrschten Hüftschwung. Sie brachte mich in ein kleines, gemütlich wirkendes Zimmer, bot mir einen Kaffee an. Ich paßte.

»Sowie er soweit ist, hole ich Sie«, sagte sie und ging

aus dem Zimmer. Ich schaute mich um, sah keinen Aschenbecher, kapierte den Wink.

Bevor ich das Zimmer richtig abchecken konnte, war sie wieder da, die Hände voller Papiere. »Würden Sie bitte mitkommen?«

Ich folgte ihr über einen Flur, um eine Rechtskurve, bis zum anderen Ende des Gebäudes. Sie trat zur Seite, machte eine elegante, weitausholende Handbewegung. Ein Mann trat hinter einem antiken Schreibtisch vor und hielt mir die Hand zum Gruß hin. Ich schüttelte sie – sein Handschlag war fest und trocken. »Nehmen Sie Platz«, sagte er und nickte zu einem schräg vor seinem Schreibtisch stehenden Mahagonischaukelstuhl hin. Wir setzten uns gleichzeitig und musterten uns einen Moment.

Er war groß, schlank, die dichten goldbraunen Locken ordentlich geschnitten. Seine Haut hatte fast dieselbe Farbe, die Augen waren hellblau. Sein Gesicht war ausgeprägt, scharf geschnitten, eine Mischung aus gutaussehend und exotisch.

»Versuchen Sie draufzukommen?« fragte er lächelnd und zeigte seine blendend weißen Zähne, beugte sich nach vorn, Ellbogen auf dem Schreibtisch, Hände gefaltet.

»Genetik ist für mich zu kompliziert«, antwortete ich.

Noch ein Lächeln. »Ich helfe Ihnen weiter«, sagte er. »Meine Mutter war halb Norwegerin, halb Britin. Mein Papa war Samoaner. Sie lernten sich während des Zweiten Weltkriegs kennen, auf der Insel.«

»Schaut aus, als wär's erfolgreich gewesen.«

»Ihrer Meinung nach sicherlich. Sie haben letztes Jahr vierzigsten Hochzeitstag gefeiert. Was ist mit Ihnen?«

»Mit mir?«

»Nun ja, Burke, das ist ein englischer Name, nicht wahr? Oder ein irischer? Aber ihr Gesicht wirkt eher ... mediterran. Haben Sie vielleicht südländisches Blut in den Adern?«

»Ich weiß es nicht.«

»Waren Sie nie neugierig?«

»Es hat nie jemand gegeben, den ich fragen konnte«, sagte ich.

»Tut mir leid. Ich wollte nicht neugierig sein.«

»Schon okay – ich bin nicht wegen meiner Abstammung hier.«

»Ich verstehe.« Therapeutensprache, die Aggression registrierend, besänftigend, sobald sie durchkommt.

Ich ließ ihn einen Moment zappeln, nutzte die Gelegenheit, mich im Büro umzuschaun. Es sah aus wie aus dem letzten Jahrhundert, lauter schwere, dunkle Möbel und Holztäfelung. Der einzige Mißton war die ultramoderne Uhr, das Gegenstück zu der in Cherrys Schlafzimmer.

»Ihre Nachricht war etwas unklar«, sagte er schließlich. »Wenn Sie mir sagen wollen, wie ... «

»Ich bin mir selber ein bißchen unklar, Doktor. Misses Cambridge ... Sie kennen sie?«

»Ja. Ganz gut. Sie ist seit Jahren eine Schirmherrin der Klinik, sitzt auch im Verwaltungsrat.«

»Tja, sie hat sich Gedanken gemacht wegen der Selbstmorde. Ein paar von denen waren Altersgenossen ihres Sohnes. Ich weiß noch nicht recht, was ich machen kann ... diese Arbeit liegt nicht unbedingt auf meiner Linie. Aber ich dachte, ich könnte zumindest mal eine Expertenmeinung einholen.

»Verstehe. Dann geht's also um Selbstmord?«

»Um Selbstmord von Jugendlichen insbesondere.

Was bringt sie dazu? Wieso machen sie's anscheinend gruppenweise? So ungefähr.«

Er lehnte sich auf seinem Stuhl zurück, fuhr sich mit einer Hand an den weißen Rollkragenpulli, den er unter dem Kamelhaarsakko trug. »Sagen Sie mir, was Sie wissen«, sagte er. »Könnte nützlicher sein, wenn ich die Lücken zu füllen versuche.«

»Ein Kid zu sein ist echt schwer, scheint mir. Kein Kleinkind, ein Teenager, junger Erwachsener, so was. Hormone, Gruppendruck, Ungewißheit von wegen Zukunft, alle möglichen Infos zu Umwelt, Krieg, Religion, Gesellschaft... schwer zu verarbeiten. Kids sind ungeduldig, das gehört einfach dazu. Sie versuchen, cool zu sein, aber sie empfinden alles ganz stark. Und sie kapieren nicht... daß der Tod für immer ist.«

»Was meinen Sie damit?«

»Na ja... mit dem Tod können sie nicht experimentieren. Schaun, ob's ihnen gefällt. Ihn ausprobieren wie ihre Klamotten. Kids sehn die Zukunft nicht besonders gut... hauptsächlich, weil sie nicht hinschaun. Für sie ist alles *jetzt sofort*.«

»Das trifft es ziemlich. Aber die meisten Selbstmorde rühren aus einer Depression her.«

»Massenhaft Leute haben Depressionen.«

»Es gibt verschiedene Formen von Depression, Mister Burke. Reaktive Depression... wenn man wegen einer persönlichen Tragödie trauert... Krebs, aus der Schule fliegen, ein Todesfall in der Familie. Und es gibt auch eine Depression des Gemütes. Eine allumfassende Traurigkeit, sehr tiefsitzend. Aber bei Jugendlichen sind Selbstmorde manchmal auch anomisch bedingt.«

»Anomisch?«

»Das heißt, einfach ausgedrückt, daß man keinen besonderen Sinn im Leben sieht. Anomische Selbstmörder empfinden einen Verlust nicht so wie andere. Es ist eher wie eine Leere im tiefsten Inneren. Man erlebt das oft bei psychotischen Grenzfällen ... ein Gefühl, als habe man in sich ein schwarzes Loch.«

»Wollen nicht manche einfach die Mücke machen?«

»Ich bin mir nicht sicher, ob ich Sie verstanden habe.«

»Das Leben kann unerträglich sein, einfach so. Es geht nicht so sehr drum, ob es was Besseres gibt, sondern bloß darum, daß das hier nichts taugt. Man erlebt das im Gefängnis, manchmal.«

»Haben Sie in einem Gefängnis gearbeitet?«

»Ich war in einem. In mehr als einem.«

»Oh. Haben Sie jemals an Selbstmord gedacht?«

»Damals nicht. Nicht aus solchen Gründen. Aber es gibt ... eine Leere, wissen Sie, was ich meine? Ein tiefes schwarzes Loch, in das man abtauchen kann. Wo alle Menschen hinkommen, wenn sie sterben.«

»Menschen kommen nirgendwo hin, wenn sie sterben. Die Seele eines Menschen lebt über den Tod hinaus. Das ist die einzige Verbindungsmöglichkeit, die es gibt ... man kann nicht zu ihnen hin.«

»Ich weiß.«

»Aber Sie haben ... daran gedacht.«

»Yeah.«

»Möchten Sie mir davon erzählen?«

Ich spürte, wie im Dschungel meines Bewußtseins ein Ast knackte – der Feind pirschte sich an die Sicherheitszone, rückte näher. »Nein«, sagte ich. »Ich kann damit umgehn – es legt sich wieder.«

»Immer?« fragte er, beugte sich vor.

Ich nickte, hielt den Blickkontakt, fragte mich, wieso er Bescheid wußte. Ich schob der Ausfragerei einen Riegel vor, ging in die kontrollierte Offensive. »Die Kids, die sich umgebracht haben, die wurden alle hier behandelt?«

»Das ist wohl kein Geheimnis«, antwortete er. »Aber hier werden buchstäblich Hunderte junger Menschen behandelt. Wir haben uns bereits ihre Unterlagen vorgenommen, und soviel kann ich Ihnen versichern: Psychiatrisch gesehen, gibt es bei ihnen keinerlei gemeinsamen Nenner, nicht einen. Sie zeigten unterschiedliche Verhaltensweisen, die Diagnose war nicht dieselbe... obgleich bei den meisten Depressionen eine Rolle spielten. Die therapeutischen Maßnahmen variierten, je nach individuellem Bedarf. Einige betrieben Drogen- oder Alkoholmißbrauch, einige waren abstinent. Einige hatten Probleme mit ihrer Geschlechterrolle, sexuelle oder Partnerschaftskonflikte. Andere wiederum nicht. Einige bekamen nach der Entlassung Einzeltherapie, andere Gruppentherapie, wieder andere medikamentöse Behandlung. Manche hatten fürsorgliche, liebevolle Eltern. Andere wurden von ihren Eltern regelrecht mißbraucht. Psychisch mißbraucht, auf alle Fälle. Es gab keinerlei Übereinstimmungen beim EEG...« Er hielt inne und schaute, ob ich mitkam. Ich nickte ermutigend.

»Manche hatten anscheinend gute Beziehungen zu Gleichaltrigen«, fuhr er fort. »Manche waren eher isoliert. Und es steht außer Frage, daß Patienten mit genau dem gleichen Persönlichkeitsbild entlassen wurden, ohne irgendwelche Vorkommnisse.«

Es klang wie eine vorbereitete Rede, aber er trug vor, als würde er währenddessen dran arbeiten. »Ich glaube, Sie sind mir weit voraus, Doktor«, sagte ich.

»Darum geht es wohl nicht, Mister Burke. Mit der Selbstmordvorbeugung ist es wie mit jeder anderen

Therapie – das Engagement des Patienten ist die Voraussetzung für den Erfolg. Der Patient muß sich auf die Behandlung *einlassen*, sie nicht bloß passiv hinnehmen. Mechanisches Mitmachen nützt überhaupt nichts. Das Problem ist, daß wir, anders als bei anderen psychischen Erkrankungen, nicht die Gelegenheit haben, die Patienten zu befragen, wenn sie ihren Entschluß erst einmal gefaßt haben.«

»Hatten einige nicht schon Selbstmordversuche hinter sich?«

»Ja, und einige haben suizidale Neigungen, die wir rasch feststellen können. Aber Tatsache ist, daß es buchstäblich keine Möglichkeit gibt, sie aufzuhalten, wenn sie sich wirklich umbringen wollen.«

»Ich weiß«, sagte ich, dachte an den toten Häftling, der die Sonderaufsicht ausgetrickst hatte, wie leicht es war. »Wie lang hat es gedauert?«

»Gedauert?«

»Seit dem Zeitpunkt ihrer Entlassung?«

Er nickte nachdenklich, pochte mit den langen, schlanken Fingern auf die Schreibtischplatte. »Das ist ja der Haken«, sagte er. »Sie haben sich innerhalb von neunzig Tagen nach der Entlassung umgebracht.«

»Jeder von ihnen?«

»Ja. Jeder. Ich bin noch einmal unsere Behandlungsbögen durchgegangen, vor allem die Entlassungsbefunde. Wenn sie dieses Virus in sich gehabt hätten, dann, meine ich, hätten wir das erkannt. Ich sage Ihnen das im Vertrauen. Es beunruhigt mich, aber eine Erklärung haben wir nicht.«

»Vielleicht gibt es keine«, sagte ich.

»Vielleicht nicht«, erwiderte er. »Aber wir werden nicht aufhören zu suchen.«

Ich hasse das Gerede von wegen Ausstrahlung. Die einzige Aura, die ich meinem Leben gesehen habe, war um das Gesicht eines Sanitäters, als ich nach einer Gehirnerschütterung wieder zu mir kam. Stellte sich raus, daß es an dem geplatzten Blutgefäß in meinen Augen lag. Aber …

Ich kenne mich aus mit Freaks. Ich weiß, wie sie jagen. Ich kann ihre Spuren verfolgen, trotz bester Tarnung, trotz schwerstem Parfüm. Ich war drauf vorbereitet, daß Barrymore … so was Ähnliches war. Und er war wief, ganz klar. Scharfsinnig, geschickt, konzentriert. Er verhielt sich nach bester Psychologenmanier – ließ dich wissen, daß er zwar deine Geheimnisse nicht kannte, aber egal wie, er würde schon was rauskriegen. So was kann man nicht lernen. Alle erstklassigen Verhörspezialisten haben das – sie können einem mit ihren sanften Stimmen eine Vene öffnen, rumstochern, bis sie die Halsschlagader finden, und grade so fest zukneifen, daß man kapiert, was sie tun *könnten*.

Vielleicht wurde ich langsamer. Allmählich alt. Vielleicht zog mich die Leere an, gab mir den Tunnelblick. Aber …

Barrymore wirkte nicht, als würde er lügen. Er verschwendete keine Zeit damit, mich mit dick aufgetragenem Betroffenheitssülz zuzuschütten. Kids brachten sich um – das leugnete er nicht, spielte es nicht runter. Schien so, als wollte ein Teil von ihm wirklich Bescheid wissen. Aber …

Die Uhr in seinem Büro irritierte mich. Vielleicht hatte Cherry sie an ihre Freunde verschenkt. Vielleicht gehörte so was zur Schirmherrschaft.

Aber warum war die Digitalanzeige genauso eingestellt wie bei ihr … drei Stunden voraus? Das wäre mitten im Atlantischen Ozean.

Sowie ich zurückkam, holte ich die Pistole aus dem Plymouth. Brachte sie aber nicht wieder am Lexus an – ich wollte sie zur Hand haben.

Erst als ich irgendeinen Radiosprecher was von einem wunderschönen Sommersonnabend daherquasseln hörte, wurde mir klar, was für ein Tag es war. Ich lenkte das Auto in Richtung Fancy.

Sie war nicht da. Ich wollte grade wieder gehen, als ihr schwarzer Acura in die Auffahrt rauschte und halsbrecherisch zum Stehen kam. Sie sprang raus, wollte auf mich zurennen.

»Burke! Warte!«

Ich blieb stehen, wo ich war. Sie lief los, blieb plötzlich stehen, trabte zurück zu ihrem Auto. Sie öffnete die Tür, langte hinter den Sitz und holte einen großen weißen Karton raus.

»Komm mit rein«, sagte sie beim Näherkommen. »Ich habe eine.«

Ich folgte ihr rein. Sie trug ihre Tenniskluft, ein weißes Schweißband um die Stirn. »Schau sie dir an«, sagte sie und gab mir die Schachtel.

Ich machte sie auf. Eine weiße Satinbaseballjacke mit weiten roten Ärmeln, rotem Strickbund und passendem Kragen. Der Rücken war leer, eine große weiße Fläche, auf der bloß noch der Schriftzug fehlte. Vorne drauf, direkt über dem Herz, ein Name, in Rot.

Sonny.

»Technischer K.o. in der ersten Runde«, sagte ich.

Sie warf mir einen Blick zu, als wollte sie sagen: »Was, zum Teufel, redest du da?«

»Voll erwischt«, erklärte ich. »Genau das, was der

Junge braucht«, und küßte sie neben den Mundwinkel. »Toll hingekriegt. Wieviel macht das?«

»Kann das Geschenk nicht auch von mir kommen, Burke? Ich finde es so toll, daß er endlich was tut... für sich *selbst*, verstehst du?«

»Wir teilen's uns«, sagte ich. »Wieviel?«

»Na ja, es war auf die Schnelle. Und ich mußte ihnen regelrecht Beine machen. Ich weiß, daß die Größe stimmt... ich habe mir eine Jacke von ihm –«

»Wieviel, Fancy?«

Sie trat von einem Fuß auf den anderen, wie ein schuldbewußtes kleines Mädchen. »Um die dreihundert.«

»Himmel!«

»Na ja, du hast gesagt –«

»Schon okay, Mädchen«, sagte ich und griff in die Tasche. Sie brauchte sich nicht ums Geld zu kümmern, dachte ich und reichte ihr einen Hunni und 'nen halben, aber sie wußte, daß es anderen Leuten nicht so geht. Süß und klasse, daß sie so was machte. So empfand.

»Gefällt sie dir wirklich?« fragte sie.

»Dem wird beim bloßen Anziehn einer abgehn«, versicherte ich.

»Ämmm...«

»Mach dir nichts draus, Braut. Kommste mit zum Rennen?«

»Oh, darf ich?«

»Klar. Willst du nicht sehn, wie ihm die Jacke gefällt?«

»Doch. Aber ich wollte nicht –«

»Wirste nicht. Wie wär's, wenn du sie hier behältst? Bis dahin? Ich will nicht, daß er sie vorher sieht.«

»Okay. Äh... Burke?«

»Was?«

»Für dich habe ich auch was.«

»Fancy . . . «

»Warte einen Augenblick, okay? Komm mit nach hinten, zum Treibhaus. Dort sieht's besser aus.« Sie streckte die Hand aus, dann zog sie mich mit wie ein Kid, das seinen Hausaufsatz herzeigen will. »Schließ die Augen und streck die Hand aus«, sagte sie, als wir ins Treibhaus kamen. Ich warf ihr einen Blick zu, spielte aber mit. »Nicht die«, sagte sie und schob meine linke Hand weg, nahm die rechte. Ich spürte, wie ihre Finger sachte über meine Hand strichen, erkundend.

»Was sind das für lauter kleine weiße Narben?« fragte sie. »Um die zwei Knöchel hier?«

»Sie sind mir mal aufgeplatzt.«

»Wie das?«

»Ich habe an eine Ziegelwand gehaun. Fest.«

»O Gott! Weil du wütend warst?«

»Weil ich nicht getroffen habe – der andere Typ hat sich geduckt.«

»Huch! Na ja, damit wird's besser aussehen. Halt still.«

»Ich spürte, wie sie mir irgendwas auf den rechten Ringfinger streifte, ließ die Augen geschlossen, während sie meine Hand hin- und herdrehte. »Schau!« sagte sie.

Der Ring war schwer, ein weiches, stumpfes Silbergrau. Platin, wahrscheinlich. Mitten drin saß ein fetter, glitzernder Diamant.

»Jesses!«

»Gefällt er dir, Schätzchen?«

»Ich . . . weiß nicht, *was* ich sagen soll. Der ist riesig.«

»Knapp über zwei Karat. Ich habe einen Faden um deinen Finger gelegt, als du geschlafen hast.«

»Fancy, so was wie der hat bestimmt –«

»Na und? Ist mein Geld. Ich möchte ihn dir schenken. Du trägst keinen Schmuck ... zumindest habe ich noch nie welchen gesehen.«

»Er ... paßt nicht zu dem, was ich mache.«

»Das ist nicht der Grund, stimmt's? Nicht der eigentliche. Es ist wie mit der Tätowierung – du willst keinerlei Zeichen an dir. Du willst nicht, daß die Leute vom bloßen Hinschauen was von dir wissen.«

»Vielleicht.«

»Na ja, der hier ist so was wie die Tätowierung. Die, die du mir gemacht hast. Du kannst ihn probieren. Und du kannst ihn jederzeit abnehmen, ja?«

»Yeah, aber ... «

»Machst du dir Sorgen, daß die Leute durch so was ... gierig werden?«

»Nein. Verflucht, der ist so groß, daß er gar nicht echt wirkt. Jeder anständige Straßenräuber würde den für G.Z. halten.«

»G.Z.?«

»Gebrannter Zirkon. Künstlich.«

»Hat sich was. Hier – halt ihn mal ans Licht.«

Es war, als ob jemand eine Stange Dynamit in einen Regenbogen steckte und zündete – die Farben explodierten in einer Reihe funkelnder Blitze. Ich hielt ihn fast auf Armeslänge weg, hypnotisiert von den eisigen Flammen.

»Siehst du das Feuer?« flüsterte sie. »Das Feuer im Inneren?«

»Da ist kein Feuer drin«, erklärte ich. »Das ist ein Märchen. Diamanten leuchten nicht von sich aus. Sie brechen das Licht – deswegen funktioniert es im Dunkeln nicht.«

»Kapiere ich nicht.«

»Nur wo Leben ist, gibt es Licht«, sagte ich. Und dachte: *Wo Leben ist, gibt es auch Dunkelheit.*

Wieder drin, auf der Couch, Jalousien runter. »Rieche ich … muffig?« fragte sie und rutschte dicht ran.

»Du riechst nach massenhaft Parfüm.«

»Ich weiß. Ich wollte es überdecken.«

»Was?«

»Ich wollte kein Bad nehmen. Wie sonst immer. Mich in die Wanne legen. Ich hatte Angst, sie könnte abgehen … die Tätowierung.«

»Irgendwann wird sie doch abgehn, egal, was du machst.«

»Ich weiß. Aber es hat funktioniert. Schon jetzt. Charm ist verrückt geworden. Heute morgen, als sie rübergekommen ist.«

»Ich kapier's nicht.«

»Erinnerst du dich, als du sie kennengelernt hast? Wie ich draußen saß, mit hochgeschlagenem Rock? Der Blick, den sie mir zugeworfen hat? Ich habe dir gesagt, der Blick war nicht wegen mir, der war wegen dir. Ich hasse das. Sie meint, sie weiß alles, über jeden.«

»Stört's dich so sehr, wenn Charm mich für 'nen Freier hält?«

»Nicht bloß das. Ich meine, es ist schlimm genug, wenn sie das denkt. Als ob ich nie jemand haben könnte, es sei denn … ich gebe den Ton an. Verstehst du?«

»Daß niemand dich mag, außer wenn du deine Dominatour durchziehst? Das ist verrückt, Fancy. Du bist eine wunderschöne Frau, und du –«

»Aber sie kennt mich. Sie weiß, daß ich mit niemand

schlafe. Ich habe … männliche Freunde. Aber das sind halt Freunde, weißt du? Ich habe einen guten Freund, Reggie. Er's schwul, läßt es aber nicht raushängen – der würde nie auffallen. *Das* stört Charm nicht.«

»Weil sie weiß, daß du nicht mit ihm schläfst?«

»Weil sie über ihn *Bescheid* weiß, okay? Sie kennt den Hebel. Was für Knöpfe sie drücken muß.«

»Und du willst nicht, daß sie meinen kennt?«

»Bei dir kennt sie ihn *nicht*, stimmt's? Ich habe sie ihr gezeigt. Die Tätowierung. Nicht aus der Nähe, aber es hat gereicht. Sie hat da gesessen, wo du sitzt. Ich bin zurück ins Schlafzimmer, als wäre ich grade beim Umziehen. Ich wußte, daß sie mir hinterherkommt. Sie hat sie gesehen. Gefragt, was das ist, auf meinem Hintern. Ich habe bloß gesagt: 'Nichts weiter.' Dann habe ich mich weiter angezogen. Ich hatte unter dem Rock einen Tanga an. Statt einem Höschen. Sie sagte, das würde nuttig aussehen – ich sollte was Hübsches anziehen. Ich habe ihr gesagt, daß ich Befehle befolge. Deine Befehle. Das hat sie richtig aufgeregt. Sie hat mich gefragt, ob ich jetzt als Devote arbeite. Die Rolle wechsle. Ich habe gesagt, ich würde überhaupt nicht arbeiten – du wärst mein Boß. Die ganze Zeit.«

»Warum hast du das gemacht?«

»Bloß um sie aufzuregen. Charm, die ist so was von beherrscht. Ich könnte sie fesseln und auspeitschen, und sie würde lächeln. Nicht weil sie das mag, sie macht sich nichts draus. Weil sie mich zu Sachen angestiftet hat. Mich aufgemacht hat, reingeschaut. Manchmal fühle ich mich wie so ein Hund.«

»Meinst du, wie mit Halsband und Leine?«

»Nein. Das lass ich andere machen, nicht ich. Wie so ein Pawlowscher Hund, wo man auf die Klingel drückt …«

»Yeah.«

»Hast du das jemals getan, Burke? Die Klingel gehört?«

»Den Ton hab ich mein ganzes Leben lang gehört«, sagte ich und griff nach ihr, und der Diamant an meiner Hand funkelte auf der Bronzehaut ihres Schenkels. »Es klingt immer wie der Gong zur nächsten Runde.«

Auf der Rückfahrt holte ich das Kid ans Autotelefon.

»Wo bist du?«

»Auf dem Parkplatz«, sagte er. »Beim Lebensmittelladen. Ich wollte bloß kurz –«

»Ich fahre jetzt zurück. Wir treffen uns dort.«

Er wartete schon, als ich kam, machte irgendwas am Plymouth, spähte in den offenen Kofferraum. Er schaute hoch, als ich auf ihn zuging.

»Warum hast du mir nicht gesagt, daß deine Mutter eine Schirmherrin von Crystal Cove ist?« fragte ich rasch, bevor er sich wappnen konnte.

»Ich... hab's nicht gewußt. Was ist eine Schirmherrin?«

»Ein Förderer. Finanziell.«

»Oh.«

»Yeah, 'oh'. Was läuft zwischen ihr und Barrymore?«

»Weiß ich nicht.«

»Aber du weißt, daß da was ist, stimmt's?«

»Ich... glaube schon. Er ist früher... immer vorbeigekommen. Vor langer Zeit.«

»Sonny, hör gut zu, okay? Hat deine Mutter nie gesagt, du sollst dich mit Barrymore in Verbindung setzen? Wenn es Probleme gibt …?«

»Nein. Hat sie nie was von gesagt. Bloß Sie.«

»Okay, Kleiner. Is wahrscheinlich sowieso blinder Alarm. Biste noch 'ne Weile mit dem Auto zugange?«

»Yeah. Der Benzintank, wie kann man feststellen, ob er voll ist? Ich meine, zeigt die Benzinuhr –?«

»Sie funktioniert wie eine normale. Hör mal, ich hab ein Video, das ich mir anschaun will … ihr habt doch einen Videorecorder drüben im Haus, oder?«

»Klar, er's –«

»Ich werde ihn finden.«

Langsam ging ich das Haus durch, aber es gab einfach zuviel Kram. Für eine anständige Durchsuchung bräuchte ich Tage – war ein Job für die Israelis. Cherrys Schlafzimmer sah aus wie immer – nirgendwo Staub, obwohl mir in der ganzen Zeit, die ich hier rumhing, nie Hauspersonal unter die Augen gekommen war. War vermutlich sowieso nicht das einzig sichere Depot, das sie hatte. Die Uhr in ihrem Schlafzimmer juckte mich. Drei Stunden *voraus* … was, zum Teufel, hatte das zu bedeuten?

»Erster Durchgang um neun«, sagte das Kid, als ich über die Auffahrt zurück zu meiner Wohnung ging. »Ich will früh da sein, die Feinabstimmung machen.«

»Ich komme später«, erklärte ich. »Du weißt nicht, wann du dran bist?«

»Nein, nicht so ganz. Normalerweise fährt die freie Klasse zuletzt, aber … «

»Ich werd dich finden.«

Vor Einbruch der Dunkelheit war ich bei Fancy. »Ich hab's bei den Eltern von Troy und Jennifer versucht«, sagte sie. »Den Kids, die … es zusammen gemacht haben.«

»Und?«

»Ich habe gedacht, sie wären … auch zusammen, weißt du? Wo sie sehen, wie sehr ihre Kinder einander geliebt haben. Aber Jennifers Vater, der hat mich gleich angefahren. Er hätte schon von dir gehört. Von deiner Klinkenputzerei. Und er und seine Frau, sie wollten bloß in Ruhe gelassen werden. Also hab ich bei Troy zu Hause angerufen. Seine Mutter wollte wissen, ob ich mit Jennifers Eltern gesprochen hätte. Ich sagte, noch nicht, wie wenn ich das als nächstes tun wollte, klar? Sie sagte, ihrer Meinung nach war Jennifer schwanger, und ihre Eltern wollten sie nicht abtreiben lassen. Die wären katholisch. Aber sie wollte sich auch nicht mit uns treffen.«

»Könnte das stimmen … was sie gesagt hat?«

»Ich habe ein bißchen … herumgefragt. Sei nicht sauer – ich war vorsichtig. Es kann nicht stimmen. Zunächst mal sind ihre Eltern nicht katholisch. Und außerdem lassen hier in der Gegend viele Mädchen abtreiben – es ist was Alltägliches. Und Jennifer war nicht mehr minderjährig – sie hätte von niemand eine Einwilligung gebraucht. Die beiden hätten sogar heiraten können, wenn sie gewollt hätten.«

»Aber sie waren beide in Crystal Cove …«

»Ich weiß. Das ist ja das Komische – ich glaube, genau dort sind sie sich begegnet. Eigentlich kannten sie sich noch gar nicht so lange … um so was zu tun.«

»Wie lang braucht so was?«

»Mach dich nicht über mich lustig, Burke. Das ist 'ne ernste Sache, so was zu machen wie die. Ich dachte bloß …«

»Ich hab mich nicht über dich lustig gemacht, Mädchen. Das is ja die Sache bei Selbstmördern – man kann sie nicht mehr fragen.«

Fancy fuhr uns in ihrem NSX zu einem Thai-Restaurant. Ich bestellte Fleischspießchen, in einem Fonduetopf mit heißem Öl gegart, den sie auf den Tisch stellten. Fancy nahm die Gemüsepfanne mit Sesamnudeln.

»Was trinkt man zu thailändischem Essen?« fragte sie, während sie die Karte durchschaute.

»Bier«, sagte ich. »Wenigstens sagt das jeder.«

»Darf ich eins trinken?«

»Sicher. Warum nicht?«

»Na ja ... du trinkst nicht. Ich dachte, vielleicht ... «

»Was?«

»Na ja, ich weiß nicht. Vielleicht magst du auch den Alkoholgeschmack nicht ... an mir. Weißt du, so ähnlich, wie wenn Leute, die nicht rauchen, es auch bei anderen nicht riechen können?«

»Is das 'ne Andeutung?«

»O nein! Ehrlich. Ist mir egal. Ich wollte bloß nichts tun, was du –«

»Machste nicht, Fancy. Nimm ein Bier.«

»Sie bestellte ein Budweiser Light. Kippte es weg, als wäre sie dran gewöhnt. Beim Essen hob sie die Hand, und der Kellner kam rüber. »Noch eins?« fragte sie mich.

»Nur zu. Zurück kann ich fahren, wenn's sein muß.«

»Nee, so schlecht bin ich nun auch nicht«, kicherte sie los. »Ich trinke schon, seit ich klein war. Wein hauptsächlich. Den gab's bei uns immer zum Essen.«

»Trinkt Charm?« fragte ich sie.

Sie warf mir einen wachsamen Blick zu. »Sie spielt damit rum. Bei Partys zum Beispiel und so. Aber sie mag's eigentlich nicht.«

Paßt.

Der Ober geleitete einen korpulenten Mann um die Fünfzig an unserem Tisch vorbei. Seine Kleidung war erste Sahne, ein dunkler Anzug, dem nicht viel zum Frack fehlte. Die Frau, die er dabeihatte, war größer, klapperdürr, mit glatten rotbraunen Haaren, die zu steif zum Anfassen aussahen. Der Ober plazierte beide links von uns, außerhalb meines Blickfeldes.

Fancy fing an, in ihrem Essen rumzustochern, redete nichts mehr. »Stimmt was nicht?« fragte ich.

»Burke, könntest du ... ach, nichts weiter.«

»Was?«

»Ist zu kompliziert. Ich ... «

»Fancy!« Mein Ton war schärfer als beabsichtigt. Mit großen grauen Augen blickte sie auf. Sie schob ihren Stuhl zurück, stand auf. Sie ging um den kleinen Tisch rechts neben sich, beugte sich zu mir runter, die Lippen dicht an meinem Ohr. »Ich gehe auf die Damentoilette. Wenn ich zurückkomme, werde ich dir etwas geben. Wirst du es nehmen? In die Tasche stecken, ohne es anzuschauen? Bitte?«

Ich nickte, schaute gradeaus. Sie blieb so, wie sie war, vornübergebeugt, die Lippen immer noch an meinem Ohr, aber sie sagte nichts mehr, versuchte ihre Atmung in den Griff zu kriegen. Dann richtete sie sich auf und stolzierte mit übertrieben wackelndem Arsch in die Richtung davon, in die ich schaute.

Der Kellner räumte die Teller ab. Ich zündete mir eine Zigarette an, spürte die Blicke, drehte mich nicht um. Fancy kam mit hochrotem Gesicht zurück, ging steifer, die Augen gesenkt. Sie setzte sich wieder hin.

»Hier«, sagte sie, beugte sich vor und reichte mit der rechten Hand um den Tisch herum. Ich griff mit links zu, schaute ihr in die Augen. Spürte Seide. Knüllte sie zusammen, steckte sie in die Außentasche meines Sakkos.

Ich zahlte. Fancy stand auf, bevor ich dazu kam. Sie stellte sich hinter mich, zog meinen Stuhl weg wie ein Oberkellner. Ich sah, wie uns der Korpulente beobachtete, als wir zusammen rausgingen. Sein Gesicht war voller weißer Flecken.

Ich machte die Tür des NSX auf, und Fancy stieg auf der Beifahrerseite ein. Ich drehte den Zündschlüssel und rollte vom Parkplatz, spürte, wie der turbinenartig sanft anlaufende Motor bloß drauf wartete, daß ich das Gaspedal antippte.

»Was war eigentlich los?« fragte ich sie schließlich.

»Könntest du eine Zigarette anzünden?«

»Was?«

»Dir eine Zigarette anzünden ... damit ich mal ziehen kann?«

Ich machte es. Reichte sie ihr. Sie steckte sie in den Mund, spielte damit rum, ohne zu inhalieren. Reichte sie wieder mir.

»Sag's mir«, sagte ich.

»Schau in deine Tasche.«

Ich steckte die Hand rein, zog ein rotes, mit schwarzer Spitze besetztes Seidenhöschen raus.

»Das ist meins«, sagte Fancy. »Ich habe es auf der Damentoilette ausgezogen.«

»Ich kapier's nicht.

»Hast du den fetten Mann gesehen? Den, der mit der dürren Frau gekommen ist?«

»Yeah. Ich meine, ich hab ihn mir nicht genau angeschaut, aber gesehn hab ich ihn.«

»Er ist einer von meinen ... Kunden.«

»Und? So was kommt doch sicher öfter vor, oder? Kann nicht das erste Mal gewesen sein.«

»Es war das erste Mal, wenn ich mit jemand zusammen war. Normalerweise ... verabrede ich mich nicht. Nicht in öffentlichen Lokalen. Ich gehe aus und alles, aber nicht allein mit einem Mann.«

»Ich kapier's immer noch nicht.«

»Das ist so wie mit Charm, Burke. Ich habe gesehen, wie er hergeschaut hat. Als *wüßte* er irgendwas.«

»Fancy, er *weiß* auch was. Genau wie du, richtig? Klingt, als wärt ihr quitt ... warum sollte dir das peinlich sein?«

»Es geht nicht um mich, es geht um dich. Er hat mich mit dir gesehen. Ich habe gesehen, wie er rübergeschaut hat. Als wüßte er über dich Bescheid, verstehst du? Ich rede nie über meine Kunden. Niemals. Deswegen verabrede ich mich nie mit ihnen. Weil so was wie ... wie vorhin ... das könnte passieren.«

»Hä?«

»*Kapierst* du nicht? Wenn mich ein Kunde mit einem anderen sieht, dann weiß der, mit dem ich zusammen bin, gar nichts. Aber der andere, *der* weiß Bescheid. Es ist ein echter ... Vorteil, wenn man so was von jemand weiß.«

»Redest du von Erpressung?«

»Sozusagen. Das ist mit das Abscheulichste von der

Welt, Geheimnisse verhökern. Nichts würde mich dazu bringen.«

»Machst du dir Sorgen, daß mich jemand erpressen könnte?«

»Nein. Wie sollte das jemand tun können? Selbst wenn sie dich gesehen hätten, hätten sie keine Beweise. Das meine ich nicht. Es bedeutet viel Macht, wenn man weiß, was ein Mensch braucht. Charm weiß das. Sie hat mich immer gefragt, wen ich grade ... dranhabe. Du weißt schon.«

»Was ist mit den Videos?«

»Das ist was anderes. Das ist professionell, nicht persönlich. Charm war schon immer so – sie mußte alle Geheimnisse kennen. Deswegen ist sie dem Rector's beigetreten. Wenn du da hingehst, muß das dein Ding sein.«

»Also muß sie –«

»Sie muß gar nichts machen. Es gibt massenhaft Möglichkeiten, dazuzugehören. Spanking ist nicht das gleiche wie B/D. Oder S/M. Im Rector's gibt es alle möglichen Räume. Privaträume, so was wie Schlafzimmer. Zwei Kerker. Alle möglichen Sachen, Geräte. Und ein großer Raum, für Gruppenzeug. Manche Leute geben, manche nehmen. Manche switchen, machen beides. Und manche, die schaun gerne zu. Wie Charm. Sie schaut bloß zu. Hauptsächlich in den Gruppenräumen. Da war mal ein Mädchen, ist lange her, die hat uns gesagt, sie würde in dieser Nacht tüchtig was abkriegen. Ihr Besitzer hätte vor, ihre eine richtige Lektion zu erteilen. Charm wollte zuschauen, aber die haben sie nicht gelassen. Sie ist richtig sauer geworden. Ich meine ich wußte, daß sie sauer war ... ich kenne sie. Du würdest es ihr nicht anmerken.«

»Ist Charm eine Voyeurin?«

»Nein. Sie macht sich eigentlich nichts draus. Sie

steht nicht auf Porno oder so. Sie ist ... Sammlerin. Sie sammelt Informationen. Das kommt von ihrer Wissenschaft, glaube ich. Wo man sich auskennen muß, wie Dinge funktionieren und so. Sie war schon immer so. Ich weiß, daß sie mein Tagebuch gelesen hat. Dabei habe ich's ja gelernt. Sie auszutricksen. Ich habe Zeug reingeschrieben, das nicht gestimmt hat, bloß um sie durcheinanderzubringen.«

»Geht sie mit jemand aus und so?«

»Oh, klar. Aber nichts Ernstes. Sie würde niemals heiraten – das hat sie mir gesagt, als wir noch klein waren.«

»Okay. Und warum die Szene in dem Restaurant?«

»Der Mann, der mich gesehen hat ... mit dir. Er hat gedacht, du wärst ... so wie er. Und wenn du ihm mal wieder begegnest, wäre er so was ... wie im Vorteil. Ich habe es so gedreht, als ob du's mir befohlen hast ... auf die Damentoilette zu gehen und mein Höschen auszuziehen. Er hat gesehen, wie ich's dir gegeben habe. Wie wenn du mich in Verlegenheit bringen wolltest – mir zeigen, wer der Boß ist. Du würdest das nicht tun – könntest das nicht tun –, wenn du devot wärst.«

»Es ging also bloß drum, ihn durcheinanderzubringen? In bezug auf mich?«

»Und was mich betrifft genauso«, sagte sie und schaute gradeaus durch die Windschutzscheibe. »Warum sollte jemand glauben, daß er mich kennt, wenn ich mich nicht mal selber kenne?«

Viel später. In Fancys verdunkeltem Schlafzimmer.

»Gibt es irgendwas, das du von mir möchtest?« fragte sie.

»Wie wär's mit dem hier?«

»Laß das!« kicherte sie los und schlug mir auf die Hand. »Das meine ich nicht. Was Großes. Geld ...?«

»Ich bin mir ... nicht sicher«, sagte ich. Die Wahrheit.

»Wenn du es für mich rauskriegst, mache ich, was du willst.«

»Was rauskriegen?«

»Das Rätsel. Mein Rätsel. Ich bin keine rätselhafte Frau, aber ich bin mir ein Rätsel. Mein Leben lang ein Rätsel. Charm ist sich so sicher, daß sie mich kennt, aber sie kennt mich nicht. Überhaupt nicht. Sie kennt mich nicht. Genau das will ich.«

»Dich kennenlernen?«

»Ja! Genau das will ich. Ich kann nicht ... ewig so weitermachen. Nicht irgendwas sein. Sie hatte recht, weißt du. Kein Ding. Das ist gar nichts. Aber sie hat auch unrecht. Dieses ... Dominazeug bin nicht ich. Das mache ich. Ich empfinde dabei ... etwas. Aber das bin ich nicht. Nicht ganz und gar.«

»Woher bist du dir so sicher, daß ich –«

»Du *könntest* es, Burke. Ich weiß, daß du's könntest. Willst du ...?«

»Ich probier's, Mädchen.«

Fancy kam in einem hauchdünnen Nachthemd aus dem Badezimmer, die Umrisse ihres Körpers durch das Licht im Hintergrund hervorgehoben. Sie hatte irgendwas in der Hand, einen langen, dünnen Stab.

Sie kam zum Bett. Ich lag auf dem Rücken. Sie nahm mir die Zigarette aus der Hand, hielt sie an ihre Lippen, zog einmal kräftig dran, machte sie im Aschenbecher aus. Sie legte sich über mich, die schweren Brüste an meinem Oberkörper.

»Möchtest du ... mal was anderes machen?«

»Was?«

»Ich hab dir doch gesagt ... wie Charm es mir gemacht hat ... mit Sachen ... die sie in mich gesteckt hat ... wo ein Mann reingeht«, flüsterte sie.

»Ich erinner mich.«

»Sie hat's ... auch an anderen Stellen reingesteckt. Das hier«, sagte sie und hielt den Stab hoch. »Möchtest du ...?«

Ich schüttelte den Kopf. Fancy stieg über mich, zog ihr Nachthemd hoch, stülpte sich über meinen Schwanz und senkte sich drauf. Sie führte beide Hände hinter sich. Ich sah den hochstehenden Stab, spürte ihr schwaches Seufzen, hörte das anhaltende Summen des Vibrators, als sie sich über die Kippe brachte, an beiden Enden verankert.

Sie schlief, als ich im Dunkeln aufstand. Im Treibhaus war's kühl, die Luft schwer vor Feuchtigkeit. Ich schaute durch das Glas zu den Sternen.

Fancy wußte nicht, wo sie sein wollte. Ich dachte ans Leere, den Abgrund.

Und zum erstenmal wußte ich, daß ich dort nicht sein wollte. Es überkam mich nicht friedlich, es erwischte mich wie mit einem Kreuzschlüssel, mir wurde schwindlig.

Ich lehnte mich an das Regal im Treibhaus. Ich wollte irgendwo in 'ner Hillbillybar sein. Blossom in den Armen halten, so langsam tanzen, daß es was anderes war. Blossom. Wenn jemand eine Schlägerei anfing, zerrte sie einen weg – aber wenn man reingezogen wurde, war sie sofort mit dabei.

Ich ging in dieses Haus, weil ich das totmachen wollte, was sie mir angetan hatten. Erzählte mir massenhaft Lügen, bevor es passierte. Seitdem keine mehr.

Die Leute sagen, man kann nicht gesund werden, bevor man vergeben kann. Beschissene Lügner. Feiglinge und Verräter. Wenn einem eine Bestie die Seele stiehlt, kriegt man sie nicht dadurch wieder, daß man Frieden mit ihr schließt. Frieden schließt man mit sich selber.

Um das zu machen, ging ich in dieses Haus. Mit einer Knarre in der Hand. Und ich tötete ein Baby.

Sag es! Ich habe ein Baby getötet. Ich hatte es nicht vor, aber tot ist der Junge trotzdem. Umgeben von den Leichen jener, die ihn quälten.

Würde er mir vergeben, wenn er wüßte, warum ich diesen Gang ging?

Da kapierte ich es. Kapierte es richtig. Das Leere ist nicht das, wo man hinkommt, wenn man stirbt – es ist das, wo man hinkommt, wenn man es freiwillig tut.

Ich konnte das tote Kind in mir spüren – wie bei Wendys Gedicht, ein Gespräch mit der anderen Seite. Das Leere, der Abgrund nützten mir nichts – ich würde das Kind dort nicht finden. Aber vielleicht konnte er mich hören. Manchmal hörte ich Wesley; vielleicht …

Ich werde sie immer hassen, versprach ich dem Kind, das ich getötet hatte. Immer. Ich schwör's bei meiner wahren Familie, daß ich nie vergeben werde. Und wenn ich sie fand, würde ich sie umbringen.

Rasch. Nicht so, wie sie's mit mir machten.

Wie sie's auch mit dir gemacht haben, Kind.

Tut mir leid, Kleiner, sagte ich in mir. *Aber du bist nirgendwo, wo ich hingehn und es dir sagen kann – ich kann's nicht wiedergutmachen.*

Ich setzte mich auf den kalten Boden und ließ mich unter das Leere sinken. Weinte mich in den Schlaf, so wie ich's gemacht habe, als ich selber noch ein Kind war.

Bevor sie mir beibrachten, daß keiner zuhört.

Die Sonne, die auf das Treibhaus runterbrannte, weckte mich. Ich war nackt, kalt, wund.

Ich wollte nicht mehr ins Leere. Und wollte nicht mehr in diesem reichen Getto sein.

Ich wollte meine Familie wiederhaben. Die Familie, die ich mir selber mitgeschaffen habe. Für sie würde ich sterben, aber ich würde kämpfend sterben.

Pansy fehlte mir. Ich fühlte mich innen krank. Nicht mehr traurig, krank vor Wissen.

Vor hundert Jahren stand ich auf einem Gefängnishof und hörte dem Prof zu, der mir erklärte, ich dürfte irgendeinen läppischen Zoff, den ich mit einem anderen Knacki hatte, nicht mit dem Stichel beilegen. Sagte, ich sollte mich abregen, eisig werden, meine Chance abpassen. Ich wollte es nicht hören – ich wollte nichts weiter, als die elende Arschgeige abstechen, die mich übers Ohr gehauen hatte. »Mach's, wie ich sag, oder zisch hier ab«, sagte der Prof damals.

Ich blieb. Ich würde auch jetzt bleiben. Und dranbleiben.

Fancy lag auf dem Bauch, das Gesicht in ein Kissen vergraben, und schlief wie ein Stein. Die Tätowierung, die ich aufgemalt hatte, war fast weg. Sie löste sich auf, wie der Schleier um das Rätsel in ihrem Leben.

Ich rutschte neben sie, legte mich auf ihren Körper. Sie murmelte irgendwas, immer noch weggetreten. Ich streichelte ihren Nacken, bis sie sich bewegte. Als sie sicher wußte, daß ich es war, hielt ich sie im Arm, bis sie wieder einschlief.

Ich kaute auf einem Müsliriegel rum, den ich in der Küche gefunden hatte, spülte ihn mit einem Schluck Eiswasser runter. So ruhig, daß ich meinen Herzschlag zählen konnte. Fancy kam rein. »Wie findest du das?« fragte sie, präsentierte sich.

Sie trug scharfe rosa Stretchhosen mit einem dicken schwarzen Streifen an der Seite. Die Hose endete etwa in Wadenmitte. Glänzende schwarze Stöckelschuhe. Einen schwarzen Baumwoll-BH mit breiten Trägern, die am Rücken überkreuz liefen. In der einen Hand hatte sie ein schwarzes Sweatshirt.

»Ziehst du das auch noch an?«

»Na ja, natürlich! Ich wollte bloß, daß du erst siehst, was drunter ist.«

»Ich habe nicht gesehn, was unter der Hose ist«, sagte ich.

»Das ist gar nix drunter«, sagte sie und streckte mir die Zunge raus. »War kein Platz mehr. Geht das okay?«

»Hochexplosiv.«

Sie drehte sich zur Seite, schob die Hüfte raus, gab sich einen festen Klaps auf den Hintern. »Bumm!« flüsterte sie.

Ich lenkte den Lexus zu dem Parkplatz, wo ich versprochen hatte zu warten, Fancy in ihrem NSX hinterher. Sie stellte keine Fragen, als ich sie am Steuer ablöste.

Als wir ankamen, wartete bereits eine lange Schlange auf den Einlaß. Ein junges Mädchen in hellorangen Latzhosen graste die Schlange ab, nahm Scheine entgegen, gab Wechselgeld zurück.

»Wieviel?« fragte ich, als sie zu uns kam.

»Zehn Dollar pro Fahrzeug. Noch mal zehn, wenn Sie ins Fahrerlager wollen.«

Ich gab ihr einen Zwanziger. »Wir wollen beides.«

Sie pulte zwei Aufkleber ab, einen weißen, einen blauen. »Die können Sie auf Ihr Armaturenbrett pappen«, sagte sie. »Achten Sie drauf, daß sie durch die Windschutzscheibe zu sehen sind. Hier, ich ... «

Sie bückte sich, steckte den Kopf ins Auto. »Ich übernehme das«, blaffte Fancy sie an und riß ihr die Aufkleber aus der Hand.

»Ruhig«, sagte ich zu ihr und fuhr weiter.

»Oh, *ich* übernehme das«, äffte sie sich nach, ätzend vor Spott.

»Sie's bloß ein Kid, spielt ein bißchen rum.«

»Ich geb ihr was zum Rumspielen.«

»Das reicht.«

»Was reicht?«

»Das reicht, Braut.«

Sie klinkte ihren Sicherheitsgurt auf, beugte sich rüber und gab mir eine kurzen Kuß.

Wir entdeckten das Fahrerlager. Es war rammelvoll. Ich parkte Fancys Auto an der Seite, dann schauten wir uns um. Das ganze sah aus wie einziger Grand Protz... die gelegentlichen Mercedesse fielen regelrecht auf, wie arme Verwandte, die man nur der Form halber zur Hochzeit eingeladen hat. Ferraris, Maseratis, ein Lamborghini mit Flügeltüren. Alle auf Hochglanz poliert, stinkend vor Status. Fancys Sweatshirt reichte bis über ihren Hintern. Niemand warf uns einen zweiten

Blick zu, als wir über das Gelände spazierten, nicht mal in diesem Meer aus Laura-Ashley- und Heuboden-Chic.

»Da ist er!« brüllte Fancy und zerrte mich am Arm. Wenn ein Mercedes fehl am Platz schien, dann wirkte der Plymouth wie aus den Tiefen des Weltalls. Das Kind stand daneben, ein Klemmbrett in der Hand. Ein großes, schlankes Mädchen war bei ihm, mit langen rötlichen Haaren fast bis zur Taille, ganz in Schwarz gekleidet. Aber statt der käsigen Stubenhockerhaut, die ich erwartet hatte, hatte sie einen Teint wie Porzellan mit leicht rosigem Unterton.

»Burke!« schrie das Kid, als er aufblickte und uns entdeckte. »Und … Fancy. Wow!«

»Biste bereit?« fragte ich ihn.

»Yeah. Burke, Fancy … das ist Wendy.«

Das große Mädchen streckte uns die Hand entgegen. Schwarzer Nagellack. Ich hielt sie eine Sekunde, aber nicht mal im grellen Sonnenlicht leuchteten irgendwelche Narben an den Handgelenken auf – wenn sie jemals versucht hatte, ihrer toten Freundin heimlich einen Besuch abzustatten, dann nicht auf diese Art. Sie hatte ein schmales, vornehmes Gesicht mit ausgeprägten Jochbeinen und sanften, golden gesprenkelten Kupferaugen.

»Du hast tolle Haare«, sagte Fancy. »Ich wünschte, meine wären so.«

»Vielen Dank«, sagte Wendy. Ohne zu erröten, aber auch nicht arrogant.

»Gib sie ihm«, sagte ich zu Fancy.

»Da!« platzte sie los und reichte dem Kid die Schachtel.

»Was ist das?« fragte er.

»Mach sie doch auf«, sagte Wendy und stellte sich neben ihn, die Hand auf seiner Schulter.

Er legte sie auf die Motorhaube, öffnete sie langsam. Holte die Jacke raus. »*Ist* die schön!« sagte er und hielt sie hoch. Wendy nahm sie ihm ab, winkte ihm, er sollte sich umdrehn, half ihm rein. Sie saß tadellos.

»Ich liebe sie«, sagte er leise, und seine Finger wanderten über die rote Schrift mit seinem Namen.

»He, Randy! Die haben gesagt, du wärst hier drüben. Wo is'n dein Auto?« Brewster, mit fünf, sechs Kids im Gefolge.

»Das ist es«, sagte das Kid und tätschelte dem Plymouth die Flanke. Ich bestaunte die große, auf die Tür gemalte weiße Zahl: 303. Ich nehme an, sie wurden beliebig verteilt.

»Das? Du willst mich veräppeln, stimmt's?«

»Nee.«

»Mächtig *ab*gefahren!« sagte einer seiner Jungs.

Brewster ließ den Kopf kreisen, als hätte er grade einen Treffer eingesteckt. »Von wem hast du die Jacke geborgt?« fragte er den Jungen, stellte sich dicht neben ihn.

»Das ist meine.«

»Und wer's Sonny?«

»Das bin ich.«

»Sonny? Was is'n das für'n beschissener Name?«

»So nennen ihn seine Freunde«, sagte Fancy, trat vor, als wollte sie Brewster eine rechte Gerade verpassen.

»Das is ja krank, Mann«, lachte Brewster. »Eine von deinen Psychoideen?« höhnte er in Richtung Wendy.

»Es gibt eine Krankheit, die du nie kriegen wirst, Brewster«, erwiderte sie sanft.

»Yeah? Was is das?«

»Hirnhautentzündung«, sagte sie. Zwei von Brewsters Jungs klatschten einander ab. Sein Gesicht lief rot an. »Denk gar nicht erst drüber nach«, sagte ich ganz ruhig zu ihm.

»Wir sehn uns da draußen, Flasche«, sagte er und marschierte davon.

Sonny klappte die Schnauze des Plymouth nach vorn, der Motor und die Federung kamen zum Vorschein. Ein Typ mit einer kleinen Kappe blieb ein paar Schritt entfernt stehen und schaute sich die Sache an. Ich beobachtete sein Gesicht, wartete auf den überheblich-herablassenden Blick, aber er war schwer beeindruckt.

»Ist das ein sieben Liter?« fragte er.

»Siebeneinhalb«, sagte ich. »Mit großer Aufbohrung.«

»Was für ein Monster!« sagte der Typ voller Bewunderung. »So was hab ich seit Kinderzeiten nicht mehr gesehen. Werden Sie fahren?«

»Er fährt«, deutete ich auf Sonny.

»Ich nehm an, genug Drehmoment für eine kurze Strecke hast du«, sagte der Typ zu Sonny. »Aber der schleppt 'n paar Tonnen Schubgewicht mit.«

»Yeah«, sagte Sonny. »Aber er schiebt ziemlich gut über die Außenräder.

»Kannst du ihn hochdrehen? Ihn die ganze Zeit im kleinen Gang halten?«

»Genau das habe ich vor. Die Automatik hat bloß drei Stufen – wahrscheinlich dreht er nicht mal in den roten.«

»Viel Glück«, sagte der Mann und bot ihm die Hand.

»Danke«, entgegnete Sonny.

Der Mann ging weg. »Wissen Sie, wer das war?« fragte mich Sonny und gab selber die Antwort, ohne auf meine Reaktion zu warten. »Das war John Margate – er ist früher Formel Eins gefahren. War sogar beim Grand Prix dabei... verdammt!«

»Ich nehm an, er weiß, was Sache ist.«

»John Margate...«, sagte das Kid versonnen und reckte sich.

Auf dem Dach des Plymouth sitzend, schauten wir uns die Rennen an, ließen die Beine über die Windschutzscheibe baumeln. Hauptsächlich Sportwagen: Ab und an entdeckte ich Alfas, einen alten Triumph, ein MGA-Coupé. Die meisten kamen ziemlich gut mit dem Kurs zurecht, nur gelegentlich gab es einen Dreher. Eine elektronische Anzeigentafel am Ziel gab die Zeit eines jeden Autos beim Einlauf an. Nach einer Weile gingen die Streckenposten auf die Piste, verschoben die Pylonen, stellten sie breiter auf, machten alles großzügiger. Die nächste Runde war schwereres Gerät: ein weißer Nissan 300 ZX, ein blauer Mazda RX-7, sogar ein NSX, wie der von Fancy.

»Bald isses soweit«, sagte Sonny. Er wirkte etwa so nervös wie ein Pitbull, der gegen einen Cockerspaniel antritt.

Wir kletterten runter. Sonny ging ein letztes Mal um den Plymouth, streichelte das große Auto, sagte irgendwas, das ich nicht verstand. Wendy nahm den langen schwarzen Chiffonschal vom Hals, band ihn sorgfältig an der Antenne des Plymouth fest, gab Sonny einen Kuß. Er setzte seinen Sturzhelm auf, zog ein paar Lederhandschuhe über und ließ den Motor an. Der Plymouth knurrte warnend, bereit.

Sonny legte den Gang ein und fuhr zum Start.

»Er wird klarkommen«, sagte ich zu Wendy.

»Ich weiß«, sagte sie.

Ich schaute mich nach Fancy um, sah sie nirgendwo. Bevor ich wußte, was los war, tauchte sie wieder auf, einen weißen Cowboyhut auf dem Kopf, und balancierte einen Pappkarton mit Papierbechern.

»Wo haste das denn her?« fragte ich.

»Auf der anderen Seite gibt es einen Stand«, sagte sie und reichte Wendy eine eiskalte Cola, dann mir.

»Ich meine den Hut.«

»Oh. Den hatte irgendein Junge auf – er hat ihn mir gegeben.«

»Kommt«, sagte ich zu den beiden Frauen. »Gehn wir dahin, wo wir was sehn können.«

Das erste Auto war ein lippenstiftroter Dodge Viper. Über Lautsprecher wurde der Name des Typs genannt, es gab ein bißchen Höflichkeitsapplaus. Er konnte ums Verrecken nicht fahren, drehte sich in einer Kurve um die eigene Achse und flog raus. Harmlos – er rutschte ein bißchen, dann blieb er stehen.

»Man hat drei Durchgänge.« Ich schaute zu dem rüber, der das gesagt hatte, ein Typ um die Vierzig, der eine dieser Safarijacken für Betuchte trug. Er wirkte bestens ausgerüstet – in einer Hand ein Klemmbrett mit Millimeterpapier, um den Hals ein Fernrohr. »Im ersten Lauf treiben es die meisten zu toll«, sagte er wissend. Ich bedankte mich nickend für die Information.

Das nächste Auto war ein Einsitzer mit einem Heck wie ein Boot – ich erkannte keine Marke.

»Herbert Carpenter. In einem Jaguar D«, schallte es aus dem Lautsprecher.

Wer immer er war, er war gut. Echt gut. Geschmeidig zischte das dunkelgrüne Auto zwischen den Pylonen durch, mit einem Geräusch wie zerreißendes Zelttuch. Die elektronische Anzeigentafel blinkte auf… 1:29.44.

»Tagesbestzeit«, sagte der Typ neben mir.

Wendy tippte mir auf den Unterarm. »Bin gleich wieder da«, sagte sie.

»Brewster Winthrop. In einer Corvette ZR-eins«, teilte uns der Ansager mit.

Die Vette war Darth-Vader-schwarz und strotzte vor aerodynamischem Schnickschnack, bis hin zum nutzlosen Heckspoiler, der wie ein kreisender Raubvogel über ihrem Schwanz schwebte. Sie donnerte um den Kurs wie ein gereizter Stier – laut und voll brutaler Kraft. Aber der Wichser konnte fahren, das mußte ich ihm zugestehen. Er heizte durchs Ziel, und die Anzeigentafel blinkte auf… 1:29.12.

»Jawoll!« röhrte der Typ neben mir los und notierte irgendwas auf seinem Klemmbrett. Er war nicht der einzige – Brewster bekam mächtig Applaus, als er aus dem Auto stieg. Er nahm den Helm ab, machte eine knappe Verbeugung.

»John Margate. In seinem berühmten Lola.« Die Ansage war überflüssig – jeder schien das Auto zu kennen. Margates blaue Kiste flutschte durch den Kurs wie ein geölter Blitz, spursicher wie am Glasfaserkabel gezogen. Ich wußte auch ohne Anzeigentafel, daß er schneller als jeder andere war, aber dort stand es schwarz auf weiß… 1:27.33.

»Der Beste!« sagte der Typ neben mir.

Noch drei Autos kamen, bevor der Name des Kids kam. »Sonny Cambridge. In einem… Plymouth.«

»Der macht wohl Witze«, bemerkte mein Fremdenführer säuerlich, schraubte sich das Fernrohr vors Auge.

»Wenigstens haben sie den Namen hingekriegt«, sagte ich zu Wendy.

»Ich bin hin und hab's ihnen gesagt«, erwiderte sie. »Ich wollte, daß er ihn hört.«

Sonny kam wie ein Dragster über die Startlinie geschossen, stellte das große Auto gekonnt quer und driftete zwischen den Pylonen durch wie ein Schnapsschmuggler über einen Feldweg, einen Rattenschwanz aus Qualm und Steinchen hinter sich herziehend. Er hielt ihn im oberen Drehzahlbereich, bremste bei durchgetretenem Gaspedal, ging immer wieder bis zum vollen Lenkradanschlag. Jauchzend!

Die Zeitanzeige sagte alles ... 1:28.55. Die Menge brüllte los, als Sonny ausstieg. Er ließ den Helm auf, stieg wieder in den Plymouth und rollte zur Seite.

Wir fanden ihn im Fahrerlager. »Toll war's!« sagte ich. Wendy und Fancy küßten ihn auf die Backe. Das Kid wurde rot. »Ich glaube, ich lass den zweiten Durchgang aus«, sagte er. »Es sei denn, jemand unterbietet meine Zeit. Beim letzten Durchgang sind's bloß noch zwei Autos – ich glaube, John Margate wartet auch ab.«

»Gute Taktik.«

»Es war ... wunderbar, Mann. Ich kann Ihnen gar nicht sagen ...«

»Gehn wir rüber und schaun zu«, sagte ich.

Wir fanden einen Stehplatz am Rand. »Ich kann nichts *sehen*«, sagte Fancy. Ich suchte rum, fand eine stabil wirkende Holzkiste, stellte sie aufrecht hin. »Probier's damit«, sagte ich. Sie stieg drauf, die Hand auf meiner Schulter, und schob ihre Stöckelschuhe vorsichtig zurecht. »So ist es bestens«, sagte sie. »Kannst du für Wendy auch eine auftreiben?«

Ich drehte rasch eine Runde, schaute mich um. Die Viper machte sich für die nächste Runde bereit. Rechts von mir funkelte irgendwas in der Sonne. Ein Mann mit einer Armeemütze, Fernglas vor den Augen. Er nahm es runter. Es war Blankenship. Ich wandte den Blick wieder dem Kurs zu. Die Viper steuerte einem weiteren Ausfall entgegen. Ich drehte mich wieder zu Blankenship um. Er war weg.

Ich fand noch eine Kiste, schleppte sie zurück. Wendy stieg drauf, hielt mühelos das Gleichgewicht.

Brewster kam als letzter dran. Er prügelte die Vette durch den Kurs, riß ein paar Pylonen um, kam aber nicht unter das Limit... 1:29.04 stand auf der Zeitanzeige.

»Ich und John Margate«, sagte Sonny und fingerte an den Autoschlüsseln rum.

Sonny fuhr zuerst. Sowie ich den Plymouth an der Startlinie hörte, wußte ich, daß er die Schalldämpfer umgangen hatte – der Sound klang so bedrohlich wie ein Erdbeben. Der massige Motor gab ein langgezogenes, heiseres Röhren von sich, als Sonny über den Kurs preschte. Wendy und Fancy brüllten irgendwas, aber ich kriegte es nicht mit. Fancy riß sich das Sweatshirt runter, schwenkte es wie eine Flagge über dem Kopf. Sonny kam quer über die Ziellinie, wäre fast von der Strecke geflogen.

1:27.52.

»Soonnnny!« schrie Fancy und wedelte mit ihrem Sweatshirt. Diesmal schauten alle hin.

Margates Lola schien gar nicht schneller zu fahren. Rasiermesserscharf nahm er die Pylonen, spursicher wie ein Drahtseiltänzer.

1:27.44.

»Scheiße!« sagte ich zu mir.

Die Preise wurden am Rand der Rennstrecke verliehen. Die meisten Leute schienen zu bleiben und zuzuschauen. Mißmutig, wie von diesem Mistkerl nicht anders zu erwarten, nahm Brewster den Pokal für den dritten Platz entgegen. Dann wurde Sonnys Name aufgerufen. Es gab langanhaltenden, kräftigen Beifall. Das Kid nahm den Preis für den zweiten Platz entgegen, hielt ihn einen Moment hoch, kriegte noch mehr Applaus und trat ab. Margate nahm die Siegestrophäe in Empfang, als wär's die Hauspost.

Wir standen beisammen und schauten uns auch noch den Rest der Verleihung an. Es gab für alles mögliche einen Preis: für die längste Anfahrt, das älteste gemeldete Auto, egal was. Der Ansager war ein fröhlich dreinschauender fetter Typ mit Vollbart. Er hatte eine tiefe, volle Stimme, wie wenn er das von Berufs wegen machte. Dann sagte er: »Und nun zum krönenden Abschluß... der hervorragendste Fahrer des Wettbewerbs. Die Wahl war einstimmig. Und der Sieger ist... Sonny Cambridge!«

Sonny stolperte nach vorn, wirkte wie vom Donner gerührt. Er nahm den mächtigen Silberpokal in beide Hände, drehte sich zu den Leuten um. John Margate kam, streckte die Hand aus. Sonny schüttelte sie. Margate hob Sonnys Hand hoch. Der Jubel klang fast wie bei einem Boxkampf.

Wir warteten beim Plymouth auf Sonny. Er war von Leuten umringt – ich konnte ihn in dem Gedränge kaum ausmachen. Als er schließlich kam, hatte er in jeder Hand einen Preis. »Der ist für Sie, Burke«, sagte er und gab mir den Pokal für den zweiten Platz. »Danke, Mann. Für alles.«

Ich schüttelte ihm die Hand, sagte gar nichts.

»Wißt ihr was?« sagte er. »John Margate will, daß ich bei der SCCA mitfahre. In seinem Auto! Er hat zwei Nissans vorbereitet, sagt, ich kann einen davon fahren. Ist das nicht irre?«

»Finde ich nicht. Klasse erkennt ihresgleichen.«

Er nickte, benommen vor Glücksgefühl, hatte es noch gar nicht richtig begriffen. »Wendy«, sagte er. Sie trat neben ihn, ihre kupfrigen Augen funkelten.

»Der ist für dich«, sagte das Kid und reichte ihr den großen Silberpokal.

Sie drückte die Trophäe an sich. Ich gab Fancy einen Wink. Wir wollten uns grade verziehn, als Brewster ankam.

»Nicht schlecht, Flasche«, sagte der Dödel. »Vielleicht machen wir eines Tages mal Ernst, du und ich.«

Sonny schaute Brewster an. Ein anderer Blick jetzt. Ein Pistoleroblick – ruhig und hart. »Kennst du den Old Motor Parkway, Brewster? Wo die Teerstrecke aufhört, hinter der Gerberei? Am Ende des Feldwegs ist eine Brücke. Eine wacklige alte Holzbrücke... sie ist gerade breit genug für ein Auto. Ich sag dir was... da treffen wir uns heute abend, und wir fahren den Weg runter. Wer zuerst über der Brücke ist, gewinnt.«

»Du bist doch nicht mehr ganz dicht!«

»Mitternacht, okay?«

»Du irrer Arsch!« sagte Brewster und marschierte davon.

»Sonny ... « sagte ich.
»Der kommt nicht«, erklärte Sonny. Kein Kid mehr.

Es war fast vier Uhr nachmittags, als wir schließlich von dem Flughafengelände wegfuhren. Sonny und Wendy hatten eigene Wege vor. Und ich brauchte ein Münztelefon.

»Ich bin's«, sagte ich zum Maulwurf. »Sind sie rein und wieder raus?«

»Ja.«

»Haben sie's gefunden?«

»Weiß ich noch nicht.«

»Wird Zeit, daß du dein Oberteil wieder anziehst«, sagte ich zu Fancy, als ich in den NSX stieg.

»Ach, komm schon. Der sieht aus wie ein Trägerhemd, nicht? Und überhaupt, ich war so aufgeregt – ich wollte mit irgendwas winken, weißt du?«

»Yeah. Hat toll funktioniert.«

»Sonny ist so anders«, sagte sie. »Er hat sich total verändert.«

»Er hat sich überhaupt nicht verändert, Mädchen. Er hat einfach angefangen, er selber zu sein.«

»Funktioniert das so?«

»Manchmal. Bei manchen Leuten. Ist genauso wie bei dir im Treibhaus – erst Samen, dann Knospen, dann Blüten, stimmt's? Kommt auf den Boden an, das Wetter ... Parasiten, Düngemittel ... das ganze Drumrum.«

»Wird das mit mir auch passieren, Burke?«

»Tut's doch schon.«

Grün und verschwommen huschte die Landschaft an den Fenstern des tiefliegenden Autos vorbei. Fancy war still, spielte am Band des Cowboyhuts auf ihrem Schoß.

»Versprichst du's?« fragte sie.

»Was?«

»Daß ich mich verändere ... ich selbst werde?«

»Ja.«

Wir näherten uns der Abzweigung zu ihrer Straße. Fancy setzte den Cowboyhut wieder auf, stellte ihre Sitzlehne zurück, bis sie fast lag, schaute unter der Krempe hoch.

»Können wir zu dir fahren?«

»Halte ich nicht für gut.«

»Wieso?«

»Jemand könnte ... mithören, das hab ich dir doch schon gesagt. Ich weiß nichts Genaues, aber ich gehe lieber auf Nummer Sicher.«

»Bist du deswegen mit mir ... rausgefahren, beim ersten Mal?«

»Ich glaub schon.«

»Ich ... fand's schön dort. Da draußen. Könnten wir ...?«

»Wenn es dunkel ist«, sagte ich.

Der Parkplatz am Rector's war leer, verlassen wie eine ehemalige In-Kneipe. Ich fuhr mit dem Lexus einmal die Runde ab, checkte alles. Fancy folgte im NSX.

»Ich sehe nicht ein, wieso wir zwei Autos nehmen mußten«, hatte sie, Hände in der Hüfte, in ihrem Wohnzimmer gemault.

»Falls jemand … ein Mitglied, zum Beispiel, rein zufällig vorbeikommen sollte, wär er nicht weiter beunruhigt, wenn er dein Auto sieht, richtig?«

»Natürlich nicht. Habe ich dir doch gesagt.«

»Yeah, okay. Aber wenn der denkt, du wärst mit einem … Kunden da, dann sollte nicht bloß ein Auto dastehn, stimmt's?«

»Ich … daran habe ich nicht gedacht. Bist du immer so vorsichtig?«

»Das ist mein wahres Ich.«

Die Hintertür war massiv, mit einer Stahlplatte, die einem Crackhaus alle Ehre gemacht hätte. Fancy öffnete einen Metallkasten, drückte ein paar Knöpfe, wartete. Dann steckte sie den Schlüssel ins Schloß. Ich hörte die schwere Zuhaltung klicken, dann sprang der Riegel auf.

Wir gingen rein. Der vordere Raum war genauso, wie man es bei einem Privatclub für reiche Leute erwartet: schwere dunkelrote Samtvorhänge, eine lange, schlichte Holzbank, direkt gegenüber ein Garderobenraum mit hüfthohen Schwingtüren. Es roch muffig in dem Laden, nach Parfüm, Qualm und Schweiß – der Gestank der letzten Nacht.

Fancys Absätze klackten auf dem versiegelten Hartholzboden. »Was willst du zuerst sehen?«

»Ist mir egal.«

»Okay, das hier ist … was ist das?« kreischte sie und schaute auf meine rechte Hand.

»Das ist 'ne Knarre, Fancy.«

»Das sehe ich. Wofür ist die?«

»Für alles mögliche.«

»Ich mag keine Waffen.«

»Ich mag sie auch nicht. Komm schon, bringen wir's hinter uns, okay?«

Einen Moment lang schaute sie mich traurig und verdutzt an, machte dann auf dem Absatz kehrt und spielte Reiseführer. Einige Räume waren sparsam, beinahe asiatisch eingerichtet, andere waren plüschig, viktorianisch. In einem stand sogar ein Kamin. Im Kerker das übliche Zucht- und Ledersortiment – Ringe und Riemen, sogar eine im Boden verankerte Eisenstange mit Haken für Fußschellen. Ich sah nirgendwo eine Kammer – nichts, wo das verstaut sein könnte, was ich suchte.

»Hat sie hier ein Büro? Ein eigenes Büro?«

»Wer?«

»Cherry.«

»Bloß ein kleines. Wir haben da keinen Zutritt«, sagte sie.

»Zeig's mir.«

»Burke...« »Braut, ich habe das Rumspielen satt. Alles Rumspielen, verstanden? Wo ist es?«

Die Tür war hinter zwei von der Decke bis zum Boden reichenden purpurroten Vorhängen verborgen. Der Knauf war winzig, ein zierlicher, geschliffener Kristall mit einem Schlüsselloch in der Mitte. Das Schloß war ein Witz. Ich hebelte es mit einer der zahlreichen Kreditkarten von Juan Rodriguez auf – das einzige, wofür er sie je benutzt. Fancy blieb draußen. War mir nur recht – das Zimmer war ein kleines, fensterloses Kabuff mit dicken schallschluckenden Platten an den Wänden. Die Decke war mit denselben Platten getäfelt, der Teppichboden fabrikmäßig grau.

Ein Bürodrehstuhl und eine klobige Hirnholzplatte, die von Sägeböcken getragen wurde, waren das einzige Mobiliar. Auf der Holzplatte: ein Faxgerät für Normalpapier, ein Telefon mit drei Anschlüssen, ein Taschenrechner, eine Art Ionisator, damit die Luft sauber blieb.

Noch so eine Uhr mit zwei verschiedenen Zeitzonen, genauso eingestellt. Und ein Laptop-Computer. Unter dem Ganzen eine antistatische Plastikmatte.

Ich setzte mich hin, zog ein Paar OP-Handschuhe an, klappte den Laptop auf, schaltete ihn ein und strich mit einer Hand den Spickzettel glatt, den mir der Maulwurf gegeben hatte. Auf dem Bildschirm rollte erst ein ganzer Haufen Unsinn ab, den ich nicht verstand, dann kam das Menü:

WP
Optimierung
AntiVirus
Park

Ich hielt mich an die Vorgaben des Maulwurfs, benutzte die Pfeiltasten, markierte WP, drückte auf Eingabe. Der Computer arbeitete, und der Bildschirm wurde schwarz. Ich drückte auf F5. Ein Verzeichnis kam: DATA. Keinerlei Dokumente. Ich versuchte es mit C:\prompt. Alles, was ich kriegte, war:

AUTOEXEC.BAT	20		03/02/92	06:31
CONFIG.SYS	11		03/02/91	06:35
COMMAND.COM	29851		06/05/90	13:00
DOS		⟨DIR⟩	03/02/91	05:44
WP51		⟨DIR⟩	03/02/91	06:47
NORTON		⟨DIR⟩	03/02/91	07:04

Ich ging sämtliche Verzeichnisse durch – sie waren alle sauber, keine Unterverzeichnisse, weder versteckt noch sonstwie. Die Kiste war leer – wahrscheinlich ausgeräumt, bevor Cherry wegfuhr. Ich probierte nacheinander die anderen Menüangebote, aber sie entsprachen genau der Angabe. Schließlich drückte ich auf Park, hörte zweimal elektronisches Fiepen. Auf dem Bildschirm stand: FESTPLATTE GEPARKT. GERAET JETZT ABSCHALTBEREIT. Ich stellte es ab.

»Bist du bald fertig?« fragte Fancy, die vor der Tür mit den Absätzen klackte.

»Ich sag's dir, wenn ich fertig bin – sei einfach still.«

Am Faxgerät war keine Eingangspost. Oben drauf war eine Reihe Direktwähltasten, sechzehn insgesamt. Ich nahm ein Blatt Papier, tippte jeweils auf eine Taste, schrieb die Nummern auf, sobald sie auf dem Flüssigkristall-Display auftauchten, drückte dann auf Stop, bevor das Signal rausgehn konnte. Sie fingen alle mit 011 an – internationale Verbindungen.

Das Telefon hatte kein Display – ich rührte es nicht an. Nichts klebte unter dem Holzbrett. Keine losen Wandplatten. Der Teppichboden war in einem Stück, in den Ecken festgetackert.

»Gibt's hier noch 'nen anderen Raum?« fragte ich Fancy.

»Was meinst du damit?«

»'ne andere private Bude. Wie die hier.«

»Nein.«

Ich machte trotzdem noch mal die Runde, Fancy hinter mir her, ruhiger jetzt, weil ich nicht mehr irgendwo rumsuchte, wo sie noch nicht gewesen war. In einer abgelegenen Ecke entdeckte ich eine Wendeltreppe, schwarzes Schmiedeeisen.

»Wo führt die hin?«

»Bloß zu einem Zimmer, das ich … manchmal benutze.«

»Laß sehn.«

»Es ist bloß ein Zimmer, Burke. Ein Spielzimmer, okay?«

»Rauf mit dir!« sagte ich, schob sie zur Treppe hin und gab ihr einen auffordernden Klaps auf den Hintern. Ich folgte ihr dichtauf. Das Zimmer befand sich in einer Zwischenetage, durch eingezogene Wände abgeteilt, sonst nichts weiter. Sie öffnete die Tür ohne einen Schlüssel und trat über die Schwelle.

Es war das weiße Zimmer – das Zimmer, das ich in dem Video aus Cherrys Geheimfach gesehen hatte.

Ich blieb im Türrahmen stehen, schaute rundum. Das Fußende des Bettes war ein paar Schritt von der leeren weißen Wand weg – nur ein Projektor, schwarzes Glas mit einem weißen Holzgehäuse, störte das Gesamtbild.

»Wie funktioniert der?« fragte ich sie.

»Ist 'ne Art Lightshow«, sagte sie und legte einen Kippschalter an der Seite des Kastens um. Die schwarze Scheibe funkelte in der Mitte, ein gelber Lichtschwall, zur Mitte hin rot. Dann lösten sich die Farben in eine Reihe von Kometenschweifen auf, hauptsächlich Blau- und Lilatöne. Tonlos explodierten immer neue Farben in dem Gerät, wurden von anderen Farben weggefegt.

»Kapier ich nicht.«

»Ich … lass es sie anschaun, manchmal. Das hilft ihnen, aus sich rauszugehen. Loszulassen.«

»Stellst du den immer an? Wenn du …?«

»Nein. Manche stehen drauf, manche nicht.«

Dann filmte die Kamera also ständig. Egal, ob sie die Lightshow anstellte oder nicht – wenn sie die Wahrheit sagte.

Zeit, daß ich's rausfand.

»Stell das ab«, sagte ich. »Und komm her.«

Sie machte es. Kam ziemlich gehorsam anmarschiert. Ich knallte ihr eine, daß sie auf ihren hohen Absätzen ins Schwanken geriet. Sie schlug die Hände vors Gesicht. »Was ...?«

»Halt's Maul, Braut. Nimm die Hände runter. Nimm sie auf den Rücken.«

Die grauen Augen wurden größer. Ich knallte ihr noch eine, fester. »Wird Zeit, daß du die Wahrheit über dich erfährst«, sagte ich mit harter, tonloser Stimme. »Wirst du machen, was man dir sagt?«

»Ja.«

Ich knallte ihr noch eine.

»Ja, Sir«, sagte sie diesmal, genau an dem Punkt, wo sie sein wollte – irgendwo zwischen angetörnt und schissig –, aber vielleicht eine Idee zu sehr jenseits.

Ich packte sie an der Schulter, drehte sie rum, stieß sie vorwärts, bis sie sich über das Bett beugte. Grob schob ich ihren Rock hoch. »Rühr dich ja nicht«, warnte ich sie, zog den Gürtel aus meiner Hose und nahm ihn doppelt.

Es dauerte lange, bis ich fertig war. Dann stellte ich mich in die eine Ecke, die Schulter hinter dem Kameraobjektiv des Projektors, und musterte Fancy: mit beiden Händen ans Bett gefesselt, der Hintern durch zwei Kissen hochgedrückt, die ich ihr unters Becken gestopft hatte, grelle rote Striemen vom Gürtel, die wie ein Blickfang in die Kamera leuchteten.

Ich rauchte eine Zigarette. Dann band ich sie los. Ich machte ihre Handtasche auf, stopfte ihren BH und das Höschen rein, sagte ihr, sie sollte das Kleid anziehn. Dann packte ich sie am Genick und führte sie aus dem Zimmer.

Draußen wartete ich, bis sie die Hintertür abgeschlossen hatte.

»Fahr mir mit deinem Auto hinterher. Sag kein Wort. Steig nicht aus dem Auto, verstanden?«

»Ja, Sir.«

Am Highway fand ich ein Münztelefon, rief den Maulwurf an.

»Ich bin's. War's dort?«

»Ja.«

»Hat alles funktioniert?«

»Ja.«

»Sind sie noch da?«

»Ja.«

»Ich habe ihnen einen Gefallen getan. Einen großen. Es gibt da was, was die für mich machen könnten. Ist doch bloß fair, oder?«

Er antwortete nicht. Ich sagte ihm, was ich brauchte. »Kannst du sie dazu kriegen, daß sie's gleich erledigen?«

»Bald«, sagte er.

Ich sagte ihm, wo sie das Paket hinterlegen sollten.

Wir fuhren im Zweierkonvoi zurück zur Wohnung. Fancy hielt hinter mir an. Ich stieg aus, winkte sie zu mir. Ich hielt ihr die Tür des Lexus auf, sah zu, wie sie den Sicherheitsgurt anlegte. Dann fuhr ich wieder los.

Auf der Fahrt sagte sie kein Wort, aber ihr Gesicht verriet, wie überrascht sie war, als ich zu dem Wäldchen am Bach abbog. Ich drückte auf den elektronischen Fensterheber, und die Scheibe säuselte runter in die Tür. Ich drückte einen anderen Knopf, und der Sitz rutschte zurück. Zufrieden stieg ich aus, ging auf ihre

Seite und öffnete die Tür. Ich hielt ihr die Hand hin. Sie nahm sie, zögerte, schaute mir immer noch nicht in die Augen. Sachte führte ich sie ums Auto rum, runter zu einer Stelle mit weichem Gras. Ich zog meine Jacke aus, legte sie auf den Boden. »Setz dich, Schätzchen«, sagte ich. »Jetzt ist alles okay.«

Ruhig setzte sie sich hin. Ich setzte mich neben sie, den Arm um ihre Taille. Eine Zeitlang sagten wir gar nichts, schauten nur auf das gemächlich fließende Wasser, ließen die Ruhe wirken.

Sie sackte an mich. Ich küßte sie auf den Scheitel. »Leg dich hin, Baby«, sagte ich.

Sie rollte sich auf meinen Schoß, Gesicht nach unten, zerrte an ihrem Rock. Ich nahm ihre Hand, zerrte den Rock wieder runter. Ich griff nach ihrer Schulter, hielt sie fest, während ich zur Seite rutschte, bis ihr Gesicht in meinem Schoß lag. Ich streichelte ihren Rücken, bis sie sich entspannte.

»Mach die Augen zu, Mädchen. Laß einfach locker ... es ist jetzt vorbei.«

Es dauerte eine Weile, aber schließlich spürte ich, wie sich ihre Rückenmuskeln entkrampften, hörte ihren Atem ruhiger gehen. Sie schnüffelte durch die Hose an meiner Schwanzwurzel rum, dann drehte sie den Kopf. »Kann ich ...?«

»Dreh dich um«, sagte ich.

Sie machte es, lag auf dem Rücken, Gesicht nach oben, die grauen Augen offen und wachsam im Schatten meines Oberkörpers.

»Warum hast du ... das so gemacht?« fragte sie schließlich.

»Was wie?«

»Mich ... bloß peitschen. Ohne Vögeln. Ich dachte, du ... stehst da nicht drauf.«

»Es gab einen guten Grund, Kleines. Ehrlich.«

»Was für einen Grund.«

»Schhhh, Baby. Wirste sehn.«

»Was für einen Grund, Schätzchen? Bitte sag's mir. Ich meine, ich ... ach nichts. Aber ich dachte ... «

»Fancy, weißt du noch, worum du mich gebeten hast? Wegen deinem Rätsel?«

»Ja.«

»Das hat dazugehört. Ich kann dir jetzt nicht mehr sagen, aber bald, okay? Traust du mir soweit?«

»Ich trau dir in allem, Burke.«

»Mach die Augen zu«, befahl ich.

Ich sah dem Bach zu, während sie schlief, sah zu, wie er weißschäumend über die Steine schoß, wieder ruhiger wurde. Fancy war weggesunken, so tief, daß sich die Muskeln ihrer Waden entspannten. Sie drehte den Kopf zur Seite, kuschelte sich in eine bessere Lage, atmete leise rasselnd durch ihr eines freies Nasenloch. Meine Finger spielten mit ihren Haaren. Sie gab einen hohen Ton von sich, den ich nicht einordnen konnte, steckte den Daumen in den Mund, nuckelte dran, zufrieden.

Es fing grade an dunkel zu werden, als sie hochfuhr.

»Wa ... Burke?«

»Da bin ich, Mädchen.«

»Ich muß eingenickt sein.«

»Ist in Ordnung.«

Sie erschauderte kurz, setzte sich auf und legte die Arme um sich. »Mir ist kalt.«

»Okay. Komm mit.« Ich half ihr auf, legte den Arm um sie, brachte sie zurück zum Auto.

»Wo fahren wir hin?«

»Komm einfach mit, Fräulein Vielsprech. Das sind genug Fragen für heute.«

Ich fand eine günstige Stelle auf dem Parkplatz des Einkaufszentrums. Sagte Fancy, sie sollte uns was zu essen besorgen. Statt im Auto zu warten, ging ich zu einem Münztelefon.

»Ich bin's. Haben sie's gemacht?«

»Ja.«

»Könnte jemand wissen, daß sie da waren?«

»Nein.«

»Haben sie's dort gelassen, wo ich gesagt habe?«

»Ja. Ich soll dir von ihnen sagen – wenn jemand reingeht, wird ein Sensor ausgelöst.«

Ich hängte ein. Holte das Drahtlose raus, wählte.

»Hallo?« meldete sich Sonny.

»Ich bin's. Wo bist du?«

»Im Diner. Wissen Sie, wo –«

Ich hörte den Lärm im Hintergrund. »Yeah. Kommst du irgendwann nach Hause?«

»Nein, nicht in nächster Zeit. Wir wollten noch –«

»Mach das. Egal, was. Verstanden? Kannst du bis nach Mitternacht wegbleiben, dich vom Haus fernhalten?«

»Klar.«

»Okay, Champ. Bis morgen früh.«

Als Fancy mit lauter Essenskartons unterm Arm zurückkam, schaute ich ihr schon wieder durch die Windschutzscheibe entgegen.

Es war dunkel, bis wir da waren. Ich schickte Fancy rüber ins große Haus, sagte ihr, was sie machen sollte. Ich ging hoch in die Wohnung, schaltete das Radio und zwei Lampen an. Dann ging ich wieder raus und rüber zum Haus. Kein Licht in der Küche. Ich ging weiter bis ins Wohnzimmer. Fancy hatte am Boden eine Art Picknick angerichtet, auf das einige Kerzen Schattenlicht warfen.

»Sieht toll aus«, sagte ich, setzte mich auf den Boden.

»Wieso wolltest du kein Licht, Schätzchen?«

»Rede nicht mit vollem Mund«, sagte ich.

»Aber mein Mund ist nicht voll. Ich habe noch nicht angefangen zu essen – ich wollte auf dich warten.«

»Jetzt bin ich da«, sagte ich und nahm mir etwas, das wie eine Art bunte Platte ausschaute: dicke Thunfischbrocken, Kartoffel- und Krautsalat.

Wir aßen schweigend, in einträchtiger Stille. Ich lobte Fancy für das Essen, hörte mit halbem Ohr zu, als sie die ganze Auswahl in der Mall schilderte, warum sie sich für Imbiß entschlossen hatte statt für Chinesisch, daß es nicht gut wäre, so spät noch eine schwere Mahlzeit zu essen, irgendwas von wegen Cholesterin.

Es war fast zehn Uhr, bis wir mit dem Essen fertig waren und aufräumten. Fancy bestand drauf, alles einzuwickeln, was wir nicht gegessen hatten, und es im Kühlschrank zu verstauen. »Vielleicht möchte Sonny einen Happen essen, wenn er heimkommt«, sagte sie.

Während sie rumwuselte, schaute ich unter das Kissen auf der Wohnzimmercouch. Ich fand die Videokassette, stellte den Recorder an, schob die Kassette rein, ließ sie anlaufen und drückte auf die Pausentaste. Auf dem Bildschirm war statisches Flimmern, wie schmutziger Schnee.

Fancy kam wieder rein. »Blas die Kerzen aus und komm her, Mädchen.«

Sie reagierte schnell, setzte sich erwartungsvoll neben mich.

»Was ist, Schätzchen?«

»Schau hin«, sagte ich.

Ich drückte die Taste auf der Fernbedienung. Ein kurzes Flackern, dann stand das Bild. Fancy, die über die Schwelle des weißen Zimmers tritt.

»Burke! Was *ist* das? Woher –?«

»Schau's dir einfach 'ne Minute an«, sagte ich, hielt ihre Hand fest.

Die ganze Szene von vor ein paar Stunden lief ab. Jetzt, da ich wußte, wie es funktionierte, sah ich auch, daß die Kameraeinstellungen mechanisch waren, die Zooms planlos. Gleich nachdem wir das Zimmer verlassen hatten, zeigte der Bildschirm wieder graues Geflimmer. Fancy brach in Schluchzen aus, versuchte sich von mir loszureißen.

»O Gott! Warum hast du das *getan*? Du ... wer war noch *dort*? Wie konntest du nur? Ich hätte doch ... wenn du bloß gefragt hättest ... «

»Komm, Mädchen. Hör mir zu.«

»*Nein!* Du dreckiger Mistkerl!«

»Fancy, das ist alles auf Video. Ich habe damit gar nichts zu tun.«

»Ich glaube dir nicht. Wenn du das nicht arrangiert hast –«

»Bleib hier«, sagte ich. »Rühr dich nicht.« Ich ging zum Videorecorder, holte die Kassette raus, schob eine Kopie von dem Video ein, das ich aus Cherrys Safe hatte mitgehen lassen. Ich drückte wieder die Abspieltaste, ging zurück zur Couch. Sobald Fancy sich sah, Gesicht zur Kamera, wie sie grade ihren Rock auszog, während der Mann auf dem Bett hinter ihr zuschaute, brach sie zusammen.

»Das war vor über einem Jahr, diese Aufnahme«, sagte sie, später. Sie saß auf dem Boden, vor der Couch, den Rücken zwischen meinen Beinen, meine Hände auf ihrer Schulter.

»Davon gibt's bestimmt 'ne ganze Menge, Fancy. Jedesmal, wenn du in das Zimmer gegangen bist. Die Kamera funktioniert automatisch – sie braucht niemand, der sie bedient.«

»Ich bringe sie um.«

»Wen?«

»Cherry.«

»Die war's nicht, Baby.«

»Wer könnte es sonst sein?«

»Darf ich dir eine Geschichte erzählen?«

»Ich habe genug Geschichten gehört. Vor allem von dir.«

»Die hier wird dir gefallen, Schätzchen. Ich versprech's dir. Bei uns in der Stadt gibt es drei verschiedene Polizeidienste. Die normalen Cops, das NYPD. Dann die Transitbullen, die hauptsächlich in der U-Bahn unterwegs sind. Und dann gibt's noch die Abteilung Housing, die kümmern sich um die Sozialsilos. Das sind eigentlich die einzigen, die noch richtig auf Streife gehn – die Aufsteigertour nennen sie es. Sozialsilos sind wie eine Art Kiez. Jeder kennt jeden. Es ist schlimm da draußen. Nicht so schlimm wie in Chicago, wo die Gangs ganze Häuser übernehmen, aber gefährlich, verstehst du? Eher für die Leute, die dort wohnen, als für die Cops. Die Kids machen Fahrstuhlsurfen, Leute vögeln in den Fluren, auf dem Dachboden kannst du jederzeit vergewaltigt werden. Oder sterben. Ist 'ne seltsame Mischung – da gibt's alte Leute, die versuchen, mit ihrer lumpigen Rente zurechtzukommen, Sozialhilfeabzocker und anständige, hart arbeitende Leute ... alles mögliche. Jedenfalls, dieser alte Housing-Cop, den ich kenne, der hat 'ne Reihe von Überfällen bearbeitet ... wo der Kerl mit 'ner alten Frau im Fahrstuhl hochfährt, ein Stockwerk drunter aussteigt, die Treppe hochrennt und sie in ihre Wohnung schubst. Dann mischt er sie auf, plündert die Bude und verschwindet. Und dieser Cop, der paßt auf. Ganz genau. Schließlich schnappt er den Räuber, greift ihn sich direkt im Treppenhaus. Nimmt ihn fest. Und der Drecksack kann's nicht *abwarten* – gesteht etwa ein Dutzend seiner ›Jobs‹. Der Cop ist total aufgeregt, naturgemäß. Er holt die alten Leute aufs Revier, aber kein einziger kann den Räuber identifizieren. Nicht einer. Es war zu dunkel, es ging zu schnell, er hat zu fest zugeschlagen, sie hatten Schiß ... egal. Und nun isser angeschmiert. Ohne eine Identifizierung denkt der Staatsanwalt nicht daran, Anklage zu erheben. Er zerbricht sich den Kopf und hat schließlich eine Bombenidee ... eine umgekehrte Gegenüberstellung. Nun hör dir das an. Er treibt einen ganzen Haufen alter Leute aus den Sozialsilos zusammen, okay? Dann läßt er *sie* auf 'ner Bühne antreten, im Scheinwerferlicht. Und er stellte den Lump hinter das Einwegglas, als wäre er das Opfer. Nun rate mal. Der Drecksack fährt drauf *ab*. Er steht da, sucht die Opfer aus. 'Yeah, bei der war ich. Nee, die da nicht.' Und er trifft jedesmal ins Schwarze! Er weiß, welche Schmuck in der Kommode hatte, bei welcher ein bißchen Asche im Kühlschrank versteckt war, wen er ins Gesicht geboxt hat. Die brauchten nichts weiter zu tun, als die Anzeigenprotokolle mit dem zu vergleichen, was der Kerl sagte, und sie hatten alles beisammen. Kein anderer konnte es gewesen sein. Ziemlich wief, wa?«

»Oh, das ist bloß eine schöne Geschichte. Was soll's?«

»Das soll's – das Video, das du gerade gesehen hast, das habe ich aus einem Versteck, wo es verstaut war. Ich habe eine Kopie gemacht und das Band zurückgelegt. Ich war nicht in der Nähe, als das Video gemacht wurde – hast du selber gesagt. Nun hör zu – als ich wieder zu diesem Versteck gegangen bin, war das Video weg. Und die einzige Person, die in der Nähe war, war Charm. Charm, begreifst du? Cherry ist gar nicht im Land. Schon seit 'ner ganzen Weile nicht. Du hast es selber gesagt – Charm will immer einen Hebel haben. Du wolltest nicht, daß sie über mich Bescheid weiß, oder? Tja, wenn ich recht habe, denkt sie, sie tut es.«

»Du meinst, du ... weißt Bescheid?«

»Yeah. Zumindest hab ich das gedacht. Das Video ... das mit dir und mir, was wir grade gesehn haben ... das ist ebenfall's ne Kopie. Das Original ist wieder dort, wo es herkam.«

»Im Rector's?«

»Klar. Meinst du, Cherry macht dort kurz halt, holt es ab?«

»Vielleicht ... arbeitet Charm bloß für sie.«

»Sicher, Mädchen. Vielleicht. Aber was sollte Cherry mit einem Video von mir und dir anfangen? Wen will sie damit erpressen? Vor allem nach dem Märchen, das sie dir erzählt hat – daß ich ein Killer wäre und so. Deswegen habe ich mich hinten hingestellt ... als du ans Bett gefesselt warst. Ich war aus dem Blickfeld der Kamera raus – sie ist hinter dem Projektor an der Wand. Das war der supersafe Sex, von dem du geredet hast ... Charm wird's so interpretieren, daß ich dich angeschaut und dabei masturbiert habe. Und früher oder später wird sie's mir unterjubeln.«

»Das macht doch keinen Sinn?« sagte sie und sah mich an.

»Wieviel Wahrheit kannst du vertragen, Kleines?«

»Die ganze«, sagte sie, Luft holend. »Raus damit.«

Ich rutschte von der Couch, legte mich neben ihr auf den Teppich. Ich zündete mir eine Zigarette an, nahm einen tiefen Zug, bot sie ihr an. Sie nahm sie so, wie ich vor einer Ewigkeit mal eine Frau im Dschungel einen nassen Lumpen hatte zwischen die Zähne nehmen sehen... sie biß drauf, damit sie bei der Geburt keinen Ton von sich gab, den die feindlichen Soldaten in der Nähe hätten hören können.

»Habt ihr, du und Charm, im gleichen Zimmer gewohnt? Als ihr Kinder wart?« fragte ich.

»Nein. Bloß als wir ganz klein waren...«

»Aber du warst echt dicke mit ihr, stimmt's? Ihr habe keine Geheimnisse voreinander gehabt?«

»*Ich* nie. Charm hätte mich nicht gelassen. Sie haßte Geheimnisse – sie mußte immer alles wissen. Wir hatten ein Badezimmer, für uns beide, zwischen unseren Zimmern. Sie ist einfach reingekommen und hat mit mir geredet, sogar wenn ich auf der Toilette saß.«

»Warum hast du die Tür nicht abgeschlossen, wenn du da drin warst?«

»Wir hatte keine Schlösser an den Türen. Im ganzen Haus nicht, außer an –«

»Dem Zimmer, wo dich dein Vater hingebracht hat.«

»Ja. Aber –«

»Als du älter wurdest, hast du da zuerst deine Periode gekriegt oder Charm?«

»Was?«

»Die Periode... wer hatte sie zuerst?«

»Ich. Ich war ihr immer weit voraus.«

»Und danach hattet ihr sie nicht zur selben Zeit, richtig? Nicht zur selben Zeit im Monat?«

»Ich ... weiß nicht. Ich weiß nicht, *wann* sie ihre hatte, aber –«

»Sie wußte, wann du sie hattest.«

»Wieso weißt du das?«

»Wenn dich dein Vater in dieses Zimmer geholt hat, das war nie, wenn du deine Periode hattest, oder?«

»Burke!«

»Und er hat's immer auf dieselbe Tour gemacht, stimmt's? Hat dasselbe gesagt, hat dich dasselbe machen lassen. Hatte er irgendwas Spezielles, mit dem er dich geschlagen hat?«

»Mit der Hand. Und mit einer ... Klatsche. Einer schwarzen. Mit Löchern drin.«

»Yeah, er 's bilderbuchmäßig. Ein Stück Scheiße, das seine Rituale liebt.«

»Nein. Er hat nie ... meinst du Satanismus und so?«

»Das ist *alles* ritueller Mißbrauch, Mädchen. Mit Satan hat das gar nix zu tun. Kinderschänder fahren auf ihre Rituale ab, ihre geheimen Zeremonien. Weißt du noch, wie du mir erzählt hast, daß Charm nie bestraft worden ist, solange du dabei warst? Weil es gar keine Bestrafung war, was da gelaufen ist, sobald die Tür zu war. Nicht so wie bei dir jedenfalls. Dein Vater hat sie bestiegen. Jahrelang. Und du warst der Appetitanreger.«

»Hör auf!«

»Was glaubst du, wo sie das gelernt hat, Kleines? Du bist nicht bestraft worden, du wurdest benutzt. Kinder versohlen ... so wie er's gemacht hat ... das ist für die erotisch. Vorspiel, nichts weiter. Deswegen haßt du Leute, die das machen – du hast die Wahrheit immer gewußt.«

»Nein ...«

»Doch. Ein Trauma ist eine Art Narbengewebe über der Erinnerung, aber kein Mensch vergißt jemals wirklich. Charm hat dir gezeigt, wie du die Sache umdrehen kannst. Selber Macht ausüben... zumindest hast du das gedacht. In den Jugendknästen sieht man das dauernd. Die Schwächeren werden eingemacht. Vergewaltigt. Machste es mit jemand anderem, biste nicht das Opfer, verstehste? Sex im Gefängnis, da geht's eigentlich gar nicht um Sex. Nicht mehr als bei einer Vergewaltigung. Du läßt es an jemand anders aus, dann macht's keiner mit dir. Weißt du noch, wie du gesagt hast, daß du dich dabei fühlst? Stark?«

»Sie wollte bloß –«

»Spielen. Sicher. Mit *dir* spielen. Für deinen Vater. Mit ihm. Er hat sie von Anfang an ausgesucht. Fancy – sie hatte nie eine Chance. Sie macht genau dasselbe. Will Macht. Trinkt Blut.«

»Ich glaube dir nicht.«

»Tuste doch. Charm hat dich ins Gewerbe gebracht. Damit du ein 'Ding' für dich hast, hast du das nicht gesagt? Statt dessen bist du ein Lockvogel gewesen, vorgeschoben, damit die Beute schnüffelnd näherkommt. Und Charm ist immer dabei. Mit ihren Kameras.«

Sie stöhnte auf, ließ die Schulter hängen. Ich langte rüber, nahm ihre Hand. Sie war feucht.

»Da kommt noch mehr«, sagte ich. »Charm hat Sonny genauso benutzt. Schon als Kind. Hat ihn in Sexspiele reingezogen, bevor er soweit war, und das hat ihn total fertiggemacht, im Kopf. Kann sein, daß sie auch mit seiner Mutter zusammen war... Cherry ist lesbisch, stimmt's? In meinem Telefon, oben in der Wohnung, ist'n Mikro. Das ist auch ihr Werk. Ich dachte zuerst, du wärst es, nachdem ich das Video gesehn habe. Aber da steckt Geld drin. Viel Geld. Mehr als Charm mit 'ner lumpigen kleinen Erpressungstour absahnen könnte.«

»Aber wieso ...?«

»Deine Mutter hat es auch gewußt, Fancy. Weißt du noch, was sie gemacht hat, als du's ihr gesagt hast? Sie hat ihre Tochter preisgegeben. Hat sie überreicht wie ein Geschenk.«

»Ich habe das mal gesehen ... was du da sagst. Im Fernsehen. Bei 'Oprah'. Wie Leute als Kinder mißbraucht werden und sich dann ganz plötzlich dran erinnern, Jahre später.«

»Ich weiß.«

»Aber die können irgendwie gar nichts machen, stimmt's? Ich habe das in der Sendung gehört, die Verjährungsfrist. Es ist zu spät, um sie noch ins Gefängnis zu bringen ... «

»Yeah. Die sollten das statt dessen lieber Verklärungsfrist nennen. Wenn ein Freak seine Arbeit gut genug macht, dann verdrängt das Kind es total ... und er kommt davon und lacht sich eins.«

»Glaubst du, Charm ... kann sich nicht erinnern?«

»Ich glaube nicht, daß sie's jemals vergessen hat. Das war's doch, was sie geformt hat. Zu dem, was sie ist, jetzt.«

Sie blieb lange stumm, total in sich versunken. Dann schaute sie zu mir rüber, die grauen Augen im Dunkeln. »Meine eigene Schwester«, sagte sie. »Mein Zwilling. Jetzt habe ich niemand mehr.«

Ich nahm sie mit in die Wohnung über der Garage. Zeigte ihr das winzige Mikrophon, das im Telefon gesteckt hatte, bis ich es rausriß.

Ich ging mit ihr ins Schlafzimmer. Zog sie langsam aus. Wir schliefen miteinander. Eine satte, runde Nullachtfuffzehnnummer.

»Ich will, daß du bei Sonny bleibst«, sagte ich am nächsten Morgen. »Den ganzen Tag, egal wie, wo immer er hingeht. Ob es ihm paßt oder nicht.«

»Okay.«

»Komm mir nicht mit 'okay', Fancy. Das ist wichtig. Versprich es mir.«

»Ich schwör's«, sagte sie, die Hand über dem Herz.

Ich paffte meine Kippe, geistesabwesend, fragte mich, ob sie Bescheid wußte. »Fancy, was ist mit deiner anderen Schwester passiert?«

»Meiner anderen Schwester?«

»Charm hat gesagt, ihr wart ursprünglich Drillinge, erinnerst du dich?«

»Charm erzählt Geschichten«, sagte sie, schaute irgendwo anders hin.

Ich ging rüber zum großen Haus. Sonny war wach, saß am Küchentisch. »Ich glaube, ich bin jetzt dicht dran«, sagte ich zu ihm. »Du mußt was für mich tun.«

»Ist geritzt.«

»Fancy ist oben. In der Wohnung über der Garage. Ich will, daß du bei ihr bleibst. Egal, was sie macht. Laß sie nicht aus den Augen. Ein Nein gibt's nicht. Bleib bei ihr, bis ich zurück bin.«

»Ich werd' dafür sorgen«, sagte er. Klang wie ein Mann.

Der Schrottplatz war in das gehüllt, was in Hunts Point als Morgennebel gilt – eine eklige Mischung aus Industrieabgasen und halbverbranntem Abfall, den keine Recyclinganlage wiederverwerten kann. Terry war sofort am Tor, als hätte er mich erwartet.

»Der Maulwurf hatte Streit«, sagte er.

»Streit? Isser okay?«

»Oh, klar. Es war nichts Handgreifliches. Mit Zvi.«

»Dem Israeli?« fragte ich und stieg in den Zubringerjeep.

»Ja. Er wollte nicht, daß du erfährst... was sie alles genommen haben. Ich bin nicht ganz mitgekommen. Er hat gesagt, du gehörst nicht zu ihnen. Aber der Maulwurf hat gesagt, du gehörst zu *ihm*, und er würde es dir zeigen. Sie hatten einen Riesenkrach. Dann hat dieser Typ, dieser Zvi, dem Maulwurf Geld angeboten. Für die Information, hat er gesagt. Da is der Maulwurf *richtig* sauer geworden. Sie haben angefangen zu streiten, auf jüdisch, nehm ich an. Ich konnt's nicht verstehn. Dann is dieser Zvi abgehaun.«

»Mach dir keine Sorgen, Kleiner. Die werden dem Maulwurf nichts tun.«

»Ach, das weiß ich. Ich hab ihn bloß noch nie so *sauer* gesehn.«

Der Maulwurf war in seinem Bunker. Wenn ihn die Auseinandersetzung mit dem Israeli mitgenommen hatte, so sah man's ihm jedenfalls nicht an.

»Haste den Code geknackt?« fragte ich.

»Ja. War genau das, was ich gedacht habe – ein Sortierprogramm. Es hat alle Namen zugeordnet – vorher und nachher.«

»Hast du 'ne Kopie?«

»Ja.«

»Irgendwelche Probleme. Mit...?«

»Nein«, sagte er, gab mir einen dicken Packen Papiere.

»Die machen dort plastische Chirurgie«, sagte ich. »Is

die optimale Tarnung für das Geschäft mit den Identitäten.«

»Die machen noch was anderes.«

»Was?«

»Ich bin mir nicht sicher. Siehste das?« sagte er und hielt ein Klemmbrett voller Berechnungen hoch.

Ich nickte, wartete – der Maulwurf hatte seine Ration an Worten für die Woche bereits aufgebraucht, und ich wollte ihn nicht aus der Fassung bringen.

»Das war ein Versuch. Ein Doppelblindversuch, mit Wahrscheinlichkeitsmatrix.«

»Hä?«

»Stell dich nicht dumm, Burke – ich hab keine Zeit. Da war eine Gruppe von Versuchspersonen, okay. Die wurde halbiert. Die eine Hälfte bekam irgendwas... verabreicht. Eine Substanz, eine Behandlung, radioaktive Bestrahlung... keine Ahnung. Die andere nicht – vielleicht hat die ein Placebo gekriegt, vielleicht gar nichts. Wieder keine Ahnung. Bei der Gruppe, die was gekriegt hat, wurde ein bestimmtes Ergebnis vorausgesagt. Das ist die Wahrscheinlichkeitsmatrix... der Versuchsleiter hat ein Ergebnis gesucht, und dieses Ergebnis war was, das man bei einem bestimmten Prozentsatz von Fällen sowieso *erwarten* würde, verstehst du?«

»Man hat 'ne Gruppe von hundert Leuten. Fünfzig von ihnen gibste 'ne Tablette, die Kopfschmerzen verursacht – fünfzig von ihnen gibste nix. In der ersten Gruppe kriegen zehn Personen Kopfschmerzen. Aber man muß bedenken, daß Leute auch ohne Tabletten Kopfschmerzen kriegen. Die Frage ist also... wieviel mehr? Isses das?«

»Ja. Der Unterschied muß statistisch signifikant sein, damit das, was man ihnen verabreicht hat, die Ursache sein kann.«

»Aber du weißt nicht, wer ... oder was?«

»Nein.«

»Hat der ... Versuch geklappt?«

»Weiß ich nicht. Das geht aus den Daten nicht hervor. Die Laufzeit war neunzig Tage. Die machen das viermal im Jahr, mit unterschiedlichen Gruppen. Was immer sie erwartet haben, es is passiert. Aber ich weiß nicht, mit welcher Wahrscheinlichkeit es ohne die Gabe passiert wäre.«

»Wissen die das vielleicht?«

»Die haben ... fundierte Vermutungen. Anscheinend hatten sie keine genauen Daten.«

»Und nach neunzig Tagen ... wirkt diese ... Gabe ... noch nicht.«

»Scheint so. Wenn sie überhaupt wirkt.«

»Verflucht, das paßt«, murmelte ich.

»Du meinst, du weißt ... ?«

»Maulwurf, du weißt doch über die Versuche in den Lagern Bescheid. Erinnerst du dich, wie du mir davon erzählt hast?«

»Ja«, sagte er, und hinter seinen dicken Brillengläsern loderte der Nazihaß.

»Das waren bloß Versuche um der Versuche willen, richtig? Alles andere als Wissenschaft.«

»Alles andere als Wissenschaft«, bestätigte er bitter. »Sadismus. Folter. Freakige Abscheulichkeiten.«

»Aber ... selbst wenn jemand echte Versuche machen wollte, wegen Krebs zum Beispiel oder sonstwas ... könnte man's nicht mit Menschen machen, oder?«

»Nicht legal. Ich hab gehört ... daß es in der Dritten Welt Länder gibt, wo man ... Versuchspersonen kaufen kann.«

»Maulwurf, hör mir mal 'ne Minute zu. Gibt es irgendeine Droge, die Leute zum Selbstmord treibt? Sie dazu bringt, daß sie sich töten?«

Er strich sich über die Schläfe, nahm die Brille ab, polierte sie mit einem schmierigen Lumpen, der auf seiner Werkbank lag. »Es gibt Drogen, die Depressionen auslösen, Drogen, die die Wahrnehmung beeinflussen, sich auf die Stimmung auswirken. Alles mögliche. Aber Leute tatsächlich soweit zu kriegen, daß sie sich umbringen... nein. Wenn sie bereits vorbelastet waren, vielleicht...«

Benommen fuhr ich vom Schrottplatz weg. Mein Hirn arbeitete wie verrückt, wie beim Flippern leuchteten Farben und Zahlen auf. Wie wenn man einen Quecksilbertropfen durch eine Qualmwolke hindurch von einer glatten Resopalplatte auflesen will.

Bis ich mich der Sache stellte. Genauso, wie ich's mit dem Kind machte, das ich in dem Keller umgebracht hatte. Ich schaute wieder und immer wieder hin, bis ich die Wahrheit wußte.

Blieb nur eine Frage – wer steckte sonst noch drin? Und wie tief?

Der Plymouth stand wie eine Straßensperre quer in der Auffahrt. Das Garagentor war zu. Ich sprang aus dem Lexus, peste rein. Sie waren im Wohnzimmer: Sonny, Wendy... und Fancy. Sie saß auf dem Polstersessel im Wohnzimmer, Knie zusammen, Hände im Schoß.

»He, Burke! Wir haben ein Spiel gemacht. Willst du mitspielen?«

»Was für ein Spiel?« fragte ich.

»Fesseln«, sagte sie, hielt die Arme hoch, Handgelenke zusammen, als trüge sie unsichtbare Handschellen.

Sonny wurde rot. Wendy streckte die langen Beine auf der Couch, fürsorglich und wachsam, sagte gar nichts.

»Ich kapier's nicht«, sagte ich.

»Na ja, scheint, als hätte sich dein Freund in den Kopf gesetzt, daß ich nicht weggehen soll.«

Sonny nickte zustimmend. Schwer zu glauben, daß es dasselbe Kid war, dem Charm erst vor kurzem den Schneid abgekauft hatte. »Gut gemacht«, sagte ich zu ihm, nahm Fancy an der Hand und zog sie aus dem Zimmer.

In der Wohnung über der Garage setzte sich Fancy aufs Bett, während ich mich umzog. »Wieso hast du das gemacht?« fragte sie.

»Was gemacht?«

»Diesen Trick angewendet. Damit ich hier bleibe... bei Sonny?«

»Mit Sonny hatte das gar nichts zu tun. Ich wollte bloß sichergehn, daß du nicht irgendwo rumstreunst.«

»Wohin sollte ich denn gehen?«

»Zu Charm.«

»Aber du hast mir gesagt –«

»Manches, nicht alles. Ich bin blöde gewesen. Diese Selbstmordkiste, die hat nicht angefangen, als ich hergekommen bin. Ich hab's nicht kapiert, weil ich *drin* war. Ich, nicht die. Ich bin mit zuviel Gepäck gekommen, und die Last hat mich blind gemacht. Da gibt's noch 'ne Sache, die ich dir sagen muß... und dann entscheidest du.«

»Was mußt du mir sagen?«

»Die Wahrheit, Fancy. Die Wahrheit über Charm, und deinen Vater.«

»Die hast du mir schon *gesagt*«, jammerte sie. »Ich möchte nicht –«

»Es kommt nicht mehr drauf an, was du möchtest. Die Dinge kommen ins Rollen. Bald schon. Ich will nicht, daß du noch mehr Opfer bringst.«

»Ich weiß nicht, was –«

»Opfer. So wie dich deine Mutter deinem Vater angedient hat. So wie Charm dich für ihre Erpresservideos benutzt. Ich bin jetzt nicht mehr aus demselben Grund hier.«

»In Connecticut?«

»Auf dieser Erde. Ich werde alles in Ordnung bringen. Dieses Mal. Dieses eine Mal. Ich habe ins Leere geschaut, und ich hab's gesehn. Weißt du, was ich gekriegt habe, Kleines? Noch eine Chance.«

»Burke, du machst mir angst.«

Ich zündete mir eine Zigarette an. Reichte sie ihr. »Blas mir einen Rauchring, Fancy.«

Sie schürzte die Lippen, paffte sachte. Der Rauch quoll raus, bildete aber keinen Ring. Sie probierte es noch mal, energischer. »Ich kann's nicht«, sagte sie. So viel Trauer in ihrer Stimme – ein kleines Mädchen, das den Trick nicht draufhat.

»Paß auf«, sagte ich. Ich nahm die Zigarettenschachtel, zog die Zellophanhülle so runter, daß nur noch ein dünner Streifen an der Packung festsaß. Vorsichtig hielt ich die Zigarettenglut an das Zellophan. Als ich sie wegzog, war ein glattes rundes Loch im Zellophan – sah aus wie ein Einschußloch. Ich gab sie Fancy. »Atme ein bißchen Rauch ein«, sagte ich. »Dann blas ihn in die Packung, genau durch das Loch.«

Sie warf mir einen verdutzten Blick zu, machte es aber. Das Zellophan füllte sich mit Rauch, dicht und wolkig. »Jetzt tipp hinten ans Zellophan, Fancy. Sachte.«

Sie hielt die Schachtel grade, tippte mit einem langen Fingernagel hinten dran. Ein astreiner Rauchring quoll aus dem Loch, hing in der Luft. »Oh«, kicherte sie, machte es noch mal.

»Genau so was brauchen wir, Mädchen. Einen Trick. Damit die Sache funktioniert. Spielste mit?«

Sie nickte, ernsthaft wie ein Kind, das verspricht, brav zu sein.

»Erkennen Sie meine Stimme?« sagte ich ins Telefon, leise und ruhig.

»Ja«, erwiderte er. Ich konnte hören, wie es in seinem Kopf arbeitete, wie die Gänge an irgendeiner vertrauten Stelle einrasteten. Wie er in Sekundenschnelle wieder *dort* war, wachsam und bereit.

»Ich habe was. Habe vielleicht was. Können wir uns treffen?«

»Sagen Sie, wo und wann.« Mehr sagte er nicht.

Fancy führte ihn ins Zimmer. Ich saß auf der einen Seite eines Schreibtisches, den ich aus einer über die Sitzflächen zweier Stühle gelegten Tür zusammengeschustert hatte. Er setzte sich auf die andere Seite. Fancy ging raus.

Blankenship war glattrasiert, dschungelmäßig. Trug einen alten Kampfanzug, tarnfarben. Schnürstiefel an den Füßen, mit Sattelseife behandelt, nicht poliert. Bereit, seitdem er meinen Anruf gekriegt hatte.

»Danke fürs Kommen«, sagte ich, zündete mir eine Zigarette an, legte sie in den Aschenbecher, den ich mir aus Alufolie gemacht hatte.

»Bitte verscheißern Sie mich nicht«, sagte er leise, holte eine 45er aus einer Seitentasche. Sie sah nach Sonderanfertigung aus, total mattschwarz brüniert, mit einem kurzen Rohr, 'nem Schalldämpfer, der wahrscheinlich mehr gekostet hatte als die Knarre selber.

»Mach ich nicht. Würde ich nie machen. Lassen Sie mich ausreden, okay? Erweisen Sie mir die gleiche Achtung wie ich Ihnen.«

Sein Gesicht war leer. Keinerlei Ausdruck. Nichts in den Augen. Die Geduld eines Scharfschützen. Sein zustimmendes Nicken reichte keine fünf Zentimeter weit.

Ich erzählte ihm eine Version der Wahrheit. Ließ Charm außen vor, konzentrierte mich auf Crystal Cove. »Sie sehen, wo ich stehe«, schloß ich. »Ich weiß nicht mal, ob das Zeug wirkt. Und ich weiß erst recht nicht... werd's nie wissen... ob es bei Diandra gewirkt hat.«

»Die Army hat so was gemacht«, sagte er. »Versuche. Ich habe davon gehört, im Feld. Drogen, die einen tapfer machen sollten. Oder auf Draht bringen. Meistens ging's nach hinten los – die Veteranenkliniken sind voller –«

»Hier isses aber nicht die Army«, unterbrach ich ihn nervös. Er war zu sehr auf der Kippe – wenn er auf die Idee kam, daß es ein Komplott der Regierung war...

»Okay«, antwortete er. Tonlos, ohne jede Energieabstrahlung, sicher vor Wärmesensoren, falls der Feind welche einsetzte.

»Ich bin dicht dran«, sagte ich. »Ganz dicht.«

»Was brauchen Sie von mir?«

»Ich werde reingehn. Den Obermacker sprechen. Den Doktor. Er könnte alles ableugnen. Macht er das, dann arbeite ich mich wieder vom Rande aus ran. Oder er macht es richtig – dann sind wir fertig. Aber er könnte auch auf dumme Ideen kommen … das ist Ihr Teil.«

»Sagen Sie, was.«

»Deckung geben. Ich geh durchs Tor rein. Durchs Haupttor. Er hat auf dem ganzen Gelände Posten. Die tragen dunkelbraune Blazer, sehn von fern wie Diener aus, sind aber alles Profis. Ich muß vom Gelände runterkommen. Kennen Sie die Anlage?«

»Ich bin dortgewesen. Jede Nacht. Drin und draußen. Dort gibt's 'ne günstig gelegene Anhöhe. Und ich hab 'n Nachtsichtgerät.«

»Machen Sie mit?«

»Da drüben, da habe ich meine Aufgabe erfüllt. Bloß meine Aufgabe, verstehen Sie? Ich war nie auf Ohren aus, nur auf Augen. Ein Schuß … plopp! Mitten durch die Hornhaut. Ich weiß nicht, wie viele ich erwischt habe – ich habe nie mitgezählt. Nach 'ner Weile hatten sie 'nen Kopfpreis auf mich ausgesetzt. Nicht auf mein Gesicht – mein Gesicht haben die nie gesehen, aber sie kannten meine Arbeit. Wenn dieser Barrymore dabei geholfen hat … meine Diandra umzubringen, ist er dran. Der entkommt mir nicht. Ich warte, bis es soweit ist. Mir isses egal. Praktisch alles egal. Hat er ihr das angetan, dann leg ich sein Herz auf ihr Grab.«

Ich redete noch eine Zeitlang mit ihm. Von Soldat zu Soldat, so wie er's sah. Beschrieb den Auftrag, wollte, daß er nicht auf eigene Faust jagen ging. Er war bereit, in seinem Stützpunkt zu bleiben, auf meinen Anruf zu warten.

Er stand auf, gab mir nicht die Hand. Ich atmete tief durch, als Fancy wieder in das weiße Zimmer trat.

Wieder in der Wohnung über der Garage, riß ich eine frische Videokassette auf, steckte sie in einen von zwei Schlitzen des High-Tech-Recorders, den Fancy gekauft hatte. Ich behandelte die bespielte wie eine in Nitroglyzerin treibende Stange Dynamit.

»Ich habe gar nicht gewußt, daß es da noch ein anderes Zimmer gibt«, sagte Fancy. »Wie nennt man so einen… Zugang?«

»Eine Tapetentür. Wer die eingebaut hat, hat was davon verstanden. Handwerklich unglaublich gut. Wenn die… anderen Leute mir nicht Bescheid gesagt hätten, hätte ich sie nie gefunden, obwohl ich wußte, daß da eine ist.«

»Hast du die Kassetten ausgetauscht?«

»Yeah. Und den Sensor wieder aktiviert. Wenn Charm kontrollieren kommt, findet sie bloß 'ne Leerkassette, glaubt, in letzter Zeit hat niemand das Zimmer benutzt.«

»Hat es funktioniert?«

»Sitz still, Mädchen. In 'ner Minute wissen wir's.«

Ich drückte auf den Schalter. Auf dem Bildschirm war zu sehen, wie Fancy und ich den Behelfsschreibtisch im Zimmer aufbauten, Fancy rausging und ich allein dasaß. Wie sie mit Blankenship zurückkam. Und alles weitere. »Bestens«, sagte ich. »Jetzt kopieren wir ein Stück davon auf ein frisches Band.«

»Wozu?« fragte sie.

»Als Köder.«

»Du wirst 'ne Zeitlang nicht hingehn«, sagte ich zu ihr. »Ich will, daß du eine Nachricht schreibst, sie Charm hinterläßt.«

»Wo?«

»In ihrem Haus. Ich fahr dich rüber.«

»Das kann ich nicht tun.«

»Fancy ... «

»Burke, ich *kann's* nicht. Sie würde mißtrauisch werden. Ich gehe nie in ihr Haus. Ich darf nicht.«

»Okay. Kapiert. Wir hinterlassen sie bei dir. Sie wird sie finden, wenn sie rumschnüffeln kommt.«

Ich probte im Kopf, spielte es durch, glättete die Kanten. Als es zu heiß lief, machte ich eine Pause, ging die Liste der Nummern durch, die ich vom Faxgerät in Cherrys Büro im Rector's abgeschrieben hatte. Irgendwas ...

»Fancy, gibt es hier irgendwo ein Telefonbuch?«

»Ich weiß nicht. Ich gucke nach.«

Sie kam mit zwei zurück – ein gelbes und ein weißes. Ich knöpfte mir das weiße vor, bis ich's fand: »Internationale Länder- und Städtevorwahlen.«

011 war die allgemeine Auslandsvorwahl. Okay, nächster Schritt: 61 war die Landesvorwahl. Für Australien. Also war 011-61-2 Sidney. 011-61-3 war Melbourne. Die waren alle in Australien, alle in Sidney und Melbourne, bis auf eine in Perth.

Australien. Ich schlug die internationale Zeitzonentabelle im Telefonbuch auf. Sidney war uns fünfzehn Stunden voraus. Dienstag nachmittag um sechs war da drüben Mittwoch morgen um neun. Fünfzehn Stunden ...

Wenn man eine Digitaluhr fünfzehn Stunden vor stellt, sieht das aus wie drei Stunden. Eine volle Umdrehung, zwölf, plus drei macht fuffzehn.

Hatte Cherry einen Reisepaß? Doppelte Staatsbürgerschaft? Eine andere Identität?

Und diese Uhr, diese besondere Uhr. Zwei Uhren, eine in Barrymores Büro.

Es war schon spät, als ich Reifen auf dem Schotter knirschen hörte. Charms weißer Rolls stand in der Auffahrt, Schnauze in die falsche Richtung, als wäre sie verkehrt rum reingefahren. Ich beobachtete ihn eine Minute – sie stieg nicht aus. Ihr Gesicht konnte ich hinter dem Glas auf der Fahrerseite nicht erkennen. Fancy stand neben mir. Ich spürte ihren Atem an meiner Backe.

»Zu spät für die Nachricht«, sagte ich.

»Ich krieg das hin«, erwiderte sie, zerrte sich das Kleid über den Kopf, zog sich hastig aus. Nackt rannte sie ins hintere Zimmer. Innerhalb von Sekunden war sie zurück, hüpfte auf einem Bein, während sie gleichzeitig die Stöckelschuhe anzog. »Bin gleich wieder da«, sagte sie und war aus der Tür, bevor ich sie aufhalten konnte.

Ich sah zu, wie Fancy die Treppe runtereierte, mit den Stöckelschuhen vorsichtig über die Steinchen zum Rolls stakste. Das Fenster auf der Fahrerseite glitt runter. Fancy beugte sich vor, das Gesicht im Fenster, ihr nackter Hintern wie eine weiße Skulptur in der Nacht.

Es dauerte nicht lang. Langsam fuhr der Rolls davon. Fancy stand da, sah ihm einen Moment lang nach, dann drehte sie sich um und stieg wieder die Treppe hoch.

»Was sollte das Ganze?«

»Ich habe ihr erzählt, daß ich bestraft werde. Daß du mich gezwungen hast, so rauszugehen.«

»Was hat sie gesagt?«

»Sie wollte wissen, ob ich dich schon eingeführt habe.«

»Hä?«

»Dich eingeführt … in der Szene. Ich habe ihr gesagt, du wärst mein Herr … ohne deine Erlaubnis würde ich jetzt gar nichts mehr tun.«

»Warum ist sie vorbeigekommen?«

»Sie sagt, sie hat sich Sorgen um mich gemacht. Was für ein Witz. Als ich das erzählt habe … mit dir … war sie froh. Ich hab's gemerkt. Sie hat mich geküßt. Innig, wie ein Liebhaber. Das hat sie schon lange nicht mehr gemacht.«

»Das hast du wirklich bestens gedeichselt, Mädchen. Woher hast du gewußt, daß es funktioniert?«

»Ich hab's einfach … gewußt. Bei mir hat's auch funktioniert. Ich war total … verlegen. Und erregt. Charm sagte, sie könnte es mir anriechen. Kannst du's auch riechen, Burke?«

»Komm her, und ich sag's dir.«

Ich wartete noch zwei lange Tage, tüftelte am Ton. Dann machte ich den Anruf.

»Doktor Barrymore, bitte.«

»Wen darf ich melden?«

»Mister Burke.«

»Bleiben Sie bitte dran.«

»Mister Burke, Lydia am Apparat, Doktor Barrymores persönliche Assistentin. Vielleicht erinnern Sie sich, wir haben uns kennengelernt, als Sie letztes Mal …?«

»Natürlich.« Die Frau mit den unpassenden Nahtstrümpfen und dem kontrollierten Gang.

»Tut mir leid, aber Doktor Barrymores Terminkalender ist wirklich ziemlich voll. Er läßt Ihnen sein Bedauern ausrichten, aber es kann einige Zeit dauern, bis –«

»Sagen Sie ihm, ich muß ihm etwas zeigen. Ein Video.«

»Wie ich Ihnen erklärt –«

»Ich möchte nicht unhöflich sein, Miss. Aber richten Sie ihm bitte einfach aus, was ich Ihnen gesagt habe – ich glaube, er wird die Dringlichkeit meines Anliegens verstehn.«

»Sehr wohl. Wenn Sie einen Moment dranbleiben, will ich versuchen, ihn zu finden.«

Ich zündete mir eine Zigarette an, rauchte sie, während ich den Hörer ans Ohr hielt. Wenn diese Karte nicht stach, gab es immer noch eine andere.

»Mister Burke?« Das war Barrymores Stimme, melancholisch und resigniert.

»Hier bin ich. Tut mir leid, Sie bei der Arbeit zu stören, aber ich glaube wirklich, Sie sollten sich dieses Video ansehn.«

»Ja, gewiß. Das hat wirklich keine Eile. Wenden Sie sich einfach –«

»Es ist nicht so, wie Sie denken, Doktor. Ich komme als Freund, glauben Sie mir.«

»In Ordnung. Können Sie heute abend kommen? Sagen wir um neun?«

»Ich bin da. Und, Doktor ... «

»Ja.«

»Bitte glauben Sie mir, was ich Ihnen grade gesagt habe. Ich komme mit freundlicher Absicht. Sie sind ein Profi – ich bin's auch. Verstehn Sie?«

»Ja. Ja. Durchaus.«

»Ich geh rein«, sagte ich ins Telefon. »Heut abend. Neun Uhr.«

»Ich geb Ihnen Deckung«, erwiderte Blankenship.

Er ließ mich selber rein. Das Haus fühlte sich leer an, die Telefone schwiegen. Ich folgte ihm in sein Büro.

»Haben Sie hier 'nen Videorecorder?« fragte ich.

»Da drüben.« Er deutete hin. »Aber wie gesagt, das ist nicht nötig. Sagen Sie mir einfach, was Sie wollen.«

Ich ignorierte ihn. Schob meine Kassette in das Gerät, stellte es an. Ich sah Barrymores Gesicht zucken, als das Bild scharf wurde.

»Da drüben, da habe ich meine Aufgabe erfüllt«, sagte Blankenship auf dem Bildschirm. Barrymore setzte sich kerzengrade, schaute gebannt, den Kopf schräg, damit ihm kein Wort entging.

Ich ließ es durchlaufen. Genau bis zu der Großaufnahme von Blankenships seelenlosen, wahrheitsverkündenden Augen:

Mir isses egal. Praktisch alles egal. Hat er ihr das angetan,
dann lege ich sein Herz auf ihr Grab.

»Verstehn Sie, warum ich Ihnen das zeigen mußte, Doktor? Er 's da draußen. In diesem Augenblick. Wartet.«

»Gott! Ich hatte nicht ... ich meine, ich dachte ...«

»Yeah. Sie haben gedacht, es wär ein Erpresservideo, stimmt's? Sie und Charm in Aktion. Oder eher Sie und Fancy?«

»Ich weiß nicht, was Sie da... ich hatte mit keiner von beiden etwas.«

»Klar. Und es is auch 'ne riesen Überraschung für Sie, stimmt's? Daß Charm im Erpressergewerbe aktiv ist.«

Sein Kopf sackte nach vorne. »Nein, das wußte ich. Genau so ist sie... hierhergekommen. Um zu arbeiten. Ich dachte –«

»Es geht nicht drum, was Sie gedacht haben. Nicht mehr. Die Sache ist außer Kontrolle. Charm ist ein ekelhaftes, fieses kleines Miststück, klar, aber Sie sind doch schon ein großer Junge. Ich werde Angelo Mondriano bestellen, wie gut Sie Geheimnisse hüten.«

Das Blut wich ihm aus dem Gesicht, aber er bewahrte Haltung, um Beherrschung bemüht. »Wer ist das?«

»Tja, jetzt ist es scheint's schlicht und einfach Robert L. Testa, aus Seattle, Washington. Wir haben sämtliche Namen, Doktor. Vorher und nachher. Die neuen Adressen ebenfalls. Ich weiß, daß Sie die Gesichter verändert haben. Haben wahrscheinlich auch alle neue Papiere. Eine wunderbare Kiste habt ihr da laufen. Aber heut ist Ihr Glückstag – deswegen bin ich nicht hier.«

»Sie... verstehen nicht«, sagte er. »Diese Klinik war mein Traum. Wir sind die beste Einrichtung im ganzen Land. Wir können Dinge für Kinder tun, die wirklich bemerkenswert sind. Aber das kostet ein Vermögen.«

»Haben diese reichen Kids nicht alle irgendeine Versicherung?«

»Versicherungen kommen nicht einmal annähernd für unsere Leistungen auf. Wir nehmen nicht nur Kinder aus dieser Gegend, wir haben gestaffelte Tarife. Auch ein paar Stipendien.«

»Und als Cherry mit der Idee kam...?«

»Sie... speichert Informationen. Wie ein Computer.

Ich weiß, daß das ... illegal ist. Aber so wie sie es darstellte, ist es nicht anders, als ob irgendeine Stiftung unsere Arbeit fördern würde.«

»Yeah, klingt hübsch. Sie helfen Leuten, verschütt zu gehn, das Geld hilft Kindern, zu sich zu finden, richtig?«

»Bei Ihnen klingt das so –«

»Ihre Kollegin Charm hat Kids umgebracht«, sagte ich. »Oder hat's jedenfalls versucht. Ich weiß es nicht. Schaun Sie sich das an.«

Seine Hände zitterten – er hielt sich an der Schreibtischkante fest, damit sie aufhörten, wie ein angeschlagener Boxer, der rücklings in den Seilen hängt, drauf wartet, daß der Ringrichter den Kampf abbricht. Ich schmiß ihm die Berechnungen des Maulwurfs auf den Schreibtisch. Wie erstarrt schaute er auf die Blätter, rührte keine Hand, musterte den Skorpion, der da auf dem glatten Holz den Schwanz krümmte.

»Was ist das –?«

»Charm hat Versuche gemacht. Mit Kids. Ihren Kids. Denen, die hier Hilfe suchen. Sie hat 'ne Droge, die ihrer Meinung nach zum Selbstmord anregt. Und sie hat es so hingetrickst, daß die Hälfte der Kids, die hierher kommen, sie kriegen. Sie zieht Doppelblindversuche durch. Jetzt sagen Sie mir ... sagen Sie mir, daß sie keinen Zugang zu ihnen hat.«

»Sie ... hat ihn. Aber ich wußte nicht ... «

»Nein, habe ich auch nicht angenommen. Sie sind im Gewerbe, stimmt's? Sie und Cherry. Wie ist der Tarif, Doc? Für ein neues Gesicht? Für ein neues Leben?«

»Das ... ist verschieden.«

»Das glaube ich gern. Sie haben jetzt nur noch zwei Möglichkeiten. Leben oder sterben.«

»Was wollen Sie?« flüsterte er, sein Gesicht so kantig, daß es wie geröntgt wirkte.

»Die Wahrheit. Ein bißchen Asche. Und Schweigen. Wenn Sie das alles auf den Tisch des Hauses legen, dann bleiben Sie am Leben. Und auch im Geschäft, falls Sie das wollen.«

»Was wollen Sie wissen?«

»Charm hat Versuche gemacht?«

»Ja. Mit Psychopharmaka. Ich wußte davon. Aber sie sagte mir, es sei ein Antidepressivum. Etwas, das sie selbst entwickelt habe. Sie wollte nicht den umständlichen Weg übers Bundesgesundheitsamt gehen – es dauert zu lange, kostet zuviel. Man muß ewig warten, bis man es am Menschen erproben darf. Ein echter Durchbruch, so hat sie es genannt. Wir wissen nicht viel über endogene Depressionen ... Depressionen, die von innen heraus kommen. Ich dachte –«

»Wie kriegen sie's? Die Droge?«

»Als Injektion. Intramuskulär. Eine Dosis, fünf Kubikzentimeter.«

»Und sie hat's ihnen selber gegeben?«

»Nein. Sie kommt nicht hierher. Sie ... gab mir das ... Material. Und ich habe es getan.«

»Und Sie haben Buch geführt.«

»Nein. Ich habe ihr meine Notizen übergeben. Jede Woche. Über ein Postfach. Sie waren verschlüsselt – niemand konnte wissen, welche ... «

»Wo ist sie?«

»Was?«

»Die Droge, Doktor. Wo ist der Vorrat?«

»Da drüben«, sagte er und deutete auf einen Minikühlschrank mit schwarzer Tür, der in ein Bücherregal eingebaut war, direkt neben dem Videorecorder. »Sie ist ... instabil. Man braucht alle zwei Wochen eine frische Lieferung. Sie war erst vorgestern hier, hat etwas vorbeigebracht.«

Ich ging zum Kühlschrank, machte ihn auf. Er war voller kleiner Kartons mit Fruchtsaft, die Sorte, die man mit einem Plastikhalm anstechen muß. Hinten drin zwei kleine Flaschen, mit einer klaren Flüssigkeit gefüllt, oben drauf ein flacher Gummischraubverschluß... durch den man die Injektionsspritze stechen und aufziehen konnte.

Ich sackte die Flaschen ein. »Hat Cherry Bescheid gewußt?« fragte ich ihn.

»Sie weiß, daß Charm... gefährlich ist. Soziopathisch. Und sie hatte immer den Verdacht, sie könnte irgendwie Randy etwas antun. Aber hiervon weiß sie nichts...«

»Wieso weiß sie... daß Charm verrückt ist?«

»*Ich* habe es ihr gesagt. Charm wollte sich nie von mir behandeln lassen – sie hatte ihre eigenen Vorstellungen. Dennoch war es nicht schwer, eine Diagnose zu stellen. Sie sieht Menschen nicht als Menschen – für sie sind es bloß Objekte. Dinge, die man hin- und herschiebt, wie Möbelstücke.«

»Warum haben Sie sich mit jemand wie ihr eingelassen? Ich meine, sie hat 'n paar Spankingfilme von Ihnen, na und? Sie kandidieren nicht für ein öffentliches Amt.«

»Wie schon gesagt... damit hat das gar nichts zu tun. Ich bin ihr zunächst als Patientin begegnet. Sie kam von sich aus. Ich hätte sie vermutlich gar nicht getroffen, aber Cherry bat mich darum. Mein Beruf basiert auf Geheimhaltung – ich bin dahintergekommen – Cherry wollte Charms Geheimnise erfahren... durch mich.«

»Haben Sie's gemacht?«

»O ja. Zumindest dachte ich das. Charm ist... zu allem fähig. Zu allem und jedem. Sie hat keinerlei Über-

Ich, keine moralischen Kontrollen. Sie *empfindet* nichts. Weder innerlich noch äußerlich. Ihre Schmerzschwelle ist unglaublich. Ich sah sie einmal, hier in diesem Büro, ich sah, wie sie den Finger über ein brennendes Streichholz hielt, bis ich das verbrannte Fleisch riechen konnte. Sie verzog keine Miene.«

»Haben Sie Angst vor ihr gehabt?«

»Jeder hat vor ihr Angst. Sie ist ein Mensch, der absolut keine Grenzen kennt.«

»Massenhaft verrückt –«

»Charm ist nicht verrückt, Mister Burke. Sie ist in allen Bereichen gut orientiert; sie hat einen hervorragenden Realitätsbezug. Sie ist nicht psychotisch ... «

»Bloß gefährlich.«

»Ja.«

»Gefährlich genug, um jemand umzubringen.«

Er stand von seinem Schreibtisch auf, ging in kleinen aufgeregten Kreisen, rieb sich die Hände. Ich schaute ihm zu, stimmte meine Worte so ab, daß sie ihn erwischten, als er gerade an mir vorbeikreiste. »Erinnern Sie sich an das Video, das ich Ihnen grade vorgeführt habe, Doktor? Diagnose ist Ihr Gebiet. Für Sie lautet die Frage nicht, ob Charm gefährlich ist, sondern ob es der Mann ist, den ich Ihnen grade gezeigt habe.«

Er forschte in sich nach, fand irgendwo Halt, setzte sich wieder hin. »Sie tötete ihren Vater«, sagte er. »Vielleicht auch ihre Mutter. Das weiß ich nicht mit Sicherheit, nicht bei der Mutter, aber sie verfügt über das ... Wissen dazu.«

»War das Rache? Für den Inzest?«

»Sie wissen davon? Woher ... sie würde es *niemals* jemandem erzählen.«

»Hat sie auch nicht. Ich hab's mir zusammengereimt. Aus anderem Zeug. Zeug, das Fancy mir gesagt hat.«

»Es ging nicht um Rache. Zumindest glaube ich das nicht. Er war im Weg, ihr Vater. Das hat sie gesagt. Mehr braucht es dazu nicht. Für Charm braucht es dazu nicht mehr. Sie erzählte mir … alles. Saß da, wo Sie jetzt sitzen, und lachte darüber – sie weiß bestens über die ärztliche Schweigepflicht Bescheid – ich könnte niemals gegen sie aussagen.«

»Und Sie haben gedacht, ich würde für sie arbeiten? Ich wäre hier, um Sie zu erpressen?«

»Das habe ich wohl erwartet. Ich rechne seit Jahren damit. Ich habe versucht … jemanden zu schützen.«

»Wen?«

»Das spielt keine Rolle.«

»Für mich schon. Ich werde alle losen Fäden verknüpfen – oder auch nicht. Wenn nicht, können Sie mit Blankenship reden.«

»Blankenship?«

»Der Mann auf dem Video«, sagte ich. »Diandras Vater. Schaun Sie in Ihren Unterlagen nach, wenn Sie mir nicht glauben.«

Eine Weile sagte er gar nichts. Ich wartete. So wie Blankenship wartete.

»Randy«, sagte er schließlich. »Sie sagte, sie würde ihn kaputtmachen. Ich weiß, daß sie eine … Beziehung mit ihm hatte. Als er noch ein Junge war. Ich brachte sie dazu, mir zu versprechen, daß sie ihn in Ruhe läßt.«

»Und hat sie's?«

»Ja. Unbedingt. Ich habe das ziemlich eingehend überprüft. Als er bei mir in Behandlung war. Eine ganze Zeit lang. Er steht sehr kurz davor, alles zu verarbeiten. Sobald er etwas findet, zu dem er einen Bezug aufbauen kann …«

»Hat er schon«, sagte ich. »Aber wie stehn Sie zu dem Kid?«

»Er ist mein Sohn«, sagte Barrymore und schaute mir zum erstenmal in die Augen. »Als Cherry ein Kind wollte, wollte sie sich nicht an eine Samenbank wenden – all die Geschichten über verseuchtes Blut. Und es sieht so aus, als hätte sie recht gehabt – gucken Sie nur, was seither passiert ist. Schlampige Untersuchungen auf HIV. Und der Arzt, der bei zig Patienten sein eigenes Sperma benutzt. Sie hatte Angst. Also habe ich ... es selbst gemacht.«

»Und Charm hat's rausgefunden?«

»Ich weiß nicht wie, aber sie hat. Sie schwor, sie würde es niemals weitererzählen, wenn ich ...«

Ich stand auf. »Die Versuche sind vorbei. Charm ist raus aus dem Geschäft. Ihr Geschäft, damit können Sie tun und lassen, was Sie wollen – das ist nicht meine Angelegenheit. Diese Sache kostet mich und meine Partner 'ne Masse Geld. Dafür müssen Sie gradestehn. Aber es ist 'n einmaliges Abdrücken – ich komme nicht wieder.«

»Wieviel wollen Sie –?«

»'ne halbe Million. Bar. Is'n kleiner Happen – ich habe 'ne ganz gute Vorstellung davon, was ihr mit diesem Unternehmen alle einsackt. Sie kriegen 'nen Anruf – jemand wird meinen Namen benutzen. Er wird alle Anordnungen für die Übergabe erledigen. Sind Sie weiter still und friedlich, bin ich's auch. Sagen Sie ein Wort, zu irgendwem, dann kommt die Liste in Umlauf. Dann werden Leute sterben ... und sie werden nicht allein abtreten, verstanden?«

»Ja.«

»Kein Wort zu Charm. Nicht ein Wort.«

»Ich habe verstanden.«

»Doktor, hören Sie gut zu. Ich werde jetzt von hier verschwinden. Und damit aus Ihrem Leben. Wenn Sie zu dem Telefon greifen, nützt Ihnen das gar nichts. Sie haben Gift geschluckt – und ich bin das Gegenmittel. Kapiert?«

»Ja«, sagte er, den Kopf gesenkt, und schaute auf seinen Schreibtisch.

Ich steuerte den Lexus vom Gelände, spürte Blankenships Hitzesucher am ganzen Rücken. Ich fuhr weiter bis zu seinem Haus. Parkte in der Auffahrt und wartete.

Er kam etwa eine Viertelstunde nach mir. Wir gingen ins Haus. Ich hätte es fast nicht wiedererkannt – die Müllkippe, die ich zuvor gesehen hatte, war wie verwandelt, so unpersönlich ordentlich wie eine Mönchszelle.

»Barrymore isses nicht«, sagte ich. »Ich hab's jetzt bis auf 'nen kleinen Kreis eingegrenzt. Noch ein paar Tage, ein, zwei Wochen allenfalls. Ich bleibe in Verbindung.«

»Lassen Sie sich Zeit«, sagte er. »Gehen Sie sicher.«

Eine halbe Million war grade die richtige Summe. Genug, damit Barrymore annahm, für einen Schmalspurabstauber wie mich wäre so was das Schnäppchen meines Lebens – nicht so viel, daß er über Alternativen nachdachte. Ich fuhr gradewegs in die Stadt. Erzählte Mama soviel von der Geschichte, wie sie wissen wollte. Michelle würde den Anruf erledigen, Barrymore mit dem Geld auf unser Territorium kommen lassen. In einem Hotel einchecken, einen Spaziergang machen. Den Rest würde der Prof übernehmen. Ganz einfach.

»Steine viel mehr wert«, sagte Mama vorwurfsvoll.
»Glatt ist besser«, sagte ich zu ihr.

Weitere Anrufe. Weitere Abmachungen. Weitere Deals.

»Ich brauch den Plymouth«, sagte ich zu Sonny.

»Klar. Wollen Sie, daß ich fahre?«

»Nein, ich muß bloß jemand abholen. Bin morgen wieder zurück.«

»Soll ich weiter auf Fancy aufpassen?«

»Nein. Sie kommt mit mir. Aber, Sonny, wenn Charm vorbeikommt, sag ihr das. Daß Fancy mit mir irgendwo hingefahren ist. Nichts weiter. Kapiert?«

Er nickte.

Ich erledigte noch einen Anruf von einem Münztelefon aus. Hörte mir die Einwände an, kümmerte mich nicht drum.

»Wohin fahren wir?« fragte Fancy und rutschte auf dem Vordersitz rum.

»Mein Mädchen abholen. Ist nicht weit.«

»Dein... Mädchen?«

»Sei still, Fancy. Du spielst doch gern das Biest – du bist grade dabei, 'n echtes kennenzulernen.«

Es war keine lange Fahrt. Elroys Hütte oben im Dutchess County hatte sich nicht verändert... war vielleicht ein bißchen windschiefer. Ich fuhr grade auf den Hof, als schon einer seiner Pitbulls das Auto angriff, auf die Haube sprang und durch die Windschutzscheibe stierte. Einen Moment später kam Elroy aus dem Haus gelatscht, sein Preisvieh an der Kette. Barko, ein weißer Dämon mit einem schwarzen Fleck über dem einen Auge.

Vorsichtig machte ich mein Fenster einen Spalt auf. »Ich komme meinen Hund holen«, sagte ich.

»He, Mann, sie's einfach nicht trächtig geworden. Ich mein, sie läßt überhaupt niemand ran... nicht mal, wenn sie heiß ist. Vielleicht isse lesbisch. Aber ich hab'ne Idee. Ich kenne da einen Tier–«

»Sofort, Elroy. Sie kommt sofort mit mir. Pfeif deine Köter zurück.« Sobald er das Zeichen gab, stieg ich aus, kauerte mich hin, wölbte die Hände um den Mund, schrie: »Pansy! Komm her, Mädchen!«

Das Monstrum fegte um die Hausecke wie ein Nashorn auf Ephedrin, kam mit fliegenden Ohren, das mächtige Maul offen, auf mich zugerannt und kiekste wie ein Welpe. Sie hechtete mich an, schmiß mich um, steckte mir ihre gewaltige Schnauze ins Gesicht, beschnüffelte mich und wedelte wie entfesselt mit dem Schwanz.

»Pansy! Braves Mädchen! Toll siehst du aus!«

Sie ließ mich schließlich wieder hoch, rannte im Kreis rum, hundertvierzig juchzende Pfund Muskeln und Knochen.

»Pansy! Spring!« befahl ich. Sie schmiß sich flach zu Boden, wartete. Ich öffnete die Hintertür des Plymouth, machte das Handzeichen. Sie hechtete rein. Sah Fancy auf dem Vordersitz, hängte den massigen Kopf auf die Rückenlehne, sabberte los. Ich machte das Zeichen für »Freund«, und sie knurrte fröhlich. Fancy saß stocksteif da, mit riesigen Augen.

»Das ist mein Mädchen«, sagte ich. »Pansy. Das beste Hundchen auf der Welt, stimmt's?« sagte ich und rieb Pansy den Nacken.

»Was *ist* das?«

»Pansy ist ein neapolitanischer Mastiff. Die beste, liebste und treuste Hündin auf der ganzen Welt.«

Pansy knurrte zustimmend. »Nur zu, streichel sie«, sagte ich zu Fancy. »Sie tut nix.«

Fancy gab der Hündin einen halbherzigen Klaps. Augenblicklich fuhr Pansy ihr mit einem mächten Zungenschlag übers halbe Gesicht.

»Uuuiii!« war Fancys Reaktion. Schwer zu sagen, ob sie sich freute oder angewidert war.

»Machste, worum ich dich gebeten habe?« hakte ich bei Elroy nach.

»Okay, Mann. Aber ...«

»Wir reden später drüber«, sagte ich und winkte Fancy her zu mir.

Wir gingen in Elroys Hütte. Auf einem flachen Tischchen neben einem Sessel lag alles bereit, sämtliches Handwerkszeug, das er nach meinem Anruf gekauft hatte. Ich setzte mich auf die Couch, sagte Fancy, sie sollte zu mir kommen. Ich legte sie mir quer über den Schoß, hob ihren Rock hoch, zog den Saum ihres Höschens von der einen Backe weg, zur Hinternmitte hin. »Genau da«, sagte ich Elroy und deutete drauf.

Die Tätowiernadel summte, als Elroy sich an die Arbeit machte. Er hatte so was noch nie gemacht, aber seine Hände waren Weltklasse, ein Meistergraveur, auf kommerzielle Kunst spezialisiert – Pfandbriefe, Obligationen, Zwanzigdollarscheine ...

Fancy lag die ganze Zeit still, hielt meine Hand.

»Sieht ziemlich gut aus«, bewunderte Elroy sein Werk. »Wird wahrscheinlich verschorfen – laß den

Verband lieber ’n paar Tage drauf. Und geh nicht mit den Fingern dran.«

»Danke«, sagte ich und half Fancy auf.

Elroy kam rüber zur Fahrerseite. »Hör mal, Mann, ich sag dir eins –«

»Da läuft nichts«, sagte ich. »Du mußt ’nen andern Weg finden, wie du deinen Superhund züchten kannst. Der Versuch ist vorbei.«

Ich hielt vor einem Lebensmittelladen, ließ Pansy und Fancy zusammen und ging einkaufen. Wieder in der Wohnung, kippte ich einen Liter Eiscreme mit Schokosplittern in eine riesige Mixerschüssel, die Fancy aus dem großen Haus rübergeholt hatte. Ich packte zwei Pfund Ingwerplätzchen oben drauf, total zerkrümelt, als Überzug. Pansy beobachtete die Vorbereitungen, und ihre Augen schrien vor Begierde.

»Sprich!« sagte ich zu ihr. Sie schmiß sich auf die Mixerschüssel wie eine düsengetriebene Dampframme. Fancy sah gebannt zu, als der riesige Hund die ganze Kreation verschlang.

»Gott!«

»Yeah. Isse nicht wunderschön?«

»So was habe ich noch nie gesehen.«

»Ich hatte sie bei Elroy, dem Typ, den du kennengelernt hast. Er wollte mit ihr züchten, aber ich nehm an, es hat nicht funktioniert. Aber jetzt isse wieder bei mir. Wieder daheim. Stimmt’s, Mädchen?«

Pansy legte mir den Kopf auf den Schoß und gab zufrieden ihr Diesellastergeräusch beim Runterschalten von sich, als ich sie hinter den Ohren kraulte.

Am nächsten Abend, in der Wohnung.

»Biste bereit?« fragte ich.

»Ja.« Fancy war wieder nackt, stand auf Stöckelschuhen da, und der weiße Verband stach von ihrer rechten Backe ab. Sie beugte sich vor, wählte eine Nummer.

»Charm? Ich bin zurück!«

...

»Nein, alles bestens. Du hattest recht. Ich bin jetzt wirklich *raus*.«

...

»Nein, er ist irgendwo hin. Ich darf mich nicht aus der Ecke bewegen, in die er mich gestellt hat. Er ist ... jetzt soweit. Deswegen rufe ich an. Ich möchte ihm ... irgendwas geben. Er ist jetzt richtig drin, in der Szene. Er will einen Zweier machen. Die ganze Nummer. Mit Faß und allem. Ich muß ihm ... noch eine Sklavin bringen. Ich meine, vielleicht *muß* ich's nicht, aber es wäre –«

...

»Ja! Meinst du, Sybil würde –?«

...

»Wirklich? Charm, das würdest du für mich tun. Oh, das ist klasse. Kann ich –?«

...

»Okay. Es muß aber spät sein. Er ist noch nicht bereit für ein Gruppending. Wenn geschlossen ist, okay?«

...

»Und ich gebe den Ton an, Charm. Könnte sein, daß du's richtig besorgt kriegst. Er 's –«

...

»Oh, das ist toll. Ich danke dir. Bis dann.«

Der Parkplatz am Rector's war dunkel. Kurz nach vier Uhr morgens. Der weiße Rolls, der genau neben der Hintertür stand, war das einzige Auto. Ich parkte Fancys NXS direkt daneben.

Sie öffnete die Tür, und wir gingen rein. Fancy zog den Reißverschluß ihres Kleides auf. Drunter trug sie ihre Dominakluft – nur schwarzes Leder – einzwängend, zur Schau stellend, bedrohend. Ihre Pfennigabsätze klackten auf dem Boden, als sie zu dem kleinen Schrank hinter der langen Bank ging. Sie holte eine schwarze Peitsche hervor, eine neunschwänzige Katze mit kurzem Griff.

Sie ging neben mir her, klatschte sich mit der Peitsche leicht an die Hüfte. Den ganzen Flur lang, bis zu einem Zimmer mit roter Tür. Ich wollte grade nach dem Griff langen. Sie zog an meiner Hand, deutete auf die Rückseite ihrer Schenkel, nickte energisch. Ich nahm die Peitsche, die sie mir reichte, sah, wie sie sich vornüberbeugte, zog sie ihr ein paarmal über die Schenkel, mehr laut als heftig, achtete drauf, nicht ihren Verband zu treffen. Sie stöhnte auf, drehte sich um und zwinkerte mir zu. Dann nahm sie mir die Peitsche ab und öffnete die Tür.

Charm saß auf einem Lehnstuhl, der Tür zugewandt, trug einen Schulmädchenmatrosenanzug, blaues Oberteil zu weißem Faltenrock. Sie hatte Riemchenschuhe an, schlichte weiße Socken. Ihre langen Haare waren zu Zöpfen gebunden, in jeden ein weißes Band geflochten. Direkt aus dem Fetischistenkatalog.

Ich nickte Fancy zu. Sie stakste rüber zu Charm, der Traum eines jeden Szenefreaks, die Domina, die devot wird, Befehle befolgt. Die Seite wechselt.

»Du bist ein böses, ungehorsames kleines Biest«, sagte sie. »Nicht wahr?«

Charm ließ den Kopf hängen.

»Antworte, wenn ich mit dir spreche!« fauchte Fancy, packte Charms Haare und zog ihr Gesicht hoch.

»Ja«, sagte sie, schaute knapp an Fancys Hüfte vorbei, fing meinen Blick auf, war kontrolliert. Genau so, dachte sie, würde es enden – mit einem Rudelbumsen.

»Was ja?« herrschte Fancy sie an und schlug Charm heftig auf den Mund.

»Ja. Herrin.«

»Weißt du, was mit bösen Mädchen passiert?« sagte Fancy und schlug wieder zu.

»Ja. Herrin.«

»Gut. Steh auf. Sofort!«

Charm stellte sich hin. Fancy deutete auf ein Faß, das an der Seite stand. Es lag auf einem Holzständer, damit es nicht wegrollen konnte. Charm legte sich über das Faß, Gesicht nach unten. Fancy befestigte die Hand- und Knöchelriemen, zog sie stramm. Dann hob sie Charms Rock hoch und entblößte das weiße Mädchenbaumwollhöschen.

»Du bist ein böses Mädchen!« sagte sie wieder. »Und jetzt wirst du dafür büßen.« Fancy griff zu der kleinen Peitsche und hielt sie hoch – ich sah, wie sich die harten Muskeln an ihrem Arm spannten. Sie zog sie Charm über den Hintern, immer und immer wieder. Charm stöhnte.

»Halt lieber den vorlauten Mund, Biest. Sonst geb ich dir wirklich Grund zum Flennen«, sagte Fancy und schlug fester zu.

Es ging immer weiter. Länger als ich dachte, daß es irgendwer aushalten konnte, aber Charm gab keinen Ton mehr von sich. Schließlich trat Fancy zurück, warf die Peitsche weg. Dann zog sie Charms Höschen runter, präsentierte die leuchtend roten Striemen.

»Sie ist jetzt bereit für Euch, Herr«, sagte sie zu mir.

Ich trat hinter Charm, legte ihr eine Hand ins Kreuz. Meine rechte Hand zuckte vor.

»Aaaargh!« Es war ein Schrei der Wut.

Ich ging um das Faß rum, schaute sie an. Sie blickte auf, reckte den Hals, daß die Sehnen raustraten, die Psychoaugen wie Trockeneis.

»Hat das weh getan?« fragte ich.

»Ja!«

»Der Schmerz ist noch nicht vorbei«, sagte ich und hielt die Injektionsspritze so, daß sie sie sehen konnte.

»Was … was ist das?«

»Erkennst du's nicht, Charm? Das ist dein Serum. Deine ganz spezielle kleine Selbstmorddroge. Höchste Zeit rauszufinden, ob sie wirkt.«

»Sie …!« fauchte sie, und ihr Körper verkrampfte sich vor Anstrengung, als sie gegen die Riemen ankämpfte.

»Vergiß es«, sagte ich zu ihr. »Ist zu spät. Du hast neunzig Tage, Charm. Genau so hast du's doch geplant, stimmt's? Neunzig Tage. Um die Wahrheit rauszufinden. Vielleicht wirkt sie, vielleicht auch nicht. Wirkt's bei dir, dann wirkt's bei jedem, richtig? Du hast niemals auch nur dran *gedacht*, dich umzubringen.«

»Ich bringe *Sie* um«, sagte sie. Kein Gefühl – das Versprechen einer Viper.

»Nein, das wirste nicht. Derselbe Wissenschaftler, der deinen Code geknackt hat, der arbeitet jetzt an einem Gegenmittel. Vielleicht kriegt er's rechtzeitig hin, vielleicht auch nicht. Das Risiko kannst du nicht eingehn, stimmt's? Das ist der Deal. Der letzte Deal, den du je machen wirst. Ich geh jetzt. Wenn ich das Gegenmittel kriege, ruf ich dich an. Und es wird dich was kosten. Ich denke, du kannst ziemlich schnell 'ne ganze Stange Geld zusammenkratzen, zumal, wenn du motiviert bist. Wie wär's mit zwei Millionen Kröten, du ekelhaftes Erpresserbiest? Zwei Millionen Kröten, für dein Leben?«

»Ich kann's auftreiben«, sagte sie, ruhig.

»Ich weiß. Mein Mann sagt, er's dicht davor. Ein, zwei Wochen, höchstens.«

»Woher weiß ich –?«

»Gar nicht. Das wirste nie und nimmer. Was ich will, ist Geld. Es liegt bei dir.«

»Aber wenn ich –?«

»Ich bleibe bei dir«, sagte Fancy. »Ich bleibe bei dir, Charm. Jede Minute. Ich lasse nicht zu, daß du … dich umbringst, ich versprech's.«

»Ich liebe dich, Fancy«, sagte Charm.

»Ich weiß«, sagte Fancy und streichelte ihrer Schwester übers Gesicht.

Am nächsten Morgen brauchte ich nur ein paar Minuten zum Packen. Sonny stand draußen, tätschelte den Plymouth, als wollte er ihm Wiedersehn sagen. Ich gab den Befehl, und Pansy sprang rein.

»Das ist für Sie gekommen. Gestern, per Boten«, sagte er und reichte mir einen schweren, gepolsterten Umschlag, fest zugeklebt.

»Danke«, sagte ich und steckte ihn in die Tasche.

»Burke, ich kann das niemals –«

»Halt's Maul, Kleiner«, sagte ich. »Ich achte beim nächsten Grand Prix auf deinen Namen.«

»Oder in Daytona. Ich weiß noch nicht genau.«

»Ist egal, Sonny. Du hast dein Ding gefunden, und das zählt.«

Er verpaßte mir eine mächtige Umarmung, brach mir fast die Rippen.

Ich schaute nicht zurück. Pansy auch nicht.

In meinem Büro streifte Pansy durch ihre alten Jagdgründe, während ich den Umschlag aufschlitzte, den Sonny mir gegeben hatte. Eine kurze Notiz, auf Faxpapier.

Jubal hat es mir erzählt. Alles. Du hast das getan, worum ich Dich bat.

Ich weiß nicht, was Du von mir hältst, aber ich liebe meinen Jungen.

Ich weiß, daß er jetzt in Sicherheit ist. Ich wollte nicht, daß alles so kommt, wie es gekommen ist. Es war rein geschäftlich. Wir sind absolut quitt, Du und ich. Nichts für ungut.

Unterschrieben war sie mit »Cherry«.

Zehn Tage später klopfte es an der Tür des Motelzimmers, das ich mir in New Rochelle, knapp südlich der Grenze nach Connecticut, gemietet hatte.

Fancy trat ein, in einem strengen schwarzen Tageskostüm, niedrigen Pumps, einen runden schwarzen Hut auf dem Kopf. In der einen Hand trug sie eine Krokolederhandtasche, dick wie eine Aktenmappe. Sie gab mir einen keuschen Kuß, ging rüber und setzte sich aufs Bett.

»Hier ist es«, sagte ich und gab ihr eine spritzengerechte Flasche mit blauer Flüssigkeit. »Zieh fünf Kubikzentimeter auf, gib sie ihr in den Hintern.«

»Wird es denn wirken?«

»Der Mann hat's behauptet«, sagte ich.

Sie nickte, reichte mir die Handtasche. Ich öffnete sie. Stapel von feinsäuberlich gebündelten Scheinen, lauter Hunderter. Ich hatte es ihnen schon gesagt – keine laufenden Seriennummern, gebrauchte Scheine. Ich zählte nicht nach.

»Ich muß bald wieder zurück«, sagte Fancy. »Ich habe sie festgebunden. Sie kann sich nicht umbringen, aber nach 'ner Weile könnte es ganz schön unbequem werden.«

»Schon okay.«

»Na ja, ich nehme an, das ist –«

»Nicht ganz«, sagte ich. »Da ist noch was.«

Fragend schaute sie mich mit ihren tiefen grauen Augen an.

»Ich möchte schon gern sehn, wie die Tätowierung geworden ist.«

Ich traf mich mit Blankenship auf dem Parkplatz an der Rennbahn in Yonkers, hinter dem Sattelplatz, wo die Tribünenaufbauten mehr Schatten als Licht warfen.

»Der Doktor war's nicht«, sagte ich. »Wie ich Ihnen schon gesagt habe. Niemand aus der Klinik. Niemand, der von rechts wegen dort arbeitet jedenfalls.«

»Wer?« Mehr sagte er nicht.

Ich erzählte ihm von Charm. Nicht die ganze Kiste, bloß genug. »Sie ist abgehaun«, sagte ich. »Ich habe was läuten gehört, daß sie in die Schweiz will. Wir halten Ausschau. Früher oder später taucht sie auf.«

»Ich besorg mir einen Paß«, sagte er.

Ich dachte, damit wäre es vorbei. Der Schuß, den ich Charm verpaßt hatte, als sie über dem Faß hing, das war 'ne Attrappe. Genauso nutzlos wie das falsche Gegenmittel, das sie grade gekauft hatte. Ihr waren die Giftzähne gezogen.

Ich war fertig.

Und das Leere zog nicht mehr.

Danach hatte ich Zeit. Aber sie fühlte sich nicht mehr an wie die, die der Richter einem aufbrummt.

Ich nutzte die Zeit. Dachte über die Bromelie nach, die ich in Fancys Treibhaus gesehen hatte – die ohne richtige Wurzeln. Pflanzen gehen in Töpfen ein, nicht aber im Garten. Nicht wirklich. Sie kehren in die Erde zurück, als Nahrung für ihre kommenden Brüder und Schwestern.

Die Asche kam in die Wäscherei, die ich kenne. Für dreißig Prozent Abschlag kriegten wir sauberes Geld zurück – in den nächsten paar Wochen würde irgendein Kino in organisierten Händen ein Bombengeschäft machen. Ich teilte die Kasse unter meiner Familie auf, gleichmäßig. »Glitscht wie Eis, aber zweimal so heiß«, lobte mich der Prof. »Und du hast es ohne Knarre gemacht, Sohnemann.«

Clarence sagte, er wollte sich ein Grundstück kaufen. Auf der Insel. Damit er immer nach Hause konnte.

Michelle zählte die Asche mit ihren perfekt manikürten Händen. Erzählte mir von dem neuen Laden, den sie gefunden hatte. In Colorado. Wo man sie das letzte Stück Weg zu ihrem eigentlichen Ich bringen würde.

Der Maulwurf grunzte.

Mamas Gesicht leuchtete auf, ihr Glaube an das Gleichgewicht der Welt war wiederhergestellt.

Max sagte gar nichts.

Ich, ich ging auf die andere Seite. In meinem Kopf. Redete mit Belle. Mit dem Jungen, der in diesem Haus des Schreckens gestorben war.

Der Schmerz würde mir immer bleiben, ich hatte ihn mir selber zugefügt, wie Fancys Tätowierung. Und ich würde ihn genauso mit mir rumtragen.

Trauer würde ich immer empfinden. Aber ich würde auch noch was anderes empfinden.

Vergebung.

Ich hatte mich wieder.

Belinda schrieb immer noch. Vielleicht antworte ich ihr eines Tags, finde raus, was die Chose sollte.

Oder ich finde meine Blossom.

Ich erinnere mich an den Tag. Im September war's, frisch, mit einer ersten entfernten Andeutung von Winterfrost. Ich saß hinten in der Nische in Mamas Restaurant, checkte meine Post durch, die der Fahrer aus dem Lagerhaus rübergebracht hatte. Der Brief hatte keinen Absender. Darin ein Zeitungsausschnitt.

SCHICKSALSSCHLAG FÜR ZWILLINGE! lautete die Schlagzeile. Zwillingsschwestern hatten in Maine Urlaub gemacht, an der Küste. Sie kletterten in den Felsen rum. Eine von ihnen sprang oder fiel von einer hohen Klippe. Auf der Stelle tot. Ihre Schwester war untröstlich. Sagte den Cops, Charm hätte Depressionen gehabt. Sie wären klettern gegangen, um mal aus dem geschäftlichen Druck rauszukommen. Bloß sie zwei.

Ich steckte den Ausschnitt in einen Briefumschlag. Adressierte ihn an Blankenship – Blumen für Diandras Grab.

Ich fragte mich, ob Charm auf dem Weg nach unten das Leere gesehen hat. Und ob sie mit der Wimper gezuckt hat.